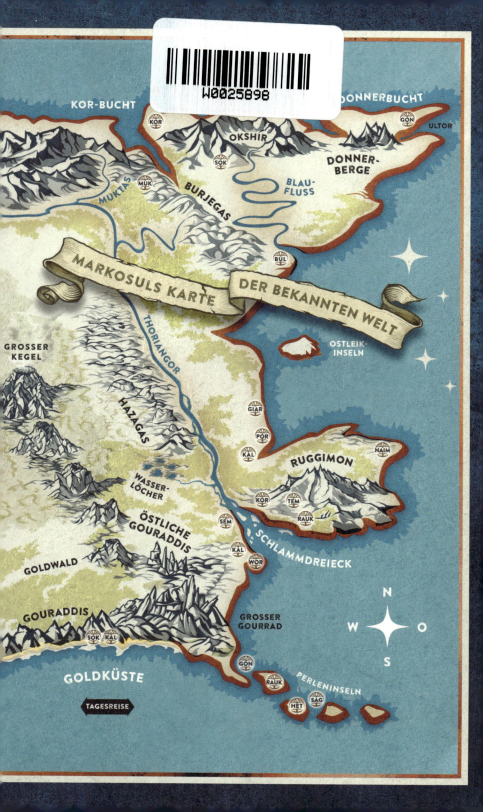

Andreas Eschbach
Eines Menschen Flügel

Weitere Titel des Autors:

NSA – Nationales Sicherheits-Amt
Teufelsgold
Der Jesus-Deal
Das Jesus-Video
Todesengel
Herr aller Dinge
Ausgebrannt
Ein König für Deutschland
Exponentialdrift
Eine Billion Dollar
Der Letzte seiner Art
Der Nobelpreis
Eine unberührte Welt
Kelwitts Stern
Solarstation
Die Haarteppichknüpfer
Quest
Eine Trillion Euro

Zusammen mit Verena Themsen:
PerryRhodan – Die Falsche Welt

Titel in der Regel auch als Hörbuch und E-Book erhältlich

ANDREAS ESCHBACH

EINES MENSCHEN FLÜGEL

Roman

Lübbe

Dieser Titel ist auch als Hörbuch und E-Book erschienen

Originalausgabe

Dieses Werk wurde vermittelt durch die
Literarische Agentur Thomas Schlück GmbH, 30161 Hannover

Copyright © 2020 by Andreas Eschbach
Diese Ausgabe 2020 by Bastei Lübbe AG, Köln

Textredaktion: Stefan Bauer
Kartenzeichnung: Markus Weber,
Guter Punkt GmbH & Co KG, 80805 München
Umschlaggestaltung: Johannes Wiebel | punchdesign, München
Umschlagmotiv: © Sylverarts Vectors/shutterstock.com;
Reservoir Dots/shutterstock.com; white snow/shutterstock.com;
t a k a h i r o /shutterstock.com; Klavdiya Krinichnaya/shutterstock.com;
Tursunbaev Ruslan/shutterstock.com; Illustration: Max Meinzold
Satz: Dörlemann Satz, Lemförde
Gesetzt aus der Adobe Caslon
Druck und Einband: GGP Media GmbH, Pößneck

Printed in Germany
ISBN 978-3-7857-2702-7

2 4 5 3 1

Sie finden uns im Internet unter luebbe.de
Bitte beachten Sie auch: lesejury.de

Teil 1
HIMMELSFLIEGER

Owen

Der unerreichbare Himmel

»Was sind die Sterne?«, fragte Owen, als er noch ein Kind war.
»Die Sterne«, sagte der alte Hekwen, den man den Weisen nannte, »sind der Ort, von dem wir kommen.«
»Und wo sind die Sterne?«
»Jenseits des Himmels«, sagte Hekwen und deutete empor zum milchig-grauen Firmament, hinter dem das große Licht des Tages leuchtete und die Welt erhellte.
»Ich will sie sehen«, sagte Owen.
Der Weise, dessen Schwingen schon grau und schlaff waren vom Alter, schüttelte den Kopf. »Das geht nicht, Owen. Der Himmel ist unerreichbar hoch. Keines Menschen Flügel können ihn überwinden.«
Owen sah in die Höhe und fand das ungerecht. »Das glaube ich nicht«, sagte er. Noch am gleichen Tag erkletterte er einen der höchsten Startpunkte des Nestbaums, breitete seine jungen Flügel aus, ließ den auflandigen Wind hineinfahren und sprang. Er nutzte die aufsteigende Strömung und die Kraft seiner Flügel, um höher zu steigen als je zuvor. Die Welt fiel unter ihm zurück, bis die meilentiefen Schluchten mit ihren alles zermalmenden Wasserfällen aussahen wie Furchen und Rinnsale und die riesigen Nestbäume wie dürres Gewächs, und er stieg und stieg in einen Himmel von rauchigem Grauweiß, der gleichwohl nicht näher zu kommen schien, so sehr er sich auch anstrengte. Schließlich verließen ihn seine Kräfte, die Brustmuskeln schmerzten, die Flügelspitzen begannen zu zittern, und er musste aufgeben und nach Hause zurückkehren.

»Glaubst du es nun?«, fragte Hekwen, als Owen das Geflecht der Nestbauten in der Krone ihres Baumes keuchend wieder erreicht hatte.

»Nein«, sagte Owen dickköpfig, aber er versuchte es nicht noch einmal.

Doch er vergaß es nicht. Solange die Trockenzeit dauerte, badeten sie in den hohen Flüssen, da, wo es sicher war, weil Wasser floss, ließen sich von der Strömung über die Kante tragen und hinab in die fürchterlichen Tiefen, um sich möglichst spät aus der Gewalt des silbern herabschießenden Wasserfalls zu lösen – doch wenn Owen dann mit langen Flügelschlägen an der tosenden, gischtenden Säule entlang wieder hinaufflog zu den anderen, dachte er, dass es sich so anfühlen müsse, den Himmel zu durchstoßen. Als die Windzeit begann, zog er mit den anderen Kindern halbe Tage lang Kreise, weit draußen über dem grünen Meer, wo es kochte von den heißen Quellen und einem die Süßmücken schwarmweise in den Mund flogen – aber er behielt den Himmel im Auge wie einen Feind, studierte das strähnige Muster aus Dunkel und Hell darin und stellte sich vor, wie es sein mochte, dort anzukommen und hindurchzutauchen und die andere Seite zu erreichen.

Dann kam die Regenzeit, ein steter Sturzbach von Wasser, den auch die Riesenblätter nicht abhalten konnten. Die Kinder hockten in den nass an den Ästen des Nestbaums klebenden Hütten, lernten zählen und rechnen, die Schrift der Ahnen und die Geschichte ihres Volkes. Sie erfuhren, dass die Ahnen von den Sternen gekommen waren, ja, von jenseits des Himmels waren sie herabgestiegen in einem großen silbernen Fahrzeug. Sie hörten zu ihrem Erstaunen, dass die Ahnen noch keine Flügel besessen hatten, und versuchten sich vorzustellen, wie diese auf dem Boden gelebt hatten, im düsteren Unterholz, in Furcht vor dem Margor und geplagt von den grauen Ratzen. Doch die Ahnen hatten sich auf Künste verstanden, die seither verloren gegangen waren. Sie hatten es vermocht, von den Pfeilfalken die Flügel und die Kraft zu nehmen und beides ihren Kindern einzupflanzen, die seit dieser Zeit Flügel besaßen und fliegen konnten, als seien sie die Herren der Lüfte, und kein Mensch musste mehr im Unterholz leben, seit der letzte der Ahnen gestorben war vor tausend Jahren.

Dann folgte die Nebelzeit. Silberner Dunst lag morgens über den Wäldern, verdeckte die Abgründe der Schluchten wie ein undurchdringlicher Schleier, und die Wasserfälle schrumpften zu dünnen, dampfenden Rinnsalen. Die Schleier sahen undurchdringlich aus, doch sie waren es nicht. Wenn man hindurchflog, spürte man nur einen kalten Hauch, aber man musste vorsichtig sein, weil man nicht weit sah. Das brachte Owen auf den Gedanken, über die Natur des Himmels nachzudenken. »Ist der Himmel«, wollte er wissen, »womöglich nur eine Art ewiger Nebel? Eine Wolkendecke, die niemals verschwindet?«

Satwen, der die Kinder unterrichtete, prüfte, was die Schriften dazu wussten, und siehe da: Genau so verhielt es sich. Der Himmel war eine hohe, unvergängliche Wolkenschicht, das hatten schon die Ahnen gesagt, die sich in derlei Dingen nicht irrten.

Die Frostzeit brach herein, ließ die Wasserfälle erstarren und verstummen, überzog die riesigen Lederblätter der Nestbäume mit silbrigem Reif und erfüllte die Luft mit dem märchenhaften Klingen gefrorener Lianen, wenn sie der kalte Seewind gegeneinander schlagen ließ. In eisernen Schalen glommen Kiurka-Samen in der Glut und durchdrangen die Nesthütten mit ihrem würzigen Duft, und an hellen Tagen kletterten die Verwegensten ins Freie, um Eisfrüchte zu ernten. Dies war die Zeit der Lieder, des Flickzeugs und des Nachsinnens über das, was gewesen war, und das, was kommen würde im neuen Jahr.

Owen erlernte die Kunst, Entfernungen mittels Triangulation zu bestimmen, aber nicht um die Distanz zu Inseln draußen im Meer oder zu Bergen im Hinterland zu ermitteln wie die anderen: Er baute sich, als wieder Trockenzeit war, ein Triangulationsbesteck, um die Höhe des Himmels zu messen.

Ihm war aufgefallen, dass man manchmal Muster am Himmel

ausmachen konnte, wenn man genau hinsah – Gestalten in Grau und Weiß, die für halbe oder viertel Tage sichtbar waren und sich dann wieder auflösten. Wann immer er ein solches Muster entdeckte, peilte er es mit seinem Triangulationsbesteck an, maß die Winkel und flog anschließend, das schwere Besteck an den Körper gepresst, weiter zu einer Klippe, deren Entfernung zum Nest er genauestens bestimmt hatte, um von dort aus noch einmal zu peilen und zu messen. Nach einigen Messungen war er sich seiner Sache sicher: Der Himmel war sehr hoch – aber nicht unendlich hoch. Tatsächlich war der Himmel vom Nestbaum nicht weiter entfernt als die heißen Quellen, nur eben in die Höhe.

Owen begann zu trainieren.

Den Himmel berühren

Zunächst fiel den anderen Kindern kaum auf, dass es plötzlich fast immer Owen war, der einen Wettflug vorschlug, zur Klippe, zu den heißen Quellen, zur Muschelbucht hinab. Zumal Owen so gut wie nie gewann. Aber Owen meldete sich auch, wenn die Erwachsenen Helfer brauchten zum Lastentransport, ließ sich bereitwillig Tragegeschirre anlegen, was allen anderen Kindern ein Graus war, und ging endlich dazu über, ein neugeborenes Hiibu jeden Tag einmal im Geschirr hinunter in den Fjord zu fliegen, um es zu tränken. Weil das Hiibu jeden Tag ein wenig größer und schwerer wurde, wurde Owen im Lauf der Zeit immer stärker, fast ohne etwas davon zu merken. Schließlich wollte niemand mehr gegen ihn um die Wette fliegen, weil Owen immer gewann. Als die nächste Frostzeit kam, war Owen der stärkste und schnellste Flieger des Stamms.

Das ganze Jahr über hatte er seine Messungen der Himmelshöhe fortgesetzt und herausgefunden, dass der Himmel in der Windzeit am höchsten, am niedrigsten dagegen am Ende der Nebelzeit war, kurz bevor die Frostzeit begann. Doch als er wieder einmal versuchte, ihn zu erreichen, war es wie beim ersten Mal: So sehr er sich auch bemühte, er schien dem Himmel nicht näher zu kommen.

»Glaubst du es immer noch nicht?«, fragte Hekwen mit gutmütigem Lächeln, als Owen klammgefroren und erschöpft aus dem Landenetz kroch.

»Nein«, sagte Owen grimmig.

Er flog wieder mit den anderen, aber ihre kurzatmigen Spiele begannen ihn zu langweilen, wie sie ihrerseits zunehmend davor zurückschreckten, ihn zu begleiten, wenn er eine neue Herausforderung suchte: ohne Zwischenlandung bis zu den Inseln des Leik-Stammes zu fliegen, beispielsweise. Das könne er allein machen, hieß es, und so machte er es allein. Er flog den ganzen Tag und die Nacht hindurch ohne Pause, im Dunkeln nur geleitet vom kleinen Licht der Nacht, das das Meer in verzauberndem Schimmer tauchte. Als er wieder zu Hause ankam, war er erschöpft und, obwohl er geschafft hatte, was er sich vorgenommen hatte, unzufrieden. Was er wollte, war ja nicht, weite Distanzen zu bewältigen, sondern große Höhen!

Er begann die Vögel zu studieren. Die Ahnen hatten ihnen die Flügel der Vögel gegeben, aber das war erst wenig mehr als tausend Jahre her. Zweifellos mussten die Tiere, die schon seit dem Anfang der Zeit fliegen konnten, die besseren Flieger sein – und vielleicht konnte er aus ihrer Beobachtung noch etwas lernen.

Nur einer, der schmächtige Jiuwen, begleitete ihn auf seinen Beobachtungszügen. Gemeinsam lagen sie in Höhlen an der Küste und verfolgten das Treiben der Strandsegler, Küstenflatterer, Tauchschwirrer und Raubdrifter. Jiuwen führte begeistert Buch über ihre Beobachtungen und hielt die Vögel in wunderbaren Zeichnungen fest. Owen kam zu dem Schluss, dass die Küstenvögel ziemlich faule und schwerfällige Gesellen waren – vermutlich, weil es ihnen so leicht fiel, Beute zu machen, denn die Küste war voller Würmer, Mücken und anderem Getier. Er drängte darauf, dass sie ins Hinterland vordrangen und die Vögel der kargeren Vorberge beobachteten. Damit verbrachten sie fast die gesamte Trockenzeit.

Schließlich waren es ausgerechnet die Pfeilfalken – von denen die Flügel der Menschen ja tatsächlich abstammten –, die Owen etwas darüber lehrten, wie man Höhe gewann.

Die Pfeilfalken waren mächtige Raubvögel, die weit über den anderen Vögeln kreisten, ausdauernd, ohne Flügelbewegung, auf schwache Tiere lauernd. Entdeckten sie eines, legten sie die Flügel an und schossen herab wie Pfeile, packten ihr Opfer mit ihren messerscharfen Krallen, rissen es mit sich in die Tiefe und verschwanden damit unter dem Blätterdach des endlosen Walds. Jiuwen geriet fast außer sich vor Begeisterung, als sie das beobachteten, doch Owen war von etwas ganz anderem fasziniert: wie der schwere Pfeilfalke seine enorme Ausgangshöhe erreichte.

Im ersten Anlauf erstieg er eine Höhe, die sogar noch unter der lag, in der sich die meisten Schwärme kleinerer Vögel bewegten. Doch dann begann er ein atemberaubendes Manöver, um Höhe zu gewinnen. Als ob er Beute ausgemacht hätte, legte der Pfeilfalke die Flügel an und stürzte sich in die Tiefe – breitete die Flügel jedoch gleich darauf wieder aus und vollführte kleine, treibende Schläge, die den Sturz noch beschleunigten. Der war zu diesem Zeitpunkt kein Sturz mehr, sondern begann, in eine flache, schnelle Schussbahn überzugehen. Ab einem bestimmten Moment hielt das Tier inne und raste mit starren Flügeln weiter, durch den tiefsten Punkt hindurch und wieder empor, mit weitaus mehr Geschwindigkeit als vorher. Wenn es die Ausgangshöhe erreichte, tat es das mit einem Schwung, der es von selbst darüber hinaustrug, und damit nicht genug: Der Pfeilfalke setzte nun abermals seine Flügel ein, machte seltsame, raumgreifende Bewegungen, wie Owen sie nie zuvor gesehen hatte. Sie ließen den Pfeilfalken immer weiter hinauf gelangen, weit über das anfängliche Niveau. Von dort aus vollführte er das Manöver, das er so graziös und elegant wie einen Tanz beherrschte, noch vier oder fünf Mal, bis er schließlich in einsamer Höhe am Firmament seine lauernden Kreise ziehen konnte.

»Das ist es!«, rief Owen aus. Jiuwen verstand nicht, was Owen meinte, und auch nicht, was ihn dazu antrieb, das Manöver der Pfeilfalken sogleich nachzumachen.

Was ihm gründlich misslang. Als er versuchte, den Sturz zu beschleunigen, geriet er ins Trudeln und überschlug sich. Als er die flache Kurve durchflog, schaffte er es nicht, wieder aufzusteigen. Und die seltsamen Flügelschläge, mit denen die Pfeilfalken den Schlussaufstieg bewerkstelligten, wollten ihm gleich überhaupt nicht gelingen.

In den folgenden Tagen musste Jiuwen feststellen, dass Owens Interesse an der Beobachtung von Vögeln erloschen war. Nur die Pfeilfalken und ihre Technik des Emporschwingens interessierten ihn noch, und auch das nur, weil er es ihnen nachmachen wollte. Da Jiuwen keine Lust hatte, Owen den ganzen Tag bei Flugversuchen zuzusehen, flogen sie bald wieder getrennte Wege. Jiuwen kehrte an die Küste zurück, wo die seiner Meinung nach hübscheren und interessanteren Tiere lebten, und widmete sich erneut seinen Zeichnungen.

Owen aber verbrachte von nun an bis zum Anbruch der Regenzeit jeden Tag im Hinterland und beobachtete die Pfeilfalken, studierte und imitierte sie, als sei es seine Absicht, einer von ihnen zu werden. Er erkannte bald, dass in dem, was ihn von den Tieren unterschied, die Antwort verborgen lag: Er besaß zwar die Flügel eines Pfeilfalken, nicht aber dessen Körper, und so war es nicht damit getan, die Bewegungen der Vögel zu imitieren – er musste sie für sich neu *erfinden*!

Aus dem Sturz Geschwindigkeit gewinnen, diese in Schwung für eine aufwärtsgerichtete Flugbahn umsetzen und mit Flügelschlägen, die keinerlei Auftrieb, sondern nur weitere Geschwindigkeit erzeugten, über die ursprüngliche Höhe hinaussteigen – das war das Prinzip. Jede einzelne Phase davon galt es für sich zu üben und zu entwickeln, um am Schluss alles zu einer einzigen, fließenden Bewegung zu verbinden.

Die Regenzeit begann mit ihren Gewittern und Schauern, und wie immer war es, als bräche das Meer über das Land herein. Owen hockte wieder mit den anderen in den dampfenden Zimmern über den Büchern, doch nachts träumte er von den Pfeilfalken und ihren Schwüngen, war einer von ihnen, glitt mit ihnen durch die Lüfte, höher und höher, bis er den Himmel berührte. Einmal träumte er das: den Himmel zu berühren. Und er erwachte genau in dem Moment, in dem es geschah, schreiend, und saß dann da und sah hinaus ins Dunkel, wo der Regen nachgelassen hatte, nur noch fern über dem Meer eine geisterhaft schimmernde Regenwand stand und der Wald erfüllt war von millionenfachem Trippeln und Tröpfeln.

Tag um Tag wurde es kühler, bis der Regen nachließ und die Nebelzeit begann. Owen fand, dass ihm die sich endlos dahinstreckenden Nebelbänke als Orientierung dienen konnten, wenn er sein Manöver ausprobierte: Er startete dicht über der weißen, dunstigen Ebene, tauchte hinab und wieder empor und konnte dann sehen, wie viel Höhe er dazugewonnen hatte. Tatsächlich war ihm, als verbinde sich bei diesen einsamen Flügen über dem Meer und den Schluchten das, was er vor der Regenzeit geübt, und das, was er während der Regenzeit geträumt hatte, zu einem fließenden, spielerisch leichten Manöver, das kaum Kraft zu kosten schien.

Mit seinem verbissenen Streben entfremdete er sich zusehends von den anderen seines Stammes. Die anderen Kinder gingen ihm aus dem Weg. »Owen ist einem irgendwie unheimlich«, hörte er ein Mädchen zu einer Freundin sagen.

»Warum tust du das?«, wollte seine Mutter von ihm wissen. »Du willst mit niemandem zu tun haben – warum? Ist es das, was du willst – ein Einzelgänger werden? Das kann nicht dein Ernst sein. Jeder ist ein Teil der Gemeinschaft, auch du.«

Owen wollte etwas sagen, aber er wusste nicht, was. Also schwieg er. Seine Mutter schüttelte schließlich seufzend den Kopf und ließ ihn in Ruhe.

Kurz vor der Frostzeit und beim tiefsten Stand des Himmels wagte Owen es zum dritten Mal. Er zog seinen wärmsten Anzug an, fettete sich die Flügel sorgfältig ein und startete im frühen

Licht des Tages. Eine starke aufwärtstragende Strömung über der weiten Bucht brachte ihn rasch in eine Höhe, von der aus er seine Schwungmanöver beginnen konnte. Schon das erste glückte, und nach dem fünften oder siebten flog er höher als jemals zuvor. Er schrie vor Begeisterung.

Aber so hoch oben kostete es doch Kraft. Er musste verschnaufen, ruhige Kreise ziehen, etwas von dem Proviant essen, den er mitgenommen hatte. Dann zwei, drei weitere Schwünge und wieder Pause. Er fühlte sich immer noch großartig, doch er schrie nicht mehr, sondern sparte seine Kraft auf.

Immer so weiter. Zwei, drei Schwünge, Pause. Zwei weitere Schwünge, Pause. Immer weiter und weiter. Die Flügel begannen zu schmerzen wie damals bei seinem Flug zu den Leik-Inseln. Die kalte Luft brannte in den Lungen, trocknete ihm die Kehle aus. Er wusste nicht mehr, wie er sich fühlte, sah nur noch den Himmel über sich, der jetzt endlich, endlich näher kam, groß und gewaltig wurde, zum Greifen nahe, zum Dagegenprallen nahe. Schwung, Pause. Schwung, Pause. Aus der Nähe sahen die ewigen Wolken aus wie alte, verknotete Nebelbänke, staubig und ranzig geworden im Lauf der Zeit, weil sie sich niemals hatten auflösen dürfen. Das große Licht des Tages glomm irgendwo hinter ihnen, in ihnen, aber Owen hätte nicht mehr sagen können, woher es tatsächlich kam. Jeder weitere Schwung schien ihn zerreißen zu wollen, jede Pause wurde länger als die vorige. Er vergaß alles, spürte nichts mehr, dachte nicht darüber nach, ob es der hundertste Schwung war oder der zweihundertste. Und er sah längst nicht mehr zurück. Die Küste, die Schluchten mit den gewaltigen Nestbäumen, all das war zu Grau und Grün zerflossen, lag weit unter ihm, vergessen und verloren. Er griff nach dem Himmel, das war alles, was zählte.

Und schließlich – berührte er ihn.

Es war, als versetze ihm jemand einen Schlag. Ein eisiges, wirbelndes Etwas trat nach ihm, stieß ihn ab, ließ ihn taumeln und aufschreien, vor Entsetzen diesmal. Aber er fing sich wieder, glitt eine ganze Weile dahin, dicht unter dem schwer über ihm hängen-

15

den Himmel, mit langsamen Flügelschlägen, während sein Herz raste von dem Schreck und er keines klaren Gedankens fähig war. Er konnte es nicht fassen. Er hatte den Himmel erreicht, schwebte in kalter Höhe, war höher hinauf gelangt als je ein Mensch vor ihm – konnte es wahr sein, dass dies das Ende bedeutete? Dass es weiter hinauf nicht ging?

Er hatte seine Kräfte aufgezehrt, war ausgelaugt, zitterte vor Kälte und Schwäche, aber er versuchte es noch einmal. Mit mühsamen Flügelschlägen, die ihm schier den Rücken zerreißen wollten, kletterte er Spanne um Spanne höher, dichter heran an das düstere Dach der Welt. Und je näher er den ewigen Wolken kam, desto deutlicher spürte er ein wütendes Brausen und Toben darin, eine bedrohliche Kraft, die dort oben tobte, bereit, jeden zu zerfetzen, der sich in ihr Territorium wagte. Er hatte geglaubt, in den Himmel eintauchen zu können wie in eine Nebelbank, hatte erwartet, in erhabenem Dunst weiter emporsteigen zu können, um endlich darüber hinaus zu gelangen, dorthin, wo man die Sterne sehen konnte. Das war ein Irrtum gewesen. Der Himmel war ein stärkerer Gegner, als irgendjemand geahnt hatte.

Owen überließ sich schließlich einem langen, weiten Sinkflug, abwärts, heimwärts. Ihm wurde fast schwarz vor Augen, als er wieder in wärmere Luft gelangte, und kurz bevor er die Küstenlande erreichte, begannen die Spitzen seiner Flügel vor Erschöpfung derart zu zittern, dass er es beinahe nicht mehr bis zum Nestbaum geschafft hätte. Und als er endlich im Landenetz lag, konnte er selber kaum glauben, was er getan hatte.

»Ich habe den Himmel berührt«, sagte er zu Hekwen, der an seinem gewohnten Platz auf der Galerie hockte und getrocknetes Hiibufleisch kaute.

»Das glaube ich nicht«, sagte der Alte.

»Dann lass es«, sagte Owen und zog sich mit schmerzenden Armen aus dem Netz.

Hekwen rieb sich das Kinn. »Den Himmel zu berühren ist eine Sache«, rief er Owen nach. »Ihn zu durchstoßen eine ganz andere.«

Die Tochter des Signalmachers

Owen verkroch sich in seine Schlafkuhle und bekam Fieber, das mehrere Tage dauerte. Seine Flügel wiesen Erfrierungen auf, wunde Stellen und geplatzte Blutgefäße, und sie sollten noch lange schmerzen. Er schlief und zitterte dabei, träumte heiße Träume, in denen er mit dem Himmel rang, und wenn er abstürzte, wachte er schreiend auf.

»Was ist nur anders mit dir, mein Sohn?«, hörte er seine Mutter einmal an seinem Lager sagen.

Als das Fieber endlich nachließ, hatte die Frostzeit begonnen. Sie dauerte lange dieses Jahr, und diesmal schloss sich gleich die Windzeit an mit machtvollen Stürmen. Die Segelfischschwärme blieben aus, wie immer, wenn die Trockenzeit ausfiel. Owen kletterte mit den Männern des Stammes am Nestbaum hinab, mit Halteseilen gesichert, um stattdessen Frostmoos zu ernten.

Eines Nachts, als es stürmte wie noch nie, zerrissen donnernde Laute die Luft, und der rote Schein von Notsignalen flackerte von weither über dem Wald. »Das Nest der Ris!«, schrie jemand. »Sie brauchen Hilfe!«

Owen hatte von Signalen gehört, aber noch nie welche gesehen. Er konnte seinen Blick kaum von den Feuerbällen wenden, die im fernen Südwesten für Augenblicke die stürmische Nacht mit blutrot aufflammendem Licht durchschnitten. Und er schloss sich ganz selbstverständlich den Männern an, die es wagten, durch den Sturm und die Dunkelheit zu fliegen, um dem Stamm der Ris beizustehen.

Der Sturm hatte ein Gewitter mit sich gebracht, und der Blitz hatte in einen der Hauptäste des Nestbaums eingeschlagen. Zwei Nesthütten waren zerstört, sechzig vom Absturz bedroht, darunter die Hütten, in denen die Vorräte lagerten. Im Licht rußender Sturmfackeln, während der Sturm ihnen die Fetzen nasser Blätter um die Ohren schlug, reichten sie schreiende Kinder von Arm zu Arm, wuchteten Kisten und Fässer aus den bedrohlich schwankenden Hütten und versuchten gar, den Spalt in dem riesigen Ast mit Seilen zu verzurren. Alles andere gelang, doch das nicht: Eine heulende Bö fuhr ins Geäst, und mit markerschütterndem Krachen spaltete sich das Holz endgültig und riss die Hütten in die Tiefe. Als das große Licht des Tages endlich aufstieg, sahen die nassen, erschöpften Menschen ein Nest in Trümmern liegen.

Doch nun, da der Sturm sich gelegt hatte, kamen sie von überall zu Hilfe. Die Leik, die Non, die Heit, sogar die Mur vom Rand der Hochebene schickten Handwerker, Werkzeug und Holz, und bald wuselte der Nestbaum der Ris wie ein Süßmückennest. Als die Hütten wieder aufgebaut waren, wurde ein Fest gefeiert, wie man es nur feiern kann, wenn man gemeinsam eine Katastrophe bewältigt hat, und Omoris, die Älteste des Nests, dankte ihnen allen mit bewegenden Worten.

Bei diesem Fest lernte Owen Eiris kennen, die Tochter des Signalmachers.

Um genau zu sein, war sie ihm schon in der Nacht des Sturms aufgefallen. Er hatte neben ihr gestanden, als hundert Hände auf ein Kommando an den Spannseilen zogen, während der Sturm heulte und jaulte und sie alle von den Plattformen fegen wollte, und einmal hatte er sie festgehalten, als sie mit einem schweren Sack auf den Schultern ins Straucheln geraten war. Warm und anmutig hatte sie einen herrlichen langen Augenblick in seinen Armen gelegen, ehe sie sich fing, weil die Arbeit weitergehen musste.

Jetzt, bei Tag, gefiel sie ihm noch besser. Sie hatte ein schmales Gesicht, eine Figur von zarter Schönheit und schlanke, helle Flügel, sie hörte ihm aufmerksam zu, wenn er etwas sagte, und sah ihn mit dunklen, rätselhaften Augen dabei an. Oft wusste er allerdings nichts zu sagen, saß nur da und kam sich hilflos und dumm vor, aber Eiris blieb trotzdem bei ihm sitzen. Als es Zeit war, nach Hause zu gehen, fasste Owen endlich Mut und fragte sie, ob er sie wiedersehen dürfe. Sie zögerte einen Moment, der Owen das Herz bis zum Hals hinauf schlagen ließ, dann sagte sie: »Ja. Gern.«

In den Tagen, die folgten, sah man sie oft unter den Klippen spazieren, stundenlang am Strand entlang, Muscheln auflesen und ins Wasser werfen und reden dabei. Oder sie zogen weite Kreise über dem Meer, haschten und neckten einander, um sich später in einer bemoosten Astgabel hoch über einer verlassenen Schlucht auszuruhen. Dort küssten sie sich das erste Mal. Owen wäre beinahe vom Baum gefallen dabei.

»Was ist dein größter Traum?«, fragte Eiris ihn eines Tages.

»Die Sterne zu sehen«, erwiderte Owen und erschrak, denn das hatte er noch nie jemandem erzählt.

»Die Sterne? Aber man kann die Sterne nicht sehen. Sie sind jenseits des Himmels.«

»Ja«, sagte Owen. »Ich weiß.«

Sie sah ihn so seltsam an dabei, dass er es wagte und ihr alles erzählte. Wie er die Höhe des Himmels gemessen hatte. Wie er trainiert hatte, wie er den Schwung der Pfeilfalken erlernt und schließlich den Himmel berührt hatte. Und wie es dann nicht mehr weitergegangen war.

Eiris umarmte ihn, und ihm war, als habe sie Tränen in den Augen. »Du musst weitermachen«, flüsterte sie ihm zu. »So einen wunderbaren Traum darfst du nicht aufgeben. Ich glaube an dich, Owen. Jemand, der es geschafft hat, den Himmel zu berühren, wird es eines Tages auch schaffen, die Sterne zu sehen.«

Das zu hören ließ Owen sich unendlich stark fühlen. Hätte sie es verlangt, er wäre ohne zu zögern losgeflogen, den Himmel ein zweites Mal zu erklimmen. Aber sie verlangte es nicht.

So verging ein Jahr, und als die Trockenzeit wiederkam, versprachen Owen und Eiris einander endlich, wie es jeder geahnt hatte. Das gab wieder ein Fest. Die Handwerker der Wen und der Ris zimmerten den jungen Leuten eine Hütte, und anschließend wurde so viel vergorener Eisfrüchtewein getrunken, dass manch einer fast vom Baum gefallen wäre. Owen aber hatte beschlossen, bei Eikor, Eiris Vater, in die Lehre zu gehen und das Handwerk eines Signalmachers zu erlernen.

Der Signalmacher hatte seine Werkstatt in einer Höhle in

einem einsamen, kantigen Felsen bei den Klippen, weil seine Arbeit zu gefährlich war, um sie im Nest auszuüben. Owen lernte, wo man nach den Mineralien für die Ingredienzen grub, welche Pflanzen man trocknen musste und wie man sie zerrieb, wie man Signalpulver anmischte und Treibmasse kochte, wie man eine Feuerschnur fertigte und wie man sie anbrachte. Für die Signale nahm man die ausgehöhlten Samenschoten des Ratzenstrauchs: Zuerst kam eine Ladung Signalpulver hinein, dann die zähe Treibmasse, in die man die Feuerschnur hineinschob, ehe sie erstarrte. Zum Schluss wurden drei Flügel angebracht, um den Flug zu stabilisieren, und alles zu einem griffbereiten, regendichten Paket verpackt. Eikor war der einzige Signalmacher der Küstenlande, er versorgte alle Stämme im weiten Umkreis.

Das erste Signal, das Owen allein machte, explodierte, als er die Feuerschnur zog, und hinterließ einen enormen schwarzen Fleck auf dem steinigen Strand, den erst die Flut wegspülte. Doch bereits das dritte Signal schoss hoch empor und verging in einem hellen, weißen Feuerball, neben dem das große Licht des Tages für einen Moment verblasste.

Und wenn Owen abends in die Hütte zurückkehrte, sich den Ruß aus dem Gesicht wusch, die Ratzenkleie aus den Haaren kämmte und endlich Eiris in die Arme schließen konnte, war er der glücklichste Mensch der Welt.

Die Regenzeit kam, in der die Feuerbeeren nicht trockneten und die Ratzenschoten weich wurden von der Feuchtigkeit. Owen und Eikor rieben Salpeterstein stattdessen, schnitzten Flügel aus Kiurkaholz und flochten Fasern zu Schnüren. Dann kam die Nebelzeit, und der Anblick der Nebelbänke über den Klippen und dem dunkelgrünen, stillen Meer rief in Owen die Erinnerung wieder wach an seinen Aufstieg zum Himmel und an seine Sehnsucht, die Sterne zu sehen.

Eines Tages, als die Frostzeit bereits wieder nahte, versuchte er es erneut. Diesmal war es Eiris, die ihm Hiibufett in die Flügel einrieb, und er fühlte sich stark und glücklich, als sie ihn zum

Abschied umarmte. Schon als er sich von der Sprungkante stieß, wusste er, dass er es wieder schaffen würde. Diesmal flog er mit ruhigen, sparsamen Bewegungen, und obwohl er den Schwung der Pfeilfalken das ganze Jahr über nicht geübt hatte, glückte er ihm auf Anhieb wie selbstverständlich. Er stieg höher und höher, ließ die Welt unter sich zurück, rang mit der Höhe und dem Himmel, doch er war ruhiger diesmal, zuversichtlicher, und erst jetzt merkte er, wie viel Kraft ihn beim ersten Mal die Frage gekostet hatte, ob es überhaupt zu schaffen war.

Aber leicht war es dennoch nicht. Irgendwann war wieder alles vergessen, das Nest, Eiris, die ganze Welt, und es gab nur noch Schwünge und Pausen, Schwünge und Pausen, schmerzende Brustmuskeln und Flügelgelenke, beißende Kälte und einen Himmel, dem näher zu kommen mit alles durchdringender Erschöpfung bezahlt werden musste. Erst als er wieder dicht unter dem brodelnden Wolkendach des Himmels schwebte, erlaubte sich Owen ein Lächeln und einen Schrei des Triumphs.

Wie er es Eiris versprochen hatte, zog er ein Signal aus der Tasche, das er eigens für diese Gelegenheit gebaut hatte, mit grünem Signalfeuer statt dem roten, das einen Notfall anzeigte. Er hielt es mit ausgestrecktem Arm von sich, richtete es auf die Wolken über sich und riss die Feuerschnur. Mit heißem Fauchen schoss es davon, bohrte sich in das Firmament und verschwand, und einen Augenblick später loderte ein gewaltiges grünes Licht über ihm auf, größer und wilder, als er es erwartet hatte, fast so, als hätte der Himmel Feuer gefangen.

In diesem Augenblick kam ihm die Idee.

»Ich habe es gesehen!«, rief Eiris schon von Weitem, als er zurückkam. »Der ganze Himmel hat aufgeleuchtet, so hell wie das kleine Licht der Nacht!«

Owen war erschöpft und unsagbar ausgelaugt, doch es war nicht so schlimm wie beim letzten Mal. Er schloss Eiris in die Arme und sagte: »Das Signal muss auf der anderen Seite des Himmels explodiert sein. Ich bin sicher, dass es so war.« Dabei dachte er an die Idee, die ihm gekommen war, doch inzwischen machte sie ihm Angst, und er wagte nicht, darüber zu sprechen.

Die Frostzeit brach an. Eiris und Owen rösteten ihre eigenen Kiurka-Samen, hörten dem Klirren der vereisten Lianen zu und freuten sich aneinander. Eikor lieh Owen seine alten Bücher über das Signalmachen, und Owen studierte sie im fahlen Licht der kurzen Tage. Als die Trockenzeit kam, zog er bisweilen los, um das Unterholz zu durchstreifen. Von diesen Streifzügen brachte er zu Eiris' Verwunderung allerhand große Samen, Beeren und Nüsse mit, die er zu Hause sorgfältig zerlegte und untersuchte, als sei er unter die Naturforscher gegangen. Auf ihre Frage, was er vorhabe, meinte Owen nur, er müsse etwas ausprobieren.

Seine Wahl fiel schließlich auf die armlangen Riesenbaumnüsse. Er borgte sich von einem der Zimmerer einen Bohrer und ein Schabmesser und höhlte die Nuss von ihrem stumpfen Ende bis zur Spitze aus. Dazu brauchte er mehrere Abende, und am Schluss hatte er eine lange, hohle Nussschale, die er mit Treibmittel füllte.

»Kein Signalpulver«, erklärte er dem verwunderten Eikor. »Ich will nur eine Rakete machen, kein Signal.«

»Und wozu soll das gut sein?«, fragte Eiris' Vater.

»Einfach so«, sagte Owen und drückte die Feuerschnur hinein.

Die erste Rakete zerriss es in tausend Fetzen, kaum dass sie ein Stück gestiegen war. Owen nahm die nächste Nuss und machte sich wieder daran, sie auszuhöhlen, ließ diesmal aber eine Schicht Fruchtfleisch unter der Schale stehen. Diese zweite Rakete explodierte erst hoch über dem Meer. Als die Trockenzeit begann, flogen Owens Raketen weit und explodierten nicht mehr – bloß war keinem klar, wozu das gut sein sollte.

Einzig Eiris ahnte, was Owen vorhatte. Ihr Gesicht war voller Sorge, wenn sie ihm zusah, wie er an den Riesenbaumnüssen arbeitete.

Als Owen eines Abends eine Rakete auf eine Lastentrage band und die Feuerschnur zog, musste er feststellen, dass sie zu stark war für die hölzernen Tragegestelle. So flog er bei nächster Gelegenheit mit zum Luuki-Markt und erstand eine Trage aus Metall, die nicht nur stabiler, sondern auch leichter war als die normalen aus Holz.

Auf dieser Trage befestigte er eine Rakete, die er mit besonderer Hingabe gefertigt hatte, dann stellte er alles in die Ecke und redete den Rest des Jahres nicht mehr darüber.

Die Regenzeit kam und ging wieder, die Nebelzeit brach an, und als die Frostzeit nahte, sah Owen manchmal abends zum Himmel hoch, aber er sagte nichts davon, es noch einmal zu versuchen. Als Eiris ihn fragte, wandte er sich ab und sagte:»Nächstes Jahr vielleicht.«

Doch Eiris nahm seine Hände in die ihren und sah ihm in die Augen mit jenem Blick, mit dem sie seine Seele erreichte.»Schau, Owen«, sagte sie,»es ist dein Traum und deine Sehnsucht. Du musst entscheiden, was du tun willst, und ich werde dich lieben, wie immer du dich entscheidest. Aber zwei Dinge musst du bedenken. Erstens wirst du nicht für alle Zeiten so stark sein, wie du jetzt bist. In ein paar Jahren wirst du es nicht mehr bis zum Himmel schaffen, erst recht nicht mit einem Gestell auf dem Rücken. Und zweitens werde ich vielleicht schon nächstes Jahr unser Kind tragen, und dann darfst du kein solches Risiko mehr eingehen. Wenn du es tun willst … wenn du es tun *musst*, dann tu es jetzt. Oder begrabe den Traum für alle Zeiten.«

Owen versank in ihrem Blick.»Ich habe Angst davor, was mich erwartet«, bekannte er leise.»Auf der anderen Seite des Himmels.«

Er sah Tränen in ihren Augen auftauchen.»Die Sterne, Owen«, flüsterte sie.»Die Sterne.«

»Ich könnte sterben dabei.«

»Ich weiß, Owen. Und es würde mir das Herz brechen. Aber ich werde dich nicht bitten zu bleiben, nur um meiner Angst willen. Wenn du deine Angst bezwingst, will ich meine auch bezwingen.«

Sie hielten sich an den Händen, sahen einander an für eine Zeit, die nicht zu enden schien.»Morgen Abend«, sagte Owen zuletzt.»Und ich werde zurückkommen und dir von den Sternen erzählen.«

Die Sterne sehen

Er startete von der Klippe über der Werkstatt. Das große Licht des Tages stand schon tief über dem Meer, das ruhig und sattgrün dalag, von einer Farbe wie wogendes Moos, gesprenkelt mit hell schimmernden Fetzen kühlen Dunstes, der den Horizont weiß gegen den Himmel verschwimmen ließ. Eiris half ihm, die Trage anzulegen und die gepolsterten Gurte aus Hiibu-Leder so eng zu schnüren, dass sie nicht reiben würden und ihn dennoch nicht in seinen Bewegungen einschränkten. Die Feuerschnur lag zusammengerollt an seiner Seite, mehrfach gefaltet, damit sie nicht aus Versehen gerissen werden konnte und gleichwohl gut zu erreichen war. Die Trage mitsamt der Rakete darauf wog schwerer, als Owen sie in Erinnerung hatte, aber er ließ sich nichts anmerken. Er war stark und hatte den Himmel schon zweimal bezwungen. Er würde ihn auch ein drittes Mal bezwingen.

Er entfaltete seine Flügel, weit, als wolle er sich von dem kühlen auflandigen Wind auf der Stelle davontragen lassen, und vollführte ein paar knallende Flügelschläge. Da, wo das Fett, das Eiris ihm einmassiert hatte, noch nicht ganz trocken war, kribbelte es auf der Haut. Die Luft rauschte leise in der Spanne seiner Flügel, und er spürte in Brust und Rücken das Ziehen der Muskeln, auf die eine Anstrengung ohne Beispiel wartete.

Eiris küsste ihn zum Abschied, ohne ein Wort, und als er sie umarmte, fühlte er die Ansätze ihrer schlanken, schmalen Flügel beben. Aber sie lächelte tapfer und sagte:»Nun geh schon.«

Da stieß sich Owen von der Klippe ab, griff weit in die Luft und segelte davon, hinaus auf den stillen, dunkel werdenden Ozean. So spät am Nachmittag war der Wind vom Meer her zu schwach für eine aufwärts tragende Strömung, aber er wusste, dass er um diese Jahreszeit eine wunderbare Thermik über den heißen Quellen finden würde, und genau so war es auch. Die Luft trug ihn empor, als wolle sie ihm zu verstehen geben, dass sie auf seiner Seite war. Ein, zwei Schläge nur waren nötig, ein bisschen manövrieren musste er, und im Nu stieg er höher hinauf, als er erwartet hatte. Als ihn die Thermik schließlich entließ, waren die Küstenlande zu Spielzeug geschrumpft.

Voll jubelnder Zuversicht zog er einen Kreis und begann das erste Schwungmanöver. Flügel anlegen, stürzen. Den Sturz mit Treibschlägen beschleunigen. Weit ausspannen und in einen flachen Bogen übergehen, bis in die Aufwärtsbewegung hinein, und dann ausholende, peitschende Schläge, hinauf, hinauf, hinauf …

Es durchfuhr ihn heiß und kalt, als er merkte, dass er nach dem ersten Schwung nicht nur keine Höhe gewonnen, sondern sogar Höhe verloren hatte, und nicht wenig. Fast hätte er aufgeschrien vor Enttäuschung. Wie konnte das sein? Er hatte diesen Schwung an die tausend Mal geübt, ihn bei seinen Aufsteigen zum Firmament Hunderte Male benutzt …

Aber eben niemals mit einer Lastentrage auf dem Rücken.

Es half nichts. Er würde abbrechen müssen. Er würde den Schwung der Pfeilfalken neu üben müssen, mit der Trage diesmal, und es dann neu versuchen. Doch da fiel ihm Eiris ein, die vielleicht bald ihr Kind erwarten würde und dass er wahrscheinlich nur noch dieses eine Mal hatte. Mit Anbruch der Frostzeit würde es vorüber sein. Und bis dahin waren es nur mehr wenige Tage.

Heute. Er musste es heute schaffen, oder er würde es niemals schaffen, die Sterne zu sehen.

Aber wie, wenn der Schwung nicht mehr funktionierte? Er glitt zurück in die Thermik, ließ sich wieder emportragen, versuchte es erneut. Diesmal ging es schon besser, oder zumindest weniger schlecht. Er musste beim Fallen eher mit den Treibschlägen beginnen, musste früher in die Abfangkurve übergehen und die Aufwärtsschläge weiter nach hinten durchziehen. Der dritte Versuch brachte ihn endlich über die ursprüngliche Höhe hinaus, wenn auch enttäuschend wenig. Er würde mindestens doppelt so viele Schwünge wie das letzte Mal brauchen, um den Himmel zu erreichen.

Nun, denn. Dann würde er eben doppelt so viele Schwünge machen.

Er begann. Schwung, Schwung, Pause. Schwung, Schwung, Pause. Die Routine kehrte zurück, die Konzentration stellte sich wieder ein. Es war wieder wie beim letzten Mal. Er würde es schaffen. Schwung, Schwung, Pause. Der Rhythmus des Aufstiegs, der ihn schon zweimal bis unter das Dach der Welt gebracht hatte. Wieder versank die Welt hinter ihm, unter ihm. Wieder vergaß er alles, sogar Eiris, kannte nur noch die frostige Luft, den pfeifenden Wind in seinen Flügeln, das Keuchen seiner Lungen, den reißenden Schmerz in seinen Muskeln. Er stieg, und stieg, und stieg. Irgendwann verlosch das große Licht des Tages, und das kleine Licht der Nacht erschien. Das war ungewohnt, aber Eiris hatte ihn auf den Gedanken gebracht, dass er den Himmel ja nachts durchstoßen musste, wenn er die Sterne sehen wollte, denn das große Licht des Tages würde sie überstrahlen. Er hatte in den alten Büchern nachgelesen und gefunden, dass es sich auf den Welten, von denen die Ahnen stammten, in der Tat genau so verhalten hatte: Man hatte die Sterne nur nachts sehen können.

Der Himmel war eine graue, glimmende Glocke über ihm, das Meer ein schwarzer Abgrund unter ihm, und es war so still um ihn, als sei das Ende aller Zeiten gekommen. Doch Owen vollführte einen Schwung nach dem anderen, fiel, trieb, stieg auf und kletterte höher, unerbittlich, getrieben von einer Kraft, von der er nicht hätte sagen können, woher sie kam. Er schrie jetzt jedes Mal, wenn er den zum Zerreißen schmerzhaften tiefsten Punkt des Schwunges durchflog, aber es kam ihm gar nicht zu Bewusstsein, dass er schrie. Er merkte nicht, dass seine Flügel an den beiden Handschwingen eingerissen waren, und da es dunkel war, sah er auch das Blut nicht, das aus den Rissen quoll. Tränen rannen ihm über die Wangen, und er schmeckte sie nicht. Alles, was er sah, war der Himmel, dem er wieder näher kam, Spanne um Spanne, ein qualvoller Kampf, in dem jede Bewegung ihren Preis hatte. Doch, Hunger spürte er und Durst, aber er wagte es nicht, innezuhalten und etwas von seinem Proviant zu essen, weil er Angst hatte, er könnte danach nicht mehr die Kraft finden weiterzumachen. Dies war kein sportliches Ringen mehr, dies war ein verzweifelter Kampf geworden zwischen ihm und dem Himmel, und es ging in mehr als einem Sinn um sein Leben. Owens Keuchen war zu einem Schluchzen geworden, aber er machte weiter und weiter, stieg und stieg. Er würde es schaffen. Er würde vielleicht sterben dabei, aber er würde es noch einmal schaffen, den Himmel zu erklimmen. Und dann würde er ... Er konnte noch nicht daran denken, was er dann tun würde. Er musste alle Kraft in den nächsten Schwung legen, musste zum Pfeilfalken werden, musste den Schmerz ertragen und alles in den Aufschwung legen, was noch in ihm war.

Die Nacht nahm kein Ende. Aber auch seine Kraft und sein Schmerz nahmen kein Ende.

Irgendwann begriff er, dass er angekommen war. Das Firmament, die ewige Wolkendecke, hing im kleinen Licht der Nacht über ihm wie ein hungriges, lippenleckendes Maul, brauste und brodelte unheilverkündend im Dunkeln. Owen glitt darunter dahin, weinend vor Erschöpfung und zitternd von der Kälte, nicht von der Angst. Nein, nicht von der Angst.

»Hier bin ich wieder«, schrie er irgendwann, oder flüsterte er es nur? Er wusste es nicht. Das graue, schwere Himmelsgewölbe, unter dem er sich so winzig vorkam wie ein Insekt, hörte ihn sowieso nicht.

Da war irgendetwas gewesen, das er hatte tun wollen, wenn er hier angelangt war. Ach ja. Nach und nach fiel es ihm wieder ein, wie eine Erinnerung aus einer unsagbar lange zurückliegenden Zeit. Die Trage. Die Rakete. Owen griff nach dem Bündel an seinem Gürtel, und alles tat ihm weh dabei. Es war so weit. Jetzt würde er den Himmel durchstoßen.

Er richtete den Oberkörper auf, flügelschlagend, brachte die Rakete in eine geeignete Position. Er sank allmählich abwärts, konnte die Höhe nur mit Mühe halten. Er dachte an Eiris, wollte irgendetwas sagen, aber ihm fiel nichts ein, und er hatte keine Zeit nachzudenken, weil er Höhe verlor, und so riss er einfach die Feuerschnur.

Es war, als träte ihn der größte aller Hiibu-Böcke mit aller Gewalt in den Rücken, so gewaltig traf ihn der Schlag, als die Rakete losging. Er konnte gerade noch daran denken, die Flügel einzufalten, damit sie nicht nach hinten gerissen wurden und in den Feuerstrahl gerieten, aber seine Fersen verbrannte er sich trotz allem in dem dröhnenden, unglaublich heißen Schweif. Unwillkürlich schloss er die Augen, und als er begriff, dass er vorwärtsgeschleudert wurde, riss er sie wieder auf und sah nur helles, flockiges Grau um sich herum, wirbelnde Schatten und den Widerschein des Raketenstrahls, der brannte und brannte und gar kein Ende nehmen wollte. War das der Himmel? Durchstieß er die ewigen Wolken? Er wusste es nicht, und was immer mit ihm geschah, er hatte ohnehin keinen Einfluss mehr darauf.

Dann war plötzlich ohrenbetäubende Stille und Dunkelheit, und Owen spürte, dass er sich immer noch bewegte, geradezu dahinschoss durch ein gestaltloses Nichts. Entsetzliche Enttäuschung griff nach seinem Herz. Es hatte nicht gereicht. Die Rakete war zu schwach gewesen, um ihn durch den Himmel auf die andere Seite zu stoßen.

Er spürte, dass ihm Tränen kamen, und es tat gut. Wenigstens hatte es er es versucht, hatte getan, was menschenmöglich gewesen war. Nun, da alles vollbracht war, gab es ohnedies nichts mehr, was er darüber hinaus hätte tun können.

Doch plötzlich – wich das Grau, wich einer kühlen, erhabenen Dunkelheit …

Die Sterne. Owen sah sie, und der Anblick war großartiger, als er es sich jemals hätte vorstellen können. Tausende, Millionen von ihnen standen schweigend in klarer, endloser Schwärze, in Pracht und Herrlichkeit. Ihre herzzermalmende Majestät kündete von unfassbarer Weite und Größe, größer als alles, was Menschen in ihrer Welt kannten und kennen konnten. Mit Tränen in den Augen glitt Owen unter den Sternen dahin, in einem lautlosen Bogen über der grauen See ewiger Wolken, doch es waren Tränen unsagbarer Freude und Dankbarkeit, Tränen der Erfüllung, und er wusste, dass er sein Leben gewagt und gewonnen hatte in diesem Augenblick.

Lange dauerte er, Owens Flug unter den Sternen, oder vielleicht auch nicht, und es kam ihm nur so vor. Er breitete seine Flügel aus, weil er länger bleiben wollte, doch sie trugen nicht hier oben, und als die Wolken wieder nach ihm griffen und die Welt, faltete er sie zurück für den Sturz durch das Toben der Gewalten. Und als ihn das Weltendach endlich ausspie in den Luftraum, in dem er zu Hause war, riss er sich die Trage mit der leergebrannten Rakete vom Rücken und ließ sie in die Tiefe fallen, und so befreit und leicht breitete er die schmerzenden Flügel aus zu einem schlichten, ruhigen Gleitflug, der ihn nach Hause bringen würde, sofern er die richtige Richtung eingeschlagen hatte, oder jedenfalls zurück auf den Boden.

Er wusste nun, was er Eiris erzählen würde. »Die Sterne«, würde er ihr sagen, »sind nicht nur der Ort, von dem wir kommen.« Ihren Kindern würde er es ebenfalls sagen, und jedem, der es hören wollte. »Sie sind auch der Ort, zu dem wir einst zurückkehren müssen.«

Doch dann wurde ihm schwarz vor Augen. Er merkte noch, dass er zu stürzen begann, hinab in die grundlose Tiefe, dann wusste er nichts mehr.

Eiris

Der einsame Morgen

Eiris harrte die ganze lange Nacht hindurch auf der Klippe aus, von der Owen gestartet war. Blicklos starrte sie auf das schwarze Meer, bis das kleine Licht der Nacht erlosch und sie in vollkommener Finsternis zurückließ, und auch dann rührte sie sich nicht. Sie spürte weder die Kälte der Nacht noch, wie die Zeit verging, sie wartete einfach nur, dass Owen zurückkehrte. Doch als sich schließlich in der Ferne das Meer und der Himmel wieder voneinander schieden, weil das große Licht des Tages den Horizont mit einer blutroten Linie zeichnete, da war ihr, als zerbräche etwas in ihr auf immer.

Sie stand auf und wunderte sich, dass sie nicht weinte. Sie hätte sich gewünscht zu weinen, sich die Flügel zu raufen und zu wehklagen, doch ihr war nur kalt, und alles, was sie fühlte, war eine Leere in ihr, die wehtat.

Mein Herz ist gestorben, dachte sie, während sich die Dämmerung pastellfarben um sie herum erhob. *Alles, was mir nun bleibt, ist zu warten, bis auch ich sterbe.*

Dann breitete sie die Flügel aus und flog zurück zum Nest, um ihren Eltern zu sagen, was geschehen war.

»O Unglück!«, rief ihre Mutter und raufte sich die Federn. »Es ist alles meine Schuld!«

»Deine Schuld? Wieso das?«, fragte Eiris, maßlos verblüfft.

»Ich hätte dir rechtzeitig beibringen müssen, dass es nicht die Aufgabe der Frauen ist, Männer zu kühnen Taten zu ermutigen. Unsere Aufgabe, meine Tochter, ist es, sie davon *abzuhalten*!«

Eiris wollte etwas darauf entgegnen, etwas, an das sie noch am

Tag zuvor felsenfest geglaubt hatte, doch sie hatte vergessen, was das gewesen war. So schwieg sie und neigte das Haupt, auf dass ihre Mutter es tröstend zwischen die Hände nahm, wie es Brauch war, wenn jemand untröstlichen Schmerz erlitt.

Inzwischen machte die Kunde von Owens Verschwinden im ganzen Nest die Runde. Die Männer der Ris zogen eilig ihre wärmsten Kleider an, fetteten sich rasch die Handschwingen ein und erklommen dann den obersten Startpunkt, wo sie sich absprachen, wer welches Gebiet absuchen würde. Die frühmorgendliche Luft rauschte vom Schlagen ihrer Flügel, als sie aufbrachen, in Gruppen zu dreien oder vieren. Es war kalt, und auf den Lederblättern lag der erste Raureif.

»Die Frostzeit steht bevor«, sagte Takaris, ein Holzbauer und einer der Kundschafter, die kurz nach Mittag zurückkehrten, um Bericht zu erstatten. »Das Meer ist kalt in der Bucht. Weiter draußen, bei den Inseln, haben wir schon Eis gesehen. Wenn Owen ins Meer gestürzt sein sollte, dann ...« Er beendete den Satz nicht.

Sie fanden an diesem Tag keine Spur von Owen. Am darauffolgenden Tag brachte eine Gruppe sein Tragegestell zurück, das weit draußen im Meer getrieben hatte, in einer der starken, stets wechselnden Strömungen, sodass man nicht sagen konnte, woher es gekommen war. Der Zustand des Gestells gab zu schlimmsten Befürchtungen Anlass: Es war zerbeult wie von einem Sturz aus unbeschreiblichen Höhen, und die schulterseitigen Schwimmkörper wiesen Spuren auf, von denen alle, die sich mit derlei auskannten, sagten, es sei Blut. Dass es viel Blut gewesen sein musste, damit sich genug davon in dem porösen Holz festsaugen konnte, um trotz Wind, Wetter und dem salzigen Meerwasser Spuren zu hinterlassen, sagten sie nicht, aber Eiris verstand es auch so.

Die Männer des Ris-Stammes verbrachten zwei weitere Tage damit, nach Owen zu suchen. Sie flogen noch einmal die Orte ab, an denen sie schon am ersten Tag gesucht hatten, vor allem die vorgelagerten Inseln, die im Grunde die einzigen Plätze waren, wo Owen, sollte er einen Absturz überlebt haben, hätte am Leben bleiben können. Am Morgen des fünften Tages trat der Rat zusammen, und Omoris, die Älteste, verkündete den Beschluss: Nach menschlichem Ermessen bestehe keine Hoffnung mehr, Owen lebend wiederzufinden. Sie würden die Suche aufgeben und mit den Vorbereitungen für die Totentrauer beginnen.

Immer noch vermochte Eiris nicht zu weinen. Ihr Herz stak wie ein Stück Eis in ihrer Brust.

Ein Tag für das Abschiedsfest wurde festgesetzt, dann schickte man zwei Botschafter zum Nest der Wen. Diese knüpften sich, wie es Brauch war, lange schwarze Bänder um Fußknöchel und Handgelenke, was das Fliegen erschwerte, aber schon von Weitem von ihrer traurigen Mission kündete. Sie sollten Owens Stamm wissen lassen, was geschehen war, und alle einladen, gemeinsam mit den Ris um ihn zu trauern.

Die Nestlosen

Doch die Botschafter waren kaum aufgebrochen, als sie auch schon wieder zurückkehrten, um von einer beunruhigenden Beobachtung zu künden, die sie kurz nach dem Start gemacht hatten: Eine gewaltige Zahl von Fliegern nähere sich der Küste und dem Nestbaum der Ris, und alle Anzeichen sprachen dafür, dass es sich um einen Schwarm Nestloser handelte!

»Auch das noch«, meinte Eiris' Vater. »Unheil kommt eben immer in Gesellschaft.«

Eiris verfolgte alles, was geschah, mit dem Gefühl, vollkommen gelähmt und innerlich tot zu sein. Von den Nestlosen hatte sie bislang nur erzählen hören. Räuber seien das, sagten manche, die den Nestern stählen, was sie zum Leben brauchten. Andere behaupteten, es seien Verstoßene, die sich zusammengetan hätten und sich bettelnd und auf andere ehrlose Weise durchs Leben schlügen. Andere wiederum meinten, das sei alles völlig übertrieben; Nestlose hätten, wie der Name schon sagte, einfach kein Nest, sondern zögen lieber umher, um mehr von der Welt zu sehen als ein normaler Mensch. Schon als Kind hatte Eiris gemerkt, dass die Nestlosen selbst denen, die sie vor Vorurteilen in Schutz nahmen, unheimlich waren, denn was ohne Zweifel feststand war, dass die Nestlosen den Lehren des Ahnherrn Wilian anhingen und sich auf das Verfemte Buch beriefen, von dem niemand wusste, was darin eigentlich geschrieben stand.

Alles geriet in helle Aufregung. »Sie werden uns die Vorräte für die Frostzeit wegnehmen«, unkte jemand. »Dann können wir selber betteln gehen bei den anderen Nestern.«

Der Rat beschloss, einen Kundschafter auszusenden. Dieser sollte den Nestlosen entgegenfliegen und sie nach ihrem Begehr fragen. Es sei nämlich, meinte Omoris, ungewöhnlich, dass Nestlose direkten Kurs auf ein Nest nähmen; normalerweise mieden sie die bewohnten Bäume.

Uktaris, ein Flugfischer und einer der schnellsten Flieger des Nests, meldete sich freiwillig. Er verlor keine Zeit, sondern startete, kaum dass Omoris ihr Einverständnis gegeben hatte, und flog, von allen beobachtet, mit atemberaubender Geschwindigkeit auf den sich nähernden Schwarm zu.

Er kehrte so rasch zurück, wie er gestartet war. »Sie bringen«, rief er noch im Landen, »Owen!«

Ein Schrei entrang sich Eiris' Kehle. »Owen? Was ist mit ihm?«

»Er lebt«, erwiderte Uktaris keuchend, »aber er ist dem Tode näher als dem Leben.«

Der Schmerz drohte Eiris zu überwältigen. Sie durfte also noch einmal hoffen! Selbst auf die Gefahr hin, dass Owen ihr ein zweites Mal und endgültig genommen und der Verlust umso grausamer sein würde, konnte sie nicht anders als zu hoffen, zu hoffen mit jeder Faser ihres Seins und ohne Rücksicht darauf, was das Schicksal an Leid für sie bereithalten mochte.

Als die Nestlosen näher heran waren, sahen alle, dass sie jemanden transportierten. Zwölf von ihnen trugen ein Netz, das offensichtlich in aller Eile aus Schlammwasserlianen und dergleichen angefertigt worden war, nach dem Vorbild jener Tragenetze, die man seit jeher für den Transport Verletzter und Kranker verwendete. In diesem Netz lag reglos eine menschliche Gestalt mit bös zerzausten Flügeln. Dass es tatsächlich Owen war, sahen sie erst, als die Träger das Geflecht behutsam auf dem größten Landenetz des Ris-Baums absetzten.

Eiris stürzte zu ihm und war sich auf einmal köstlich gewiss, dass sie Owen zurückhatte, dass der Schrecken ausgestanden war, dass nun alles gut werden würde.

Dabei war Owen kaum wiederzuerkennen unter all den blauen Flecken, Schrammen und Beulen. Jemand hatte seine Flügel verbunden, und das, was nicht verbunden war, sah aus, als hätte man ihn brutal gerupft. Und er war bewusstlos und heiß vom Fieber.

Doch sie hatte ihn wieder. Er lebte.

»Wo habt ihr ihn gefunden?«, fragte sie, ohne den Blick von ihm zu wenden.

»Draußen bei den Inseln, die ihr die Tran-Leik-Inseln nennt«, sagte eine tiefe, ernste Stimme.

Eiris sah auf. Der Mann, der gesprochen hatte, war nur um weniges älter als sie selbst, doch sein Gesicht war von Narben gezeichnet und sein Haar von grauen Strähnen. Er trug die Kleidung der Nestlosen – Jacken und Hosen mit vielen Taschen und einen eng anliegenden Rucksack, der so geschnitten war, dass er die Flügel nicht behinderte –, und er hatte die prächtigsten Schwingen, die Eiris je bei einem Mann gesehen hatte.

»Ich bin Jagashwili«, sagte er. »Wir hatten unser Lager auf der äußersten der Leik-Inseln, und ich war wach in jener Nacht, in der dein Mann draußen ins Meer gestürzt ist. Er ist doch dein Mann?«

»Ja«, sagte Eiris, und es war wie ein süßer Schmerz, das sagen zu können. »Er ist mein Mann.«

34

Omoris kam über das Netz heran, unsicheren Schrittes, wie es alten Leuten auf den Netzen eigen war. »Ich bin Omoris, Älteste des Stammes und Mitglied des Rates«, wandte sie sich mit mühsam gewahrter Würde an den Nestlosen. »Bist du der Anführer eures Schwarms?«

Jagashwili neigte den Kopf in einer Geste der Verneinung. »Es ist allgemein bekannt, dass wir Kinder Wilians keine Nester bauen«, sagte er sanft. »Dass wir auch keine Anführer haben, wie ihr sie habt, wissen leider nur wenige. Ich führe diesen Transport, weil mir dadurch, dass ich Zeuge wurde, wie dieser Mann abstürzte, die Verantwortung für sein Leben übertragen war.«

»Woher wusstet ihr, wohin ihr ihn bringen müsst?«, fragte Omoris.

»Er ist einmal zu sich gekommen und hat einen Namen genannt: Eiris. Da wir wussten, dass einer der Ris-Stämme hier lebt, hat uns das auf die Idee gebracht, ihn zu euch zu bringen.«

»Eiris, das bin ich«, sagte Eiris. »Sein Name ist Owen. Was ist mit ihm geschehen? Was hat er?«

Jagashwili ging neben ihr und Owen in die Hocke, während alle anderen auf den Ästen, zwischen denen das Netz gespannt war, versammelt standen. »Es hat eine Weile gedauert, ehe wir ihn gefunden haben. Er trieb mit ausgebreiteten Flügeln auf dem Meer. Mit Ausnahme von ein paar Rippen hat er nichts gebrochen, also denke ich, dass er, warum auch immer er abgestürzt ist, es im letzten Moment noch geschafft haben muss, den Sturz zu bremsen. Aber«, fuhr er mit Bedauern in der Stimme fort, »das hat ihn fast die Flügel gekostet. Und nun liegt er im Wundfieber. Das Meer war eiskalt an der Stelle, an der wir ihn aufgefischt haben.«

»Wird er wieder gesund werden?«

»Das kann niemand sagen. Aber wenn, dann wird er lange Zeit nicht fliegen können.«

»Owen ist der beste Flieger der Küstenlande«, verwahrte sich Eiris. »Niemand ist je so hoch geflogen wie er.«

»Dann«, sagte der Nestlose, »ist wohl auch niemand je so tief gestürzt.«

Eiris legte behutsam die Hand auf Owens Stirn. Jetzt, da sie die Geschichte gehört hatte, erschreckte sie die Hitze, die von ihm ausging.

Aber sie würde die Hoffnung nicht aufgeben.

»Er wird wieder gesund werden«, erklärte sie.

Sie brachten Owen in eine freie Hütte an der Gabelung des meerseitigen Hauptastes, legten ihn auf ein Lager aus Kollpok-Wolle und getrocknetem Stechgras, von dem man wusste, dass es Fieber senkte. Eiris wich nicht von seiner Seite, bereitete sich ein Lager neben ihm und wusch ihm unablässig den Schweiß vom Körper, den ganzen Tag lang. Ihre Mutter brachte ihr zu essen, andere brachten immer wieder frisches Wasser.

Eiris ging so vollkommen in der Pflege Owens auf, dass sie nichts mitbekam von dem, was ansonsten im Nest und darum herum geschah. Zur allgemeinen Verwunderung – und auch zum Verdruss mancher, die den Nestlosen immer noch nicht recht über den Weg trauten – zog der Schwarm, der Owen zurückgebracht hatte, nämlich nicht weiter. Stattdessen lagerten die Nestlosen ausgerechnet auf der Oberseite jenes Felsens, unter dem die Arbeitshöhle des Signalmachers lag und auf dem es keinen Margor gab: Sie brachten es tatsächlich fertig, auf dem blanken Felsboden zu schlafen!

Zwei Vertreter des Rates suchten die Nestlosen auf. Sie überbrachten ihnen große Körbe mit den erlesensten Speisen, die die Vorratskammern des Nests zu bieten hatten, einesteils als Zeichen der Dankbarkeit, hauptsächlich aber, um einen Anlass zu haben, mit den wild aussehenden Gestalten zu reden und sich nach ihren weiteren Plänen zu erkundigen.

»Wir sind noch an Owen gebunden«, erklärte Jagashwili. »Wir können erst weiterziehen, wenn wir wissen, welches Schicksal ihm beschieden ist.«

Diejenigen der Älteren, die schon einmal mit Nestlosen zu tun gehabt hatten, bestätigten, dass diese in derartigen Bahnen zu denken pflegten.

Wovon Eiris auch nichts mitbekam, war, dass die Rückkehr Owens und der Zustand, in dem er sich befand, auf das Nest regelrecht betäubend wirkten. Es gab keine lauten Gespräche in diesen Tagen, niemand sang mehr, niemand lachte. Die allgemeine Stimmung war ein großes, fast atemloses Warten. Alle waren überzeugt, dass es nur eine Frage der Zeit war, bis Owen starb.

Alle außer Eiris.

»Du musst mit ihr reden«, sagte man zu Eiris' Mutter, bis diese schließlich zu ihrer Tochter ging und ihr erklärte, dass Owen in einem Fieber zum Tode liege und sie sich keine Hoffnungen mehr machen dürfe.

»Owen ist stark«, erwiderte Eiris wütend und wollte nicht weiter zuhören, sodass ihre Mutter wieder ging.

Inzwischen war nicht mehr zu übersehen, dass die Frostzeit begonnen hatte. Man brachte Eiris Brennmaterial für die kleine Feuerschale der Hütte, Holznüsse, mit denen man an den ersten kalten Tagen heizte – doch es war kaum nötig zu heizen, so heiß war Owens Körper. Er lag in einem Delirium, in dem er unablässig unverständliches Zeug murmelte, und es gelang Eiris kaum noch, ihm Wasser einzuflößen.

Sie war nicht bereit, die Hoffnung aufzugeben, aber allmählich verzehrten Angst und Sorge sie. »Wenn Owen stirbt, dann sterbe ich auch«, sagte sie, als ihre Mutter wieder mit etwas zu essen kam. »Ich wollte, ich wäre an seiner Stelle. Wenn es stimmt, was du gesagt hast, dann ist alles meine Schuld, und es wäre nur gerecht.«

»Mein Kind«, sagte ihre Mutter, »das Leben ist nicht gerecht.«

Eiris sank schluchzend in ihre Arme. »Wenn ich nur irgendetwas tun könnte für ihn!«

Worauf ihre Mutter sie mit einem rätselhaften Ausdruck ansah und fragte: »Liebst du ihn so sehr?«

»Mehr als mein Leben.«

Ihre Mutter zögerte. Wäre ein Beobachter zugegen gewesen, der, anders als ihre Tochter, nicht die Augen voller Tränen gehabt hätte, er hätte die Überwindung bemerkt, die es sie kostete, zu sagen: »Vielleicht … vielleicht gibt es doch etwas, das du tun kannst.«

Eiris' Kopf ruckte hoch. Ihr Gesicht erstrahlte von jäher Hoffnung. »Wirklich? Was?«

»Ich sage nicht, dass es ihn vor dem Tod bewahren wird«, warnte ihre Mutter. »Es wäre nur … eine letzte Chance.«

»Sag, was ich tun kann.«

Eiris fiel nicht auf, wie leise ihre Mutter sprach, als sie sagte: »Du wirst dich nicht mehr daran erinnern, weil du noch sehr klein warst, aber dein Vater hat auch einmal so im Fieber gelegen. Das war, als er diesen Unfall in der Werkstatt hatte, von dem er die Narben am Arm zurückbehalten hat. Damals …« Sie hielt inne. »Du musst mir versprechen, niemandem etwas davon zu erzählen.«

»Wieso das?« Eiris riss die Augen auf.

»Versprich es.«

»Alles, was du willst«, sagte Eiris bebend – und irritiert, denn sie hatte in ihrem bisherigen Leben keine anderen Geheimnisse kennengelernt als solche der Art, wer in wen verliebt war und wer wen schon geküsst haben mochte.

»Ich bin damals«, sagte ihre Mutter in eiligem Flüsterton, »zu einem Kräutermann geflogen, der droben bei den giftigen Seen lebt. Er kannte Kräuter, die sonst niemand kennt, und er hat mir einen Trank mitgegeben, der deinen Vater wieder hat gesund werden lassen.«

»Aber warum soll man davon niemandem erzählen …?«

»Weil er ein böser Mann ist«, unterbrach ihre Mutter sie mit einer ungeduldigen Handbewegung. »Meine Tante Tajanaris hat mich damals dorthin geschickt und mir das gleiche Versprechen abverlangt wie ich nun dir.« Sie seufzte. »Er war ein Büßer. Ich glaube kaum, dass er seine Vergebung inzwischen gefunden hat, vielleicht lebt er auch nicht mehr dort – es ist alles lange her. Aber es wäre eine Chance. Vielleicht die einzige, die Owen noch hat.«

Eiris war verwirrt und versuchte zu verstehen, was ihre Mutter mit dem, was sie gesagt hatte, andeuten wollte, aber je mehr sie darüber nachdachte, desto rätselhafter kam ihr das alles vor.

»Wohin muss ich fliegen?«, fragte sie, und ihre Mutter beschrieb ihr den Weg, den sie vor Jahren genommen hatte: zu den giftigen Seen, und dort am Rande des Ödlandes, das diese umgab, auf einem einsam aufragenden Felsen, hatte der Kräutermann seine einsame Hütte gehabt.

»Aber das ist mehr als eine Tagesreise bis dorthin!«, wurde Eiris erschrocken klar. »Ich wäre drei Tage von Owen weg! Was, wenn er in dieser Zeit stirbt, und ich bin nicht bei ihm?«

»Wenn ich dir eine andere Hoffnung machen könnte«, erwiderte ihre Mutter, »dann würde ich es tun.«

Eiris überlegte, doch ihr wurde schnell klar, dass es nichts zu überlegen gab. Es nicht zu versuchen hätte geheißen, Owen aufzugeben. Und wenn sie flog, dann besser jetzt als später.

»Was wird der Kräutermann für seine Hilfe verlangen?«, wollte sie wissen.

»Das wird er dir schon sagen«, erwiderte ihre Mutter mit abgewandtem Blick, griff nach dem Tuch, mit dem Eiris dem Fiebernden den Schweiß abgewischt hatte, und reichte es Eiris. »Nimm das mit und zeig es ihm. Er kann im Schweiß lesen.«

Dann nahm sie ein frisches Tuch und setzte sich an Owens Lager.

Nun, da es beschlossen war, beeilte sich Eiris mit den Vorbereitungen. Sie packte hastig etwas Proviant in ihren Reiserucksack, dazu ein Schlafseil und ein Decktuch für die Nacht. Das Schweißtuch Owens aber schlug sie in einen Beutel aus wasserdichtem Dersel ein und barg es an ihrer Brust.

Als sie fertig war, kehrte sie zur Krankenhütte zurück, um noch einmal einen Blick auf Owen zu werfen. Er war nicht bei Bewusstsein und glühte wie ein Stück Steinholzkohle.

»Danke«, sagte sie zu ihrer Mutter.

Die sah kaum auf. »Dank mir nicht. Beeil dich lieber.«

Das tat Eiris. Vom Meer her tobte ein eiskalter Sturmwind, der ihr den Atem nahm und sie zum Zittern brachte, aber sie warf sich tränenblind hinein, ließ sich von ihm emportragen, über den Nestbaum der Ris hinaus, und schlug dann ihre Flügel, so stark sie konnte. Die Angst um Owen verlieh ihr Kräfte, von denen sie nicht gewusst hatte, dass sie sie besaß, und als sie in einen guten Rhythmus gefunden hatte, wurde ihr von der Anstrengung auch warm genug. Da sie mit dem Wind flog, war es fast so, als wolle er ihr helfen, schnell an ihr Ziel zu gelangen.

Die Wälder der Küstenlande glitten unter ihr dahin, das sonst so dunkle Grün der Wipfel schimmernd von silbernem Reif. Je weiter sie in Richtung der Berge kam, desto mehr sah die Landschaft aus wie aus Kristall geformt.

Eiris umflog den Kolga-Berg, von dem man sagte, hier hätte die Ahnin Debra ihr viertes und letztes Kind zur Welt gebracht, Aris, die Stammmutter der Ris. Ihre Geliebte Teria war damals bei ihr gewesen und hatte später darüber jenes Gedicht geschrieben, mit dem das Buch Teria schloss.

Als Eiris den Kolga-Pass überwunden hatte, brach die Abenddämmerung herein, so silbergrau und schattenreich, wie man es nur in den Bergen erlebte. Sie war weiter gekommen, als sie gedacht hatte, und fühlte neue Zuversicht, als sie ohne Mühe einen hohen, starken Feuerzapfenbaum fand, in dessen Wipfel sie sich in einer Astgabel sicher für die Nacht anbinden konnte, von den warmen, summenden Blättern umhüllt wie von einem Schlaftuch.

Wie ein Geschenk Terias, dachte sie noch, ehe sie in den Schlaf sank.

Am nächsten Tag erwachte sie in aller Frühe, stärkte sich mit einer Handvoll getrockneten und gewürzten Hiibu-Fleischs, das man auch *Pamma* nannte, und machte sich wieder auf den Weg.

Der Sturmwind war über Nacht abgeflaut, und aus der Höhe konnte man beinahe zusehen, wie der Frost Besitz von der Hochebene ergriff.

Gegen Mittag erreichte sie die giftigen Seen, die fahlrot in der Tiefe schimmerten und bis auf einen – den größten, den *See der Lieblosigkeit* – kreisrund waren wie ausgestanzt.

Wer das Wasser der giftigen Seen trank, hieß es, der starb eines qualvollen Todes. Selbst Pflanzen und Tiere schienen das zu wissen, denn man sah keine Tiere an den Ufern der Seen, und auch die Vegetation hielt Abstand zu den roten Wassern.

Eigentümlich, dachte Eiris, dass ein Kräutermann sich ausgerechnet eine solche Gegend aussuchte für seine Kunst, selbst wenn er ein Büßer sein sollte.

Sie flog weiter und entdeckte bald jenen schmalen, aufragenden Felsen, von dem ihre Mutter gesprochen hatte. Doch während sie darauf zuflog, sank ihr das Herz: Da war keine Hütte auf der Spitze des Felsens!

Und es konnte kein anderer Felsen sein; es gab keinen zweiten, der diesem auch nur annähernd ähnelte.

Was sollte sie nun machen? Wenn sie den Kräutermann nicht fand, sei es, dass er seine Buße getan oder es ihn einfach woandershin gezogen hatte, dann war Owen verloren.

Eiris hielt trotzdem weiter auf die Felsnadel zu, und als sie ihr näher kam, sah sie, dass jemand auf einem schmalen Vorsprung an ihrem Fuß, kaum zehn Flügelspannen über dem Boden, eine kunstlose, schiefe Hütte errichtet hatte!

Nicht nur das, es ragte auch das Rauchrohr einer Feuerstelle aus dem Dach, und aus diesem Rohr stieg dünner, grauer Rauch auf, den der Frostwind mit sich nahm und zerblies: Die Hütte war also noch bewohnt!

Der Kräutermann

Eiris umrundete die Felsnadel mehrmals, unschlüssig, was sie tun sollte, und landete schließlich auf der schmalen Plattform, die die Hütte umgab. Das Holz knarzte vernehmlich unter ihr, als sie aufkam, ja, die ganze Hütte schien zu wackeln, doch nichts rührte sich.

»Hallo?«, rief Eiris, und als sich daraufhin noch immer niemand sehen ließ, klopfte sie an die schiefe, graue Türe.

»Wer stört mich?«, erklang eine dünne, missgelaunte Stimme aus der Tiefe.

Eiris fuhr herum. Erst jetzt bemerkte sie, dass an der Plattform eine Strickleiter hing, bis hinab zum Boden, wie sie feststellte, als sie an den Rand trat.

Und jemand kam diese Leiter heraufgeklettert. Jemand mit hässlichen, verkrüppelten Flügeln.

Jemand, der gar nicht imstande gewesen wäre, die Spitze der Felsnadel zu erreichen.

Eiris wartete schweigend, beklommen, weil sie noch nie mit jemandem zu tun gehabt hatte, der derart deformiert gewesen war. War der Kräutermann – wenn dies der Kräutermann war – am Ende gar kein Büßer, sondern einfach ein unglücklicher Ausgestoßener?

»Wer bist du?«, knurrte der Mann unleidig, während er sich, ein schweres Bündel Äste und Wurzeln auf dem Rücken, über den Rand der Plattform zog. »Und was suchst du hier?«

»Mein Name ist Eiris …«

»Ah. Eine Ris. Und was willst du?« Er warf das Bündel ab und begann, die Strickleiter einzuholen.

Eiris musste an sich halten, nicht vor lauter Verlegenheit die Flügel auszubreiten. Das hätte er vielleicht missverstanden. Bestimmt sogar.

»Man sagt«, begann sie, »du seist ein Kräutermann …«

»So. Sagt man das.« Er zog und zog, häufte immer mehr

42

der langen Leiter aus Holzstreben und Lianenschnur neben sich auf.

»Du gehst *zu Fuß* in den Wald?«, platzte Eiris heraus.

»Gehe ich zu Fuß in den Wald?« Er äffte ihre verdutzte Sprechweise nach. »Ja, das tu ich wohl. Weil ich, wie du vielleicht bemerkt hast, ein bisschen zu kurz gekommen bin, was Flügel anbelangt. Also gehe ich zu Fuß, genau so, wie es auch die Ahnen getan haben. Ganz recht.«

»Entschuldige«, bat Eiris verlegen. »Ich wollte nicht ...«

»Du hast aber«, schnitt er ihr das Wort ab. »Unwichtig, was man *wollte*. Was zählt, ist nur, was man *tut*. Unwichtig, was man sich *wünscht*. Was zählt, ist nur, was *ist*. Hast du die Bücher nicht gelesen?«

»Doch, ich ...«

»Gelesen und vergessen. Lies sie noch einmal.«

»Entschuldige bitte!« Eiris schüttelte entsetzt den Kopf. »Ich war nur so verblüfft ... Ich meine, hast du keine Angst vor dem Margor?«

Endlich war die Leiter oben; ein ansehnlicher Haufen. »Was denkst du, warum ich bei den giftigen Seen lebe, hmm?« Der Kräutermann richtete sich auf. »Das rote Gift vertreibt alles, auch den Margor. Zumindest mag er es so wenig, dass er denkt, es lohnt die Überwindung nicht. Nicht für eine so magere Beute wie mich.«

Er richtete sich auf, aber nicht ganz. Als wäre es nicht schlimm genug, dass er nur verkümmerte, größtenteils federlose Flügel besaß, er war auch noch bucklig.

»Also, sag schon«, fauchte er, als er Eiris' Blick bemerkte. »Wer ist krank?«

»Mein Mann Owen«, sagte Eiris. »Er liegt in einem Fieber zum Tode, sagt man.« Sie nestelte den Beutel hervor, den sie auf der Brust trug, und reichte dem Kräutermann Owens Schweißtuch. »Das soll ich dir geben, hat man mir gesagt.«

»Hat man dir das gesagt? So so.« Der alte Mann musterte sie

von Kopf bis Fuß, dann streckte er die Hand aus – sie war voller Narben und Flecken –, nahm das Schweißtuch und hielt es sich vor die Nase, um daran zu riechen.

»Mmh«, machte er. Dann schloss er die Augen und atmete durch das Tuch hindurch tief ein, mehrmals hintereinander. Eiris beobachtete ihn gespannt; auf einmal wirkte er ganz und gar konzentriert.

»Ein Fieber zum Tode, in der Tat«, sagte der Mann dann mit gänzlich veränderter Stimme. Er drehte sich um, stieß die Tür zu seiner Hütte auf und sagte: »Komm herein.«

Drinnen war es warm, und es roch nach unfassbar vielen Dingen, unangenehmen wie angenehmen: nach schmutziger Wäsche und nach gerösteten Frostbeeren, nach verdorbenem Fleisch und nach frischem Fruchtgras, nach überreifen Quidus und nach Aromaholz und nach tausend anderen Dingen mehr. Die Wände der Hütte hingen voller gewebter Beutel, in denen Kräuter, Beeren, Wurzeln und andere Dinge trockneten, und es gab so viele davon, dass man sich fragte, wo sich der Kräutermann zur Nacht legte. Selbst die Feuerstelle schien hauptsächlich der Zubereitung von Essenzen zu dienen.

Er reichte ihr das Schweißtuch zurück. »Schwere Verletzung der Flügelansätze, überanstrengte Flugmuskeln und ein Absturz ins Eiswasser«, erklärte er, als sei es eine Kleinigkeit, all das aus dem Schweiß eines kranken Mannes herauszuriechen. »Ein Wunder, dass er noch lebt, dieser Owen.«

Verzweifelter Schrecken griff nach Eiris' Herz. »Kannst du ihm helfen?«, fragte sie bang.

Er musterte Eiris mit einem Ausdruck, der ihr Angst machte. »Kann ich ihm helfen?«, wiederholte der Kräutermann, als müsse er darüber nachdenken. »Ich glaube, schon. Eine Paste, ihn einzureiben, um die Muskeln zu stärken; ein Sud, ihm einzuflößen, um das Fieber zu senken … Doch, ich glaube, ich kann ihm helfen. Willst du das? Willst du, dass ich ihm helfe?«

»Ja«, sagte Eiris. »Bitte.«

»Willst du es *sehr*?«

»Mehr als alles andere.«

»Gut«, sagte der Kräutermann. Er drückte gegen die Tür, als wolle er sich versichern, dass sie nicht aufspringen konnte. »Ja, wenn ich ihnen helfen soll, dann kommen sie; von nah und fern kommen sie dann, die Frauen ... Aber wer hilft mir, hmm? Hast du darüber schon einmal nachgedacht?«

Eiris sah ihn verwundert an. »Dir helfen? Bist du denn auch krank?«

Er gab ein kurzes Lachen von sich, das eher ein Schnauben war. »Ob ich krank bin, fragst du? Siehst du das nicht? Krank an Leib und Seele bin ich. Ich helfe mir, so gut ich kann, mit tausend Kräutern, die kaum einer kennt und achtet. Aber es gibt Krankheiten, die auch meiner Kunst Grenzen zeigt, und an einer solchen leide ich ...« Er hielt inne, wand sich brüsk ab, schlang sich den eigenen Arm um den Leib. »An einer?«, stieß er erbittert hervor. »Wenn es nur das wäre. Sie haben uns neue Gene gegeben, unsere Ahnen, auf dass wir die Flügel und die Sinnesschärfe der Pfeilfalken besitzen, o ja. Aber nicht nur, dass sie bei manchem wenig Erfolg hatten damit, sie haben auch vergessen, uns Gene zu *nehmen* ...«

Eiris verstand nicht, was er damit sagen wollte, und wagte sich nicht zu rühren. Sie hatte unendliche Angst, aus Versehen irgendetwas zu sagen oder zu tun, das den Kräutermann veranlassen würde, ihr seine Hilfe zu verweigern.

»Weißt du, wovon ich spreche?«, fragte er sie über die Schulter hinweg.

»Nein«, gestand Eiris.

»Die *schlechten* Gene! Sie haben es versäumt, uns die *schlechten* Gene zu nehmen. Und bei manchen ...« – er keuchte – »bei manchen gewinnen sie die Oberhand.«

So blieb er stehen, den rechten Arm um den Leib und den anderen Arm geschlungen, die Flügelstummel zuckend. Eine ganze Weile.

Dann fragte er mit leiser, klagender Stimme:»Wenn ich dir helfe – fändest du es dann nicht angebracht, auch mir zu helfen?«

In diesem Moment tat ihr der Mann richtiggehend leid.

»Wie könnte ich dir denn helfen?«, fragte Eiris.

Er murmelte etwas, das klang wie »*Schlechte Gene! Verfluchte schlechte Gene!*« oder wie ein Fluch. Dann drehte er sich halb um und sah sie unter gesenkten Lidern hervor an. »Muss ich dir das erklären? Gut, dann will ich es tun. Ich will dir erklären, wie du einem Mann helfen kannst, der entsetzlich einsam ist und so hässlich, dass er keine Hoffnung hegen darf, jemals das Herz einer Frau zu gewinnen ...«

Das Versprechen

Am Morgen des vierten Tages kehrte Eiris zurück, und alle, die ihr an jenem Morgen begegneten, sagten später, sie seien erschrocken bei ihrem Anblick. Unerbittlichkeit habe sie ausgestrahlt, sagte einer; Entschlossenheit, ein anderer. Sie sei nicht mehr die Eiris gewesen, die sie alle gekannt hatten.

Das große Licht des Tages war kaum aufgegangen, als Eiris mehr ins Landenetz fiel als darin zu landen, sichtlich erschöpft von einem langen, anstrengenden Flug. Was mit Owen sei, war ihre einzige Frage, und erst als man ihr bestätigte, dass er noch lebte, wich ein wenig von der grausigen Aura, die sie umgab.

Sie krabbelte aus dem Netz, verlangte nach kochendem Wasser und eilte dann in die Krankenhütte. Dort wachte Itilmeris an der Seite Owens, weil Eiris' Mutter zusammengebrochen war, vor Erschöpfung und Sorge, sagte man.

Eiris verscheuchte Itilmeris, packte ihren Rucksack aus und begann, den vor Fieber immer noch glühenden Owen mit einer stinkenden Salbe einzureiben. Als jemand kochendes Wasser brachte, bereitete sie aus etwas, das aussah wie getrockneter Hiibu-Kot mit

Holzspänen, einen entsetzlich aussehenden Sud, den sie Owen Tropfen für Tropfen einflößte.

Sie ist verrückt geworden vor Trauer, sagte man im Nest, und jeder dachte an die Geschichte der Ahnin Debra, die heimlich die Ahnin Teria geliebt und der es das Herz gebrochen hatte, als diese sich dem Margor opferte, um Debra zu retten.

Niemand fragte sich dagegen, woher Eiris die Kräuter haben mochte, die sie Owen verabreichte. Da es Brauch war, Heilkräuter selber zu sammeln, wenn man jemandem helfen wollte, der krank war, und da es ferner üblich war, sich dabei von seiner Intuition leiten zu lassen – manche sagten, man müsse auf die Stimme des Ahnen Gari hören, der das Buch der Heilkunst geschrieben hatte –, ging jeder davon aus, dass Eiris genau das getan hatte.

Jeder ging auch davon aus, dass Owen trotzdem sterben würde.

Doch das tat er nicht. Im Gegenteil: Am nächsten Morgen begann das Fieber zu schwinden. Drei Tage später öffnete Owen die Augen lange genug, um »Eiris!« zu sagen.

Und weitere fünf Tage später war Owen schon wieder kräftig genug, um Eiris beizuliegen, als sie ihn inständig darum bat.

***

Während sie so dalagen, Haut an Haut und in ihre eigenen Flügel gewickelt, bis in die Federspitzen nass vor Glück und Erschöpfung, erzählte Owen ihr flüsternd von seinem Flug und von den Sternen jenseits des Himmels.

»Es gibt sie tatsächlich. Ich habe sie gesehen, Eiris«, wisperte er. »Ich habe sie wahrhaftig gesehen. Wenn ich dir nur sagen könnte, wie großartig das war! Was für ein Anblick das gewesen ist! Was für eine Pracht hinter dem Himmel verborgen liegt – du stellst es dir nicht vor ...!«

»Owen.« Eiris legte ihm den Finger auf die Lippen. »Du musst mir etwas versprechen.«

»Alles, was du willst.«

»Erstens, dass wir so bald wie möglich ein Kind haben werden.«

Er lachte leise. »Ja, meine Geliebte. Mit Freuden versprochen.«

»Zweitens, dass du so einen Flug nie wieder unternimmst.«

Er stutzte, dann lachte er schmerzlich auf. »Ich glaube, das muss ich dir nicht versprechen. Noch einmal könnte ich das sowieso nicht. Ich habe alles gegeben, wirklich alles. Ich werde froh sein, wenn ich irgendwann wieder fliegen kann wie ein normaler Mensch.«

»Versprich es mir trotzdem.«

Er drückte sie dankbar an sich. »Gut. Versprochen.« Er küsste sie über das Ohr und flüsterte: »Und drittens? Wenn jemand mit erstens und zweitens anfängt, folgt immer noch ein Drittens.«

Eiris zögerte. Aber sie musste es sagen.

»Drittens«, verlangte sie, »sollst du mir versprechen, dass du niemandem mehr davon erzählst, was du gesehen hast.«

Sie spürte, wie er in ihren Armen starr wurde. »Wieso das denn?«

»Damit andere es dir nicht gleichtun«, sagte Eiris. »Unter anderem.«

»Ich kenne niemanden, der das könnte«, meinte Owen aufgewühlt. »Abgesehen davon, dass man eine Rakete dafür benötigt, wie sie hier in den Küstenlanden niemand außer mir und deinem Vater bauen kann.« Sie spürte, wie er im Dunkeln den Kopf schüttelte, energisch. »Ich *muss* davon erzählen, kannst du das nicht verstehen? Dieser Flug war das Größte, was ich je in meinem Leben unternommen habe, und ich habe das Wunderbarste erblickt, was menschliche Augen sehen können: unsere Herkunft und unsere Bestimmung. Ich werde nicht noch einmal fliegen; die Erinnerung muss mir genügen. Aber davon *erzählen* – davon erzählen muss ich, sonst waren alle Opfer sinnlos, deine wie meine.«

Eiris spürte ein Zittern tief in ihrem Leib, spürte Tränen aufsteigen, die sie nur mit Mühe zurückhalten konnte.

»Owen«, sagte sie, »die Kräuter, mit denen ich dein Fieber ge-

48

senkt und deine Flügel geheilt habe, habe ich nicht selber gesammelt. Ich habe sie von einem Kräutermann bekommen, den ich um Hilfe gebeten habe, weil ich mir anders nicht zu helfen wusste. Ich habe ihm von deinem Flug erzählt, weil ich ihm ja klarmachen musste, was dir passiert ist. Und er hat mir gesagt, dass seine Kräuter dein Fieber heilen werden, aber dass du, wenn dir dein Leben lieb ist, niemandem verraten sollst, was du auf der anderen Seite des Himmels gesehen hast.«

Sie konnte spüren, wie Owen stutzte. »Wieso das denn?«

»Er hat gesagt«, fuhr sie fort, »dass es eine geheime Bruderschaft gibt, die jeden verfolgt, der von den Sternen spricht.«

»Ich hab noch nie von so einer Bruderschaft gehört.«

»Sie ist ja auch geheim.«

»Und woher weiß dann dein Kräutermann davon?«

»Er hat einen gesund gepflegt, der zu dieser Bruderschaft gehört. Und der hat im Fieberschlaf geredet.«

Owen überlegte eine Weile. »Auf diese Weise kann er alles behaupten, dein Kräutermann«, meinte er schließlich. »Woher weiß ich denn, dass es stimmt, was irgendein Kräutermann über kranke Leute erzählt?«

»Weil deine Frau diesem Kräutermann glaubt«, sagte Eiris. »Und weil deine Frau Angst um dich ausgestanden hat, mehr als genug Angst für ein ganzes Leben.«

»Weißt du, was du da von mir verlangst?«

»Ich will dich nur nicht verlieren. Verstehst du das nicht?«

»Du wirst mich nicht verlieren. Von jetzt an bleibe ich bei dir. Du wirst noch froh sein, wenn ich ab und zu in der Werkstatt verschwinde und du deine Ruhe hast.«

»Versprich es mir«, beharrte Eiris. »Versprich mir, dass du als Geheimnis bewahrst, was du gesehen hast.«

»Eiris …«

»Wenn du gestorben wärst, wäre ich auch gestorben«, sagte sie und presste sich an ihn. »Wenn du gestorben wärst …« Nun stiegen sie doch noch hoch, die Tränen, und überwältigten sie.

49

»Also gut«, sagte Owen endlich, wenn auch widerstrebend. »Ich verspreche es.«

Sie drückte ihn an sich, zitternd vor Verlangen, und sie lagen einander noch einmal bei. Doch als sie danach in den Schlaf hinüberglitten, wusste Eiris, dass Owen sein Versprechen nicht würde halten können. Eines Tages, irgendwann, würde er von den Sternen erzählen. Sie würde es nicht verhindern können.

Und dann würde etwas Schreckliches passieren.

Aber bis dahin wenigstens, dachte sie. *Bis dahin wenigstens wollen wir glücklich sein.*

Oris

Der erste Flügelschlag

Dies war Oris' früheste Erinnerung an seine Kindheit: Er steht auf einem Ast, die Arme weit ausgebreitet, die Flügel ebenso. Unter seinen Füßen spürt er die harte Borke. Fast alle sind gekommen, um zuzuschauen. Hinter ihm steht sein Vater und hält ihn. Auf dem Ast gegenüber, vier oder fünf Spannen entfernt, kniet seine Mutter, lächelt ihm ermutigend zu und hält die Arme ausgestreckt, bereit, ihn aufzufangen.

Und dazwischen geht es hinab ... hinab ... hinab ...

Ihm schwindelt von der Tiefe unter ihnen.

»Denk dran, einfach die Flügel gerade halten«, sagt Vater. »Dann geht es wie von selber.«

»Komm, Oris«, ruft Mutter. »Du schaffst das.«

Oris tritt gehorsam einen winzigen Schritt weiter vor. Seine nackten Füße haben kaum noch Halt. Unter ihm gähnt der Abgrund, und sein Herz schlägt wie eine Trommel. Er spürt, wie ihm der Wind ins Gefieder fährt, aber er kann nicht glauben, dass das genügt, um ihn zu tragen.

Doch er weiß auch, was von ihm erwartet wird. Also tut er, als sein Vater »Flieg!« sagt, noch einen Schritt und springt.

Nur fliegt er nicht, er fällt. Seine Flügel machen irgendwelche seltsamen Sachen, die Tiefe rast ihm entgegen, und dann liegt er plötzlich im Netz und weiß, dass er versagt hat.

Er hört die anderen Kinder lachen. Sein Vater taucht über ihm auf, hilft ihm, sich aus dem Netz zu lösen. Er tut es schweigend und trägt ihn dann mit zwei kräftigen Flügelschlägen hinauf zu Mutter.

»Das nächste Mal klappt es bestimmt«, sagt diese und birgt ihn in ihren Armen.

Sein Vater gibt nur ein unbestimmtes Brummen von sich.

Oris ist vier Jahre alt. Dass man Kinder, die erst mit vier Jahren zum ersten Mal fliegen, als Spätentwickler betrachtet, weiß er nicht.

Aber er spürt es.

***

Im Jahr darauf konnte er immer noch nicht fliegen.

Manche der anderen Kinder lachten ihn aus. Gut fliegen konnte noch keines von ihnen, aber es reichte, um einen Ast höher oder auf den Ast gegenüber zu kommen, ohne den Umweg über den Stamm machen zu müssen. Alle waren sich jedoch gewiss, dass sie mit jedem Tag besser wurden und dass sie, waren sie erst einmal groß, genauso gut fliegen würden wie die Erwachsenen.

Alle – außer Oris.

Inzwischen kam niemand mehr, um zuzuschauen, wenn er zusammen mit seinen Eltern hinausging zu der Astgabel mit dem Netz darunter. Meistens war es früh am Morgen oder spät am Abend, und man hörte die anderen anderswo im Nestbaum beisammensitzen, lachen und palavern, während Oris sich in Position stellte, die Flügel gehorsam ausbreitete, nickte, wenn Vater sagte: »Einfach gerade halten. Es muss hier vorne in der Brust ein bisschen ziehen. Und du musst nichts *machen* – es sind die Flügel, die dich tragen. Du musst ihnen nur vertrauen.«

»Ja, Vater«, sagte Oris dann und schaute, wie drüben, auf der anderen Seite des Abgrunds, dieser entsetzlichen Tiefe, die hinabreichte bis auf den Grund, in dem der Nestbaum wurzelte … wie drüben seine Mutter hockte und ihn lockte, seine schöne Mutter mit ihren hellen Flügeln von der Farbe eines warmen Regentags.

»Komm«, rief sie wehmütig. »Komm zu mir!«

Oris wollte ihr gefallen, natürlich wollte er das, aber da war die

Tiefe vor seinen Füßen, die so schrecklich an ihm zog. Er begriff immer noch nicht, wie seine kleinen Flügel ihn über eine so gewaltig gähnende Tiefe tragen sollten.

»Und schau nicht hinab«, ermahnte ihn sein Vater leise. »Da unten ist nur der Boden. Der Boden geht uns Menschen nichts an. Der Boden gehört dem Margor. Uns gehören die Lüfte.« Oris spürte den Wind in den Flügeln. Er wollte auch seinem Vater gefallen, o ja, das wollte er sehr.

Wäre nur diese entsetzliche Tiefe nicht gewesen, die vor seinen Augen flimmerte!

Er musste es endlich schaffen. Er war das Gespött des ganzen Nests, weil er schon fünf Frostzeiten gesehen hatte und immer noch nicht fliegen konnte.

Oris richtete den Blick entschlossen auf seine Mutter, spürte den Wind. So oft hatten sie ihm erklärt, wie es ging. Dass jeder es konnte. Fast jeder zumindest. Die Geschichten von den Ahnen und wie sie den Menschen die Flügel der Pfeilfalken gegeben hatten kannte er auswendig.

»Du kannst es«, sagte sein Vater, und im Klang seiner Stimme lag so viel Stolz auf ihn und so viel Wohlwollen, dass Oris nicht länger zögerte, sondern sprang.

Einen Moment lang – einen winzigen Moment von der Dauer eines Herzschlags, vielleicht auch nur eines halben – war es Oris, als trügen ihn seine Flügel, als hielten sie ihn in der Luft.

Doch gleich darauf merkte er, dass er sich wieder einmal irrte.

»Er schaut zu viel hinab auf den Boden«, hörte er seinen Vater zu seiner Mutter sagen, als sie endlich aufgaben. »Ich weiß nicht, wieso er das tut. Wenn er nicht lernt, auf den Wind zu schauen anstatt auf den Boden, wird er niemals fliegen.«

***

Man hatte Oris anfangs ausgelacht. Es galt als selbstverständlich, dass Kinder, sobald sie ein gewisses Alter erreicht hatten, die Flügel ausbreiteten und anfingen zu fliegen. Das taten sie instinktiv, denn, wie es in den Schriften Pihrs hieß, die Ahnen hatten ihren Kindern nicht nur die Flügel der Pfeilfalken gegeben, sondern auch deren Instinkte. Und was fliegende Kinder anbelangte, war das Problem für gewöhnlich eher, zu verhindern, dass sie es im falschen Moment und am falschen Ort taten.

Dass das Lachen über Oris' Versagen verstummte, geschah nicht aus Rücksicht oder Mitgefühl, sondern weil das, was man so gern als selbstverständlich betrachtete, es eben nicht war: Tatsächlich hörte man durchaus ab und zu von Kindern, die mit verkümmerten Flügeln geboren wurden, und man hörte es stets mit Erschauern, hieß es doch, dass diese Kinder dazu bestimmt waren, einen frühen Tod zu sterben. Wer nicht fliegen konnte, der lebte nicht lange, das war gewisser als alles andere. Und so wandelte sich der Spott über Oris bald in Mitleid.

Oris hatte seine sechste Regenzeit noch nicht gesehen und verstand all dies nicht, aber er spürte es und verschloss sich gegen seine Umwelt. Wenn ihm das Fliegen nur Spott oder Mitleid eintrug, dann wollte er mit dem Fliegen nichts mehr zu tun haben!

Also schaute er nicht mehr auf, wenn jemand über dem Nest dahinflog, schaute niemandem nach, der sich von einem Ast in die Lüfte erhob, und weigerte sich, über Flügel, Federn oder das Fliegen auch nur zu reden. Er spürte sehr wohl, dass sein Vater von einer großen, unausgesprochenen Traurigkeit erfüllt war, und konnte sich keine andere Erklärung dafür denken als die, dass er mit dem Schicksal haderte, das ihm einen so unwürdigen Sohn beschert hatte. Oris hörte weg, wenn Leute darüber sprachen, wie tragisch es sei, dass ausgerechnet Owens Sohn »solche Probleme« habe, wo Owen doch ein so großartiger Flieger sei, zumindest sei er es einmal gewesen. Und wenn Oris in den Armen seiner Mutter lag und diese, wie Mütter das gerne taten, ihre Flügel um sie beide legte, dann strampelte er wütend und befreite sich aus ihren Federn. Seine eigenen Flügel dagegen hingen an ihm wie tote Lasten, was er gar nicht zu bemerken schien.

Und doch fand er Freunde unter den anderen Kindern.

Da war zum einen Bassaris, ein großer, zur Tolpatschigkeit neigender, nicht besonders intelligenter Junge. Bassaris, der Sohn von Basgiar und Juris, die ihr Schlafnest gleich nebenan hatten, war für sein Alter ungewöhnlich stark, schloss Oris aus irgendeinem Grund unverbrüchlich ins Herz und verteidigte ihn von da an gegen jeden Spott und jeden Angriff. Sich mit Bassaris anzulegen, wagte niemand von den gleichaltrigen Jungs und die älteren Jungs auch nicht, denn Bassaris war nicht nur stark, er kämpfte auch, wenn man ihn reizte, und das mit einer blinden, ungestümen Wut, die keinerlei Rücksicht nahm, weder auf sich selbst noch auf den Gegner. Einer solchen Gewalt wollte sich niemand ohne Not aussetzen.

Bassaris konnte natürlich schon fliegen, ein wenig zumindest, aber er unterließ es, wenn er mit Oris unterwegs war. Gemeinsam erkundeten sie die zahllosen Äste und Stämme des Nestbaums, suchten in den Ranken des Kletterkrauts nach Karanüssen oder ärgerten die Rindenkäfer. Die krabbelten emsig durch die Abgründe und Hohlwege der Borke und konnten nie begreifen, was los war, wenn einer dieser Wege plötzlich durch ein Hindernis von Kinderhand blockiert war. Dann schimmerten ihre Rückenpanzer immer in allen Farben des Regenbogens, während sie auf und ab und hin und her wuselten und irgendwie völlig empört wirkten.

»Man kann die essen«, meinte Bassaris.

»Ich weiß«, sagte Oris. »Aber sie schmecken nicht.«

»Mir schon. Wenn meine Mutter sie vorher röstet.«

Bassaris sprach viel vom Essen, und es schien nichts zu geben, was ihm nicht schmeckte. Oris dagegen schüttelte sich bei dem Gedanken an geröstete Rindenkäfer; er war, was das Essen anbelangte, eher wählerisch.

Dann war da noch Meoris, die auf demselben Ast zu Hause war wie Bassaris und Oris. Meoris war ein zu Überschwänglichkeit und Leichtsinn neigendes Mädchen, das sich allgemeiner Beliebtheit erfreute, besaß sie doch schneeweiße Flügel mit goldener Zeichnung, was sehr selten war und Bewunderung erregte, wohin sie auch kam. Sie gesellte sich eines Tages einfach dazu, als Oris und Bassaris auf einer Astgabel weit draußen lagen und vertrocknete Steinäpfel auf Hiibus fallen ließen, die direkt unter dem Nestbaum grasten. Wurde ein Tier am Kopf getroffen, dann hüpfte es auf überaus drollige Weise ein paar Schritte zur Seite und schüttelte sich ganz fassungslos, was so lustig aussah, dass die Kinder sich darüber gar nicht beruhigen konnten.

»Lass mich auch mal«, verlangte Meoris und streckte die Hand aus.

Oris zögerte erst, aber dann erlag er Meoris' natürlichem Charme und gab ihr drei der Steinäpfel.

Meoris legte sich zwischen die beiden, zielte lange und warf dann den ersten.

Er ging daneben. Oris und Bassaris wechselten einen abschätzigen Blick.

Dann warf Meoris den zweiten Apfel, und der traf. Er traf sogar ganz sensationell; das Hiibu hüpfte umher wie angestochen, schlug mit den Hufen aus und schien überzeugt zu sein, den Schlag einem der Tiere in seiner direkten Umgebung zu verdanken, denn es ruhte nicht, ehe alle ringsum das Weite gesucht hatten.

»Hey, gut!«, rief Bassaris aus.

Meoris zielte schon mit dem dritten und letzten Apfel. »Der kriegt gleich noch mal eine drauf«, versprach sie kühn, warf – und traf tatsächlich wieder! Das arme Tier wusste sichtlich nicht, wie ihm geschah; es sprang zur Seite, warf sich zu Boden, raffte sich wieder auf, drehte sich mehrmals um sich selbst und blieb schließlich zitternd stehen, ratlos und einer Panik nahe.

»Wir sind ganz schön gemein«, meinte Meoris.

»Ja«, sagte Oris.

Sie streckte die Hand aus. »Hast du noch einen?«

Diesmal traf sie nicht, aber die drei waren von da an unzertrennlich.

***

Überhaupt war das Fliegen eine ganz unnötige Sache, fand Oris. So ein Nestbaum war ungeheuer groß, mit all seinen Stämmen, Ästen, Verzweigungen, Gabelungen und Fruchtständen, mit seinen riesigen Lederblättern, seinen Flaumwedeln, den winzigen Süßblättern und den Lianen, dem vielfältigen Bewuchs durch Kletterkraut, Frostmoos oder Oloi, dazu all die Nesthütten, Schlafnester, Plattformen, Mahlplätze, Laufstege, Vorratslager und Hängebrücken – und überall kam man zu Fuß hin! Sie hatten mehr als genug allein damit zu tun, den Nestbaum zu erkunden.

Dabei entdeckten sie eines Tages eine Stelle, die aussah wie eine ungeheure Wunde, die dem Nestbaum einst zugefügt worden war. Ein zerfaserter, von Moos überwachsener Stammstumpf ragte in eine Leere, die erahnen ließ, dass der Baum vor dem schrecklichen Vorfall *noch* größer gewesen sein musste, und sie rätselten, was da geschehen sein mochte.

Meoris hatte die Idee, die Leute zu fragen, die in der Nähe wohnten. Diese erzählten ihnen bereitwillig von jener Nacht, in der ein Sturm getobt hatte, wie man ihn in den Küstenlanden noch selten zuvor so gewaltig erlebt hatte, und wie plötzlich ein Krachen wie Donner durch den Baum gegangen war, weil ein Blitz in einen der Hauptstämme eingeschlagen hatte.

»Ein ganzer Hauptast, stellt euch vor«, sagte ein alter Mann, einen Korb Kollpok auf dem Schoß, das er gerade sauber zupfte und kämmte. »So viele Schlafhütten, die jeden Moment hinabstürzen konnten! Jede Menge Kinder, mitten aus dem Schlaf gerissen! Und die Hälfte unserer Vorräte für die Frostzeit!« Er schüttelte den Kopf. »Nein, das könnt ihr euch nicht vorstellen. Es war ein Albtraum.«

Die drei hingen wie gebannt an seinen Lippen. »Und dann?«, fragte Meoris.

»Na, wir haben Notsignale gegeben«, erzählte der Mann weiter. »Aber es stürmte ja, versteht ihr? Wir hatten wenig Hoffnung, dass jemand kommen würde, um uns zu helfen. Zu gefährlich. Viel zu gefährlich, bei einem solchen Sturm zu fliegen.«

57

»Aber dann sind sie trotzdem gekommen«, warf eine ältere Frau ein, die gerade dabei war, eine Hose zu flicken. »Die Wen-Leute waren die Ersten. Ich entsinne mich genau.«

»Ja, die Wen.« Der Mann nickte. »Die haben sofort zugepackt. Geholfen, die Kinder rauszuholen, die noch nicht fliegen konnten. Und dann ging's an die Vorräte. Na, alle haben wir nicht geschafft, aber das meiste von dem, was schließlich abgestürzt ist, konnten wir am nächsten Tag noch bergen.«

»Dein Vater war übrigens auch dabei«, sagte die Frau zu Oris. »Der war damals der beste Flieger der ganzen Küstenlande. Und ich glaube, er und deine Mutter haben sich an dem Tag kennengelernt.«

Oris zog erschrocken den Kopf ein, als er das hörte. Das hatte er nicht gewusst.

»Ja, ja«, meinte der Mann lachend. »So war das. Jeder hat's gesehen, dass die beiden verliebt waren, aber es hat noch ein ganzes Jahr gedauert, ehe sie einander versprochen haben. Ein ganzes Jahr!«

»Aber *das* war dann ein Fest!«, sagte die Frau und lachte auch. »Ich weiß nicht mehr, wie ich hinterher in mein Schlafnest gekommen bin. Nur, dass es dann gar nicht *mein* Schlafnest war!«

»Dein Großvater hat Freudenraketen abgeschossen, in allen Farben«, sagte der Mann zu Oris. »Und so viele davon, wie ich noch nie gesehen habe. Es hat gar nicht mehr aufgehört.«

»Man hatte das Gefühl, der Himmel fängt gleich an zu glühen«, pflichtete ihm die Frau bei.

»Jedenfalls«, sagte der Mann zu Oris und deutete auf den verwitterten Stumpf, »hätte der Blitz damals nicht in diesen Stamm eingeschlagen, wer weiß, vielleicht gäb's dich dann gar nicht!«

Diese Überlegung beeindruckte Oris sehr. Dass Männer und Frauen einander versprachen und dass sie dann irgendwann Kinder bekamen, das hatte er natürlich schon mitbekommen, aber dass auch seine Mutter und sein Vater einander irgendwann versprochen hatten – und dass es folglich eine Zeit *davor* gegeben haben musste, in der sie noch nicht zusammen gewesen waren –, das hatte er sich bis dahin nie klargemacht. Zum ersten Mal in seinem jungen Leben stieg so etwas wie eine Ahnung in ihm auf, wie geheimnisvoll gewoben die Wege des Schicksals sein konnten.

Und dass das nicht nur die Vergangenheit betraf: Denn just an diesem Tag, als er nach Hause kam und seine Eltern fragen wollte, ob das wirklich stimmte mit dem Sturm und dem Blitz und dem abgebrochenen Stamm und ob sie sich wirklich damals getroffen hatten, eröffnete ihm seine Mutter, noch ehe er dazu kam, dass sie eine wichtige Neuigkeit für ihn habe, nämlich dass er ein Geschwisterchen bekäme.

**

Oris reagierte auf diese Eröffnung so, wie man es für gemeinhin von Erstgeborenen kennt: mit einer Mischung aus Überraschung und Entsetzen. Ob es ein Bruder oder eine Schwester werde, wollte er wissen, worauf ihm seine Eltern amüsiert erklärten, das wüssten sie selber noch nicht; da müsse er sich bis zur Geburt gedulden wie sie auch. Und die Geburt, die würde frühestens in der nächsten Frostzeit stattfinden.

»Das ist ja noch ewig«, sagte Oris und verstand nicht, warum seine Eltern daraufhin lachten.

Die Fragen, mit denen er nach Hause gekommen war, stellte er nicht mehr und auch sonst keine, vielmehr zog er sich noch weiter in sich zurück, als er es bis dahin ohnehin getan hatte.

Doch die Neuigkeit verbreitete sich rasch im Nest, denn es gab kaum etwas, das die Leute mehr interessierte als die Ankündigung von Nachwuchs. Also erfuhren auch Bassaris und Meoris davon. Bassaris fand es gut und meinte, er hätte gern einen kleinen Bruder; auf den würde er schon aufpassen. Meoris war richtiggehend begeistert; wie die meisten Mädchen interessierte sie sich sehr für Babys und war auch oft bei den Netzen zu finden, in denen man die ganz Kleinen tagsüber zusammenlegte, damit sie einander Federn ausreißen oder sich gegenseitig die Schwingen ins Gesicht schlagen konnten.

Meoris konnte mit der Information aufwarten, dass jedes Paar das Recht hatte, ein Kind zu bekommen, dass für ein zweites Kind aber, wie auch für jedes weitere, der Ältestenrat vorher seine Erlaubnis geben musste.

»Wieso das denn?«, wunderte sich Oris missmutig, der am liebsten nichts mehr über dieses Thema gehört hätte.

»Das ist eine Regel aus dem Buch Kris«, wusste Meoris altklug zu berichten. Dass das Buch Kris dasjenige war, in dem alles stand, was für das Zusammenleben der Menschen wichtig war, das wusste Oris selber. »Weil es schlecht ist, wenn es zu viele Menschen auf der Welt gibt.«

Je länger Oris über diese Sache nachdachte, desto mehr verstörte sie ihn. Warum hatten seine Eltern den Ältestenrat überhaupt um Erlaubnis für ein zweites Kind gebeten? Doch wohl, weil sie unzufrieden waren mit ihm. Damit, wie er geworden war. Weil er nicht fliegen konnte. Weil er zwar Flügel hatte, aber zu dumm war, sie zu verwenden. Und das, wo sein Vater früher ein berühmter Flieger gewesen war, der beste Flieger der Küstenlande, wie man ihm immer wieder und wieder erzählt hatte.

Kein Wunder, dass sein Vater sich für ihn schämte.

Aber seine Mutter, die hatte doch immer zu ihm gehalten! Bei ihr hatte er sich stets sicher und behütet gefühlt.

Bisher wenigstens.

Doch ein Mensch, der nicht fliegen konnte, lebte nicht lange. Wahrscheinlich, sagte Oris sich, hatten sie deswegen beschlossen, rechtzeitig Ersatz für ihn zu schaffen.

***

So lebte Oris von da an in der Erwartung seines baldigen Todes. Wenn er des Morgens aufwachte, überlegte er, ob dieser Tag sein letzter sein würde, und wenn ja, wie es geschehen mochte, dass er den Tod fand. Würde er ausrutschen, in die Tiefe stürzen und sich das Genick brechen? Das war am wahrscheinlichsten, also ermahnte er sich, aufzupassen und dem Tod nach Möglichkeit einen weiteren Tag abzutrotzen.

Die Trockenzeit ging allmählich in die Windzeit über, was es naturgemäß riskanter machte, über die freien Äste des Nestbaums zu gehen; diejenigen Äste also, unterhalb derer keine Netze mehr gespannt und die auch nicht mit Handläufen oder Halteseilen versehen waren. Immer wieder sah man Leute abrutschen und sich mit einigen raschen Flügelschlägen retten. Keine große Sache, wenn man fliegen konnte. Oris aber mied diese Stellen und dachte sich Ausreden dafür aus, weil niemand den wahren Grund erraten sollte.

Bassaris erriet ihn ohnehin nicht; er fügte sich in alles, was Oris wollte oder nicht wollte. Meoris machte sich auch keine Gedanken über Oris' Beweggründe; wenn ihr etwas keinen Spaß machte, ließ sie die beiden Jungs einfach alleine und suchte sich jemand anderen zur Gesellschaft, was ihr nie schwerfiel.

Schließlich brach die Regenzeit an, wie meistens mit einem gewaltigen Wolkenbruch. Am selben Abend feierte das Nest ein Fest, weil man lange auf den Regen gewartet hatte, der die ausgedörrten Pflanzen wieder ergrünen und erblühen lassen und ihnen allen, so hoffte man, vor der Frostzeit reiche Ernte bescheren würde. Doch es feierten nur die Erwachsenen; die Kinder mussten in den Nesthütten bleiben und konnten nur den mehrstimmigen Gesängen lauschen, den Trommeln und Pfeifen, dem fröhlichen Gelächter und ab und zu dem Klappern, wenn jemand versehentlich ein Hiibu-Trinkhorn über eine Brüstung fallen ließ und es den langen Weg nach unten nahm, über Treppen rumpelnd, von Hängebrücken abprallend, durch Äste und Blätter raschelnd, *plink ... plank ... plonk.*

***

Nach und nach wurde der Regen kälter, Schnee mischte sich hinein, Kälte kroch in die Hütten und Schlafnester. Spätestens als die Lianen silbern gefroren und die Hängebrücken rutschig wurden vom Eis, das sich darauf bildete, war klar, dass die Frostzeit angebrochen war. Man befeuerte die Öfen in den Küchen jetzt den ganzen Tag. Die Regendächer waren schon lange angebracht, nun zog man auch den Windschutz darum herum hoch, um die Wärme der Öfen zu bewahren. Jeder hielt sich lieber auf den Mahlplätzen auf als sonst wo, obwohl dort die Wäsche zum Trocknen hing und einem immer im Weg war.

In dieser Zeit kam überraschender Besuch. Zuerst hörte Oris Leute nur sagen: »Da sind sie wieder!«, und sie sagten es nicht auf eine freundliche Weise, sondern so, als hätten sie Angst. Dann landete ein außerordentlich großer Mann mit narbigem Gesicht und ungeheuren Schwingen, die genauso grau gesprenkelt waren wie seine Haare. Alle scheuten vor ihm zurück – bis auf Oris' Eltern: Die freuten sich!

»Owen!«, sagte der Mann freudestrahlend. »Eiris!«

»Jagashwili!«, hörte Oris seinen Vater ausrufen, und gleich darauf lagen die drei sich in den Armen.

Während sie ihren Gast zum Mahlplatz geleiteten, um ihn zu bewirten, erfuhr Oris von seiner Mutter, dass dieser Jagashwili einst seinem Vater das Leben gerettet habe. Doch als er nachfragte, wann und wie das geschehen sei, erwiderte sie nur: »Das ist eine lange Geschichte. Die erzähle ich dir mal, wenn du älter bist.«

Bis sie den Mahlplatz erreicht hatten, hatte sich auch die Aufregung im Nest gelegt, und die anderen gesellten sich zu ihnen, neugierig, was der Fremde zu berichten wusste. Dessen Schwarm, berichtete dieser, rastete wieder auf dem Felsen, in dem die Werkstatt seines Vaters lag und den man seiner Form wegen den *Kniefelsen* nannte. Man wolle, sobald er, Jagashwili, »nach dem Rechten gesehen« habe, wie er sich ausdrückte, gen Süden ziehen.

»Aber im Süden, da ist doch nichts?«, wandte Basgiar ein, Bassaris' Vater, der viel in Handelsgeschäften unterwegs war. »Das letzte Nest ist das der südlichen Heit, und dann?«

»Dann beginnt die Kahle Küste, ganz recht«, bestätigte Jagashwili und erzählte, was sie bei ihrer letzten Reise in den Süden dort gesehen hatten: rote und gelbe Felsen, endlose Salzebenen – aber auch schwimmende Wälder in der weitläufigen Mündung des Akangor, des Braunwasserflusses, an dem entlang man bis hinauf in die Akashir-Berge gelangen könne, wo er entspringe. Sie aber würden in den Schwimmenden Wäldern bleiben, unter denen so viele Fische lebten, dass man nur zuzugreifen brauche, und noch dazu manche Arten, die man gar nicht kenne, die jedoch sehr schmackhaft seien. Und es sei immer angenehm warm dort; eine Frostzeit sei dort unbekannt.

»Und der Margor?«, wollte jemand wissen.

»Ja, den gibt es allerdings dort auch«, sagte Jagashwili. »In den Schwimmenden Wäldern nicht, aber an der Kahlen Küste und sogar in den Salzebenen. Das ist auch der schwierigste Abschnitt der Reise.«

Da das Essen gerade fertig war, bewirteten sie den wilden Gast mit gekochtem Hiibu-Fleisch in Flockenkrautsoße. Jagashwili bedankte sich, wie es Brauch war, und aß dann mit beachtlichem Appetit.

Während des Essens redete man über persönlichere Dinge. Jagashwili bemerkte, dass Oris' Mutter in Erwartung war, und machte ihr Komplimente, dass es sie noch schöner mache, als er sie in Erinnerung habe.

»Ach was«, erwiderte sie. »Ich werde immer dicker und schwerer. Ich fliege nur noch von einem Ast zum nächsten und habe schon lahme Flügel.«

Jagashwili lachte und meinte: »Ich glaub dir kein Wort.«

Als er aufbrach, gaben sie ihm einen Korb mit, gefüllt mit Essen für die anderen seines Stamms, und so schwer, wie er ihn nur tragen konnte. Oris' Vater flog mit ihm und blieb lange fort, denn die beiden waren alte Freunde, wie jedermann wusste, wenngleich es manchen unheimlich war. Nestlose! Die immer umherzogen, von hier nach da und wieder zurück! Die nirgends zu Hause waren! Die, so raunte einer, den Lehren des Buches Wilian folgten, das man auch das Verfemte Buch nannte und das noch nie jemand gelesen hatte, ja, von dem man nicht mal wusste, ob es das überhaupt gab, denn die Nestlosen hatten wichtigeres Gepäck mit sich zu tragen als Bücher.

An den folgenden Tagen war Vater noch oft weg, bei den Nestlosen, und Mutter auch. Oris blieb allein zurück und wurde das Gefühl nicht los, dass seine Eltern ein Geheimnis vor ihm hüteten.

***

Allmählich schwand der Frost, wich die Kälte, und die Trockenzeit kündigte sich an. Jeder Tag wurde wärmer als der davor.

Oris' Mutter flog inzwischen tatsächlich nicht mehr. Ihr Bauch war unglaublich dick geworden, und sie ruhte sich viel aus. Sie nahm auch nicht mehr am gemeinsamen Kochen teil, saß höchstens dabei, wenn die anderen schälten, mahlten, schnitten und rührten.

Eines Tages geschah es dann. Ein Schrei gellte durch den Wipfel des Nestbaums, wurde von Ast zu Ast weitergetragen: »Eiris kommt nieder!« Und gleich darauf war die Luft erfüllt von Flügelschwirren, weil die Frauen von überall herbeieilten, um ihr bei der Geburt zu helfen.

Sie brachten Oris zu seinem Vater. Um diesen bildete sich ein Kreis von Männern, die gemeinsam mit ihnen warteten und dabei bisweilen mit tiefen Stimmen die Lieder Zolus sangen. Immer wieder hörte man aus der Nesthütte Schreie, die schrecklich klangen, so, als müsse sich jemand über alle Maßen anstrengen. Oris erschrak, als ihm klar wurde, dass es die Stimme seiner Mutter war, die er da vernahm.

»Eine Geburt ist mit Schmerzen verbunden, das weißt du doch«, sagte sein Vater zu ihm. »Du hast doch schon Geburten mitbekommen, oder?«

»Ja«, erwiderte Oris. Aber es war nicht dasselbe, wenn es um die eigene Mutter ging.

Nach einer Weile fragte er:»War es bei mir auch so? Als ich zur Welt gekommen bin?«

»Da war es auch so, ja«, sagte sein Vater lächelnd und drückte ihn an sich.»Aber du warst es wert, würde ich sagen.«

Es war nur eine kleine beiläufige Geste, aber Oris hatte auf einmal das beglückende Gefühl, dass sein Vater vielleicht doch nicht *völlig* enttäuscht war von ihm.

Nach und nach wurde es dunkel. Das große Licht des Tages wich dem kleinen Licht der Nacht, und endlich, nach einer Ewigkeit, wie es Oris schien, kam Noharis zu ihnen, die Wahlschwester seiner Mutter, und sagte:»Es ist ein Mädchen.«

Auf einmal war Oris ganz aufgeregt. Er konnte es kaum erwarten, seine Schwester zu sehen, die, wie man ihm sagte, Anaris heißen würde. Doch als die vielen Frauen endlich ihre vielen Flügel einfalteten und die beiden Männer zu Eiris durchließen, erblickte Oris in deren Armen ein winziges, nacktes, entsetzlich deformiertes Wesen, das so etwas wie einen Buckel auf dem Rücken trug.

»Das ist nur die Eihaut«, erklärte ihm Großmutter Halris sanft.»Sie wird bald aufplatzen und abfallen. Spätestens morgen.«

Tatsächlich geschah es viel früher. Mutter legte das Neugeborene an die Brust, und kaum hatte es die ersten Schlucke getrunken, bekam die Blase einen Riss, und dicker, weißer Schleim lief heraus.

»Na so was«, meinte Mutter müde.»Da hat es aber jemand eilig.«

Sie warteten, bis die Kleine satt war. Dann drehten sie sie auf den Bauch, damit sie besser aufstoßen konnte, und schälten die Reste der Blase ab. Mit einem nassen Lappen wuschen sie den Dotter vollends weg und legten die zerbrechlich wirkenden Flügelstummel frei, an denen winzige, feuchte Federn klebten.

Oris starrte die zwei niedlichen Stummel an und verfolgte gebannt, wie sie sich sogleich in Bewegung setzten. Sie taten es langsam, bedächtig, ziellos – aber sie bewegten sich!

Der Anblick ging ihm durch und durch. Ihm war, als sähe er zum ersten Mal im Leben *wirklich* die Flügel eines Menschen. Eine Art lang verschüttete, uralte Erinnerung stieg in ihm hoch, ohne dass er hätte sagen können, woher sie stammte, oder auch nur, von wem – alles, was er wusste, war, dass er plötzlich etwas begriff, was er vorher nicht begriffen hatte.

»Ich komm gleich wieder«, sagte er zu seinen Eltern und zu seiner Großmutter, die nur nickten und gar nicht wahrnahmen, wie er aufstand und ging, weil sie nur Augen für das Neugeborene hatten. Auch sonst beachtete ihn niemand. Oris folgte dem nördlichen Wohnast, nahm die Leiter zur Etage darüber, ging immer weiter, ging den Weg, den er schon so oft gegangen war: den Weg zum Übungsfeld.

Bisher war er ihn auch zurück immer gegangen.

Bisher.

Niemand war hier, nicht um diese Zeit. Das kleine Licht der Nacht erhellte den Wipfel nur schwach, und als Oris den oberen Ast erklomm, war der untere nur die Ahnung eines Schattens.

Doch diesmal hatte er etwas begriffen, wenn er auch nicht wusste, was.

Er holte tief Luft, breitete die Flügel und die Arme aus und stieß sich ab.

Segelte.

Und kam drüben an.

Dann tat er es noch einmal, und noch einmal, und dann noch oft, weil er auf einmal nicht mehr genug davon bekommen konnte, zu fliegen.

Sie mussten kommen und ihn holen, und diesmal weinte sein Vater vor Glück.

Die »Furchtlosen Flieger«

Drei Regenzeiten später lachte niemand mehr über Oris, und dass er so lange gebraucht hatte, um das Fliegen zu lernen, war fast vergessen. Er flog inzwischen so gut wie alle anderen – allerdings auch nicht besser. Im Gegenteil: Bassaris etwa konnte viel größere Lasten tragen, und sogar die zarte Meoris war beim Fliegen ausdauernder als er.

Doch niemand flog so *furchtlos* wie Oris.

Wenn man jemanden haarscharf an einem Stamm vorbei oder durch eine atemberaubend enge Astgabelung schießen sah, dann war dies Oris. Wenn jemand so dicht über dem Boden flog, dass er Spuren im Gras hinterließ, dann war dies Oris. Wenn sich jemand in einen Sturmwind warf, bei dem sich alle anderen anleinten oder den Schutz der Nesthütten suchten, dann war dies Oris, immer Oris. Natürlich verletzte er sich dabei oft, aber er erlaubte sich keine Furcht. *Furchtlos* genannt zu werden war ihm wichtiger als alles andere, und tatsächlich nannten ihn auch viele schon so: Oris, den Furchtlosen.

Im Lauf der Jahreszeiten scharte er eine Gruppe um sich, die sich diesen Namen – *seinen* Namen – zu eigen machte: Sie nannten sich »Die Furchtlosen Flieger« und bestanden anfangs aus Oris, Bassaris und Meoris, die halsbrecherisch durch den Wipfel des Nestbaums fegten, an Laufstegen vorbei und über Mahlplätze hinweg, um sich an den Lianen entlang in die Tiefe zu stürzen und mit einem entschlossenen Griff in letzter Sekunde abzufangen. Ihre Eltern hatten in dieser Zeit viel damit zu tun, ihnen Hiibufett in geprellte Handschwingen und Schultern einzumassieren, geknickte Federn auszurupfen und sie zu ermahnen, besser aufzupassen, ohne dass dies freilich etwas genutzt hätte.

In dieser Zeit entschieden sich Meoris' Eltern, Meolaparis und Nalful, ihre Bemühungen um ein zweites Kind aufzugeben und stattdessen nach einer Wahlschwester für sie zu suchen. Dies wurde ein Mädchen namens Ifnigris, die einmal Ifnigbar geheißen hatte, weil ihre Mutter Ifbar vom Nest der Bar an der Muschelbucht stammte. Ihre Eltern hatten sich getrennt, als sie sieben Frostzeiten gesehen hatte, sie war mit ihrem Vater Nigtal zu den Ris gekommen, als dieser sich Delris versprochen hatte, der Tochter von Baris und Ulkehet, dem Lehrer, und seither hieß sie Ifnigris.

»Warum gibt es eigentlich keine Wahlbrüder?«, fragte Oris seinen Vater, als er davon hörte.

Dieser zuckte mit den Schultern und sagte:»Weiß ich nicht. Es müsste nur mal jemand machen. Wieso? Möchtest du, dass Bassaris dein Wahlbruder wird?«

»Ich wollt's bloß wissen«, erwiderte Oris und verfolgte die Idee nicht weiter. Bassaris und er waren Freunde, die besten, die es gab. Das genügte, sagte er sich.

Ifnigris war eine beeindruckende Erscheinung. Sie war etwas älter als die anderen und groß und stämmig, hatte ungewöhnlich dunkle Haut und nachtschwarze Flügel und einen durchdringenden, scharfen Blick. Sie war nicht nur kräftig und geschickt und auffallend vernünftig für ihr Alter, sie war auch mutig genug, um in den Kreis der »Furchtlosen Flieger« aufgenommen zu werden, was schließlich auch geschah. Doch nachdem die vier einander geschworen hatten, stets zusammenzuhalten und vor keiner Herausforderung zurückzuschrecken, fügte Ifnigris hinzu:»Es ist nicht gut, immer nur furchtlos zu sein. Manchmal ist es besser, sich zu fürchten.«

»Wann denn?«, fragte Oris sofort, besorgt darum, jemand könne seinen unter so vielen Mühen und Schmerzen erworbenen Ruf entwerten.

»Wenn man andernfalls stirbt«, erwiderte Ifnigris kühl, und Oris zog es vor, nicht weiter zu fragen.

Ifnigris' Stattmutter Delris hatte bereits einen Sohn namens Ulkaris. Dessen Vater Joleik, ein schmächtiger Mann von den Leik-Inseln, war in einer Frostzeit an einem schweren Fieber gestorben. Ulkaris war damit ihr Stattbruder, und er war nicht einfach nur furchtlos, er war tollkühn. Ein lebhafter, frecher Blondschopf mit hellbraunen, ungleichen Flügeln, der sich Warnungen grundsätzlich widersetzte und für jeden Blödsinn zu haben war, Hauptsache, es gab dabei etwas zu lachen.

Keine Frage, dass auch er in den Kreis der »Furchtlosen Flieger« aufgenommen wurde.

Diese fünf also hockten eines Tages, wie so oft, in einer Gabelung der allerobersten Äste des Nestbaums, die ihr Lieblingsplatz war, und redeten über alles Mögliche, als Ulkaris plötzlich Oris und Ifnigris angrinste und meinte: »Ihr beiden sitzt nebeneinander, als wärt ihr verliebt.«

Das war natürlich nicht wahr und eine für ihn typische Frechheit, deswegen schmierte ihm seine Stattschwester eine, und das wohlverdient. Da er zu weit weg saß, als dass sie ihn mit der Hand erreicht hätte, holte sie mit dem linken Flügel aus und versetzte ihm damit einen Schlag, der ihn glatt vom Ast fegte. Sie hörten ihn noch eine Weile unter sich durchs Geäst fallen, aufschreien und schimpfen, wenn er sich irgendwo anhaute, dann verstummte er.

»Du blöde Krawe!«, maulte er, als er geraume Zeit später zurückkam und mit leicht zerzaustem Gefieder wieder auf dem Platz landete, an dem er zuvor gesessen hatte.

Krawen waren schwarze Hautflügler, die mit Vorliebe in Höhlen an Steilwänden nisteten und nur bei Dämmerung flogen, dann aber meist in gewaltigen Schwärmen zu Tausenden. Außerdem stanken sie. Kein Wunder also, dass Ifnigris drohte: »Wenn du dein freches Mundwerk nicht hältst, kriegst du gleich noch mal eine!«

»Krawe!«, wiederholte Ulkaris, rutschte vorher aber schnell aus ihrer Reichweite.

Oris sagte nichts – die beiden stritten sich ständig –, doch das, was Ulkaris gesagt hatte, hallte in ihm nach. Er stellte sich vor, wie das wohl wäre, er und Ifnigris, später einmal, wenn sie groß waren, wie sie einander versprechen würden, wie sie gemeinsam eine Nesthütte bewohnen würden und so weiter, und diese Vorstellung gefiel ihm gar nicht schlecht, denn Ifnigris war nicht nur ein schönes Mädchen, sie hatte auch etwas an sich, das er bewunderte.

Doch dann fiel ihm ein, dass er ja gar keine Ris zur Frau nehmen durfte. Ein Paar musste aus verschiedenen Stämmen kommen, so war es im Buch Kris bestimmt. Das hatten sie schon gelernt, und er spürte einen eigentümlichen Schmerz in seiner Brust, als es ihm wieder einfiel.

***

Obwohl Oris das Fliegen doch noch gelernt hatte, obwohl er inzwischen sogar als »Furchtloser Flieger« galt, wich die Trauer nicht, die er bei seinem Vater spürte.

Einmal, als er seinen Vater in dessen Werkstatt besuchte, wagte er es, ihn zu fragen, was ihn so bedrücke, aber sein Vater stritt ab, traurig zu sein.

»Ich weiß nicht, wie du auf den Gedanken kommst, Oris«, sagte er und zerwuschelte ihm die Haare, wie Väter es manchmal taten. »Im Gegenteil, ich bin der glücklichste Mann der Welt. Und warum sollte ich es *nicht* sein? Ich bin mit deiner Mutter zusammen, die nicht nur immer noch die schönste aller Frauen ist, sondern die mich auch immer noch liebt; ich habe einen wohlgeratenen Sohn, auch wenn er manchmal die Älteren des Nests in Angst und Schrecken versetzt mit seinen kühnen Flugmanövern, und eine wohlgeratene Tochter, die es ihm wahrscheinlich demnächst gleichtun wird; und ich stelle Signalraketen her, die überall in der Küstenregion begehrt sind und mit denen ich zum Wohlstand unseres Nestes beitrage, sodass ich angesehen bin. Mehr kann man sich nicht wünschen.«

Oris schlug die Augen nieder. »Ich dachte nur …«, murmelte er und war trotz allem nicht überzeugt, sich geirrt zu haben.

Kurz darauf begann einmal mehr die Windzeit, die Jahreszeit also, in der das Fliegen am aufregendsten war – und am anstrengendsten, wenn es galt, gegen den Wind zurück zum Nest zu kommen. Aber was war herrlicher, als die obersten Äste des Nestbaums zu erklimmen, während der Wind durch die Zweige pfiff, sich dem anstürmenden Wind zuzuwenden und zu spüren, wie er an den Flügeln zerrte? Was war herrlicher, als die Flügel mit einem Ruck auszubreiten und sich davontragen zu lassen? Was war herrlicher, als die ungeheure Kraft des Windes zu fühlen, während man durch die Luft glitt? Was war herrlicher, als mit raumgreifenden Flügelschlägen an Höhe zu gewinnen und schließlich vor der Küste zu kreisen, wo um diese Zeit Tausende von Vögeln nisteten und einander kreischend verfolgten?

Das war eins ihrer Spiele: Wer kam am weitesten, ohne mit den Flügeln zu schlagen? Mit einem guten Absprung zu starten war eine Sache, aber eine ganz andere, die Thermik zu sehen, aufsteigende Luftströmungen zu erspähen und sich von ihnen in die Höhe tragen zu lassen. Und die hohe Kunst war es, sie im rechten Moment wieder zu verlassen, indem man nur die Handschwingen abkippte, den Anstellwinkel der Flügel minimal veränderte oder mit den ausgestreckten Armen und Beinen nachhalf, den Schwerpunkt zu verlagern.

»Ihr macht das gut«, sagte Elnidor eines Tages zu ihnen.

Die *Furchtlosen Flieger* freuten sich über das Lob, eine Freude, die aber nur kurz währte, denn er fuhr fort: »Wenn ihr so gut fliegen könnt, seid ihr eigentlich auch alt genug, um bei der Ernte zu helfen.« Elnidor war nämlich einer der Vorratsmeister, und er hatte einen Sohn im selben Alter wie sie, Galris, dessen Flügel grau waren wie die eines alten Mannes und der die unangenehme Angewohnheit hatte, immer wegen irgendetwas beleidigt zu sein.

So zogen sie mit Elnidor und seinem Sohn am nächsten Tag los. Er zeigte ihnen, auf welchen Bäumen Rindenmoos wuchs, wie man die Stellen erkannte, die reif waren, und wie man sie erntete, ohne den unreifen Bestand zu beschädigen. Jeder von ihnen bekam einen Umhängesack, dann ging es los.

Es war richtige Arbeit, aber sie wussten, dass es bei der Arbeit nicht nur darauf ankam, sie möglichst gut zu erledigen, sondern auch darauf, sie so zu gestalten, dass sie einem angenehm von der Hand ging. Sie hätten die Lieder singen können, deren Rhythmus mit dem des Moospflückens harmonisierte, aber die *Furchtlosen Flieger* zogen es vor, einen Wettbewerb daraus zu machen: Wer pflückte am meisten Moos?

Wie sich zeigte, war das immer Bassaris. Nicht nur, dass ihm sein Tragsack nie schwer wurde, er, der sonst so langsam im Reden und Denken war, hatte, wenn es um Rindenmoos ging, auf einmal die flinksten Finger.

»Du bist ein Phänomen«, attestierte ihm Elnidor, als Bassaris schon wieder einen zum Platzen gefüllten Tragsack zurückbrachte. Die nächste Lektion war die Suche nach verschiedenen Beeren, die gerade reif wurden.

Zuerst zeigte er ihnen, wie man Mokko-Beeren aufstöberte, die klein, unauffällig blau und verführerisch süß waren – und schwer zu finden. Schwer war es auch, sich zu beherrschen und sie sich nicht vom Ast weg direkt in den Mund zu stecken, eine Versuchung, der Bassaris nur schwer widerstand: Er aß die Hälfte aller Beeren, die er fand, selber, und so gelang ihm natürlich kein Rekord mehr, nicht einmal annähernd. Am meisten Mokko-Beeren sammelte Meoris, die sie aus irgendeinem Grund nicht besonders mochte.

Danach gingen sie gemeinsam mit Elnidor auf die Suche nach Gari-Beeren. Diese Beeren waren nach dem gleichnamigen Ahn benannt, dessen Buch von der Heilkunst handelte, und dienten zur Herstellung von allerlei Arzneien. Sie roh zu essen war nicht ratsam, weil das zu Krämpfen und Durchfall führen konnte (»Man darf dann nicht über den Köpfen von anderen Leuten herumfliegen«, meinte Ulkaris trocken), und die reifen Früchte zu erkennen erforderte Fingerspitzengefühl. Es war Ifnigris, die die meisten Gari-Beeren sammelte, und Elnidor war sehr zufrieden.

Und schließlich machten sie sich auf die Suche nach Feuerbeeren. Die waren essbar, aber höllisch scharf – Galris probierte eine und heulte danach den ganzen Tag herum, weil sein Mund nicht aufhören wollte zu brennen, egal, wie viel Wasser er trank. Feuerbeeren, lernten sie, musste man erst trocknen, ehe man sie in der Küche verwenden konnte, und dann reichte eine einzelne Beere weit.

Die ertragreichsten Beerensträucher wuchsen an der Steilküste, rings um den Kniefelsen herum und weiter südlich davon, und dort geschah es, dass sie zum ersten Mal auf Kinder trafen, die sie nicht kannten.

Es waren fünf Kinder, zwei Mädchen und drei Jungen, die ebenfalls Beeren sammelten. Sie waren ungefähr so alt wie Oris und seine Freunde. Die Mädchen hießen Farleik und Kemaleik, die Jungs Uleik, Perleik und Anoleik – mit anderen Worten, die fünf stammten von den Leik-Inseln!

»Ihr seid die ganze Strecke geflogen, nur um *Beeren* zu sammeln?«, staunte Oris, der die Erwachsenen immer stöhnen hörte, wenn es um Flüge zu den Leik-Inseln ging. »Wie geht das?«

»Wir haben natürlich unterwegs Rast gemacht«, erklärte ihm Farleik, ein stämmiges Mädchen mit langen braunen Locken und kräftigen braun-weiß-melierten Flügeln. »Zwischen hier und unserem Nest liegen die Jo-Leik-Inseln, weißt du? Dort gibt es Vorräte und Ruheplätze und so weiter.«

»Na ja«, fügte Anoleik hinzu, offenbar der Älteste der fünf, »der Wind muss natürlich günstig wehen. Sonst schafft man es nicht.« Er war schlank und dunkelhaarig und hatte seltsam zerzaust wirkende Flügel.

»Gibt's bei euch denn keine Beeren?«, wollte Ulkaris wissen.

Das ließ Kemaleik kichern, und Farleik sagte: »Doch, aber nicht solche.«

»Feuerbeerensträucher wachsen nur in trockenem Boden«, erklärte Anoleik, »und bei uns draußen ist der Boden praktisch immer feucht.«

»Und dabei *lieben* wir scharfes Essen!«, prustete Kemaleik, die klein war für ihr Alter und auffallend große, grünlich schimmernde Flügel besaß.

Sie sammelten gemeinsam Beeren – es wuchs genug für alle – und redeten dabei über dies und das. Oris fand, dass es stimmen musste, was man über die Leik-Inseln hörte, nämlich, dass sie das reinste Paradies seien. Allein, dass es dort keinen Margor gab und man einfach auf dem Boden herumlaufen konnte, war schon allerhand, und dann wuchs auch noch alles üppig! Mokko-Beeren,

73

erzählte Perleik, würden sie zum Beispiel gar nicht sammeln; die wüchsen überall, man brauche nur die Hand auszustrecken, wenn man Lust hatte, welche zu essen.

Doch als sie genügend Beeren hatten und den Rückflug antreten wollten, stellten sie fest, dass der Wind gedreht hatte. Er blies nun so stark landeinwärts, dass es aussichtslos war, es auch nur bis zur nächstgelegenen Jo-Leik-Insel zu schaffen.

»Macht keinen Unsinn«, sagte Ifnigris. »Ihr kommt einfach mit in unser Nest, bis der Wind sich dreht oder nachlässt.«

Die fünf zögerten, aber schließlich kamen sie mit. Elnidor, der sie empfing, meinte, das sei die einzig richtige Entscheidung gewesen, und organisierte Schlafnester für sie. Als die Dämmerung anbrach, schoss Oris' Vater eine grüne Signalrakete in Richtung der Leik-Inseln ab, zum Zeichen, dass man sich dort keine Sorgen zu machen brauche, dann aßen sie alle gemeinsam und befreundeten sich miteinander. Als die Fünf am nächsten Morgen aufbrachen – der Wind hatte sich über Nacht gelegt, die Luft war klar, und auf dem Meer leuchteten weiße Schaumkronen –, luden sie die *Furchtlosen Flieger* ein, sie auch einmal auf den Leik-Inseln zu besuchen.

»Das machen wir!«, versprachen sie ihnen und begleiteten sie noch ein Stück auf ihrem Flug hinaus aufs offene Meer, bis es ihnen ratsam schien, wieder umzukehren.

Oris' Mutter war entschieden gegen diesen Plan. »Leiks wachsen ganz anders auf als ihr«, erklärte sie Oris. »Die sind viel zäher, weil dort draußen im Grunde *immer* Windzeit ist. Aber ihr seid noch zu jung für eine solche Strecke.« Dann sah sie Oris' enttäuschtes Gesicht und fügte versöhnlich hinzu: »Vielleicht nächstes Jahr.«

***

Kurz darauf befreundete sich Ulkaris mit einem Mädchen von der anderen Seite des Nestbaums, das Eteris hieß. Sie war hellblond, hatte ein auffallend eckiges Gesicht, hellbraune Flügel und, was ausgesprochen selten war, auch *Fußfedern!* Sie begannen an der Hinterseite der Unterschenkel und reichten bis zu den Füßen, weswegen sie in den kalten Jahreszeiten spezielle Schuhe brauchte und ansonsten gar keine trug.

Es sah faszinierend aus, fanden sie, vor allem, weil Eteris die Federn nach Belieben spreizen und anlegen konnte. Sonderlich hilfreich beim Fliegen schienen sie allerdings nicht zu sein, jedenfalls stellte sie sich in der Luft eher ungeschickt an, und übermäßig ausdauernd war sie auch nicht.

Trotzdem war es Eteris, die die Idee aufbrachte, gemeinsam zum Nest der Wen zu fliegen und sich mit den dortigen Kindern anzufreunden. Die älteren Kinder machten das ständig, doch allgemein hielt man derlei erst für angebracht, wenn man mindestens zehn Frostzeiten gesehen hatte.

»Dabei ist das gar kein Problem«, meinte Eteris, die mit ihrem Vater schon zum Nest der Wen geflogen war, weil dieser öfter dorthin musste. »Ich kenn die Strecke, und es gibt unterwegs jede Menge Bäume, auf denen man rasten kann.«

Wenn jemand wie Eteris es bis zum Wen-Nest schaffte, sagte sich Oris, dann würden sie das alle auch schaffen. Diesmal fragte er aber seinen Vater um Erlaubnis, der schließlich selber ein Wen war, und der war einverstanden, dass sie es versuchten. »Sie müssen ja mal ein bisschen die Flügel spreizen«, sagte er zu Mutter, die eher skeptisch war.

Die Eltern der anderen hatten auch nichts dagegen, und so machten sie es einfach.

Sie brachen früh am Morgen auf. Jeder hatte einen Bauchbeutel mit Proviant dabei und trug eine leichte Jacke, weil man morgens schon merkte, dass die Regenzeit nahte; später am Tag, wenn es wärmer wurde, konnten sie die Jacken ja ausziehen.

Oris hatte sich von seinem Vater erklären lassen, welche Strecke sie nehmen mussten und welche Landmarken zu beachten waren, aber er erhob keinen Einwand, als Eteris darauf bestand vorauszufliegen. Soweit er das sagen konnte, schlug sie ungefähr dieselbe Richtung ein, die er auch genommen hätte.

Sie flog schwerfällig, blieb oft im Gleitflug und machte ständig mit ihren Fußfedern herum – spreizte sie ab, legte sie an, spreizte sie wieder. Oris sah ihr fasziniert dabei zu, wenngleich er allmählich ungeduldig wurde, weil sie so langsam vorankamen. Dann legte sie auch schon die erste Rast ein. Niemand von den anderen beschwerte sich, also sagte auch Oris nichts. Und eigentlich war es großartig, im Wipfel eines Pfahlbaums zu sitzen, die Beine baumeln zu lassen und Pamma direkt aus dem Biskenblatt zu essen.

»Das ist toll, so ein Ausflug«, meinte Ifnigris. »Auf die Idee hätten wir schon längst mal kommen können.«

»Besser als Rindenmoos durch die Gegend zu schleppen«, pflichtete ihr Bassaris bei.

»Das wird noch toller«, versprach Eteris. »Das Nest der Wen steht an der Steilküste, und in der Nähe gibt es einen Wasserfall, den Wentas-Fall. Der ist unglaublich hoch, und oben ist ein See, in dem man baden kann. Der ist um diese Jahreszeit ganz warm!«

»Ehrlich?«, fragte Meoris skeptisch, die Eteris nicht so recht leiden konnte.

»Es stimmt, was sie sagt«, warf Oris ein. »In dem See hat mein Vater auch schon gebadet, als er noch ein Kind war.« Sein Vater hatte ihm überdies erzählt, wie sie sich von der Strömung über die Kante hatten tragen lassen, um in die Tiefe zu stürzen und die Flügel erst so spät wie möglich einzusetzen. *Oh*, hatte er sich dann plötzlich unterbrochen, *das hätte ich vielleicht besser für mich behalten.* Und er hatte Oris das Versprechen abgenommen, es nicht weiterzuerzählen, um die anderen nicht auf dumme Ideen zu bringen, insbesondere Ulkaris nicht, der sich allzu *gern* auf dumme Ideen bringen ließ.

Sie brauchten noch drei weitere Zwischenhalte, ehe sie den Wen-Baum erreichten, und kamen kurz vor Mittag an. Man begrüßte sie begeistert; Oris hatte das Gefühl, dass das halbe Nest angeflattert kam, um sie zu begutachten. Sie wurden gleich zum Essen eingeladen, wo sie die Wen-Kinder kennenlernten.

Oris traf seine Tante Dalawen, die jüngere Schwester seines Vaters, die er schon ewig nicht mehr gesehen hatte und die natürlich unvermeidlich zu dem Schluss kam, er sei *ziemlich groß geworden.* Auch Luchwen war da, sein Cousin, den er zuletzt als Baby gesehen hatte. Er hatte immer noch genauso rötliche Flügel wie seine Mutter und war immer noch so verfressen wie damals.

Seine Tante, stellte Oris fest, neigte dazu, einen in Grund und Boden zu plappern, und er nutzte die erste Gelegenheit, sich ihr zu entziehen und zu den anderen zu gesellen. Wie immer wurde Meoris ob ihrer goldenen Flügelmuster bewundert, was sie sich gern gefallen ließ, wenn ihr diesmal auch nicht wie sonst die ungeteilte Aufmerksamkeit galt: Die Jungs umschwärmten eher Eteris mit ihren Fußfedern, und als Oris sah, wie sehr sie das genoss, ahnte er, warum sie unbedingt hatte herkommen wollen.

Irgendwann tauchte sogar der Älteste der Wen auf, um die jungen Besucher zu begrüßen, ein uralter Mann namens Hekwen, dessen Flügel fast kahl waren und schlaff und der sich nur noch zu Fuß fortbewegte und auch das nur mit Mühe. Er schüttelte jedem von ihnen die Hand, und als er es bei Oris tat und diesen aus halbblinden Augen betrachtete, meinte er: »Ah ... Owens Sohn ... ich erinnere mich. Dein Vater war einmal der beste Flieger der ganzen Küstenlande, wollte immer hoch hinaus ... Kannst stolz sein auf deinen Vater, kannst stolz sein!«

»Bin ich, Ältester«, versicherte Oris beklommen, dem das Ganze eher peinlich war und dem der Gedanke, auf etwas stolz zu sein, für das man überhaupt nichts konnte, seltsam vorkam. Aber Hekwen, das hatte er mitbekommen, galt als weise, also würde seine Bemerkung schon etwas zu bedeuten haben.

Nach dem Essen flogen sie mit den anderen Kindern zum Wasserfall, und bei allen Ahnen, war das ein imposanter Anblick! Eine silberne Säule aus Gischt und Wasser, die da aus der Höhe herabdonnerte in eine halbrunde Schlucht aus schwarzem Stein, der überall da, wo er nicht von Moos bewachsen war, vor Feuchtigkeit glänzte. Der Wasserfall endete in einem Becken, in dem es schäumte wie Hiibu-Milch, die, wenn sie in Richtung Meer abfloss, erst nach und nach wieder zu Wasser wurde.

Sie flogen aufgeregt an dieser Wassersäule empor, mit Flügelschlägen, die lautlos zu sein schienen, weil man nichts anderes hörte als das Tosen des Wassers. Oben fanden sie tatsächlich einen lieblichen See vor, der tief war und dunkel und angenehm warm.

Trotz der Ermahnung der Erwachsenen, nach dem Essen lieber noch eine Weile damit zu warten, zogen sie sich alle aus und hüpften ins Wasser, und niemand kam zu Schaden, nicht einmal Luchwen, der wirklich viel gegessen hatte. Sie lieferten sich wilde Wasserschlachten mit Armen und Flügeln, die Ris gegen die Wen, die Jungs gegen die Mädchen, die Älteren gegen die Jüngeren. Es war eine Kunst für sich, ganz unterzutauchen, bis über die Flügel, und dann wieder aufzutauchen und sich so trocken zu schütteln, dass man sich aus dem Wasser in die Luft erheben konnte. Was man irgendwann lieber ließ, weil die Mädchen sich immer kugelten vor Lachen, wenn sie die nackten Jungs fliegen sahen.

Als sie genug geschwommen waren, legten sie sich alle bäuchlings auf die blanken Steine, die angenehm heiß waren vom großen Licht des Tages, breiteten die Flügel aus und ließen sich trocknen. Dann zogen sie sich kichernd wieder an und folgten den Wen-Kindern zur Küste, kreisten mit ihnen über den Dreifingerfelsen, auf denen zu landen schier unmöglich war, und über den heißen Quellen weiter draußen. Oris verstand bei dieser Gelegenheit, warum Süßmücken so hießen: Er hatte davon gehört, sich aber nie vorstellen können, wie köstlich es war, sie zu jagen und mit dem Mund zu schnappen, sie darin kribbeln und krabbeln zu spüren und sie dann zu zerbeißen und zu spüren, wie sich ein herrlich süßer Geschmack über den ganzen Gaumen ausbreitete.

Vielleicht übertrieb er es ein bisschen, jedenfalls begann Ulkaris, sich über ihn lustig zu machen und ihn »Süßmücke« zu nennen. Oris schlug mit dem Flügel nach ihm, aber was das betraf, war er nicht so geschickt wie dessen Stattschwester; Ulkaris wich ihm spielend leicht aus und lachte nur.

So waren sie redlich müde, als es Zeit wurde, den Rückweg anzutreten, und er kam ihnen auch viel länger vor als der Hinweg. Es dunkelte schon, als sie zu Hause ankamen, und sie gingen alle ohne Widerrede früh in die Kuhlen und schliefen so tief und fest wie selten zuvor.

***

Der Himmel wurde mit jedem Tag dunkler, was bedeutete, dass die Regenzeit nun wirklich bald begann. Trotzdem ließen es sich ein paar der Wen-Kinder nicht nehmen, ihnen noch den versprochenen Gegenbesuch abzustatten. So kamen eines Tages drei Mädchen und zwei Jungs zu ihnen ins Ris-Nest, unter ihnen Luchwen, der natürlich zuallererst etwas essen wollte. »Sich stärken nach dem Flug«, nannte er es.

Also gingen sie zuerst mit ihnen zum Mahlplatz und schwatzten den Küchenleuten ein paar Happen ab. Dabei gesellte sich ein weiterer Junge aus dem Ris-Nest dazu, ein gewisser Jehris, ein knochendürrer Kerl mit enormen, aber schrecklich dünnen Flügeln. Er wohnte auf der anderen Seite des Nestbaums, war mehr oder weniger mit Ulkaris befreundet und überragte sie alle um mindestens einen Kopf.

Nach dem Essen zeigten die *Furchtlosen Flieger* ihren Gästen ihre Lieblingsplätze auf dem Nestbaum, und die Wen-Kinder bestaunten gebührend die Stelle, an der seinerzeit im Sturm der große Hauptast abgebrochen war.

»Mein Vater hat damals auch mitgeholfen«, sagte Torriwen, dessen Flügel fast so dunkel waren wie die von Ifnigris, nur dass sie bläulich schimmerten. »Das erzählt er heute noch jedes Mal, wenn's gewittert. Aber wirklich *jedes* Mal.«

»Mein Vater war in der Nacht auch da«, sagte Oris. »Er hat dabei meine Mutter kennengelernt.«

»Süßmücke«, sagte Ulkaris, »das wissen die im Wen-Nest alle, stell dir vor.«

Ulkaris nannte Oris immer noch hartnäckig »Süßmücke«, und er hatte eine unangenehme Art entwickelt, solche Spielchen ins Extrem zu treiben. Je länger der Besuch dauerte, desto gehässiger benahm er sich Oris gegenüber, ja, er schien es richtiggehend darauf anzulegen, ihn vor den Wen-Kindern lächerlich zu machen.

Das fiel auch seiner Stattschwester auf. »Sag mal, Ulk«, fragte Ifnigris indigniert, »was ist heute eigentlich mit dir los?«

»Nichts«, gab er verstimmt zurück. »Nichts, Schwester Sauermücke.«

Einem der Mädchen, Guwen, die ihre hellbraunen Haare zu zwei Zöpfen geflochten trug und deren Flügel von derselben Farbe auch irgendwie ordentlich gebürstet aussahen, war der Streit sichtlich peinlich. Wohl, um das Gespräch auf ein anderes Thema zu lenken, fragte sie, wo eigentlich die Inseln seien, die man *Adas Tränen* nannte; die seien doch hier in der Nähe, oder?

Das war typisch für Mädchen, fand Oris. Die konnten nie genug davon kriegen, die Liebesgeschichte zwischen Teria und Debra zu hören, und bekamen glänzende Augen, wenn es um die Ahnin Ada ging, die immer auf Wilian gehofft hatte, nach Terias Tod aber dem Werben Zolus nachgegeben und später all seine Lieder aufgeschrieben hatte.

»Das sind ein paar Inseln weiter südlich, die Küste runter«, sagte Ifnigris. »Nichts Besonderes.«

»Dort wächst nichts«, ergänzte Bassaris. »Keine Bäume. Gebüsch und Steine.«

»Wieso heißen die überhaupt so?«, fragte Parwen, die ein sehr ebenmäßiges Gesicht, aber verschieden große Flügel hatte. »*Adas Tränen*, das ist doch ein seltsamer Name für Inseln.«

»Auf ein paar von ihnen soll es Seen mit bitterem Wasser geben«, wusste Meoris. »Vielleicht deshalb.«

»Oder vielleicht war die Ahnin mal dort, um zu weinen, weil Wilian sie nicht haben wollte«, meinte Ulkaris. Er hob die Hände, als ihn die Mädchen mit finsteren Blicken bedachten. »Könnte doch sein, oder?«

Es konnte durchaus sein; eine Menge Landmarken waren nach Ereignissen aus dem Leben der Ahnen benannt. Was aber nicht notwendigerweise hieß, dass diese Ereignisse auch wirklich an dem betreffenden Ort stattgefunden hatten.

»Wart ihr schon mal dort?«, wollte Guwen wissen.

Ifnigris schüttelte den Kopf. »Nein.«

»Auch nicht«, gab Eteris zu.

»Nur mal in der Nähe«, sagte Bassaris.

»Hör ich zum ersten Mal«, meinte Jehris.

Ulkaris schlug unternehmungslustig mit den Flügeln. »Lasst uns doch einfach hinfliegen! Vielleicht kriegen wir ja raus, warum sie so heißen, wie sie heißen.«

Die Mehrheit war dafür, und da die Ris-Kinder nicht mit einer Attraktion aufwarten konnten, die an den Wasserfall der Wen heranreichte, waren sie ganz froh um die Idee. Man flog ein gutes Stück bis dorthin, aber es ging die Küste entlang, mit jeder Menge Bäumen, um sich auszuruhen. Sobald die Inseln in Sicht kamen, war es dann nur noch ein Sprung übers Wasser.

Unterwegs ließ Ulkaris keine Gelegenheit aus, auf Oris herumzuhacken, als der ein paarmal zurückfiel. »Ist es dir zu weit, Süßmücke?«, ätzte er dann oder: »Hätten wir doch nur ein Tragenetz mitgenommen für unsere Süßmücke!«.

»Blöder Kerl«, gab Oris zurück und flog extra Schleifen über den Rand der Steilküste hinaus, was natürlich nicht half, schneller voranzukommen.

Ulkaris hätte wahrscheinlich noch lange so weitergemacht. Irgendwann jedoch kam Bassaris drohend auf ihn zu, worauf er es vorzog, den Mädchen hinterherzufliegen.

Endlich ging es aufs Meer hinaus, zu den Inseln, die von ferne tatsächlich ein bisschen wie Tränen aussahen, rund und glänzend, weil sie aus hellem Stein bestanden. Eteris spreizte wieder ihre Fußfedern und machte ihre eigenwilligen Flugmanöver und hielt damit den ganzen Tross auf, was es Oris erlaubte, einen Vorsprung zu gewinnen und als Erster bei den Inseln anzukommen.

Er hätte auch ohne Weiteres als Erster landen können, aber er brachte es nicht über sich. Er kreiste nur über dem weiten, von herbem Gras bewachsenen Rund der Insel, in dessen Mitte ein merkwürdig dunkler See lag, und wartete auf die anderen. Auf einmal musste er an früher denken, an die angstvollen Momente auf dem Ast, als er hätte fliegen sollen und es nicht konnte, weil ihm der Boden Angst gemacht hatte, der Boden, der so unheilvoll tief unter ihm gelegen hatte.

Vielleicht kam das von Ulkaris' Gemeinheiten heute. Dass er deswegen daran denken musste.

Die anderen kamen an, kreisten mit ihm.

»Und?«, rief Eteris. »Was ist?«

»Mir gefällt's hier nicht«, sagte Oris.

»Unsere Süßmücke hat Angst!«, schrie Ulkaris, lachte und umrundete ihn einmal in der Luft.

»Ich will da trotzdem nicht landen«, beharrte Oris. »Was, wenn es hier den Margor gibt?«

»Das ist eine Insel, Süßmücke. Inseln stehen in fließendem Wasser. Und wo fließendes Wasser ist, ist kein Margor.«

»Aber die Insel ist ziemlich groß.«

Ulkaris kam näher heran, so dicht, dass seine Flügel die von Oris streiften. »Verstehe. Die Insel ist so groß, deswegen hat der kleine Oris Angst.«

Ifnigris näherte sich auf ihren schwarzen, starken Schwingen. »Er hat recht, Ulk«, rief sie. »Der Schutz von fließendem Wasser reicht nicht weit.«

»Ja, Schwesterlein. Nimm ihn nur in Schutz, deinen Liebling.«

Guwen, die von allen am tiefsten flog, stieg plötzlich mit kräftigen Flügelschlägen wieder höher. »Ich weiß nicht«, meinte sie. »Ich find die Insel auch irgendwie unheimlich.«

»Wir sind halt alle keine Leiks«, überlegte Meoris. »Die sind es eher gewöhnt, auf dem Boden zu landen.«

Oris schüttelte unwillkürlich den Kopf. Das stimmte so nicht; wenn er seinen Vater in der Werkstatt besuchte, landete er auch auf dem Kniefelsen, ohne einen Moment zu zögern. Genauso, wenn sie bei Ebbe zum Strand flogen, um Muscheln zu sammeln.

Hier war es irgendwie anders. Ganz anders.

Jehris kam heran. »Lass uns zur nächsten Insel fliegen, Ulk«, schlug er vor. »Vielleicht fühlt sich die besser an.«

»Ach, ihr seid alles Feiglinge«, rief Ulkaris und lachte laut. Dann ließ er sich abkippen, sauste über den düsteren See hinweg, bremste durch abruptes Hochreißen der Flügel ab und stand im nächsten Moment auf dem Boden: eine perfekte Landung. »Na?«, rief er. »Jetzt ihr!«

»Nein«, sagte Oris unwillkürlich, mehr zu sich selbst als zu den anderen.

Und dann ging auf einmal alles ganz schnell. Unfassbar schnell.

Sie sahen, wie Ulkaris ruckartig die Flügel ausbreitete, als wolle er wieder starten, und plötzlich innehielt.

Dann schrie er. Schrie, wie sie noch nie jemanden hatten schreien hören.

Im nächsten Moment hatte er keine Haut mehr. Es war, als hätte ein Windstoß sie ihm vom Leib gerissen und nur seine blutende Gestalt zurückgelassen. Zugleich lösten sich sämtliche Federn von seinen Flügeln, rieselten an ihm herab wie schmutziger Schnee, doch ehe die erste von ihnen den Boden erreichte, begann er, dahinzuschmelzen und zu zerfallen. Eingeweide fielen aus ihm heraus, Gedärm, das der Boden aufsaugte, und für die Dauer eines Lidschlags sahen sie noch Knochen, die seiner Arme, seiner Flügel, seiner Brust – dann zerfiel auch das alles und verschwand im Boden.

Ein blutiger Fleck war alles, was der Margor von ihm übrigließ.

Zeit der Tränen

Später wussten sie nicht mehr, was danach passiert war. Was sie getan hatten. Wo sie gewesen waren. Ihre Erinnerungen waren ein einziges Durcheinander.

Sie waren geflüchtet, daran erinnerten sie sich. Und das war in Ordnung, denn wenn der Margor jemanden holte, war keine Hilfe mehr möglich, keine Rettung. Oris hatte Bilder vor Augen, wie sie dicht über dem Wasser dahinflogen, heulend, verzweifelt, wie sie es nicht fassen konnten. *Das ist nur ein schlechter Traum*, hatte er immer wieder gedacht, *und bestimmmt wache ich gleich auf.*

Aber er war nicht aufgewacht.

Sie hatten keine Landung mehr gewagt, nicht einmal am Strand, dicht am Meer.

Doch – er erinnerte sich, wie sie an einem Fluss standen und einander hielten, ihre Flügel um sich schließend zu einem Kokon aus Federn und Muskeln, als könnten sie damit das Schreckliche, Entsetzliche aussperren. Doch wo war das gewesen? Später flog er einmal hinaus, allein, aber er fand die Stelle nicht wieder. Da war gar kein Fluss.

Und dann: Wie sie im Nest ankamen. Wie sie hinausschrien, was passiert war. Der Aufruhr, der losbrach, und wie der Himmel auf einmal voller schlagender Flügel war.

Es half nichts, sie mussten mitkommen, egal, wie sehr ihnen die Brustmuskeln schmerzten, mussten die Stelle zeigen, wo es geschehen war. Der dunkle Fleck war noch da, aber er begann schon zu verblassen.

Das war vielleicht das Schrecklichste von allem: den dunklen Fleck noch einmal zu sehen, der bewies, dass es wahrhaftig passiert war. Dass die schrecklichen Bilder, die sich in ihre Seelen ätzten, Wirklichkeit waren.

»Warum sind die Ahnen ausgerechnet hierhergekommen?«, hörte er Ifnigris klagen. »Warum haben sie eine Welt ausgesucht, auf der so eine gemeine Gefahr lauert?«

Das konnte ihr niemand beantworten. Die Erwachsenen waren selber ratlos; von ihnen hätte auch keiner vermutet, dass es auf den Inseln den Margor geben könnte. Nur ein paar der ganz Alten erinnerten sich, dass der Name der Inseln etwas damit zu tun hatte, dass es eben doch vorgekommen war, vor langer Zeit und nur ab und zu, sodass es leicht in Vergessenheit geriet.

Aber was hätte man denn tun können? Die Geschichte, wie Teria Debra rettete, wurde in den Tagen, die folgten, immer und immer wieder diskutiert, doch der Punkt war, dass die Ahnen selber ja noch keine Flügel besessen hatten, sondern mithilfe von Flugmaschinen geflogen waren. Debras Maschine hatte für einen Moment ausgesetzt, und sie wäre abgestürzt, hätte Teria sie nicht rechtzeitig gepackt. Aber eine Maschine allein war nicht imstande gewesen, zwei Personen zu tragen, und so hatten sie landen müssen. Auf einem Boden, der den Margor hatte.

Teria hatte Debra emporgehalten, lange genug, damit diese ihre Flugmaschine neu starten konnte, aber in der Zeit hatte der Margor Teria geholt an Debras statt.

Teria, so wollte es die Sage, hatte noch Zeit gehabt, die unsterblichen Worte zu sprechen: »Dass ich für dich sterben kann, Geliebte, ist der beste Tod, den ich mir hätte wünschen können.«

Das wollte so gar nicht zu dem passen, was Oris erlebt hatte. Womöglich, sagte er sich, durfte man die Legenden nicht ganz wörtlich nehmen.

***

Starb jemand durch den Margor, dann blieb kein Leichnam übrig, den man beisetzen konnte. Trotzdem trafen sie sich zu einer Totentrauer, zu der man auch einen Holzstoß aufschichtete, als gelte es tatsächlich, sterbliche Überreste zu verbrennen.

Der Abschiedsplatz der Ris lag etwas nördlich des Nestes, ein einsamer, aufrecht stehender Fels mitten im Ris-Wald, auf dem genug Platz war, um sich zu versammeln. Dort, wo man den Holzstoß errichtet hatte, war der Fels ganz schwarz verkohlt von den vielen Menschen, von denen man hier schon Abschied genommen hatte.

Und trotzdem, erkannte Oris, war es bei jedem, den man verlor, so, als sei es das erste Mal.

Ulkaris' Mutter Delris legte ein paar seiner Federn auf den Holzstoß, die sie noch in dessen Schlafkuhle gefunden hatte; sie war untröstlich. Dann übernahm es Golwodin, der Älteste des Stammes, aus den Schriften zu lesen, die Kapitel über die Herkunft und die Bestimmung der Menschen aus dem Buch Pihr, gefolgt von einem der mystischen Texte Zolus, deren Sinn Oris beim besten Willen nicht verstand.

»Wir nehmen Abschied«, deklamierte Golwodin dann mit lauter Stimme, der noch nicht lange Ältester war und dessen erste Totentrauer die für Omoris gewesen war. »Ulkaris ist dorthin geflogen, wohin eines Menschen Flügel ihn nicht tragen können und wohin doch jeder von uns eines Tages fliegen muss.« Er schlug das Buch Zolu zu und forderte sie auf: »Was immer ihr ihm nicht gesagt habt, sagt es jetzt und lasst es los, oder tragt es für alle Zeiten in euch verschlossen.«

Elris war die Erste, die sich erhob. »Ulkaris«, sagte sie unter Tränen, »ich habe so oft mit dir geschimpft, dich so oft ermahnt, vorsichtiger zu sein, nicht so tollkühn, nicht so frech und vorwitzig … Aber irgendwo … irgendwo war es auch das, was ich an dir geliebt habe, und das habe ich dir viel zu selten gesagt. Viel zu selten. Flieg voller Kraft, mein Sohn, wo immer du jetzt fliegst!«

Dann konnte sie nicht mehr, fiel beinahe hin, als sie sich setzte, und zog ihre Flügel ganz eng um sich, von Schluchzern geschüttelt.

Anschließend sprach Ulkaris' Stattvater Nigtal. Er erzählte davon, wie es war, ins Nest der Ris zu kommen mit einer jungen Tochter, wie der Stamm sie adoptiert hatte, und wie er gebangt hatte, wie die beiden so unterschiedlichen Kinder sich vertragen würden. »Sie waren nicht gerade ein Herz und eine Seele«, schloss er, »aber sie waren doch Bruder und Schwester.«

Ifnigris sagte: »Ulk, ich hab dir nicht viel zu sagen, weil ich dir immer alles gleich dann gesagt habe, wenn's anstand. Ich bin ...« Sie schniefte. »Ich bin verdammt *sauer*, dass du mich allein gelassen hast, damit du's nur weißt. Du bist mir so oft auf die Nerven gegangen ... aber ich vermisse dich jetzt schon. Bruder. Mach's gut.«

Alle möglichen Leute standen auf und sagten etwas zu Ulkaris, zu dem toten Ulkaris, den der Margor geholt hatte. Leute, die ihn gemocht hatten, Leute, die er geärgert hatte – oh, hatte er viele Leute geärgert! –, Leute, die noch irgendetwas loswerden mussten.

Es hörte gar nicht mehr auf. Es war wie ein Sog. Und auf einmal merkte Oris, dass er auch dastand und alle ihn ansahen, und dann sagte er eben, was ihm durch den Kopf ging: »Ulkaris, ich ... ich werd das Gefühl nicht los, dass ich mitschuldig bin an deinem Tod. Du hast mich an dem Tag, auf dem Flug zu den Inseln, gemein behandelt, und ich wusste nicht, was ich sagen sollte, aber insgeheim hab ich dir alles Mögliche an den Hals gewünscht. Am liebsten wär's mir gewesen, du hättest dir mitten überm Meer die Flügel gebrochen.«

Sie sahen ihn alle an, entsetzt die meisten. Doch niemand unterbrach ihn. Beim Abschied musste gesagt werden, was gesagt werden musste.

»Ich war der Erste bei den Inseln. Ich war der Erste, mit Abstand. Ich hätte als Erster landen können, aber mir war der Boden dort unheimlich. Ich hab gewusst, egal, was du sagst, egal, was irgendjemand sagt, ich will da nicht landen. Und jetzt denke ich, ich hätte etwas sagen sollen. Ich hab mich nur nicht getraut, weil ich nicht noch blöder dastehen wollte. Aber irgendwie denke ich, vielleicht, wenn ich das Richtige gesagt hätte ... das Richtige, und entschieden genug ..., dass du dann nicht gelandet wärst und alles gut wäre.«

Damit war es gesagt. Oris atmete tief durch und setzte sich wieder hin, schaute nicht rechts und nicht links, hörte auch nicht mehr zu, was die sagten, die nach ihm sprachen. Ihm war, als habe jemand einen Stein von mindestens der Größe der Inseln von seinem Herzen genommen.

Als niemand mehr etwas zu sagen hatte, wurde der Holzstoß angezündet. Sie sangen Zolus *Lobpreisungen des Lebens*, jenes schier endlose Lied, das lange genug dauerte, dass ein Leichnam zu Asche verbrennen konnte.

Doch diesem Feuer war kein solches Schicksal beschieden, vielmehr begann mitten in einer der ersten Strophen die Regenzeit. Ohne Vorwarnung, so plötzlich, als sei im Himmel ein Damm geborsten, brach eine wahre Sturzflut auf sie herab. Die Menschen hoben ihre Flügel, duckten sich darunter und konnten nur mit ansehen, wie der Regen das Feuer zu Ehren Ulkaris' löschte und das verbliebene Holz restlos durchtränkte. Niemand sang mehr, alles starrte nur auf die hässlichen schwarzen Ströme, die aus dem Stapel über den Rand des Felsens flossen; Wasser, das die Asche davontrug und dabei aussah wie schwarzes Blut.

Als der Regen nachließ, schoben sie auch das Holz, das noch übrig war, über den Rand, denn das war ja eigentlich der Sinn des Rituals: dass das, was von einem Gestorbenen blieb, in die Natur zurückkehrte und zu neuem Leben werden konnte.

Während ringsum geräuschvoll Flügel trockengeschüttelt wurden und die Leute nach und nach abhoben, um zum Nest zurückzukehren, drängte sich Ifnigris neben Oris und sagte: »Ich glaub nicht, dass dich irgendeine Schuld trifft. Red dir da nichts ein.«

Oris sah in ihre Augen, die in ihrem dunklen Gesicht immer so lebhaft leuchteten, und hatte einen Kloß im Hals, weil er sich so sehr gewünscht hatte, dass ihm das jemand sagte. »Meinst du?«, fragte er mühsam.

Sie schnaubte, ein Laut, in dem sich Schmerz und Zorn mischten. »Du weißt, wie Ulk manchmal drauf war. Er hat's auf dich abgesehen gehabt, da hätte ihn keine Macht der Welt bremsen können.« Sie reckte die Schultern, breitete ihre schwarzen Schwingen aus, entfaltete sie bis auf die letzte Feder. »Und es hat wirklich niemand ahnen können, dass dort der Margor sitzt.« Damit erhob sie sich in die Luft und flog davon.

Oris sah ihr nach. »Doch«, sagte er leise in die feuchte Luft und zu sich selbst. »Irgendwie hab ich's geahnt.«

***

Gegen Ende der Regenzeit, als sie schon allmählich in die Nebelzeit überging, kamen die Nestlosen wieder einmal vorbei auf ihrem Weg nach Süden, wo sie der Frostzeit entgehen wollten. Sie lagerten, wie meistens, auf den Leik-Inseln, aber Jagashwili nahm den Weg zu den Ris auf sich, um seinen Freund Owen und dessen Familie zu besuchen. Irgendwie hatte er erfahren, was mit Ulkaris passiert war und auch, was Oris bei der Totentrauer darüber gesagt hatte.

»Wollen wir ein bisschen gemeinsam fliegen?«, schlug er Oris vor.

Oris wusste nicht, was das sollte, wollte aber auch nicht dem Freund und Lebensretter seines Vaters widersprechen, also sagte er: »Von mir aus.«

Jagashwili schlug einen gemächlichen Rundkurs über dem Meer und über der Küste ein. Ein silberner Dunst lag auf dem Wasser, aber es ging ein auflandiger Wind, sodass sie weitgehend ohne Flügelschläge auskamen.

»Was weißt du über den Margor?«, fragte Jagashwili, als sie die Kolwaan-Felsen überflogen, die dunkelgrün unter ihnen im Meer lagen, wie immer von Horden faulenzender Kolwaane besetzt.

Oris musste mehrmals schlucken und tief durchatmen, ehe er antworten konnte.

»Der Margor lauert überall auf dem Boden«, begann er. »Sicher ist man nur in der Nähe von fließendem Wasser, an steilen Hängen oder auf den Spitzen einzelner, alleinstehender Felsen. Und niemand weiß, was der Margor eigentlich ist. Auch die Ahnen haben es nicht herausgefunden und kein Mittel dagegen gehabt und deswegen beschlossen, ihren Kindern Flügel zu geben, damit sie auf den Bäumen und in der Luft leben können.«

»So ist es«, bestätigte Jagashwili. »Das sind die Regeln, die jeder kennt. Aber es gibt noch mehr Regeln. Regeln, die nicht so bekannt sind. Zum Beispiel, was Inseln betrifft. Normalerweise sind Inseln sichere Plätze. Die Leute vom Stamm der Leik siedeln gerne auf Inseln, weil man dort auf dem Boden leben kann. Warst du schon einmal auf den Leik-Inseln?«

Oris schüttelte den Kopf. »Meine Mutter meint, das ist noch zu weit für mich.«

»Da hat sie wahrscheinlich recht. Aber spätestens in der nächsten Windzeit wird es nicht mehr zu weit sein für dich. Flieg hin! Es ist ein Erlebnis, das erste Mal in einer Hütte zu schlafen, die auf dem Boden steht.«

Oris schüttelte sich bei der Vorstellung. Schlafen, das hieß, sich an den dicken Ast eines großen Baumes zu schmiegen. Gut, das tat man meistens nicht wirklich, sondern kuschelte sich in seine strohgepolsterte Schlafkuhle, aber man wusste, dass man sich hoch oben auf einem Baum befand, in sicherer Höhe über dem Boden.

»Aber tatsächlich sind nicht alle Inseln sicher«, fuhr Jagashwili fort. »Der Schutz des Wassers reicht nicht weit. Bei Flüssen ein paar Schritte, bei Meerwasser etwas mehr, aber wenn die Insel groß genug ist, kann auch sie den Margor haben. Deswegen sind alle Leik-Inseln klein, sowohl die hier bei euch als auch die im Norden oder im Osten. Und was nur wenige wissen: Ein stilles Gewässer auf der Insel selber – ein See, der sich nur durch Regen füllt – ist ein fast sicheres Zeichen, dass eine Insel *nicht* sicher ist.«

»Ah«, entfuhr es Oris.

»Hast du das gewusst?«

»Nein.«

»Aber du wolltest nicht landen? Obwohl es eine Insel war und alle sagten, Inseln seien sicher?«

Oris überlegte. »Als ich den Boden gesehen habe, war er mir unheimlich. Ich weiß nicht, wieso. Ich habe nur gemerkt, ich will da nicht landen, um keinen Preis. Egal, wie man mich verspotten wird.«

»Bemerkenswert«, meinte Jagashwili.

Er ließ sich abkippen, glitt in eine Schleife, die sie weit über den nördlichen Ris-Wald führte, bis dahin, wo er licht wurde und man eine Herde Hiibus grasen sah.

»Was ist mit den Hiibus?«, wollte Jagashwili wissen. »Wieso holt der Margor *sie* nicht? Wieso können sie in aller Ruhe über die Ebenen ziehen und grasen, als gäbe es ihn nicht?«

Oris stutzte. »Das hab ich mir noch nie überlegt«, gestand er.

»Die Antwort ist«, fuhr der Nestlose fort, »dass der Margor sie sehr wohl holt. Wenn du eine Herde lange genug beobachtest und gut aufpasst, wirst du sehen, wie ab und zu eines der Tiere verschwindet. Das geht bei Hiibus fast genauso schnell wie bei Menschen. Plopp – weg. Die anderen Tiere kriegen das kaum mit, und wenn, hat man nicht den Eindruck, dass es sie kümmert. Sie grasen einfach weiter.«

»Gruselig«, meinte Oris.

»Ja, das fanden unsere Ahnen auch. Man könnte sagen, die Hiibus haben eine Art Abkommen mit dem Margor: Er holt sich ab und zu einen von ihnen, gefährdet aber den Bestand der Herde an sich nicht. Das mag für Tiere funktionieren, die kein Bewusstsein vom Tod haben. Für uns Menschen jedoch kommt so eine Art zu leben nicht in Betracht. Das jedenfalls war der Schluss, zu dem die Ahnen kamen, und der Grund, warum Gari sagte: *Lasst uns unseren Kindern die Flügel der Pfeilfalken geben, auf dass sie in den prächtigen Bäumen dieser Welt leben können.*«

Sie glitten dicht über der Herde dahin, was den Tieren sichtlich unheimlich war. Die Hiibus reckten die Köpfe, stießen ihre kehligen Warnrufe aus, setzten sich fluchtartig in Bewegung – um gleich darauf, sobald die beiden Menschen vorübergerauscht waren, wieder stehenzubleiben und die Schnauze zurück ins Gras zu versenken, als sei nichts gewesen.

»Dasselbe gilt für alle größeren Tiere, die auf dem Boden leben«, fuhr Jagashwili fort. »Viele gibt's ja nicht, aber die grauen Ratzen zum Beispiel, die gibt's überall, und bei denen ist es genauso. Man kann es nur schwerer beobachten, weil sie in Erdhöhlen leben und man schon genau zählen muss, ob auch alle wieder herauskommen, die hineingeschlüpft sind. Es stimmt übrigens auch nicht, dass der Margor nur Warmblüter holt; er holt auch manche Schlangen, Silbernattern zum Beispiel. Dass er dagegen Gari-Vipern holt, hat noch nie jemand beobachtet. Insekten lässt er in Ruhe, Vögel aber nicht. Und so weiter.«

»Klingt kompliziert«, meinte Oris, der nicht wusste, was für eine Antwort von ihm erwartet wurde.

»Das ist es auch. Der Margor ist zudem nicht überall. Es gibt auf dem flachen Land Stellen, an denen er nie beobachtet worden ist. Andererseits wandert er. Sichere Stellen bleiben nicht für alle Zeiten sicher.« Jagashwili bremste ab, ging in eine enge Kurve und deutete hinab auf eine Lichtung mitten im Wald. »Was meinst du? Kann man da landen?«

Oris zuckte mit den Schultern. »Eher nicht, oder? Das ist flaches Land.«

»Ist dir die Stelle unheimlich? So, wie es auf der Insel war?«

»Nein.«

»Aha.« Die gewaltigen Flügel des Nestlosen schlugen aus, trieben ihn in eine andere Richtung davon. Über einem schmalen Randstreifen der Hochebene, die an dieser Stelle steil zu einem steinernen Strand abfiel, hielt er wieder inne, wollte wieder wissen, ob Oris hier landen würde.

Oris blickte hinab auf die felsige Kante, die von Feuchtigkeit glitzerte. Es war anders als vorhin bei der Lichtung. Hier rief die Vorstellung, aufzusetzen, dieselbe atemabschnürende Furcht in ihm wach, die er bei Adas Tränen verspürt hatte.

»Nein«, sagte er entschieden. »Auf keinen Fall.«

»Ist es wie bei der Insel?«

»Ja.«

»Bemerkenswert«, meinte Jagashwili wieder, sauste über die

Klippe hinab in die Tiefe und schlug, als ihm Oris folgte, von dort aus den Weg zurück zum Nest ein.

Als sie angekommen waren, bedankte sich der Nestlose bei Oris für den Ausflug und meinte: »Ich denke, wir sehen uns noch einmal, ehe ich zu meinem Schwarm zurückfliege. Aber jetzt habe ich eine Verabredung mit deinem Vater.«

»Ist in Ordnung«, erwiderte Oris unsicher, der immer noch nicht verstand, was das alles sollte.

Er hätte es verstanden, wäre er bei dem Gespräch der beiden Männer in Owens Werkstatt dabei gewesen. Sie tranken einen dicken Süßmückentee mit einem Schuss Eisbrand und beredeten, was es zu bereden gab.

»Dein Sohn«, erklärte Jagashwili, »ist ein Margorspürer. Das ist eine seltene und sehr kostbare Gabe. Ich weiß von keinem Ris, der sie je besessen hätte.«

Owen sah seinen Freund und Lebensretter erschrocken an. »Bist du sicher?«

»Ich habe ihn geprüft. Eine Lichtung, von der ich weiß, dass sie margorfrei ist, hat ihm keine Angst gemacht. Eine Stelle an der Küste, an der der Margor stark ist, dagegen sehr.«

Owens Blick verlor sich im halbdunklen Hintergrund der Werkstatt, dort, wo die Salpetersteine lagerten, die Kisten mit der Holzkohle und die trocknenden Kapselfrüchte. »Als Oris noch nicht fliegen konnte«, erinnerte er sich, »und Oris konnte schrecklich lange nicht fliegen, habe ich mich immer gefragt, warum er auf den Boden hinabsieht, anstatt auf die Winde zu achten …«

Der Nestlose neigte den Kopf. »Nun weißt du, warum. Es war das erste Zeichen seiner Gabe.«

***

Oris wanderte derweil ziellos durch das Nest, ging Äste entlang, wechselte mit kurzen Flügelschlägen auf andere Äste, überquerte Hängebrücken, wusste nichts mit sich anzufangen. Schließlich gelangte er ans Baumherz, den wichtigsten Versammlungspunkt des Nestbaums. Hier waren die hölzernen Tafeln angebracht mit den Namen derer, die gegangen waren, und hier fand er den neusten Namen, den man eingraviert hatte. *Ulkaris.* Er tastete über die Buchstaben und erschauderte. Nicht, weil ihm Ulkaris so viel bedeutet hatte, sondern weil er die entsetzlichen Bilder nicht vergessen konnte.

Ein Flügelrauschen ließ ihn herumfahren. Jagashwili.

»Zeit, aufzubrechen«, sagte der Mann mit dem narbigen Gesicht. »Und mich zu verabschieden, wie ich es versprochen habe.«

Oris nickte beklommen. »Gute Reise.«

»Danke dir.« Jagashwili sah sich um, als wolle er sich vergewissern, dass sie allein waren. Das waren sie in der Tat, denn es war feucht und kühl und wurde allmählich dunkel, und wer konnte, hielt sich an den Mahlplätzen auf, wo die Küchenfeuer brannten, oder verkroch sich in seinem Schlafnest. »Oris, ich muss dir noch etwas sagen.«

»Was denn?«

»Es war nicht einfach nur Glück, dass du nicht auf der Insel gelandet bist. Du hast es gewusst.«

»Gewusst? Was?«

»Du hast gewusst, dass der Krater der Insel den Margor hat.«

»Nein!«, protestierte Oris. »Ich hab nur Angst gehabt.«

»Wovor?«

»Das weiß ich nicht.«

»Vor dem Margor. Weil du ihn gespürt hast.« Jagashwili sah ihn durchdringend an. »Du bist ein Margorspürer, Oris. Das ist eine seltene Gabe, und du musst sie entwickeln. Lies im Buch Selime nach. In einem der letzten Kapitel erklärt sie, wie man das macht.«

Oris wich ein Stück zurück, wollte nichts davon hören. Er wollte nicht schuld sein an Ulkaris' Tod, und das wäre er ja in diesem Fall gewesen!

»Auf dem Weg zu unserem Lager auf den Tran-Leik-Inseln«, erklärte der Nestlose, »habe ich mir von Therowili, unserem Margorspürer, zwei Stellen zeigen lassen: eine, an der kein Margor ist, und eine, an der er stark ist. Wir sind vorhin dort gewesen.«

»Die Lichtung«, erkannte Oris sofort. »Sie war sicher.«

»Ja. Und die Stelle an der Küste war die reinste Todesfalle.« Jagashwili hob seine gewaltigen Schwingen an wie einen Sichtschutz und fuhr leise fort: »Dein Schwarm würde nicht wollen, dass ich dir das anbiete, aber meine Leute wollen, dass ich es tue. Du bist ein Margorspürer, Oris. Solltest du je den Wunsch verspüren, dich uns anzuschließen, dann wärst du uns hochwillkommen, denn Therowili ist alt und müde und wird uns nicht mehr lange begleiten. Ohne Margorspürer aber wird das sonst so wunderbare Leben von Nestlosen schwer und gefahrvoll.«

Oris sah den großen, grauhaarigen Mann entsetzt an. »Ich … ich kann doch nicht einfach weggehen! Ich hab doch erst zehn Regenzeiten gesehen!«

»Jeder kann weggehen, egal, wie alt er ist, egal, aus welchem Grund. Das ist eins der Grundrechte, die Kris im ersten Buch festlegt. Weggehen kann man immer, und halten darf einen niemand.«

Oris hatte noch keines der Großen Bücher gelesen, so weit waren sie im Unterricht noch nicht. Aber dass es dieses Recht gab, das hatte er schon gehört, er hatte nur nie weiter darüber nachgedacht.

»Wilian, auf den wir uns berufen, gilt den meisten als dunkle, unheimliche Gestalt«, fuhr Jagashwili mit sanfter Stimme fort. »Und das, obwohl er es war, der diese Welt für uns gefunden hat! Wir wären nicht hier ohne ihn – du nicht, ich nicht, niemand. Es *gäbe* uns gar nicht. Für uns, die Nestlosen, steht Wilian für die Freiheit, mit all ihren großartigen und all ihren Furcht einflößenden Aspekten. Wir haben wenig Besitz – nur das, was wir tragen können – und manchmal wenig zu essen. Dafür kennen wir die ganze Welt, soweit sie Menschen zugänglich ist, und mehr atemberaubend schöne Orte, als du dir vorstellen kannst.«

Dann schwieg er und sah Oris nur noch erwartungsvoll an.

Der musterte den starken Freund seines Vaters, der den Zahn eines großen Tiers an den Hemdkragen genäht trug und ihm in

95

diesem Moment fremder erschien als je zuvor. Er spürte den Hauch einer Ahnung, wie gewaltig die Welt jenseits des Nestbaums und des Ris-Walds und ihres Abschnitts der Küstenlande *wirklich* war. »Ich denk darüber nach«, versprach er.

Jagashwili neigte den Kopf. »Mehr verlange ich gar nicht.« Dann breitete er seine Flügel vollends aus, verabschiedete sich noch einmal und flog rauschend davon, und obwohl er so enorme Flügel hatte, verschluckte ihn die Dunkelheit im Nu.

***

Oris dachte tatsächlich darüber nach. Die ganze Nebelzeit hindurch beschäftigte ihn die Vorstellung, fortzugehen und mit den Nestlosen die Welt zu erkunden.

Dass er ein Margorspürer sein und damit eine überaus seltene, gefragte Fähigkeit besitzen sollte, erfüllte ihn mit Stolz, und dass der große, mächtige Jagashwili ihn *gebeten* hatte, zu den Nestlosen zu kommen, ließ ihn sich auf eine Weise wichtig fühlen, die ganz neu für ihn war und ihn begeisterte. Und war eine solche Fähigkeit nicht zugleich Verpflichtung? Es konnte nicht anders sein, als dass die Nestlosen irgendwann jemanden wie ihn brauchen würden, zogen sie doch unablässig durch eine Welt, in der nicht überall Bäume wuchsen, auf denen man rasten konnte. Mussten sie nicht befürchten, auf einen Schlag ganz und gar ausgerottet zu werden, wenn sie nur ein einziges Mal ihren Lagerplatz falsch wählten? Der Margor mochte ein Abkommen mit den Hiibus haben, doch mit den Menschen hatte er keines, das war mal sicher.

Als Nestloser würde er *wichtig* sein, und er würde die weite Welt sehen – nicht nur den Ris-Wald und die Leik-Inseln und den Wentas-Fall, sondern auch die sagenhaften östlichen Küsten, die Perlenbucht, die Goldküste, das Schlammdelta ... die Nordlande, wo man sich in scharfen Stürmen behaupten musste und wo man, wie es hieß, an manchen Tagen die unerreichbaren Eislande zumindest sehen konnte ... die Schwimmenden Wälder im weitgehend unbewohnten Süden, wo es noch die wunderbarsten Dinge zu entdecken geben sollte …

Mit derlei Vorstellungen schlief Oris allabendlich ein, wenn draußen die weißen Nebel aus dem Wald aufstiegen und den Wipfel des Nestbaums so dicht erfüllten, dass man den nächsten Ast nicht mehr sah. Er verlor sich in Träumen, wenn er des Tags mit den anderen beim Unterricht auf dem Mahlplatz saß und Ulkehet, ihr Lehrer, ihnen irgendwelche Dinge zum zehnten Mal erklärte, weil auch Bassaris sie endlich kapieren sollte. Schickte man ihn zum Wasserholen hinab und stand er im kalten Wasser des Flusses, darauf wartend, dass der Schlauch sich füllte, während der Nebel ringsum die vertrauten Ufer merkwürdig unvertraut erscheinen ließ, dann stellte er sich vor, in fernen Landen zu sein und ganz auf sich allein gestellt. Und weil er sich so sehr vorstellte, in die weite Welt aufzubrechen, kam es ihm vor, als versuche der Nebel, ihm die Welt wegzunehmen und den Weg dorthin zu verschleiern, und je dichter der Nebel wurde, desto entschlossener wurde Oris, sich nicht aufhalten zu lassen. Er würde lernen, ein Margorspürer zu sein, und sich den Nestlosen anschließen, sobald er seine Gabe gut genug beherrschte!

Doch wie man so sagte: Keine Nebelzeit dauert ewig. Nach und nach wurde es kühler und der Nebel dünner, bis er nur noch leiser, silberner Hauch auf allen Dingen war und man wusste, dass die Frostzeit bevorstand.

Eines Abends saßen Oris und seine Eltern auf dem Ast vor den Schlafnestern, im Schutz eines Riesenblattes und eingemummelt in ihre dicksten Pullover, und sahen zu, wie der Himmel sich in einem unglaublichen Farbenspiel nach und nach rot verfärbte und schließlich dunkel wurde: *Blutabende* nannte man dieses Schauspiel, das es nur an wenigen Tagen kurz vor der Frostzeit zu sehen gab. Anaris saß auf dem Schoß ihrer Mutter, lutschte wie so oft am Daumen, obwohl sie das nicht sollte, und konnte die Flügel nicht still halten. Doch als das flammende Rot über ihnen die ganze Welt braun und düster werden ließ, wurde auch sie ganz ruhig.

Dann, als es dunkel war und sein Vater eine Lampe anzündete, fragte Oris aus einem Impuls heraus: »Wie würdet ihr es finden, wenn ich zu den Nestlosen gehen würde?«

Überall rings um sie herum, auf den benachbarten Ästen genauso wie auf denen über und unter ihnen, glommen die Lichter anderer Lampen auf, saßen andere Familien, die sich den Blutabend angeschaut hatten.

»Wieso? Hast du dich in eine von denen verliebt?«, fragte Mutter amüsiert. »In diese Hewilia womöglich? Die ist ein bisschen zu alt für dich, würde ich sagen. Mal abgesehen davon, dass du auch noch ein bisschen zu jung bist für solche Pläne, mein Sohn.«

Oris wusste gar nicht, wer Hewilia war; er erinnerte sich allerdings dunkel an ein Mädchen mit wilden Haaren und seltsam scheckigen Flügeln, das einmal mit den Nestlosen dagewesen war: Die musste mindestens sechzehn Regenzeiten gesehen haben, schon damals!

»Eiris, das läuft bei den Nestlosen nicht so ab wie bei uns«, wandte Vater gelassen ein, und irgendwie kam es Oris vor, als wisse dieser genau, was in ihm vorging und warum er diese Frage gestellt hatte. »Sie müssen einen erst aufnehmen, und sie nehmen nicht jeden. Dann muss man seinen Namen ändern. Und *dann* erst kann man sich an die Mädchen dort heranmachen.«

»Das hat nichts mit Mädchen zu tun«, protestierte Oris. »Ich frage, weil ich … ich weiß auch nicht … es ist halt so, die Nestlosen kommen überall in der Welt herum, und ich hocke immer nur auf ein und demselben Baum!«

Seine Mutter musterte ihn verärgert. »Sagt der Junge, der bis zu seiner sechsten Frostzeit so getan hat, als *hätte* er gar keine Flügel.«

»Was deine Mutter damit sagen will«, ergänzte sein Vater, »ist, dass du möglicherweise unterschätzt, wie viel und wie weit man als Nestloser fliegen muss – und mit wie viel Gepäck am Leib! Vielleicht ist es besser, erst einmal klein anzufangen. Nach der Frostzeit kannst du mich auf die Märkte begleiten, wenn du willst. Dann siehst du mal die Muschelbucht, triffst Leute aus den ganzen Küstenlanden … und wenn du auf den Geschmack kommst, kannst du dich eine Zeit lang den Kurieren anschließen; die kommen auch überall hin.«

»Ah«, machte Oris. Auf diese Idee war er noch gar nicht gekommen. Kuriere, das waren Leute, die Nachrichten und kleine Sendungen nach überallhin transportierten. Sie waren meist zu zweit unterwegs und wurden in jedem Nest, in das sie kamen, freundlich empfangen und gut bewirtet, weil man von ihnen auch immer das Neueste aus den anderen Nestern erfuhr.

»Ich will nichts gegen die Nestlosen sagen«, meinte seine Mutter, »sie haben deinem Vater das Leben gerettet, und einer von ihnen ist ein guter Freund. Aber es ist nun mal so, dass sie Geheimnisse haben, die sie hüten, und man muss sich doch fragen, wieso? Ihr sagenhaftes Buch Wilian, das niemand außer ihnen je gesehen oder gar gelesen hat – wieso ist es allgemein so verpönt? Rührt der schlechte Ruf, den sie haben, wirklich nur daher, dass man sie so wenig kennt? Und wenn das so ist, warum unternehmen sie nichts, um etwas daran zu ändern? Mir kommt das alles seltsam vor, und ich würde es mir an deiner Stelle gut überlegen, mich auf eine Sache einzulassen, von der ich vorher nicht weiß, was dahintersteckt.«

»Eiris …«, begann Vater in mahnendem Ton, aber Mutter unterbrach ihn: »Nein. Ich habe oft genug mit Jagashwili geredet. Er ist ein feiner Kerl, und er liebt dich wirklich, aber man merkt in jedem Moment, dass er ein Nestloser ist. Etwas Dunkles umgibt ihn, allezeit. Es ist, als würde er in Erwartung eines schicksalhaften Unglücks leben, das irgendwann unausweichlich über ihn oder über die Nestlosen oder über uns alle hereinbrechen wird.« Sie bewegte die Hände hin und her, als müsse sie die richtigen Worte erst einfangen, um zu sagen, was sie sagen wollte, und sie tat das so heftig, dass Anaris, die in ihren Armen eingeschlafen war, wieder aufwachte. »Ich weiß nicht, wie ich's ausdrücken soll. Er wirkt wie jemand, der etwas Schlimmes getan hat und auf die Strafe dafür wartet. Nicht, dass ich das von ihm glaube, Owen, aber er *wirkt* so, verstehst du? Sie *alle* wirken so. Und deswegen wäre es mir unheimlich, wenn sich mein Sohn diesen Leuten anschließen würde. Schsch«, machte sie, als Anaris heftig zu flattern begann, und legte ihr die Hand auf die Stirn, um sie zu beruhigen. »Schon gut. Wir gehen gleich in die Schlafkuhle.«

Oris' Vater nickte nachdenklich und strich sich dabei gedankenverloren über eine alte Narbe an seiner Schulter. »Das stimmt. Ich hab mich daran gewöhnt, wenn ich mit ihm zusammen bin, aber es stimmt. Es ist immer, als schwebe eine schwarze Wolke über uns, die wieder verschwindet, sobald er weg ist.«

Dann war es Zeit, in die Schlafnester zu gehen, das Licht zu löschen und in die Kuhlen zu kriechen. Wie immer war es sein Vater, der den Vorhang aus Hiibu-Leder vor dem Eingang schloss, und auf einmal war Oris doch froh, ein festes Zuhause zu haben.

***

Anderntags rief er alle zusammen, die noch übrig waren von den *Furchtlosen Fliegern* – die *Überlebenden*, dachte er erst, doch dazu hätten ja auch die Wen-Kinder gehört, die damals gleich nach Hause geholt worden waren, eskortiert von entsetzten Eltern –, und sie trafen sich, so kalt es auch war, auf ihrer alten Astgabel ganz oben im Wipfel.

»Wir müssen wieder gemeinsam fliegen«, erklärte Oris. »Es ist ganz und gar schrecklich, was mit Ulkaris passiert ist, aber davon dürfen wir uns nicht unterkriegen lassen.«

Er sah Ifnigris an, die reglos dasaß, in einen dunklen Strickpullover gewickelt, unter dem sie auch ihre Hände verbarg, die Flügel eng an den Leib gezogen.

»If – du hast damals recht gehabt, als du gesagt hast, dass es nicht gut ist, immer furchtlos zu sein. Vielleicht ist dein Bruder tot, weil er im falschen Moment gedacht hat, er muss beweisen, dass er keine Angst hat.«

Ifnigris sagte nichts, hob nur einmal die Schultern und die Flügelspitzen, eine winzige Bewegung.

»Jedenfalls«, fuhr Oris fort, »brauchen wir, glaube ich, einen neuen Namen für uns. Mir fällt bloß keiner ein. Wie sollen wir uns in Zukunft nennen?«

»Die *fürchterlichen* Flieger«, schlug Bassaris dumpf vor.

Meoris schlug mit einem Flügel aus, gab ihm einen Klaps auf den Kopf. »Auf gar keinen Fall«, rief sie. »Wenn, dann sind wir die *freundlichen* Flieger!«

»Wie wär's, wenn wir erst mal *friedliche* Flieger würden?«, schlug Eteris vor.

Irgendwie war es das alles nicht, und irgendwie ruhten auf einmal alle Blicke auf Ifnigris, die immer noch völlig in sich zusammengesunken dasaß, eine Gestalt ganz in Schwarz, an Leib wie an Flügeln.

Doch dann richtete sie sich auf und öffnete ihre strahlend hellen Augen und war auf einmal wie verwandelt. »*Aufmerksam*«, sagte sie leise. »Es ist egal, wie wir sind, wenn wir nur *aufmerksam* sind. Aufmerksam im Sinn von *wachsam*, damit uns nichts passiert. Aufmerksam im Sinn von *bereit*, schöne Dinge auch zu sehen. Und aufmerksam im Sinne von *rücksichtsvoll*, damit wir gut miteinander umgehen, anstatt uns gegenseitig zu ärgern.«

Irgendwie war klar, dass es dagegen keinen Widerspruch geben würde.

»Die *Aufmerksamen Flieger*«, sagte Oris also und nickte. »Das ist gut. Das soll unser neuer Name sein.«

Der Ernst des Lebens

Und so ging das Leben weiter.

Sie erwarteten das Ende der Frostzeit mit Ungeduld, und als die Blätter nicht mehr klirrten und der Himmel nicht mehr glitzerte, beschlossen sie, es zu wagen und zu den Leik-Inseln hinauszufliegen.

Oris' Mutter gefiel dieses Vorhaben immer noch nicht, aber sie erhob keine Einwände mehr, sondern erweiterte ihm sogar die Flügellöcher an seiner warmen Jacke, weil seine Flügelansätze kräftiger geworden waren seit der letzten Frostzeit und die Jacke an den Flügeln zwickte. »Unglaublich, wie du wächst«, meinte sie dabei, wie so oft.

Sie brachen morgens auf, kaum dass das große Licht des Tages den Himmel zur Gänze erhellte. Das Meer lag ruhig unter ihnen und schimmerte wie Silber, und sie kamen gut voran, auch Eteris, die heute darauf verzichtete, irgendwelche Sachen mit ihren Fußfedern anzustellen. Ohnehin trug sie eine Hose, die zwar passende Schlitze aufwies, aber den Federn trotzdem im Weg war.

Es war anstrengend, vor allem, weil sie wussten, dass es unterwegs keine Möglichkeit zur Zwischenlandung gab. Sie mussten es schaffen – oder rechtzeitig umkehren.

Aber sie schafften es. Eigentlich kamen die Jo-Leik-Inseln sogar früher als erwartet in Sicht, eine langgezogene Kette kleiner, karger Felsen, auf denen nur herbes Gras wuchs, und davon nicht viel.

Sie zögerten zu landen. Sie waren erschöpft und konnten auf keinen Fall ohne Rast zurückfliegen, und nach allen Regeln waren die Inseln sicher – klein, und von einem gewaltig wogenden Meer umströmt –, doch die Angst steckte ihnen immer noch in den Knochen.

Schließlich war es Oris, der als Erster aufsetzte, mit angehaltenem Atem, und es passierte tatsächlich nichts. Er hatte nichts von dem gespürt, was ihn bei Adas Tränen zurückgehalten hatte, vielmehr fühlte es sich gut und sicher an, auf dieser Insel umherzugehen.

Eteris bibberte richtiggehend, als sie aufkam, rieb sich zitternd die Flügelspitzen mit den Händen warm. »Ich hab gedacht, die frieren mir ab«, bekannte sie.

»Ging mir auch so«, pflichtete Meoris ihr bei, die selten mit ihr einer Meinung war. Sie tat es ihr gleich. »Wir hätten vielleicht nicht ganz so früh losfliegen sollen.«

Bassaris sah sich derweil um und fand in einer Felsenhöhle eine Kiste mit Pamma in kleinen Ledersäckchen. Es schmeckte etwas alt, tat aber trotzdem gut. Oberhalb der Höhle hatte man eine Vertiefung in den Stein gehauen, in der sich Regenwasser sammeln konnte, das dann durch einen Lederschlauch hinab in die Höhle und dort in eine Tonkaraffe lief: Obwohl es schon lange nicht mehr geregnet hatte, war das Wasser noch frisch, und sie konnten ihren Durst damit stillen.

Dann, als sie sich gestärkt und ausgeruht hatten, ging es weiter zu den eigentlichen Inseln, die man von hier aus endlich am Horizont ausmachen konnte.

Dort sah man sie schon kommen, empfing sie mit viel Hallo und brachte sie gleich zu einem Mahlplatz auf ebener Erde, umgeben von Erdwällen und mit einem geflochtenen Dach, in dem der Wind raschelte. In dessen Mitte stand ein mächtiger, in den Boden gemauerter Ofen, der ganz wunderbare Wärme spendete und aus dessen Kochnischen es noch wunderbarer duftete.

Beim Essen erneuerten sie ihre Bekanntschaft mit Farleik und Anoleik und den anderen, die sie schon einmal getroffen hatten. Alle freuten sich, dass sie gekommen waren. Die Frostzeit habe diesmal schrecklich lange gedauert, da waren sie sich einig. Und als die Teller geleert und gespült waren, schwangen sie sich in die Lüfte für einen Rundflug über das kleine Reich der Leik.

Bewohnt waren nur die zwei größeren Inseln, West-Leik und Nord-Leik, die man über eine Hängebrücke miteinander verbunden hatte.

»In der Windzeit müssen wir die aber immer abmontieren«, erklärte Anoleik.

»Warum das?«, wunderte sich Eteris.

»Weil die Winde manchmal so stark sind, dass sie sie wegreißen würden.«

Das konnten sich die fünf *Aufmerksamen Flieger* nur schwer vorstellen, so dick, wie die Haltetaue der Brücke aussahen. Aber sie merkten bald, dass selbst jetzt, zwischen Frost- und Trockenzeit,

103

hier draußen ein ganz anderer Wind wehte, als sie es gewohnt waren.

Doch nicht nur deshalb wuchsen hier auf den Inseln keine Nestbäume: Sie hätten gar nicht genug tiefen Boden gefunden, um sich zu verwurzeln. Das Größte, was hier wuchs, waren ein paar Hundertäster auf Nord-Leik, und generell musste man mit Holz sparsam umgehen. Deswegen waren die halbkugeligen Schlafhütten, die den Mahlplatz umgaben, größtenteils aus Erde und Stroh gebaut, und zum Feuermachen verwendete man vor allem den getrockneten Dung der Hiibus, von denen auf West-Leik eine ansehnliche Herde lebte. Natürlich waren das keine wilden Hiibus mehr; vielmehr hatte man vor vielen hundert Regenzeiten einige Jungtiere vom Festland herübergebracht und damit eine Zucht begonnen, und im Lauf der Zeit waren die Hiibus von Leik kleiner und stämmiger geworden – »damit die Stürme sie nicht so leicht ins Meer wehen«, wie Farleik meinte – und hatten ein so dichtes Fell entwickelt, dass es sich lohnte, sie zu scheren.

Aber alles in allem waren die Inseln üppig grün und fruchtbar. Und es wuchsen tatsächlich überall Mokko-Sträucher. Die um diese Zeit natürlich noch nicht trugen.

»Ihr müsst einfach in der Windzeit wiederkommen«, meinte Perleik.

Nach ein paar Runden über den bewohnten Inseln flogen sie auch über die anderen beiden hinweg. Mitt-Leik hatte eine langgezogene, gebogene Form und einen langen, makellosen Sandstrand – »In der heißen Zeit will man hier gar nicht mehr weg«, pries Anoleik ihn an – und war ansonsten dicht bewachsen. Die äußerste Insel dagegen, Ost-Leik, war bis auf ein paar stachelige Büsche steinig und kahl – und doch nicht menschenleer: Zwei muskulöse Männer hämmerten an einer Stelle auf eine Felswand ein.

»Hier gibt's den besten Feuerstein in den ganzen Küstenlanden«, erklärte Kemaleik, das Mädchen mit den eigenartig grün schimmernden Riesenflügeln. Sie winkte einem der Männer zu. »Das ist mein Vater. Hallo!«

104

Einer der Männer sah hoch, winkte zurück. Er hatte fast genau die gleichen Flügel, war aber ein Hüne von Mann.

»Er ist ein Wor, von den Wor aus dem Eisenland«, erklärte sie, und es klang irgendwie, als sei sie es derart gewohnt, danach gefragt zu werden, dass sie es lieber von sich aus erzählte. »Dort hat jeder Zweite solche Flügel.«

»Aus dem Eisenland?«, wunderte sich Ifnigris. »Wie haben sich deine Eltern da kennengelernt?«

»Meine Mutter war eine Weile bei den Kurieren.«

»Ach so.«

Schon wieder die Kuriere, dachte Oris bei sich.

Die Leik-Kinder hatten eine eigene Höhle an der Steilküste von Nord-Leik, die nicht ganz leicht anzufliegen war, sodass sie darin ihre Ruhe vor den Kleineren hatten (die Älteren trafen sich an einem anderen Platz, zu dem sie wiederum noch nicht zugelassen wurden). Dort verbrachten sie den Rest des Tages mit allerlei Spielen wie *Vier mal vier, Steinschnappen* oder *Zieh-den-Ahn,* ehe es wieder Zeit wurde, sich um ein Abendessen zu bemühen und einen Platz für die Nacht.

»Das ist ja schön, dass mal wieder ein paar Ris-Kinder den Weg zu uns gefunden haben«, meinte eine grauhaarige, grauflügelige Frau, die zu ihnen an den Tisch trat, als sie mitten im Essen waren. Ihr Name war Shiumaleik, und sie war die Älteste.

Das hieß – streng genommen war sie es nicht, erklärte Anoleik nachher. Auf den Insel lebte ein Mann, Breskal, der noch ein gutes Stück älter, aber auch ein ziemlich verschrobener Typ war. Als die vorige Älteste gestorben war, war niemand darauf erpicht gewesen, ihm irgendwelche wichtigen Entscheidungen zu überlassen, und deswegen hatte man Shiumaleik für das Amt bestimmt.

Die *Aufrechten Flieger* mussten sich natürlich von den Erwachsenen die üblichen Fragen anhören – Wie es ihnen hier auf Leik gefalle? Wer ihre Eltern seien? –, und als Oris die Namen seiner Eltern nannte, löste der Name Owen ringsum ein beifälliges Nicken vieler Köpfe aus.

»Owen«, hieß es dann. »Ja, das war früher ein verdammt guter Flieger. Vielleicht der beste in den ganzen Küstenlanden. Bestimmt sogar.«

»Als dein Vater so alt war wie du, Oris«, erklärte ihm ein älterer Mann ernsthaft, »da ist er manchmal vom Wen-Baum bis zu uns geflogen, ohne Zwischenlandung. Hat Hallo gesagt, einen Schluck getrunken, hat umgedreht und ist zurückgeflogen. Einfach so.«

Oris starrte den Mann entsetzt an und versuchte, sich das vorzustellen. »Das geht doch gar nicht«, stieß er hervor. »Das schafft man doch gar nicht an einem Tag.«

»Hat er auch nicht. Ist die halbe Nacht durchgeflogen, schätze ich.« Der Mann lehnte sich zurück und trank einen Schluck von seinem Eisbeerenwein. »Frag ihn einfach mal! Ich hab's damals selber kaum glauben können, aber wenn man's mit eigenen Augen sieht …« Er stieß seinen Nachbarn an. »Du hast es doch auch gesehen, Floheit, oder?«

»Klar«, sagte der Angesprochene, ein breitschultriger Mann mit brauner Haut, aber fast weißen Flügeln. »Wir haben ihn durchs Fernrohr beobachtet, Usaleik und ich, ob er wirklich nicht auf den Jo-Inseln zwischenlandet.«

»Und? Ist er nicht, oder?«

»Nein. Ist er nicht.« Er schüttelte seine Schwingen raschelnd durch. »Hat einem manchmal in den Flügeln wehgetan, ihm zuzuschauen, wie er sich schindet.«

***

Als sie wieder zurück im Nest waren, fragte Oris seinen Vater, ob das stimmte. Ob er als Junge tatsächlich die ganze Strecke vom Wen-Nest bis zu den Leik-Inseln ohne Zwischenlandung geflogen war. Und wieder zurück.

Sein Vater nickte versonnen, fuhr sich mit beiden Händen übers Gesicht und meinte: »Ja, stimmt. Das hab ich damals gemacht.

Ziemlich verrückt, hmm?« Er zog Oris zu sich heran und wuschelte ihm durch die Haare. »Ich hatte nicht viele Freunde, weißt du? Gar keine eigentlich. Du machst das viel besser mit deinen *Aufmerksamen Fliegern.*«

Dann lächelte er.

Aber Oris spürte die Traurigkeit darunter, spürte sie so deutlich wie noch nie. Da war etwas, über das sein Vater nicht sprechen wollte. Ein Geheimnis.

***

Im Lauf der Zeit bekamen die *Aufmerksamen Flieger* zwei weitere Mitglieder.

Der Erste war Jehris, der seit Ulkaris' Tod ohnehin oft mit ihnen umherzog. Seine Großmutter Aris war Lehrerin für die älteren Kinder, weswegen er eine Menge Dinge wusste, von denen andere in seinem Alter noch nie gehört hatten, etwa über den Handel und das Gerichtswesen, wie sie im Buch Jufus erklärt waren. Vielleicht wurde man deswegen so schwer schlau aus ihm; irgendwie wusste man nie so recht, was in ihm vorging.

Aber Verlass war auf ihn. Wenn er etwas versprach – was er nicht so leicht tat! –, dann konnte man sicher sein, dass er es einhielt.

Ganz typisch: Auch als Oris ihm die Mitgliedschaft antrug, dachte er erst eine Weile nach und wollte dann genau wissen, was er, gesetzt den Fall, er träte bei, würde tun müssen.

»Nichts Besonderes«, sagte Oris. »Nur *aufmerksam* sein. Aufmerksam, damit niemandem etwas passiert. Aufmerksam, um nichts Schönes zu verpassen. Und aufmerksam den anderen gegenüber.«

Jehris ließ sich das durch den Kopf gehen, bewegte den Unterkiefer, als zerkaue er etwas, und meinte: »Na gut, das klingt vernünftig.« Dann knallte er einmal kurz mit seinen Flügeln und erklärte: »Ich bin dabei.«

Der Zweite war Galris, mit dem zusammen sie unter dem Kommando seines Vaters Elnidor schon Frostmoos gesammelt hatten. Im Gegensatz zu Jehris war er von eher gedrungener Gestalt, und mit seinen grauen Flügeln sah er nicht nur fast wie ein alter Mann aus, er wirkte manchmal auch so. Er war oft schlechter Laune und grummelte vor sich hin, und man wurde nicht recht schlau aus ihm, weswegen er so gut wie keine Freunde hatte. Auch die *Aufmerksamen Flieger* waren nicht sonderlich angetan von ihm – bis auf Meoris, die steif und fest die Meinung vertrat, Galris sei in Ordnung und müsse dabei sein, und da es niemand vermochte, Meoris lange zu widersprechen, nahmen sie ihn auf.

***

Oris' Schwester Anaris war längst kein Baby mehr, sondern zu einer nervigen kleinen Schwester herangewachsen, die ihren großen Bruder gern zur Unzeit umflatterte und ihre spitze Nase neugierig in alle Dinge steckte, die sie nichts angingen. Ganz anders als Oris hatte sie das Fliegen früh und leicht gelernt. Schon im Babynetz hatte sie angefangen zu flattern, was Großmutter dazu veranlasste zu sagen: »Genau wie du damals, Eiris. Eine Zeit lang mussten wir dir die Handschwingen binden, weil wir Angst hatten, du fliegst über den Rand hinaus.«

Das war bei Anaris zum Glück nicht nötig, aber sie gingen mit ihr zum Übungsnetz, noch ehe Anaris die zweite Frostzeit erlebte, und sie flog beim ersten Mal, als hätte sie nie etwas anderes getan. Ihre Flügel waren, ungewöhnlich, hellbraun mit dunklen Spitzen, und mit der Zeit wuchsen ihr Locken von derselben Farbe. Sie war meist fröhlich, konnte aber auch aufsässig sein und war überhaupt schnell von Begriff.

Und kaum, dass sie gut genug fliegen konnte, um den Wipfel des Nests einmal zu umflattern, wollte auch sie eine *Aufmerksame Fliegerin* werden.

»Dazu bist du noch zu klein«, beschied ihr Bruder sie.

Worauf sie die Fäuste in die Seiten stemmte, mit wütendem Flattern abhob und protestierte: »Bin ich *nicht*!«

»Ana … Wir fliegen *ganz* weit.«

»Ich kann auch weit fliegen!«

Oris musterte seine zornfunkelnde kleine Schwester amüsiert und sagte: »Komm mal mit.«

Er entfaltete seine Flügel und flog hinauf zur höchsten Astgabel des Wipfels, die man gern als Ausguck benutzte. Dort wartete er, bis Anaris nachkam. »Siehst du?«, meinte sie stolz, als sie neben ihm aufsetzte. »Ich kann das auch!«

»Klar«, sagte Oris. »Aber jetzt schau mal da hinaus.« Er deutete nach Osten, wo sich der Wald schier endlos erstreckte, ein Wogen in allen Tönen von Grün, so weit das Auge reichte. »Siehst du den Wald?«

»Ja.«

»Siehst du den gelb-braunen Streifen, ganz da hinten, wo er aufhört?« Das war der Abbruch der Hochebene, eine langgezogene Felswand, zu steil, als dass etwas daran gewachsen wäre, an der man aber allerlei wertvolle Mineralien fand, unter anderem die Salpetersteine, die Vater für seine Signalraketen brauchte.

»Ja, seh ich«, erklärte Anaris.

»Und siehst du den Nestbaum direkt davor?«

Sie reckte den Kopf, kniff die Augen zusammen, suchte.

»Von hier aus sieht er ganz klein aus. Aber in Wirklichkeit ist er so groß wie … na, wie ein Nestbaum eben. Wart, ich zeig ihn dir.« Oris schob sich hinter seine Schwester, nahm ihren Kopf zwischen die Hände und drehte ihn in die richtige Richtung. Dann streckte er den Arm aus, den Daumen nach unten, um ihren Blick zu lenken.

Sie atmete geräuschvoll ein. »*Das* ist ein Nestbaum?«

»Ja«, sagte Oris und ließ sie wieder los. »Das Nest der Mur. Dort fliegen wir als Nächstes hin.«

Anaris sagte nichts, sondern sank entmutigt in sich zusammen. Oris schwieg, wartete. Er kannte seine Schwester gut genug, um zu wissen, wann es besser war, nichts zu sagen.

»Wenn ich mal groß bin«, fragte sie schließlich kleinlaut, »werd ich dann auch so weit fliegen können?«

»Ganz bestimmt«, versicherte Oris. »Und noch viel weiter.«

Sie seufzte abgrundtief. »Wieso dauert es so lange, bis man groß ist?«

Oris dachte zurück an die Zeit, als er selber so alt gewesen war wie Anaris heute – und noch keinen Schritt weit hatte fliegen können, aber das würde er ihr nicht ohne Not erzählen –, und erklärte dann mit dem Gefühl, etwas Weises zu sagen: »Das geht schneller, als man denkt. Du wirst sehen.«

***

Zum ersten Markttag der Trockenzeit machte Oris' Vater seine Ankündigung wahr, dass Oris ihn begleiten dürfe.

Wie aufregend es war, auf einmal Teil all der emsigen Vorbereitungen zu sein, mit denen die Leute, die zum Markt flogen, an den Tagen davor beschäftigt waren! Da galt es, Rucksäcke und Lastentragen und Brusttaschen zu packen, umzupacken und noch einmal ganz neu zu packen, den Reiseproviant zu verstauen, die Flügel zu bürsten und einzufetten, Einkaufslisten abzustimmen und hunderterlei Absprachen zu treffen; es galt, die feilzubietende Ware genau abzuzählen und sorgsam zu verpacken, was bei Signalraketen noch wichtiger war als bei Dingen wie Hiibu-Leder, Hiibu-Hörnern, Perlenschmuck oder dem Papier, das der alte Lohfas in seiner Werkstatt auf dem Nachbarbaum schöpfte und Basgiar mitgab, auf dass der es verkaufte.

»Ich bin der Einzige in den ganzen Küstenlanden, der Signalraketen macht«, erklärte Oris' Vater ihm. »Die anderen müssen sich darauf verlassen können, dass sie in einem Notfall auch wirklich funktionieren. Wenn sich also eine Zündschnur löst oder eine Kapsel einen Riss bekommt, dann kann ich die Rakete nicht mehr verkaufen, verstehst du? Deswegen muss ich sie genau überprüfen und gut einpacken.«

Am Nachmittag vor dem Aufbruch trafen auch die Händler von den Heit ein, die einen noch weiteren Weg hatten, und das gab dann noch mehr Trubel. Man inspizierte, was sie an Waren dabei hatten, und diese wiederum, was die Wen-Händler mitnehmen wollten, und mitunter wurden gleich die ersten Geschäfte gemacht: Wozu etwas bis zum Markt tragen, wenn man es schon vorher verkaufen konnte?

Die letzte feierliche Handlung am Abend vor dem Abflug war, bei Debaris vorstellig zu werden, die die Kasse des Nests verwaltete. Da war es nicht damit getan, den Händlern Schnüre um den Hals zu hängen, auf denen Muschelmünzen aufgefädelt waren oder geprägte Kupferscheiben, nein, dabei spielten eine Menge kleiner Zettel mit Versprechen und Verpflichtungen eine Rolle, und das artete immer in lange Diskussionen aus, die ungefähr so klangen: »Wir haben bei den Wor noch drei Pfund Eisennägel gut, von denen wir den Sul ein Pfund schulden – das könntest du regeln, Basgiar … du, Owen, könntest fragen, ob wir diese Gutschrift für Kollpok-Wolle bei den Non für deren Blütenseife eintauschen können … und du, Etesul, musst unbedingt diesen Schuldschein über fünfzehn Derselblasen ablösen …« Dersel, auch Muschelknacker genannt, waren große Fische, die in der Muschelbucht lebten und aus deren Schwimmblasen man leichte, wasserdichte Behältnisse aller Art machte.

Und dann, am nächsten Morgen in aller Frühe, der Aufbruch! Zehn, fünfzehn Leute, die sich gleichzeitig in die Lüfte schwangen, bepackt mit so viel Waren, wie sie tragen konnten. Und dann auf nach Norden, in Richtung der Muschelbucht.

Der Marktbaum war ein etwas zu klein geratener, schief stehender Riesenbaum nördlich des Wen-Walds, der Luuki hieß, ein Name, von dem niemand so recht wusste, woher er kam. Er war ungefähr gleich weit von den Wen und den Non entfernt, und sein Wipfel war zu wenig ausladend, als dass er sich als richtiges Nest geeignet hätte. So hatte man ihn zum Marktbaum erklärt und im Lauf der Zeit jede Menge Rampen, Stege und Handelsplätze in seinen Wipfel hineingebaut, außerdem einen großen Mahlplatz und viele Schlafnester, in denen die Händler unterkamen, die ja mehrere Tage hier waren und nicht nur essen, sondern auch schlafen mussten.

Oris war hingerissen von dem Trubel, der hier herrschte. Kurz vor ihrer Ankunft war er überzeugt gewesen, völlig erschöpft zu sein und zu nichts anderem imstande, als sich einen Schlafplatz zu suchen: Sie hatten unterwegs zwar öfter Rast gemacht, aber viel zu selten und viel zu kurz. Doch als sie gelandet waren und abgepackt hatten, musste er erst einmal losgehen über all die Brücken und Laufbretter und sich die Auslagen an den Ständen ansehen und vor allem die Leute, die so ganz anders angezogen waren, sich so ganz anders benahmen! Das also waren Muschelbuchtler! Die Frauen waren über und über behangen mit Ketten und anderem Schmuck, in offenherziger, bunter Kleidung und mit Muscheln in den zu Zöpfen geflochtenen Haaren. Die Männer trugen bestickte Jacken mit Fransen und verschliffen die Worte und grinsten breit, wenn er sie nicht verstand.

Und dann die Leute aus dem Eisenland! Derbe Gestalten mit wettergegerbter Haut, Männer wie Frauen, die Flügel wie gerupft aussehend, aber eindrucksvolle Gestalten, das musste man zugeben. Und was sie anzubieten hatten, da gingen einem die Augen über – nicht nur Nägel und Schrauben und Beschläge, sondern auch funkelnde Messer, gewaltige Kochtöpfe, schwere Pfannen und elegante Nestöfen.

»Von denen brauchen wir zwei«, erklärte sein Vater und schickte ihn los, die Preise zu vergleichen und zu versuchen, die Eisenleute herunterzuhandeln. Aber die lachten ihn nur aus und erhöhten den Preis stattdessen.

Es waren drei aufregende Tage, und es wurde keinen Augenblick langweilig, nicht einmal, wenn es an Oris war, auf den Stand der Ris aufzupassen. Immer kam jemand, um zu reden, man erfuhr alles mögliche Neue, was so passierte, bekam hier einen Happen zu essen und dort einen Schluck zu trinken, und das Ganze war mehr ein Fest als sonst etwas. Oris sah seinen Vater mit grimmigen Eisenmännern und gut gelaunten Muschelbuchtfrauen anstoßen, sah Basgiar über sein in dickes Leder gebundenes Handelsbuch gebeugt Notizen machen und Kalkulationen anstellen, und Etesul war ganz in ihrem Element, flatterte von Stand zu Stand und redete und scherzte und spottete, kaufte Perlen und Knöpfe aus Grünstein und gefärbte Wolle und Duftwasser, und das alles schien irgendwie ganz planlos vonstattenzugehen. Trotzdem hatten sie am Abend vor dem Marktende alles verkauft, was sie mitgebracht hatten, und alles besorgt, was sie heimbringen sollten. Sie mussten es nur noch verpacken und auf die Rucksäcke und Tragen verteilen.

»Und, wie war es?«, wollte Anaris wissen, als sie zurückkamen, und auch Oris' Mutter war neugierig zu erfahren, wie er den weiten Flug und die anstrengenden Tage überstanden hatte.

»Gleich«, meinte Oris. »Ich muss mich nur mal kurz hinlegen.« Dann kroch er in seine Schlafkuhle und schlief bis zum nächsten Morgen.

***

Als die *Aufmerksamen Flieger* alt genug waren, durften sie mit auf die Hiibu-Jagd.

»Endlich!«, rief Meoris, die schon lange darauf gewartet hatte.

»Ich weiß nicht«, meinte dagegen Ifnigris, die gerne noch länger gewartet hätte.

Am Anfang, erklärte man ihnen, würden sie nur als Treiber und Träger dabei sein. Was keineswegs unwichtige Aufgaben waren: Hiibus hatten Angst vor fliegenden Menschen und ließen sich deshalb leicht treiben – aber um sie in die Richtung zu treiben, in der man sie haben wollte, mussten sich die Treiber gut aufeinander abstimmen, und das war bei Weitem nicht so leicht, wie es aussah.

Derjenige, der ihnen das erklärte, war Darkmur, ein grimmiger, bärtiger Mann mit durchdringendem Blick und kantigen, ungeheuer muskulösen, grau-weiß gescheckten Flügeln, vor denen man unwillkürlich zurückwich. Er war schon lange mit Zoris zusammen, der Wahlschwester von Jehris' Mutter Ilris, aber die beiden hatten keine Kinder.

Jede Jagd, lernten sie, ging in vier Schritten vor sich.

Zuerst schwärmten die Kundschafter aus, um nach geeigneten Herden zu suchen. Die Herde musste groß genug sein, sie musste sich in der Nähe eines Flusses aufhalten, und es durfte nicht zu viele Jungtiere geben.

»Wieso sind zu viele Jungtiere schlecht für die Jagd?«, hakte Darkmur nach.

»Weil es zu jedem Jungtier eine Mutter gibt«, wusste Meoris. »Und wenn man versehentlich die Mutter tötet, stirbt oft auch das Jungtier.«

»Richtig«, sagte der Jäger und lächelte zum ersten Mal. »Und das wollen wir nicht, denn die Jungtiere sind wichtig für den Fortbestand der Herden. Wir töten, um zu essen, aber wir töten nicht achtlos.«

»Buch Sofi«, murmelte Jehris.

Wieder nickte Darkmur anerkennend. »Richtig. Das sind die Regeln für die Jagd, wie sie die Ahnin Sofi niedergeschrieben hat.«

Wenn die Kundschafter eine geeignete Herde ausgemacht hatten, folgten im Schritt zwei die Treiber. Unter dem Kommando des Jagdführers scheuchten sie die Herde auf und trieben sie in die Richtung, die dieser vorgab – in Richtung eines Flusses nämlich.

»Schritt drei«, fuhr Darkmur fort, »ist der Einsatz der Bogenschützen. Sie müssen das richtige Tier auf die richtige Weise treffen, und das im richtigen Moment, nämlich dann, wenn es den Fluss durchquert. Und was ist die richtige Weise?«

»Die, die es auf der Stelle tötet«, platzte Galris heraus.

»Genau. Rasch und schmerzlos. Das ist schwierig, weil der Körper eines Hiibus so massiv ist. Es gibt nur wenige Stellen, an denen der Pfeil wirklich auf Anhieb tief genug eindringen kann. Deshalb braucht man hierfür die besten Schützen.«

Niemand fragte, wieso man das Hiibu in dem Moment treffen und töten musste, in dem es den Fluss durchquerte: Das war allen klar. Nur das fließende Wasser erlaubte es, das getötete Tier ohne Angst vor dem Margor auszuweiden und zu zerlegen, wie es notwendig war.

Im vierten Schritt schließlich waren die Träger gefragt, denn mit Ausnahme des Blutes, das für Menschen nicht bekömmlich war (und das ohnehin vom fließenden Wasser weggespült wurde), verwendete man an einem Hiibu *alles*: Fleisch, Haut, Knochen, Hufe, Hörner, Stirnhaare, den Schwanz – einfach alles. Und all das musste zum Nest transportiert werden, was eine enorme Arbeit war, nicht einmal eingerechnet, dass man das Fleisch noch einsalzen, vorkochen oder dörren musste, die Haut gerben, die Knochen reinigen und so weiter.

Die Hiibus zu treiben war tatsächlich alles andere als einfach. Es begann schon damit, dass sie anfangs die Handzeichen, die Darkmur gab, verwechselten. Die Tiere liefen mal im Kreis, mal teilten sie sich und stoben in alle Richtungen davon, mal versuchten sie, sich unter Bäumen zu verstecken, was meist dazu führte, dass sie überhaupt nicht mehr auftauchten, denn sie hatten ein kurzes Gedächtnis; sobald sie die fliegenden Schatten über sich nicht mehr sahen, vergaßen sie alles und fraßen einfach weiter.

»Bei den Ahnen!«, hörte Oris Ifnigris schimpfen, als sie einmal, nach einem missglückten Treibmanöver, so dicht an ihm vorbeischoss, dass sich ihre Flügel kurz berührten. »Als müsste man Borkenflöhe hüten …!«

Doch schließlich schafften sie es, eine Gruppe Hiibus von den anderen zu trennen und dazu zu bewegen, in Richtung eines flachen Bachs zu trampeln.

»Nakwen! Beresul!«, schrie Darkmur. »Schuss frei!«

Die beiden Schützen warteten natürlich nicht direkt über dem Wasserlauf, denn das hätte die Hiibus ja wieder vertrieben. Sie hielten sich abseits, verfolgten die Stampede der mächtigen Tiere und rasten in dem Moment, den sie für den richtigen hielten, los, die Flügel scharf abgewinkelt, um frei mit den Bögen hantieren zu können.

Und dann – *SIRR!* Oris hielt den Atem an, als der erste Pfeil von der Sehne schnellte.

Und traf.

Aber nicht so, wie er sollte. Das Hiibu kam nur kurz ins Stolpern, preschte dann durch die Furt und rannte weiter, den Pfeil im Hals. Nakwen, der Schütze, machte eine ärgerliche Bewegung, und wahrscheinlich fluchte er auch, nur hörte man das nicht über dem Getrampel der Tiere.

Der andere Schütze, Beresul, hatte mehr Glück; sein Pfeil traf ein anderes Hiibu direkt ins Auge, was es auf der Stelle zusammenbrechen ließ. Die übrigen Hiibus stürmten blindlings vorbei, ohne sich um das tote Tier zu kümmern, und suchten auf der gegenüberliegenden Seite des Wasserlaufs das Weite.

Kaum hatten sie den Fluss verlassen, landete Darkmur mit gezücktem Messer neben dem erlegten Hiibu und schnitt ihm in einer raschen, geübten Bewegung die Kehle durch: zur Sicherheit.

»Was ist mit dem anderen?«, schrie er hinauf zu Nakwen.

»Ich glaube, das ist bloß leicht verletzt«, rief der zurück und stieg mit ein paar kraftvollen Schlägen höher.

»Dann lass es laufen.« Bei Hiibus verheilten Fleischwunden schnell, hatte Darkmur ihnen erklärt; ein Pfeil, der im Fleisch steckengeblieben war, würde irgendwann einfach abfallen.

Doch dann sahen sie, dass es nicht so war. Das getroffene Tier blieb plötzlich stehen, anstatt mit den anderen mitzustürmen, tat ein paar unsichere Schritte zur Seite, drehte dann um und machte Anstalten, zur Furt zurückzukehren.

»Mist!«, schrie Darkmur und erhob sich wieder in die Lüfte.

Das Hiibu schwankte, während es sich auf das Wasser zu bewegte, und Oris sah, dass ihm blutroter Schaum aus den Nüstern quoll. Keine zwanzig Schritte vom Ufer entfernt brach es in die Knie, verharrte noch einen Moment und sank dann zur Seite.

Nakwen glitt dicht darüber weg und sah ausgesprochen unglücklich aus. Er zückte einen neuen Pfeil, drehte eine Schleife und kehrte zurück, um dem Tier ebenfalls genau ins Auge zu schießen, aus nächster Nähe. Ein entsetzliches Zucken ging durch den Leib des Tieres, dann sank es schlaff ins sich zusammen, endlich tot.

»Vielleicht können wir es bis zum Fluss ziehen?«, meinte Darkmur. »Drei Mann sollten reichen …«

Ehe Oris wusste, was er tat, hörte er sich schreien: »Nein! Nicht! Nicht landen!«

Die beiden Männer flatterten reflexhaft empor. Darkmur wandte sich mit finsterer Miene zu Oris um und meinte: »Ich kann ja verstehen, dass du …«

Doch genau in diesem Moment hörten sie die Mädchen aufschreien.

Und konnten nur noch zusehen, wie der Margor das soeben verendete Tier holte.

Es dauerte länger, als es bei Ulkaris gedauert hatte, aber nicht *viel* länger. Und wieder blieb am Schluss nur ein länglicher Fleck blutgetränkten Bodens.

»Woher hast du das gewusst?«, wollte Darkmur wissen. Seine Stimme hörte sich auf einmal belegt an.

Oris hob die Schultern, fühlte sich auf einmal wieder schuldig an Ulkaris' Tod. Irgendwie. »Ich weiß nicht«, sagte er. »War nur so ein Gefühl.«

Darkmur atmete tief durch, wusste eine Weile nichts zu sagen. Dann meinte er: »Puh. War jedenfalls Glück.« Er zückte sein Messer. »Also – an die Arbeit!«

Er landete neben dem Tier im Wasser und begann es zu zerlegen. Die anderen Männer halfen ihm, sorgsam darauf bedacht, keinen Fuß an Land zu setzen. Das Blut des Hiibus strömte in langen, dicken Fäden davon, während sie ihm die Haut abzogen und den Bauch aufschlitzten, worauf die Gedärme herausquollen und sich im Bach verteilten. Es galt zunächst, die Gliedmaßen abzuhacken, das Muskelfleisch von den Knochen zu lösen und in handliche Portionen zu zerteilen, die dann, jeweils in einen Tragesack gepackt, zum Nest befördert werden mussten, wo eine Kochgruppe schon darauf wartete, es auf verschiedene Weisen haltbar zu machen.

Nach dem Fleisch kamen die Innereien dran, dann die Knochen, dann die Hörner, die Hufe, der Schwanz und schließlich die Haut. Die transportierten die zwei Schützen gemeinsam, denn man versuchte stets, so große Lederstücke wie möglich zu gewinnen.

Es dauerte den Rest des Tages, das Tier zu zerlegen und abzutransportieren, was eine erschöpfte Ifnigris zu der Frage veranlasste: »Wie zum Wilian schafft der Margor das derart *schnell*?«

Eteris war ebenfalls sichtlich wenig angetan von dieser Art Arbeit; mit jedem Flug zwischen der Schlachtstelle und dem Nest sank ihre Laune tiefer. »Ich mach das nicht mehr, wenn's nicht sein muss, das sag ich euch«, ließ sie die anderen *Aufmerksamen Flieger* wissen. »Ich geh in Zukunft lieber zu den Pflanzern in die Hanggärten.«

»Neulich hast du noch gesagt, das fändest du langweilig«, wunderte sich Bassaris, dem das Schleppen riesiger Säcke voller blutigen Fleisches oder voller Knochen nichts auszumachen schien.

»Da wusste ich auch noch nicht, wie langweilig *das* hier ist«, erwiderte Eteris und hob mit der nächsten Ladung ab.

Oris fand es weniger langweilig als vielmehr anstrengend und *eklig*, und das Ekligste war das, was die Jäger zum Schluss machten: Sie schnitten die Därme des Hiibus auf, spülten den Inhalt heraus und wuschen sie dann sorgfältig. Aus den Därmen bereitete man allerlei Köstlichkeiten, die er, da war er sich sicher, nie wieder im Leben runterkriegen würde.

Doch am Abend war all das vergessen. Als sie, frisch gewaschen und hungrig nach einem langen, anstrengenden Tag, auf dem Mahlplatz saßen, einen weiten Himmel über sich, der sich langsam majestätisch violett färbte, und ihnen aus den Kesseln, in denen frisches Hiibu-Fleisch in einer dicken Soße aus Kräutern und Gemüse schmorte, der Duft in die Nasen stieg, da griffen sie alle zu und ließen es sich schmecken, und dass Darkmur sie lobte und »talentierte junge Jäger« nannte, machte es erst so richtig rund. Dazu passte auch, dass sie zum ersten Mal Quidu-Bier trinken durften; freilich nur einen halben Becher. Aber immerhin!

Eteris blieb ihrem Entschluss treu: Sie ging nicht mehr mit auf die Jagd. Stattdessen wurde sie anderntags bei den Gärtnern vorstellig, die in den Steilhängen arbeiteten.

Meoris hingegen war Feuer und Flamme. Sie war die Erste der *Aufmerksamen Flieger*, die sich bei Darkmur meldete, um das Bogenschießen zu erlernen, und erwies sich als ausgesprochen begabt. Die Jungs taten es ihr gleich, Ifnigris dagegen nahm zwar an den ersten Einweisungen teil, verabschiedete sich aber bald wieder. »Ich mache Treiberin und Trägerin, das reicht mir«, erklärte sie. »Und Meoris schießt ja für zwei, da muss ich nicht auch noch.«

***

Die Jahreszeiten folgten aufeinander, wie sie es seit jeher getan hatten.

Oris und seine *Aufmerksamen Flieger* besuchten die Leik-Inseln immer öfter, auch zu Zeiten, zu denen man am Strand liegen oder sich den Bauch mit Mokko-Beeren vollschlagen konnte. Zwischen Jehris und Farleik knisterte es eine Weile, und er musste sich allerlei anhören, als die beiden es sich angewöhnten, hin und wieder in den Büschen von Mitt-Leik zu verschwinden. Die Leik-Jungs hingegen konnten sich nicht entscheiden, wen sie mehr anhimmeln sollten, Meoris mit ihren golden gemusterten Flügeln und ihrem einnehmenden Wesen oder Eteris mit ihren Fußfedern. Die, wie sich auch Oris eingestehen musste, schon ziemlich aufregend aussahen, wenn sie etwa am Strand auf dem Bauch lag, sich gemächlich mit ihren Flügeln Luft zufächelte und dabei die Fußfedern spreizte.

Nach und nach erweiterten sie ihren Bewegungsradius. Sie besuchten nicht nur das Nest der Mur am Rand der Hochebene, sie flogen auch bis zu den Heit im Süden, wo die Kahle Küste begann – das erste Mal, dass sie Adas Tränen wiedersahen, nicht ohne

Beklemmung – und erkundeten die Muschelbucht, wo die Bar, die Sul und die Non lebten. Überall hieß man sie willkommen, überall gab es Kinder in ihrem Alter, und überall fanden sie Freunde.

Sie lernten das Jagen und das Gärtnern und allerlei andere Handwerke, die man brauchen konnte. Meoris nahm, seit sie ihr erstes Hiibu auf Anhieb erlegt hatte, als Schützin an Jagden teil, während Eteris Gefallen an der Arbeit in den Hanggärten gefunden hatte, wo sich übrigens auch Galris ab und zu betätigte, der sich gut mit ihr verstand und mit den Jahren immer seltener seine schlechte Laune pflegte.

***

Eines Tages, gegen Ende der Trockenzeit, ging plötzlich ein Ruf durch den Wipfel, wurde weitergetragen von Ast zu Ast: »Trauerflieger!«

Und dann: »Es sind *zwei*!«

Was ungewöhnlich war.

Also eilten alle herbei, die das, was sie gerade taten, im Stich lassen konnten, und standen am obersten Landenetz versammelt, als zwei Männer landeten, die lange schwarze Bänder um die Handgelenke und die Fußknöchel geknotet trugen.

»Woher kommt ihr?«, rief man ihnen zu, und sie erwiderten: »Wir sind Wen.«

»Wer ist gestorben?«, wollte man wissen, und sie sagten: »Unser Ältester. Hekwen ist tot.«

Die Trauerrede

Die Nachricht vom Tod Hekwens versetzte das ganze Nest in summende Aufregung. Der Tod eines Ältesten war traditionell ein Anlass, die Freundschaften zu benachbarten Nestern zu erneuern, deswegen würden nicht nur die Wen-Männer mit ihren Familien zur

Totentrauerfeier fliegen, sondern alle, die es irgendwie einrichten konnten, und die, die zurückblieben, um für die Kleinkinder zu sorgen und die Feuer zu hüten, waren neidisch auf die anderen. Man wusch sich besonders gründlich im Fluss, zog seine beste Kleidung an, kämmte sich die Haare und ließ sich die Flügel bürsten, und dabei waren die meisten eher von Vorfreude erfüllt als von Trauer.

Owen allerdings nicht. Oris merkte, dass der Tod Hekwens seinem Vater wirklich naheging.

»Es ist nicht so, dass ich mit seinem Tod an sich hadere«, hörte er ihn seiner Mutter erklären. »Er hat lange gelebt und ist älter geworden als die meisten. Aber irgendwie … Weißt du, er war schon ein alter Mann, als ich noch ein Kind war. Ich seh ihn noch vor mir, wie er auf der Galerie bei den Landenetzen sitzt und auf einem Streifen Trockenfleisch herumkaut … Er meinte immer, das sei gut für die Zähne, aber sie sind ihm dann trotzdem ausgefallen … Wir haben manchmal über ihn gelacht, oft eigentlich, aber er war *immer da*, verstehst du? Mein ganzes Leben lang war er *immer da* … und jetzt ist er es nicht mehr.«

Mutter sah ihn forschend an. »Ich wusste nicht, dass er dir so viel bedeutet hat.«

Worauf Oris' Vater ein Geräusch machte, das halb Schniefen, halb Lachen war, und meinte: »Ich auch nicht, das ist es ja! Ich hab's selber nicht gewusst. Sonst wäre ich doch mal hingeflogen, um ihn zu besuchen.« Er schüttelte den Kopf und widmete sich wieder den Knöpfen an seinem Kragen. »Wie heißt es im Buch Ema? *Manchmal erkennen wir den Wert von etwas erst, wenn es uns genommen wird.* Das stimmt wohl.«

Am Tag der Totentrauer brachen sie dann alle beizeiten auf, flogen in gerader Formation. Helles, seltsam kraftloses Licht lag über den Wäldern, und ein sanfter Wind blies, der sie zu tragen schien. Sie kamen mit einer einzigen Zwischenlandung aus und trafen fast gleichzeitig mit den Mur ein.

Der Abschiedsplatz befand sich auf der Klippe oberhalb der Mündung des Wentas, auf der Seite der Dreifingerfelsen: Es handelte sich um die Oberseite eines Findlingssteins, der sich silbern grau abhob von dem eher rötlichen Felsgestein, in das er eingebettet war. Er war margorfrei, seit hier Menschen siedelten, groß und doch fast nicht groß genug, um alle Gäste zu fassen, die gekommen waren.

Oris fühlte sich einmal mehr an Ulkaris' Tod erinnert, nur dass diesmal der Himmel nicht drückend schwer auf ihnen lastete, sondern sich leicht und hell von Horizont zu Horizont spannte und die Luft erfüllt war vom Duft blühender Küstenblumen. Und dass diesmal tatsächlich ein Leichnam auf dem Holzstoß lag, eingewickelt in graues Moostuch.

Viele Leute hatten noch etwas zu Hekwen zu sagen, doch die meisten nur ein paar Sätze. Sie dankten ihm für irgendetwas, eine Entscheidung, einen Ratschlag oder dergleichen, Oris verstand meistens nicht, worum es ging. Hekwen hatte keine Kinder gehabt, nie eine Familie gegründet, deswegen durfte man in beliebiger Reihenfolge sprechen, und es war, als schaukelten sich die verschiedenen letzten Worte gegenseitig auf, als brächte das, was der eine sagte, jemand anders dazu, aufzustehen und auch etwas zu sagen.

Einmal, als ein Moment angespannter Stille eintrat und Oris schon glaubte, es sei vorüber, und es zugleich doch nicht glauben konnte, weil noch so eine Spannung in der Luft lag – stand eine Frau auf, eine alte Frau mit ausgehenden weißen Haaren und blassen, müden Flügeln. Es waren Flügel, die so zerbrechlich wirkten, dass Oris kaum glauben mochte, dass sie den Weg hierher geschafft hatte.

»Hekwen«, sagte sie mit dünner, eigenartig singender Stimme, »ich bin es, Rahnon. Ich weiß, warum du so alt geworden bist: Weil du so lange gewartet hast, gewartet auf mich. Ich weiß es. Ich habe dir immer gesagt, vergiss mich, aber du hast mich nicht vergessen. Du hast um mich geworben, als wir beide jung waren, doch ich habe stattdessen Dorosul genommen, der mir tatsächlich niemals treu war, genau, wie mich alle gewarnt hatten. Trotzdem habe ich um ihn getrauert, als ihn ein Fieber in der Frostzeit von mir nahm, war er doch der Vater meiner Kinder, und ich habe ihn trotz allem gern gehabt. Und du hast wieder um mich geworben, und ich habe dich wieder nicht erhört, sondern Lemheit, der mir ein guter Mann war, bis er vor zwei Regenzeiten in meinen Armen für immer eingeschlafen ist. Und du, du hast ein drittes Mal um mich geworben, obwohl wir beide schon so alt waren. Du hast niemals aufgegeben.«

Atemlose Stille herrschte. Alle Augen waren auf sie gerichtet.

»Heute weiß ich«, fuhr Rahnon fort, »dass du mir Angst gemacht hast. Ich hatte Angst davor, von jemandem so sehr geliebt zu werden, dass er keine andere wollte, sondern lieber ein Leben lang allein blieb, weil, wie sollte ich einer solchen Liebe standhalten? Doch das war dumm von mir, und es tut mir leid. Das ist, was ich dir noch sagen wollte, Hekwen: dass es mir leidtut, dir niemals eine Chance gegeben zu haben, und dass du deswegen allein bleiben musstest.«

Dann setzte sie sich wieder, und Oris war es, als vibriere die Luft. Er sah feuchte Augen, hörte leises Schluchzen, sah fassungslose Gesichter. Und irgendwie war klar, dass es damit immer noch nicht vorbei war. Es würde noch jemand aufstehen und etwas sagen, doch wer?

Er erschrak, als er sah, dass es sein Vater war, der sich erhob.

»Hekwen«, begann dieser und schluckte – kein Wunder, war seine Stimme doch kratzig vor Trockenheit – »auch ich habe dir noch etwas zu sagen.«

Alle sahen ihn an. Niemand rührte sich.

»Als ich ein kleiner Junge war«, fuhr Owen fort, »habe ich dich einmal gefragt, wie ich die Sterne sehen könnte, und du hast gesagt, das sei unmöglich, denn die Sterne seien auf der anderen Seite des Himmels und der sei so unerreichbar hoch, dass keines Menschen Schwingen ihn überwinden könnten.« Er holte tief Luft, den Blick starr auf den Holzstoß mit dem Leichnam darauf gerichtet. »Ich habe es dir nie gesagt, aber ich *habe* ihn überwunden. Ich habe dir nie gesagt, dass ich die Sterne *gesehen* habe, mit meinen bloßen Augen, als ich den Himmel durchstoßen habe und darüber hinaus geflogen bin. Ich habe einen hohen Preis für all das bezahlt, aber ich habe sie gesehen, die Sterne. Und seither weiß ich, dass sie nicht nur der Ort sind, von dem wir kommen, sondern auch der Ort, zu dem wir eines Tages wieder zurückkehren müssen.«

Ein gewaltiges, unüberhörbares Einatmen ging durch die Reihen der Versammelten. »Die Sterne!«, flüsterte jemand, obwohl es sich nicht schickte, die letzten Worte an einen Verstorbenen zu unterbrechen.

Auch Oris konnte nicht fassen, was er hörte. Und aus den Augenwinkeln sah er die Flügel seiner Mutter erzittern, sah, wie sie die Hände vor den Mund schlug und wie ihr Tränen über die Wangen rollten.

»Es war nicht leicht«, hörte Oris seinen Vater weiterreden. »Manche von euch werden sich vielleicht noch erinnern, wie ich trainiert habe, wie ich alles andere vernachlässigt habe, weil ich der beste Flieger werden wollte, den es je gegeben hat. Der Grund dafür war, dass ich den *Himmel* erreichen wollte. Jiuwen!« Er streckte die Hand aus in Richtung eines schlanken Mannes mit eigenartig holzfarbenen Flügeln. »Du weißt doch noch, wie wir über die Vorberge gestreift sind, nicht wahr? Wie wir die Pfeilfalken beobachtet haben, die damals dort ihre Nester hatten. Sie haben einen Trick, um sich in größere Höhen zu katapultieren, als sie eigentlich erreichen können, und diesen Trick habe ich studiert, habe ihn nachgeahmt – und eines Tages habe ich es geschafft. Ich bin bis zum Himmel hinaufgeflogen. Ich bin ihm so nahe gekommen, dass ich ihn berühren konnte.«

Der angesprochene Mann – Jiuwen – nickte, lächelte, sah Owen aus glänzenden Augen an.

Owen erzählte weiter. Wie undurchdringlich die Wolkenschicht war, die den Himmel bildete. Wie er auf die Idee gekommen war, eine Rakete zu benutzen, um sich hindurch zu katapultieren. Und wie er es eines Abends gewagt hatte. Welche Qualen er durchlitten und wie er es dann tatsächlich geschafft hatte.

»Ich wollte, ich könnte beschreiben, wie herrlich der Anblick der Sterne war«, sagte er, und in seiner Stimme lag ein eigenartiger, betörender Klang. »Wie unermesslich weit der Raum, in dem sie schwebten, Tausende von ihnen, Millionen, Sterne ohne Zahl. Ich war so klein vor ihnen ... unsere ganze Welt, so groß sie ist, kam mir auf einmal unendlich klein vor ... denn der Raum jenseits der Wolken, der Raum, in dem die Sterne stehen, ist so unfassbar viel größer als alles, was menschlicher Geist sich vorzustellen vermag ... unendlich viel größer ... Dort draußen, das habe ich verstanden in diesen wenigen Augenblicken, in denen ich jenseits der Himmelswand weilte, dort draußen wartet eine Zukunft auf uns, die ohne Ende ist. Sicherlich werde ich das nicht mehr erleben; niemand, der heute hier ist, wird es erleben, aber eines Tages ... eines Tages werden die Kinder unserer Kinder Flugmaschinen bauen wie jene, mit denen die Ahnen einst gekommen sind, und wieder zu den Sternen aufbrechen, und die Reise wird weitergehen bis in alle Ewigkeit!«

Dann war es vorbei. Er hielt inne, schloss den Mund, neigte noch einmal den Kopf vor dem toten Hekwen und setzte sich wieder.

»Es tut mir leid«, hörte Oris ihn Mutter zuflüstern. »Ich weiß, ich hatte es dir versprochen ... Es ist einfach über mich gekommen.«

Sie nahm seine Hand, sah ihn mit feuchten Augen an und wisperte zurück: »Schon gut ... schon gut ... Ich hätte es nie von dir verlangen dürfen.« Sie hob den Kopf, sah umher. »Du hast die Herzen aller hier berührt mit deinem Bericht. Und meins auch. Meins auch, Owen.«

Da sich niemand mehr meldete, um etwas zu sagen, sprach Tihalawen, die neue Älteste, die üblichen Worte und gab dann das Zeichen, den Holzstoß zu entzünden. Alles erhob sich, um die *Lobpreisungen* zu singen, und die vereinten Stimmen schallten weit über das Meer vor der Wentas-Mündung.

»Ist das wahr, was Vater erzählt hat?«, fragte Oris seine Mutter leise, anstatt zu singen.

»Selbstverständlich!«, erwiderte sie mit verweisendem Blick.

»Du hast das *gewusst?*«

Sie nickte ernst. »O ja.«

Oris sah zum Himmel hinauf, der hell und weit war und, wie es ihm vorkam, unendlich hoch über ihnen schwebte, und sah, dass er nicht der Einzige war, der dort hinaufblickte. Eine wilde Aufregung erfüllte ihn bei dem Gedanken, dass es nicht nur möglich sein sollte, den Himmel zu berühren, sondern dass dahinter noch unendliche Weiten warteten.

»Aber das ist doch ... *großartig*!«, stieß er hervor. »Wieso hat er nie davon erzählt?«

»Ja, es ist großartig«, erwiderte sie leise. »Aber ich fürchte, das Leben, das wir gekannt haben, ist damit vorbei.«

Albul

Albul erhob sich im Morgengrauen. Wie an den meisten Tagen war er schon lange vorher aufgewacht. Er pflegte dann reglos das Spiel von Licht und Schatten zu verfolgen, das die Inbesitznahme des Himmels durch das große Licht des Tages begleitete, bis es hell genug im Zimmer war, um den Tag zu beginnen.

Er ging, sich zu reinigen, und las anschließend, wie es seine tägliche Gewohnheit war, einige Seiten im Zweiten Buch Pihr, das das Geheimnis der Bruderschaft enthielt und von dessen Existenz der Rest der Welt kaum etwas ahnte. Die Lektüre war Teil des Rituals, mit dem er sich auf den Tag und seine Pflicht einstimmte, und obwohl er das Buch schon oft gelesen hatte, erschloss es sich ihm bei jeder Lektüre auf einer neuen, tieferen Ebene.

Heute kam er wieder einmal an die Stelle, an der Pihr geschrieben hatte: *Es sind unsere Mängel und Makel, die uns dazu antreiben, über uns hinauszuwachsen und wahrhaft Großes zu leisten, und ist es dann nicht falsch, wenn wir sie Mängel nennen und Makel?*

Er hielt inne, um auf sein Leben zurückzublicken und sich zu fragen, wann und wo ihn seine Mängel wirklich angetrieben hatten, Großes zu leisten. Der Bruderschaft war er beigetreten, weil es ihm geschmeichelt hatte, als man es ihm antrug, und da hatte er das Zweite Buch Pihr ja noch nicht gekannt. Freilich, als Novize hatte er sich Mühe gegeben, seine Oberen nicht zu enttäuschen, hatte gelernt und gearbeitet, Tausende von Mahlzeiten gekocht, endlose Flure gefegt und gewischt und die Latrinen gereinigt, ohne zu klagen, denn dass man ihn für anderes, Gefährlicheres nicht brauchen konnte, das war ihm von vornherein klar gewesen. Bei der Weihe hatte ihn der damalige Oberste Bruder, Saluspor, belobigt. Danach hatte er im Archiv gearbeitet, bis dessen Leiter, der alte Barleik, gestorben war und man ihm die Verantwortung dafür übertragen hatte.

Und als Saluspor starb, hatte der Ältestenrat der Bruderschaft ihn zum neuen Oberen Bruder gewählt. Da hatte er schon gewusst, dass es sich im Lauf der Jahrhunderte eingebürgert hatte, eingedenk dieses Satzes von Pihr jemanden mit einem körperlichen Makel in das höchste Amt zu wählen: Saluspor nämlich hatte ein verwachsenes Ohr gehabt und schlecht gehört.

Nun, und er, Albul, war unter diesem Aspekt natürlich prädestiniert gewesen. Nur hatte er nicht erwartet, dass man jemanden wählen würde, der so jung war.

Und er fragte sich immer wieder, was der Ahne Pihr wohl dazu gesagt hätte, seinen Satz so ausgelegt zu sehen, als eine Art Schicksalsurteil.

Andererseits, sagte er sich, hatte es gar keinen Sinn, dass er sich das fragte, denn nun war er der Oberste Bruder und würde es für den Rest seines Lebens bleiben.

Albul schloss das Buch voller Andacht, wickelte es wieder in das uralte Seidentuch ein, dessen Stickereien verrieten, dass es von den Perleninseln weit im Osten stammte, und legte es mit aller gebotenen Ehrfurcht zurück in den Holzkasten. Dann erhob er sich.

Er streifte das Schlafkleid ab und kleidete sich an. Wie alle Brüder, solange sie sich in der Feste aufhielten – draußen, im Einsatz, war es etwas anderes; da galt es sich an die lokalen Sitten anzupassen –, trug er moosleinenes Unterzeug, darüber in den kalten Jahreszeiten ein wärmendes Vlies, und zuletzt die altehrwürdige Robe mit der Leiste aus Grünsteinknöpfen, die schon Saluspor getragen hatte und dessen Vorgänger auch.

Die Robe, die aus diesem Grund Aussparungen für die Flügel hatte, Öffnungen, die er nicht brauchte. Albul betrachtete sich im Spiegel und sah einen Menschen ohne Flügel. Einen Krüppel, wie man ihn früher genannt hatte. Seine Mutter war verbittert gewesen und hatte sich geweigert, mit seinem Vater ein zweites Kind zu zeugen, obwohl sie die Erlaubnis bekommen hätte. Als er ihr gesagt hatte, dass er fortginge, hatte sie nur gemeint: »Gut. Geh ruhig.«

Er drehte sich zur Seite, betrachtete die zwei winzigen Stummel, die ihn noch hässlicher machten, als wenn er gar keine Flügel, sondern einen völlig leeren Rücken gehabt hätte. Kein Wunder, dass sich der Ältestenrat so einig gewesen war bei seiner Wahl.

Nun, es war, wie es war. Auch das lehrte Pihr: dass die Disziplin des Lebens darin bestand, das Unabänderliche zu akzeptieren.

Er schloss die Knopfleiste, öffnete die Tür und trat hinaus auf die Rampe. Er sah hinab in die unergründliche Tiefe, die ihm ebenso verwehrt war wie die helle Höhe über ihm, dann griff er nach dem Seil der Glocke, die neben seiner Tür hing, und ließ sie durch den ganzen Kessel schallen.

Wie jeden Morgen rauschte es gleich darauf, und zwei Helfer erschienen, um ihn hinüber in die Residenz zu tragen. Heute waren es Ogon und Lazaleik, zwei der stärksten Brüder. Sie grüßten ihn ehrerbietig und warteten, bis er die Arme auszubreiten geruhte. Dann packten sie ihn mit beherztem Griff und flogen mit ihm über den Abgrund hinweg.

Man hätte ihm eine Brücke bis zur Residenz bauen können oder einen Fußweg entlang der Innenseite des Kraters aus dem Fels schlagen lassen. Man hatte es ihm angeboten – und es wäre in der Tat eine schöne Beschäftigung für renitente Novizen gewesen, derlei zu errichten –, doch Albul hatte es abgelehnt. Gewiss, es war eine Demütigung, nicht aus eigener Kraft dorthin gelangen zu können, wo sein Platz war. Aber jeden Tag mit einer Demütigung zu beginnen würde ihn, so hoffte er jedenfalls, vor Hochmut bewahren, und das mochte wichtig sein in diesem Amt.

***

In der Residenz angekommen, grüßte er alle, die bereits da waren, und nahm dann an dem gewaltigen Schreibtisch Platz, an dem schon die Obersten Brüder mindestens der letzten fünfhundert Jahre gearbeitet hatten. Als Erstes schlug er das Protokollbuch auf. Im Archiv lagerten Tausende solcher Bücher; er hatte sie gesehen, berührt, darin gelesen. Sie enthielten die gesamte Geschichte der Welt, von ihrem Anbeginn an.

Und nun war er es, der daran weiterschrieb.

Als Zweites trug er das Datum des heutigen Tages ein. *387. Tag des Jahres 1061 nach der Ankunft der Ahnen* schrieb er. Niemand sonst auf der Welt benutzte noch diesen Kalender, den sich die Ahnen selbst gegeben hatten: Ein Jahr, hatten sie ausgerechnet, dauerte 403 Tage, und alle 17 Jahre musste man einen 404. Tag hinzufügen, damit der Kalender sich nicht gegen die Jahreszeiten verschob.

Aber die Menschen da draußen, die Menschen, deren Glück zu beschützen sie alle geschworen hatten, kamen ohne Kalender zurecht. Es genügte ihnen, auf die Zeichen des Wetters, des Himmels und der Pflanzen zu achten, um zu wissen, wann ein Wechsel bevorstand.

Albul zog einen Strich unter das Datum, sorgfältig und eng unter den Buchstaben, denn Papier war ebenso kostbar wie Tinte. Dann griff er nach der Tischglocke und klingelte seinem Assistenten, Kleipor.

Der kam hereingestürzt, wie immer dermaßen außer Atem, als sei er fünfhundert Schritte weit gerannt. »Oberster Bruder?«, stieß er hervor.

Kleipors Makel war seine Korpulenz. Er war geradezu unglaublich dick für einen Menschen, der fliegen konnte. Lasten durfte man ihm nicht mitgeben; er wäre schon damit überfordert gewesen, ein Protokollbuch aus dem Archiv zu holen.

Aber er war jemand, der für Ordnung und geregelte Abläufe sorgen konnte. Das war der Bereich, in dem er Großes leistete.

»Sind Kundschafter eingetroffen?«, wollte Albul wissen.

»Ja, Oberster Bruder«, beeilte sich Kleipor zu bestätigen. »Drei. Einer von der Nordküste, einer aus den Küstenlanden und einer aus dem Osten, vom Schlammdelta.«

»Sie sollen kommen.«

Der erste Kundschafter war ein vierschrötiger Mann, wenigstens doppelt so alt wie Albul und mit prachtvollen, mächtigen Flügeln gesegnet. Er hieß Adleik und stammte aus dem Nest der Nordküsten-Leiks, die dort einige der unwirtlichsten Inseln des Planeten besiedelten, weil Leiks aus unerfindlichen Gründen lieber auf dem Boden lebten als auf Bäumen.

Trotz seines Alters erwies er Albul die angemessene Ehrerbietung und erklärte: »Oberster Bruder, ich bin schnell fertig: Es gibt nichts zu berichten, was für uns von Belang wäre. Die Menschen an der Nordküste halten sich an die Regeln der Ahnen, ansonsten kämpfen sie mit den Winden und dichten ihre Lieder wie eh und je.«

Albul sah ihn unverwandt an. »Und du bist dir da sicher?«

»Ja.« Adleik breitete die Hände aus. »Bedenke, Bruder, dass ich sozusagen nach Hause zurückgekehrt bin. Man hat mich willkommen geheißen, meine Mutter hat versucht, mich zu mästen, damit ich ihr nicht mehr davonfliegen kann …«

Albul fiel auf, dass Kleipor bei dieser Bemerkung betreten zu Boden blickte. Fühlte er sich davon persönlich getroffen? Oder hielt er es für unsensibel, derlei in Gegenwart eines Obersten Bruders zu sagen, der keine Flügel besaß?

»… und man hat mich freimütig an allem Tratsch und Klatsch teilhaben lassen, der gerade kursiert. Es war aber alles nur harmloses Zeug – Liebesaffären, Familienstreits, Kinderstreiche, das Übliche. Ich habe noch die umliegenden Nester besucht, die Kor, die Non, die Lech und so weiter, aber auch da war alles, wie es sein soll.«

Albul ließ das auf sich wirken und beschloss, ihm Glauben zu schenken. »Danke«, sagte er und wies auf einen der Stühle. »Bitte, nimm Platz.«

Der zweite Kundschafter war aus dem »Schlammdelta« zurückgekehrt, wie man das Mündungsgebiet des Flusses Thoriangor nannte, der sich, aus dem Eisenland kommend, in schier endlosen

Schleifen bis in den Südosten zog. Der Thoriangor nahm auf seinem Weg unfassbare Mengen von Schlamm auf, die er dort, kurz bevor er das Meer erreichte, ablagerte und damit das fruchtbarste margorfreie Land schuf, das es auf der ganzen Welt gab. Zahllose Nester umringten diese Region; man konnte fast sagen, dass jeder Stamm auch dort zu finden war.

Der Kundschafter hieß Hargon, ein drahtiger, vertrocknet wirkender Mann, dem man ansah, dass er lange Zeit in heißen Regionen unterwegs gewesen war. Er hatte eine hässliche Narbe auf der rechten Wange, und seine Flügel waren von einem Grau, das ausgebleicht wirkte.

Auch er erwies Albul die angemessene Ehrerbietung und sagte dann: »Oberster Bruder, ich habe etwas zu melden.«

»Ich höre«, sagte Albul.

»Als ich im Nest der Schlamm-Kor war, machte ich die Bekanntschaft eines beängstigend einfallsreichen Mannes namens Nechful, der dabei ist, eine mit Dampf betriebene Maschine zu bauen.«

»Oha.« Albul nickte. Das war ein klarer Verstoß gegen die Regeln des Buchs Kris, das bei jedem Stamm Allgemeingut sein sollte: Menschen durften Werkzeug benutzten, ja, sie mussten es sogar, um zu überleben – doch Maschinen, so lehrte Kris, die mit einer anderen Energie als der Körperkraft eines Menschen oder eines Tiers betrieben wurden, waren von Übel. Sie verführten durch Bequemlichkeit, und diese Bequemlichkeit machte die Menschen schwach und über kurz oder lang abhängig von der Maschine.

»Ja«, sagte Hargon, »genau das habe ich auch gedacht. Er ist noch nicht fertig, aber er will seine Maschine bei einem der nächsten örtlichen Feste präsentieren, und ihm schweben jede Menge Anwendungsmöglichkeiten vor: Wasser zu schöpfen, Holz zu sägen, Lasten zu heben und vieles mehr. Ich habe vorsichtshalber einen Sprengkörper in seiner Konstruktion versteckt, der, wenn er die Maschine anheizt, hoffentlich explodieren wird und ihn zumindest so blamieren dürfte, dass die Menschen sich an die Lehren

132

Kris' erinnern. Aber ich denke, man sollte ihn trotzdem im Auge behalten.«

»Gut gemacht«, sagte Albul. »Ich stimme dir vollkommen zu. Wir werden ihn beobachten und, falls er weitermacht, dafür sorgen, dass er zurechtgewiesen wird.«

»Ich hoffe, mein Eingriff wirkt«, erklärte Hargon. »Er war mir sympathisch. Ich würde ungern zu drastischen Maßnahmen greifen müssen.«

Albul musterte ihn reglosen Gesichts. In Gedanken formulierte er einen Eintrag im Protokollbuch, das auch für jeden Kundschafter eine Rubrik enthielt. »Keine Sorge. Sollten drastische Maßnahmen nötig werden, schicke ich andere Brüder.«

»Was wäre denn so schlimm an einer Maschine, die Wasser den Baum hinauftransportiert?«, wollte Adleik wissen. »Ich stelle mir das als Erleichterung vor, so viele volle Schläuche, wie jeden Tag in ein Nest heraufgeflogen werden müssen. Vor allem im Winter, wenn jeder Flügelschlag wehtut.«

»Daran wäre nichts schlimm, wenn es dabei bliebe«, erklärte Albul. »Doch wie Kris sagt – und man kann sich das auch leicht vorstellen –, es *bleibt* eben nicht dabei. Wasser zu holen ist beschwerlich, gewiss, aber die Notwendigkeit, es dennoch tagtäglich zu tun, kräftigt zugleich. Überlässt man diese Arbeit einer Maschine, verliert man an Kraft, und dann gibt es bald etwas anderes, das einem ebenso schwerfällt, und man wird danach sinnen, auch für diese Arbeit eine Maschine zu bauen. Und so immer weiter, bis die Maschinen alles tun und die Menschen nichts mehr.« Er lehnte sich zurück und hakte sich mit seinen Flügelstummeln an der schmalen Rückenlehne ein, was ihm seltsam wohltat. »Das ist, wohlgemerkt, keine Theorie. Vielmehr hat es sich in der Welt, aus der die Ahnen gekommen sind, genau so zugetragen, mit verderblichen Folgen.«

»Verstehe«, sagte Adleik.

»Außerdem müssen solche Maschinen befeuert werden«, warf Hargon ein. »Das hättet ihr sehen sollen, wie viel Feuerholz dieser

Mann in seiner Werkstatt für seine Versuche bereitgehalten hat! Selbst wenn jedes Nest nur eine einzige Dampfmaschine betreiben würde, um Wasser zu holen, würde das Holz, das tot von den Bäumen fällt, nicht mehr ausreichen, um den Bedarf der Nester zu decken, so, wie es das heutzutage tut. Dann müsste man Bäume fällen, zerteilen, das Holz trocknen lassen … und dafür würde man, weil das schwere Arbeit ist, auch bald Maschinen bauen, und so nähme es kein Ende mehr.«

»Wie Kris sagt«, bekräftigte Albul, »Maschinen fressen die Welt auf.« Er wies Hargon einen Stuhl zu. »Ich danke dir. Bitte nimm Platz.«

Der dritte Kundschafter hieß Geslepor, ein unscheinbares Männchen mit ungesund gelber Haut, vorzeitig schütteren Haaren und wie gerupft wirkenden Flügeln. Kaum zu glauben, dass er aus demselben Nest stammte wie der dralle Kleipor.

»Ich war in den Küstenlanden«, begann er, nachdem er Albul die angemessene Ehrerbietung erteilt hatte, und verschränkte dabei unablässig die Finger auf immer neue Weise miteinander, als suche er nach einem Weg, sie zu verknoten. »Und ich habe etwas ganz und gar Ungewöhnliches zu melden. Das heißt, ich bin mir nicht einmal sicher, ob es etwas ist, das uns betrifft, aber es heißt ja, wenn man sich nicht sicher ist, dann soll man es lieber melden, nicht wahr?«

»So ist es«, sagte Albul, der Geslepors Marotten schon kannte. Die Küstenlande waren sein bevorzugtes Kundschaftsgebiet, was den Vorteil hatte, dass er dort inzwischen jeden Baum und jeden Strauch kannte. Andererseits dauerte es immer ewig, bis er zurückkam, und meistens musste man ihm jedes Wort einzeln entlocken. »Also, was gibt es so Ungewöhnliches in den Küstenlanden?«

Geslepor nickte schwer, presste die Lippen zusammen, als wolle er verhindern, dass ihm die Worte unkontrolliert entwichen, und sagte schließlich: »Es gibt dort einen Mann, der behauptet, er habe die Sterne gesehen.«

Albul merkte, dass sich seine Augenbrauen wie von selbst hoben.

Auch die anderen beiden Kundschafter sahen Geslepor verdutzt an. Adleik sank der Kiefer herab, und Hargon schüttelte unwillkürlich die Flügel, dass es raschelte.

»Die … *Sterne*«, wiederholte Albul schließlich, weil Geslepor keine Anstalten machte weiterzureden.

Geslepor nickte und begann endlich zu berichten. »Der Mann heißt Owen und lebt bei den Ris. Er behauptet nicht nur, dass er vor sechzehn Regenzeiten bis zum Himmel hinaufgeflogen ist, sondern auch, dass er diesen mithilfe einer Rakete, die er selbst gebaut und in einem Gestell auf dem Rücken getragen hat, durchstoßen hat. Und er behauptet, dass er, als er oberhalb des Himmels war, die Sterne gesehen hat.«

»Und das glauben die Leute?«

»Er erzählt es sehr überzeugend«, beteuerte Geslepor. »Ich bin tatsächlich geneigt, ihm zu glauben. Übrigens weiß jeder, buchstäblich *jeder* in der Gegend, dass dieser Owen in jüngeren Jahren der beste Flieger weit und breit war. Und er ist Signalmacher, das heißt, er versteht es nachweislich, Raketen zu bauen.«

»Hmm. Und weiter?«

»Er ist, sagt er, bei diesem, ähm … *Wagnis* um ein Haar gestorben, deswegen hat er es lange für sich behalten. Aber nun erzählt er es, und das wieder und wieder, denn es kommen Leute von überall her, um ihn reden zu hören, unglaublich viele Leute, und sie kriegen gar nicht genug davon, ihn von den Sternen erzählen zu hören. Aber das ist nicht alles. Er lehrt nicht nur, dass die Sterne unsere Herkunft sind – dagegen wäre ja vielleicht gar nichts einzuwenden –, er lehrt auch, dass sie unsere *Bestimmung* seien! Wir seien von den Sternen gekommen, sagt er, und eines Tages müssten wir auch zu den Sternen zurückkehren. Den Planeten verlassen, aufbrechen in die Unendlichkeit. Wir müssten lernen, Flugmaschinen zu bauen, wie sie die Ahnen besessen haben, und damit die Grenzen, die uns die Natur setzt, überwinden.« Geslepor fuhr sich nervös mit der Hand durch die Haare, als müsse er sich vergewissern, noch welche zu haben. »Also, seine Worte, nicht meine.«

Hargon schlug mit der flachen Hand auf die Lehne seines Stuhls. »Den müssen wir zum Schweigen bringen«, rief er. »So schnell wie möglich!«

»Ich weiß nicht«, wandte Adleik ein. »Würde ihn das nicht zum Märtyrer machen? So verstehe ich zumindest Pihrs Abhandlung über die Verführung der Massen.«

»Das habe ich mir auch schon überlegt«, behauptete Geslepor überraschend heftig. »Ihr müsstet sehen, wie sie ihn anhimmeln! Der Mann ist in ihren Augen ein Prophet. Sie hängen an seinen Lippen, saugen jedes Wort auf ... Ein radikaler Eingriff würde alles verschlimmern, davon bin ich überzeugt. Es könnte eine regelrechte Revolution auslösen, wenn auch nur der Verdacht aufkommt, dass wir etwas damit zu tun haben.«

»Kaum jemand weiß, dass es uns überhaupt gibt«, entgegnete Hargon mit einer wegwerfenden Handbewegung.

»Es gibt Gerüchte. Das kann in solchen Situationen schon genügen.«

Albul stand auf. Die Diskussion der Kundschafter verstummte sofort. Er trat ans Fenster, dicht an das wundervolle Glas, das noch die Ahnen gefertigt hatten, und dachte nach.

Dies war die *Feste Pihr* – ein ehemaliger Vulkan, erloschen, lange bevor die Ahnen auf diese Welt gekommen waren, ein gewaltiger Kegel, den man auch den Großen Kegel nannte. Er erhob sich inmitten einer Ebene, die so endlos war, dass man von seiner Spitze aus das Gefühl haben konnte, die ganze Welt zu überblicken.

Dies war das uneinnehmbare Hauptquartier der *Gehorsamen Söhne Pihrs*, der Bruderschaft, die sich den Lehren von dessen Zweitem Buch verschrieben hatte im Dienst am Glück der Menschen. Es war keine Aufgabe, die Ruhm und Ehre einbrachte, es war meistens nicht einmal eine angenehme Aufgabe, aber irgendjemand musste sie tun, und sie alle hatten sich entschieden, diese Pflicht zu tragen.

Uneinnehmbar war die Feste nicht nur, weil sie so hoch und mächtig war, sondern auch, weil flaches Grasland sie umgab, so weit das Auge reichte: Kein Mensch konnte eine solche Ebene überqueren, es sei denn, er kannte die margorfreien Stellen darin, auf denen man es wagen konnte zu rasten. Und die kannten nur die Kundschafter der Bruderschaft, die Feldbrüder. Es war ein Wissen, das immer aktuell gehalten werden musste – und das manchmal mit Blut erkauft wurde, denn der Margor wanderte, war letztlich doch unberechenbar …

Albul erwog die Gefahren, die Möglichkeiten, die Risiken. Er war jung und führte die Bruderschaft noch nicht lange, aber er hatte in seinen Jahren im Archiv Hunderte der alten Protokollbücher studiert und gelesen. Er wusste viel über das, was schon geschehen war, was man unternommen hatte und was davon geglückt war – und was schiefgegangen. Wahrscheinlich kannte kaum jemand die Geschichte der Menschen dieser Welt so gut wie er, Albul vom Nest der Blaufluss-Bul.

Er drehte sich um, sah die drei Kundschafter an, dann seinen Assistenten.

»Wir machen«, entschied er, »Folgendes …«

Anaris

Heimlichkeiten

Wie so oft, wenn sie ihre Ruhe haben wollte, segelte Anaris über der Küste dahin, die Arme weit ausgebreitet, die Flügel ebenso. Die Thermik war gut, trug sie, genau wie ein paar Vögel, die es auch so machten. Ein großer brauner Raubdrifter schwebte in ihrer Nähe und guckte ab und zu neugierig herüber. Das Meer lag grau und träge tief unter ihr, sah aus wie eingeschlafen.

Ganz anders die Küste selbst, die immer voller wurde. Nicht genug, dass in jedem Baum in der Umgebung behelfsmäßige Unterkünfte hingen, mehr und mehr Mutige zelteten auch am Strand, in dem schmalen Streifen, der margorfrei war und den die Flut nicht erreichte. Eine kunterbunte Siedlung erstreckte sich vom Schulterstein bis zum Kniefelsen, in dessen Höhle Vaters Werkstatt lag. Man sah von hier oben ein Sammelsurium flatternder Tücher, die über Stöcke gespannt waren, und dazwischen immer wieder Kochstellen, von denen dünne Rauchfäden aufstiegen.

Vaters Felsen war einmal ein einsamer Ort gewesen, hatte es sein müssen, weil seine Arbeit gefährlich war – doch nun hockten sie dicht an dicht auf der Oberseite dieses Felsens, die Köpfe gereckt, die Flügel eng an den Leib gezogen, damit alle Platz hatten, wie eine Kolonie Küstenflatterer in der Brutzeit. Sie lauschten dem, was Vater erzählte, dessen Stimme bis hier herauf zu hören war. Anaris verstand nicht, was er sagte, aber sie erkannte ihn am Klang.

Und auch wiederum nicht, denn früher hatte er nie so feurig, so lebhaft gesprochen. Sie kannte ihren Vater als einen in sich gekehrten, ruhigen Mann, der nicht zwei Worte sprach, wenn eines genügte. Und nun peitschte eben dieser Mann die Leute richtiggehend auf, brachte sie dazu, frenetisch zu klatschen und ihm zuzujubeln!

Wenn *das* nicht unheimlich war!

Anaris hatte genug. Sie ließ sich mit einer leichten Verstellung der Flügel zur Seite abkippen und rauschte über die Wipfel davon, schlug den Weg zurück zum Nest ein. Der Drifter begleitete sie ein Stück, schien neugierig zu sein, wie das Wettrennen ausging, und nahm erst Reißaus, als sie sich dem Nestbaum näherten, diesem kolossalen, alles in seiner Umgebung überragenden Baum, dessen Wipfel voller Leben und Geschäftigkeit war: ihr Zuhause.

Sie bremste nicht ab, ignorierte die Landenetze, wie sie es meistens tat. Was ihr Bruder konnte, konnte sie auch. Entscheidend waren jetzt winzigste Ausschläge der Handschwingen, ja, sogar der Hände, und kaum merkliche Gewichtsverlagerungen. Sie sauste vorbei an Ästen und Nesthütten und Hängebrücken und Laufstegen, direkt auf den Mahlplatz zu.

Erst im absolut letzten Augenblick riss sie die Flügel hoch und schlug die Armschwingen scharf nach vorn, um ihren Flug abzubremsen. Dann landete sie punktgenau und höchst elegant – fand sie jedenfalls – auf der Plattform.

Und erschreckte eine ältere Frau, Chadoris, die ausrief: »Bei allen Ahnen, Kind – ich hab dich gar nicht kommen hören!«

»Entschuldigung«, sagte Anaris.

Das ging ihr oft so. Oris meinte, das läge an ihrer Art zu fliegen, aber wahrscheinlich hatte es eher damit zu tun, dass sie noch zu jung und zu klein war, als dass die Leute sie für voll genommen hätten.

Was freilich manchmal nützlich war, zum Beispiel, um Leute zu belauschen, was sie bisweilen tat. Ihr Bruder hatte nicht ganz unrecht, wenn er immer sagte, sie stecke ihre Nase gern in Dinge, die sie nichts angingen.

Sie betrat den Mahlplatz, nahm sich einen Teller und stellte sich an.

»Hallo, Anaris«, begrüßte sie Nakwen, der heute Küchendienst machte. »Wie üblich?«

»Ja, bitte«, sagte Anaris und hielt ihm den Teller hin.

Nakwen stocherte mit der Gabel in der großen Pfanne, in der Fleischstücke in einem Sud aus Kräutern und Zemonenscheiben brutzelten. »Hab übrigens ich erlegt, gestern. Ein bildschönes Hiibu, das am Morgen noch Pläne für den Tag hatte. Frischer geht's kaum.«

»Trotzdem.« Anaris verzog den Mund. »Ich mag nicht so viel Fleisch.«

»Dann kriegst du wenigstens das beste Stück von den kleinen.« Er tat ihr ein Teil auf den Teller, das tatsächlich nicht zu groß war, und griff nach der Schöpfkelle. »Dafür mehr Gemüse, ja? Frische Quidus, mit Feuerbeeren gewürzt.«

»Au ja.«

Er versenkte die Kelle tief im Topf und meinte: »Dein Vater wird übrigens immer berühmter. Bist bestimmt stolz auf ihn.«

Anaris ächzte und verdrehte die Augen. »Schon gut. Ich *kann's* nicht mehr hören!«

»Heute sind Leute von den Perleninseln angekommen, die ihn sehen wollen.« Nakwen wies in Richtung einer Gruppe, die mit Golwodin zusammensaß, dem Ältesten, und noch ein paar Leuten vom Nest. Es waren fremdartig aussehende Leute, nicht nur, was ihre Kleidung anbelangte: Ihre Gesichter waren braun-rot, von aufgetragener Farbe offenbar, und sie hatten durchstochene Ohren und Nasenflügel und trugen schimmernden Schmuck darin. »Von den *Perleninseln*! Weißt du, wo die liegen?«

»Klar«, sagte Anaris und wartete darauf, dass er den Inhalt seiner Schöpfkelle endlich in ihren Teller leerte.

»Auf der anderen Seite der Welt!«

»Auf der anderen Seite des *Kontinents*«, korrigierte sie ihn ungeduldig. Es *gab* eine andere Seite der Welt, aber dort war noch kein Mensch gewesen, abgesehen vielleicht von den Ahnen seinerzeit.

»Wie auch immer«, meinte Nakwen und füllte endlich ihren

140

Teller, »dein Vater macht uns allmählich zum berühmtesten Nest der Welt.«

»Ja, ja. Toll. Danke.« Sie schnappte sich noch einen halben Brotfladen dazu und verzog sich an irgendeinen Platz. Jetzt ärgerte sie sich, dass sie allein essen musste. Sie hätte sich mit jemandem verabreden sollen, mit Arseris zum Beispiel.

Nicht mehr zu ändern. Sie aß, es schmeckte gut, doch dann drehte sich Golwodin plötzlich um, zeigte auf sie und erklärte den Besuchern: »Das ist übrigens Owens Tochter Anaris.«

Die Leute von den Perleninseln starrten sie an und nickten ergriffen, als sei sie auch so ein Weltwunder wie Vater. Gruselig. Anaris starrte finster zurück, bis sie sich alle wieder wegdrehten.

Wie lange ging das jetzt schon so? Mehr als ein Jahr. Anfangs war es aufregend gewesen, als immer mehr Leute angeflogen kamen, um Vaters Geschichte aus seinem Mund zu hören. Doch als die Frostzeit kam, hatten sie alle gedacht, dass es damit zu Ende sein würde.

Von wegen. Danach war's erst richtig losgegangen. Allmählich kam es einem vor, als würde sich irgendwann jeder Mensch auf der ganzen weiten Welt in die Lüfte schwingen, um hierherzukommen und Owen zu sehen, den Bezwinger des Himmels und Verkünder der Sterne.

Wieso? Was trieb diese Leute her? Anaris begriff es nicht. Es war, als seien auf einmal alle verrückt geworden, und sie schien die Einzige zu sein, die das unheimlich fand.

***

Die vielen Besucher waren inzwischen eine richtiggehende Belastung. Anfangs hatte man noch alle, die kamen, um Owens Geschichte zu hören, im Nest unterbringen können, doch das war längst nicht mehr möglich. Dabei waren es nicht die Älteren, die Probleme machten – die brachten Gastgeschenke mit, hörten sich an, was Owen zu erzählen hatte, und flogen wieder ab. Die Jüngeren aber blieben, als würden ihre Nester sie nicht mehr brauchen. Sie lungerten herum, lauschten Owens Geschichte wieder und wieder, jubelten ihm zu, feierten die Nächte durch und verzehrten nach und nach alles, was sich an Essbarem im Wald und im Meer fand. Noch wagten sie sich nicht an die Gärten oder an die Pflanzen, die sich um den Stamm des Nestbaums rankten, aber alles andere, was wild wuchs, verschwand. Sie schwärmten in Scharen über dem Meer aus und speerten jeden Fisch, der ihnen unterkam. Sie erlegten sogar Hiibus, so viele, dass die Herden allmählich das Weite suchten. Sie zerlegten sie ungeschickt, weil sie nicht die richtigen Messer besaßen; dass sie auch nicht die Möglichkeit hatten, das Fleisch haltbar zu machen, spielte dagegen keine Rolle, denn alles, was sie von einem toten Tier abschnitten, landete ohnehin umgehend auf den zahlreichen Grillstellen am Strand und wurde gegessen.

Und wenn man durch den Wald flog, stank es überall von den Exkrementen, die so viele Menschen hinterließen.

Doch der Rat hatte beschlossen, das alles zu dulden. Erstens aus Ehrfurcht vor Owens außerordentlicher Leistung, und zweitens, weil es die Ris der Küstenlande weithin bekannt machte. Inzwischen ergaben sich Beziehungen zu Nestern, mit denen man zuvor aufgrund der Entfernung nie in Kontakt gekommen wäre, und das war etwas, das allen gefiel.

Also unterstützte man die Besucher, so gut man konnte. Man errichtete behelfsmäßige Ruheplattformen in den umliegenden Hundertästern und legte zusätzliche Wasserreservoirs entlang des Bachs an, für Trinkwasser und um sich zu waschen. Man stellte einfache Seife bereit, wie man sie aus den Knochen und dem Fett der Hiibus gewann, und verstreute die Asche von Fruchtgras auf dem Waldboden, um den Geruch zu tilgen.

Und man nutzte jeden verfügbaren Hang, um Nahrungsmittel anzubauen, die man mit den Besuchern teilen konnte.

***

Da man gewissen Pflichten nicht entkam, hatte sich Anaris nach reiflicher Überlegung für die Arbeit in den Hanggärten entschieden – gerade noch rechtzeitig, denn diese Plätze waren begehrter, als sie erwartet hatte.

Sie war zu Eteris eingeteilt, die die hinteren Hanggärten unter sich hatte. Die waren nicht so steil wie die vorderen, dafür schattiger, weil sich über ihnen der Wald erhob, und feuchter, weswegen dort vorwiegend Dunkelgewächse angebaut wurden und gewisse Kräuter, die diese Bedingungen nötig hatten. Anaris war nicht die Einzige und nicht die Erste; andere waren schon dabei, am Hang zu hacken und zu jäten, da, wo man einen halbwegs stabilen Stand hatte und nur ab und zu ein paar Flügelschläge brauchte, um sich zu halten.

Eteris empfing sie auf einem moosigen Felsbrocken, der mitten auf dem Hang aus dem Boden ragte und der einzige Platz war, wo man gut sitzen konnte. »Kannst du schon schwirren?«, war ihre erste Frage.

»Klar«, behauptete Anaris.

»Prima.« Eteris drückte ihr ein Pflanzholz in die Hand. »Dann pflanzt du das Brimkraut an. Ich hab das letztes Jahr versucht, das wächst hier gut, aber ich hab's zu weit unten gesetzt. Dort fressen es die weißen Käfer. Deswegen pflanzen wir es dieses Jahr ganz oben.« Sie zeigte auf den trockenen Streifen Erde direkt an der Oberkante des Hangs. »Du bohrst da entlang Löcher in etwa so einem Abstand« – sie hob die andere Hand und spreizte Daumen und kleinen Finger weit ab – »und steckst je eins von diesen Körnern rein.« Damit drückte sie ihr ein Bündel mit länglichen, bläulich schimmernden Samen in die Hand.

»Alles klar«, sagte Anaris und machte sich an die Arbeit.

Aber, bei allen Ahnen, war das anstrengend! Schwirren hieß, so mit den Flügeln zu schlagen, dass man an derselben Stelle schweben blieb, ungefähr so, wie es die Kaibiris machten, wenn sie eine Blüte austranken. Doch bei denen dauerte das nur ein paar Herzschläge, zudem wogen Kaibiris kaum mehr als die Blüten, die sie

143

besuchten. Für einen Menschen dagegen war es richtig harte Arbeit, an der steilsten Stelle des ganzen Hangs zu schwirren und dabei zu pflanzen, und es nahm und nahm kein Ende! Anaris wollte sich nichts anmerken lassen, biss die Zähne zusammen und rammte das Pflanzholz wieder und wieder in die schwere Erde, bis sie die verdammten Körner endlich alle versenkt hatte. Dann landete sie wieder auf dem Stein und schüttelte erleichtert die Flügel aus.

Eteris kam angeflattert, setzte neben ihr auf und sah sie voller Bewunderung an. »Du hast das in *einem* Durchgang geschafft? Toll. Hätte ich nicht gekonnt. Ich finde Schwirren sagenhaft anstrengend.«

»Ich auch«, gestand Anaris. Wie dumm von ihr, nicht einfach mal Pause zu machen!

Eteris bedeutete ihr, sich zu setzen, und bot ihr etwas zu trinken an; sie hatte einen großen Tonkrug mit kühlem Mokko-Wasser da und tönerne Becher. »Man muss auch mal Pause machen«, meinte sie. »Es gibt keinen Grund, dass Arbeit wehtun sollte.«

»Werd ich mir merken«, sagte Anaris und streckte die Beine aus. Nach einer Weile, in der sie nur so dasaßen, sagte sie: »Ich würd dich gern was fragen. Aber ich weiß nicht, wie ich anfangen soll.«

Eteris lachte auf. »Dann würd ich sagen, fang einfach irgendwie an.«

»Also gut.« Anaris gab sich einen Ruck. »Deine Mutter ist doch eine Sul, nicht wahr?«

Das war eine blöde Frage, Anaris merkte es gleich daran, wie sich Eteris versteifte und erwiderte: »Ähm … ja. Wie der Name Etesul sagt.«

»Ich hab mich gefragt, wie es kommt, dass sie bei uns lebt. Ich meine, normalerweise ist es der Mann, der ins Nest der Frau wechselt, nicht wahr?«

Eteris holte tief Luft. »Ja, aber das ist kein Gesetz, nur eine Gewohnheit. Das Gesetz ist, dass du keinen Mann vom gleichen

Stamm nehmen darfst. Aber ob du wechselst oder er, das ist egal. Meistens wechselt eben der Mann.«

»Wenn dein Vater gewechselt wäre, würdest du genauso heißen wie deine Mutter.«

Eteris grinste. »Eher nicht. Wahrscheinlich würde ich Parsul heißen, nach meinem Großvater. Das hatten sie sich überlegt, aber das passt mit Ris so schlecht zusammen.«

»Ich hab nur gefragt, weil man oft hört, bei den Sul sei manches ganz anders als bei anderen Stämmen«, erklärte Anaris.

»Hmm. Die Sul haben dieselben Großen Bücher wie alle, falls du das meinst.«

»Ja, schon.« Anaris suchte verzweifelt nach einer Möglichkeit, ihre Frage nicht so hässlich klingen zu lassen, aber sie fand keine. Und sie *musste* fragen! »Zum Beispiel heißt es, dass sie es, na ja, mit der Treue nicht so genau nehmen.«

»Heißt es, ich weiß. Aber ehrlich, Anaris, das ist Quatsch.«

»Man hört es halt.«

»Weil die Sul und die Sem einem Seitensprung entstammen. Deswegen denkt jeder Wunder was.«

»Aber das stimmt doch, oder? Asul war die Tochter von Gari und Sofi. Dabei war Gari eigentlich mit Selime zusammen, und Sofi mit Pihr.« Das hatten sie im Unterricht gelernt: Alle Stämme, deren Namen mit S anfingen – die Sag, die Sem, die Sil, die Sok, die Sul – nannte man ›Stämme der Liebe‹, weil sie sogenannten ›Querverbindungen‹ zwischen den Ahnen entstammten.

»Schon, aber das hat mit Untreue nichts zu tun. Die Ahnen wollten nur für größtmögliche genetische Vielfalt sorgen.« Eteris sah sie streng an. »Falls du mich das fragst, weil du irgendwas über meine Mutter gehört hast, dann sag ich dir gleich, es stimmt nicht.«

Anaris schüttelte hastig den Kopf. »Ich hab nichts über deine Mutter gehört. Ich wollte nur jemanden fragen, der die Sitten der Sul kennt.«

»Meine Mutter flirtet gern mit Männern, das stimmt«, gab

Eteris immerhin zu. »Aber das heißt nichts. Sie liebt nur meinen Vater und ist ihm treu wie Panzerholz.«

Anaris hob die Augenbrauen. »Würdest du es denn wissen, wenn es anders wäre?«

»Ich hab diese Fußfedern, ja?« Eteris hob ihre Beine an und spreizte die Federn, ein Anblick, den Anaris immer wieder faszinierend fand. »Die übrigens mehr im Weg sind als zu irgendwas nutze. Aber nur einer unter fünftausend oder so hat die. Und mein Vater hat welche. Ich schätze, ich hab sie von ihm geerbt.«

Anaris stutzte. Temris hatte Fußfedern? »Das ist mir noch nie aufgefallen, dass dein Vater Fußfedern hat.«

»Sie sind bei ihm ganz klein, man sieht sie kaum. Aber er hat sie eben. Und jetzt such mal noch jemanden, der welche hat. Da kannst du bis ins Eisenland fliegen.«

»Also, das heißt, Sul sind nicht aus Prinzip untreu?«, fasste Anaris zusammen. »Kann man das so sagen?«

»Nicht mehr und nicht weniger als andere.« Eteris sah sich rasch um, dann fügte sie leise hinzu: »Wenn du jemanden suchst, der's mit der Treue nicht so genau nimmt, dann guck dir mal Bassaris' Vater an.«

Anaris riss die Augen auf. »Basgiar?«

»Händler«, sagte Eteris wissend. »Also viel unterwegs. Und charmant. Falls du mal ins Mur-Nest kommst, da ist eine in meinem Alter, die ist ihm wie aus dem Gesicht geschnitten. Echmur heißt sie.«

Anaris war platt. »Das höre ich zum ersten Mal.«

»Und du hast's nicht von mir gehört«, fügte Eteris hinzu und goss ihr noch etwas Wasser nach.

Anaris seufzte. »Ich frag eigentlich wegen meinem Bruder.«

»Oris? Wieso? Was ist mit ihm?«

»Na, er ist verliebt. Unsterblich. In diese Kalsul, die beim letzten Lichterfest aufgetaucht ist.«

Jetzt war es Eteris, die die Augen aufriss. »In Kalsul? Aber die hat doch mindestens zwei Frostzeiten mehr gesehen als er!«

146

»Klar, aber sie hat ihn halt geküsst«, verriet Anaris. »Und jetzt ist er überzeugt, dass er die Frau seines Lebens gefunden hat.«

Eteris lachte hell auf. »Der Ärmste!«

»Das Blöde ist, ich seh sie dauernd mit anderen Jungs im Gebüsch verschwinden.«

»Hmm.« Eteris wurde nachdenklich. »Das ist allerdings bei den Sul tatsächlich so üblich. Solange man sich nicht für einen entschieden hat, gibt's so was wie Treue nicht.«

»Meinst du, ich kann ihm das sagen?«, fragte Anaris.

Eteris sog geräuschvoll die Luft ein. »Meinst du, er würde dir das glauben?«

Anaris seufzte. »Nein, du hast recht. Keine Chance.« Sie trank ihren Becher vollends aus und stellte ihn beiseite. »Na ja, ist ja eigentlich auch sein Problem, nicht meins.« Sie blickte über den Hanggarten. »Also – was soll ich als Nächstes machen?«

»Ah, richtig.« Eteris hob den Kopf, sah sich um, deutete auf ein Beet in halber Höhe. »Du könntest dort drüben jäten. Du kannst dich an der Schnur festhalten, die da hängt, dann geht's ganz ohne Schwirren.« Sie holte eine hölzerne Hacke aus einem Sack, der hinter ihr lag, und drückte sie ihr in die Hand. »Aber pass auf, die Pflanzen sitzen ein bisschen locker.«

»Alles klar.«

»Und pass am unteren Rand auf.« Sie nickte in Richtung der lichten, dünn bewaldeten Ebene unterhalb des Hanges. Mitten darin war die Erde aufgewühlt, sah aus wie von Hand aufgegraben. »Das müssen welche von denen gewesen sein, die zu deinem Vater pilgern. Nicht genug, dass sie das Meer leer fischen und die Hiibus verjagen, manche von denen buddeln mitten im flachen Land Wurzeln aus, als hätten sie noch nie was vom Margor gehört.«

Anaris schnappte nach Luft. »Sag bloß, der hat sie …«

»Nein, das sähe anders aus«, erklärte Eteris düster. »Wer immer das war, er hat Glück gehabt. Aber ich will nicht, dass irgendjemand von uns den Fuß auf die Ebene setzt, klar?«

147

»Völlig«, versicherte Anaris, stieß sich ab und flog hinüber zu dem Beet.

Verglichen mit der Aussaat des Brimkrauts war das hier der reinste Spazierflug. Nach einer Weile gesellte sich noch ein Junge zu ihr, Tangris, den sie vom Unterricht her kannte, wo er nie viel sagte. Hier am Hang war er ganz anders; sie unterhielten sich beim Arbeiten recht lebhaft, und die Zeit verging im Nu. Als es dunkel wurde, rief Eteris alle zusammen, dann saßen sie noch ein bisschen auf dem Stein beisammen, tranken den Krug vollends leer und besprachen, wie es am nächsten Tag weitergehen sollte, wer da sein würde, wer was anderes zu tun hatte und so weiter. Schließlich brachen sie nach und nach auf, zurück zum Nest. Man roch schon das Abendessen.

Auch Anaris wollte eigentlich auf direktem Weg zurück. Aber dann sah sie zwei Gestalten, die in Richtung eines Buschbaums flogen, der für Liebeleien aller Art beliebt war, und als sie sah, dass es sich bei einer der beiden Gestalten um Kalsul handelte, änderte sie ihren Kurs.

***

Anaris flog eine weite Schleife. Zu dumm, dass es dunkel wurde, sie konnte nicht erkennen, wer die andere Gestalt war. Oris war es jedenfalls nicht. Es war ein drahtig wirkender Mann mit grauen Flügeln; sie erinnerte sich nicht, ihn schon einmal irgendwo gesehen zu haben.

Egal. Sie ließ sich mit ausgebreiteten Flügeln nach vorn abkippen, um schneller zu werden, und flog von der anderen Seite auf den Buschbaum zu. Sie beeilte sich, ihn im gleichen Moment zu erreichen wie Kalsul und ihr unbekannter Verehrer, damit deren Rascheln beim Landen im Geäst ihr eigenes übertönte. Einmal drinnen, drängte sie sich so dicht wie möglich an den Stamm und zog die Flügel eng um sich. Auch wenn die beiden sicher anderes im Sinn hatten, als sich die Umgebung anzuschauen, wollte sie doch keinen allzu deutlichen Umriss abgeben.

Unter ihr hörte sie es flüstern und kichern. *Ziemlich weit* unter ihr; sie hätte tiefer landen sollen. So ein Buschbaum war groß.

Sie spähte hinab, versuchte zu erkennen, was die beiden machten. Vor allem wollte sie wissen, wer der Mann war.

Keine Chance. Sie sah nur ineinander verschlungene Umrisse von Armen, Beinen und Flügeln. Die beiden küssten sich leidenschaftlich, das hörte man. Anaris verzog das Gesicht. Sie fand Küssen eklig.

Ob es wohl beim Küssen bleiben würde?

Jetzt hörte sie das Mädchen nach Luft schnappen und sagen: »Nicht. Nicht so schnell.« Der Mann brummelte etwas, das Anaris nicht verstand, dann hörte sie Kalsul wieder kichern und sagen: »Du bist ein ganz schöner Draufgänger!«

Anaris verdrehte die Augen. Blöde Idee, den beiden zu folgen. Es hätte auch gereicht, Oris brühwarm zu berichten, dass seine Kalsul mit einem anderen in einem Buschbaum verschwunden war. Jetzt würde sie hier ausharren müssen, bis die zwei genug hatten, und es klang nicht so, als ob sie allzu *bald* genug haben würden.

Dabei taten ihr die Arme weh von einem Nachmittag Gartenarbeit. Und sie hatte Hunger. Wenn es zu lange ging, würden die Töpfe drüben im Nest leer sein, bis sie ankam.

Blöde Idee, wie gesagt.

Nach und nach ließ das Geschmatze und Gestöhne nach, und es wurde ein bisschen ruhiger da unten. Sie lagen in eine Astgabel geschmiegt und redeten leise. Worüber? Anaris reckte den Kopf zur Seite, hielt den Atem an.

»… wundert mich eben«, sagte der Mann. »Ich meine, woher weißt du, dass es überhaupt stimmt, was er behauptet?«

»Wieso sollte er so etwas erzählen, wenn's nicht stimmt?«, erwiderte das Mädchen.

»Vielleicht, um sich wichtig zu machen. Keine Ahnung. Aber jedenfalls war niemand dabei. Wir haben nur sein Wort.«

»Seine Frau hat es gesehen. Das mit der grünen Signalrakete.«

»Sagt sie. Aber die Sterne hat *niemand* außer ihm je gesehen. Das heißt, im Prinzip kann er uns erzählen, was er will.«

Anaris riss unwillkürlich die Augen auf. Die beiden sprachen über *Vater*!

»Und jetzt sag, Kalsul: Hast *du* schon mal versucht, bis hinauf zum Himmel zu fliegen?«

Das Mädchen prustete. »Wie käm ich dazu?«

»Wie hoch war das Höchste, was du je erreicht hast?«

»Keine Ahnung. Doch, ich bin mal mit meinem Vetter um die Wette geflogen … Zweitausend Längen? Dreitausend? Jedenfalls *ziemlich* hoch.«

»Und hast du das Gefühl gehabt, du bist dem Himmel näher als sonst?«

Lange Pause. Dann: »Nein. Stimmt. Jetzt, wo du's sagst …«

»Oder hast du schon mal Vögel gesehen, die den Himmel berühren? Die meisten Vögel fliegen viel besser als Menschen, für die sollte es kein Problem sein, oder? Pfeilfalken zum Beispiel. Die fliegen extrem hoch. Aber ich hab noch nie gesehen, dass ein Pfeilfalke den Himmel berührt.«

»Pfeilfalken kenn ich bloß aus Erzählungen.«

»Früher gab's hier welche. Haben am Rand der Hochebene genistet. Pfeilfalken hält's nie lange an einem Ort, die ziehen gern weiter.«

»Ja, hat mir mein Vater auch erzählt.« Kalsuls Stimme veränderte sich. »Bist du *so* viel älter als ich?«

»Erfahrener«, erwiderte der Mann mit einem Gurren in der Stimme, das wohl verführerisch klingen sollte. »Das Wort, das du suchst, lautet: erfahrener. Auch in Liebesdingen übrigens.«

»Du fängst schon wieder an! Nimm deine Hand da weg!«

»Würd ich ja gern, aber ich bring's irgendwie nicht über mich …«

»Ich hab dich gewarnt!« Ein kurzes, raschelndes Handgemenge war zu hören, dann schlugen Flügel, und der Stamm erzitterte leicht: Kalsul hatte sich aus der Umarmung ihres Verehrers befreit und war davongeflogen.

Anaris hörte den Mann schwer seufzen. »Na, dann halt nicht …«, brummte er, wälzte sich herum, dass die Äste unter ihm knackten, breitete die Flügel aus und verließ den Buschbaum ebenfalls.

Anaris hielt den Stamm weiter umklammert und wartete, dass das Holz zur Ruhe kam. Nein, eigentlich wartete sie darauf, dass *sie* zur Ruhe kam, denn was sie gehört hatte, hatte sie zutiefst aufgewühlt. Der Mann hatte ihren Vater einen Lügner genannt! Und er hatte Kalsul ins Zweifeln gebracht mit seinen Fragen und Argumenten.

Kalsul, die ein Plappermaul war und alles, was sie zu hören bekam, geradezu zwanghaft so schnell wie möglich weitererzählte.

Anaris holte tief Luft. Was ging hier eigentlich vor? Wenn der Mann nicht glaubte, was Vater erzählte, wieso war er dann hier? Und wenn er Vater für einen Lügner hielt, wieso stand er nicht auf und sagte es ihm, offen, vor allen Leuten? Das war doch höchst seltsam!

Sie löste sich von dem Stamm, rutschte auf dem Ast weiter nach außen. Es war eine blöde Idee gewesen, die beiden zu belauschen. Im Grunde wusste sie jetzt weniger als vorher.

Außerdem hatte sie Hunger. Sie stieß sich ab, breitete die Flügel aus und schlug den Weg zurück zum Nestbaum ein.

***

In den folgenden Tagen mischte sich Anaris unter die Besucher auf dem Kniefelsen, um Ausschau nach dem drahtigen Mann zu halten, mit dem Kalsul herumgeknutscht hatte.

Vergebens. Unter Vaters Zuhörern befanden sich zwar jede Menge drahtiger Männer, aber keiner von denen sah dem Mann ähnlich, dessen Umrisse sie gesehen hatte. Sie wechselte immer wieder den Platz, wenn die Leute redeten, in der Hoffnung, seine Stimme wiederzuerkennen, doch auch das führte zu nichts.

Und Kalsul ließ sich nicht mehr blicken.

Seltsam, das alles.

Die Leute um sie herum hatten Vaters Geschichte alle schon gehört und stellten nun Fragen. Sie wollten mehr über seine Flugtechnik wissen und darüber, wie sich der Himmel anfühlte und wieso er so war, wie Vater ihn beschrieb, so hart und undurchdringlich und feindselig. Vater konnte nur immer wieder sagen, dass er das nicht wisse, es sei eben so. »Es hat mich selber gewundert«, erzählte er. »Ach was, gewundert – *fertiggemacht* hat es mich! Da war ich so hoch hinaufgestiegen, und alles, was ich wollte, war, noch ein bisschen höher zu steigen und die Sterne zu sehen ... und dann ließ mich der Himmel nicht! Ich hatte bis dahin gedacht, der Himmel, das seien nur Wolken, aber die Wolken, die sah ich da schon unter mir, und der Himmel selber war eine Barriere! Doch, das war ein schrecklicher Moment.«

An einem dieser Tage führte er eine Rakete vor, die er eigens dafür gebaut hatte. Alle mussten Abstand halten, als er die Zündschnur anbrannte, dann schoss sie in die Höhe, fauchend und grollend und einen Schweif aus Feuer und Rauch hinter sich herziehend. Diejenigen, die vorher aufgeflogen waren und den Start aus der Höhe verfolgt hatten, kehrten zurück und waren begeistert: Wie schnell so eine Rakete flog! Und wie weit sie emporgestiegen war!

Dann redeten sie darüber, wie ihr Vater sich den Aufbruch zu den Sternen vorstellte. Wie eine Flugmaschine aussehen würde, die imstande war, bis zu den Sternen zu fliegen.

»Wir haben wenig Schriften über die Maschinen, die die Ahnen besessen haben«, meinte Vater. »Die wichtigste Quelle sind Ukals Erinnerungen an seinen Vater Jufus. Ukal hat die Maschinen der Ahnen noch mit eigenen Augen gesehen, hat einige davon sogar selber benutzt. Von ihm wissen wir solche Details wie, dass Garis Fluganzug von blauer Farbe war, die Anzüge der anderen Ahnen dagegen weiß. Er beschreibt eine besondere Kraft, die die Ahnen zu benutzen wussten und die sie ›Elektrizität‹ nannten. Mit dieser Kraft konnten sie auf ein Fingerschnippen hin Licht machen, heller als der hellste Tag. Sie konnten Stimmen und Bilder damit über unglaubliche Entfernungen übertragen, Dinge bewegen und eben auch Maschinen zum Fliegen bringen. Ukal schreibt, dass es sich dabei um eine ganz natürliche Kraft handelt, nicht um Magie, aber dass sein Vater nicht wollte, dass er sich damit beschäftigt.«

»Heißt das nicht, dass wir es dann auch nicht tun sollten?«, fragte jemand. »Die Ahnen haben uns in den Großen Büchern alles Wissen mitgegeben, das wir brauchen. Wenn sie uns Wissen vorenthalten haben, dann vielleicht deshalb, weil es nicht gut für uns wäre?«

Anaris beobachtete ihren Vater, gespannt, was er sagen würde. Er dachte lange nach, nahm die Frage ernst, das konnte sie sehen. »Ja«, sagte er endlich, »das ist eine gute Frage, und ich maße mir nicht an, darauf eine endgültige Antwort zu haben. Ich bin, was das betrifft, hin- und hergerissen. Einerseits bin ich überzeugt, wie wohl jeder hier, dass die Ahnen für uns das Beste wollten. Warum auch nicht, schließlich sind wir die Kinder ihrer Kinder. Andererseits … andererseits habe ich die Sterne gesehen. Ich habe sie gesehen, und dieser Anblick hat eine unstillbare Sehnsucht in mir ausgelöst, ein Sehnen, das ich wiedererkenne, wenn ich die Kolwaane in der Regenzeit südwärts ziehen sehe, wo sie sich, wie wir wissen, paaren, wo sie brüten und die Jungen aufziehen, mit denen sie zu Beginn der Trockenzeit zurückkehren: ein Ruf der Natur, so alt wie das Leben selbst. Genau diese Art Ruf verspüre ich, wenn ich an den Moment zurückdenke, in dem ich die Sterne gesehen habe.«

Alle waren ganz ergriffen, ein paar klatschten leise. Eine Weile herrschte Schweigen, schien jeder in sich hinein zu horchen, ob er ein Echo dieses Rufes in sich selbst verspürte.

Dann sagte plötzlich jemand: »Woher wissen wir eigentlich, dass es überhaupt stimmt, was du uns erzählst? Woher wissen wir, dass du die Sterne *wirklich* gesehen hast?«

Anaris sah, wie ihr Vater sich verdutzt aufrichtete. »Was?«, fragte er.

Der das gefragt hatte, war ein blasser, etwas unappetitlich wir-

kender Kerl mit seltsam hängenden, braun gescheckten Flügeln.
»Ich meine, es war niemand dabei, oder?«, sagte er mit nervöser,
sich schier überschlagender Stimme. »Und niemand außer dir hat
je die Sterne gesehen. Das heißt, du kannst uns im Prinzip erzählen, was du willst.«

Anaris hielt den Atem an. Das war fast bis aufs Wort genau das,
was Kalsuls Liebhaber in dem Buschbaum zu ihr gesagt hatte!
Nur, dass das garantiert nicht dieser Kerl da gewesen war.

Anaris spürte, wie eine Art Welle durch die versammelten
Menschen ging. Sie sah manche nicken, manche stutzen. Das, was
der blasse Kerl sagte, schien ein Echo zu finden.

»Es war niemand dabei, das ist richtig«, räumte Vater bereitwillig ein. »Aber was soll ich tun? Ich kann nur erzählen, was ich
erlebt habe. Ich kann niemanden zwingen, mir zu glauben. Ich
würde auch niemanden zwingen *wollen*. Ich weiß, dass es eine
schier unglaubliche Geschichte ist, aber so hat sie sich zugetragen.
Und wäre nicht Jagashwili von den Nestlosen gewesen, der mich
aus dem Eismeer gerettet hat, und meine Frau, die die richtigen
Kräuter besorgt hat, um mich aus dem Fieber zu holen, ich hätte
nie die Gelegenheit gehabt, davon zu erzählen.«

Die Welle verebbte, Anaris konnte es sehen. Das Echo verhallte.
Nun nickten alle wieder, glaubten ihrem Vater mehr als dem blassen jungen Mann.

Doch Anaris' Herz schlug wild wie eine Trommel. Für einen
Moment hatte sie gesehen, wie schnell alles kippen konnte, und das
Entsetzen darüber wollte nicht wieder weichen.

***

Danach hielt sie es nicht mehr aus in den Versammlungen. Nur
weg, hinaus aufs Meer, weit hinaus, bis zu den Kolwaan-Felsen und
noch weiter!

Ihre Flügel zitterten bis in die Fittiche. Panik erfüllte sie, und
sie wusste nicht, wohin damit. Am liebsten wäre ihr gewesen, ihr

Vater hätte die Sache beendet, all diese Leute einfach fortgeschickt und wieder geschwiegen, wie er es davor getan hatte.

Irgendetwas ging vor sich, irgendetwas Ungutes. Wieder und wieder hörte sie in ihrer Erinnerung die Vorwürfe, die der blasse, unappetitliche Kerl ausgesprochen hatte: Das hatte der sich doch nicht aus den eigenen Federn gezupft! Im Leben nicht! Das hatte ihm jemand eingeredet!

Und irgendwie wurde Anaris den Verdacht nicht los, dass derselbe Mann dahintersteckte, den sie mit Kalsul belauscht hatte.

Bloß – was hatte das zu bedeuten?

Sie schlug aus, stieg höher. Es tat gut, seine ganze Kraft in die Flügel fließen zu lassen, bis sie schmerzten. Das lenkte ab. Sie ging in eine weite Kurve, wählte einen Kurs, der zurück an Land führte. Sie würde ihren Bruder suchen! Ihr Leben lang war sie zu Oris gegangen, wenn etwas sie bedrückt hatte. Zwar war er, wie große Brüder eben waren, aber trotzdem … Er hatte meistens irgendetwas zu sagen gewusst, das ihr geholfen hatte.

Bloß fand sie ihn nirgends. Oris war verschwunden, wie vom Margor verschluckt. Sie kreiste und kreiste und hielt Ausschau nach ihm, hielt Ausschau nach Kalsul …

Die beiden würden doch nicht am Ende zusammenstecken? Ein schrecklicher Gedanke. Anaris flog die umliegenden Buschbäume ab und alle sonstigen Unterschlüpfe, in denen sie schon Liebespaare hatte verschwinden sehen, aber sie sah weder ihn noch sie.

Zu guter Letzt fand sie Oris im Baumherz. Hier teilten sich die Hauptäste. Hier tagte der Rat, wenn es etwas zu entscheiden gab, und hier stand die Kiste, in der die Großen Bücher verwahrt wurden. Vor dieser Kiste saß Oris und las in einem davon.

Anaris landete direkt neben ihm. »Oris!«, sagte sie, außer Atem. »Ich weiß nicht, was ich machen soll. Da geht irgendwas Ungutes vor sich. Irgendjemand wiegelt die Leute gegen Vater auf. Ich weiß nicht, wer es ist und warum er das macht, nur, dass es ein Mann ist, den ich hier noch nie gesehen habe, und jedenfalls, mir wird immer unheimlicher zumute. Ich hab Angst, dass Vater was passiert, verstehst du?«

Doch Oris verstand sie nicht. Er hatte aufgesehen, als sie gelandet war, aber es lag ein seltsamer, leidender Ausdruck in seinem Gesicht, und sein Blick ging in weite Fernen, als ob er sie gar nicht sähe!

»Oris?«, fragte sie entgeistert.

»Sie hat einen anderen«, flüsterte Oris mit tränenerstickter Stimme. »Kalsul hat einen anderen. Ich weiß nicht, was ich jetzt tun soll.«

Jetzt erst sah Anaris, in welchem der Großen Bücher ihr Bruder las: im Buch Teria! Die Liebesgedichte!

Sie begriff, dass sie diesmal bei ihrem Bruder keine Hilfe finden würde.

Zweifel

Es wurde immer schlimmer. Immer mehr Leute standen auf und meldeten Zweifel an. Sie flogen aber nicht einfach wieder ab, sondern forderten Beweise. Owen, sagten sie, könne doch nicht irgendetwas *behaupten* – er müsse *Beweise* liefern!

»Ich behaupte gar nichts«, hörte Anaris ihren Vater ruhig erwidern. »Ich erzähle nur, was ich erlebt habe. So, wie es alle tun, die von weiten, gefahrvollen Reisen zurückkehren. Ich lasse euch teilhaben an meinen Erlebnissen. Wenn ihr das wollt. Wenn ihr das nicht wollt, dann geht. Wenn ihr mir nicht glaubt, dann lasst es und geht auch. Niemand zwingt euch, hier zu sein.«

Doch das wollten sie nicht gelten lassen.

»Das hier ist etwas anderes«, erklärte eine Frau von der Muschelbucht mit hundert Muscheln im Haar. Man spürte Wut in ihrer Stimme. »Du erzählst nicht einfach nur von einer gefahrvollen Reise. Du forderst uns auf, gegen das Gebot Kris' zu verstoßen, keine Maschinen zu bauen.«

»Ich fordere niemanden zu irgendetwas auf«, erwiderte Owen.
»Ich stelle nur die Frage, ob die Gebote der Ahnen für alle Zeit
gelten müssen. Ich weiß es nicht. Ich gebe es nur zu bedenken in
der Hoffnung, dass jemand, der klüger ist als ich und das Leben
besser versteht, darüber nachdenkt und eine Antwort findet. Bist
du so jemand?«

Die Frau knallte zornig mit den Flügeln, zum Leidwesen derer,
die um sie herum saßen. »Ich bin nur jemand, den du völlig *durcheinandergebracht* hast mit deinen Erzählungen!«, fauchte sie. »Ich
weiß jetzt nicht mehr, was richtig und was falsch ist, und ich *hasse*
es, das nicht zu wissen!«

Das löste viel Kopfnicken aus. Sie schien nicht die Einzige zu
sein, der es so ging.

»Das tut mir leid«, sagte Owen, »aber was hätte ich tun sollen?
Dass du hierhergekommen bist, war deine Entscheidung. Hätte ich
eine Vorauswahl treffen sollen? Hätte ich bestimmen sollen, wer
mir zuhören darf und wer nicht? Das hätte dir auch nicht gefallen.«

»Nirgendwo in den Großen Büchern steht, dass sie nur für be-
grenzte Zeit gelten sollen«, rief jemand anders, ein bärtiger Mann
mit ledriger Haut.

»Richtig, aber dass sie für alle Zeit gelten sollen steht eben auch
nirgends«, erwiderte Owen. »Hingegen schreibt Kris ausdrücklich,
die wichtigste Regel von allen sei, dass wir selber nachdenken sollen und dass die letzte Entscheidung in allen Dingen unsere eigene
Verantwortung ist. Wir folgen den Gesetzen der Großen Bücher
nicht, weil die Ahnen es so bestimmt haben, wir folgen ihnen, weil
wir es für das Beste halten, ihnen zu folgen. Wir haben *beschlossen,* ihnen zu folgen. Genau genommen beschließen wir es jeden
Tag aufs Neue. Aber manchmal ändern sich Dinge, und manchmal
müssen sich die Regeln mit ihnen ändern. Wir kennen das aus unserem eigenen Leben. Solange wir Kinder sind, müssen wir anderen
Regeln folgen, als wir es als Erwachsene tun. Wenn ein Baby zu
früh flattert, binden wir ihm die Handschwingen, damit es nicht aus
dem Netz fällt, aber niemand würde auf die Idee kommen, einem

Erwachsenen die Flügel zu binden. Was, wenn das Gebot, keine Maschinen zu bauen, so etwas Ähnliches ist wie das Binden der Handschwingen? Was, wenn wir als Gesamtheit auch irgendwann erwachsen werden? Ich rede nicht von heute oder morgen. Eher gehen noch Hunderte von Frostzeiten über uns hinweg, ehe das geschieht. Doch *wenn* es geschehen sollte, dann werden wir sicherlich auch anders über die Gesetze denken, denen wir folgen wollen.«

Er verwirrte die Leute, das konnte Anaris spüren. So, wie sie den Ärger und den Zorn der Leute spürte – nicht bei allen, aber bei vielen. Und dieser Ärger und dieser Zorn, sie wuchsen.

Am nächsten Tag versuchten ein paar junge Männer, selber den Himmel zu erreichen. Sie flogen los, andere folgten ihnen. Sie flogen um die Wette. Sie stiegen auf und auf, immer höher und höher, wurden zu winzigen dunklen Punkten am Himmel, ein Anblick, der einem den Atem nahm.

Am Ende kamen sie alle erfolglos zurück, ausgepumpt, erschöpft – und voller Zweifel. Jeder, der es versucht hatte, zweifelte hinterher an Owens Worten.

Als sie ihn damit konfrontierten, erhob sich Owen zu seiner ganzen Größe, seine Flügel weit ausgebreitet. Selbst Anaris, die ihren Vater doch kannte, erschrak, welch imposanten Anblick er bot, war überwältigt von seiner Statur und dem Spiel seiner Muskeln.

»Man *kann* nicht einfach losfliegen und den Himmel erreichen!«, donnerte er. »Das habe ich euch doch erzählt! Die Luft wird dünner, je höher man steigt, und ab einem bestimmten Punkt schafft man es mit normalen Flügelschlägen nicht mehr, weiter an Höhe zu gewinnen. Man braucht eine spezielle Technik, jenen Schwung, den ich den Pfeilfalken abgeschaut habe, und viel, viel Training, um von da aus noch höher zu kommen.«

Er breitete die Arme aus, machte eine Geste, die die ganzen Küstenlande umfasste. »Ihr könnt die Leute hier in der Gegend fragen, die mich als Kind und jungen Mann gekannt haben, ob das stimmt. Fragt im Nest der Ris. Fragt im Nest der Wen. Fragt die Leute, ob es stimmt, dass ich jahrelang verbissen trainiert habe, und sie werden euch sagen, ja, es stimmt, Owen hat so verbissen trainiert, dass sich schon alle Sorgen gemacht haben. Als ich fünfzehn Frostzeiten gesehen hatte, bin ich den Weg vom Wen-Baum zu den Leik-Inseln und zurück ohne Zwischenlandung geflogen – wer von euch kann das? Als ich vierzehn Frostzeiten gesehen hatte, konnte ich ein junges Hiibu packen und davontragen – wer von euch kann das?«

Er sah in die Runde, aber niemand antwortete. Alle sahen ihn nur stumm und betreten an.

»Ich kann es heute nicht mehr«, fuhr Owen fort, »doch ihr könnt fragen, wen ihr wollt, jeder, der mich kennt, wird euch bestätigen, dass ich es einst konnte. Und solange ihr nicht dasselbe könnt, braucht ihr gar nicht erst zu versuchen, den Himmel zu erreichen, denn selbst *wenn* man all das kann, ist es unglaublich schwer. Ohne das aber ist es unmöglich.«

Das dämpfte die Zweifel und stellte den Frieden wieder her. Einstweilen zumindest.

***

Um diese Zeit herum kamen auch ihre Großeltern zu Besuch, Osag, ihr Großvater, und ihre Großmutter Anawen, nach der Anaris benannt war.

Anawen war eine kleine weißhaarige Frau; man mochte kaum glauben, dass sie einen Sohn wie Owen zur Welt gebracht hatte. Immerhin, große und starke Flügel besaß auch sie, wenngleich ihre Federn allmählich grau und dünn wurden. Und sie hatte die für eine Großmutter bemerkenswerte Eigenheit, das körperliche Wachstum ihrer Enkelkinder unkommentiert zu lassen. Stattdessen wollte sie wissen, ob Anaris schon ein Auge auf den ein oder anderen jüngeren männlichen Besucher geworfen habe und wie sie ihre Federn pflege; die glänzten so schön.

»Ähm … eigentlich gar nicht«, gestand Anaris und meinte eigentlich nicht ihre Federn.

Aber Großmutter seufzte und sagte: »Ach ja, solange man jung ist, regelt sich so vieles von selbst …«

Die beiden alten Leutchen setzten sich in eine der Versammlungen, um sich auch einmal anzuhören, wie Owen seine Geschichte erzählte, und wurden natürlich erkannt. Man fragte Anawen, wie sie die Bemühungen ihres Sohns, bis zum Himmel hinaufzufliegen, erlebt habe, und sie erklärte ganz offen, sie habe es damals nicht verstehen können. »Ich wusste nicht, was ihn antreibt. Diese Verbissenheit, die er an den Tag gelegt hat, war mir völlig fremd. Er hat nicht aufgegeben, egal, was passiert ist. Er hat einfach immer wieder von vorne angefangen. Mir wäre es damals lieber gewesen, er wäre mit ein paar Freunden umhergeflogen und hätte den Mädchen nachgestellt, wie man es in diesem Alter tut …« Sie hob lächelnd die Hände. »Aber schließlich hat er ja dann doch eine wunderbare Frau gefunden, und heute bin ich natürlich schrecklich stolz auf ihn.«

Das gab großes Gelächter. Aber als sie abends alle beisammensaßen, nur im Kreis der Familie, gestand Anawen: »Ehrlich gesagt, Owen, verstehe ich dich immer noch nicht. Wieso denkst du, dass die Sterne unsere Bestimmung sein sollen? Nur, weil wir von dort gekommen sind? Und nicht einmal *wir* – nur die Ahnen! Und sie sind hierhergekommen, weil sie *diese* Welt für das Paradies gehalten haben. Trotz des Margors. Sie waren überzeugt, dass man hier so gut leben kann wie nirgendwo sonst. Und stimmt das etwa nicht? Wir haben doch alles. Wir führen ein wunderbares Leben, jeder einzelne Mensch auf der Welt. Was wollen wir mehr? Mehr als gut zu leben geht doch nicht! Lies im Buch Pihr nach, die Kapitel über unsere Herkunft und Bestimmung! Da steht nichts davon, dass wir zu den Sternen zurückkehren müssen.«

Anaris beobachtete ihren Vater, der geduldig zuhörte, und bemerkte wohl, dass bei aller Geduld auch etwas Unduldsames in seinem Gesicht aufschien. »Ich weiß, dass Pihr nichts dergleichen schreibt«, meinte er dann. »Die Ahnen wollten ganz sicher, dass wir hierbleiben für alle Zeit. Aber soll ich deswegen verheimlichen, was ich *fühle*? Mir ist klar, dass du mich nicht verstehst. Das hast du nie. Ich mache dir daraus keinen Vorwurf, denn im Grunde versteht mich niemand wirklich, nicht einmal die Leute, die mir zujubeln. Vielleicht kann mich nur verstehen, wer die Sterne *gesehen* hat, mit seinen eigenen Augen.«

»Tja«, meinte seine Mutter. »Dann ist es schade, dass du sie uns nicht *zeigen* kannst.« Sie lächelte gewinnend. »Aber du erzählst sehr schön davon, das muss ich zugeben.«

***

Zwei Tage nach der Abreise ihrer Großeltern war Anaris gerade unterwegs zu den Hanggärten, als sie unter sich eine Bewegung bemerkte, die ihr bekannt vorkam: Kalsul, die mitten im Bach stand und sich die Haare wusch!

Anaris zögerte. Sie war spät dran, und sie hatte schon den Tag zuvor mit Zupfen und Jäten verbracht. Nicht immer hatte es genügt, sich an einem Halteseil entlang zu hangeln; an den schwierigen Stellen hatte sie schwirren müssen, was ihr einen mächtigen Muskelkater eingebracht hatte. Sie flog heute wie eine alte Frau. Nun, nicht ganz, aber zumindest spürte sie mal genau, welche Muskeln fürs Fliegen eigentlich nötig waren.

Mit Kalsul zu reden war wichtiger, entschied sie und ging in den Sturzflug.

»Hast *du* mich erschreckt!«, rief Kalsul aus, als Anaris mit einem Platschen neben ihr im Wasser aufsetzte.

»Ich muss mit dir reden«, sagte Anaris.

»Muss das ausgerechnet jetzt sein?« Kalsul hatte ihr Oberteil ausgezogen – es hing über einem Trockengestell am Ufer – und stand vornübergebeugt im Bach. Ihre vielen dünnen Zöpfe waren voller Schaum, mitsamt den darin eingeflochtenen Muscheln.

»Ich habe dich neulich mit einem Mann gesehen«, begann Anaris. »Hager, drahtig, älter als du. Der Stimme nach aus den Nordlanden.«

Kalsul schöpfte sich die erste Kelle voll Wasser über den Kopf, um die Haare wieder auszuspülen. »Er heißt Hargon. Wieso, was ist mit ihm?«

»Wer ist das?«

»Keine Ahnung.« Kalsul tauchte die Kelle erneut ein, ließ sich das Wasser über den Kopf laufen, prustete. »Das ist so einer, der auf geheimnisvoll macht. Sagt, er stammt aus der Donnerbucht. Aber die Narbe im Gesicht hat er sich angeblich geholt, als er mit einem Ghortich aneinandergeraten ist.«

Anaris runzelte die Stirn. Von einer Narbe hatte sie nichts bemerkt, dazu war es zu dunkel gewesen. »Was ist ein Ghortich?«

»Ein Raubfisch, der im Schlammdreieck lebt.« Kalsul fuhr sich mit der freien Hand über die Zöpfe, strich den restlichen Schaum fort. Die beiden schwarzen Striche, die sie sich in der Art der Muschelbuchtfrauen unter die Augen zu malen pflegte, zerliefen dabei völlig. »Wo das Schlammdreieck ist, weißt du aber?«

Anaris nickte ungeduldig. »Und was wollte der von dir? Dieser Hargon, meine ich.«

Kalsul kicherte. »Na, was wohl?« Sie spülte nach. »Ich glaube, du bist noch ein bisschen zu jung für Einzelheiten.«

»Ich hab den bei keiner Versammlung gesehen«, sagte Anaris. »Was macht der hier überhaupt?«

»Der ist mit ein paar Freunden zusammen hier. Was dein Vater zu erzählen hat, interessiert den gar nicht. Der ist bloß hinter den Frauen her. So einer ist das, wenn du's genau wissen willst.«

»Wenn mein Vater ihn nicht interessiert, wieso spinnt er dann Intrigen gegen ihn?«

Kalsul sah hoch. »Wie meinst du das?«

»Ich habe gehört, wie er Sprüche verbreitet von wegen, niemand wisse, ob mein Vater die Wahrheit sagt, es sei niemand dabei gewesen und so weiter.«

»Na und? Ist doch so.« Kalsul legte die Kelle beiseite, drückte behutsam das restliche Wasser aus ihren Zöpfen. »Hargon ist halt einer, der nicht einfach alles glaubt, was jemand behauptet. Ich übrigens auch nicht. Ich bin ein kritischer Geist, im Gegensatz zu dir. Oder zu deinem Bruder. Oris glaubt auch alles, was man ihm erzählt.«

Es war Anaris unangenehm, dass das Mädchen ihren Bruder ins Spiel brachte. Sie beschloss, nicht darauf einzugehen. »Dich sehe ich auch nie bei den Versammlungen«, sagte sie. »Wieso bist *du* eigentlich hier?«

»Na, wegen der Jungs natürlich! Das hier ist doch wie ein Fest, das gar nicht mehr aufhört.« Sie beugte sich wieder vor und begann, sich unter den Achseln und an den Flügelansätzen zu waschen. »Du könntest übrigens mal ein bisschen zur Seite treten. Da hinten steht ein Verehrer, der sich gar nicht an mir sattsehen kann, und du bist ihm im Weg.«

Anaris fuhr herum. Tatsächlich, etwas weiter bachabwärts stand der blasse Kerl im Wasser, der so seltsam hängende Flügel hatte, und wusch sich auch. Und er schaute immer wieder her. So, nur mit einem Lendentuch bekleidet, sah er noch magerer aus, als Anaris ihn in Erinnerung hatte.

»Der ist süß«, meinte Kalsul gurrend. »Er heißt Bechkor. Ich hab ihm versprochen, wenn er sich traut und deinen Vater attackiert, geh ich mit ihm ein bisschen in den Buschbaum. Ich schätze, das ist heute fällig.«

Anaris traute ihren Ohren kaum. »Das war *deine* Idee?«

»Ja, aber Hargon hat mich draufgebracht.« Kalsul wurde ärgerlich. »Bei allen Ahnen, Anaris, jetzt geh doch ein Stück zur Seite! Und leg deine Flügel an, der arme Kerl sieht ja gar nichts von mir …«

»Schon gut«, sagte Anaris. »Ich muss ohnehin los. Die Arbeit wartet.« Damit breitete sie die Flügel aus und erhob sich mit kraftvollen Schlägen in die Höhe, ihren Muskelkater nach Kräften ignorierend.

***

Dann ergab es sich endlich, dass Anaris an einem Abend mit ihren Eltern vor den Schlafnestern sitzen und in Ruhe mit ihnen reden konnte.

Es war nicht die Art Ruhe wie früher, wenn Stille geherrscht hatte, die nur ab und zu von Tierlauten oder dem Knarren von Ästen unterbrochen worden war. An diese Art Ruhe konnte sie sich kaum noch erinnern. Heute brummte der Wald rings um den Nestbaum vor Leben, hörte man aus allen Wipfeln Gesprächsfetzen, Gekicher, Geraschel.

Aber ihr Vater saß bei ihnen auf dem Ast, und niemand wollte etwas von ihm: *Diese* Art Ruhe immerhin hatten sie.

Anaris schilderte, was sie beobachtet hatte. Sie begann mit dem Gespräch zwischen Kalsul und dem unbekannten Mann, ohne allzu sehr ins Detail zu gehen, wie sie dazu gekommen war, es mitzuhören. Sie erzählte, welche Ähnlichkeiten ihr aufgefallen waren zwischen dem, was sich ihr Vater an Vorwürfen, Zweifeln und Anschuldigungen hatte anhören müssen, und dem, was im Geheimen geflüstert worden war. Und sie schloss mit ihrem Verdacht, dass jemand gegen ihn intrigierte.

Ihr Vater sah sie konsterniert an. »Wer sollte so etwas tun?«, fragte er entgeistert. »Und warum?«

Ihre Mutter gab ein Schnauben von sich und sagte: »Ich hab dir gesagt, wer. Damals.«

Anaris verstand nicht, was sie damit meinte, aber ihr Vater schien es zu verstehen. Seine Stirn umwölkte sich. »Was auch immer dahintersteckt«, sagte er entschieden, »ich werde nicht klein beigeben. Ich habe *nie* klein beigegeben.«

»Ich weiß sowieso nicht, was die Leute wollen«, meinte Mutter. »Du erzählst deine Geschichte, das ist alles. Die, die sie nicht hören wollen, sollen gehen. Die, die glauben, dass du alles nur erfunden hast, sollen auch gehen. Was ist daran so schwierig zu verstehen?«

»So einfach ist das nicht«, erwiderte Vater. »Wenn einen ausreichend viele Menschen für einen Lügner halten, dann wird man zum Außenseiter. Eine Geschichte zu erzählen, wie ich sie zu erzählen habe, ist wie ein Kampf, das habe ich inzwischen gemerkt. Es ist wie damals, als ich darum gekämpft habe, bis zur Höhe des Himmels aufzusteigen. Genauso muss ich heute darum kämpfen, bis zur Wahrheit aufzusteigen. Und wenn man so etwas schaffen will, darf man nicht aufgeben, ehe man gewonnen hat.«

Mutter streckte die Hände aus, packte ihn am Arm. »Ja, Owen. Da bin ich ganz deiner Meinung. Ich bitte dich nur, daran zu denken, dass viele Frostzeiten übers Land gegangen sind, seit du der beste Flieger der Küstenlande warst. Du hast damals Außerordentliches vollbracht, aber das ist lange her. Heute wäre es an den anderen, den Jüngeren, es dir gleichzutun.«

Vater stutzte, sah sie an. »Eiris – das ist es! Du hast recht. Das ist die Antwort. Genau das.«

***

Am nächsten Morgen verkündete Owen, dass er eine Flugschule gründen und allen, die es versuchen wollten, den Schwung der Pfeilfalken beibringen würde.

»Es wird anstrengend werden«, sagte er. »Es wird Mühe kosten, sehr viel Mühe. Und es wird lange dauern, bis ihr so weit seid. Aber ihr sollt bis zum Himmel hinauffliegen und ihn selber berühren.«

Die Flugschule

Diesmal traf Owen in der Tat eine Vorauswahl. Nur die kräftigsten Flieger, erklärte er, hätten eine Chance, bis zum Himmel hinaufzulangen, deswegen müssten alle, die in die Flugschule wollten, an einem Test teilnehmen. Nur mit den jüngsten und stärksten Fliegern würde es sich lohnen, den Schwung der Pfeilfalken einzuüben.

Die Kraft eines Fliegers, fuhr Owen fort, messe sich am einfachsten darin, wie viel Last jemand mit sich tragen konnte. Der

Test war deswegen sehr schlicht: Es galt, einen schweren Stein fliegend so weit wie möglich zu transportieren.

Von denen, die es versuchten, schafften es nur wenige, sich mit dem Stein in Händen in die Luft zu erheben. Von denen, die damit abhoben, mussten die meisten den Stein gleich wieder fallen lassen, oder sie behielten ihn, landeten aber nach ein paar Flügelschlägen wieder mehr oder weniger heftig. Am Schluss waren es neun, die den Stein über die gesamte Länge des Strandes brachten und sogar noch darüber hinaus, und das waren die Flugschüler, die Owen schließlich akzeptierte: sieben junge Männer und zwei junge Frauen.

Dieses Ergebnis überraschte niemanden. Zwar unterschieden sich die Menschen hinsichtlich ihrer Flugfähigkeiten im Einzelnen stark, aber in der Regel war es so, dass Männer die größeren Lasten tragen konnten, während Frauen ausdauernder flogen. Für den Flug hinauf zum Himmel, erklärte Owen, käme es jedoch vor allem anderen auf die Kraft an, deswegen habe er diesen Test ausgewählt.

Dann zog sich Owen mit seinen neun Schülern in seine Werkstatt zurück. Dort gab es eine Tafel, auf der man mit Kreidestein schreiben und zeichnen konnte. Owen und vor ihm sein Schwiegervater Eikor hatten diese benutzt, um die Verhältnisse auszurechnen, in denen man die verschiedenen Inhaltsstoffe von Signalraketen mischen musste. Diese Berechnungen wischte Owen nun alle weg, um ein Schaubild zu skizzieren, anhand dessen er darlegte, was es mit dem Schwung der Pfeilfalken auf sich hatte.

Er erklärte, sie fragten nach, er beantwortete ihre Fragen. Als alle das Gefühl hatten, verstanden zu haben, worauf es ankam, verließen sie die Werkstatt wieder und erhoben sich in die Lüfte.

Hoch stiegen sie hinauf, so hoch, dass man sie von unten kaum mehr erkennen konnte. Wer zusehen wollte, musste ihnen nachfliegen, wobei Owen vor dem Start darum gebeten hatte, respektvoll Abstand zu halten, denn ein Zusammenprall in der Sturzphase des Schwungs konnte böse enden.

Anaris *wollte* zusehen und flog mit, stieg so hoch hinauf, wie sie noch nie geflogen war. Von hier oben sahen die Küste und der Ris-Wald nur noch aus wie Spielzeug. Man sah bis zur Muschelbucht, blickte über die Hochebene und die Akashir-Berge, hinter denen der Furtwald und die Unüberwindliche Ebene lagen. War diese blass-bläuliche Kontur jenseits der schneebedeckten Gipfelkette womöglich die Spitze des Großen Kegels?

»Ich führe jetzt den Schwung vor«, rief Owen. »Beobachtet die Übergänge der drei Phasen! Erst der Sturz, den ich noch beschleunige … dann der Bogen, der schwierigste Teil … und schließlich der Aufstieg mit den Treibschlägen.«

Damit kippte er vornüber und raste in die Tiefe, ließ sich regelrecht fallen, schlug sogar mit seinen Flügeln, um noch schneller zu fallen.

Dann, von einem Moment zum andern, stellte er die Flügel an und hielt sie, hielt sie mit aller Kraft, sodass sie ihn in eine Kurve zurück nach oben zwangen …

Und schoss empor, unglaublich schnell, raste dahin und machte seltsame raumgreifende Schläge mit den Flügeln, als bräuchte er keinen Auftrieb.

Und als seine Bewegungsenergie aufgezehrt war, schwebte er wahrhaftig gut hundert Spannen über ihnen! »Jetzt ihr, der Reihe nach!«, rief er. »Dorheit! Du zuerst!«

Dorheit war eine der beiden Frauen. Sie war von zarter Gestalt, und auf den ersten Blick hätte man ihr nie zugetraut, dass sie imstande sein könnte, einen so großen Stein über eine derartige Distanz zu fliegen. In der Werkstatt hatte sie nebenbei erwähnt, dass sie als Kind jeden Tag mehrmals Wasser aus der Quelle ins Heit-Nest hatte hochbringen müssen und dass man ihr jedes Jahr einen größeren Wassersack mitgegeben hatte: Das war ihr Krafttraining gewesen. Und sie hatte, so war zumindest Owens Eindruck, das Prinzip des Schwungs von allen am besten begriffen.

Trotzdem ging es erst einmal schief. Dorheit schaffte alle drei Phasen, doch ihr Bogen geriet ihr nicht eng genug, und sie kam

167

tiefer aus dem Schwung heraus, als sie gestartet war. Auch das mit den Treibschlägen hatte nicht funktioniert.

Bei den anderen lief es noch schlechter. Einer bekam Panik in der Sturzphase und bog in eine Abfangschleife ab, andere gerieten ins Trudeln oder hielten den Bogen nicht durch. Bis dahin, Treibschläge zu brauchen, kamen sie alle erst gar nicht.

»Es ist noch kein Meister aus der Eihaut geschlüpft«, meinte Owen gelassen. »Ich habe damals über zwei Jahreszeiten gebraucht, um mir von den Pfeilfalken abzuschauen, wie es geht. Ihr werdet nicht so lange brauchen, das ist sicher.«

Sie ließen sich in weiten Bögen abwärts gleiten, hinab in die Höhen, in denen normale Menschen unterwegs waren. Schließlich landeten sie wieder auf dem Kniefelsen.

»Morgen früh fliegen wir hinauf in die Hochebene«, erklärte Owen. »Erstens, um eure Ausdauer zu üben, und zweitens, um die Pfeilfalken dort zu beobachten.«

* * *

»Ich kann es noch!«, sagte er, als sie an diesem Abend zusammensaßen. In Anaris Ohren klang es, als platze ihr Vater vor Stolz. »Hättest du das gedacht, Eiris? Sechzehn Frostzeiten ist es her, und heute konnte ich es auf Anhieb wieder.«

Er leuchtete beinahe. Seine Stimme vibrierte vor Begeisterung, und er hielt seine Flügel im Sitzen weiter gespreizt als sonst.

»Solange du deswegen nicht übermütig wirst, ist alles gut«, erwiderte Mutter mit einer Besorgnis in der Stimme, die Anaris einen Schauder durch die Federn jagte.

»Nein, nein«, versicherte Vater sofort und zog die Flügel enger. »Ich meine nur, es war gut so. Gut, dass es geklappt hat. Auf diese Weise haben sie gesehen, dass es wirklich funktioniert. Dass man über den Schwung wirklich höher hinaufgelangt. Selber haben sie's noch nicht hingekriegt, aber das ist nur eine Frage der Zeit. Diese Dorheit schafft es bestimmt bald. Und auch dieser … wie heißt er?« Er sah Anaris an. »Der so ähnliche Flügel hat wie du, hell mit dunklen Spitzen? Ah – Palares. Der ist auch sehr begabt.«

»Ungefähr so alt wie du damals«, sagte Mutter.

»Ja. Gut möglich.«

»Er könnte dein Sohn sein, mit anderen Worten.«

Owen seufzte ergeben. »Schon gut. Ich habe verstanden. Ich bin ein alter Mann, der jungen Leuten bestenfalls ein paar Ratschläge geben kann. Falls sie welche haben wollen.«

Sie nahm ihn in den Arm und lachte. »Das ist die richtige Einstellung. Bleib dabei, und wir werden in Frieden zusammen alt werden, bis unsere Flügel ergrauen und uns die Federn ausfallen.«

***

Am nächsten Tag brachen Owen und seine neun Schüler in Richtung Hochebene auf.

Doch sie flogen nicht nur zu zehnt. Ein ganzer Tross Neugieriger war erpicht darauf, sie zu begleiten, und so erhob sich an diesem Morgen rings um das Ris-Nest ein eher chaotischer Schwarm aus den Wipfeln der Bäume in die Luft und entfernte sich mit rauschendem Flattern in nordöstlicher Richtung.

Im Nest kehrte daraufhin eine Ruhe ein, wie man sie schon ewig nicht mehr erlebt hatte. »Hoffentlich bleiben sie lange«, raunte man sich zu, und manch einer ergänzte grinsend: »Wenn sie Pfeilfalken finden wollen, werden sie ohnehin weiter fliegen müssen als nur bis zur Hochebene.«

Sogar Oris tauchte wieder aus der Versenkung auf. Er hatte sich die ganze Zeit abseits gehalten, war nur einmal kurz erschienen, um seine Großeltern zu begrüßen, und hatte sich dann gleich wieder verdrückt, angeblich, weil ihn Darkmur als Kundschafter brauchte und sie die verschwundenen Hiibu-Herden finden wollten.

Aber nun war er wieder da und erklärte, er sei jetzt über die Sache mit Kalsul hinweg. Die Herden hätten sie übrigens auch gefunden.

So richtig viel war mit ihm trotzdem nicht anzufangen. Er flatterte die meiste Zeit am Strand herum, bei den Besuchern, die nicht mit der Flugschule geflogen waren, und versuchte, mit den Mädchen ins Gespräch zu kommen. Bloß fand er keine, die ihn küssen wollte. Eine Weile sah man ihn zusammen mit Aumuk, einem Mädchen aus den Nordlanden, doch die, klagte er Anaris, erzähle ihm nur schrecklich viel über ihr Nest, wolle ihn aber nicht küssen.

»Wann will ein Mädchen einen Jungen küssen?«, fragte er sie.

Worauf Anaris die Backen aufblies und sagte: »Mich darfst du da nicht fragen. Ich find Küssen eklig.«

»Du bist halt noch zu jung.«

»Zum Glück.«

Die Ruhe hielt fünf Tage an, dann kehrten sie zurück: Eine langgezogene Wolke aus fliegenden Menschen, die sich, einer Gewitterwolke gleich, aus der Ferne näherte und schließlich rauschend über das Ris-Land hereinbrach.

Sie hatten keine Pfeilfalken gesehen. Nicht einen einzigen.

»Es stimmt, was man sagt«, berichtete Owen. »Die Pfeilfalken sind weitergezogen.«

Sie fragten unter allen herum, die noch da waren und die ja aus fast allen Gegenden des Kontinents kamen. Doch niemand konnte sich erinnern, dass in der Nähe seines Heimatnests Pfeilfalken gesichtet worden wären, jedenfalls nicht in letzter Zeit.

»Seltsam«, meinte Owen. »Als ich jung war, haben sie in Scharen auf der Hochebene genistet. Ich hab sie so viel Beute machen sehen, dass ich mir nicht vorstellen kann, aus welchem Grund sie hätten weiterziehen sollen.«

Doch sie waren eben nicht mehr da, und die Älteren erklärten übereinstimmend, dieses Verhalten läge im Wesen der Pfeilfalken: Sie lebten einige Jahre an einem Ort, aber egal, wie gut es ihnen dort ging, nach einer gewissen Zeit zog es sie einfach weiter.

»Und wir haben unsere Flügel von ihnen«, überlegte Owen vor der Versammlung seiner Zuhörer. »Vielleicht ist dabei auch eine

Spur dieses Instinkts in uns gelegt worden, und es ist das, was ich gespürt habe, als ich die Sterne sah.«

»Aber was machen wir denn jetzt?«, wollte Palares wissen.

Owen hob die Schultern und die Flügel. »Es muss eben so gehen.« Er sah seine Schüler der Reihe nach an. »Ohnehin müsst ihr noch eure Ausdauer üben. Wir werden abwechseln. An einem Tag üben wir den Schwung, am anderen Tag fliegt ihr Langstrecke. Das erste Ziel ist, die Strecke zu den Jo-Leik-Inseln und zurück ohne Pause zu schaffen. Danach bis zu den Leik-Inseln und zurück.«

Die Schüler rissen die Augen auf.

»Aber die Windzeit hat gerade begonnen!«, wandte einer von ihnen entsetzt ein.

»Genau«, erwiderte Owen unerbittlich. »Das heißt, dass kein Flug wie der andere sein wird. Das macht die Übungen wirkungsvoller.«

***

Und so machten sie es.

Anfangs verfolgten die übrigen Besucher alles mit Begeisterung, vor allem das Wettfliegen zu den Inseln. Sie feuerten die Flugschüler an, schlossen Wetten auf sie ab und feierten sie, wenn sie erschöpft zurückkamen.

Aber das wurde bald langweilig.

Auch die Schüler selber begannen zu murren. Der Schwung der Pfeilfalken war schwieriger zu erlernen, als sie gedacht hatten. Wann ging man von einer Phase in die nächste über? Wie schaffte man den Bogen eng genug? Wie funktionierte das mit den Treibschlägen? Nach jedem Übungstag waren sie verwirrter als zuvor und die Fortschritte nur minimal.

Und immer die gleiche Strecke absolvieren zu müssen, oft quer zum Wind oder gar gegen ihn! Das war nicht nur langweilig anzusehen, das war auch öde zu fliegen. Zwei der jungen Männer, zwei Non aus der Muschelbucht, gaben schließlich auf.

»Ihr müsst es *wollen*!«, ermahnte Owen die sieben verbliebenen

Schüler immer wieder. »Ihr sollt es nicht tun, weil ich es euch sage, ihr sollt es tun, weil ihr es *wollt*. Weil ihr es bis hinauf zum Himmel schaffen wollt! Ich kann euch nur sagen, welchen Weg ihr dazu einschlagen müsst – fliegen müsst ihr ihn selber!«

Sie nickten jedes Mal und erhoben sich wieder in die Lüfte, sei es, um unter Aufbietung aller Kräfte in Richtung der Leik-Inseln zu rasen, sei es, um so hoch hinaufzusteigen, wie es die Thermik hergab, und zu versuchen, mithilfe des Schwungs noch darüber hinaus zu gelangen.

Und wieder. Und wieder.

Wann es denn endlich so weit sein würde, dass sie den Himmel erstürmen konnten, wollte man von Owen wissen.

»Ich habe damals festgestellt, dass der Himmel am Ende der Nebelzeit am niedrigsten ist, in den Tagen, in denen sich der Nebel nur noch morgens hält und man den Frost schon nahen spürt«, erklärte Owen. »Ich glaube, dass sie bis dahin in der Form sind, es zu schaffen.«

Das löste allgemeines Entsetzen aus. Man sollte nicht nur bis zum Ende der Windzeit warten, sondern auch noch die Regenzeit *und* die Nebelzeit hindurch? Diese Aussicht entmutigte die meisten. Die Ersten der Besucher begannen abzureisen.

Der Rat wurde bei Owen vorstellig. Das könne er nicht ernsthaft vorhaben, erklärte man ihm. »Wenn die Besucher abreisen, ist es sinnlos, das Wagnis zu unternehmen«, legte ihm Golwodin dar, der Älteste. »Aber wenn sie bleiben, werden die Probleme, die sie uns bereiten, so groß, dass wir nicht mehr damit fertigwerden. Wovon sollen sie sich die Regenzeit hindurch ernähren? Wo sollen sie unterkommen? Von der Hygiene ganz zu schweigen.«

Zudem kursierten inzwischen Gerüchte, wonach Owen den Versuch nur deswegen so weit hinausschieben wolle, weil er hoffe, dass bis dahin alle abflögen und das ehrgeizige Vorhaben aufgegeben werden müsse. Alle würden sich dann nur noch an Owens großartige Geschichte erinnern, aber niemand würde mehr fragen, ob sie auch wirklich wahr sei.

Wieder ließ sich nicht feststellen, wer diese Gerüchte eigentlich in die Welt gesetzt hatte. Sie waren wie aus dem Nichts aufgetaucht und wurden von einem zum anderen weitergetragen, oft in immer demselben Wortlaut, wohin man auch hörte.

Schließlich gab Owen nach. Er suchte und fand seine alten Aufzeichnungen aus Kindertagen und stellte fest, dass der Himmel am Ende der Windzeit ebenfalls relativ niedrig war. Nicht ganz so niedrig wie am Ende der Nebelzeit, aber jedenfalls viel niedriger als in der Trockenzeit. Er erklärte, sie könnten es auch an den letzten Tagen der Windzeit versuchen.

»Womöglich ist das sogar der bessere Zeitpunkt«, meinte er. »Wir werden eine stärkere Thermik haben, und aus der Wärme heraus zu starten kann durchaus von Vorteil sein. Aber«, fügte er hinzu, »das wird nur gelingen, wenn sich alle wirklich Mühe geben, was die Ausdauer und den Schwung anbelangt!«

Die gaben sie sich: Schon am nächsten Tag schafften es die Ersten bis nach Leik und zurück, ohne auch nur einen Fuß auf die Inseln zu setzen.

***

In den Hanggärten wuchs alles prächtig. Es ging schon darum, die Ernte rechtzeitig vor der Regenzeit einzubringen. Doch immer, wenn Anaris dorthin flog, hatte sie das Gefühl, zu flüchten. Ihr war auch danach zu flüchten. Am liebsten hätte sie den Kopf ins Schlafstroh gesteckt und überhaupt nichts mehr von allem mitgekriegt.

Und doch konnte sie nicht anders, als immer wieder zuzuschauen. Sie verfolgte die Wettflüge hinaus zu den Inseln. Sie quälte sich hinauf, so weit sie konnte, um die atemberaubenden Sturzflüge zu beobachten, die die Schüler ihres Vaters unternahmen. Es war kaum mit anzusehen, wie sie sich – anstatt sich abzufangen, wie es jeder normale Mensch instinktiv getan hätte – in Bögen zwangen, dass einem die Schwingen vom bloßen Zuschauen wehtaten.

Auch Oris kam, um zuzuschauen. Er schwärmte neuerdings für Dorheit, was Anaris sogar verstehen konnte: Das Mädchen sah echt beeindruckend aus, wenn sie mit voller Geschwindigkeit flog; das reinste Wurfgeschoss. Sie erklärte einmal, bei ihr sei durch die Übungen eine Art Knoten geplatzt, und das Fliegen mache ihr mehr Spaß denn je.

Dennoch sagte Anaris, um ihren Bruder zu ärgern: »Die ist viel zu alt für dich.«

Worauf Oris nur meinte: »Deswegen kann sie mir doch trotzdem gefallen.«

Vater gab sich optimistisch, wenn sie abends dazu kamen, im Familienkreis beisammenzusitzen. »Sie machen gute Fortschritte«, sagte er. »Man muss jungen Leuten auch was zutrauen.«

»Neulich hast du noch gesagt, du seist enttäuscht, wie schwer sie sich tun«, warf Mutter ein.

Vater winkte ungeduldig ab. »Ja, ja. Aber die sind jetzt wie verändert.« Anaris fand es seltsam, wie heftig er reagierte; alles, was er sagte, sprudelte aus ihm heraus, als wolle er verhindern, dass jemand Gelegenheit bekam, ihm zu widersprechen. »Wahrscheinlich war es ein Fehler, dass ich eine so lange Vorbereitungszeit angesetzt habe. Drei Jahreszeiten! Das hat sie sicher bedrückt. Dabei habe ich das nur gemacht, weil ich damals selber so lange geübt habe. Aber das ist etwas anderes! Ich hatte ja keinen Plan! Ich habe einfach geübt und geübt und gewartet, bis ich so weit war. Es hat mir niemand zugeschaut, es hat niemanden interessiert, es hat niemand darauf gewartet, dass ich hinauf zum Himmel starte. Das ist eine ganz andere Situation. Das muss man berücksichtigen.«

»Du denkst, sie schaffen es?«, fragte Mutter.

»O ja«, erklärte Vater und nickte heftig. »Davon bin ich überzeugt.«

Anaris sagte nichts, aber sie fragte sich, warum das alles in ihren Ohren so *falsch* klang? Vater war optimistisch, doch er war es auf eine Weise, die ihr ungut vorkam. Nicht so, als sei er wirklich zuversichtlich, sondern als wolle er mit seinen Worten das Schicksal beschwören.

***

Je näher das Ende der Windzeit kam, desto strenger ging Owen mit seinen Schülern um. Anaris fand es manchmal schrecklich gemein, wie Vater mit ihnen sprach, und es hieß, er sei noch schlimmer, wenn er mit ihnen allein sei; richtig gnadenlos. Ein Schüler nach dem anderen gab auf, warf wütend hin oder verschwand einfach. Das andere Mädchen flog eines Tages heulend davon und kam nicht wieder.

»Ich kann hier niemanden brauchen, der es nicht wirklich *schaffen will*«, donnerte Owen nur. »Den Himmel zu erreichen ist kein Kinderspiel! Wer bloß herumspielen will, ist hier fehl am Platz!«

Ihr Bruder fand das völlig richtig. Es ginge schließlich darum, zu beweisen, dass Vater die Wahrheit gesagt habe, meinte Oris. Außerdem würde, wenn Vaters Schüler den Himmel erreichten, ein neues Zeitalter beginnen – da brauche es schon Leute, die dessen auch würdig waren.

Am Schluss blieben drei Flieger übrig: Dorheit, Palares und ein Junge namens Halbar, der ähnlich dunkle Haut hatte wie Ifnigris, aber weiße Flügel, was enorm beeindruckend aussah. Er war nie der Schnellste gewesen, doch er war zäh wie eine Hiibu-Sehne.

»Die drei sind die besten Flieger, die es gibt«, erklärte ihnen Vater des Abends. »Sie sind ausdauernd, sie beherrschen den Schwung – sie werden es schaffen. Sie haben das Zeug dazu, ohne jeden Zweifel. Und sie sind entschlossen. Sie sind großartige Flieger, und der Himmel wartet nur auf sie, da bin ich mir sicher.«

In Anaris' Ohren klang es wieder wie eine Beschwörung. So, als wolle ihr Vater sich selber überzeugen, weil er insgeheim das Gegenteil glaubte.

Dann endlich, als man das Nahen der Regenzeit schon riechen

konnte, verkündete Owen: »Morgen! Morgen werden sie zum Himmel hinaufffliegen!«

Das Wagnis

Morgen!

Das Wort wurde weitergetragen wie eine Beschwörung. Einer sagte es dem Nächsten, und so verbreitete es sich im Ris-Wald wie ein Buschfeuer in den Trockensteppen rings um den Sultas. Alle kamen sie, alle, der ganze Strand war am darauffolgenden Tag voll und der Kniefelsen noch dazu, und auch in jedem Baum oberhalb der Steilküste hockten sie und wollten sehen, was geschah.

Anaris wäre am liebsten nicht gekommen. Sie hatte schlecht geträumt, wenngleich sie sich nicht mehr erinnern konnte, was, nur, dass es etwas Unheilvolles gewesen war. Aber natürlich kam auch sie. Sie musste ja dabei sein.

Beifall brandete auf, als die drei Flieger aus der Werkstatt ihres Vaters kamen. Sie trugen wärmende, eng anliegende, windschlüpfrige Kleidung, hatten sich die Gesichter und die Hände eingecremt, und jeder hatte sich die Flügel massieren lassen. Sie traten locker auf, drahtig, schienen schier zu platzen vor Kraft.

Owen präsentierte die Signalraketen, die er ihnen mitgeben würde. »Wenn sie den Himmel erreichen, werden sie feststellen, dass man ihn nicht durchdringen kann«, erklärte er. »Obwohl der Himmel aus der Ferne nicht anders aussieht als Nebel, als Wolken, ist er nichts dergleichen. Er leistet Widerstand. Man kann ihn nicht einfach durchfliegen. Aber – man kann eine Signalrakete hineinschießen, die, wenn sie darin explodiert, das halbe Firmament zum Aufleuchten bringt.« Er hob eine der Raketen hoch, ein kleines, handliches Paket mit einer Reißzündung. »Diese Rakete macht orangegelbes Feuer, und es soll Dorheit sein, die sie zünden wird.« Die nächste. »Diese macht blaues Feuer. Halbar wird sie mit hinaufnehmen.« Die letzte. »Diese macht grünes Feuer und ist für Palares. Auf diese Weise werden wir von hier unten aus sehen, in welcher Reihenfolge die drei den Himmel erreichen.«

Das gab wieder Beifall, der noch zunahm, als Owen den dreien ihre Raketen überreichte. Es sah aus, als verleihe er ihnen schon im Voraus eine Auszeichnung für ihren Flug.

»Ihr schafft es!«, rief er. »Und nun fliegt los und schreibt Geschichte!«

Die drei strahlten vor Stolz, doch Anaris meinte, auch Skepsis in ihren Gesichtern zu lesen. Sie waren entschlossen, alles zu geben, aber sie wussten nicht, ob es reichen würde.

Der Beifall verebbte. Owen mahnte noch einmal, den dreien diesmal nicht zu folgen, sondern den Luftraum vollkommen frei zu halten. Dann traten sie an die Absprungkante des Kniefelsens, holten tief Luft, breiteten ihre Flügel weit aus und starteten.

Sie stiegen rasch empor, und es war faszinierend, wie leicht und mühelos das bei ihnen aussah. Die Thermik war heute stark, ideal eigentlich, und auch die Winde wehten günstig, gerade so, als wollten sie den dreien helfen.

Daran klammerte sich Anaris, wenn ihr wieder einmal der Atem stockte: dass die Winde den drei Fliegern helfen wollten. Dass sie auf ihrer Seite waren.

Sogar die Vögel, die sonst in hellen Scharen die Küste entlangschwärmten, hielten Abstand, gerade so, als ahnten sie, was hier Ungeheuerliches unternommen wurde. Ohnehin stiegen die drei bald in Höhen auf, die weit über denen lagen, in denen sich die Küstenvögel aufhielten. Sie schrumpften zu winzigen, flatternden Gestalten, nicht mehr voneinander zu unterscheiden.

Dann, sah man, begannen sie mit den Schwüngen. Jetzt galt es. Alle Zuschauer hatten nun die Köpfe in den Nacken gelegt, und immer wieder vergaß jemand zu atmen und musste es geräuschvoll nachholen.

»Sie schaffen es«, hörte Anaris ihren Vater leise sagen, just in dem Moment, in dem sich eine kalte Brise in den auflandigen

Wind mischte und unmissverständlich das Nahen der Regenzeit ankündigte.

Man sah sie kaum noch, die drei Flieger. Sie waren nur noch drei kleine Punkte, die sich vor dem hellen, ewigen Grau des Firmaments auf und ab bewegten. Sie vollführten die Schwünge, die einzige Möglichkeit, noch höher und höher zu gelangen, und sie würden Hunderte davon machen müssen, ohne lange Pausen dazwischen, weil man sonst wieder tiefer sank, Schwung auf Schwung, ohne auszuruhen, immer weiter und weiter ... Anaris schauderte bei der bloßen Vorstellung.

Sie musterte ihren Vater. Dessen Augen waren ebenfalls zum Himmel gerichtet, aber sein Blick schien nach innen zu gehen, und in seinem Gesicht arbeitete es. Durchlebte er Erinnerungen an seine eigenen Flüge? Sie wagte es nicht, ihn zu stören.

Ringsum wurde es immer stiller. Die Gespräche erstarben, atemloses, erwartungsvolles Schweigen breitete sich aus. Man wartete darauf, den Himmel farbig aufleuchten zu sehen, und inzwischen war es niemandem mehr wichtig, welche Farbe die erste sein würde. Hauptsache irgendeine.

Wie lange es dauern würde, das hatte Owen nicht sagen können. Er besaß keine Erinnerung daran, wie lange er gebraucht hatte, hatte damals jedes Gefühl für die Zeit verloren. Sie würden einfach warten müssen, bis es geschah.

Das große Licht des Tages schob sich von Osten kommend über den Himmel, und es strengte an, fortwährend nach oben zu schauen. Auch spürte man jetzt immer öfter kalte Windstöße vom Meer her. Anaris streckte ganz automatisch die Hand aus, ob sie die ersten Regentropfen mitbrachten, und dachte an die Hanggärten und die Ernte, die noch einzubringen war. Nein, es war noch nicht so weit. Es blieben noch fünf oder sechs Tage, ehe die Regenzeit begann.

Aber es fühlte sich an, als seien die Winde nicht mehr mit den drei Fliegern.

Anaris beobachtete, wie ihr Vater sich immer wieder mit den Händen über das Gesicht fuhr und wie seine Flügel ab und zu zuckten. Seine Federn machten ein eigenartiges, knisterndes Geräusch dabei, wie sie es noch nie gehört hatte.

Als er bemerkte, dass sie ihn ansah, lächelte er bemüht und sagte leise: »Schau lieber nach oben. Es muss jeden Moment so weit sein.«

Sie richtete den Blick wieder zum Himmel hinauf, aber der Moment kam und kam nicht.

Plötzlich drang ein Stöhnen aus hundert Kehlen gleichzeitig: Einer der Punkte sank! Immer tiefer sackte er, kreiste und kreiste in einer weiten, schraubenförmigen Kurve, die unaufhaltsam abwärts führte.

Einer der drei hatte kapituliert! Auf einmal sah Anaris überall Flügel zucken oder sich unwillkürlich entfalten, hörte keuchendes Atmen und leise Anrufungen der Ahnen, was ihr seltsam unpassend vorkam, ging es hier doch um etwas, das den Ahnen kaum gefallen hätte.

Dann fing sich der Punkt wieder. Kreiste weit, weit, weit, aber auf gleichbleibender Höhe, wie es aussah.

Und schließlich ... begann er von neuem Schwünge auszuführen!

Vater ballte die Faust. »Ja!«, stieß er hervor. »Das ist der richtige Geist!«

Atemlos verfolgten alle, wie der Punkt sich wieder in die Höhe kämpfte. Es ging langsamer als vorhin, aber er stieg. Und solange er stieg, bestand Hoffnung.

»Nicht aufgeben«, hörte Anaris ihren Vater flüstern. »Einfach nicht aufgeben.«

Dann sank ein zweiter Punkt, stürzte regelrecht in die Tiefe. Wieder ein vielstimmiger Aufschrei, und noch einer, als er sich wieder fing. Sich wieder an den Aufstieg machte.

Und wieder absackte!

Der andere Punkt holte auf. Aber er musste Pausen dabei machen, die immer länger wurden. Er kämpfte. Beide kämpften.

Nur ein Punkt stieg immer noch, Schwung um Schwung. Wer

von den dreien mochte das sein? Halbar, der Zähe? Palares, der Kraftvolle? Dorheit, die Ausdauernde? Niemand konnte es sagen.

Doch dann … fiel plötzlich auch dieser Punkt! Er stürzte tief, fast haltlos … Die anderen beiden brachen ihre Schwünge ab, schienen versuchen zu wollen, ihn abzufangen, so aussichtslos das auch war … Endlich fing er sich selber, ging in einen ausgedehnten Bogen über, drehte noch einen Kreis, und dann machten sich alle drei wieder daran, weiter an Höhe zu gewinnen, weiter zum Himmel emporzusteigen.

Sie kämpften. Sackten erneut ab, fingen sich, machten weiter. Es tat weh, ihnen dabei zuzuschauen. Nicht wenige mussten den Blick abwenden, bissen sich auf die Daumen, wenn ein Punkt plötzlich abrutschte, ächzten und stöhnten, als seien sie es selber, die da oben alles gaben.

Irgendwann war es Anaris, als könne sie spüren, wie die Zuversicht aus den Zuschauern schwand. Sie verfolgten zwar, was geschah, aber niemand glaubte mehr, dass die drei wirklich den Himmel erreichen würden.

Sogar Vaters Gesicht war nur noch eine steinerne Maske.

Jetzt kam Mutter heran, trat an seine Seite und legte den Arm um ihn, umfasste mit ihrer Hand den Ansatz seines Flügels, als wolle sie ihn festhalten. »Sie schaffen es nicht«, sagte sie kaum hörbar.

»Du hast recht gehabt«, gab er genauso leise zurück. »Hätte ich nur den Mund gehalten!«

Anaris erschrak, als sie das Gesicht ihrer Mutter sah, die sich nichts anmerken lassen wollte und doch Angst hatte, große Angst.

»Es ist, wie es ist«, sagte sie zu Vater und drückte seinen Flügelansatz dabei. »Wir werden auch damit fertig.«

Vater sagte nichts, hob nur den Blick wieder und sah, was alle sahen: Nun kreisten alle drei. Keiner von ihnen schaffte es mehr, weiter an Höhe zu gewinnen. Sie kreisten und kreisten, und endlich gaben sie es auf, machten sich auf den Rückweg. Ohne dass auch nur eine der Raketen gezündet worden wäre.

Verglichen damit, wie lange der Weg nach oben gedauert hatte, ging der Rückweg schrecklich schnell, war fast ein Absturz. Man trat zurück und machte Platz, als klar wurde, dass die drei auf dem Kniefelsen landen wollten, und als sie es endlich taten, sah man, dass sie mit den Kräften völlig am Ende waren. Dorheit verpatzte den Anflug um ein Haar, musste hastig mit den Flügeln schlagen, um nicht gegen die Felswand zu prallen, und man merkte, dass ihr jede Bewegung der Schwingen wehtat. Halbar sank bei der Landung in die Knie und war nicht mehr imstande aufzustehen. Palares landete aufrecht, musste sich dann aber übergeben. Jemand brachte Kollpok-Decken, in die sie sich wickeln konnten; sie waren durchgefroren bis auf die Knochen.

»Es geht nicht«, stieß Palares schließlich hervor. »Es ist so, wie man sagt – der Himmel ist unerreichbar hoch. Keines Menschen Flügel können ihn überwinden.«

»Wir sind ihm nicht einmal *nahe* gekommen«, keuchte Halbar.

»Ich hab keine Luft mehr bekommen«, bekannte Dorheit. »Irgendwann habe ich keine Luft mehr bekommen.«

Sie waren völlig fertig und so durcheinander, dass sie sich nicht einmal erinnern konnten, wer von ihnen als Erster abgesackt war.

»Ich«, meinte Dorheit. »Ein Krampf in den Handschwingen.«

»Das war erst später«, widersprach Palares. »Ich bin vor dir abgestürzt, weil ich die Kontrolle über einen Schwung verloren habe.«

»Nein, nein, ich war das«, behauptete Halbar. »Ich bin als Erster runter. Ich hab nicht rechts und nicht links geschaut, nur Schwung um Schwung, richtiger Tunnelblick, und dann hatte ich einen Aussetzer … und als ich wieder zu mir gekommen bin, wart ihr beide über mir.« Er sah zu Owen auf, hob hilflos die Schultern, nur die Schultern, weil seine Flügel kraftlos herabhingen. »Tut mir leid. Es ging nicht. Ich glaub auch nicht mehr, dass es überhaupt möglich ist, den Himmel zu erreichen.«

»Ich glaub's auch nicht mehr«, bekannte Dorheit. »All die Anstrengung, und irgendwie war der Himmel immer noch so weit weg wie immer.«

181

»Es war, als würde man den Horizont jagen«, ergänzte Palares matt. »Keine Chance.«

Anaris beobachtete ihren Vater, der auf die drei erschöpften Flieger herabsah, die da blass und kalt und abgekämpft vor ihm saßen, in ihre Decken gewickelt. Er schien nicht zu wissen, was er sagen sollte. Und sie hörte, wie das, was die drei gesagt hatten, flüsternd weitergetragen wurde, wie es sich über den Felsen verbreitete und bald über den ganzen Strand.

Und dann hörte sie, wie irgendwo irgendjemand sagte: *»Lüge.«* Und noch einmal: *»Lüge.«*

Und immer so weiter, bis es jemand anders aufnahm und noch jemand und noch jemand, und bald war es, als skandiere der ganze Strand: *»Lüge! Lüge! Lüge!«*

Ihr Vater fuhr herum. »Ich *war* da oben!«, donnerte er. »Ich *habe* den Himmel berührt, so wahr ich hier stehe!«

»Lüge! Lüge! Lüge!«

Anaris blickte sich hektisch um, überwältigt von einem Entsetzen, das ihr die Luft abschnürte. Sie versuchte verzweifelt, zu erkennen, wer sich alles daran beteiligte, wer alles ihren Vater einen Lügner nannte, und erschrak zu Tode, als sie plötzlich diesen Mann entdeckte, diesen Mann mit der Narbe, diesen Hargon, der *»Lüge! Lüge!«* schrie und sichtlich Spaß daran hatte. Ganz hinten saß er, ganz am Rand, aber sie hörte ihn bis hierher. Und da war auch Kalsul, und auch sie schrie *»Lüge! Lüge!«*, stieß alle an, die um sie herum waren, sich zu beteiligen, und viele stimmten mit ein.

Jetzt drängte sich Mutter durch die Menge, redete auf Vater ein. Anaris verstand kein Wort, so laut war der Chor inzwischen.

»Lüge! Lüge! Lüge!«

In Vater arbeitete es. Er rang mit sich, schüttelte immer wieder den Kopf.

»Lüge! Lüge! Lüge!«

Vater riss sich los, trat vor Dorheit hin, sprach zu ihr und streckte die Hand aus. Sie sah ihn entsetzt an, brachte dann etwas zum Vorschein und reichte es ihm.

Die Signalrakete!

Anaris war es, als bliebe ihr Herz stehen. Sie blickte hilfesuchend zu Mutter, doch die machte ein Gesicht, als sähe sie dem leibhaftigen Tod ins Antlitz.

Vater schien das alles nicht zu bemerken. Er trat an den Rand des Felsens, hob die Hände und die Flügel, breitete sie aus und brachte die Menge damit tatsächlich zum Schweigen.

»Ich habe die Wahrheit gesagt«, rief er mit weithin hallender Stimme. »Und ich werde es euch beweisen. Ich bin bis zum Himmel hinaufgeflogen, mehr als einmal. Aber es scheint, ich muss es noch einmal tun. Und das werde ich. Jetzt!«

* * *

Sie versuchten alles, um ihn davon abzubringen.

»Du bist *doppelt so alt* wie die drei, Owen«, beschwor Mutter ihn. »Du glaubst doch nicht im Ernst, dass du dich noch mit ihnen messen kannst?«

»Ich habe den Schwung *erfunden*«, erwiderte Owen starrsinnig, während er sich die Flügel einfettete. »Mein Körper erinnert sich noch daran, so oft, wie ich ihn ausgeführt habe. Was Übung anbelangt, bin ich ihnen uneinholbar voraus.«

»Ja, *einen* Schwung. Oder zwei. Auch zehn davon, gut. Aber du hast doch nicht mehr die Ausdauer, die du mal hattest!«

Vater zog seine Kleidung zurecht, vergewisserte sich, dass er die Rakete sicher in der Tasche trug. »Ich bin mit ihnen bis zur Hochebene geflogen und konnte ohne Mühe mithalten. Ich habe ihnen die Schwünge immer wieder vorgemacht, und dadurch habe ich selbst auch geübt.«

»Vater!«, bat Anaris. »Tu es nicht. Bitte. Ich will nicht, dass dir was passiert!«

Er sah sie an, zog sie an sich und sagte ernst: »Ich kann nicht zulassen, dass alle Welt mich für einen Lügner hält, das verstehst du doch? Ihr würdet auch darunter leiden. Du wärst dann die Tochter eines Aufschneiders und Verrückten. Nein, das werde ich nicht zulassen.«

»Aber wenn Dorheit und die anderen es nicht geschafft haben ...«

»Ich habe es beim ersten Mal auch nicht geschafft. Aber für mich wird es heute nicht das erste Mal sein. Ich *weiß*, dass man den Himmel erreichen kann. Das wird mir helfen.«

»Aber ...«

Nun war es wieder Mutter, die sich vordrängte, Vaters Arme packte. »Dann flieg wenigstens nicht so unvorbereitet los! Schlaf noch einmal. Starte morgen früh. Ich kann dir den Rücken massieren heute Abend, die Flügel, die Brust ...«

»Morgen früh«, erwiderte Vater knapp, »werden die Leute nicht mehr da sein. Ich muss es jetzt tun, oder ich werde für alle Zeiten als Lügner gelten.«

»Oris!«, fuhr Anaris ihren Bruder an. »Sag auch mal was!«

Oris sah nur unglücklich drein, hob die Schultern und fragte: »Was denn?«

»Owen«, versuchte es Mutter noch einmal, »hast du auch daran gedacht, was die Leute denken werden, wenn du es *nicht* schaffst? Dann wirst du denen, die dich Lügner nennen, genau den Beweis liefern, den sie brauchen!«

Vater nickte grimmig, bewegte die Schultern, um sie zu lockern, und erwiderte: »Ja, Eiris, das ist mir klar. Das heißt, ich *muss* es schaffen.«

Er trat mit erschreckender Plötzlichkeit vor, umfing sie und küsste sie auf den Mund, lange, drückte sie an sich, als wolle er sie zerquetschen. Dann ließ er sie los, drehte sich um und hob ohne jedes weitere Zeremoniell ab.

Anaris lief eine Gänsehaut über den Körper. Noch nie war ihr Vater ihr so gewaltig vorgekommen wie in diesem Moment, als er sich in die Luft schwang, noch nie so beeindruckend. Er war ein großer Mann mit ungeheuren Schwingen, das hatte sie immer gewusst, aber erst jetzt wurde ihr das so richtig klar.

Sie spürte ihre eigenen Flügel zucken und wusste nicht, woher das kam. Sie fühlte sich auf einmal klein und hilflos, wie das kleine Mädchen, das sie noch war. Sonst bemühte sie sich immer, groß und erwachsen zu sein, zu reden, zu handeln, und hörte nichts lieber, als wenn Leute von ihr sagten, sie sei »weit für ihr Alter«. Aber jetzt gerade wollte sie nur in die Arme ihrer Mutter schlüpfen und dass diese ihre Flügel schützend um sie beide legte.

Das tat Mutter auch, hielt sie fest umschlungen und murmelte: »Ach, bestimmt schafft er es. Er hat noch nie bei irgendetwas aufgegeben.«

Die »Lüge! Lüge!«-Rufe waren verstummt, als hätte es sie nie gegeben. Ringsum herrschte Aufregung, genau wie zu Beginn; alle standen da und schauten zum Himmel empor und redeten und riefen durcheinander, und hoch oben sah sie ihren Vater, wie er mit entschlossenen, ungeduldigen, ja, irgendwie *wütenden* Schlägen höher stieg. Die Thermik war stark, das konnte man sehen, wie sie ja oft später am Tag besser wurde als morgens, und dass hier unten immer wieder Windstöße ankamen, die einen frösteln ließen, musste für weiter oben nichts heißen.

Und dann begann wieder das quälend lange Warten, in dem nichts geschah, außer dass sich da hoch oben ein kaum wahrnehmbarer Punkt auf und ab bewegte und dabei langsam, unsagbar langsam höher stieg. Man konnte nicht einmal mit Sicherheit sagen, ob er *wirklich* stieg oder ob man sich das nur einbildete.

Ansonsten tat sich nichts. Die ganze Welt schien den Atem anzuhalten, schien stehenzubleiben, weil nur dieser winzige Punkt hoch über ihnen noch von Bedeutung war.

»Vielleicht hätten sie doch bis zum Ende der Nebelzeit warten sollen«, murmelte Oris. »Vielleicht ist der Höhenunterschied doch größer als gedacht ...«

»Hör auf!«, fuhr Anaris ihn an.

Vater sollte es schaffen! Der Himmel sollte endlich aufleuchten, in orange-gelbes Feuer getaucht zum Zeichen, dass Vater die

Wahrheit gesagt hatte, und dann sollte es endlich ausgestanden sein!

Auch die drei Flieger starrten zum Himmel hinauf. Sie saßen immer noch da, in ihre Decken gehüllt, und ihre Gesichter waren vollkommen ausdruckslos. Man sah ihnen nicht an, ob sie sich vielleicht ärgerten, dass Owen glaubte, es besser zu können als sie. Was wünschten sie ihm? Unmöglich zu sagen. In ihren Gesichtern war nur Müdigkeit zu erkennen, eine abgrundtiefe Erschöpfung. Vielleicht durchlebten sie gerade ihre eigenen Flüge noch einmal, nun, da sie miterlebten, wie so etwas von hier unten aussah.

Es zog sich wieder, eine quälende Zeit des Wartens und Bangens.

Irgendwann sah Anaris, wie Halbar den Kopf schüttelte, und hörte ihn ganz leise sagen, mehr ein Hauchen als ein Sprechen: »Das wird auch nichts.«

Im selben Moment wurde es ringsum unruhig, riefen Leute »Oh!« und »Ah!«.

Anaris sah alarmiert hoch. Der Punkt da oben, der ihr Vater war, sank, nein, er *rutschte* richtiggehend ab. Es ging ihm genauso wie vorhin den drei Fliegern! Immer weiter sank er, schien keinen Halt zu finden, bis er endlich in eine Kurve überging, die sich aber immer noch weiter abwärts schraubte.

»Gut jetzt«, hörte Anaris ihre Mutter flüstern. »Lass es gut sein, Owen … Du hast es probiert …« Es klang beschwörend, bittend – verzweifelt fast.

Doch Vater hörte sie nicht, sondern begann den Aufstieg von Neuem.

Es sah schrecklich mühsam aus. Er machte die Schwünge, aber sie sahen nicht länger kraftvoll aus. Und sie folgten langsamer aufeinander, mit viel zu großen Pausen dazwischen.

Dorheit sah zu Anaris hoch und sagte leise: »Er hätte das nicht tun sollen. Ich mache mir Sorgen um deinen Vater.«

Anaris nickte beklommen. »Ich mir auch.«

Palares hatte die ganze Zeit die Augen nicht von dem Geschehen am Himmel gelassen. Nun schüttelte er den Kopf. »Er kommt nicht mehr höher«, sagte er. »Er macht die Schwünge, aber er gewinnt keine Höhe dadurch.«

Die Welt blieb endgültig stehen. Es gab nur noch diesen Punkt am Himmel, diesen winzigen, flatternden, fast nur zu erahnenden Schatten vor dem hellen Grau, der sich abstrampelte und vergeblich anzurennen schien gegen eine unsichtbare Wand, eine Grenze, über die er nicht hinauskam … Doch er gab nicht auf. Er gab einfach nicht auf.

Und dann, plötzlich, sank er abwärts. Sank nicht nur, sondern fiel. Stürzte und stürzte, haltlos, und alles rings um Anaris schrie auf, ein ohrenbetäubender Lärm, Hunderte von Stimmen, und doch hörte sie ihre Mutter heraus, in panischem Entsetzen, und da war noch jemand, jemand, der gellend schrie, lauter als alle anderen, und sie begriff erst dann, dass sie es selber war.

Ihre Ängste, ihre Vorahnungen und bösen Träume … dies war der Moment, in dem sie alle wahr wurden. Der Punkt, der ihr Vater war, fiel weiter, fiel immer schneller, fiel wie ein Stein, und es gab nichts mehr, was ihn bremste oder hielt. Er fiel und fiel und fiel und stürzte schließlich weit draußen ins Meer.

***

Ein Rauschen wie von einer über sie hereinbrechenden Welle erfüllte die Luft, als bis auf die Kinder und Alten alle abhoben und ausschwärmten, hinaus aufs Meer, um Owen zu suchen. Jemand schoss eine rote Signalrakete ab und noch eine zweite, das Zeichen für einen Notfall und eine Bitte um rasche Hilfe, die vor allem den Leik-Inseln galt.

Die Leik waren es schließlich auch, die ihn fanden, im Meer treibend – und tot, am ganzen Körper zerschmettert. Sie brachten ihn am Abend, bereits in Moostuch gewickelt, und baten, man solle Eiris daran hindern, sich sein Gesicht noch einmal anzusehen.

Der Schwur

Anaris war wie betäubt. Alles, was geschah, schien sich seltsam lautlos um sie herum abzuspielen, während sie selbst in einer unsichtbaren Blase verharrte, nichts empfand, nichts denken und nichts tun konnte.

Die Besucher reisten nach und nach ab, wortlos die meisten. Diejenigen, die etwas sagten, waren enttäuscht, fühlten sich hereingelegt, ärgerten sich, einem Schwindler auf den Leim gekrochen zu sein. Kaum jemandem schien es leidzutun, dass ihr Vater tot war, im Gegenteil, man hielt es für eine gerechte Strafe des Schicksals dafür, dass er versucht hatte, die halbe Welt zum Narren zu halten und, noch schlimmer, von den Lehren der Ahnen abzubringen!

Auch die Leute im Nest waren sauer. Man merkte es schon daran, wie unwillig die Totentrauer ausgerichtet wurde: Es sei unnötig, Trauerflieger zu den umliegenden Nestern zu schicken, hieß es, die Nachricht vom Tod Owens habe sich ohnehin längst verbreitet. Und der Holzstoß, auf den man seinen Leichnam legte, war nur klein und zudem schlampig aufgeschichtet.

Sowieso mussten sie sich beeilen, denn man konnte die bevorstehende Regenzeit schon riechen. Der Himmel verdunkelte sich mehr und mehr, und jeden Moment war mit dem Wolkenbruch zu rechnen, der die Windzeit beenden würde.

»Wie bei Ulkaris damals«, hörte Anaris ihren Bruder sagen. »Wahrscheinlich fängt es auch an zu regnen, sobald das Holz brennt.«

In seiner Stimme klang etwas Seltsames, Unheilvolles mit. Anaris sah ihn an, aber irgendwie vermochte sie Oris kaum zu erkennen; er erschien ihr wie von einer dunklen Wolke umhüllt. Einen Moment lang fürchtete sie, er würde plötzlich losfliegen und etwas Verrücktes tun, etwa selber versuchen, den Himmel zu erreichen, oder jemanden angreifen, diejenigen vielleicht, die Vater zu diesem Flug getrieben hatten … aber nichts dergleichen geschah. Wahrscheinlich, sagte sie sich, bildete sie sich das alles nur ein.

Irgendwer sprach davon, wie schwierig es sei, wenn jemand in der Regenzeit starb; nur wenige Nester hatten Trauerplätze, die vor Regen geschützt waren.

Die Totentrauer begann, kaum dass der Leichnam auf dem Holz lag. Es kam so gut wie niemand. Golwodin kam, weil es seine Pflicht als Ältester war. Anawen und Osag kamen, die Eltern ihres Vaters, seine Schwester Dalawen, Halmur, ihr Mann, und ihr Sohn Luchwen. Noharis natürlich, die Wahlschwester ihrer Mutter. Die Großeltern, Halris und Eikor. Oris' Freunde, die *Aufmerksamen Flieger* – Bassaris, Ifnigris, Eteris, Galris, Meoris und Jehris. Halbar und Dorheit, die beiden Schüler, Palares hingegen nicht. Und noch eine Handvoll anderer, von denen Anaris nicht wusste, in welcher Beziehung sie zu ihrem Vater gestanden hatten. Niemand machte sich die Mühe, es ihr zu erklären. Über allem lag eine entsetzliche Eile, es hinter sich zu bringen.

Golwodin las aus den Schriften, ein sehr kurzes Kapitel aus dem Buch Pihr, und schloss, wie es Brauch war, mit den Worten: »Owen ist dorthin geflogen, wohin eines Menschen Flügel ihn nicht tragen und wohin doch jeder von uns eines Tages fliegen muss. Was immer ihr ihm nicht gesagt habt, sagt es jetzt und lasst es los, oder tragt es für alle Zeiten in euch verschlossen.«

Dann nickte er Mutter zu, da sie als Owens Gefährtin das Recht hatte, als Erste zu sprechen. Sie trat vor und sagte leise: »Owen, ich weiß, dass sich alles genau so zugetragen hat, wie du es erzählt hast, denn ich war dabei, als du den Himmel entzündet hast. Ich habe um dich gekämpft, nachdem du ihn durchstoßen und die Sterne gesehen hast. Du hast getan, wovon du geträumt hast, aber du hast einen hohen Preis dafür bezahlt – und ich auch. Ich habe immer geahnt, dass die Zeit seither nur geliehen war. Aber auch, wenn es unvernünftig sein mag, ich bin stolz auf dich, Owen. Wohin du auch geflogen sein magst, meine Liebe ist bei dir.«

Während sie ihrer Mutter zuhörte, war es Anaris, als platze die schützende Blase, die sie bis zu diesem Moment umhüllt hatte, und als breche die entsetzliche Wirklichkeit über sie herein. Mit jähem

Schrecken begriff sie, dass das dort vorne, dieser in graues Moostuch gewickelte Körper, wirklich und wahrhaftig *ihr Vater* war und dass man ihn jetzt gleich *verbrennen* und sie ihn *nie wiedersehen* würde! Er würde ihr *nie wieder* über die Flügel streichen und etwas zu ihr sagen, *nie wieder*! Sie konnte es kaum fassen, obwohl sie es wusste; sie konnte es nicht.

Bitterkeit stieg in ihr hoch wie ein übler Geschmack. Dabei hatte sie es doch geahnt, die ganze Zeit schon! Und wozu? Wozu war es gut, etwas zu ahnen? Wozu war es gut, zu spüren, dass Schreckliches im Gange war, wenn dann niemand auf einen hörte? Weil man noch ein Kind war, *nur* ein Kind?

Oder ... oder hatte sie einfach versagt? War sie nicht laut genug gewesen? Hätte sie entschiedener auftreten, hartnäckiger sein müssen?

Als Mutter zurücktrat und sie ansah, schüttelte Anaris nur den Kopf. In ihr war zu viel, was sie ihrem Vater noch hätte sagen wollen, und zugleich nichts, für das sie Worte gehabt hätte. Auf einmal ahnte sie, dass sie noch Jahre brauchen würde, die richtigen Worte zu finden, oder vielleicht ein ganzes Leben.

Einen Moment herrschte Zögern. Großmutter Anawen kämpfte mit den Tränen, Tante Dalawen schluchzte, Großvater Eikor rieb sich heftig die Augen, aber niemand schien mehr etwas sagen zu wollen.

Bis plötzlich Oris vortrat. Anaris sah ihn und erschrak. Das Schreckliche, das sie gesehen hatte – jetzt geschah es, sie wusste es!

Niemand hinderte Oris. Natürlich nicht. Er trat vor den Holzstoß, spreizte die Flügel und erklärte mit fester, weithin tragender Stimme: »Vater ... ich glaube an dich! Und ich gelobe hiermit, dass ich all meine Kraft darauf verwenden werde, deinem Namen wieder Ehre zu verschaffen. Ich werde nicht rasten und nicht ruhen, ehe nicht die ganze Welt verstanden hat, dass du uns den Weg zu den Sternen gewiesen hast und dass alles, was du gesagt hast, die reine Wahrheit gewesen ist. Das gelobe ich, Oris, Sohn der Eiris und des Owen.«

Anaris war nicht die Einzige, die erschrak: Alle ringsum atmeten hörbar erschrocken ein, denn Oris hatte die Formel für einen *Schwur* benutzt und war damit eine Verpflichtung eingegangen, von der ihn nichts mehr entbinden konnte … Er musste sein Versprechen erfüllen oder sterben bei dem Versuch!

Kein Wunder, dass Mutter sich schluchzend in die Arme ihrer Wahlschwester flüchtete, die sie schon die ganze Zeit gestützt hatte und die nun ihre dunklen Flügel um sie schloss.

»Wir haben dein Gelöbnis vernommen«, sagte Golwodin, wie es der Brauch erforderte.

Oris nickte und trat wieder zurück. Nach ihm sprach niemand mehr zu dem Toten, und so steckte man das Holz unter diesem in Brand. Mit tauben Kehlen sangen sie die Lobpreisungen, bis alles zu Asche geworden war, die der Wind mit sich fortnahm, zurück in den ewigen Kreislauf des Lebens.

***

Die Regenzeit begann in der darauffolgenden Nacht mit einem ungeheuren Wolkenbruch, der auf die Küstenlande niederging, ein Gewitter, wie es Anaris noch nie erlebt hatte; der ganze Nestbaum wackelte von den Donnerschlägen. Mutter kam, um nach ihr zu sehen, und meinte beunruhigt: »In genau so einer Nacht habe ich euren Vater das erste Mal getroffen … Hoffentlich passiert nicht wieder etwas!«

Aber es passierte nichts, außer dass der Sturzregen auch noch die letzten Besucher vertrieb. Am Morgen, als sich das Wetter ausgetobt hatte und der Himmel nur mehr tröpfelte, kamen sie klatschnass aus ihren Baumlagern oder den Zelten am Strand gekrochen und nahmen die Einladung der Ris an, sich bei ihnen im Nest zu stärken und anschließend auf den Heimweg zu machen.

Anaris hielt sich an diesem Morgen von den Mahlplätzen fern. Erstens, weil immer noch genug Besucher da waren, dass an den Tischen Gedrängel herrschte und man kaum wusste, wohin mit den Flügeln, und zweitens und vor allem, weil sie ahnte, dass man dort über Vater reden würde, und nichts Gutes. Und davon wollte sie nichts hören.

Deswegen ging sie zu Darkmur, der die Aufräumarbeiten rings um das Nest leitete, und meldete sich freiwillig für den Dienst.

Der Jäger war skeptisch – nicht, weil sie Owens Tochter, sondern weil sie noch ein Kind war. »Nicht im Wald jedenfalls«, meinte er. »Im Wald will ich nur erfahrene Aufsammler haben. Von strömendem *Regen* lässt sich der Margor nämlich nicht beeindrucken, weißt du?«

»Ich weiß«, sagte Anaris. »Und ich *kann* im Wald auflesen.« Man musste dazu auf tiefen Astgabeln landen oder auf Findlingssteinen, jedenfalls so, dass man den Boden nicht berührte, und durfte nur mit den Fingern hinabgreifen. Das hatte sie alles schon gemacht!

»Ein andermal«, entschied Darkmur. »Du kannst am Strand helfen, dort gibt es auch jede Menge zu tun.«

Der Strand war Anaris genauso lieb wie der Wald, Hauptsache, sie war weg vom Nest. Also verhandelte sie nicht länger, sondern flog los.

Die Luft war erfüllt von feinen Regentropfen, die sich noch nicht entschließen konnten, zu Boden zu fallen, einen aber trotzdem durchnässten. Anaris musste sich das Gesicht trockenreiben, als sie am Strand ankam, und dann erst einmal innehalten: Was für ein Müllplatz hier übrig geblieben war! Überall lagen Essenreste herum, an denen sich die Kolwaane satt fraßen; die dunklen, langhalsigen Vögel stolzierten unbeeindruckt von der Anwesenheit der Menschen umher, pickten und schlangen und schluckten, und es war so viel da, dass sie sich nicht einmal, wie sonst üblich, um jeden Bissen stritten.

Eine gebeugt gehende, knittrig aussehende Frau mit graubraun gefleckten Flügeln spießte mit einem Stock herumliegende Packblätter auf: Das musste Baris sein, bei der sie sich melden sollte.

»Ah, Kind, du«, sagte die Frau und wirkte verlegen. Sie sah über den Strand. »Du könntest helfen, die Stoffstücke und kaputten Zelte und so weiter einzusammeln. Alles, was aus Stoff ist. Wir müssen noch einen Platz zum Trocknen finden und überlegen, was wir daraus machen. Sind zu schade, um sie wegzuwerfen. Keine Ahnung, warum sie die nicht wieder mit nach Hause genommen haben! Junge Leute! Dabei war man ja selber mal jung ...«

»Alles, was aus Stoff ist«, bestätigte Anaris. »Wird gemacht.«

»Hierher, auf einen Haufen. Falls du Seifenstücke findest, die kommen in diese Schale hier.« Baris wies auf ein Sieb aus Holz, das neben ihr stand und in dem tatsächlich schon einige Seifenstücke lagen.

»Alles klar«, sagte Anaris. Ein paar Leute waren schon mit genau derselben Aufgabe beschäftigt, aber die waren alle im vorderen Bereich des Strands unterwegs, unter dem Schulterstein. »Ich fang hinten an, beim Kniefelsen.« Damit schwang sie sich wieder in die Luft, machte einige Flügelschläge und segelte bis ans südliche Ende des Strands, direkt zu dem einsam aufragenden Felsen, in dessen Spitze die Werkstatt ihres Vater lag ...

Nein. Gelegen *hatte*. Vater war tot. Anaris landete und keuchte, weil die Erinnerung wie ein Schlag in den Bauch war.

Wieder musste sie sich das Gesicht mit ihrem Hemd abtrocknen, nur dass es diesmal nicht vom Regen feucht war.

Als sie die Hemdzipfel vom Gesicht nahm, zuckte sie zusammen. In ihrer unmittelbaren Nähe, in einer Felsspalte, *saß* jemand! Reglos! Anaris zog hastig ihr Hemd zurecht und schaute genauer hin, und siehe da, es war jemand, den sie kannte: Kalsul!

Sie saß da im nassen Sand, die nackten Füße aufgestellt, die bloßen Arme darum geschlungen und in ihre Flügel gehüllt, als hätte sie auch sonst nichts an. Sie schaute unleidig zu ihr hoch, strich sich ein paar ihrer dünnen Zöpfe aus dem Gesicht und sagte seufzend: »Hallo, Anaris.«

»Kalsul?«, erwiderte Anaris. »Wieso bist du nicht beim Frühstück?«

Kalsul zuckte mit den Flügelspitzen. »Hab keinen Hunger.«

Dann fügte sie hinzu: »Außerdem hab ich nichts anzuziehen. Alle meine Sachen sind klatschnass.«

Anaris musterte den Felsspalt genauer, in dem das Mädchen saß, und wunderte sich. Das war doch eine kleine Höhle, die einen guten Schutz gegen das Unwetter geboten haben musste. »Wieso das? Hast du nicht da drinnen geschlafen?«

»Doch«, sagte Kalsul. »Aber … Ach, ich war mit diesem Jungen zusammen, wie hieß er? Egal. Jedenfalls haben wir irgendwie nicht besonders gut auf unsere Sachen aufgepasst. Nur, dass seine trocken geblieben sind und meine nicht.«

»Und was machst du jetzt?« Anaris sah skeptisch zum Himmel hinauf. Der verdunkelte sich schon wieder. Spätestens heute Mittag würde der nächste Guss herunterkommen.

»Ich hab sowieso noch keine Lust, nach Hause zu fliegen«, meinte Kalsul unleidig. »Wenn ich bloß dran denke, was ich mir alles an Vorwürfen werde anhören müssen …«

»Aber du kannst unmöglich hier nackt herumsitzen, bis die Regenzeit vorbei ist«, rief Anaris aus. »Soll ich dir was Trockenes besorgen?«

Kalsul hob den Kopf. »Ist das dein Ernst?« Sie klang verblüfft.

»Ja, klar.«

»Hmm«, machte Kalsul. »Das ist lieb von dir, aber lass mal. Der Junge, mit dem ich zusammen war … Panatem, so heißt er … er hat meine Sachen mit in euer Nest genommen, um sie direkt an einen Ofen zu hängen. Und er hat mir versprochen, sie mir wiederzubringen, sobald sie trocken sind.«

Anaris musterte das nackte Mädchen skeptisch. »Na, hoffentlich macht er das auch.«

»Ja, wer weiß«, gab Kalsul zu. »Ich hoffe es eben mal.«

»Ich soll hier alles einsammeln, was aus Stoff ist«, erklärte Anaris. »Ich bin also noch eine Weile da.«

»Gut.«

Anaris machte sich an die Arbeit. Sie ging von einem Stoffhaufen zum nächsten, schüttelte ihn aus. Sie erinnerte sich, in den

Zeiten, als der Strand noch dicht bevölkert gewesen war, auch richtige Reisezelte gesehen zu haben, wie sie Händler und andere Leute verwendeten, die weit und viel reisten, aber deren Besitzer hatten sie wohlweislich wieder mitgenommen. Das, was jetzt noch herumlag, waren nur die Überbleibsel von behelfsmäßigen Unterkünften aus dünnen Stoffen, die gegen den nächtlichen Wind geschützt hatten, aber nicht für die Regenzeit taugten. Die Stoffe, die Anaris aufhob, waren aus gewebter Hiibu-Wolle, aus Kollpok oder aus geflochtenem und gewirktem Firlichgras, das leichter war, aber weniger haltbar; noch so ein Regen, und es würde sich auflösen.

Was da alles herausfiel, wenn sie die Stoffe ausschüttelte! Kleidungsstücke, Klappmesser, verschnürte Biskenblätter voller Pamma oder Trockenhonig, Kauzweige, wie sie im Norden fürs Zähneputzen üblich waren, Hiibu-Knochen mit halbfertigen Schnitzereien, einzelne Schuhe und vieles mehr landete im kalten, nassen Sand, in dem man heute Morgen mit jedem Schritt tiefe Spuren hinterließ. Als Anaris ein Hemd und eine Hose fand, hielt sie beides hoch und rief Kalsul zu: »Wie wär's damit?«

Die winkte ab und deutete zum Himmel: »Danke, aber ich glaube, Panatem kommt grade.«

Anaris drehte sich um. Tatsächlich – da kam jemand herangesegelt, der etwas in den Armen trug, ein Bündel Kleider, in der Tat. Er hatte es gut drauf mit dem Segeln, kam seelenruhig angeschwebt und brauchte nur einen Flügelschlag, um dicht vor ihnen aufzusetzen.

»Bitte schön«, sagte er zu Kalsul und reichte ihr die Kleidung. »Ich hoffe, die Sachen sind noch trocken; vorhin waren sie's auf alle Fälle.«

»Danke«, sagte sie. »Und jetzt dreh dich mal um und mach ein bisschen Sichtschutz, bitte.«

Panatem drehte sich grinsend um und breitete artig die Flügel aus, damit sich Kalsul hinter ihm ungestört anziehen konnte. Anaris betrachtete ihn neugierig, denn sie hatte noch nie jemanden vom Stamm der Tem gesehen. Aber er sah natürlich auch nur aus wie ein ganz normaler Mensch: zwei Arme, zwei Beine, zwei Flügel und eine Nase mitten im Gesicht. Und er sah nett aus.

»So, jetzt hab ich doch Hunger«, gestand Kalsul, als sie, wieder bekleidet, hinter Panatems Flügeln zum Vorschein kam. »Gibt's dort noch was?«

»Ich glaub, schon«, sagte ihr Verehrer. »Und vorhin hat ein ganzer Schwarm die Flatter gemacht, das heißt, es ist auch wieder Platz am Tisch.« Er schüttelte unternehmungslustig die Flügel. »Schauen wir einfach nach.«

»Moment noch«, sagte Kalsul, dabei, die letzten Knebelknöpfe an ihrem Hemd zu schließen.

Als sie damit fertig war, ließ sie Panatem stehen und stapfte zu Anaris herüber, die all dem einfach nur zugesehen hatte, ein nasses Stück Firlich-Stoff in der Hand.

»Anaris«, sagte Kalsul leise, »ich muss dir noch was sagen. Dieser Hargon und seine Freunde – die hatten das von Anfang an vor. Deinen Vater als Lügner hinzustellen, meine ich. Dafür sind die hergekommen. Nur, um das zu machen.«

Anaris riss die Augen auf. »Bist du sicher?«

»Er hat's mir selber gesagt. Er hat gesagt, dass dein Vater in den Tod stürzt, das hätte er nicht gewollt, aber es sei ihm lieber, als wenn er den Himmel erreicht hätte. Und er hat gesagt, dass er ziemlich Flügelsausen hatte, als die drei jungen Flieger es versucht haben; einer seiner Freunde hat ihnen was ins Essen gemischt, aber sie waren sich nicht sicher, dass es rechtzeitig wirkt.«

Anaris sah das Mädchen fassungslos an. Es war Kalsul absolut ernst damit, daran gab es keinen Zweifel.

»Jemand hat ihnen was ins *Essen* gemischt?«

»Ja.«

»Hargon, sagst du?«, wiederholte Anaris und spürte, wie sie innerlich zu zittern begann. »Er hieß Hargon?«

»Ja. Und soweit ich's weiß, hießen seine Freunde Adleik und Geslepor. Adleik ist steinalt, der hat mich nicht mal angeschaut, Geslepor ist noch älter, kurz vor scheintot, mit gelber Haut wie

ein kranker Mann und … igitt auf jeden Fall.« Kalsul schüttelte
sich. »Aber Hargon, der hat mir irgendwie gefallen. Der hat auch
ständig versucht, mich rumzukriegen. Wenn er nur ein bisschen
jünger gewesen wäre … Jedenfalls, deswegen hab ich das alles mitgekriegt.« Sie sah zu Panatem hinüber, der allmählich ungeduldig
wurde. »Ich wollte nur, dass du das weißt.«

Damit breitete sie die Flügel aus und erhob sich in die Luft.
Panatem folgte ihr sofort. Anaris sah den beiden nach, wie sie
einander neckend umkreisten und schließlich hinter den Bäumen
oben am Klippenrand verschwanden.

Dann verließ sie alle Kraft, und sie musste sich auf den Boden
setzen, mitten in den nassen Sand.

Nach einer Weile raffte sie sich wieder auf, machte weiter. Sammelte Zeltbahnen ein, trug sie zu Haufen zusammen, getrennt nach
der Art des Stoffs. Kolwaane belagerten sie, während sie zog und
zerrte und schleifte, pickten nach jedem essbaren Krümel. Besonders scharf waren sie auf das Pamma.

Und während Anaris all das tat, arbeitete es in ihr genauso heftig.

Schließlich, als sie ein paar ordentliche Ballen beisammenhatte,
erklärte sie Baris, sie müsse kurz weg, und Baris nickte nur und
meinte, ja, ja, das verstehe sie, sie solle machen, wie sie denke.

Anaris flog zurück zum Nest, umrundete den Wipfel. Die
Mahlplätze waren immer noch umlagert. Überall Leute, die sich
verabschiedeten und dann abhoben, bepackt mit Rucksäcken,
Tragbeuteln oder Lastgürteln, mit denen sie nur mühsam Höhe
gewannen. Sie kreiste weiter, hielt Ausschau nach jemandem, den
sie fragen konnte, nein, den sie fragen *wollte*, wo Oris war. Endlich
entdeckte sie Bassaris, und der wusste, dass Oris half, die behelfsmäßigen Plattformen in den Hundertästern abzubauen.

Dort fand sie ihren Bruder, konnte ihn dazu bewegen, sie auf
einen einsamen Ast zu begleiten, und dann erzählte sie ihm alles,
was sie von Kalsul erfahren hatte.

Oris nickte ernst. »Hargon, Adleik, Geslepor«, wiederholte er, als wolle er sich die Namen unauslöschlich einprägen. »Damit ist klar, was ich tun muss. Ich muss diese drei Männer finden und dazu bringen, die Wahrheit zu sagen, und zwar so, dass alle sie hören.«

»Wie willst du das denn machen?«, fragte Anaris.

»Das weiß ich noch nicht«, gab Oris zu. »Aber wenn das Schicksal mit mir ist, wird sich ein Weg finden.«

***

Oris verständigte seine Freunde, und die *Aufmerksamen Flieger* schwärmten auf der Stelle aus, um Ausschau nach den drei Männern zu halten.

Doch die waren nicht mehr da, waren alle drei sofort nach Owens Sturz verschwunden. Sie fanden Leute, die sich erinnerten, dass Adleik nach Norden geflogen war und Geslepor nach Osten, aber offenbar nicht in Richtung des Mur-Nests, denn er hatte sich von jemandem verabschiedet, der dorthin wollte. Und Hargon sei wenig später auch abgeflogen, ebenfalls in Richtung Norden, wie die meisten.

Oris und Anaris überlegten hin und her, ob sie Mutter einweihen sollten. Eines Abends, als sie alle drei beim Licht eines Nachtsteins in der Nesthütte beisammensaßen, während draußen der Regen niederrauschte, taten sie es und erzählten ihr alles.

Mutter hörte ihnen schweigend zu, mit steinernem Gesicht. Als sie fertig waren, sagte sie leise und wie zu sich selbst: »Wie er es gesagt hat. Genau, wie er es gesagt hat.«

Oris und Anaris wechselten einen verwunderten Blick.

»Was?«, fragte Oris dann.

Mutter antwortete nicht. Sie schaute starr vor sich hin, hielt die Hände vor der Brust und begann, leicht vor und zurück zu wippen. Schließlich sagte sie: »Ich muss euch auch etwas erzählen.«

Keiner von ihnen antwortete. Sie warteten nur. Es war klar, dass das alles war, was sie gerade tun konnten.

»In der Nacht, in der euer Vater den Himmel durchstoßen und

die Sterne gesehen hat«, erzählte sie, »habe ich auf ihn gewartet, aber er ist nicht zurückgekommen. Nestlose haben ihn fünf Tage später gebracht, allen voran Jagashwili, der ihn gefunden hat. Euer Vater lag im Fieber, und alle glaubten, dass er sterben würde, wenn nicht an diesem Tag, dann an einem der folgenden. Doch ich konnte Heilkräuter besorgen, dank derer sein Fieber sank und er wieder zu Kräften kam.«

»Das hat uns Großmutter oft erzählt«, sagte Oris.

Mutter nickte. »Ich weiß. Aber was sie euch nicht erzählt hat, ist, dass nicht ich es war, die die Kräuter gefunden hat. Vielmehr habe ich sie von einem Mann bekommen, der oben bei den giftigen Seen lebte und den man nur den Kräutermann nannte ...«

Luksil

Der Kräutermann

In der Regenzeit war es immer am schlimmsten. Nie wurde er die Angst los, der See könnte überlaufen und alles überschwemmen mit seinem Gift, sodass er in seiner Hütte eingesperrt sein würde, ohne Hoffnung auf Rettung, denn es vermisste ihn ja niemand. Er würde nur die Wahl haben, zu verhungern oder sich im giftigen Wasser zu ertränken.

Wobei das nur gerecht gewesen wäre. Schließlich verdiente er kein anderes Schicksal als das, das ihm beschieden war.

Tatsächlich aber passierte dergleichen nie. Es regnete und regnete, gewiss, doch es hörte auch wieder auf. Die roten Wasser des Sees stiegen, aber niemals über die Ufer. Der Abfluss am unteren Ende war stark genug, um das Schlimmste zu verhindern, und nach all den Jahren wäre es eigentlich nicht mehr nötig gewesen, nachts schlecht zu träumen.

Doch auch an diesem Morgen schaute Luksil, nachdem er sich von seinem Lager ans Fenster gequält hatte, zuallererst hinab auf den Boden. Der einfach nur schlammig war und tot und kahl, wie immer. Erst dann galt der Blick dem Himmel, der dunkel und schwer über dem Wald und der Lichtung lastete, bedrohlich anzusehen, bereit, in Gestalt neuer Fluten herabzustürzen.

Manchmal geschah es, während er nach oben schaute. Dann sah er den silbernen Vorhang fallen wie einen Hammer, der zuschlug, und im nächsten Augenblick prasselte das Wasser, als wolle es ihn über den Rand der Welt spülen. Er fand es in solchen Momenten immer aufs Neue erstaunlich, dass die alte Hütte derartigen Gewalten standhielt, und das schon so lange!

Jetzt gerade regnete es nicht, aber die Luft war feucht und klamm, genau wie die Wäsche, die er über Nacht vor den Ofen gehängt hatte. Ein feiner Silberstreif glitzerte hinter den fernen Wipfeln der Bäume, das Zeichen, dass die Regenzeit ihren Höhepunkt überschritten hatte. Bald würden die ersten Nebel aufsteigen, und ihm würde wieder alles wehtun, die Knie, die Fußgelenke, der Rücken.

Kein Wunder. Der Mensch war nicht dazu geschaffen, ein Leben lang zu Fuß zu gehen. Und Luksil hatte ein langes Leben schon fast hinter sich, auch wenn das nie jemand für möglich gehalten hatte, er selbst am allerwenigsten.

Er schlurfte zum Ofen, kramte zwei Scheite aus dem Vorrat und fachte das Feuer neu an. Dann zog er die Läden ein Stück weiter zu, um die Wärme herinnen zu halten, und sah nach, was er zum Frühstück essen konnte. Ein paar Eier waren noch da. Er beschloss, sie zu braten, ehe sie schlecht wurden.

Das war etwas, das nicht aufhörte, ihn zu wundern: dass Dorkseln hier nisteten, in unmittelbarer Nähe des giftigen Sees! Er brauchte nur hinüber zu den Dornbüschen zu wandern und konnte ihnen die Eier aus den Nestern klauben; die dummen Vögel zeterten hinterher nur eine Weile und legten dann einfach neue. Dass sie hierherkamen … Vielleicht, weil es hier nur wenige andere Räuber gab. Der Giftsee vertrieb sie alle, sogar den Margor. Es wuchs auch kaum etwas rings um den See, nur ein paar harte Gräser und trockene Büsche, denen nichts etwas ausmachte, nicht einmal giftiger Boden. Ansonsten war hier Einöde, so weit das Auge reichte.

Und doch ließen sich am Rand davon fast alle Heilkräuter finden, die es gab. Schon erstaunlich. Gut, er musste ordentlich wandern, um den Rand zu erreichen, denn der See war groß und das tote Gebiet, das ihn umgab, noch viel größer, aber der Marsch um den halben See war an einem Tag zu schaffen. Und am nächsten Tag ging man in die andere Richtung. Nein, die Kräuter waren nicht das Problem.

Das Problem war, etwas zu *essen* zu finden.

Manchmal – selten – entfernte sich ein Hiibu von seiner im Wald umherziehenden Herde und wagte sich an den See. In der Regel war es ein junges, unerfahrenes Tier, das vom süßlichen Duft des Wassers angezogen wurde. Wobei es nicht das Gift selbst war, das so roch, vielmehr kam der Geruch von den vielen Insekten, die ständig darin verendeten und bei denen es sich größtenteils um Süßmücken handelte. Dieser Duft verlockte das Hiibu dazu, von dem Wasser zu trinken, und in der Regel starb es, ehe es die kahle Zone wieder verlassen hatte.

Wenn er so etwas beobachtete … das war ein Glückstag! Dann hieß es, schnell hinaus mit dem Messer und der Säge und dem Tragbeutel, um das Tier zu zerlegen, ehe die Waldvögel darüber herfielen. Meist war er den Rest des Tages damit beschäftigt, Fleisch und Knochen in seine Hütte zu tragen, zu braten, einzusalzen, einzukochen, Fett auszulösen und so weiter. Das gab immer Vorräte für lange Zeit, für viele Tage, an denen er sich ohne Hunger schlafen legen konnte. Zum Schluss schabte er die Wolle ab, um sie später zu verspinnen und neue Kleidungsstücke daraus zu stricken, und gerbte das Fell: Dafür eignete sich das rote Wasser gut. Zusammen mit Urin, Bitterbaumrinde und etwas Abrieb von einem Glanzstein erhielt er ein Leder, um das man ihn in den Nestern an der Küste beneidet hätte.

Aber solche Tage waren selten, und sie wurden, so hatte er den Eindruck, immer seltener. Jetzt, in der Regenzeit, war darauf nicht zu hoffen.

Blieb die Hoffnung, dass sich etwas in seinen Fallen verfangen hatte.

Aber erst die Eier. Er stellte die uralte Pfanne auf den Ofen und ließ sie heiß werden. Auch das Fett ging allmählich zur Neige; er hatte nur noch ein Horn voll und geizte damit. Als es in der Pfanne zischte, schlug er die Eier hinein, gab reichlich Kräuter dazu, für den Geschmack, für die Verdauung und für die Schärfe der Augen – gewiss, er würde das Alter nicht aufhalten, aber kampflos ergeben würde er sich auch nicht –, und aß dann direkt aus der Pfanne.

Während er aß, begann es abermals zu regnen. Doch es war ein leichter Regen, kraftlos, fast sanft, der bald wieder aufhören würde.

Luksil wischte die Pfanne mit einem Rest trockenen Frostmooses sauber und räumte sie dann beiseite. Noch an fettgetränktem Moos kauend, zog er sein Buch hervor, seinen kostbarsten Besitz und, vielleicht, einst so etwas wie sein Vermächtnis: sein eigener Kommentar zum Buch Gari, zumindest zu dem, was der Ahn über Heilkräuter und dergleichen geschrieben hatte. Gari war ein kluger Mann gewesen, fraglos, aber er war von einer anderen Welt auf diese gekommen, und so profund seine Kenntnisse über die Fundstellen, Wirkungsweisen und Anwendungsmöglichkeiten der hiesigen Kräuter auch waren, sie waren zwangsläufig lückenhaft geblieben. Und er, Luksil, verstoßen von seinem Stamm, den Sil am Zwölfbogenfluss, fühlte sich berufen, diese Lücken zu schließen.

Zumindest träumte er davon: dass einst, wenn er hier am roten See das Zeitliche gesegnet hatte, jemand kommen, seine Sachen durchsehen und dabei dieses Buch entdecken würde, und dass es jemand sein würde, der zu schätzen wusste, was er fand, nämlich das wertvollste Kompendium der Heilkunst mit Kräutern und Mineralien, das es gab. Also würde er es mitnehmen, um es abschreiben zu lassen. Man würde es einordnen in den Kreis der Kleinen Bücher. Man würde es *Das Buch Luksil* nennen …

Ob er das mitbekommen würde von da aus, wo man auch ohne Flügel hinflog? Er glaubte nicht an ein Leben nach dem Tod, aber deswegen war ihm sein Buch umso wichtiger. Noch war es erst zur Hälfte geschrieben. Es gab es noch so viel, was es zu ergänzen galt.

Er stellte den Tiegel mit der Tinte bereit, spitzte die Schreibfeder an. Heute wollte er endlich über Fischnüsse schreiben. Die kamen im Buch Gari überhaupt nicht vor, dabei waren sie äußerst vielseitig anwendbar. Er nahm ein paar davon aus einer Lade und legte sie vor sich hin; er würde sie nachher abzeichnen.

Fischnüsse, begann er zu schreiben, *haben weder etwas mit Fischen zu tun, noch sind es Nüsse. Es handelt sich um die Beeren des Rotdornenstrauchs, die sich im Lauf der Windzeit aus dessen blassen Blüten entwickeln. Ihre geschwänzte Form lässt an Fische denken, ihre harte Schale an Nüsse: daher der Name. In anderen Gegenden der Welt nennt man sie wohl auch Spaltbeeren und die Pflanze Spaltbeerenstrauch. Hiibus meiden diesen Strauch für gewöhnlich, der harten Dornen wegen; es lässt sich jedoch beobachten, dass sie manchmal, wenn sie sich unwohl fühlen, den Schmerz missachten und die Beeren fressen, die normalerweise Dorkseln und anderen mittelgroßen Vögeln als Nahrung dienen. Das hat mich auf den Gedanken gebracht, dass Fischnüsse ein Heilmittel sein könnten, und ich fand, dass sie sowohl gegen allgemeine Schmerzen und Unwohlsein helfen wie auch bei jedweden Unpässlichkeiten der Verdauung …*

***

Irgendwann horchte er auf und bemerkte, dass das Rauschen verstummt war. Der Regen klingelte nur noch mit leisem Tröpfeln auf den Schindeln. Luksil spähte aus dem Fenster. Das Silber hinter den Bäumen war heller geworden. Ein gutes Zeichen. Besser, er nutzte die Regenpause, um nach seinen Fallen zu sehen, und schrieb später weiter.

Er blies etwas Weißsteinstaub über die Seite, um die Tinte zu trocknen, schüttelte ihn ab und schloss das dicke Buch sorgfältig wieder. Dann ging er zur Tür und schlüpfte in seine alten Stiefel, seine Begleiter, seit er …

Nicht daran denken. Er hatte sie schon zahllose Male flicken müssen, und sie wurden nicht besser davon. Er wusste nicht, was er machen würde, sollten sie eines Tages ganz kaputtgehen.

Zum Abschluss zog er seinen ledernen Regenmantel über, der auch schon alt war, aber immer noch gut, trat auf die Plattform hinaus und ließ die Strickleiter hinab. Das Hinabsteigen war mühsam, anstrengender fast als der Weg hinauf. Als er unten aufkam, machten seine Stiefel ein schmatzendes Geräusch auf dem durchweichten Boden, der eine hässliche, kränklich-gelbe Farbe hatte, die ihn immer an Eiter denken ließ. Rings um den Felsvorsprung, auf dem seine Hütte stand, pflanzte er immer wieder Hartgräser, die hier leidlich gediehen. In der Regenzeit trat er sie nach und nach in den Schlamm, aber in der Trockenzeit richteten sie sich trotzig jedes Mal wieder auf, ja, es schien sogar, als überständen sie auf diese Weise die Frostzeit besser!

Luksil zog die Kapuze tiefer in die Stirn, ruckelte den Mantel über seinen Flügelstummeln zurecht. Dann machte er sich auf den Weg. Es war ein gutes Stück bis zu der Grenze, an der das Gift des Sees und der Wald miteinander rangen, und zu seinem Glück war der Margor empfindlicher als die meisten Pflanzen, sodass er einige Schritte in das bewachsene Gebiet hineingehen konnte, ohne Angst haben zu müssen. In der Trockenzeit und in der Windzeit wuchsen hier außer Kräutern auch allerlei genießbare Früchte … jetzt freilich nicht mehr; alles, was ihm die Vögel gelassen hatten, hatte er längst abgeerntet und verzehrt.

Blieben die Fallen, die er gestellt hatte. Er verwendete Klebstreifen, um Kleinvögel zu fangen, Glosen etwa, junge Drilche oder Buschtrompeter oder, seltener, Grüntänzer, die mit etwas Beiselkraut und ein, zwei Feuerbeeren überbacken ein Hochgenuss waren. Außerdem hatte er Täuschreusen aufgestellt, in denen sich größere Vögel verfingen, vorausgesetzt, sie waren dumm genug: Blecker zum Beispiel oder Grauschwirrer. Er hatte auch schon Lachgarren gefangen, die grandiose Brocken nahrhaften, wenngleich etwas zähen Fleisches darstellten, aber leider verirrten sich Garren selten bis auf die Hochebene. Und Dorkseln waren zu schlau, sie fanden den Ausgang aus einer Täuschreuse fast immer.

Heute hatte er kein Glück. Die Klebstreifen klebten nicht in der Regenzeit, und seine Reusen waren leer geblieben. An einem mageren Kollpok-Strauch war ein wenig Frostmoos übrig, das er abkratzte, neben einer leeren Reuse fand sich noch ein bisschen Flockenkraut: Das war alles, was er an Essbarem erbeutete.

Kräuter dagegen fand er reichlich; wäre man davon satt geworden, er hätte bessere Laune gehabt. Der Regen lockte etliche Pflanzen heraus, die im übrigen Jahr so gut wie nicht zu finden waren, und Luksil erntete sie alle sorgfältig ab, weil es höchste Zeit war, seine Vorräte daran aufzustocken: Braunkrebe, Lispenkraut, Goldsammka, Hutzelbeeren, Fliegertäschelranke, Sajur, Fiebernessel und viele andere mehr.

So kehrte er mit vollen Taschen, aber mit der Aussicht auf einen knurrenden Magen am Abend zurück, als das große Licht des Tages gerade den Zenit erklomm. Unwillkürlich sah er zum Himmel hinauf, als er die Strickleiter wieder hochstieg – und zuckte zusammen, als er über sich den Schatten eines Menschen erblickte, der die Spitze des Felsens umkreiste.

***

Es war ein Mann, der da kam. Er wartete, bis Luksil die Plattform erreicht hatte, dann landete er in respektvollem Abstand. Die alte Konstruktion erbebte spürbar unter seinem Gewicht.

Der Mann war hager, hatte einen grauen, kurz gestutzten Bart und ein von Sorge gezeichnetes Gesicht. Er trug eine bunt bestickte Jacke nach der Art der Non und einen schweren Tragbeutel darüber. Seine Flügel waren schmal und von einem unauffälligen Graubraun; sie wirkten wie ausgebleicht. Ein paar Tropfen glitzerten zwischen den Federn. Er musste in einen Regenschauer geraten sein, und das vor Kurzem, denn auf Flügeln hielt sich Nässe naturgemäß nicht lange.

»Du bist der Kräutermann, nicht wahr?«, fragte der Mann. Seine Stimme klang dünn und angespannt.

»So nennt man mich«, erwiderte Luksil unwirsch und machte sich daran, seinen Tragesack hochzuziehen, den er unten ans Ende der Schnur gebunden hatte. »Was willst du?«

206

»Ich komme wegen meiner Kinder. Sie sind krank, alle beide, und nichts will helfen. Jemand hat mir geraten, mich an dich um Hilfe zu wenden.« Er zerrte sich hastig den Tragsack über den Kopf, begann, hervorzuziehen, was er darin hatte. »Das ist für dich. Es heißt, du schätzt es, wenn man dir essbare Geschenke bringt ...«

Luksil lief das Wasser im Mund zusammen, als er sah, was der Mann mitgebracht hatte: gepökelten Hiibu-Schinken, dessen Duft durch die Biskenblätter drang, in die er gebunden war! Stangenbrot! Trockenhonig! Mokko-Beeren, dick und tiefblau, in einem Glas zudem! Gläser konnte er sowieso immer gut brauchen.

»Komm herein«, sagte er und machte die Tür auf. Er ging voraus, schob seinen Tragsack in eine Ecke, zeigte auf den Tisch. »Leg die Sachen hierhin. Woher kommst du?«

»Von den Non an der Muschelbucht. Mein Name ist Koibar.«

»Erzähl mir von deinen kranken Kindern.«

»Adnon, die Jüngere, hat acht Frostzeiten gesehen, Franon, die Ältere, zwölf«, berichtete der Mann, während er auslud, was er mitgebracht hatte. Auch eine Flasche Eisbrand war dabei. Sehr gut. »Es hat damit angefangen, dass sie über Schmerzen in den Flügeln klagten. Beide, am gleichen Tag. Am nächsten Morgen konnten sie kaum noch aufstehen; ihnen war schwindlig und schlecht, und seither haben sie Durchfall, behalten nichts mehr, magern ab ...« Er hob die Schultern. »Meine Gefährtin hat ihnen natürlich erst einmal Stopfblume gegeben, aber das hat nicht geholfen. Ich habe es mit Graugras versucht, auch vergebens. Nichts hilft!«

Der Mann war wirklich verzweifelt. Seine Verzweiflung erfüllte die ganze Hütte, war schier unerträglich. Je schneller er ihn wieder loswurde, desto besser.

»Hast du etwas von ihnen mitgebracht, an dem ich riechen kann?«, fragte Luksil ungeduldig. »Hat man dir das auch gesagt? Dass ich so etwas brauche?«

»Ja, ja. Natürlich.« Der Mann holte hastig eine Tasche aus Firlich aus seinem Tragbeutel, der er zwei gebrauchte Schlafhemden entnahm. »Hier, bitte.«

Luksil nahm das erste Stück Stoff, hielt es vor die Nase, schloss die Augen und gab sich ganz den Gerüchen hin, die ihm anhafteten. Er roch Jugend, Hoffnung, Erwartung, die erwachende Sehnsucht nach dem anderen Geschlecht. »Das ist das Schlafhemd deiner älteren Tochter, nehme ich an?«, vergewisserte er sich. »Wie hieß sie doch gleich?«

»Franon. Ja. Richtig.« Der Mann sah ihn grenzenlos verwundert an. »Das kannst du wirklich *riechen*?«

»Zum Glück mehr als das«, erwiderte Luksil unwirsch und schloss die Augen wieder. Er nahm das käsige Aroma von Krankheit wahr, von Schweiß, die fäkalen Noten, die mit Verdauungsproblemen aller Art einhergingen, aber darunter war noch ein bitterer, moschusartiger Hauch, der ihm bekannt vorkam, nur woher? Sein Gedächtnis würde ihn doch nicht im Stich lassen …?

Ah! »Das ist keine Krankheit«, erklärte er, als ihm wieder einfiel, woher er den Geruch kannte. »Das ist eine Vergiftung. Die beiden haben Schwarzbeeren gegessen.«

»Schwarzbeeren?« Der Mann wurde bleich. »Aber … aber das kann nicht sein! Wir haben sie immer ermahnt, nichts zu essen, von dem sie nicht genau wissen, was es ist!«

»Schwarzbeeren kann man leicht mit Mokko-Beeren verwechseln, vor allem bei schlechtem Licht und Nässe.«

»Aber bei uns *wachsen* überhaupt keine Schwarzbeernsträucher!«

»Offensichtlich doch.« Luksil reichte ihm das Schlafhemd zurück und begann, die Schubladen seines uralten Kräuterschranks aufzuziehen, eine nach der anderen, und zu überlegen.

»*Schwarzbeeren*, bei allen Ahnen!« Der Mann dünstete immer mehr Verzweiflung aus. »Was kann man denn da *machen* …?«

Luksil griff nach seinem steinernen Tiegel und begann, Kräuter hineinzufüllen. Rauchwurz. Bitterfuß. Schaumkraut. Fermentierte Gari-Beeren. Hernille. Prodium. Getrocknete Blätter der Würgeranke. »Das Gift der Schwarzbeere setzt sich an den Darmwänden fest und zerfrisst sie nach und nach«, erklärte er dabei. »Es muss abgelöst werden. Ich gebe dir Kräuter für einen Tee mit, den deine Töchter trinken müssen, morgens, mittags und abends. Bring Wasser zum Kochen, einen gewöhnlichen Kessel voll, und gib fünf Fingermaß Kräuter hinein.« Er machte die Greifbewegung mit Daumen, Zeige- und Mittelfinger, um ihm in Erinnerung zu rufen, was damit gemeint war. »Lass alles kochen, bis das Wasser dunkelgrün geworden ist. Dann nimm den Tee vom Feuer, lass ihn auf Trinktemperatur abkühlen und gib ihn den Mädchen zu trinken. Kein Honig hinein, nichts! Und bleib bei ihnen, beaufsichtige sie. Der Tee schmeckt entsetzlich, aber sie *müssen* ihn trinken, sonst sterben sie, ehe die Regenzeit endet.«

»Fünf Fingermaß auf einen Kessel«, wiederholte der Mann atemlos. »Morgens, mittags, abends. Ja.«

Als Luksil alle Kräuter beisammenhatte, verrührte er sie mit dem Messlöffel und füllte sie in ein Säckchen aus Moostuch. In ein anderes gab er zwei Handvoll getrocknete Fischnüsse. »Davon sollen sie jeden Tag drei kauen, bis sie sich im Mund auflösen«, erklärte er. »Je länger sie sie kauen, desto besser. Wenn die Masse anfängt, süß zu schmecken, ist der richtige Moment, sie zu schlucken. Das dämpft die Schmerzen.«

»Drei pro Tag«, sagte der Mann und nickte.

Luksil drückte ihm die beiden Säckchen in die Hand. »Und nun flieg zurück. Beeil dich. Je schneller die Behandlung beginnt, desto besser.«

Der Mann verstaute die Kräuter in seinem Tragbeutel. »Danke«, stieß er hervor.

»Ja, schon gut«, wehrte Luksil ab. »Du kannst mich wissen lassen, wie die Behandlung gewirkt hat.« Er machte scheuchende Handbewegungen in Richtung der Tür. »Aber jetzt flieg endlich los.«

Der Mann nickte noch einmal, wirkte einen Moment lang seltsam verlegen. Dann stürmte er hinaus, sprang von der Plattform, breitete die Flügel aus und stieg mit hastigen, rauschenden Schlägen empor.

Kurz darauf war er verschwunden, und keine Spur war mehr von ihm zu sehen außer den Lebensmitteln, die er dagelassen hatte.

Luksil atmete aus, spürte, wie ihn die Anwesenheit des Fremden bedrückt hatte. Das wurde mit dem Alter immer schlimmer. Früher hatte er unter seiner Einsamkeit gelitten, doch inzwischen *brauchte* er sie, war ihm die Gegenwart anderer Menschen lästig.

Manchmal spielte er mit dem Gedanken, sich tiefer in die Einöde zurückzuziehen, an einen Ort, an dem er leben konnte und wo ihn niemand fand. Doch es blieb bei dem Gedanken. Abgesehen davon, dass er keinen solchen Ort kannte, war es ja nötig, dass Menschen zu ihm kamen, die Heilung für sich oder andere suchten, sonst würde er sein Buch nicht zu Ende schreiben können. Also würde er hier den Rest seines Lebens verbringen, jeden Tag hoffend, dass jemand kam, und es zugleich fürchtend.

Schlechte Gene

Am nächsten Tag fiel wieder Regen, in hell schimmernden Fäden, ruhig und gleichmäßig, Regen von der Art, der den ganzen Tag anhalten würde.

Aber er musste ja nicht hinaus, stellte Luksil behaglich fest. Er aß noch etwas von dem Schinken, dazu ein Ende des frischen Stangenbrots mit einer Tasse frisch aufgebrühten Wachbeerentees, herrlich. Dann widmete er sich wieder seinem Buch. Heute würde er ein gutes Stück vorankommen, sagte er sich.

Doch es sollte anders kommen.

Er war gerade darin vertieft, einen Zweig des Rotdornstrauchs abzuzeichnen, als er von draußen ein rumpelndes Geräusch hörte und spürte, wie die Hütte leicht erbebte. Und das nicht nur einmal, sondern zweimal.

Hastig legte er die Feder beiseite, trocknete die Zeichnung und schob das Buch in das Fach unter dem Tisch. Dann stemmte er sich hoch und schlurfte zur Tür, um hinauszusehen.

Zwei junge Männer waren gelandet. Sie mochten siebzehn oder achtzehn Frostzeiten gesehen haben, mehr nicht.

Eigenartig. Diese Art von Besuch hatte er so gut wie nie. So junge Leute kamen nicht zu ihm; sie hatten keinen Grund dazu. In diesem Alter war man gesund, und meistens hatte man auch noch keine Kinder, um deren Gesundheit man sich Sorgen machen musste.

War das womöglich ein Überfall? Luksil presste die Hand gegen seinen Bauch, um das plötzliche Zittern darin zu dämpfen. Nicht, dass er Angst vor dem Sterben gehabt hätte, aber sein Buch! Sein Buch war doch noch nicht fertig!

Dann schüttelte er unwillig den Kopf. Wer sollte auf eine so dumme Idee kommen, ausgerechnet ihn überfallen und ausrauben zu wollen? Was konnte jemand bei ihm zu finden hoffen außer Kräutern, mit denen niemand außer ihm etwas anzufangen wusste?

Er holte Luft, straffte sich, soweit sein verkrümmter Rücken es zuließ, dann zog er den Halteriegel auf und trat hinaus auf die Plattform.

Die zwei jungen Männer sahen ihn ernsten Gesichts an. Sie standen im Schutz des umlaufenden Daches und waren beide so klatschnass, wie man es wohl wurde, wenn man durch einen solchen Regen flog. »Wir grüßen Euch, Kräutermann«, sagte der schmächtigere der beiden. Verglichen mit dem anderen, der ein wahrer Koloss war, stark und groß und etwas einfältig dreinblickend, war der, der ihn angesprochen hatte, nur ein magerer Kaibiri, aber er war eindeutig der Anführer, wirkte intelligent und scharfsichtig.

»Der bin ich«, sagte Luksil. »Und wer seid ihr?«

Der Junge legte sich die Hand auf die Brust. Seine Jacke triefte vor Nässe. »Ich bin Oris, Sohn der Eiris und des Owen«, sagte er. »Und das hier ist mein Freund Bassaris.«

»Seid gegrüßt«, brummte der Riese.

Luksil nickte abwartend. »Von den Ris also?«

»Ja.«

»Und was wollt ihr?«

»Euch etwas fragen.«

»Fragen?«

Der Junge, der Oris hieß, machte eine beschwichtigende Handbewegung. »Es geht nicht um Kräuter.«

»Von anderen Dingen verstehe ich nichts.«

»Es geht um eine Warnung, die Ihr meiner Mutter vor achtzehn
Frostzeiten gegeben habt.«

Luksil musterte den Jungen befremdet. Irgendwie kam ihm dessen Gesicht bekannt vor, aber er verstand immer weniger, was die
beiden von ihm wollten. »Du denkst im Ernst, ich erinnere mich
an jemanden, der *vor achtzehn Frostzeiten* zu mir gekommen ist?«

»Meine Mutter kam zu Euch, als mein Vater auf den Tod krank
war«, begann der Junge zu erzählen.

Luksil reckte ungeduldig das Kinn. »Das ist meistens der Fall,
wenn jemand zu mir kommt.«

»Sie hat Euch erzählt, dass mein Vater ins Meer gestürzt ist,
nachdem er zum Himmel hinaufgeflogen war, ihn durchstoßen und
die Sterne gesehen hatte.«

Luksil hielt inne. Tatsächlich, er erinnerte sich. O ja, und wie er
sich erinnerte! Er sah das Gesicht einer schönen Frau vor sich, die
ihn dankbarer ansah, als er es verdient hatte, einer Frau mit schlanken, hellgrau-weißen Flügeln …

»Wie war der Name deiner Mutter, hast du gesagt?«, fragte er.

»Eiris.«

Ja. Das war es also, was ihm an dem Gesicht des Jungen so bekannt vorgekommen war.

Er trat beiseite. »Kommt herein.«

»Aber wir sind ganz nass!«

»Das macht nichts. Kommt herein.«

***

Er ging voraus, hastig, legte einen zusätzlichen Scheit in den Ofen, schürte das Feuer kräftig. Dann zog er zwei Handtücher heraus, reichte sie ihnen, wies auf die Bank. »Setzt euch, wenn ihr mögt. Ich bin nicht auf Besuch eingerichtet, aber … Setzt euch.«

Sie trockneten sich ab, so gut es ging, und setzten sich auf die Bank, die der Nässe standhalten würde, wie sie es schon seit Ewigkeiten tat. Irgendwie schafften sie es, ihre Flügel dicht genug an den Leib zu ziehen, um einigermaßen bequem zu sitzen.

Eiris also. Die Erinnerung machte ihn verlegen, ja, ließ ihn sich geradezu verletzlich fühlen. Es war eine Begegnung gewesen, von der er sich Glück erhofft hatte, wenn auch nur ein gestohlenes, erpresstes, erbärmliches Glück, aber heute war davon nur Schmerz übrig und Scham und das Wissen, der langen Liste seiner Verfehlungen eine weitere hinzugefügt zu haben.

Er ging an seinen Kommoden entlang, befingerte nervös die Regale, überlegte fieberhaft. Als er an die Flasche mit dem Eisbrand kam, den der Mann am Tag zuvor mitgebracht hatte, hob er sie hoch und fragte: »Wollt ihr einen Schluck?«

Sie schüttelten beide den Kopf, lehnten dankend ab. Luksil spürte wilden Ärger auf sich selbst und begehrte im nächsten Moment dagegen auf: Er war ein Einsiedler, das wusste jeder! Man konnte doch von einem Einsiedler nicht erwarten, dass er sich auf den Empfang von Gästen verstand!

Er erwog, selber einen Schluck aus der Flasche zu nehmen, ließ es dann aber und stellte sie ungeöffnet zurück. Besser, er vermied alles, was dazu führen konnte, dass er die Kontrolle verlor.

»Deine Mutter, ja, ich erinnere mich«, sagte er. »Wie geht es ihr?«

Oris wiegte den Kopf. »Sie ist gesund. Aber sie trauert, weil mein Vater unlängst gestorben ist. Der, den Eure Kräuter einst gerettet haben.«

»Oh«, machte Luksil, einen Moment lang verwirrt, weil ihm das entfallen war: dass sie damals ja gekommen war, um Hilfe für ihren fiebernden Mann zu finden. »Das tut mir leid.«

Jetzt fiel es ihm wieder ein. Der scharfe, stechende Geruch überanstrengter Flugmuskeln – nie vorher und nie danach hatte er ihn in dieser Intensität gerochen. Das unverkennbare Aroma, wenn sich das Blut von Verletzungen am Flügelansatz mit Achselschweiß mischte. Die dumpf-herbe Grundnote, wie sie charakteristisch war für einen lange unterkühlten Körper. Und dieser eine Duft, für den er einfach keinen Namen fand, der Duft des nahenden Todes ...

»Was ist ihm denn passiert, deinem Vater?«, fragte Luksil.

Im nächsten Moment ergriff ihn ein plötzlicher Schwindel, als ihm aufging, dass dieser junge Mann, der da vor ihm saß, womöglich gar nicht der Sohn jenes tollkühnen Fliegers war – sondern *seiner*!

Er zog seinen Stuhl heran, musste sich setzen. In seinen Ohren rauschte es; er hörte kaum, was der Junge – Oris – erzählte, von den Sternen, die sein Vater gesehen haben wollte, von Besuchern aus aller Welt und von einem neuerlichen Versuch, bis zum Himmel emporzufliegen, der tödlich geendet hatte.

»Warte«, bat er und musste sein Gesicht einen Moment in den Händen bergen, um zur Besinnung zu kommen. »Das erzählst du alles mir, einem Mann, der nicht fliegen kann?« Er spreizte seine verkrüppelten Flügel, die nur wenig länger waren als seine Oberarme und auf denen nur eine Handvoll grauer Federn wuchsen. »Ich verstehe immer noch nicht, wie ich dir helfen kann.«

Ob dieser Oris wirklich sein Sohn war? Luksil musterte ihn mit klopfendem Herzen, meinte, Ähnlichkeiten zu sehen, und war sich doch nicht sicher. Vom zeitlichen Ablauf her konnte es sein, gewiss. War es zudem nicht seltsam, dass ein Mann wie jener, dessen ungeheure Flügelkraft er gerochen hatte, einen Sohn mit eher kleinen Flügeln zeugte?

Und: Was für ein Gedanke, dass etwas von ihm bleiben sollte! Etwas anderes als sein Buch!

»Mein Vater«, berichtete Oris, »wollte schon damals, nach seiner Genesung, von seinem Flug erzählen, aber meine Mutter hat ihm das Versprechen abgenommen, es nicht zu tun. Und das hat sie getan, weil Ihr sie gewarnt hattet. Ihr habt gesagt, dass er, wenn ihm sein Leben lieb ist, niemandem verraten soll, was er auf der anderen Seite des Himmels gesehen hat.«

»Hmm«, machte Luksil. Jetzt fiel ihm alles wieder ein.

»Ihr habt gesagt, es gäbe eine geheime Bruderschaft, die jeden verfolgt, der von den Sternen spricht.«

»Hmm«, machte Luksil noch einmal und spürte, wie sein Unbehagen zunahm.

»Und wir sind hier«, fuhr Oris fort, »weil wir mehr über diese Bruderschaft wissen wollen.«

Luksil öffnete den Mund, hielt inne. Die Bruderschaft. Bei Gari, ausgerechnet! Er war damals ein Narr gewesen, ein gemeiner, hinterhältiger Narr, aber womöglich war seine größte Dummheit die gewesen, über die Bruderschaft zu sprechen …

Bloß hatte er nicht anders können. Er hatte sich schuldig gefühlt und verpflichtet, die Frau vor weiterem Leid zu bewahren. Da ihre Sorge nicht ihr selbst gegolten hatte, sondern einzig ihrem Mann, hatte er sie eben gewarnt.

Und nun rächte es sich.

»Normalerweise«, begann er behutsam, »sage ich, dass ich darüber nichts weiß. Euch will ich sagen, dass es *besser* ist, nichts darüber zu wissen.«

»Ihr habt einen Mann gepflegt, der im Fieber darüber gesprochen hat«, sagte Oris. »Das habt Ihr jedenfalls meiner Mutter erzählt. Ich würde gern wissen, was *genau* der Mann gesagt hat.«

»Was versprichst du dir davon?«

»Die Männer zu finden, die meinen Vater mit ihren Verleumdungen in den Tod getrieben haben.«

Der vielleicht gar nicht dein Vater war …

Luksil vertrieb diesen Gedanken. *Darüber* zu sprechen war jetzt gewiss nicht das Richtige. Andererseits konnte er den Jungen auch nicht in sein Unglück fliegen lassen, nicht ihn, der womöglich seinen Lenden entstammte …

Und seltsam … er *mochte* ihn! Waren das die Bande des Blutes, von denen manche Dichter sprachen? Von Zolu gab es ein Lied, das diesen Titel trug, ein betörend schönes Lied, auch wenn man nicht so genau verstand, worum es darin ging. Auf jeden Fall war gerade mehr im Spiel als einfach nur ein Gedanke, eine Vorstellung, eine Vermutung. Er sah diesen Jungen an und spürte, wie ihm warm ums Herz wurde, eine so seltene Empfindung, dass er damit gar nicht umzugehen wusste.

Jedenfalls musste er ihn vor Unheil bewahren, und er musste es, weil er es *wollte*. Er *wollte* nicht, dass diesem Jungen ein Unglück widerfuhr.

Oris, benannt nach seinem Vater und dem Stamm seiner Mutter. Hätte das Schicksal gewollt, dass Wahrheit herrschte, dann wäre sein Name heute womöglich Lukris: Was für ein Gedanke!

Luksil verscheuchte diese Überlegungen, holte tief Luft, richtete sich auf, so weit er konnte.

»Ich will dir sagen, was ich gehört habe. Ich habe gehört, dass es eine Bruderschaft gibt, die darüber wacht, dass die Gebote, die die Ahnen uns gegeben haben, auch eingehalten werden. In erster Linie geht es darum, zu verhindern, dass bestimmte Arten von Maschinen gebaut werden, wie sie das Buch Kris verbietet, aber nicht nur.« Er überlegte, kramte in seiner Erinnerung, als wäre sie ein Kräuterkasten. »Es heißt, dass in die Bruderschaft nur männliche Abkömmlinge jener Stämme aufgenommen werden, die der Verbindung von Pihr und Sofi entstammen – also die Stämme Gon, Leik, Por und Bul. Es heißt ferner, dass die Bruderschaft ein *zweites* Buch Pihr hütet, in dem all ihre Regeln und Geheimnisse stehen. Sie behaupten nämlich, dass der Ahn Pihr selbst es war, der die Bruderschaft begründet hat.«

Die beiden jungen Männer rissen die Augen auf. »Dann gäbe es die Bruderschaft ja schon seit … seit tausend Jahren!«, stieß Oris hervor.

Luksil nickte. »So habe ich es gehört.«

Er ließ ihm Zeit, das zu verarbeiten. Zeit auch für ihn selbst, darüber nachzudenken, wie es weitergehen sollte.

»Hargon«, sagte der andere, der Große. »Das passt jedenfalls.«

Oris warf seinem Freund einen verweisenden Blick zu, der diesen wieder zum Schweigen brachte. Was wohl hieß, dass sie zumindest den Namen von einem der Männer kannten, die sie suchten. Wobei der Name Hargon Luksil nichts sagte. Aber prinzipiell konnte es jedenfalls der Name eines Bruders sein.

»Und wo«, wollte Oris wissen, »hat diese Bruderschaft ihr Nest?«

»Das weiß ich nicht«, sagte Luksil.

»Woran erkennt man ihre Mitglieder?«

»Man erkennt sie nicht. Sie kennen einander, aber sie geben sich nicht zu erkennen.«

Die Schultern des Jungen sanken herab, seine Flügelspitzen ebenfalls. »Wie soll ich sie dann je finden?«

Luksil biss sich kurz auf die Lippen, dann wagte er es und sagte: »Mein Sohn … glaub mir, es ist besser für dich, wenn du sie *nicht* findest.«

Wie süß, dieses Wort auszusprechen, und sei es auch nur ein einziges Mal im Leben!

Oris richtete sich wieder auf. Seine Flügel raschelten bedrohlich. »Ich habe am Totenlager meines Vaters den Schwur getan, seinem Namen wieder Ehre zu verschaffen. Dazu muss ich die Männer finden, die ihn verleumdet haben, und ich werde nicht ruhen, ehe ich sie gefunden habe.«

Sein tumber Freund nickte und fügte hinzu: »Ich werde ihm dabei helfen.«

Luksil musterte die beiden. Es war ihnen ernst, ganz ohne Zweifel, bitterernst. Sie würden ihr Ziel mit jener Unbedingtheit verfolgen, die einem nur in jungen Jahren gegeben war, wenn man den Schmerz des Scheiterns noch nicht kannte. Diese Vorstellung rief ein Gefühl in ihm wach, das er schon lange nicht mehr gefühlt hatte: Sorge. Er *sorgte* sich um diesen Jungen, der womöglich sein Fleisch und Blut war.

»Nun, ich will euch erzählen, wie es sich zugetragen hat«, begann er zögernd. »Es war vor … nun, vielleicht vor zwanzig oder fünfundzwanzig Frostzeiten, so genau weiß ich das nicht mehr. Jedenfalls war es mitten in einer Nebelzeit. Eine Gruppe von Reisenden aus allen möglichen Nestern der Küstenlande brachte einen Kranken an, einen jungen Mann, den sie bewusstlos in einem Hundertäster gefunden hatten. Er glühte vom Fieber, und seine Haut hatte einen gelben Ton angenommen, ein Zeichen, dass seine Leber erkrankt war. Als ich ihn untersuchte, fand ich Spuren vom Biss einer Margorschlange …«

»Uh!«, machte der Riese, Bassaris.

Auch Oris war zusammengezuckt. Kein Wunder, die meisten zuckten zusammen, wenn man diese Schlange erwähnte, die als Inbegriff der Hinterlist galt. Man war sich uneins, ob ihr Name daher kam, dass der Margor sie verschmähte – nach Luksils Meinung Unsinn –, oder daher, dass sie genauso unberechenbar zuschlug und ihr Gift genauso heimtückisch war.

»Die Reisenden, die ja unterwegs zum Markt waren, ließen mir den Mann einfach da und flogen ihres Wegs, und ich tat, was ich konnte, um sein Leben zu retten.« Luksil wies auf sein Lager in der hintersten Ecke des Raums. »Dort hat er gelegen. Zehn Tage lang habe ich ihn immer wieder mit Kräutersud gewaschen und ihm Tinkturen in Mund und Ohren geträufelt und erwartet, dass er stirbt, aber dann ist er doch wieder zu Bewusstsein gekommen. Allerdings hatte er immer noch Fieber, ein Fieber, das ihn verzehrte und dazu brachte zu reden, ohne zu wissen, was er sagte. So erfuhr ich von der Existenz der Bruderschaft und dass er ihr angehörte. Ich hielt es erst für Fieberwahn und fragte nach Einzelheiten, weil man auf diese Weise den Wahn manchmal durchbrechen kann. Doch er antwortete auf all meine Fragen, ohne sich in Widersprüche zu verwickeln, und so erfuhr ich all das, was ich euch gesagt habe.«

Oris sah ihn skeptisch an. »Heißt das, es könnte alles auch nur ein besonders intensiver Fiebertraum gewesen sein?«

»Ich habe ihn noch einmal befragt, als er auf dem Weg der Genesung war. Das war gegen Ende der Frostzeit; die ersten Frühblumen sprießten schon. Er war schockiert, sich verraten zu haben. Er gestand, dass sich alles so verhält, wie ich es gehört hatte, und schärfte mir ein, niemandem davon zu erzählen, denn Pihr selber habe es zum obersten Gebot der Bruderschaft gemacht, ihre Existenz und ihr Wirken vor allen Menschen verborgen zu halten.«

»Und nun habt Ihr es uns doch verraten«, stellte Oris ernst fest. »Habt Ihr deswegen nun etwas zu befürchten?«

Luksil meinte, in seinem aufmerksamen Blick ebenfalls Sorge zu lesen, Sorge um *ihn*! Das zu sehen schnürte ihm die Kehle zu. Er konnte sich nicht mehr erinnern, wann sich das letzte Mal irgendjemand Sorgen um *ihn* gemacht hatte.

»Ach was«, sagte er und winkte ab, heftiger, als es angebracht war. »Das kümmert mich nicht. Ich bin schon alt.« *Und ich hatte es ohnehin nicht verdient, so lange zu leben,* fügte er in Gedanken hinzu.

»Wie hat der Mann geheißen, den Ihr dem Tod entrissen habt?«, wollte Oris weiter wissen.

Luksil schüttelte den Kopf. »Das hat er mir nicht verraten.«

»Hmm«, machte der Junge.

Eine Pause entstand. Eine unangenehme, fast peinliche Pause, aber Luksil wusste nicht, was er sagen sollte. Es war eben so. Der Mann hatte ihm seinen Namen nicht gesagt, auch nicht, als er wieder gesund genug gewesen war, um seine Reise fortzusetzen.

»Könnt Ihr uns sonst noch etwas über die Bruderschaft sagen?«

Nein, das konnte Luksil nicht. Er hatte irgendwann begriffen, dass es ratsam war, sich mit der Bruderschaft gut zu stellen und seine Fragen für sich zu behalten.

Aber er konnte die beiden nicht so gehen lassen.

»Ich muss euch noch etwas sagen«, begann er. »Es ist auch eine Warnung, aber eine Warnung anderer Art.«

Die beiden Jungen sahen ihn an, hörten ihm gespannt zu. Gut. Das hier war wichtig.

»Die Ahnen wussten und konnten Dinge, die wir nicht mehr

wissen und nicht mehr können«, fuhr er fort, »doch das haben sie absichtlich so eingerichtet. Im Buch Kris ist das erklärt, wenn auch nur im Nachwort, das kaum jemand liest. Jedenfalls, die Ahnen waren der Ansicht, dass es Dinge gibt, die man besser nicht weiß …«

Er hielt inne, als der Blick des Großen desinteressiert zur Seite wanderte, zum Fenster hinaus. Der Regen hatte nachgelassen, fast aufgehört, und die ganze Haltung des Jungen verriet, dass er diese Pause gerne nutzen würde, falls es hier nichts mehr von Interesse zu erfahren gab.

Luksil reckte sich, verwünschte seinen Buckel, der ihn zeitlebens in diese halb geduckte Haltung zwang. Er *musste* diese Warnung noch loswerden! Insbesondere, falls Oris wirklich sein Sohn war. Dann war es unerlässlich, dass er das hier hörte.

»Es ist wichtig, das zu verstehen«, setzte Luksil neu an, mit verzweifelter Eile, getrieben von der Angst, auch Oris' Aufmerksamkeit zu verlieren. »Die Ahnen meinten es fraglos gut mit uns. Sie haben getan, was sie konnten, um uns, ihren Kindern und Kindeskindern, eine gute Zukunft zu sichern. Doch sie waren keine Götter. Sie waren nicht einmal Übermenschen. Sie haben uns die Gene der Pfeilfalken gegeben, gute Gene, für die meisten jedenfalls … aber sie haben vergessen, uns die *schlechten* Gene zu nehmen, die wir noch in uns tragen, die *bösen* Gene. Die haben sie uns nicht genommen! Denkt immer daran!«

Er sprach sie beide an, doch eigentlich meinte er nur Oris, der womöglich sein Sohn war und damit womöglich dieselben schlechten Gene in sich trug, die ihn, Luksil, den Verstoßenen, böse Dinge hatten tun lassen.

»Lasst euch nicht von euren schlechten Genen zu schlechten Taten bewegen«, beschwor er ihn. »Seid wachsam! Folgt den Lehren der Großen Bücher! Ich habe das früher nicht getan und es bitter bereuen müssen. Erst viel später, jetzt, da ich alt bin und das Leben hinter mir liegt, sehe ich, wie viel Weisheit in diesen Büchern zu finden ist. Sie sind es, die uns davor bewahren können, uns von unseren schlechten Genen verführen zu lassen …«

»Ja, gewiss«, sagte Oris höflich und sah nun auch hinaus. »Wir danken Euch. Ich denke, es ist besser, wir fliegen jetzt wieder. Diese Regenpause dürfte heute die einzige bleiben, und wir haben einen guten Pfahlbaum auf dem Weg gesehen, den wir vielleicht trockenen Flügels erreichen können, wenn wir beizeiten aufbrechen.«

»Sicher«, sagte Luksil, bemüht, seine Enttäuschung zu verbergen. Zum ersten Mal war er nicht froh, dass Besucher wieder gingen, und das verstörte ihn regelrecht. Am liebsten hätte er die beiden einfach festgehalten, aber da das lächerlich gewesen wäre, und sei es nur des Ungleichgewichts ihrer körperlichen Kräfte wegen, suchte er verzweifelt nach etwas, das er tun konnte, damit sie noch blieben.

»Wollt ihr ein wenig essen?«, fragte er hastig. »Oder trinken? Ihr habt einen weiten Flug vor euch.«

»Wir haben Pamma bei uns«, sagte der Große. »Das reicht.«

»Wir danken Euch«, sagte Oris, »aber wir wollen Euch nicht zur Last fallen.«

Dabei hätte er es so gerne gehabt, dass sie ihm zur Last fielen! Er hätte so gerne das, was er hatte, mit ihnen geteilt, mit diesem mageren Jungen vor allem, in dem womöglich ein Teil von ihm weiterleben würde …

Ein guter Teil, so stand zu hoffen. *Bestimmt* ein guter Teil.

Doch sie standen auf, bedankten sich noch einmal in aller Form, sprachen Worte des Abschieds. Ihm blieb nur, zu nicken und ihre Worte zu erwidern, ihnen einen guten Flug und sichere Heimkehr zu wünschen, wie es sich gehörte und wie er es doch noch nie jemandem gewünscht hatte.

Dann flogen sie ab, stiegen mit kräftigen Schwüngen ihrer jungen Flügel hinauf in den regengrauen Himmel, kamen außer Sicht. Und zum ersten Mal seit langer Zeit tat es ihm leid, allein zu sein.

Reue

In dieser Nacht träumte Luksil wieder einmal den Traum, der ihn bis ans Ende seines Lebens verfolgen würde.

Es ist ein warmer Nachmittag in der Trockenzeit, als er über die Stege des Nests geht. Eine schläfrige Stille liegt über allem. Wer nicht in den Wäldern oder entlang des Flusses unterwegs ist, macht ein Mittagsschläfchen oder sitzt mit einem Becher kalten Fruchtgraswassers im Schatten der Äste und döst vor sich hin. Irgendwo unterhalten sich zwei, aber es klingt wie mattes Gemurmel, von langen, versonnenen Pausen durchsetzt.

Nur er, Luksil, döst nicht. Die Stege knarren unter seinen Schritten, besonders der eine, den sie eigens für ihn gebaut haben, damit auch er hinab zum Angelplatz gelangen kann, einem breiten Ast, der über den Fluss hinausragt. Mücken summen in der Luft. Wasser rauscht und plätschert. Es riecht nach den Blüten des Firnemooses, das an den Uferböschungen prächtig gedeiht und sich gut eignet, um Blutungen zu stillen und Schürfwunden zu behandeln.

Doch das alles registriert Luksil nur am Rande. Sein Geist ist umwölkt von blindem Hass, sein Herz ist verstockt, seine ganze Existenz ist Schmerz. Und er trägt ein Messer bei sich, dasselbe Messer, mit dem er in der Küche Hiibu-Fleisch von Knochen gelöst und Gelenke durchtrennt hat.

Je näher er dem Angelplatz kommt, desto stärker riecht es auch nach Fischen, ein Geruch, der einem Korb entsteigt, in dem viele von ihnen liegen. Neben dem Korb sitzt Unsil, entspannt in eine Astgabel gelehnt, die prächtigen weißen Flügel zwischen Blättern und Zweigen verhakt, seelenruhig. Er hat drei Angeln vor sich, die er mit halbem Auge überwacht, ansonsten genießt er die Ruhe und das einschläfernde Rauschen, mit dem der schimmernde Fluss unter ihm vorbeiströmt.

Der starke, gut aussehende Unsil, der ihm Gristal weggenommen hat.

Gristal, die einzige Frau, die Luksil je Sympathie entgegengebracht hat. Mit der er Nähe erlebt hat, Vertrautheit, Zuneigung. Die so etwas wie Hoffnung in ihm hat entstehen lassen.

Die ihn während eines Festes, bei dem reichlich Eisfrüchtewein geflossen ist, sogar einmal geküsst und zu ihm gesagt hat, letzten Endes käme es bei einem Mann nicht auf die Größe der *Flügel* an ...

Nicht einmal seine eigene Mutter hat je so viel für ihn empfunden ... die schon gar nicht! Endlos gegrämt hat sie sich, ein Kind mit verkrüppelten Flügeln zur Welt gebracht zu haben. Sie hat Lukdor, seinen Vater, verstoßen und ist früh gestorben, verhärmt und enttäuscht und garstig gegen jedermann. Und während ihres langen Siechtums, als man alle Kräuter, die es gab, an ihr ausprobiert hat, ist es geschehen, dass er, Luksil, sein Interesse daran entdeckt hat.

Damals hat er auch den Duft des nahenden Todes zum ersten Mal wahrgenommen.

An all das muss er denken, als er von dem Steg, den außer ihm niemand benutzt, auf den Ast des Angelplatzes tritt. Unsil sieht schläfrig zu ihm auf und sagt: »Hallo, Luksil.«

»Hallo«, sagt Luksil.

»Die Fische beißen heute gut. Willst du nicht auch ein paar Schnüre ins Wasser hängen?«

»Nein«, sagt Luksil, tritt auf ihn zu und treibt ihm das Messer unterhalb des linken Flügelansatzes in den Rücken. Die Spitze kommt an der Brust wieder zum Vorschein, auf Unsils hellem Hemd entsteht ein roter Fleck, der rasch größer wird, und ein intensiver, metallischer Geruch breitet sich aus.

Unsil ist davon vollkommen überrascht. Er will noch etwas sagen, aber seine letzten Worte gehen in dem Blut unter, das auf einmal aus seinem Mund sprudelt. Dann bricht sein Blick, und er ist tot. Luksil zieht das Messer, mit dem er das Herz Unsils durchstoßen hat, wieder heraus, stößt seinen Leib hinab ins Wasser und sieht zu, wie er davontreibt, mit weit ausgebreiteten Flügeln.

223

Doch die Genugtuung, die er sich von dieser Tat versprochen hat, stellt sich nicht ein. Stattdessen erfüllt ihn auf einmal Grauen vor sich selbst.

Was er getan hat, bleibt nicht lange unentdeckt. Ein paar junge Sammler, die entlang des Flusses unterwegs sind, um Mokko-Beeren zu suchen, entdecken den Leichnam aus der Luft, und so wird der Tote noch am selben Tag geborgen und ins Nest gebracht. Etliche Leute wissen, dass Unsil beim Angeln gewesen ist, einige haben Luksil ebenfalls dorthin gehen sehen, mit einem Schlacht-messer in der Hand, das genau zu der Wunde passt, und schließlich gesteht Luksil. Er gesteht nicht nur, er schreit seinen Schmerz hin-aus. Alle sollen wissen, dass Unsil ihm Gristal weggenommen hat, die Einzige, die ihn je geliebt hat, ihn, Luksil, den Hässlichen, der verkrüppelte Flügel hat und nicht fliegen kann.

Als er nicht mehr kann, weil er heiser ist vom Schreien und weil ihn das Grauen vor sich selbst würgt, hält ihm Puriansil, die Älteste, vor: »Wie kannst du das sagen, Luksil? Du warst einer von uns. Wir alle haben deine Kenntnisse der Heilkräuter geschätzt und deine Fähigkeit bewundert, zu erriechen, an welcher Krank-heit jemand leidet. Und schon, als du noch ein Kind warst, haben wir uns alle Mühe gegeben, dafür Sorge zu tragen, dass du gut mit uns leben kannst, auch ohne zu fliegen. Wir haben die Stege und Hängebrücken verstärkt, wir haben Stege eigens für dich gebaut und ein Tragegeschirr geflochten, um dich mitzunehmen zu Festen in den Nachbarnestern. All das hast du mit deiner Tat zurückge-wiesen! Du hast dich damit außerhalb unserer Gemeinschaft ge-stellt und das, was du uns oder dem Schicksal vorwirfst, selbst her-beigeführt. Deinetwegen musste ich heute das Buch Kris an einer Stelle aufschlagen, die ich seit meiner Kindheit nicht mehr ange-schaut habe, um noch einmal nachzulesen, wie eine solche Tat zu sühnen ist. *Wer einen anderen Menschen mit Absicht tötet, dem brennt das Mal des Mörders auf die Stirn und verbannt ihn anschließend für alle Zeit.* So lautet das Gesetz, das Kris uns gegeben hat, und so werden wir es tun.«

Doch erst einmal gibt es eine große Diskussion, denn: Verurteilen sie ihn damit nicht zugleich zum Tode? Wie soll jemand, der nicht fliegen kann, alleine überleben? Wenn sie ihn aussetzen, ist das nicht dasselbe, als würden sie ihm ihrerseits ein Messer durchs Herz stechen?

Sie bitten die Nachbarnester um Rat, und sie kommen, um an der Diskussion teilzunehmen, von den Res, den Muk, den Por. Doch am Ende gelangen sie immer wieder zum selben Ergebnis: Luksil muss das Nest verlassen, denn niemand will mehr mit ihm zusammenleben.

Schließlich machen sie es so, dass sie ihn mit einem Tragenetz zur Mündung eines Gebiets sich weit verzweigender Flüsse und Bäche bringen, das man *Selimes Garten* nennt. Hier kann er in fließendem Wasser gehen, das in der Trockenzeit niedrig genug dafür ist.

»Und dann?«, fragt Luksil, doch auf diese Frage bekommt er keine Antwort, nur ein Flügelzucken.

Sie fesseln ihm die Hände und Beine, ehe sie ihn ins Tragenetz nehmen. Als sie ihn absetzen, lösen sie ihm nicht nur die Fesseln, sie geben ihm auch ein Messer mit, wenngleich nur ein kleines, und einen Vorrat Pamma. Einer von ihnen, Eirauk, ringt sich ein »Lebwohl« ab, die anderen sagen nichts, rollen nur das Tragnetz zusammen. Luksil kann ihren Abscheu und ihr Entsetzen riechen.

Dann fliegen sie davon, und er ist alleine. Ihm das warnende Mal auf die Stirn zu brennen haben sie vergessen, vielleicht, weil sie ihm ohnehin keine Überlebenschancen einräumen.

In ihm ist alles wie abgestorben, während er den Wegen folgt, die einst die Ahnin Selime mit ihrem metallenen Boot befahren hat. Er kommt nur schwer voran. Der Grund ist steinig, die Strömung stark. Irgendwann bluten seine Füße, und sein Blut lockt Glitzerkrebse an, die sich leicht fangen lassen und deren Inneres man auch roh essen kann. Er schläft am Ufer, an dem er wenig zu essen findet, nur ein paar Lotzels hin und wieder, die so dicht über dem Wasser hängen, dass die Vögel sich nicht herantrauen, die aber noch grün und hart sind, mehr Schale als Fruchtfleisch, und außerdem bitter.

Er gelangt an Orte, die er aus den Beschreibungen im Buch Selime wiedererkennt. Der Fels mit der Öse darin. Die Schlucht mit den Riesensteinen. Der Doppelwasserfall, der im hellen Mittagslicht in allen Farben erstrahlt.

Irgendwann ist seine Verzweiflung so groß, dass er aus dem Wasser steigt und querfeldein geht, bereit, sich vom Margor holen zu lassen und seinem Elend damit ein Ende zu setzen. Sein Herz rast, als er mit nackten, aufgeweichten Füßen über Gras und Erde wandert. Jeder Schritt, weiß er, kann sein letzter sein. Er hat einmal gesehen, wie ein Hiibu vom Margor geholt wurde, direkt unter dem Nestbaum, und hat noch dessen Schmerzensschrei im Ohr.

Doch nicht einmal der Margor will ihn mehr haben, und so erreicht er irgendwann das Gebiet der giftigen Seen.

***

Er fuhr hoch, in Schweiß gebadet, und saß dann eine ganze Weile da, reglos im grauen Licht des anbrechenden Morgens, bis die Traumbilder langsam schwanden. Ja, so war es gewesen. Das war kein Traum, das war Erinnerung.

Es regnete, verhalten, aber ausdauernd. Der Boden sah schlammig aus und hatte in dem trüben Licht die Farbe von Erbrochenem. Weil er ohnehin nicht mehr einschlafen würde, quälte sich Luksil aus seinem Lager hoch und setzte Wasser für einen Tee auf.

An Wasser zumindest herrschte kein Mangel. Das Reservoir auf dem Dach war übervoll, anders als in der Trockenzeit, wenn er es von der Quelle holen musste, die den See speiste. Bis dorthin war es weit, die Quelle lag dem Abfluss fast genau gegenüber. Aber zum Glück war nicht das Wasser aus der Quelle giftig, sondern Stoffe am Grund des Sees, die sich im Wasser lösten und ihm seine rote Farbe verliehen. Wäre es anders gewesen, niemand hätte hier auf Dauer leben können.

Die rote Farbe war unterschiedlich intensiv, je nach Jahreszeit, aber Tiere verstanden sie offenbar nicht als Warnung. Egal, wann man am See entlangging, man fand immer irgendwo einen toten Vogel am Ufer, der seinen Durst mit dem Leben bezahlt hatte.

Ja, damals, seine Ankunft. Luksil stand alles wieder vor Augen, während er die Kräuter für den Tee mischte. Der schier endlose Marsch, auf dem ihn der Margor verschmäht hatte. Er hatte den Boden angeschrien: *Hol mich doch endlich! Ich hab's nicht anders verdient!* Aber der Margor ließ sich nicht befehlen, von ihm genauso wenig, wie er sich von den Ahnen hatte befehlen lassen.

Irgendwann hatte er in diesem toten Land hier gestanden. Hatte den hoch aufragenden Felsen gesehen und die Hütte auf dem Vorsprung an dessen unterem Ende. Hatte gerufen, und ein alter Mann war herausgekommen, ein Mann mit einem langen, grauen Bart und langen, grauen Flügeln, und hatte gesagt: »Mein Name ist Asgari. Und wer seid Ihr?«

Luksil goss das brühheiße Wasser über die Kräuter. Asgari war natürlich nicht sein wirklicher Name gewesen, daraus hatte der Alte auch gar keinen Hehl gemacht, so wenig wie daraus, dass er hier lebte, um für irgendeine böse Tat zu büßen. Welche, hatte er ihm ebenfalls nie erzählt.

Aber Asgari hatte ihn bereitwillig aufgenommen, obwohl Luksil ihm *seine* böse Tat gestanden hatte. »Ich bin so alt, dass ich mich vor nichts mehr fürchte«, hatte er gesagt und ihm einen Schlafplatz unter dem Dach eingerichtet. Damals war es für Luksil kein Problem gewesen, allabendlich eine Leiter zu erklimmen. Heute war er froh, dass er das nicht mehr musste.

Asgari hatte, anders als er, kräftige Flügel besessen, und so war es ihm möglich gewesen, diese Hütte zu errichten. Das Material dafür hatte er sich zum Teil bei den umliegenden Nestern erbettelt, zum Teil selber gefunden, vor allem das Holz, aus dem die Wände und Böden bestanden. Trotzdem waren etliche Frostzeiten ins Land gegangen, ehe die Hütte fertig gewesen war; bis dahin hatte Asgari notdürftig in einer Art Zelt am Rand des giftigen Gebiets gehaust.

Asgari war handwerklich sehr geschickt gewesen, anders als Luksil. Asgaris Werkzeug war immer noch da; es lag unterm Dach und setzte langsam Rost an. Ab und zu holte Luksil es, um sich an der einen oder anderen Reparatur zu versuchen, meist mit eher bescheidenem Erfolg.

»Du hast enormes Glück gehabt«, hatte Asgari auf Luksils Schilderung seines Fußmarsches hin gemeint. »Eigentlich ist der Margor rings um die Seen herum nämlich *ziemlich* stark.«

Er zeigte ihm auch die Grenze, bis zu der man sicher war; er hatte sie im Lauf der Zeit mit Steinen markiert.

»Es heißt, dass der Margor in Trockenzeiten manchmal schläft«, räumte er dann ein. »Sagt man jedenfalls. Aber ob es stimmt …? Man möchte es ja ungern ausprobieren.«

Luksil fand diese Theorie zunächst überzeugend, bis er im Lauf der Jahre miterlebte, wie stark der Margor rings um die giftigen Seen war – auch in der Trockenzeit! Er gab es irgendwann auf, sich sein wundersames Überleben erklären zu wollen.

Es war eine gute Zeit gewesen mit dem Alten, im Grunde die beste Zeit seines Lebens überhaupt. Trotz des beträchtlichen Altersunterschieds hatten Asgari und er sich gut verstanden, und dass Luksil sich mit Heilkräutern auskannte, war kein Nachteil gewesen. Asgari hatte an mancherlei Gebrechen gelitten – an einem schwachen Herzen, einem Fraß im Magen, an Flügelrheumatismus, der ihm das Fliegen an feuchten Tagen zur Qual werden ließ, und an anderem. Er hatte eine Abschrift des Buches Gari besessen – einmal mehr hatte er nicht sagen wollen, woher; es war jedenfalls nicht seine eigene Handschrift gewesen – und versucht, mit dessen Hilfe gegen seine Leiden anzukämpfen. Doch so geschickt er mit Säge, Hobel und Meißel gewesen war, so ungeschickt hatte er sich mit Kräutern angestellt. Erst Luksils Rat hatte ihm wirkliche Erleichterung gebracht, zum ersten Mal.

Dennoch blieb ihre gemeinsame Zeit kurz. Drei Frostzeiten erlebte Luksil mit Asgari, bis er eines Tages, an einem milden Abend in der anbrechenden Windzeit, als die Luft erfüllt war vom Rauschen der umliegenden Wälder, den Duft des Todes vernahm. Am nächsten Morgen fand er den Alten tot in dessen Lager.

Es war ein Schock gewesen, trotz der Ankündigung oder vielleicht gerade deswegen. Luksil harrte den ganzen Tag und die ganze Nacht am Lager Asgaris aus, erfüllt von Trauer und verzweifelt, weil er nicht wusste, was er nun tun sollte. Er hatte nicht genug Holz, um ihn zu verbrennen, bei Weitem nicht, und alles vergessen, was die Trauerriten betraf; es verdrängt seit dem Tod seiner Mutter.

Schließlich hatte er Asgaris Leichnam mühsam aus der Hütte geschleppt, ihn auf den Boden hinabgelassen und dann, auf einem abgerissenen Ast liegend, zu einem Abhang in der Nähe des Seeabflusses gezogen. Dort, hatte Asgari ihm einst erklärt, wüte der Margor am stärksten; ein Schritt auf die Ebene unterhalb des Hanges, und man sei fort, selbst wenn man ein Hiibu sei.

Also ließ er den Toten an jener Stelle hinabrollen, aber nichts geschah. Er wartete, bis die Nacht anbrach, und kam am nächsten Tag wieder. Am Morgen des dritten Tages schließlich war der Leichnam spurlos verschwunden, und seither war Luksil alleine.

***

Der Tee war herb, fast bitter, aber belebend. Während er ihn in kleinen Schlucken trank, dachte er über den vorigen Tag nach, über den Besuch der beiden jungen Männer, Oris und … wie hatte der andere geheißen, der Große, Grobschlächtige? Er hatte es vergessen.

Er dachte darüber nach, wie um alles in der Welt er sich nur hatte einbilden können, Oris sei sein Sohn.

Wie hatte das eigentlich damals angefangen? Kurz nach Asgaris Tod war ein Mann gekommen und hatte sich nach ihm erkundigt, weil er ein bestimmtes Werkzeug zurückhaben wollte. Luksil hatte es ihm gegeben, und aus irgendeinem Grund hatte der Mann erwähnt, sein Sohn litte an einem hartnäckigen Husten. Ein kaum merklicher, besonderer Geruch, der von ihm ausging, hatte Luksil auf die Idee gebracht, ihm getrocknetes Schaumkraut, zerstoßene Gari-Beeren und etwas Dorksel-Dung zu mischen und mitzugeben, für einen Heiltee. Ein durchschlagender Erfolg, hatte ihm der Mann bei einem zweiten Besuch erzählt. Und offenbar hatte sich das herumgesprochen, denn von da an waren sie gekommen, von überallher und immer wieder.

Irgendwann hatte er angefangen, sich von Frauen, die ihn aufsuchten, gewisse Gefälligkeiten zu erbitten. Er hatte natürlich gewusst, dass es nicht in Ordnung war, das zu tun, aber er hatte sich einsam gefühlt und nicht anders gekonnt. Und er hatte sie ja zu nichts gezwungen, sie auch nicht erpresst, o nein! Aber sie hatten gefragt, »Wie kann ich dir danken?«, junge Frauen, schöne Frauen, und so hatte er ihnen eben gesagt, welche Art Dank ihm am liebsten gewesen wäre. Und sie hatten sich darauf eingelassen. Nicht alle, aber die meisten. Die meisten waren auch wiedergekommen, wenn sich die Notwendigkeit ergeben hatte.

Na gut, vielleicht nicht die meisten. Aber doch viele. Manche zumindest.

Andere hatten sich geweigert. Hatten eine andere Art Dank angeboten, eine neue Strickjacke zum Beispiel oder einen Topfkuchen oder dergleichen. Seit einiger Zeit war ihm diese Art Dank ohnehin lieber. Vielleicht, weil er sich mit seiner Einsamkeit abgefunden, ja, angefreundet hatte. Vielleicht, weil das Alter seinen Tribut forderte. Und schließlich: Was hatte er davon, wenn ihm eine zu Willen war, dann aber nicht wiederkam, sodass er nicht erfuhr, wie seine Kräuter gewirkt hatten?

Wie auch immer, in all den Jahren war keine Einzige von ihm schwanger geworden. Zumindest hatte er nie dergleichen erfahren, hatte es nie eine Andeutung in diese Richtung gegeben. Nicht nur, dass seine Flügel zu nichts taugten, auch seine Männlichkeit war offenbar zu nichts gut.

Aber an Eiris erinnerte er sich immer noch sehr lebhaft. Sie war so verzweifelt gewesen – und zu jedem Opfer bereit. Sie hätte alles getan, um ihren Mann zu retten; ihr eigenes Leben hätte sie hergegeben für ihn. Und sie war schön gewesen, eine unwiderstehliche Versuchung für ihn, ihre Notlage auszunutzen.

Und heute war er ein alter Narr, der im Alter sentimental wurde. Oris sein Sohn! Das hatte er sich eingeredet, weil er es sich eben gewünscht hätte, mit einer so schönen Frau ein Kind zu haben. Dadurch hatte er sich verleiten lassen, Geheimnisse zu verraten, die er besser gehütet hätte, genau, wie er sich bei Oris' Mutter schon hatte verleiten lassen, zu viel zu sagen.

Das war ein Fehler gewesen. Ein Fehler, den er so schnell wie möglich korrigieren musste.

Er stellte die Tasse beiseite, ging an seinen Arbeitstisch, holte ein einzelnes Blatt aus der Schublade und schnitt ein winziges Stück davon ab. Dann zog er das Schreibzeug heran, spitzte die Feder und überlegte noch einmal. Wie hatte der andere geheißen? Irgendetwas mit B. Vielleicht Baris? Nein, nein, der Name war länger gewesen. Balris? Balaris? Ah, nein … Bassaris! Genau.

Er begann zu schreiben.

Ich hatte Besuch von 2 Jungen namens Oris und Bassaris. Sie wussten von der Existenz der Bruderschaft und nannten den Namen Hargon. Offenbar haben sich mehrere Brüder im Zusammenhang mit dem Tod eines gewissen Owen auffällig benommen. Oris ist Owens Sohn und entschlossen, die Wahrheit ans Licht zu bringen.

Der Kräutermann.

Er las es noch einmal. Das war so formuliert, dass ihn zumindest auf den ersten Blick keine Schuld traf. Solange die Brüder nicht auf die Idee kamen, nachzufragen, was die Jungen bei ihm gewollt hatten. Bis dahin musste ihm eine gute Antwort einfallen.

Er versiegelte das Blatt mit Flemmenharz, um es wasserdicht zu machen. Während es trocknete, machte er sich an den anstrengenden Teil der ganzen Sache.

Zuerst galt es, die Leiter von all den Kleidungsstücken frei zu räumen, die auf den Sprossen zum Trocknen hingen. Dann musste er sie erklimmen, was ihm jedes Mal schwerer fiel. Oben, unterm Dach, stand neben dem Werkzeug ein Käfig, den ihm der namenlose Bruder gebracht hatte ebenso wie den Vogel darin. Es war ein Kuriervogel, ein Grauling, braun gescheckt und unscheinbar, aber mit jenem untrüglichen Orientierungsvermögen gesegnet, mit dem er von jedem Ort der Welt ins heimatliche Nest zurückfand. Jedes Mal, wenn der Bruder zur alljährlichen Leberkur kam, brachte er einen neuen Vogel mit und ließ den alten frei.

Es war das erste Mal, dass Luksil sich des Vogels bedienen würde, um der Bruderschaft tatsächlich eine Nachricht zu übermitteln.

Er zog den Käfig zu sich heran und nahm ihn mit hinunter. Ein Kuriervogel verbrachte seine Gefangenschaft größtenteils schlafend; er erwachte einmal pro Tag, pickte ein paar Körner aus dem Vorrat, dem man ihn in den Käfig gekippt hatte, und schlief weiter. Aber natürlich fraß er nicht nur, sondern schied im selben Tempo auch Exkremente aus, sodass der Käfig entsetzlich stank. Unwillkürlich beeilte sich Luksil, während er den winzigen, mittlerweile getrockneten und damit regenfesten Brief eng zusammenfaltete, ihn dem Kuriervogel um eines der Beine wickelte und gut festband.

Währenddessen erwachte der Kuriervogel allmählich. Er sah ihn aus seinen dunklen Knopfaugen an, als wolle er fragen: Geht es los?

Ihn fest in den Händen haltend ging Luksil zur Tür und öffnete sie. Kalte und feuchte, aber frische Luft wehte herein, ein deutlicher Kontrast zu dem Gestank, den der Käfig im Inneren der Hütte verbreitete. Er würde das Ding nachher hinaus auf die Plattform stellen, sollte der Regen es sauber waschen!

Er trat bis unter den äußersten Rand des Daches, den sich erwartungsvoll regenden Grauling in Händen, und zögerte.

Tat er *jetzt* das Richtige?

Er überlegte.

»Schlechte Gene«, sagte er schließlich. »Ich tue *immer* das Falsche.«

Damit warf er den Vogel hinaus in den Regen. Das Tier breitete sofort die Flügel aus und begann zu flattern, als habe es nicht über ein halbes Jahr Schlaf hinter sich, stieg steil empor und flog davon in Richtung Osten.

Eteris

Das Nebelfest

»An diesen Aussparungen reißt das Leder natürlich leicht«, sagte Walaris, von der es hieß, sie sei die beste Schuhmacherin der Küstenlande.

»Ich weiß«, meinte Eteris seufzend.

Ihre Schuhe waren auf einem uralten, abgewetzten Holzgestell aufgespannt. Sie sah zu, wie Walaris sich mit einem scharfen Messer, einem Reibholz, allerlei Tinkturen und Nadel und Faden daran zu schaffen machte.

»Aber du brauchst diese Aussparungen eben, wegen deiner Fußfedern.«

»Ich weiß.« Eteris seufzte noch einmal. »Manchmal würd ich sie mir am liebsten ausreißen.«

Walaris lachte auf, was ihre ganze umfangreiche Gestalt in Bewegung brachte. »Das nutzt ja nichts. Federn wachsen nach.« Sie nahm ein kleines, sorgfältig zurechtgeschnittenes Stück Leder und fügte es ein. »Und warum auch? Die Fußfedern machen dich doch attraktiv.«

Eteris streckte ihre nackten Füße aus und spannte die Muskeln an der Hinterseite der Unterschenkel an, mit denen sie die Federn bewegen konnte. Sie spreizte sie, bewegte sie hin und her und betrachtete das Schauspiel grübelnd. »Warum eigentlich?«, fragte sie.

Die Schuhmacherin rieb energisch über die geflickte Stelle. »Wahrscheinlich, weil Vögel Schwanzfedern haben und wir Menschen nicht«, meinte sie nebenher. »Irgendwie wissen wir, dass uns da was fehlt, und weil Fußfedern eine Art Annäherung daran sind, finden wir sie attraktiv. Meine Theorie.«

»Dabei sind sie zu nichts nutze.« Außer, um dafür bewundert zu werden. Sie waren nicht mal nützlich beim Fliegen! Am besten flog sie, wenn sie sie eingezogen hielt. Aber es war schwierig, immer daran zu denken.

Sie hatte es so satt!

»Und? Freust du dich schon auf das Nebelfest?«, wollte Walaris wissen, während sie emsig klebte und stichelte und nähte.

»Weiß nicht«, seufzte Eteris. Sie wusste es wirklich nicht.

Walaris nahm den Schuh vom Gestell, drehte ihn nach allen Seiten. »Wie neu!«, befand sie. »Du wirst das Glanzlicht des Fests sein, Eteris. Alle Heit-Buben werden dich anschwärmen.«

Und dabei wird es bleiben, dachte Eteris düster.

Früher, ja, da hatte es ihr Spaß gemacht, angehimmelt zu werden. Aber allmählich wurde sie zu erwachsen für diese billige Art von Vergnügen.

***

Auch in der Nebelzeit gab es im Hang zu tun, und nicht wenig. *Falls man hinfindet*, lautete ein beliebter Scherz. Es galt, die reifen Torgwurzeln auszugraben; die mussten alle vor dem ersten Frost aus dem Boden sein. Die Biskenbüsche wollten ebenfalls vorher beschnitten sein. Und es genügte nicht, die Pflanzen abzudecken, die die Frostzeit sonst nicht überstanden, man musste auch immer wieder nachsehen, ob womöglich neugierige Vögel die Abdeckungen beiseitegezerrt hatten.

Während Eteris moosiges Gras über den zurückgeschnittenen Trieben der Windrüben anhäufelte, dachte sie daran, wie sie zum ersten Mal zur Gartenarbeit geschickt worden war. Wie sie sich gesträubt hatte. Wie langweilig sie es gefunden hatte, ja, schier unerträglich! Man hatte sich nicht nur die Finger schmutzig gemacht, auch die Füße und die Knie und die Fußfedern und, wenn man nicht aufpasste, die Flügelspitzen obendrein. Nur weg, hatte sie sich gesagt, so schnell wie möglich!

Man veränderte sich mit der Zeit. Heute war der Garten ihr liebster Platz. Sie liebte es, in der Erde zu wühlen und Pflanzen, die sie mit eigenen Händen eingesetzt oder gesät hatte, wachsen und reifen zu sehen. Sie konnte mit endloser Geduld Dinge ausprobieren, mit Düngung experimentieren oder mit Bewässerung oder dem Standort, oben oder unten am Hang, hell oder dunkel, wenn sie der Ehrgeiz gepackt hatte, eine Pflanze groß zu kriegen, von der es hieß, sie wachse hier in der Gegend nicht.

Und sie war stolz, dazu beizutragen, das Nest mit Nahrung zu versorgen.

Heute erntete sie das unterste Torgbeet ab, zusammen mit Segris und Anaris. Segris war noch nicht lange dabei, man musste ihm noch viel zeigen, aber darum kümmerte sich Anaris, und sie machte das gut.

Kaum hatte sie die beiden mit den ersten Körben voller Torgwurzeln zum Nest geschickt, kam Galris angeflogen. Irgendwie hatte Eteris gleich das Gefühl, dass er in der Nähe auf einen Moment gewartet hatte, in dem er sie allein sprechen konnte.

Es war ein eigenartiger Anblick, ihn herabkommen zu sehen, weil seine Flügel von demselben Grau waren wie der Nebel, der das Tal so dicht erfüllte, dass man den gegenüberliegenden Hang nur erahnte. Im ersten Moment sah es aus, als flöge er ganz ohne Flügel.

Und irgendwie wirkte er noch verkniffener und grummeliger als sonst.

»Sag mal, Ete«, begann er, »kann ich dich was fragen?«

»Das tust du doch grade«, gab Eteris zurück.

Er blinzelte irritiert. Offenbar hatte sie ihn aus dem Konzept gebracht.

»Du fliegst bestimmt zum Nebelfest der Heit, oder?«, fragte er schließlich.

»Klar. Du etwa nicht?«

Galris wiegte den Kopf, wand sich richtiggehend, machte komische Bewegungen mit den Flügeln. »Weiß noch nicht«, quetschte

er heraus. »Ich wollt dich fragen, ob du womöglich was … ähm …
für mich in Erfahrung bringen kannst.«

»Was denn?« Sie hatte schon so eine Ahnung, aber sie wollte,
dass er es selber sagte. Sie deutete auf den Sitzstein auf halber Höhe
des Hangs. »Komm, setzen wir uns.«

Sie flatterten zu dem Stein hinüber, fanden eine Stelle, die nicht
allzu feucht war, und als sie endlich saßen, rückte Galris mit seiner
Bitte heraus.

»Du kennst doch Kjulheit, oder?«

Eteris musste nachdenken. So oft war sie auch wieder nicht bei
den Heit. »Du meinst die Blonde? Hat etwas rundliche helle Flügel
mit schwarzen Spitzen?«

»Genau die.«

»Und? Was ist mit der?«

Galris holte geräuschvoll Luft, verknotete die Hände ineinander und zog die Flügel eng an den Rücken. »Wie soll ich das sagen …?«

»Lass mich raten: Du bist in sie verknallt und möchtest, dass ich
herausfinde, ob du bei ihr Chancen hast.«

Er reckte den Kopf, sah sie verdutzt an. »Ja. Genau.«

»Warum fragst du sie nicht einfach selber?«

Er sank wieder in sich zusammen. »Weil ich's nicht *kann*! Ich
hab's probiert, Ete, ehrlich! Jedes Mal, wenn ich hinfliege, nehm
ich es mir fest vor, aber kaum bin ich dort, dann … ich weiß nicht.
Ich bin wie gelähmt! Ich weiß, ich müsste nur zu ihr rüber und den
Mund aufmachen und … und … und dann bring ich es einfach
nicht fertig!«

Eteris sah ihn kopfschüttelnd an. »Gal, ich sag dir mal was:
Mädchen wollen Männer, die *zumindest* mutig genug sind, sie zu
fragen. Ich meine, was kann schon passieren? Sie beißt dir ja nicht
den Kopf ab oder so etwas. Im schlimmsten Fall will sie dich nicht,
und dann weißt du, dass du dich nach einer anderen umschauen
musst.«

»Ich weiß«, stöhnte Galris und sah so unglücklich drein, dass sie nicht anders konnte, als den Arm um ihn zu legen und einen Flügel gleich auch noch.

»Ihr Jungs seid so dumm, ehrlich. Wenn zu mir einer käme und fragen würde: ›Willst du, Eteris, Tochter der Etesul und des Temris, dein Leben mit mir teilen?‹ – den würd ich sofort nehmen!«

Galris sah sie aus großen Augen an. »Ehrlich?«

»Na ja«, räumte sie ein, »ein bisschen gefallen müsste er mir natürlich schon.«

»Nein, ich meine … *du* hast solche Probleme? Ich dachte immer, dir laufen sie in solchen Scharen nach, dass du sie dir vom Hals halten musst!«

Eteris hob die Beine an, spreizte ihre Fußfedern und sagte: »Deswegen, meinst du?«

Sein Blick glitt an ihrem Körper hoch. »Unter anderem.«

Eteris klappte die Federn wieder ein. »Sie umschwärmen mich, stimmt«, sagte sie. »Aber dabei bleibt's halt.«

»Und das damals mit Perleik? Mit dem warst du doch eine Weile zusammen.«

»Ja. Schon. Aber wie lange ist das her? Da waren wir alle noch *Kinder*!«

»Immerhin bist du mit ihm in die Büsche. Daran erinnere ich mich noch genau.«

»Ja, aber wir haben nur ein bisschen geknutscht.«

Jetzt erinnerte sie sich wieder. Ihm war es ernst gewesen, aber das hatte sie eher amüsiert. Sie hatte ihn nur als eine Art Trophäe betrachtet, und als sie mit ihm Schluss gemacht hatte, war er bitter enttäuscht gewesen.

Vielleicht, dachte sie, musste sie sich mal an die eigene Flügelspitze fassen. Sie hatte mit der Liebe immer nur gespielt, und vielleicht rächte sich so etwas irgendwann. Gab es darüber nicht ein Gedicht im Buch Teria? Sie musste das noch mal nachlesen.

Kurz entschlossen beugte sie sich vor, klatschte Galris aufs Knie und sagte: »Also gut, Gal, ich mach das. Ich krieg für dich raus, wie deine Chancen bei Kjulheit stehen.«

Er grinste so schräg wie immer. »Danke dir.«

»Schon in Ordnung. Aber jetzt muss ich weitermachen. Die Torgwurzeln kommen nicht von selber aus dem Boden.«

»Ich kann dir ja helfen«, bot Galris mit so ungewohntem Eifer an, dass Eteris sein Angebot verblüfft annahm.

***

Wer ging überhaupt mit zum Nebelfest? Wen sie auch fragte, alle schienen viel zu beschäftigt zu sein: Meoris ölte gerade ihren Bogen und würde wieder auf die Jagd gehen, Ifnigris lernte das Weben, Jehris hatte sich zum Küchendienst gemeldet ... Und sie wussten alle noch nicht, was sie wollten. *Vielleicht. Wenn es sich einrichten lässt. Mal sehen.*

Womöglich würde sie sich einer Fluggruppe Älterer anschließen müssen! Und ob sie *dazu* Lust hatte ...

Wer gar nicht aufzufinden war, war Oris. Den schien der Nebel verschluckt zu haben. Doch dann verriet ihr seine Schwester, die wie üblich herumflitzte wie eine Schwirrmücke und die Leute mit ihren akrobatischen Flugmanövern erschreckte, dass Oris seit Tagen in einem Pfahlbaum am Rand der Großen Lichtung säße und Hiibus beobachte.

»Wieso *das* denn?«, wunderte sich Eteris.

Anaris blies die Backen auf, hob Schultern und Flügel und erwiderte: »*Keine* Ahnung!«

Die Große Lichtung war ein baumloses Gebiet zwischen dem Riswald und der Hochebene, in dem fast immer Hiibus grasten, das sich aber nicht für die Jagd eignete, weil es weit und breit weder Fluss noch Bach gab. Und dort fand sie Oris tatsächlich. Er hatte sich auf der obersten Astgabel häuslich eingerichtet, mit einer Decke und einem Wasserschlauch, etwas Pamma und einem Beutel Nüsse, und seine Federn glitzerten vor Tautropfen, die sich aus dem Nebel auf seinen Flügeln abgesetzt hatten, was hieß, dass er dort schon eine ganze Weile saß.

»Was zum Wilian *machst* du hier?«, fragte sie, als sie auf der benachbarten Astgabel Halt gefunden hatte.

»Nachdenken«, sagte Oris.

»Deine Schwester hat gesagt, du beobachtest Hiibus.«

»Das auch.«

Unter ihnen graste eine große Herde. Die Fallwinde von der Hochebene vertrieben viel von dem Nebel aus der Lichtung, sodass man den Tieren zusehen konnten, wie sie fraßen oder im Gras lagen, um zu verdauen, stets mit diesem schicksalsergebenen Ausdruck im Gesicht, der für Hiibus so typisch war.

»Und worüber denkst du nach? Ob du der neue Signalmacher werden willst?« Das war eins der Gesprächsthemen auf den Mahlplätzen derzeit. Oris' Großvater Eikor musste jemanden ausbilden, solange er es noch konnte, sonst würde die Tradition des Signalmachens enden, für die das Nest bekannt war und die immer viel Geld eingebracht hatte.

»Nein«, sagte Oris. »Das wird wahrscheinlich die Schwester von Darkmur übernehmen, wie heißt sie noch mal? Krumur, glaube ich.«

»Krumur?« Der Name sagte Eteris nichts. Das hieß … doch. Das war diese riesige Frau, die bei Festen immer still irgendwo in der Ecke saß. Schwarze Haare hatte sie, braun-rot gescheckte Flügel und eine dicke Warze auf der Wange. Und sie war so schrecklich groß, dass man unwillkürlich Abstand hielt.

»Und du willst nicht?«, fragte sie.

»Ich habe andere Pläne.«

»Haben die mit deinem Schwur zu tun?«

»Ja.«

Oris war wirklich äußerst wunderlich geworden. Gut, der Tod seines Vaters hatte ihn mitgenommen, das war verständlich. Aber neulich hatte er zusammen mit Bassaris einen Ausflug gemacht und niemandem verraten, wohin; die beiden waren vier Tage lang weg gewesen und seither *beide* mehr als seltsam drauf …

»Schau dir mal die Lichtung an«, sagte Oris unvermittelt.

»Denk dir eine Linie von dem einsamen Felsen dort hinten zu dem Busch mit den kleinen roten Blüten hier vorne ...«

»Das ist ein *Küss-mich-doch*«, erklärte Eteris.

»Meinetwegen. Also, was ich tue, ist, darauf zu warten, ob der Margor rechts von dieser Linie ein Hiibu holt. Links davon hat er schon drei geholt, seit ich hier sitze. Rechts noch keins.«

Eteris runzelte die Stirn. »Und wenn er rechts eins holt, was ist dann?«

»Dann hab ich mich geirrt. Und das wäre schlecht.«

»Geirrt? Wobei?«

»Dass das ein margorfreies Gebiet ist.« Oris räusperte sich. »Jagashwili hat mich draufgebracht, du weißt schon, der Nestlose, der mit meinem Vater befreundet war. Damals, nach der Sache mit Ulkaris, hat er gemeint, ich sei wahrscheinlich ein Margorspürer. Dass ich deswegen gezögert habe, auf der Insel zu landen.«

Eteris blies unwillkürlich die Backen auf und ließ die Luft dann mit einem lauten *Plopp!* entweichen; das war so ein Tick von ihr.

»Ein Margorspürer? Echt? Ich dachte immer, solche Leute gibt's nur in Märchen.«

»Jagashwili sagt, nein. Sie sind nur selten. Sie haben einen in ihrem Schwarm, das heißt, zumindest hatten sie damals einen, nur war der schon alt. Deswegen wollte er mich überreden, mit ihnen zu kommen. Weil Nestlose einen Margorspürer natürlich gut brauchen können.«

Eteris sah ihn entsetzt an. »Das hast du doch aber nicht im Ernst vor? Dich den Nestlosen anzuschließen?«

»Nein«, sagte Oris. »Aber es kann sein, dass ich in Zukunft weit reisen muss, und da wäre es nützlich, wirklich ein Margorspürer zu sein.«

»Wieso? Wo willst du hin?«

Oris zog die Decke enger um sich. »Das ist noch nicht spruchreif. Ich werd's euch sagen, aber ich brauch noch ein bisschen.«

»Und was ist mit dem Nebelfest?«

Er überlegte eine Weile. »Eher nicht. Nein. Mir ist gerade nicht nach Feiern zumute.«

***

Es galt, beizeiten im Nest der Heit anzukommen, denn die hauptsächliche Attraktion des Nebelfests war der Augenblick, in dem das große Licht des Tages über dem Meer versank und böige Winde aus dem Süden, die es so nur vor der Küste der Heit gab, den Nebel aufrissen und verwirbelten und den Anbruch der Nacht in ein atemberaubendes Farbenspiel verwandelten. Da gab es niemanden auf all den Ästen des Nestbaums, dem nicht ein bewunderndes »Ah!« oder »Oh!« entwich.

Sobald die Dunkelheit angebrochen war und der Nebel sich wieder verdichtete, ließ man an langen Schnüren Lampions aus gefärbtem Darm aufsteigen, in denen Kerzen brannten und deren Licht mit dem Nebel verschmolz. Und in dieser verzaubernden Lichterkulisse begann dann die Musik. Der Sänger der Heit hieß Dalrauk, der die Laute spielte und eigene Lieder dazu sang, auf der Flöte begleitet von seiner Frau Ulheit, bis Trommeln, Schellen und Pfeifen mit einfielen und der Tanz begann.

Natürlich gab es auch Nachtlager für alle, die kamen. Auf das kleine Licht der Nacht war in der Nebelzeit kein Verlass, und es war nicht ratsam, noch in der Nacht nach Hause zu fliegen. Das wollte sowieso niemand, denn das Frühstück am nächsten Morgen war ebenso berühmt wie das Fest; zudem besaß das Heit-Nest seit Kurzem die komfortabelste Wasserversorgung weit und breit: Über hohle Riesenschilf-Rohre wurde das Wasser einer Quelle, die höher als das Nest an einem nicht übermäßig weit entfernten Hang entsprang, direkt in den Wipfel geleitet: keine bibbernde Schnellwäsche im nebelverhüllten Bach also!

Am Ende hatten sich die meisten doch noch entschlossen, mitzugehen – Meoris, Jehris und Bassaris, selbst Ifnigris, wenn auch nur deshalb, weil Garwen, mit dem sie seit einiger Zeit ein wenig techtelmechtelte, aufgetaucht war, um sie abzuholen. Sogar Galris hatte sich aufgerafft. Nur Oris blieb tatsächlich zu Hause.

Eteris und die anderen schlossen sich einer größeren Gruppe an, die in Formation zum Heitnest flog; in der Nebelzeit empfahl sich das, um niemanden zu verlieren. Da sie auf diese Weise recht früh dort eintrafen, beschloss sie, sich als Erstes darum zu kümmern, das Versprechen einzulösen, das sie Galris gegeben hatte. Sie fragte sich bei verschiedenen Gruppen von Mädchen durch, bis sie Kjulheit endlich fand. Die kniete gerade vor einem winzigen Spiegel und war damit beschäftigt, eine Perschblüte in ihrem Haar zu befestigen.

»Hallo«, sagte Eteris. »Bist du Kjulheit?«

»Ja«, sagte das blonde Mädchen, missgelaunt, weil ihr der Stängel der Blüte immer wieder aus der Klammer schlüpfte. »Und du?«

»Ich heiße Eteris. Ich wollte …«

Kjulheit, die den Kopf ohnehin gerade gesenkt hielt, stutzte. »Sag bloß, du hast Fußfedern!«

»Ähm«, machte Eteris peinlich berührt. »Ja, hab ich.«

»Na toll.« Kjulheit zog sich ärgerlich die Klammer aus den Haaren. »Dann kann ich das mit der Blüte ja lassen. Die Jungs werden sowieso nur Augen für dich haben.«

»Ach was, nein«, erwiderte Eteris hastig. »Mach das mit der Blüte! Das sieht toll aus.«

Das Mädchen seufzte. »Sie hält aber nicht.«

»Warte, ich helf dir.« Eteris nahm ihr die Blüte und die Klammern aus den Händen und machte sich an ihren Haaren zu schaffen. Beim zweiten Versuch saß die Blüte fest. »Und?«

Kjulheit beugte sich zu ihrem Spiegel hinab. »Oh! Gut! So hab ich das noch nie hingekriegt.«

»Es geht leichter, wenn man's bei jemand anderem macht«, erklärte Eteris und fügte hinzu: »Sag mal, 'ne andere Frage: Kennst du Galris?«

»Galris?« Kjulheit runzelte die Stirn. »Wer soll das sein? Einer aus eurem Nest, oder?«

Oje, dachte Eteris. *Sie kennt nicht einmal seinen Namen!* »Er ist ungefähr in meinem Alter, aber er hat ganz graue Flügel, sehr ungewöhnlich. Und er war in letzter Zeit öfter hier bei euch.«

Kjulheit überlegte angestrengt. »Graue Flügel …? Hmm. Ist mir nicht aufgefallen. Wieso, was ist mit dem?«

Eteris wollte gerade zu einer behutsamen Erklärung ansetzen, die alle Möglichkeiten offenhielt, als hinter ihnen ein anderes Mädchen angeflattert kam und rief: »Kjul! Harmur ist grade angekommen!«

Im Handumdrehen war alles Grübeln und alle schlechte Laune aus Kjulheits Gesicht verschwunden, wie weggezaubert. »Oh!«, meinte sie aufgeregt. »Entschuldige, aber ich muss. Ich will meinen Schatz nicht warten lassen!«

Sie warf noch einmal einen Blick in den Spiegel und meinte strahlend: »Danke noch mal! Wenn er mich so sieht, das haut ihm die Federn aus den Flügeln.«

Damit ließ sie sich hintenüber fallen, breitete die rundlichen Flügel mit den schwarzen Spitzen aus und flog mit weit ausholenden, ungeduldigen Schlägen davon.

»Die Federn aus den Flügeln?«, wiederholte Eteris, während sie dem Mädchen nachsah. »Na, das wollen wir doch nicht hoffen.«

Immerhin, die Blüte hielt tatsächlich.

***

Getanzt wurde auf den größten Plattformen. Ganz Mutige – und Kräftige – erhoben sich dabei auch in die Luft, tanzten flatternd und schwirrend oder eng umschlungen im Gleichtakt der Flügel: Es gab einen entsprechenden Wettbewerb, bei dem die Zuschauer abstimmen durften und den am Ende ein Ehepaar der Heit gewann; Eteris bekam die Namen nicht mit, war aber beeindruckt von dem, was sie boten.

Danach wurde *Auffordern* getanzt: Dabei forderten zuerst die Jungs die Mädchen auf, nach dem Tanz mussten sich die Jungs setzen und die Mädchen forderten auf, und so ging es weiter, immer abwechselnd.

Eteris war nicht weiter überrascht, dass sie, als sie sich in den Kreis stellte, gleich in der ersten Runde aufgefordert wurde, von einem breitschultrigen Jungen mit hellbraunen, recht gewöhnlichen Flügeln, aber einem ungewöhnlichen Selbstbewusstsein. Er schwenkte sie mit sicheren bestimmten Bewegungen hin und her und sah ihr dabei tief in die Augen. Ob sie das erste Mal auf dem Nebelfest sei, wollte er wissen, worauf Eteris sagte, nein, schon das vierte Mal, mindestens.

»Seltsam«, meinte er, »du bist mir noch nie aufgefallen«, und es klang fast, als hielte er das für ihre Schuld.

»Du mir auch nicht«, sagte Eteris, und dann war das Stück schon zu Ende.

Nun waren die Mädchen an der Reihe. Eteris forderte aufs Geratewohl einen schlaksigen Jungen auf, der Termur hieß und etwas geistesabwesend wirkte. Sie war froh, als die Runde vorüber war.

Doch sie kam nicht dazu, sich auszuruhen, denn der Junge von vorhin forderte sie *schon wieder* auf!

»Ist das überhaupt erlaubt?«, fragte sie.

Er grinste. »Das ist sogar der *Sinn* dieses Tanzes!«

In der nächsten Runde forderte sie Garwen auf, der bis dahin mit Ifnigris getanzt hatte. Garwen war groß, hatte leuchtend rote Flügel und die Gabe, alle zum Lachen zu bringen, selbst die meist eher ernste Ifnigris. Er hatte auch, was selten war, rötliche Haare und Augenbrauen und litt in den heißen Jahreszeiten oft an Hautrötungen. Die Nebelzeit, erklärte er gern, sei seine Lieblingszeit.

»Willst du Ifnigris eifersüchtig machen?«, wollte er wissen, als die Musik mal leise genug wurde, dass man reden konnte, ohne die Köpfe dicht an dicht zusammenstecken zu müssen.

»Ich glaube nicht, dass If jetzt eifersüchtig wird«, erwiderte Eteris und meinte damit, dass Ifnigris eher der Verstandestyp war und genau wusste, dass Eteris ihr nie einen Mann ausspannen würde.

Doch zu Eteris' Überraschung nickte Garwen versonnen und

meinte: »Ja, das glaube ich auch nicht. Sie gibt sich eh nur mit mir ab, weil ich ihr so gut stehe.«

So war das also! Das war gar nichts Ernstes, von beiden Seiten nicht!

In der nächsten Runde stand *er* wieder vor ihr, noch ehe jemand anders eine Chance hatte.

»Du bist ganz schön hartnäckig«, meinte Eteris geschmeichelt.

»Ja, ich muss zugeben, du hast etwas an dir, das mich fasziniert«, erwiderte er.

»Sag bloß.« Innerlich sank Eteris in sich zusammen. Gleich würde eins der üblichen Komplimente über ihre Fußfedern kommen, und dann konnte sie den Abend offiziell für ruiniert erklären.

»Ich mag die Art, wie du dich bewegst«, erklärte er zu ihrer Überraschung. »Wobei es aus der Nähe betrachtet deine Augen sind, die mich faszinieren.«

»Meine Augen? Ehrlich?«

»In solchen Dingen lüge ich nie.«

»Ah. Und in anderen Dingen?«

Er lachte. »Das kommt darauf an …«

In der nächsten Runde war sie es, die *ihn* aufforderte.

»Ich bin begeistert«, meinte er.

»Wie heißt du überhaupt?«, wollte Eteris wissen.

»Maheit. Und du?«

»Eteris.«

»Ist nicht wahr! Meine Großmutter heißt Eteheit! Das ist ein Zeichen.«

»Fragt sich bloß, wofür«, sagte Eteris und begann sich wohlzufühlen, in seinen Armen und überhaupt.

Womöglich war sie sogar ein bisschen glücklich.

Dann kam die nächste Runde, doch Maheit war plötzlich verschwunden. Eteris hielt Ausschau nach ihm, sah ihn aber nirgends. Sie verließ den Tanzplatz, flog umher und suchte ihn, aber er war nicht zu finden, auch nicht, als sie herumfragte. Maheit? Der müsse beim Tanzen sein, sagte jeder, das ließe er sich nie entgehen.

Also lief es doch so, wie es immer lief. Sie wurde angehimmelt, aber am Ende blieb sie alleine.

Schließlich kehrte sie zur Tanzfläche zurück, hielt sich jedoch außerhalb des Kreises und schaute nur noch zu. Sie konnte es kaum erwarten, wieder nach Hause zu fliegen.

Die Frage

Drei Tage später, als sich alle vom Nebelfest erholt hatten, berief Oris ein Treffen der *Aufmerksamen Flieger* ein. Ausnahmsweise sollten sie sich aber nicht wie üblich im obersten Wipfel treffen, sondern auf dem Kniefelsen, über der verwaisten Werkstatt seines Vaters. Und ausnahmsweise war auch seine Schwester Anaris dabei.

Oris wirkte sehr ernst und sehr entschlossen und irgendwie nicht mehr wie der Oris, den Eteris kannte. »Ich hab uns zusammengerufen, weil ich euch über ein paar Dinge aufklären muss, die nicht allgemein bekannt sind«, begann er grimmig, »und die es im Moment auch noch nicht werden sollten.«

»Mit anderen Worten«, warf Bassaris ebenso grimmig ein, »ab jetzt ist alles geheim.«

Eteris fröstelte, als er das sagte. Und das lag nicht an dem dichten Nebel, der sie alle einhüllte und es aussehen ließ, als sei der Rest der Welt verschwunden.

Oris begann zu erzählen. Was es mit seinem Vater und dessen Flug hinauf zum Himmel auf sich hatte, wussten Eteris und die anderen natürlich längst, und seinen Tod hatten sie ja selber miterlebt. Auch dass ein Mädchen aus der Muschelbucht Anaris gegenüber behauptet hatte, drei Männer hätten den Fliegern etwas ins Essen gemischt, damit sie scheiterten, wussten sie; schließlich waren sie hinterher überall herumgesaust in dem Versuch, die drei zu finden.

Die Geschichte allerdings, die Oris nun erzählte, war Eteris neu: Woher seine Mutter damals die Kräuter bekommen hatte, mit denen sie seinem Vater das Leben gerettet hatte, nämlich von einem Kräutermann, der bei den giftigen Seen lebte.

»Wie schrecklich«, meinte Meoris. »Wie kann jemand *dort* leben?«

Dieser Kräutermann hatte Eiris gewarnt, Owen solle Stillschweigen bewahren darüber, was er gesehen hatte. »Und mein Vater hat geschwiegen, all die Jahre, bis zu der Totentrauer von Hekwen, dem Ältesten«, sagte Oris. »Da konnte er es nicht länger für sich behalten. Und damit ging alles los – aber das wisst ihr ja.«

Von diesem Kräutermann und seiner Warnung hatten Oris und Anaris erst nach dem Tod ihres Vaters erfahren. Bassaris und Oris waren daraufhin, ungeachtet des Regens, zu den giftigen Seen aufgebrochen. Sie hatten den Kräutermann gefunden, der alt geworden war, aber immer noch dort lebte, und er hatte ihnen verraten, dass es eine sogenannte *Bruderschaft* gab, die angeblich auf den Ahn Pihr zurückging und nur im Geheimen handelte.

»Diese Bruderschaft will dafür sorgen, dass die Gesetze, die Kris uns gegeben hat, eingehalten werden, vor allem das Gesetz, keine Maschinen zu bauen. Sie wollen auch nicht, dass jemand von den Sternen spricht«, fasste Oris zusammen. »Und die drei Männer, die wir gesucht haben – Hargon, Adleik und Geslepor –, gehören dieser Bruderschaft an!«

Eteris verschlug es den Atem. Die Vorstellung, dass sich Menschen heimlich zusammenschlossen, um aus dem Verborgenen heraus gegen andere zu arbeiten und ihre Ziele zu verfolgen, war grauenerregend. Das war schlimmer als die schlimmste Lüge, vor allem, weil sie es angeblich taten, um die Lehren Kris' zu verteidigen. Dabei lehrte der doch, alles Wichtige offen zu besprechen und gemeinsam zu entscheiden oder, wo das nicht praktikabel war, zumindest durch einen Rat entscheiden zu lassen, der von allen gewählt war!

Diese drei Männer hatten heimtückisch Misstrauen gegen Oris' und Anaris' Vater gesät. Und indem sie Stimmung gegen ihn gemacht hatten, hatten sie ihn am Ende in den Tod getrieben.

»Nun gilt mein Vater bei allen als Lügner und Aufschneider, weil er nicht imstande war, etwas, das er als junger Mann nur mit äußerster Anstrengung geschafft hat, als älterer Mann noch einmal zu vollbringen«, schloss Oris mit finsterer Miene. »Das kann ich nicht hinnehmen. Ich will diese Bruderschaft finden und zwingen, zuzugeben, wie es wirklich gewesen ist. Ich will die Wahrheit ans Licht bringen und den guten Namen meines Vaters wiederherstellen. Und ich habe euch heute zusammengerufen, um euch zu fragen, wer dabei ist. Wer kommt mit mir?«

»Ich!«, rief Galris sofort, schneller als jeder andere.

Eteris warf ihm einen prüfenden Blick zu. Er hatte tapfer weggesteckt, was sie ihm hatte berichten müssen – dass Kjulheit sich nicht nur nicht an ihn erinnerte, sondern überdies schon einen Freund hatte –, aber jetzt gerade strahlte er etwas Verzweifeltes aus. Er wirkte, als wolle er sich blindlings in irgendein Abenteuer stürzen, um Kjulheit besser vergessen zu können.

»Ich natürlich«, erklärte Bassaris.

»Ich auch«, sagte Ifnigris.

»Und ich«, ergänzte Meoris, die Faust ballend, mit der sie sonst den Bogen hielt.

»Bin dabei«, sagte Jehris.

Eteris hatte Galris, um es nicht ganz so schlimm für ihn zu machen, auch erzählt, wie es ihr mit Maheit ergangen war; wie er sie erst angemacht und dann einfach hatte sitzen lassen.

Von ihrer tränenfeuchten Nacht in einem fremden Lager hatte sie ihm allerdings nichts erzählt. Sie hatte tapfer sein wollen, o ja, aber der Schuft hatte ihr Herz berührt, und das war schlimmer als alles andere.

»Ich auch«, sagte sie. »Ich komme auch mit.«

Oris wirkte nun doch etwas gerührt. »Ich danke euch«, sagte er mit rauer Stimme und sah sie der Reihe nach an. »Dummerweise steht erst einmal die Frostzeit bevor. Das heißt, im Moment können wir nicht viel tun. Außer zu überlegen, was wir tun *können*. Wir haben drei Namen: Hargon, Adleik, Geslepor. Mein Plan ist, zunächst die Nester anzufliegen, aus denen besonders viele hergekommen sind, um meinen Vater reden zu hören, und dort nach diesen drei Männern zu fragen. Wer sie kennt, wer mehr über sie weiß, wer ihre Heimatnester kennt und so weiter.«

»Blöd, dass es Männer sind«, meinte Bassaris. »Wenn es Frauen wären, wären sie leichter zu finden.«

»Aber wir könnten auf unseren Leik-Inseln fragen, ob dieser Adleik von dort stammt oder ob sie jemanden mit diesem Namen kennen«, schlug Ifnigris vor.

Jehris wiegte den Kopf. »Hmm, ich weiß nicht. Leik-Inseln gibt's jede Menge, überall auf der Welt, da haben die bestimmt keinen Überblick.«

»Ich habe mir überlegt, in der Muschelbucht anzufangen, im Nest der Sul«, sagte Oris. »Kalsul war am längsten mit einem der drei zusammen und kann uns vielleicht noch mehr über sie erzählen. Außerdem …«

Er hielt inne. Urplötzlich war die Luft ringsum von einem Rauschen erfüllt, das klang wie hundert schlagende Flügel, und als sie aufsahen, schälten sich wahrhaftig Schatten aus dem Nebel.

Die Bruderschaft!, schoss es Eteris durch den Kopf, und ihr Herz begann wild zu schlagen. *Sie haben uns belauscht, und nun kommen sie und bringen uns zum Schweigen!*

Immer mehr und mehr menschliche Gestalten tauchten aus dem Grau auf, Dutzende von Männern, Frauen und Kindern, alle schwer bepackt – und anhand ihrer Kleidung unverkennbar: Nestlose!

***

Ein Mann mit riesigen Flügeln, einem narbigen Gesicht und grauen, im Nacken zusammengebundenen Haaren landete in ihrer Mitte. Er setzte einen enormen Rucksack und einen Tragbeutel ab und hatte immer noch zahlreiche, prall gefüllte Taschen überall an seiner Kleidung.

Eteris erkannte ihn von früheren Besuchen: Das war Jagashwili, der Nestlose, von dem man erzählte, dass er einst, noch vor ihrer Geburt, Oris' Vater gerettet hatte.

Ihr wild schlagendes Herz beruhigte sich allmählich.

»Entschuldigt den Überfall«, sagte Jagashwili. »Wir hatten Mühe, den Felsen überhaupt zu finden. Dass jemand hier ist, haben wir nicht gesehen. Wahrlich, in den Küstenlanden macht die Nebelzeit ihrem Namen alle Ehre.«

Oris war eilig aufgestanden, während der Nestlose gesprochen hatte, und sagte: »Das ist kein Problem. Ihr seid willkommen.«

Jagashwili trat auf ihn zu und fasste ihn bei den Händen, und als Anaris sich ebenfalls erhob, nahm er auch die ihren und sagte ernst: »Wir haben erfahren, was eurem Vater zugestoßen ist. Ich bin gekommen, um ihn zu betrauern.« Er sah sich um, musterte die anderen Nestlosen, die schweigend dastanden, die meisten von ihnen noch hoch bepackt. »Wir würden gern hier unser Lager aufschlagen, so, wie wir es immer getan haben.«

»Ja, gerne«, erwiderte Oris und machte eine einladende Geste mit den Flügeln. »Wir … wir setzen unsere Besprechung einfach ein andermal fort.« Er zögerte, dann fragte er: »Wie habt Ihr davon erfahren?«

»Oh, das war nicht schwer.« Jagashwili ließ die Hände der beiden wieder los. »Es wird überall davon geredet, wohin wir auch gekommen sind.«

»Habt Ihr auch mitbekommen, dass mein Vater nicht mehr gut angesehen ist? Den meisten gilt er jetzt als Lügner und Angeber.« Oris senkte den Blick. »Das wollte ich Euch nur sagen, ehe Ihr ins Nest kommt.« Leise fügte er hinzu: »Meine Mutter freut sich bestimmt, Euch zu sehen. Bei den anderen bin ich mir nicht sicher.«

»Was man über euren Vater sagt, haben wir natürlich auch gehört«, sagte Jagashwili ruhig und gab seinen Leuten das Zeichen, mit dem Aufbau des Lagers zu beginnen. Sofort packten sie ihre winzigen, dünnen Zelte aus und ihr leichtes Kochgeschirr, das zu füllen in dieser Zeit bestimmt nicht einfach war. »Aber ich weiß, dass Owen kein Lügner war. Also wollen wir eure Mutter nicht warten lassen, hmm?«

Während die anderen Nestlosen das Lager aufschlugen, begleiteten die *Aufmerksamen Flieger* Jagashwili zum Nestbaum. Sie fanden Eiris einsam an einem Tisch auf dem Mahlplatz sitzend und, ganz in sich versunken, damit beschäftigt, Torgwurzeln und Flockenkraut klein zu schneiden, körbeweise. Die anderen Küchenleute standen derweil um den Herd geschart, rührten und schürten und palaverten, als nähmen sie Eiris überhaupt nicht wahr.

Die Ankunft des gewaltigen Jagashwili dagegen nahmen sie sehr wohl wahr; ihre Gespräche verstummten von einem Moment zum anderen, als der Nestlose zusammen mit seinen Begleitern landete.

Er ignorierte die Küchenleute, trat auf Eiris zu und nahm auch ihre Hand, um ihr seine Trauer um Owen zu bekunden. Eteris bekam nicht alles mit, was er zu ihr sagte, nur, wie sie in Tränen ausbrach und er sie eine Weile an seine Schulter drückte und wie er ihr versicherte, dass er wisse, dass Owen kein Lügner gewesen sei.

Oris' Mutter wischte sich die Tränen fort und sagte: »Ich bin froh, dass du ihm glaubst, Jagashwili.«

»Das ist keine Frage des Glaubens«, erwiderte er. »Ich *weiß* es. Seit ich erfahren habe, was Owen von jener denkwürdigen Nacht vor langer, langer Zeit erzählt hat, weiß ich endlich, was es zu bedeuten hatte, was ich in eben dieser Nacht am Himmel gesehen habe.«

Die Küchenleute kamen langsam näher, lauschten neugierig.

»Ich konnte nicht schlafen in jener Nacht, wie es manchmal so geht«, erzählte Jagashwili so laut und klar, dass es jeder hörte. »Ich lag da und sah zum Himmel hinauf, als dort plötzlich ein Licht aufflammte, ein strahlend heller Punkt, der sich rasch bewegte. Und als er sich bewegte, sah ich, wie er *im Himmel selbst* verschwand, wie die Wolkendecke aufleuchtete von seinem Widerschein und wie er sich dann auf einmal oberhalb, *jenseits* des Himmel bewegte! Bis er plötzlich verlosch. Nie zuvor hatte ich dergleichen gesehen …«

»Die Rakete!«, platzte Oris heraus. »Das war die Rakete, mit
deren Hilfe mein Vater den Himmel durchstoßen hat!«

Jagashwili nickte. »Dasselbe denke ich, seit ich diese Geschichte
gehört habe. Dein Vater hat mir zwar anvertraut, dass er versucht
hat, den Himmel zu erreichen, aber dass er es geschafft hat – das
hat er mir verschwiegen.«

»Auf meine Bitte hin«, sagte Eiris.

»Er hat dich sehr geliebt, Eiris«, sagte Jagashwili ernst. »Aber
ich kann mir vorstellen, was in ihm vorgegangen ist bei der Totentrauer um Hekwen, der nicht nur der Älteste seines Herkunfts-
stammes war, sondern auch der, dessen Worte ihn als jungen Mann
angestachelt haben, der beste Flieger der Küstenlande zu werden.
Wenn wir um einen Toten trauern, dann wird uns bewusst, dass
auch wir eines Tages sterben müssen, und ich denke, dass in Owen
in diesem Moment der Drang übermächtig geworden ist, von seiner größten Heldentat zu erzählen, solange er noch dazu imstande
war. Er sah vor sich, dass einmal seine eigene Zeit kommen würde,
dorthin zu fliegen, wohin eines Menschen Flügel ihn nicht tragen,
und er wollte sein Geheimnis nicht mit sich nehmen müssen.«

Er hob den Kopf, schien in Erinnerungen versunken zu sein.
»Es war eine helle Nacht, und damals konnte ich oft nicht schlafen
in hellen Nächten. Als der grelle Punkt verloschen war, überlegte
ich, was ich da gesehen haben mochte, und ich überlegte lange und
hielt den Blick dabei unverwandt hinauf zum Himmel gerichtet,
um es nicht zu verpassen, falls das Licht erneut aufleuchten sollte.
Doch das geschah nicht, vielmehr bemerkte ich auf einmal einen
dunklen Punkt vor dem Grau des Firmaments, einen Punkt, in dem
ich wenig später einen Menschen erkannte, der in steilem Flug tiefer ging, der taumelte wie jemand, der im Flug das Bewusstsein
verloren hat und dessen Körper nur noch automatisch reagiert, der
einen instinktiven Segelflug versucht, aber unkontrolliert, viel zu
schnell – kurzum, ich sah jemanden, der abstürzte. Ich alarmierte
die anderen, und wir schwärmten aus. Es war Nacht. Der Himmel war hell, das Meer dafür umso schwärzer. Es war schwer, doch

wir suchten, bis wir ihn gefunden hatten.« Er hielt inne, sah in die Runde. »Es war Schicksal. Hätte ich Owens Rakete nicht gesehen, hätte ich seinen Absturz wahrscheinlich nicht bemerkt, und der Ozean hätte ihn einfach verschluckt.«

»Ein Zeuge!«, rief Oris aus. »Ihr seid ein Zeuge! Ihr könnt bezeugen, dass mein Vater die Wahrheit gesagt hat!«

Die Küchenleute standen nun zwischen ihnen im Kreis und staunten genauso über das, was Jagashwili erzählt hatte.

Dieser lächelte wehmütig. »Gewiss, ein Zeuge. Doch abgesehen von diesen braven Menschen hier, die uns seit bald zwanzig Frostzeiten kennen – wer würde einem Nestlosen glauben?«

Das, dachte Eteris, war allerdings wahr. Sie war im Ris-Nest aufgewachsen, das zeit ihres Lebens regelmäßig Besuch von Jagashwili und seinen Leuten gehabt hatte, und obgleich sie sich nicht gerade mit Nestlosen angefreundet hatte, hatte sie doch keine Angst vor ihnen. Wenn sie dagegen in anderen Nestern zu Besuch war, verblüffte es sie oft, zu hören, was man Nestlosen alles an Bosheiten und Schlechtigkeit unterstellte, ohne je mit ihnen zu tun gehabt zu haben.

»Trotzdem danke, dass du uns das erzählt hast«, sagte Oris' Mutter. »Und danke, dass du gekommen bist.«

»Ich musste kommen«, erwiderte Jagashwili. »Um Abschied zu nehmen. Ich war an Owen gebunden, und nun bin ich es nicht länger. Es wird schwer sein, sich damit abzufinden.«

**

Jagashwilis Worte hatten eine Unruhe unter den Ris ausgelöst, die um sich griff wie ein Grasbrand am Ende der Trockenzeit. Auf einmal kamen sie von überallher. Sie ließen liegen und stehen, was sie gerade getan hatten, und kamen, um zu fragen und zu diskutieren und sich bei Jagashwili zu vergewissern, der seine Geschichte noch einmal erzählen musste und noch einmal. Immer wieder fiel jemand Eiris weinend um den Hals und bat um Verzeihung, und es war des Weinens und Staunens kein Ende. Golwodin, der Älteste, kam hinzu, ließ sich in Kenntnis setzen, was los war, und schlug fassungslos die Hände vor den Mund, als er erfuhr, was Jagashwili zu berichten hatte.

»Dies ist ein wunderbarer Tag, der uns die Zweifel über einen von uns genommen hat«, erklärte er mit seiner brüchigen, aber immer noch klaren Stimme. »Lasst uns feiern! Jagashwili, sag deinen Leuten, dass sie alle eingeladen sind. In der Zeit, in der Owen uns von den Sternen erzählte, haben wir gelernt, mit vielen Besuchern umzugehen.«

Die Küchenleute erschraken trotzdem. Sie kratzten sich die Köpfe und wackelten nervös mit den Flügeln, während sie besprachen, auf welche Vorräte sie zurückgreifen konnten und wie sie all die Arbeit bewältigen sollten.

»Wir kommen gerne«, erwiderte Jagashwili, »und wir helfen natürlich auch gerne.«

Anaris und Meoris wurden beauftragt, den Nestlosen auf dem Kniefelsen die Einladung zu überbringen. Wenig später kamen sie alle, und es war, als lebte die »Belagerung« wieder auf, wie man die Zeit manchmal genannt hatte, in der so viele gekommen waren, um Owen reden zu hören.

Nun war es Jagashwili, den alle reden hören wollten. Und je öfter sie hörten, dass Owen *doch* die Wahrheit erzählt, dass er *tatsächlich* den Himmel durchstoßen hatte, desto mehr Leute behaupteten, dass sie das sowieso schon immer gewusst hätten.

Man wunderte sich jedoch, dass Owen so lange Zeit darüber geschwiegen hatte. Jagashwili, der nichts von der Existenz der Bruderschaft zu ahnen schien, stellte folgende Überlegung an: »Owen war der beste Flieger der Küstenlande. Ich glaube, für ihn war es ein schlimmes Erlebnis abzustürzen, zumal so schwer, dass er danach dem Tode näher war als dem Leben. Ein solches Erlebnis muss erst verkraftet werden, und dafür hat er eben Zeit gebraucht.«

Das fanden alle einleuchtend. Dass Eiris nichts dazu sagte, fiel

255

niemandem auf, und die *Aufmerksamen Flieger*, die den wahren Grund ja nun auch kannten, schwiegen ebenfalls.

Mittlerweile herrschte im Nest und auf den Mahlplätzen ein Durcheinander von Ris und Nestlosen. Man beäugte einander neugierig. Die Nestlosen mit ihrer fremdartigen Kleidung und ihrem andersartigen Gebaren wirkten fremd, aber sie setzten sich dazu und halfen, Torgwurzeln zu schneiden, Hiibu-Fleisch und Pfahlbaumpilze. Die Jüngeren halfen, frisches Wasser aus dem Fluss unten zu holen, während man weitere Kessel auf den Herd stellte und anheizte. Das ging alles nahtlos über ins gemeinsame Essen; man saß beisammen, und die Nestlosen erzählten, dass sie auf dem Weg in den Süden seien und wie es da so war an der Kahlen Küste und jenseits davon.

Irgendwie geriet Eteris bei all dem ins Abseits. Irgendwann saß sie alleine da mit ihrem Teller dampfenden Hiibu-Eintopfs, um sich herum Gelächter und Palaver, und es war, als sei sie unsichtbar geworden. Sie hörte mit, wie Jagashwili auf Oris einredete und ihm lang und breit erzählte, ein gewisser Therowili sei zu Beginn der Windzeit gestorben. Er sei krank gewesen, das Alter eben, und hätte gespürt, dass die Zeit des Abschieds gekommen sei. Da sie ohnehin in der Nähe seines Lieblingsplatzes gewesen wären, einem lieblichen Tal hoch im Ruggimon-Gebirge, hätten sie dort ihr Lager aufgeschlagen und ausgeharrt, bis er von ihnen gegangen sei, dorthin, wohin Flügel einen Menschen nicht tragen.

»Das tut mir leid für euch«, hörte sie Oris erwidern, »aber ich habe es mir überlegt, das wäre nichts für mich. Ich habe am Totenlager meines Vaters den Schwur getan, seinen guten Namen wiederherzustellen, und das ist es, was ich tun muss.«

»Das verstehe ich«, erwiderte der Nestlose. »Ich bedaure es, aber ich verstehe es zugleich.«

Eteris verstand nicht, wovon die beiden sprachen, aber das hatte sie auch nicht erwartet. Der Name Therowili zum Beispiel sagte ihr nichts, Oris dagegen offenbar schon. Man merkte, dass die beiden sich schon lange kannten. Jagashwili war ja oft bei Oris' Vater zu Besuch gewesen, was sie immer nur aus der Ferne mitbekommen hatte, Oris aber sicher aus der Nähe.

Sie wandte ihre Aufmerksamkeit den Kindern zu. Sie beobachtete sie, während sie aß, sah zu, wie sie ausgelassen herumflatterten und sich, anders als die Erwachsenen, auf Anhieb verstanden. Die Kinder der Nestlosen flogen deutlich besser, fiel ihr auf, und sie fragte sich, wie die Mütter unter den Nestlosen das eigentlich machten mit Kindern, die noch nicht fliegen konnten: Die konnten sie doch nicht mit sich tragen und all das Gepäck obendrein? Rätselhaft.

Da erregte eine Bewegung am Eingang des Mahlplatzes ihre Aufmerksamkeit, eine Gestalt, die sich suchend umsah …

Ein heißer Schreck durchzuckte Eteris, als sie erkannte, wer das war.

Maheit!

***

Am liebsten wäre Eteris einfach verschwunden. Sie saß ganz am Rand des Mahlplatzes; wäre eine der heißen Jahreszeiten gewesen, sie hätte sich unauffällig nach hinten kippen lassen und davonfliegen können, hinab in den Wald, unter das Blätterdach tauchen und weg, unauffindbar.

Aber seit der Regenzeit war natürlich das Dach über dem Mahlplatz abgedeckt. Inzwischen hatten sie auch die Schutzplanen ringsum hochgezogen; es gab nur noch einen schmalen Spalt zum Lüften am oberen Rand, den man vollends schließen würde, sobald die Frostzeit anfing und man die Wärme drinnen halten musste.

So blieb ihr nichts weiter übrig, als sich tief über ihren Teller zu ducken und die Flügel noch ein bisschen weiter einzufalten. Was machte dieser Schuft hier? Sie hatte ihn doch nie wiedersehen wollen. Am liebsten wäre ihr, er würde sich einer von der Nord-

257

küste versprechen oder aus dem Schlammdelta, Hauptsache, er verschwand so weit fort wie möglich, und sie würde ihm nie, nie wieder begegnen!

Und warum juckten ihre Augen auf einmal so?

Ihre Hoffnung, unsichtbar zu bleiben, erfüllte sich nicht. Ihre Hoffnung, er sei gar nicht ihretwegen hier, auch nicht. Er entdeckte sie im Nu und bahnte sich dann einen Weg durch das ganze Durcheinander, direkt auf sie zu.

»Lass mich in Frieden«, blaffte sie ihn an, als er sich auf den freien Platz gegenüber setzte.

»Eteris«, sagte er geduldig, »ich muss dir was erklären.«

»Spar's dir.«

»Nein, du verstehst nicht …«

»Oh, ich glaub schon, dass ich verstehe, was los ist. Du bist so einer, der 'ne Strichliste über der Kuhle führt; ein Strich für jedes Mädchen, dem du das Herz gebrochen hast. Wahrscheinlich ist dein Name in Wirklichkeit nicht Maheit, sondern *Masul*!«

»Ist er nicht.«

»Meine Mutter ist eine Sul. Ich weiß, wie die Sitten dort sind.«

Er richtete sich auf und sagte mit einer Bestimmtheit, die sie überraschte: »Eteris! Ich habe eine Schwester, Diliheit, die manchmal Krampfanfälle bekommt. Diese Anfälle sind gefährlich. Sie kann sich dabei verletzen, zum Beispiel, indem sie sich in die Zunge beißt. Und sie kann nicht fliegen in diesem Zustand; würde sie vom Ast fallen, würde sie ungebremst auf dem Boden aufschlagen, was selbst dann tödlich wäre, wenn's keinen Margor gäbe. Man muss sich also sofort um sie kümmern, so schnell wie möglich. Damals beim Fest hat mich ein Freund gerufen, gerade als ich dich auffordern wollte. Diliheit hatte wieder einen Anfall, und er hat meine Mutter nirgends gefunden. Ich musste *sofort* weg; es war wirklich keine Zeit, es dir zu erklären.« Er atmete geräuschvoll aus. »Und als es vorbei war und ich zurück zur Tanzfläche gekommen bin, warst du nicht mehr da.«

Eteris war sprachlos. An so eine Möglichkeit hatte sie im Traum nicht gedacht. Nun schämte sie sich richtiggehend, ihm schlechte Absichten unterstellt zu haben.

»Ich …«, begann sie, aber wie hätte sie weitermachen sollen? *Ich habe mich ins allerhinterste Gastlager verkrochen und wollte nichts mehr wissen von der Welt?* »Was sind das für Krampfanfälle?«, fragte sie stattdessen.

Maheit zuckte mit den Flügeln. »Sie verliert das Bewusstsein, und der ganze Körper verkrampft sich. Ihre Kiefer pressen sich zusammen, ihre Flügel schlagen unkontrolliert, ihre Hände ballen sich zu Fäusten, die man nicht mehr aufbekommt … Im Buch Gari steht nur ein einziger kurzer Absatz darüber, und der ist nicht besonders hilfreich. Es ist eine sehr seltene Krankheit. Es gibt Kräuter dagegen, aber die sind schwer zu finden.«

Eteris musste an den Kräutermann denken, von dem Oris erzählt hatte. Ob das eine Möglichkeit war zu helfen? Den mal zu fragen?

Maheit räusperte sich. »Sag mal, können wir vielleicht woanders hingehen, um zu reden?« Er hob die Hände. »Wenn du gegessen hast, natürlich.«

»Ich bin so gut wie fertig«, behauptete Eteris, obwohl sie noch den halben Teller voll hatte. Aber sie fühlte sich gerade wie erschlagen. »Wieso bist du eigentlich hier?«

»Um dir das zu sagen«, erwiderte er. »Und weil ich dich was fragen muss.«

»Was denn?«

»Nicht hier.«

Eteris schaufelte den Eintopf in sich hinein, so schnell es ging, ohne dabei schrecklich gefräßig auszusehen. Sie war so erzogen, nie mehr zu nehmen, als sie sicher aufessen würde. *Lieber ein zweites und ein drittes Mal gehen und Nachschlag holen* erklärte man Kindern ungefähr tausendmal.

»Bist du etwa allein gekommen?«, fragte sie, um abzulenken. »Bei *dem* Nebel?«

Er schüttelte den Kopf. »Nein, nein. Euer Basgiar und ein paar andere Händler waren gerade da, denen hab ich mich angeschlossen.«

»Verstehe.« Fertig. Noch am letzten Bissen kauend stand sie auf. »Also, gehen wir.«

Sie drängelte sich durch die palavernde Menge zum Waschkessel, in dem wie üblich siedendheißes Wasser mit ein paar Seifenalgen darin blubberte. Teller und Löffel eintauchen, mit der Bürste gründlich reinigen und ab ins Trockengestell: Das ging schnell, und so schnell wie heute war es noch nie gegangen.

Eteris wusste nicht, was mit ihr los war. Sie fühlte sich auf einmal irgendwie … *zerbrechlich.* Ja, genau. Als sei sie plötzlich aus dünnem, gebranntem Ton und als würde der nächste harte Schlag sie unweigerlich in tausend Scherben zerspringen lassen.

Sie hatte ihn doch nie wiedersehen, nie wieder an ihn denken wollen! Und nun redete sie mit ihm! Und nicht nur das, es fühlte sich so vertraut an, als würden sie sich schon seit Jahren kennen!

Maheit bahnte ihnen durch die unablässig kommenden und abfliegenden Leute einen Weg ins Freie. Wobei das gar nicht so frei aussah; es herrschte so dichter Nebel, dass er selbst den Wipfel durchdrang und man kaum den gegenüberliegenden Ast sah.

Eteris sprang ab, breitete die Flügel aus und flog voran, langsam genug, dass er sie nicht aus den Augen verlor. Sie achtete darauf, ihre Fußfedern eingezogen zu halten. Wohin? Sie flog ganz hinauf, zur obersten Astgabel, sonst der Treffpunkt der *Aufmerksamen Flieger*: Da war jetzt niemand und auch niemand in der Nähe.

Sie landete auf einem der Äste und zog die Beine an, sodass die Federn nicht mehr zu sehen waren. Dann wartete sie, bis Maheit neben ihr aufsetzte.

»Also?«, fragte sie.

»Ja.« Er bewegte die Schultern in einer Geste der Verlegenheit, dann gab er sich einen Ruck und sagte: »Wie gesagt, ich muss dich was fragen.«

»Dann frag doch endlich.«

»Du musst mir eine Hand dafür geben.«

»Eine Hand?« Eteris betrachtete ihre Hände so verwundert, als sähe sie sie zum ersten Mal. »Wieso das?«

»Wirst du dann sehen.«

»Ich weiß aber nicht, ob ich dir eine Hand geben will.«

»Es ist schrecklich wichtig.«

»Ehrlich?«

»Ehrenwort.«

Eteris seufzte. Sie verstand überhaupt nichts mehr, aber das war jetzt irgendwie auch egal. »Also gut.«

Sie streckte eine Hand aus. Maheit ergriff sie mit beiden Händen, sah sie an und sagte: »Die Frage lautet folgendermaßen: Willst du, Eteris, Tochter der Etesul und des Temris, dein Leben mit mir teilen?«

Eteris sah ihn fassungslos an, Maheit, den einzigen Jungen, den es noch auf der Welt gab, weil der Nebel ringsum alles andere verschluckt und verschlungen hatte, und wusste nicht, was sie sagen sollte. Ohnehin zitterte ihr Unterkiefer auf einmal, und ihre Kehle war verkrampft und verklebt, sodass sie selbst dann kein Wort herausgebracht hätte, wenn ihr eins eingefallen wäre.

Unter diesen Umständen war die einzig mögliche Antwort die, ihn zu küssen.

Neue Wege

Zwei Tage später hatte sich nichts verändert: Die Nestlosen waren immer noch da, es herrschte immer noch ein ständiges Hin und Her, Ankommen und Abfliegen, und der Nebel war immer noch voller kichernder Kinder, die unermüdlich Verstecken spielten.

Und zugleich hatte sich *alles* verändert.

Deshalb musste sie die anderen zu einem dringenden Treffen zusammenrufen: um ihnen das zu sagen.

Diesmal trafen sie sich, wie üblich, auf der obersten Astgabel.

Heute war der Nebel hier oben ein bisschen lichter, aber noch nicht so, dass es ein Zeichen für das Nahen der Frostzeit gewesen wäre.

Eteris war voll innerer Anspannung. Sie hatte ihr Wort gegeben, und nun würde sie es nicht halten können: Das war keine Kleinigkeit. Oris würde bestimmt schrecklich enttäuscht von ihr sein.

Aber es ging nicht anders.

Doch unter ihrer Nervosität pulsierte immer noch jenes warme Glück, das vor zwei Tagen begonnen hatte. Sie spürte immer noch die vielen, vielen Küsse, hörte immer noch die atemlos geflüsterten süßen Worte, fühlte immer noch, wie es gewesen war, Maheit ganz nahe zu sein.

Sie war immer noch durcheinander. Maheit war beileibe nicht der erste Junge, mit dem sie herumgemacht hatte, bestimmt nicht … aber es war noch nie so gewesen wie mit ihm. Nie so … *ernst!*

Ifnigris und Bassaris waren die Ersten, die kamen, und gleich darauf Meoris, die wissen wollte, wo sie gewesen sei. »Du warst seit vorgestern verschwunden. Was ist los?«

»Ich erzähl's euch gleich«, sagte Eteris und hatte zugleich Sorge, ob sie überhaupt irgendetwas würde erzählen können, so atemlos, wie sie sich fühlte. »Wenn alle da sind.«

Die beiden Mädchen sahen sich vielsagend an, hoben die Augenbrauen, so hoch es ging, und machten: »Aha …?«

Flügelrauschen im Nebel, dann kamen die anderen: Galris, Jehris, Oris – und dessen kleine Schwester, die neuerdings irgendwie dazuzugehören schien.

»Also, was gibt's?«, wollte Oris gleich wissen, als er saß und noch bevor er seine Flügel ganz eingefaltet hatte.

Eteris holte tief Luft. Merkte, dass sie ihre Hände knetete wie Torgmehlteig, und ließ es. Merkte, dass sie ihre Flügel unwillkürlich dicht an sich herangezogen hatte, und schüttelte sie aus. »Ich muss euch was sagen«, begann sie. »Es ist so, dass sich … nun, dass sich etwas Wichtiges in meinem Leben verändert hat.«

Luft holen. Alle sahen sie gespannt an. Keiner sagte ein Wort.

»Maheit und ich werden einander versprechen«, stieß sie hervor. Die Jungs rissen die Augen auf. Meoris und Anaris kreischten auf.»Was ...? Wann?«, wollten sie fast im Chor wissen.

Ifnigris ächzte. »Mädels – ihr seid *so peinlich*!«

Die beiden ignorierten sie.»Ete, wann? Sag schon!«

»Bald«, sagte Eteris. »Maheit ist heute zurück ins Heit-Nest geflogen, um es seinen Eltern zu sagen. Und wenn er mit denen wieder herkommt, dann.«

Natürlich wollten sie wissen, wie das gekommen war, und noch dazu so plötzlich! Eteris erzählte. Vom Nebelfest, wie sie getanzt hatten, wie er sie immer wieder aufgefordert hatte und wie er dann auf einmal verschwunden war. Wie enttäuscht sie gewesen war, das erzählte sie nicht ganz so ausführlich, dafür aber, wie er aufgetaucht war und ihr das mit seiner Schwester erklärt hatte. »Und dann hat er mich gefragt, ob ich mein Leben mit ihm teilen möchte.«

Die Mädchen seufzten, bis auf Ifnigris, die nur indigniert die Augen verdrehte.

»Aber das heißt«, fügte Eteris voller Bangen hinzu, »dass ich nicht mit euch zur Muschelbucht fliegen werde.«

»Ist ja klar«, meinte Meoris großzügig, als verstünde sich das von selbst und sei gar keine so große Sache, wie sie gedacht hatte.

Oris sagte: »Ich glaube, das verstehen wir alle. Ich hätte dich natürlich gern bei unserem Abenteuer dabeigehabt, aber wenn das Schicksal es anders will, kann man bekanntlich nichts machen.« Er rang sich ein Lächeln ab. »Ich freu mich für dich«, behauptete er.

Eteris spürte, wie ihre Augen feucht wurden. »Wisst ihr«, sagte sie rasch, ehe ihre Stimme womöglich versagte, »ich hab gemerkt, ich bin gar nicht so der Abenteuertyp. Ich möchte mich viel lieber um die Gärten kümmern und ... und ... und Kinder großziehen und all das.«

Jetzt schluchzten alle Mädchen auf, sogar Ifnigris, und wie auf Kommando flatterten die drei los und fielen ihr um den Hals. Eine

Weile gab es nur noch ein großes Durcheinander aus Flügeln und Armen und Beinen, und die Jungs wichen zur Seite, um nicht versehentlich vom Ast gefegt zu werden.

Eteris ließ sich bereitwillig drücken. Nichts war ihr zu viel, jetzt, da sie so ungeheuer erleichtert war, dass sie es losgeworden war und die anderen es ihr nicht übel nahmen. Es war Schicksal, genau!

Als sie sie nach und nach losließen und sich wieder einen Sitzplatz suchten, räusperte sich Jehris plötzlich unüberhörbar und sagte: »Ich schätze, das ist eine gute Gelegenheit, auch was loszuwerden.«

Alle Augen richteten sich auf ihn, gespannt, was da kommen mochte. Das hatte man bei ihm ja noch nie so genau gewusst.

»Ich werde auch nicht mit zur Muschelbucht fliegen«, fuhr Jehris fort, mit jener leisen, jeden Gedanken an Widerspruch ersterben lassenden Entschiedenheit in der Stimme, die sie seit jeher von ihm kannten.

»Wieso nicht?«, fragte Bassaris verwundert. »Versprichst du dich auch jemandem?«

Das war auch Eteris' erster Gedanke gewesen, und sie ging in Gedanken eilig vergangene Beobachtungen durch, um dahinterzukommen, um welches Mädchen es sich handeln mochte.

Jehris wiegte den Kopf hin und her. »In gewisser Weise«, sagte er dann. »Wenn die Nestlosen weiterziehen, werde ich mit ihnen fliegen. Ich schließe mich ihnen an.«

***

Das war ein Schock, neben dem Eteris' Ankündigung zur Lappalie verblasste. Es lag Ewigkeiten zurück, dass sich jemand aus den Küstenlanden den Nestlosen angeschlossen hatte. Nur die Ältesten erinnerten sich, wie sie, als sie selbst noch jung gewesen waren, ihre Ältesten davon hatten erzählen hören.

Ein Schock war es vor allem für Jehris' Eltern. Jehnaim, sein Vater, war kreidebleich, als er zu Golwodin ging und verlangte, dass dieser einschritte; Jehris, so erklärte er, sei noch viel zu jung für eine so schwerwiegende Entscheidung.

Golwodin besprach sich daraufhin mit Jehris, ausführlich und unter vier Augen, redete anschließend lange mit Jehnaim und Ilris und schließlich mit Jagashwili, der es gewesen war, der Jehris' Bitte um Aufnahme zugestimmt hatte. Dann, nach einem langen Tag, erklärte der Älteste, seiner Einschätzung nach sei Jehris durchaus alt genug, um seinen Lebensweg selber zu bestimmen. »Ich sage ganz offen, dass mir sein Schritt nicht gefällt«, fuhr er fort. »Aber ich denke dennoch, dass es das Beste sein wird, wenn wir ihm alle unseren Segen geben. Möge er die richtige Entscheidung für sich getroffen haben. Und wir sollten ihm sagen, dass ihm unser Nest, das Nest, in dem er geboren wurde und aufgewachsen ist, jederzeit offen steht, egal, ob er uns als Nestloser besucht oder ob er eines Tages zurückkehren will.«

»Aber *warum*?«, wurde Jehris in diesen Tagen immer wieder gefragt. »*Warum* willst du fort? Und warum mit den Nestlosen?«

»Weil ich die Welt sehen will«, sagte er dann, und wenn man ihm vorschlug, stattdessen einfach eine Zeit lang zu den Kurieren zu gehen, die sähen schließlich auch ziemlich viel von der Welt, erwiderte er: »Schon, aber ich will dahin gehen, wohin *ich selber* will, nicht dahin, wohin irgendjemand einen Brief schickt.«

Nur den *Aufmerksamen Fliegern* offenbarte er, was ihn wirklich dazu bewogen hatte. »Mir ist das alles zu viel hier«, erklärte er. »All die Dinge, in die man eingebunden ist. Der Nestbaum mit seinen Plattformen, Mahlplätzen, Küchen, Vorratskammern, Lagernetzen und Schlafnestern und die Streits darum, wer in welches davon ziehen darf. Die ganzen Ämter und Funktionen und Ratssitzungen und Abstimmungen, die endlosen Diskussionen, wie viel Geld in der Nestkasse ist und wofür man es ausgeben soll. Der ganze komplizierte Handel, die Schuldscheine, das Hin und Her der Transportflüge, und so weiter, und so fort. Als Nestloser hab ich nur das, was ich am Leib trage, und muss mich um nichts sonst kümmern. Ich esse, was ich finde, und wenn ich nichts finde, dann hungere ich eben. Der ganze ... *Kram* ist aufs Äußerste reduziert, versteht ihr? Der Kram, der einen daran hindert, frei zu sein ... wirklich zu *leben*!«

»Aber der ganze *Kram*, der Nestbaum, die Vorräte«, wandte Eteris ein, »das stellt ja auch einen Schutz dar!«

»Stimmt«, erwiderte Jehris. »Als Nestloser bin ich ungeschützt. Das heißt, ich bin gezwungen, wachsam zu sein ... *aufmerksam*«, fügte er mit einem Blick zu Ifnigris hinzu. »Und viel fliegen werde ich auch müssen. Also werde ich trotz allem ein *Aufmerksamer Flieger* bleiben – es bleibt mir gar nichts anderes übrig!«

So richtig darüber lachen konnte niemand. Sie nickten alle nur nachdenklich.

Schließlich seufzte Ifnigris und sagte: »Ich find's schade, dass du gehst, aber es passt irgendwie zu dir.«

»Ich hoffe bloß, ich seh dich mal wieder!«, meinte Meoris, die, ganz ungewöhnlich für sie, den Tränen nahe war.

»Bestimmt«, sagte Jehris. »Und dann erzähl ich euch, was ich alles erlebt habe.«

»Und was eigentlich im Buch Wilian steht«, verlangte sie. »Das möchte ich unbedingt wissen.«

»Falls es dieses Buch wirklich gibt«, schränkte Jehris ein.

Mitten in diesen Aufruhr platzte Maheit, der mit seinen Eltern ankam, seiner Schwester und seinen Freunden. Sie trugen ihre besten Kleider und brachten Geschenke mit, für das Nest und für das junge Paar. Golwodin begrüßte auch sie, wie es die Aufgabe eines Ältesten war, und meinte: »Es sind aufregende Tage, die wir gerade erleben.«

So vermischten sich die Vorbereitungen für die Zeremonie des Versprechens mit denen für die Abreise Jehris'. Als Nestloser brauchte er einen Rucksack und Kleidung mit so vielen Taschen wie nur irgend möglich. Jagashwili bestand zudem darauf, dass Jehris sich diese Taschen eigenhändig annähte, als Teil der Ausbildung, die ihn bei den Nestlosen erwartete. Seine Mutter brachte ihm rasch das Nötigste bei, sodass er Taschen haben würde, die

266

nicht unterwegs abrissen, wobei eigentlich sein Vater der bessere Näher gewesen wäre. Doch der weigerte sich hartnäckig, das Vorhaben seines Sohnes in irgendeiner Weise auch noch zu unterstützen. »Du bist und bleibst ein Sturkopf«, warf ihm Ilris daraufhin vor, und das so laut, dass es jeder im Nest hören konnte.

Irgendwann in diesen Tagen fragte Eteris den Mann, dem sie sich versprechen wollte: »Sag mal – woher hast du eigentlich gewusst, wie meine Eltern heißen?«

Worauf Maheit sanft lächelte und erwiderte: »Ich habe mich erkundigt.«

»Und bei wem?«

»Ich habe Galris gefragt.«

»Galris?«, wiederholte Eteris verdutzt.

»Der war in letzter Zeit ziemlich oft bei uns. Ich schätze, er war hinter einem von unseren Mädchen her, obwohl er das nie zugegeben hat. Jedenfalls, wir haben uns angefreundet, und als du mir aufgefallen bist, habe ich ihn gefragt, wer du bist.« Maheit räusperte sich. »Er hat mir übrigens auch den Tipp gegeben, bloß nicht deine Fußfedern zu erwähnen.«

»Ach.«

»Am Tag nach dem Fest hat er mir einen Brief geschrieben, wie enttäuscht du über mein plötzliches Verschwinden warst. Da war mir klar, es heißt jetzt oder nie. Als mir der Kurier den Brief gegeben hat, hab ich ihn gelesen und sofort herumgefragt, wer zum Ris-Nest fliegt. Zur Not wäre ich auch alleine geflogen.«

Eteris wurde auf einmal ganz schwach zumute. »Und der Spruch, mit dem du mich herumgekriegt hast?«, fragte sie leise. »Hast du den auch von Galris?«

Maheit schloss sie in die Arme. »*Er* hat gesagt, *du* hättest gesagt, der Erste, der das zu dir sagt, den nimmst du. Alles klar, hab *ich* mir gesagt, dann will ich unbedingt dieser Erste sein.«

Sie presste ihm die geballten Fäuste vor die Brust. »Du bist ein Schuft!«

»Aber ein Schuft, der dich liebt.«

»Und Galris ist auch ein Schuft.«

»Aber auch einer, der dich liebt.«

Dann war es vorbei mit ihrer Beherrschung. »Und zum Heulen bringt ihr mich auch!«, schluchzte sie.

***

Der Tag, an dem Eteris und Maheit einander versprachen, war ein *goldener Tag*, wie man es nannte, wenn – was selten geschah! – in der Nebelzeit das große Licht des Tages auf eine Weise schien, dass der Nebel golden leuchtete. Selbst Eteris' hellbraune Flügel schimmerten golden, als sie vor Maheit hintrat, und spiegelten sich in seinen Augen, mit denen er sie ansah wie eine Erscheinung.

Die größte Plattform des Nestbaums war zu klein, um alle zu fassen, die sich versammelt hatten, und so standen oder hockten sie auch auf den umliegenden Ästen, umhüllt vom goldenen Nebel: die Ris, die Gäste aus dem Nest der Heit – und die Nestlosen, die man ebenfalls eingeladen hatte.

»Selten hat ein Paar so viele Zeugen gehabt«, meinte Golwodin, womit er allgemeines Gelächter auslöste. »Das und dazu ein goldener Tag – ich denke, ein besseres Omen für Eteris und Maheit kann man sich nicht wünschen.«

Nachdem er mehrere Gedichte aus dem Buch Teria rezitiert hatte, kam der Moment, im Angesicht der Gemeinschaft zum anderen die rituellen Worte zu sprechen: *Ich will fortan mein Leben mit dir teilen, die guten Tage und die schlechten gleichermaßen, und nichts soll uns trennen, ehe einer von uns dorthin fliegen muss, wohin eines Menschen Flügel ihn nicht tragen.*

Als Eteris Maheit danach küsste, spürte sie die Sehnsucht nach seiner Umarmung stärker denn je, und außerdem wurde ihr blitzartig klar, welches von den Schlafnestern, die zur Wahl standen, sie sich wünschte: das ganz außen an dem Ast, der der Stelle des Abbruchs benachbart war. Dort würden sie für sich sein und zugleich stets die Vergänglichkeit aller Dinge vor Augen haben. Dass selbst ein mächtiger Nestbaum brechen konnte, würde eine immerwährende Mahnung sein, sich ihres Glückes zu erfreuen, solange es dauerte.

Danach sangen alle noch Zolus Lied von der Liebe, die so plötzlich kommen konnte, wie ein Blitz einschlug – Eteris grinste Golwodin an, und der grinste zurück; das Lied hatte er äußerst passend ausgewählt –, dann war die Zeremonie vorbei, und das Fest begann.

An diesem Tag waren die Mahlplätze natürlich alle viel zu klein. Ein gewaltiges Gedrängel und Geschiebe hob an, und nicht einmal das junge Paar, dem man immerhin Plätze reserviert hatte, konnte sitzen, ohne seine Flügel mit denen von jemand anders zu verheddern. Aber alle waren fröhlich und guter Dinge, und das war schließlich das, worauf es bei einem Fest ankam.

Eteris und Maheit mussten sich nicht anstellen, vielmehr reichte man ihnen, was sie sich wünschten, und das außerdem *vor* allen anderen – dennoch kamen sie kaum zum Essen, weil unablässig Gratulanten bei ihnen auftauchten, die ihnen alles Gute wünschten und umarmt und geküsst sein wollten. Und Maheit, der ja von nun an zu den Ris gehörte, musste allen Rede und Antwort stehen, die mehr über ihn wissen wollten, und das waren auch nicht wenige. Darkmur etwa fragte, wie Maheit es mit der Jagd hielt, worauf dieser gestand, er sei bisher meist Kundschafter und Treiber gewesen, denn er sei ein miserabler Schütze. Basgiar meinte, ihm sei, als habe er Maheit schon einmal auf dem Markt gesehen, ob er sich da richtig entsinne?

»Stimmt«, gab Maheit zu. »Ich hab unsere Händler öfter als Träger begleitet.«

Worauf Basgiar zufrieden lächelte und meinte: »Alles klar. Ich melde mich bei dir, wenn's mal wieder so weit ist.«

Aber, fügte er hinzu, das würde erst nach dem Ende der Frostzeit sein; bis dahin habe Maheit also keine Störungen seiner Zweisamkeit mit Eteris zu befürchten.

Elnidor, der Vorratsmeister, entlockte Maheit die Behauptung, ein guter Pilzsucher zu sein.

»Hmm«, meinte er daraufhin. »Schade nur, dass bei uns nicht so viele Pilze wachsen wie bei euch im Heit-Gebiet.«

Maheit grinste frech. »Ihr habt nur noch nie richtig gesucht.«

***

Am nächsten Tag hieß es dann Abschied nehmen, und das gleich zweimal: zuerst von Jehris, der mit den Nestlosen nach Süden aufbrechen würde und schon ganz fremd aussah in seiner veränderten Kleidung, dann von Oris und den anderen, die nach Norden fliegen wollten, zur Muschelbucht.

Warum sie dorthin wollten, nämlich, um nach der geheimnisvollen Bruderschaft zu fahnden, das behielten sie für sich, und so stieß ihr Vorhaben allgemein eher auf Missbilligung. Die »übliche Torheit junger Leute« nannte man es, so kurz vor Anbruch der Frostzeit noch eine so weite Reise zu unternehmen. Aber was wollte man machen? Auch Oris, Ifnigris, Bassaris, Meoris und Galris wären schließlich alt genug gewesen, um sich jemandem zu versprechen, also waren sie auch alt genug, um derlei für sich selbst zu entscheiden.

»Zur Not müsst ihr die Frostzeit über eben in der Muschelbucht bleiben«, meinte jemand. »Na, die werden sich freuen, wenn sie fünf Mäuler mehr durchfüttern müssen!«

Anaris wollte auch mit, aber *sie* war noch *nicht* alt genug, um derlei für sich selbst zu entscheiden, und ihre Mutter erhob Einspruch.

»Das ist gemein«, protestierte Anaris so laut, dass es das halbe Nest hörte. »Ich fliege genauso gut wie die anderen! Ich fliege sogar *besser* als mein Bruder!«

Beides stimmte, aber Eiris entschied: »Nicht jetzt. Nicht vor der Frostzeit. Wenn die vorbei ist und es wieder warm wird, können wir noch mal drüber reden.«

Der eigentliche Abschied geriet ziemlich kurz und unspektakulär, seiner Bedeutung irgendwie nicht angemessen, fand Eteris. Sie flogen einfach alle raus zum Kniefelsen, wo sich die Nestlosen bereit machten. Deren Kinder verabschiedeten sich von den Ris-Kindern, mit denen sie sich in den letzten Tagen angefreundet hatten, was dann ein paar Tränen gab, auf beiden Seiten, denn offenbar hatten die Kinder der Nestlosen nicht allzu oft Gelegenheit, sich mit Nestkindern zu befreunden. Erst jetzt fiel Eteris auf, dass zwei der Frauen in Erwartung waren, und sie sah es mit Schaudern: In diesem Zustand flogen sie los, ins Unbekannte?

Nun, nicht ganz; die Route in den Süden waren Jagashwilis Leute ja wohl schon öfter geflogen, um der Frostzeit ein Schnippchen zu schlagen.

Sie sah zu, wie Jehris den Schritt tat, heraus aus der Gruppe der Ris und hinüber zu den Nestlosen. Diese hießen ihn in ihrer Mitte willkommen, klopften ihm auf die Schulter oder zupften an den Flügeln oder empfingen ihn gar schon mit jenem Gruß, den nur die Nestlosen pflegten: jene Geste, bei der Faust gegen Faust gesetzt wurde.

Ilris winkte ihrem Sohn zum Abschied, und sie weinte dabei. Sein Vater weinte nicht, aber er winkte auch nicht, sondern sah nur grimmig drein.

Schließlich ging es los. Jagashwili, so hoch bepackt wie niemand sonst, vergewisserte sich noch einmal, dass alle bereit waren. Dann grüßte er die Ris ein letztes Mal, mit ernster Miene und erhobener Hand, breitete seine ungeheuren Flügel aus, hob mit ein paar gewaltigen Schlägen ab und schlug die Richtung nach Süden ein.

Die anderen folgten ihm sofort, Alte wie Kinder, Frauen wie Männer, und obwohl der Nebel heute so licht war, dass man das baldige Ende der Nebelzeit ahnte, verschwanden sie alle im Nu darin wie davon aufgesaugt. Einen Moment lang hörte man noch das Rauschen ihrer Flügel, dann war es vom Rauschen des Meeres nicht mehr zu unterscheiden: Sie waren weg, und Jehris mit ihnen.

»Tja«, sagte Oris mit ungewohnt rauer Stimme, »ich würde sagen, wir fliegen auch gleich los.«

»Aber *ihr* kommt wieder, hoffe ich.« Eiris hatte den Arm um ihre Tochter gelegt, als argwöhne sie, Anaris könne sich ihrem Bruder einfach anschließen.

Oris nickte ernst. »Wir kommen wieder. So bald wie möglich.«

»Glaub ich nicht«, sagte Anaris finster.

Die fünf *Aufmerksamen Flieger* hoben ab und flogen in Richtung Norden. Man sah noch, wie sie eine Formation bildeten, dann verschluckte der Nebel auch sie.

Kalsul

Das Geheimnis

Die Steilküste am Nordende der Muschelbucht, an der Kalsul herumkletterte, war feucht und rutschig und stank nach Vogelkacke. Fünfzig Längen unter ihr manschte das Meer an die Felswand, grau in grau und so träge, als hätte es heute auch keine Lust, sich zu bewegen, genauso wenig wie sie.

»Blödes Viech!«, blaffte sie einen Tauchschwirrer an, der nach ihrer Hand hackte, nur weil sie in sein Nest greifen wollte.

Das sowieso leer war!

Die anderen Vögel flatterten aufgeregt um sie herum und kreischten in einem fort, versuchten, den bösen Eindringling zu vertreiben. Aber das würden sie nicht schaffen, nicht, ehe Kalsul ihre Eiertrage voll hatte. Elf Eier fehlten ihr noch, elf gepolsterte Höhlungen waren noch zu füllen in dem hölzernen Teil, das sie an einem Riemen um den Leib trug wie einen Tragbeutel. Es war eine altehrwürdige Eiertrage, mit der schon ihre Urgroßmutter die an der Steilküste nistenden Vögel heimgesucht hatte. Erzählte man zumindest.

Es regnete nur verhalten, weil die Regenzeit allmählich in die Nebelzeit überging. Trotzdem hätte Kalsul den Tag lieber im Trockenen und Warmen verbracht, am liebsten direkt neben einem Kessel Süßmückentee, der auf dem Herd vor sich hin köchelte.

Sie kletterte weiter, versetzte den nächsten Abschnitt der Kolonie in Angst und Schrecken. Hier gab es weniger Halt; sie rutschte mehrmals ab und musste sich wieder fangen, einmal sogar eine Schleife drehen – aber dafür fand sie auch Nester mit Eiern darin. Wenn nur dieses ohrenbetäubende Gekreische nicht gewesen wäre!

Mal ehrlich, wie blöd waren diese Tauchschwirrer eigentlich, so kurz vor der Frostzeit noch Nachwuchs in die Welt zu setzen? Von den Jungen, die jetzt schlüpften, würden die meisten ohnehin tot sein, wenn die warmen Jahreszeiten anfingen. Kein Grund, so ein Gewese um die paar Eier zu machen, die sie ihnen wegnahm.

Dreißig Eier, weil Nalawen unbedingt heute noch ihren dämlichen Muschelkuchen backen wollte. Angeblich. In Wirklichkeit hatten sie es alle nur darauf abgesehen, sie dafür zu bestrafen, dass sie sich im Ris-Land eine gute Zeit gemacht hatte. Das konnten die Alten nicht haben, allen voran ihr Vater mit seinen ewigen Predigten von wegen, man müsse seinen Platz im Leben finden.

Na, danke. In Kalsuls Ohren klang das wie *sich lebendig begraben lassen.*

Man brauchte ihn sich doch nur mal selber anzuschauen: noch nie irgendwo anders gewesen als in der Muschelbucht, gerade mal weit genug geflogen, um eine Frau zu betören und ins Sul-Nest zu verschleppen – *aber* Karten der ganzen Welt zeichnen! Markosul, der große Kartenzeichner. Und die Leute kamen auch noch von weither, um seine Karten abzuzeichnen oder um ihn auf Fehler hinzuweisen, damit er noch mehr zu zeichnen hatte, immer noch genauer, immer noch mehr Einzelheiten, es hörte nie auf.

Aber nur mit dem Finger auf der Landkarte zu reisen, das mochte Vater genügen, ihr genügte es nicht. Sie wollte etwas erleben! Spaß haben! Und vor allem wollte sie raus aus diesem öden Sul-Nest.

Ein Glück andererseits, *dass* sie eine Sul war! Die Frauen der anderen Stämme blieben ja meist ihr Leben lang in dem Nest hocken, in dem sie geboren und aufgewachsen waren und fanden das auch noch großartig. Sie dagegen brauchte sich bloß den richtigen Mann zu angeln, um überall hinzukommen, wohin sie wollte!

Sie solle sich halt den Kurieren anschließen, meinte ihr Vater zu dem Thema nur. Das hatte sie sich auch überlegt, aber … nein. Das war zu anstrengend.

Nun fehlte nur noch ein einziges Ei. Kalsul kletterte höher, schlug zur Unterstützung mit ihren Flügeln, die sie dabei in eine Wolke aus feinen Tröpfchen hüllten. Ohnehin wurden ihr allmählich die Flügel klamm von der Feuchtigkeit.

Da war tatsächlich ein einsames Nest, und es lagen sogar *zwei* Eier darin, eins prächtiger als das andere. Sie streckte die Hand aus, griff aber nicht zu, weil sie sich nicht entscheiden konnte.

In diesem Moment hörte sie Flügelschlagen hinter sich und spürte, wie sich jemand näherte. Gleich darauf landete derjenige neben ihr an der Steilwand, sich geschickt festhaltend, und ein Gesicht grinste sie an, das wiederzusehen sie nicht erwartet hatte, schon gar nicht hier.

»Hallo, Kalsul«, sagte Hargon.

* * *

Kalsul erschrak, und es hätte nicht viel gefehlt, und sie hätte den Halt verloren.

»Was machst *du* denn hier?«, blaffte sie ihn an.

»Och, weißt du«, begann Hargon so ruhig, als würden sie beide nicht an einer stinkenden, rutschigen Felswand hängen, sondern gemütlich bei einem Becher Tee auf einem warmen Mahlplatz sitzen, »ich war gerade in der Gegend, hab dich hier am Felsen kleben gesehen und mir gedacht, na, wenn das nicht meine kleine Kalsul ist ...«

»Ich bin nicht *deine kleine Kalsul*«, gab sie schnaubend zurück. »Und ich glaub dir kein Wort. Kein Mensch fliegt bei diesem Wetter einfach so durch die Gegend!«

Im tiefsten Inneren war sie entsetzt darüber, ausgerechnet diesem Mann in der Nähe ihres Heimatnestes wieder zu begegnen, mehr noch, offenbar von ihm verfolgt zu werden. Ließ es ihm am Ende keine Ruhe, dass er sie nicht herumgekriegt hatte?

»Du hast mich durchschaut.« Er grinste aufdringlich. »He, sei doch nicht so garstig! Wir hatten schließlich eine nette Zeit miteinander, oder etwa nicht?«

Sie sah ihn auf eine Art an, von der sie hoffte, dass sie ausreichend abweisend wirkte. »Du warst grob und rücksichtslos.«

»Aber das meiste davon hat dir gefallen, gib's zu.«

Sie schnaubte. »Bild dir nur nichts ein.«

»Du bist jedenfalls immer wieder gekommen. Hast dich mal auf meinen Schoß gedrängelt, als ich grade mit meinen Freunden am Trinken war …«

Kalsul schwieg peinlich berührt. Da hatte er leider recht. Eine Weile war sie tatsächlich ganz verrückt nach ihm gewesen.

»Was willst du?«, fragte sie schließlich.

Er beugte sich ein Stück weit vor, sah sie nun ernst an, beinahe verschwörerisch. »Pass auf. Ich hab dir doch erzählt, dass ich im Nest der Rauk lebe …?«

»Du hast mir viel erzählt.«

»Na ja, wir waren ja auch viel zusammen. Die Sache ist die … Es könnte sein, dass jemand hierherkommt, in euer Nest, und nach mir fragt. Und dann wär's mir recht, wenn du das für dich behalten würdest.«

Sie sah ihn an, versuchte zu verstehen, was eigentlich los war. »Bei den Rauk lebst du?«, wiederholte sie. »Nein, das hast du mir nicht erzählt. Das heißt ja, dass du dich einer Rauk versprochen hast, oder?«

»Uh …«, machte Hargon und blies die Backen auf. »Das heißt das normalerweise, stimmt.«

»Und du hast trotzdem mit mir herumgemacht?«

»Hallo? Dazu gehören immer zwei. Und soweit ich mich erinnere, warst du ziemlich begeistert dabei.«

»Aber wenn ich das gewusst hätte …«

Er hob die Augenbrauen. »Sag bloß. Und ich dachte immer, die Sul gehören zu den Stämmen, die die freie Liebe hochhalten. Und du warst danach ja auch ziemlich eng mit diesem Jüngling, wie hieß er? Panatem?«

»Das geht dich überhaupt nichts an.«

Er hob die freie Hand. »Soll keine Kritik sein. Darum geht's ja schließlich bei der freien Liebe, ums Ausprobieren. Mit mir hättest du ausprobieren können, wie es mit einem *richtigen* Mann ist …«

»Hau ab!«, rief Kalsul, nahm eins der Eier und warf es ihm an den Kopf.

Er zuckte zurück, verlor den Halt und stürzte in die Tiefe. Nachdem er sich abgefangen und abgewischt hatte, kam er wieder hoch und rief: »Also, denk dran: zu niemandem ein Wort, ja?«

»Du kannst noch ein Ei abkriegen!«, schrie Kalsul und griff nach dem zweiten Ei, worauf Hargon lachend abdrehte und davonflog.

Mistkerl. Kalsul betrachtete das Ei in ihrer Hand. Es war noch in Ordnung. Sie verstaute es in ihrer Eiertrage, die damit voll war. Also stieß sie sich ab und machte sich auf den Rückweg ins Nest. Ohnehin wurde der Regen wieder stärker.

✳✳✳

Bis sie beim Nest ankam, regnete es schon kräftig. Kalsul landete auf der Plattform vor dem Mahlplatz, schüttelte ihre Flügel aus und schlüpfte dann durch den ledernen Vorhang.

Drinnen war es angenehm warm. Vater war auch da, stand wie so oft vor seiner großen Weltkarte, die die Längsseite des Mahlplatzes zierte, und unterhielt sich mit einem Besucher. Er bemerkte sie gar nicht.

Auch gut. Kalsul ging in den Küchenbereich, wo die Wärme herkam, von den Feuern nämlich, die in den Öfen brannten. Nalawen war da, nahm die Eiertrage begeistert in Empfang. »Du hast wirklich dreißig Eier gefunden? Großartig!«, meinte sie, als sie die Abdeckungen aufknöpfte. »Oh, du bist ja ganz nass. Willst du dir vielleicht erst mal was Trockenes anziehen?«

»Nachher«, brummte Kalsul und setzte sich auf einen der Hocker am Arbeitstisch. »Erst 'nen warmen Tee und die Flügel trocknen.«

»War es sehr rutschig? Musstest du schwirren?«

»Nein. Ging auch so.«

In einem Topf köchelte tatsächlich ein Tee vor sich hin, leider nur aus Süßgras. Egal. Sie schöpfte sich einen Becher davon, sah zu, wie Nalawen die Eier nacheinander in eine Holzschüssel aufschlug, und musste an das Ei denken, das sie Hargon an den Kopf geworfen hatte.

»Sag mal«, fragte sie so harmlos wie möglich, »hat eigentlich jemand nach mir gefragt, während ich unterwegs war?«

»Nein«, sagte Nalawen. »Wer hätte denn fragen sollen?«

Kalsul zuckte mit den Schultern. »Jemand halt.«

Nalawen musterte sie mit einem vielsagenden Blick, dachte wohl, dass Kalsul auf jemanden wartete. Einen Jungen. »Nein, tut mir leid. Ich hab nichts dergleichen mitgekriegt.«

»Auch gut.« Also war Hargon nicht hier gewesen. Das Sul-Nest besaß nur einen Mahlplatz, der nicht nur berühmt war – wegen Vaters Weltkarte –, sondern auch unübersehbar. Jeder Besucher wäre zuerst hier gelandet, auch Hargon.

Kalsul legte die Hände um den Becher, der allmählich angenehm warm wurde, und dachte an die tolle Zeit zurück, die sie im Ris-Land gehabt hatte. Auch mit Hargon, am Anfang zumindest. Was hatte der ihr umwerfende Komplimente gemacht! Sie war ganz betrunken gewesen von so viel Aufmerksamkeit.

Wenn er nur ein bisschen rücksichtsvoller gewesen wäre. Hätte er nicht so gedrängelt und sich nicht ständig über sie lustig gemacht, hätte er irgendwann alles von ihr haben können.

Sie nahm noch einen Schluck, schmeckte der säuerlichen Süße des Tees nach. Und? Wäre das gut gewesen, so aus der Rückschau betrachtet? Eher nicht. War schon in Ordnung, dass sie sich rechtzeitig abgesetzt hatte.

Vater verabschiedete sich von seinem Gast, brachte ihn noch zur Plattform und kam dann auch in den Küchenbereich, um sich einen Tee zu schöpfen. Wie immer hatte er sein Notizbuch dabei.

»Das war ein Kurier«, erklärte er. »Hat mir eine Menge interessanter Dinge über den Süden erzählt.«

»Sag bloß«, meinte Kalsul.

»Langweile ich dich?« Vater legte ihr die Hand auf die Schulter, hob sie aber gleich wieder ab und rieb die Finger gegeneinander. »Kind, du bist ja ganz nass. Willst du dir nicht was Trockenes anziehen gehen?«

»Nachher. Ich will mich erst aufwärmen.«

»Das geht aber besser, wenn man nicht in nassen Kleidern dasitzt.«

»Ich hab Zeit.«

Vater seufzte. »Wie du meinst.« Er nickte in Richtung der Bank neben dem Backofen. »Wollen wir uns nicht wenigstens dorthin setzen? Dort ist es am wärmsten.«

Dagegen war nichts einzuwenden, also setzte sich Kalsul auf die Ofenbank, breitete die Flügel so weit aus, dass sie sich damit und mit dem Rücken gegen den aufgeheizten Stein lehnen konnte, und genoss die Wärme. Vater ließ sich auf der Bank gegenüber nieder.

»Wieso spricht man eigentlich von den Stämmen der freien Liebe?«, fragte Kalsul aus einem Impuls heraus. »Nur weil die Ahnen mal fremdgegangen sind?«

Vater blies über seinen Tee. »Sehr die Frage, ob man das überhaupt so sagen kann. Im Buch Pihr heißt es, die Kinder der Ahnen – also wir – seien im Labor entstanden.«

»Und was ist ein Labor?«

»Das eben weiß man nicht. Das erklärt Pihr nicht. Andererseits heißt es wortwörtlich: ›Sofi gebar Asul und Usul‹.«

»Unter anderem.«

»Unter anderem.« Vater nahm einen tiefen Schluck aus seinem Becher. »Vierzehn Kinder. Kann man sich kaum vorstellen. Und alles Zwillinge, immer Junge und Mädchen.«

Kalsul versuchte, sich an den Unterricht zu erinnern, aber das Thema war lange her, und sie hatte damals nicht so richtig aufgepasst. »Das war bei allen Ahninnen so, nicht wahr?«

»Ja. Nur waren es nicht immer so viele Kinder. Debra hatte nur acht Kinder, und ihr Sohn Urauk ist früh gestorben.«

»Und woher kommt das jetzt mit der freien Liebe?«

Ihr Vater grinste. »Ich hab mir schon gedacht, dass du nicht deswegen da unten bei den Ris im Wald geblieben bist, weil es dich so fasziniert hat, was irgendjemand über die Sterne erzählt …«

Kalsul lehnte ihren Kopf nach hinten. Die Wärme ließ sie ganz schläfrig werden. »Als ob du so was früher nicht gemacht hättest!«

»Ich sag doch gar nichts. Aber wir haben die Mädels einfach hergebracht und sind mit ihnen ab in die Buschbäume. Deswegen fast ein Jahr im Zelt zu hausen wäre uns im Traum nicht eingefallen.« Vater stand auf, schöpfte sich Tee nach und setzte sich wieder. »Aber ich hab eine andere Geschichte gehört. Es heißt, Asul sei das schönste Mädchen gewesen, das je gelebt habe. Und weil sie gerecht sein wollte, hat sie beschlossen, dass so viel Schönheit nicht nur einem Mann allein zukommen dürfe … So hat das angeblich angefangen.«

»Das hab ich ja noch nie gehört.«

»Ist auch nur eine Legende. Nichts, was du in den Großen Büchern findest. Und soweit ich weiß, erzählt man ganz ähnliche Geschichten über Asem, Asag, Asil und so weiter. Lauter schönste Mädchen aller Zeiten.«

Kalsul dachte eine Weile darüber nach. »Diese Geschichte erklärt überhaupt nichts«, stellte sie schließlich fest.

»Vielleicht wird sie deswegen so selten erzählt?«

Von ferne war der dumpfe Klang der Holzglocke zu hören, die zum Unterricht rief.

»Bei den Ahnen, ich hab ja noch Unterricht. Das hab ich ganz vergessen!« Kalsul löste sich aus der schläfrig machenden Wärme des Ofens und stand auf. »Jetzt muss ich mich aber wirklich umziehen.«

***

Mit dem Umziehen ließ sich Kalsul trotzdem Zeit. Sie rieb sich gründlich ab, zog frisches Unterzeug an und hängte die nassen Sachen erst mal zum Trocknen auf. Was um diese Jahreszeit immer *ewig* dauerte; meistens musste man die Sachen abends noch auf den warmen Backofen legen.

Darum würde sie sich später kümmern. Sie hängte das Handtuch dazu und ging noch einmal mit der Flügelbürste über ihre zerzausten Schwingen. Die immerhin waren am Ofen ganz gut trocken geworden.

Das Bürsten tat gut, brachte das Blut in Bewegung. Wenn man sich dabei nur nicht so hätte verrenken müssen! Früher hatte ihre Mutter das Bürsten besorgt, das war bequemer gewesen. Allerdings hatte sie das damals nicht zu schätzen gewusst, sondern immer nur gequengelt und es nicht erwarten können, bis Mutter endlich fertig war.

Eigentlich, merkte sie überdeutlich, als sie sich vor ihre Kleiderkiste hockte, hatte sie überhaupt keine Lust auf Unterricht. Aber mal so richtig *gar* keine. Ständig *sollte* man irgendwas tun! Der ganze Tag ging drauf mit Sachen, die einem keinen Spaß machten, wenn man immer tat, was andere von einem wollten.

Wobei sie andererseits auch nicht wusste, was sie stattdessen hätte tun können. Um diese Zeit fanden nirgendwo mehr Feste statt, jedenfalls nicht in der Umgebung, und einfach so in eines der benachbarten Nester fliegen? Wenn sie zu den Non flog, würde sich gleich Wesnon auf sie stürzen und sie wieder endlos belabern, würde ohne Atempause von seinen Wettflügen erzählen, wie schnell und wie weit er geflogen war und wen er alles überrundet hatte. Und wenn sie bei den Bar auftauchte, würde Jalobar denken, sie hätte es sich anders überlegt, und das ganze Drama würde von vorne beginnen. Außerdem würde sie dort auf Akasul treffen, die ihr garantiert wieder vorschwärmen würde, was für ein *toller* Mann ihr Olbar war …

Womöglich war sie inzwischen schon schwanger. Hatte das nicht neulich sogar jemand erwähnt? Ihr war so.

Also. Dann ging das mit den Bar absolut nicht.

Überhaupt – die Hälfte der Mädchen ihres Alters waren schon

ausgeflogen, nur bei ihr tat sich nichts. Am weitesten weg geschafft hatte es Sersul, die sich einem Gewürzhändler aus dem Schlamm-delta versprochen hatte. Furkal hieß er. Sie hatte ihn auf einem Markt in den Nordlanden getroffen, kurz nachdem sie Kurier geworden war. Und nun lebte sie auf der anderen Seite der Welt!

Nein, würde Vater sagen, nicht auf der anderen Seite der Welt, auf der anderen Seite des *Kontinents*! Es gab insgesamt drei Kontinente; die Ahnen hatten den besten davon ausgesucht und besiedelt. Auf den anderen beiden war noch nie jemand gewesen, einfach, weil man nicht hinkam; niemand konnte so weit fliegen.

Wobei Vater daran eigentlich nur ärgerte, dass es keine Karten von den anderen Kontinenten gab. Die Ahnen hatten zweifellos welche besessen, es aber nicht für nötig gehalten, sie zu überliefern. Weil, wie es im Buch Pihr stand, wer im Paradies lebt, keine Karten anderer Regionen benötigt.

Kalsul entschied sich für eine blaue Hose, schlüpfte hinein und dachte darüber nach, ob Pihr das ernst gemeint oder nur einen Scherz gemacht hatte. Sie hatte jedenfalls nicht das Gefühl, in einem Paradies zu leben. In einem Paradies hätte man doch entschieden mehr Spaß gehabt, oder?

Und zwar eine Art Spaß, von der hinterher auch etwas übrig blieb. Sie hatte ja Spaß gehabt da unten im Ris-Land, aber was war davon jetzt noch übrig? Nur wehmütige Erinnerungen – und ein schlechter Ruf. Alle Leute hielten sie jetzt für leichtlebig, verantwortungslos und vergnügungssüchtig.

Wobei sie diesen Ruf, ehrlich gesagt, auch vorher schon gehabt hatte.

Sie streifte ein Hemd über, das sie damals mitgehabt hatte, und musste an Panatem denken. Wie er ihre klatschnassen Sachen zum Trocknen ins Nest gebracht hatte und sie splitternackt am Strand zurückgeblieben war. Mit ihm, das war die beste Zeit gewesen. Was der alles mit ihr gemacht hatte!

Aber am Ende hatte er auch einfach nur Lebewohl gesagt und war seiner Wege geflogen.

Wehmütig knöpfte sie das Hemd zu, einen Knebel nach dem anderen. Das wäre was gewesen, wenn ihr *Panatem* nachgeflogen wäre! Statt dieses Hargon, der sich für den Größten hielt und sowieso viel zu alt für sie war, jedenfalls auf Dauer.

Sie machte was falsch, eindeutig!

Die Holzglocke schlug zum zweiten Mal, und das brachte sie auf die Idee, was sie tun würde: Sie würde den Unterricht schwänzen! Und sich stattdessen das Buch Teria vornehmen, das Buch der Liebe.

Immerhin war das ja auch eins der Großen Bücher. Nur entschieden interessanter als das Buch Jufus, das sie gerade durchnahmen und in dem es schrecklich viel um Rechnen und um Zahlen ging und das insgesamt so trocken war wie Stroh in der Windzeit.

Kalsul streckte den Kopf ins Freie, spähte in alle Richtungen. Niemand zu sehen. Sie hörte Gelächter aus der Küche, eine brummelige, nicht zu verstehende Unterhaltung irgendwo in der Nähe und das Geräusch einer Säge von weiter unten, wo gerade ein Schlafnest repariert wurde.

Also schnell. Sie breitete die Flügel aus und segelte geräuschlos hinab zum Ratsplatz, der halb im Baumherz verborgen lag. Das Nest Sul hatte nur einen kleinen Rat, weil es nicht so viel zu entscheiden gab; in den meisten Dingen richteten sie sich nach dem, was die beiden anderen, größeren Nester taten, mit denen sie sich die Muschelbucht teilten.

Sie landete leise auf der Plattform. Lauschte. Es schien niemand da zu sein. Kalsul schlug den Vorhang beiseite, zog die Flügel an und schlüpfte hinein.

Niemand da. Es gab hier einen kleinen Ofen, in dem ein paar Kiurka-Samen vor sich hin glimmten und den Raum damit angenehm wärmten. Was wohl hieß, dass sich der Rat heute noch treffen wollte. Eine Sitzung des Rats wurde immer angekündigt, indem man den Ratsstab in eine Halterung auf dem Mahlplatz steckte, aber darauf hatte sie nicht geachtet.

Der umlaufende Windschutz hatte Einsätze aus Klarschilf, damit Licht hereinkam. Klarschilf war nicht so durchsichtig wie Glas, aber Glas war teuer, weil es nur an wenigen, weit entfernten Orten hergestellt wurde und schwer zu transportieren war. Sie besaßen im Nest nur eine einzige Scheibe, die auf dem Mahlplatz direkt neben Vaters Weltkarte eingelassen war, weil man von dort aus einen tollen Blick über die Muschelbucht genoss. Vom Ratsplatz aus hätte man sowieso nur die umliegenden Äste gesehen, also war Klarschilf völlig ausreichend.

Kalsul setzte sich vor die Bücherkiste, murmelte flüchtig den üblichen Dank an die Ahnen und hob dann den Deckel behutsam ab.

Ein Buch fehlte, das sah man sofort. Vermutlich das Buch Jufus, das derzeit im Unterrichtsraum lag.

Jedes Buch war in ein gewebtes und besticktes Tuch eingewickelt, wobei die Farbe und das Muster verrieten, um welches Buch es sich handelte. Kalsul holte das dünnste der Bücher heraus, das Buch Teria, das traditionell in ein rotes Tuch mit gelben Streifen gehüllt wurde.

Doch als sie es ausgewickelt hatte und aufschlug, stellte sie fest, dass es gar nicht das Buch Teria war, sondern das Buch Ema. Jemand hatte es falsch eingewickelt!

Das Buch Ema war auch ziemlich dünn, aber es war so ein Buch, das niemand je zu lesen schien. Es gehörte nur eben dazu. Kalsul hatte es nie zuvor in Händen gehalten, las ein paar Zeilen und erschauderte. Bei allen Ahnen, was war *das*?

Sie las von Maschinen, die Löcher in den Himmel rissen, von Dunkelheit, die daraus auf die Erde herabströmte und alles Leben verschlang. Sie las, wie der Himmel zerbrach und Ströme von Blut und Feuer über das Land flossen, wie Vögel tot vom Himmel fielen, Nestbäume zersprangen und das Meer zu kochen begann. Sie las von roten Brüdern, die mit den Pfeilfalken flogen und Unglück brachten. Sie las von einem Geheimnis, nach dessen Enthüllung Soldaten eines gnadenlosen Herrschers aufmarschierten …

Was um alles in der Welt waren *Soldaten*?

Kalsul las wie gebannt, von einer großen Schlacht an der letzten Festung, deren Verteidiger wussten, dass es keine Hoffnung für sie gab, die aber trotzdem kämpften, bis der Letzte von ihnen tot war.

»Ah, hier bist du!«, sagte plötzlich jemand. »Hab ich's doch richtig gesehen.«

Kalsul sah hoch. Ihr Herz schlug wild. Ihr war, als erwache sie aus einem Albtraum.

»Was?«, fragte sie, noch benommen von ihrer Lektüre und den Bildern, die diese in ihr heraufbeschworen hatten.

Ionon, die Lehrerin, stand in der Tür, eine schlanke Frau mit hellen Haaren und silbern schimmernden Flügeln. »Hast du die Glocke nicht gehört?«, fragte sie.

»Die Glocke?«

Ionon trat heran und nahm ihr das Buch aus der Hand. »Ema? Oje. Das nutzloseste der Großen Bücher.«

Kalsul sah zu ihr auf. »Wieso hat sie das geschrieben? So … schreckliche Dinge?«

Die Lehrerin zuckte mit den Flügelspitzen. »Sie war gegen Ende ihres Lebens wohl etwas seltsam.« Sie reichte Kalsul das Buch zurück. »Pack es weg und komm. Du weißt genau, dass du im Prozentrechnen noch alles andere als sicher bist.«

»Wieso ruft man dann Ema an, wenn man schlimm geträumt hat?«, fragte Kalsul, während sie das Buch wieder einwickelte. In das falsche Tuch, aber darum sollte sich der Nächste kümmern. »Wo sie selber doch die allerschlimmsten Träume gehabt hat?«

»Vielleicht gerade deshalb«, meinte Ionon. »Wobei ich bekanntlich nichts davon halte, die Ahnen anzurufen, als seien es übernatürliche Wesen. Sie waren auch nur Menschen wie du und ich.«

»Nur ohne Flügel«, sagte Kalsul und legte das Buch wieder in die Kiste.

»Nur ohne Flügel«, sagte auch Ionon.

Und so blieb es ihr heute doch nicht erspart, bei den anderen zu sitzen, mit einer Schreibtafel auf den Knien, und wie sie über einer Rechenaufgabe zu brüten. Sie saß neben Ilisul, die schrieb und schrieb, wieder auswischte, neu schrieb und dabei unablässig die Flügelenden bewegte, als wollte sie Kreise damit in die Bodenmatte kratzen. Adsul nagte an seiner Unterlippe, während er auf seine Tafel starrte, als warte er darauf, dass sich die Zahlen von selber bewegten. Und Matasul schließlich hatte vor dem Buch Jufus gehockt, als sie angekommen waren, und darin gelesen.

»Mata, du wirst schon selber rechnen müssen«, hatte die Lehrerin gemeint.

»Ja, klar«, hatte Matasul erwidert und war zurück auf seinen Platz gekrabbelt, wo er nun saß und genau das versuchte: selber zu rechnen.

Kalsul betrachtete die Zahlen auf ihrer Tafel und hatte keine Ahnung, was sie machen sollte. Sie schrieb irgendetwas und wischte es wieder weg, damit es so aussah, als arbeite sie, aber in Wirklichkeit dachte sie über diesen Owen nach und ob es wohl stimmte, was er behauptet hatte, nämlich dass er einst bis hinauf zum Himmel geflogen war und ihn berührt hatte, den Himmel, der sich einrollen und zerbrechen konnte, wie Ema geglaubt hatte. So schön hatte Owen von den Sternen gesprochen, davon, dass sie der Ort waren, von dem die Menschen stammten – was vermutlich richtig war, das sagten die Großen Bücher schließlich auch –, und dass sie zugleich deren Bestimmung seien. Ob *das* wohl stimmte? Sie wusste nicht mal, was das eigentlich bedeuten sollte. Aber sie hatte eine tolle Zeit gehabt, während er gelehrt hatte. Er hätte nur nicht noch einmal versuchen sollen, den Himmel zu erreichen.

Nur deswegen nämlich saß sie wieder hier. Weil die tolle Zeit damit zu Ende gewesen war.

Seufzend spähte sie zu Ilisul hinüber, die, nach einem prüfenden Blick auf die Lehrerin, ihre Tafel zur Seite neigte und Kalsul abschreiben ließ.

***

Abends saß sie in der wohligen Wärme des Mahlplatzes und wartete wie andere darauf, dass der Muschelkuchen fertig wurde, dessen Duft sich schon im ganzen Wipfel verbreitete. Man hörte von unten, wie die Muschelsucher heimkehrten, hörte sie rumoren und palavern, hörte das Klappern ihrer Suchhaken und das Rumpeln, mit dem sie die Reusen abstellten. Gleich darauf kamen zwei von ihnen herauf in die Küche und brachten zwei Körbe mit dem Fang des Tages. Eine davon war Reshbar, Kalsuls Mutter, die klatschnasse Haare und Flügel hatte und blau gefrorene Lippen, der andere war Dumosul, der im selben Zustand war, aber sehr dunkle Haut hatte, sodass man es nicht so sah.

»Ist das alles?«, fragte Nalawen nach einem prüfenden Blick in die Körbe.

»Ja, und dafür musste ich vor der Hiibu-Tränke tauchen«, erwiderte Kalsuls Mutter. »War wohl die letzte Ernte. Dass die Nebelzeit naht, merkt man im Wasser einfach immer zuerst.«

»Aber es sieht gut aus«, warf Dumosul ein. »Jede Menge junger Muscheln. Wenn die Trockenzeit kommt, werden wir Verstärkung brauchen.« Er zwinkerte Kalsul zu. »Dich zum Beispiel.«

Kalsul blies empört die Backen auf. Das fehlte gerade noch! *Ganz bestimmt* wollte sie nicht so werden wie ihre Mutter!

Nalawen hob den Kopf, schnupperte. »Oh, ich glaube, ich muss mich um den Muschelkuchen kümmern!«, rief sie und enteilte in Richtung Backofen.

Dumosul verzog sich, Mutter nahm sich einen Becher heißen Tee und ließ sich neben Kalsul auf die Bank fallen. »Was für ein Tag!«, ächzte sie.

»Du bist ganz nass.« Es machte Kalsul diebischen Spaß, mal die zu sein, die das zu anderen sagte. »Du solltest dir was Trockenes anziehen.«

»Nachher«, erwiderte Mutter. »Erst will ich einen warmen Tee. Und meine Flügel trocknen.«

Der Mahlplatz füllte sich; die Geräusche und vor allem die Düfte aus der Küche lockten die Leute von den Ästen herein. Auch

Vater kam, gab Mutter einen Kuss und meinte: »Du bist ja pures Eis. Willst du dich nicht erst mal umziehen?«

Mutter lächelte mühsam. »Ist ja rührend, wie ihr euch alle um mich sorgt. Aber ich bin den halben Nachmittag lang im Meer getaucht, mir ist es jetzt überall warm.« Sie nahm einen Schluck, sah Vater an. »Und wie war dein Tag?«

»Oh, sehr lehrreich«, erwiderte dieser überschwänglich. »Ein Kurier war hier, der viel im Süden unterwegs ist. Den hab ich mir natürlich gleich geschnappt und ausgefragt. Er hatte auch allerhand Interessantes zu erzählen.«

»Was denn?«

Kalsul musterte ihre Mutter. Bei ihr klang es immer, als interessiere sie das, was Vater machte, tatsächlich. Wahrscheinlich war es sogar so. Mutter bewunderte ihn für seine Karten.

»Er stammt eigentlich aus der Gegend von Garisruh«, erzählte Vater lebhaft, »aber als er zu den Kurieren gekommen ist, hat es ihn gleich nach Südosten verschlagen, zu den Perleninseln und so weiter. Und dort hat er Nestlose getroffen, die dem Akangor, dem Braunwasserfluss, stromaufwärts gefolgt sind. Sie sagen, er entspringt tatsächlich in den Akashir-Bergen, nämlich am Fuß des Zahnbergs.«

»Das heißt, du musst deine Karte mal wieder ändern.«

»Ja. Das mach ich morgen früh. Ich wollte es gleich machen, aber dann hat Gausul Hilfe gebraucht beim Umbau des Schlafnests am Südast.«

Niemand außer Vater sagte *Südast*. Für die anderen war das der *breite Ast*, im Unterschied zum *flachen Ast*, zum *krummen Ast* oder zum *rauen Ast* und so weiter. An solchen Dingen merkte man den Kartenzeichner.

Andererseits … Karte, das brachte Kalsul auf eine Idee. Sie sprang auf und ging zur großen Wandkarte – was niemand beachtete, weil es normal war. Hier stand ständig jemand, um das überwältigende Meisterwerk ihres Vaters zu bewundern, die genaueste Karte der bekannten Welt, die es gab.

Da war die Muschelbucht, das Sul-Nest am nördlichen Ende. Kalsul ließ ihren Blick wandern, inspizierte die Umgebung in allmählich größer werdenden Halbkreisen …

Da. Das Nest Rauk. Es lag im nördlichen Hochland; das letzte Nest in nordwestlicher Richtung, drei oder vier Tagesreisen entfernt, an einem Fluss, der – natürlich – Rauktas hieß.

Allerhand. So weit war Hargon geflogen, um sie anzuflehen, ihn nicht zu verraten?

Er musste mächtig Schiss vor seiner Frau haben.

Kalsul überlegte, versuchte, sich zu erinnern. Nein, er hatte nie ein Wort von den Rauk gesagt. Dass er von den Gon der Donnerbucht abstammte, das ja. Daran erinnerte sie sich. Aber er hatte ihr nie erzählt, wo er *lebte*.

Sie kicherte in sich hinein. Der dumme Kerl! Da flog er so weit, um sein Geheimnis zu wahren – und verriet es gerade dadurch erst!

Die Verfolger

Die Nebelzeit brach an und näherte sich schon ihrem Ende, als Kalsul eines Tages bei ihrem Dienst an der alten Onheit unterbrochen wurde.

Die alte Onheit hatte vor etlichen Frostzeiten einen Umwurf erlitten und war seither zu nichts mehr zu gebrauchen. Sie konnte nicht mehr gehen, nicht mehr fliegen, nicht einmal mehr vernünftig reden; sie lag nur da und glotzte vor sich hin, und wenn sie schlief, träumte sie oft schlecht und schrie panisch, wenn sie aufwachte. Seit Kalsul im Buch Ema gelesen hatte, konnte sie nicht anders, als sich zu fragen, ob Onheit womöglich dieselben Träume plagten wie die Ahnin.

Man musste Onheit jeden Tag füttern, eine Pflicht, die Kalsul ausgesprochen ungern erledigte, weil sie sich vor der alten Frau ekelte. Aber es kam jeder einmal an die Reihe, und sie konnte sich nicht immer drücken.

Ab und zu hatte Onheit auch lichte Momente oder jedenfalls welche, in denen sie mehr *da* war als gewöhnlich. Einmal hatte sie Kalsul unvermittelt angelächelt und begonnen, ihr ganz zärtlich über die Hand zu streicheln, mit der sie die Schüssel mit dem Nährbrei hielt. Kalsul hatte fast heulen müssen.

An diesem Tag jedoch passierte nichts dergleichen, im Gegenteil. Onheit ließ sich nur widerwillig füttern, und die Aufgabe, den Inhalt der einen Schüssel in sie hineinzubefördern, versprach, sich ewig hinzuziehen.

Da tauchte plötzlich Brianon auf, die in der warmen Zeit immer mit auf die Jagd ging, ansonsten aber meist in der Küche mitarbeitete, und sagte: »Kalsul? Da ist jemand gekommen, der nach dir fragt.«

Kalsul zog Onheit den gefüllten Löffel weg. »Wer?«, fragte sie. »Wo?«

»Auf dem Mahlplatz«, sagte Brianon. »Er heißt … Na so was. Gerade habe ich den Namen noch gewusst!« Brianon war nicht die Hellste.

»Panatem?«, fragte Kalsul hoffnungsvoll.

»Nein, nein …«

Kalsul verzog das Gesicht. »Etwa Hargon?«

»Nein, es war ein Ris. Oris, glaube ich. Sagt dir das was?«

Kalsul atmete geräuschvoll ein. »Ja. Sagt mir was.«

Brianon schob sich vollends ins Innere des Schlafnests. »Dann geh. Ich übernehm das hier.«

Kalsul reichte ihr die Schüssel und den Löffel mit gemischten Gefühlen. Gerade noch hatte sie sich danach gesehnt, von ihrer Pflicht erlöst zu werden, aber nun war sie sich nicht mehr sicher, ob das so ein guter Tausch sein würde.

Oris. Sie erinnerte sich an einen schmächtigen Jungen mit schwarz-grauen Flügeln, ein eher unscheinbarer Typ – aber eben der Sohn von Owen, dem berühmten Flieger. Sie hatte sich ein paar Tage von ihm umschwärmen lassen und es genossen, wie verliebt er gewesen war, so richtig erste große Liebe, ganz süß eigentlich. Aber er war natürlich schrecklich unbeholfen gewesen, verstand nichts vom Küssen und von allem anderen erst recht nichts. Es wären wahrscheinlich zwei Frostzeiten ins Land gegangen, ehe er den Mut aufgebracht hätte, mal seine Hand unter ihr Hemd zu schieben. Sie hatte lieber Schluss gemacht, ehe er sich ihr womöglich noch versprach und es ganz schlimm peinlich geworden wäre.

Wobei … nein. Eigentlich hatte sie ihn mehr oder weniger fallen lassen, weil sie plötzlich an Hargon geraten war, das genaue Gegenteil von Oris. Und weil plötzlich sie es war, die völlig verrückt nach diesem Mann gewesen war.

Das hatte sie nicht wirklich richtig gemacht. Und nun war dieser Oris auch noch hergekommen? Die ganze Strecke von dort unten, und das mitten in der Nebelzeit? Das verhieß nichts Gutes. Sie musste ihn möglichst schnell wieder loswerden, und möglichst unauffällig dazu.

Sie huschte noch einmal in ihre Hütte, vergewisserte sich, dass ihr die Zierstriche akkurat unter den Augen saßen, dann flog sie zum Mahlplatz. Sie landete ein Stück davon entfernt auf dem krummen Ast und ging erst mal zu Fuß näher heran. Die Versuchung, einfach davonzufliegen und sich in irgendeinen Buschbaum zu verkriechen, war schier übermächtig.

Nur würde das nichts nutzen. Die anderen würden Oris nicht fortschicken, erst recht nicht, wenn sie draufkamen, dass er der Sohn von Owen war, dem Flieger, der so viel von sich hatte reden machen. Sie würden ihn verköstigen und ausfragen und ihm ein Nachtlager anbieten, und alles würde erst recht ausarten.

Sie zögerte trotzdem. Außerdem hörte sie mehrere Stimmen, alle fremd. Nein, nicht nur, da war Ionon, die gerade in ihrer klaren entschiedenen Art erklärte, was ein *Schiff* war.

Kalsul blickte zur Seite, auf die Bucht hinaus. Durch das Blätterwerk des Nestbaums und den Nebel sah man ein Schiff, das aus dem Sultas kam und auf die Anlegestelle zusteuerte, sicher der letzte Transport vor der Frostzeit. An der Anlegestelle standen auch schon Kisten und Säcke mit Lebensmitteln für das Eisenland bereit, und Leute flogen hin und her, zweifellos die Händler.

»Der Sultas ist die schnellste Verbindung zum Eisenland«, hörte sie Ionon dozieren. »Man kann zwar auch fliegen, muss dann aber einen großen Umweg machen, weil das Gelände entlang des Flusses kahl ist. Es gibt weder Bäume noch alleinstehende Felsen, kurzum, es ist Margorland. Gleichzeitig ist der Fluss der am wenigsten aufwendige Transportweg für Eisenwaren aller Art, die ja oft sehr schwer sind. Man bräuchte Hunderte von Fliegern mit Transportnetzen, um zu befördern, was ein einziges Schiff transportieren kann.«

»Und wie kommt das Schiff wieder zurück?« Das war jetzt Oris, sie erkannte seine Stimme.

»Auch über den Sultas natürlich«, sagte Ionon.

»Nein, ich meine, das Schiff fährt mit der Strömung zum Meer, das ist klar. Aber wenn es zurück will, muss es ja *gegen* die Strömung fahren. Wie macht es das?«

»Man muss rudern.« Eine tiefe Stimme. Die von Dumosul. »Anstrengender als die Fahrt mit der Strömung, aber immer noch weniger anstrengend als zu fliegen.«

»Kann das Schiff nicht einfach an der Küste entlang weiterfahren, bis zu uns runter?« Das war eine andere Stimme, eine, die sie noch nie gehört hatte. Die Stimme eines Mädchens.

War Oris gar nicht alleine gekommen?

»Auf dem Meer?«, erwiderte Dumosul. »Das ist heikel. Die Strömungen, Ebbe und Flut, Stürme …«

»In den Nordlanden versuchen sie angeblich irgendwo, so etwas zu bauen«, warf Ionon ein. »Schiffe, die auf dem offenen Meer fahren können. Aber das ist schwierig. Vor allem wohl, sich zurechtzufinden, sobald das Land außer Sicht kommt.«

Nun war Kalsul doch neugierig, was hier eigentlich los war. Sie trat vor den Eingang, teilte den Vorhang und ging hinein.

Sie waren zu *fünft*! Drei Jungs, zwei Mädchen. Gesehen hatte Kalsul sie alle irgendwann, aber die Namen hatte sie nicht mitgekriegt. An das dunkelhäutige Mädchen mit den schwarzen Flügeln erinnerte sie sich deutlich, nicht nur, weil sie so toll aussah, sondern vor allem, weil so etwas Respekt einflößendes von ihr ausging. Und das andere Mädchen, das mit den faszinierenden goldenen Mustern auf den Flügeln, hatte sie natürlich auch schon gesehen.

Der Große, das war Oris' bester Freund. Der war damals fast eifersüchtig geworden, als Oris mit ihr hatte allein sein wollen.

Der dritte Junge stand völlig fasziniert vor der Weltkarte und schaute gar nicht her. Auf den ersten Blick hatte Kalsul ihn für einen alten Mann gehalten, der grauen Flügel wegen, aber dann sah sie sein Gesicht und begriff, dass er auch mit Oris gekommen sein musste.

Ja, und da war Oris selber. Sie bemühte sich, nicht allzu einladend zu wirken, als sie sagte: »Hallo, Oris. Das ist ja eine Überraschung.«

»Hallo, Kalsul«, erwiderte er. »Ich hoffe, wir stören nicht.«

Sie musterte ihn. Er hatte sich verändert. Völlig verändert. Da war keine Spur von Verliebtheit mehr, aber auch keine Bitterkeit, nichts. Als wäre nie etwas zwischen ihnen gewesen.

Auch irgendwie verletzend, fand Kalsul.

»Nein«, sagte sie. »Ihr stört überhaupt nicht.« Immerhin verdankte sie es ihnen, dass ihr der restliche Dienst an Onheit erspart blieb.

»Ich sehe, ihr kennt euch«, stellte Ionon fest, lächelte vielsagend und dachte sich bestimmt Wunder was. »Dann will ich euch mal allein lassen.« Damit entschwand sie nach draußen. Auch Dumosul nickte ihnen nur noch einmal zu und ging dann in die Küche, wo er gleich darauf anfing, geräuschvoll mit dem Mörser zu hantieren.

Trotzdem beugte sich Oris vor und sagte leise: »Ich würde gern irgendwohin gehen, wo wir *völlig* ungestört reden können.«

Kalsul überlegte kurz. »Wir könnten zur Angelstelle runter. Das ist ein tiefer Ast, der über die Bucht ragt. Da ist um diese Jahreszeit niemand. Die Fische wandern zu Beginn der Nebelzeit sowieso nach Süden.«

»Klingt gut«, meinte Oris.

»Dann kommt.«

Sie wandten sich zum Gehen, nur der Junge mit den grauen Flügeln nicht. Der stand immer noch vor der Karte, völlig versunken in ihren Anblick, und hatte überhaupt nichts mitbekommen.

Vater wäre begeistert gewesen.

»Galris?«, rief Oris.

Der Junge schreckte auf, sah her. Seine Augen leuchteten. »Diese Karte ist unglaublich«, stieß er hervor. »Die ganze Welt! Das ist … das ist …«

»Komm jetzt«, drängte Oris. »Wir haben zu tun.«

»Die Karte hat mein Vater gemalt«, warf Kalsul ein und war nun doch ein bisschen stolz, seine Tochter zu sein. »Er heißt Markosul. Vielleicht habt ihr den Namen schon mal gehört.«

Galris sah sie an, seine Augen leuchteten immer noch, als brenne dahinter ein Licht. »Ich könnte den ganzen Tag damit zubringen, mir das alles anzuschauen.«

»Wir haben aber nicht den ganzen Tag Zeit«, warf das dunkle Mädchen ein, mit einer scharfen Stimme, bei deren Klang Kalsul unwillkürlich zusammenzuckte.

Galris auch, sah sie. »Ja, klar«, beeilte er sich zu sagen. »Ich bin ja schon da.«

Damit riss er sich endgültig los, und sie flogen hinab zur Angelstelle; ein kurzer Segelsprung.

Als sie dort waren, stellte Oris ihr die anderen vor. Das dunkle Mädchen hieß Ifnigris, das mit dem Gold auf den Flügeln Meoris. Der Muskelprotz, der nicht viel sagte – und, dachte Kalsul, der auch nicht so aussah, als *hätte* er viel zu sagen –, hieß Bassaris. Und Galris' Namen hatte sie ja gerade mitgekriegt.

Meoris zeigte sich völlig begeistert von dem Ausblick, den man von hier aus hatte. Und sie hatte recht, musste Kalsul zugeben. Die Muschelbucht bot an sich schon einen lieblichen Anblick mit ihrer dicht bewaldeten Küste und den vielen Felsen, die aus dem Wasser ragten – und vor denen sich die Schiffe in Acht nehmen mussten –, aber jetzt, mit dem dünnen Nebel, der über allem lag, sah die Bucht wie verzaubert aus, geradezu unwirklich.

Dabei war eine Menge los. Das Schiff lag inzwischen am Steg vertäut und wurde ausgeladen; ein paar Kinder flatterten um die Erwachsenen herum, die wiederum Kisten und Säcke an Land wuchteten. In den Becken an der Sultas-Mündung waren ein Mann und eine Frau dabei, Wäsche zu waschen; man hörte sie bis hier herauf reden und lachen. Ein anderer Mann stand in einem der Reinigungsbecken, goss sich Wasser über die Flügel und schrubbte sie. Seltsam, dachte Kalsul. Das machten Taucher, um sich das Salz aus den Federn zu waschen, aber wer tauchte noch um diese Jahreszeit?

»Welches ist denn das Nest der Bar?«, wollte Ifnigris wissen.

Kalsul deutete auf den gewaltigen Nestbaum gegenüber, der am südlichen Ende der Muschelbucht in einem fruchtbaren Hang wurzelte. »Der dort, von hier aus hinter der Anlegestelle. Der breite Nestbaum davor sind die Non. Wieso?«

»Ach, nur so«, meinte sie.

Oris räusperte sich. »Also, warum wir hier sind«, begann er. »Du kennst doch meine Schwester Anaris?«

Kalsul nickte. »Die immer so halsbrecherisch fliegt.«

»Ja, genau die. Du hast ihr erzählt, dass drei Männer ins Ris-Land gekommen sind mit dem Vorsatz, Zweifel daran zu verbreiten, dass mein Vater die Wahrheit sagt. Du hast ihr auch drei Namen genannt – Hargon, Adleik, Geslepor.«

Kalsul nickte noch einmal, sagte aber nichts.

»Wir sind gekommen, weil wir mehr über diese Männer erfahren wollen«, schloss Oris.

Das klang irgendwie anklagend, fand Kalsul. Wobei, klar, das Ganze hatte zu dem Flugversuch der drei jungen Flieger geführt, die es nicht geschafft hatten, und dazu, dass Oris' Vater es selber noch einmal versucht hatte und damit zu dessen Tod.

Es war *eindeutig* anklagend.

Und ein bisschen hatte sie auch ein schlechtes Gewissen. Im-

295

merhin war sie es gewesen, die Bechkor mit den Hängeflügeln ...
nun, mit *vollem Körpereinsatz* überredet hatte, Owen die Frage zu
stellen, die alles in Gang gesetzt hatte. Wobei es Hargon gewesen
war, der sich die Frage ausgedacht hatte.

Es war auch Hargon gewesen, der sie dazu gebracht hatte, das
zu tun. Es hatte wie ein Spiel geklungen. »Schaffst du das?«, hatte
er gefragt und gelacht, und dann hatte sie der Ehrgeiz gepackt, es
ihm zu beweisen.

Mit anderen Worten, er hatte sie genauso manipuliert, wie sie
Bechkor manipuliert hatte. Dass ihr das erst jetzt aufging!

Kalsul räusperte sich. »Ich kann euch nicht viel mehr sagen,
als ich Anaris schon gesagt habe. Ich hatte mit Hargon, ähm ...
zu tun, und dabei bin ich auch seinen beiden Freunden begegnet.
Und am Schluss, als alles vorbei war, hat Hargon zu mir gesagt, er
hätte nicht gewollt, dass dein Vater stirbt, aber sie seien tatsächlich
gekommen, um zu erreichen, dass er aufhört, von den Sternen zu
erzählen.«

Oris nickte nur, mit unbewegtem Gesicht. »Wie sahen die drei
Männer aus?«

»Hmm, wie sahen sie aus ...?« Kalsul überlegte. »Also, Hargon,
der ist nicht ganz so alt wie mein Vater. Er ist ziemlich schlank,
aber alles Muskeln, er ist enorm stark. Und er hat eine schlimme
Narbe im Gesicht, hier so« – sie fuhr sich vom äußeren Ende der
rechten Augenbraue über die Wange herab bis zum Kinn – »und
faltige Haut, ein bisschen wie die Leute, die in den heißen Landen
leben.«

Oris nickte. »Und die anderen?«

»Adleik ist noch älter, ein stämmiger Kerl mit dicken Oberar-
men und so, und er hat wirklich *riesige* Flügel. Und Geslepor ...
hmm, schwer zu sagen, wie alt der ist. Mir ist er uralt vorgekommen. Aber ich glaube, der hatte einfach was, irgendeine Krankheit,
die an ihm zehrt. Er hat so gelbliche Haut, und ihm gehen immer
wieder Haare und Federn aus.«

»Haben sie je erwähnt, woher sie kommen?«

»Adleik hat oft von den Nordlanden gesprochen, ich hatte den Eindruck, er stammt von den dortigen Leik-Inseln. Hargon hat erzählt, dass er aus der Donnerbucht kommt. Und Geslepor? Keine Ahnung. Der hat nie viel gesagt.« Kalsul dehnte die Flügel und faltete sie wieder ein. »Wozu wollt ihr das denn alles wissen?«

»Wir suchen diese Männer«, sagte Ifnigris kühl. »Und wir wollen sie dazu bringen, die Wahrheit zu sagen.«

»Oris' Vater ist nämlich tatsächlich bis zum Himmel hinaufgeflogen, als er jung war«, ergänzte Meoris. »Und er hat ihn auch wirklich durchstoßen und die Sterne gesehen.«

»Inzwischen ist ein Zeuge aufgetaucht, der das damals gesehen hat«, behauptete Galris.

»Ein *Zeuge*?«, wiederholte Kalsul.

»Der Nestlose, der Owen seinerzeit gerettet hat. Er hat das Licht seiner Rakete am Nachthimmel beobachtet und gesehen, wie sie in den Wolken verschwunden ist. Nur, weil er das verfolgt hat, hat er überhaupt mitbekommen, wie Owen hinterher abgestürzt ist.«

»Hmm«, machte Kalsul. »Ein Nestloser.« Denen sagte man ja allerlei nach. Ob das wirklich so ein verlässlicher Zeuge war …?

»Das Ganze war kein Zufall«, behauptete Oris. »Wir wissen inzwischen, dass diese drei Männer einer geheimen Bruderschaft angehören.«

Kalsul riss die Augen auf. »Was für eine geheime Bruderschaft?«

»Ich weiß nicht, ob sie einen Namen hat. Wenn, dann kennen wir ihn noch nicht. Aber wenn sie ohnehin geheim bleiben will, braucht sie eigentlich gar keinen Namen.«

Kalsul hatte auf einmal eine Gänsehaut. »Das ist ja aufregend.«

Oris sah sie eindringlich an. »Du solltest mit niemandem darüber reden. Das kann gefährlich sein. Denk dran, es hat ihnen nicht gepasst, was mein Vater erzählt hat, und nun ist er tot!«

Kalsul hörte nur mit halbem Ohr hin, so jäh hatte sie wilde Aufregung erfasst. Endlich war mal was los! Und noch dazu etwas, das sie noch nie erlebt hatte! Sie überlegte fieberhaft. Hargon hatte von ihr *verlangt*, sein Geheimnis zu wahren … aber sie hatte es ihm nicht versprochen! Das hieß, sie war nicht gebunden. Und sie schuldete ihm ohnehin nichts, diesem eingebildeten Kerl, der sich für so schlau und so unwiderstehlich hielt.

»Wenn ihr wüsstet, wo diese Männer leben«, fragte sie so ruhig, wie sie konnte, »was würdet ihr dann tun?«

»Hinfliegen und sie zur Rede stellen«, sagte Oris, ohne zu zögern.

Kalsul reckte sich. »Ich weiß, wo Hargon lebt«, erklärte sie. »Aber ich verrate es euch nur unter der Bedingung, dass ich mitkommen darf!«

Oris missfiel dieser Handel sichtlich. »Kalsul, das könnte gefährlich werden …«

Am liebsten hätte sie erwidert, dass Hargon verrückt nach ihr war und ihr deswegen bestimmt nichts tun würde, aber das wäre vielleicht nicht klug gewesen, also sagte sie nur: »Das glaub ich kaum.«

Zu ihrer Überraschung kam ihr Ifnigris zu Hilfe. »Ich fände es gut, wenn sie dabei wäre«, sagte sie zu Oris. »Sie ist eine Zeugin. Das könnte von Vorteil sein, um diesen Hargon unter Druck zu setzen gegenüber seinem Nest.«

»Ich finde auch, sie kann ruhig mit«, meinte der Große, der sonst nicht viel sagte. Bassaris hieß er, fiel ihr wieder ein.

Oris hob die Hände und kapitulierte. »Also gut, von mir aus. Du kannst mitkommen.«

Kalsul jauchzte innerlich.

Nun musste sie es nur noch hinkriegen, dass sie aufbrachen, ohne dass es jemand bemerkte. Denn niemand im Nest würde begeistert sein, wenn sie schon wieder tagelang ausbüxte.

Aber das brauchte sie Oris und seinen Freunden ja nicht auf die Flügel zu binden …

***

Das Schicksal schien auf ihrer Seite zu sein: Als sie zum Mahlplatz zurückkamen, lag er verlassen da. Nicht mal in der Küche war jemand, es köchelte nur ein großer Topf auf einem kleinen Feuer vor sich hin und roch nach gedämpftem Frostmoos.

Ideal, falls das so blieb.

Sie zeigte den anderen auf der Karte, wo das Nest der Rauk lag, und versuchte, sich ihre Ungeduld nicht anmerken zu lassen.

»Das ist eine ziemliche Strecke«, meinte Ifnigris. »Find ich kritisch, so kurz vor der Frostzeit.«

»Wie weit ist das denn?«, wandte sich Oris an sie.

Kalsul tat, als müsse sie überlegen. »Hmm … zwei, drei Tagesreisen, schätze ich.« Hauptsache, sie waren erst mal unterwegs. Wegen einem Tag mehr würden sie ja wohl nicht umdrehen, oder?

»Sechs Tage, das kann reichen«, meinte Galris. »Wir dürfen uns dort eben nicht lange aufhalten.«

»Ich fänd's blöd, jetzt, wo wir das wissen, noch bis zur Trockenzeit zu warten«, warf Meoris ein.

Kalsul sagte: »Wenn wir gleich losfliegen, schaffen wir es heute bis zum Einsamen See.« Sie zeigte die Stelle auf der Karte. »Da gibt es jede Menge Pfahlbäume. Händler und Kuriere übernachten oft dort.«

Oris gab sich einen Ruck. »Also gut. Aber dann fliegen wir auch gleich los. Je schneller, desto besser.« Er wandte sich an Kalsul. »Ich nehme an, du musst deinen Leuten noch Bescheid sagen?«

»Ja, kein Problem«, sagte sie.

In Wahrheit war es natürlich ein *großes* Problem. Vater würde ein Machtwort sprechen, von wegen verpasstem Unterricht, nahender Frostzeit, bla, bla, bla. Und Mutter würde ihn unterstützen, wie immer. Sie würden zur Not die Älteste anrufen, und die war eine von Vaters größten Bewunderinnen und würde nie gegen ihn entscheiden. »Habt ihr Proviant?«

»Genug«, sagte Oris und deutete auf Rucksäcke in einer Ecke des Mahlplatzes. »Wir haben Pamma dabei, getrocknete Mokko-Beeren und dies und das.«

»Gut, dann sag ich schnell Bescheid und hol meine Sachen«, sagte Kalsul und machte, dass sie hinauskam.

Wenn ihr das Schicksal nur gewogen blieb!

Sie flog wohlweislich weder zu ihrem Vater noch zu ihrer Mutter, sondern zu Ionon und bat sie: »Kannst du meinen Eltern Bescheid sagen? Ich flieg mit den Ris, ihnen ein bisschen die Umgebung zeigen. Es gibt da ein paar Sachen, die sie sehen wollen.«

Das war streng genommen nicht gelogen. Nur ein bisschen … untertrieben.

»Mach ich«, sagte die Lehrerin erwartungsgemäß. »Viel Spaß!«

Dann, husch, husch, ins heimische Schlafnest und den Rucksack geholt, der ihr im Ris-Land schon so gute Dienste geleistet hatte. Seit ihrer Heimkehr wartete er frisch geputzt und ausgebessert auf neue Abenteuer. Rasch ein paar Sachen reingeworfen, dazu die Reisedecke und das Schlafseil, dann zurück zum Mahlplatz. Außerhalb des beheizten Bereichs standen die Eisschränke. Sie holte heraus, was an Proviant zu finden war: jede Menge Pamma, außerdem Algenmus. Das schmeckte scheußlich, war aber enorm nahrhaft.

Sie nahm, so viel sie tragen konnte, auch für die anderen: Sie würden es brauchen, weil, nun ja, drei Tage vielleicht doch nicht reichen würden, um bis zum Nest der Rauk zu gelangen.

Als sie den Mahlplatz wieder betrat, war ihr das Schicksal immer noch gewogen: Immer noch war niemand sonst da. Oris und die anderen hatten sich vor der Karte versammelt und studierten den Weg, den sie nehmen mussten. »… bis zur Quelle, und von hier aus hinauf ins Hochland«, sagte Ifnigris gerade. Die anderen nickten.

Nur Galris nicht, der stand abseits und war in die Betrachtung der Nordlande vertieft. Der *transkontinentalen Gebirgskette*, wie ihr Vater die Nordberge zu nennen pflegte.

Kalsul verteilte den Proviant, der nicht mehr in ihren Rucksack gepasst hatte. »Hier, für alle Fälle«, sagte sie, und die anderen griffen zu, ohne weitere Fragen zu stellen. »Von mir aus können wir dann los.«

Und zwar möglichst schnell, ehe doch noch jemand kommt und peinliche Fragen stellt, Vater womöglich, setzte sie in Gedanken hinzu. Ihr war sehr danach, die Luft anzuhalten, damit alles klappte.

Und es klappte tatsächlich: Wenig später waren sie unterwegs, stiegen mit gleichmäßigen Flügelschlägen hinauf in den Nebel und gingen in Formation. Dann schlugen sie die Richtung zum Einsamen See ein, während das Sul-Nest unter ihnen entschwand und es zu spät war, um sie noch zurückzuhalten.

***

Es war schon dunkel, als sie den Einsamen See erreichten, der seinem Namen alle Ehre machte, denn er war wirklich einsam; außer ihnen war niemand da. Es roch nach Bitterkraut, das hier überall wuchs, und über der ovalen Wasserfläche lag dichter Nebel, der unter dem kleinen Licht der Nacht leuchtete und aussah, als stiege Dampf auf.

Sie fanden einen Pfahlbaum mit bequemen Querästen, vertilgten ein wenig von ihren Vorräten und begaben sich dann zur Ruhe: Jeder wickelte sich in seine Decke ein, band sich am Stamm fest, und bald darauf hörte Kalsul die anderen schnarchen, Bassaris vor allem, der ab und zu Geräusche von sich gab, dass der ganze Baum zitterte.

Kurzum – es war fast wie damals im Ris-Wald. Nur, dass sie dort selten *allein* geschlafen hatte …

Am nächsten Morgen wurden alle beizeiten wach, und nach einer kurzen, *sehr* flüchtigen Wäsche im eiskalten Abfluss des Sees flogen sie weiter. Es ging über waldige Hügel, über denen silberner Dunst lag, gefolgt von Grasland, auf dem sich Nebel zu Schwaden ballte und Hiibus sich eng zusammendrängten. Hier und da leuchteten kleine Seen silbern auf, Wasserstellen für die Hiibus, von Schilf gesäumt.

Dann kamen wieder Bäume, auf denen sie Rast machen konnten.

Zum Glück. Kalsul hatte nicht erwartet, dass die Reise so anstrengend sein würde. Sie war noch nie so lange am Stück geflogen, und ihr tat alles weh. Aber das würde sie sich nicht anmerken lassen.

Zum Glück war Oris selber auch nicht besonders ausdauernd, dadurch fiel es nicht auf, wie ungeübt sie war.

Gegen Abend erreichten sie den Anstieg zur Hochebene und übernachteten in einem verkrüppelten Buschbaum am Fuß des Traufs. Diesmal schlief Kalsul im Nu ein, und falls irgendjemand schnarchte, bekam sie nichts davon mit.

Am nächsten Tag galt es, den Aufstieg zu bewältigen. Das war ein enormer Höhenunterschied, den sie ganz ohne unterstützende Thermik schaffen mussten. Im Gegenteil: Kalte Fallwinde kamen ihnen über den Abhang entgegen und machten immer wieder gewonnene Höhe zunichte.

Oben flogen sie erst einmal über blasses, dürres Grasland, so weit das Auge reichte. Hier wuchsen keine Bäume mehr, nur noch windschiefe Büsche mit wie erfroren aussehenden blaugrünen Blättern.

Gegen Mittag fanden sie einen alleinstehenden Felsen, der gerade genug Platz bot, damit sie alle sitzen konnten.

Die Stimmung war ziemlich schlecht.

»Sind wir wirklich richtig?«, fragte Galris, an einem Bissen Pamma kauend. »Ich kann mir nicht vorstellen, wie hier irgendwo ein Nestbaum wurzeln will. Und selbst wenn ... es gibt nicht mal Hiibus! Wovon bei allen Ahnen leben die?«

»Der Karte zufolge steht der Nestbaum an einem Fluss, dem Raukas«, wandte Oris ein. Er aß Algenmus und zog das entsprechende Gesicht. »Ich nehme an, dort wird es anders aussehen als hier.« Er sah sich um. »Allerdings kann man sagen, dass die Rauk ziemlich abgeschnitten leben, zumindest von den Küstenlanden.«

Kalsul sagte nichts. Sie war erschöpft und versuchte, nicht daran zu denken, dass sie noch weiter fliegen mussten. Es imponierte ihr immer mehr, dass Hargon diese endlose Strecke geflogen war, nur um sie zu sehen! Gut, und weil er sein kostbares Geheimnis hatte bewahren wollen, der dumme Kerl. Der würde ganz schön überrascht gucken, wenn sie bei ihm auftauchten!

Schließlich drängte Oris darauf, sich wieder in die Lüfte zu schwingen. Niemand sprach mehr, während sie flogen, vor allem, weil es immer kälter wurde, je weiter das große Licht des Tages nach Westen entschwand.

Das Hochland halt. Man sagte ja, dass hier oben ein ganz anderes Klima herrschte als unten an der Küste.

Es wuchs auch immer weniger, je weiter sie kamen. Immer öfter flogen sie über Schotterflächen oder sandige Ebenen, auf denen nur hier und da ein Grashalm oder ein kümmerlicher Strauch aus dem Boden ragte.

Und das alles versank nach und nach in silberner Dämmerung, ohne dass irgendwo ein Nestbaum in Sicht gekommen wäre.

»Wir schaffen es heute nicht mehr bis zum Rauktas!«, rief Ifnigris schließlich.

»Ja«, erwiderte Oris. »Suchen wir nach einem Platz für die Nacht!«

Zu guter Letzt fanden sie einen enormen Felsen, der in der Landschaft lag, als habe ein Riese sein Spielzeug verloren. Seine Oberfläche war leidlich eben und wies ein paar muldenartige Vertiefungen auf. In denen würde man zwar nicht bequem liegen, aber man würde auch nicht aus ihnen herausrollen.

Als sie landeten, war Kalsul so restlos erschöpft, dass sie ohnehin keinen weiteren Flügelschlag mehr hätte machen können. Ihre Brustmuskeln brannten, und ihre Schwingen fühlten sich an wie rohes Fleisch.

Außerdem fror sie. So viele Decken, wie man hier gebraucht hätte, konnte man gar nicht mit sich tragen.

»Es ist schrecklich kalt hier«, stellte auch Meoris fest. »So überstehen wir die Nacht nicht.«

»Hmm«, machte Oris und sah sich um. »Aber es ist zu spät, um umzukehren. Und ich hab weit und breit nichts gesehen, mit dem man ein Feuer machen könnte.«

»Wir hätten dran denken sollen, Holz zu sammeln und mitzunehmen«, meinte Bassaris. »Der letzte Baum hatte jede Menge Totholz unten am Stamm.«

Kalsul schauderte bei dem Gedanken, zu allem anderen auch noch ein Bündel Brennholz mitzuschleppen.

Allerdings schauderte ihr auch bei dem Gedanken, sich hier nur in eine dünne Reisedecke gewickelt zum Schlafen zu legen.

»Meoris hat recht«, sagte nun auch Galris. »Es ist zu kalt, um zu schlafen.« Er ächzte. »Andererseits *müssen* wir schlafen, sonst … keine Ahnung, wie wir sonst weiterkommen.«

»Tja«, meinte Oris hilflos. »Was machen wir denn dann?«

»Wir wärmen uns gegenseitig«, erklärte Ifnigris entschieden. »In den Nordlanden machen sie das so. Zieht alles an, was ihr habt. Dann wickeln sich immer zwei zusammen in ihre Flügel und dann in beide Decken.«

Galris verzog das Gesicht. »Das machen sie wirklich so in den Nordlanden?«

»Wenn's kalt wird, ja. Hat mir jedenfalls ein Kor erzählt, der von dort oben stammt.« Sie sah Oris an. »Der war in der letzten Windzeit da, um deinen Vater reden zu hören.«

Meoris runzelte die Stirn. »Wie meinst du das, immer zwei?«

Ifnigris musterte die Runde mit einem Blick, der Maß zu nehmen schien. »Ich würde sagen, am besten legst du dich zusammen mit Bassaris hin, Kalsul mit Galris und Oris mit mir.«

Und das taten sie dann. Ifnigris und Oris machten es vor, unter ihrer Regie, Meoris und Bassaris machten es nach, und am Ende standen nur noch Kalsul und Galris.

Galris, das sah man ihm deutlich an, war schrecklich verlegen. Kein Wunder, die anderen waren vom selben Stamm und seit Kindesbeinen miteinander vertraut; sie hatten kein Problem damit, einander körperlich nahe zu sein. Bei ihnen beiden war das etwas anderes.

Aber es blieb ihnen ja keine Wahl.

Und so schlimm würde es schon nicht werden. Er war ja nicht hässlich oder so.

Kalsul zog alles über, was sie im Rucksack hatte, und kam sich hinterher vor wie ein trächtiges Hiibu. So trat sie vor Galris hin, breitete ihre Decke aus, wie Ifnigris es vorgemacht hatte, und meinte: »Da müssen wir wohl durch, wenn wir nicht erfrieren wollen. Leg die Flügel an.«

Er zog seine grauen Altmännerflügel, die im Dämmerlicht mit dem Nebel zu verschmelzen schienen, dicht an den Körper. Sie legte die Decke um ihn und hielt sie fest, während er bei ihr das Gleiche machte. Dann wurde es ein wenig kompliziert. Irgendwie schafften sie es, beide Decken um sich herumzuwickeln und dicht zu schließen, sich auf den Boden zu legen und eine halbwegs bequeme Position auf dem harten, kalten Felsboden zu finden. Schließlich lagen sie da, einander zugewandt, weil ihnen in jeder anderen Position ihre Flügel im Weg gewesen wären. Es war zu kalt, um sie oder andere Teile des Körpers unbedeckt zu lassen.

»Geht's?«, wisperte sie.

»Ja«, flüsterte er zurück.

Sie legte den Arm um ihn, drückte sich an ihn. »Ist es nicht zu eng?«

»Nein, nein.«

Sie lagen eine Weile still, hörten einander atmen, während es vollends dunkel wurde.

»Es ist schon nicht mehr so kalt, was?«, wisperte Kalsul nach einer Weile.

»Stimmt.« Er klang immer noch hellwach.

Es war schwer zu sagen, weil er zwei Hosen übereinander anhatte, doch sie meinte zu spüren, dass sich bei ihm etwas regte. Sie drückte ihre Brüste fester gegen ihn, rieb sie ein bisschen hin und her und hauchte dann: »Du fühlst dich übrigens gut an.«

Er atmete deutlich tiefer. »Du aber auch.«

Sie reckte den Kopf nach vorn, bis ihre Lippen die seinen berührten.

Er erwiderte den Kuss, fragte dann atemlos: »Was wird das?«

»Psst«, machte sie. »Du hast doch gehört, wir müssen uns gegenseitig wärmen.«

»Ach so. Ja. Stimmt.«

»Ich finde, es ist eine gute Methode, es so zu machen.«

»Jetzt, wo du es sagst …«

»Mir wird jedenfalls ganz warm dabei. Und dir?«

»Mir auch. Glaube ich.«

»Sollen wir es noch einmal probieren?«

»Am besten. Um sicherzugehen.«

»Was sein muss, muss sein.«

»Ja. Da kann man nichts machen.«

Dann überließen sie sich dem Küssen, und auf einmal fand Kalsul es überhaupt nicht mehr schlimm, hier in der Kälte zu liegen.

***

Kalsul erwachte von Licht, das ihr in der Nase kitzelte, oder vielleicht waren es die Haare von jemandem, oder beides. Aber sie erwachte nur halb und wollte auch nicht, dass sich daran noch etwas änderte, denn es war so schön warm und eng und ihr Körper viel zu zerschlagen und zu kraftlos, als dass es sich gelohnt hätte, ganz aufzuwachen.

Von irgendwoher hörte sie Stimmen, die sich leise unterhielten.

»Eigentlich …«, sagte eine der Stimmen, »*eigentlich* bin ich ja eine Bar.« Das war das dunkle Mädchen, oder?

»Ich weiß.« Oris' Stimme.

»Und wenn mein Vater mich nicht in einem Alter, in dem ich noch völlig wehrlos war, zu den Ris verschleppt hätte …«

»… würden wir uns wahrscheinlich gar nicht kennen.«

»Aber vielleicht doch. Und dann *könnten* wir.«

Eine Pause. Dann: »If – ich lieb dich. Aber ich lieb dich, wie ich meine Schwester liebe. Für mich bist du von meinem Stamm, egal, wo du als Baby mal hergekommen bist.«

Ein Seufzer. »Schade.« Noch ein Seufzer. »Gal hat das Problem nicht.«

»Ja. Der hat das große Los gezogen.«

Empörtes Schnauben. »Das war kein *Los*. Ich hab mir was dabei gedacht!«

»Das hab ich gemerkt.«

Plötzlich ertönte von woanders her ein dumpfer Schrei. »Bei allen Ahnen … Bas!« Das war das andere Mädchen. »Liegt da ein totes Hiibu auf mir drauf, oder ist das dein Arm?«

»Entschuldige.«

Nun wachte auch Galris auf, dessen Haare sie im Gesicht hatte, und sah sie an. Unsicher, wie es Jungs manchmal waren nach einer intensiven Nacht.

»Haben wir das alles wirklich nur gemacht, um uns zu wärmen?«, fragte er schließlich leise.

Normalerweise hätte Kalsul darauf so etwas erwiderte wie: *Heh, wegen ein bisschen Knutschen brauchen wir einander nicht gleich zu versprechen!*, aber irgendetwas hielt sie davon ab, und sie sagte nur: »Weiß ich grade auch nicht. Warten wir ab, wie es sich entwickelt, hmm?«

Er nickte. »Für mich war's jedenfalls …«

Sie legte ihm blitzschnell den Finger auf die Lippen. »Psst. Die hören uns alle zu.«

Wenig später saßen sie unausgeschlafen beisammen und aßen etwas, während das große Licht des Tages endlich wieder einen Hauch von Wärme spendete. Kalsul hatte den Verdacht, dass ihre Flügel stanken, und ganz bestimmt waren sie verschwitzt. Aber es war weit und breit kein Fluss zu sehen, nicht einmal ein dünnes Rinnsal.

Auch Meoris meinte: »Ich hab das Gefühl, meine Flügel sind völlig zerknittert.«

»Das war ich aber nicht«, sagte Bassaris brummig.

307

»Deine Flügel sind wie immer«, warf Oris ein, offenbar bemüht, keine Unstimmigkeiten aufkommen zu lassen.

»Sie könnten allerdings ein paar Striche mit der Flügelbürste vertragen.« Ifnigris klopfte ihre Taschen ab, schnalzte mit der Zunge und fuhr fort: »Hmm, blöd, ich glaub, ich hab keine dabei.«

Worauf Meoris ihr die Zunge rausstreckte.

Oris klatschte in die Hände. »Lasst uns aufbrechen. Heute entscheidet es sich. Wenn wir das Nest heute nicht finden – oder zumindest den Rauktas –, dann haben wir uns verflogen und müssen umkehren.«

»Wir haben uns nicht verflogen«, behauptete Galris.

»Tut mir leid, dass ich mich mit der Entfernung verschätzt habe«, sagte Kalsul rasch. »Wir hätten vielleicht meinen Vater fragen sollen.« Und insgeheim dachte sie: *Zum Glück ist niemand auf die Idee gekommen, das zu tun, sonst wäre ich jetzt nicht hier.*

Oris schüttelte nur kurz den Kopf. »Es ist, wie es ist. Wir müssen das Beste daraus machen.«

Ifnigris war die Erste, die aufstand. Sie entfaltete ihre großen, nachtschwarzen Flügel zur vollen Spannweite und ächzte dabei. »Mir tut alles weh. Ich fühl mich wie eine alte Frau.«

»Frag mich mal«, maulte Meoris.

»Stellt euch nicht so an«, sagte Oris tadelnd und stand auch auf. »Denkt dran, wir müssen, wenn wir ankommen, noch fit genug sein, um diesen Hargon in die Zange zu nehmen.«

Kalsul bezweifelte, dass das so einfach sein würde, wie Oris es sich offenbar vorstellte. Hargon war ein zäher Brocken. In der Zeit, in der sie mit ihm zusammen gewesen war, hatte sie ihm eine Menge Szenen gemacht, es aber nie geschafft, ihn aus dem Konzept zu bringen.

Na, vielleicht würde es anders laufen, wenn die Frau dabei war, der er sich versprochen hatte. Und sein ganzes Nest drumherum, vor dem er sicher nicht schlecht dastehen wollte.

So brachen sie auf. Sie zogen die doppelten Schichten wieder aus, packten sie zusammen mit den Schlafdecken ein und starteten, nicht ohne Ächzen und Stöhnen. Aber nach einer Weile ging es dann doch, und sie glitten mit gleichmäßigen Schlägen ihrer Schwingen weiter in Richtung Norden, über kahles Land, das kein Ende zu nehmen schien.

***

Kurz vor Mittag tauchte ein dunkler Streifen am Horizont auf, der, wenn man lange genug hinsah, grün schimmerte.

»Das könnte der Fluss sein!«, rief Meoris mit einer Begeisterung, die Kalsul verblüffte.

Der Eindruck verdichtete sich, je weiter sie flogen. Nach und nach ließen sich die Umrisse von Büschen und einzelnen Feuerzapfenbäumen ausmachen.

»Ich sag doch, wir haben uns nicht verflogen«, meinte Galris, und wären sie nicht alle so erschöpft gewesen, hätte es wahrscheinlich triumphierend geklungen.

Es war nicht mehr weit, trotzdem drängte Oris darauf, noch einmal eine Pause zu machen, ehe sie das Rauk-Nest erreichten. Er fand auch einen Felsen, der allerdings so flach war, dass Kalsul sich nicht getraut hätte, darauf zu landen. Oris aber landete ohne Bedenken als Erster, und der Margor holte ihn tatsächlich nicht, also wagte sie es doch.

Alle waren froh, noch einmal ausruhen zu können, und überzeugt, dass der Nestbaum bestimmt demnächst auftauchen würde. Nur Ifnigris war unruhig, stand auf, schnüffelte in alle Richtungen und meinte dann: »Riecht irgendwie seltsam.«

Meoris tat es ihr gleich. »Stimmt. Das ist irgendein Gewürz, oder?«

»Nein«, sagte Ifnigris. »Das ist kein Gewürz.«

»Vielleicht ist es das Nest«, schlug Oris vor. »Kann sein, sie verbrennen ein Holz, das anders riecht als unseres.«

»Meinst du?« Ifnigris setzte sich wieder, war aber sichtlich nicht davon überzeugt, dass diese Erklärung stimmte. Sie begann, sich mit beiden Händen die Armschwingen zu massieren. »Euch ist schon klar, dass wir den ganzen Weg auch wieder zurückfliegen müssen?«

Oris verdrehte die Augen. »If! Reg dich ab. Das schaffen wir.«

»Außerdem ist es ein bisschen spät für diese Erkenntnis«, ergänzte Galris trocken.

Sie seufzte ergeben. »Auch wieder wahr.«

Sie aßen ein paar Bissen, aber so etwas wie Ruhe und Entspannung wollte sich nicht einstellen, dazu waren sie alle zu sehr darauf erpicht, ihr Ziel endlich zu erreichen. Also brachen sie bald wieder auf, gingen in Formation und flogen weiter, deutlich schneller als zuvor, und hielten Ausschau.

Die allgemeine Anspannung erfasste auch Kalsul, vielleicht sogar mehr als die anderen, denn immerhin kannte sie Hargon ja. Er würde wütend sein, dass sie ihn verraten hatte, und vor seiner Wut hatte sie wirklich Angst. Gut, dass sie nicht allein war.

Ich hätte ihm das zweite Ei auch noch an den Kopf werfen sollen, dachte sie, und die Vorstellung gefiel ihr, obwohl es ein ausgesprochen dämlicher Wunsch war.

Meoris, die, wie Kalsul schon mehrmals aufgefallen war, die schärfsten Augen von ihnen hatte, entdeckte den Nestbaum als Erste. »Da vorne«, rief sie. »Da ist das Nest.«

Wenig später sahen sie es alle: die unverkennbare Silhouette eines Nestbaums.

Sein Wipfel lag nur überraschend *niedrig* über dem Boden.

Sie mussten ihm ein ganzes Stück näher kommen, ehe sie begriffen, dass das täuschte. Es war vielmehr der Rauktas, der eine breite Vertiefung in die Landschaft gegraben hatte, und da ein Nestbaum immer dicht an einem fließenden Gewässer wurzelte, stand er viel tiefer als das umgebende Flachland.

Kalsul war erleichtert, endlich in den Landeanflug gehen zu können. Wie wohltuend, nur noch mit ausgebreiteten Flügeln segeln zu müssen, sanft abwärts zu gleiten, direkt auf ihr Ziel zu!

Auf dieses Nest, das seltsam ruhig wirkte. In dem wenig los war. Eigentlich so gut wie nichts.

Es *war* ein Nest, ohne Frage. Man sah Reihen von Schlafnestern an den Ästen, man sah Hängebrücken und Stege ...

Aber kein Landenetz. Seltsam.

Vielleicht waren Landenetze nicht allgemein üblich. Sie landeten auf einem der Hauptäste, einer nach dem anderen, doch nichts rührte sich. Niemand, der den Kopf aus einer Hütte streckte, um nachzusehen, wer da den Ast zum Wackeln brachte. Keine Kinder, die neugierig angeflattert kamen. Nur das verhaltene Rauschen der Blätter und des silbernen Flusses unter ihnen.

»Hallo?«, rief Bassaris. »Ist jemand zu Hause?«

Meoris sah sich um. »Die können doch nicht *alle* bei der Jagd sein ...«

»Vielleicht haben sie eine große Versammlung«, meinte Oris, aber er sah nicht so aus, als glaube er das wirklich.

Sie wanderten den Ast entlang in Richtung Stamm und kamen zum Mahlplatz. Der hatte kein Regendach und keinen Windschutz, es gab weder Stühle noch Tische. Der steinerne Ofen stand noch da, aber in den Fächern war kein Geschirr, es gab keine Töpfe und Pfannen ... und kein Brennholz.

»Hier wohnt niemand mehr«, stellte Bassaris fest.

»Sieht ganz so aus«, sagte Oris. »Das Nest ist verlassen.«

Eis und Schnee

Kalsul war fassungslos. »Er hat mich angelogen!«, konnte sie nur immer wieder sagen. »Aber warum? Warum hat er mich *angelogen*?«

Das Nest war tatsächlich verlassen. Sie hatten den Ratsplatz gefunden, doch die Kiste mit den Großen Büchern fehlte. *Nest der Rauk* stand in die Rinde des Baumherzens geritzt, aber in den Buchstaben hatte sich Moos angesetzt, etwas, das man in einem bewohnten Nest niemals zuließ.

»Was wohl passiert ist?«, wunderte sich Galris.

»Es muss auf jeden Fall schon lange so sein«, stellte Oris fest.
»So verwittert, wie alles ist.« Sie hatten unterwegs in ein paar
Schlafnester hineingeschaut und in den meisten morsche Böden
und Wände vorgefunden. Dafür waren alle Kiurka-Öfen fort.

»Sie haben das Nest aufgegeben«, sagte Ifnigris. »Sie haben alles fortgeschafft, was noch brauchbar war, und sich einem anderen
Nest angeschlossen.«

Oris wandte sich an Kalsul. »Versuch noch mal, dich zu erinnern«, bat er. »Was *genau* hat Hargon zu dir gesagt.«

Kalsul hob hilflos die Hände und ließ sie wieder fallen. »Dass er
bei den Rauk lebt! Und dass ich es niemandem sagen soll!«

»Könnte er ein anderes Nest der Rauk gemeint haben?«

Sie schüttelte entschieden den Kopf. »Es gibt überhaupt nur
zwei, das hier und das im Schlammdreieck. Die Rauk sind ein ganz
kleiner Stamm, schon immer.«

»Vielleicht hat er ja das andere Nest gemeint. Du hast gesagt, er
hätte faltige Haut wie die Leute, die in den heißen Landen leben.«

Kalsul begriff gar nichts mehr. »Aber er war doch erst neulich
da!«

»Was meinst du damit, erst neulich?«

»Das war ein paar Tage vor Ende der Regenzeit. Ich hab bei
uns an der Steilküste Eier gesucht, da ist er plötzlich aufgetaucht
und hat gesagt, falls jemand kommt und nach ihm fragt, soll ich
nicht verraten, dass er bei den Rauk lebt!« Sie fuhr sich mit beiden
Händen übers Gesicht, hatte das Gefühl, jeden Moment durchzu-
drehen. »Er kann doch nicht bloß deswegen quer über den ganzen
Kontinent gekommen sein! Noch dazu kurz vor der Nebelzeit, *allein*! Das wäre doch Wahnsinn!«

Oris furchte die Stirn und sah sich um in diesem Nest, in dem
alles am Verfallen war. »Hier lebt er jedenfalls nicht.«

»Halt mal«, mischte sich Ifnigris ein. Sie musterte Kalsul argwöhnisch. »Wie ist Hargon auf die Idee gekommen, dass jemand
nach ihm *fragen* könnte?«

312

Jetzt schauten alle Ifnigris an und sahen aus wie vor den Kopf geschlagen.

»Ah«, hörte Kalsul Oris leise sagen. »Verdammt gute Frage.«

Er dachte nach.

»Ja«, fuhr er fort. »Wie ist er auf diese Idee gekommen? Was hat ihn veranlasst, Kalsul *extra deswegen* aufzusuchen?«

Ifnigris schüttelte unwillig den Kopf. »Das ergibt keinen Sinn.«

»Kacke«, murmelte Galris und wandte sich ab. »Große Kacke. Riesiger Haufen Vogelkacke mitten auf den Teller ...« Er trat vom Ratsplatz herunter und ging auf einen der Äste hinaus.

»Erzähl noch einmal genau, wie es war«, bat Oris, auf einmal ganz weiß um die Lippen. »Du hast Eier gesucht ...«

Kalsul holte tief Luft und erzählte dann, wie es gewesen war. Wie sie die Nester der Tauchschwirrer abgesucht hatte. Wie plötzlich jemand auftauchte, Hargon. Wie er behauptet hatte, er habe ihr mal erzählt, dass er bei den Rauk lebe.

»Und dann hat er wörtlich gesagt«, schloss sie, »*Es könnte sein, dass jemand hierherkommt, in euer Nest, und nach mir fragt. Und dann wär's mir recht, wenn du das für dich behalten würdest.* Also, das mit den Rauk.«

Oris furchte die Augenbrauen. »Aber tatsächlich hat er dir das vorher gar nie erzählt?«

»Nein.«

»Er hat dich reingelegt«, sagte Ifnigris grimmig. »Er *wollte*, dass du denkst, er lebt hier. In einem Nest, das vor mindestens drei Frostzeiten aufgegeben worden ist.« Sie biss sich kurz auf die Lippen, blickte Oris an und fügte hinzu: »Und wenn er gewusst hat, woher auch immer, dass wir kommen und fragen würden – dann *wollte* er, dass du uns hierher schickst.«

Kalsul schlug entsetzt die Hand vor den Mund. »Bei allen Ahnen!« So entsetzlich es war, das denken zu müssen, aber das dunkle Mädchen hatte recht! »Ich bin manchmal *so* blöd ... Ja. So ist er. Genau so. Er weiß genau, wie er einen dazu bringen kann, zu tun, was er will. Mich jedenfalls ...«

Sie schämte sich. Eigentlich, schoss es ihr durch den Kopf, wäre die einzige angemessene Sühne die gewesen, sich auf den Boden sinken und vom Margor holen zu lassen …

»Aber wozu?«, rief Meoris aus. »Was *hat* er davon, dass wir jetzt hier sind?«

»Wenn wir hier sind, sind wir nicht woanders«, meinte Oris grüblerisch. »Vielleicht wollte er uns einfach nur auf eine falsche Fährte locken. Oder Zeit gewinnen, wofür auch immer.«

In diesem Moment kam Galris zurück, atemlos und so aufgewühlt, dass sich alle Blicke wie von selbst auf ihn richteten.

»Viel schlimmer!«, stieß er hervor. »Kommt schnell, schaut euch das an.«

Sie folgten ihm auf den Ast hinaus, von dem er gekommen war. Von dessen Ende aus hatte man eine gute Sicht über den Fluss und das andere Ufer nach Norden.

Und von Norden her näherte sich etwas, das aussah, als würde ein ungeheurer Mückenvorhang aus hellem, dichtem Moostuch über das Land gezogen, direkt auf sie zu. Und es näherte sich rasch, verschluckte die Landschaft schneller, als man hätte fliegen können.

»Was ist das?«, fragte Kalsul fassungslos.

»Ein Blizzard«, sagte Oris. »Das heißt, die Frostzeit beginnt – und zwar *jetzt gleich*!«

***

Kalsul stand starr angesichts der übermächtigen Gewalt, die da auf sie alle zukam. Es sah aus, als löse sich dort vorne die Welt auf.

Das also hatte jener Gast gemeint, der zu Hause einmal erzählt hatte, im Hochland beginne die Frostzeit anders als an der Küste. *Ihr seid auf Moos gelagert, was das anbelangt*, hatte er behauptet.

»Wir müssen Schutz suchen«, hörte sie Oris rufen. »Irgendeine Schlafhütte wird doch noch einigermaßen brauchbar sein! Bas – schnell!«

Die anderen eilten los, und das riss auch Kalsul wieder aus der

Lähmung, die sie befallen hatte. Das und die kalten Windstöße, die auf einmal durch die Äste und Zweige pfiffen, als wollten sie ihnen einen Vorgeschmack davon geben, was diese ungeheure weiße Wand für sie bereithielt.

Auch das brausende Geräusch wurde immer lauter.

»*Das* war der Geruch!«, rief Ifnigris. »Nicht das Holz. Der Blizzard!«

Tatsächlich – es lag ein Geruch in der Luft, den Kalsul unmöglich hätte beschreiben können. Aber so mussten Zerstörung und Verderben riechen.

Sie suchten eilig die Schlafhütten in unmittelbarer Nähe des Baumherzens ab, weil dies ohnehin der geschützteste Bereich war. In der ersten Hütte, an die sie kamen, brach der Boden durch, als Bassaris probehalber den Fuß hineinsetzte; er konnte sich gerade noch festhalten. Die zweite Hütte sah gut aus, aber die Tür ließ sich nicht schließen.

»Das nutzt uns nichts«, entschied Oris. »Weiter!«

Galris winkte vor der übernächsten Hütte. »Die hier sieht gut aus!«

Bassaris stieg wieder als Erster hinein, da er der Schwerste war und auch der Stärkste. Er trampelte auf dem Boden herum, aber die Bretter hielten. Er boxte gegen die Wände, und auch die hielten stand.

Kalsul beobachtete seine Untersuchungen genau wie alle anderen von draußen. Ein weiterer eiskalter Windstoß ließ sie aufschauen und sich umdrehen, und als sie sah, dass die weiße Wand schon ganz nah war, alles verschlingend und zermalmend, entfuhr ihr ein entsetztes: »Bei Gari!«

»Rein mit uns!« Oris packte sie, Ifnigris und Meoris und schob sie ins Innere der Schlafhütte. Galris folgte, stolperte fast. Als Oris selber hereingeschlüpft kam, umwirbelten ihn schon die ersten Schneeflocken. Er zog die Tür hinter sich zu und legte eilig den Riegel vor.

Keinen Augenblick zu früh.

Alles, was sie noch an Licht hatten, war das, was hier und da durch feine Ritzen schimmerte. Dieses Licht verschwand so urplötzlich, als habe jemand von draußen ein schwarzes Tuch über die Hütte geworfen.

Im nächsten Moment war es, als träfe ein ungeheurer Hammer den Nestbaum. Alles wackelte auf einmal und zitterte, ein Heulen und Tosen, Jaulen und Pfeifen setzte ein, dass man sein eigenes Wort nicht mehr verstand. Der Sturm zerrte an der Hütte, als sei er entschlossen, sie vom Ast zu fegen, ja, als wolle er den ganzen Nestbaum mit Stumpf und Stiel ausreißen und davontragen. Das würde ihm bei einem Riesenbaum nicht gelingen, aber was die Hütte anbelangte, war sich Kalsul keineswegs sicher. Unwillkürlich spannte sie die Flügel an für den Fall, dass sie unter der Gewalt des Blizzards tatsächlich zerbrach und sie sich irgendwie retten mussten …

Aber wie denn? Und selbst wenn sie dem Sturm standhalten sollten, ohne sich die Flügel zu brechen: *wohin* denn?

Sie lockerte die Flugmuskeln, zog die Schwingen enger an sich. Noch hielten die Wände schließlich.

»Ist das grässlich!«, hörte sie jemand schreien. Meoris, wenn sie nicht alles täuschte. »Ich versteh jetzt, warum sie das Nest aufgegeben haben!«

»Ich glaub nicht, dass das der Grund war«, erwiderte Ifnigris laut. »Wie's hier zugeht, hätten sie ja schon im ersten Jahr gemerkt.«

Der Sturm zerrte und rüttelte an der Hütte, als werde er immer wütender, weil sie nicht nachgab. Es hörte gar nicht mehr auf.

»Wie lange dauert so ein Blizzard?«, rief Kalsul schließlich.

Worauf Oris schreiend antwortete: »Da bin ich selber gespannt!«

Es war nicht nur laut, es wurde auch schnell immer kälter. Man konnte die Wände kaum noch anfassen, so kalt waren sie auf einmal. Unwillkürlich drängten sich alle zusammen, bibbernd und zitternd. Sie hatten keine andere Wahl, als auszuharren und es durchzustehen.

Kalsul zitterte auch, aber nicht nur vor Kälte. Sie hatte Angst, verdammte Scheiß-Angst. Dabei hatte sie doch einfach nur was Aufregendes erleben wollen …

… und nun erlebte sie es! Bloß hatte sie es sich irgendwie *anders* vorgestellt. Sie hatte sich nicht vorgestellt, dabei in *Lebensgefahr* zu geraten!

Außerdem fühlte sie sich ekelhaft schuldig. Letzten Endes war sie es gewesen, die die anderen in diese Lage gebracht hatte. Weil sie sich von Hargon hatte hereinlegen lassen. Den sie mal geküsst hatte! Und sie war sich dabei auch noch großartig vorgekommen! In Wahrheit hatte er immer nur mit ihr gespielt, mit ihr und ihren Gefühlen. Wahrscheinlich hatte er insgeheim gelacht über ihre Dummheit.

Wahrscheinlich lachte er *jetzt gerade* irgendwo!

»Bas …!«, jammerte Meoris. »Mir ist *scheißkalt*!«

»Hmm«, brummte Bassaris, dann gab es eine Menge Bewegung im Dunkeln, vorbeistreifende Gliedmaßen und Flügel, begleitet von einem hellen Federrascheln, das man selbst über das Wummern des Sturms hinweg hörte, dann seufzte Meoris und sagte: »Besser …!«

Gleich darauf spürte Kalsul eine Hand über ihre Flügel tasten, der Armschwinge folgend bis zum Ansatz, und sie wusste, dass es Galris war. Sie drehte sich zu ihm um, ertastete sich den Weg um seinen Körper herum und schloss die Arme um ihn, während er die seinen um sie schloss. Irgendwie schafften sie es, eine nicht allzu unbequeme Position zu finden, und so, einander haltend und wärmend, schliefen sie endlich ein, trotz all des Getöses und Gewackels.

***

Irgendwann wachte Kalsul wieder auf, mit eiskalten Ohren und halb erfrorenen Flügelspitzen und verblüfft über die Stille, die herrschte. Entweder hatten ihre Augen sich an die Dunkelheit gewöhnt, oder es schimmerte wieder etwas Licht durch die Ritzen, wenn auch wenig.

Nach und nach wurden auch die anderen wach, oder vielleicht waren einige schon wach gewesen und hatten sie geweckt, sie wusste es nicht. Auf jeden Fall meinte Oris irgendwann »Schauen wir nach« und schob den Riegel auf und hatte dann mächtig Mühe, die Tür zu öffnen; offenbar war sie festgefroren. Als Bassaris und er gemeinsam zogen, löste sie sich endlich mit einem lauten Knacken, und zusammen mit dem Licht des Tages fiel eine Menge Schnee herein.

Nacheinander schoben sie sich ins Freie und schauten auf eine Umgebung, die sich ganz und gar verwandelt hatte. Alles lag voller Schnee, blendend weiß und unberührt, und der Nestbaum mit seinen Blättern und Lianen und Gastgewächsen stand erstarrt in einer Eiseskälte, die auch ihnen zusehends in die Glieder kroch.

»Für so ein Wetter bin ich nicht angezogen«, maulte Meoris und stampfte mit den Füßen auf – was sie gleich darauf bereuen sollte, denn die Regensammlerblätter des Nestbaums lagen ebenfalls voller Schnee, und als sie den Ast mit ihren Tritten zum Wackeln brachte, kippten sie um, und der Schnee fiel herab, größtenteils direkt auf Meoris, die mit einem erschrockenen Aufschrei davonflatterte und erst mal eine Runde drehte, ehe sie wieder landete.

»Ach, zum Wilian!«, schimpfte sie und wühlte verzweifelt in ihrem Halsausschnitt herum. Ifnigris half ihr schließlich, den restlichen Schnee daraus zu entfernen.

»Und was machen wir jetzt?«, fragte sie dann.

»Erst mal ein Feuer«, sagte Oris. »Der Ofen auf dem Mahlplatz sah gestern noch ganz brauchbar aus.«

Ifnigris sah sich ratlos um. »Und woher willst du Holz dafür nehmen?«

»Aus den kaputten Hütten«, erwiderte Oris. »Holz ist das Einzige, von dem wir mehr als genug haben.«

Der Ofen stand noch da, wo er am Abend zuvor gestanden hatte, lag aber auch unter Schnee und Eis begraben. Kalsul half mit erbittertem Eifer, ihn davon zu befreien, und dass sie dabei kalte, blutige Hände bekam, erschien ihr als eine viel zu geringe Buße für das, was sie angerichtet hatte.

Bassaris, Meoris und Galris gingen derweil auf die Suche nach kaputten Schlafhütten, aus denen sich Holzstücke brechen ließen. Sie kamen in der Tat mit einer beträchtlichen Menge davon zurück, und dann hantierte Oris eine Weile mit Feuerstein und Zunder aus seinem Zunderhorn. Obwohl der Ofen auch innen sehr feucht war, kam ein ansehnliches Feuer in Gang.

Es wärmte gut, wenngleich immer nur auf der Seite, die man ihm zuwandte, und heizte die Steine nach und nach auf, an denen außen frei werdende Feuchtigkeit herabbrann. So standen sie auf dem nach allen Windrichtungen offenen Mahlplatz herum, drängten sich um den warmen Ofen und gaben einfach nur Laute des Wohlbehagens von sich, bis Ifnigris schließlich sagte: »Alles gut und schön, aber die Frostzeit überstehen wir so trotzdem nicht.«

»Das ist leider wahr«, gab Oris zu und legte die Hände auf den Ofenstein. »Ich hab eine Signalrakete dabei, ein rotes Notsignal, die könnte man heute Abend abschießen. Die Frage ist bloß, ob jemand nah genug ist, der sie auch sehen kann.«

Sie schauten einander fragend an, und schließlich schüttelte Galris mutlos den Kopf. »Glaub ich nicht. Nicht, wenn die Karte von Kalsuls Vater stimmt.«

Oris wandte sich an Kalsul, als sei dies das Stichwort dafür gewesen. »Sag mal, wie sind die Regeln bei euch?«, wollte er wissen. »Wann wird man nach uns suchen, wenn wir nicht zurückkommen?«

Das war genau die Frage, vor der sich Kalsul schon die ganze Zeit gefürchtet hatte. Sie schloss ergeben die Augen, seufzte, schlug sie wieder auf und gestand: »Sie werden uns nicht suchen.«

»Was?«, rief Meoris.

»Ich hab niemandem gesagt, wohin wir fliegen.«

Bei allen Ahnen, wie entsetzt sie sie alle anschauten! Vielleicht, fuhr es Kalsul durch den Kopf, war dies der richtige Moment, sich rücklings vom Ast auf den Boden fallen zu lassen, damit der Margor sie holte.

»Ich … ich hab doch gedacht, es ist geheim!«, rechtfertigte sie sich lahm. Eine Lüge, aber wie hätte sie ihnen *jetzt* sagen können, dass sie nur *Spaß* hatten haben wollen? »Tut mir leid«, fügte sie hinzu.

»Bei allen Ahnen …«, murmelte Ifnigris.

Oris hob nur die Schultern. »Es ist, wie es ist«, meinte er. »Das heißt, wir müssen den Rückweg auf jeden Fall selber schaffen.«

Er dachte nach. Alle sahen ihm gespannt dabei zu, hatte Kalsul den Eindruck. Sie selber auch.

»Die wichtigste Etappe«, stellte er schließlich fest, »ist die von hier bis ins Tiefland. Dort dürfte der Frost auf jeden Fall weniger hart sein, womöglich ist dort sogar noch Nebelzeit. Und dort gibt es genügend Bäume für so viele Pausen, wie wir brauchen. Bäume, an denen wir vielleicht sogar Frostmoos finden und dergleichen. Wenn wir es schaffen, das Hochland zu verlassen, schaffen wir auch den Rest des Wegs.«

»Bloß war es vom Aufstieg bis hierher mehr als eine Tagesreise«, wandte Ifnigris ein. »*Weit* mehr.«

»Das ist genau das Problem«, räumte Oris ein. »Wir müssten es bis zu dem Felsen schaffen, auf dem wir vorgestern übernachtet haben, und dort die Nacht überstehen. Was vielleicht aber nicht unmöglich ist, wenn wir genügend Holz mitnehmen und dort in einer der Kuhlen ein offenes Feuer machen. Immer abwechselnd muss einer wach bleiben und das Feuer am Brennen halten … Wenn kein neuer Sturm aufkommt, müsste es zu schaffen sein. Zumal der Abstieg am nächsten Tag viel leichter sein wird, als der Aufstieg es war.«

Meoris breitete unwillkürlich die Flügel aus, als sähe sie sich schon dort, und seufzte: »Ja, genau … einfach nur segeln, immer tiefer und tiefer, hinab in die Wärme … Das wird großartig!«

Oris klatschte in die Hände, wie es seine Art war. »Also, ans Werk. Jeder packt sich ein Bündel Feuerholz mit auf den Rucksack.

Nehmt eure Schlafseile, um es festzubinden. Und dann lasst uns so schnell wie möglich aufbrechen!«

***

Wenig später waren sie unterwegs.

Es war anstrengend, mit der zusätzlichen Last des Holzes auf dem Rücken zu fliegen. Sie hatten nichts von ihrem sonstigen Gepäck zurücklassen können, denn sie würden noch jedes einzelne Kleidungsstück brauchen. Es war auch weniger das zusätzliche Gewicht, das so anstrengte, als vielmehr das Wackeln der unregelmäßigen Holzscheite. Zwar war das Holz gut verschnürt und festgebunden – Bassaris hatte die Pakete gebunden, und er kannte sich mit Knoten erstaunlich gut aus – und zu Anfang auch stabil gewesen. Aber nach einiger Zeit bewirkten die Bewegungen, die man beim Fliegen nun mal machte, und die Luftströmungen und das alles, dass einzelne Latten zu schlagen und zu wackeln anfingen und einen aus dem Takt brachten.

Außerdem war es von Natur aus anstrengend, durch die Kälte zu fliegen. Es kam ja nicht von ungefähr, dass man in der Frostzeit weite Flüge mied und lieber das Nest hütete, bis die Trockenzeit kam. Man musste tief atmen beim Fliegen, und die kalte Luft biss einem in die Lungen, ohne dass man mehr dagegen machen konnte, als sich einen Schal vor den Mund zu binden. Und auch das diente eher der seelischen Beruhigung; einen wirklichen Effekt hatte es nicht. Außerdem waren zwar die Muskeln, die man zum Fliegen brauchte, immer gut in Bewegung und demzufolge warm, aber das galt nicht für Arme und Beine: Die hielt man ja nur ruhig ausgestreckt, um das Gleichgewicht zu halten und den Flug zu steuern. Kein Wunder, dass einem im Nu die Finger blau wurden vor Kälte! Gleichzeitig schwitzte man, hatte immer einen feinen Schweißfilm auf der Haut – in der warmen Jahreszeit verdunstete der einfach, aber in der Kälte fröstelte man, und auch das zehrte.

Meoris klagte am unverblümtesten. »Ich friere an den Flügeln!«, ließ sie jeden in Hörweite wissen. »Und das *hasse* ich!«

Kalsul fror auch an den Flügeln, aber das behielt sie für sich. Sie war entschlossen, sich nicht zu beklagen, egal, was geschehen mochte, denn von allen, sagte sie sich, hatte sie das wenigste Recht dazu.

Geplant war, die erste Pause auf dem flachen Stein einzulegen, auf dem sie beim Herflug noch so hoffnungsvoll Rast gemacht hatten. Doch dann *fanden* sie den nicht mehr! Der Schnee lag so hoch, dass alles zugedeckt war.

Oris konnte es nicht fassen. Er kreiste eine Weile, rief immer wieder: »Ich versteh das nicht! Er *muss* hier irgendwo sein!«

»Was machen wir eigentlich, wenn wir den anderen Stein auch nicht finden?«, fragte Ifnigris, ein schwarzer Schatten vor der blendend weißen Landschaft.

»Der war viel größer«, erwiderte Oris. »Der *kann* nicht unter dem Schnee verschwunden sein.«

»Dann hoffe ich mal, das Schicksal hört auf dich«, meinte Ifnigris und schwenkte zurück auf den Kurs Richtung Tiefland.

So mussten sie also ohne Pause weiterfliegen, und das Fliegen wurde zur Quälerei. Kalsul fiel ein, wie sie auf dem Herweg gestöhnt und sich leidgetan hatte: Dabei war das *gar* nichts gewesen verglichen mit dieser Tortur! *Wenn ich das überlebe*, schwor sie sich, *beschwere ich mich nie wieder über irgendwas!*

Die anderen stöhnten und jammerten unverhohlen, alle außer Bassaris, dem das nicht viel auszumachen schien, und Oris, der sich das Jammern mit spürbarer Mühe verkniff.

Und dann kam zu allem Überfluss auch noch Wind auf.

Gegenwind.

Eiskalt und von Schneekristallen durchsetzt, die auf dem Gesicht brannten.

»Oris!«, rief Ifnigris. »So schaffen wir es nicht bis zu dem Felsen. Und wenn der Wind noch stärker wird, können wir das mit dem Feuer auch vergessen!«

»Vielleicht lässt er gleich wieder nach!«, rief Oris zurück.

Wie eine höhnische Antwort kam im nächsten Moment eine Windbö angefaucht, die sie beinahe *rückwärts* trieb. Unten am Boden stäubte der Schnee.

Ifnigris schwenkte ab und ging ins Kreisen über. Die anderen taten es ihr gleich, sogar Oris.

»Wir sollten umkehren, ehe wir es auch nicht mehr zurück ins Nest schaffen«, meinte sie.

»Was schwebt dir vor?«, fragte Oris zurück. »Noch eine Nacht zu sechst in einer alten Schlafhütte?«

»So übel war die Nacht gar nicht. Einigermaßen warm und geschützt. Im Gegensatz zu einer Nacht mitten auf einem eiskalten Felsbrocken ohne jede Deckung.«

»Und morgen früh sind wir dann wieder genauso weit, wie wir heute früh waren. Nur viel erschöpfter.«

»Gutes Stichwort«, erwiderte Ifnigris. »Was ich nämlich vor allem nicht erleben will, ist, dass einer von uns vor Erschöpfung in den Schnee abstürzt und entweder erfriert oder vom Margor geholt wird. Wobei ich im Gedenken an meinen Bruder das Erfrieren vorziehen würde.«

Oris drehte eine weitere nachdenkliche Runde. »Aber wir müssten dem Felsen inzwischen näher sein als dem Nest«, gab er zu bedenken. »Nicht mal mehr ein halber Tag! Die eine Nacht, und morgen um diese Zeit sind wir über dem Abhang …«

»Ich finde, If hat recht«, ließ sich Bassaris vernehmen. »Das schaffen wir nicht. Die Mädchen nicht und du auch nicht. Nicht bei dem Wind.«

Oris seufzte noch eine Runde lang, dann gab er sich geschlagen. »Also gut. Werft das Holz ab, und dann zurück zum Nestbaum.«

»Mit Rückenwind«, ergänzte Galris, und man hörte ihm die Erleichterung an.

Ifnigris schuf vollendete Tatsachen: Sie zog ihr Holzbündel vom Rücken, löste den Knoten mit einem Zug an der richtigen

Stelle, und noch während das Holz in die Tiefe fiel, schlug sie den Rückweg ein.

***

Am nächsten Morgen, nach einer weiteren, immerhin etwas ruhigeren Nacht in der Schlafhütte, machten sie wieder Feuer im Ofen, um sich zu wärmen, und verzehrten ein wenig von ihrem Proviant. Der auch nicht mehr lange reichen würde. Inzwischen schmeckte sogar das Algenmus gut, stellte Kalsul fest.

Der Wind, der gestern Nachmittag eingesetzt und ihnen den Rückweg zum Nest erleichtert hatte, blies immer noch in einer Stärke, die jeden Gedanken an eine Wiederholung des gestrigen Flugs verbot.

»Und wenn wir in eine ganz andere Richtung fliegen?«, schlug Galris vor.

Oris hob die Augenbrauen. »Gibt's denn eine, in der wir das Tiefland schneller erreichen?«

»Schneller nicht, aber vielleicht problemloser.« Galris deutete auf den Fluss, der sich grau und düster unter ihnen dahinwälzte, und das mit beeindruckender Geschwindigkeit. »Das ist der Rauktas. Der Rauktas mündet in den Taltas, und der Taltas ...«

»... ist ein Hauptzufluss des Eisenlands«, ergänzte Oris. »Stimmt. Aber das wäre ein *Riesen*umweg.«

Galris hob den Zeigefinger. »Schon, aber vor allem bedeutet der Name, dass da irgendwo das Nest der *Tal* sein muss. Wenn ich mich richtig an die Karte erinnere, meine ich, es liegt sogar direkt an der Mündung. Und das Nest der Tal ist definitiv noch bewohnt; von dort waren etliche bei uns, um deinen Vater zu hören. Wenn wir das erreichen, wäre es zumindest ein Ort, an dem wir die Frostzeit überstehen könnten.«

»Aber weniger weit, als wenn wir in Richtung Muschelbucht fliegen, wäre es nicht«, wandte Ifnigris ein. Sie schnaubte richtiggehend. »Eher doppelt so weit, so viele Schleifen und Windungen, wie der Fluss macht, wenn *ich* mich noch richtig an die Karte erinnere. Der einzige Vorteil, dem Fluss zu folgen, wäre, dass wir jederzeit landen und rasten könnten. Aber frag mich mal, ob ich meine Füße in dieses eiskalte Wasser stellen will!«

Galris warf die Hände in die Luft und schlug ärgerlich mit den Flügeln. »Mal doch nicht immer alles schwarz, du schwarze Krawe! Ein Flussufer ist auch margorfrei. Bei einem so breiten Fluss auf jeden Fall.«

»Lieber schwarze Flügel als altmännergraue!«, giftete Ifnigris zurück.

»Dann mach doch einen besseren Vorschlag!«

Von einem Moment auf den anderen sank Ifnigris in sich zusammen. »Wenn ich einen hätte … Mein Vater rastet aus, wenn ich erst in der Trockenzeit wieder auftauche.«

»Immerhin *würdest* du wieder auftauchen«, meinte Galris.

Ifnigris brach in Tränen aus. »Sie sind bestimmt längst völlig außer sich. Sie haben doch schon Ulkaris verloren, und jetzt denken sie wahrscheinlich …«

Der Rest ging in haltlosem Schluchzen unter. Galris nahm sie in die Arme und hielt sie fest, bis sie sich beruhigt hatte.

Oris hatte sich derweil umgesehen, als beträfe ihn das alles nicht, hatte den Fluss und den Nestbaum betrachtet und die Stirn dabei in höchst grüblerische Falten gelegt.

»Leute«, sagte er, als sich Ifnigris wieder gefasst hatte, »das mit dem Fluss ist *gar* keine dumme Idee. Wir folgen dem Rauktas – aber wir fliegen nicht, sondern wir nehmen das Schiff!«

»Was für ein Schiff?«, fragte Bassaris.

»Na gut, nicht direkt ein Schiff. Halt etwas, das schwimmt. Einen großen Ast zum Beispiel.« Oris deutete auf einen tiefen Hauptast, der über den Fluss ragte und früher zweifellos der Angelplatz gewesen war. »Der da. Wenn wir den so abtrennen, dass er ins Wasser fällt, dann treibt er flussabwärts. Wir setzen uns einfach in die Zweige, die aus dem Wasser ragen, und warten, bis das Nest der Tal in Sicht kommt.«

325

Meoris atmete heftig ein. »Du willst im Ernst den Ast eines *Nestbaums* kappen?«

Kalsul verstand ihre Empörung. Einen Riesenbaum zu beschädigen war ausgesprochen verpönt, erst recht, wenn es ein bewohnbarer Baum war, ein Nestbaum also. Das war fast, als risse man Seiten aus einem der Großen Bücher, um ein Feuer damit anzuzünden.

»Wenn es der einzige Weg ist, uns das Leben zu retten, ja«, erklärte Oris. »Dann kappe ich auch den Ast eines Nestbaums.«

»Und wie willst du das machen, bitte schön?«, fragte Ifnigris. »Mit bloßen Händen? Mit den Zähnen?«

»Mit meiner Signalrakete«, sagte Oris. »Die Sprengladung darin sollte mehr als genügen.«

Sie schauten einander an, ließen es sich durch den Kopf gehen.

»Hat was«, meinte Galris schließlich.

»Muss ich zugeben«, sagte Ifnigris.

Die Talfahrt

Sie wanderten eine kleine Ewigkeit an dem fraglichen Ast auf und ab und diskutierten, wie er wohl fallen würde und ob er auch groß genug sein mochte, um sie alle zu tragen. Sie hatten kaum Erfahrung mit schwimmendem Holz, und am Ende sahen alle Kalsul an, die, da sie an der Muschelbucht lebte, als Einzige von ihnen mit Schiffen vertraut war.

»Das weiß ich auch nicht«, sagte Kalsul unglücklich, obwohl sie nur zu gerne mal etwas Hilfreiches beigetragen hätte. »Richtige Schiffe sehen ganz anders aus. Die bestehen gar nicht aus so viel Holz, aber sie sind zu einer Art flachen, länglichen Schale zusammengebaut.«

»Das hilft uns nicht weiter«, stellte Meoris fest. »Wir haben keinerlei Werkzeug, abgesehen von unseren Messern.«

Das große Licht des Tages schien hell, wie es für das Hochland typisch war. Ihr Atem gefror zu weißen Wolken und verwehte in einem eiskalten, hartnäckigen Wind, der auch Schnee dicht über den Boden trieb. Das leise Heulen, das von überall und nirgends zu kommen schien, musste ebenfalls mit diesem Wind zu tun haben.

Ifnigris pustete sich in die Hände, in dem Versuch, sie zu wärmen. »Ich glaube, wir suchen gerade verzweifelt nach einer Möglichkeit, an ein Schiff zu kommen, *ohne* einen Frevel zu begehen.«

Die anderen sahen sie verdutzt an.

»Da ist was dran«, sagte Oris nachdenklich. Er ging den Ast entlang, peilte immer wieder hinab in die Tiefe. »Also gut. Wir nehmen einfach ein möglichst großes Stück des Astes, und dann sehen wir ja, ob es uns trägt. Wobei es auch nicht *zu* groß sein darf, sonst bleibt es im Fluss stecken.« Er deutete auf seine Füße und sagte: »Hier. Hier werde ich sprengen.«

Er zückte sein Messer, und Kalsul sah ihn schlucken. Kein Wunder, es kostete Überwindung, einen Nestbaum zu verletzen. In den Geschichten, die man ihnen als Kinder erzählt hatte, waren Nestbäume fühlende, fürsorgliche Wesen, die den Menschen Schutz und Nahrung boten und deswegen allen Respekt und einen behutsamen Umgang verdient hatten.

Ein fühlendes Wesen war ein Riesenbaum ohne Zweifel. Dass er aber mütterliche Gefühle für die Menschen empfinden sollte, die ihn bewohnten, war wohl eher dichterische Phantasie.

Galris rieb sich die Flügelenden. »Und was machen wir solange?«

»Sammelt Holz, so viel ihr tragen könnt.« Oris ging in die Knie und befühlte die Rinde des Astes. »Dann können wir unterwegs anhalten, wenn das Ufer sicher aussieht, ein Feuer machen und uns aufwärmen.«

»Anhalten?«, fragte Ifnigris verwundert. »Und wie?«

Oris rieb sich die blau gefrorenen Finger warm. »Mit vereinter Flügelkraft, stelle ich mir vor.«

»Ah«, machte Ifnigris nur, dann flatterte sie davon.

Kalsul brauchte eine Weile, bis sie verstanden hatte, was Oris meinte: Dass sie die Richtung, in die der Ast schwamm, ändern konnten, indem jeder von ihnen ihn an irgendeiner Stelle packte und sie dann mit den Flügeln schlugen, so fest es ging. Eigentlich naheliegend.

Dann machte sie auch, dass sie davonkam, denn sie wollte es nicht mit ansehen, wie Oris mit dem Messer auf den Baum losging.

Sie flog zu einer Hütte ganz außen an einem Ast, die schon von Weitem brüchig aussah. Das Holz war tatsächlich so grau und morsch, dass man mit bloßen Händen Stücke herausbrechen konnte, und im Nu hatte sie mehr davon, als sie tragen konnte.

Und sie würden viel tragen können. Jeder von ihnen hatte inzwischen mindestens zwei Schichten Kleidung am Leib, und der Proviant war fast aufgebraucht: Sie hatten also *viel* Platz im Rucksack.

Als Kalsul ihren Rucksack voll hatte, trug sie das übrige Holz zum Sammelpunkt. Oris hatte derweil tatsächlich Löcher ins Holz gegraben und war dabei, sie mithilfe seines Messers zu erweitern. Er schabte und kratzte und schnitt und sägte und beförderte ein ums andere Mal die rötlich-gelben Späne des Riesenbaumholzes heraus, die der eiskalte Wind sofort wegwehte. Oris war eindeutig nicht mehr kalt; ihm stand der Schweiß auf der Stirn.

»Wird das wirklich funktionieren?«, fragte Kalsul bang.

»Ich hoffe es«, ächzte Oris, hielt inne und verbesserte sich: »Ich denke schon.«

Er musterte die Löcher noch einmal prüfend, dann griff er in seine Tasche und holte die Signalrakete heraus. Sie war genauso groß wie die Signale, die Kalsul von zu Hause kannte, wo man einen Vorrat davon in einer massiven Kiste aufbewahrte.

»Kaum zu glauben, dass in so einer kleinen Rakete so viel Kraft stecken soll«, meinte sie, während sie zusah, wie Oris den hinteren Verschluss seiner Rakete aufschnitt und mit dem Messer die zähe, schwärzlich-graue Masse, mit der sie gefüllt war, vorsichtig in die Löcher beförderte.

»Das, was eine Rakete in die Höhe trägt – der Treibsatz –, ist im

Prinzip eine sehr langsame Explosion«, erklärte er, während er das tat. »Langsam ist sie, weil die Rakete hinten offen ist und deswegen die Treibladung nach und nach abbrennt. Aber wenn ich dieselbe Treibladung fest verschließe und auf einmal zünde, wird die ganze Kraft auch auf einmal frei – und das wird heftig.«

Galris kam angeflattert und grinste Kalsul unsicher an. Sie hatten einander in der vergangenen Nacht wieder gewärmt, aber sie hatte ihn nicht mehr geküsst, und nun wusste er noch weniger als zuvor, wie es zwischen ihnen stand – aber das wusste sie doch auch nicht!

Er sagte zu Oris: »If hat in einer Hütte einen rostigen alten Kiurka-Ofen gefunden. Was hältst du davon, wenn wir den mitnehmen? Wenn wir ihn irgendwie auf dem treibenden Ast befestigen, können wir unterwegs Feuer machen.«

»Hervorragende Idee«, sagte Oris, ohne den Blick von seiner Arbeit zu heben. »Wenn das klappt, brauchen wir nicht anzuhalten und erfrieren trotzdem nicht.«

»Dann sichern wir den gleich mal«, meinte Galris und flatterte wieder davon.

Würde das funktionieren? Ein Kiurka-Ofen war nur dafür gedacht, die langsam verglimmenden Samen der Kiurka-Frucht darin zu verbrennen; ein Holzfeuer ließ ihn auf die Dauer kaputtgehen.

Aber sie würden ihn ja nur für ein paar Tage brauchen. Doch, das war tatsächlich eine hervorragende Idee!

Endlich war alles bereit für den großen Augenblick. Jeder von ihnen trug sein Gepäck auf dem Rücken, das zum größten Teil aus altem, halb verwittertem Brennholz bestand, und Galris und Bassaris schleppten die rostige Ofenschale zwischen sich. Die Sprengladung war angebracht und Oris sichtlich nervös.

»Sagt's nicht weiter«, meinte er, »aber das ist das erste Mal, dass ich was sprenge.«

»Das hätte ich jetzt nicht zu wissen brauchen«, sagte Ifnigris.

»Also, ich *hab's* gewusst«, behauptete Meoris.

Bassaris knurrte ungeduldig. »Das klappt«, brummte er.

329

Irgendwie war das das Zeichen. Oris ging zum Mahlplatz, wo das Feuer im Ofen allmählich ausging, und kam mit einem dicken, an einem Ende hellrot glimmenden Scheit zurück.

»Es geht los«, sagte er. »Bringt euch in Sicherheit.«

Sie flatterten auf und entfernten sich vom Nestbaum, flogen schiefe, kleine Kreise, weil jeder zusehen wollte, wie es geschah. Kalsul beobachtete, wie Oris den Scheit auf den Ast herabsenkte, an einer Stelle, an der er eine Spur aus Zündmasse in die Rinde gedrückt hatte. Sie sah, wie er wartete und dann plötzlich aufsprang, vom Ast schnellte und davonsegelte. Er machte ihnen Gesten, sie sollten sich noch weiter entfernen, aber ehe Kalsul reagieren konnte, gab es einen dumpfen, unglaublich lauten Knall, der klang, als erfülle er die ganze Welt. Eine rötlich-gelbe Wolke entstand an genau der Stelle, an der Oris gearbeitet hatte. Dann erzitterte der Ast, bäumte sich auf und fiel und stürzte mit erschütternder Unaufhaltsamkeit hinab in den Fluss, dessen Wasser weiß schäumte unter dem Aufprall.

***

Im Augenblick der Explosion zischte etwas dicht vor Kalsuls Gesicht vorbei, und im nächsten Moment spürte sie einen scharfen Schmerz an der linken Handschwinge. Und als sie hinschaute, war da Blut.

Wo sie doch kein Blut sehen konnte!

Sie schaute woandershin, aber jede Bewegung der Flügel tat so weh, als habe sich eine graue Ratze darin verbissen. Besser, sie hielt die Schwingen einfach still und segelte, und als sie das tat und auf den abgerissenen Ast zuhalten wollte, bemerkte sie, dass etwas damit nicht stimmte: Die Sprengung hatte den Ast zwar abgetrennt und in den Fluss stürzen lassen, dort aber hatte er sich im Ufergebüsch verfangen, lag nun quer über dem Fluss und hing fest!

»Zum Wilian!«, hörte sie Bassaris fluchen. Dann ging er in den

Sturzflug, landete krachend im Geäst der Uferbüsche und fing an, daran zu reißen und zu zerren, abzubrechen und beiseitezubiegen in dem Versuch, ihren Ast freizubekommen.

Dort konnte sie also nicht landen. Nicht, solange das gewaltige Stück Riesenbaum ruckelte und wackelte unter Bassaris' Anstrengungen.

Sie wäre aber schrecklich gern irgendwo gelandet. Lange hielt sie das nicht mehr aus. Der kleinste Flügelschlag schmerzte, als ginge jemand mit einem scharfen Messer auf sie los, und es war so arg, dass ihr die Tränen kamen.

Sie durfte sich einfach nicht bewegen. Segeln, einfach nur segeln. Aushalten!

Aber ohne Thermik segeln, das ging nie lange gut. Und sie sah keine Thermik, nirgends. Wie auch, bei der Kälte?

Zurück zum Nestbaum? Dagegen sträubte sich alles in ihr. Allein schon der schreckliche Anblick, den der zersplitterte Aststumpf jetzt bot! Der Nestbaum würde sie gewiss nicht mehr willkommen heißen ...

Wie einem diese Kindergeschichten nachgingen! Aber sie konnte es einfach nicht.

»Kalsul!«, rief jemand. Meoris. »Was ist mit deinem Flügel?«

Kalsul ächzte. »Hab einen Splitter vom Baum abgekriegt.«

»Und da sagst du nichts?« Meoris glitt näher. »Komm!«

Sie flog voraus, ging tiefer und landete dicht genug am Flussufer, dass sie keinen Margor zu fürchten brauchten. Kalsul setzte neben ihr auf und schrie vor Schmerzen, als sie versuchte, den linken Flügel einzufalten: Es ging nicht. Es tat zu weh, also ließ sie ihn herabhängen und kam sich hässlich vor, wie ein erlegtes Tier.

»Streck ihn aus, so weit du kannst«, sagte Meoris, und Kalsul gehorchte. Ihr Atem ging heftig dabei, tauchte ihre ganze Sicht in Nebel.

»Das ist ja übel. Du hast da einen richtigen Pfeil abbekommen. Der muss raus, so schnell wie möglich. Warte ...«

Kalsul sah Meoris an, vertiefte sich, um sich von den Schmerzen abzulenken, ganz in den Anblick ihres hochkonzentrierten Gesichts. Währenddessen packte Meoris das Holzstück mit der einen Hand und griff mit der anderen zwischen den Federn hindurch bis auf die Flügelhaut, ertastete die Einstichstelle und drückte sie ringsum ab. Meoris war Jägerin, soweit Kalsul das mitbekommen hatte, Bogenschützin gar. Mit anderen Worten, sie kannte sich mit Pfeilen aus.

»Da ist ein Widerhaken. Ist das gemein! Das wird jetzt gleich wehtun, aber es geht nicht anders. Es darf nichts in der Wunde drinbleiben, weil sonst …«

Ohne den Satz zu beenden, zog Meoris den Splitter mit einem entschlossenen Ruck heraus. Kalsul wurde einen Moment schwarz vor Augen, aber dann war es schon vorbei. Es tat gut, das Ding los zu sein, auch wenn die Wunde jetzt stark blutete und ihr Gefieder ringsum rot färbte.

Meoris presste eine Handvoll frischen, eiskalten Schnees auf die blutende Stelle und meinte: »Auf jeden Fall ist das hier die beste Umgebung, um so etwas zu behandeln.«

Kalsul atmete tief durch. Die Anspannung ließ nach, und das tat gut.

»Danke«, sagte sie.

Meoris grinste. »Das war die Rache des Nestbaums. Es hat nur dummerweise die Falsche abgekriegt …«

Kalsul seufzte und meinte leise: »Vielleicht auch nicht.«

Meoris achtete nicht darauf, sondern sah auf, weil in diesem Moment lautes Geschrei von weiter vorne ertönte: Sie hatten den Ast freibekommen, und nun war er in Bewegung, schwamm mit dem Stumpf voran den Fluss hinab. Bassaris und Oris standen schon darauf und winkten, Galris und Ifnigris landeten gerade.

Kalsul schüttelte den Kopf. Das Ding sah *kein bißchen* aus wie ein Schiff! Aber es schwamm. Und es trug sie, würde sie alle tragen. Im Grunde, dachte sie, sah es aus wie ein *schwimmender* Nestbaum!

»Geht's wieder?«, wollte Meoris wissen.

Kalsul nickte. »Ich glaub schon.«

»Du kannst deinen Flügel ja schonen, sobald wir auf unserem …
Schiff sind«, meinte Meoris und grinste, aber wohl eher, weil sie das
Wort *Schiff* amüsierte.

Dann breitete sie die Flügel aus. Die goldenen Muster darauf
schimmerten überwältigend in dem hellen Licht, als sie abhob und
dem dahintreibenden Ast nachflog.

Kalsul folgte ihr, und ihr Flügel tat auch schon fast nicht mehr
weh, zumindest redete sie sich das ein. Trotzdem war sie froh, als
sie auf dem schwimmenden Ast landen konnte und einen Platz auf
einem trockenen Zweig fand, wo sie einfach nur zu sitzen brauchte,
während die eisstarrende Uferlandschaft langsam an ihr vorbeizog.
Ihr war ein bisschen schwindlig.

»Was war denn?«, fragte Oris.

Sie sagte es ihm und zeigte ihm die Stelle, die immer noch blutig verfärbt war, trotz des Schnees. Immerhin hatte die Blutung
aufgehört.

»Oh, das tut mir leid«, sagte Oris. Er war auf einmal ganz blass.
»Das darf uns jetzt nicht passieren, dass sich einer von uns so am
Flügel verletzt, dass er nicht mehr fliegen kann.«

Es tat gut, zu hören, wie selbstverständlich er von ihr als *eine
von uns* sprach. Kalsul sagte rasch: »So schlimm ist es nicht. Ich war
einfach zu nah dran.«

Oris nickte ernst. »Wir waren alle zu nah dran.«

Danach mühten er, Galris und Bassaris sich damit ab, der rostigen Ofenschale einen stabilen Halt zu verschaffen und sie zugleich so zu platzieren, dass ein Holzfeuer darin nicht den Ast selber in Brand setzen würde.

»Wird schon nicht passieren«, meinte Ifnigris. »Der Ast ist nass
und kalt; außerdem ist es Riesenbaumholz, das man fünf Generationen lang trocknen müsste, ehe es brennt …«

Endlich waren sie zufrieden. Sie legten Holz hinein, und Bassaris übernahm es, das Feuer zu entfachen. Es war ein schöner Anblick, es auflodern zu sehen, mitten auf einem riesenhaften Ast, der

den kaltsilbernen Fluss hinabtrieb. Bald darauf breitete sich tatsächlich so etwas wie Wärme aus, die wohltat.

Es versprach, eine angenehme Fahrt zu werden. Oder wie Ifnigris es formulierte: »Allemal besser, als durch diese Eisluft zu fliegen, das muss ich zugeben.«

Kalsul beobachtete Galris, wie er neben dem Feuer stand und mit Bassaris sprach, und dachte darüber nach, dass ihm seine grauen Flügel eigentlich gar nicht schlecht standen. Eigentlich machten sie ihn sogar richtiggehend interessant!

Oje, dachte sie, *ich werd mich doch nicht etwa verlieben?*

Er kam herüber, setzte sich neben sie. »Sieht so aus, als bräuchtest du heute Nacht niemanden, der dich wärmt, hmm?«

Kalsul wiegte den Kopf hin und her. »Aber jemand, der mich *hält*«, sagte sie, »den könnte ich schon brauchen.«

***

Es war eigentümlich hypnotisierend, auf das flackernde, knisternde Feuer zu schauen, während sie dahintrieben auf diesem Fluss, dessen Wasser die Farbe von Schnee zu haben schien und unter ihren Füßen, zwischen den Zweigen des Astes, murmelte und gluckerte, als wolle es ihnen etwas erzählen. Die Welt ringsum lag weiß und erstarrt, und ein Himmel spannte sich darüber, der immer grauer wurde, je weiter das große Licht des Tages nach Westen entschwand.

Einmal glitten sie durch ein kristallenes Gewölbe, gebildet von den Wipfeln zahlloser Hundertäster. Von beiden Seiten des Flusses verneigten sich die Baumkronen voreinander, die Zweige von verkrustetem Schnee überzogen, die Blätter schimmernd von Eis. Es klingelte leise, während sie darunter hindurchfuhren, wie eine zarte, tausendstimmige Melodie.

Dann wieder trieben sie durch eine Ebene und hatten weite Sicht auf eine immergleiche schneeweiße Landschaft. Bisweilen schlug der Lauf des Flusses eine neue Richtung ein, und ab und zu war es nötig, den Kurs ihres Gefährts mit ein paar Flügelschlägen zu korrigieren, um nicht in einem Gebüsch oder einem Seitenarm hängen zu bleiben. Einmal weitete sich der Fluss, wurde fast zu einem See, so still und klar wie ein Spiegel, und die Strömung wurde schwächer. Sie hatten das Gefühl, nicht mehr voranzukommen, doch noch während sie diskutierten, was sie tun sollten, nahmen sie von selber wieder Fahrt auf, und es ging weiter.

»Wenn wir jetzt noch genug zu essen hätten«, meine Meoris irgendwann, »dann wäre es fast eine Vergnügungsreise.«

Niemand widersprach. Sie hatten jeder noch eine kleine Portion Pamma und ein bisschen von dem Algenmus, das Kalsul mit zur Reise beigesteuert hatte. Inzwischen war jeder überzeugt, dass Algenmus eine Delikatesse war.

Sie ergingen sich ausgiebig in Überlegungen, wie lange sie wohl unterwegs sein würden, bis das Nest der Tal in Sicht kam. Jeder erinnerte sich anders an die Karte von Kalsuls Vater, aber schließlich gelangten sie zu dem Schluss, dass es noch mindestens drei Tage dauern würde.

Die Stimmung schwankte. Kalsul war, als laste es unausgesprochen auf ihnen, einen Nestbaum verletzt zu haben. Andererseits erfüllte sie die Hoffnung, wieder heil nach Hause zu gelangen, und das wog den meisten Teil der Zeit schwerer.

***

Sie überstanden die erste Nacht gut – erstaunlich gut sogar, fand Kalsul, die nicht erwartet hatte, schlafen zu können. Sie hatte sich überlegt, dass sie eben auch wachen würde, zusätzlich zu denen, die offiziell dafür eingeteilt waren. Aber dann kam Galris zu ihr, um sie zu halten, und sie war weg gewesen wie nichts.

Aufgewacht war sie mit einem pochenden Schmerz im Flügel, der sie beunruhigte. Sie fragte Meoris, die sich die Wunde noch einmal genau ansah und dann meinte: »Das ist nur die Wundheilung. Ganz normal.«

Als sie ein dicht bewaldetes Ufer passierten, flogen Ifnigris und Bassaris los und kamen immerhin mit ein bisschen Frostmoos zurück.

»Kochen können wir es nicht«, räumte Ifnigris ein, »aber angeblich schmeckt es ja auch, wenn man es am Feuer röstet.«

Das taten sie dann auch und gelangten zu dem Urteil, das geröstetes Frostmoos zwar nicht in die Annalen der Kochkunst eingehen würde, aber doch den schlimmsten Hunger stillte.

Später trieben sie an einem Abhang vorüber, an dem man noch deutlich die Spuren eines lange zurückliegenden Bergrutsches sah. Dabei war auch ein Nestbaum zerstört worden; der entwurzelte, tote Baum lag am Fuß des Hangs, man erkannte zertrümmerte Hütten und Reste von Hängebrücken zwischen den leblosen Ästen.

»Welcher Stamm war das?«, fragte Meoris.

»Keine Ahnung«, sagte Galris. »Auf jeden Fall *nicht* die Tal. Wie gesagt, deren Nest stand vor zwei Jahreszeiten noch, und das hier hat mindestens zwanzig Frostzeiten gesehen, wenn ihr mich fragt.«

»Vielleicht«, überlegte Ifnigris, »haben die Rauk ihr Nest deswegen aufgegeben. Weil sie damit viel zu weit entfernt waren vom nächstgelegenen Nest.«

»Gut möglich«, meinte Oris. »Wenn es die Ris und die Mur nicht mehr gäbe, hätten es die Heit ganz allein da unten im Süden auch schwer.«

Diesmal waren es Galris und Meoris, die hinüberflogen in der Hoffnung, in den Trümmern doch noch etwas zu essen zu finden.

Dabei ergab es sich, dass Kalsul endlich einmal allein mit Oris reden konnte. »Erinnerst du dich eigentlich noch daran, wie wir beide …?«, fragte sie geradeheraus, und dann wusste sie nicht, wie sie den Satz beenden sollte. Sie ließ es einfach.

Oris lächelte verhalten. »Es kommt mir vor, als sei das ewig her. Oder als hätte es jemand anders erlebt, von dem ich nur zufällig die Erinnerungen habe.«

»Na ja, ich war ja auch ziemlich gemein zu dir. Wie ich dich abserviert habe, als Hargon aufgetaucht ist …«

Nun lächelte Oris richtig, fast so wie damals. »Kalsul«, sagte er, »du warst trotzdem das erste Mädchen, das mich geküsst hat. Da verzeiht man vieles.«

Dann kehrten Meoris und Galris zurück, leider mit leeren Händen. Die Überreste des Nests waren längst geplündert, von Menschen wie von Tieren, und nichts mehr übrig.

In der darauffolgenden Nacht schlief Kalsul unruhig und schreckte immer wieder hoch. Einmal wurde sie davon wach, dass Bassaris an Oris' Schulter rüttelte und sagte: »Da ist so ein seltsames Geräusch.«

Sie lauschte in die Nacht hinaus, genau wie Oris es tat, und tatsächlich: Aus der Richtung, in die sie trieben, kam ein dumpfes, mächtiges Fauchen und Brodeln.

»Bei allen Ahnen«, hörte sie Oris leise sagen. »Es wird doch nicht *noch* ein Blizzard kommen?«

Da durchfuhr es Kalsul, als habe sie erneut ein Pfeil getroffen – diesmal ein Pfeil der Erkenntnis –, welche Erinnerung seit geraumer Zeit versuchte, in ihre Aufmerksamkeit zu gelangen. Sie fuhr hoch und rief: »Das ist kein Blizzard! Das ist ein Wasserfall! Wir fahren auf den Rauktas-Fall zu, den höchsten Wasserfall der Welt!«

***

»Weckt die andern, schnell«, sagte Oris im Aufstehen. Er warf sich seinen Rucksack über den Rücken und fädelte die Tragriemen unter den Flügeln durch.

»Ich hatte schon die ganze Zeit das Gefühl, ich hab was übersehen«, sprudelte es derweil aus Kalsul heraus. »Und das war es! Der Rauktas stürzt an einer Stelle über zweihundertachtzig Spannen tief hinab, und mein Vater behauptet, das sei der höchste Wasserfall der Welt.«

»Gut, dass wir's noch rechtzeitig gemerkt haben«, meinte Oris nur und zurrte die Riemen fest.

Die anderen hatten beneidenswert tief geschlafen, aber als sie hörten, was los war, waren sie alle im Nu wach und packten in Windeseile ihre Sachen.

»Was machen wir mit der Ofenschale?«, fragte Bassaris.

»Die müssen wir dalassen«, sagte Oris. »Die ist zu heiß, um sie zu transportieren.«

»Wir könnten das Feuer löschen und sie zum Abkühlen ins Wasser tauchen«, schlug Galris vor.

»Und wie willst du sie festhalten, *bis* sie kalt ist?«, fragte Oris. »Mit den Händen?«

»Ah«, machte Galris. »Stimmt.«

Das hohle, unheimliche Brausen kam immer näher.

»Ich glaube, wir sollten mal«, meinte Ifnigris.

Meoris sah Kalsul an. »Geht es mit deinen Flügeln?«

»Es muss einfach«, erwiderte Kalsul. Sie breitete die Schwingen vorsichtig aus. Die linke ziepte nach wie vor. Es wäre deutlich besser gewesen, noch eine Weile zu warten mit dem Fliegen.

Aber als Oris sagte: »Also, los jetzt!«, hoben sie alle ab, auch Kalsul.

Nicht zu früh. Als sie in der Luft waren und die Landschaft im kleinen Licht der Nacht unter ihnen lag, sahen sie, dass die Kante, an der das Wasser in die Tiefe stürzte, schon bedenklich nahe gewesen war.

Kreisend beobachteten sie, wie der Ast, der sie bis jetzt so treu getragen hatte, auf den Abriss zutrieb. Er schien auf den letzten paar Spannen schneller zu werden. Das Feuer in der Ofenschale brannte immer noch, ein heller Punkt in der Nacht.

An der Kante angekommen, schob sich der vordere Teil des Astes ein Stück über den Abgrund hinweg, fast, als gedenke er den Wasserfall zu ignorieren. Doch schließlich kippte er. Der hintere Teil hob sich aus dem Wasser, das Feuer erlosch, und dann verschwand der ganze Ast abrupt in den dunkel schäumenden Wassern, die sich in die Tiefe ergossen.

Hier, direkt über der Kante, war das donnernde Tosen der Wassermassen viel zu laut, als dass man sich hätte verständigen können, nicht mal schreiend. Aber es war ohnehin klar, was sie tun mussten: Sie flogen über den Abbruch hinaus und segelten kreisend hinab in die Tiefe, wo die Wasser und alles, was sie mit sich führten, in einem Becken voller Gischt und Schaum aufschlugen. Feiner Sprühnebel erfüllte die Umgebung in weitem Umkreis und schimmerte hell in der Nacht. Kalsul fröstelte, als sie durch die feuchten Schwaden flog, doch sie spürte trotzdem, dass sie in eine wärmere Luftschicht eintauchte, indem sie tiefer ging.

Nun, vielleicht nicht wirklich *wärmer*, aber zumindest nicht mehr ganz so klirrend kalt wie auf der Hochebene, die sie damit endlich hinter sich ließen.

Unten angekommen kreisten sie über dem Flusslauf, der aus dem Becken kommend seinen Weg fortsetzte, und warteten, bis der riesige Ast wieder aus den wirbelnden Fluten zum Vorschein kam. Er stampfte und schaukelte wild, aber er schien den Sturz gut überstanden zu haben. Nur die Ofenschale war natürlich fort, und das Holz, das in einer Astmulde bereitgelegen hatte, sowieso.

Als der Ast sich wieder beruhigt und wieder eine stabile Lage gefunden hatte, landeten sie darauf, Kalsul als Erste. Ihr linker Flügel war blutverschmiert, und bei den letzten Flügelschlägen war ihr richtig schlecht geworden.

Der Ast war natürlich immer noch überall nass und rutschig. Aber Kalsul musste sich einfach gegen einen dicken Zweig lehnen und tief durchatmen.

Als sie mit der Hand Wasser schöpfen wollte, um das Blut aus ihrem Flügel zu waschen, fiel ihr Meoris in den Arm. »Nicht«, sagte sie. »Nicht mit Flusswasser.«

»Ach so.« Kalsul ließ das Wasser wieder zurück in den Fluss rinnen, wischte sich die Hand an der Hose ab. Sie schloss einen Moment die Augen, horchte auf das schmerzhafte Pulsieren in ihrem linken Flügel.

»Was für ein Anblick!«, hörte sie Ifnigris sagen, in einem ergriffenen Ton, den man von ihr gar nicht kannte.

Kalsul schlug die Augen wieder auf und schaute zurück. In der Tat, es war ein geradezu unwirkliches Bild, das der Rauktas-Fall bot: eine Säule aus fallendem, von feiner Gischt umhülltem Wasser, das im kleinen Licht der Nacht aussah wie eine Säule aus tanzendem Silber, und dazu dieses unablässige Brausen und Donnern, das die Luft bis hierher zum Zittern brachte und einen spüren ließ, mit welch einer Naturgewalt sie es hier zu tun hatten.

»Gut, dass du's rechtzeitig bemerkt hast«, sagte Ifnigris zu Bassaris. »Wenn wir erst aufgewacht wären, als der Ast schon im Fallen war – das hätte schiefgehen können …!«

Kalsul versuchte, sich vorzustellen, wie das gewesen wäre. Loszufliegen, während es den Ast mit all seinen dicken Zweigen um sich selbst wirbelte, hätte ihnen bestimmt den einen oder anderen gebrochenen Flügel eingebracht. Oder Schlimmeres.

»Schade um den Ofen«, meinte Bassaris.

Ifnigris winkte ab. »Ach, das überstehen wir jetzt vollends auch ohne.«

***

Gegen Mittag des darauffolgenden Tages kam endlich das Nest der Tal in Sicht. Es war ein gewaltiger Nestbaum, unübersehbar an der Mündung des Rauktas in den Taltas, mit farbenfroh gestrichenen Hütten auf den Ästen, bunter, als sie es je sonst irgendwo gesehen hatten. Und erfüllt von Leben: Als sie nah genug waren, hörten sie auch ein sanftes, vielstimmiges Klingeln, das von dem Baum ausging. Es kam, wie sie später erfahren sollten, nicht von gefrorenen Lianen – so kalt war es noch nicht –, sondern von *Billos* genannten Glöckchen aus gebranntem Ton, die in allen Zweigen aufgehängt waren und den Wind in Musik verwandelten.

Sie nahmen Abschied von dem großen Ast, der sie so treu aus dem Hochland hergetragen hatte, und flogen hinüber zum Nest. Dort war man überrascht über den Besuch, denn derlei war auch hier in der Frostzeit unüblich.

Aber Besuch bedeutete immer Abwechslung und den neuesten Klatsch und Tratsch aus fernen Regionen, also empfing man sie umso freundlicher. Man sah auch gleich, was ihnen fehlte, und geleitete sie zuallererst zu einem Mahlplatz. Vor diesem hingen mächtige, eingesalzene Hiibu-Schinken in der Kälte, bei deren Anblick ihnen allen das Wasser im Mund zusammenlief, und drinnen war es ihnen nach all den Tagen in klirrender Kälte beinahe *zu* warm. Man setzte ihnen einen Eintopf vor, der ihnen vorkam wie das Beste, was jemals jemand gekocht hatte, und mit jedem Löffel, den sie aßen, wurden ihnen die Tal-Leute noch sympathischer, als sie ohnehin waren.

Eine Heilkundige kümmerte sich um Kalsuls Flügel. Sie wusch das Blut behutsam mit warmem Seifenwasser aus und legte Stillmoos auf die Wunde, um sie sauber zu halten und die Heilung zu fördern. Galris traf die beiden jungen Tal wieder, die er im Ris-Wald kennengelernt hatte, wo sie in einem Hundertäster gezeltet hatten. Der eine hieß Bjotal, ein kräftig aussehender Blondschopf mit genauso blonden Flügeln und einem beneidenswert unbekümmerten Lachen, der andere Aigental, der auch helle Haare und helle Flügel, aber dunkelbraune Haut hatte und eher der Besonnenere der beiden zu sein schien. Sie begrüßten sich mit großem Hallo. Danach sprach sich im Nu herum, wer sie waren und woher sie kamen und dass Oris der Sohn des berühmt-berüchtigten Owen war, des Fliegers, der den Himmel berührt hatte.

Man gab ihnen Gelegenheit, sich zu waschen – mit warmem Wasser, herrlich! –, dann führte man sie vor die Älteste. Diese hieß Gistal und war eine zarte Frau mit silbernen Haaren und Zeichnungen auf den hellgrauen Flügeln, ähnlich, wie Meoris sie hatte, nur waren ihre silbern. Eine melancholische Traurigkeit umwehte sie, ganz unerwartet in all der Farbenfrohheit dieses Nestes.

Gistal wollte natürlich zuallererst wissen, was sie herführte, worauf Oris sagte: »Eine Suche. Eine Notlage. Ein Betrug. Es ist eine lange Geschichte, die viel Zeit braucht, um angemessen erzählt zu werden.«

Gistal lächelte sanft. »Diese Zeit wollen wir uns gerne nehmen, aber ein andermal. Ich rate euch nämlich, die Frostzeit über bei uns zu bleiben, denn es wäre nicht ratsam, eure Reise jetzt fortzusetzen. Eine von euch ist an den Flügeln verletzt und sollte mehrere Tage ruhen, und außerdem wird die Frostzeit in unserer Gegend nicht so mild bleiben, wie sie angefangen hat.«

Kalsul hob überrascht die Brauen. Die Kälte, in der sie seit dem Wasserfall unterwegs gewesen waren, galt hier als *mild*?

»Dieses Angebot nehmen wir gerne an«, erwiderte Oris. »Und wir freuen uns darauf, unsere Geschichte zu erzählen. Aber eine Frage – habt Ihr eine Möglichkeit, unsere Nester über unseren Verbleib zu verständigen?«

Gistal wandte sich an die Frau, die sie hergeführt hatte. »Jutal, wie sieht es damit aus?«

Jutal war etwas rundlich und hatte eine auffallend spitze Nase, die sie beim Nachdenken hin und her bewegte. »Kuriere erwarten wir natürlich keine mehr«, meinte sie. »Was Kuriervögel anbelangt, haben wir keine von der Muschelbucht. Aber es müsste noch ein Grauling da sein, der im Wen-Nest zu Hause ist. Wir können also die Wen benachrichtigen, und von dort aus scheint es mir auch in der Frostzeit machbar, dass jemand die Nachricht an die Ris und die Sul weitergibt.«

»Ja.« Oris nickte. »Derlei kommt häufig vor.«

»Also machen wir es so«, entschied Gistal. »Sag Hemgiar Bescheid, er soll Quartiere für unsere Frostgäste herrichten.« Sie wandte sich an Oris und die anderen und sagte: »Und dann sind wir gespannt darauf, eure lange Geschichte zu hören.«

Kalsul hatte die Älteste die ganze Zeit über angesehen und sich gefragt, was wohl der Grund sein mochte, dass eine so tiefe Traurigkeit von ihr ausging. Bestimmt, sagte sie sich, steckte eine sehr traurige Liebesgeschichte dahinter.

Dieser Gedanke brachte sie dazu, einen kurzen Blick zu Galris hinüberzuwerfen. Sie wusste immer noch nicht, was das war zwischen ihnen beiden. Es hatte so beiläufig angefangen, so zufällig …

Andererseits hatten *alle* ihre Liebeleien so begonnen. Irgendwie eben.

Doch diesmal war etwas anders als früher. Bislang war die Liebe für sie einfach nur ein Spiel gewesen, das aufregendste Spiel, das sie kannte – mal lustig, mal peinlich, mal erregend, mal ärgerlich, immer aber *vorübergehend*. Weil jedes Spiel irgendwann endete.

Nun hatte sie zum ersten Mal eine Ahnung davon, dass es auch eine andere Art Liebe gab, eine, von der man *nicht* wollte, dass sie endete.

Sie wusste nicht, ob das mit Galris so war. Galris wusste es ebenso wenig.

Aber die lange Frostzeit lag vor ihnen. Vielleicht würden sie es herausfinden.

***

Sie bekamen zwei Schlafhütten, eine mit drei und eine mit vier Kuhlen, und man ließ den Mädchen die größere. Dort setzten sie sich am Abend zusammen, das erste Mal seit ihrer Ankunft im Nest, dass sie wieder unter sich waren.

»Hübsch haben die's hier, das muss man ihnen lassen«, meinte Meoris. Die Schlafhütten waren auch innen bunt ausgemalt, was sie alle ganz ungewohnt fanden. »Wir hätten es schlechter erwischen können.«

»Ja, wir haben noch mal Glück gehabt«, pflichtete Ifnigris ihr bei. »Aber was unsere Suche nach der Bruderschaft anbelangt, sind wir keinen Flügelschlag weitergekommen.«

Oris wiegte den Kopf. »Nicht ganz«, sagte er. »Wir haben eine wichtige Erkenntnis gewonnen, auf der sich ein Plan aufbauen lässt.«

»Was für eine Erkenntnis?«, wollte Ifnigris sofort wissen.

Oris zählte imaginäre Punkte an seinen Händen ab. »Dieser Hargon ist eigens zu Kalsul geflogen, um sie dazu zu bringen, uns auf eine falsche Fährte zu führen. Diese Mühe hat er sich gemacht, weil er *gewusst hat*, dass jemand kommen würde – wir nämlich.«

»Und woher hat er das gewusst?«

»Weiß ich nicht. Ist aber auch nicht wichtig. Wichtig ist nur, *dass* er es gewusst hat. Weil uns das sagt, dass diese Bruderschaft uns irgendwie *überwacht*. Damit lässt sich was anfangen.«

»Und was? Was hast du für einen Plan?«

Oris lächelte geheimnisvoll. »Überleg einfach mal, vielleicht kommst du ja selber drauf. Die Frostzeit ist noch lang.«

Noharis

»Aua!«

»Die musste raus.« Noharis streckte die Hand mit der Feder darin nach vorn, hielt sie Eiris vor die Nase. »Siehst du? Der Federbalg war entzündet.«

»Wir treffen uns zu selten«, sagte Eiris. »Deswegen.«

»Na, die Frostzeit liegt ja jetzt vor uns«, meinte Noharis. »Da haben wir ja sonst nichts zu tun.«

»Außer zu kochen.«

»Und zu flicken.«

»Putzen.«

»Die Hütte ausbessern.«

»Und waschen.«

Es war ein Ritual, das die beiden Wahlschwestern seit ihrer Kindheit pflegten: sich zu treffen, um einander die »Federn zu zausen«, wie sie es als Kinder genannt hatten. Gemeint war, dass eine die rückwärtigen Seiten der Flügel der anderen durchging, um die Federn von Schmutz aller Art zu befreien – von Flugsamen, Insekten, Sandkrümeln, Strohresten, Salzkrusten und vielem anderen mehr. Und um Federn aus entzündeten Stellen auszurupfen, damit diese abheilen konnten.

Hauptsächlich machten sie es aber, weil man bei der Gefiederpflege so wunderbar reden konnte.

»Hast du das mitgekriegt?«, fragte Eiris, während Noharis ihre Armschwingen inspizierte. »Temris hat Wäsche gewaschen. Und sie sogar aufgehängt. Aber er hat sie nicht richtig befestigt, und dann hat der nächste Windstoß alles davongeweht. Er war den halben Tag damit beschäftigt, die Sachen wieder einzusammeln.«

Noharis gluckste. »Ach, deshalb war er im Wald unterwegs bei der Kälte!«

»Ja, genau. Jedes Hemd ist in einem anderen Baum gelandet, hat Etesul erzählt.«

»Jetzt versteh ich, wieso sie sich neulich nicht eingekriegt hat vor Lachen.«

Eiris zuckte mit den Flügeln, und im ersten Moment dachte Noharis, das sei, weil sie auch lachen musste. Aber dann schluchzte sie: »Owen hat *nie* Wäsche gewaschen …« und fing wieder an zu weinen.

»Oh, Eiris, Schwesterchen …« Noharis legte ihr die Hand auf den Rücken, auf die nackte Stelle zwischen den Flügeln, und wartete, dass der Tränenstrom versiegte. Es war alles noch schrecklich frisch. Die Wunde, die Owens Tod gerissen hatte, war noch lange nicht vernarbt.

Sie rieb sanft und tröstend, und nach einer Weile fing sich Eiris wieder.

»Ich war so gerührt, weißt du, No«, sagte sie, mühsam um Fassung ringend, »dass Luchwen gleich gekommen ist, um mir die Nachricht von Oris zu bringen. Obwohl es so geschneit hat an dem Tag! Er ist ein tapferer Bursche geworden, alles was recht ist.«

»Na ja, Oris ist immerhin sein Vetter. Und ich habe das Gefühl, er bewundert ihn ein bisschen.«

»Aber wenigstens ist er noch zu Hause. Dalawen kann froh sein.« Eiris holte tief Luft. Ein wenig zitterte sie dabei. »Ehrlich gesagt las sich der Brief nicht so, als ob Oris vorhätte, nach der Frostzeit wiederzukommen. Vielleicht habe ich ihn auch schon verloren. Vier Kuhlen in meiner Hütte, und zwei davon sind leer. Und Anaris wird auch bald flügge.«

»Und immer hübscher wird sie auch. Ganz die Mutter.«

»Aber warum so schnell? Sie macht alles so viel schneller als alle anderen. Nicht nur, dass sie fliegt wie ein abgeschossener Pfeil, sie liest schon Bücher, für die sie eigentlich noch zu jung ist, und stellt Fragen, für die sie eigentlich *auch* noch zu jung ist.«

»Aber sie ist ein Mädchen. Es wird darauf hinauslaufen, dass sie dir einen Schwiegersohn ins Nest bringt.«

»Dann hab ich trotzdem drei leere Kuhlen in der Hütte.«

»Dann ziehst du in eine Hütte mit nur einer Kuhle, Schwesterherz. Und irgendwann taucht vielleicht wieder ein Mann auf, der ...«

»Bestimmt nicht.«

»Du kannst es dir gerade nicht vorstellen, klar. Aber man weiß nie, was das Leben bringt.«

»Aber manchmal ahnt man es.«

Darauf sagte Noharis nichts. Sie hatte plötzlich wieder im Ohr, wie Eiris sie anbettelte, *bitte, bitte, schlaf heut Nacht bei mir, ich glaube, sonst passiert was Schlimmes!* Nur ihr zuliebe hatte Noharis bei Eiris übernachtet – und was für ein Glück, denn das war eben jene Nacht gewesen, in der der Blitz eingeschlagen und einen der Hauptäste des Ris-Nests abgespalten hatte. Und an genau der Stelle, die er getroffen hatte, hatte ihr Schlafnest gestanden! Ihre Eltern waren noch auf dem Mahlplatz gewesen, zum Glück, aber hätte Noharis nicht bei Eiris geschlafen, sondern in ihrer eigenen Kuhle, sie wäre zusammen mit der Hütte zerschmettert worden.

»Sag mal, No«, fragte Eiris, »mir geht da seit einiger Zeit was im Kopf herum. Eine Frage. Was meinst du – hat Owen mit seinem Flug zum Himmel eine Grenze überschritten, die er nicht hätte überschreiten dürfen?«

Noharis schnaubte ärgerlich. »Wieso? Wer sagt denn, wo solche Grenzen liegen? In den Großen Büchern steht jedenfalls kein Wort davon, dass man den Himmel nicht berühren darf.«

»Weil man es normalerweise nicht *kann*! Aber Owen war so ... *unaufhaltsam*, wenn er sich etwas in den Kopf gesetzt hatte.«

»So hat er dich ja schließlich auch erobert.«

»Stimmt.«

»Du wolltest erst nicht. Ich erinnere mich noch genau.«

»Ich hatte Angst.«

»Angst vor der Liebe.« Noharis seufzte. »Das kenn ich doch irgendwoher …«

Eiris griff nach hinten, fasste nach ihrem Bein, drückte es. »No! Bei dir ist das was anderes!«

»Angst ist Angst.«

Tatsächlich fragte sich Noharis oft, ob sie vielleicht auch Angst vor der Liebe hatte und deswegen immer noch allein war. Oder lag es wirklich einfach nur daran, dass sie eine *Tochter Terias* war, wie man sagte, und sie sich statt in Männer immer in Frauen verliebte – eine Liebe, die selten Erwiderung fand? Doch Teria hatte trotzdem viermal Zwillinge geboren, darunter Amur und Umur, die Ersten des Stammes Mur, aus dem auch Animur kam, die wenigstens eine Zeit lang ihre Gefährtin gewesen war. Ehe Animur sich dann doch einem Mann versprochen hatte, einem gewissen Barsok von der Goldküste, bei dem sie nun auch lebte, am anderen Ende der Welt.

Seither war sie, Noharis, wieder allein.

»Außerdem«, fuhr Eiris fort, »hatte ich nicht Angst vor der *Liebe*. Ich hatte Angst, dass etwas Schlimmes passiert, wenn ich mich Owen verspreche.«

Noharis seufzte und pulte eine vertrocknete Insektenlarve unter den Deckschwingen hervor. »Und du hast recht behalten. Es ist tatsächlich etwas Schlimmes passiert.«

»Dass er tot ist?« Eiris schüttelte den Kopf. »Das ist noch gar nicht das Schlimme. Das ist nur der Anfang. Das wirklich Schlimme kommt erst noch.«

Noharis merkte, wie ihr ein Schauer über den Rücken lief, dass ihre Federn sich aufstellten. »Eiris, du bist mir manchmal unheimlich, weißt du das?«

»Ich mir auch.«

Eine Weile schwiegen sie. Noharis ging Eiris' Federn konzentriert durch, hob eine nach der anderen hoch, kratzte kleine Salzkrusten ab oder fegte winzige Strohhalmteile heraus.

Dann sagte Eiris: »Weißt du, dabei *wollte* ich, dass er es schafft.

Owen, meine ich. Er wollte den Himmel durchstoßen, nichts weniger als das! Die Sterne sehen! Ich hab ihm zugeredet, es zu tun. Ich wollte miterleben, dass jemandem etwas derart Ungeheuerliches gelingt.« Sie seufzte. »Vielleicht hätte er es ohne mich gar nie gemacht.«

»Und du denkst, das ist jetzt die Strafe?«, fragte Noharis. »Für euch beide? Tod und Einsamkeit?«

Eiris überlegte eine Weile. »Ich weiß nicht. Wenn es so wäre, damit könnte ich leben. Aber ich werde das Gefühl nicht los, dass er ... dass *wir* etwas angestoßen haben. Dass wir etwas ausgelöst haben, das noch gar nicht zu Ende ist. Etwas, das noch Unglück über ganz viele Menschen bringen wird.«

Noharis war durch. Sie griff nach der Flügelbürste, ging mit kräftigen Strichen über das Gefieder ihrer Wahlschwester und fragte: »Und was genau soll das sein?«

»Das weiß ich auch nicht«, gestand Eiris. Sie räkelte sich unter den wohltuenden Bürstenstrichen. »Ach, vielleicht bin ich bloß eine alte Schwarzseherin geworden.«

»Ja, du alte Frau.« Noharis gab ihr einen Klaps an die Seite. »So, fertig. Seitenwechsel. Du bist an der Reihe mit Zausen!«

Jehris

Die Kahle Küste

Später musste Jehris oft über den Moment nachdenken, in dem er jenen Schritt getan hatte, der so klein ausgesehen hatte und so einfach und der doch so schwer gewesen war: jener Schritt, mit dem er seine Familie verlassen hatte, sein Nest, seinen Herkunftsstamm, ja, im Grunde die Welt der normalen Menschen – der »Nestler«, wie er von nun an sagen würde –, und hinüber auf die Seite der »anderen« gewechselt war, der Seite der Nestlosen, denen anzugehören er beschlossen hatte.

Seltsam, wie weh ein solcher Schritt tun konnte, obwohl man überzeugt war, das Richtige zu tun! Einen Augenblick lang hatte ihn richtiggehend Panik befallen. *Bin ich denn völlig verrückt?*, hatte er gedacht. Aber er hatte es trotzdem getan.

Und er hatte sich seinen Abschiedsschmerz nicht anmerken lassen. Dass er das nicht tun durfte, war ihm absolut klar gewesen: Sein Vater hätte sofort eingehakt, hätte eine Gelegenheit gewittert, ihn doch noch zurückzuhalten. Egal, wie er sich fühlte, er hatte gewusst, dass es falsch gewesen wäre, anderen Sinnes zu werden.

Er hatte gelächelt, obwohl ihm nicht nach Lächeln zumute gewesen war, und alle hatten sie ihn begrüßt, seine neue Familie, sein neuer Stamm. Sie hatten ihn mit dem Gruß der Nestlosen willkommen geheißen, Faust gegen Faust – aber ohne jeden Triumph, sondern auf jene ruhige, verhaltene Weise, in der Nestlose Freude zeigten.

Erst später wurde ihm bewusst, dass er sich gerade dadurch wirklich willkommen gefühlt hatte, wirklich am richtigen Platz. Denn, so erkannte er, die eigenartige Melancholie, die die Nestlosen umgab, zog ihn fast genauso an wie das freiere Leben, das sie führten.

Er hatte niemandem davon erzählt, aber so hatte es begonnen: Er hatte sich in der Zeit, in der die Nestlosen da gewesen waren, mit einem von ihnen angefreundet, Natanwili, der ungefähr so alt war wie er. Ihn hatte er irgendwann einfach gefragt, warum Nestlose allezeit eine Schwermut ausstrahlten, als erwarteten sie Bestrafung für eine unentdeckte schlimme Tat.

»Nein, wir erwarten keine Bestrafung«, hatte Natanwili gesagt. »Wir sind so, weil wir Nestlosen die Wahrheit kennen.«

»Welche Wahrheit?«, hatte Jehris gefragt.

»Was es wirklich auf sich hat mit unserem Leben auf dieser Welt.«

Jehris hatte ihn entgeistert angeblickt. »Und was«, hatte er schließlich geschafft zu fragen, »hat es damit auf sich?«

Natanwili hatte nur den Kopf geschüttelt. »Darüber sprechen wir mit Nestlern nicht. Das ist tabu.«

Eigentlich, erkannte Jehris später, hatte das den letzten Ausschlag gegeben. Er wollte nicht nur so frei leben wie die Nestlosen – er wollte auch wissen, was sie wussten!

Deshalb hatte er den entscheidenden Schritt getan: Weil dies die einzige Chance war, es zu erfahren, die er je bekommen würde.

Zunächst hatte das aber einfach geheißen, die Flügel auszubreiten, als die anderen es taten, mit ihnen abzuheben und sich einzufügen in die gewaltige Formation, die ihren Weg durch die Nebel nahm. Und wahrlich, er hatte alle Flügel voll zu tun gehabt mitzuhalten! Ein Glück, dass er ein *Aufmerksamer Flieger* und damit geübt war.

Der Anfang der Strecke war ihm noch vertraut: der Weg entlang der Küste nach Süden bis zum Heit-Nest. Auch wenn man wenig sah, erahnte er doch die Küstenlinie und hörte das gewohnte Geräusch der Brandung, erkannte die Abfolge aus dunklem Gurgeln, wo sich Wasser in Höhlen und Einschnitten verfing, und hellem Rauschen, wo es auf einem Sandstrand auslief. So war er nicht überrascht, als sich die Umrisse des gewaltigen Nestbaums der Heit aus dem Dunst schälten.

Doch sie flogen daran vorbei, weiter nach Süden, wo Jehris noch nie zuvor gewesen war, und warum auch hätte er sollen? Weiter südlich kam nichts mehr, kein Wald, keine Flüsse, nur endlose, felsige Abhänge: eine Landschaft, die man nicht ohne Grund *die Kahle Küste* nannte.

Sie flogen unermüdlich, selbst die Kinder und die beiden schwangeren Frauen. Sie flogen und flogen, wechselten klug zwischen kraftvollem Flügelschlag und erholsamem Gleiten, bis irgendwann der Nebel allmählich nachließ und es spürbar wärmer und wärmer wurde. Die Dunkelheit brach schon an, als sie endlich wieder landeten, auf einem schrecklich schmalen Strand unter steil aufragenden Klippen aus einem milchig weißen Stein, der Jehris gefährlich brüchig vorkam. Doch die anderen breiteten sich völlig unbekümmert aus, also erhob er keine Einwände. Er suchte sich wie sie einen Platz unter den Felsen, auf diesem Sandstreifen, der so kurz war, dass ihn, wenn er sich hinlegte, manche Wellen an den Fußsohlen leckten. Obwohl er überzeugt war, dass er kein Auge zutun würde, schlief er im Nu ein, und außer dass im Lauf der Nacht ein wenig Kalk auf ihn herabrieselte, passierte nichts.

Am nächsten Morgen gingen sie alle erst einmal auf Fischfang, auf eine Weise, wie sie Jehris noch nie erlebt hatte: Sie flogen dicht über dem Meer, kreuz und quer, ihre Speere stoßbereit in Händen, Schatten folgend, die unter der Wasseroberfläche hin und her huschten, Schatten, die in Wirklichkeit Schwärme von Dickbauchfischen waren, silbrige, unterarmlange Tiere, die dicht an dicht schwammen und weitaus wendiger waren, als man es sich bei diesem Namen vorstellte. Man brauchte viel Geschick und Glück, um im richtigen Moment zuzustechen, und Jehris fehlte es an beidem; er spießte jedes Mal nur Wasser auf. Er dachte an Meoris; ihr hätte diese Art zu jagen Spaß gemacht. Und sie hätte auch weniger Probleme damit gehabt als er.

Als die Beute groß genug war, dass es für alle reichen würde, kehrten sie an den schmalen Strand zurück. Zuerst tranken sie das Blut der Fische, dann nahmen sie sie aus und brieten ihr Fleisch auf hitzedurchglühten Steinen, die sie mit minimalen Feuern aus dem, was sich an brennbarem Treibholz fand, noch ein wenig aufheizten. Es war eine primitive, geradezu barbarische Art, die Fische zuzubereiten, aber als Jehris, erschöpft, verschwitzt und staubig, wie er war, seine Portion bekam und aß, kam es ihm vor wie der köstlichste Fisch, den er je im Leben gegessen hatte.

In diesem Moment war er überzeugt, dass es die richtige Entscheidung gewesen war, sich den Nestlosen anzuschließen. Auch wenn es seltsam paradox schien: Dadurch, dass er an keinem bestimmten Ort mehr lebte, war er an dem für ihn genau richtigen Ort gelandet.

***

Nach und nach fand Jehris in den Lebensrhythmus der Nestlosen, einen Rhythmus, der ihm bald so natürlich vorkam wie sein eigener Pulsschlag: abends einen Rastplatz für die Nacht suchen und schlafen, anderntags essen und weiterfliegen. Jagen, wann immer es sich ergab. Das Leben meistern mit einem Minimum an Werkzeugen und Ausrüstung, denn was man nicht besaß, musste man nicht mit sich tragen. Man brauchte kein Besteck und keine Teller, man konnte auch mit bloßen Fingern von Blättern oder Steinen essen. Man brauchte keine Seife, um sich zu waschen, reines Wasser genügte auch, und ein bisschen Schmutz schadete nicht. Irgendwann warf Jehris seine Zahnbürste fort und ging dazu über, seine Zähne wie die anderen mithilfe eines zerkauten Zweiges zu reinigen oder einfach, indem er sie mit dem Finger abrubbelte und gründlich mit Wasser spülte.

Sie zogen beharrlich weiter nach Süden, am Fuße des Akashir-Gebirges entlang. Dessen Gipfel waren schroffe Felsungeheuer aus bleichem, hellem Stein, die, so kam es einem zumindest vor, bis fast zum Himmel emporragten, der umso heller, ja, beinahe gläsern wurde, je weiter südlich sie gelangten. Es wäre in der Tat eine Abkürzung gewesen, die Berge zu überqueren, gab Jagashwili zu, als Jehris ihn danach fragte. Aber selbst der Messergrat, der niedrigste aller Pässe, lag für die meisten des Schwarms zu hoch, weswegen sich dieser Weg verbot. So flogen sie weiter an der Küste entlang, das ehrfurchtgebietende Massiv zu ihrer Linken, das endlose Meer zu ihrer Rechten.

Irgendwann überquerten sie den Äquator, ohne dass sich dies freilich in irgendeiner Form bemerkbar gemacht hätte. Es war heiß und blieb heiß, und die Zahl der Rinnsale, die an den Felsen herabtröpfelten, nahm immer weiter ab. Manchmal mussten sie sich damit begnügen, feuchte Steine abzulecken, und sie gingen in diesen Tagen oft hungrig schlafen, weil sich nichts mehr zu essen fand. Doch niemand klagte, nicht einmal die Kinder, die allerdings trotzdem zu essen bekamen, solange die Reserven reichten. Jehris stellte fest, dass es zwar unangenehm war, hungrig zu sein, aber man überlebte es, ohne Weiteres sogar; der bohrende Schmerz in den Eingeweiden ließ irgendwann einfach nach, als sähe der Körper ein, dass es keinen Zweck hatte zu protestieren.

Einmal mussten sie im Sitzen schlafen, weil der Rastplatz ein kaum zwei Handspannen breiter Felsvorsprung war, und in dieser Nacht schlief Jehris sehr unruhig. In der nächsten Nacht, in der er nur wenig mehr Platz hatte, schlief er dafür tief und fest, zu groß war die Erschöpfung.

Jehris hatte das Gefühl, von Tag zu Tag drahtiger zu werden, stärker – und zugleich dürrer. Seine Haut fühlte sich vertrocknet an, so ausgedörrt wie die Haut der Südländer, die er bei den Vorträgen von Oris' Vater im Ris-Nest gesehen hatte.

Irgendwann erreichten sie eine kahle, wie verbrannt wirkende Landzunge, auf der es nur dunklen Sand und zertrümmerte Steine gab, aber nichts Lebendiges. Es schien, als sei die Welt hier zu Ende.

»Das ist tatsächlich der südlichste uns bekannte Ort«, erklärte ihm Jagashwili denn auch, als sie beide am äußersten Punkt des Vorsprungs standen, umgeben von einem Meer, das aussah, als läge es auf der Lauer. »Manche nennen ihn *Kris' Refugium*, weil man sagt, der Ahn habe sich einst hierher zurückgezogen, um zu meditieren.« Er deutete auf den Felsen, auf dem sie standen. »Hier soll er gesessen haben, vierzig Tage und vierzig Nächte lang, ehe er imstande war, die ersten Kapitel seines Buches niederzuschreiben – die grundlegenden Regeln, auf denen das Zusammenleben aller Menschen bis auf den heutigen Tag beruht.«

Jehris betrachtete die Felsen voller Ehrfurcht. »Ein historischer Ort also?«

Jagashwili lächelte dünn. »Ja, vielleicht. Andererseits sagt man, es sei in Wirklichkeit Debra gewesen, die den größten Teil der drei Bücher Kris verfasst hat. Wer weiß, ob sie das nicht gemacht hat, während ihr Gatte hier herumgesessen und einfach nur aufs Meer hinausgeschaut hat?«

Jehris überlegte. »Eigentlich ist es egal«, meinte er schließlich. »Letzten Endes kommt es nur darauf an, *was* geschrieben steht, nicht, *wer* es geschrieben hat.«

»Gut erkannt.« Jagashwili klopfte ihm anerkennend auf die Schulter. »Wobei ich mich immer gefragt habe, wie es jemand so lange in dieser Hitze ausgehalten haben soll.«

Es war in der Tat heiß hier, obwohl ein starker Wind ging. Doch der Wind war selber so glühend, als käme er direkt aus einem riesigen Ofen. Jehris fragte sich, was weiter im Süden wohl sein mochte, aber das konnte ihm natürlich niemand sagen, und sehr wahrscheinlich würde er es auch nie erfahren. Auch die Freiheit eines Nestlosen hatte ihre Grenzen.

Von nun an ging es nach Osten weiter, wieder am Akashir entlang, nur diesmal auf der anderen Seite. Hier erstreckte sich, was man *die Farbige Wüste* nannte, eine bizarre, auf den ersten Blick staubtrockene Landschaft aus rotem, gelbem und blauem Sand. Erstaunlicherweise fanden sich trotzdem hier und da Wasserlöcher, an denen unscheinbare Pflanzen mit dicken, saftigen Blättern wuchsen, die man auslutschen und essen konnte; sie stillten den Durst und zumindest den größten Hunger.

Es war eine unglaublich fremdartige Welt, wie sie Jehris noch nie gesehen hatte und sich auch nicht hätte vorstellen können. Sie segelten über gigantische, wild übereinander getürmte Steintafeln, getragen von einer glutheißen Thermik. Dann wieder überflogen sie eine Wüste, die sich zwischen schroff aufragenden Berghängen weit ins Landesinnere erstreckte, eine Wüste aus farbigen Sandrippen von solcher Gleichmäßigkeit, als habe sie ein riesiger Steinmetz in den Boden geschlagen. Hier und da ergossen sich regelrechte Ströme von Gesteinsschutt fächerförmig in breite Täler, die einzelnen Trümmerteile glitzernd und schimmernd wie kostbares Geschmeide. Und als sie eine scharfkantige Halbinsel umflogen, die sich ins Meer reckte wie das Gebiss eines ungeheuren Raubtiers, tat sich auf einmal eine gewaltige Ebene vor ihnen auf, die aussah, als hätte hier vor unendlichen Zeiten der Boden gekocht und als seien die Blasen mitten im Platzen erstarrt: Wahre Irrgärten aus zerfressenem, zerbrochenem Gestein zogen sich dahin, so weit das Auge reichte, und das in allen Farben, ein die Sinne verwirrendes Kaleidoskop.

Unter den Nestlosen war aber eine junge Frau in etwa Jehris' Alter, deren Blicke sich ab und zu und immer öfter in den seinen verfingen. Sie hieß Darwilia, trug ihre Haare zu Zöpfen geflochten, so ähnlich, wie die Muschelbuchtleute das machten, nur ohne die Muscheln, hatte schwarz-braun-weiß gescheckte, kraftvolle Flügel und wirkte ansonsten so zäh wie Stachelbuschholz. Sie gefiel Jehris nicht übel. Aber ihm war klar, dass er sich keine Hoffnungen auf mehr als Blicke machen durfte, solange er nicht ganz und gar dazugehörte – und dazugehören würde er erst, wenn er das Gelübde abgelegt und die Weihe empfangen hatte. Wobei er noch nicht einmal wusste, wann und wie das genau vonstattengehen sollte.

Eines Abends lagerten sie auf einem pechschwarzen Tafelfelsen, der von der Hitze des hellen Himmels aufgeheizt glühte und auf dem zu liegen war, als schliefe man in einer Bratpfanne. Just an diesem Abend legte sich Darwilia neben ihn, was Jehris' Herz schneller schlagen ließ, schien es doch etwas zu bedeuten, dass sie das tat, wenn er auch nicht wusste, was.

Aber Darwilia sagte nur zu ihm: »Übrigens, das hier ist der letzte margorfreie Platz an der Küste. Der nächste Rastplatz ist mindestens zwei Tagesreisen entfernt.«

»Was?«, entfuhr es Jehris. »Und wie kommen wir dann weiter?«

»Lass dich überraschen«, sagte sie, grinste noch einmal dünn und drehte sich weg.

Jehris schlief ausgesprochen schlecht in dieser Nacht. Nicht nur, dass sie hier geröstet und gedörrt wurden, sie sollten danach auch noch zwei Tage am Stück fliegen? Diese Vorstellung peinigte ihn derart, dass er kaum ein Auge zutat.

Am Morgen konnte er nicht anders, er musste Jagashwili fragen, ob das stimmte mit der Entfernung zum nächsten Rastplatz.

»Ja«, sagte der unbewegten Gesichts. »Wobei ich eher sagen würde, dass der nächste margorfreie Platz an der Küste fast *drei* Tagesreisen entfernt liegt.«

»Und wie kommen wir da hin?«, fragte Jehris entgeistert. »Ich meine, wir können doch nicht … und die Kinder … und die Frauen …?« Er kam ins Stottern, denn was ihm vor allem Sorge machte, was er sich aber scheute zu sagen, war, dass er *sich selber* eine solche Ausdauer am allerwenigsten zutraute. Und was sollte er tun, wenn ihn die Kräfte verließen und überall nur Margorgebiet war?

Jagashwili schmunzelte. »Nein, so weit fliegen können wir tatsächlich nicht«, gab er zu. »Aber wir haben da einen Trick.«

Der Trick bestand darin, dass sie nicht länger an der Küste entlangflogen, sondern hinaus aufs Meer, weit hinaus, weiter, als Jehris sich je vom Festland entfernt hatte. Selbst der Flug zu den Leik-Inseln war kurz gewesen verglichen mit der Strecke, die sie hinter sich gebracht hatten, als das große Licht des Tages im Zenit stand. Auch schien es weitaus heller, als Jehris es aus den Küstenlanden kannte.

Unruhe erfüllte ihn, seit die Küste außer Sicht gekommen und nur noch Wasser zu sehen war, so weit das Auge reichte. Alles, was ihnen blieb, um sich zu orientieren, war der Magnetsinn, der schwächste aller sechs menschlichen Sinne, der ihm verriet, wo ungefähr Norden war und dass sie sich in südöstlicher Richtung bewegten.

Dann, endlich, als sich schon die Dämmerung ankündigte, tauchte ein schmaler Streifen Land am Horizont vor ihnen auf. Er wurde allerdings auch nicht viel größer, als sie sich ihm näherten: Es war ein Atoll, das sie erreicht hatten, eine Formation bizarrer Riffe, die eine hell leuchtende Lagune umschlossen. Myriaden verschiedener Vögel nisteten und brüteten hier in so großer Dichte, dass es richtiggehend schwierig wurde, einen freien Platz zu finden, an dem die Nestlosen lagern konnten.

Hier, erfuhr Jehris, würden sie eine Weile bleiben und Kräfte sammeln.

Und am nächsten Morgen, nach einer Nacht, in der Jehris so tief und fest geschlafen hatte wie schon lange nicht mehr, eröffnete Jagashwili ihm: »Für dich ist nun die Zeit gekommen, zu lernen, wie man kämpft.«

***

Jehris war entsetzt, als er das hörte, und später umso mehr, als er begriff, dass das völlig ernst gemeint war. Zum ersten Mal seit ihrem Aufbruch am Ris-Nest fragte er sich, ob es womöglich, genau wie sein Vater ihm prophezeit hatte, *doch* ein Fehler gewesen war, sich den Nestlosen anzuschließen.

Jehris war ein von Natur aus friedlicher Mensch. Mit jemandem Streit zu haben hatte ihm seit jeher fast körperliches Unbehagen bereitet. Er hatte erwartet, als Nestloser Konflikten aus dem Weg gehen zu können und in keine der Streitereien verwickelt zu werden, die es, ganz gleich, wo man lebte, mit benachbarten Nestern gab, um Herden, Jagdgebiete, Hanggärten, Trauerfelsen, Mineralien, Fallholz und vieles mehr.

Und nun war auf einmal vom Kämpfen die Rede! Ihm fiel wieder ein, dass die Nestlosen bei den meisten Menschen einen eher schlechten Ruf genossen und es Gegenden gab, wo man sie verjagte und sie attackierte, wenn sie nicht freiwillig gingen. In den Küstenlanden und speziell im Ris-Nest hatte er dergleichen nie erlebt, aber das hatte vor allem an der Freundschaft zwischen Jagashwili und Oris' Vater gelegen. Und trotz dieser hatten viele die Nestlosen gemieden oder sich vor ihnen gefürchtet.

»Kämpfen?«, fragte er also entsetzt. »Ist es wirklich so schlimm?«

Jagashwili strich sich bedächtig über den salzgrauen Bart. »Wenn du damit fragst, ob man uns schon angegriffen hat, so lautet die Antwort: Ja, das passiert. Es ist traurig, aber wahr, dass sich manche Nestlose in der Vergangenheit schlecht benommen haben. Es ist auch wahr, dass es nicht immer der blanke Hunger war, der sie dazu getrieben hat, sich an den Vorräten von Nestlern zu vergreifen. Es gab und gibt immer noch Schwärme, die vom Diebstahl leben. Die Vorbehalte, die man uns gegenüber hegt, sind also durchaus nicht aus der Luft gegriffen. Aber«, fügte er hinzu, »das ist nicht der eigentliche Grund, warum du lernen musst zu kämpfen.«

»Sondern?«, fragte Jehris, der sich nicht vorstellen konnte, was ein noch schlimmerer Grund sein konnte als der, dass es nötig werden mochte, sich und die anderen zu verteidigen.

»Der eigentliche Grund ist, dass Wilian es uns aufgetragen hat«, sagte Jagashwili. »Er hat gelehrt, dass ein Tag kommen kann, an dem wir werden kämpfen müssen, damit wir eine Zukunft haben. Nicht nur unser Schwarm, nicht nur die Nestlosen, sondern alle Menschen, die von den Ahnen abstammen. Wilian hat es uns als Pflicht auferlegt, zum Kämpfen *bereit* zu sein – und auch dazu *imstande*.«

Und so lernte Jehris zu kämpfen. Es begann mit Kämpfen Mann gegen Mann beziehungsweise Mann gegen Frau, denn es waren in der Hauptsache Natanwili und Darwilia, die ihm von nun an in Übungskämpfen zusetzten. Er lernte das Ringen und das Boxen, lernte Schwünge und Würfe, Tritte und Flügelschläge, lernte zu fallen und zu springen und vieles mehr.

»Ich verstehe nicht, was das alles soll«, beschwerte er sich irgendwann keuchend. »Gegen wen sollen wir denn mit bloßen Händen, Füßen und Flügeln kämpfen, wo wir doch zumindest Speere als Waffen haben?«

»Es geht nicht darum, *womit* man kämpft, und auch nicht in erster Linie darum, *wie* man kämpft«, belehrte ihn Jagashwili. »Es geht um deine innere Einstellung, deine Entschlossenheit, deine *Kampfbereitschaft*. Es geht darum, dass du lernst, deine Wut unter Kontrolle zu halten und die Energie, die darin steckt, auf ein Ziel zu richten und zu nutzen, anstatt von ihr überwältigt zu werden. Das ist etwas, das man am besten lernt, indem man mit bloßen Händen und Flügeln kämpft. Welche Waffen man später nutzt, ist zweitrangig. Das kann man auch später noch üben.«

Sie kämpften zwischen Panzerkröten, vor deren scharfen Beißern man sich hüten musste, und Schwärmen zorniger Rußkopfsegler, die ihre Nester in Gefahr sahen und nach ihnen pickten. Sie kämpften auf silberweißem Sand, der in Wahrheit aus den zermahlenen Überresten von Millionen von Muschelschalen bestand. Sie kämpften im Flachwasser der Lagune, in dem leuchtendes Plankton lebte, das an den Füßen kleben blieb und bewirkte, dass man abends geisterhaft schimmernde Fußspuren hinterließ. Sie kämpften in niedriger Höhe über den schäumenden Wassern, die bei steigenden Gezeiten ihren Weg in die Lagune suchten. Sie kämpften über verkrusteten Kalkgraten und Wasserpfützen voller Algen, umkreist von zornigen Kolwaanen aus dem Norden, die hier in Ruhe nisten wollten. Und gleichgültig, ob Jehris gegen Darwilia kämpfte oder gegen Natanwili, es endete stets damit, dass er auf dem Rücken landete oder die Arme nach hinten gedreht bekam oder seine Flügel in einen schmerzhaften Klammergriff gerieten. Darwilia verspottete ihn wegen seiner blauen Flecken, bis er rot sah, blindlings losstürmte – und noch schmählicher gegen die Wand rannte.

Das Atoll der Vögel wurde zur Stätte seines schlimmsten Albtraums. Horden von Weißhalsplumpvögeln umringten sie, wenn sie kämpften, und deren Gegacker klang wie Gelächter, gerade so, als verlachten sie seine Bemühungen, sich gegen das drahtige Mädchen zu behaupten oder gegen den so harmlos wirkenden Natanwili. Er landete so oft auf dem Boden, dass sich Insekten in seinen Federn und Haaren verfingen, die er nicht mehr los wurde, Sandwühler vor allem, deren Bisse dicke, schmerzhafte Quaddeln verursachten. Einmal geriet er in einen Regenschauer, der nur Augenblicke dauerte, aber so heftig war, dass er für einen Moment glaubte, zu ertrinken: als sei eine himmelhohe Woge über das Atoll hereingebrochen. Jeden Tag fühlte er sich zerschlagener als am Tag zuvor, wie gehacktes Hiibu-Fleisch, und er hatte es längst aufgegeben, seine blauen Flecken zu zählen. Ein Wunder, dass noch all seine Knochen heil waren.

Mit jedem Tag versank er tiefer in Verzweiflung. Seine Bitterkeit erreichte einen Punkt, an dem er wie besessen darüber nachdachte, wie er es anstellen konnte, sich einfach davonzumachen. Sollten sie doch von ihm denken, was sie wollten! Aber er wusste nicht, wie er das hätte machen sollen. Unmöglich, alleine auf sich gestellt den ganzen bisherigen Weg zurückzuschaffen, zumal weiter nördlich inzwischen zweifellos die Frostzeit begonnen hatte.

Ihm war, als geränne alle Ausweglosigkeit und Niedergeschlagenheit in seinem Inneren zu einem spürbaren Gebilde, einer Art Eiterbeule, die über Tage und Tage anschwoll und wuchs.

Und dann, eines Tages, platzte sie.

Es geschah während eines weiteren Kampfes mit Darwilia, die ihn wieder mal umtänzelte, die Fäuste stoßbereit erhoben und wie immer unerreichbar für seine Schläge und Tritte. Auf einmal erfüllte ihn etwas, das mehr war als er selber, mehr als der Jehris, als den er sich bis dahin gekannt hatte. Es war eine ungeheure, unwiderstehliche, alles überwältigende Kraft, die seine Hände und Arme, seine Füße und Beine, seine Flügel und seinen Körper sich wie von selbst bewegen ließ – und plötzlich war es Darwilia, die auf dem Rücken lag, die Flügel flach am Boden, und Jehris, dessen Knie auf ihre Brust gepresst ruhte.

»Gut«, sagte Jagashwili. »Jetzt können wir weiterfliegen.«

Der Schwimmende Wald

Jehris bekam kaum mit, wohin sie flogen, so aufgewühlt war er innerlich. Er kannte sich selbst nicht mehr. War das wirklich passiert, dass er Darwilia überwältigt hatte? Und war es wirklich *ihm* passiert? Irgendwie schien ihm, als besäße er plötzlich die Erinnerungen eines vollkommen Fremden.

Mit der Zeit beruhigte er sich jedoch. Die Wogen in seinem Inneren glätteten sich genauso, wie es die Wellen taten, über die sie hinwegglitten, und der Gedanke, dass er das, was ihm so fremd erschien, *auch* war, kam ihm nicht mehr gänzlich undenkbar vor. Ja, er erkannte, dass dieses neuartige Gefühl, das ihn erfüllte, nichts anderes war als *Freiheit*, und zwar Freiheit in einem nie zuvor gekannten Sinn: Er war plötzlich frei von einer Angst, von der ihm bis dahin nicht einmal klar gewesen war, dass er sie überhaupt hatte – oder sie ihn, besser gesagt. Er wusste auch keinen Namen für diese Angst – war es die Angst, wehrlos zu sein? Die Angst, ausgeliefert zu sein?

Auf jeden Fall war es innere Freiheit, an der er gewonnen hatte. Schon, dass er ein einziges Mal gespürt hatte, welch ungeahnte Kraft in ihm ruhte, gab ihm neues Selbstvertrauen. Es ging dabei überhaupt nicht um Sieg oder Niederlage, jedenfalls nicht in erster Linie. Auch war ihm wohl bewusst, dass einer solchen Kraft zwar vieles möglich war, aber nicht alles. Doch dieser Vorrat an Kraft war sein und stand auf seiner Seite, war ein Verbündeter, und ein mächtiger noch dazu: Das zu wissen ließ ihn sich mehr in der Welt zu Hause fühlen als je zuvor.

Sie übernachteten auf einem weiteren Atoll, das wesentlich kleiner war als das vorige und vollkommen leblos. Keine einzige

Pflanze wuchs hier, nicht ein Fisch schwamm in den flachen Gewässern der Lagune. Immerhin gab es auch im Sand kein einziges der vielen Insekten, die einem sonst in die Haare und Kleider krochen, während man schlief, und an die sich Jehris inzwischen schon gewöhnt hatte.

Anderntags mussten sie hungrig aufbrechen. Um die Mittagszeit kam der gewaltige Akashir wieder in Sicht, und wenig später – ein unwirklicher Anblick, wenn man es zum ersten Mal sah – die Schwimmenden Wälder.

Es waren tatsächlich Wälder, die mitten im Meer schwammen. Man sah Baumwipfel, die sich aus den Wogen erhoben und aufrecht dahinzutreiben schienen. In Wirklichkeit trieben sie allerdings *nicht*, vielmehr waren die gewaltigen Pflanzen mit langen, zähen Wurzeln im Meeresboden vor der Mündung des Akangors verankert, und es war das an ihnen vorbei ins Meer strömende Wasser des Flusses, das diesen Eindruck erweckte.

Es handelte sich auch nicht wirklich um Bäume in dem Sinne, wie Jehris es von den Wäldern der Küstenlande her kannte. Was da in der Mündung trieb, waren eigentümliche Lebensformen mit schwimmenden Leibern aus Holz, von denen sich zahllose Äste in die Höhe erhoben, die mit ihren Blättern Licht einfingen, ein vieltausendarmiges Geflecht verschiedener Pflanzen, bei dem sich nur schwer sagen ließ, wo die eine anfing und die andere aufhörte. Es war ein eigener, einzigartiger Lebensraum, der sich da gebildet hatte und zu dem jede Pflanze das ihre beitrug.

Auf diesem Gebilde also gingen die Nestlosen nieder, und als sie gelandet waren, fiel all die Anspannung der zurückliegenden Tage und der langen, gefahrvollen Reise von ihnen ab. Eine regelrecht ausgelassene Stimmung kam auf. Sie waren angekommen! Hier würden sie ihr Lager aufschlagen, bis die Frostzeit im Norden vorüber war.

Die Ausgelassenheit ging so weit, dass Darwilia Jehris unvermittelt um den Hals fiel und ihn inniglich küsste.

Er ließ es erfreut geschehen, genoss es, ihre Lippen auf den sei-

nen und ihren Körper ganz nah zu spüren, aber als sie von ihm
abließ, musste er doch fragen: »Wofür war das jetzt?«

»Weil du anfängst, mir zu gefallen«, erklärte sie geradeheraus.

»Ehrlich?« Das hatte er schon nicht mehr zu hoffen gewagt.
Immerhin hatte er sie zwei Tage zuvor noch angefallen wie ein wil-
des Tier und brutal niedergeschlagen.

»In solchen Dingen schwindle ich nicht«, erwiderte sie. »Warum sollte ich auch?«

Jehris freute sich, aber in seinem Kopf herrschte dennoch ratlose Leere. »Und was ... was heißt das jetzt?«, wollte er wissen.

Sie lachte. »Nichts. Noch nichts jedenfalls. Noch bist du ja keiner von uns. Nicht richtig, meine ich.«

»Und wenn ich's mal bin?«

Sie grinste vielsagend. »Dann sehen wir weiter.«

***

In den Schwimmenden Wäldern war das Leben ein ganz anderes als das, was Jehris bis jetzt kennengelernt hatte. Unterwegs war
Nahrung zu finden ein Problem gewesen, und sie hatten viele Tage
hungrig fliegen müssen – hier dagegen schwammen Unmengen
dicker, wohlgenährter Fische im Wurzelwerk des Waldes umher,
sich an Insekten und Pflanzenresten satt fressend und so träge, dass
man sie fast mit der bloßen Hand fangen konnte. Große, flache
Steine, die die Nestlosen schon bei früheren Besuchen von der
Küste geholt hatten, dienten als Feuerstellen. Das dichte Gestrüpp
der Äste und der mit ihnen verflochtenen Lianen und Klettergе-
wächse aller Art bot nicht nur Schutz und höchst bequeme, gepolsterte Schlaflager, so viel man wollte, die Ranken trugen auch jede
Menge wunderschöner Blüten, die einen betörenden Duft verbreiteten. Moos bedeckte die Stämme, wo kein Kletterkraut wucherte,
in dem man fremdartige, aber überaus süße Beeren fand und große
schmackhafte Nüsse.

Jehris hatte, seit er wusste, dass im offenen Meer schwimmende

Wälder ihr Ziel waren, darüber nachgedacht, wie sie es wohl mit dem Wasser machen würden, denn das salzige Meerwasser konnten sie ja nicht trinken. Doch das war erstaunlicherweise kein Problem. Es regnete hier unten im Süden zwar selten, aber wenn das geschah, sammelte sich der Regen in großen Trichterblättern, so ähnlich, wie es auch bei Riesenbäumen der Fall war. Allerdings hätte das allein nicht genügt, um den Durst eines ganzen Schwarms zu stillen. Den größten Teil des Wassers, das sie brauchten, verschaffte ihnen ein bestimmtes Klettergewächs, das die eigentlichen schwimmenden Bäume befallen hatte, bis hinab zu den Wurzeln. Dort filterte es trinkbares Wasser aus dem Meer, das es dann in seinen dünnen Strängen aufwärts transportierte zu seinen Blättern und Früchten: Es genügte, einen Schnitt in diese Stränge zu machen, dass sauberes, klares Wasser herausrann, so viel man wollte!

Sie verbrachten eine Menge Zeit damit, nach Muscheln zu tauchen, die sich an den Wurzeln des Waldes festsetzten. Diese Muscheln waren nicht nur sehr wohlschmeckend, man fand in ihnen ab und an auch glänzende Perlen, die sie sorgfältig sammelten, waren diese entlang der südlichen Küste doch ein begehrtes Tauschgut. Sie würden viele davon brauchen, ehe sie weiterziehen konnten, meinte Jagashwili rätselvoll zu Jehris, denn es gälte, auf ihrem weiteren Weg noch wichtige Verpflichtungen zu erfüllen.

Dies war auch die Zeit, um die Kleidung der Nestlosen einmal gründlich zu waschen und zu flicken. Da sie nur besaßen, was sie am Leib trugen, saßen diejenigen, deren Kleider gerade zum Trocknen in den höchsten Ästen hing, solange nackt herum, ein Anblick, der Jehris nicht wenig durcheinanderbrachte, vor allem, als Darwilias Kleidung an der Reihe war. Er bemühte sich, nicht dauernd hinzuschauen, vor allem nicht so, dass sie es bemerkte, aber das gelang ihm nicht immer.

Nachdem sie sich eingelebt hatten, ging auch das Kampftraining weiter. Dafür wurden ein paar dicke, flach über dem Wasser verlaufende Äste reserviert, auf denen man nur schwer das Gleichgewicht hielt.

Diesmal musste Jehris meistens mit Natanwili üben, der ein harter Gegner war. Zwar kämpfte Jehris nun, nach der Erfahrung auf dem Atoll, anders als zuvor, entschlossener nämlich und zuversichtlicher, aber immer, wenn er dachte, er hätte Natanwili gleich, und einen Ausfall machte, drehte der sich auf unerwartete Weise, und dann kam ein Tritt mit dem Fuß oder ein Schlag mit dem Flügel aus einer Richtung, in der Jehris ungedeckt war, und zack, lag er schon wieder im Ozean und hustete und spuckte salziges Wasser, während er sich mühsam zurück auf den Ast hievte.

Nach und nach mischten sich einige der Älteren ein. Sie zeigten Jehris Griffe, Hebel und Schlagtechniken, erklärten ihm Taktiken und Tricks, und je mehr er lernte, desto öfter gelang es ihm, Natanwili auch mal ins Wasser zu schicken. Einmal sogar, als Darwilia zusah, die daraufhin Beifall klatschte – wenn auch auf eine Weise, dass klar war, sie verspottete ihn. Jehris streckte ihr die Zunge raus, was sie so zum Lachen brachte, dass sie fast ins Wasser gefallen wäre und sich nur mit ein paar Flügelschlägen retten konnte.

Doch sie konnten ja nicht die ganze Zeit kämpfen und üben, dazu hätte auch Natanwili keine Lust gehabt. Und nun, da sie nicht mehr jeden Tag schier endlose Strecken fliegen mussten, hatte Jehris endlich Gelegenheit, seine Bekanntschaften mit anderen Nestlosen zu vertiefen.

Da war zum Beispiel Rokwili, ein betagter bärtiger Mann mit grauweißen Flügeln und einem durchdringenden Blick. Wenn er sich mit ihm unterhielt, lief es immer darauf hinaus, dass Rokwili ihn ausfragte, nach seinem alten Leben oder danach, was er über diese oder jene Frage dachte – über das Leben in Nestern, das Verhältnis von Sicherheit zu Freiheit und was von den beiden an erster Stelle stehen solle, nach der Bedeutung von Besitz und dergleichen mehr. Jehris antwortete bereitwillig, denn es war immer interessant, was Rokwili darauf zu sagen hatte, der ein richtiger Philosoph war und ganze Teile der Großen Bücher auswendig kannte!

Irgendwann erzählte Rokwili, dass er als Nestling geboren und aufgewachsen war; Rokwor hatte er geheißen. »Unser Nest stand in den Nordlanden, am Ufer des Rauktas, schrecklich abgelegen. Eine raue Gegend, die einem das Leben schwer machte. Unsere einzigen Nachbarn waren die Rauk und die Tal. Und eines Tages, mitten in der Regenzeit – ich war damals ein junger Mann –, kam es zu einem Erdrutsch, der unseren Nestbaum wegspülte. Eine Katastrophe. Zum Glück hatte es sich angekündigt. Wir haben alle gespürt, dass sich der Baum bewegt, und so war niemand mehr in den Schlafhütten, als er zu kippen begann. Wir sind alle aufgeflogen, die Mütter mit ihren Kleinkindern im Arm … Aber dann, von der Luft aus, im strömenden Regen, konnten wir nur noch zusehen, wie unsere ganze Habe in den Fluss stürzt.«

»Wie schrecklich«, sagte Jehris. »Das wusste ich nicht.«

Rokwili nickte sinnend. »Ja, davon hat kaum jemand gehört. Wie gesagt, es ist eine sehr abgelegene Gegend.«

»Aber was habt ihr dann gemacht? Ich meine, ohne Nestbaum …?«

»Ohne Nestbaum kein Nest, eben. Wir sind erst einmal zu den Rauk, aber dort war nicht genug Platz für uns alle; das war nur ein Notbehelf, um dem Regen zu entkommen. Kurz darauf sind Kuriere in die Gegend gekommen, und wenn jemand weiß, wo ein unbewohnter Riesenbaum steht, dann diese Leute, nicht wahr? Aber sie wussten von keinem. Schließlich beschlossen wir, die Reise ins Schlammdelta anzutreten, zu den dortigen Wor. Falls sich dort kein geeigneter Baum finden sollte, blieb uns immer noch, auf einer der Perleninseln zu siedeln, dachten wir.«

»Sind die nicht alle schon besiedelt?«, fragte Jehris.

»Die ohne Margor, ja. Es war kein besonders durchdachter Plan. Es endete damit, dass ein Teil von uns bei den Schlamm-Wor unterkam und die anderen sich auf andere Nester verteilt haben – Kinder, die an Statt genommen wurden, Männer und Frauen, die sich versprachen, wie das eben so geht.« Rokwili hob die Schultern. »Und ein paar haben sich den Nestlosen angeschlossen. Ich zum Beispiel.«

Jehris lächelte. »Dann hat es ja doch sein Gutes gehabt, oder?«

»Ja, es hat alles immer zwei Seiten, das stimmt.« Sein Blick glitt in die Ferne. »Vor einiger Zeit waren wir mal in der Gegend, in meiner alten Heimat. Da habe ich gesehen, dass unsere Nachbarn, die Rauk, ihren Nestbaum inzwischen auch aufgegeben haben. Wo sie abgeblieben sind, weiß ich aber nicht.«

Ein anderer, mit dem Jehris öfter Zeit verbrachte, war Faltanwili, der als Nestloser geboren war. Er war etwas älter, und Jehris hatte ein bisschen das Gefühl, in ihm einen großen Bruder zu haben.

Faltanwili war eine beneidenswert unbekümmerte Frohnatur. Er war fast immer ansteckend guter Laune und auf beeindruckende Weise imstande, alles zu genießen, was ihm zustieß. Auch das steckte an: Mit ihm zusammen machte es einfach mehr Spaß, sich ins Meer zu stürzen, den Speer stoßbereit gezückt, und zu spüren, wie das Wasser um einen herum strudelte und wirbelte und wie das Salz darin auf der Haut brannte und an den Federn der Flügel prickelte. Fing man den Fisch, war das Triumphgefühl größer, wenn Faltanwili dabei war, und fing man ihn nicht, konnte man nicht anders, als in sein helles Gelächter einzustimmen.

Vom Kämpfen hielt Faltanwili nicht viel, was ihn Jehris nur noch sympathischer machte. Er poussierte lieber mit den Frauen und Mädchen des Schwarms, auch mit Darwilia, was Jehris wiederum unsympathisch fand, vor allem, weil sie von seinen Schmeicheleien sehr angetan zu sein schien. Es blieb Jehris auch nicht verborgen, dass Faltanwili und die eine oder andere sich des Nachts in ein Lager an entlegenen Enden der Schwimmenden Wälder verzogen, und die Geräusche, die man von dort vernahm, ließen nicht besonders viele Deutungen zu.

»Faltanwili hat aber ziemlich viele Freundinnen, was?«, sagte Jehris zu Darwilia, nur für den Fall, dass ihr das entgangen sein mochte.

Doch sie lachte nur hell auf und meinte: »Kein Wunder. Er ist ja auch ein schnuckeliger Kerl!«

Allerdings war Jehris selbst auch nicht ganz unumschwärmt.

Ein Mädchen namens Ussarwilia, die etwas jünger war als er, bläulich schimmernde schwarze Flügel hatte und eine Menge Sommersprossen, setzte sich immer wieder zu ihm. Sie hatte eine rauchige Stimme und wollte alles darüber wissen, wie er früher gelebt hatte und wie das überhaupt so war, in einem Nest zu leben, die ganze Zeit am gleichen Ort und mit einer Menge komfortabler Dinge um einen herum.

Und sie wollte wissen, ob er ein Mädchen zurückgelassen hatte, als er sich den Nestlosen angeschlossen hatte.

»Nein«, sagte Jehris, musste aber an Farleik denken, mit der er damals, in der Abgeschiedenheit von Mitt-Leik, die ersten Küsse ausgetauscht hatte. Wie lange das schon her war! Das Letzte, was er von ihr gehört hatte, war, dass sie sich einem Jungen vom Bar-Nest versprechen wollte, Dalbar oder so ähnlich.

»Ussa steht auf dich«, erklärte ihm Darwilia. »Die würde dich jederzeit mit ins Gebüsch nehmen, auch ohne Weihe.«

»Meinst du?«, fragte Jehris verwundert.

Sie zuckte mit den Schultern. »Probier's halt aus!«

Aber das tat er nicht. Nicht, weil er sich nicht traute oder sie ihm nicht gefallen hätte, sondern weil es ihm nicht richtig vorkam. Es wäre gegen die Regeln gewesen, und das war für ihn ein starker Grund. Er wollte alles richtig machen, so, wie es sich gehörte, und ein richtiger Nestloser sein, ehe er sich eine Partnerin suchte.

Sowieso hoffte er, Darwilia zu gewinnen, und diese Hoffnung ließ nicht nach, obwohl er immer wieder sah, wie umschwärmt und begehrt sie war.

Eine andere Frau, die sich gern zu ihm gesellte, war Iwilia. Sie war viel älter als er, alt genug, um seine Mutter zu sein, ähnelte dieser sogar mit ihren hellbraunen Flügeln und Haaren und ihrer gleichfalls hellbraunen Haut – nur, dass ihre Haare schwarze Strähnen aufwiesen und ihre Federn feine schwarze Muster.

Sie fragte ihn über Owen aus und dessen Tod und was er darüber dachte. »Hat er wirklich einst den Himmel berührt?«, fragte sie sehnsuchtsvoll.

»Ja«, sagte Jehris. »Es gibt keinen Grund, das zu bezweifeln.«

»Und hat er ihn auch durchstoßen? Die andere Seite gesehen?«

»Ja.«

Dieser Gedanke faszinierte sie sichtlich. »Und was denkst du? Sind die Sterne wirklich unsere Bestimmung?«

Jehris zögerte. »Ich weiß eigentlich nicht, was er damit gemeint hat«, bekannte er.

»Tja«, meinte sie und sah zum Himmel hinauf, der, wie so oft hier im Süden, hell leuchtete, aber dennoch undurchsichtig blieb, eine gläsern schimmernde Kuppel über ihnen. »Man muss die Sterne vielleicht mit eigenen Augen sehen, um zu wissen, was das bedeutet.«

Eine eigenartig sehnsüchtige Traurigkeit ging von ihr aus. Nach einer Weile bekam Jehris mit, dass diese daher rührte, dass Iwilia zwei Kinder gehabt hatte, zwei Mädchen, die sie beide verloren hatte. Das eine war in jungen Jahren an einem Fieber gestorben, das andere war zu den Nestlingen gegangen und jetzt eine Din. Kinder der Nestlosen, erfuhr er, mussten sich nämlich irgendwann entscheiden, ob sie das Gelübde ablegen und die Weihe vollziehen oder den Schwarm verlassen wollten. Letzteres geschah selten, aber hin und wieder kam es doch vor, wobei natürlich die Voraussetzung war, dass sie ein Nest fanden, das bereit war, sie aufzunehmen.

Und dann, eines Tages, war es so weit: Die Niederkunft der beiden Schwangeren stand bevor.

***

Die Erste, die niederkam, war Lumishwilia, doch Owilia folgte ihr keine vier Tage später. Das verblüffte Jehris, aber wie er dann erfuhr, planten die Frauen der Nestlosen ihre Empfängnis tatsächlich sehr sorgfältig, um nicht in einer ungünstigen Jahreszeit niederzukommen, womöglich mitten auf einer anstrengenden Reise.

Die Geburten gerieten, zu Jehris' Verblüffung, zu regelrechten Festen. Er hatte zuvor natürlich schon oft mitbekommen, wie Ge-

burten vor sich gingen; im Nest der Ris war das immer mit ungeheurer Aufregung verbunden gewesen. Die Frauen hatten sich
jeweils um die Gebärende versammelt, um irgendetwas zu tun, das
man als Mann nicht so recht mitbekam und von dem die Frauen
der Ansicht waren, es ginge einen auch nichts an. Die Männer wiederum hatten sich um den Vater geschart, um mit ihm gemeinsam
zu warten und zu bangen, denn dass es bei einer Geburt im wahrsten Sinne des Wortes um Leben und Tod ging, das blieb einem
nicht verborgen, egal wie jung man war. Manch ein Kind war tot
zur Welt gekommen oder kurz nach der Geburt gestorben, und
manchmal auch die Mutter. Er erinnerte sich noch lebhaft an Fes-
liris, eine freundliche Frau mit hellen Flügeln, die einen herrlichen
Mokko-Beeren-Nachtisch zu machen verstanden hatte und die
bei der Geburt ihres zweiten Kindes gestorben war. Es war in der
Frostzeit gewesen, und sie war in ein Fieber gefallen, dem sie nach
einigen Tagen erlegen war. Wie hatte der Vater geheißen? Ein Mur
jedenfalls; er war danach in sein Herkunftsnest zurückgekehrt und
hatte die beiden Kinder mitgenommen.

Bei den Nestlosen lief das deutlich anders ab. Der erste Unterschied war, dass sich alle Nestlosen um die Gebärende versammelten, lautstark sangen und klatschten und Flöte spielten, das einzige
Instrument, das klein genug war für das Reisegepäck eines Nestlosen. Hin und wieder erhoben sich ein paar in die Lüfte, um Tänze
zu vollführen oder akrobatische Flugmanöver, dann wieder rezitierte jemand auswendig aus dem Buch Teria oder dem Buch Zolu.

Die Gebärende lag im Mittelpunkt all dieses Treibens, mit ihrem dicken Bauch, die Flügel ebenso gespreizt wie die Beine. Mit
dem Rücken lehnte sie gegen eine andere Frau, die ihr den Schweiß
von der Stirn wischte und immer wieder zu trinken gab. Andere
Frauen beklopften ihr den Bauch, massierten sie oder atmeten mit
ihr, je nachdem. Jehris war neugierig und sah genauer hin, als wahrscheinlich schicklich war, aber er verstand trotzdem nicht alles, was
geschah.

Auch hier herrschte Anspannung, doch man tat alles, um sie

hinwegzusingen. Auch hier ging es um Leben und Tod, doch niemand schien deswegen zu bangen, nicht einmal die Gebärende selbst.

Irgendwann ertönte dann endlich der krähende Schrei des Neugeborenen, und ein gewaltiger Jubel brach los. Das Kind wurde gewaschen und gleich herumgereicht. Jeder durfte es mal halten und ihm ein paar Worte zur Begrüßung sagen.

Für Jehris war es ein bewegender Moment. Bislang hatte er so frische Würmchen allenfalls von Weitem zu sehen bekommen, und nun hielt er eines im Arm, das ihn zudem so empört anblickte, dass er laut lachen musste.

Das erste Kind, das zur Welt kam, war ein Mädchen; es bekam den Namen Marwilia. Das zweite war ein Junge, und seine Mutter nannte ihn Hawili.

»Wer ist eigentlich Hawilis Vater?«, fragte Jehris Darwilia später, weil ihm das während der Geburtsfeier nicht klar geworden war, anders als bei Marwilia. Dass Lumishwilia und Tamarwili immer zusammen waren, hatte er schon auf der Reise bemerkt.

»Tja, wer ist der Vater?«, meinte Darwilia. »Ich glaube nicht, dass das jemand weiß.«

»Aber …« Jehris stutzte. »Ehrlich nicht?«

»Manche sagen, die Augen ähnelten denen von Stowili. Aber ich finde ja eher, es sind Furuwilis Augen. Auch diese Stirn würde dazu passen.« Sie zuckte mit den Schultern. »Na, vielleicht wird man es mit der Zeit besser sehen.«

Jehris räusperte sich. »War Owilia wirklich mit … also, mit so vielen Männern zusammen?«

Darwilia lachte. »Du, das ist bei uns nicht so wie bei den Nestlern. Wir versprechen einander nicht.«

»Nicht?«

»Nein. Wozu denn? Wenn zwei zusammen sein wollen, dann können sie's ja sein. Und wenn sie nicht mehr zusammen sein wollen, dann sind sie's eben nicht mehr. Für die Kinder sorgen wir ohnehin alle gemeinsam.«

Das zu hören erschütterte Jehris, insbesondere im Hinblick auf seine eigenen Hoffnungen. »Es gibt doch aber feste Paare, oder? Jagashwili und Geliwilia, Lumishwilia und Tamarwili …«

»Schon. Aber die sind nicht zusammen, weil sie einander versprochen haben, sondern weil sie immer noch zusammen sein wollen. Andere mögen lieber Abwechslung. Ist beides in Ordnung.«

Inzwischen war Jehris regelrecht geschockt. »Und … du? Was ist dir lieber?«

Sie seufzte. »Ich war 'ne Weile mit Faltanwili zusammen. Aber er wollte weiterhin mit anderen Mädchen in die Büsche, wenn es sich für ihn danach anfühlte, und ich hab gemerkt, dass ich es so nicht will. Also haben wir uns getrennt. Und jetzt gerade … jetzt gerade weiß ich selber nicht, was ich eigentlich will.«

»Aber er macht dir immer noch schöne Augen!«

»Na klar. Es hat ihm ja immer gefallen mit mir.«

»Und du, na ja … ehrlich gesagt wirkst du nicht, als ob dir's sehr unrecht wäre, dass er dich anschmachtet.«

»Mir hat's auch immer gefallen mit ihm, so ist es nicht. Aber inzwischen weiß ich halt, dass ich ihn nicht ändern kann. Wenn ich mich drauf einlasse, wär's nur für die eine Nacht.«

Jehris überlegte. Sein Herz schlug heftig. »Ich weiß nicht«, bekannte er. »Ich finde das mit dem sich versprechen nicht schlecht.«

»Wozu? Gibt's bei den Nestlern etwa keine Trennungen?«

»Doch«, musste Jehris zugeben. »Aber irgendwie … irgendwie ist so ein Versprechen zumindest ein Hindernis, dass man nicht beim kleinsten Anlass aufgibt und auseinandergeht. Oder?«

Darwilia bedachte ihn mit einem ihrer rätselhaften Blicke. »Bei deiner Weihe wirst du dich den Nestlosen versprechen müssen, könnte man sagen. Danach gehörst du zu uns und kannst alle Mädchen haben, die dich auch haben wollen. Wart doch mal ab, wie du *dann* darüber denkst!«

***

Wie meistens dauerte es ein paar Tage, bis die Eihüllen abgingen und die winzigen, unfertigen Flügelchen zum Vorschein kamen. Es amüsierte Jehris, dass bei den Nestlosen daraufhin genau die gleichen endlosen Diskussionen losgingen, die er auch im Ris-Nest erlebt hatte: Welche Farbe hatten die Federn, welche würden sie wohl später haben, und von wem hatte das Kind sie geerbt? Und natürlich kamen auch die Nestlosen nie zu einem Ergebnis, weil man einfach nicht wusste, nach welchen Regeln sich Formen und Farben von Flügeln und Federn vererbten, ja, man wusste nicht einmal, ob es solche Regeln überhaupt *gab*. Schließlich erlebte man ja auch bei den Farben der Haare und der Haut mitunter Überraschungen. Diejenigen, die die Großen Bücher genauer studiert hatten als die meisten, pflegten zu sagen, zumindest die Farbe von Haut und Federn sei höchstwahrscheinlich reiner Zufall.

Der Schwarm gewöhnte sich rasch an die Anwesenheit der neuen Kinder. Wenn diese unruhig waren und quäkten, ohne dass sich ein Grund dafür finden ließ, wurden sie einfach von Arm zu Arm weitergereicht, bis sie bei jemandem landeten, bei dem sie sich beruhigten.

Ansonsten ging das Leben weiter wie zuvor. Es begann allmählich, sich wie das Leben in einem Nest anzufühlen, nur dass es eben kein Riesenbaum war, den sie bewohnten, sondern ein schwimmender Wald, und es so warm war, dass kein Bedarf an Schlafhütten bestand. Doch ein solches Leben war offensichtlich nicht das, was die Nestlosen wollten. Jehris merkte, wie sie nach und nach unruhig wurden, und schließlich hörte er immer öfter jemanden fragen, ob es nicht allmählich an der Zeit wäre weiterzuziehen.

Ähnlich wie in den Nestern war das keine Angelegenheit, die ein Anführer entschied. Vielmehr diskutierte man in großer Runde, wobei die Meinungen der beiden frischen Mütter eine gewichtige Rolle spielten. Sie erklärten sich mit dem Aufbruch einverstanden, wenngleich in einem seltsam traurigen Ton. Jehris sollte erst einige Zeit später verstehen, woher das rührte.

So war es beschlossene Sache weiterzufliegen. Zuerst jedoch

räumten sie auf, denn eine der Regeln, denen die Nestlosen folgten, war die, einen Platz stets so zu verlassen, dass man auch wieder zu ihm zurückkehren konnte. Das hieß, alle Abfälle zu beseitigen und auch Schäden zu beheben, so gut es ging. Sie aßen die Vorräte auf, die sie nicht mitnehmen konnten, was ohnehin nur in sehr begrenztem Umfang möglich war, und packten ihre wenigen Habseligkeiten ein. Nach einer letzten Nacht in den herrlich gepolsterten, duftenden Lagern des Walds hoben sie anderntags gesammelt ab, alle Taschen, Rucksäcke und Tragbeutel prall gefüllt.

Zwei der Beutel hatte man in den zurückliegenden Tagen so abgeändert, dass sich die Neugeborenen darin tragen ließen. Auf der ersten Etappe waren es die Mütter, die sie sich sorgfältig vor den Leib banden, jeden Knoten doppelt, später wechselten sich die Männer des Schwarms ab.

Verglichen mit den schier endlosen Strecken rund um das Akashir-Gebirge, die hinter ihnen lagen, war es ein gemächliches Reisen. Sie machten öfter und länger Rast und hatten es bei Weitem nicht so eilig. Nur einmal musste eine größere Etappe am Stück bewältigt werden, einfach, weil sie unterwegs keinen margorfreien Rastplatz kannten.

Darwilia erzählte Jehris von früher, als Therowili noch bei ihnen gewesen war, ein Margorspürer. Wie sie spontane Ausflüge machen konnten, weil er von Weitem gewusst hatte, wo sich eine margorfreie Zone befand, und welche schönen, unbekannten Orte sie auf diese Weise entdeckt hatten. »Einmal sind wir dem Lauf des Akangor bis zur Quelle gefolgt – war das großartig!«, schwärmte sie und seufzte dann. »Seit er tot ist, können wir nur noch die Plätze aufsuchen, die er mal als sicher bezeichnet hat. Und können nur hoffen, dass sich daran nichts geändert hat.«

»Ich kann mir das gar nicht vorstellen«, bekannte Jehris. »Wie kann jemand wissen, wo der Margor ist und wo nicht? Ich meine, abgesehen von den Regeln, die man kennt?«

»Das hat er selber nicht erklären können«, meinte Darwilia. »Meistens lief das so ab, dass er vorausgeflogen ist. Irgendwann ist er gelandet, mitten auf einer Wiese, und hat gesagt, ›es ist sicher zwischen jenem Busch, diesem Strauch und der sandigen Stelle dort drüben‹, und daran haben wir uns dann gehalten.«

Jehris schauderte bei der Vorstellung, sich in einer derart gefährlichen Angelegenheit auf das bloße Gefühl von jemandem zu verlassen. »Und er hat sich nie geirrt?«

»Es ist jedenfalls nie etwas passiert.« Sie hielt inne, sah Jehris forschend an. »Du hast das mal erlebt, oder?«

Jehris schluckte. »Ja. Er hieß Ulkaris. Wir hatten beide erst zehn Frostzeiten gesehen. Und es ist auf einer *Insel* passiert.«

»Oje. Das war bestimmt schrecklich.«

»Das Schrecklichste, was ich je gesehen habe.« Er zögerte. »Ich habe mich seither oft gefragt, was sich die Ahnen eigentlich dabei gedacht haben, ausgerechnet diese Welt auszuwählen … und sie sogar für das Paradies zu halten!«

Ein rätselhafter, verschlossener Ausdruck trat auf Darwilias Gesicht. »Vielleicht«, sagte sie, »war es trotzdem die beste, die sie gefunden haben.«

Jehris musterte sie, begriff, dass das etwas mit jener Wahrheit zu tun haben musste, von der Natanwili behauptet hatte, dass die Nestlosen sie kannten und der Rest der Menschen nicht, und fragte nicht weiter.

Am nächsten Tag erreichten sie die Goldküste.

Die Weihe

Die Goldküste war ein atemberaubender, weit geschwungener Strand, der, wenn man aus großer Höhe auf ihn hinuntersah, glänzte wie pures Gold. Dahinter erstreckte sich ein saftiges, üppig grünes Waldgebiet, in dem die Riesenbäume dicht an dicht standen, so viele in der Tat, dass sie gar nicht alle bewohnt waren. Zahllose kleine und nicht ganz so kleine Rinnsale durchflossen den Wald, aus den sanften Hügeln der Gouraddis-Berge kommend, die sich hinter der Bucht erhoben, überzogen von einem bunten Flickenteppich aus Hanggärten.

Das Wasser vor der Küste war hell und so klar, dass man aus der Luft jeden einzelnen Fisch in den Schwärmen sah, die sich hier in großer Zahl bewegten. Kein Wunder, dass eine Menge Jäger in der Luft waren, die sich immer wieder mit angelegten Flügeln in die Tiefe stürzten, um dicht über der Wasseroberfläche abzubremsen, ihre Käscher ins Wasser zu tauchen und fette Beute zu machen.

Und man sah eine Menge spielender Kinder, in der Luft, im Wasser – und am Strand. Jehris wusste, dass der gesamte Strand der Goldküste seit jeher als margorfrei galt; gefährlich wurde es erst dort, wo es grün wurde.

Wie üblich, wenn sie ein neues Ziel erreichten, war es Jagashwili, der vorausflog. In seinem Gefolge drehten sie mehrere weite Runden über der Küste – und wurden natürlich bald bemerkt. Zu Jehris' Verblüffung grüßte man sie aber überaus freundlich. Sie landeten in einem der unbewohnten Riesenbäume und schlugen ihr Lager zur Abwechslung in einer Umgebung auf, die Jehris seit seiner Kindheit gewohnt war, wenn auch die Schlafhütten und Mahlplätze fehlten.

Am darauffolgenden Tag löste sich schließlich das Rätsel, was die Nestlosen mit Kindern machten, solange diese noch nicht fliegen konnten.

Jehris durfte nicht mitkommen, aber er sah, wie sich die beiden Mütter mit ihren Neugeborenen tränenreich von allen verabschiedeten. Dann flogen sie zusammen mit Jagashwili und ein paar anderen – und dem größten Teil der Perlen aus den Schwimmenden Wäldern – zum benachbarten Nestbaum. Später am Tag kehrten Jagashwili und seine Begleiter zurück, aber ohne die beiden Mütter und ihren Kindern. Stattdessen brachten sie eine andere Frau mit und ein verheultes kleines Mädchen, das fünf Frostzeiten gesehen haben mochte oder sechs.

Die Frau, erfuhr er, hieß Etewilia, das Mädchen Roswilia. Beide hatten die Gesichter mit allerlei Mustern aus schwarzen Linien bemalt, wie es bei manchen Stämmen der Goldküste Brauch war. Doch während die Frau sich die Bemalung gar nicht schnell genug abwischen konnte, schrie ihre Tochter wie am Spieß, als man ihr den Gesichtsschmuck entfernte, ja, sie wehrte sich nach Kräften dagegen.

Nach und nach versammelte sich der ganze Schwarm um die beiden. Sie hießen Etewilia willkommen, die vor Glück strahlte, und staunten gemeinsam, wie groß das Mädchen geworden sei in der Zeit und vor allem wie hübsch, und was für kräftige Flügel sie entwickelt habe!

Roswilia blickte eingeschüchtert von einem zu anderen. Nach einer Weile begann in ihren Augen ein schwaches Wiedererkennen zu glimmen. Sie war sichtlich hin- und hergerissen zwischen entsetztem Widerstand und kindlicher Neugier.

»Mama«, fragte sie schließlich in der verschliffenen Weise der Südländer, »wann geh'n wir wieder nach Hause?«

»Mein Vögelchen«, erwiderte ihre Mutter, »wir sind jetzt nirgends mehr zu Hause. So, wie ich es dir immer gesagt habe. Wir waren bei den Dor nur zu Besuch.«

Ein Leuchten erschien auf dem Gesicht des Kindes. »Dann bin ich jetzt *groß*?«, fragte das Mädchen.

»Ja«, sagte ihre Mutter mit wehmütigem Lächeln. »Du bist jetzt groß.«

Sie zogen noch am selben Tag weiter. Denn, meinte Jagashwili zu Jehris, es war am besten, den Abschied so kurz wie möglich zu halten.

***

Nach einiger Zeit, die sie in den verwinkelten östlichen Gouraddis verbracht hatten, erreichten sie endlich die Perleninseln.

Das war eine Kette vulkanisch entstandener Inseln, die sich weit ins Meer hinaus erstreckten, entlang eines Risses in der planetaren Kruste, der den Kontinent in einer sehr, sehr fernen Zukunft entzweiteilen würde, wie Rokwili Jehris erklärte. Die weitaus meisten davon waren margorfrei: Es hieß, es seien die einzigen Inseln auf der Welt, auf denen Menschen am Boden siedelten, die *nicht* vom Stamm der Leik waren.

Aus großer Höhe boten sie einen prachtvollen Anblick. Tatsächlich wie Perlen an einer Kette zogen sie sich bis an den Rand des Horizonts dahin, winzige Flecken intensiven Grüns in leuchtenden Wassern. Kam man ihnen näher, fand man sich umschwärmt von Tausenden von Vögeln mit metallisch glänzendem Gefieder in grellen Farben, rot, gelb, violett und mehr. Man sah hinab auf große und kleine Strände, auf Höhenstrukturen und schroffe Felsen, sah liebliche Wiesen, undurchdringliches Gebüsch und Wasserfälle, die der ständig wehende Küstenwind zu feinem Nebel zerblies.

Nicht alle Perleninseln waren besiedelt. Ganz am Ende der Kette gab es zwei Inseln, auf der sich dieselben runden Trichterseen fanden wie auf den Inseln, die Adas Tränen hießen. Stehendes Wasser ohne Zu- und Abfluss: ein Zeichen, dass der Margor hier stark war.

Dazwischen jedoch lag eine kleine Insel, die zwar bewachsen war, aber zu karg, um dauerhaft darauf zu siedeln, und hier landeten sie.

Und trafen zu Jehris' Verblüffung – auf *andere* Nestlose!

Zwei andere Schwärme waren es. Einer davon wurde angeführt von einer noch beeindruckenderen Gestalt, als Jagashwili es war: ein Koloss von Mann mit riesigen, rotgoldenen Flügeln, langen, glühend roten Haaren, die er im Nacken, und einem ebenso roten, ebenso langen Bart, den er vor der Brust zusammengebunden trug. Er hatte eine tiefe, dröhnende Stimme, Hände wie Schaufeln und gewaltige Muskeln und war übersät mit Narben und schorfigen Flecken. Sein Name war Pragorwili.

Der andere Schwarm wurde von einer Frau angeführt, die fast ebenso hünenhaft aussah. Sie hieß Morwilia, war ebenfalls mit einer enormen Haarpracht gesegnet und strahlte ungeheure Energie und Tatkraft aus. Sie war allerdings, bekam Jehris irgendwann mit, nur die Vertretung. Die eigentliche Anführerin, Sajawilia, hatte seit dem letzten Mal, da Jagashwili und die anderen sie getroffen hatten, einen Sohn zur Welt gebracht und sich mit ihm für einige Jahre in ein Nest im Schlammdelta zurückgezogen.

Doch nicht alle Anführer der Nestlosen waren solche Riesen: Das sah Jehris wenige Tage später, als noch ein Schwarm eintraf, geleitet von einem schmächtigen Mann, der sich auffallend bedächtig bewegte, mit ruhiger Gelassenheit sprach und dessen Wort die anderen großes Gewicht beimaßen. Seine Haut war so dunkel wie verbranntes Holz, seine Flügel gelb-weiß, schmal und elegant, und sein Name war Lorodwili.

»Wie viele Nestlose gibt es eigentlich?«, fragte Jehris.

»Das weiß niemand so genau, fürchte ich«, meinte Rokwili.

Das Treffen diente dem Austausch von Informationen, Erkenntnissen und Ideen. Überall auf der Insel diskutierten die Nestlosen ausdauernd über Gegenden, von denen Jehris noch nie zuvor gehört hatte. Sie zogen über Nester her, bei denen sie schlecht behandelt worden waren, und empfahlen einander andere, mit denen man besser zurechtkam. Informationen über Orte, die als margorfrei gegolten hatten, es aber nicht mehr waren, stießen verständlicherweise auf großes Interesse. Man stellte allerlei Überlegungen an, wohin man als Nächstes ziehen wollte, wobei die Meinungen darüber stark auseinandergingen. Obwohl die Nestlosen ständig umherzogen, gab es viele Orte auf der Welt, die sie noch nie gesehen hatten – oder, im Fall der Älteren, zumindest schon lange nicht mehr. Und Orte veränderten sich schließlich mit der Zeit; man musste ab und zu nachschauen, was aus ihnen geworden war.

Und natürlich wurden allerlei Neuigkeiten erzählt. Jemand wusste von Leuten, die versucht hatten, von der Nordostspitze aus zum nächsten Kontinent zu fliegen, und dass sie gescheitert seien. Es waren wohl Gerüchte aufgekommen, weit draußen befänden sich Inseln, die sich für eine Zwischenlandung eigneten, doch falls dem so war, hatten die tollkühnen Abenteurer sie jedenfalls nicht gefunden.

»Das muss nichts heißen«, meinte Rokwili. »Manchmal tauchen Inseln einfach auf, und manchmal verschwinden sie auch einfach wieder.«

Versuche, die unbekannten Kontinente zu erreichen, waren generell ein beliebtes Thema. Jemand anders erzählte, auf den Inseln der Nord-Leiks bastle einer an Segeln für ein Schiff, das damit imstande sein solle, aufs offene Meer hinauszufahren. Er habe noch nicht herausgefunden, wie man sich dort orientieren könne, aber wenn man das eines Tages könne, sei so ein Schiff, da waren sich alle einig, der aussichtsreichste Weg, die anderen Kontinente zu erreichen.

»Ach was«, meinte ein alter Mann aus dem Schwarm Morwilias abfällig. »Als ich ein Kind war, gab's auch einen, der das probiert hat. Ist mit einem Schiff raus aufs Meer – und nie wieder zurückgekommen.«

»Vielleicht hat er ja einen anderen Kontinent erreicht«, schlug jemand vor, »und es hat ihm dort so gut gefallen, dass er gleich dageblieben ist?«

»Ganz allein?« Der Alte lachte. »Wohl kaum. Ich würd eher sagen, der hat's einfach nicht überlebt.«

Doch es wurden nicht nur Neuigkeiten ausgetauscht. Einige nutzten das Treffen auch, um von einem Schwarm zu einem anderen zu wechseln, in der Regel, weil die Liebe rief.

Einer davon war Faltanwili, der wegen eines Mädchens in den Schwarm von Pragorwili wechselte. Jehris wusste nicht recht, ob er sich darüber freuen oder ob er traurig sein sollte; irgendwie war ihm nach beidem zumute, als er es erfuhr.

»Ach was«, meinte Darwilia. »Der kommt wieder, jede Wette.«

Tatsächlich kam jemand anderer zurück, eine ältere Frau, die, nach den Reaktionen der anderen zu schließen, schon früher mit Jagashwili geflogen war. Sie war eines Mannes wegen zu einem anderen Schwarm gewechselt, doch der Mann war gestorben, und nun zog es sie zurück zu dem Schwarm, in dem sie aufgewachsen war.

Eines Abends schließlich kam Jagashwili zu Jehris und sagte: »Mach dich bereit. Morgen ist deine Weihe.«

***

Am nächsten Morgen geleitete Jagashwili Jehris auf die andere Seite der Insel. Dort gab es einen kahlen, steinigen Strand, der groß genug war, dass sich nachher der ganze Schwarm würde versammeln können.

Einstweilen saßen nur ein paar der Älteren beisammen; sie bildeten an einem Ende des Strands einen Kreis.

»In diesem Kreis«, erklärte Jagashwili, »wirst du später sitzen.«

Jehris schluckte. »Und dann?«

Der Nestlose schmunzelte. »Du musst wissen, dass diese Männer und Frauen das Buch Wilian *sind*.«

Jehris sah ihn daraufhin so verständnislos an, dass er auflachte und fortfuhr: »Du hast sicher bemerkt, dass wir keine Bücher mit uns tragen. Trotzdem wollen wir natürlich von der Weisheit der Ahnen lernen. Also bleibt uns nichts anderes übrig, als die Großen Bücher auswendig zu lernen.«

»*Auswendig!*«, wiederholte Jehris fassungslos.

»Auch du wirst ein Buch auswendig lernen. Und du wirst staunen, wie viel du lernen kannst.«

Jehris nickte langsam. »In den Nestern sagen sie, niemand hätte das Buch Wilian je gesehen …«

Jagashwili lächelte. »Und das stimmt, denn es ist nie aufgeschrieben worden. Seit tausend Jahren wird es nur mündlich überliefert, von einer Generation zur nächsten.«

Nach und nach kamen die anderen, versammelten sich rings um die beiden, und ein paar winkten Jehris aufmunternd zu. Auch Darwilia tauchte irgendwann auf, und als Jehris ihren Blick auffing, schaute sie überaus ernst drein, ernster, als er erwartet hatte, nachdem sie sich sonst bei jeder Gelegenheit über ihn lustig machte.

Schlagartig wurde ihm klar, dass er vor einem bedeutsamen

382

Moment stand. Egal wie die Weihe verlief, sein Leben würde danach nicht mehr dasselbe sein wie davor.

»Dieser junge Mann hier«, wandte sich Jagashwili mit lauter Stimme an die Versammelten, »der geboren ist unter dem Namen Jehris, hat den Wunsch verspürt, sich unserer Gemeinschaft anzuschließen – der Gemeinschaft der Nestlosen, der Heimatlosen, derer, die das Leben in Freiheit suchen, den Lehren Wilians folgen und das Geheimnis hüten, das er uns anvertraut hat.«

Er legte Jehris die Hand auf die Schulter.

»Jehris ist nun geraume Zeit mit uns geflogen, hat Lager und Nahrung mit uns geteilt, und ihr hattet Gelegenheit, ihn kennenzulernen«, fuhr er fort. »Wenn jemand unter euch einen Grund kennt, der seiner Meinung nach dagegen spricht, dass Jehris einer von uns werden soll, dann möge er jetzt vortreten und ihn uns allen zu Gehör bringen, damit wir gemeinsam darüber beraten, oder ihn in seinem Herzen verschließen und für immer schweigen.«

Jehris erschrak. Der Gedanke, dass die ganze Zeit, seit er die Küstenlande verlassen hatte, eine *Probezeit* gewesen sein könnte, war ihm überhaupt nicht gekommen. Er sah sich um und hielt den Atem an. Hatte er jemanden beleidigt? Verletzt? Hatte er irgendwann irgendetwas Falsches gesagt?

Doch niemand meldete sich. Tiefes Schweigen breitete sich aus, so tief, dass das Rauschen der anrollenden Wellen das lauteste Geräusch war. Ein Vogel mit rot glühendem Gefieder flog über sie hinweg und stieß einen Ruf aus, der klang wie »Jehris!«, und offenbar nicht nur in seinen Ohren, denn ein paar Leute lachten.

»Ich stelle fest, dass es keinen Einwand gibt«, sagte Jagashwili schließlich. »Damit kommen wir zum Gelübde.«

Er wandte sich an Jehris, sprach aber weiter so laut, dass ihn alle hören konnten.

»Bei unserem Gelübde geht es nicht darum, zu versprechen, für immer diesem Schwarm anzugehören. Es geht nicht einmal darum, zu versprechen, für immer ein Nestloser zu bleiben. Dergleichen kann man seriöserweise nicht versprechen. Du hast in den letzten

Tagen selbst gesehen, dass manche zu anderen Schwärmen wechseln. Und so, wie es vorkommt, dass Nestler zu uns stoßen, kommt es auch vor, dass ein Nestloser sich in einem Nest zur Ruhe setzt. All das muss möglich sein, wie sonst dürften wir von Freiheit sprechen, nicht wahr?«

Jehris nickte. Das klang alles weniger drastisch, als er befürchtet hatte.

»Bei unserem Gelübe geht es um etwas anderes«, fuhr Jagashwili fort. Er deutete in Richtung des Kreises der Alten. »Es geht darum, dass du versprichst, das Geheimnis Wilians, das wir dir heute anvertrauen wollen, zu bewahren und *niemals* mit Außenstehenden darüber zu reden. Von dieser Regel gibt es nur eine Ausnahme – die du ebenfalls gleich erfahren wirst –, aber sie betrifft eine Situation, die nach menschlichem Ermessen niemals eintreten wird. Bleiben wir also bei *niemals*. Du musst versprechen, niemals zu einem Außenstehenden darüber zu sprechen, auch dann nicht, falls du dich eines Tages entschließen solltest, dich wieder in einem Nest anzusiedeln und damit kein Nestloser mehr zu sein.«

Er sah in die Runde. »Dieses Versprechen können wir verlangen, ohne deine Freiheit ungebührlich einzuschränken, denn es ist das Versprechen, etwas *nicht* zu tun, und die Kontrolle darüber wird stets ganz und gar in deiner Macht liegen. Dieses Versprechen zu geben ist gewissermaßen der Preis dafür, das Geheimnis Wilians zu erfahren.«

Jagashwili breitete die Flügel weit aus, immer wieder ein beeindruckender Anblick, und wandte sich dann erneut an Jehris. »So frage ich dich vor all den hier versammelten Zeugen: Willst du, Jehris, geloben, das Geheimnis Wilians nach diesen Regeln bis ans Ende deines Lebens für dich zu behalten und damit einer von uns zu sein?«

»Das will ich«, sagte Jehris.

***

Später am Tag, als er den Kreis der Alten wieder verließ, in Schweiß gebadet und mit zitternden Beinen, empfingen ihn die, die noch da waren, mit lautem Klatschen und dem Ruf: »Jehwili! Jehwili! Jehwili!«

Er reagierte erst gar nicht. Konnte es nicht. Er fühlte sich bis in die Grundfesten seines Seins erschüttert durch das, was er erfahren hatte. Ihm war, als habe man ihn auseinandergenommen und auf gänzlich andere Weise wieder zusammengesetzt. Er würde Zeit brauchen, sich an dieses neue Lebensgefühl zu gewöhnen.

Ein neuer Name passte auf jeden Fall dazu.

Er winkte zurück, lächelte – und spürte einen Schmerz dabei, von dem er ahnte, dass dieser ihn nie wieder ganz verlassen würde.

Natanwili hatte recht gehabt: Nun wusste er, warum alles, was die Nestlosen taten, von Schwermut unterlegt war.

Nun wusste er es.

Teil 2

DER PREIS DER WAHRHEIT

Teil 2

DER PREIS
DER WAHRHEIT

Luchwen

Das unverzeihliche Vergehen

Wie immer, wenn für die Frostzeit der Moment nahte, in dem sie würde gehen müssen, zeigte sie noch einmal, wie fest sie die Küstenlande im Griff haben konnte. Ein eisiger Schneewind aus dem Norden war über die Wälder hereingebrochen, ein wirbelndes Weiß vor einem nebelverhangenen, grauen Himmel. Die Eiszapfen am Wentas-Fall maßen inzwischen vierzig Mannslängen und mehr, und was da tropfte, war nicht Schmelzwasser, sondern ein Rinnsal aus dem See darüber, von dem der größte Teil am Eis hängen blieb und ebenfalls gefror. Der Wind heulte in der Schlucht und im Wipfel des Nestbaums und ließ die erstarrten Lianen klirren, dass man manchmal sein eigenes Wort nicht verstand.

Niemand, der nicht musste, hielt sich in diesen Tagen draußen auf, wo einen die Kälte in die Flügel biss. Man konnte sich ja schlecht etwas drüberziehen! Die einen schworen auf Hiibu-Fett, andere auf häufiges Bürsten und Aufschütteln, damit die Federn ein dichteres Luftpolster bildeten, das isolierte. Aber am besten war, sich so lange wie möglich auf den abgedichteten, geheizten Mahlplätzen aufzuhalten, und so spielte sich das Leben gerade hauptsächlich dort ab. Man hockte beisammen, aß und trank, redete oder spielte, flickte Kleidung oder strickte neue, und wartete darauf, dass endlich die Trockenzeit kam. Lang konnte es nicht mehr dauern, denn die Blüten des Kletterkrauts bohrten schon ihre spitzen, graugrünen Köpfe durch das Eis, das sie bedeckte.

Luchwen hielt sich auch die meiste Zeit auf den Mahlplätzen auf, aber er saß nicht an den Tischen, sondern half in der Küche, und er half mehr als sonst, legte eine geradezu verzweifelte Arbeitsbereitschaft an den Tag. Vielleicht, sagte er sich, würde man sich später daran erinnern, dass er immerhin fleißig gearbeitet hatte, dass ihm keine Aufgabe zu schwer oder zu unangenehm gewesen war, dass er sich mit ganzer Kraft eingebracht hatte. Später, wenn alles herauskam.

Aber vielleicht würden sie auch sagen, nun, er ist der Neffe von Owen, dem Aufschneider und Lügner, was will man erwarten? Es liegt eben so manches in den Genen.

Über Gene wurde viel geredet, dabei: Wer wusste denn schon wirklich, was darunter zu verstehen war? Er jedenfalls wusste nur das, was die Großen Bücher darüber lehrten – dass der Körper jedes Lebewesens aus zahllosen, ungemein winzigen Zellen bestand, wobei jede Zelle in ihrem Kern einen Bauplan für das gesamte Lebewesen trug, dessen Teil sie war. Und dieser Bauplan, das waren die Gene. Man konnte diese Gene im Prinzip austauschen, sogar zwischen ganz verschiedenen Lebewesen, doch niemand, der heute lebte, hätte das tun können; die Ahnen hatten es gemacht, um ihren Kindern die Flügel der Pfeilfalken zu geben und noch dies und das, aber man benötigte Werkzeuge dazu, die es nicht mehr gab. Nicht einmal Mikroskope gab es, die stark genug waren, dass man wenigstens diese winzigen Zellen mal gesehen hätte. Jedenfalls nicht in den Küstenlanden. Im Schlammdreieck, sagte man, hätten sie solche Mikroskope, weil sie sie brauchten, um ihr Wasser zu überprüfen, aber das war am anderen Ende der Welt, und wer wusste schon, ob alles stimmte, was darüber erzählt wurde?

Jedenfalls, Luchwen war in diesen Tagen ständig in der Küche und rührte, briet, schnitt, würzte, kochte, dünstete, goss ab oder richtete an. Er hatte früh angefangen, sich für die Küchenarbeit zu interessieren. Schon als Kind hatte er gern in der Rezeptsammlung gelesen und später alles, was man ihm beibrachte, schnell gelernt, und der Zuspruch der anderen, dass er es gut mache, hatte ihn stets ermutigt. Doch darum ging es jetzt nicht mehr. Er übernahm jede Aufgabe, die man ihm antrug, egal wie unangenehm, und stürzte sich mit aller Kraft darauf. Er schnitt Berge von Torgwurzeln, wenn

Torg auf dem Speiseplan stand, schabte Fleisch- und Fettreste von Hiibu-Knochen – eine besonders eklige, unbeliebte Arbeit – oder flog klaglos hinaus ins Schneegestöber, wenn es nötig war, etwas aus den Kaltkammern zu holen, Töpfe mit Fruchtsirup etwa, Gemüse oder eingesalzenes Fleisch. Doch kein Lob vermochte ihm Ruhe zu geben, kein dankbares Wort für seinen Einsatz konnte die innere Anspannung von ihm nehmen, unter der er litt. Jeder Tag kam ihm vor wie ein geschenkter Tag, oder besser gesagt, wie ein *gestohlener* Tag, eine Verlängerung einer Gnadenfrist, die ihm das Schicksal zugestand. Wie alle litt auch er unter der Frostzeit und sehnte ihr Ende herbei – doch zugleich fürchtete er es, denn sobald die Kälte endete, würde Oris irgendwann zurückkehren, und dann ...

Aber darüber wollte Luchwen lieber nicht nachdenken.

Abends, wenn alle Teller und Tassen und Töpfe gereinigt und alle Tische gewischt waren und er endlich ins Schlafnest kam, war er immer zum Umfallen müde.

»Du arbeitest zu viel, Luchwen«, sagte seine Mutter dann. »Die Frostzeit ist dazu da, um auszuruhen. So, wie es auch die Natur macht.«

»Die Natur muss aber nicht kochen und spülen«, erwiderte Luchwen unwirsch, und ehe seine Mutter darauf etwas sagen konnte, erklärte er, müde zu sein, zog sich in seine Kuhle zurück und schloss die Klappe hinter sich.

In den kalten Jahreszeiten half die Klappe, des Nachts die Wärme zu bewahren, aber nicht deswegen schloss er sie: Er wollte vor allem allein sein, allein und unbeobachtet.

Er zog ein Stück Hiibu-Speck, das er mitgebracht hatte, aus der Tasche und warf es in das Glas mit den Leuchtwürmern, das in einer Ecke der Kuhle an der Decke hing. Das Glas, das im blassen, grünlichen Licht der Würmer leuchtete, war noch ein Geschenk seiner Großmutter und uralt; schon als Kind hatte er bei vollkommener Dunkelheit nicht schlafen können. Aber natürlich waren es längst nicht mehr dieselben Leuchtwürmer, denn diese genügsamen Tiere sahen selten mehr als zwei Frostzeiten. Diese hier hatte er selber gesammelt, in den dunklen Büschen beim Trauerfelsen, und sie waren noch jung.

Gut möglich, dass sie ihn hier im Nest der Wen überdauern würden.

Es wäre höchste Zeit gewesen, das Stroh aufzuschütteln und die Decke, die darüber lag, auszubürsten, aber dazu konnte er sich irgendwie nicht aufraffen, auch heute nicht. Er legte sich nur auf die Seite, zog die Oberdecke über sich, hüllte sich in seine Flügel und versuchte, zu schlafen und alles zu vergessen.

Keins von beidem gelang ihm, nie. Es war unmöglich, zu vergessen, was er getan hatte.

Und so schlug er irgendwann die Augen wieder auf und begann, was inzwischen schon ein zwanghaftes Ritual war: Mit den Fingerspitzen und ganz, ganz leise zog er ein Stück Holz aus der Wandverkleidung, hinter dem sich ein winziger Hohlraum befand, den er als kleiner Junge entdeckt und fortan als Versteck für geheime Dinge verwendet hatte. Hier hatte er Funkelsteine aufbewahrt, die er am Strand aufgelesen und für einen Schatz gehalten hatte, bis ihm jemand erklärte, dass es nur Glasscherben waren, die die Brandung rundgewaschen hatte. Ein Knopf aus dem geheimnisvoll schimmernden Grünstein, den er als Kind einmal gefunden hatte, lag darin; sein Vater hatte ihm damals eine Standpauke gehalten von wegen, wie gefährlich es war, etwas vom Boden aufzuheben. Lange hatte er hier auch getrocknete Mokko-Beeren versteckt, als Reserve für karge Zeiten. Und er verwahrte hier immer noch eine Feder aus den Flügeln des ersten Mädchens, in das er verliebt gewesen war, die schöne Siliamur, die der Margor geholt hatte, ehe sie beide eine Chance gehabt hatten.

Und nun versteckte er hier auch den Brief, den er unterschlagen hatte.

Er zog ihn heraus, wie jeden Abend, wenn er allein war. Das winzige Stück Papier war von der Hand seines Cousins beschriftet und wasserfest überstrichen. Im fahlen Licht der Leuchtwürmer war die Schrift kaum zu entziffern, aber Luchwen hätte den Text auswendig hersagen können:

Wir wissen jetzt, dass die geheime Bruderschaft, die meinen Vater mit ihren Intrigen in den Tod getrieben hat und der unter anderem ein Hargon, ein Adleik und ein Geslepor angehören, uns beobachtet und wusste, was wir vorhatten. Die Frostzeit gibt uns eine Verschnaufpause, danach aber müssen wir schnell handeln, wenn wir ihnen zuvorkommen wollen. Deswegen kann es noch eine Weile dauern, ehe wir zurückkommen.

Luchwen konnte sich selber nicht mehr erklären, was ihn dazu getrieben hatte, so etwas zu tun: einen Brief zu unterschlagen! Gewiss, es war nur ein *Teil* eines Briefes gewesen, aber das machte es bloß noch schlimmer.

Passiert war es in den ersten Tagen der Frostzeit. Er hatte die Aufgabe bekommen, den Schlag der Kuriervögel zu reinigen, was um diese Zeit üblich, aber eine unbeliebte Arbeit war. Der Schlag war allezeit offen, die Vögel konnten nach Belieben ein und aus fliegen: Es gab keinen Grund, es anders zu handhaben, denn Kuriervögel waren dem Nest, in dem sie geboren waren, ein Leben lang treu, so treu in der Tat, dass sie von überallher den Weg zurückfanden, was sie als Kuriere ja so geeignet machte. Zudem waren es überaus genügsame Tiere, die sich normalerweise in den umliegenden Wäldern selbst ernährten. In der Frostzeit fütterte man jedoch zu, um sie gesund zu halten, und versorgte sie auch mit Wasser. Aber eben dafür musste man den Schlag reinigen, denn bei all ihren sonstigen guten Eigenschaften waren Kuriervögel doch rechte Dreckmacher, die nichts dabei fanden, in ihren eigenen Exkrementen zu leben.

Deswegen war der Schlag weit oben angebracht, auf der Höhe des Landenetzes, aber auf der gegenüberliegenden Seite des Wipfels, wo die Vögel ungestört waren, und zudem weit außen, damit nichts von dem Dreck auf Schlafhütten oder Wege fiel. Dort also war Luchwen gerade am Kratzen und Bürsten gewesen, misstrauisch beäugt von den Vögeln, die sich derweil auf die obersten Stangen zurückgezogen hatten, als plötzlich ein weiterer Vogel auf dem Schlagbrett gelandet war, sichtlich erschöpft. Nicht, dass Luchwen die Tiere voneinander hätte unterscheiden können, aber es war unverkennbar einer der Vögel, die sie an andere Nester gegeben hatten, denn er trug eine Nachricht um den Fuß gewickelt.

Luchwen schnappte sich das Tier und machte die Nachricht ab. Sie bestand aus drei Blättern, und er wusste noch auswendig, was auf dem ersten davon gestanden hatte:

Oris (Nord-Tal) an Eiris (Küstenlande) und Markosul (Muschelbucht), über Küstenlande-Wen mit Bitte um Weitergabe.
Grüße!
Ifnigris, Meoris, Kalsul, Galris, Bassaris und ich sind auf unserer Suche vom Kälteeinbruch überrascht worden, aber wohlbehalten ins Nest der Nord-Tal gelangt und eingeladen, als Frostgäste zu bleiben. Macht euch also keine Sorgen um uns.

Das zweite Blatt war das gewesen, das er gerade in Händen hielt, und auf dem dritten hatte gestanden:

So werden wir die Frostzeit über hier bei den Tal leben, uns nach Kräften nützlich machen und gewiss eine gute Zeit haben, aber zugleich ungeduldig auf die ersten warmen Tage warten, damit wir unseren Weg fortsetzen können.
Segen!
Oris grüßt seine Mutter Eiris und seine Schwester Anaris, Ifnigris grüßt ihre Stattmutter Delris und ihren Vater Nigtal, Meoris grüßt ihre Mutter Meolaparis, ihren Vater Nalful und ihren Bruder Daris, Kalsul grüßt ihren Vater Markosul und ihre Mutter Reshbar, Galris grüßt seine Mutter Panaris, seinen Vater Elnidor und seine Schwester Arseris, Bassaris grüßt seine Mutter Juris und seinen Vater Basgiar.

Und dann … dann hatte er aus irgendeinem Grund nur das erste und das dritte Blatt mitgenommen, als er zu Tante Eiris geflogen war, durch Kälte und so heftig fallenden Schnee, dass er kaum den Weg zum Ris-Nest gefunden hatte. Er hatte auch nur diese beiden Teile abgeschrieben, um sie, mit der Erlaubnis von Jorwen, dem Vorratsmeister, mit einem anderen Kuriervogel zu den Non zu schicken, damit man dort die Nachricht an das benachbarte Sul-Nest weitergab.

Warum nur? Warum hatte er das getan? Es war ihm ein Rätsel – und dann auch wieder nicht. Wenn er zurückdachte an jenen Tag, an jenen Moment, dann spürte er immer noch die Faszination, die dieses Stück Papier auf ihn ausgeübt hatte. Durch eine Fügung des Schicksals … denn: Wie wahrscheinlich war es, dass ein Kuriervogel ausgerechnet in dem Moment ankam, in dem er, Luchwen, den Schlag reinigte, was er bislang überhaupt nur ein einziges Mal getan hatte, nämlich zu Beginn der Frostzeit davor? Durch eine Fügung des Schicksals also war ihm ein Geheimnis in die Hände gefallen, und indem er es für sich behielt, hatte er zumindest ein wenig teil an dem Abenteuer, das sein Cousin und dessen Freunde gerade erlebten. Etwas zu wissen, das sonst niemand wusste, hatte ihn geradezu berauscht, und er war, ja, er war *glücklich* gewesen, als er das wetterfeste Papier in seine Tasche geschoben hatte.

Doch wie *dumm* war das gewesen! Und wie dumm war *er* gewesen, dass ihm das erst viel später aufgegangen war! Denn: Irgendwann würde Oris ja zurückkehren – nicht sofort nach Anbruch der Trockenzeit, gewiss, das hatte er ja geschrieben, aber sicherlich doch bald –, und dann würde alles auffliegen. Er würde bei seiner Mutter die beiden Blätter sehen und fragen, wo ist denn das dritte, und sie würde sagen, was für ein drittes? Ich habe nur diese beiden bekommen. Und dann bedurfte es nur noch der Frage, wer die Nachricht empfangen hatte, und Jorwen wusste, dass Luchwen es gewesen war, und dann? Dann gab es keine Ausrede, die ihn retten würde; zumindest war Luchwen keine eingefallen, obwohl er Tag und Nacht über nichts anderes nachdachte. Unmöglich zum Beispiel, zu behaupten, der Vogel müsse eines der Blätter verloren haben, denn diese waren, wie es sich gehörte, ineinander gefaltet und gerollt gewesen, sodass er schon hätte *alle* verlieren müssen – was aber nicht geschehen war, wie man wusste, da Luchwen den Rest des Briefes ja überbracht hatte.

Kurzum, er würde so etwas von unten durch sein im Nest, dass er sich im Grunde nur noch überlegen konnte, ob er in die Einsamkeit gehen würde, um Buße zu tun, oder ob er die nächstbesten Nestlosen anbettelte, ihn aufzunehmen.

***

Auch die Wen beherbergten einen Frostgast: Kemaleik, ein Mädchen von den Inseln, die eine Weile mit Torriwen zusammengewesen war, bis die beiden sich zu einem so ungünstigen Zeitpunkt verkracht hatten, dass sie es nicht mehr nach Hause geschafft hatte. Seither lebte sie mit im Nest, half bei den Näharbeiten, was sie wohl ganz gut konnte, und genoss es, dass jetzt die anderen Jungs hinter ihr her waren.

An einem Abend waren es Garwen und Pruwen, die ihr den Hof machten. Der Mahlplatz leerte sich nach und nach, und schließlich war Luchwen allein in der Küche, weil er es freiwillig übernommen hatte, die Pfannen zu schrubben. Während er das tat, warf er ab und zu einen Blick hinüber, wo irgendwann nur noch die drei zusammensaßen. Kemaleik war klein und wirkte noch kleiner, weil sie so große Flügel hatte, die dunkel waren, aber bei Lichteinfall grünlich schimmerten, und sie hatte ein Kichern drauf, an dem man sie schon von Weitem erkannte. Das war gerade ständig zu hören, denn die beiden Jungs plusterten sich richtiggehend vor ihr auf, mit Flügelspreizen und allem, es war fast peinlich, zuzuschauen.

Jedenfalls legte Luchwen kein Holz mehr nach, sondern machte die Klappe zu, um die Glut zu bewahren. Der Stein des Ofens würde noch die halbe Nacht über Wärme abgeben, was auch nötig war, denn es hing jede Menge Wäsche darüber zum Trocknen.

Besucher hielten Garwen und Luchwen oft für Brüder, weil sie beide auffallend rötliche Flügel hatten, eine relativ seltene Spielart. Das war natürlich nicht sehr logisch, denn Geschwister hatten zwar oft ähnliche Gesichtszüge oder Wesensarten, aber so gut wie nie gleiche Haut- oder Federfarben. Doch die meisten Leute dachten nun mal nicht sehr logisch. Manchmal machten Garwen und er sich auch den Spaß, solche Vermutungen zu bestätigen und sich als Brüder auszugeben, aber das flog immer irgendwann auf, weil jemand anders den Mund nicht halten konnte.

Im Grunde hätte es Luchwen sogar gefallen, wenn Garwen sein großer Bruder gewesen wäre. Garwen war stark und lustig und stets guter Laune: Kein Wunder, dass ihn alle mochten.

Pruwen dagegen hatte unscheinbare, etwas schiefe Flügel und hässlich vorstehende Zähne. Dass sich so jemand traute, ein Mädchen wie Kemaleik anzumachen, verblüffte Luchwen schon den ganzen Abend. Pruwen schien sich aber selber großartig zu finden, wirkte jedenfalls völlig unbekümmert, wie er auf sie einredete, und Kemaleik ließ ihn nicht etwa abblitzen, sondern flirtete mit ihm genauso wie mit Garwen.

Aber irgendwann dehnte sie die Flügel, so weit es ging, und sagte vernehmlich: »Also, Jungs, ich kann mich einfach nicht zwischen euch beiden entscheiden. Und deshalb gehe ich jetzt schlafen.«

»Allein?«, rief Pruwen aus und klang richtig erschüttert dabei.

»Allein, jawohl«, erwiderte sie lachend, stand auf, hauchte beiden noch ein Küsschen zu und ging. Man hörte sie draußen kurz mit den Flügeln schlagen, dann war sie weg.

Nun räkelte sich Pruwen ebenfalls. »Tja, wenn das so ist, dann grab ich mich auch mal ins Stroh …«

Er verzog sich, doch Garwen kam noch zu Luchwen in die Küche und meinte: »Na, kleiner Bruder? Dir haben sie heute ja viel Arbeit übrig gelassen.«

»Bin so gut wie fertig«, sagte Luchwen, überrascht, dass Garwen ihn überhaupt bemerkt hatte. »Das ist die letzte Pfanne.« Und sie

397

war schon so gut wie sauber; die letzte verkrustete Stelle löste sich gerade unter seiner Bürste.

Garwen grinste. »Na, den Ahnen sei Dank. Ich dachte schon, ich müsste dir was helfen.«

Luchwen nickte in Richtung des Tisches, an dem die drei gesessen hatten. »Ich wundere mich. Du hast sie ja richtig ernsthaft angetänzelt. Ich dachte, du bist mit Ifnigris zusammen?«

Garwen seufzte. »Ach, ja, das dachte ich auch mal. Aber ich glaube, daraus wird nichts mehr.«

»Sag bloß. Dabei hab ich gesehen, wie du mit ihr in die Buschbäume bist. Und mehr als einmal.«

»Schon. Aber deswegen muss man einander ja nicht gleich versprechen.« Garwen hob die Hände. »Ihre Worte, nicht meine.« Er ließ sich auf einen der Arbeitshocker sinken. »Außerdem ist sie gerade weit weg und erlebt wilde Abenteuer zusammen mit deinem Cousin. Den sie vielleicht sowieso mehr liebt als mich.«

Luchwen lachte hell auf, verstummte aber wieder, als Garwen nicht mitlachte. »Das war jetzt ein Witz, oder?«, vergewisserte er sich.

Garwen wiegte den Kopf hin und her.

»Komm«, meinte Luchwen. »Oris ist ihr Nestbruder! Da entwickelt man keine solchen Gefühle. Mal davon abgesehen, dass es tabu wäre.«

»Tja. Wer weiß?« Garwen dehnte sich, ein imposanter Anblick. Eine seiner Flügelspitzen berührte die Ofenklappe, und er zuckte zurück. »Holla, die ist ja noch heiß?«

»Soll vorkommen bei Öfen.« Luchwen spülte die Pfanne vollends aus und stellte sie ins Trockengestell.

Garwen faltete seine Flügel wieder ein. »Jedenfalls, Ifnigris ist gerade Frostgast da oben in den Nordbergen, und ich schätze mal, die Tal haben auch hübsche Söhne. Da werd ich nicht hier traurig herumsitzen und nur meine Flügel bürsten, oder?«

»Die werden von einer geheimen Bruderschaft verfolgt«, hörte sich Luchwen sagen. »Darum sind sie dort.«

»Was?« Garwen riss die Augen auf.

Mist. Luchwen schluckte. Manchmal sagte er etwas, ohne vorher nachzudenken. Oft sogar. Viel zu oft. Das große Problem seines Lebens.

»Weiß ich zufällig«, erklärte er. »Sag's bitte nicht weiter.«

»Was für eine Bruderschaft?«

Luchwen zögerte. Auf keinen Fall würde er das mit dem Brief erzählen. »Oris meint, die hätten absichtlich Lügen über seinen Vater verbreitet, um ihn dazu zu bringen, diesen Unglücksflug zu unternehmen. Ihn also in den Tod getrieben.«

Garwen musterte ihn eindringlich. »Das denkst du dir gerade aus, oder?«

Luchwen schüttelte den Kopf. »Kein bisschen. Oris kennt drei Namen – Hargon, Adleik und Geslepor. Die gehören dazu. Mehr weiß ich aber auch nicht.«

»Geslepor«, wiederholte Garwen. »Doch nicht etwa *der* Geslepor, der sich immer mal wieder hier in der Gegend herumtreibt und überall seine komischen Holzlöffel anbietet?«

»Kenn ich nicht«, sagte Luchwen. »Wer ist das?«

»Er kommt so gut wie nie in die Nester. Der quatscht einen an, wenn man allein im Wald unterwegs ist oder in einem Hanggarten arbeitet oder so. Dann drückt er einem das Gespräch rein und hört nicht mehr auf. Ziemlich schleimiger Typ. Behauptet, er sei Händler. Ich hab ihn tatsächlich auch schon mal auf dem Luuki-Markt gesehen, aber da hatte er keinen Stand, sondern hat auch nur Leute bequasselt und ausgefragt. Na ja, und er hat immer diese Holzlöffel dabei. Ich meine, was für ein Geschäft kann man mit *Holzlöffeln* machen?« Garwens Blick fiel auf den Korb mit dem Kochbesteck, und er stutzte. »Na so was, da sind ja auch welche.«

Er nahm sie heraus: aus Holz geschnitzte Löffel, abgewetzt und verfärbt. Luchwen hatte sie noch nie jemanden benutzen sehen.

»Muss eine komische Bruderschaft sein«, meinte Garwen und legte die Löffel wieder zurück.

Luchwen zuckte mit den Schultern. »Mehr weiß ich auch nicht.«

»Hmm«, machte Garwen. Sein Blick ging auf einmal in weite Ferne, schien die Abdeckung rings um den Mahlplatz zu durchdringen. »Was meinst du?«, fragte er nach einer Weile. »Können sie Hilfe brauchen?«

»Was?«

»Noch ein paar Tage, dann wird es warm genug sein, dass man fliegen kann. Wie weit ist es bis zu den Tal der Nordlande? Vier Tagesreisen? Fünf? Mehr bestimmt nicht. Lässt sich rausfinden. Im Norden beginnt die Trockenzeit meistens ein bisschen später. Man könnte dort sein, ehe sie aufbrechen. Als Verstärkung, verstehst du?«

Luchwen schluckte. »Du willst da *hin*?«

»Du nicht?«

Luchwen sah ihn ratlos an. Der Gedanke, sich kopfüber – absichtlich! – in ein Abenteuer zu stürzen, war ihm noch nie gekommen. Abenteuer, das war etwas, das andere erlebten, Leute mit Tatkraft, Unternehmungsgeist, Ideen … aber doch nicht *er*!

»Ich weiß nicht«, bekannte er. »Darüber muss ich nachdenken.«

Garwen klopfte ihm auf die Schulter. »Tu das, kleiner Bruder. So etwas sollte man immer überschlafen.« Er gähnte herzhaft. »Da fällt mir auf, für mich wird's auch Zeit. Die Kuhle ruft.«

Er hob grüßend die Hand und ging. Ein kalter Windstoß kam herein, als er den Vorhang beim Eingang öffnete. Ein Flügelschlag, dann war er fort.

Luchwen stand noch eine Weile nachdenklich da, sah aber ein, dass er heute zu keinem Entschluss mehr kommen würde. Er machte den obligatorischen Rundgang desjenigen, der die Küche abends als Letzter verließ – nachprüfen, ob die Ofenklappe wirklich dicht und das Feuer aus war; solche Dinge –, dann löschte er die Fettlampen und ging auch schlafen.

Es war der erste Abend, an dem er nicht an den Brief in seinem Versteck dachte, sondern gleich einschlief.

***

Am nächsten Tag sah er Garwen erst einmal nirgends. Das wunderte Luchwen nicht. Die Nacht war kurz gewesen, und er fühlte sich selber schrecklich müde; wahrscheinlich lag Garwen einfach noch in der Kuhle.

Wie jeden Morgen stürzte sich Luchwen wieder in die Arbeit, doch heute dachte er dabei ab und zu darüber nach, wie es wohl wäre, selber Abenteuer zu erleben. Ob er dazu überhaupt imstande war? Wie konnte man das wissen?

Nach einer Weile, zwischen Gemüseputzen und Feuerschüren, wurde ihm klar, dass der einzige Weg, das herauszufinden, der war, es zu *wagen*.

Doch wenn man derlei wagte, riskierte man, zu entdecken, dass man eben *nicht* dazu imstande war. Man riskierte zu scheitern. Zu versagen. Ja, im schlimmsten Fall konnte man bei einem solchen Wagnis ums Leben kommen!

»Luch!«, unterbrach Laliwen, die heute die Küche leitete, seine Überlegungen. »Was *machst* du da?«

Luchwen sah auf seine Hände hinab. »Ich schneide Flockenkraut, wieso?«

»Weil wir heute Morgen den Speiseplan geändert haben. Wir haben Quidus, die weg müssen.«

»Ach so.« Luchwen merkte, wie seine Schultern und Flügel herabsanken, wie von selbst. »Hab ich vergessen.«

»Ja, du bist heute irgendwie nicht bei der Sache, hab ich das Gefühl.«

Es lag an den Tropfgeräuschen, sagte sich Luchwen. Es wurde wärmer, der Schnee schmolz, und von überall hörte man das leise *domp … domp … domp* von Tropfen, die auf Schlafhütten fielen, und dazu ein vielstimmiges *bik–bik–bik* auf dem Dach des Mahlplatzes: wie ständige Erinnerungen, dass *bald, bald, bald* die Trockenzeit begann und dann *bald, bald, bald* Oris zurückkam …

Luchwen vertrieb alle Gedanken, die nichts mit dem Kochen zu tun hatten, Gedanken an Oris genauso wie Gedanken an Abenteuer. Er verstaute das schon geschnittene Flockenkraut in einem

Korb, den er in die Kaltkammer stellte, und machte sich über die reifen Quidus her.

Später, am Nachmittag, als die meisten wieder weg waren und er endlich selber beim Essen saß, tauchte Garwen auf, frisch und ausgeruht und so unternehmungslustig wie immer.

»Hallo, kleiner Bruder«, sagte er, als er sich zu Luchwen an den Tisch setzte. »Und? Drüber geschlafen?«

Luchwen, der so müde war, dass ihm die Augen brannten, sah ihn entgeistert an. »Was?«

»Pass auf«, fuhr Garwen mit einer Lebhaftigkeit fort, die Luchwen schier unerträglich war. »Ich hab mit Marwen gesprochen. Die war mal bei den Kurieren und viel in den Nordlanden unterwegs; sie hat mir den besten Weg zu den Tal erklärt.«

Luchwen ließ den Löffel sinken. »Du hast das ernsthaft vor.«

»Ja, klar.« Garwen musterte ihn, als warte er darauf, dass Luchwen noch etwas sagte, aber als er das nicht tat, meinte er: »Ich meine, das ist eine Chance, ein gewisses Mädchen ernsthaft zu beeindrucken, oder? *Klar* hab ich das vor.«

»In die Nordlande fliegen, während überall noch Eis an den Bäumen hängt? Nur, um …« Um sich in ein Abenteuer zu stürzen, über das er *nichts* wusste? Das sagte Luchwen nicht. Er brachte es einfach nicht über die Lippen.

»Hey«, machte Garwen. »Du willst mich doch nicht etwa allein fliegen lassen?«

Luchwen holte tief Luft. »Gar … ich weiß nicht, ob das eine gute Idee ist.«

»Ich könnte natürlich auch Pruwen fragen oder Torriwen …«, überlegte Garwen. »Aber denen müsste ich erzählen, worum es geht, und du hast mich ja gebeten, es für mich zu behalten. Also bleibst nur du, nicht wahr? Weil, allein zu fliegen, das ist mir zu riskant. Es kann immer was sein. Die Regel der Kuriere, du weißt schon – immer mindestens zu zweit.« Er setzte dieses unwiderstehliche Grinsen auf. »Außerdem ist Oris schließlich dein Cousin. Und wir sind fast Brüder, oder?«

Luchwen presste die Lippen zusammen. Das war es ja gerade. Nicht nur, dass er Schiss hatte, sich so weit aus der ihm vertrauten Umgebung zu begeben, es würde ja auch heißen, Oris *noch* eher wiederzusehen, ihm geradezu entgegenzufliegen, ihm und der Frage, was aus dem Brief geworden war!

»Gar …«, begann Luchwen mühsam, »das ist alles nicht so einfach. Ich war noch nie aus den Küstenlanden weg. Ich war noch nicht mal mit auf dem Markt!«

»Tja. Höchste Zeit, dass du es mal tust, würde ich sagen.«

»Meine Mutter kriegt einen Anfall, wenn ich ihr das sage.«

»Bisher hat sie alle Anfälle überlebt. Sie wird auch den überleben.«

Luchwen schloss die Augen. »Ich hab zu wenig geschlafen, Gar. Ich kann das jetzt nicht entscheiden.«

»Eilt ja nicht. Ein paar Tage bleibt der Frost ohnehin noch.« Garwen klatschte mit beiden Händen auf den Tisch, stand auf, ruckelte seine Flügel zurecht und meinte: »Ich frag dich morgen noch mal. Jetzt lass dein Essen nicht kalt werden.«

Damit ging er. Luchwen nahm den Löffel wieder auf, tauchte ihn in den Eintopf, aber der Appetit war ihm vergangen. Sein Bauch fühlte sich auf einmal an, als sei er mit lauter hart verknoteten Seilen gefüllt.

Der Mahlplatz lag weitgehend verlassen da, wie immer um diese Zeit des Tages. In der Küche hörte er jemanden hantieren. Teller klapperten, Wasser plätscherte. Auf der anderen Seite hockten zwei junge Mädchen bei einem Tee und steckten wispernd die Köpfe zusammen. Ansonsten saß, ein paar Plätze weiter, nur der alte Worunon, ein uralter Mann, grau, glatzköpfig und mit wie eingeschrumpelt wirkenden Flügeln, an denen kaum noch Federn waren. Worunon saß den ganzen Tag im Warmen, weil er viel zu alt war, um noch irgendetwas beitragen zu können, und so starrte er eben vor sich hin und redete nicht viel, oft gar nichts. Wenn man versuchte, ein Gespräch mit ihm anzufangen, nickte er meistens nur und sagte »Ja, ja«, und das war es dann.

403

Umso verblüffter war Luchwen, als sich Worunon nun zu ihm umdrehte und mit krächzender Stimme erklärte: »Lass mich dir eins sagen, Junge – die meisten Dinge, vor denen man sich fürchtet, passieren nie. Am Ende deines Lebens bereust du nicht die Dinge, die du getan hast, sondern die Dinge, die du dich nicht *getraut* hast zu tun.«

»Du ... du hast mitgehört!«, entfuhr es Luchwen. Hieß es nicht, der alte Worunon sei längst schwerhörig und man müsse besonders laut reden, wenn man ihn was fragte?

Worunons Blick ging an ihm vorbei. »Ich wollte immer die Nordberge sehen ... die kalte Küste ... die Eislande am Horizont ... Aber ich hab die Flügel nie auseinander gekriegt. Und jetzt sitz ich hier und kann nur noch auf den Tod warten.«

Vielleicht, sagte sich Luchwen, redete Worunon ja auch nur mit sich selbst.

Aber vielleicht auch nicht.

***

Er fand Garwen am Ufer des Wentas, Wasserschläuche füllen für die abendliche Waschzeit.

»Du kommst aber nicht, um mir ein paar Schläuche abzunehmen?«, fragte er.

»Kann ich außerdem machen«, sagte Luchwen.

»Das heißt ...?«

»Ich bin dabei. Ich flieg mit dir zu den Tal.«

Unterwegs ins Eisenland

Luchwens Mutter geriet tatsächlich außer sich, als er seinen Eltern erzählte, dass er zusammen mit Garwen nach Norden fliegen wollte, um Oris und die anderen zu suchen. Obwohl er nur sehr behutsam andeutete, dass diese gerade so etwas wie ein Abenteuer erlebten, übersetzte sich seine Mutter diesen Ausdruck natürlich sofort als *sie stecken in Schwierigkeiten*. Was ihn auf die Idee brächte, ihnen dabei Gesellschaft leisten zu müssen? Sollten andere sich in den Margor stürzen, wenn sie es denn für richtig hielten; das sei noch lange kein Grund, ihnen nachzufliegen. Und überhaupt, habe er eine Ahnung, wie *kalt* es oben im Norden werden könne und wie anders die Jahreszeiten dort verliefen? Selbst das große Licht des Tages ginge im Norden zu anderen Zeiten auf, als sie es gewohnt seien!

Und so weiter, ein unaufhörliches Gejammer, das erst endete, als sein Vater schließlich sagte: »Dala, nun lass gut sein. Der Junge ist alt genug, um zu tun, was er für richtig hält.«

»Aber …!«, sagte sie noch.

»Und er muss auch seine eigenen Erfahrungen machen«, fügte Vater hinzu. »Wie jeder Mensch.«

Danach konnte es Luchwen auf einmal kaum mehr erwarten, dass sie endlich aufbrachen. Der Schnee schmolz jetzt so schnell, dass man dabei zuschauen konnte, und die ersten Blüten des Kletterkrauts gingen auf, kleine, bläulich-weiße Fünfecke mit rotem Saum, ganz zarte und empfindliche Gebilde: Kaum zu glauben, dass ausgerechnet diese Pflanzen als Erste blühten und signalisierten, dass die kalten Jahreszeiten vorbei waren.

Doch bei aller Unruhe bemühte Luchwen sich, an den letzten Tagen die Flügel ruhig zu halten, wie man so sagte. Er packte seinen Rucksack in aller Stille, überlegte bei jedem Gegenstand gründlich, ob er ihn wirklich brauchen würde. Er wollte nur das Nötigste mitnehmen und unnützes Gewicht vermeiden; irgendwie hatte er die Vorstellung, dass das in einem Abenteuer von entscheidender Bedeutung sein konnte.

Er versuchte auch, nicht viel Aufhebens von ihrem Aufbruch zu machen, aber das misslang natürlich. Während Garwens Eltern ihren Sohn mit einem kurzen Kuss und einem Lächeln verabschiedeten, rannen Luchwens Mutter die Tränen über die Wangen, als wandere er auf die Perleninseln aus in der Absicht, sich dort in einen Vulkan zu stürzen. Sie umarmte ihn zum Abschied und war nur mit Mühe dazu zu bewegen, ihn wieder loszulassen.

Aber schließlich, endlich, flogen sie, stiegen hinauf in die kalten Höhen und schlugen die Richtung zur Muschelbucht ein.

»Unsere erste Etappe ist das Nest der Non«, hatte Garwen ihm vorab erklärt. »Von der Muschelbucht aus müssen wir einen Umweg nehmen, denn der Sultas fließt nur durch Grasland. Ideal wäre, wenn man über das Gebiet um den Zwölfbogenfluss fliegen könnte, aber dazu müsste man das Bitterkrautland überqueren, wo nicht ein einziger Baum wächst – kann man vergessen. Es gibt den harten Weg nach Westen, über den Einsamen See in die Westberge hoch, aber Marwen meint, der beste Weg sei der nach Osten zur Akashir-Furt. Das Gebiet dahinter nennt man auch Selimes Garten, hast du bestimmt schon gehört. Ab da gibt's dann wieder Bäume bis hinauf ins Eisenland. Und dort müssen wir nur herausfinden, welcher der vielen Zuflüsse der Taltas ist, und dem stromaufwärts folgen bis zum Nest. Kann man nicht verfehlen, meint sie.«

Luchwen hatte genickt und »Alles klar« gesagt, aber seine Konzentration galt einstweilen ganz der ersten Etappe, der bis zur Muschelbucht. Er war noch nie im Nest der Non gewesen, doch natürlich hatte er schon welche von dort kennengelernt, viele sogar, vor allem in der Zeit, als die halbe Welt zu seinem Onkel gekommen war, um zu hören, wie er von den Sternen schwärmte. Er erinnerte sich noch gut daran, dass sich die Non-Mädchen gern schwarze Striche unter die Augen malten, was ziemlich faszinierend aussah, vor allem zusammen mit den Muscheln, die sie sich in die Haare flochten.

Es dauerte nicht lange, bis er sich an die Kälte gewöhnt hatte, und dann kamen sie gut voran. Luchwen war kein schlechter Flieger, nur ein sehr ängstlicher. Er zweifelte nicht daran, dass er die Strecke schaffen würde – schließlich war es zur Muschelbucht nicht weiter, als wenn man direkt zu einem Musikfest der Heit flog, was er schon gemacht hatte. Was ihm den Atem nahm, war eher, wie sich die Landschaft unter ihm veränderte, ihm fremd wurde, ungewohnt, weil er sie noch nie gesehen hatte.

Aber das, sagte er sich, war es ja, was eine Reise zu einem Abenteuer machte: sich irgendwohin zu begeben, wo man noch nie zuvor gewesen war.

***

Irgendwann, als Luchwens Muskeln längst brannten von der Anstrengung, als sein Hals trocken war von der Kühle in der Höhe – und von der Nervosität, über unbekanntem Land zu fliegen – und seine Fingerspitzen weiß gefroren in der unablässig daran vorbeistreichenden kalten Luft, kam endlich die Muschelbucht in Sicht.

Und was für einen lieblichen Anblick sie von hier oben bot, dieses schöne Halbrund an der Küste mit seinem hellgrauen Strand, den in die Bucht eingestreuten Felsen und dem silbrigen Dunst, der über allem lag! Und natürlich mit den drei Nestbäumen, die hier wurzelten, so dicht, wie Riesenbäume nirgendwo sonst wuchsen, jedenfalls nicht im Westen. An der Goldküste und im Schlammdreieck sollte es anders sein, erzählte man zumindest, wobei man von dort so manches erzählte …

Das Non-Nest war das mittlere der drei – und das größte. Weit ausladende Stammäste schienen einen beim Anflug regelrecht willkommen zu heißen, überdies waren der Stamm und alle Äste so übersät mit den hellen Blüten des Kletterkrauts, als habe der Baum beschlossen, sich festlich zu schmücken.

Oh, tat es gut, sich endlich ins Landenetz fallen zu lassen! Sich vornüber einzurollen und erst einmal die Flügel einzufalten, langsam, ganz langsam, weil sie sich anfühlten wie erstarrt. Luchwen griff nach hinten, half mit den Händen nach, bis die Flügel endlich ordentlich anlagen. Jetzt erst merkte er, was für einen unbändigen Durst er hatte.

»Holla, holla, holla«, ertönte eine launige Stimme. »Was ist denn heute los? So hat noch keine Trockenzeit begonnen, zweimal Kuriere an einem Tag … Halt mal, ihr seid gar keine Kuriere!«

»Nein, sind wir nicht«, hörte Luchwen Garwen sagen.

Er richtete sich mühsam auf. Ein junger Mann, kaum älter als sie, stand am Rand des Landenetzes, die Arme in die Hüften gestemmt. Er trug ein Wams aus Hiibu-Fell, hatte die Haare kurz geschoren, und seine Flügel glänzten, als seien sie mit zu viel Fett eingerieben worden.

»Hallo.« Er hob grüßend die Hand. »Ich bin Wesnon. Irgendwie ist es heute seltsam – immer, wenn ich grade starten will, um mich endlich wieder ein bisschen in Form zu bringen, landet jemand. Erst die Kuriere, und jetzt ihr …« Sein Blick glitt an ihnen entlang, suchte nach der Armbinde, wie Kuriere sie trugen, und fand natürlich nichts dergleichen.

»Garwen«, stellte Garwen sie vor. »Und das ist Luchwen.«

»Ach, sieh an«, meinte Wesnon. »Dann blüht bei euch das Kletterkraut wohl auch schon? Ich war mir nicht sicher. Man sagt ja, bei uns in der Muschelbucht beginnen die warmen Jahreszeiten eher als sonstwo. Na, egal. Kommt, ich bring euch runter zu den anderen. Und dann versuch ich's noch mal. Bin gespannt, was mir als Nächstes dazwischenkommt.«

Vom Landebereich führte eine breite Treppe abwärts, die sich mehrmals um einen der Nebenstämme wand und die Luchwen, der dergleichen noch nie gesehen hatte, höchst beeindruckend fand. In den Nestern, die er kannte, musste man über simple Leitern klettern, allenfalls gab es mal hin und her führende Hängebrücken.

Überhaupt war hier alles sehr großzügig und solide gebaut. Es hatte schon was, einen so großen und weit ausladenden Baum zu bewohnen!

Auf dem Weg hinab erzählte Wesnon ihnen von dem Übungsplan, den er sich zurechtgelegt hatte. »Um den Frost aus den Knochen zu vertreiben, versteht ihr?« Luchwen entnahm seinen Ausführungen, dass es in der Muschelbucht eine Gruppe von Leuten gab, die regelmäßig um die Wette flogen, über kurze Strecken, lange Strecken, in möglichst große Höhen, möglichst dicht über dem Wasser und so weiter. Wesnon legte größten Wert darauf, in dieser Gruppe einen der obersten Ränge einzunehmen. »In der vorletzten Windzeit war ich Erster in den vier wichtigsten Disziplinen!«, prahlte er. »Dann hatte ich einen kleinen Einbruch, Liebeskummer und so, aber jedenfalls, da will ich wieder hin. Und wenn ich in einer fünften Disziplin auch noch gewinne, umso besser.«

»Hast du deine Flügel deshalb so dick eingefettet?«, fragte Luchwen.

»Na klar. Normale Federn haben zu viel Luftwiderstand. Du musst sie richtig einfetten, damit es richtig ab geht. Geschwindigkeit, verstehst du? Darauf kommt's an.«

»Aber du verlierst dadurch die Kontrolle«, wandte Garwen ein. »Je glatter die Flügel, desto schwerer ist der Flug zu steuern.«

Wesnon winkte ab. »Klar. Muss man können. Fett allein reicht nicht, um zu gewinnen. Man muss das trainieren. Man braucht mehr Kraft für die Steuerung, mehr Geschicklichkeit, das richtige Feingefühl. Dann geht's schon.« Er schnaubte. »Letzte Windzeit war einer da, ein Giar aus der Furt, der dachte, es reicht, wenn er sich mit Fett zukleistert und losflattert. Holla, das hättet ihr sehen müssen! Hat ihn hin und her gehauen, null Kontrolle. Der ist richtiggehend abgestürzt, ungelogen! Hatte mächtiges Glück, dass ihn der Margor nicht geholt hat, aber die Beine hat er sich gebrochen, alle beide.«

Sie gelangten zum Mahlplatz – oder *einem* der Mahlplätze –, wo sie die Kuriere antrafen, die Wesnon erwähnt hatte. Es handelte sich um einen Mann und eine Frau, beide nicht mehr ganz jung, aber offenkundig frisch verliebt, denn sie saßen mit ineinander verhakten Flügeln da und konnten die Hände nicht voneinander lassen.

Jeder von ihnen hatte einen Becher Tee vor sich stehen, außerdem saß eine alte Frau mit am Tisch, die mit etwas Kleinem, Eckigen hantierte: *Briefe*, erkannte Luchwen und verspürte einen innerlichen Stich. Klar – die Kuriere hatten Briefe mitgebracht.

Wobei das keine so winzigen Briefchen waren wie die, die man einem Grauling ans Bein band. Nein, es waren große, sorgsam ineinander gefaltete und versiegelte Briefe mit ordentlichen Adressaufschriften.

»Was sagst du dazu, Aranon?«, trompete Wesnon los. »Noch mehr Besuch! Aber diesmal keine Kuriere.«

Bei diesem Wort ruckten die Köpfe der beiden Kuriere hoch, und der Mann rief aus: »Ach, sag bloß! Dann wart *ihr* das gestern Morgen am Jufusstein?«

Garwen und Luchwen wechselten einen überraschten Blick.

»Was?«, fragte Luchwen zurück, und Garwen erklärte: »Wir kommen aus dem Süden. Wir sind beide Wen und heute früh von zu Hause gestartet.«

Der Mann schüttelte sichtlich verblüfft den Kopf. »Sag bloß. Ich hätte schwören können …«

»Wir haben gestern früh in der Gegend des Jufussteins zwei Leute mit roten Flügeln gesehen«, erzählte die Frau. »Das heißt, wir *glauben*, sie gesehen zu haben. Sie waren gleich wieder verschwunden.«

»Und sie haben sich irgendwie seltsam benommen«, meinte der Mann.

»Aber wenn ihr beide es nicht wart«, sagte die Frau, »finde ich es umso merkwürdiger, weil Rot ja nun wirklich eine seltene Farbe ist bei Flügeln. Und dann gleich zwei!«

»Wir waren es ganz bestimmt nicht«, versicherte Garwen, die Hand zur Bekräftigung aufs Herz gelegt. »Vielleicht waren es Leute von den Perleninseln? Die pflegen ja allerlei seltsame Gebräuche mit Farben.«

»Jetzt setzt euch erst mal«, mischte sich die alte Frau mit befehlsgewohnter Stimme ein. »Ich bin Aranon und hab das verdammte Amt inne, dieses Nest hier, das hauptsächlich von Verrückten bewohnt wird, am Laufen zu halten. Jedenfalls, bis ich eines hoffentlich nicht mehr allzu fernen Tages dorthin darf, wohin eines Menschen Flügel nicht tragen, und jemand anders weiterma-

410

chen muss.« Sie wies auf die Kuriere. »Diese beiden Hübschen hier sind übrigens Ruful und Brideles. Und ihr seid?«

»Garwen und Luchwen«, erwiderte Garwen auf seine charmante Art. »Wir sind auf dem Weg ins Eisenland.«

»Ich nehme an, das heißt, ihr wollt auch ein Nachtlager?«, fragte die Alte, schon deutlich weniger missgelaunt.

Garwen lächelte strahlend. »Wir wären sehr dankbar dafür, ja.«

»Na schön. Immerhin beginnt die warme Zeit lebhaft, wenngleich noch nicht besonders warm. Wesnon, geh und sag Bulgheit, er soll ein weiteres Quartier herrichten.«

Wesnon hob den Kopf und raschelte mit den Flügeln. »Mach ich doch sofort. Ich werde nicht eher rasten und ruhen, bis ich Bulgheit ausfindig gemacht habe, und wenn ich dazu das gesamte Nest absuchen muss! Betrachte es als so gut wie erledigt.«

Damit wandte er sich ab und verließ den Mahlplatz, der ohne ihn auf einmal ganz still wirkte.

»Dieser Junge!« Aranon seufzte und fuhr sich mit den Händen übers Gesicht. »Was der den lieben langen Tag zusammenquasselt, das passt auf keine Hiibu-Haut.« Sie blickte Garwen und Luchwen an. »Wie sieht's aus? War bestimmt kalt unterwegs. Wollt ihr auch einen heißen Tee? Süßgras, frisch gekocht.«

»Gern«, sagte Garwen.

»Dann holt euch einen. In der Küche. Der große Topf auf dem Herd, die Becher stehen im Trockenregal dahinter.«

»Ich mach das schon.« Garwen legte Luchwen die Hand auf die Schulter und drückte ihn auf die Sitzbank, ehe er ging.

Luchwen sah sich unsicher um. Es fühlte sich merkwürdig an, plötzlich ganz allein unter Fremden zu sitzen. Überhaupt, irgendwo zu sein, wo er sich nicht auskannte, das war irgendwie nicht seine Sache.

Er hörte Garwen in der Küche hantieren. Wieso dauerte das so lange, Tee in zwei Becher zu füllen? Luchwen merkte, wie er unwillkürlich Schultern und Flügel anzog aus lauter Angst, irgendwas Falsches zu sagen oder zu tun. Zugleich hatte er das Gefühl, dass

411

die anderen von ihm *erwarteten*, dass er etwas sagte, und so fragte er schließlich: »Dieser Jufusstein ... Was ist das eigentlich?«

Die beiden Kuriere wechselten einen amüsierten Blick. Luchwen zog den Kopf unwillkürlich noch ein Stück weiter zwischen die Flügel. Offenbar war das eine *sehr* dumme Frage gewesen.

Immerhin bequemte sich Ruful, es ihm trotzdem zu erklären. »Das ist eine Felsformation am nördlichen Ende der Akashir-Kette«, sagte er. »Ein auffälliger, aufrecht stehender Felsen – margorsicher also –, der aus dem richtigen Blickwinkel aussieht wie die riesenhafte Gestalt eines Menschen ohne Flügel. Ein Ahne, könnte man sagen. Man erkennt im oberen Teil sogar so etwas wie Gesichtszüge. Und manche meinen eben, sie sähen aus, wie Jufus einst ausgesehen hat.« Er schloss die Hände um seinen Becher. »Aber mit den Ahnen hat die Stelle nicht wirklich was zu tun. Meines Wissens war Jufus niemals auch nur in der Nähe.«

»Es gibt dort in der Gegend viele Legenden um den Stein«, ergänzte Brideles schmunzelnd. »Am besten gefällt mir die Sage, die behauptet, wer einmal eine Nacht auf dem Jufusstein verbringt, der wird ein so guter Kaufmann, dass ihm niemand je die Flügel rupfen wird.«

»Ah, das wäre was für mich«, rief Garwen, der endlich mit zwei Bechern Tee zurückkam und diesen Teil ihres Gesprächs noch mitgekriegt hatte. »Der Handel reizt mich nämlich mehr als die Jagd«, meinte er, während er sich setzte. »Ihr müsst mir genau erklären, wie man zu diesem Jufusstein kommt.«

»Du glaubst doch nicht etwa an so etwas?«, wunderte sich Luchwen.

»Kein bisschen.« Garwen schob ihm einen der Becher hin. »Aber schaden kann's ja schließlich nicht.«

In diesem Moment zog jemand den Vorhang am Eingang beiseite. Ein verhutzelter Mann mit schütteren Haaren und ebenso schütteren Flügeln kam herein, eine mit Schnitzereien verzierte Schatulle unter dem Arm. Für Luchwen sah er viel älter aus als die Älteste.

»Ehe ihr euch in weitläufigen Reisebeschreibungen verliert«, unterbrach diese das Gespräch, »lasst uns erst das Finanzielle regeln. Wenn schon die ganze Zeit von Jufus die Rede ist.« Sie klopfte auf die Tischplatte. »Setz dich zu mir, Norobar.«

Der alte Mann schob sich mühsam neben sie auf die Bank, stellte die Schatulle vor sich hin, nickte ihr zu und meinte: »Ich bin bereit.«

»Gut.« Aranon schob den ersten der beiden kleinen Briefstapel über den Tisch. »Die sind für die Mur.« Der zweite Stapel folgte. »Die gehen an die Heit. Für die ist auch das Päckchen mit den Eisensachen – Nägel und so weiter –, das euch Etenon vorhin gegeben hat.«

»Alles klar«, meinte Ruful, zählte die Briefe durch und schob die beiden Stapel endlich in zwei verschiedene Taschen seines Wamses. »Das wären dann vier Kupferne.«

Norobar legte die Hände auf die Schatulle, als wolle er sie schützen, kniff listig die Augen zusammen und meinte: »Eher *drei* Kupferne, oder? Die Regel sagt, wenn die Ziele auf derselben Strecke liegen ...«

Brideles lachte hell auf. Sie stieß Ruful in die Seite und meinte: »Der hat auch mal auf dem Jufusstein geschlafen, jede Wette!«

»Ich hab mich verrechnet«, brummte Ruful. Er nickte Norobar zu. »Du hast recht, entschuldige bitte. Drei Kupferne.«

Nun öffnete Norobar die Schatulle. »Oder lieber eine Perle?«, fragte er, griff hinein und holte eine Perle heraus, hell und strahlend schön. »Kleiner. Leichter. Und schöner.«

Brideles' Augen leuchteten auf, doch Ruful meinte: »Wunderschön, gewiss, aber unsere Route führt uns weiter zu den Perleninseln. Dort finden sie so viele von den Dingern, dass eine Perle aus der Muschelbucht nichts wert ist.«

»War nur ein Angebot«, meinte Norobar flügelzuckend, legte die Perle zurück und zählte drei Kupfermünzen heraus.

Ruful strich sie ein und verstaute sie in einem Säckchen, das er am Gürtel trug. Dann sagte er, an Garwen gewandt: »Auf dem

413

Rückweg fliegen wir über die Nester Ris und Wen. Falls ihr also Nachrichten zu übermitteln habt …?«

Garwen schüttelte den Kopf. »Danke, aber wir sind erst heute früh aufgebrochen. Da haben wir noch nicht so viel erlebt, dass sich ein Brief lohnen würde.« Er beugte sich vor. »Doch, wie gesagt, der Weg zum Jufusstein, der würde mich interessieren …«

***

Der Abend verlief dann noch überaus angenehm. Es gab etwas Gutes zu essen, seltsame längliche Knödel in einer dunklen Soße, die Luchwen nie zuvor gegessen hatte und die ihm so gut schmeckten, dass er sich schließlich traute, in die Küche zu gehen und nach dem Rezept zu fragen. Die entscheidende Zutat, erfuhr er, waren bestimmte Algen, die man in der Muschelbucht fand, bei ihnen an der Küste dagegen nicht.

Damit war das Eis gebrochen, was ihn anbelangte, und er begann sich wohlzufühlen. Garwen hatte, was das anging, natürlich überhaupt keine Probleme; in ausgelassener Runde erzählte er seine wilden Geschichten, die höchstens zur Hälfte erfunden waren, und flirtete heftig mit den Töchtern der Non.

Drei dieser Mädchen sangen später mehrstimmige Lieder, begleitet von einer vierten auf der Flöte und einem Jungen, der Schlagtrommel spielte, und nicht einmal schlecht. Luchwen konnte sich all die Namen nicht merken, nur, dass die Blonde mit der Stupsnase und den gelblich-weißen Flügeln, die ihm besonders gut gefiel, Gilianon hieß, *das* konnte er sich merken.

Es wurde spät, als sie schließlich in ihr Quartier fanden. Luchwen ließ sich in die nächstbeste Kuhle fallen, und obwohl ihn nachtschwarze Dunkelheit umgab, war er sofort weg und schlief so gut wie schon lange nicht mehr.

Am nächsten Morgen wurde es spät, bis sie endlich aufbrachen, und der Abschied vom Nest der Non fiel ihm schwer. Er wäre ihm noch schwerer gefallen, wenn er gewusst hätte, dass sie die darauffolgende Nacht in einem Pfahlbaum irgendwo in der Einsamkeit verbringen würden, unbequem an den Stamm gebunden, mit nichts als ihren Decken gegen den zwar schwachen, jedoch beharrlichen und kalten Wind ankämpfend und vor allem: ohne etwas Warmes zu essen! Gewiss, sie hatten ausreichend Pamma dabei, aber das hatte Luchwen noch nie besonders geschmeckt und tat es hier, in der Kälte und Einsamkeit, umzingelt von Dunkelheit, die sich aus allen Richtungen anschlich, erst recht nicht. Hätte man sich einfach nach Hause wünschen können, Luchwen hätte keinen Augenblick gezögert. Was hatte ihn nur dazu bewogen, die gewohnte, behagliche Umgebung des Wen-Nests zu verlassen? Was zum Wilian hatte man davon, sich in ein *Abenteuer* zu begeben?

Dann fiel ihm das mit dem Brief wieder ein, und die ganze Sache kam ihm noch irrwitziger vor. Anstatt die Tage zu genießen, die ihm blieben, ehe Oris zurückkehren und seine, Luchwens, Schande offenbar werden würde, flog er seinem Cousin auch noch entgegen! Was hatte er sich *dabei* eigentlich gedacht?

Ach ja, er hatte gedacht, es würde sich irgendwie eine Gelegenheit ergeben, Oris einen so großen Gefallen zu tun, dass dieser ihm alles verzeihen würde. Aber was für ein Gefallen? Er hatte nicht den Hauch einer Ahnung, und wie er jetzt so in der Dunkelheit auf seinem Ast hockte und Garwen über sich schnarchen hörte, kam ihm das ganze Vorhaben schrecklich überstürzt und unausgegoren vor. Im Grunde war er mal wieder Garwens Charme erlegen, so war es doch! Und Garwen ging es nur darum, Ifnigris zu beeindrucken, möglichst so sehr, dass sie sich ihm versprach.

Mit solchen und ähnlichen düsteren Gedanken und viel zu wenig Schlaf verbrachte Luchwen die Nacht und fühlte sich am nächsten Morgen, als hätte ihn jemand gründlich verprügelt. Garwen dagegen war ausgeruht und bester Laune, allerdings war er das ohnehin immer. Und er legte es tatsächlich darauf an, diesen Jufusstein zu finden.

»Ich bin als Jäger eine Niete«, bekannte er, als sie zwischendurch Rast machten und es schon wieder Pamma gab. Wobei, wenn man richtig Hunger hatte, war das doch nicht so schlecht. »Und alles, was mit Gartenbau, Beerensuche, Frostmoosernte und so weiter zu tun hat, finde ich langweilig. Aber auf dem Markt, da gefällt's mir. Die Tage dort sind immer viel zu schnell vorbei. Bloß würd ich halt gern irgendwann nicht mehr nur als Träger hinfliegen, sondern als Händler. So wie Basgiar oder Wechmur ...«

»Das ist doch nur eine Frage der Zeit, oder?«, meinte Luchwen. Garwen wiegte den Kopf. »Da bin ich mir nicht so sicher. Nimm zum Beispiel Siuchwen. Die hat nur eine Frostzeit mehr gesehen als ich, aber die fliegt schon längst nicht mehr als Trägerin zum Markt. Die hat ein Handelsbuch in der Tasche, und der rupft auch niemand die Flügel, wenn sie Geschäfte abschließt.«

Luchwen musste lachen. »Und du meinst im Ernst, das ist, weil sie mal auf dem Jufusstein geschlafen hat?«

»Nein, ach was.« Garwens Blick ging grimmig in die Ferne, wo die Gipfel des Akashir-Gebirges hell schimmerten. »Aber wir brauchen ohnehin noch mindestens ein Nachtlager, ehe wir das Eisenland erreichen, also warum nicht der Jufusstein?«

»Vielleicht, weil es hoch oben auf einem Felsen noch kälter sein wird als gestern im Baum?«, schlug Luchwen vor.

»Dir fehlt die Einstellung, die man für ein Abenteuer braucht, glaube ich.«

»Ja, genau. Und außerdem eine dicke, warme Decke und ein Teller Hiibu-Eintopf in Flockenkrautsoße, mit Feuerbeeren gewürzt.« Oh, er durfte gar nicht daran denken!

Garwen stieß einen entsagungsvollen Seufzer aus und breitete seine Flügel weit aus. »Lass uns weiterfliegen, o mein verfressener kleiner Bruder.«

Wie Ruful es vorhergesagt hatte, war es tatsächlich gar kein Problem, den Jufusstein zu finden. Als sie dem Rand der Hochebene lang genug gefolgt waren, erhob sich irgendwann ein einsamer Felsen, der schon von Weitem wie ein Wächter wirkte, der den Aufstieg hütete. Es war zudem ein Stein von ganz anderer Farbe, nicht hell wie die Gipfel der Akashir-Kette, sondern von herbem

Anthrazit, was insofern passte, als es ja hieß, Jufus habe dunkle Haut gehabt.

Garwen schlug einen Kurs ein, der sie in großem Bogen um den Stein herumführte, sodass sie sehen konnten, ob es weiter entfernt noch andere Kandidaten gab: Es gab keine. Und aus manchen Blickwinkeln sah der einsam sich emporreckende Felsen wahrhaftig aus wie das Standbild eines riesigen Menschen ohne Flügel, mit angelegten Armen und grimmigem Blick und, so hatte es den Anschein, sogar mit Jufus' krausem Haar.

»Das muss er sein!«, rief Garwen begeistert und schlug kräftiger aus, um höher zu steigen.

Luchwen tat es ihm gleich und fand es nicht unanstrengend, die Spitze zu erklimmen. Nicht nach drei vollen Tagen nahezu ununterbrochenen Fluges, was schon längst seine persönliche Bestleistung darstellte. Mit jedem Flügelschlag, den er seinem müden Körper abrang, war er mehr bereit, auf dem Kopf des Jufussteins zu übernachten, oder sonst irgendwo, Hauptsache, sie beendeten es für heute.

Was von Weitem ausgesehen hatte wie krause Haarpracht, erwies sich als Bewuchs dichter, hartholziger Büsche mit graugrünen Blättern, die die gesamte Oberseite des Felsens bedeckten, sich mit zahllosen winzigen Wurzeln in kleinsten Rissen im Stein festkrallend. Immerhin, sie hatten keine Dornen. Und es gab hier und da freie Stellen, groß genug, dass sich zwei Leute bequem ausstrecken konnten. Es war nicht gerade eine mit frischem Stroh gefüllte Kuhle, aber es war eine Kuhle. Die Büsche hielten zudem den Wind ab – und dufteten überdies angenehm!

»Ich nehm alles zurück«, sagte Luchwen. »Nur die Gästehütte bei den Non war noch bequemer.«

»In der Tat, das ist besser, als ich erwartet hätte«, gab auch Garwen zu. Er schnallte seinen Rucksack ab, und sie sahen sich um.

Es war nicht zu früh, einen Rastplatz für die Nacht zu suchen; das große Licht des Tages glomm schon tief im Westen. Von hier oben hatten sie einen weiten Blick über die Landschaft, die sie morgen überfliegen würden. Sie sahen die Wälder und die Flüsse und dazwischen Lichtungen, auf denen Herden von Hiibus grasten, weitaus größere, als Luchwen sie aus den Küstenlanden kannte. In weiter Ferne dahinter war eine eigenartige Formation auszumachen, die aussah, als sei dort ein Stück aus der Erde herausgestanzt worden. Rauch und Dampf stiegen daraus auf, im abendlichen Licht deutlich zu erkennen.

Luchwen deutete darauf. »Was ist das?«

»Das muss das Eisenland sein«, meinte Garwen. »Das ist ein riesiger Krater, der durch eine Vulkanexplosion vor Millionen von Jahren entstanden ist. Sagt man jedenfalls.«

»Und dort leben Leute?«

»Jede Menge sogar. Aber es heißt, die seien ein besonderer Schlag.«

»Vielleicht muss man das sein, wenn man Eisen aus der Erde gräbt.«

»Ja, wahrscheinlich.«

Sie breiteten ihre Decken aus, tranken und aßen. Pamma schmeckte eigentlich großartig, wenn man so richtig erschöpft und ausgehungert war, stellte Luchwen fest. Man musste sich nur dran gewöhnen, und das dauerte eben ein bisschen.

»Ob man wohl von Zinsrechnung träumt, wenn man hier oben schläft?«, überlegte Garwen kauend. »Oder von den Vertragsregeln? Vom Besitzrecht?«

»Ich bestimmt nicht«, meinte Luchwen. »Um das Buch Jufus hab ich mich herumgemogelt.«

»Das machen die meisten, glaube ich.«

»Glaube ich auch.«

Garwen musterte ihn über sein Biskenblatt hinweg. »Was ist denn dein Lieblingsbuch unter den Großen Büchern?«

»Ada.« Luchwens Antwort kam, ohne dass er überlegen musste, wie ein Pfeil, der vom Bogen schnellt.

»Kochrezepte«, grinste Garwen. »Hätte ich mir ja denken können.«

Luchwen schüttelte den Kopf. »Nicht einfach *Kochrezepte*.

Das ist ein Buch über die Philosophie der Ernährung. Außerdem schreibt sie *schön*, schöner als alle anderen Ahnen. Jede Wette, niemand würde sich noch für Zolus Gesänge interessieren, wenn nicht sie sie aufgeschrieben hätte.«

Aus der Tiefe erscholl, ganz leise und weit entfernt, aber unverkennbar, der Schrei eines Hiibus, das gerade vom Margor geholt wurde. Ein vertrauter Laut, doch ihn hier oben, von diesem besonderen Ort aus zu hören ließ Luchwen einen Schauder über den Rücken laufen.

»Lass mich raten«, sagte er, um nicht weiter an das Hiibu denken zu müssen, »dein Lieblingsbuch ist Jufus.«

Garwen überlegte, dann nickte er. »Ja, eigentlich schon. Klar, es ist total trocken und nüchtern. Aber es ist auch elegant. Wenn man es mehrmals liest …«

»Du hast es *mehrmals* gelesen?«

»… dann merkt man, wie alles ineinandergreift. Wie jede Regel mit jeder anderen zu tun hat. Wie das alles eine Gesamtheit ist, die dafür sorgt, dass unser Leben funktioniert. Nicht aufgrund moralischer Prinzipien, wie sie die Bücher Kris lehren, sondern aufgrund grundlegender Notwendigkeiten. Das ist schon beeindruckend.«

Luchwen schüttelte den Kopf. »Ich glaub nicht, dass du es wirklich nötig hast, hier zu schlafen.«

»Ja, vielleicht nicht«, meinte Garwen friedfertig und warf das leer gegessene Biskenblatt in hohem Bogen über die niedrigen Büsche, sodass es in die Tiefe fiel. »Aber nun sind wir einmal hier, also schlafen wir hier auch.«

***

Jemand rüttelte an seiner Schulter, rüttelte und rüttelte und vertrieb damit das schöne blonde Mädchen mit den gelblich-weißen Flügeln, das ihn beinahe geküsst hätte.

»Beweg dich nicht. Beweg dich *bloß* nicht.«

Luchwen erkannte die Stimme: Garwen. So, wie er es sagte,

musste es wichtig sein, also rührte er sich nicht. Nach und nach fiel ihm alles wieder ein – dass sie auf dem Jufusstein lagen, weil Garwen auch mit einem Auftragsbuch über den Markt gehen wollte, soundsoviel eingesalzenes Hiibu-Fleisch gegen soundsoviele Grünsteinknöpfe oder Eisenscharniere oder Löffel …

Aber das Hiibu war doch tot? Der Margor hatte es geholt, daran erinnerte sich Luchwen genau!

Er schlug behutsam die Augen auf und sah in die Garwens. In Augen, in denen er Panik las.

»Was ist?«, fragte Luchwen so leise, wie er konnte, und immer noch, ohne sich zu bewegen, auch wenn er nicht verstand, was los war.

»Bleib so liegen«, flüsterte Garwen zurück. »Dreh den Kopf *ganz* langsam. Über uns.«

Luchwen drehte den Kopf *ganz* langsam.

Über ihnen saß ein Pfeilfalke, ein riesiges Tier, und äugte auf sie herab. Der gebogene Schnabel, von dem es hieß, er könne mühelos eine Eisenstange durchbeißen, glänzte im frühen Licht des Tages.

Boten des Unheils

Es war eine Sache, wenn man erzählt bekam, dass ein Pfeilfalke so groß und so schwer war wie ein Mensch und dass das der Grund gewesen war, warum die Ahnen ihren Kindern dessen Flügel gegeben hatten. Und es war eine ganz andere Sache, eine *völlig* andere, ein solches Tier mit eigenen Augen zu sehen, noch dazu aus nächster Nähe und aus einer derart unterlegenen Perspektive. Luchwen wusste, dass er besser nicht schrie, aber es fiel ihm ausgesprochen schwer, sich zu beherrschen. Er hatte noch nie einen Pfeilfalken gesehen, nicht einmal aus der Ferne, denn es waren höchst seltene Tiere mit riesigen Jagdrevieren. Und er hätte auch heute bereitwillig auf diese Erfahrung verzichtet.

Offenbar wollte der Pfeilfalke ihnen nichts tun, sagte er sich, denn andernfalls hätte er das längst tun können. Zwei Hiebe mit dem Schnabel, und er hätte ihnen die Schädel gespalten, ehe sie gemerkt hätten, was los war.

Also, er wollte ihnen nichts tun. War vielleicht nur neugierig.

Trotzdem war die ganze Situation *verdammt* unheimlich.

»Und was jetzt?«, wisperte Luchwen und hatte dabei das Gefühl, dass der Schatten des riesigen Vogels wie ein Gewicht auf ihnen lag.

»Wir packen unsere Sachen … ganz langsam … und dann springen wir«, schlug Garwen vor.

»Springen?«

Garwen zeigte mit einer winzigen Bewegung seines Zeigefingers auf eine steinerne Zacke, die dicht neben ihrem Lager über die Büsche hinausragte. Weil sie den Wind besonders gut abhielt, hatten sie diese Stelle ausgewählt.

»Wir müssen gleichzeitig starten«, flüsterte er. »Fuß da drauf. Über die Klippe springen. Und Flügel erst ausbreiten, wenn wir fallen.«

Luchwen sah ihn an und wünschte sich mit aller Inbrunst, es möge sich alles als böser Traum entpuppen.

Aber der Traum, das war das mit dem Mädchen gewesen. Dem mit der Stupsnase.

Luchwen konnte einen leisen Seufzer nicht vermeiden. »Alles klar«, wisperte er.

Er streckte die Hand nach seinem Rucksack aus und zog ihn langsam, ganz langsam zu sich heran. Egal, was geschah – und wenn hundert Pfeilfalken über ihm hockten –, ohne diesen Rucksack würde er nicht fliehen, denn darin war alles, was notwendig war, um die Reise nach Hause oder zumindest in die Sicherheit eines Nestes zu überstehen.

Mit der anderen Hand packte er seine Decke, zog sie ebenso langsam an sich, drehte sie zusammen, drückte sie so eng wie möglich an den Leib. Auch ohne die Decke würde er nicht fliehen, denn die brauchte er, wollte er nicht erfrieren.

»Bereit«, stieß er schließlich hervor.

»Gut«, flüsterte Garwen. »Auf drei. Eins … zwei …«

Bei »drei« sprangen sie beide auf und machten den Satz ihres Lebens. Luchwen sah die Felskante unter sich vorbeihuschen, dann merkte er, wie er fiel, in der einen Hand seinen Rucksack, in der anderen die Decke, die flatterte wie blöde.

Ihm blieben nur die Füße, um zu manövrieren, als er behutsam die Flügel ausbreitete, um den Sturz abzufangen. Er sah zur Seite. Auch Garwen war so weit. Seite an Seite schossen sie durch die Luft, ihr Hab und Gut an die Brust gepresst.

Doch da fiel ein Schatten auf sie, und als Luchwen hochsah, blieb ihm fast das Herz stehen: Der Pfeilfalke verfolgte sie!

Er tat ihnen immer noch nichts, machte auch keine Anstalten dazu. Es war, als wolle er ihnen nur zeigen, dass sie ihm nicht entkommen konnten. Er flog mit ihnen, flog über ihnen, schien über ihren Flug zu wachen.

»Das Biest lässt uns nicht aus den Augen!«, rief Garwen. »Sollen wir uns trennen? Einer in die Richtung, der andere in die andere?«

»Nein!«, schrie Luchwen voller Entsetzen. »Bitte nicht!«

Ihm war, als halle sein Schrei über das gesamte Tal, bis zu den Eisenlanden und zurück.

»Ja, keine gute Idee«, rief Garwen nach einer Weile. »Wenn er uns fressen will … das kann er auch nacheinander!«

Luchwen schüttelte unwillkürlich den Kopf. Was fraßen Pfeilfalken eigentlich? Falls man ihm das je erzählt hatte, hatte er es wieder vergessen, er wusste es jedenfalls nicht.

»Lass uns kreisen!«, rief er. »Bis wir langsam genug sind. Dann landen wir in irgendeinem Baum. Vielleicht folgt er uns nicht.«

»Hoffen wir's«, gab Garwen zurück. »Einverstanden!«

Sie gingen in eine weite, flache Kreisbahn, die Flügel starr. Der Pfeilfalke folgte ihnen mühelos.

Aber das war zu erwarten gewesen. Luchwen riss seine Aufmerksamkeit von dem Vogel los und hielt Ausschau nach einem geeigneten Baum, in dem sie landen konnten. Groß musste er sein und immergrün, keiner von denen, die in der Frostzeit die Blätter verloren.

Als sie einen Fluss überquerten, sah er unter sich Leute, die dort am Ufer standen und offenbar arbeiteten. Einige zerrten an irgendwelchen Seilen, andere hielten Werkzeug in Händen – doch als sie hochsahen, ließen sie alles fallen und ergriffen die Flucht. Luchwen hörte ihre entsetzten Schreie bis zu sich herauf und auch das wilde Geflatter in alle Richtungen, das einsetzte.

Er hatte plötzlich Gänsehaut bis hinaus in die Armschwingen. Was wussten diese Leute über Pfeilfalken, das er nicht wusste?

Sie kreisten weiter, waren immer noch zu schnell, überflogen noch einmal arbeitende Leute, die damit beschäftigt waren, gesammeltes Holz zu einem Floß zusammenzubinden. Auch hier bemerkte einer, was am Himmel geschah, zeigte hoch und schrie etwas, und sofort ließen alle ihre Arbeit im Stich und stoben davon, so schnell ihre Flügel sie trugen. Was in diesem Fall bedeutete, dass sich das halb fertige Floß wieder zerlegte und die Holzstücke nacheinander den Fluss abwärts trieben.

»Was haben die denn?«, brüllte Garwen.

Luchwen schüttelte den Kopf. »Keine Ahnung.«

Der Vogel war immer noch über ihnen.

»Der Buschbaum dort vorne an der Mündung!«, schrie Garwen.

»Mit der abgebrochenen Spitze?«, vergewisserte sich Luchwen.

»Genau der.«

»Alles klar.«

Waren sie endlich langsam genug? Luchwen wusste es nicht. Aber es würde schon klappen; als Kinder hatten sie auch wilde Landungen hingelegt.

Er hielt auf den Buschbaum zu, genau wie Garwen, doch der Schatten des Pfeilfalken blieb über ihnen, als lese das Tier ihre Gedanken. Dann, kurz vor dem Baum, bremste Luchwen mit einem abrupten Gegenschlag ab, tauchte hinunter und krachte in den Wipfel. Äste brachen, Blätter umwirbelten ihn. Ein paar davon landeten in seinem Mund, während er nach einem Halt suchte, ohne seine Sachen zu verlieren. Schließlich bekam er einen Ast zu greifen, knallte unsanft gegen den Stamm … Geschafft!

Neben ihm kam Garwen genauso brachial an und rief dann, bis über beide Ohren grinsend: »Das war ein Ding, was? Das glaubt uns daheim kein Mensch.«

Luchwen fragte sich, ob es überhaupt etwas gab, das imstande war, Garwen die gute Laune zu verderben.

Irgendwie beeindruckte ihn das.

Er äugte hinauf. Der Pfeilfalke war verschwunden. »Ich seh ihn nicht mehr.«

»Ich glaube, ich hab ihn abdrehen sehen«, sagte Garwen.

Luchwen seufzte. »Jedenfalls weiß ich jetzt, was mit einem Schreck am hellen Morgen gemeint ist.« Er begann, seine Decke aufzurollen, um sie wieder im Rucksack verstauen zu können. Garwen tat es ihm gleich.

»Weißt du, was ich glaube?«, fiel Luchwen ein. »Die beiden Kuriere haben doch erzählt, sie hätten Leute mit roten Flügeln am Jufusstein gesehen …«

»Ah«, machte Garwen. »Du hast recht. Das waren gar keine Menschen. Das waren Pfeilfalken!« Er stopfte seine Decke fest. »Vielleicht haben die ein Nest dort oben oder so, und wir haben's gestern Abend nur nicht bemerkt.«

Luchwen schnallte seinen Rucksack auf den Rücken, um wieder voll einsatzbereit zu sein, für alle Fälle. Dann sah er Garwen sinnend an. »Ist doch seltsam, oder? Wieso haben alle Pfeilfalken ein rotes Gefieder, und bei Menschen ist es eine der seltensten Federfarben? Stattdessen gibt es alle möglichen anderen Farben, die es bei Pfeilfalken *nicht* gibt – braun, weiß, schwarz, grau, sogar grünlich und bläulich …«

Garwen zuckte mit den Schultern. »Ist halt so. Vielleicht, weil Menschen schon immer unterschiedliche Haut- und Haarfarben gehabt haben. Wahrscheinlich hat sich das mit den Genen der Pfeilfalken vermischt.« Er zupfte sich ein paar Aststücke aus den Federn. »Wäre ja auch langweilig, wenn alle gleich aussähen, oder,

Brüderlein? So kann sich jeder für was Besonderes halten, wenn er will.«

»Früher haben Pfeilfalken auf der Hochebene genistet«, fiel Luchwen ein. »Als mein Onkel Owen so alt war wie wir heute.«

»Du meinst, sie kommen einfach zurück?«

»Keine Ahnung. Ich weiß nicht mal, ob …«

»*Schsch!*« Garwen richtete sich auf, spähte nach oben. »Da kommt jemand.«

Schlagartig war die Anspannung wieder da. Luchwen zurrte die Rucksackriemen fester, spreizte hastig die Flügel für den Fall, dass sie erneut fliehen mussten.

»Der Pfeilfalke?«, fragte er.

»Nein«, sagte Garwen. »Leute. Ich glaube, das sind die, die vorhin so panisch geflohen sind.« Er schwang sich hoch, packte einen Ast und begann, nach oben zu klettern. »Komm, die fragen wir, was los ist. Die wissen bestimmt mehr.«

Sie kletterten bis ganz hinauf und streckten gerade den Oberkörper ins Freie, als die Ersten landeten.

Es landeten nicht alle, die meisten kreisten in engen Bahnen um den Baum. Einige schwirrten sogar, bullige Männer, die aussahen, als könnten sie das lange durchhalten. Jeder von ihnen trug etwas in der Hand, eine Säge, eine Eisenstange oder einfach ein Stück geflochtene Schnur, mit der sie ab und zu knallten, so ähnlich, wie es Treiber manchmal bei Jagden machten, um störrische Hiibus in Bewegung zu setzen.

»Hallo, Leute!« Garwen winkte ihnen zu. »Tut uns leid, dass wir so ein …«

»Haut ab!«, raunzte ihn einer der Männer an.

Garwen sah ihn verdutzt an. »Wie bitte?«

»Ihr sollt *abhauen*«, verlangte ein anderer und schnalzte mit der Peitschenschnur. »Sofort, oder wir lassen euch die Flügel flattern.«

»Wir wollen euch hier nicht haben«, ergänzte der Erste. »Verschwindet.«

Garwen hob die Hände. »Aber wir …«

Die Leine schlug dicht neben ihm ein, riss Aststücke und Blätter ab und wirbelte sie auf.

»Verschwindet, hab ich gesagt«, rief der Kerl.

Luchwen war, als gefriere er innerlich. Noch nie im Leben hatte er in so viele wütende, aufgebrachte, ablehnende Gesichter geblickt. Er stieß Garwen an, als der trotzdem versuchen wollte, mit Charme und guten Worten das Blatt zu wenden.

»Gar«, sagte er. »Lass uns verschwinden.«

»Und haltet euch vom Fluss fern«, riet ihnen ein dritter Mann, der ein langes Sägeblatt in Händen hielt und so aussah, als könne er damit allerlei Unheil anrichten, wenn er es darauf anlegte.

***

Nach einer Weile, als sie ausreichend weit weg waren, landete Luchwen in einem verkrüppelten Pfahlbaum, um zu verschnaufen. Sie waren geflogen, so schnell sie konnten, und sein Herz raste wie wild, aber nur zum Teil von der Anstrengung.

»Was zum Wilian war *das*?«, stieß er hervor, als Garwen neben ihm landete.

»Keine Ahnung«, keuchte der. Er blickte regelrecht verstört drein. »Die wollten nicht mal mit uns reden!«

Es gab also doch Dinge, die Garwens gute Laune beeinträchtigen konnten.

»Ja«, sagte Luchwen. »Man könnte grad meinen, wir hätten ihnen was getan.«

»Haben wir ja vielleicht auch«, überlegte Garwen. »Immerhin haben wir sie ziemlich erschreckt, das war unübersehbar.«

»Ich glaube eher, sie haben sich vor dem Pfeilfalken erschreckt. Ich meine, seit wann erschrickt man, nur weil ein paar Leute dahergeflogen kommen?«

Garwen hob die Augenbrauen. »Und seit wann erschrickt man sich vor einem *Vogel*?«

»Es war schon ein ziemlich großer Vogel.«

»Na und? Wenn er nicht gerade direkt über dir hockt, sagst du einfach, ›Oh, toll, ich habe einen Pfeilfalken gesehen!‹, und das ist es dann.« Garwen schüttelte den Kopf. »Ich versteh's nicht.«

Luchwen spürte, wie sein Herzschlag sich beruhigte. Dafür wurde ein nagendes Unbehagen immer stärker.

»Ich würde wirklich gern verstehen, was da eigentlich los war«, bekannte er schließlich.

»Ich auch«, stieß Garwen geradezu inbrünstig hervor. »Und sei es nur, damit ich in Zukunft ruhig schlafen kann und nicht dauernd darüber nachdenken muss.«

»Genau.«

Luchwen richtete sich auf, lugte über das grünfleckige Blätterdach hinweg, das sich rings um sie erstreckte. In der Ferne war ein einziger Riesenbaum zu sehen: Das musste das Nest der Leute sein, die an den Flüssen gearbeitet hatten.

»Meinst du, wir könnten es hinkriegen, zurückzufliegen und nachzuschauen, was die da eigentlich *machen*?«, meinte er in einem Anfall von Wagemut, der ihn selber verblüffte.

Nun reckte auch Garwen den Kopf. »Vielleicht. Wenn wir uns dicht über den Bäumen halten, rechtzeitig landen und dann von Wipfel zu Wipfel klettern.«

Luchwen zuckte zusammen. Über so etwas zu reden war eine Sache, es tatsächlich zu tun dagegen ...

Aber er wollte es wirklich wissen! Er schluckte und breitete die Flügel aus. »Versuchen wir's.«

»Allerdings ... wenn sie uns noch einmal erwischen, kriegen wir bestimmt ihre Peitschenschnüre zu spüren.«

»Dann sollten wir uns besser nicht erwischen lassen«, meinte Luchwen tapfer.

Sie glitten so tief über dem Wald dahin, dass ihre Füße ab und zu die obersten Äste streiften und sie wieder ein paar kräftige Schläge machen mussten, um Höhe zu gewinnen. Als sie sich dem Fluss näherten und die ersten Stimmen und Rufe hörten, das Flattern von Flügeln und rätselhafte dumpfe Geräusche, tauchten sie unter das Blätterdach und landeten im Geäst.

Von Wipfel zu Wipfel zu klettern war anstrengend, vor allem, weil sie ja dabei leise sein mussten. Auch war das Gewirr der Äste und Zweige dicht und ihre Flügel eher hinderlich.

Aber schon bald erspähten sie die ersten Arbeiter. Eine stämmige Frau und ein hagerer Mann, von dessen Gürtel etwas Langes, Schimmerndes herabhing, stiegen im Geäst eines Baumes herum, der auf eine Weise kahl war, die verriet, dass er die Frostzeit nicht gut überstanden hatte. Die beiden zeigten auf verschiedene Äste, diskutierten eine Weile und banden dann ein Seil um einen davon. Das lange, schimmernde Gerät entpuppte sich als Säge, mit der sie den Ast abtrennten, eine sichtlich schweißtreibende Arbeit. Schließlich fiel der Ast mit einem jener dumpfen Schläge, die sie vorhin gehört hatten, zu Boden und wurde vermittels des daran befestigten Seils hinab zum Fluss gezogen, wo sich bereits eine Unmenge Holz stapelte. Natürlich war der Waldboden aber voller Hindernisse, und der abgesägte Ast blieb immer wieder an einem davon hängen: Dann musste einer der Schwirrer kommen und ihn befreien, damit es weitergehen konnte – eine gefährliche Sache, denn er durfte ja nicht mit dem Boden in Kontakt geraten. Luchwen fiel ein, dass einmal jemand erzählt hatte, von denen, die der Margor holte, seien die meisten Waldarbeiter: Nun verstand er, wieso.

»Die schlagen einfach nur Holz«, konstatierte Garwen. »Der Baum da vorne hat die Fäule, der stirbt ohnehin ab, also zerlegen sie ihn.«

Luchwen runzelte die Stirn. »Aber was machen sie mit *so viel* Holz? Das ist doch irre.«

»Oder auch nicht.« In Garwens Augen leuchtete etwas auf, eine Erkenntnis vielleicht. »Klar! Die schlagen das Holz nicht für sich selber. Das ist fürs Eisenland!« Er machte eine umfassende Bewegung mit der Hand. »Alle Flüsse in der Gegend hier fließen ins Eisenland. Deswegen bauen sie aus dem Holz Flöße – weil das die einfachste Methode ist, das Holz dorthin zu transportieren.«

»Brauchen die im Eisenland so viel Holz?«

»Unglaublich viel. Eisengewinnung ist enorm aufwendig.«

Luchwen verfolgte, wie die beiden den nächsten Ast in Angriff nahmen. »Das ist doch aber nichts, bei dem sie sich vor Zuschauern fürchten müssten, oder? Ich meine, sie fällen ja keine Nestbäume oder so.«

»Überlege ich auch grade«, meinte Garwen grüblerisch. »Im Grunde kann es nur so sein, dass sie Verträge mit Nestern im Eisenland haben, und die erfüllen sie einfach. Was weiß ich, vielleicht schippern sie eine Floßladung Holz hin und kommen mit neuen Bratpfannen und Säcken voller Nägel zurück?«

Luchwen musste grinsen, zum ersten Mal an diesem Tag. »Man merkt es schon, dass du auf dem Jufusstein geschlafen hast.«

Garwen grinste auch wieder. »Ja, nicht wahr?«

Im nächsten Moment erlosch sein Grinsen schlagartig. Er sah sich lauernd um, sog geräuschvoll die Luft zwischen den Zähnen ein. »Luch«, meinte er leise, »ich hab das Gefühl, man hat uns bemerkt. Lass uns lieber verschwinden.«

***

Soweit Luchwen sehen konnte, folgte ihnen niemand, als sie wieder das Weite suchten. Trotzdem zweifelte er nicht daran, dass es die richtige Entscheidung gewesen war; ihm selber war auch, als hätte er eine Bewegung gesehen, die ihm irgendwie unheimlich vorgekommen war.

Was war eigentlich los? Wieso war man ihnen so feindselig begegnet? Luchwen verstand es immer noch nicht, aber er hatte noch weniger Lust, herauszufinden, wie sich Schläge mit Peitschenschnüren anfühlten. Besser, sie ließen die Sache auf sich beruhen. Vielleicht, überlegte er, würden sie irgendwann herausfinden, was der Grund für all das gewesen war.

Nachdem sie reichlich Distanz zwischen sich und die ungastlichen Waldarbeiter gebracht hatten, schlugen sie die Richtung auf das Eisenland ein. Sie flogen über ein weites, üppig grünes Waldgebiet, in dem sich Rinnsale zu Bächen vereinigten, Bäche zu Flüssen und Flüsse zu Strömen, und alle flossen dorthin, wohin auch sie unterwegs waren.

Gegen Mittag sah Luchwen das Eisenland zum ersten Mal unter sich: ein gewaltiges, annähernd kreisrundes Loch in der Erde, in das sich von allen Seiten Flüsse ergossen. Manche kamen als Wasserfälle, andere flossen durch schmale Täler mit steilen Hängen, um am Grund des Loches Tausende kleinerer und größerer Inseln zu umspülen.

Allerlei, was Luchwen im Lauf seines Lebens über das Eisenland hatte erzählen hören, setzte sich nun, da er es überblickte, zu einem Bild zusammen. So viel Wasser auch in die gewaltige Senke einfloss, es konnte sie nicht füllen, weil es an zwei Stellen wieder abfloß: zum einen über den Sultas, der in der Muschelbucht ins Meer mündete, zum anderen über den Dortas, der hier noch der kleinere der beiden Flüsse war. Doch in seinem späteren Verlauf nahm er alle aus dem Nordgebirge kommenden Gewässer in sich auf und wurde schließlich zum Thoriangor, dem längsten Fluss der Welt, der den gesamten Kontinent durchquerte, um im Schlammdreieck zu enden.

An den nahezu senkrechten Felshängen, die das wie ausgestanzt wirkende Areal umschlossen, klebten Bauten ohne Zahl. Es mussten Tausende sein. Es gab Hütten, aus Holz gebaut und an atemberaubenden Konstruktionen hängend. Es gab halbkugelige Steinbauten, die den Nestern der Felsensegler ähnelten. Es gab aus dem Fels gehauene Balkone. Es gab … alles. Und zwischen all diesen Bauten sah man ein ständiges Hin und Her, ein unablässiges Starten und Landen von Leuten.

Dort, wo die Felswände frei waren, wiesen sie jede Menge Löcher auf, Eingänge in unterirdische Tunnelsysteme. Immer wieder sah man jemanden daraus auftauchen, der einen Korb hinter sich herzog, aus dem er zertrümmertes Gestein in eine hölzerne Rinne kippte. Das Erz rumpelte abwärts bis in einen großen Holzbottich, und sobald so ein Behältnis gefüllt war, zogen andere es zu riesigen, klobigen Öfen, aus denen dicker Rauch voller glühender Funken in den Himmel stieg: Hier, verstand Luchwen, wurde das Eisen aus dem Erz geschmolzen.

Und was für eine Geschäftigkeit herrschte, obwohl die Trockenzeit erst ein paar Tage alt war! Machten die hier überhaupt Pause in der Frostzeit? Luchwen hatte nicht den Eindruck.

Garwen zeigte nach unten. »Lass uns da mal landen!«

In der Richtung, in die Garwen wies, erhob sich eine Insel, nahe an der Einmündung eines Flusses. Ein paar Hütten standen darauf, und neben ihnen, auf einem flachen Gelände ohne jeden Bewuchs, erhoben sich Erdhügel, die Rauch ausdampften. Einer davon war gerade aufgebrochen worden und voll von einem schwarzen Zeug, das zwei Leute eifrig in Säcke schaufelten.

Ein Floß von der Art, wie sie sie unterhalb des Jufussteins gesehen hatten, lag halb zerlegt am Ufer. Wasser umströmte die Inseln, zudem sah man überall Leute unbefangen darauf herumlaufen: Also war kein Margor zu fürchten.

»Gute Idee«, rief Luchwen zurück.

Sie landeten auf festem, lehmigem Boden. Beißender Rauch umwehte sie und wirbelte ihnen feinen Ruß ins Gesicht.

»Was willst du sie fragen?«, wollte Luchwen wissen, während sie an den heißen, dampfenden Erdhügeln vorbei auf die beiden Männer zustapften, die am anderen Ende der Insel arbeiteten.

Garwen deutete auf die Steilhänge gegenüber, auf all die Wasserfälle und steil eingeschnittenen Täler. »Zunächst mal, welcher davon der Taltas ist.«

»Ach so. Ja.« Luchwen war in Gedanken noch ganz bei dem Rätsel, das ihnen das Verhalten der Waldarbeiter aufgegeben hatte. Und dass er es gar nicht so eilig hatte, Oris zu finden, behielt er lieber für sich.

Die beiden Männer bemerkten sie. Sie hielten inne, stützten sich auf ihre Schaufeln und sahen ihnen entgegen. Der eine war älter, der andere jung – Vater und Sohn vielleicht, beide mit der-

431

art rußbedeckten Flügeln und Gesichtern, dass man keine Farben mehr erkannte.

»Seid gegrüßt!«, rief Garwen. »Mein Name ist Garwen, das hier ist Luchwen. Wir kommen aus den Küstenlanden. Darf ich euch etwas fragen?«

Der Ältere der beiden spuckte aus, schwarzen Schleim, der auf dem Boden glänzte, und knurrte: »Was denn?«

»Wir suchen den Taltas.«

»Den Taltas.« Er sah hoch, musterte die gegenüberliegende Felswand, deren Umrisse im allgegenwärtigen Rauch und der aufsteigenden Hitze verschwammen. »Hmm. Seht ihr die drei schmalen Täler direkt nebeneinander? Neben dem großen schwarzen Schmelzofen? Ich glaube, der Taltas ist der Fluss ganz außen. Von hier aus gesehen rechts.« Er wandte sich an den Jüngeren. »Oder?«

Der andere kratzte sich am Kopf, was eine regelrechte Rußwolke aus seinen Haaren aufsteigen ließ. »Ich weiß nicht. Könnte auch das Tal ganz links sein.«

Der Ältere hob verlegen die Flügel an. »Ist weit von hier. Wir sind dort nie. Ihr müsst entschuldigen.«

»Oh, das hilft uns schon«, versicherte ihm Garwen, ohne zu zögern. Er deutete auf das schwarze Zeug, das sie in abgenutzte Säcke schaufelten. »Was, ähm, macht ihr hier, wenn ich fragen darf?«

»Holzkohle«, sagte der Ältere.

»Holzkohle«, wiederholte Garwen.

»Für die Schmelzöfen. Das brennt heißer als normales Holz. Mit 'nem Holzfeuer beeindruckst du Erz kein bisschen.«

Garwen nickte und zeigte sich angemessen beeindruckt. »Anstrengende Arbeit.«

Der Ältere wiegte den Kopf. »Sieht schlimmer aus, als es ist. Ein ausgiebiges Bad am Abend, und man ist wieder ein Mensch.« Er nickte in Richtung der löchrigen Felswände. »Die, die da reinkriechen, um das Erz aus dem Fels zu brechen – *das* ist anstrengende Arbeit.«

»Kann ich mir vorstellen.«

Der Mann lachte. »Nein, mein Junge, das kannst du dir nicht vorstellen. Nicht, ehe du es gemacht hast. Ich war zwei Jahre lang dabei, wie die meisten, und ich sag dir, ich war vielleicht froh, als endlich die zweite Frostzeit angebrochen ist …«

Plötzliches heftiges Flügelschlagen über ihnen ließ sie aufsehen. Im nächsten Moment schoss ein Mann mit schwarzbraunen Flügeln aus dem hellen Himmel herab und setzte direkt neben den beiden Köhlern auf.

»Red nicht mit denen, Baslech!«, stieß er atemlos hervor, noch ehe er die Flügel eingefaltet hatte. »Das sind die Boten des Unheils!«

Die beiden Männer zuckten zusammen und wichen ein paar Schritte zurück, während ihre erschrockenen Blicke zwischen Garwen und Luchwen hin und her gingen.

»Was, zum Wilian …!«, stieß der Ältere hervor. »Bist du sicher?«

Der Mann, der gerade gelandet war, legte sich die Hand auf die Brust, wie um einen Schwur zu tun. »Es sind die roten Brüder, die mit den Pfeilfalken fliegen. Wir haben es mit eigenen Augen gesehen!«

Vor dem Eisenrat

Ehe Luchwen und Garwen wussten, wie ihnen geschah, landeten ringsum immer mehr Leute. Sie sahen alle kräftig aus und blickten grimmig drein, und bei etlichen der Gesichter war es Luchwen, als habe er sie auch schon im Wald gesehen. Immerhin trugen sie keine Peitschenschnüre bei sich und auch sonst nichts, aber sie kochten förmlich vor Aufregung. Das Wort von den *Boten des Unheils* schien zwischen ihnen widerzuhallen, so oft raunten sie es.

»Moment, bitte!«, rief Garwen laut und mit erhobenen Händen. »Langsam! Wovon, bei allen Ahnen, *redet* ihr eigentlich?«

Eine Frau trat vor, die genauso muskulös war wie die Männer,

433

und fauchte: »Vom Buch Ema! *Und wie ich wieder in den hellsichtigen Schlaf fiel, sah ich zwei rote Brüder mit den Pfeilfalken fliegen und verstand, dass dies die Boten des Unheils waren und alles Unheil, das über die Welt kommen wird, mit ihnen begann.*«

»Wir haben euch gesehen!«, rief ein Mann. »Ihr seid mit den Pfeilfalken geflogen. Und ihr habt beide rote Flügel!«

Garwen fuchtelte mit den Händen. »Das ist doch Unsinn. Wir sind keine Brüder! Und wir sind nicht *mit den Pfeilfalken geflogen* – das war nur *einer*, und der hat uns *verfolgt*!«

Die Waldleute redeten alle durcheinander, sodass nur diejenigen, die am nächsten standen, überhaupt hörten, was Garwen sagte. Von hinten kamen laute Rufe wie »Haut endlich ab!« oder »Wir wollen euch hier nicht haben!« oder »Bringt euer Unglück woanders hin!«, und Luchwen erschrak angesichts der gewalttätigen Stimmung, die sie umgab. Wenn Leute so panisch und so aufgebracht waren, begriff er, konnte buchstäblich alles passieren.

»Ich muss zugeben, ich habe das Buch Ema nie gelesen«, rief Garwen unbeeindruckt und so laut er konnte. »Aber ich habe alle drei Bücher Kris gelesen. Und jetzt lasst mich mal zitieren, aus dem zweiten Buch: *Jeder Mensch soll sich begeben dürfen, wohin er will, und wenn Fremde in euer Nest kommen, so sollt ihr sie aufnehmen und bewirten und beherbergen und gegen alle Gefahren verteidigen, denn sie sind eure Gäste und unantastbar. Um aber jemanden zu verstoßen, sei es, dass er sich ungebührlich benimmt oder die Gesetze bricht oder aus sonst einem Grunde, bedarf es des Beschlusses eines Rates, wie ihn jedes Nest bilden soll.*«

Immerhin, diese uralten Worte, die jeder kannte, zeigten Wirkung. Die Waldleute musterten einander finsteren, aber betroffenen Blicks und waren sich auf einmal unschlüssig, was sie weiter tun sollten.

»Er hat recht«, sagte einer der Männer schließlich. »Wenn wir wollen, dass sie verschwinden, müssen wir sie vor den Rat bringen.«

»Genau«, pflichtete ihm eine dralle Frau mit kurzen, schmutzigen Haaren und zerzausten braunen Flügeln bei. »Der Eisenrat soll sie fortschicken.«

Auch die anderen nickten, nur einer meinte: »Und wenn er sie nicht fortschickt? Wenn die Räte an ihnen genauso einen Narren fressen wie an dem verrückten Jungen neulich?«

Keiner achtete auf ihn. Der Mann, der als Erster gelandet war, trat vor Garwen und Luchwen hin und erklärte: »So machen wir es. Wir bringen euch vor den Rat. Ihr folgt uns jetzt besser, wenn ihr keine Schwierigkeiten kriegen wollt – oder ihr verschwindet für alle Zeiten aus dem Eisenland!«

Garwen legte die Flügel an und hob die Hände, sodass die Handflächen zu sehen waren, als Zeichen der Friedfertigkeit. »Wir sind nicht die Boten des Unheils und haben also nichts zu befürchten. Wir folgen euch gerne zu eurem Rat.«

***

Sie folgten dem Mann, der so etwas wie der Anführer der Waldleute zu sein schien. Die anderen flogen hinter, neben und über ihnen und behielten sie argwöhnisch im Auge.

Der Flug ging quer über das Eisenland hinweg, das Luchwen vorkam wie eine ganz andere, fremde Welt, eine Welt aus träge dahinfließendem Wasser, das mal weiß, mal schwarz verfärbt Inseln ohne Zahl umspülte, manche nur so klein, dass man gerade darauf stehen konnte. Was auch viele Leute taten, einfach, um sich zu waschen. Überall standen sie und seiften sich Körper, Gesicht und Flügel ein, übergossen sich mit Wasser oder tauchten darin unter, schüttelten die Flügel aus, dass die Tropfen flogen, oder rieben sich trocken. Noch nie hatte Luchwen so viele halbnackte Menschen auf einmal gesehen.

Auch sonst herrschte allüberall emsige Geschäftigkeit. Immer wieder passierten sie Schmelzöfen, aus denen Rauch und Hitze und ein eigentümlicher beißender Gestank emporstiegen. An einem der Öfen hantierte jemand in dick gepolsterter Kleidung, sogar seine

Flügel waren in einen Schutz gehüllt. Und als sie ihn passierten, floss plötzlich eine grell glühende Flüssigkeit heraus wie wässriges Licht, floss in ein Muster gleichmäßiger Formen im Sand und kam dort zum Stocken.

Als Garwen einmal rief: »Wohin fliegen wir eigentlich?«, kam zur Antwort: »In die Eisenstadt!«, in einem Ton, als müsse sich das von selbst verstehen.

Das da vorne war sie dann wohl, diese Eisenstadt, überlegte Luchwen.

Siedlungen auf dem blanken Boden kannte er nur von ein paar Besuchen auf den Leik-Inseln vor den Küstenlanden. Er erinnerte sich an halbrunde Schlafhütten, die in weiten Kreisen um einen überdachten Mahlplatz und ein paar Werkstätten angeordnet waren, und an Zäune um Hiibu-Weiden.

Damit war das, was er hier auftauchen sah, überhaupt nicht zu vergleichen. Auf einer großen Insel in der ungefähren Mitte des Eisenlands erhoben sich ungeheure, prächtige Gebäude mit mehreren Stockwerken, manche so hoch, als habe man versucht, einen Nestbaum nachzubauen. Auf jedem Stockwerk gab es Landeplattformen, und die Wände und Dächer der Gebäude waren prachtvoll verziert und bunt bemalt. Zwar wurden die Farben hier und da schon wieder vom Ruß verdeckt, doch es schwirrten überall Leute herum, die die Wände und vor allem die Dächer *wuschen*.

Sie landeten auf der obersten Plattform des größten und prächtigsten Gebäudes von allen. Ein unablässiges Kommen und Gehen, Starten und Landen herrschte hier. Dunkle Torflügel aus schwarzem, mit Eisen beschlagenem Holz standen offen, ließen sie ein in gleichfalls dunkle Räume, die nur das wenige Licht erhellte, das durch ausgesägte Blumenmuster in den Läden vor den Fenstern hereindrang.

Gleich darauf standen sie vor einer Theke. Dahinter saß ein buckliger alter Mann mit strahlend schönen, silberweißen Flügeln und einem ebenso silberweißen Kinnbart. Außerdem trug er eine Tätowierung auf der Stirn, wie Luchwen sie noch nie gesehen hatte, die aber etwas zu bedeuten schien, auch wenn er keine Ahnung hatte, was.

Auf diesen Mann redeten die Waldleute ein, was eine ganze Weile dauerte, in der dieser keine Miene verzog.

»Ich fasse zusammen«, sagte der silberweiße Mann schließlich, als sie fertig waren. »Ihr behauptet, diese beiden jungen Männer hier seien die im Buch Ema prophezeiten Boten des Unheils, und ihr verlangt, der Eisenrat möge darüber entscheiden, ob sie aus dem Eisenland und seiner Umgebung verbannt werden – ist das korrekt?«

»Ja, genau«, sagte der Anführer der Waldleute.

»Na, dann schauen wir mal.« Der Mann hinter der Theke schlug ein ungeheures Notizbuch auf, dessen Seiten in winzigster Schrift bis auf den letzten freien Platz vollgekritzelt waren, blätterte darin herum und sagte endlich: »Der Rat tagt morgen früh wieder. Ich kann euch eine Erlaubnis ausstellen, die beiden Beklagten bis dahin in Gewahr zu nehmen – allerdings auf eure Kosten.« Er streckte einen seiner spinnendünnen Finger aus und deutete in Richtung des Ausgangs. »Ich empfehle das Gästenest ›Fröhliche Abende und glückliche Nächte‹ schräg gegenüber. Es ist preiswert und bietet überdies Kuhlen mit vergitterten Fenstern.«

»Wieso auf unsere Kosten?«, empörte sich der Anführer.

Der alte Mann neigte den Kopf. »Sollte der Rat in eurem Sinne entscheiden, bekommt ihr die Kosten erstattet. Wenn nicht, dann nicht.«

Die Waldleute berieten sich aufgeregt. Dass ihnen bei der ganzen Sache Kosten entstehen sollten, gefiel ihnen unverkennbar nicht. »Dalnaim wird uns verfluchen, das weiß ich jetzt schon«, hörte Luchwen jemanden sagen. Ein anderer wandte ein, dass das doch kein Problem sei; sie müssten nur gewinnen, und das müssten sie ohnehin, um das Unheil abzuwehren.

»Ihr könnt sie«, warf der Mann hinter der Theke ein, »natürlich sich selber überlassen, vorausgesetzt, ihr seid euch sicher, dass sie morgen früh hier erscheinen.«

Das wollten die Waldleute dann auch wieder nicht riskieren.
»Nein«, sagte der Anführer. »Gib uns die Bescheinigung.«

Der alte Mann zückte ein schmales Blatt Papier und eine Schreibfeder. »In diesem Fall brauche ich deinen Namen.«

»Altares«, sagte der Anführer. »Vom Nest der Giar im Furtwald.«

»Altares«, wiederholte der Alte, schrieb dann konzentriert einen längeren Text und drückte am Ende einen Stempel darunter, neben den er einen Abdruck seines Fingers setzte. Er überreichte dem Anführer der Waldleute die Bescheinigung mit den Worten: »Seid morgen früh hier, sobald das große Licht des Tages zwei Daumenbreit hoch über dem westlichen Kraterrand steht.«

»Worauf du dich verlassen kannst«, sagte Altares, steckte das Papier ein und gab den anderen einen Wink, ihm zu folgen, was Garwen und Luchwen natürlich einschloss.

Sie flogen zu dem empfohlenen Gästenest, was tatsächlich nur ein Sprung von der Plattform des Ratsgebäudes zu einem Gebäude schräg gegenüber war. Der Eingang, über dem wahrhaftig ein Schild »Fröhliche Abende und glückliche Nächte« versprach, lag ebenfalls im obersten Stockwerk, nur war das Gebäude ein Stockwerk niedriger.

Wieder kamen sie in prachtvolle Räume, wieder gab es eine Theke, nur war hier alles viel heller, denn das Gästenest war mit einer Menge großer Fenster ausgestattet, überdies alle mit Glas verkleidet! Ein atemberaubender Anblick, fand Luchwen, bis ihm einfiel, dass im Eisenland ja nicht nur Eisen hergestellt wurde, sondern auch Glas: Klar, dass sie es dann selber auch verwendeten und dass es sie nicht so teuer zu stehen kam.

Sie warteten auf gepolsterten Bänken, während Altares mit einer Frau hinter der Theke verhandelte. Diese trug dunkelblaue Kleidung und hatte schimmernde Flügel von genau derselben Farbe, die sie beim Sprechen anmutig bewegte. Luchwen beobachtete sie fasziniert; man sah selten Leute, die diese Eigenheit hatten.

»Was machen die da eigentlich?«, fragte er Garwen irgendwann.

»Na, ich denke, Altares hat wahrscheinlich keine Münzen oder sonstiges Geld bei sich, warum sollte er auch?«, meinte Garwen. »Also muss er einen Schuldschein ausstellen.«

»Das geht so einfach?«

»Ja, warum nicht? Das Gästenest kann den gegen irgendwas anderes eintauschen, dann wandert der Schein munter hin und her, bis er eines Tages dem Kassenverwalter von Altares' Nest präsentiert wird. Dann müssen die ihn mit irgendeiner Gegenleistung verrechnen oder Geld bezahlen, was im Grunde auch nichts anderes ist.«

»Klingt kompliziert.«

»Stell dich nicht so an.« Garwen lachte. »Du hast schließlich auch auf dem Jufusstein geschlafen!«

Luchwen ächzte. »Erinner mich nicht.«

Er sah, wie Altares einen Daumenabdruck auf einem Blatt machte, und damit waren die Verhandlungen offenbar abgeschlossen. Ein junger Mann, der ebenfalls zum Gästenest gehörte – er trug auch dunkelblaue Kleidung, hatte aber Flügel, deren bräunliche Farbe sich damit biss –, kam zu ihnen und sagte höflich: »Wenn ihr mir bitte folgen wollt? Ich geleite euch in euer Gemach.«

»Na, das machen wir doch gern«, sagte Garwen und erhob sich. Luchwen, der gespannt war, was man unter einem *Gemach* zu verstehen hatte, tat es ihm gleich.

Das Innere des Gästenests war nicht dazu gedacht, sich fliegend fortzubewegen; es ging eine breite Treppe hinab, die noch größer und kunstvoller war als die im Nest der Non.

Zu Luchwens Missfallen folgten sie dieser Treppe *ganz* hinab, bis in das allerunterste Stockwerk, das direkt auf dem Boden lag. Schon auf den Leik-Inseln hatte er gemerkt, dass er sich auf dem Boden einfach unbehaglich fühlte, selbst wenn es ganz sicher keinen Margor gab. Hier kam das Wissen hinzu, dass sich das gesamte übrige Gebäude *über* ihnen befand und gewissermaßen auf ihnen lastete, und damit fühlte er sich doppelt unbehaglich.

Der junge Mann öffnete eine Tür in einen Raum, der aussah wie das Innere einer Schlafhütte mit zwei Kuhlen. Durch ein schmales, ebenfalls mit Glas ausgestattetes Fenster, vor dem ein Gitter aus Eisenstäben eingelassen war, fiel Licht herein.

Er ließ sie vorangehen, blieb selber in der Tür stehen und sagte, als sie sich im Inneren des *Gemachs* umsahen: »Ich habe Anweisung, eure Tür von außen zu verschließen. Ihr erhaltet später noch eine Mahlzeit; sie wird euch gebracht.«

»Prima«, meinte Garwen.

»Dann wünsche ich angenehmen Aufenthalt«, sagte der junge Mann. Er schloss die Tür, sie hörten ein schabendes Geräusch, und als sie gleich darauf probierten, sie von innen zu öffnen, war tatsächlich ein Riegel vorgelegt oder dergleichen.

»Tja, darum ging's ja wohl«, meinte Garwen, setzte seinen Rucksack ab und legte sich unbekümmert in eine der beiden Kuhlen. »Aber ganz gemütlich. Und was zu essen gibt's auch noch – das muss dir doch gefallen, Luch, oder? Wir hätten es schlechter treffen können.«

Er räkelte sich und fügte hinzu: »Auf jeden Fall verstehe ich jetzt, warum man sagt, die Eisenländer seien alle verrückt.«

Luchwen spähte aus dem Fenster, durch das man in eine düstere, enge Schlucht zwischen zwei Gebäuden sah. Schmutz und Abfälle lagen auf dem Boden, und immer wieder kam schmutzig-graues Wasser herabgeplätschert. Das eigentliche Leben spielte sich weit über ihnen ab, wo Leute eilig dahinflogen oder von Gebäude zu Gebäude glitten.

»Was machen wir denn, wenn sie uns tatsächlich verbannen?«, fragte er.

»Phh!«, machte Garwen. »Ist doch egal. Was interessiert uns das Eisenland? Wir sagen eben auf Nimmerwiedersehen und fliegen zu den Tal. Ganz einfach.«

***

Am nächsten Morgen flogen sie, gesättigt und ausgeschlafen, gemeinsam mit den vor Siegesgewissheit glühenden Waldleuten wieder hinüber zum Ratsgebäude.

Wo sie mitten in einem unglaublichen Tumult landeten.

Die dunklen Räume, die gestern so still und verlassen dagelegen hatten, waren heute von regelrechten Menschenmassen bevölkert, einem Gewimmel von Gesichtern und Flügeln, alles dicht an dicht, ein ohrenbetäubendes Durcheinander von Stimmen und Gesprächen. Als Luchwen und Garwen ankamen, wurden sie mit lauten »Buh!«-Rufen empfangen. Dann teilte sich die Menge, und ein Mann trat vor, der die seltsamste Erscheinung bot, die Luchwen je gesehen hatte: Er war hager und groß, einen Kopf größer als fast jeder der Anwesenden – und offenbar komplett irre. Sein Kopf war kahl geschoren bis auf eine Stelle, an der die dort wachsenden Haare zu einem Zopf geflochten herabhingen. Er hatte lange, bemalte Fingernägel und bunte Striche auf den Wangen, und auf jedem seiner beiden schwarz-grauen Flügel prangte der Schriftzug *Ema*.

Dieser Mann also trat wuchtigen Schritts vor Luchwen und Garwen hin und rief mit Fistelstimme: »Boten des Unheils seid ihr, fürwahr! Ich aber sage euch: Weicht von uns. Euer niederträchtiges Treiben trifft uns nicht unvorbereitet, denn Ema hat uns gewarnt, und wir sind die, die hören!«

Dabei schwenkte er ein dünnes Buch, zweifellos das Buch Ema, und seine Anhängerschaft wiederholte im Chor: »*Wir sind die, die hören!*«

Der weißbärtige Mann hinter der Theke kam mit einer Glocke an, die er ohrenbetäubend laut und misstönend schwang.

»Ruhe!«, rief er. »Hier ist nicht der Ort für Drohungen! Efas, mäßige dich und deine Anhänger, oder ihr werdet nicht vor den Rat gelassen.«

Der seltsame Mann machte eine abfällige Handbewegung und zog sich ohne ein weiteres Wort zurück.

Der Weißbärtige winkte zwei kräftigen Männern, die Peitschenschnüre am Gürtel trugen. »Bringt die beiden Beschuldigten bis zum Beginn der Ratsversammlung in die Bibliothek«, befahl er.

Luchwen kannte das Wort *Bibliothek* als Bezeichnung für jene Truhe, in der man die Großen Bücher verwahrte. Hier in der Eisenstadt hingegen, wo ohnehin alles größer und anders war, verstand man darunter, wie er sah, einen eigenen Raum, in dem die Bücher in einem Regal ruhten. Es gab außerdem Stühle und Tische, an denen man sitzen konnte, während man in einem davon las – und hohe Fenster, die viel Licht einließen.

Zwei Frauen, von denen eine Luchwen verblüffend an seine Tante Eiris erinnerte, saßen gerade in ein Buch vertieft an einem der Tische. Sie wurden gebeten, später wiederzukommen, da die Bibliothek einstweilen geschlossen werden müsse. Sie zogen missmutig ab, und einer der Männer erklärte Luchwen und Garwen: »Es kann eine Weile dauern, bis man euch holt. Die Ratsversammlung hat noch nicht begonnen, und der Rat wird erst andere Fragen verhandeln.«

»Gibt es was zu essen zwischendurch?«, fragte Luchwen keck.

Der Mann schüttelte irritiert den Kopf. »Auf keinen Fall. Hier in der Bibliothek ist das Essen verboten.«

Damit machte er die Tür zu, und sie waren allein.

»Hat dir schon einmal jemand gesagt, dass du ein Vielfraß bist, Luch?«, fragte Garwen amüsiert.

»Wieso, war doch nur 'ne Frage?«, gab Luchwen zurück.

Garwen trat an den Tisch, an dem die Frauen gesessen hatten, und nahm das Buch auf, das sie zurückgelassen hatten. »Eins von den Kleinen Büchern. Über Erzabbau und Eisenverarbeitung. *Zweites* Buch! Aha.«

Luchwen ging das Regal ab. Von den Kleinen Büchern hatte er bis jetzt nur gehört, aber noch nie eines von ihnen gesehen. Es gab welche über Glasherstellung, über Papierherstellung, über Hanggartenbau und so weiter. In vier Bänden war beschrieben, wie man Gebäude aller Art baute, von Schlafhütten in normalen Nestern bis hin zu mehrstöckigen Bauwerken. Und in jedem Buch, das er aufschlug, standen Notizen am Rand und waren Blätter mit Verbesserungen und Anmerkungen eingelegt, manche davon uralt.

»Wieso lesen die über Erzabbau und Eisenverarbeitung nach?«, fragte er. »Man sollte doch meinen, dass sich hier alle bestens damit auskennen.«

»Vielleicht, weil sie sicher sein wollten, dass sie nichts vergessen haben?« Garwen zog eins der Großen Bücher aus dem Regal, schlug es auf und begann zu lesen. Nach einer Weile meinte er kopfschüttelnd: »Ehrlich ... ich hab nie begriffen, was Leute am Buch Ema finden. Ich versteh nicht mal, wieso das überhaupt ein Großes Buch ist.«

»Weil eine Ahnin es geschrieben hat«, sagte Luchwen.

»Und ausgerechnet die Frau von Jufus! Der so vernünftig war, so durchdacht, so präzise ...« Er schlug das Buch Ema wieder zu und stellte es zurück. »Seltsam, dass sie hier im Eisenland *beide* so verehren, den Urahn der Händler genauso wie die Urahnin aller Spinner.«

***

Es dauerte ewig, bis etwas geschah. Irgendwann hatten sie keine Lust mehr, in den Büchern zu lesen, sondern saßen nur noch da und hörten den Sprechgesängen zu, die die Anhänger des Verkünders veranstalteten. Es war nicht zu verstehen, was genau sie eigentlich sangen, man hörte nur dumpfe, sich wiederholende Rufe eines vielstimmigen Chors, was die ganze Sache aber nur noch unheimlicher machte.

»Die bringen sich in Stimmung«, konstatierte Garwen irgendwann, doch die Heiterkeit, mit der er es sagte, wirkte aufgesetzt.

Endlich öffnete sich die Tür, und der weißflüglige alte Mann kam herein. Er schien aufgewühlt, ja empört zu sein, aber er bemühte sich, ruhig zu bleiben. »Ihr werdet jetzt vor den Rat gebracht«, erklärte er.

»Endlich!«, entfuhr es Luchwen.

Der Alte beachtete seinen Einwurf nicht. »Ich will euch vorher erklären, worauf ihr achten müsst und wie ihr euch zu benehmen habt«, fuhr er fort. »Die wichtigste Regel: Ihr dürft nur reden, wenn euch die Vorsitzende das Wort erteilt. Auf keinen Fall dazwischenrufen! Wenn ihr etwas zu sagen habt, hebt die Hand. Wenn ihr sprecht und die Vorsitzende klatscht in die Hände, hört sofort auf zu reden. Und wenn ihr das Wort an eines der Ratsmitglieder richtet, dann redet ihn mit seinem Titel an, ›Hoher Rat‹ beziehungsweise ›Hohe Rätin‹. Habt ihr das verstanden? Es ist wichtig, dass ihr euch daran haltet, denn wenn ihr es nicht tut, werdet ihr des Saals verwiesen, und die Verhandlung geht ohne euch weiter.«

Garwen und Luchwen wechselten einen verwunderten Blick, und beide dachten wohl daran, wie form- und problemlos Sitzungen des Nestrats zu Hause vor sich gingen: Man traf sich, jeder sagte, was er zu sagen hatte, man redete bisweilen auch mal durcheinander, aber irgendwann kam man dann doch zu einem Entschluss, und sei es nur, weil man ja zu einem kommen *musste*.

»Alles klar«, sagte Garwen. »Wir werden uns dran halten.«

Die Wächter geleiteten sie in den Ratssaal, den Luchwen noch imposanter fand als den Rest des Gebäudes. Der Saal war rund und enorm groß, sein Dach wurde von eisernen Streben getragen. Im Rücken der Räte, die etwas erhöht hinter einer Barrikade saßen, reihten sich hohe Fenster, prunkvoll bemalt mit Szenen aus dem Leben der Ahnen: Wilian, wie er zum ersten Mal landet, an der Goldküste zu seinem Glück, einem der wenigen Orte ohne Margor … Gari im Kreis der ersten Kinder mit Flügeln … Selime in ihrem Boot, die Flüsse und Seen befahrend, um Pflanzen und Tiere zu studieren … Kris auf dem Berge, an seinen Büchern schreibend … Zolu, singend und tanzend … und natürlich, unvermeidlich, Teria, wie sie sich für Debra opfert: ein gruseliges Bild, wie sie die Geliebte in ihrem strahlend weißen Anzug stützt, während der Margor sie selber schon zerfrisst.

Man wies ihnen Sitzplätze ganz vorne an, direkt an einer Absperrung rings um einen freien Platz in der Mitte des Raums. Die

444

Stühle waren bequem, mit schmalen Rückenlehnen, sodass man sich die Flügel nicht daran drückte. Schräg gegenüber, hinter einer etwas höheren Abgrenzung und von Wachleuten gesichert, drängelten sich in einer Art Zuschauerraum die Waldleute und die anderen Anhänger des Verkünders, der selber weiter vorne saß, neben Altares, auf einem ganz ähnlichen Platz wie Luchwen und Garwen. Auch sie hatte man offenbar zur Schweigsamkeit ermahnt, denn sie beschränkten sich darauf, Luchwen und Garwen grimmig anzustarren.

Einer der Räte stand auf und klingelte mit der großen Glocke, die der alte Mann schon am Morgen benutzt hatte, um Ruhe zu schaffen.

»Punkt 21«, verkündete er. »Altares vom Nest der Giar in den Furtwäldern verlangt, der Rat möge die zwei Neuankömmlinge Luchwen und Garwen aus den Küstenlanden als die von Ema prophezeiten Boten des Unheils erkennen und verbannen.«

Die Ratsvorsitzende war leicht auszumachen; sie saß etwas erhöht und genau in der Mitte. Es war eine eindrucksvolle Frau, nicht mehr ganz jung, aber immer noch sehr schön, mit großen Flügeln von einem äußerst hellen Braun, die in dem Licht des Fensters direkt hinter ihr golden schimmerten. Unbewegten Gesichts hob sie die Hand und sagte: »Altares möge vortreten und sein Anliegen begründen.«

Altares erhob sich linkisch und bat, sichtlich eingeschüchtert: »Hohe Räte, erlaubt mir, Efas den Verkünder zu bitten, dies an meiner Stelle zu tun.«

Die Räte wechselten allerlei Blicke. Luchwen versuchte, darin zu lesen, wer von ihnen wohl ein heimlicher Anhänger des Verkünders war und wer jemand, der ihn ebenso unsäglich fand wie er, aber vergebens: Die Mienen der Räte blieben steinern.

»Wir erlauben es«, entschied die Vorsitzende. »Efas möge vortreten und das Anliegen begründen.«

Altares war sichtlich erleichtert, sich wieder setzen zu können. Währenddessen trat Efas vor, nein *auf*; schwungvoll und feurigen

Schrittes kam er in die Mitte des Ratssaals, und man sah ihm an, dass er sich hier ganz in seinem Element fühlte und den Augenblick zutiefst genoss.

»Hohe Räte«, begann er mit seiner unangenehm durchdringenden Stimme, »verehrte Anwesende! Lasst mich zunächst in Erinnerung rufen, dass in den frühen Tagen, als die Ahnen noch unter uns weilten, Jufus lange Zeit in einem Nest über dem Eisenland gelebt hat. Und zwar lebte er im Nest Kal am Kaltas, das zugleich der Sitz des Eisenrats war, bis eines Tages ein Blitz den Riesenbaum bis zu den Wurzeln spaltete und Taleik daraufhin entschied, die Eisenstadt zu erbauen.«

Er schritt beim Reden energisch hin und her, begleitete seine Worte mit ausladenden Gesten, und sein langer Zopf tanzte dabei auf und ab.

»Doch ich will von Jufus reden. Er lebte im Nest Kal, um gemeinsam mit seiner Tochter Awen und seinen Söhnen Ukal und Ufas das Eisenland aufzubauen. Er tat dies, weil er erkannt hatte, dass die Kinder der Ahnen, um auf dieser Welt gut leben zu können, Produkte aus Metall benötigen würden. So erschlossen sie die ersten Minengänge und bauten die ersten Schmelzöfen, und alles, was sie dabei lernten, hielt Ukals Frau Amur in einem Buch fest, dem ersten der Kleinen Bücher, dem Buch der Erz- und Eisengewinnung …«

Er verstummte, als die Vorsitzende in die Hände klatschte. »Efas«, sagte sie, »das ist uns allen hier wohlbekannt. Bitte komm zum Punkt.«

Sie machte eine Geste, mit der sie ihm das Wort wieder erteilte, worauf er fortfuhr: »Der Punkt ist, dass Jufus' Frau Ema ebenfalls im Nest Kal lebte. Ema, deren hellsichtigen Träumen wir so unendlich viel verdanken – zum Beispiel das Wissen darum, wo wir vor dem Margor sicher sein können. Sie hat es geträumt, wir haben es nachgeprüft, und dabei hat es sich bestätigt. Sie war es auch, die geträumt hat, dass es in den Wänden dieser vulkanischen Senke eisenhaltiges Erz gibt, und nicht nur das, dass wir es abbauen können, ohne uns vor dem Margor fürchten zu müssen. Damals lebten am Nordrand des Akashir-Massivs Pfeilfalken in so großer Zahl, dass man kaum zum Himmel emporblicken konnte, ohne einen von ihnen zu sehen. Doch eines Nachts träumte Ema jenen Traum, den sie in ihrem Buch schildert, nämlich dass zwei rote Brüder mit den Pfeilfalken flogen, und sie verstand, dass es die Boten des Unheils waren. Es war der erste ihrer Träume, die kommendes Unheil betrafen, und der Anlass, überhaupt ein Buch zu schreiben, uns zur Warnung.«

Er hob die Hände, deren Fingernägel, wie Luchwen erst jetzt auffiel, alle *rot* bemalt waren.

»Die Pfeilfalken zogen weiter, wie sie es zu tun pflegen, vielleicht sogar, wie manche meinen, um die anderen Kontinente zu besuchen – doch sie kehrten immer wieder zurück. Und wann immer sie das taten, wann immer sie aufs Neue am Nordrand des Akashirs nisteten, hat man sie mit besonderer Aufmerksamkeit beobachtet. Und so war es auch diesmal. In der Windzeit vor drei Jahren sah man zum ersten Mal nach vielen, vielen Jahren wieder Pfeilfalken rund um den Jufusstein. Das hat sich herumgesprochen, und natürlich hatten die Bewohner der Furtwälder nun ein besonderes Auge auf den Himmel. Und schließlich«, donnerte er und wirbelte herum, »ist es tatsächlich geschehen! Gestern! Altares und seine Leute waren am frühen Morgen dabei, am Ufer des Restas Holz einzuschlagen, als sie plötzlich sahen, wie diese beiden roten Brüder …«

Er richtete den ausgestreckten Zeigefinger in einer dramatischen Geste auf Garwen und Luchwen.

»… mit den Pfeilfalken flogen! Altares und seine Leute haben es gesehen und können es bezeugen.«

Die Vorsitzende unterbrach ihn mit einem erneuten Klatscher und wandte sich dann an Garwen und Luchwen. »Was habt ihr dazu zu sagen? Seid ihr die Boten des Unheils?«

Garwen erhob sich, als sie ihm mit einer Handbewegung das Wort erteilte, und sagte vernehmlich und so unbekümmert, wie nur er das fertigbrachte: »Hohe Rätin, wir sind überhaupt keine Boten, sondern einfach nur Reisende, die den Weg zu ihren Freunden suchen. Wir sind auch nicht *mit den Pfeilfalken geflogen*, vielmehr war es ein einzelner Pfeilfalke, der uns aus irgendeinem Grund verfolgt hat. Wahrscheinlich wollte er uns verjagen, weil wir auf dem Jufusstein genächtigt hatten, und alles, was wir wollten, war, ihm zu entkommen. Und vor allem«, fügte er hinzu, »sind wir keine Brüder.«

Luchwen sah, wie einige der Räte nun doch schmunzelten. Gleichzeitig war aus dem Zuschauerraum empörtes Raunen zu hören, was die Vorsitzende veranlasste, sofort wieder kräftig mit den Händen zu klatschen.

»Ich bitte um Wahrung der Form«, mahnte sie, »andernfalls lasse ich den Zuschauerbereich räumen. Efas?« Er hatte die Hand oben, und sie erteilte ihm das Wort.

»Ich würde«, sagte er säuselnd, »das Wort ›Brüder‹ eher metaphorisch verstehen. Tatsache bleibt, dass die Flügelfarbe Rot bei Menschen eine der seltensten ist. Hier haben wir sie gleich zweimal, und einer davon hat sogar zusätzlich rote *Haare*. Das ist ein zu großer Zufall, um nicht bedeutungsvoll zu sein.«

Einer der Räte, ein älterer, etwas beleibter Mann mit wulstigen graubraunen Flügeln, hob die Hand und bekam das Wort. »Ich habe eine Frage an Altares und vor allem an Efas, nämlich: Was versprecht ihr euch eigentlich von einer Verbannung der beiden?«

Luchwen sah, dass Efas etwas erwidern wollte, aber dann schien ihm gerade noch rechtzeitig einzufallen, dass er nicht das Wort hatte, und so schwieg er. Doch er tat es sichtlich voller Ungeduld.

»Ich meine Folgendes«, fuhr der Rat fort. »Wenn wir einen neuen Stollen graben, nehmen wir in einem Käfig ein Paar Grünhalslinge mit, oder Stollenvögel, wie wir sie nennen. Diese Vögel sind noch beim größten Lärm der Hacken und Schaufeln friedlich; sie werden erst unruhig, wenn Einsturzgefahr besteht.«

Efas nickte heftig, und man sah, wie schwer es ihm fiel, den Rat nicht zu unterbrechen.

»Man vermutet, dass sie Geräusche des Gesteins hören, die

einem solchen Einsturz vorausgehen, die wir aber nicht wahrnehmen können. Man könnte unruhige Stollenvögel also mit Fug und Recht ebenfalls als eine Art ›Boten des Unheils‹ bezeichnen, nicht wahr? Doch was wäre gewonnen, wenn wir sie im Falle eines Alarms einfach hinausbrächten und weitergrüben? Gewiss, sie fortzubringen beruhigt sie wieder – aber es beseitigt ja nicht die Gefahr, die sie anzeigen.«

Er ließ das einen Moment wirken, sah in die Runde und fuhr fort: »Ich habe das Buch Ema gelesen, mehrmals sogar. Aber ich muss gestehen, dass ich nie begriffen habe, welche Gefahr die Ahnin eigentlich konkret gesehen hat, und vor allem nicht, was dagegen zu tun wäre.«

Er gab das Wort an die Vorsitzende zurück, die es umgehend Efas erteilte.

Der wirkte einen Moment lang unsicher; das Argument des Rats schien ihn in Verlegenheit zu bringen. »Gewiss ist es so«, begann er so langsam, als müsse er sich während des Sprechens noch überlegen, was er sagen wollte, »dass Ema nur kurze Blicke in die Zukunft vergönnt waren, ohne dass sie das ganze Bild erkennen konnte. Das schreibt sie ja auch selbst. Es … es erscheint mir jedoch unvernünftig, Boten des Unheils als solche zu identifizieren, um sie dann einfach gewähren zu lassen. Menschen sind keine Stollenvögel. Menschen können Pläne verfolgen, durchaus auch finstere Pläne. Es ist denkbar, dass die Boten vom Unheil nicht nur *künden*, sondern dass sie in der Absicht kommen, es *hervorzurufen!*« Allmählich fand er seinen Schwung und sein Feuer wieder. Er wies erneut auf Luchwen und Garwen. »Sie behaupten, keine Brüder zu sein. Doch woher wissen wir, dass das stimmt? Alles, was wir haben, ist ihr Wort!«

»Was habt ihr dazu zu sagen?«, wandte sich die Vorsitzende an Garwen.

Der stand auf und wirkte nicht mehr so unbekümmert, wie es gewöhnlich seine Art war, sondern, ganz im Gegenteil, kampfbereit. »Ema hat *nicht* ›zwei junge Männer mit roten Flügeln‹ geschrieben, sondern sie hat ausdrücklich das Wort ›Brüder‹ verwendet. Also muss es bedeutsam sein. Denn wenn es, wie Efas vorhin meinte, nur ›metaphorisch‹ gemeint wäre, dann müsste man anfangen zu fragen, ob nicht vielleicht auch die Farbe Rot nur ein Bild für etwas anderes sein könnte oder auch der Pfeilfalke ein Bild für etwas anderes, und am Ende bedeuten die ganzen Prophezeiungen alles und nichts zugleich.« Er musterte die Reihe der Räte. »Hohe Räte, lassen Sie mich eine Frage an Sie richten – wer von Euch hat einen Bruder oder eine Schwester?«

Fast alle Hände hoben sich, mehr oder weniger zögernd, weil eine solche Art der Befragung wohl nicht üblich war.

»Und wer hat einen Bruder oder eine Schwester mit derselben Flügelfarbe?«

Alle Hände bis auf zwei senkten sich wieder.

»Und mit derselben Hautfarbe?«

Keine Hand war mehr oben.

»Es ist«, fuhr Garwen fort, »allgemein bekannt, dass man neben Wesenszügen auch Gesichtszüge, überhaupt körperliche Eigenarten und oft die Farben von Haaren und Augen von seinen Eltern erbt, dass aber die Farben der Flügel und der Haut praktisch dem Zufall unterliegen.«

Efas hob energisch die Hand und bekam das Wort. »Umso bedeutungsvoller, wenn es sich herausstellen sollte, dass diese beiden tatsächlich Brüder sind«, rief er. »Ich beantrage, einen Kurier in die Küstenlande zu schicken, zum Nest der Wen, um sie genauer zu identifizieren. Und bis dieser zurückkehrt und wir Klarheit haben, sollten die beiden in Gewahrsam bleiben!«

Eine Rätin meldete sich, eine kleine Frau mit einem schiefen Gesicht und zierlichen, bräunlichen Flügeln. »Die Entsendung eines Kuriers ist hierfür nicht nötig. Wir haben einen Zeugen, der die beiden kennt. Ich bitte um seine Aussage.«

Aller Augen richteten sich auf einen dunklen Holzkasten, den Luchwen bis jetzt gar nicht beachtet hatte. Es war ein schmaler Verschlag an einer Seite des Ratssaals, einem großen Schrank nicht unähnlich, nur dass er eine Öffnung zur Mitte des Saals hatte und es in seinem Inneren so dunkel war, dass man nicht sah, was sich darin befand.

Aus dieser Öffnung also drang nun eine dumpfe Stimme, die erklärte: »Der Kleinere der beiden, der von hier aus gesehen auf dem linken Stuhl sitzt, heißt Luchwen und ist der Sohn der Dalawen und des Halmur. Der andere heißt Garwen und ist der Sohn der Alwen und des Basleik.«

»Und wer bezeugt dies?«, verlangte die Vorsitzende zu wissen. »Tritt vor!«

Eine schmächtige Gestalt mit schwarz-grauen Flügeln trat aus dem Dunkel des Verschlags heraus. »Dies bezeugt Oris vom Nest der Ris der Küstenlande, Sohn der Eiris und des Owen, der den Himmel bezwungen und die Sterne gesehen hat.«

Der kühne Plan

Wenig später waren sie endlich wieder frei. Nicht nur das, Oris und die anderen geleiteten sie, nachdem sie ihre Rucksäcke aus dem Gästenest ›Fröhliche Abende und glückliche Nächte‹ abgeholt hatten, zu dem offenen Mahlplatz eines anderen Gastnestes, das am Rand der Eisenstadt lag, direkt an einem der Wasserwege, und dort bekamen sie *endlich* etwas zu essen.

»Die hätten uns nämlich verhungern lassen bei ihren Büchern«, erklärte Luchwen nach den ersten, wohltuenden Bissen.

Der Eisenrat hatte das Begehren, sie zu verbannen, schließlich abgewiesen. Die Begründung lautete, Garwen und Luchwen hätten weder gegen ein Gesetz verstoßen, noch sich ungebührlich benommen; auch stellten sie keine erkennbare Gefahr für das Eisenland oder seine Umgebung dar. Ob sie die prophezeiten Boten des Unheils seien, darüber wollte sich der Eisenrat kein Urteil erlauben. Aber selbst wenn, hatte man gemeint, sei es wohl ratsam, das Augenmerk eher darauf zu richten, das Unheil rechtzeitig zu erkennen und, wenn möglich, zu verhindern, anstatt sich um dessen Boten zu bekümmern.

Altares hatte das Urteil gefasst aufgenommen, Efas dagegen war beinahe geplatzt vor Wut. Man hatte ihn und seine Anhänger aus dem Ratsgebäude scheuchen müssen, ehe man Luchwen und Garwen fliegen lassen konnte.

»Also, jetzt muss ich noch mal fragen«, meinte Oris. »Was *macht* ihr hier eigentlich? Ich dachte, ich hör nicht recht, als ich erfahren habe ...«

»Woher überhaupt?«, wollte Garwen wissen.

Oris winkte ab. »Das ist kompliziert. Wir sind schon eine ganze Weile hier und sorgen auch für Unruhe – wenn auch nicht so effektvoll wie ihr, das muss ich zugeben.«

»Wir haben gedacht, ihr könnt vielleicht Verstärkung brauchen«, sagte Luchwen, der sich immer unbehaglicher fühlte, je länger er Oris gegenübersaß. Irgendwann würde sein Cousin ihn nach dem Brief fragen, und dann ...?

Er wollte gar nicht darüber nachdenken, was dann sein würde.

»Verstärkung?«, wiederholte Oris verblüfft. »Wofür?«

Garwen grinste breit. »Für was immer ihr vorhabt.«

Luchwen aß mit dem Gefühl, die letzte Mahlzeit seines Lebens zu verzehren. Er verfolgte, wie ein Floß aus Baumstämmen angeschwommen kam, dirigiert von zwei Flößern mit langen Stangen. Sie nahmen ihre Flügel zu Hilfe, als sie unterhalb des Mahlplatzes – der *Terrasse*, wie man hier sagte – anlegten; das Floß war mit Lebensmitteln aller Art beladen. Gut gefüllte Bündel, Körbe, Säcke und Kisten stapelten sich auf den Holzstämmen und wurden in Windeseile ausgeladen, ehe das leere Floß weiterfuhr in Richtung der Köhlerinseln, von denen es zahllose gab und die nicht alle so karg aussahen wie die, auf der sie gelandet waren.

Natürlich – im Eisenland selber sah man kaum irgendwelche Pflanzen wachsen. Es gab hier und da ein paar Büsche und Bäume, aber die dienten eher der Zierde von auf dem Boden errichteten Gebäuden. Alles, was nötig war, um die vielen Menschen zu ernähren, die hier lebten und arbeiteten, wurde aus der Umgebung hergebracht.

Luchwen musterte die anderen. Da war Ifnigris, so groß und eindrucksvoll wie eh und je. Sie war ja oft im Wen-Nest gewesen, wegen Garwen, der jetzt auch bei ihr saß und, anstatt zu essen, lebhaft ihre Abenteuer schilderte, in glühenden Farben und nur ein ganz kleines bisschen übertrieben. Aber sie wirkte reserviert und alles andere als überglücklich, Garwen zu sehen, zumindest war das Luchwens Eindruck.

Lange nicht mehr gesehen hatte er Meoris. Der Anblick ihrer golden gemusterten Flügel war jedes Mal umwerfend. Sie trug einen Bogen bei sich, den sie, wie sie beiläufig erwähnte, während ihrer Frostgastzeit bei den Tal selber gebaut hatte.

Bassaris sah aus wie immer, nur noch größer, noch massiger und noch schweigsamer. Wie immer saß er in Oris' Nähe und schien ständig Ausschau zu halten nach Gefahren, vor denen er ihn schützen musste. Die beiden verstanden sich blind und ohne viele Worte; in manchen Momenten kam es Luchwen vor, als hätten sie eine eigene geheime Sprache entwickelt.

Den Jungen mit den grauen Flügeln kannte Luchwen auch, aber er musste erst überlegen, ehe ihm sein Name wieder einfiel: Galris. Er wirkte nicht mehr ganz so griesgrämig wie früher, was daran liegen mochte, dass er nun eine Freundin hatte, ein Mädchen namens Kalsul, das kurvenreich und ziemlich verführerisch aussah, aber wohl auch ziemlich launisch sein konnte. Wenn die beiden nebeneinandersaßen, so wie jetzt, konnte man die Spannung zwischen ihnen spüren wie ein aufziehendes Gewitter, es war nur unklar, wie sie sich entladen würde: indem die beiden übereinander herfielen, oder indem sie einen lautstarken Streit vom Ast brachen? Jedenfalls hatte man, wenn man sie sah, ganz und gar nicht das Gefühl, dass da »zwei Herzen schlügen, als seien sie eins«, wie es in dem Lied von Zolu hieß.

Zwei waren dabei, die Luchwen überhaupt nicht kannte. Peinlicherweise hatte er sie auch erst für Brüder gehalten, zwei blonde

Brüder in diesem Fall: Bjotal hatte strohblonde Haare und strohblonde Flügel, während Aigentals Haare zwar nicht ganz so gelb waren, durch den Kontrast mit seiner dunkelbraunen Haut aber doch wieder auffallend leuchteten.

Sie waren aber natürlich ebenfalls *keine* Brüder und auch sonst sehr verschieden. Bjotal war groß und kräftig und eine Frohnatur und verstand sich auf Anhieb bestens mit Garwen. Aigental dagegen war eher der besonnene Typ, weswegen man ihm das Geld anvertraut hatte, mit dem das alles hier – ihre Unterkünfte in der Eisenstadt, das Essen und so weiter – bezahlt wurde. Falls Luchwen das richtig kapiert hatte, war man im Nest Tal nämlich zu dem Entschluss gekommen, Oris und sein Vorhaben zu unterstützen.

Und schließlich geschah es, das Unvermeidliche – Oris setzte sich neben ihn und sagte: »Luch, ich muss dich jetzt doch mal was fragen.«

»Was denn?«, krächzte Luchwen, während er seinen Teller vollends auskratzte und mit seinem Leben abschloss. Schön war es gewesen, alles in allem. Vielleicht hätte er den Mädchen mehr nachstellen sollen, aber, nun ja, das hatte er eben versäumt.

»Der Brief, den ich per Kuriervogel geschickt habe«, fielen die verhängnisvollen Worte aus Oris' Mund, eines nach dem anderen. »Hat meine Mutter den gekriegt?«

»Ja«, gestand Luchwen ergeben. »Ich hab ihn ihr selber überbracht.«

»Und wie … wie hat sie ihn aufgenommen?«

Luchwen hatte das Gefühl, zu spüren, wie sich unter ihm ein Abgrund auftat, ein bodenloser Abgrund, der ihn gleich verschlingen würde. Und er war entschlossen, keinen Widerstand zu leisten.

»Ehrlich gesagt … den mittleren Teil hab ich unterschlagen. Den Teil, in dem du von dieser Bruderschaft berichtet hast.«

Nun war es heraus. Oris sah ihn mit Riesenaugen an, und er hatte ja auch allen Grund dazu.

So also, dachte Luchwen, beginnt, was *wirklich* mit Verbannung endet. Oder mit einem Leben als Eremit, um Buße zu tun.

»Luch!«, stieß Oris hervor.

»Ja.« Luchwen räusperte sich. »Ich ... ähm ...« Er würde daran scheitern, das zu erklären. Es ging einfach nicht. Es ergab keinen Sinn. Er verstand es ja selber nicht mehr.

»Luch, das ist ... *großartig*!«, rief Oris und fiel ihm um den Hals. »Den Ahnen sei Dank! Ich hab mir solche Sorgen gemacht, die ganze Frostzeit hindurch ... Es war dumm, das mit der Verfolgung und allem einfach so in einem Brief zu schreiben, *so* dumm. Gut, dass du mitgedacht und den Teil weggelassen hast. Mir fällt ein Stein vom Herzen!«

***

Dann kam jemand und holte Oris fort, »wegen heute Abend«, war zu hören, und dann gingen die beiden davon.

Zum Glück, denn Luchwen hatte es die Sprache verschlagen. Vollständig. Er konnte gar nicht glauben, dass das eben wirklich passiert und nicht nur ein Traum gewesen war, ein wilder Wunschtraum ...

Er war erleichtert, natürlich, ungeheuer erleichtert. Aber er spürte zugleich Ärger, auf sich selbst, auf ... Er wusste es nicht. Da hatte er sich die ganze Frostzeit hindurch so schrecklich gequält! Und nun war das alles völlig umsonst gewesen? Eine Narretei?

Nein, er konnte es wirklich noch nicht glauben. Er hatte doch, als er den Brief unterschlagen hatte, etwas *Schlechtes* getan, etwas, das gegen die Regeln verstieß! Dafür musste man bestraft werden, nicht belohnt! Er hatte es ja nicht getan, um Oris zu helfen, sondern aus ganz und gar selbstsüchtigen Gründen!

Dann wieder war er froh, dass er nicht in die Einsamkeit würde gehen müssen, dass er sein Leben würde weiterleben können. Es gefiel ihm ja doch, wie es war, ja, eigentlich gefiel es ihm sogar gerade besser als je zuvor. Dass er hier sein konnte, in der legendären Eisenstadt ... und wie hier alles leuchtete! Dass ihm das jetzt erst auffiel! Das helle Licht des Tages stand über dem Westrand, an einem gläsernen, weißlichen Himmel, und darunter glitzerte das Geflecht der Wasserwege silberhell. Menschen flogen kreuz und quer darüber hinweg. An zahllosen Stellen stieg Rauch empor, viele dünne, graue Fäden, die ab einer gewissen Höhe vom Wind zerblasen wurden. In der Markthalle, die unter ihnen lag, rief jemand: »Quidus! Frische Quidus aus dem Grünwaldtal!«, und ein Duft stieg herauf nach hundert Gewürzen, nach eingelegten Gemüsen und geräuchertem Fleisch.

Die anderen waren von einer unruhigen Aufbruchsstimmung erfasst. Sie standen beisammen und besprachen irgendetwas, ohne dass Luchwen verstand, worum es ging. Es interessierte ihn auch gar nicht. Alles, was er wollte, war, hier zu sitzen, über dieses schöne, fremdartige Land zu blicken und zu genießen, wie ihn die größte Erleichterung seines Lebens überkam.

Garwen setzte sich zu ihm, nein, er ließ sich einfach nur schwer auf die Bank fallen, mit herabhängenden Flügeln und ohne jede Spur seiner üblichen guten Laune. »Ich weiß auch nicht«, murrte er. »Ich glaube, es hat sich nicht gelohnt herzukommen.«

Luchwen blickte ihn versonnen an, ganz verwundert darüber, wie selbst das Gesicht seines *großen Bruders* leuchtete. »Doch«, sagte er. »Hat es. Es hat sich sogar *sehr* gelohnt.«

***

Garwen und Luchwen bekamen auch in dem neuen Gästenest ein Gemach. Es gab darin ein schmales Glasfenster, aber ohne Gitter, und sie konnten die Tür öffnen und schließen, wie sie wollten. Vor allem aber befand sich das Gemach nicht unten am Boden, sondern im dritten und obersten Stockwerk des Gebäudes, also fast schon auf Baumhöhe, was Luchwen von allen Vorzügen am besten gefiel.

Im selben Stockwerk lag auch der hauptsächliche Mahlplatz, der hier *Gaststube* hieß und wo »die Veranstaltung« stattfinden würde, von der Oris und die anderen die ganze Zeit redeten. Direkt über der Gaststube lag das Dach, das zugleich Start- und Landeplattform war; die Gäste kamen über eine schöne, breite Treppe herab und wurden von jemandem empfangen, der ihnen einen freien Tisch zuwies.

Es herrschte ein ständiges Kommen und Gehen. Doch als es draußen dunkelte, kamen mehr, als gingen, und die meisten davon auf Einladung von Oris, der, soweit Luchwen das verstand, seit Tagen derartige Treffen veranstaltete.

Oris begrüßte alle, die kamen, mit Handschlag, manche auch mit Namen.

»Hallo, Hilfas«, sagte er zu einem bärtigen Riesen mit zerzausten Flügeln und einer Narbe auf der Stirn, »schön, dich wiederzusehen.«

»Guten Abend, Eigiar«, sagte er zu einer derben Frau mit spitzen Lippen und streng nach hinten gebundenen Locken, »wolltest du nicht deinen Mann mitbringen?«

»Nomtal, du schon wieder?«, sagte er zu einem dürren Mann mit schiefen Zähnen und auffallenden schwarz-weißen Flügeln. »Ich dachte, ich hätte dich schon das letzte Mal überzeugt?«

»Ah, Dorohet, guten Abend«, sagte er zu einer eleganten Frau mit frisch gebürsteten, grünlich schimmernden Flügeln, die in Begleitung mehrerer Leute ankam. »Schön, dass du jemanden mitgebracht hast!«

Luchwen beobachtete seinen Cousin mit wachsender Faszination. Das war nicht mehr der mal furchtsame, mal tollkühne Oris, den er kannte. Wie bestimmt er auftrat! Wie verbindlich er mit den Leuten umging! Wie gelassen er im Mittelpunkt der allgemeinen Aufmerksamkeit stand! Irgendwie, dachte Luchwen, musste Oris seit dem Tod seines Vaters im Eiltempo erwachsen geworden sein.

Endlich ließ der Strom der Ankommenden nach. Oris trat zwischen die Tische, an denen die Menschen erwartungsvoll saßen, und sagte nach einer kurzen Begrüßung: »Einige von euch wissen bereits, worum es geht. Wir sind ja nun schon etliche Tage hier und versetzen das Eisenland und vor allem die Eisenstadt in Aufruhr. Wir hatten sogar schon das Vergnügen, vor dem Rat zu erscheinen, wo man aber dann doch nichts zu beanstanden fand und uns laufen lassen musste.«

Gelächter in der Runde. Wer sich gegen den Eisenrat behauptete, schien als Held betrachtet zu werden.

»Wir haben auch viele Einzelgespräche gehabt – ein paar Gesichter erkenne ich wieder, nicht wahr, Pekres? –, aber eine Menge Gesichter sind mir heute Abend neu, und denen will ich kurz erklären, worum es geht.«

Oris zog die Flügel eng an den Rücken und legte sich die Hände auf die Brust. »Also, die ganz formelle Vorstellung: Mein Name ist Oris, und ich bin der neue Signalmacher der Küstenlande.« Er breitete die Arme aus. »Die meisten von euch kennen noch den alten Signalmacher, Owen, den Mann, der den Himmel bezwungen und die Sterne gesehen hat.«

»Angeblich!«, rief jemand, was Gelächter hervorrief, aber auch unwillige Rufe, die dem Störer galten.

Luchwen beugte sich zu Ifnigris hinüber, die neben ihm saß, und meinte leise: »Ich wusste gar nicht, dass Oris jetzt doch der neue ...«

»Psst!«, machte Ifnigris. »Später.«

Oris lächelte gelassen. »Ja, diesen Spott habe ich inzwischen oft gehört. Ich kann mittlerweile sogar verstehen, wenn jemand so reagiert. Aber Owen war mein Vater, und natürlich habe ich ihn sehr gut gekannt. Ich wusste, wann er die Wahrheit sagte. Und was seinen Flug zum Himmel und darüber hinaus anbelangt, *hat* er die Wahrheit gesagt, die reine Wahrheit.«

Er legte die Hände wieder zusammen. »Andere, die ihn nicht so gut kannten, finden es unglaublich, dass jemand so etwas zustande bringen soll. Es *ist* ja auch nur schwer vorstellbar – es sei denn, jemand ist ein sehr, sehr guter Flieger. Und mein Vater *war* ein sehr, sehr guter Flieger, einer der besten, die je gelebt haben. Er hat versucht, den Menschen etwas nahezubringen, nämlich, was es in ihm ausgelöst hat, die Sterne zu sehen, wenn auch nur für einen kurzen Moment. Diesen Moment wollte er mit anderen teilen, und für diese Absicht, finde ich, hat er keinen Spott verdient. Deswegen habe ich es mir zur Aufgabe gemacht, seinen guten Ruf wiederherzustellen – doch wie? Ich kann bei Weitem nicht so gut fliegen, wie er es konnte; ich rechne mir keine Chance aus, es je aus eigener Kraft bis hinauf zum Himmel zu schaffen. Aber ich habe eine andere Idee: Ich will euch allen die Sterne *zeigen*.«

Aus dem Grad der Überraschung in den Gesichtern, der Lautstärke der verblüfften Ausrufe und der Anzahl großer Augen schloss Luchwen, dass die meisten der Anwesenden davon das erste Mal hörten. Und die Frage, die hundertfach durch den Raum summte und die ihm selber auch sofort in den Sinn kam, lautete: *Wie soll das gehen?*

»Wie soll das gehen?«, fragte Oris selbst. »Einfach gesagt, indem ich eine neue Art Signalrakete baue, die so groß ist, dass sie bis zum Himmel hinauffliegt und ihn für kurze Zeit gewissermaßen *öffnet*. Wenn dies in der Nacht geschieht, dann werden alle, die dabei sind, die Sterne sehen können, die jenseits des Himmels ihr ewiges Licht …«

In diesem Moment brach ein Aufruhr los. Über sich hörten sie die Füße zahlreicher Leute, die alle gleichzeitig landeten und sofort die Treppe heruntergepoltert kamen; im selben Moment standen etliche Leute im Hintergrund auf und riefen: »Wir sind die, die hören! Ema warnt uns vor den Boten des Unheils! Der Himmel ist unser ewiger Schutz; wer ihn aufreißen will, will unseren Untergang!«

»Ihr seid Spinner!«, rief jemand. »Haltet den Mund! Verschwindet!«

»*Der Himmel ist unser ewiger Schutz!*«, skandierten die Efas-Anhänger nun im Chor. »*Der Himmel ist unser ewiger Schutz!*«

Da sie nicht daran dachten zu verschwinden, kam es zu einem Handgemenge, das bald in eine richtige Schlägerei ausartete. Sie wogte eine Weile hin und her, aber schließlich endete es damit, dass die Anhänger des Verkünders die Treppe hinaufgetrieben und oben von der Plattform verjagt wurden.

Als wieder Ruhe eingekehrt war, sagte Oris vor seinem nunmehr etwas reduzierten Publikum: »Was auch immer in irgendwelchen alten Büchern stehen mag, mein Vater hat den Himmel mit eigenen Händen berührt, und das zählt in meinen Augen mehr. Er hat gesagt, dass der Himmel eine Art Wolkendecke ist, nur höher als die Wolken, die wir als solche sehen, und viel dichter. Aber er hat sich mithilfe einer Rakete, die er auf dem Rücken trug, hindurchkatapultiert und ist auf die andere Seite gelangt, lange genug, um die Sterne zu sehen. Deswegen weiß ich, dass es möglich ist, *hindurch* zu gelangen – und sein Versuch vor fast zwanzig Frostzeiten hat bekanntlich keine bleibenden Schäden am Himmel verursacht.«

Das gab verhaltenes Gelächter.

»Ich denke nicht, dass es *einfach* sein wird, aber ich bin überzeugt, dass es *möglich* ist, eine Rakete zu bauen, die bis zum Himmel hinauffliegt und, wenn sie ihn berührt, explodiert. Und diese Explosion sollte für einen Moment eine Lücke darin schaffen, die groß genug ist, um vom Erdboden oder aus normaler Flughöhe die Sterne zu sehen. Diese Lücke wird sich wahrscheinlich rasch wieder schließen, aber vielleicht nicht sofort – und das heißt, Tausende von Menschen könnten in dieser Zeit die Sterne mit eigenen Augen sehen. Nichts anderes wollte mein Vater.«

Jemand klatschte Beifall, und die übrigen fielen ein.

»Wann geht es los?«, rief jemand, und ein anderer: »Startet vom Eisenland aus, damit möglichst viele die Sterne sehen!«

Oris hob die Hände, wartete, bis sich alle wieder beruhigt hatten. »Ich habe schon gesagt, es wird nicht einfach werden. Ich will euch nur eines der Probleme schildern, die zu lösen sind. Signalraketen werden normalerweise hergestellt, indem man Hartholznüsse ausbohrt und mit sorgfältig gemischtem Treibstoff füllt. Das wird in diesem Fall nicht funktionieren. Holz ist für eine Rakete der Größe, die wir brauchen, nicht widerstandsfähig genug. Wir brauchen einen Raketenkörper aus Eisen, der einerseits stabil sein muss, andererseits aber auch nicht zu schwer sein darf. Mein Vater hat lange gebraucht, um die kleine Rakete zu entwickeln, die ihn durch die Wolken getragen hat, und er hat in dieser Zeit viele Fehlschläge erlitten. Genauso wird es uns gehen. Es werden viele Versuche nötig sein, bis wir eine Rakete bauen können, die den Himmel erreicht. Ich kann das nicht alleine schaffen. Deswegen bin ich hier – weil ich eure Unterstützung brauche. Ich brauche jemanden, der imstande ist, eine zylindrische Hülle von hoher Festigkeit, aber geringem Gewicht zu schmieden, und euren Rat, an wen ich mich wenden kann. Und ich brauche Geld von euch, um die nötigen Versuche durchführen zu können.«

»Du müsstest mit unseren Kassenverwaltern sprechen, Oris«, sagte die elegante Frau, die Dorohet hieß.

Oris lächelte. »Bei uns in den Küstenlanden müsste ich das, ja. Dort fasst niemand Geld an, es sei denn, man schickt ihn zum Markt. Hier im Eisenland, das habe ich inzwischen gelernt, ist das anders. Ich erwarte nicht, dass ihr Kupferne bei euch tragt oder gar Silberne oder Goldene. Aber jeder von euch ist ein geachtetes Mitglied seines Nests und kann daher einen Schuldschein über einen gewissen Betrag oder eine gewisse Leistung ausstellen, ohne dass euer Kassenverwalter etwas dagegen sagen wird.«

Allgemeines Zögern und Zaudern ringsum. Luchwen verstand die Leute gut; er hätte nicht einmal gewusst, wie das ging: einen Schuldschein ausstellen!

Schließlich war es Hilfas, der bärtige Riese mit der Narbe, der das Eis brach, indem er nach einem der bereitliegenden Stücke Papier und einem Stift griff und sagte: »Ich steuere bei, aber unter der Bedingung, dass die Rakete vom Eisenland aus startet.«

»Wir werden viele Raketen bauen«, erwiderte Oris, »und von vielen Orten aus starten. Alle Menschen sollen die Chance haben, die Sterne zu sehen.«

»Von mir aus. Aber im Eisenland soll sie zuerst starten.«

»Einverstanden«, sagte Oris, und dann musste er nur noch abwarten, bis alle ihre Schuldscheine geschrieben hatten.

***

Nach der Veranstaltung nahm Luchwen seinen Cousin beiseite, weil er das unbedingt loswerden musste: »Sag mal, ich wundere mich, dass du sagst, du seist der neue Signalmacher der Küstenlande. Ich dachte, Krumur übernimmt die Nachfolge deines Vaters?«

Oris nickte ruhig. »Tut sie auch. Aber das weiß man hier noch nicht. Und ich will die Sache nicht noch komplizierter machen, als sie ohnehin schon ist.«

»Wieso? So kompliziert ist das doch auch wieder nicht.«

»Es ist komplizierter, als du denkst«, sagte Oris. »Glaub mir.«

***

An den folgenden Abenden fanden weitere solcher Versammlungen statt. Tagsüber waren Oris, Bassaris und Ifnigris immer irgendwo im Eisenland unterwegs, zu »Gesprächen«, wie sie nur sagten, zusammen mit Bjotal und Aigental, die sich hier gut auskannten. Meoris verzog sich meistens auf eine abgelegene Insel, um mit ihrem Bogen zu üben. Was Galris und Kalsul anbelangte, ließen die beiden sich selten blicken, und wenn, dann stritten sie.

Garwen und Luchwen dagegen hatten nichts zu tun; sie führten, wie Garwen es formulierte, »ein gemütliches Leben in einer ungemütlichen Umgebung«. Tatsächlich waren die Momente, in denen es nach Gewürzen oder gutem Essen roch, ausgesprochen rar; meistens stank es nach Rauch oder gar nach faulen Eiern, ein Geruch, der bei der Eisenschmelze entstand.

»Eins steht fest«, konstatierte Garwen, »Verstärkung haben die nicht gebraucht.«

Damit legte er sich in eine der Ruheliegen, die das Gästenest anbot, streckte alle viere von sich und die Flügel noch dazu, um einen weiteren Tag zu verdösen.

Luchwen war das zu langweilig. Er flog lieber herum und erkundete die Eisenstadt und ihre Umgebung.

Die untersten Stockwerke, fand er heraus, dienten als Lagerräume. Auf dem freien Boden dazwischen fuhren Wagen mit Rädern, die Güter transportierten, von den Landestellen zu den Gebäuden oder von einem Gebäude zu einem anderen.

Die meisten Dächer dagegen waren Landeplätze, und unter vielen davon fand man Mahlplätze, manchmal sogar welche, in denen nur alkoholische Getränke ausgeschenkt wurden. Die hießen *Schänken*. Sie bestanden oft nur aus einer Theke, an der Leute auf Hockern vor ihren Bechern saßen, tranken und redeten – oder auch *nur* tranken.

Luchwen war den Genuss von Alkohol noch nicht gewohnt. Und selbst wenn – er verfügte ja über keines der im Eisenland üblichen Zahlungsmittel. Abgesehen davon, dass er einen Schuldschein hätte ausstellen können, nur wusste er auch nicht, wie man das machte. Wobei in den meisten Schänken ohnehin Schilder mit der Aufschrift »Keine Schuldscheine!« hingen, vermutlich, weil das eine zu aufwendige Art der Abrechnung war, die man zudem in angetrunkenem Zustand nicht mehr bewältigte.

Die meisten Leute, beobachtete er, besaßen eine Art Ausweis aus Hiibu-Leder, auf dem ihr Name und eine Nummer eingeprägt waren. Wenn man beides zusammen mit dem zu zahlenden Betrag in eine Liste übertrug, genügte eine Unterschrift, um die Sache zu regeln.

Außerdem gab es Schnüre, an denen gelochte und mit einem eingeschlagenen Siegel versehene Eisenplättchen aufgereiht hingen, sogenannte »Eiserne«, die auch überall akzeptiert wurden. Viele trugen solche Schnüre um den Hals – um sie griffbereit zu haben, aber auch, um ihre Zahlungsfähigkeit zu zeigen. Luchwen fand allerdings nicht heraus, wie man an solche Schnüre gelangte.

Anfangs hatte es ihn befremdet, wie man in der Eisenstadt mit Gästen umging. Er war es gewohnt, dass ein Gast alles bekam, was er wollte, und dass man dasselbe erwarten durfte, wenn man selber irgendwo zu Gast war. Doch inzwischen hatte er begriffen, dass die Leute in der Eisenstadt, die ja das organisatorische Zentrum des Eisenlandes und seiner Umgebung war, weit mehr Gäste empfingen, als sie selber je hätten besuchen können, womit der Austausch nicht mehr von selber funktionierte. Also war ein Ausgleich nötig, genauso wie bei den Gütern, die auf dem Markt gehandelt wurden. Die Notraketen etwa, die ein Signalmacher herstellte: Die kaufte man einmal und legte sie beiseite, in der Hoffnung, sie nie zu brauchen, doch der Signalmacher selber brauchte viele andere Dinge, und das ständig. Dieser Ausgleich geschah über Geld, Schuldscheine und Tauschvereinbarungen; Luchwen hatte davon bisher nur deshalb wenig mitbekommen, weil das in den Küstenlanden üblicherweise von den Händlern und Kassenverwaltern erledigt wurde.

»Man merkt, dass du auf dem Jufusstein geschlafen hast, Brüderlein«, nuschelte Garwen nur, als Luchwen ihm seine diesbezüglichen Erkenntnisse darlegte. Dann drehte er sich auf den Bauch und ließ die rote Flut seiner Federn so schlaff nach beiden Seiten herabhängen, dass man aufpassen musste, nicht draufzutreten.

Ein paar Tage später verkündete Oris, dass sie weiterziehen würden. »Wir haben einen Tipp bekommen«, erklärte er. »Ein Schmied namens Irsag, der seine Werkstatt zwischen den Nestern Sag und Dor am Fuß der Nordberge hat, traut sich zu, einen Raketenkörper herzustellen. Den werden wir besuchen.«

»Und wir fliegen nicht, sondern reisen per Schiff«, fügte Ifnigris hinzu.

Ähnlich wie der Sultas floss nämlich auch der Dortas zunächst durch karges Grasland ohne jede Rastmöglichkeit, weswegen ein Schiff zwischen dem Eisenland und dem Dorwald hin und her fuhr. Flussabwärts fuhr es mit der Strömung, auf dem Rückweg dagegen setzte es ein Segel und nutzte es aus, dass auf dieser Strecke meist ein kräftiger Wind aus Norden blies.

Oris und Aigental waren auch schon an der Landestelle am Eingang des Dortas gewesen und hatten eine Passage gebucht. Es würde am nächsten Morgen losgehen, sobald das große Licht des Tages zwei Handbreit über dem Ostrand stand.

»Bjotal und ich werden nicht mitkommen«, erklärte Aigental,

»uns ruft die Arbeit im Nest. Aber wir werden an euch denken und wünschen euch viel Erfolg in Dor.«

»Ja, war eine tolle Zeit mit euch«, meinte Bjotal und knallte mit den Flügeln.

»Lasst uns«, sagte Oris, »die Versammlung heute Abend absagen – und alle weiteren natürlich auch – und den Abend nutzen, um uns von den beiden zu verabschieden.«

Dieser Vorschlag fand allgemeine Zustimmung. Alle schwärmten aus, um ihn umzusetzen – alle außer Garwen und Luchwen, die mit den Vorbereitungen der Treffen nichts zu tun gehabt hatten und deswegen auch nicht helfen konnten.

»Die haben echt keine Verstärkung gebraucht«, stellte Luchwen ernüchtert fest.

»Egal«, meinte Garwen. »Mit einem Schiff wollte ich schon immer mal fahren.«

So hässlich die Eisenstadt war, der Gedanke, sie in Bälde zu verlassen, versetzte Luchwen in wehmütige Stimmung. Sie war ja nicht *nur* hässlich – sie war auch interessant! Und ob er je wieder herkommen würde? Also unternahm er einen letzten Rundflug über die Stadt, umkreiste noch einmal ihre prachtvollen Gebäude, tauchte noch einmal in die engen Schluchten dazwischen.

Ein Schild auf einem etwas versteckt liegenden Dach erregte seine Neugier: *In einem Auftrag unterwegs, über den ich nichts erzählen darf* lautete die Inschrift. Wie sich herausstellte, war das der Name einer Schänke, die mit ihrem Namen wohl gleich eine trickreiche Ausrede liefern wollte, wenn etwa eine Frau ihren Mann fragte, wo er gewesen sei oder wohin er wolle.

Als Luchwen landete und die Treppe hinuntergegangen war, fand er die Schänke kleiner, enger und schwächer besucht vor, als er es sich vorgestellt hatte. Hinter der Theke spülte eine sehr leicht bekleidete junge Frau mit rötlichen Flügeln gerade Becher aus. Sie zwinkerte Luchwen zu und spreizte ihre Flügel ein wenig, zum Zeichen, dass sie sich der Ähnlichkeiten zwischen ihnen beiden bewusst war.

Das sollte ihn natürlich animieren zu bleiben, aber da ihm die Zahlungsmittel fehlten, war alle Verführung vergebens. Luchwen lächelte verlegen, schüttelte den Kopf und wollte sich gerade wieder der Treppe zuwenden, als sich eine Hand auf seine Schulter legte und eine tiefe Stimme sagte: »Du wirst doch nicht schon gehen wollen, junger Freund?«

Die Hand gehörte zu einem grobschlächtigen Mann mit ungepflegten, grau-braunen Flügeln und einem dunklen Mal auf der rechten Gesichtshälfte, das ihn halb weiß, halb dunkelbraun aussehen ließ. Er war nach ihm gelandet und hinter ihm die Treppe herabgekommen.

»Ich, ähm, muss leider …« Luchwen versuchte, sich dem Griff des Mannes zu entwinden.

»Ach was«, sagte der und dirigierte ihn an die Theke. »Nichts ist so dringend, dass nicht noch Zeit für ein Quidu-Bier wäre. Hast du schon mal Quidu-Bier getrunken? Ach, was frage ich, klar hast du. Du bist doch kein Kind mehr.«

»Ja, klar, hab ich«, behauptete Luchwen, obwohl das nur insoweit stimmte, dass er als Kind einmal am Bier seines Vaters hatte nippen dürfen.

»Prima. Also, komm, ich lad dich ein.«

»Nein, ich …«

»Junge«, sagte der Mann mahnend, »du bist zu brav, ich seh's dir an. Das ist nicht gut. Du bist in einem Alter, in dem man allmählich aufhören muss, Mamas guter Sohn sein zu wollen. In dem man auch mal was erleben muss. Etwas ausprobieren. Etwas *wagen*.« Er zupfte zwei Eiserne von seiner schon arg ausgedünnten Kette und legte sie auf die Theke. »Lisil – ein Quidu-Bier für den jungen Abenteurer hier. Und eins für mich.«

Lisil lächelte amüsiert und ließ umgehend zwei Becher volllaufen. Sie stellte sie vor ihn hin und strich die beiden Eisernen ein.

Der Mann schob einen der Becher vor Luchwen hin und sagte: »Ich heiße Orbul.«

»Luchwen.« Er musterte den Becher. Einen Schluck konnte er

ja riskieren. Und dann musste er eben sehen, wie er hier unauffällig wieder rauskam.

»Luchwen? Von den Wen der Küstenlande?«

»Ja.«

»Prima.« Er hob seinen Becher. »Prost, Luchwen.«

Der erste Schluck schmeckte genauso grässlich bitter, wie er es in Erinnerung hatte. Es schüttelte ihn, aber er versuchte, es sich nicht anmerken zu lassen.

»Tut gut, was?«, meinte Orbul.

»Ja«, behauptete Luchwen. Dann fiel ihm ein, was ihm seine Mutter über gutes Benehmen beigebracht hatte, und er sagte: »Danke übrigens für die Einladung.«

Orbul grinste breit. »Keine Ursache. Aber gleich noch einmal Prost!«

Sie stießen wieder an. Der zweite Schluck schmeckte schon … nun ja, nicht unbedingt *besser*, aber man gewöhnte sich. Obwohl, eigentlich schmeckte das Zeug gar nicht so schlecht. Und irgendwas *musste* ja dran sein, sonst würden die älteren Leute es nicht so gern trinken, wie sie es taten.

Der Mann erzählte von irgendwelchen guten Geschäften, die er heute gemacht hatte und die er feiern wollte, und auf Umwegen bekam Luchwen es hin, dass Orbul ihm erklärte, wo und wie man eigentlich an Eiserne kam.

»In der Kassenverwaltung der Eisenstadt natürlich, wo sonst?«, sagte Orbul, als müsse sich das von selbst verstehen. »Die sitzt auch im Ratsgebäude, ein bisschen weiter unten. Die verwalten das Geld für die ganze Region, das Eisenland und alle umliegenden Nester. Na gut, *fast* alle, manche machen's lieber selber. Jedenfalls, da kannst du einen Schuldschein hinterlegen und kriegst eine Schnur mit Eisernen. Gar kein Problem.«

Das Quidu-Bier war weg wie nichts, was aber auch kein Problem war, denn das zweite kam sofort.

Dann war die Reihe an Luchwen, »etwas zur Unterhaltung beizutragen«, wie Orbul es formulierte. Also erzählte er von ihrer

Reise, von ihrer Nacht auf dem Jufusstein und wie der Pfeilfalke sie von dort verscheucht hatte, wie die Waldleute deswegen ausgerastet waren vor Panik und sie vor den Rat gebracht hatten. Und dass es morgen weitergehen würde, mit dem Schiff nach Dor.

»Nach Dor?«, wunderte sich Orbul. »Das ist so ziemlich das winzigste Bäumchen der ganzen Nordlande. Was wollt ihr denn *da*?«

»Da gibt es einen Schmied«, erklärte Luchwen und fand es überraschend nützlich, sich an der Theke festzuhalten. »Der soll uns helfen, eine Rakete zu bauen. Eine Rakete, mit der man ein Loch in den Himmel schießen kann. Ich hab bloß vergessen, wie der heißt, der Schmied ...«

»Sag bloß. Ein *Loch* in den Himmel?«

»Wie hieß der? Ich komm einfach nicht drauf.« Überhaupt, das Gebäude hatte begonnen zu schwanken! War das ein Erdbeben?

»Lisil, der Junge braucht ein Ausgleichsbier«, befand Orbul.

Die Frau hinter der Theke schüttelte den Kopf. »Lass gut sein, Orbul, der hat genug.« Sie nahm Luchwen den noch halb vollen Becher weg und goss ihn aus.

Ab da wurde Luchwens Erinnerung sehr lückenhaft.

Er stieg irgendwann, irgendwie die Treppe hoch, die auch sehr geschwankt hatte, aber es gab ja ein Geländer, an dem man sich festhalten konnte.

Dann erinnerte er sich an einen *ganz* seltsamen Flug. An Gebäudeecken, gegen die er beinahe geprallt war, und daran, dass er sich auf einer Landeplattform übergeben hatte.

Irgendwie fand er zum Gästenest zurück, fiel in seine Kuhle, und das Nächste war, dass Garwen ihn schüttelte und sagte: »Hey, Luch, alles wartet auf dich! Abschiedsfeier für die blonden Brüder!«

Luchwen murmelte etwas; er wusste später nicht mehr, was.

Worauf Garwen schnupperte, das Gesicht verzog und mitleidig meinte: »Oje, ich seh' schon ... Schlaf dich aus, kleiner Bruder. Schlaf dich aus.«

Eine lange Reise

Am nächsten Morgen weckte ihn Garwen aber unnachsichtig. »Keine Gnade, Brüderlein«, sagte er. »Wir müssen zum Schiff, sonst legt es ohne uns ab.«

Luchwen fühlte sich immer noch schrecklich.

»Ein Brummschädel«, diagnostizierte Garwen amüsiert. »Ist ganz normal, wenn man zu viel säuft.«

Kaltes Wasser, das hier komfortabel aus einem eisernen Rohr kam, half ein bisschen. Trotzdem waren Bjotal und Aigental schon abgeflogen, als er endlich zum Frühstück eintrudelte.

Dass es so spät war, machte aber nichts, denn er hatte ohnehin keinen Appetit, nur Durst. Die Kanne kalten Süßgrastees, die dastand, leerte er fast ganz alleine, während die anderen einander angrinsten. Sogar Galris und Kalsul hockten friedlich beisammen und sahen aus wie der frische Morgen, beinahe wie frisch verliebt.

Dann der Flug zur Anlegestelle: Was war der entsetzlich weit! Und als sie dort landeten, warteten schon Efas-Anhänger, die sie beschimpften und im Chor ihre Parolen grölten, ein Gekreische, bei dem Luchwen fast der Kopf platzte.

Er war froh, als das Schiff endlich ablegte – und dann auch wieder nicht, denn es *schwankte* ganz grauenhaft! Er musste sich hinlegen, fand einen Platz zwischen Tauen und Säcken, wo er niemandem im Weg war und in Ruhe würde sterben können, was alles war, was er noch wollte.

Verdammter Orbul. Er hätte das Bier nicht trinken sollen, sagte sich Luchwen.

Und er hätte auch nicht so viel über ihre Pläne erzählen sollen. Womöglich war es Orbul gewesen, der die Efas-Leute informiert hatte?

Egal. Luchwen ließ den Kopf nach hinten sinken und bemühte sich, möglichst nichts mehr zu denken.

***

Luchwen schlief ein, wachte irgendwann wieder auf, und allmählich ließ das Elend nach. Als er die Augen aufmachte, sah er große Vögel am hellen Himmel kreisen, roch den feuchten Geruch des Wassers und hörte, wie es gegen den Rumpf des Schiffes schlug.

Einige Zeit später schaffte er es, sich aufzusetzen. Er fühlte sich schrecklich leer. Kein Wunder: Ihm fiel wieder ein, wie er von dieser Plattform gekotzt hatte; es hatte gar kein Ende nehmen wollen ...

Oje. Er sah sich vorsichtig um. Eine bedenklich kahle Wiesenlandschaft mit nur ein paar kaum hüfthohen Büschen hier und da glitt vorüber – oder besser gesagt, sie fuhren hindurch. So herum war es richtig.

Das also war das Schiff. Groß, flach, ein Mast in der Mitte, an dem aufgerollt und festgezurrt das Segel für den Rückweg hing. Darum herum Ladung, allerlei Eisenwaren. Außer ihnen nur noch eine Handvoll weiterer Passagiere: ältere Paare, dazu eine Familie mit drei Kindern, die ganz fasziniert zu Meoris hinübersahen, deren goldene Flügelmuster im hellen Licht fast unwirklich strahlten.

Am hinteren Ende des Schiffes stand eine grauflügige Frau am Ruder, vorne stocherte ein kräftiger Mann mit einer Stange im Wasser. Er lotete wohl die Tiefe aus, schob das Schiff ab und zu ein Stück zur Seite. Manchmal musste er dazu tüchtig mit den Flügeln schlagen und sich mit den Füßen gegen das Schiff stemmen; dann sprangen ihm zwei weitere Besatzungsmitglieder bei, die mit an Bord waren und allerlei Tätigkeiten nachgingen, die Luchwen ein Rätsel waren.

Er schaute wieder hoch und sah genauer hin. Das waren gar keine Vögel da oben – das waren *Leute*!

Auf einmal hatte Luchwen ein ganz ungutes Gefühl.

Er überlegte, ob er Oris beichten sollte, was er angestellt hatte. Auf der anderen Seite ... wahrscheinlich waren das einfach nur Anhänger von diesem Efas, die sichergehen wollten, dass sie auch wirklich aus dem Eisenland verschwanden.

Bestimmt war es so.

Er stand vorsichtig auf und gesellte sich so unauffällig wie möglich zu den anderen.

»Angenehm, so zu reisen«, meinte Ifnigris gerade. »Auf die Weise ist es nicht so anstrengend.«

»Faszinierende Vorstellung, dass wir, wenn wir einfach immer weiter fahren würden, den ganzen Kontinent durchqueren könnten«, meinte Garwen, der wieder mal neben ihr stand und Charme versprühte. »An den Nordbergen entlang ... das Mittelland umrunden ... wir kämen bis ins Schlammdreieck!«

»Ganz so einfach ist es nicht«, warf einer der Mitreisenden ein, ein älterer Mann mit dünnen, grauen Haaren und schmalen, grauen Flügeln. »Hinter Dor kommen Stromschnellen, in denen wir aufsetzen würden. Deswegen ist es nötig, umzuladen.«

Ifnigris wandte sich Garwen zu und meinte spöttisch: »Siehst du? Es ist nie so einfach, wie du dir das vorstellst.«

Garwen ließ sie stehen, kam zu Luchwen und reichte ihm ein Stück trockenes Brot, das er aus der Tasche zog. »Ich werd wohl bald den Heimweg antreten«, meinte er halblaut und musterte die Umgebung. »So reizvoll es hier auch ist.«

Luchwen verzehrte schweigend das Brot. Ihm war gar nicht klar gewesen, wie köstlich das schmecken konnte.

Aber sein Gehirn war noch nicht imstande, irgendwelche Pläne zu schmieden.

»Einer von der Besatzung hat vorhin gesagt, dass wir bald Rast machen«, erzählte Garwen. »Sie suchen gerade nach einer geeigneten Stelle.«

»Aha«, machte Luchwen.

»Er hat erklärt, dass sich das Ufer ständig verändert, durch all den Schlamm, den der Fluss mit sich trägt, die wechselnden Wasserstände und so weiter. Und Anlegestellen kann man hier nicht bauen, wegen dem Margor. Deshalb gibt es keine festen Plätze.«

»Verstehe«, brummte Luchwen, der immer noch Hunger hatte.

Nach einer Weile schien es so weit zu sein. Rufe sausten zwischen den Schiffsleuten hin und her, dann flog einer mit einem Tau

471

hinüber ans Ufer und legte es um einen Felsen, der dort aus dem Boden ragte. Die anderen holten es mit raschen Bewegungen ein, sodass das Schiff näher ans Ufer glitt.

»In der ganzen Gegend hier ist der Margor sehr stark«, rief die Ruderfrau mit lauter Stimme, während sie das Schiff ans Ufer steuerte. »Ich kann euch nur dringend raten, euch nicht weiter als zehn Schritte vom Ufer zu entfernen.«

»Habt ihr gehört?«, schärfte die Mutter ihren drei Kindern ein, die ganz aufgeregt mit den Flügeln flatterten. Die Kleinste konnte bestimmt noch nicht einmal fliegen. »Nicht mehr als zehn Schritte!«

Plötzlich legte Bassaris den Kopf in den Nacken und sagte mit seiner tiefen, wenig benutzten Stimme: »Da fliegen Leute über uns.«

Oris sah auch hoch. »Ich schätze mal, die hat dieser Efas hinter uns hergeschickt.«

»Hmm«, machte Bassaris, ein zutiefst zweifelnder Laut.

Im selben Moment, in dem das Schiff am Ufer zur Ruhe kam, setzten die dunklen Silhouetten da oben vor dem hellen Himmel zum Sturzflug an. Es waren insgesamt sechs Männer, die herabgeschossen kamen und mit knallenden Sohlen fast gleichzeitig auf dem Deck landeten.

Einer dieser Männer, erkannte Luchwen mit Entsetzen, war Orbul.

Zugleich hörte er, wie Kalsul aufschrie und rief: »Hargon! Du schon wieder?«

***

Die Männer trugen Peitschenschnüre in den Händen und Messer am Gürtel. Einer von ihnen war blitzschnell bei Meoris und nahm ihr den Bogen weg, ehe sie reagieren konnte. Dann wandte sich der, den Kalsul als Hargon angesprochen hatte, an die Schiffsbesatzung: »Alle mal herhören! Wir steigen jetzt mit diesen jungen Leuten hier aus. Ihr legt wieder ab und fahrt einfach weiter, verstanden? Und keinem von euch geschieht etwas.«

Mit einem inneren Zittern, das sich verdammt so anfühlte, als wolle sein Bauch sich verflüssigen, registrierte Luchwen, dass Hargon *keinem von euch* gesagt hatte und dass das ihn und die anderen nicht einschloss.

»Ich muss schärfstens protestieren«, wandte der grauhaarige Mann ein, der Garwen vorhin über die Stromschnellen hinter Dor belehrt hatte. »Das ist …«

Eine der Peitschenschnüre knallte. Der Mann taumelte rückwärts, mit einem roten Striemen quer über dem Gesicht und einem Flügel, der auf einmal schief herabhing und auf dessen grauen Federn sich Blutstropfen bildeten.

Die drei Kinder schrien auf und flüchteten sich heulend unter die Flügel ihrer Mutter.

»Das war kein *Vorschlag*«, rief Hargon scharf. »Und wir werden auch *nicht* diskutieren.«

Er wandte sich an Oris: »Also – ans Ufer mit euch.«

Oris sah sie rasch der Reihe nach an. »Tut, was er sagt.« Er sagte es mit einer Gefasstheit, die Luchwen nur bewundern konnte, und wieder einmal fühlte er sich schrecklich *schuldig*.

Sie kletterten alle über die Reling hinaus auf das weiche, feuchte Ufer, und von dort aus sahen sie stumm zu, wie das Schiff wieder ablegte und weiterfuhr. Die Kinder schluchzten immer noch, schauten aber unverwandt in ihre Richtung, so lange, bis das Schiff außer Sicht kam.

»So weit das«, meinte Hargon zufrieden.

Er wandte sich um, sah Kalsul an. »Kalsul, mein Täubchen – du treibst dich ja immer noch mit diesen Verlierern herum …«

Kalsul zeigte auf ihn und sagte zu Oris: »Das ist Hargon, angeblich aus der Donnerbucht.« Sie zeigte auf einen vierschrötigen Mann mit gewaltigen Flügeln. »Das ist Adleik.« Ihre Hand wanderte weiter zu einem älteren Mann mit gelbstichiger Haut. »Und das ist Geslepor. Die anderen kenn ich nicht.«

473

Luchwen hätte auf Orbul zeigen und dessen Namen nennen können, doch er brachte es nicht über sich.

»Ja, ja, so sehen wir uns alle wieder, oder zum ersten Mal, es spielt keine Rolle«, sagte Hargon. Er nahm Kalsuls Kinn in die Hand und drehte ihr Gesicht zu sich her. »Kalsul, Kalsul – was mach ich bloß mit dir?«

»Lass die Finger von ihr, du …!«, schnaubte Galris und wollte auf ihn losgehen, dampfend vor Wut, doch eine Peitsche, die so dicht vor seinem Gesicht knallte, dass seine Nasenspitze rot wurde, obwohl sie nicht getroffen war, stoppte ihn abrupt.

»Gal, nicht!«, rief Kalsul. »Lass ihn. Er tut mir nichts.«

Hargon bedachte Galris mit einem unheilversprechenden Blick. »Zu dir komme ich schon noch, keine Sorge. Einer nach dem anderen.«

Galris richtete sich kampflustig auf, aber da packte Bassaris ihn am Arm, zog ihn zurück und ließ ihn nicht wieder los.

Hargon wandte seine Aufmerksamkeit erneut Kalsul zu. »Eigentlich müsste ich dich auch mitnehmen.« Er seufzte. »Aber du bist eh nur eine Mitläuferin … und wir hatten so nette Stunden miteinander, nicht wahr? Also – du kannst fliegen.« Er ließ sie los, deutete in Richtung des Eisenlands. »Flieg. Es ist ein ziemliches Stück, klar, aber das schaffst du schon.«

»Ich will aber nicht«, erwiderte Kalsul trotzig. »Ich will bei Galris bleiben.«

»Willst du nicht. Glaub mir.«

»Wieso? Was hast du mit ihm vor? Was hast du *überhaupt* vor?«

Hargon gab ein Schnauben von sich. »Kalsul! Strapazier meine Geduld nicht!«

»Lass Galris doch auch einfach gehen. Bitte!«

»Das kann ich nicht«, sagte Hargon. »Eigentlich dürfte ich nicht mal dich gehen lassen. Aber ich tu's halt einfach.«

»Ich werd allen erzählen, was hier passiert ist!«, drohte Kalsul mit Tränen in den Augen. »Allen!«

»Ja, ja. Mach, was du willst, aber flieg endlich.« Unvermittelt brüllte er sie aus nächster Nähe an: »*Flieg!*«

Vor Schreck schlug Kalsul mit den Flügeln aus und stieg instinktiv ein Stück in die Höhe.

»Flieg!«, rief nun auch Galris. »Bring dich in Sicherheit!«

»Ich liebe dich!«, rief Kalsul schluchzend.

»Ich dich auch!«, erwiderte Galris.

Hargon gab ein Grollen von sich, das aus tiefster Kehle aufzusteigen schien. »Ich muss gleich *heulen*!«, rief er und schlug mit der Peitsche nach Kalsul, die aufgeregt davonflatterte, an Höhe gewann und sich zu guter Letzt in die Richtung entfernte, aus der sie gekommen waren.

»Na endlich.« Hargon drehte sich um, musterte sie der Reihe nach. »Jetzt zu euch, ihr Spaßvögel. Raketen bauen, um Löcher in den Himmel zu reißen? Wie kann man auf eine *so* idiotische Idee kommen, hmm?«

Oris hob die Hand. »Das war ich. Ich hab die anderen nur überredet, mitzumachen.«

»Oh, wie edel«, meinte Hargon. »Schade, dass das bei mir nicht zieht. Ich hab klare Order, euch alle aus dem Spiel zu nehmen.«

»Order?«, fragte Oris sofort. »Von wem?«

Hargon grinste schief. »Man kann's ja mal versuchen, was? Schlaues Kerlchen. Erfährst du alles früh genug.«

Er klatschte in die Hände. »Jetzt passt mal auf. Was wir tun werden, ist Folgendes: Wir nehmen euch mit. Das heißt logischerweise, dass wir zusammen fliegen werden. Damit ihr nicht auf noch mehr dumme Ideen kommt, wie zum Beispiel die, uns davonzufliegen, kriegt jeder von euch ein Halsband umgelegt.«

Er griff in die Tasche und holte ein unangenehm aussehendes Gebilde aus dickem Leder heraus: ein stabiler, verstellbarer Halsreif, an dem ein langer Lederriemen befestigt war.

»So sieht das aus. Und wie ihr euch bestimmt denken könnt, hält das andere Ende dieses Lederriemens immer einer von uns.« Er grinste breit und begann, den Riemen mit langsamen Bewegun-

475

gen aufzurollen. »Wir haben so etwas schon oft gemacht, ihr dagegen wahrscheinlich noch nie. Deswegen ein kleiner Tipp: Wenn wir alle schön in Formation fliegen und die Riemen locker hängen können, dann tut's überhaupt nicht weh. Wenn ihr aber Blödsinn macht und wir dran ziehen müssen … also, das wird immer echt hässlich. Alles klar?«

Niemand sagte etwas.

»Ich werte das mal als Zustimmung«, fuhr Hargon fort. »Gut, dann sehen wir jetzt noch kurz eure Taschen durch – nicht, dass einer von euch ein Messer oder so etwas dabei hat –, und dann kann's losgehen.«

***

In manchen Momenten konnte Luchwen fast vergessen, dass er mit einer Würgeschlinge um den Hals flog, an der Leine von Entführern, die sie einem unbekannten Ziel entgegensteuerten. In diesen Momenten war es einfach nur ein gleichmäßiges Dahingleiten in Formation mit den anderen, während unter ihnen eine karge, fremde Landschaft dahinzog. Sie überflogen mal Wälder aus Büschen und niedrigen Bäumen, mal bräunliche Wiesen. Hier und da passierten sie Seen, in denen das Wasser zu wenig Bewegung zeigte, als dass man ihre Ufer für sicher gehalten hätte. Ab und zu stieg ein Schwarm kleiner Vögel auf, die Reißaus nahmen vor den großen Menschen über ihnen.

Doch hier, im Vorland der Nordberge, waren die Winde unberechenbar, und so kam es ab und zu vor, dass eine Windböe sie auseinandertrieb. Dann wurde Luchwen schmerzhaft daran erinnert, wie ausgeliefert sie den sechs Männern waren.

Was würde eigentlich geschehen, überlegte er zwischendurch, wenn sein Aufpasser irgendwann einmal so fest an der Leine zog, dass er das Bewusstsein verlor und abstürzte? Würde der Kerl dann loslassen? Oder würde er ihn vollends erwürgen?

Luchwen wollte es nicht darauf ankommen lassen.

Außerdem war ihm immer noch schlecht, und das Fliegen strengte ihn mehr an als gewöhnlich. Tatsächlich war er der Langsamste von allen, und die anderen mussten sich, was ihre Fluggeschwindigkeit betraf, nach ihm richten, was Hargon schon zu etlichen beißenden Bemerkungen veranlasst hatte – aber was wollte er machen? Sie konnten Luchwen ja schlecht tragen.

Doch woran Luchwen auf diesem Flug wirklich litt, waren zwei ganz andere Dinge.

Zum einen litt er an dem Wissen, dass er Oris' großen Plan vereitelt hatte, durch seine schier unfassbare Dummheit und Naivität. Inzwischen war ihm klar, dass Orbul zur Bruderschaft gehörte – von der Luchwen *gewusst* hatte und auch, dass sie hinter Oris und den anderen her war! – und ihn gestern verfolgt hatte mit dem Ziel, ihn auszuhorchen. Und er, Luchwen, hatte sich wie der Idiot, der er war, einfach betrunken machen lassen und ausgeplaudert, was sie vorhatten und wohin sie ziehen würden. Damit war es für die Bruderschaft überhaupt kein Problem gewesen, sie abzupassen und in ihre Gewalt zu bringen.

Und er hatte *Verstärkung* sein wollen? Was für ein grausamer Witz. Eine *Belastung*, das war er! Ein Saboteur. Jemand, der von einem Fettnapf zum nächsten flatterte.

Das war das eine. Das andere, an dem er litt – und zwar *wirklich* litt –, war Hunger.

Er hatte es schon immer schlecht vertragen, nicht genug zu essen zu bekommen. Aber das, was ihn nun plagte, war nicht einfach nur Hunger, es war ein existenzielles Gefühl von Leere in seinem Körper, ein Gefühl, innerlich abzusterben, sich von innen heraus zu verzehren, ein schier unbezähmbares, pochendes Sehnen nach Nahrung, so gewaltig, dass ihm bisweilen schwarz vor Augen wurde, auch ohne dass jemand an seiner Leine riss. Ihm war, als zitterten seine Zähne vor Verlangen, sich in irgendetwas Festes, Nahrhaftes zu schlagen. Seine Flügel fühlten sich an, als müssten ihm jeden Moment die Federn ausfallen wie einem Todkranken. Seine Nase roch aus den Gerüchen, die zu ihm hochstiegen, fortwährend

Düfte heraus, die ihn an Essen denken ließen, als habe die ganze Natur sich mit seinen Peinigern verbündet.

Und er erfuhr keine Gnade. Ein einziges Mal gönnten Hargon und seine Leute ihnen eine Pause, an einem schmalen Bach, um Wasser zu trinken und mit nassen Füßen weiterzufliegen. Luchwen schaffte es, ein paar Blätter abzureißen, die ihm essbar vorkamen. Es tat gut, sie sich in so großen Abständen, wie er es nur aushielt, in den Mund zu stecken. Zwar sättigten sie kein bisschen, aber sie vertrieben den sauren Geschmack des Hungers aus seinem Mund.

Als das große Licht des Tages hinter ihnen dem Horizont entgegensank, dirigierte Hargon sie zu ein paar mageren Pfahlbäumen am Rand der Graswüste, jener riesenhaften Weite im Herzen des Kontinents, in der nur karges Gras, Trockenkräuter und kaum kniehohe Stachelbüsche wuchsen und in der zwar viele Steine lagen, aber kein einziger Felsen, der größer gewesen wäre als zwei Fäuste. Man nannte sie auch *die Unüberwindliche Ebene*, weil kein Mensch sie durchqueren konnte, da man nirgends rasten und niemand tagelang am Stück fliegen konnte.

Hier also würden sie übernachten, in einer Gegend, wie sie einsamer und verlassener kaum zu finden war. In bläulich-dunstiger Ferne sah man den Großen Kegel, den größten einer Reihe von erloschenen Vulkanen in der Mitte der Graswüste, ansonsten war alles ringsum flach, karg und trostlos.

Ihre Entführer nahmen ihnen die Halsbänder auch jetzt nicht ab, sondern wiesen jedem einen Schlafplatz auf einem der Äste an, gaben ihnen dürre Seile, mit denen sie sich festbinden konnten, und suchten sich selber Plätze auf den Ästen darüber. Die Leinen befestigten sie an ihren Gürteln.

Die Dämmerung kam rasch, wie oft um diese Zeit des Jahres, und ein leichter Nebel zog von Norden her auf. Luchwen war ganz kribbelig vor Erschöpfung, und nicht nur das, er musste auch noch mit anhören, wie Hargon und die anderen, nachdem sie es sich bequem gemacht hatten, Proviant auspackten und aßen und schmatzten, während sie gemächlich die Reihenfolge besprachen, in der sie Wache halten wollten.

»Und wir kriegen nichts?«, protestierte Ifnigris.

»Das hast du gut erkannt«, erwiderte Hargon ungerührt. »Ihr seid auf Diät, bis wir ankommen.«

»Und wo wird das sein?«

»Lass dich überraschen.«

Luchwen sagte nichts. Ohnehin hätte er nur heulen können. Das Pamma zu riechen, das sie da oben aßen, ließ ihn sich so elend fühlen wie noch nie. Er schloss die Augen und versuchte zu schlafen – nein, er versuchte, alles zu *vergessen*.

***

Aber Luchwen konnte nicht schlafen. Der Nebel legte sich feucht auf seine Federn und ließ ihn frösteln, immer wieder zuckten irgendwelche Muskeln wie von selbst, vor allem die, die man fürs Fliegen brauchte – und dann der Hunger! Sein Magen rumorte regelrecht, was nur niemandem auffiel, weil es klang wie Äste, die in einem Sturm knarrten. Dabei war es windstill. In seiner Verzweiflung kratzte er ein bisschen Rinde von dem Ast ab, auf dem er lag, aber sie war bitter und ungenießbar.

Schließlich fiel er in einen dämmrigen Halbschlaf, in dem wenigstens die Zeit verging, doch irgendwann in der Nacht schlug etwas gegen seine Schulter und weckte ihn wieder auf. Er fasste danach und ertastete gleich zwei der Lederriemen, an denen ihre Halsbänder befestigt waren.

Sie hingen locker herab. Luchwen zog sie schlaftrunken zu sich heran … und biss hinein.

Sie waren aus dickem Hiibu-Leder, und es tat gut, kraftvoll daraufbeißen zu können. Außerdem hatten sie einen Geschmack, der ein bisschen an den von Fleisch erinnerte, was vermutlich hieß, dass das Leder nicht besonders gut gegerbt worden war. Aber in diesem Moment war es einfach nur himmlisch.

Luchwen biss fest zu. Das würde den Hunger nicht stillen, klar, doch es linderte die Qual. Er ließ los, biss erneut zu, hemmungslos, versenkte die Zähne tief in das Leder und glitt ein Stück weit zurück in den gnädigen Dämmerschlaf von vorhin. Sein Verstand setzte aus. Da war nur noch der wilde Wunsch, ein Stück von diesem Leder herauszubeißen und hinabzuschlingen, und so kaute und kaute er, lustvoll, rauschhaft, gierig, saugte den rauchigen, salzigen Geschmack ein, legte alle Kraft in seine Kiefer, biss und mahlte und kaute und hörte und hörte nicht auf.

Er spürte Unruhe in seiner Nähe, hörte wispernde Stimmen, nahm Bewegungen im Dunkeln wahr, aber er dachte nicht weiter darüber nach. All seine Hingabe galt dem Kauen, denn irgendwie wusste er, im selben Moment, in dem er damit aufhörte, würde der Schmerz in den Tiefen seines Leibes zurückkehren.

Und dann, plötzlich, hatte er die Riemen durchgebissen. Erst den einen, dann den anderen, fast zugleich.

Überrascht schreckte er hoch, als ihm zwei Enden entschlüpften. Die anderen beiden ließ er selber fahren, grenzenlos verblüfft und so desorientiert wie jemand, der eben aus einem fiebrigen Traum erwacht war. Er bewegte den Mund und die Zunge, versuchte zu verstehen, woher der unangenehme, herbe Geschmack kam, der zurückgeblieben war, hatte er denn nicht gerade etwas Gutes gegessen …?

Nein, hatte er nicht. Jetzt fiel es ihm wieder ein.

Und er hatte immer noch Hunger, schlimmer als zuvor.

Er streckte die Hand wieder aus, bewegte sie durch die Dunkelheit auf der Suche nach den ledernen Leinen, die es so viel erträglicher gemacht hatten.

Dann sagte jemand plötzlich leise: »Jetzt.«

Und im nächsten Augenblick raschelten Äste, bewegte sich der ganze Baum, schlugen Flügel und erhoben sich zwei Menschen in die Lüfte.

»Hey!«, schrie gleich darauf jemand. »Die hauen ab, verdammt!«

»Was? Was? Das ist doch …«

Auf einmal zitterte der ganze Baum derart, dass man sich festhalten musste. Hektisches Geschrei erfüllte die Dunkelheit, Körper bewegten sich, Flügel raschelten, Äste knackten.

»Adleik, nun mach doch …«

»Hier, meine Leinen. Nicht dass die auch noch …«

»Verdammter Nebel, man sieht ja …«

»Los! Los! Hinterher, verdammt noch mal!« Das war Hargons Stimme, und gleich darauf hörte man, wie ein, zwei, drei Männer abhoben und in den dunklen Himmel entschwanden.

Einen Moment lang war es still. Dann sagte Hargon zu irgendjemandem: »Mach doch mal Licht.«

Ein umständliches Hantieren setzte ein. Luchwen hörte das unverkennbare Klappern eines Hiibu-Horns, in dem man Glut transportierte, dann ein Ratschen und ein Pusten, und endlich erschien ein Flämmchen in der Dunkelheit. Sie hatten eine tragbare Fettlampe dabei, deren Flamme durch einen Glaskolben gegen Wind geschützt war.

»Schau mal«, hörte Luchwen jemanden sagen, »das sieht aus wie … *durchgebissen!*«

»Das ist ja unglaublich. Hab noch nie gehört, dass so etwas …«

»Ges!«, grollte Hargon. »Ich hab gesagt, Leinen *am Gürtel* festmachen. Nicht am Ast, verdammt.«

Ein verlegenes Brummen. »Ich mag das nicht, die Dinger am Gürtel. Ich denk immer, dann reißt in der Nacht einer dran und ich fall runter.«

»Du bist doch festgebunden. Und so hättest du gemerkt, dass da jemand dran nagt.«

Die Lampe bewegte sich. Hargon kam heruntergeklettert, leuchtete jedem von ihnen ins Gesicht.

»Das Mädchen mit den Goldmustern ist weg«, stellte er fest. »Und der Grauflüglige.«

Er kehrte zu Luchwen zurück, hielt ihm die Lampe noch dichter vors Gesicht, fasste ihn mit der anderen Hand an die Lippen. »Sag mal, warst du das?«, fragte er. »Hast du die Leinen durchgebissen?«

Luchwen starrte ihn an und wusste nicht, was er sagen sollte. Sein Gehirn fühlte sich so leer an wie sein Bauch. Schließlich flüsterte er: »Ich war so hungrig.«

»Er war so hungrig«, wiederholte Hargon entgeistert. »Habt ihr das gehört? Er war so *hungrig*!«

Von oben sagte eine Stimme: »Das glaubt uns kein Mensch.«

Hargon griff in eine Brusttasche, holte ein in ein Biskenblatt gewickeltes Päckchen heraus und reichte es Luchwen. »Da«, sagte er finster. »Ist ja offenbar gemeingefährlich, dich hungern zu lassen.«

Luchwen nahm es mit zitternden Händen, riss die Fäden auf, roch Pamma, biss hinein. Tat das *gut*!

Und war das *peinlich*!

Das Rauschen mehrerer Flügel näherte sich, gleich darauf landeten die drei Männer wieder.

»Die sind weg«, berichtete einer keuchend. »Der Nebel. Bis wir sie ausgemacht hatten, hatten sie schon einen Riesenvorsprung. Und verdammt schnell geflogen sind sie außerdem.«

»Ich hab ihnen noch ein paar Pfeile nachgeschossen«, sagte einer, der klang wie Orbul. »Ich glaube, einen hab ich getroffen. Aber sicher bin ich mir nicht.«

Hargon schnaubte unwillig. »Idiot.«

»Was hätt ich denn machen sollen? Ich hatte den Bogen von dem Mädchen dabei und …« Er sprach nicht zu Ende.

Eine ganze Weile sagte niemand etwas, dann erklärte Hargon: »Spielt keine Rolle. Sind halt zwei entwischt, was soll's?« Er reichte die Lampe weiter. »Die lassen wir an. Und doppelte Wache für den Rest der Nacht.«

***

Luchwen schlief irgendwann tatsächlich ein, aber sie wurden schmerzhaft früh wieder geweckt. Das große Licht des Tages erhellte erst gerade den Saum der Welt im Osten, und sie erhoben sich in matter, grauer Helligkeit, in der alle Farben wie ausgebleicht wirkten – nicht, dass es in dieser Gegend viel Farbe gegeben hätte.

Es ging zu einem Bach ganz in der Nähe, wo sie sich waschen und so viel trinken sollten, wie sie konnten. Die Männer füllten Wasserschläuche, die sie sich wie Gurte um den Körper legten.

»Das muss eine Weile reichen«, kommentierte Hargon.

»Warum?«, fragte Oris und musterte ihn forschend. »Wohin soll es gehen?«

Hargon hob die Hand und zeigte in Richtung der Graswüste. »Dorthin.«

»Um was zu machen? Uns dem Margor zum Fraß vorzuwerfen?«

Hargon lachte bellend auf. »Dazu hätten wir nicht bis hierher fliegen müssen, oder?« Er schüttelte den Kopf. »Nein, wenn man die sicheren Stellen kennt, kann man die Graswüste durchqueren. Und wir kennen sie.«

Und so flogen sie los. Ein Würgeband um den Hals ließ einem keine große Wahl.

Luchwen flog auch, so gut er konnte, obwohl er immer noch schrecklich müde war, müder noch als am Tag zuvor. Immerhin, das kleine Stück Pamma in der Nacht hatte irgendetwas in ihm wieder in Ordnung gebracht. Zwar hatte er nach wie vor Hunger, aber es war nicht mehr diese überwältigende, alles überdröhnende Qual, sondern einfach nur ein unangenehm leeres Gefühl im Bauch, das mit einer gewissen Schwäche einherging. Wobei die auch von seiner Müdigkeit herrühren mochte.

Irgendwann aber befiel Luchwen, wie sie so flogen, ein ganz merkwürdiges Gefühl. Er erinnerte sich wieder an Albträume, die er früher ab und zu gehabt hatte, als Kind. Darin war er immer über endlos weites Land geflogen, das bretteben unter ihm gelegen hatte und in dem nirgends ein Baum oder ein Fels zu sehen gewesen war, so weit das Auge reichte. Und wie er so geflogen war, waren seine Flügel immer schwerer und lahmer geworden, irgendwann hatte er sich nicht mehr in der Luft halten können …

483

… und dann war er immer schweißgebadet aufgewacht. Und ungeheuer erleichtert, dass alles nur ein böser Traum gewesen war und er sich in Wirklichkeit in der Sicherheit eines Nestbaums befand.

Die Graswüste sah genauso aus wie die Landschaft in diesen Träumen damals – und diesmal war es definitiv *kein* Traum!

Immerhin, anders als in seinen Albträumen flog er nicht allein, sondern in Formation. Überdies hatten sie Rückenwind, der sie angenehm rasch vorwärtstrug.

Und die Ebene war nicht gänzlich leer: Eine weit verstreute Herde Zwerghiibus graste hier, von denen eines vom Margor geholt wurde, gerade als sie darüber hinwegflogen. Luchwen hörte, wie Ifnigris »Iih!« sagte, und der Todesschrei des Tiers hallte ihm noch lange in den Ohren.

Das große Licht des Tages stand fast im Zenit, als Hargon aus der Formation ausscherte und ein paar weite Kreise flog, wie um sich zu orientieren. Und darum ging es wohl tatsächlich, denn schließlich sank er tiefer und landete mitten auf dem Grasland. Er verharrte einen Moment gespannt, so, als traue er der Sache selber noch nicht, dann breitete er grinsend die Arme aus und bedeutete ihnen, ebenfalls an dieser Stelle zu landen.

Luchwen merkte, wie sein Herz zu rasen anfing, als er tiefer ging. Er zögerte die Landung so lange wie möglich hinaus, aber als er spürte, wie seine Leine sich straffte, überwand er sich und setzte auf. Es verschlug ihm den Atem, plötzlich auf dem Boden zu stehen, mitten in dieser endlosen Weite, die aussah, als warte sie nur darauf, über ihm zusammenzuschlagen und ihn zu verschlingen.

Doch das tat sie nicht. Sie konnten hier herumlaufen, als befänden sie sich auf einer Insel. Gewöhnungsbedürftig. Unglaublich auch, irgendwie.

Den anderen war ebenfalls sichtlich unwohl. Nur Oris war nichts anzumerken, er blieb die Gelassenheit in Person.

Hargon erklärte ihnen, wie weit sie sich bewegen durften. Weit war es nicht, nur ein paar Schritte in jede Richtung.

»Hat das was mit den Steinen zu tun?«, fragte Ifnigris, die sich aufmerksam umsah. Sie deutete auf die kaum kopfgroßen Felsbrocken, die überall in der Umgebung herumlagen. »Sind das Markierungen?«

Hargon schüttelte den Kopf. »Die sicheren Stellen zu finden ist eine hohe Kunst. Gib dir keine Mühe. Niemand hat sich die richtigen Punkte je auf Anhieb merken können. Diejenigen, die es versucht haben, hat alle der Margor geholt.«

Es war heiß hier unten auf dem Boden. Oben in der Luft hatte man das gar nicht so gespürt. Sie bekamen alle zu trinken, und Hargon versprach ihnen einen »kleinen Imbiss« am Abend. Dabei sah er Luchwen an, mit einem halb verärgerten, halb verwunderten Blick.

Dieses Versprechen hielt er auch. Als sie abends rasteten, verteilte er Pamma an alle, zu Luchwens Überraschung eines, das anders schmeckte als üblich, süßer. Er ließ sich die zähe Masse langsam auf der Zunge zergehen und versuchte, ihre Zusammensetzung zu erschmecken, konnte jedoch nicht alle Zutaten identifizieren. Am liebsten hätte er nach dem Rezept gefragt, aber das traute er sich dann doch nicht. Außerdem sah keiner der Männer so aus, als könne man ihm eine Küche anvertrauen.

Nachdem der schlimmste Hunger gestillt war, blieb der Schrecken, dass sie auf dem blanken Boden würden schlafen müssen. Immerhin, hier gab es keinen Nebel, und am Himmel glomm tröstlich ein ganz schwaches kleines Licht der Nacht.

»Noch ein guter Rat«, meinte Hargon spöttisch. »Falls dieser hungrige Junge hier heute Nacht wieder ein paar Leinen durchkauen sollte – ich kann nur davor warnen, zu versuchen, auf eigene Faust den Rückweg zu finden. Ihr endet als Margorfutter, das ist so sicher wie das große Licht am Morgen.«

Luchwen rollte sich auf dem kargen Gras zusammen, hüllte sich in seine Flügel, so gut es ging, und horchte auf das panische Schlagen seines Herzens. Er würde kein Auge zutun, dessen war er sich sicher.

Doch dann übermannte ihn die Erschöpfung, und er schlief wie ein Stein.

***

Am nächsten Tag ging es genauso weiter. Das Grasland veränderte sich so gut wie gar nicht, wurde allenfalls noch ein bisschen brauner und karger, während der Rest der Welt verschwunden blieb, als hätte es ihn nie gegeben. In manchen Momenten kam es Luchwen vor, als habe er sein bisheriges Leben nur geträumt und als sei das hier die einzige Wirklichkeit.

Sie flogen einen seltsamen Zickzackkurs. Hargon beteuerte, es ginge nicht anders, die sicheren Stellen seien ein Labyrinth. Mit der Zeit wurde immer klarer, dass der Vulkanberg ihr Ziel war.

Sie verbrachten eine weitere Nacht fast am Fuß des Großen Kegels. Am nächsten Morgen deutete Hargon in die Höhe und sagte: »Heute heißt es, dort hinaufsteigen. Wir fliegen den Hang hoch, über den Rand hinweg und dann hinein in den Krater.«

»Ist dort das Hauptquartier der Bruderschaft?«, fragte Oris.

Hargon betrachtete ihn amüsiert. »Ja, ganz genau. Dort ist das Hauptquartier der Bruderschaft.«

Der Vulkanberg erhob sich zu imposanter Höhe, doch ihn zu erklimmen war einfacher, als Luchwen befürchtet hatte. Am Hang gab es eine wunderbare Thermik, die es erlaubte, gleichmäßig kreisend aufzusteigen, sodass der Aufstieg ohne viel Gewürge gelang. Als sie auf einer Höhe mit dem Kegelrand waren, fragte sich Luchwen, ob er überhaupt je so hoch geflogen war; ihm kam es vor, als könne er von hier oben aus die ganze Welt sehen.

Ein Eindruck, der natürlich täuschte; tatsächlich sah man nicht einmal den Rand der Graswüste, nur die bläulich-verschwommenen Umrisse einiger Gebirgszüge in der Ferne.

Noch erstaunlicher war der Anblick, der sich ihnen bot, als sie den Rand überflogen und in den Krater eintauchten: Dessen Inneres sah aus wie eine große Schale, eine Landschaft aus üppig wuchernden, in Stufen angelegten Gärten. Hier und da erhoben sich die Flügel von jemandem, der Unkraut jätete oder dergleichen, und alles machte einen unerwartet friedlichen Eindruck.

Sie hatten nicht viel Zeit, sich umzuschauen. Hargon dirigierte sie in engen Kreisen tiefer und zu einer Landeplattform weit oberhalb der Gärten, einer von mehreren an der Innenseite des Kegels.

Als sie aufsetzten, tauchte ein beleibter Mann auf; der dickste Mensch, den Luchwen je gesehen hatte. Ihm war es ein Rätsel, wie er es überhaupt schaffte, sich in die Luft zu erheben, aber offenbar konnte er es, denn er kam jedenfalls angeflogen, von woher auch immer.

»Ah, Kleipor«, begrüßte Hargon ihn. »Hier, das sind sie.«

»Sehr gut, sehr gut«, meinte der Angesprochene leutselig und watschelte an ihnen vorbei auf eine Tür zu. »Dann bringt sie mal rein.«

Es ging durch einen düsteren Felsengang, der nur von dem Licht erhellt wurde, das durch einen handschmalen Spalt an dessen Ende hereinfiel. Durch eine weitere Tür gelangten sie in einen geräumigen, völlig kahlen Raum, der aussah wie aus dem nackten Fels geschnitten. Es gab keinerlei Möbel, nur einen steinernen Absatz an der Längsseite, auf dem man sitzen konnte, und einen Durchgang in einen weiteren Raum. Durch zwei knapp daumenbreite Schlitze in der Wand fiel Licht herein, kaum genug, um bis in die hinteren Winkel vorzudringen.

»Ihr könnt ihnen jetzt die Halsbänder abnehmen, denke ich«, meinte der Dicke.

»Ich wollte lieber vorsichtig sein«, erklärte Hargon. »Die waren recht widerspenstig auf dem Weg hierher.«

»Was meinst du mit ›widerspenstig‹?«

Hargon begann damit, Ifnigris das Halsband abzunehmen. »Erzähl ich dir später. Ist eine lange Geschichte, und ich hab so meine Zweifel, dass uns die jemand glauben wird.«

Als sie die Halsbänder los waren, wandte sich der Dicke an sie und erklärte: »Ihr befindet euch im Gewahrsam der Bruderschaft der Gehorsamen Söhne Pihrs.« Er wies auf den Durchgang. »Nebenan gibt es Wasser und Seife. Ihr habt Gelegenheit, euch zu reinigen. In Kürze erhaltet ihr etwas zu essen. Dann werdet ihr dem Obersten Bruder vorgeführt.« Er legte die Hände zusammen. »Das ist im Moment alles.«

Er wandte sich ab und ging hinaus, gefolgt von Hargon und seinen Männern, die alle auch so aussahen, als stände ihnen der Sinn im Moment in erster Linie nach Wasser, Seife und etwas zu essen. Die Tür fiel zu, und man hörte, wie von draußen ein schwerer Riegel vorgeschoben wurde.

Da standen sie nun, wechselten Blicke, in denen Luchwen Ratlosigkeit las.

Er räusperte sich. »Ich muss euch etwas gestehen«, sagte er. »Es ist meine Schuld, dass wir jetzt hier sind.« Er sah zu Boden, aber er glaubte zu spüren, wie sie ihn ansahen. Er blickte nicht auf, sondern schilderte, wie er sich von Orbul zu einem Bier hatte überreden lassen und wie er ihm dann alles verraten hatte. Von dem Plan mit der großen Rakete. Und von ihrer Fahrt nach Dor.

Schließlich, als alles gesagt war, schwieg er und erwartete das Urteil der anderen.

Jemand trat vor ihn hin, legte ihm die Hand auf die Schulter. Oris.

»Das konntest du nicht wissen«, sagte er leise, »aber wir hatten nie vor, diese Rakete zu bauen. Das war alles nur Theater, um die Bruderschaft aus der Deckung zu locken.«

Luchwen sah auf. »Was?«

»Wir wussten, dass die Bruderschaft uns beobachtet, aber mehr wussten wir nicht. Also haben wir uns diesen Plan ausgedacht und uns bemüht, so vielen Menschen wie möglich davon zu erzählen. Es sollte so ernsthaft aussehen, dass die Bruderschaft sich gezwungen sehen würde einzugreifen. Was sie dann ja auch getan hat. Und es kann gut sein, dass dein Gespräch mit Orbul den Ausschlag gegeben hat. Dadurch, dass du nicht gewusst hast, worum es wirklich ging, hast du auch betrunken nichts verraten können. Das hat sie vielleicht überzeugt, dass wir es ernst meinen und sie uns stoppen müssen.« Er lächelte. »Ich *wollte* hierher, Luchwen.«

Luchwen sah von einem zum anderen. Ifnigris lächelte schief. Bassaris hob nur die Brauen. Einzig Garwen sah genauso fassungslos drein wie er.

»Ja, und jetzt?«, fragte Luchwen. »Was hast du jetzt vor? Wir sitzen in einem Verlies, mitten im größten Margorgebiet der Welt – wie sollen wir von hier aus *irgendetwas* erreichen?«

Oris wiegte den Kopf. »Ja, ich gebe zu, es ist nicht ganz so gelaufen, wie wir uns das vorgestellt haben. Wir werden improvisieren müssen.«

Kleipor

Die Anderen

Erst im Rückblick wurde Kleipor klar, dass seine Zweifel schon viel früher begonnen hatten.

Zum Beispiel dieser Vorfall mit dem Brief.

Das war gegen Ende der Regenzeit gewesen. Er hatte sich, wie jeden Tag, zu den Schlägen der Kuriervögel hinaufgequält, um zu kontrollieren, ob neue Mitteilungen eingegangen waren. Meistens kamen keine; in der Regenzeit passierte nirgendwo viel. In solchen Fällen war alles, was er zu tun hatte, die Exkremente der Vögel in einen Behälter zu kehren, diesen mit hinab zum Kompost zu nehmen und dort auszuleeren.

Es war eine Arbeit, die ihn anwiderte, doch es verbot sich, sie jemand anders zu überlassen, schon gar nicht den jungen, kräftigen Adepten. Die strotzten zwar derart vor Energie, dass man stets dafür sorgen musste, dass sie sich irgendwo austoben konnten, doch zugleich hatten sie noch jede Menge Flausen im Kopf, und das war in diesem Fall zu riskant. Denn manchmal *kamen* ja Mitteilungen an. Und derjenige, der sie vom Fuß der Graulinge löste, konnte kaum vermeiden, zumindest einen Blick darauf zu werfen. Manche dieser Mitteilungen aber waren nicht für jedermann gedacht, sondern betrafen Dinge, die nur den innersten Kreis etwas angingen.

An jenem Tag also, gegen Ende der Regenzeit, entdeckte er einen Kuriervogel, der einen Ring mit Geslepors Zeichen an dem einen Fuß trug und eine Nachricht am anderen. Das Tier war nass und erschöpft, ein Grauling eben, der sich durch Regen und Wind zurück in sein Geburtsnest gekämpft hatte, über eine Strecke, die einen Menschen viele Tagesreisen gekostet hätte.

Der Vogel wehrte sich nicht, als er ihn sich schnappte und ihm die sorgsam gefaltete Last vom Fuß löste. Kleipor las die Nachricht und seufzte unwillkürlich.

Ich hatte Besuch von 2 Jungen namens Oris und Bassaris. Sie wussten von der Existenz der Bruderschaft und nannten den Namen Hargon. Offenbar haben sich mehrere Brüder im Zusammenhang mit dem Tod eines gewissen Owen auffällig benommen.

Mit anderen Worten, Hargon hatte sich bei seiner Aktion gegen diesen seltsamen Propheten in den Küstenlanden verplappert. Owen, so hatte er geheißen.

Was Kleipor nicht wirklich überraschte. Hargon war einer von denen, die immer machten, was sie für richtig hielten, und Anweisungen des Obersten Bruders eher als unverbindliche Empfehlungen verstanden. Aber *das* nun – die Existenz der Bruderschaft auszuplaudern –, das würde Konsequenzen haben!

Er las weiter:

Oris ist Owens Sohn und entschlossen, die Wahrheit ans Licht zu bringen.

Der Kräutermann.

Das wiederum entlockte Kleipor eher ein Schmunzeln. Die Bruderschaft verstand es seit über tausend Jahren, ihre Existenz vor der Welt zu verbergen. Daran würde auch ein aufgebrachter Junge nichts ändern, so verständlich sein Zorn und seine Trauer auch waren.

Aber man würde etwas tun müssen, das war klar.

Die Regel schrieb vor, dass der Brief, da es Geslepors Vogel war und die Nachricht von einem seiner Kontaktleute kam, ihm auszuhändigen war. Er musste entscheiden, was er damit anfing, in diesem Fall, ob, wann und wie er dem Obersten Bruder Bericht erstattete.

Kleipor steckte den winzigen Brief ein, kontrollierte noch die übrigen Schläge, erledigte das mit den Exkrementen, wusch sich gründlich die Hände und machte sich dann auf die Suche nach Geslepor.

Er tat es ganz unbekümmert. Er verstand sich gut mit dem alten Feldbruder, stammten sie doch aus demselben Nest. Tatsächlich hatte ihn Geslepor seinerzeit zur Bruderschaft gebracht, und noch heute tauschten sie oft, wenn sie sich zufällig trafen, ein paar der Sprüche aus, die typisch waren für die Ostlande-Por und die niemand sonst verstand. Was ja auch der Sinn war.

Er fand Geslepor in der Mahlstube, doch sein alter Mentor war nicht allein; Hargon war bei ihm. Und der schnappte Kleipor den Brief aus den Fingern, ehe er ihn Geslepor geben konnte, las, was darin stand, schob das Papier in die Tasche und sagte: »Kein Problem. Ich kümmer mich drum.«

Geslepor ließ die ausgestreckte Hand wieder sinken und zuckte nur mit den Flügeln.

»Was soll das?«, fragte Kleipor. »Der Brief ist von einem von Geslepors Kontaktleuten!«

Hargon legte ihm gönnerhaft die Hand auf die Schulter und sagte in dieser honigsüßen Art, die Kleipor so überhaupt nicht leiden konnte: »Aber mein Name steht drin, nicht wahr? Also werd ich die Sache bereinigen. Kein Grund, sich aufzuregen.«

»Ich rege mich nicht auf«, verwahrte sich Kleipor. »Die Regeln besagen ...«

»Junge.« Der Druck der Hand verstärkte sich. »Ich lass mich gern belehren. Aber nicht von jemandem, der noch nie draußen im Feld war, sondern immer nur hinter seinen Protokollbüchern und Arbeitsplänen auf dem dicken Arsch hockt, klar?«

Dann stieß Hargon ihn beiseite und ging.

Kleipor sah ihm fassungslos nach. »Wenn der Protz rattert ...«, murmelte er, und Geslepor ergänzte, als hätten sie sich abgesprochen: »... schlackert dir's Ohr.« Ein typischer Spruche von zu Hause, der so viel besagen sollte wie: *Manche Leute haben eine Art an sich, dass man nicht mehr weiß, was man sagen soll.*

Immerhin, was immer Hargon angestellt hatte, es hatte ihm eine kräftige Rüge eingebracht. Kleipor war nicht dabei gewesen, aber er hatte an seinem Platz im Vorzimmer gesessen und den

Obersten Bruder durch die geschlossene Tür hindurch schreien gehört, und Hargon war kreidebleich wieder herausgekommen.

Die Frostzeit war dann ruhig verlaufen, wie meistens. Die Feldleute, die draußen waren, blieben für gewöhnlich irgendwo Frostgäste – und erzählten, wenn sie zurückkamen, gern von ihren sexuellen Abenteuern in dieser Zeit –, die Feldleute, die drinnen waren, blieben es, arbeiteten in der Küche mit oder in den Werkstätten oder schrieben überfällige Berichte fürs Archiv. Raus ging man nur, wenn es sich absolut nicht vermeiden ließ: Wer die Graswüste in der Frostzeit durchqueren wollte, musste genug Ausrüstung mitschleppen, um auf dem gefrorenen Boden nächtigen zu können, ohne sich den Tod zu holen, und dieser Aufwand musste sich erst mal lohnen.

Doch kaum hatte die Trockenzeit begonnen, als auch schon eine Nachricht aus dem Eisenland kam. Ein gewisser Oris, hieß es darin, und zwar eben der in dem Brief an Geslepor erwähnte Oris, der Sohn des ebenso berüchtigten Owen, sei dort aufgetaucht und mache von sich reden. Und zwar sammele er Geld ein für das atemberaubende Vorhaben, eine Rakete zu bauen, die zum Himmel emporsteigen und diesen durch eine Explosion *aufsprengen* sollte!

Klar, dass die Bruderschaft hier eingreifen musste, und das ohne das geringste Zögern.

Alle verfügbaren Feldleute wurden zusammengetrommelt. Diesmal war Kleipor dabei, als Albul sie instruierte. Der oberste Bruder fasste zusammen, was über den Fall bekannt war, legte seine Überlegungen und Gründe dar, warum dieser Oris und seine Bande ein für alle Mal aus dem Verkehr gezogen werden mussten, und er tat das, wie es sich gehörte, mit Verweisen auf die Großen Bücher, insbesondere auf die Bücher Kris und Pihr. Kleipor protokollierte alles, wie es seine Aufgabe war.

Ehe er die Männer losschickte, trat Albul vor Hargon hin und sagte: »Zur Sicherheit erkläre ich noch einmal vor Zeugen, dass ich auf dieser Mission *keine* Techtelmechtel mit irgendwelchen jungen Eisenstädterinnen wünsche und auch *keine* sonstigen Eigenmächtigkeiten. Ich wünsche tatsächlich eine ganz einfache Mission. Ihr fliegt hin, passt eine geeignete Gelegenheit ab, sie euch zu schnappen, und bringt sie her. Alle, ausnahmslos. Lebendig und wohlbehalten. Und das alles, das sei auch noch einmal betont, so *unauffällig* wie möglich!«

Hargon nickte nur, mit steinernem Gesicht. *Unruchelig*, wie man bei den Ostlande-Por sagte, wenn man nicht wusste, ob jemandem das, was man ihm vorhielt, unangenehm war oder ob er's gar nicht hörte.

Dann waren sie losgeflogen, alle fünf.

***

Nachher hatte der Oberste Bruder befohlen: »Kleipor, lass mir alle Protokollbücher bringen aus der Zeit, in der dieser Owen die Leute aufgewiegelt hat. Sieh auch nach, was wir über die Zeit haben, in der er seinen Flug zum Himmel gemacht haben will. Und aus der Zeit davor; er muss sich ja vorbereitet haben. Alles, was du findest.«

Kleipor hatte ihm das Gewünschte besorgt. Das war nicht ganz einfach gewesen, denn das Archiv befand sich in einem alles andere als vorbildlichen Zustand. Was zu beklagen jedoch nicht opportun war, war der letzte Archivar doch niemand anderes gewesen als Albul, nunmehr Oberster Bruder. Albul wiederum schob es seit seiner Wahl vor sich her, einen neuen Archivar zu ernennen, und erwartete, dass Kleipor neben all seinen anderen Pflichten irgendwie auch das Archiv in Ordnung hielt.

Kleipor gab sich redlich Mühe, durchaus. Aber auch für ihn war ein Tag nur ein Tag.

Am nächsten Morgen hatte Kleipor den Obersten Bruder in die Lektüre der alten Protokollbücher vertieft vorgefunden.

»Dieser Owen muss wirklich ein außergewöhnlicher Flieger gewesen sein«, sagte Albul statt der üblichen Begrüßung. In seiner Stimme klang unverhohlene Bewunderung mit. »Hier steht, dass er schon als Junge die Strecke vom Wen-Nest bis zu den Leik-Inseln vor den Küstenlanden ohne Zwischenlandung geflogen ist, eine Strecke, die die meisten Leute in *drei* Etappen zurücklegen. Und er hat auf den Inseln sofort kehrtgemacht und ist zurückgeflogen, noch in derselben Nacht!« Er schüttelte den Kopf. »Unfassbar.«

»Wer hat das berichtet?«, fragte Kleipor, aus Gewohnheit.

Albul sah nach. »Hmm – Geslepor natürlich. Der war schon immer am liebsten dort in der Gegend unterwegs.« Er las ein paar Zeilen. »Er hat es aber nicht selber beobachtet; es war nur etwas, das man sich erzählt hat. Klatsch und Tratsch eben.«

Kleipor hob die Schultern. Dagegen war nichts zu sagen. Klatsch und Tratsch waren eine ihrer wichtigsten Informationsquellen.

»Und weißt du, wie er seine Kräfte entwickelt hat?«, fuhr Albul mit einer Begeisterung fort, die Kleipor nie zuvor an ihm erlebt hatte. »Das ist wirklich einfallsreich. Er hat einer Hiibu-Kuh ein Neugeborenes weggenommen, das gerade angefangen hatte, Gras zu fressen, hat es in ein selbstgebautes Gehege hoch am Berg gesperrt und ist dann jeden Tag mit ihm hinab zum Fluss geflogen, um es zu tränken! So ein junges Tier wächst ja jeden Tag ein kleines bisschen, also war er gezwungen, ebenfalls jeden Tag ein kleines bisschen stärker zu werden.«

»Ein Verstoß gegen Sofis Gesetz«, stellte Kleipor fest. Die Ahnin Sofi erlaubte in ihrem Buch, Tiere zu jagen, verbot aber, sie einzusperren, sofern es sich um Tiere handelte, die der menschlichen Ernährung dienten. Ein feiner, indes sehr wichtiger Unterschied, der es zuließ, Kuriervögel zu verwenden, auf deren Dienste die Bruderschaft nicht hätte verzichten können.

»Das hat ein gewisser Wesilgon beobachtet«, ergänzte Albul. Er hob den Blick, überlegte. »War das nicht dieser Große mit den blau-schwarzen Flügeln? Der so unglaublich dreckig lachen konnte?«

»Genau der«, sagte Kleipor. »Er ist sehr jung gestorben. Als wir Punkt 63 und damit die Südroute verloren haben.« Das war die große Angst aller, die die Graswüste auf den geheimen Pfaden durchquerten: dass einer der Punkte, die als margorfrei galten, es plötzlich nicht mehr war. Was man in der Regel erst entdeckte, wenn es zu spät war.

»Ja, jetzt erinnere ich mich. Tragisch.« Der Oberste Bruder verharrte einen Moment im Gedenken, dann senkte er den Blick wieder auf das alte Protokollbuch. »Er hat damals abgewartet, weil er sehen wollte, wie weit der Junge es treiben würde. Es ist aber von selber zu Ende gegangen, denn das Hiibu war irgendwann so stark, dass es das Gehege niedergetrampelt und sich seiner Herde angeschlossen hat, die die ganze Zeit in der Umgebung geblieben war.«

Er las eine Weile stumm weiter, dann schüttelte er den Kopf und meinte: »Wenn ich das so lese, denke ich, dass er es womöglich tatsächlich geschafft hat, bis hinauf zum Himmel zu fliegen.«

Kleipor sagte nichts. Er wollte sich das nicht einmal vorstellen. Wenn er nur an die Mühe dachte, die es ihn jeden Tag kostete, bis herauf zur Residenz zu gelangen! Und mit einem Mal war es ja selten getan. Jeden Abend war er bis zur letzten Faser seiner Kleidung verschwitzt, musste sich vor dem Schlafengehen stets von Kopf bis Fuß waschen und sein Gewand noch dazu, was in den kalten Jahreszeiten immer Überwindung kostete.

Albul blätterte eine Weile hin und her, schlug das alte Buch dann zu und lehnte sich zurück. »Hat es das eigentlich vorher jemals gegeben? Dass jemand versucht hat, den Himmel zu berühren?«

»Nicht, dass ich wüsste«, erwiderte Kleipor und dachte peinlich berührt an die unordentlichen Haufen von Papier, die in den obersten Fächern der Regale vor sich hin staubten, seit Jahren teilweise. Man hätte sich jeden Stapel einzeln vornehmen, die Blätter verschlagworten, in den Berichtsbüchern verzeichnen und dann richtig ablegen müssen. Aber die Zeit dafür hatte er nicht, und er hatte auch niemanden, dem er diese Arbeit hätte anvertrauen können.

Dem Obersten Bruder gegenüber tat er immer so, als sei das Archiv kein Problem. Tatsächlich aber schob er mindestens die

Hälfte aller Arbeiten, die zu erledigen dringend nötig gewesen wären, einfach vor sich her, wodurch der Berg des Unerledigten immer größer wurde.

»Trotzdem war es notwendig, ihn zu stoppen«, fuhr Albul fort. Es klang, als müsse er sich selber davon überzeugen. »Wann immer jemand eine große Anzahl von Menschen dazu bringt, sich um ihn zu scharen und ihm blind zu folgen, ist das grundsätzlich kritisch. In diesem Fall kam hinzu, dass er die Leute aufwiegeln wollte, gegen die Gesetze des Buches Kris zu verstoßen. Dass er ihnen eine Phantasie einreden wollte wie die, wir müssten zu den Sternen ... was? *Zurückkehren?* Was für ein Unsinn! Wir sind nicht von den Sternen gekommen. Die Ahnen, ja, *die* sind von den Sternen gekommen. Aber nicht wir. Wir sind hier entstanden, auf dieser Welt, und hierher gehören wir und nirgendwohin sonst. *Das* hätte ihm jemand entgegenhalten müssen.«

Kleipor räusperte sich. »Nun, allerdings lehrt Pihr ...«

»... dass man nicht argumentieren kann gegen Verführung«, vollendete Albul den Satz. Niemand kannte das Zweite Buch Pihr so gut wie er. »Ja, stimmt. Insofern war Hargons Vorgehen richtig. Und es hat ja auch gewirkt. Dass dieser Owen tot ist, ist bedauerlich, aber, so hart das klingt, er hat es sich letzten Endes selbst zuzuschreiben. Niemand hat ihn geheißen, seinen Wahnsinnsflug zu wiederholen. Im Gegenteil, viele Leute haben ihn gewarnt, nicht wahr? In den Berichten heißt es, sogar seine Frau hat ihn angefleht, es nicht zu tun.«

»Allerdings hat sein Tod wesentlich dazu beigetragen, dass ihm heute niemand mehr glaubt«, warf Kleipor ein.

Albul nickte. »Ja. Das ist fraglos auch richtig.« Er legte die verschränkten Hände vor den Mund, sah sinnend ins Leere. »Eine bedauerliche Geschichte, wie man es dreht und wendet. Ein Lehrstück, wohin übermäßiger, fehlgeleiteter Ehrgeiz führen kann.«

***

Dann waren sie zurückgekommen, zu sechst, weil in der Eisenstadt noch einer zu ihnen gestoßen war, ein Feldbruder namens Orbul. Und sie hatten die Regelbrecher mitgebracht.

***

Die Gefangenen

»Es sind nur fünf«, sagte Kleipor, während Adleik noch dabei war, die Tür zu verriegeln.

Es war nicht einfach eine Feststellung, es war eine Frage. Er hatte vier junge Männer gezählt und ein Mädchen – was problematisch genug war; die Feste hatte in ihrer Geschichte nur selten weibliche Gefangene beherbergt, aber sie hatten *jedes Mal* Probleme bereitet. Sie waren eine Bruderschaft, *natürlich* sorgte die Anwesenheit von Frauen für Unruhe. Es gab Berichte, wie Brüder mitsamt den Frauen, mit denen sie sich eingelassen hatten, dem Margor vorgeworfen wurden, um die Disziplin wiederherzustellen. Das war vor seiner Zeit gewesen, zum Glück. Trotzdem würde er sich etwas einfallen lassen müssen.

Doch im Moment war die wichtigste Frage eine ganz andere: In den Berichten war von *drei* Männern und *drei* Mädchen die Rede gewesen. Was nun überhaupt nicht zu dem passte, was er in der Zelle gesehen hatte.

»Drei sind uns entwischt«, sagte Hargon gleichmütig.

Kleipor hob die Brauen. »Drei?«

»Und während wir im Eisenland waren, sind noch zwei Jungen dazugekommen. Die beiden Rotflügligen.«

»Macht zusammen acht.«

Hargon griff in die Jackentasche. »Einer von ihnen hat die Riemen *durchgebissen*.« Er hielt ihm einen Riemen hin, dessen Ende tatsächlich aussah wie zerkaut. »Nicht zu fassen, oder?«

»Allerhand«, sagte Kleipor, der nicht wusste, ob er das glauben sollte. Massives Hiibu-Leder? Ein Riemen, der dick genug war, um ein ausgewachsenes Hiibu daran aufzuhängen?

Hargon steckte das Lederstück wieder ein und meinte: »Unwichtig. Der, auf den es ankommt – den Anführer –, den haben wir.«

»Und sonst?« Kleipor sah Hargon in die Augen, entschlossen, seinem Blick standzuhalten. »Ich muss dem Obersten Bruder einen Vorbericht erstatten über die Ankunft. Was kann ich ihm sagen?«

»Dass es ohne besondere Vorkommnisse verlaufen ist. Die Gefangennahme ging unauffällig vor sich.« Hargon hüstelte. »Im Rahmen des Möglichen.«

»Im Rahmen des Möglichen? Was muss ich mir darunter vorstellen?«

Hargon strich sich mit einem Finger über die Narbe in seinem Gesicht. »Wir mussten sie von einem Schiff auf dem oberen Dortas holen. Das ging natürlich nicht ohne ein paar Zeugen.«

»Aha«, machte Kleipor abwartend.

»Überall sonst hätten wir weit mehr Aufsehen erregt«, sagte Hargon verärgert. »Wir konnten sie ja schlecht mitten aus der Eisenstadt entführen, oder?«

»Schon gut«, erwiderte Kleipor. »Wie gesagt, ich wollte nur wissen, was ich dem Obersten Bruder berichten kann.« In der Eisenstadt wäre die Gefangennahme in der Tat nicht möglich gewesen. Dort patrouillierten Ordnungshüter, die in einem solchen Fall eingegriffen hätten, wenn sich nicht ohnehin andere Leute eingemischt hätten. Aus allen Berichten, die Kleipor über die Eisenstadt gelesen hatte, ging hervor, dass dort schnell mal die Fäuste flogen.

Weil im Eisenland zu viele Menschen lebten, und zu dicht aufeinander. Im Grunde konnte man dort beobachten, was Kris mit seinen Gesetzen hatte vermeiden wollen.

Hargon sah sich im Kreis seiner Leute um, nickte auffordernd. »Also, ab in die Mahlstube. Ein gutes Essen haben wir uns jetzt redlich verdient!«

Kleipor sagte nichts mehr, ließ sie vorangehen und wartete, bis sie alle von der Rampe verschwunden waren, ehe er selber startete.

Als er oben in der Residenz war, musste er erst einmal verschnaufen und tat deswegen so, als müsse er dringend ein paar Notizen in seinem Arbeitsbuch konsultieren. Erst als sich sein Atem beruhigt hatte und sein Schweiß getrocknet war, ging er zu Albul hinein.

Der las noch immer in den alten Protokollen. Bei Kleipors Eintreten sah er auf und fragte: »Ah – sind sie da?«

Kleipor nickte. »Ja, Oberster Bruder. Sie sind gerade eingetroffen.«

»Wie ist es gelaufen?«

Kleipor berichtete, was ihm Hargon erzählt hatte. Er formulierte es so unaufgeregt wie möglich, weil er Hargon keinen Grund geben wollte, zu behaupten, er würde ihn beim Obersten Bruder anschwärzen. Trotzdem gefiel Albul nicht, was er zu hören bekam.

»Fünf von acht. Das sind drei Zeugen, die frei herumlaufen und von der Bruderschaft wissen.« Er schüttelte den Kopf. »Wir werden versuchen müssen, sie aufzuspüren.« Er machte sich eine Notiz, dann sah er Kleipor an. »Und wie geht es weiter?«

»Wir haben sie in die große Zelle gebracht. Dort haben sie Gelegenheit, sich frisch zu machen. Nachher werde ich in der Küche Mahlzeiten für sie ordern.«

»Gut. Wenn sie gegessen haben, will ich sie sprechen.«

»Alle fünf?«

»Alle fünf. Bring genügend Wachen mit.«

Kleipor neigte den Kopf. »Selbstverständlich.«

»Gut«, sagte Albul noch einmal. »Du kannst gehen.«

Kleipor seufzte leise auf dem Weg hinaus zur Rampe. Schon wieder ein Flug. Immerhin einer abwärts, das war leichter. Er musste nur aufpassen, nicht zu schnell zu werden. Obwohl er es immer kaum erwarten konnte, wieder festen Boden unter den Füßen zu haben. Er wusste, dass alle schmunzelten, die ihn fliegen sahen. Hätten die Erbauer der Feste nicht sämtliche Räume am selben Ort unterbringen können?

Er atmete auf, als er die Hauptebene erreicht hatte. Die war ihm die liebste, ließ sich hier doch alles zu Fuß erreichen, die Gärten ebenso wie die Schlafräume oder die Mahlstube. Er ging zuerst in die Küche, um die Mahlzeiten für die Gefangenen zu bestellen. Heute hatte Soleik Küchendienst, ein altes, gemütliches Brummtier mit unordentlichen Hängeflügeln. Kleipor mochte ihn, und sei es nur, weil er der einzige Bruder war, dessen Statur der seinen ähnelte.

»Fünf Mahlzeiten für die Zelle«, bestätigte Soleik. »Geht klar.«

»Mach ihnen was, das sie nicht überfordert«, meinte Kleipor. »Sie haben die letzten drei oder vier Tage fasten müssen.«

»Keine Sorge, ich denk dran.«

Da er schon einmal hier war, holte sich Kleipor selber auch etwas zu essen – ganz wenig nur, wie immer. Er aß nicht viel, wirklich nicht! Es war ihm ein Rätsel, wie er zu seinem Umfang kam.

Als er die Mahlstube betrat, stellte er erleichtert fest, dass Hargon und die anderen schon wieder weg waren. Nur Geslepor saß noch da und kaute bedächtig an einem Harzzweig. Kleipor setzte sich zu ihm. Sie nickten einander nur stumm zu, ganz so, wie sich wortkarge Ostländer nun einmal begrüßten.

Es tat wohl, an die alte Heimat erinnert zu werden. Kleipor tauchte den Löffel in die Braunerbsensuppe, die mal wieder herrlich duftete.

»Geflohen sind nur zwei«, sagte Geslepor halblaut. »Eines der Mädchen und einer der Jungen. Das dritte Mädchen hat Hargon schon am Dortas fliegen lassen.«

Kleipor ließ den Löffel, halb auf dem Weg zu seinem Mund, wieder sinken. »Was? Wieso *das*?«

»War sein Liebchen. Mit der hatte er es schon in den Küstenlanden. So'n blondes Ding, mit *solchen* Flügeln«, sagte Geslepor mit Gesten, die klarstellten, dass er *nicht* von ihren Flügeln sprach. »Die hättest du auch nicht vom Ast gestoßen.«

»Am Dortas.« Kleipor spürte eine Wut in sich aufsteigen, deren Heftigkeit ihn selber überraschte, weil sie dem Anlass eigentlich nicht angemessen war. »Das heißt, sie ist gleich zurück in die Eisenstadt geflogen und erzählt jetzt alles, was sie weiß, brühwarm herum. Und Hargon hält es nicht einmal für nötig, das zu *erwähnen!*«

Geslepor hob gleichmütig die Flügelspitzen. »Ach, weißt du, das ist die Art junges Mädchen, der man eh nur die Hälfte glaubt. Ich schätz, das ist nicht so tragisch.« Er stand auf, nahm Teller und Besteck auf. »Behalt's für dich, ja?« Damit ging er.

Kleipor sah ihm nach, dann schob er die Suppe von sich. Ihm war der Appetit vergangen.

Er horchte in sich hinein. Wieso war er so wütend? Er konnte Hargon nicht leiden, dieser ihn auch nicht – aber das war schließlich nichts Neues.

Er war wütend, ging ihm endlich auf, weil sich niemand mehr an Regeln hielt! Das war es.

Es gab eine Regel, wem ein ankommender Brief zustand, doch sie wurde ignoriert.

Es gab eine Regel, dass sich Brüder keiner Frau versprechen durften – aber die, die rausgingen ins Feld, machten mit allen Frauen herum, die sie kriegen konnten. Und sie taten es nicht einmal heimlich, sondern prahlten noch damit!

Auch dass es immer einen Archivar geben musste, war eine Regel, doch der Oberste Bruder kümmerte sich einfach nicht darum, einen zu ernennen.

Und so weiter.

Das war mehr als nur ärgerlich. Die *Gehorsamen Söhne Pihrs* traten an mit dem Anspruch, dafür zu sorgen, dass die Regeln der Ahnen eingehalten wurden – und selber *pfiffen* sie auf Regeln! Das machte alles, was sie taten, so *falsch*. So *sinnlos*.

Er zwang sich, die Suppe doch noch zu essen, weil es ungehörig war, Nahrung wegzuwerfen. Nicht direkt eine Regel, aber so war man eben erzogen. Dann fiel ihm ein, dass er noch nicht bei Deneleik nach dem Rechten gesehen hatte. Das musste er noch schnell erledigen.

Kleipor spülte seinen Teller und den Löffel ab, stellte beides ins Trockenregal und ging dann hinüber in die Zeugstube, die so etwas wie das organisatorische Zentrum der Feste Pihr darstellte. Hier arbeitete Deneleik, der von einer der vielen Leik-Inseln stammte, die es gab; Kleipor wusste gar nicht, von welcher. Trotz seiner Jugend zeigten sich in seinen Haaren schon weiße Strähnen, und auch seine Flügel schienen mit jedem Tag ein bisschen blasser zu werden. Deneleik hatte ein gutes Gedächtnis und war sehr zuverlässig, was die Ausführung von Anweisungen anbelangte; man durfte nur nicht erwarten, dass er mitdachte oder gar Phantasie entwickelte, in dieser Hinsicht war er reichlich beschränkt. Er war sein Assistent und auch eine große Hilfe – aber nur, solange alles normal lief und es keine Probleme gab. Es war unerlässlich, ihm ständig auf die Finger zu schauen und Probleme zu erkennen, ehe sie auftauchten.

Kleipor fragte ihn also aus, wie er es jeden Tag zu tun pflegte: Ob die Kasse über genügend Zahlungsmittel verfügte (sie wurden allmählich knapp), wie es mit den Papierreserven aussah (er musste die Werkstatt anweisen, neues zu machen, stellte sich heraus) und wie es um Ogon stand, einen Bruder, den in der Frostzeit ein schweres Fieber erwischt hatte und der seither in der Krankenstube lag (er war auf dem Weg der Besserung; das einzige Problem war, ihn dazu zu bewegen, weiter den Bitterholztee zu trinken).

Als er zurückkam, standen die Mahlzeiten für die Gefangenen bereit. Kleipor rief ein paar starke Brüder hinzu, um die abgedeckten Teller und das Besteck in die Zelle bringen zu lassen.

Die fünf jungen Leute waren immer noch friedlich und nicht mehr schmutzig. Und so, wie sie sich auf den Gemüsebrei stürzten, waren sie wirklich hungrig.

»Wenn ihr gegessen habt«, erklärte Kleipor, »werdet ihr dem Obersten Bruder vorgeführt.«

Einer von ihnen, ein schmächtiger Junge mit schwarz-grauen Flügeln, nickte und meinte: »Wird auch allmählich Zeit.«

Er wirkte kein bisschen beunruhigt, schien es tatsächlich kaum erwarten zu können.

Offensichtlich hatte er noch nicht verstanden, dass er von nun an nie mehr Grund zur Ungeduld haben würde.

Kleipor und die Wachen verließen die Zelle wieder, und nachdem sie die Tür verriegelt hatten, wies er die Brüder an: »Gebt ihnen Zeit. Sie sollen in Ruhe aufessen. Dann bringt sie hoch in die Residenz.«

***

Sie kamen erstaunlich schnell; Kleipor hatte sich mit Mühe gerade von seinem eigenen Aufstieg erholt.

Er erfragte zunächst ihre Namen, für das Protokoll. Der Schmächtige, der es vorhin so eilig gehabt hatte, war Oris – nach allem, was man wusste, der Rädelsführer. Der Riese hieß Bassaris. Die beiden Rotgeflügelten hießen Luchwen und Garwen; Luchwen war der Kleinere der beiden.

Das Mädchen schließlich hieß Ifnigris, und sie hatte etwas an sich, das Kleipor verunsicherte. Das gefiel ihm nicht, noch weniger als das Problem, das sie an sich schon darstellte.

»Gut, gehen wir hinein«, schloss er die Befragung, klappte sein Arbeitsbuch zu und gab den Wächtern einen Wink.

Er begleitete sie und behielt die Gefangenen im Auge. Er sah, wie dieser Oris die Augenbrauen hob, zutiefst erstaunt beim Anblick des Obersten Bruders, wie er die Arme vor der Brust verschränkte und die Flügel um eine Winzigkeit, aber doch deutlich spreizte.

»Ihr also seid der Mann«, platzte der Junge heraus, »der befohlen hat, meinen Vater zu verleumden und in den Tod zu treiben ...«

»Ruhe!«, blaffte Kleipor. »Ihr redet nur, wenn ihr gefragt werdet, ist das ...?«

Doch da hatte der Oberste Bruder bereits die Hand gehoben und sagte: »Schon gut, Kleipor, schon gut.«

Oris jedoch sagte nichts mehr, stand nur da. Seine Begleiter nahmen nach und nach dieselbe Haltung ein: verschränkte Arme, Flügel in Habacht-Stellung.

Sie hatten doch hoffentlich nicht vor, hier drinnen herumzufliegen?

»Du bist Oris, nehme ich an?«, fragte Albul.

»So ist es«, sagte der Junge.

»Nun, Oris, dann lass dir sagen, dass du falsch unterrichtet bist. Ich habe nie dergleichen befohlen. Allerdings mussten wir deinen Vater stoppen, denn er war dabei, etwas sehr Gefährliches auszulösen.« Albul hob die Hand. »Am liebsten hätte ich ihn einfach entführen und hierherbringen lassen, so wie euch. Aber das ging nicht, dazu war er von zu vielen Menschen umlagert. Also haben wir die Strategie verfolgt, Zweifel an seinen Worten zu säen. Diese Saat ist aufgegangen, zum Glück, und hat unser Problem gelöst. Was deinen Vater das Leben gekostet hat, war, diesen verhängnisvollen Flug zum Himmel zu unternehmen. Den zu wagen hat ihn jedoch niemand geheißen; das war allein seine Entscheidung.«

Albul lehnte sich zurück. »Man sollte meinen, mitzuerleben, wie sich der eigene Vater in den Tod stürzt, müsste eine ebenso eindrückliche wie lehrreiche Erfahrung sein. Stattdessen hat man uns berichtet, dass Owens Sohn noch eine Narretei obendrauf setzen will, indem er beabsichtigt, Raketen zu bauen, die *Löcher* in den Himmel sprengen sollen!«

Kleipor vermochte keinerlei Spur von Betroffenheit bei dem Jungen zu entdecken, nicht den Hauch eines Schuldbewusstseins. Im Gegenteil, Oris lächelte nur und erwiderte: »Was das anbelangt, seid Ihr es, der falsch unterrichtet ist. Ja, ich habe *behauptet*, dass ich eine solche Rakete bauen will, aber tatsächlich hatte ich es nie vor.«

Albul hob die Brauen. »Ein äußerst armseliger Versuch, sich herauszureden, muss ich sagen.«

»Wären eure Nachforschungen gründlicher gewesen, hättet ihr gewusst, dass meine Behauptung, der neue Signalmacher der Küstenlande zu sein, jeder Grundlage entbehrte. Nein, unser Plan war ein ganz anderer. Wir wussten von der Existenz der Bruderschaft ...«

»Woher?«

»Das ist unwichtig. Wir wussten davon, und wir wussten, dass ihr uns beobachtet. Deswegen haben wir uns eine Geschichte ausgedacht, die euch dazu bringen sollte, mit uns Kontakt aufzunehmen. Unser angebliches Vorhaben mit der Himmelsrakete zu propagieren war der Versuch, *hierher* zu gelangen – und das ist geglückt. Nun bin ich hier, um den Mann zu sehen, der meinen Vater in den Tod getrieben hat, und was sehe ich? Einen Mann ohne Flügel! Ich fasse es nicht. Ich kann mir gar nicht vorstellen, wie *neidisch* Ihr gewesen sein müsst auf meinen Vater, der der vielleicht beste Flieger war, der je gelebt hat. Mein Vater, der bis hinauf zum Himmel geflogen ist, und das nicht nur einmal, sondern *dreimal* … Und Ihr? Ich habe mit vielem gerechnet, aber nicht damit.«

Kleipor hatte den Disput mit Entsetzen verfolgt, verstand nicht, wieso der Oberste Bruder den Gefangenen einfach reden ließ! Warum er es duldete, dass der Junge ihn derart beleidigte! Er sah nur, dass Albuls Gesicht, ohnehin sehr blass, zu einer steinernen Maske erstarrt schien.

»Bist du fertig?«, fragte der Oberste Bruder kühl.

»Das weiß ich nicht«, sagte Oris. »Fürs Erste schon.«

»Gut. Dann lass mich dir sagen, dass du dich irrst, was meine Motive anbelangt. Ja, ich bin ein Krüppel und gewohnt, schräg angesehen zu werden, weil ich keine Flügel besitze. Als Kind haben sich viele Leute meines Nests vor mir geekelt. Das prägt einen – aber es schärft auch die Wahrnehmung. Natürlich leide ich darunter, flügellos zu sein – jeder täte das, auch du. In schwachen Momenten hadere ich schon einmal mit dem Schicksal. Aber ich bin nicht *neidisch*, erst recht nicht auf gute Flieger. Jemand wie ich wäre ja schon damit zufrieden, ein *schlechter* Flieger zu sein. Ich habe nicht gehandelt, wie ich gehandelt habe, weil ich neidisch auf deinen Vater gewesen wäre, sondern weil es notwendig war, ihn zum Schweigen zu bringen. Er hat mit dem, was er gesagt hat, Unruhe in die Welt gebracht, mehr noch, er hat die *Ordnung* unserer Welt infrage gestellt! Nur, weil er die Sterne gesehen hatte – und ja, ich bin überzeugt, dass er sie tatsächlich gesehen hat, zu seinem Unglück –, hielt er sich für klüger als unsere Ahnen! Das war Hochmut. Ein Hochmut, der nicht nur ihn selbst zu Fall gebracht hat, sondern, hätte man ihn gewähren lassen, auch noch viele andere ins Verderben hätte reißen können.«

»Und was gibt Euch das Recht, über meinen Vater zu urteilen?«, fragte Oris.

»Wir handeln im Auftrag Pihrs, der unsere Bruderschaft gegründet hat, auf dass die harmonische Ordnung der Welt, wie sie durch die zwölf Großen Büchern geschaffen wurde, bewahrt wird.«

Kleipor sah den Jungen tief Luft holen. »Dann ist der Konflikt zwischen uns unauflöslich. Denn ich habe am Leichnam meines Vaters den Schwur getan, seinen guten Namen wiederherzustellen. Ich bin gekommen, um zu verlangen, dass ihr zugebt, ihn verleumdet zu haben. Die Welt soll erfahren, dass er kein Lügner war, sondern dass er wirklich bis zum Himmel und darüber hinaus geflogen ist und die Sterne wirklich gesehen hat.«

Nun war es Albul, der die Arme verschränkte und ein Schmunzeln nicht unterdrücken konnte. »Tja, und ich kann dir nur sagen, dass du hier nichts zu verlangen hast. Das, was du vorhast, wirst du nicht erreichen. Ihr seid unsere Gefangenen und werdet es fortan bleiben.«

»Und wie lange?«, fragte der Junge.

»Bis an euer Lebensende.«

Kleipor sah, wie es sie schockierte, das zu hören. Alle Gefangenen waren es, wenn sie es erfuhren.

»Was?«, rief der Größere der beiden Rotflügligen – Garwen, wenn er sich recht entsann. »Ihr wollt uns für den Rest unseres Lebens einsperren? Das soll im Sinn der Ahnen und ihrer Weisheit sein?«

Albul nahm die Arme wieder auseinander, beugte sich vor. »Einsperren werden wir euch nur, solltet ihr gewalttätig gegen jemanden werden. Fügt ihr euch dagegen in euer Schicksal, werdet ihr euch in der Feste frei bewegen können. Ihr bekommt einen Schlafplatz und eine Arbeit zugewiesen. Erledigt ihr die Arbeit, bekommt ihr zu essen und von Zeit zu Zeit neue Kleidung und dergleichen. Es steht euch auch frei, den Vulkankessel zu verlassen und davonzufliegen. Allerdings wäre das ein Flug in den Tod, denn wir befinden uns hier im tiefsten Herzen der Graswüste, die man nicht ohne Grund die Unüberwindliche Ebene nennt. Sie ist unüberwindlich für alle, die die geheimen Wege hindurch nicht kennen. Und zu denen werdet ihr niemals gehören.« Er hob die Hand, winkte in Richtung der Tür. »Bringt sie fort.«

***

Diesmal war es nötig, sich zugleich mit den anderen in die Tiefe zu stürzen, und Kleipor tat es gefasst. Außer ihm merkte ja niemand, wie ihm dabei der Schweiß ausbrach. Ohnehin waren es nur dumme Ängste. Es war ihm schließlich noch nie etwas passiert; seine Flügel trugen ihn, wann immer er sich ihrer bediente. Nur als Träger wäre er vollkommen ungeeignet gewesen. Aber diese Frage stellte sich ohnehin nicht mehr.

Sie landeten in der Hauptebene, wo seine erste Aufgabe darin bestand, ihnen zu erklären, dass ihr Recht, sich frei zu bewegen, gewissen Einschränkungen unterworfen war. Vor allem war es ihnen verboten, durch Türen zu gehen, die mit einem roten Balken und der Aufschrift *Nur Brüder* gekennzeichnet waren. Der Versuch, es dennoch zu tun, werde Strafen nach sich ziehen, schärfte er ihnen ein, ohne die Strafen genauer zu präzisieren.

Dann zeigte er ihnen die Schlafstube der Gefangenen, wo ihnen natürlich nicht entging, dass zwei der Kuhlen schon belegt waren.

»Wir sind also nicht die Einzigen?«, vergewisserte sich Oris.

»In der Tat nicht«, bestätigte Kleipor. »Außer euch leben noch zwei Männer in unserem Gewahr, Brewor und Jukal, die seit ...« Er musste überlegen. »Ich glaube, sie haben dreiunddreißig Frostzeiten hier gesehen. Es war vor meiner Zeit, dass sie hergekommen sind. Ihr werdet sie kennenlernen. Ich denke, sie werden euch alles erzählen, was euch interessiert.«

»Dreiunddreißig?«, wiederholte einer der Rotflügligen fassungslos. »Bei allen Ahnen! Ich hab noch nicht mal *zwanzig* Frostzeiten gesehen …«

Kleipor sagte nichts. Sie würden sich damit abfinden.

Oder eben nicht.

Er zeigte ihnen den Waschraum, dann führte er sie zur Mahlstube.

»All diese Räume hier«, fragte Oris, während sie den Gang entlangmarschierten, »habt *ihr* die aus dem Fels geschlagen? Und wenn ja – *wie?*«

Kleipor blieb stehen, legte die Hand auf die Felswand, die völlig glatt war, sich gleichsam seidig anfühlte. »Nein, das ist alles noch mit den Werkzeugen der Ahnen gebaut worden«, erklärte er. »Die Feste Pihr existiert fast seit Anbeginn.«

Das schien sie zu beeindrucken.

Nach der Mahlstube brachte er sie zur Mine. Das war auch wieder ein kleiner Flug, aber nur einmal quer durch den Kessel. Dort angekommen stellte er sie Beliargon vor, dem derzeitigen Vorarbeiter. Der begrüßte sie alle mit Handschlag und meinte: »Ich hoffe, wir kommen gut miteinander aus.«

Beliargon stammte von den Gon der Perleninseln, hatte die dort verbreitete dunkle Haut und folgte, was seine Haartracht anbelangte, immer noch ein wenig den dortigen Traditionen. Nur das rote Zeug schmierte er sich nicht ins Gesicht, erstens, weil es in der düsteren Welt des Vulkankessels überflüssig war, die Haut vor dem großen Licht des Tages zu schützen, und zweitens, weil es die Paste hier gar nicht gab.

Er erklärte den Gefangenen, dass ihre Arbeit darin bestehen würde, die Stollen der Mine tiefer in den Fels zu treiben. »Jeder von euch muss zwei solcher Säcke mit Felsabraum füllen und nach draußen bringen, dann ist das Soll für den Tag erfüllt. Wenn ihr mehr schafft, wird es euch gutgeschrieben. Geht alles gerecht zu bei mir.«

Er zeigte ihnen den Grünstein, um den es ging. »Wenn ihr auf eine solche Ader stößt, dann ruft ihr mich. Grünstein gibt weitere Gutschriften.«

Einer der Rotflügligen, der jüngere diesmal, Luchwen, stieß hervor: »Das ist der Grünstein, aus dem …«

»Aus dem die berühmten Knöpfe gemacht werden, ganz genau«, bestätigte ihm Beliargon. »Egal, wo ihr die schon mal gesehen habt, die sind alle von hier. Wenn ihr die Arbeit in der Mine gut macht, dann könnt ihr in vier, fünf Jahren auch in der Werkstatt arbeiten und selber Knöpfe fertigen.«

»Ich hab als Kind so einen Knopf gefunden und aufbewahrt, weil er so schön schimmert«, sagte Luchwen staunend. »Der liegt heute noch in meinem Versteck daheim …«

Er hatte Tränen in den Augen, wohl, weil ihm allmählich dämmerte, dass er nie mehr nach Hause zurückkehren würde.

Aber sie stellten Beliargon noch ein paar Fragen, und alles in allem schien es, als würden sich die Gefangenen in ihr Schicksal fügen. Es sah nicht so aus, als würden sie Schwierigkeiten machen wollen.

Obwohl, man wusste nie. Kleipor musste an die drei Männer aus dem Furtwald denken, die sie vor elf Jahren in Gewahr genommen hatten. Er selber war damals noch in der Zeugstube gewesen. Die drei hatten mit chemischen Substanzen experimentiert, um Insekten und andere Schädlinge in ihren Hanggärten abzutöten, und angefangen, das Wissen, wie man diese Mittel herstellte, zu verbreiten – ein klarer Verstoß gegen Sofis Gesetze. Fünf Jahre lang waren sie denkbar friedliche Gefangene gewesen, hatten tagsüber Grünstein geklopft und abends die Lieder ihres Nestes gesungen …

Und eines Tages waren sie einfach davongeflogen. Kleipor fragte sich immer noch, was sie dazu getrieben hatte. Natürlich hatten auch sie es nicht geschafft, die Unüberwindliche Ebene zu überwinden. Sie waren sicher bis zur völligen Erschöpfung geflogen, aber schließlich hatten sie auf den Boden niedergehen müssen, und der Margor hatte sie geholt.

Das Mädchen

In den Tagen, die folgten, behielt Kleipor ein Auge auf die Gefangenen. Er fand es wichtig, zu wissen, wie sie sich einlebten, beziehungsweise wie sie sich mit den neuen Gegebenheiten ihres Lebens arrangierten.

Auf den ersten Blick schienen sie es alle gut zu verkraften, sogar die beiden Rotflügligen, die anfangs am meisten entsetzt gewesen waren, in manchen Momenten fast panisch. Wenn er sie nun zu Gesicht bekam, wirkten sie gelassen, beinahe heiter. Als sei das alles nur ein großes, aufregendes Spiel.

Vielleicht, überlegte Kleipor, eine Art Verdrängung. Was umgekehrt bedeutet hätte, dass sie die Realität doch noch nicht akzeptiert hatten, ja, sich ihr noch nicht einmal stellen konnten. Man musste das im Blick behalten.

Ein weiterer Grund für Wachsamkeit war die Kühnheit ihres Plans, falls dieser Oris in dem Gespräch in der Residenz die Wahrheit gesagt hatte. Wenn sie es darauf angelegt hatten, hierher zu gelangen … nun, dann mochten sie insgeheim noch andere Absichten verfolgen, wenngleich sich Kleipor nicht recht vorzustellen vermochte, welche. Trotzdem, er würde wachsam bleiben.

Er sah sie in diesen Tagen meistens in der Mahlstube, wenn sie mit verschwitzten Haaren und staubigen Flügeln gemeinsam an einem Tisch saßen, hungrig aßen und sich leise unterhielten. Ab und zu schauten sie sich neugierig um, was Kleipor aber nicht weiter verwunderlich fand, schließlich war das alles hier noch neu für sie.

Nach einer Weile suchte er Beliargon auf und erkundigte sich, wie sich die Gefangenen machten. Er zeigte sich zufrieden, sagte allerdings gleich, dass das Mädchen sein Tagessoll nicht schaffe, nicht mal annähernd. Was in diesem Fall kein Problem war, denn der Riese klopfte mehr als genug Steine, um die Fehlmengen der anderen mühelos auszugleichen. Aber es sei wahrscheinlich eben einfach keine Arbeit für Frauen, meinte Beliargon; sie strenge sich schon an; es fehle ihr nur an der körperlichen Kraft.

»Ich spreche bei Gelegenheit mal mit dem Obersten Bruder darüber«, sagte Kleipor, obwohl er wusste, dass Albul an derlei Dingen kein Interesse hatte; er würde sagen, *regle das, wie du es für richtig hältst.* »Aber sie erfüllen ihr Soll, sagst du?«

Beliargon nickte. »Das schon. Sie könnten sogar noch mehr schaffen, sie haben bloß kein Interesse an Gutschriften. Wenn sie zehn Säcke registriert und ausgeleert haben, beenden sie die Arbeit für den Tag und verziehen sich.«

Kleipor überlegte. Eigentlich gab es keinen Grund, an der Situation irgendwas zu ändern. Sie waren ja noch dabei, sich in ihre neue Lage hineinzufinden. Er würde in einiger Zeit – zu Beginn der Windzeit zum Beispiel – noch einmal darüber nachdenken.

Beliargon erwähnte außerdem, dass sie bisweilen nach der Arbeit zum Kraterrand hochflögen. Meistens sei es das Mädchen, zusammen mit dem Größeren der beiden Rotflügligen, manchmal auch der Schmächtige, der aber immer allein.

»Hmm«, machte Kleipor, unangenehm berührt, dass jemand nach einer Schicht Grünsteinklopfen noch die Kraft hatte, bis zum Kraterrand hinaufzufliegen. »Und was machen die da oben? Schick ihnen doch mal unauffällig jemanden nach.«

»Hab ich schon«, meinte Beliargon grinsend. »Firbul ist ihnen gefolgt und hat erzählt, der Junge sitzt einfach nur da und schaut sich die Landschaft an, ganz versunken und ewig lange. Und das Mädchen und der Junge … nun, die sind wohl ein Paar. Firbul hat sich schnell wieder verdrückt und ist mit knallroten Ohren zurückgekommen; du kennst ihn ja.«

Kleipor nickte. »Verstehe.« Man musste froh sein, dass sie es unauffällig taten, aber er sah als mögliches Problem am Horizont die Frage, wie sie damit umgehen würden, falls das Mädchen in der Gefangenschaft ein Kind zur Welt brachte.

Dieser Gedanke beunruhigte ihn derart, dass er sich rasch verabschiedete und sofort ins Archiv begab.

Das Archiv lag etwas abseits und einige Treppen tiefer als die Hauptebene, und hätte Kleipor wählen dürfen, wäre dies sein Ort gewesen, der Platz, dem er sich gern für den Rest seines Lebens gewidmet hätte. Das Archiv war groß und still, weil sich kaum jemand von den anderen Brüdern dafür interessierte. Insbesondere die Feldleute sahen es nur als den Ort an, der all die Berichte schluckte, die zu schreiben sie gezwungen wurden. Niemand verstand, dass sich hier nicht nur die Geschichte der Bruderschaft befand, sondern die Geschichte der ganzen Welt.

Besser gesagt, die Geschichte wurde hier *aufbewahrt*. Ob man auch *fand*, was man suchte, war ein völlig anderes Thema.

»Wen soll ich denn zum Archivar machen?«, hatte Albul gefragt. »Deneleik etwa, der kaum bis zehn zählen kann? Einen unserer Muskelprotze? Die Feldleute darf ich nicht mal fragen, die tauchen eher unter und stellen sich tot, als dass sie ins Archiv gehen würden. Und die Alten? Die würden es als Degradierung empfinden; schließlich sind sie jetzt Räte und wollen als solche nur noch Rat geben, aber nicht mehr *arbeiten*!«

Mich, hatte Kleipor damals gedacht. *Mach mich zum Archivar.*

Doch das würde Albul nicht tun, dafür brauchte er ihn als Assistenten viel zu sehr.

So blieb Kleipor nur, hastig die Protokollbücher durchzugehen, die zumindest annähernd in Reihe standen, und die Inhaltsübersichten zu überfliegen auf der Suche nach Hinweisen, ob es das jemals gegeben hatte, ein Kind in Gefangenschaft, und wie man damit verfahren war. Doch er fand nichts. Einmal mehr saß er zwischen all diesen uralten Schätzen und verzweifelte an ihrer Unordnung und daran, dass ein Tag nur ein Tag war.

***

Einige Zeit später, gerade, als Kleipor anfing, die Gefangenen zu vergessen, weil andere Dinge wichtiger wurden, geschah es, dass er auf dem Weg in die Mahlstube dem Mädchen begegnete.

»Ah!«, machte sie, als sie ihn sah, und breitete unwillkürlich ihre mächtigen nachtschwarzen Schwingen aus, als wolle sie ihn damit anhalten. »Darf ich Euch etwas fragen?«

Kleipor blieb stehen und musterte sie irritiert. Sie bemerkte, was sie getan hatte, zog die Flügel rasch wieder an den Rücken und murmelte: »Entschuldigt.«

»Frag«, sagte er.

»Ich wollte Euch bitten, mir eine andere Arbeit zu geben.« Sie hob ihre Hände an, deren Innenseiten hell genug waren, dass man die Schwielen darauf sah, die blauen Flecken und Schürfwunden und andere Verletzungen. »Ich bin dafür nicht geeignet. Aber vielleicht gibt es in diesem Nest ... ich meine, in dieser *Feste* eine andere Arbeit, die ich tun könnte?«

Der Anblick ihrer Hände bestürzte Kleipor. Das waren tatsächlich nicht die Hände eines Menschen, der dafür gemacht war, Steinwände zu zertrümmern. Er räusperte sich verlegen. »Ich fürchte, es ist nicht an mir, das zu entscheiden.«

Er hatte das Gefühl, regelrecht aufgespießt zu werden von ihrem Blick. »Mir ist bewusst, dass ich die einzige Frau hier bin«, sagte sie ebenso rasch wie leise, »und deswegen will ich gleich betonen, dass ich euch keine ... ähm, körperlichen Gefälligkeiten anbiete. Mein Herz gehört schon seit langer Zeit einem anderen. Aber ihr mögt Euch besser fühlen, einer Frau einen Gefallen zu tun, einfach aus dem heraus, was im Buch Teria als ›Ritterlichkeit‹ besungen wird. Oder Ihr mögt ganz unabhängig davon zu dem Schluss kommen, dass ich eurer Bruderschaft an einem anderen Ort nützlicher sein kann als in einer Mine, deren Felswände mich auslachen.«

Das Archiv!, schoss es Kleipor durch den Kopf. *Sie wirkt klug und ordentlich. Sie könnte das Archiv ordnen. Das wäre genug Arbeit für viele Jahresläufe, und sie wäre uns dort unendlich nützlicher als in der Mine!*

Aber einer Gefangenen das Archiv anvertrauen? Ihr Zugang zu gewähren zur Geschichte der Bruderschaft, zur Geschichte der ganzen Welt?

Was, wenn sie planten, es zu *zerstören*?

Kleipor wurde bewusst, dass er die Luft angehalten hatte. Er atmete aus und sagte: »Ich werde darüber nachdenken. Falls mir etwas einfällt, komme ich auf dich zu.«

***

In der darauffolgenden Nacht fuhr Kleipor aus dem Schlaf hoch, saß aufrecht in seiner Kuhle und wusste endlich, an wen ihn die Gefangene erinnerte.

An Tersem!

Schwer atmend starrte er in die Dunkelheit, die ihn umgab. Draußen im Flur brannte eine Fettlampe, deren blasser Schimmer durch ein paar Schlitze in der Tür drang und einen zumindest Umrisse erahnen ließ. Es war so still, wie es nur in den Tiefen eines gewaltigen Bergs sein konnte, und so dröhnte ihm sein rasendes Herz in den Ohren wie das Schlagen einer Trommel.

Als Kinder waren sie zusammen gewesen, untrennbar, *linker Flügel, rechter Flügel*, wie man so sagte. Tersem hatte auch so tiefschwarze Haut gehabt und ein Gesicht, das ihm vorgekommen war wie das schönste der Welt. Ihre Flügel waren nicht ganz schwarz gewesen, aber doch sehr dunkel, mit einem grünlichen Schimmer.

Doch dann war er fortgegangen. Er wusste gar nicht mehr genau, warum eigentlich. Ach ja, er hatte etwas angestellt, hatte ein paar Kupferne aus der Kasse seines Nests gestohlen, um damit auf dem Markt Trockenhonig zu kaufen, und als die Schande der Entdeckung drohte, hatte ihm Geslepor angeboten, mit ihm zu kommen …

Und hier war er nun. Kleipor horchte auf seinen Atem und wie er sich allmählich beruhigte. Er bewegte die Flügel; die rechte Schwinge war mal wieder eingeschlafen, kribbelte unangenehm. Passierte immer häufiger in letzter Zeit.

Es war kalt, und es roch irgendwie stechend. Die Ausdünstungen von Männern, die es mit der Hygiene nicht allzu genau nahmen. Der ganze Flur war voll davon, in jeder Zelle schnarchte einer vor sich hin.

Was, wenn er sich damals dem Urteil gestellt hätte? Darüber hatte er schon lange nicht mehr nachgedacht.

In seiner Novizenzeit hatte er sich oft gefragt, was Tersem wohl zu all dem gesagt hätte. Wobei er, wenn er an sie dachte, sie sich immer noch als Kind vorstellte, dabei musste sie ja auch längst erwachsen sein.

Er wusste nicht einmal, ob sie noch lebte; er war nie wieder in den Ostlanden gewesen. Seit er so dick geworden war, hatte er die Feste überhaupt nicht mehr verlassen, und davor war er nur mal mit zu den Märkten im Süden oder Westen geflogen, nie nach Osten. Er hatte niemandem von zu Hause begegnen wollen.

Und er hatte nicht wissen wollen, wem sich Tersem versprochen hatte.

Sie sah heute vielleicht so ähnlich aus wie dieses Mädchen, diese Ifnigris. Nur, dass Tersem diese unglaublichen blauen Augen gehabt hatte, genau wie ihre Eltern und ihr Bruder.

Ja, ganz viel an der Gefangenen erinnerte ihn an Tersem, hatte ihn vom ersten Augenblick daran erinnert; es war ihm nur nicht klar gewesen.

Deshalb war er dieser Ifnigris beinahe instinktiv zugetan, wegen dieser Ähnlichkeit. Zugleich hatte er sich gegen diesen Impuls gewehrt, gegen dieses Gefühl von Vertrautheit angekämpft, und zwar, weil er, was Tersem anging, seinem eigenen Schwur nicht traute: Würde sie heute plötzlich vor ihm stehen und ihn bitten, sich ihr zu versprechen, er würde es tun.

Kleipor wischte sich über das Gesicht. Es war ganz nass.

Hatte er das Falsche getan, als er sich der Bruderschaft angeschlossen hatte? Sein Hals wurde trocken, wenn er sich diese Frage stellte. Besser, er dachte darüber nicht so genau nach.

Allerdings gab es eine Regel für Fälle wie diesen: Er war, was das Mädchen anbelangte, *befangen* – fast so, als wäre sie tatsächlich jemand, den er kannte. Die Regel verlangte, diese Befangenheit zu melden, damit der Oberste Bruder die Verantwortung für die Gefangenen jemand anderem übertragen konnte.

Ja. Das würde er tun. Vielleicht konnte er dann wieder ruhig schlafen.

***

Doch dann tat er es nicht gleich, sondern sagte sich, dass er einen geeigneten Zeitpunkt dafür abwarten musste. Sowieso passte es an diesem Morgen schlecht, denn der Oberste Bruder hatte die in der Feste anwesenden Feldleute zu einer Besprechung gerufen, an der auch Kleipor als Protokollant teilnahm.

Es ging um ein Nest der Sok an der Nordküste. Diese hatten angefangen, Hiibus in Gehegen aus Spaltbeerensträuchern zu halten und in den kalten Jahreszeiten zu füttern, damit sie nicht in der Frostzeit über den Okshir nach Süden zogen, wie sie es sonst zu tun pflegten.

»Das getrocknete Gras stammt von margorfreien Wiesen entlang des Soktas«, erläuterte Adleik, »und die Hiibus gedeihen davon prächtig. In der Kälte der Frostzeit entwickeln sie ein dichtes, langhaariges Fell, mit dem sich allerhand anfangen lässt. Ein weiterer Vorteil für die Sok ist, dass sie in der kalten Zeit nicht mehr nur eingesalzenes Fleisch zu essen haben.«

Hargon lachte dreckig auf. »Die Sok der Nordlande? Ach was. Ich war da mal Frostgast, und sag euch eins – die sind in der Frostzeit auf *ganz* anderes Fleisch aus. Die Mädels haben *Schlange* gestanden vor meiner Kuhle!«

»Diese Details will ich überhört haben, Feldbruder Hargon«, unterbrach ihn Albul mit scharfer Stimme. Er sprach die Drohung nicht aus, Hargon in den Festedienst zu versetzen, aber sie schwang unüberhörbar mit, denn auf einmal war der Feldbruder ganz still.

Adleik, der dieser Sache nachgegangen war, räusperte sich verlegen und fuhr fort: »Ich bin jedenfalls ganz harmlos zum Ältesten gegangen und habe ihn gefragt, ob er darin nicht einen Verstoß gegen das Buch Sofi sieht, und, tja, wie soll ich sagen? Er hat eine recht interessante Begründung geliefert. Und zwar sagt er, dass sie ja nichts anderes tun als das, was die Leik auf all ihren Inseln gemacht haben. Ob man Jungtiere übers Meer fliegt und großzieht und dann Herden hat, die zwar nicht von einem Gehege am Wegziehen gehindert werden, dafür aber vom Wasser ringsum, oder ob man ein Gehege baut – was ist da der Unterschied? Das hat er mich gefragt, und ehrlich gesagt, ich konnte ihm keine überzeugende Antwort geben.«

Kleipor schrieb mit, aber er hatte Schwierigkeiten, sich zu konzentrieren, weil ihm Hargons Prahlereien immer noch im Ohr klangen. *Die Mädels haben Schlange gestanden vor meiner Kuhle!* Das wagte er vor dem Obersten Bruder zu sagen! Und der ließ ihm das durchgehen!

Albul legte sinnend die gefalteten Hände vor den Mund. »Hmm. Schwierig. Wir können unmöglich alle Leik-Nester dazu bringen, auf ihre Hiibu-Herden zu verzichten.«

»Zumal – wie wollte man die ausgewachsenen Tiere von den Inseln wegbringen?«, warf Adleik ein. »Das geht überhaupt nicht.«

»Mit Schiffen ginge es«, meinte Orbul.

»So viele Schiffe gibt es nicht«, erwiderte Adleik.

»Wir können es aber den Sok auch nicht durchgehen lassen«, meinte Hargon. *Die sind in der Frostzeit auf ganz anderes Fleisch aus. Unfassbar. Und er wurde nicht mal rot dabei!*

Kleipor schnitt die Spitze seiner Schreibfeder neu an und brauchte zwei Anläufe dazu, was ihm noch nie passiert war. Wenn sich niemand an die Regeln hielt, nicht einmal der Oberste Bruder … wieso sollte *er* es dann tun? Wieso sollte er sich dann nicht auch seine eigenen Regeln machen, gerade so, wie es ihm richtig erschien?

Dies war der Moment, in dem Bruder Kleipor, bislang Gehorsamer Sohn Pihrs, beschloss, seine Bedenken wegen Befangenheit nicht zu melden.

Ohnehin war es ja nur eine eingebildete Befangenheit, sagte er sich. Er kannte das Mädchen in Wirklichkeit doch gar nicht. Sich für befangen zu erklären, nur weil sie jemandem *ähnelte*, den er mal gekannt hatte, wäre geradezu eine Übererfüllung der Regeln gewesen.

Endlich schrieb die Feder wieder. Er hatte das Protokoll vernachlässigt, einen Teil der Diskussion verpasst ... und wenn schon. Er konzentrierte sich aufs Neue. Sie diskutierten gerade einen Plan, wie man das Gehege heimlich so einreißen konnte, dass es aussah, als seien es die Hiibus selbst gewesen, die es niederrannten. Wenn sie das oft genug machten, meinte Hargon, und sich dabei nicht erwischen ließen, dann würden die Sok irgendwann einfach die Lust daran verlieren und es aufgeben.

»Wir könnten außerdem jemanden hinschicken, der ihnen erzählt, dass laut Selime die Hiibus und der Margor miteinander verbunden sind«, schlug Albul vor, »und dass man das Unglück auf sich zieht, wenn man Hiibus einsperrt.«

»Stimmt das denn?«, fragte Geslepor verdutzt.

»Keine Ahnung«, sagte der Oberste Bruder. »Aber der Gedanke nimmt ihnen die Lust an ihrem Gehege vielleicht *früher*. Und wer hat schon alle Großen Bücher gelesen?«

Kleipor schrieb auch das auf und dachte: *Wir lügen und betrügen, um die Regeln der Ahnen durchzusetzen, und selber halten wir uns an keine davon.*

Er würde dem Mädchen eine Chance geben. Nicht im Interesse der Bruderschaft, sondern im Interesse seines geliebten Archivs.

***

Er passte sie am nächsten Morgen vor dem Zugang zum Schlafsaal der Gefangenen ab. »Komm mit«, sagte er.

Sie zögerte. »Wohin?«

»Zu einem Versuch, der mir zeigen soll, ob du für eine andere Arbeit geeignet bist.«

Ihre Gefährten waren ein paar Schritte entfernt abwartend stehen geblieben. Sie gab ihnen ein Zeichen, ohne sie weiterzugehen. Dann sagte sie: »Gut.«

Er führte sie die Treppen hinab zum Archiv. Sie verfolgte staunend, wie er die Tür aufschloss; vermutlich hatte sie noch nie zuvor ein Schloss gesehen. Nur wenige Schmiede auf der Welt waren imstande, derlei anzufertigen, einfach, weil es kaum Bedarf dafür gab. Dieses Schloss stammte von der Goldküste und war fast hundert Jahre alt; der Mann, der es gemacht hatte, lebte längst nicht mehr.

Er ließ sie ein, zog die Tür hinter ihnen wieder zu.

»Dies ist das Archiv der Bruderschaft«, erklärte er. »Hier vorne ist der Lesetisch. Das hier sind die Regale mit den Protokollbüchern, nach Jahren geordnet. Hier liegen die Mappen mit den Berichten der Feldbrüder, geordnet nach …« Er sah, dass sie mit in den Nacken gelegtem Kopf dastand. »Hörst du mir zu?«

»Woher kommt das Licht?«, fragte sie voller Staunen.

Kleipor betrachtete die mattweiß leuchtende Fläche an der Decke. In all den Jahren war sie ihm so selbstverständlich geworden, dass er ganz vergessen hatte, was für ein Wunder sie darstellte.

»Das ist ein sogenanntes ewiges Licht«, erklärte er. »Es stammt noch von den Ahnen. Weiter hinten gibt es noch eines, ein kleineres. Hier drinnen dürfen keine Fettlampen verwendet werden; nichts, was in irgendeiner Weise mit einer Flamme betrieben wird.«

»Wegen der Brandgefahr«, erkannte sie und richtete den Blick wieder auf ihn.

»Richtig.« Sie dachte mit. Ein gutes Zeichen, fand Kleipor. »Das Archiv ist tausend Jahre alt. Die Unterlagen sind alle aus Papier und knochentrocken. Sie würden brennen wie Flirrgrasstroh.«

»Und das kann man alles noch lesen? Nach tausend Jahren?«

Kleipor nickte, erfüllt von einem Stolz, der eigentlich unsinnig war. »So ist es. Wir verwenden seit jeher ein besonderes Papier und eine besondere Tinte. Beides stellen wir in unserer Werkstatt selber her, nach einer Anleitung, die noch von Pihr stammt.«

Sie sah sich um, drehte sich dabei langsam einmal um sich

selbst. »Das ist ... beeindruckend«, sagte sie leise. »Dies ist ein ganz besonderer Ort, das spürt man.«

Kleipor wurde warm ums Herz, dass sie so empfand. Dass sie seine Leidenschaft für das Archiv teilte. Es gab nicht viele, die das auch spürten.

Sie fing sich, blinzelte. »Gut. Und was genau soll ich hier machen? Staub wischen?« Sie blickte sich um. »Ich sehe allerdings gar keinen.«

»Staub ist nicht das Problem«, sagte Kleipor. »Mangelnde Ordnung ist es. Das Archiv ist in den letzten Jahren vernachlässigt worden.« Er holte einen der Stapel unbearbeiteter Berichte, legte ihn mitten auf den Lesetisch und erklärte ihr, woher diese Berichte stammten – dass sie von den Brüdern geschrieben wurden, die von einem Einsatz im Feld, wie sie die Welt außerhalb der Feste nannten, zurückkehrten – und wie damit zu verfahren war, um sie ordnungsgemäß zu archivieren. Dass man jeden Bericht sichten und ihm Schlagwörter zuordnen musste, ferner, wie man diese Stichwörter in die Verweisbücher eintrug und wo man den Bericht anschließend ablegte, damit er auffindbar war, wenn man nach bestimmten Stichwörtern suchte. Die Auffindbarkeit, schärfte er ihr ein, war das Allerwichtigste, denn ein Bericht, den man nicht mehr fand, war so wertlos, als wäre er nie geschrieben worden.

Sie begriff das alles auf Anhieb. »Ich denke, das kann ich«, meinte sie zuversichtlich.

Kleipor war geneigt, ihr zu glauben, bewahrte sich aber einstweilen die in diesem heiklen Fall, wie er fand, notwendige Skepsis. Er nahm den ersten Bericht vom Stapel – ein Bericht des Feldbruders Ursambul über seine jüngste Reise durch den östlichen Furtwald –, legte ihn vor sie hin und forderte sie auf, ihn einzuordnen. Er würde dabei zusehen und am Schluss seinen Kommentar dazu abgeben.

Und sie machte das tatsächlich sehr gut. Sie erkannte von selber, dass der Name des Berichterstatters natürlich auch ein wichtiges Stichwort war, ebenso wie der Zeitraum, über den berichtet wurde, und der Ort, um den es ging. Dann befasste sie sich mit dem Inhalt: Ursambul schilderte im ersten Teil eine gewalttätige Auseinandersetzung zwischen zwei Männern des Het-Nests und dass derjenige, der die Rauferei begonnen und dabei dem anderen Mann einen Arm ausgerenkt, einen Flügel gebrochen und die Nase blutig geschlagen hatte, für ein Jahr aus dem Nest verbannt worden war. Sie ordnete diesem Abschnitt absolut korrekt die Stichworte *Gewalttaten* und *Rechtsprechung* zu, die sich wiederum auf das Buch Kris bezogen.

Im zweiten Teil ging es darum, dass die Leute vom Nest Tem ihren Fluss, den Temtas, aufgestaut hatten, um mehr Uferlinie zu gewinnen und um die Bewässerung ihrer Hanggärten zu verbessern. Hier hätte Kleipor selber nachschlagen müssen; das Mädchen fand das dem Buch Sofi zugeordnete Stichwort *Eingriffe/Fluss*, was natürlich genau die richtige Wahl war.

»Sehr gut«, befand Kleipor, als sie den Bericht abgelegt hatte. »Ich glaube, du kannst das tatsächlich. Ich zeige dir jetzt noch den Waschraum, dann lasse ich dich alleine. Ich muss dich allerdings einschließen. Ich komme zur Mittagszeit wieder und hole dich ab.«

»Alles klar«, sagte sie und nahm schon den nächsten Bericht vom Stapel.

Kleipor ging, schloss ab und entfernte sich. Dann aber kehrte er so leise wie möglich zurück und spähte durch ein Guckloch, durch das man sehen konnte, was sich im vorderen Teil des Archivs abspielte. Wahrscheinlich war er der Einzige, der diese Öffnung kannte; sie musste vor langer Zeit durch eine kaum merkliche Verschiebung im Fels, wie sie in einem erloschenen Vulkan mitunter vorkam, entstanden sein.

Was er sah, beruhigte ihn. Sie faulenzte nicht. Sie hatte auch nicht begonnen, neugierig herumzuspionieren – nicht, dass ihn das beunruhigt hätte; ganz gleich, was sie im Archiv oder in den Berichten entdeckte, sie würde die Feste ja niemals wieder verlassen und folglich keine Gelegenheit haben, ihr Wissen weiterzugeben. Nein, seine große Angst war, dass sie, kaum dass er ihr den Rücken kehrte, anfangen mochte, Berichte zu zerreißen und Protokollbücher zu zerstören.

Doch nichts dergleichen bekam er zu sehen. Sie saß einfach da und bearbeitete den nächsten Bericht. Las ihn, schlug in der Stichwortliste nach, machte sich Notizen. Als er sah, wie sie die Stichworte eintrug und den Bericht ablegte, entfernte er sich leise wieder.

Wie jeden Tag quälte er sich mit dem Flug hinauf in die Residenz und brauchte, oben angekommen, eine beträchtliche Weile, bis sich sein Atem beruhigt hatte. Doch anders als sonst konnte er sich heute nicht recht auf seine Arbeit konzentrieren. Er musste immer wieder an das Mädchen denken und was sie wohl anstellte. Vielleicht, so seine schlimmste Befürchtung, war dies der geheime Plan, den dieser Oris verfolgte: aus Rache für den Tod seines Vaters, für den er die Bruderschaft verantwortlich machte, das Archiv zu zerstören. Vielleicht war das Mädchen so vorausschauend gewesen, einzukalkulieren, noch eine gewisse Zeit heimlich beobachtet zu werden. Vielleicht …

Er untersagte sich weitere Gedanken in diese Richtung. Stattdessen nahm er das Zweite Buch Pihr zur Hand und las darin, was man ja ohnehin viel zu selten tat. Zu seinem Erstaunen fand er *keine* Regel, die verbot, Gefangene im Archiv zu beschäftigen! Wahrscheinlich, weil sich niemand je vorgestellt hatte, ein für das Archiv Zuständiger könnte auf eine derartige Idee verfallen.

Er wartete ungeduldig darauf, dass das große Licht des Tages den Zenit erreichte und den Talkessel erhellte und damit die Mittagszeit gekommen war. Heute zögerte er nicht an der Rampe, sondern sprang sofort in die Tiefe, flog hinab zur Hauptebene und eilte ins Archiv.

Als er die Tür aufschloss, saß sie noch genauso da, wie er sie zurückgelassen hatte. Nur der Stapel vor ihr war wesentlich kleiner geworden.

Sie sah überrascht auf. »Ist schon Mittag?«

»Ja«, sagte Kleipor, dem ein beträchtlicher Stein vom Flügel fiel.

Sie hob entschuldigend die Hände. »Ich bin nicht so schnell vorangekommen, wie ich gedacht habe.«

»Es kommt auf Genauigkeit an, nicht auf Geschwindigkeit«, sagte Kleipor und trat neben sie. »Lass sehen, was du heute gemacht hast.«

Sie zeigte ihm ihre Einträge. Er verglich sie stichprobenartig mit den Berichten und fand nichts daran auszusetzen. Tatsächlich hätte er es selber nicht besser machen können. Im Gegenteil: Wahrscheinlich wäre ihm eher der eine oder andere Flüchtigkeitsfehler unterlaufen, weil er mit seinen Gedanken zu oft bei seinen vielen anderen Pflichten gewesen wäre und bei den Problemen, die sie mit sich brachten.

»Sehr gut.« Er freute sich richtiggehend, sie loben zu können. »Wie es aussieht, haben wir eine andere Arbeit für dich gefunden.«

***

Einige Zeit später ergab es sich, dass der Oberste Bruder sich just über Ursambul Gedanken machte, der erst seit einem guten Jahr im Feld tätig war.

»Unser jüngster Feldbruder, dieser Ursambul«, fragte er Kleipor, »wie bewährt sich der eigentlich?«

»Ganz gut, glaube ich«, erwiderte Kleipor.

Albul machte sich eine Notiz in das aktuelle Protokollbuch, das er stets aufgeschlagen bei sich liegen hatte. »Bring mir doch bei Gelegenheit seine bisherigen Berichte. Ich würde mir selber gern einen Eindruck verschaffen.«

»Wie Ihr wünscht, Oberster Bruder«, sagte Kleipor.

Sobald ihn Albul entlassen hatte, flog er hinab ins Archiv. Dort, am Lesetisch, saß, wie jeden Tag, Ifnigris, einen Bericht vor sich, das Tintenfass neben sich, die Schreibfeder in der Hand, eine dunkle Schönheit, deren prächtige Flügel sich beim Lesen bisweilen leise knisternd bewegten.

Längst schloss er sie tagsüber nicht mehr ein. Er hatte einen der Schlüssel zum Archiv bei Deneleik hinterlegt, wo sie ihn morgens abholte, über Mittag deponierte und abends wieder abgab. Deneleik hatte Anweisung, sofort zu melden, falls sich an diesem Ablauf irgendetwas ändern sollte, doch dergleichen war bis jetzt nicht vorgekommen.

»Ich brauche alle Berichte des Feldbruders Ursambul«, sagte Kleipor.

»Moment.« Ifnigris stand auf und holte das Verweisbuch. Im Handumdrehen hatte sie alle Berichte herausgesucht, Platzhalter in ihre Stelle in den Mappen eingelegt und eine Transportmappe zusammengestellt, deren Umfang zudem so war, dass sie ihn nicht überfordern würde.

»Danke«, sagte Kleipor und flog einmal mehr hinauf in die Residenz.

Dort wischte er sich den Schweiß aus dem Gesicht, wartete, bis er wieder ruhig sprechen konnte, dann begab er sich zu Albul hinein und legte ihm die Mappe auf den Tisch.

»Das ging aber schnell«, wunderte der sich.

»Nun, so viele Berichte waren es ja noch nicht«, erwiderte Kleipor mit bewusst gespielter Bescheidenheit.

Albul blätterte die Mappe durch. »Ich sehe, du hast das Archiv gut im Griff.«

»Ich tue, was ich kann, Oberster Bruder.« Es gefiel ihm, den Bescheidenen zu mimen und seinen glühenden Stolz für sich zu behalten.

Später, beim Mittagessen, lief ihm Hargon über den Weg, frisch zurück von seiner Mission in den Nordlanden. »Was ist denn mit dir passiert?«, fragte er. »Du siehst so ... *glücklich* aus?«

Kleipor bedachte ihn mit einem demonstrativ falschen Lächeln. »Liebster Bruder – kümmere dich um deinen eigenen Kram, ja?«

»Was denn?«, machte Hargon betont harmlos. »Ich frag doch nur?«

»Und ich warte auf deinen Bericht. Was ihr bei den Sok angestellt habt.«

525

Hargon furchte unwillig die Stirn, wodurch sich seine Narbe verformte und ihn noch hässlicher aussehen ließ. »Ja, ja …«

Damit trollte er sich.

Kleipor lehnte sich zurück, dehnte die Flügel ein wenig und lächelte still in sich hinein.

Ja, er war glücklich! Auch wenn es im Rückblick ein Fehler gewesen sein mochte, zur Bruderschaft zu flüchten, anstatt sich dem Urteil des Nestrats zu stellen – jetzt, hier, in diesem Augenblick, war er wirklich und wahrhaftig glücklich.

Es hatte mit diesem Mädchen zu tun, dieser Ifnigris. Mittlerweile hatte er ein Gefühl warmer Vertrautheit zu ihr entwickelt, wohl wissend, dass sie nicht Tersem war, sondern ihr nur ähnelte. Doch das genügte ihm. Auch wenn sie ihm von sich aus keinerlei Anlass zu solchen Gefühlen gab; sie war immer noch so zurückhaltend, so förmlich und so reserviert wie zu Anfang.

Trotzdem – es machte ihn glücklich zu wissen, dass sie dort im Archiv saß und Ordnung schuf, auf ihre langsame, aber besonnene und sorgfältige Art. Wenn es nach ihm ging, würde er sie nicht mehr hergeben.

Das Schönste war, dass er das ja auch nicht musste, denn sie würde von nun an immer da sein, jeden einzelnen Tag.

Galris

Sein Erwachen war ein ungeheuer mühsames Auftauchen aus namenlosen Tiefen. Ihm war heiß. Sein Herz pochte wild. Die Welt schwankte. Er rang nach Luft. Sein Atem ging pfeifend.

Jemand war da, beugte sich über ihn, legte ihm etwas Kühles, Feuchtes auf die Stirn.

Setzte ihm einen Becher an die Lippen, die trockenen, wunden, und sagte: »Trink.«

Er trank und tauchte wieder hinab in die namenlosen Tiefen.

***

Er erwachte aufs Neue, schneller diesmal, ein Hochfahren, bei dem es ihn in der Brust und in den Flügeln schmerzte. Ein Gesicht beugte sich über ihn. Er erkannte unscharfe, weiblich anmutende Konturen.

»Mama?«, krächzte er.

»Ich bin's«, sagte das Gesicht. »Meoris.«

»Was … was …?«

»Schlaf«, sagte sie und wischte ihm wieder mit etwas Kaltem, Feuchtem über die Stirn. »Alles wird gut.«

Das zu hören beruhigte ihn, und er sank zurück in die Dunkelheit des Schlafs.

***

Es regnet. Galris sitzt auf einem Ast ganz weit draußen, der unter ihm schwankt und knirscht und vielleicht, so sagt er sich, abbrechen wird unter seinem Gewicht. Und vielleicht wird er dann die Flügel nicht schnell genug ausbreiten können und abstürzen und auf dem Boden aufschlagen, und dann wird ihn der Margor holen oder das, was von ihm noch übrig sein wird, und dann ... *dann* wird es seinen Eltern aber leidtun, dass sie ihn ausgeschimpft haben!

Irgendwie gefällt ihm diese Vorstellung. Er malt es sich in immer leuchtenderen Farben aus, und ab und zu wippt er absichtlich ein bisschen und lauscht auf das Knacken und Knirschen des Holzes unter ihm und gruselt sich dabei.

Dann hört er, dass jemand kommt.

Er dreht sich weg, dreht den Rücken zum Wipfel. Er will mit niemandem reden. Nie wieder wird er mit irgendjemandem reden, nie, nie wieder!

Wer immer es ist, er kommt näher. Der Ast knackst stärker. Gleich wird er brechen. Galris hält den Atem an, spreizt die Flügel. Er möchte lieber doch nicht fallen.

Jetzt hört er Flügel flattern, den hellen Schlag von Kinderschwingen. Ein Mädchen landet auf dem benachbarten Ast. Galris kennt sie. Sie heißt Meoris und hat wunderschöne, schneeweiße Flügel, auf denen einzelne Federn schimmern wie Gold.

»Was machst du da?«, fragt sie und sieht ihn mit großen Augen an.

»Nichts«, sagt Galris.

Sie furcht die Stirn. »Ich würd mich nicht trauen, da zu sitzen, wo du sitzt.«

»Da sitz ja auch schon ich.«

»Hast du keine Angst, dass der Ast unter dir bricht?«

»Nö.«

»Also, ich hätte Angst.«

Galris schnaubt unwillig. »Du kannst doch fliegen.«

»Schon«, meint sie. »Aber es bringt Unglück, einen Nestbaum zu beschädigen. Sagt mein Großvater immer.«

Galris zieht die Flügel dichter an sich und knurrt: »Mir egal, was Leute sagen.«

»Du bist nicht so richtig guter Laune, hmm?«

»Kann dir doch egal sein.«

»Ich glaub, es ist wegen deiner Schwester«, sagt sie. Sie geht ihm allmählich auf die Nerven. »Weil deine Eltern sich nur noch um sie kümmern.«

»Quatsch«, versetzt er, obwohl sie recht hat.

»Ich weiß noch, wie mein kleiner Bruder auf die Welt kam«, sagt sie. »Ich hab ihn *gehasst*!«

Galris stutzt. »Ehrlich?«

»Und wie! Die ganze Zeit – Daris hier, Daris da, schau mal, was er schon kann, der fliegt bestimmt mal ganz früh … Würg!«

Sie macht eine entsprechende Geste, was sehr komisch aussieht, und Galris muss wider Willen lachen.

»Inzwischen ist er älter, und es ist besser«, fährt sie fort. »Aber bloß ein bisschen!«

Dann sagt sie nichts mehr, sondern wartet ab. Galris starrt in die Tiefe, denkt an vorhin. Und an das, was davor war. »Arseris ist so hübsch, sagen alle«, erzählt er halblaut. »Echt *jeder*. Und dann sagen sie zu mir *alter Mann*, weil ich graue Flügel hab.«

»Man kann doch nichts für seine Flügel«, schnaubt Meoris. »Das ist gemein.«

Er sieht sie an. »Du hast schöne Flügel.«

»Du hast auch schöne Flügel«, erwidert sie. »Lass dir bloß nichts anderes einreden.«

Galris würde gern die Regennässe von seinen Flügeln schütteln, aber er traut sich nicht, weil er jetzt Angst hat, der Ast könne dabei tatsächlich brechen, und das will er nicht mehr. »In der Küche haben sie Handkuchen mit Mokko-Beeren gebacken und zum Abkühlen unter das hintere Dach gestellt«, fällt ihm ein. »Wenn wir hintenrum fliegen, könnten wir uns jeder einen mopsen.«

Er sieht sie an. Meoris' Augen leuchten. »Au ja!«

***

Arseris ist krank. Galris sitzt an ihrer Kuhle und gibt ihr jedes Mal, wenn sie aufwacht, etwas zu trinken. Sie ist ganz blass und schwitzt und sieht aus, als würde sie jeden Moment sterben. Einmal glaubt er, dass sie aufgehört hat zu atmen, doch gerade, als er entsetzt aufschreien will, holt sie wieder Luft, mit einem gequält klingenden, gurgelnden Geräusch.

Immer wieder kommt jemand, um nach ihr zu sehen. Draußen vor dem Nest werden Ratschläge erteilt, Geschichten erzählt von anderen, die auch so krank waren. Leute bringen getrocknete Kräuter, getrocknete Beeren, frische Beeren. Mutter bringt Becher mit schwarzem Sud, den sie in der Küche zubereitet hat, oder Schüsseln mit getränkten Tüchern, die sie Arseris um die Brust wickelt. Galris wünscht, sie würde irgendwelche Tücher um Arseris' Flügel wickeln, die immer so zittern und an denen so schrecklich viele Federn ausfallen. *Federn wachsen nach*, sagt Mutter nur, *genau wie Haare.*

Galris hat einmal den Tag verwünscht, an dem seine Schwester auf die Welt gekommen ist. Und jetzt hat er Angst um sie.

***

Er wurde wach genug, um zu begreifen, dass er geträumt hatte. Aber er wusste immer noch nicht, wo er war.

Jemand hob seinen Kopf an, wollte ihm einen bitteren Trank einflößen.

Er drehte den Kopf zur Seite. »Nein«, murmelte er mühsam. »Der ist für Arseris.«

»Nein«, sagte eine Stimme, die ihm bekannt vorkam. »Der ist für dich.«

»Und Arseris?«

»Der geht's gut.«

»Ah.«

Er trank. Der Sud schmeckte bitter, aber irgendwie fühlte es sich gerade genau richtig an, etwas so Bitteres zu trinken. Als er genug hatte, dämmerte er wieder weg.

***

Ein Mädchen küsst ihn, einfach so, und dann wieder und wieder, beinahe aufdringlich – oder kommt ihm das nur so vor, weil er nie im Leben mit so etwas gerechnet hätte? Sie hat ihm gefallen, das schon, aber ihm gefallen oft Mädchen, die deswegen trotzdem nichts von ihm wissen wollen. Manchmal *bemerken* sie ihn nicht einmal.

Aber es ist aufregend, sehr sogar. Peinlich, dass ihm gerade gar nicht einfällt, wie sie eigentlich heißt – Kjulheit? Kalsul? Haliwen? Siliamur?

Ach nein, Siliamur ist ja tot. Falsch gelandet, und der Margor hat sie geholt. Sie wird nie alt werden und graue Flügel kriegen. Er dagegen hat jetzt schon graue Flügel, deswegen sagen manche *alter Mann* zu ihm. Er tut immer so, als mache ihm das nichts aus, sonst sagen sie es womöglich noch öfter.

Vielleicht würde es ihm auch nichts ausmachen, wenn er eine Freundin hätte.

Und jetzt ist da dieses Mädchen, das ihn küsst, einfach so. Die ihre kalten Hände unter seine Weste schiebt und dann auch noch unter das Hemd darunter, bis sie seine bloße Haut berührt, seine Brust, seinen Bauch.

Das erregt ihn, klar. Wenn er nur wüsste, was sie *wirklich* von ihm will. Sie sagt, es sei nur, um einander zu wärmen. Irgendwie kommt es ihm falsch vor, das zu machen, wo sie doch davor kaum drei Worte miteinander gesprochen haben.

Er weiß nicht, ob sie *ihn* meint, oder ob er nur zufällig gerade da ist.

Aufhören mit dem Küssen und so weiter will er aber auch nicht.

***

Galris kam es vor, als erwache er aus einem Schlaf, der Jahre gedauert hatte. Es war heiß. Er ruhte auf einem Lager aus Decken, hatte ein hart gestopftes Kissen im Rücken, damit er sich die Flügel nicht drückte, und alles schwankte und schaukelte. Über sich sah er einen Lichtschutz aus verflochtenem Schilfgras, auch die Wände waren aus diesem Material. Nur an einer Seite hing ein Vorhang, und durch den kam Meoris hereingeschlüpft.

»Hallo«, sagte sie. »Na, wieder unter den Lebenden?«

»Ja«, sagte Galris mühsam. Sein Mund fühlte sich schrecklich trocken an. »Sieht so aus.«

Meoris trug dünne Hosen und ein leichtes Hemd, mit weit ausgeschnittenem Rücken, wie er sah, als sie sich zur Seite drehte und aus einer Tonflasche Wasser in einen Becher goss.

»Hier«, sagte sie. »Trink.«

Er trank, wollte erst nur einen Schluck nehmen, aber dann leerte er den Becher doch in einem Zug. Er fühlte sich schwach und wie ausgehöhlt; das Wasser schien in seinem Inneren einfach zu versickern.

»Wo sind wir eigentlich?«, fragte er.

»Auf dem Thoriangor. Unterwegs ins Schlammdreieck.«

»Auf dem …?« Er blinzelte mühsam, hatte das Gefühl, dass das Wachsein noch zu viel für ihn war. »Wieso das denn?«

Sie erklärte es ihm, doch was sie sagte, waren nur Worte, die angenehm klangen, deren Bedeutung er aber nicht mehr verstand. Sie trugen ihn fort, zurück in einen Schlaf, in dem das alles keine Rolle spielte.

***

Galris hat sich immer gewünscht, eine Freundin zu haben, so, wie die anderen Jungs auch. Eine Freundin zu haben hätte bedeutet, endlich nicht mehr der komische Außenseiter mit den seltsamen grauen Flügeln zu sein, die aussehen wie die Flügel eines alten Mannes. Eine Freundin zu haben hätte bedeutet, zu wissen, wohin mit all diesen drängenden Wünschen nach Nähe und Zärtlichkeit und Sex. Eine Freundin zu haben hätte bedeutet, glücklich zu sein.

Hat er zumindest immer gedacht.

Nun ist er mit Kalsul zusammen, irgendwie jedenfalls, doch das

Glück und das Unglück halten sich mehr als die Waage. Sie ist hübsch, keine Frage, sie sieht sogar verdammt gut aus, und wenn sie in der Kuhle liegen und so richtig in Fahrt kommen, dann ist er der glücklichste Mann der Welt. Aber abgesehen davon streiten sie ständig, und er begreift nicht, warum, und oft nicht einmal, worüber eigentlich. Immer wieder hat sie Phasen, in denen sie damit hadert, mit ihm zusammen zu sein. *Ich weiß nicht, ob ich dich liebe*, sagt sie dann, und das tut weh, denn aller Sex der Welt kann nicht aufwiegen, nicht geliebt zu werden, das hat er inzwischen gemerkt.

Ab und zu versteht er, worum es ihr geht. Zum Beispiel, wenn sie sagt, sie wolle sich doch nicht einem Mann versprechen, nur um dann von der Muschelbucht in die Küstenlande zu ziehen! Es zieht sie weiter fort, sie will etwas erleben, will die ganze Welt sehen und ist sich nicht mal sicher, dass ihr das genügen wird. »Zu den Sternen zu fliegen, so, wie es euer Owen erzählt hat, das wär's!«, hat sie ihm schon mehr als einmal gesagt. Sie kann halbe Reden Owens auswendig zitieren, immer die Passagen, die davon handeln, dass die Sterne die wahre Heimat der Menschen seien.

Ständig streiten sie, weil er ihr irgendwie nicht recht ist, nicht der Richtige ist, Eigenheiten hat, die sie aufregen, und er weiß dann immer nicht, was er tun oder sagen soll, um den Streit beizulegen, und das lässt ihn sich hilflos fühlen. Diese Art Streit kommt ihm vor wie ein Unwetter, bei dem man auch nur abwarten kann, bis es sich ausgetobt hat und weitergezogen ist. Bloß macht einem ein Unwetter nachher keinen Vorwurf, man würde ja *von sich aus nichts tun*, damit es wieder besser werde. Deswegen folgt auf einen Streit meistens eine Periode, in der Kalsul einfach beleidigt mit ihm ist.

Bis irgendein Wunder geschieht und sie ihn an sich zieht und über ihn herfällt, und es ist, als wolle sie ihn verschlingen. Dann kann es ihr nicht schnell genug gehen; sie treiben es, dass der Baum wackelt, und hinterher ist alles wieder gut.

Aber inzwischen hat er es aufgegeben zu hoffen, dass es sich eines Tages auf dieser guten Seite einpendelt. Das mit ihnen, das hat er begriffen, wird immer so ein Berg- und Talflug sein, und mittlerweile wünscht er sich, er hätte die Kraft, es zu beenden.

Dann passiert dieser Überfall. Der Mann mit dem Narbengesicht, mit dem Kalsul auch mal was gehabt hat, brüllt sie an, dass sie verschwinden soll, und das so heftig, dass sie erschrocken aufflattert. In der Luft schaut sie zu Galris hinab und sagt: »Ich liebe dich!« Und Galris erwidert: »Ich dich auch«, aber nur, damit sie endlich, endlich davonfliegt und wenigstens sich selbst in Sicherheit bringt.

Denn er hat nicht die Wahrheit gesagt. Die Wahrheit ist, dass er froh ist, dass es erst einmal zu Ende ist.

Er hat eine Menge gelernt über Männer und Frauen in der Zeit mit ihr, aber er versteht immer noch nicht, wie es andere machen. Die, die miteinander glücklich sind.

***

Als Galris das nächste Mal aufwachte, war der Vorhang weg und die Wände rechts und links auch. Er sah Wasser, viel Wasser, und jenseits davon eine langsam vorbeiziehende Landschaft voller Büsche und Bäume. Er sah Meoris, die bei einer Gruppe von Leuten saß, die etwas aßen und sich dabei unterhielten. Jemand kam angeflogen und landete neben ihnen, eine alte Frau, die ein Bündel Früchte in der Hand trug, wie Galris sie noch nie gesehen hatte.

Er lag in einer Art Schutzhütte auf einem Floß, das auf einem ungeheuren Fluss dahintrieb. Der Thoriangor, der längste Fluss der Welt, ach ja, richtig. Jemand hatte ihm das schon gesagt. Meoris womöglich.

Aber wie waren sie hierhergekommen? Was machten sie hier? Und wieso ging es ihm so schlecht? Sein ganzer Körper pochte und bebte, es fühlte sich an, als wühlten Unmengen gefräßiger Tiere darin …

Er wollte nach dem Becher greifen, der auf einem grob geschnitzten Holztablett neben seinem Lager stand, doch die bloße

Bewegung jagte ihm einen betäubenden Schmerz durch den ganzen Leib, der ihn wieder das Bewusstsein verlieren ließ.

Aber er erinnerte sich wieder …

***

Galris liegt unbequem im Dunkeln, auf dem Ast, den sie ihm zugewiesen haben und den er sich selber nie ausgesucht hätte. Er versucht zu schlafen, nicht nur, weil ihre Entführer es ihnen befohlen haben, sondern vor allem, weil er müde ist. Seine Muskeln brennen von dem langen Flug, und seine Flügel kribbeln bis hinaus in die Handschwingen vor Erschöpfung.

Aber er kann nicht einschlafen, nicht richtig jedenfalls, weil er dieses grässliche Lederband um den Hals trägt, das er bei jeder Bewegung spürt, bei jedem Schlucken, sogar beim Atmen. Er wird das Gefühl nicht los, dass es ihm die Luft abschneidet, wie es tagsüber ja ein paarmal tatsächlich passiert ist, wenn auch unabsichtlich.

Er hat nicht gewusst, dass solche Instrumente existieren. Und er hätte nie gedacht, dass es Menschen gibt, die sie wirklich verwenden. Keiner von ihnen hat damit gerechnet, auch Oris nicht. Das war nicht der Plan.

Irgendwann döst Galris trotzdem weg – und schreckt auf, als ihn wieder etwas an seinem Halsband zupft, ganz leicht nur, aber deutlich spürbar.

Er greift sich an den Hals, betastet den metallenen, unlösbaren Verschluss und das Metallteil, an dem die Leine beweglich befestigt ist: Sie bewegt sich, wackelt herum, hüpft hin und her.

Was zum Wilian *macht* sein Aufpasser da?

Es ist der Gelbgesichtige, der, den Kalsul Geslepor genannt hat. Geslepor hat zwei Riemen gehalten, seinen und den von Meoris. Und jetzt? Dreht er sich da oben herum und kann nicht schlafen, oder was?

Es hört nicht auf. Galris lauscht. Das, was er hört, klingt, als *kaue* jemand über ihm. Dort, wo dieser Luchwen liegt, Oris' Cousin.

Was hat das zu bedeuten?

Neben sich, wo Meoris liegt, spürt er Unruhe. Er streckt die Hand aus, bekommt ihre zu fassen, hört, wie sie überrascht einatmet. Aber sie erkennt ihn, kennt seine Hand, außerdem weiß sie ja, dass er neben ihr liegt.

Galris beugt sich zu ihr hinüber, so weit sein Schlafriemen es zulässt, und sie hat denselben Gedanken; um ein Haar stoßen ihre Köpfe in der Dunkelheit zusammen.

Er sucht mit dem Mund nach ihrem Ohr, wispert so leise, wie er nur kann: »Ich glaube, Luchwen versucht, unsere Leinen durchzubeißen!«

Er kann spüren, wie sie stutzt. »Geht das denn?«, haucht sie zurück.

»Keine Ahnung«, erwidert er. »Aber wir sollten bereit sein, falls es klappt.«

Dann warten sie, halten einander an den Händen. Galris nickt zwischendrin weg, ein Händedruck von Meoris weckt ihn wieder auf. Ihr geht es wenig später genauso; es ist eigenartig, wie deutlich man das am Händedruck merkt.

Und irgendwann passiert es tatsächlich: Ihre Leinen fallen herab. Spätestens das hätte sie aufgeweckt. Galris knotet sein Schlafseil auf, wickelt es zusammen und steckt es in die Tasche. Meoris, hört er, macht dasselbe.

»Jetzt«, flüstert er.

Gleichzeitig stoßen sie sich ab, hinaus ins Freie, entfalten ihre Flügel und heben ab. Nur weg hier, erst einmal weg!

Es ist eine dunkle Nacht, der Nebel tut ein Übriges, um das wenige Licht zu verschlucken. Galris schlägt mit aller Kraft aus, fasst so viel Luft unter seine Schwingen wie möglich, um so schnell zu steigen, wie er nur kann. Er kümmert sich nicht um Meoris; er weiß, dass sie eine gute Fliegerin ist und für sich selber sorgen kann.

Als er über den Nebel hinaus ist und zumindest etwas von der Landschaft erahnen kann, hält er einen Moment im Gleitflug inne und lauscht. Er hört Flügelschlagen, nicht weit von sich entfernt, zu seiner Rechten. »Meo?«, zischt er.

»Bin hier«, kommt es zurück. Sie ist auch außer Atem. »Und jetzt?«

»Erst mal weg. Norden. Weg von der Graswüste. Dann sehen wir weiter.«

Das Wichtigste, sagt er sich, ist, dass sie der Bruderschaft entkommen. Nur das gibt ihnen die Chance, etwas zu unternehmen, um den anderen zu helfen.

Kalsul fällt ihm ein, die auch frei ist und Hilfe holen kann. Aber Kalsul weiß nicht, wohin man sie gebracht hat. Falls man ihr überhaupt glaubt. Je mehr Zeugen, desto besser.

Da ruft Meoris plötzlich: »Die verfolgen uns!«

Und wenn schon, denkt Galris grimmig und legt wieder alle Kraft in die Schwingen. *Wir haben einen guten Vorsprung.*

Dann zischt etwas. Er begreift nicht gleich, was das ist.

Bis es ihn in den Rücken trifft, unter der Schulter, am Ansatz des rechten Flügels. Der Schmerz ist wie ein einschlagender Blitz.

***

»Die hatten meinen Bogen, du erinnerst dich?«, sagte Meoris. »Einer von denen, die uns verfolgt haben, muss den dabeigehabt haben. Und die Pfeile, natürlich.«

»Schon klar«, erwiderte Galris. Er lag etwas erhöht. Meoris hatte ihm ein zusätzliches Kissen in den Rücken gestopft, aber mehr ging noch nicht, ohne dass ihm schwindlig wurde.

»Die Sache ist die«, fuhr Meoris fort. »Ich hab damals im Nest der Tal insgesamt zehn Pfeile gemacht. Neun weiße zum Üben, mit gehärteter Spitze und einer Befiederung aus den schwarzen Schwanzfedern von Bachseglern. Und einen schwarzen Pfeil mit weißer Befiederung – und einer vergifteten Spitze.«

Galris stöhnte unwillkürlich auf. »Vergiftet!«

»Es war dunkel, er hat den Unterschied sicher nicht gesehen.

Und dass ausgerechnet dieser Pfeil dich getroffen hat, war einfach Pech.«

Galris schloss für einen Moment die Augen, kämpfte dagegen an, zurück in die Dunkelheit des Schlafs zu sinken. »Und was … was war das für ein Gift?«

Meoris räusperte sich. »Sie nennen die Frucht *Beißbeere*. Hatte ich vorher auch noch nie gehört. Jugtal hat mir erklärt, wo sie sie finden und wie sie den Giftsud gewinnen. Er hat mir geholfen, den Pfeil zu machen.«

Galris erinnerte sich vage an einen bärtigen Mann mit tiefer Stimme, den man nie ohne ein Werkzeug in der Hand gesehen hatte. Meistens hatte er mit einem kleinen Messer an irgendetwas herumgeschnitzt. Ach ja, und er hatte so eigenartige braune Flecken auf seinen ansonsten hellen Flügeln gehabt, die im eingefalteten Zustand rechts und links von seinem Kopf gelegen hatten, sodass man auf den ersten Blick dachte, er habe riesige Ohren!

»Und warum?«, fragte er matt. »Ich meine, Gift … wozu?«

Meoris hielt ihm noch einmal den Becher mit Wasser an die Lippen, und er trank gehorsam. Viel trinken, den Körper durchspülen, das hatte er unzählige Male gehört, seit er in diesem Zustand war. Jetzt begriff er, warum das sein musste.

»Die Tal jagen in der Frostzeit doch diese dicken Vögel mit den komischen Köpfen«, erzählte Meoris dann weiter. »Die so einen Wulst über dem Schnabel haben …«

»Fettnasen«, sagte Galris. Er erinnerte sich an köstliche, nie zuvor gegessene Gerichte. Bestimmt war es ein gutes Zeichen, dass ihm bei der Erinnerung daran das Wasser im Mund zusammenlief.

»Ja, genau. Fettnasen. Die werden mit Giftpfeilen geschossen. Das Gift im Pfeil ist so stark, dass es sie sofort tötet. Auf die Weise hat man die Chance, sie aufzufangen, ehe sie auf den Boden fallen und womöglich der Margor sie holt.«

»Ah!«, machte Galris. »Deswegen sind die Leute mit den großen Netzen mitgeflogen!«

»Genau.«

»Das hab ich alles irgendwie gar nicht mitgekriegt.«

Sie schmunzelte. »Du warst ja auch anderweitig beschäftigt.«

Ja, richtig. Mit Kalsul. Entweder hatten sie sich heftig gestritten, oder sie waren heftig verliebt gewesen. Von der Welt ringsumher hatten sie nicht sehr viel Notiz genommen.

»Und so ein Pfeil hat mich getroffen«, sagte Galris.

»Ja.«

»Aber er hat mich nicht getötet.«

»Die Giftmenge eines Pfeils reicht nicht aus, einen Menschen zu töten. Nicht, wenn er einigermaßen gesund ist. Aber sie setzt ihn ziemlich lange ziemlich heftig außer Gefecht.«

Galris sah sich um, betrachtete seine Flügel rechts und links seines Lagers, die sich anfühlten, als gehörten sie gar nicht zu ihm.

»Ja. Das hab ich gemerkt.«

Sie wiegte den Kopf. »Erst hast du es *nicht* gemerkt«, sagte sie. »Das war ja das Problem.«

***

Auf den Schmerz folgt Taubheit. Unmöglich, weiter mit den Flügeln zu schlagen, nicht mit dem rechten jedenfalls. Den kann er nur ausgebreitet halten, muss es sogar, weil ein verdammter Pfeil in ihm steckt, was sich anfühlt, als würden seine Muskeln zerreißen, wenn er die Flügel anzieht. Zugleich schmerzt der ausgebreitete Flügel, dass es ihm vor den Augen flimmert.

Nicht nur das, auch sein Herz rast. Sein Atem geht keuchend. Alles in seinem Inneren verkrampft sich, und er fühlt sich auf einmal schrecklich elend, ausgerechnet jetzt, da er alle Kraft brauchen würde.

Kann das die Enttäuschung sein?

Egal, wie weh es tut, er ist hoch in der Luft und darf den Auftrieb nicht verlieren. Es ist dunkle Nacht, auf Thermik kann er nicht hoffen. Er muss es so lange aushalten, bis er im Segelflug abwärts einen Baum erreicht.

Es ist nicht mehr wichtig zu entkommen. Wichtig ist nur noch, nicht auf dem Boden zu landen.

»Hat er dich getroffen?« Meoris, die plötzlich neben ihm ist.

»Ja«, stößt Galris hervor. »Flieg du weiter! Damit es wenigstens einer von uns schafft!«

»Red keinen Quatsch«, erwidert sie.

Er kann hören, wie sie aufsteigt. Gleich darauf spürt er sie in seinem Rücken, wie sie sich von hinten an ihn drückt und ihm unter Flügel und Arme fasst. Gemeinsam segeln sie abwärts, etwas Dunkles, Wolkiges kommt näher, und es ist tatsächlich ein Wald: Zweige und Blätter schlagen ihm ins Gesicht, er sieht nichts mehr, aber dann ist da plötzlich ein Ast, auf dem sie Halt finden.

Er klammert sich daran fest, auf einmal am ganzen Leib zitternd, und begreift immer noch nicht, wieso. Wenn ihm das oben in der Luft passiert wäre …!

Er kann nicht weiter. Er wird hier sitzen bleiben, bis der Tag anbricht, und dann werden die Männer von der Bruderschaft ihn finden. Und irgendwie zurückholen. Vielleicht.

»Meo!«, keucht er. »Du musst es schaffen!«

»Halt still«, sagt sie.

Noch ein Schmerz, nicht mehr ganz so schlimm wie der erste, aber immer noch heftig. Sie hat ihm ohne Ankündigung den Pfeil herausgezogen, mit einem entschlossenen Ruck.

Galris kann fühlen, wie ihm Blut am Rücken hinabläuft, wie es sein Hemd durchtränkt und in sein Federkleid sickert.

Er hört noch, wie Meoris erschrocken sagt: »O nein!«

Dann schwinden ihm die Sinne.

***

»Sie haben uns nicht gefunden«, erzählte Meoris. »Du hast ganz schön geblutet, aber ich hab dich bluten lassen, damit so viel von dem Gift rausgespült wird wie möglich. Am nächsten Morgen habe ich gesehen, dass wir direkt über einem Bach gelandet waren. Ich hab dich noch mal wach gekriegt ...«

»Ehrlich? Ich erinnere mich gar nicht.«

»Glaub ich sofort. So richtig bei dir warst du nicht, aber immerhin musste ich dich nicht ganz allein den Baum hinab bis ins Wasser hieven. Unterwegs ist uns ein Ast abgebrochen und runtergefallen – große Katastrophe, wir wären beinahe abgestürzt! Hinterher war das aber praktisch, denn der lag dann schon da, als wir unten angekommen sind; ich konnte dich drauflegen und erst mal deine Wunde auswaschen und verbinden. Danach hab ich den Ast mit dir drauf einfach bachabwärts gezogen, bis er in einen größeren Bach gemündet ist, und immer so weiter. Irgendwann bin ich auf Flößer gestoßen, die mit Holz zum Thoriangor unterwegs waren ... und da sind wir nun.«

Galris sah sich um, versuchte das alles zu begreifen.

»Du hast mir das Leben gerettet«, stellte er schließlich fest.

»Schon wieder.«

Sie stutzte. »Wieso ›schon wieder‹?«

»Ach, nur so.«

**

Es folgten Tage, an denen Galris die meiste Zeit wach war, aber noch zu schwach, um aufzustehen. Doch er konnte sich umsehen, und er konnte etwas essen: Eine stämmige Frau mit lichtgegerbter Haut und braun gestreiften Flügeln brachte ihm eine Suppe, die nach Fisch roch und die er gierig auslöffelte, schmeckte sie ihm doch besser als alles, was er je zuvor gegessen hatte.

»Das ist Mama Lulheit«, erklärte Meoris grinsend. »Sie wartet schon die ganze Zeit darauf, dich endlich zu bekochen.«

Jetzt erst bekam Galris einen Eindruck von dem Floß, auf dem sie sich befanden. Es kam ihm vor wie wild aus Holz aller Art zusammengeschnürt. Ein paar glatte, gerade Stämme waren auch dabei, aber der größte Teil bestand aus abgebrochenen Ästen, gesplittertem, zurechtgestutztem, krakeligem Holzbruch und kleineren Holzstücken jeder Art und Größe. So war keine ebene Fläche entstanden, vergleichbar mit dem Deck des Schiffes, mit dem sie auf dem Dortas gefahren waren, sondern eine bizarre Landschaft ganz eigener Art.

Meoris leistete ihm oft Gesellschaft. Sie erzählte ihm, was sie über die Schifffahrt auf dem Thoriangor gelernt hatte, diesem ungeheuren Fluss, der vom Eisenland ausgehend in einem gewaltigen Bogen den ganzen Kontinent durchquerte. Auf ihm verkehrten fast nur Flöße wie das ihre, die ausnahmslos stromab trieben. Die meisten besaßen nicht einmal ein Ruder; galt es, den Kurs zu korrigieren, packten alle mit an und schlugen kräftig mit den Flügeln. Das Holz, aus dem das Floß bestand, war für die Nester im Schlammdreieck bestimmt, von denen es zu viele gab, als dass sie in den umliegenden Wäldern genug Holz zum Verfeuern und Bauen gefunden hätten. Jedes Floß transportierte außerdem Ladung, meist Eisenwaren aller Art – auch die Ofenschale, die die Flößer benutzten, um Feuer zu machen, und die Töpfe, in denen sie kochten, waren Teil der Ladung. Das war so üblich, denn die Schiffer reisten mit leichtem Gepäck. Töpfe und Ofenschale wurden nach der Ankunft im Delta gereinigt und mit dem Rest der Ladung verkauft. War das Floß entladen, zerlegte man es und verkaufte auch das Holz, und sobald das Geschäft abgeschlossen war, flogen die Schiffer zurück nach Hause und bauten das nächste Floß für die nächste Ladung.

Die Schiffer, die sie aufgenommen hatten, hießen Lulheit und Zudor. Ihre beiden Töchter Galaheit und Sulheit reisten mit ihnen, außerdem Zudors Bruder Aldor. Die Hütte, in der Galris lag, war ihre Behausung gewesen, aber sie hatten sich einfach an einer anderen Stelle eine neue gebaut; Holz genug hatten sie ja, und alle Schiffer waren einfallsreiche Bastler.

Meoris erzählte ihm auch von dem Teil der Reise, den er verpasst hatte. Sie erzählte ihm, wie es gewesen war, durch die hohen, kühlen, abweisenden Wälder am Fuß der Nordberge zu fahren, deren Gipfel sich in majestätischem Schweigen dahinter erhoben und einen in manchen Momenten glauben machten, sie berührten den Himmel. Sie erzählte ihm, wie es gewesen war, in die hellen, locker bewaldeten Ebenen des Vorlands zu gelangen, auf denen ungeheure Herden von Hiibus grasten, weil Wald nur entlang von Wasserläufen wuchs und sich nur ganz selten, hier und da, ein Riesenbaum erhob, der natürlich stets bewohnt war. Sie erzählte ihm, wie es gewesen war, jene Kette weich gerundeter, über und über mit violett blühenden Pflanzen bedeckter Hügel auftauchen zu sehen, die man die *Hazagas* nannte und die den Thoriangor von der Graswüste trennten, und wie man fast trunken wurde von dem Blütenduft, den Winde aus dem Westen herantrugen.

Nach und nach wurde es spürbar wärmer. Immer öfter säumten gewaltige Schilfdickichte die Ufer, immer öfter kamen kleine, metallisch bunte und sehr schnelle Vögel angeschwirrt, um Insekten zu jagen, deren Zahl ebenfalls immer weiter zunahm und die einem den Nachtschlaf gehörig verderben konnten.

Auch sonst war die Fahrt auf dem Fluss alles andere als eintönig.

Da gab es zum Beispiel die Marktschiffe, fest vertäute, schwimmende Märkte, die alles anboten, was die Schiffer brauchen konnten, in erster Linie Lebensmittel, die eine Abwechslung von den Fischen versprachen, die man an Bord der Flöße in rauen Mengen fing. Ein Marktschiff kündigte sich an, indem am Ufer eine einsame, hohe Stange mit einer langen Fahne daran aufragte. Wer in aller Ruhe handeln wollte, flog von diesem Punkt aus los, um fertig zu sein, wenn das eigene Floß das Marktschiff passierte. Wer nur eine kurze Besorgung im Sinn hatte, ließ sich Zeit bis zur zweiten Stange, an der dann zwei Fahnen flatterten. Auf dem Marktschiff selber flatterten drei davon, und danach musste man wieder ein paar Tage warten, ehe sich die nächste Gelegenheit bot.

Da die Flöße unterschiedlich groß und unterschiedlich gebaut waren, trieben sie auch mit unterschiedlichen Geschwindigkeiten dahin. Das führte dazu, dass man immer wieder mal einem anderen

Floß begegnete. Das Mindeste war dann, kurz hinüberzuflattern, einen Schwatz zu halten und das Neueste aus anderen Gegenden zu erfahren. Manchmal ging ein Floß auch längsseits, und man veranstaltete ein regelrechtes Fest: Das dauerte immer bis in die Nacht hinein, galt es doch, die alkoholischen Getränke, die man auf dem letzten Marktschiff erstanden hatte, zu vernichten.

Es kam wohl auch vor, dass, wenn sich zwei Flöße wieder voneinander trennten, sie es mit veränderter Besatzung taten: Mama Lulheit erzählte ihnen, ihre eigene Mutter habe ihren Vater bei einem solchen Floßfest kennengelernt. Dieser sei gleich auf ihrem Floß geblieben, während ein anderer Mann auf das andere Floß gewechselt sei.

**

Mama Lulheits fette Fischsuppe ließ Galris allmählich wieder zu Kräften kommen. Bald konnte er aufstehen und, wenn auch mühsam, die ersten Schritte auf dem schwankenden Floß tun. Dass ihm dabei der Schweiß ausbrach, lag, sagte er sich, bestimmt nur daran, dass sie sich im warmen Süden befanden.

Aber es tat schon mal gut, sitzen zu können, anstatt liegen zu müssen. Ans Fliegen allerdings war noch lange nicht zu denken; sein rechter Flügel fühlte sich nach wie vor taub an und hing herab wie gelähmt, schien manchmal gar nicht da zu sein.

»Das wird schon wieder«, meinte Meoris, und wer hätte ihr widersprechen wollen?

In diesen Tagen der Genesung saßen sie einmal abends gemeinsam am Bug des Floßes, wo ein paar verkrümmte Äste und Zweige einen gemütlichen Platz bildeten. Sie blickten auf die braunen, trägen Wasser, die dem Schlammdreieck entgegenströmten, und verfolgten, wie das große Licht des Tages im Westen versank. Der Gipfel des Vulkanbergs im Herzen der Graswüste zeichnete sich als Silhouette davor ab.

»Wo Oris und die anderen wohl sind?«, fragte Galris.

Meoris hob die Schultern. »Das wüsste ich wirklich auch gern.«

»Und was hat es jetzt genutzt, dass wir entkommen sind?«, fuhr Galris fort.

Darauf wusste sie auch keine Antwort.

Ein Gelbhals-Kolwaan kam quer über den Fluss gesegelt, gerade im richtigen Augenblick, um einen Springfisch zu schnappen, der auf der Jagd nach einem Insekt aus dem Wasser schnellte.

»Wer weiß schon, was die Zukunft bringt?«, meinte Meoris. »Vielleicht ist es eines Tages doch noch zu irgendetwas gut, dass wir entwischt sind.«

Ifnigris

Das Archiv

Abends, wenn Ifnigris ihre Arbeit im Archiv beendet hatte und Garwen aus der Mine kam, frisch gewaschen und umgezogen, flogen sie oft gemeinsam hinauf auf den Kraterrand. Manchmal saßen sie einfach nur da und schauten dem Anbruch der Dämmerung zu, manchmal aber auch nicht. Es gab eine Vertiefung neben einem Felsen, in der sogar ein wenig Berggras wuchs und in der man sich fast wie in einer Kuhle fühlen konnte, und das war in solchen Fällen ihr Lieblingsplatz.

»Ich staune, wie viel Kraft du noch übrig hast nach einem Tag in der Mine«, meinte Ifnigris eines Abends, als Garwen besonders ungestüm gewesen war.

Er schmunzelte. »Ich könnte jetzt sagen, dass du einfach ungeahnte Kräfte in mir weckst«, sagte er. »Aber ehrlich gesagt schadet es auch nicht, dass Bassaris für mindestens zweieinhalb Männer arbeitet.«

»Dacht ich's mir doch.«

»Aber wenn ich's recht überlege«, fuhr er fort und vergrub sein Gesicht zwischen ihren Brüsten, »weckst du *tatsächlich* ungeahnte Kräfte in mir ...«

Ifnigris wehrte ihn ab. »Nein, genug.« Sie schob seinen linken Flügel, mit dem er sie beide bedeckte, beiseite und zog sich wieder an. Sie war verschwitzt, und es wurde rasch kühl hier oben auf dem Berg.

Garwen fügte sich, zog sich auch wieder an, und dann lagen sie noch eine Weile beisammen und sahen zu, wie die Welt vollends in Dunkelheit versank.

»Wäre das nicht schön?«, meinte Garwen verträumt. »Eine Schlafhütte mit einer gemeinsamen Kuhle ... irgendwann ein, zwei kleine Flatterer ...«

»Du machst dir immer noch Hoffnungen«, stellte Ifnigris fest.

»Ich bekenne mich schuldig.«

Sie seufzte. »Garwen – fast alles an mir ist dein. Kannst du dich nicht damit zufriedengeben?«

»Alles außer deinem Herzen.«

»Es ist eben so«, erklärte sie unglücklich. »Ich kann nichts dran ändern.«

»Ja, ich weiß. Das hast du mir schon oft genug zu verstehen gegeben. Aber meine Träume sind eben auch so, wie sie sind. Und wenn wir sowieso für immer hierbleiben ...«

Ifnigris wandte sich ihm zu und flüsterte: »Wir *bleiben* nicht für immer hier! Das hab ich dir doch schon erklärt.«

»Weil Oris Margorspürer ist und uns aus der Graswüste herausführen wird, ja«, gab Garwen ebenso leise zurück. »Bist du dir sicher, dass er das wirklich *kann*?«

Ifnigris zögerte. Genau genommen war sie sich dessen *nicht* sicher. Aber das, erkannte sie, war gar nicht der Punkt. »Das spielt keine Rolle«, erwiderte sie. »Wenn Oris geht, geh ich auf jeden Fall mit ihm.«

Garwen sagte nichts. Er war nur noch ein Schattenriss in der Dunkelheit.

»*Wenn* er geht«, fügte Ifnigris nach einer Weile hinzu.

Sie hörte Garwen seufzen. »Ich *weiß* nicht, was er vorhat. Wirklich nicht.«

»Ich seh euch doch immer zusammensitzen und flüstern«, sagte sie. »Und sobald ich dazukomme, hört ihr auf.«

»Wir lästern nur über die Brüder«, behauptete Garwen. »Über Kleipor vor allem.«

»Jeden Tag?«

Er seufzte wieder. »Ich glaub schon, dass Oris irgendeinen Plan ausheckt. Aber den bespricht er höchstens mit Bas. Und du kennst die beiden ja. Die knurren einander drei Worte zu, und das ist es dann. Man hat manchmal wirklich den Eindruck, einer liest die Gedanken des anderen.«

»Ich weiß«, sagte Ifnigris und zog ihre Jacke über der Brust zusammen. Zeit, wieder hinabzufliegen, ehe sie im Kessel nichts mehr sahen. »Ich kenn die beiden schon länger als du.«

***

In dieser Nacht träumte sie von Ulkaris.

Als sie ihn das erste Mal gesehen hatte, war er so niedlich gewesen, ein fröhliches, ausgelassenes Federbündel, nur ein paar Jahreszeiten jünger als sie. Sie hatte sich oft zu ihm ins Kindernetz gelegt, einfach so. Sie hatte ihrer Stattmutter alles verziehen dafür, einen Bruder bekommen zu haben. Dass es nur ein Stattbruder war, das war ihr damals noch nicht klar gewesen, und es hätte auch keine Rolle gespielt.

Später, als er größer wurde und frecher, hatten Ulkaris und sie sich viel gezofft. Er hatte ein richtiger Kotzbrocken sein können.

Aber wehe, draußen tobte ein Gewitter! Dann war er zu ihr in die Kuhle gekrochen, und so waren sie oft eingeschlafen und hatten am nächsten Morgen erst einmal ihre Flügel auseinandersortieren müssen.

Doch natürlich träumte sie wieder von dem Moment, in dem ihn der Margor holte, von diesem entsetzlichen Anblick und von seinem entsetzlichen Schrei …

Ifnigris fuhr aus dem Schlaf hoch, keuchend, und war fast erleichtert, einfach nur im Schlafsaal der Gefangenen zu sein.

Sie hatte nicht geschrien, hatte niemanden geweckt. Alle schliefen noch – Garwen in der Kuhle neben ihr, dahinter Luchwen, dann Oris und schließlich Bassaris als Bollwerk gegen alles, was an Gefahren von der Tür her kommen mochte. Sie selber hatte die letzte Kuhle auf dieser Seite. Die zwei Alten schliefen auf der gegenüberliegenden Seite, in den Kuhlen direkt bei der Tür, und schnarchten beide vernehmlich, fast ein Konzert. Von draußen drang das schwache Licht der Fettlampe herein, die im Flur vor sich hin flackerte und nachts immer irgendwann ausging; es war also noch nicht allzu spät.

Das Gespräch mit Garwen hatte diesen Traum ausgelöst, begriff Ifnigris. Wenn vom Margor die Rede war, musste sie einfach an Ulkaris denken. So lange war er nun schon tot, aber in ihr war immer noch viel Trauer, die sich anfühlte, als hätte ihr Herz eine wunde Stelle, die nicht verheilen wollte. Auch wenn Ulkaris oft so grässlich zu ihr gewesen war, er war doch ihr Bruder gewesen, und sie hatte ihn geliebt.

Auch wenn sie bisweilen ebenfalls grässlich zu ihm gewesen war.

Und Ulkaris hatte sie so gut gekannt wie niemand sonst! Schon als Kind hatte er gesehen, dass sie Oris liebte, Oris und keinen anderen.

Doch Oris war ihr Nestbruder. Wie entsetzt war sie gewesen, als sie erfahren hatte, dass sie einander nie würden versprechen dürfen! Dass man sie verbannen würde, sollten sie sich miteinander einlassen! Dass sie als Bar geboren war, half dabei nichts; Garis Gesetz war in dieser Hinsicht absolut klar und eindeutig: Sowohl Ris als auch Bar waren für sie tabu.

Und was für eine schlimme Zeit, als sie hatte zusehen müssen, wie Oris mit dieser Kalsul herumgeknutscht hatte!

Auf der anderen Seite war das wohl der Auslöser gewesen, Garwen zu erhören. Auch davor hatten ihr viele schöne Jungs schöne Augen gemacht, doch sie hatte sie alle ignoriert. Garwen hatte das Glück gehabt, im richtigen Moment aufzutauchen.

Wobei sie ihn durchaus mochte, sehr sogar. Sie fühlte sich wohl in seinen Armen und vertraute ihm. Anders wäre es ja gar nicht gegangen, sich fallen zu lassen.

Es tat ihr auch gut, mit ihm zusammen zu sein. Es half ihr, sich nicht länger nach Oris zu verzehren. Doch ihr Herz gehörte weiterhin Oris, hatte ihm seit jeher gehört, ohne dass sie verstand, warum. Es war eben so. Und wenn sie sich ihm schon nicht versprechen konnte, wollte sie ihn wenigstens bei allem unterstützen, was er unternahm, ihm bei all seinen Plänen und auf seinen Wegen zur Seite stehen, bedingungslos.

Umso schlimmer, dass er sie jetzt nicht einmal in seine Pläne einweihte und sie das Gefühl hatte, außen vor zu sein.

***

Wobei das so eine Sache war mit Oris' Plänen.

So, wie es gelaufen war, hatten sie sich das ja nicht vorgestellt. Oris hatte erwartet, dass ihn jemand von der Bruderschaft *ansprechen* würde, ihn ermahnen würde, sein Vorhaben aufzugeben. Sie hatten ausgemacht, dass, falls man ihn entführte, sie ihm in sicherem Abstand folgen würden, um herauszufinden, wo die Bruderschaft ihren Sitz hatte. Und um notfalls einzugreifen.

Auf diese Würgebänder waren sie nicht gefasst gewesen. Sie hatten nicht einmal gewusst, dass es so etwas gab!

Dass Meoris und Galris trotzdem entkommen waren, war einfach nur Glück gewesen. Wenn es auch nichts genutzt hatte – jedenfalls hoffte Ifnigris inständig, dass die beiden nicht etwa versucht hatten, ihnen zu folgen, als es in die Graswüste weiterging!

Ach, bestimmt nicht. Sie kannte ihre Wahlschwester. Meoris konnte auf sich aufpassen.

***

Die Arbeit im Archiv gefiel Ifnigris wirklich, in dieser Hinsicht hatte sie Kleipor nichts vormachen müssen: ein Glücksfall.

Schon morgens, wenn sie in die Zeugstube ging, um den Schlüssel zu holen, erfüllte sie Vorfreude – eine Freude, die sie sich vor Deneleik nicht anmerken ließ, denn der mochte sie nicht. Er war misstrauisch und zögerte jedes Mal, ihr den Schlüssel auszuhändigen. Es war deutlich zu spüren, dass er die Vorstellung hegte, ein Gefangener dürfe sich nicht wohlfühlen. Also atmete Ifnigris immer einmal kräftig durch, ehe sie die Zeugstube betrat, und tat es mit einem Gesichtsausdruck und einer Körperhaltung, von der sie hoffte, dass sie ihm ausreichend bedrückt und geknechtet erschien.

Doch wenn sie dann die Tür aufschloss und in die ewig hellen Räume dahinter kam, mit ihren langen Regalen aus uraltem, bleichem Holz, eintrat in dieses kühle Aroma altehrwürdiger Bedeutsamkeit, war all das vergessen. Das Archiv mochte von außen unscheinbar wirken, innen war es klar und licht. Die vielen Reihen sorgsam gebundener Bücher, all die Mappen und Blätter und Tintenfässer erfreuten sie mit ihrem Anblick jeden Morgen aufs Neue. Und sie fand es jeden Tag wieder seltsam, wie still es hier war. Mit seiner hohen, von Säulen gestützten Decke und den glatten Wänden aus weißem Fels hätte eigentlich jeder Laut, den man machte, hallen müssen, doch das Gegenteil war der Fall: Alles klang gedämpft, und man hatte den Eindruck, schreien zu müssen, um sich von einem Ende zum anderen verständlich zu machen.

So stand sie immer einen Moment, um die Atmosphäre in sich aufzusaugen, dann schloss sie die Tür hinter sich und freute sich auf den Tag, der vor ihr lag.

Noch etwas war merkwürdig: Hier drinnen, ganz allein zwischen den Regalen und Büchern, gefiel sie sich selbst besser als sonst. Nicht, dass sie je viel an sich gezweifelt hätte – Ifnigris wusste, dass sie hübsch war, schön sogar, und unabhängig davon, dass es ihr schon oft bestätigt worden war, sie fand es selber auch, wenn sie Gelegenheit hatte, sich in einem Spiegel oder in einer ruhigen Wasserfläche zu betrachten. Doch hier in der Helligkeit des Archivs schien der Kontrast zwischen ihr und ihrer Umgebung stärker zu sein als gewöhnlich, schien das Weiß der Möbel und Wände und Säulen um sie herum heller zu werden, während die ebenmäßige Schwärze ihrer Haut und ihrer Flügel noch tiefer wurde.

Auch das ging ihr jeden Morgen aufs Neue so und erfüllte sie mit einer stillen, bislang nie gekannten Freude.

551

Und so machte sie sich dann ans Werk.

Zu tun gab es genug. Die Arbeit war nicht körperlich anstrengend, dafür geistig fordernd, was ihr wesentlich lieber war.

Und – sie lernte dabei eine Menge über die Bruderschaft. Irgendwie war sie überzeugt, dass das eines Tages noch von Nutzen sein würde.

Kleipor kam inzwischen fast jeden Tag mindestens einmal vorbei, und meistens überraschend. Sie erschrak oft, wenn sich die Tür plötzlich öffnete und er darin erschien. Die Tür war dick, von den Wänden ganz zu schweigen, und der Gang draußen verschluckte ebenfalls alle Schrittgeräusche.

Dass sie ihn nie kommen hörte, war ein Problem. Sie hätte nämlich gerne in Ruhe in den alten Protokollbüchern gelesen, die sie aber nichts angingen, weswegen sie sich nicht dabei erwischen lassen wollte. Kleipor mochte sie, sehr sogar, und nur weil das so war, durfte sie hier arbeiten anstatt in der Mine: Das wollte sie sich nicht verscherzen.

Kleipor war oft verschwitzt, wenn er ankam; in der fast übernatürlichen Klarheit des Archivs roch man das extrem deutlich. Es war das Fliegen. Es strengte ihn sehr an. Und je länger sie ihn kannte, desto rätselhafter war ihr, wieso er so dick war. Sie sah ihn nie besonders viel essen. Er aß normal, eher wenig. Ob er krank war? So wirkte er auch wieder nicht. Irgendwie kam es ihr vor, als brauche er sein Gewicht als eine Art Schutzpanzer um sich herum.

Er schien zufrieden mit ihrer Arbeit zu sein, jedenfalls verließ er das Archiv nie ohne ein lobendes Wort. Dabei fühlte es sich nicht so an, als sei er hinter ihr her. Im Gegenteil, er vermied alles, was wie ein Annäherungsversuch hätte verstanden werden können, und versuchte auch nie, sie zu berühren. Auf eine seltsame Weise hatte seine Zuneigung etwas Väterliches, obwohl Kleipor bei Weitem nicht alt genug war, um ihr Vater zu sein.

Es war Oris gewesen, der ihr zugeredet hatte, Kleipor anzusprechen und um eine andere Arbeit zu bitten. »Du machst dich nur kaputt in der Mine«, hatte er gemeint. »Das können die Brüder nicht wollen. Ich will es jedenfalls nicht. Und es gibt in der Feste garantiert eine Arbeit, die für dich besser geeignet ist.«

»Ja, in der Küche, Teller spülen«, hatte sie erwidert. »Oder in der Wäscherei, stinkende Unterwäsche einweichen. Oder im Garten.«

»Und? Wäre irgendwas davon schlimmer als die Mine?«

»Nein«, hatte sie zugeben müssen. »Aber wir könnten stattdessen auch einfach *davonfliegen*!«

Worauf Oris sanft, aber bestimmt den Kopf geschüttelt und gemeint hatte: »Nein, If. Noch nicht.«

Da hatte sie gewusst, dass er etwas vorhatte. Und dass er, genau wie er es im Tal-Nest mit seinem Raketenplan gemacht hatte, nicht damit herausrücken würde, ehe die Sache spruchreif war.

Und sie würde wieder nicht dahinterkommen, was er plante.

***

Ab und zu fand sie etwas Neues über die Bruderschaft heraus, und dann erzählte sie es den anderen abends im Schlafsaal. Allerdings ging das nur, wenn sie allein waren. Brewor und Jukal, die beiden anderen Gefangenen, lebten schon so lange hier, dass sie sich nicht nur mit ihrem Schicksal abgefunden, sondern sich sogar mit den *Gehorsamen Söhnen Pihrs* angefreundet hatten. Das Risiko, dass sie irgendetwas aufschnappten und weitererzählten, war zu hoch. Aber die beiden blieben abends nach dem Essen meistens noch in der Mahlstube und spielten mit ein paar Brüdern irgendwelche Spiele, mit Würfeln und Spielfiguren aus Grünstein, der zu schlecht für Knöpfe war, und so lange hatten Ifnigris und die anderen den Schlafsaal ganz für sich.

Trotzdem flüsterten sie nur. Nachdem Ifnigris von dem ewigen Licht im Archiv erzählt hatte, war Oris auf den Gedanken gekommen, es könnten Geräte der Ahnen installiert sein, mit deren Hilfe jemand mithörte, was sie sprachen. Deswegen scharten sich die Jungs um Ifnigris, die auf dem Rand ihrer Kuhle saß und ihnen wispernd erzählte, was sie entdeckt hatte: die Namen von

Feldbrüdern zum Beispiel. Von Fällen, in denen jemand gegen Kris' Gesetz verstieß und eine Maschine erfand, worauf die Bruderschaft eingriff. Im Schlammdelta etwa hatte ein gewisser Nechful vor noch gar nicht so langer Zeit eine dampfbetriebene Maschine gebaut, mit der er Wasser durch eine Rohrleitung in den Wipfel eines Nestbaums hochpumpen wollte: Der erste Bericht war von Hargon verfasst worden, der eingehend schilderte, an welcher Stelle der Maschine er Sprengstoff verborgen hatte, ehe sie dem Rat des Nestes vorgeführt werden sollte. Ein späterer Bericht, geschrieben von einem anderen Feldbruder, der Kastaleik hieß und über den sie nichts wusste, beschrieb dann, dass die Apparatur bei dieser Vorführung explodiert war und ihren Erfinder schwer verbrüht hatte.

Manchmal hatte sie auch nur ganz banale Dinge zu erzählen. Wie zum Beispiel, dass der Luuki-Markt zu Hause so hieß, weil ein Händler aus der Muschelbucht, ein gewisser Luukinon, die Idee gehabt hatte, den verwachsenen Riesenbaum als Markt für die Küstenlande zu nutzen. Das war rund dreihundert Jahre her; sie hatte in einem falsch einsortierten Protokollbuch davon gelesen. Eine nutzlose Information, die aber trotzdem alle interessant fanden.

Ihre neueste Entdeckung war diese: »Ihr habt doch erzählt, dieser Kräutermann hätte jemanden gepflegt, der im Fieber von der Bruderschaft geredet hat«, begann sie, an Oris und Bassaris gewandt. »Jemand, der von einer Margorschlange gebissen worden war? Ich glaube, das war Geslepor!«

»Der mit der gelben Haut?«, hauchte Luchwen.

»Könnte eine Nachwirkung sein«, meinte Garwen. »Mit Margorschlangen ist nicht zu spaßen. An sich müsste er tot sein.«

»Dafür sah er aber noch gut aus«, warf Bassaris trocken ein.

»Was heißt, du *glaubst*, dass er es war?«, wollte Oris wissen.

»In einem Bericht, der an die fünfundzwanzig Frostzeiten gesehen hat, schreibt Geslepor von einem *Kräutermann*, der bei den giftigen Seen auf der Hochebene über den Küstenlanden lebt, und dass er einen Handel mit ihm hat: Einmal im Jahr versorgt er ihn mit allen möglichen Dingen, die man braucht, wenn man so einsam lebt. Dafür berichtet ihm der Kräutermann, was er über die Küstenländer erfährt. Aber tatsächlich hat ihm der Kräutermann nur *ein einziges Mal* einen Kuriervogel geschickt – und zwar mit einem Brief, in dem er von *eurem* Besuch bei ihm berichtet hat!«

»Das muss nicht heißen, dass er auch der Mann war, den er gepflegt hat«, wandte Garwen ein.

Ifnigris sah ihn an. »Überleg doch – du musst einen Kuriervogel in Gefangenschaft spätestens nach einem Jahr freilassen, sonst geht er ein. Und der Kräutermann *hatte* offenbar einen von Geslepors Kuriervögeln da. Also muss ihn Geslepor seit fünfundzwanzig Jahren jedes Jahr besucht und einen neuen Vogel mitgebracht haben. Und das, obwohl er den Kräutermann in *keinem einzigen* weiteren Bericht erwähnt!«

»Du denkst, er besucht den Kräutermann hauptsächlich, um sich behandeln zu lassen«, mutmaßte Oris.

»Genau.«

»Deshalb konnte uns der Kräutermann an Geslepor verraten. Und Hargon hat davon erfahren und versucht, uns ins Verderben zu schicken, indem er uns kurz vor Anbruch der Frostzeit in die Nordlande lockt, in ein Nest, das es schon lange nicht mehr gibt.«

»So ungefähr muss es gewesen sein«, meinte Ifnigris, einmal mehr verblüfft, wie schnell Oris Zusammenhänge begriff.

Doch weiter schien ihn das nicht zu interessieren. Oris nickte nur ernst und versank, wie so oft, in tiefes Nachdenken.

***

Luchwen war unzufrieden mit dem Essen.

Das, vertraute Oris Ifnigris an, sei ganz typisch für ihn. Sein Cousin sei schon als Kind sehr eigen mit dem Essen gewesen.

Die Küche der Feste verarbeitete viele Lebensmittel aus dem Südosten, die in den Küstenlanden unbekannt waren. Der Grund dafür war vor allem, dass sich diese Gemüse und Obstsorten im

Kesselgarten gut ziehen ließen. Das meiste Fleisch, das sie zu essen bekamen, stammte von Gruchelos, dicken Laufvögeln, die sich rege vermehrten, aber trotzdem nur im Schlammdreieck vorkamen, weil der Margor sie holte, sobald sie es verließen. Hier im Krater der Feste lebten sie in einem Tümpel in der Mitte des Kessels, der sich in der Regenzeit mit Wasser füllte und im Lauf des Jahres eigentlich hätte austrocknen müssen. Doch die Erbauer der Feste hatten seinerzeit in den Wänden des Vulkans zahlreiche Zisternen angelegt, um in den Regenzeiten das für den Gebrauch in der Küche und in den Waschstuben nötige Wasser in ausreichender Menge zu speichern. Das dabei anfallende Abwasser wurde zum Teil in den Tümpel geleitet. Wie sie es hinbekamen, dass das Wasser in den Zisternen ein Jahr lang frisch blieb, vermochte Ifnigris nicht in Erfahrung zu bringen, und es schien auch niemand zu wissen; vermutlich spielte hier ebenfalls eine Apparatur der Ahnen eine Rolle. Im Tümpel jedenfalls stank das Wasser und wurde brackig, was den Gruchelos nichts ausmachte, den Kessel an manchen Tagen jedoch mit unangenehmen Ausdünstungen erfüllte.

Die Auswahl an Lebensmitteln war zwar groß, aber ungewohnt – es fehlten Fische, Algen, Frostmoos und die meisten Gewürze, die sie gewohnt waren. Ifnigris hatte nach einer gewissen Eingewöhnungszeit nichts an den Kochkünsten der Bruderschaft auszusetzen, Luchwen dagegen meinte: »Da kann man mehr draus machen!« und wurde in der Küche vorstellig, um seine Dienste anzubieten. Er verheimlichte durchaus nicht, dass ihm daran gelegen war, aus der Mine an einen anderen Posten zu gelangen, und diesen Wunsch nahm ihm auch niemand übel. Im Gegenteil, die Brüder in der Küche schienen nach dem Gespräch mit ihm, bei dem er mit seinen eigenen Erfahrungen als Koch nicht hinterm Berg hielt, recht beeindruckt und versprachen, sein Ansinnen an Kleipor weiterzuleiten.

Doch kurz darauf bekam er eine Absage. Denn: Es existierte im Regelwerk der Bruderschaft eine Regel, die es verbot, dass Gefangene in der Küche mitarbeiteten.

»Weil sie fürchten, ein Gefangener in der Küche könnte die ganze Feste vergiften, schätze ich«, war Oris' Kommentar.

»Aber Gefangene im Archiv sind kein Problem, was?«, regte sich Luchwen auf.

»Offenbar gibt es dafür keine Regel«, sagte Oris ruhig, packte seinen Cousin am Arm und bat ihn flüsternd, auf diesem Thema nicht weiter herumzureiten.

Die beiden Alten hatten Luchwens Aktion mitgekriegt. Sie nahmen sie zum Anlass, die »jungen Leute«, wie Brewor, ein zerknitterter, glatzköpfiger Mann mit arg gerupftem Federkleid, sie gern nannte, mal am reichen Schatz ihrer Erfahrungen teilhaben zu lassen.

»Fünf Frostzeiten haben wir in der Mine gesehen«, erzählte er nicht zum ersten Mal, »dann durften wir in die Werkstatt – aber nur in den vorderen Teil, da, wo es drum geht, die halbfertigen Knöpfe auf Hochglanz zu polieren!«

»Später haben wir dann Rohlinge zugeschnitten«, ergänzte Jukal milde lächelnd. Er hatte dichtes, blondes, fein geringeltes Haar, das seinen Kopf wie ein Helm bedeckte, und ein dunkles Muttermal neben dem Mund. »Das war schon schwieriger. Dann, nächster Schritt – die Löcher bohren. Erst wenn man das kann, lassen sie einen auch die Muster stechen.«

All das schilderten sie, als sei es eine glänzende Aussicht, die grünsteinerne Treppe zu immer anspruchsvolleren Arbeitsgängen der Knopfherstellung zu erklimmen. »Die Herstellung der Grünsteinknöpfe ist eine altehrwürdige Kunst, die sich über Jahrhunderte hinweg entwickelt hat«, betonte Brewor, den Zeigefinger erhoben wie ein Lehrer. »Es ist kein Zufall, dass diese Knöpfe überall auf der Welt so begehrt sind.«

Ifnigris war erst am Beispiel der beiden klar geworden, dass sich ja niemand wunderte, wenn Leute spurlos verschwanden: Automatisch nahm man an, der Margor habe diejenigen geholt. Es war selten jemand dabei, wenn derlei geschah, und Spuren blieben auch so gut wie keine – den Blutfleck etwa, der von Ulkaris geblieben war, hatte man schon nach wenigen Tagen nicht mehr gesehen. *Deswegen* konnten die Brüder Leute entführen und einsperren, ohne dass jemand Nachforschungen anstellte.

Wobei, wie sie den Berichten entnommen hatte, der Margor die meisten irgendwann ja doch holte.

»Kurzum«, schloss Jukal, »man kann hier durchaus ein auskömmliches Leben haben, wenn man sich an die Regeln hält, die nun mal gelten, und es sich mit den Leuten nicht verdirbt. So, wie man es überall sonst ja auch tun muss.«

Ifnigris schauderte es bei seinen Worten. Die beiden alten Männer waren in einem Maße einverstanden mit dem, was die Bruderschaft ihnen angetan hatte, dass es einen nur gruseln konnte.

Wurde man so, wenn man es lange genug hier aushielt?

Dann lieber weg, notfalls auch ohne Plan und Idee!

***

Ifnigris hatte Garwen einige Tage lang zappeln lassen, aus keinem besonderen Grund. Ihr war einfach nicht danach gewesen. Doch dann gab sie seinem Werben wieder nach – er *konnte* ja auch wirklich charmant sein! – und flog mit ihm des Abends hinauf in ihr Liebesnest auf dem Rand des Vulkankraters.

»Ich glaub, ich weiß jetzt, worüber Oris nachdenkt«, sagte er, als sie hinterher beisammenlagen.

»Sag.«

Garwen holte geräuschvoll Luft, hob den rechten Flügel wie zum Schutz über sie und flüsterte ihr ins Ohr: »Bas und er haben darüber geredet, wie man Albul entführen könnte.«

Ifnigris riss die Augen auf. »*Wie* bitte?«

Garwen hüstelte. »Hab ich auch gedacht.«

»Aber das ist … *unmöglich*!« Ihre Gedanken drehten wilde Kurven um die Vorstellung, den flügellosen Obersten Bruder in einem Tragenetz zu transportieren. »Völlig ausgeschlossen.«

»Denke ich auch. Aber ich hab's eben gehört.« Er vergrub sein Gesicht an ihrem Hals und murmelte: »Vielleicht fragst du ihn selber mal, was aus uns werden soll.«

***

Als Ifnigris am nächsten Tag zu Oris sagte: »Ich muss mit dir reden!«, schien er sofort zu spüren, wie ernst es ihr war, und so flogen sie noch am selben Abend zusammen auf den Kraterrand. Oben suchten sie sich einen Platz auf einem Felsvorsprung, der ein paar Dutzend Flügelspannen unterhalb des Gipfels lag. Dort waren sie hoffentlich weit genug von allen neugierigen Ohren entfernt.

»Ich hab gehört, du willst *Albul* entführen«, begann sie.

»Ah!«, machte Oris, die Beine über der Tiefe baumelnd. »Hat Garwen also doch gelauscht.«

»Oris, das ist Irrsinn«, sagte sie. »Der Mann hat keine Flügel. Wir müssten ihn betäuben und im Netz transportieren, und das über riesige Entfernungen – dafür bräuchte man mindestens zehn starke Flieger, besser zwanzig. Und ich meine damit Leute, die so stark sind wie Bas!«

Er nickte. »Stimmt. Deswegen haben wir diese Idee auch wieder verworfen.«

»So.« Das überraschte sie. »Und was hast du stattdessen vor?«

Oris nahm gedankenverloren einen seiner Flügel in die Hände und begann, zerknickte Federn auszurupfen, die ohnehin am Ausgehen waren. »If – die Situation, wie sie gerade ist, ist eine Chance. Die Brüder denken, sie haben uns für alle Zeiten gefangen. Sie gehen davon aus, dass wir entweder da unten im Krater an Altersschwäche sterben oder eines Tages den Koller kriegen, abhauen und draußen in der Graswüste vom Margor geholt werden. So weit einverstanden?«

Ifnigris nickte. »Ja. Ist mir klar.«

»Gut. Tatsächlich können wir jederzeit gehen, aber – sobald wir das tun, ist es vorbei. Selbst wenn wir zurückkämen … oder sie uns noch einmal einfangen … die Freiräume, die wir jetzt gerade haben, kriegen wir nie wieder. Die haben wir nur, solange sie denken, sie haben uns sicher.« Er ließ seinen Flügel los. »Also müssen wir sie nutzen. Meine erste Idee war, ja, genau, Albul zu entführen und zu zwingen, die Wahrheit zu sagen. Aber das ist illusorisch. Selbst wenn er ein normaler Mann wäre und man ihm einfach nur eine Leine mit einem Würgeband anlegen müsste – wie wollte man ihn zwingen, zu sagen, wie es wirklich war? Ich wüsste nicht, wie.«

»Ich auch nicht«, meinte Ifnigris. »Sowieso ist das ein Plan, bei dem dermaßen viel schiefgehen kann …«

»Ja. Hab ich schließlich auch eingesehen.« Oris faltete die Hände im Schoß und blickte über das flache, schier endlose Land, das sie umgab. Irgendwo in der Ferne brannte die Steppe; man sah das rötliche Flackern eines Grasfeuers und Rauch, der zum dunkel werdenden Himmel aufstieg. »Der nächste Plan war, zu gehen, um später zusammen mit anderen zurückzukommen.«

»Mit wem?«, fragte sie verdutzt.

»Ja, eben. Wie bringt man jemanden dazu, einem in die *Graswüste* zu folgen? Vor allem als Sohn von Owen, dem Lügner?« Oris sah zu ihr hoch. »Das hat mich auf die Idee gebracht, ein Exemplar des *Zweiten Buchs Pihr* mitzunehmen, ehe wir fliehen.«

»Das *Zweite Buch Pihr*«, echote Ifnigris.

»Das ist das geheime Buch der Bruderschaft«, erklärte Oris. »So etwas Ähnliches wie das Buch Wilian der Nestlosen. Wenn du den Brüdern eine Weile zuhörst, fällt der Name immer wieder.«

»Ich weiß.« Ifnigris war er auch schon begegnet; einige der Berichte, die sie eingeordnet hatte, hatten daraus zitiert.

»Wenn wir dieses Buch vorzeigen könnten, wäre das ein Beleg, dass die Bruderschaft tatsächlich existiert«, meinte Oris. »Zumindest ein Hinweis. Und wenn wir genügend Leute finden, die als Zeugen mit hierherkommen …« Er hob die Flügel. »Einen besseren Plan habe ich noch nicht.«

»Wo willst du so ein Buch herbekommen?«

»Albul hat bestimmt eins. Ich bin sicher, dass auch Kleipor eins hat, nur wo? Ich war mal unter einem Vorwand bei ihm, aber ich hab kein Buch gesehen. Nur einen Eisenkasten mit einem Schloss.« Oris schnaubte unwillig. »Überhaupt gibt es hier in der Feste schrecklich viele Schlösser.« Er sah zu ihr hoch. »Im Archiv steht nicht zufällig ein Exemplar?«

Ifnigris schüttelte den Kopf. »Nicht, dass ich wüsste. Allerdings habe ich auch noch nie danach gesucht.«

»Dann tu das doch mal, bitte.« Er betrachtete seine Hände, die voller Schwielen und blauer Flecke waren. »Inzwischen würde ich nämlich lieber heute als morgen die Flatter machen.«

Ifnigris überlegte. Das war nicht so einfach. Ja, Kleipor war ihr zugetan. Dennoch traute er ihr nicht ganz und gar. Sie wusste, dass sie sich besser nicht dabei erwischen ließ, wie sie in Unterlagen blätterte, die sie nichts angingen. Wenn er auftauchte, durfte sie vorne am Schreibtisch sein oder nebenan im Waschraum, aber nicht hinten bei den uralten Bänden, die so vertrocknet waren, dass man die Inschriften auf ihren Rücken nicht mehr lesen konnte.

»Mach ich«, sagte sie trotzdem. Ihr würde schon etwas einfallen.

***

Am nächsten Tag begann Ifnigris, das Ablagesystem eigenmächtig umzuräumen. Sie verteilte die Berichtsmappen auf mehr Regale, und zwar so, dass sie alle in Griffhöhe lagen. Die übrigen Unterlagen, die Verweis- und Protokollbücher, ordnete sie in die Fächer darüber und darunter ein.

Diese Veränderung blieb Kleipor nicht lange verborgen. Tatsächlich war sie noch mitten in der Arbeit, als er auftauchte und gleich wissen wollte, was sie da mache.

Das war der entscheidende Moment. Viel hing daran, ihn zu überzeugen, sie weitermachen zu lassen. Also erklärte Ifnigris ihm in einem möglichst beiläufigen, ganz selbstverständlichen Ton, dass sie glaube, Berichte schneller und einfacher ablegen oder finden zu können, wenn die Mappen alle sauber geordnet nebeneinander in Greifhöhe lagen und sie nur an den Regalen entlangzugehen brauchte, anstatt sich bücken oder strecken zu müssen. »Es ist nur ein Versuch«, beteuerte sie. »Wenn es sich nicht bewährt, kehre ich natürlich zum alten System zurück.«

Das hatte sie in Wahrheit nicht vor. Der wahre Grund, warum sie sich die ganze Mühe machte, war der, dass, wenn die Mappen über mehr Regale als zuvor verteilt waren, sie sich im hinteren Bereich des Archivs aufhalten konnte, ohne damit Verdacht zu erregen. Sollte Kleipor überraschend auftauchen, während sie in den Regalen, Fächern und Stapeln mit den uralten Unterlagen stöberte, konnte sie immer behaupten, gerade dabei zu sein, einen Bericht abzulegen.

Kleipor war erst skeptisch. Er schaute sich alles genau an, fragte nach, warum sie dieses oder jenes so angeordnet hatte, wie sie es getan hatte, und meinte schließlich: »Also gut. Einen Versuch ist es vielleicht wert.« Er stellte sich vor eins der Regale, betrachtete die Mappen und fügte sinnend hinzu: »Man muss sich nicht mehr bücken und nicht mehr recken. Ja, das klingt gut.«

Ifnigris begriff: Kleipor war jemand, der sich den ganzen Tag übermäßig anstrengen musste. Kein Wunder, dass ihm ein solcher Einfall imponierte.

Von da an ging sie immer, wenn sie einen Bericht abzulegen hatte, nach hinten, zog einen der alten Bände heraus, las darin, um zu sehen, ob es sich womöglich um ein Exemplar des *Zweiten Buchs Pihr* handelte, und schob ihn wieder zurück, wenn das nicht der Fall war. Dann legte sie den Bericht in die richtige Mappe und machte weiter.

Dass sie auf einmal länger brauchte, die Stapel abzuarbeiten, fiel Kleipor nicht auf. Auch nicht, dass sie ein paar der frühesten Protokollbücher falsch eingeordnet hatte – so nämlich, dass sie in Griffweite standen und sie leicht drankam. Sie fand es faszinierend, diese tausend Jahre alten Eintragungen zu lesen und daraus mehr über die Zeit zu erfahren, in der alles erst angefangen hatte.

Auf diese Weise stieß sie eines Tages zwar nicht auf das Buch, das Oris suchte, dafür aber auf einen uralten Eintrag, bei dessen Lektüre sich ihr unwillkürlich die Federn aufstellten.

Sie blätterte zurück, blätterte vor, las die Notiz noch einmal. Ihr Herz schlug plötzlich heftig. Sie stellte das Protokollbuch so hastig zurück, als brenne es in ihren Fingern, und kehrte fluchtartig an den Lesetisch zurück.

Ihre Hände bebten, als sie den nächsten Bericht vom Stapel zog. Er stammte von Hargon, das sah sie auf einen Blick. Zwar war der Ton seiner Berichte immer arrogant und eingebildet, aber er hatte eine wunderbar ebenmäßige Handschrift.

Mehr nahm sie nicht wahr. Ihr Blick glitt über die Zeilen, außerstande, auch nur ein Wort zu lesen. Sie starrte auf das Blatt, während ihre Gedanken rotierten wie ein Wirbelsturm.

Schließlich stand sie auf und ging zurück nach hinten, holte den uralten Band wieder heraus, las die Stelle ein drittes Mal und prägte sich jedes Wort ein.

Womöglich, sagte sie sich, hatte sie etwas gefunden, das noch besser zu Oris' Plänen passte als das geheime Buch der Bruderschaft.

Der Schlüssel

»Es war das Protokollbuch Nummer 4«, berichtete sie den anderen und hatte Mühe, leise zu bleiben. »Über tausend Jahre alt. Ich habe mir die ersten Bände eigentlich vorgenommen, weil ich mehr über den Aufbau der Feste und die Organisation der Bruderschaft erfahren wollte. Aber in diesem Protokoll ging es um die Totentrauer für den Ahn Gari.«

Die Jungs saßen wie immer dicht um sie herum. Heute hingen sie förmlich an ihren Lippen, denn sie spürten natürlich, wie aufgeregt sie war.

»Gari war der Letzte der Ahnen, die anderen sind alle vor ihm gestorben«, fuhr sie fort und blickte in nickende Gesichter. Das war niemandem neu, das wurde auch so erzählt. Allerdings hatten die Erzählungen darüber immer etwas Märchen- und Sagenhaftes; es war eine ganz andere Sache, derlei in den nüchternen Aufzeichnungen eines Obersten Bruders bestätigt zu finden. »Da stand, dass er, als er den Tod nahen fühlte, das Sternenschiff, das den Ahnen als sichere Heimstatt gedient hatte, an einen geheimen Ort gebracht und dort verborgen hat. Dann ist er zurückgekommen, um im Kreis seiner Kinder und Kindeskinder seine letzten Tage zu verbringen. Bis er schließlich gestorben ist – nach dem Kalender, den die Bruderschaft verwendet, am 213. Tag des Jahres 52 nach der Ankunft.«

Die anderen hatten auf einmal glänzende Augen.

»Die *Heimstatt*?«, wiederholte Garwen fasziniert. »Ich hab irgendwie immer gedacht, das mit dem Sternenschiff der Ahnen ist auch nur so eine Geschichte, die man Kindern halt erzählt ...«

Ifnigris war es genauso ergangen. Sie schüttelte den Kopf. »Nein, das muss alles tatsächlich so gewesen sein, wie man es erzählt. Und dann stand da noch, dass man Gari, als er tot war, den *Schlüssel* zum Sternenschiff mit ins Grab gelegt hat!«

Oris hob die Augenbrauen.

Luchwen fragte: »Was ist ein Schlüssel?«

Bassaris fragte: »Was ist ein Grab?«

Ifnigris holte tief Luft. »Wir verbrennen unsere Toten, weil wir nicht wollen, dass der Margor sie kriegt«, erklärte sie. »Aber auf der Welt, von der die Ahnen gekommen sind, war es üblich, Tote im Boden zu vergraben. Dort gab es keinen Margor; der Körper wurde im Lauf der Zeit zersetzt und wieder Teil der Natur. Nun, und der Ort, an dem ein Toter vergraben ist, den nennt man *Grab*.«

Oris nickte bestätigend.

»Verstehe«, sagte Bassaris.

»Und ein Schlüssel«, fuhr Ifnigris an Luchwen gewandt fort, »ist ein Gegenstand, mit dem man ein *Schloss* öffnen kann. Ein Schloss wiederum ist eine Vorrichtung, um eine Tür verschlossen zu halten. Oder eine Kiste. Oder sonst irgendetwas. Das Archiv zum Beispiel ist verschlossen, wenn sich niemand darin aufhält. Nur ausgewählte Personen bekommen den Schlüssel dazu, und nur die können hinein. Eine Sicherheitsmaßnahme.«

»Das heißt«, überlegte Luchwen flüsternd, »wenn wir dort, wo Gari liegt, graben, würden wir den Schlüssel zum Sternenschiff der Ahnen finden! Und mit dem könnten wir es betreten!«

Garwen schüttelte den Kopf. »Brüderlein – Gari hat das Sternenschiff an einem *geheimen Ort* verborgen. Also würde uns der Schlüssel nichts nutzen, selbst wenn er noch da sein sollte.«

Luchwen sah Ifnigris an. »Stand in dem Buch nichts über diesen Ort?«

Sie schüttelte den Kopf. »Nur, dass es ein geheimer Ort war. Aber ...«

»Siehst du?«, wisperte Garwen. »Und das Sternenschiff war eine fliegende Maschine. Die kann überall sein, auch auf einem anderen Kontinent. *Wahrscheinlich* sogar auf einem anderen Kontinent!«

»Aber«, setzte Ifnigris erneut an, »es stand noch was anderes dabei. Nämlich dass Gari seinen Sohn Umuk angewiesen hat, ihm den Schlüssel *heimlich* ins Grab zu legen und niemandem davon zu erzählen. Umuk hat es auch nur seiner Frau Apor erzählt. Die wiederum hat es ihrem Bruder Upor verraten – und der gehörte zur Bruderschaft ...«

Sie grinsten. So ging das mit Geheimnissen; das kannten sie alle.

»Und zwar wollte Gari das geheimhalten«, fuhr Ifnigris fort, »weil der Schlüssel einen sogenannten ›Weiser‹ enthält. Das ist eine kleine Scheibe, auf der ein Strich immer in Richtung des Sternenschiffs zeigt. Der Schlüssel würde das Versteck also verraten.«

»Ha!«, triumphierte Luchwen, unwillkürlich so laut, dass sie alle zusammenzuckten. Er senkte seine Lautstärke wieder auf ein kaum hörbares Wispern und fuhr fort: »Das heißt doch, wenn wir den Schlüssel finden, finden wir auch das Sternenschiff!«

»Falls der Weiser noch funktioniert«, wandte Garwen ein.

»Was gut sein kann«, meinte Ifnigris. »Das ewige Licht funktioniert schließlich auch noch.«

Luchwen strahlte. »Das ist doch *die* Idee! Wir müssen nur herausfinden, wie man das Sternenschiff steuert, dann können wir jeden, der die Sterne sehen will, mitnehmen über den Himmel hinaus und sie ihm zeigen!« Er sah Ifnigris an. »Wo genau haben sie Gari denn vergraben?«

Sie seufzte. »Ausgerechnet das stand nicht dabei«, bekannte sie. »Nirgends. Ich hab das ganze Buch durchgeblättert ...«

»Aber das *wissen* wir doch!«, warf Oris ein. »Ein Ort in den Nordbergen ist danach benannt.«

Er sah sich um, sah nur in Gesichter, die ihn ratlos anblickten.

»Habt ihr echt noch nie von *Garisruh* gehört?«, fragte er dann.

***

Garisruh war einer der seltenen Fälle, in denen ein Nest einen eigenen Namen trug. Bewohnt war es vom Stamm der Muk, die sich als Nachfahren von Gari und Selime verstanden. Dass Garisruh der Ort war, an dem der Ahn Gari die letzte Zeit seines Lebens verbracht hatte, wussten sie natürlich alle. Dass er dort auch beigesetzt war, das war allen außer Oris neu.

»Aber so ist es«, erklärte Oris. »In dem Raum, in dem er geschlafen hat, ist eine Gedenktafel im Boden eingelassen. Die verbirgt eine Treppe in einen Raum unter der Erde, in dem sich Garis Grabmal befindet.«

»Woher weißt du das alles?«, wunderte sich Luchwen.

Oris lächelte. »Damals, als mein Vater gelehrt hat, habe ich ein Mädchen aus Garisruh kennengelernt. Aumuk hieß sie, und ihr Vater ist der Hüter der Ahnenstätte. Die hat mir schrecklich viel darüber erzählt. Sie war ganz begeistert, beim Grabmal eines der Ahnen aufgewachsen zu sein.«

Ifnigris spürte plötzlich, wie sich in ihrem Bauch etwas verknotete. Aumuk? Davon hatte sie damals überhaupt nichts mitge-kriegt!

Dann kann es auch nichts Ernstes gewesen sein, sagte sie sich und wusste zugleich, dass sie so nur der Frage auswich, wie sie damit leben würde, wenn es eines Tages *doch* einmal etwas Ernstes wurde mit Oris und einer anderen Frau.

»Und wie sicher ist es, dass der Schlüssel noch da ist?«, fragte Garwen skeptisch. »Nach tausend Jahren? Ich meine, angenom-men, im Protokollbuch, was weiß ich, Nummer dreihundertsieb-zehn steht, dass die Bruderschaft den Schlüssel geholt hat – das wissen wir doch nicht, oder? Und If kann unmöglich sämtliche Protokolle der letzten tausend Jahre sichten.«

Ifnigris fühlte alle Blicke auf sich ruhen. »Ja«, gab sie zu. »Das kann sein. Zwar müsste nach den Regeln dann bei dem alten Ein-trag ein Verweis auf den neuen Eintrag stehen, aber es kann na-türlich sein, dass diese Regeln damals noch nicht gegolten haben. Oder nicht beachtet worden sind.«

»Und dann fliegen wir hier weg«, unkte Garwen, »verüben den Frevel, die Totenruhe des größten aller Ahnen zu stören – und fin-den nichts. Und stehen wieder da, wo wir schon im Eisenland ge-standen haben.«

Oris schüttelte nachdenklich den Kopf. »Nein, das glaube ich nicht. Aumuk hat gesagt, das Grab Garis sei nie geöffnet worden. Das heißt, der Schlüssel muss noch darin sein.« Die Vorstellung reizte ihn sichtlich.

»Woher will sie das denn wissen?«, wandte Garwen ein.

»Die Hüter der Ahnenstätte führen auch ein Protokollbuch«, erwiderte Oris. Er grinste breit. »Aumuk hat gesagt, darin steht jedes Liebespaar verzeichnet, das je auf der Gedenktafel erwischt worden ist. Aber keine Öffnung. Nicht einmal eine Beschädi-gung.«

Das brachte sie alle zum Grinsen. Irgendwie passte das; der Ahn Gari musste nach dem, was über ihn erzählt wurde, ein ziemlicher Schwerenöter gewesen sein.

»Wollen wir also die Ersten sein, die sein Grab beschädigen?«, fragte Bassaris trocken.

Oris atmete tief durch und sagte: »Ja. Mir gefällt diese Idee immer besser.«

Sie überlegten noch eine Weile hin und her, aber Oris meinte schließlich, das sei ein guter Plan, einen besseren würden sie kaum finden. Luchwen war sofort dafür, Bassaris sowieso und Ifnigris auch, der selbst ein weniger kühner Plan als Grund genügt hätte, der Bruderschaft endlich die Rückseite ihrer Flügel zuzuwenden. Damit war Garwen, den diese Geschichte nicht begeisterte, überstimmt.

Dann gingen sie daran, ihre Flucht zu planen.

Sie würden, das stand von vornherein fest, nachts aufbrechen. Oris meinte, sie sollten damit noch ein, zwei Tage warten, weil das kleine Licht der Nacht derzeit noch *zu* klein sei. Es nahm aber gerade zu, und allzu hell sollte es auch nicht werden, um es eventuellen Verfolgern nicht zu leicht zu machen, sie zu finden.

»Die werden uns nicht verfolgen«, wandte Ifnigris ein. »Das machen die nie.«

»Sicher ist sicher«, meinte Oris.

Oris hatte auch die Idee, am Abend vor der Flucht zumindest zwei der kleinen Handschaufeln aus der Mine herauszuschmuggeln und mitzunehmen. Sie würden schließlich *graben* müssen, und diese Schaufeln hatten gerade die richtige Größe für die Rückentasche ihrer Jacken.

Luchwen drängte darauf, in der verbleibenden Zeit auch Proviant zu horten. Sie sollten, meinte er, von nun an bei jeder Mahlzeit etwas in den Taschen verschwinden lassen, etwas, das sich gut hielt und sich gut transportieren ließ, ein Backstück etwa oder eine Lichade – eine säuerliche, sehr sättigende Frucht, die vor allem an der Goldküste heimisch war –; auch Harzzweige eigneten sich gut.

Oris trug Ifnigris schließlich auf, einen Abschiedsbrief zu schreiben und im Archiv zu hinterlassen. »Die sollen denken, wir haben alle den Freitod gewählt«, meinte er, und die anderen fanden, das sei eine hervorragende Idee.

Ifnigris fand das überhaupt nicht und quälte sich schrecklich mit diesem Auftrag.

Was sollte sie denn schreiben? Alles, was ihr an tränenreichen Worten einfiel, kam ihr furchtbar sentimental vor. Außerdem war es *gelogen*, und sie wollte Kleipor nicht belügen.

Und, eine ganz andere Frage – wohin sollte sie den Brief denn tun? Sie wusste ja nie, wann Kleipor ins Archiv kam, wusste auch nicht, ob er nicht vielleicht manchmal nachts kam, wenn sie nicht da war. Was, wenn er den Brief fand, ehe sie losflogen?

Sie quälte sich so sehr damit, dass Kleipor ihre veränderte Stimmung bemerkte, als er am letzten Tag vorbeikam, um nach einem Bericht zu suchen. »Was ist mit dir?«, wollte er wissen, sie argwöhnisch musternd.

»Ach, nichts«, sagte Ifnigris hastig, erfüllt von der Angst, womöglich gerade alles zu verderben.

Er betrachtete sie sinnend, nickte dann. »Liebeskummer, hmm?«

»Ja«, bestätigte sie rasch, froh über das Missverständnis. Der Bericht war schnell gefunden, und danach flog Kleipor so eilig wieder davon, dass es ihr auch wie eine Flucht vorkam.

Schließlich, als es Zeit wurde, das Archiv zu verlassen, schrieb sie einfach:

Kleipor – vielen Dank für alles.
Ifnigris.

Das Blatt schob sie zwischen die Notizzettel auf dem Lesetisch. Die waren zusammengeheftet, sodass Kleipor nach einer Weile unweigerlich darauf stoßen würde; das, so sagte sie sich, sollte genügen.

Sie schaute sich noch einmal um, saugte die Atmosphäre des Raumes in sich ein, den sie in Erinnerung behalten würde als den Ort, an dem die Geschichte der Welt aufgeschrieben stand. Dann schloss sie ab und ging. Als sie den Schlüssel bei Deneleik abgab, nickte der nur missbilligend, wie immer, sodass sie nicht »bis Morgen« sagen musste, sondern einfach gehen konnte.

Und damit war diese Etappe ihres Lebens vorbei.

***

Ausgemacht war, dass sie alle an diesem Abend nichts anders machen würden als sonst – nicht mehr essen als sonst, nicht früher als sonst in die Kuhlen gehen, und so weiter.

Aber das war schwieriger, als Ifnigris es sich vorgestellt hatte. Erst war sie schrecklich müde, doch als sie dann in ihrer Kuhle lag, zum letzten Mal, wenn alles klappte, konnte sie nicht schlafen.

Trotzdem musste sie irgendwann eingenickt sein, denn Garwen weckte sie, als es Zeit war aufzubrechen.

Sie zogen sich leise an. Viel zu packen war nicht, sie besaßen ja nur die Kleidung, in der sie angekommen waren. Alles, was sie mitnahmen, war das bisschen Proviant in den Taschen und die beiden Schaufeln, deren Verschwinden noch nicht bemerkt worden war.

Obwohl sie sich bemühten, keinen Lärm zu machen, wachte einer der Alten auf, Jukal, und wollte schlaftrunken wissen: »Was habt ihr denn vor, mitten in der Nacht?«

Ifnigris sah, wie Bassaris eine Hand zur Faust ballte und anhob, mit einem um Erlaubnis heischenden Blick zu Oris, den Mann niederschlagen zu dürfen. Schnell drängte sie sich dazwischen und flüsterte: »Entschuldigt, Jukal, wir wollten euch nicht stören.« Sie wies auf Oris. »Wir wollen seinen Geburtstag feiern, und zwar so, wie es bei uns zu Hause Brauch ist, nämlich oben am Kraterrand, im kleinen Licht der Nacht.«

»Ah«, meinte Jukal schmatzend. »Na, dann viel Spaß.« Damit drehte er sich um und schnarchte weiter.

Sie atmeten alle auf. Einen Moment standen sie noch abwartend da, dann nickte Oris in Richtung Flur, und sie machten, dass sie hinauskamen.

Als sie die Rampe erreichten, meinte Garwen anerkennend: »Ich wusste gar nicht, dass du so trickreich bist.«

»Ach was«, gab Ifnigris zurück und sprang.

Aber unterwegs fragte sie sich doch, ob etwas dran war an dem, was Garwen gesagt hatte. Hatte die Lektüre all der Berichte, von denen viele irgendwelche fintenreichen Manöver schilderten, womöglich auf sie abgefärbt?

Um höher zu steigen, musste man mit den Flügeln schlagen, was von den Kraterwänden widerhallte und ihr schrecklich laut in den Ohren klang, vor allem jetzt, mitten in der Nacht. Aber niemand tauchte auf, der wissen wollte, was sie da trieben, niemand, der wissen wollte, was sie vorhatten, niemand, der sie behinderte. Sie erreichten den Kraterrand, orientierten sich und flogen dann weiter, folgten Oris, der sich nach Norden wandte.

Jetzt, durchfuhr es Ifnigris, als der Vulkankegel hinter ihnen in der Dunkelheit entschwand, hing ihrer aller Leben davon ab, dass Oris *wirklich* ein Margorspürer war! Sie erschrak bei dem Gedanken.

***

Sie flogen und flogen, in jenem gleichmäßigen Reiseflug, der hauptsächlich aus viel ruhigem Segeln und nur gelegentlichen Treibschlägen bestand und mit dem man große Strecken bei geringem Kraftaufwand zurücklegen konnte. Rings um sie war Dunkelheit. Über ihnen zog das kleine Licht der Nacht langsam dahin, unter ihnen die Landschaft, kaum zu erahnen. Alles, was sie hörten, waren ihr eigener Atem, das Rauschen der Luft in ihren Flügeln und Oris, der ab und zu rief: »Geht's noch?«

Was jedes Mal ringsum einen dünnen Chor von »Ja, ja!«-Rufen ertönen ließ, denn sie wollten alle nur weg, so weit weg von der Feste wie möglich. Am liebsten hätten sie die Graswüste in einer einzigen Gewaltetappe hinter sich gebracht.

Aber das ging nun mal nicht. Als das große Licht des Tages

im Osten aufstieg und die Welt langsam wieder hell werden ließ, sahen sie unter sich immer noch nur Gras und Steine und kniehohe Büsche von Horizont zu Horizont und keinen Baum, nicht einen einzigen.

Oris ging in eine Kurve und rief: »Ich lande! Wartet, bis ihr seht, dass alles in Ordnung ist!«

Und was machen wir, wenn nicht?, schoss es Ifnigris durch den Kopf. Aber sie sagte nichts, sondern verfolgte bangen Herzens, wie Oris einen bestimmten Punkt auf dem Boden ansteuerte, einen Punkt, der kein bisschen anders aussah als jeder andere Fleck, den man von hier oben aus sehen konnte.

Er glitt darüber hinweg, drehte eine Schleife. Zögerte merklich. Schlug noch einmal mit den Flügeln, stieg ein Stück auf … und landete schließlich doch.

Ifnigris merkte, dass sie den Atem angehalten hatte, und atmete aus.

Nichts passierte. Oris stand da, stand einfach so auf dem blanken Grasboden, und sie sah, wie die Anspannung von ihm wich, wie er Schultern und Flügel sinken ließ und ihnen endlich winkte. Er ging noch ein paar Schritte, um den sicheren Bereich abzustecken, dann signalisierte er ihnen, sie sollten herabkommen.

Ifnigris landete als Erste.

***

Oris organisierte eine Wache, obwohl Ifnigris ihm noch einmal versicherte, dass man sie nicht verfolgen werde. »Ich habe jede Menge Berichte über Geflohene gelesen«, sagte sie. »Es sind zu allen Zeiten mehr Gefangene geflohen als geblieben, und in keinem einzigen Fall hat man sie verfolgt.«

»Mag sein«, beharrte Oris. »Aber ich werde besser schlafen, wenn jemand Wache hält.«

Wenig überraschend übernahm der ebenso treue wie unverwüstliche Bassaris die erste Wache, während die anderen sich hinlegten, nur mit den Flügeln über dem Kopf und auf dem harten Boden: Doch das war überhaupt kein Problem. Ifnigris schlief sofort ein, so erledigt war sie, nicht nur von dem Flug, sondern auch von dem ganzen Gefühlstumult, der ihrer Flucht vorausgegangen war.

Sie fühlte sich immer noch wie zerschlagen, als Garwen sie weckte.

»Bin ich dran mit Wache?«, murmelte sie, während sie sich mühsam aufrichtete.

»Nein«, sagte Garwen. »Wir fliegen weiter.«

Und das taten sie, den ganzen restlichen Tag. Kurz bevor das große Licht des Tages entschwand, machte Oris eine weitere sichere Stelle aus, an der sie eine weitere Nacht verbrachten, und am nächsten Tag hatten sie die Graswüste endlich hinter sich: Buschbäume tauchten auf, Pfahlbäume und sogar ein paar Wiegbäume, Bäume mit breiten, elastischen Ästen, von denen Ifnigris bisher nur in Erzählungen gehört hatte und auf denen man *herrlich* schlief!

Als sie den Thoriangor erreichten, musste sich Oris erst einmal orientieren. »Garisruh liegt da, wo die Nordberge und die Burjegas sich treffen«, meinte er. »Das heißt, wir müssen uns flussabwärts halten.«

Sie mieden den Kontakt mit den Flößen, die den großen Strom hinabtrieben, und hielten sich auch abseits der Nester. Oris meinte, um diese Jahreszeit seien in den Wäldern ausreichend Früchte und Nüsse zu finden, um satt zu werden; eine Einschätzung, die Luchwen entschieden nicht teilte.

»Wir dürfen keinen Feldbrüdern begegnen«, mahnte Oris, als auch Ifnigris zu murren anfing.

»Ich kenne die alle mit Namen«, wandte sie ein.

»Aber du weißt nicht, wo sie gerade sind.«

»Das nicht«, musste sie zugeben.

»Und du hast ja mitgekriegt, wie auffällig zwei Rotflüglige auf einmal sind.«

Dagegen ließ sich schwer etwas sagen. So umflogen sie weiterhin die hier oben im Norden ohnehin seltenen Nester und lebten von Beeren, Karanüssen und Frostmoos, das hier ganz anders schmeckte als zu Hause, schärfer und unangenehmer.

Am übernächsten Tag – die sanfte Hügelkette der Burjegas war längst nicht mehr zu übersehen – stießen sie gegen Abend auf eine Stelle, an der ein breiter Fluss in den Thoriangor mündete. Direkt an der Mündung stand eine Verladeplattform auf wuchtigen Pfählen im Wasser; ein Floß legte gerade ab, das etliche Säcke und Körbe und überdies einige Kiurka-Öfen gebracht hatte. Ein paar Leute waren damit beschäftigt, die Waren für den Weitertransport per Tragenetz vorzubereiten, und über ihnen verkündete ein großes Schild: *Anlegestelle Muktas.*

»Der Muktas!«, rief Oris. »Dem müssen wir folgen!«

Von da aus war es nicht mehr weit. Mit Anbruch der Nacht erreichten sie einen gewaltigen Berghang, der über dem Flusslauf thronte, wulstig vorgewölbt wie der Bauch einer Schwangeren. Über diesen Berg strömte unablässig Wasser herab, zahllosen Wegen durch schrundigen, zerfurchten Fels folgend, silbern schäumend, krachend und gurgelnd, gluckernd und brausend, ein ungeheurer Wasserfall, der am Fallen gehindert wurde und dessen Wasser am unteren Ende mit seltsam unzufrieden klingendem Plätschern im Fluss verschwand.

Sie landeten am Fuß der mächtigen Erhebung. Es roch modrig, nach Moos und Algenbewuchs und Schimmel. Immer wieder lösten sich feuchte Nebel aus den vielfingrig dahinströmenden Wassern und zerstäubten im Wind. Ein riesiger Schwarm Schwarzvögel flog auf wie aufgeschreckt und kreiste heiser kreischend über ihnen, ehe er davonzog.

Auf der anderen Seite, direkt neben dem Katarakt, erhob sich der gewaltigste Nestbaum, den Ifnigris je gesehen hatte. Er war nicht nur riesig, er war auch schrecklich dicht besiedelt: Auf den Hauptästen drängte sich Schlafhütte an Schlafhütte, überall hing Wäsche zum Trocknen, und die kleinen gläsernen Blasen zahlloser Fettlampen leuchteten über einem enormen, belebten Mahlplatz mit mehreren Ebenen. Dazwischen baumelten bunte Hängebrücken, hörte man Gelächter und Kindergeschrei.

»Das ist es«, sagte Oris. »Das ist Garisruh.«

Der Weiser

Sie bezogen Stellung in einem niedrigen Buschbaum am Fuß des Bergs. Hier waren sie vor zufälligen Blicken sicher, hatten selber aber eine gute Übersicht über die Umgebung.

»Und wie genau«, fragte Ifnigris nach einer Weile des Beobachtens, »hast du dir nun vorgestellt, den Frevel zu begehen?«

Oris räusperte sich. »Wir werden improvisieren müssen.«

»Oh«, machte sie. »Schon wieder.«

Der Alterssitz Garis lag auf einem Felsvorsprung mitten in den Wasserfällen, mitten in fließendem Wasser also und damit auf margorfreiem Boden. In der Dämmerung sah man nur ein schwarzes Dreieck, über dem sich kantige Konturen erhoben. Ein Gebäude aus Stein, erläuterte Oris.

»Und wie fangen wir an zu improvisieren?«, wollte Luchwen wissen.

»Erst mal gar nicht«, sagte Oris. »Wir warten, bis in der Nachbarschaft alles schläft.«

»Dann wird es drinnen aber dunkel sein«, gab Garwen zu bedenken.

»Angeblich wird das Innere von ewigen Lichtern erhellt.« Oris atmete vernehmlich ein. »Hoffe ich jedenfalls.«

So warteten sie also. Leicht war das nicht, denn von dem enormen Nest wehten Küchendüfte herüber, die Aromen von Gebratenem und süß Gebackenem. Luchwen seufzte jämmerlich, und auch Ifnigris musste heftig schlucken. Nach all den Früchten und Nüssen und dem bitteren, schier ungenießbaren Frostmoos hätte auch sie zu gern mal wieder etwas Richtiges zwischen die Zähne bekommen.

Gelächter war zu hören, das unverkennbare Klappern von Trinkhörnern, die gegeneinander gestoßen wurden, und ab und zu Flötenmusik und Trommeln, die einen fetzigen Rhythmus vorgaben. Über dem hell erleuchteten Mahlplatz erhob sich ein Paar in die Luft und vollführte einen fliegenden Tanz. Er wurde begeistert beklatscht, und als das Stück endete und sie sich wieder herabsinken ließen, erfüllte trunkener Jubel die Nacht.

»Ein Fest!«, murrte Garwen. »Das kann dauern …«

Oris hatte sich beim Anblick des fliegenden Paares unwillkürlich geduckt. »Ich glaube, das war Aumuk«, flüsterte er. »Die sollte mich besser nicht sehen.«

»Ein Fest«, murmelte Luchwen. »Und wenn ich einfach hinüberfliege und behaupte, ich komme von einem Nest in der Nähe? Was zu essen kriege ich bestimmt …«

»Beherrsch dich«, zischte Oris.

»Ungern«, murrte sein Cousin und seufzte zum Steinerweichen.

Ifnigris spähte zu dem Felsvorsprung hinauf und versuchte zu verstehen, wie es so weit hatte kommen können. Als sie in dem alten Protokollbuch auf den Eintrag über den Schlüssel gestoßen war, war sie einfach nur fasziniert gewesen. Ganz bestimmt hatte sie sich nicht vorgestellt, dass sie sich bald darauf etwas vornehmen würden, das kaum weniger verwerflich war, als ein Stück von einem Nestbaum abzusprengen …

Wobei, diesen Frevel hatten sie ja auch schon begangen.

Sie musterte den Nestbaum der Muk, von dem immer noch Musik und Gelächter herüberschallte. Unwillkürlich hielt sie Ausschau nach dem Mädchen, das gerade in der Luft getanzt hatte. Das Mädchen, mit dem Oris einmal …

War sie etwa eifersüchtig? War es *vernünftig*, eifersüchtig auf dieses Mädchen zu sein?

Natürlich *war* sie eifersüchtig. Egal, wie unvernünftig das sein mochte.

Ohnehin kam es ihr wie eine vorgezogene Strafe vor, hier unten am Fuß dieses modrigen Katarakts hocken zu müssen und nur hungrig hinaufschauen zu können zu dem Fest da drüben. Eine Strafe für das, was sie erst vorhatten zu tun. Normalerweise war bei einem Fest jeder willkommen, bekam zu essen und zu trinken, durfte tanzen und reden und flirten, und von je weiter her die Gäste eintrudelten, desto besser.

Und sie mussten sich verborgen halten.

Sie schüttelte unwillig den Kopf, verscheuchte diese Gedanken und versuchte, sich auf den Felsvorsprung im Wasserfall zu konzentrieren. Dort oben also hatte Gari das letzte Jahr seines Lebens verbracht. So erzählten es zumindest die Legenden, und vermutlich war es auch so gewesen. Aber dass auch seine sterblichen Überreste dort oben lagen – das erzählten die Legenden nicht.

Warum eigentlich nicht?

Überhaupt – was für eine merkwürdige Sitte, einen Leichnam aufzubewahren! Wozu? Wenn einer dorthin ging, wohin eines Menschen Flügel ihn nicht trugen, war das, was zurückblieb, doch nichts, womit man je wieder etwas anfangen konnte. Im Lauf seines Lebens nahm man Materie auf, über das Essen, über das Atmen, und gab andere Materie wieder ab, zurück in die Natur. Das, was nach dem Tod zurückblieb, war doch nur das, wozu man nicht mehr gekommen war, es zurückzugeben. Weswegen die anderen das bei der Totentrauer für einen übernahmen, indem sie den Leichnam verbrannten.

Auch die meisten der Ahnen waren nach ihrem Tod verbrannt worden. Außer Kris, der auf irgendeinem Berggipfel begraben lag – man wusste nicht, auf welchem – und Selime, die Gari auf einer Insel beigesetzt hatte, unerreichbar weit draußen im Ozean.

Ja, und Gari selbst lag also dort oben. Ifnigris dachte zurück an das Protokollbuch, an die detaillierten Anweisungen, die Gari für den Fall seines Todes hinterlassen hatte. Das mit dem Schlüssel war nur eins von vielen Details gewesen, wenn auch das aufregendste …

Verrückte Idee. Der Schlüssel war doch *bestimmt* nicht mehr da!

Egal. Hauptsache, sie waren weg aus dem Vulkanberg.

Das Fest drüben dauerte ewig. Aber irgendwann verstummte die Musik dann doch, wurden die Stimmen leiser und weniger, erloschen mehr und mehr Lichter, und schließlich übertönte das Plätschern und Gurgeln des Wasserfalles alle Laute aus dem Nest der Muk.

Das kleine Licht der Nacht stand hoch über ihnen und ließ den silbernen Wasserfall unwirklich aussehen, wie verzaubert. Nun, da ringsum Dunkelheit herrschte, sah man tatsächlich, wie aus den Öffnungen des Bauwerks auf dem Felsvorsprung ein blasser Schein in die Nacht hinausfiel.

»Los!«, sagte Oris.

***

Wie gut es tat, endlich die Schwingen ausbreiten und losfliegen zu können!

Das Rauschen ihrer Flügel ging im Rauschen des Wassers vollkommen unter. Es war, als flögen sie geräuschlos an dem überströmten Berg empor, um wenig später auf dem Felsvorsprung zu landen, auf einem weiten Vorplatz, der Ifnigris an die »Terrassen« der Eisenstadt denken ließ. Dahinter erhob sich, kantig und wuchtig, ein Bauwerk aus Stein, mit allerlei von Säulen gestützten Öffnungen, aus denen fahles Licht fiel. Der Platz war von einem steinernen Geländer umgeben, nur als Schattenriss zu erkennen. Auch den mit Steinplatten ausgelegten Boden erahnte man mehr, als dass man ihn sah. Doch man spürte, wie *alt* das alles hier war, alt und feucht und moosbedeckt.

Ifnigris erschauderte, und das lag nicht an der allgegenwärtigen Feuchtigkeit, die alles einhüllte. Was für ein Gedanke, dass Gari selbst einst hier gestanden hatte, auf eben diesen Platten, an eben dieser Balustrade! Der Mann, der ihnen die Flügel der Pfeilfalken gegeben hatte! Der Mann, dem sie alle ihr Dasein verdankten, jeder Einzelne von ihnen!

»Unheimlich«, flüsterte Garwen. »Und nicht so richtig wohnlich, wenn ihr mich fragt.«

»Ist wohl auch nicht die ideale Besuchszeit«, gab Ifnigris zurück. Sie betrachtete den gleichmäßig abwärts rauschenden, dunkel-silbern schimmernden Strom des Wassers, der sie umgab, und dachte daran, wie die Landschaften ausgesehen hatten, die sie auf dem Herflug überquert hatten. Sie versuchte sich vorzustellen, welche Aussicht man bei Tag haben mochte. Über den Muktas, der in sanften Schleifen über die Ebene lief, auf den Thoriangor zu. Über die Wälder und Wiesen dort. Doch, man musste einen großartigen Blick haben von hier oben. Und in den heißen Jahreszeiten einen angenehm kühlen Ort.

»Kommt«, drängte Oris. »Wir sind nicht wegen der Aussicht hier.«

Seine Stimme klang gepresst, man merkte ihm die innere Anspannung an. Kein Wunder angesichts dessen, was sie vorhatten. Ifnigris durfte gar nicht darüber nachdenken, was geschehen würde, sollte man sie entdecken!

Niemand sagte etwas, als sie das Gebäude betraten, durch einen hohen, schmalen Eingang, hoch genug für Gari, den auch körperlich Größten der Ahnen. Ein leerer Raum empfing sie, erhellt von einem ewigen Licht, das winzig war verglichen mit dem Element im Archiv der Bruderschaft. Entsprechend schwach und düster war der Schein, der von ihm ausging.

Doch es reichte, um das Bildnis von Gari und Selime erkennen zu können, das auf eine Weise, die Ifnigris nicht verstand, in die blanken Steine gebrannt worden war. Die zwei Ahnen sahen gütig auf ihre Kindeskinder herab und wirkten, als seien sie zufrieden mit der Welt, die sie geschaffen hatten. Ifnigris hätte es niemals zugegeben, aber sie bekam feuchte Augen beim Anblick der beiden.

Über einem Durchgang, der nach weiter hinten führte, prangte eine in den Stein gehauene Inschrift:

Ob es ein Leben nach dem Tode gibt, wissen wir nicht und können wir nicht wissen, doch es gibt ein Leben vor dem Tode, und es ist unsere vornehmste Pflicht, dieses so glücklich wie möglich zu gestalten.

Der erste Satz aus dem Buch Gari, der Beginn der Abhandlung über die Heilkunst und das gute Leben! Ifnigris' Atem ging auf einmal schwer. Was *taten* sie hier eigentlich?

»Luchwen«, sagte Oris. »Würdest du bitte Wache stehen für den Fall, dass jemand kommt?«

»Ja«, erwiderte Luchwen hastig. »Klar.«

Oris nickte und trat unter der Inschrift hindurch in den schmalen, düsteren Gang dahinter. Sie folgten ihm, die Flügel eng an den Leib gezogen, wanderten schweigend durch eine Reihe bedrückend kahler Räume. Alle Wände waren aus Stein, aus glatten Felsquadern – wer die wohl zurechtgeschnitten und hier aufgetürmt hatte?

»Zu Garis Lebzeiten war das hier natürlich nicht so leer«, erklärte Oris. »Das war mal alles prächtig ausgestattet mit Möbeln und so weiter. Behaupten die Muk jedenfalls.«

Das hat ihm diese Aumuk erzählt, schoss es Ifnigris durch den Kopf, und ein dumpfer Schmerz bohrte in ihrer Brust. *Die Lufttänzerin von heute Abend.*

Sie streckte den Arm aus, bekam Garwens Hand zu fassen, was sich dieser gern geschehen ließ. Er brachte seinen Mund dicht an ihr Ohr und flüsterte: »Aber feucht muss es damals auch gewesen sein, oder? Kein Wunder, dass er hier kein Jahr mehr gelebt hat. Ich krieg jetzt schon Flügelreißen.«

Ifnigris gluckste unwillkürlich. »Na, was für ein Glück, dass Gari gar keine Flügel *hatte* …«

Der hinterste Raum des Gebäudes endlich war das Schlafgemach Garis. Von hier ging der Blick auf die dem Nestbaum abgewandte Seite, auf den Wald also, der am Rand des Wasserfalls begann. Auch hier leuchtete ein kleines ewiges Licht, hell genug, dass man die Inschrift auf dem Gedenkstein lesen konnte, der, etwa jeweils eine Flügelspanne breit und lang sowie eine Handspanne dick, vor der Mitte der rückwärtigen Wand auf dem Boden lag.

Hier schlief Gari, von seinen Kindern umsorgt, von seinen Kindeskindern verehrt.

An dieser Stelle also hatte seine Kuhle gestanden! Unfassbar, irgendwie.

Oris blieb davor stehen und breitete die Hände aus. »Da wären wir«, sagte er. »Unter dieser Platte soll sich die Treppe zu seinem Grab befinden.«

»Das heißt, wir müssen sie beiseiteschieben«, schlussfolgerte Garwen. Er ließ Ifnigris' Hand los, kniete vor dem Gedenkstein nieder und drückte dagegen in dem Versuch, ihn zu verschieben. Doch der Stein rührte sich nicht einmal.

»So geht es jedenfalls nicht«, stellte er schließlich atemlos fest. Er stand wieder auf, stemmte die Hände in die Hüften, atmete ein paarmal tief durch. »Das heißt, wahrscheinlich sitzt die Platte in einer Vertiefung, und man muss sie herausheben.« Er schüttelte den Kopf. »Jetzt sollten wir zu zehnt sein.«

»Ach was«, brummte Bassaris, trat von der anderen Seite an die Platte heran, griff darunter – es gab eine dunkle Rille, die dicht über dem Boden um den gesamten Stein herumlief – und begann zu ziehen.

Der Stein knackte ein bisschen. Doch so sehr sich Bassaris auch anstrengte, weiter tat sich nichts.

»Puh!«, ächzte er schließlich und ließ sich keuchend auf den Hintern fallen. Seine Flügel machten müde, raschelnde Geräusche.

»Und jetzt?«, fragte Garwen. »Müssen wir das Ding irgendwie rausbrechen?«

Oris schüttelte den Kopf. »Das kann nicht sein. Aumuk hat erzählt, dass der Zugang zum Grab nur selten geöffnet wird, aber dass ihr Vater es ihr einmal gezeigt hat. Und ihr Vater ist ein alter Mann.«

»Dann muss es irgendeinen Trick geben«, meinte Ifnigris.

»Ja, bloß was für einen?« Oris bückte sich, fasste mit den Fingern in die dunkle Rille, befühlte sie aber nur. Sie sahen ihm alle abwartend zu, wie er den gesamten Gedenkstein abtastete, ohne zu finden, was immer er gesucht hatte.

»Hmm«, machte er, »da vorne war was.« Er kehrte zu einer Stelle an der rechten vorderen Ecke zurück, griff noch einmal in die Rille – und plötzlich rasselte es hinter den Mauern. Im gleichen Moment hob sich der gewaltige Steinquader wie von selbst, drehte sich wie ein aufklappender Deckel nach oben, gegen die Wand, und enthüllte Treppenstufen, die in die Tiefe führten.

Ein dumpfer, muffiger Geruch stieg daraus empor.

»Oha«, meinte Garwen. »Schlau gemacht.«

»Unheimlich«, flüsterte Ifnigris beim Anblick des düsteren Abgangs.

»Ja, ziemlich unheimlich«, gab Oris zu, wischte sich die Hände an den Hosen ab und holte seine Handschaufel aus der Rückentasche. »Aber wir sollten uns trotzdem beeilen.« Damit stieg er die Stufen hinab.

Sie folgten ihm wieder. Die Treppe führte in einen fensterlosen Raum, den einzig das von oben aus dem Schlafgemach einfallende Licht erhellte. Ein gewaltiger Steinquader, doppelt so lang wie ein Mensch, füllte ihn nahezu aus. Ringsum war alles aus sauber behauenem Stein – die Wände, die Decke, zumindest, was man von ihr sah, und der Boden auch.

»Jetzt verstehe ich«, sagte Oris. »*Das* also ist ein Sarkophag.«

»Ein – was?«, fragte Garwen.

»Garis sterbliche Überreste lägen in einem *Sarkophag*, hat Aumuk erzählt. Ich konnte mir darunter bloß nichts vorstellen.«

»Du hättest sie vielleicht fragen sollen.«

Oris gab ein Ächzen von sich. »Ja, vielleicht. Aber ehrlich gesagt hatte ich damals andere Dinge im Kopf. Ich wollte sie von dem Thema Garis *wegbringen*, nicht noch mehr darüber hören!« Er kratzte mit seiner Schaufel über den Stein. »Die Dinger haben wir jedenfalls umsonst mitgeschleppt. Hier gibt's nichts zu *graben*.«

Ifnigris stand da, ohne die geringste Vorstellung, was sie jetzt machen würden. Sie war von Ehrfurcht ergriffen, wie die anderen auch. Kein Wunder – einer der größten aller Ahnen lag seit tausend Jahren hier, und heute nun sollten sie seine Ruhe stören? Die Ersten sein, die diesen Frevel begingen?

Sie starrte den Steinquader, diesen *Sarkophag*, an. Wie hatte man den damals überhaupt hier herabgeschafft?

Ah! Sie verstand. Sie befanden sich ja schon *hinter* dem Gebäude! Wahrscheinlich, überlegte sie, hatte man eine Grube gegraben, den Sarkophag hinabgelassen, danach die Wände darum herumgebaut und schließlich die Decke darüber geschlossen.

Eine langwierige Arbeit also. Unmöglich, dass sie nach dem Tod des Ahnen genügend Zeit dafür gehabt hatten!

»Ich überlege gerade, dass sie dieses Grabmal gebaut haben müssen, als Gari noch gelebt hat«, sagte sie. »So sauber, wie die Steine zugeschnitten sind, hat er ihnen womöglich geholfen. Wenn der Sarkophag aber schon hier gestanden hat, als er gestorben ist, muss er einen Deckel haben, den man öffnen und schließen kann.«

»Guter Gedanke«, meinte Oris anerkennend. Er begann, um den Sarkophag herumzugehen und mit der Hand über dessen Oberseite zu tasten. »Hier ist etwas«, sagte er. »Eine Art verwitterte Tierfigur. Etwa in der Mitte. Und sie scheint ein Loch im Leib zu haben. Eine Öse. Falls das hier der Deckel ist, liegt sie genau im Schwerpunkt.«

Dann spähte er zur Decke, reckte sich und berührte etwas, das Ifnigris nur umrisshaft wahrnahm. »Hier ist eine Art Balken, genau darüber. Ich könnte mir vorstellen, dass man den Deckel damals mit einem Flaschenzug angehoben und wieder aufgelegt hat.«

Ifnigris atmete geräuschvoll ein. »Fehlt uns also bloß ein Flaschenzug.«

»Wenn's weiter nichts ist …«, seufzte Garwen.

Die Eisenstadt fiel ihr wieder ein, der Tag ihrer Abfahrt. Die schweren Metallteile waren mit Flaschenzügen auf das Schiff nach Dor gehievt worden.

»Die Anlegestelle am Thoriangor! Dort gibt es bestimmt einen Flaschenzug.« Sie fuhr sich mit beiden Händen übers Gesicht, merkte, dass es feucht war, schweißfeucht von der Aufregung. »Lasst uns wieder gehen, die Platte wieder schließen, morgen im Lauf des Tages einen Flaschenzug, ähm, *ausleihen*, und es morgen Nacht noch einmal versuchen!«

Oris sog geräuschvoll Luft durch die Zähne. »Gute Idee. Aber ich will nicht bis morgen warten. Bas und ich fliegen jetzt gleich los und holen einen.«

***

Und ehe sie etwas sagen konnte, ehe ihr wenigstens ein paar der hundert guten Gründe einfielen, die dagegen sprachen, machten die beiden sich auf den Weg.

In dem Versuch, sie aufzuhalten, war Ifnigris ihnen die Treppe hinaufgefolgt, und da stand sie nun, in Garis ehemaligem Schlafgemach, neben der offenen Luke, die in sein Grab hinabführte.

Sie wäre gerade fast überall lieber gewesen als hier.

Als Garwen ihr nachkam, warf sie sich ihm an den Hals, spürte, wie sie zitterte. »*Müssen* wir ausgerechnet hier warten?«

»Wahrscheinlich nicht«, meinte Garwen und hüllte sie beide in seine Flügel ein wie ein Vater sein verschrecktes Kind.

»Das geht bestimmt schief«, jammerte sie. »Ich weiß es ganz genau.«

»Jetzt beruhig dich. So schlimm ist es nicht. Wir haben ja nichts kaputt gemacht. Noch nichts, jedenfalls. Wir ... wir sind einfach unterwegs gewesen, wollten das berühmte Garisruh besichtigen, und die Platte, na ja, die war schon so, als wir gekommen sind ...«

»Mitten in der Nacht?«

»Leute tun die seltsamsten Dinge. *Vor allem* mitten in der Nacht.«

Sie drückte ihn von sich weg. »Ist Luchwen eigentlich noch da? Komm, lass uns wenigstens nach vorne gehen.«

Luchwen war noch da. Er stand an der Brüstung und lauschte in die Dunkelheit. »Ich hör Stimmen«, flüsterte er, als sie zu ihm traten. »Da feiert irgendwo jemand.«

»Auch das noch«, entfuhr es Ifnigris. »Ein Nachtfest.«

»Und wir sind nicht dabei«, meinte Garwen.

Jetzt hörte sie es auch. Weit, weit weg, aber unverkennbar: Gelächter, Stimmen, Geräusche. Laut genug, um das unablässige Rauschen des Wassers zu übertönen.

Nachtfest: So nannte man es, wenn sich nach dem offiziellen Ende eines Festes Jugendliche mit ein, zwei Fettlampen und so viel Eisbrand, wie sie ergattern konnten, in die Wälder schlugen, um in irgendeinem Buschbaum weiterzufeiern. Besser gesagt, um aneinander herumzumachen, was der eigentliche Zweck eines Nachtfestes war.

Ifnigris hatte Nachtfeste immer gemieden. Wenn ihr danach war, mit jemandem Haut an Haut zu gehen, bekam sie das auch gut ohne einen solchen Anlass hin.

Garwen hingegen schien sich damit auszukennen. »Da haben wir uns ja die ideale Nacht ausgesucht«, sagte er hörbar missmutig. »Wenn die Pärchen sich gefunden haben und anfangen, auszuschwärmen ...«

»Erzähl ruhig weiter«, meinte sie spitz.

»Das war vor deiner Zeit«, erwiderte er und legte den Arm um sie. »*Lange* vor deiner Zeit.«

»Ja, ja.« Sie lauschte. Es war wirklich an der Grenze des Hörbaren. Manchmal konnte man eine ganze Weile überzeugt sein, sich alles nur eingebildet zu haben – und dann quiekte wieder jemand!

»Was meint ihr?«, fragte Luchwen. »Wie lange werden die beiden brauchen? Oris und Bassaris, meine ich.«

Ifnigris hatte ein ganz übles Gefühl, wenn sie darüber nachdachte. »*Zu* lange, fürchte ich«, sagte sie düster.

***

Es dauerte eine Ewigkeit, aber irgendwann tauchten die beiden tatsächlich wieder aus der Dunkelheit auf. Jeder trug ein Gestell mit Rollen für einen Flaschenzug mit sich, Bassaris außerdem ein langes Seil.

Sie waren beide außer Puste, und Oris zudem sichtlich nervös.

»Wir sollten uns beeilen«, stieß er hervor, während er das hölzerne Rollengestell aus seiner Jacke knöpfte. »Da war ein Wächter, in einer Schilfgrashütte, und ich glaube, den haben wir geweckt.«

»Es sei denn, er hat im Schlaf geschrien«, meinte Bassaris trocken.

»Na, *großartig*!«, entfuhr es Ifnigris, die allmählich mit ihren Nerven am Ende war, bloß vom Warten.

»Ja, ja«, knurrte Oris und faltete die Flügel enger. »Kommt. Probieren wir's.«

Luchwen hielt wieder Wache. Er hatte sich in der Zeit, in der sie gewartet hatten, das Schlafgemach und die Grabkammer angeschaut und nur gemeint, einmal reiche ihm vollauf. Die anderen gingen mit Oris. Vielleicht, meinte er, würden sie alle Kräfte brauchen, die sie hatten.

»Falls der Balken überhaupt noch hält«, unkte Garwen.

Ifnigris schnappte nach Luft bei der Vorstellung. Blitzartig sah sie das ganze Chaos vor sich: Der Balken über dem Sarkophag in Trümmern herabgebrochen … womöglich stürzte die Decke ein … und sie konnten von Glück reden, wenn sie unverletzt davonkamen …

»Und was machen wir dann?«, fragte sie.

»Nicht jetzt«, erwiderte Oris ungeduldig.

Der Zugang stand unverändert offen. Sie stiegen wieder hinab in die Kammer, die nun, beim zweiten Mal, nicht mehr ganz so unheimlich wirkte. Bassaris hakte das Rollengestell oben im Dunkeln ein, Oris steuerte das andere Gestell bei, und sie begannen, mit dem Seil und den Rollen zu hantieren. Schließlich zog Bassaris versuchsweise, Oris murmelte: »Ja, so … so … ein bisschen stärker …«, trat einen vorsichtigen Schritt zurück und tastete über die Seiten des Sarkophags, und plötzlich entrang sich Bassaris' Kehle ein grollender Laut, als er *richtig* an dem Seil zog. Es gab einen leisen Knall, als sei etwas gebrochen, dann schabte Stein über Stein, während ein leises Fauchen zu hören war, das gleich wieder abebbte. Ein übler Geruch nach Moder und Verfall und nach unsagbaren Dingen breitete sich aus.

Just in diesem Augenblick kam Luchwen herabgestürzt und stieß atemlos hervor: »Da kommt jemand!«

***

»Wer?«, fragte Oris sofort.

Luchwen keuchte heftig. »Ich, ähm … Ein Liebespärchen, wie's aussieht.«

Eine Idee durchfuhr Ifnigris wie ein Blitzschlag einen einsamen Pfahlbaum. Sie packte Garwen an der Hand und befahl: »Komm.«

Sie wartete sein Einverständnis nicht ab, kümmerte sich auch nicht darum, was die anderen taten oder sagten, sondern zog ihn hinter sich her, die Treppe hinauf, durch den Gang, zurück in den Vorraum. Unterwegs knöpfte sie sich mit der freien Hand das Hemd auf, bis eine ihrer Brüste fast frei lag; dann raffte sie den Stoff wieder hoch, um sie zu bedecken. So zog sie Garwen mit sich hinaus ins Freie, wo das Liebespaar knutschend an der Balustrade stand.

»Entschuldigt!«, sagte sie laut. »Aber hier ist schon besetzt.«

Die beiden stoben erschrocken auseinander. Es waren ein großer Junge mit mächtigen, hellen Flügeln, die im kleinen Licht der Nacht silbern glänzten, und ein blondes, langhaariges Mädchen mit dunkel gemusterten Flügeln und einer Stupsnase, die sie irgendwie frech wirken ließ.

»Wer seid ihr?«, wollte der Junge wissen.

Ifnigris schüttelte den Kopf. »Unwichtig. Wir sind nur auf der Durchreise.« Das war, dachte sie, nicht einmal gelogen.

Das Mädchen zog die freche Stupsnase hoch und kicherte. »Also, ich würd sagen, hier ist genug Platz für alle …«

»Ich schrei immer ziemlich laut«, behauptete Ifnigris. »Und ich möchte nicht, dass da jemand zuhört, ja?« Sie zeigte auf den Wald auf der dem Nest gegenüberliegenden Seite des Wasserfalls. »Dort drüben gibt es jede Menge netter Buschbäume.«

»Dann geht ihr doch dorthin, wenn du die so nett findest«, gab das Mädchen schnippisch zurück. »Wenn ihr weit genug fliegt, hört dich auch bestimmt keiner.«

»Wir waren aber zuerst hier.«

»Ist mir egal. Wir sind extra gekommen, weil ich lieber auf dem Moos …«

Ein donnernder, geradezu unwirklicher Knall aus dem Inneren des Grabmals unterbrach sie. Die Erschütterung war so heftig, dass der Boden zitterte, ja, der ganze Felsvorsprung schien zu beben. Gleich darauf verbreitete sich ein fauliger Geruch.

»Was … war das?«, hauchte das Mädchen.

»Das muss Garis Geist sein«, erwiderte Garwen mit Grabesstimme.

Der Junge schluckte mächtig, sein Kehlkopf machte richtige Sätze. »Pana …«, meinte er behutsam, »lass uns einen anderen Platz suchen …«

»Wie du meinst«, sagte das Mädchen.

Hastig breiteten sie ihre Flügel aus, stürzten sich über die Brüstung und verschwanden in der Nacht. Eine Weile sah Ifnigris noch die hellen Schwingen des Jungen kleiner werden, dann verschluckte die Dunkelheit auch ihn.

Sie sah Garwen an und musste grinsen. »Garis Geist! Du bist aber auch ganz schön trickreich!«

»Danke, gleichfalls«, meinte er und musterte sie. »Willst du eigentlich dein Hemd wieder zumachen, oder willst du mich verwirren?«

Ifnigris brachte grinsend ihre Kleidung in Ordnung, dann gingen sie hinein. Als sie in die Gruft zurückkamen, war der Sarkophag zu, als sei nie etwas gewesen. Luchwen kniete darauf und löste gerade den oberen Teil des Flaschenzugs vom Querbalken.

»Und?«, fragte Ifnigris.

»Wir haben ihn.« Oris hielt ihr ein längliches Ding hin, flach, nicht ganz so groß wie eine Handfläche und aus einem dunklen, glatten Material, das sich wärmer anfühlte als Eisen, aber kälter als Holz.

»Das ist der Schlüssel?«, fragte sie. »Bist du sicher?«

»Das Einzige in dem Sarkophag, das kein Knochen war. Und es leuchtet, war also leicht zu finden.«

Tatsächlich: Auf der Oberseite des Schlüssels waren ein paar seltsame Symbole zu sehen, die im Dunkeln zu glimmen schienen wie erkaltende Glut. In der Mitte prangte eine kreisrunde Fläche aus einem Material, das Ifnigris an das Perlmutt im Inneren mancher Muscheln denken ließ, und in diesem Kreis leuchtete ein hellblauer Strich, der, egal wie man den Schlüssel hielt oder drehte, immer in dieselbe Richtung zeigte – nach Norden.

***

Sie beseitigten alle Spuren und flogen davon, in die Richtung, in die der Weiser sie führte. Unterwegs warfen sie die Schaufeln und die Teile des Flaschenzugs weg, irgendwo in den Wald. Bei Tagesanbruch machten sie Rast in einem Wiegebaum. Sie waren zutiefst erschöpft – weniger von der Anstrengung des Fliegens oder des langen Wachseins als vielmehr von der Anspannung, unter der sie beim Öffnen des Ahnengrabs gestanden hatten.

»Wir haben es tatsächlich getan«, meinte Garwen mit merklicher Erschütterung. »Wir haben den *Frevel* begangen …«

»Und wir waren die Ersten«, ergänzte Ifnigris, die seit Garisruh die Angst plagte, einen Fluch heraufbeschworen zu haben.

»Das hat mich ehrlich gesagt gewundert«, sagte Oris nachdenklich. »Dass die Bruderschaft von dem Schlüssel gewusst hat und er trotzdem noch da war. An deren Stelle hätte ich ihn in die Feste geholt, in ein sicheres Versteck.«

»Es ist gar nicht gesagt, dass sie davon gewusst haben«, meinte Ifnigris. »Ich hatte beim Lesen des Protokollbuchs den Eindruck, dass die Brüder damals nicht richtig verstanden haben, was es mit dem Schlüssel auf sich hat. Und später kann das in Vergessenheit geraten sein. Das Buch stand an einer ganz falschen Stelle. Überhaupt war bei den ganz alten Büchern ein ziemliches Durcheinander.«

»Oder es ist gar nicht der Schlüssel«, warf Luchwen ein.

Oris holte ihn heraus, betrachtete ihn. Der blaue Strich leuchtet immer noch. »Nicht? Was sollte es denn sonst sein?«

Luchwen fuhr sich übers Gesicht. Er war müde, seine Augen rot umrandet. »Wir haben gelernt, dass die Ahnen keinen Richtungssinn hatten. Stattdessen haben sie Geräte verwendet, die ihnen angezeigt haben, in welcher Richtung Norden liegt. So ein Gerät hieß, ähm …« Er überlegte.

»Kompass«, half Garwen aus.

»Ja, genau. Was, wenn das einfach ein Kompass ist?«

»Hmm.« Oris hielt den Schlüssel auf der flachen Hand vor sich hin, sodass ihn alle sehen konnten. Dann spähte er über den Weiser hinweg in die Richtung, in die der hellblaue Strich zeigte.

»Er zeigt nicht *genau* nach Norden«, stellte er fest. »Wenn es ein Kompass sein sollte, ist es ein schlechter.«

Sie beugten sich alle darüber, schauten selber. Es stimmte. Der Strich wich ein Stück nach links von der Nordrichtung ab.

»Ich gehe lieber davon aus, dass es tatsächlich der Schlüssel ist«, erklärte Oris und steckte das Gerät wieder ein. »Lasst uns ein bisschen ausruhen und dann weiterfliegen.«

Sie schliefen eine Weile, brachen wieder auf und überquerten die ersten Nordberge an einem Pass, der vermutlich einen Namen hatte, den Ifnigris aber nicht kannte. Überhaupt war ihr diese Gegend sehr fremd in ihrer Menschenleere und Verlassenheit. Zudem war sie nicht warm genug angezogen für diese Höhen. Erste Winde kamen auf, kündeten vom baldigen Anbruch der Windzeit, und hier oben im Norden waren es *kalte* Winde.

Als es Abend wurde und sie rasteten, wuchsen an der Stelle nur zwei Bäume, die beide nicht groß genug waren für sie alle. Also nahmen Oris, Bassaris und Luchwen den einen Baum und ließen Ifnigris und Garwen den anderen.

»Hast du es gemerkt?«, fragte Garwen, während sie sich anbanden.

»Was?«, fragte Ifnigris.

»Die anderen haben uns diesen Baum überlassen. Weil sie uns als Paar betrachten.«

Ifnigris seufzte. »Fang nicht wieder davon an.«

»Nein, nein, keine Sorge«, erwiderte Garwen rasch. »Ich habe beschlossen, dass ich versuchen will, die Situation zu akzeptieren, wie sie ist. Wenn alles außer deinem Herz mein ist, dann ist das eigentlich schon ganz schön viel, und ich will mich von nun an darüber freuen. Und die Momente, in denen es wehtut, dass dein Herz *nicht* mir gehört, will ich ertragen. Du unterstützt Oris bei dem, was er vorhat – also, so habe ich beschlossen, unterstütze ich *dich* bei dem, was *du* vorhast. Auch wenn es letztlich darauf hinausläuft, eben auch Oris zu unterstützen.«

Ifnigris musterte ihn misstrauisch. »Ist das wirklich wahr?«

»Ja, das ist der Entschluss, den ich unterwegs gefasst habe«, beteuerte Garwen.

»Das ist ... gut.«

Er legte sich auf seinem Ast zurecht, zog das Schlafseil noch ein Stück fester. »Aber dir ist schon klar, dass Oris der Einzige ist, der in dieser Konstellation wirklich glücklich ist? Er wird geliebt und unterstützt – und ist trotzdem frei, sich eines Tages jemandem zu versprechen.«

Ifnigris schnappte nach Luft. Das so klar ausgesprochen zu hören war wie ein Pfeil, der sie direkt im Herz traf.

Ein vergifteter Pfeil.

»Es ist, wie es ist«, sagte sie mühsam, lehnte sich zurück und war froh, dass es schon dunkelte.

Aber sie konnte spüren, wie Garwens Worte in ihr arbeiteten.

Anderntags erreichten sie die Nordseite der Berge, wo der Wald bald endete. Als sie die Hänge abwärtsglitten, flogen sie nur noch über Geröllfelder, die sich schier endlos vor ihnen erstreckten, seltsam farblos unter dem frostigen Zwielicht des Nordens, wo der Himmel dunkler zu sein schien als anderswo. Die Steine seien margorfrei, schrie Oris mehrmals, doch sie landeten ohnehin nicht.

Lag das Sternenschiff der Ahnen am Ende unter diesen Steinen verborgen? Ifnigris kalkulierte, wie viel Arbeit es sein würde, sie abzutragen, Tausende und Abertausende von ihnen, Millionen: Viele Frostzeiten würden darüber hingehen.

Sie flogen weiter, bis sie schließlich am Ufer des Ozeans landeten, an einem der nördlichsten Punkte des Kontinents. Kaltes, glasklares Wasser gluckerte über die rundgewaschenen Steine, auf denen sie standen, versuchte, ihre Füße zu benetzen, und ein salziger Wind zupfte an ihren Haaren und Federn.

Und der Weiser zeigte immer noch nach Norden, nur ein kleines bisschen *weiter* nach links als das letzte Mal.

»In die Eislande«, sagte Oris ernüchtert. »Gari hat das Sternenschiff in die Eislande gebracht.«

Geslepor

Geslepor glitt gerade hoch über dem Furtwald dahin, als sich in seinen Gedärmen alles verkrampfte auf eine Art, dass er wusste, er konnte das Unausweichliche nicht länger hinausschieben.

Im Gegenteil, es musste jetzt sogar schnell gehen. Er stellte die Flügel steil an, ging rasch tiefer, peilte einen einsam stehenden Pfahlbaum an. Einsam, das war jetzt wichtig.

Er landete etwas zu heftig im Wipfel, bekam aber den Stamm zu fassen, also alles gut. Mühsam kletterte er, während die Welt um ihn herum schwankte, zu einer breiten Astgabel. Er zog die Hose herunter, tat die Flügel weit auseinander und setzte sich gerade noch rechtzeitig hin, dass sich der Tumult in seinem Bauch entleeren konnte, schrecklich geräuschvoll und schrecklich stinkend.

Es gab ein ekelhaftes Geräusch, als das Ganze unten auf dem Boden aufschlug, und es stank bis herauf.

Doch er konnte nicht gleich wieder weiter. Er zitterte an allen Gliedern, musste aufpassen, nicht selber hinunterzufallen. Umzingelt von schwarzen Schatten, die am Rand seines Gesichtsfelds loderten, lehnte Geslepor seine Stirn gegen einen Ast und wartete ab, dass es vorbeiging.

Während er so saß, spürte er, wie der Kuriervogel, den er in einem kleinen Käfig auf dem Rücken trug, unruhig wurde – und schließlich auch kackte. Als stänke es nicht schon genug.

Es kam immer alles zusammen.

Eine ganze Weile saß er so, mit geschlossenen Augen, einfach nur wartend, lange genug, um den Gestank gar nicht mehr wahrzunehmen. Nach und nach normalisierte sich sein Herzschlag wieder, trocknete der Schweiß auf seinem Körper, und dann war es endlich vorbei.

Er sah sich um, riss ein paar Blätter ab, reinigte sich. Und noch ein paar; es brauchte viele Blätter, ehe er sich sauber genug fühlte, seine Hose wieder hochzuziehen.

Mühsam richtete er sich auf, kletterte langsam und mit schmerzenden Armen höher. Er hätte sich auf der Stelle anbinden und schlafen können, so erschöpft war er, aber er musste weiter, es half nichts.

Als er eine brauchbare Absprungposition im oberen Wipfel erreicht hatte, war er schon wieder am ganzen Leib in Schweiß gebadet. Wie Kleipor so oft, der arme Kerl. Untröstlich war er gewesen, dass seine hübsche junge Archivarin in den Freitod gegangen war, zusammen mit den anderen. Und so rasch. Nicht einmal eine Jahreszeit lang hatten sie es ausgehalten.

Dabei, so hatte Kleipor behauptet, habe dem Mädchen die Arbeit im Archiv gefallen. Sie hatte anscheinend eine neue Ablagemethode entwickelt, die ihn schwer beeindruckt hatte. Sogar einen Geliebten hatte sie gehabt, hätte also ein ganz gutes Leben führen können in der Feste.

Bestimmt war sie nur mit, weil die anderen gegangen waren. Dieser Oris, so schmächtig und unauffällig er auf den ersten Blick wirkte, hatte etwas an sich, dass ihm Leute folgten. Etwas Fanatisches, genau wie sein Vater. Und Fanatiker waren nun mal gefährlich.

Nun, auf jeden Fall war diese Geschichte damit endgültig abgeschlossen. Auf traurige Weise zwar, aber so spielte das Leben manchmal eben.

Geslepor richtete sich auf, verscheuchte die Gedanken an die Feste. Das war jetzt alles nicht wichtig. Wichtig war, dass er zum Kräutermann gelangte. Wobei ihm der Weg dorthin weiter vorkam als jemals zuvor.

Er breitete die Flügel aus. Sie fühlten sich schrecklich schwach an, schwach und dünn. Damit nach dem Wind zu tasten schmerzte im Rücken, aber was half es? Es musste ja sein. Gewiss, er war um jeden Schlag froh, den er nicht machen musste, aber einige würde er doch brauchen, um wieder ausreichend Höhe zu gewinnen.

Er holte tief Luft, sah zur Seite, blickte hinauf zum Gipfel des Akashir, der im großen Licht des Tages weiß leuchtete.

Morgen Abend spätestens. Selbst wenn er flog wie ein alter Mann, würde er spätestens morgen Abend am Ziel sein.

Er *war* ein alter Mann. Es hatte keinen Zweck, sich da etwas vorzumachen.

Geslepor seufzte, reckte die Flügel bis zum Äußersten und sprang.

***

Jede Gegend der Welt hat ihre eigenen Farben und Formen, dachte er, als er am nächsten Morgen in einem kümmerlichen Buschbaum erwachte. Es war eine unruhige Nacht gewesen, in der er zahllose Male hochgeschreckt war wegen irgendwelcher kleinen, raschelnden Geräusche.

Aber warum ging ihm dieser Gedanke durch den Kopf?

Weil er von zu Hause geträumt hatte, von den Ostlanden. Immer noch sah er das Glühen des Ozeans, wenn das große Licht des Tages morgens im Osten aufstieg, sah die flirrenden Schatten der ungeheuren Fischschwärme, die man erblickte, wenn man hinausflog ins Unendliche. Die Ostlande, wo die Bäume fast blaugrün waren, fast alle übertupft von den weißen Büscheln des Wolkenkrauts, das sich hier überall um Äste und Zweige ins Licht wand, sonst aber nirgends auf der Welt wuchs.

Ganz anders die Hochebene am Fuß des Akashirs, mit ihren drögen, abweisenden Farben: das fahle Gelb der Trockenwiesen, das mürrische Braun und das lustlose Blassgrün der Bäume …

Aber vielleicht kam ihm das nur so vor, weil er, wann immer er hierherkam – und er kam seit weit über zwanzig Jahren, in jeder Trockenzeit –, an die Margorschlange denken musste.

Die Margorschlange! Margorschlangen gab es überall auf der

Welt, zumindest, was den bekannten Teil davon anbelangte, aber sie waren selten. Die meisten Menschen hatten noch nie eine gesehen. Manche hielten sie für eine Erfindung von Geschichtenerzählern. Weil sie normalerweise vor den Menschen *flohen*, sich im Boden vergruben oder unter Steinen verkrochen, wann immer sie einen Menschen witterten – und die, die sich auskannten, sagten, dass diese Schlangen Menschen aus *sehr* weiter Entfernung wittern konnten.

Was bei allen Ahnen hatte diese eine Margorschlange damals bewogen, ausgerechnet den Baum zu erklimmen, auf dem er sich zur Ruhe gebunden hatte? Er wusste es nicht, und niemand hatte es ihm je verraten können. Und warum hatte sie ihn gebissen, wo er sie doch sicher nicht gereizt hatte? Auch das ein völliges Rätsel.

Alles, was er mit Gewissheit sagen konnte, war, dass dieser Moment sein Leben in zwei Teile gespalten hatte: Der kräftige, gut aussehende Geslepor, dem die Frauen nachgeschaut hatten und der ein gefragter Träger zum Markt gewesen war, schon in jungen Jahren im Nest Por, aber auch später in der Feste – dieser Geslepor war in diesem Moment gestorben. Übrig geblieben war nur ein Schatten davon, ein missratenes Abbild, krank, hässlich, mit ausfallenden Haaren und gelbstichiger Haut. »Du bist noch mal davongekommen«, hatte man zu ihm gesagt und dass er »Glück im Unglück« gehabt habe. Doch das sah nur so aus. Er hatte den Biss der Margorschlange nicht überlebt, sondern mit der Hilfe des seltsamen Kräutermanns nur seinen Tod hinausgeschoben. Der übrig gebliebene Geslepor musste sich jedes Jahr einer anstrengenden Kur unterziehen, um seinem allmählich verlöschenden Leben ein weiteres, von Schwächeanfällen und Leibschmerzen überschattetes Jahr abzutrotzen.

Das war auch diesmal wieder sein Anliegen. Warum auch nicht? Es war ein Geschäft, ein Vorteil für beide Seiten. Der Kräutermann lebte einsam, abseits der Welt, und vermochte jeden zu heilen, nur sich selbst nicht. Er, Geslepor, brachte ihm Dinge, ohne die er nicht leben konnte, und bekam dafür die Behandlung, ohne die *er* nicht leben konnte.

Dass er den Kräutermann als Kontaktperson führte, war nur ein Vorwand, um den wahren Grund seiner häufigen Reisen in die Küstenlande zu verschleiern. Die Regeln Pihrs verlangten nämlich, dass ein Bruder im Feld nicht in Abhängigkeit irgendeiner Art geriet, und abhängig, das war er ohne Zweifel. Hätte der Oberste Bruder von seinen Kuren erfahren, hätte er ihn in der Feste behalten – ihn womöglich ins Archiv gesteckt, was für ein Gedanke! Er hätte Bogoleik, den Heilkundigsten unter den Brüdern, angewiesen, ihn zu behandeln. Geslepor hatte aber im Lauf der Jahre miterlebt, was Bogoleik konnte und was nicht; unter dessen Händen hätte er keine zwei Frostzeiten mehr gesehen. Hätte er nicht Stillschweigen bewahrt, wäre seine Asche schon längst vom Gipfel der Feste geweht.

Zeit, aufzubrechen! Die giftigen Seen waren nicht mehr weit. Geslepor band sich los und richtete seine Kleidung. Essen wollte er nichts; der bloße Gedanke widerte ihn an. Er würde sich auch erst später waschen, wenn er irgendwo ein fließendes Gewässer fand. Das wahrscheinlich ein eiskalter Gebirgsbach sein würde, aber darauf kam es jetzt auch nicht mehr an.

Er nahm sein Gepäck wieder auf den Rücken, vor allem den Käfig mit dem Kuriervogel. Der lag im tiefen Dauerschlaf und zuckte nicht einmal mit den Flügeln, als Geslepor das enge Behältnis von dem Ast losband, an dem er es über Nacht befestigt hatte. Diese Graulinge waren schon merkwürdige Geschöpfe!

Immerhin, sagte sich Geslepor, als er das Gepäck geschultert hatte und sich in die Luft erhob, ein guter Träger war er immer noch. Und sei es nur aus Gewohnheit. Er dachte an die Stunden zurück, die er mit dem Studium des Buches Jufus verbracht hatte, weil er irgendwann als Händler für sein Nest auf den Markt hatte fliegen wollen, nicht nur als Träger.

Das hätte er bestimmt auch eines Tages geschafft. Er hatte sich so manches Mal gefragt, ob es übertrieben gewesen war, sich gleich der Bruderschaft anzuschließen, als Alagiar mit ihm Schluss gemacht hatte. Klar, damals hatte es sich absolut richtig angefühlt. Aber konnte man mit verwundetem Herzen irgendeine richtige Entscheidung treffen?

Andererseits war er, vor noch gar nicht so langer Zeit, im Rahmen einer Mission mal wieder bei den Giar der Ostlande gewesen. Alagiar hatte ihn nicht erkannt, er sie aber schon. Mit Entsetzen! Die zarte, empfindsame Schönheit von einst war heute eine derbe, reizlose Frau, die zwei Kinder hatte, einen aufsässigen Jungen und ein Mädchen mit ungleichen Flügeln, das sich mit dem Fliegen schwertat, auch, weil sich niemand darum kümmerte. Es gab ja Ausgleichsübungen, spezielle Flugtechniken, aber die musste man eben lernen. Stattdessen hatte Alagiar nur unablässig mit dem Vater ihrer Kinder gestritten, einem armen Vogel, der es ihr bloß recht machen wollte.

Das war auf seine Weise auch ein einschneidender Moment gewesen. Seither dachte er manches Mal, dass vielleicht doch alles seinen Sinn gehabt hatte.

Womöglich sogar das mit der Margorschlange, auf irgendeine Weise, die er nur noch nicht verstand.

***

Am frühen Nachmittag erspähte er endlich die giftigen Seen, unverkennbar, so blutrot und kreisrund, wie sie waren, bis auf den einen, zu dem er wollte. Ab da war es nur noch sanftes Gleiten auf die Felsnadel zu, die ihm immer vorkam wie eigens errichtet, damit man die Hütte des Kräutermanns nicht verfehlte.

Mit einem Seufzer der Erleichterung landete Geslepor auf der schmalen Plattform, die die Hütte umgab. Es tat gut, die Schwingen sinken lassen zu können. Er wusste nicht, was ihm mehr wehtat, sein Rücken oder sein grummelnder Bauch.

»Hallo?«, rief er. Der Kräutermann hatte ihm seinen Namen nie verraten, hatte darauf beharrt, keinen mehr zu haben. Nun, das war nur fair, schließlich hatte Geslepor seinen Namen auch für sich behalten.

Keine Reaktion.

»Ich bin's«, rief er, etwas lauter. »Alle Jahre wieder!«

Es tat sich immer noch nichts. Geslepor öffnete die Tür. Drinnen stand eine Pfanne auf dem Ofen, es roch nach altem Hiibu-Speck und Süßzwiebeln. Weit konnte er nicht sein.

Er lud sein Gepäck ab, legte es auf die Bank neben der Tür. Den Käfig mit dem Vogel trug er wieder hinaus auf die Plattform, stellte ihn dort ab und sah sich um. Auf dem weitgehend kahlen, kotzgelben Boden führten eine Menge Fußspuren in alle Richtungen, so viele, dass man nichts aus ihnen ablesen konnte.

»Kräutermann! Wo bist du?«

Stille. Er ging wieder hinein, sah sich an, was in den Regalen stand: Gläser mit Samen, Kräutern oder Beeren neben einer halb geleerten Flasche Eisbrand, Säckchen mit Kräutern neben Trockenhonig, ein Mineralstein neben einem Tiegel mit haltbarem Fischfett. Über den Sprossen der Leiter, die unter das Dach führte, hingen feuchte Wäschestücke. Der Kräutermann hatte eindeutig nicht mit seinem Besuch gerechnet. Obwohl eigentlich die übliche Zeit war.

Geslepor befühlte eines der Kleidungsstücke, erwog, es schon mal rauszuhängen, an die Leine unter dem vorstehenden Dach. So unbequem es war, er würde wieder dort oben schlafen und sich bestimmt wieder jeden zweiten Morgen den Kopf an einem Dachsparren anhauen, wenn er aufwachte.

Nun, damit konnte er leben. Die letzten Jahre war es ja auch immer gegangen.

Er ließ den Stoff los, sah sich um. Wo blieb der Alte denn?

Auf einmal hatte Geslepor ein ganz ungutes Gefühl. Er trat in die Mitte des engen Raumes, sah sich um. Auf dem Arbeitstisch lagen trockene Blätter, die ein Windstoß durch die offen stehenden Fenster hereingeweht haben musste. Seltsam. Geslepor spähte hinaus. Niemand zu sehen, keine Bewegung.

599

Einer Eingebung folgend trat er an den Herd, legte behutsam die Hand darauf.

Der Herd war kalt. Die Pfanne auch. Was da so roch, war ein Gericht, das langsam verdarb.

Kein gutes Zeichen. Absolut nicht.

Jetzt sah er, dass auch auf der Schlafkuhle trockene Blätter lagen. Und unter dem Geruch des alten Essens, fiel ihm auf, lag noch eine andere Note, eine Ausdünstung von Krankheit, die er früher nie vernommen hatte …

Er durchquerte die Hütte, riss die Tür auf, trat hinaus auf die Plattform und schrie: »*Kräutermann!*«

Doch der Wald, der das abgestorbene Gebiet rings um den roten See belagerte, verschluckte seine Stimme, antwortete nur mit verhaltenem Knarren seiner Bäume.

Geslepor musste aufkeimende Panik niederkämpfen. Was war hier los?

Es blieb ihm nichts anderes übrig: Er breitete die schmerzenden Flügel wieder aus und sprang, tat ein paar Schläge, die ihm durch und durch gingen, gewann an Höhe und machte sich daran, den giftigen See zu umrunden, in gebührendem Abstand natürlich. Nichts zu sehen. Er ließ seinen Blick nach allen Seiten schweifen, bemüht, nichts zu übersehen, keine Spur, keinen Hinweis.

Im Wasser trieb jedenfalls nichts und niemand. Die Oberfläche des Sees lag so still und glatt da wie geschliffener Rubin.

Er flog weiter, hielt Ausschau, lauschte, hörte aber nur seinen eigenen Atem, der heftig ging, und das Rauschen seiner eigenen Flügel. Mit jedem mühsamen Schlag wurde es mehr und mehr zur Gewissheit, dass er alleine war.

An der Quelle fand er ihn schließlich, an jenem von Klarschilf gesäumten Zufluss sauberen Wassers aus den Tiefen des Akashirs, aus dem sich der See speiste. Schon von Weitem sah er den Kräutermann an einem verdorrten Baumstamm lehnen, einen tönernen Wasserkrug neben sich, die Hand ruhig im Schoß, die andere lo-

600

cker neben sich; ein Mann, der sich ausruhte und dabei gedankenverloren in das helle, unablässig fließende Wasser schaute.

Doch als Geslepor bei ihm landete, sah er, dass der alte Mann nirgendwohin schaute. Der Kräutermann war tot, und Vögel hatten seine Augäpfel gefressen.

***

Geslepor sank kraftlos zu Boden, erfüllt von dem Gefühl, am Ende zu sein. Ohne das Wissen und Können des Kräutermanns war er verloren!

»Was soll ich denn jetzt machen, alter Mann?«, sagte er zu dem Toten. »Das ist gegen die Abmachung. Das ist *absolut* gegen die Abmachung.«

Er war am Durchdrehen, er merkte es selber.

Aber er wusste tatsächlich nicht, was er machen sollte, und so saß er eine ganze Weile einfach nur da und betrachtete den toten alten Mann mit den verkrüppelten Flügeln und den leeren Augenhöhlen. Er dachte an den Obersten Bruder, der gar keine Flügel besaß, nur Stummel, und daran, wie viele Menschen es gab, deren Flügel nicht genügten, um das Leben zu bewältigen. Darüber sprach man so gut wie nie. In aller Regel kümmerten sich die Nester gemeinsam um ihre missratenen Sprösslinge, aber es blieb ein Leben auf Gnade: Die Flügellosen konnten oft wenig oder nichts beitragen, und die Wahrscheinlichkeit, dass sie irgendwann vom Baum fielen und entweder durch den Sturz zu Tode kamen oder vom Margor geholt wurden, war groß.

So gesehen war der Kräutermann ungewöhnlich alt geworden. Was für ein Schicksal ihn wohl hierher verschlagen hatte? Geslepor wusste es nicht, und nun würde er es auch nie mehr erfahren.

Schließlich richtete er sich wieder auf. Er konnte nicht ewig hier sitzen bleiben, und er konnte den Toten auch nicht so liegen lassen. Verbrennen konnte er ihn allerdings ebenso wenig, denn

Holz war rar in dieser margorfreien Zone, das wusste er von seinen früheren Aufenthalten nur zu gut.

Also war klar, was einzig blieb.

Geslepor raffte sich auf, trat auf den Leichnam zu und packte ihn an. Aus der Nähe war der Verwesungsgeruch schier unerträglich. Es war nicht der erste Tote, mit dem Geslepor zu tun hatte, aber er würde sich wohl nie daran gewöhnen.

Immerhin, der Kräutermann war nicht so schwer wie manch anderer. Er war ein alter Mann gewesen, der wenig zu essen gehabt hatte und keine großen, sperrigen Flügel besaß. Geslepor schaffte es, sich mit ihm zusammen in die Luft zu erheben, wenn auch mit letzter Kraft.

Er konnte es sich nicht leisten, wählerisch zu sein. Er flog einfach ein Stück über die Bewuchsgrenze hinaus und ließ den Leichnam fallen. Der Margor holte ihn fast sofort, mit einem gruseligen, schmatzenden Geräusch. Nur ein paar Federn blieben übrig, ausgerechnet!

Hinterher wusch sich Geslepor an eben jener Quelle, an der er den toten Kräutermann gefunden hat, wusch sich so lange, bis er das Gefühl hatte, nicht mehr nach Tod zu riechen. Dann erst kehrte er in die Hütte zurück.

Was nun?

Das Naheliegendste zuerst. Er leerte den Inhalt der Pfanne in den Müll, reinigte sie gründlich und hängte sie zum Trocknen auf. Dann sah er die Vorräte durch und überlegte, was er sich machen konnte. Er aß schließlich nur ein altes, hartes Stück Stangenbrot, das er in etwas Wasser mit ein paar Tropfen Eisbrand einweichte; ein in den Ostlanden gebräuchliches Hausmittel bei Verdauungsbeschwerden aller Art.

Nur, dass er nicht einfach an Verdauungsbeschwerden litt. Sein Feind war das Gift der Margorschlange, das immer noch in seinem Körper war und, unter anderem und hauptsächlich, seine Leber in Mitleidenschaft zog.

Geslepor verzehrte seine karge Mahlzeit und machte sich dann, da er nichts anderes zu tun hatte, daran, die Hinterlassenschaften des Kräutermanns zu sichten.

Da waren zunächst jede Menge Bündel trockener Kräuter, unter der Decke aufgehängt. Manche von ihnen waren mit einem erklärenden Zettel versehen, die meisten aber nicht. Für die Kräuter in den Säckchen galt dasselbe, ebenso wie für all die Tiegel, Flaschen und Körbchen. In den Kisten fanden sich mal Kleidungsstücke – darunter schöne, aufwendig gearbeitete Strickjacken und Schals –, mal getrocknete Lebensmittel aller Art, haltbare Vorräte für karge Zeiten. Das Fach mit den Kochutensilien beim Ofen war ein einziges Durcheinander, das Regal mit den Gerätschaften, die man zum Zubereiten von Arzneien benötigte – Mörser, Rührbecher, Messlöffel, Mischglas, Waage und dergleichen –, war dagegen geradezu penibel sauber.

Und dann entdeckte Geslepor in dem Fach unter dem Tisch, ganz hinten, ein Buch.

Er zog es hervor. Es war in edles Leder gebunden, dick und schwer. Als er es aufschlug, las er auf der ersten Seite:

Die heilenden Wirkungen von Kräutern und Mineralien.
Ergänzende Anmerkungen zum Buch Gari,
nach eigenen Beobachtungen verfasst von
Luksil.

Geslepor spürte sein Herz auf einmal heftig schlagen. Das also war der Name des Kräutermanns gewesen – Luksil! Und er hatte sein Wissen schriftlich niedergelegt!

Er zog den Hocker heran, war so aufgeregt, dass er sich fast auf einen seiner Flügel gesetzt hätte. Er blätterte weiter. Seiten um Seiten waren Pflanzen gezeichnet und beschrieben, war erklärt, gegen welche Beschwerden sie halfen und wie man damit Tees, Tinkturen, Salben, Inhalationen, Aufgüsse und dergleichen zubereitete.

Er las und las, blätterte vor und zurück. Als es dunkel wurde, holte er eine der beiden Fettlampen, die der Kräutermann besessen hatte, zündete den Docht an und las in ihrem Licht weiter. Und als er, irgendwann tief in der Nacht, das Ende der Aufschriebe erreicht hatte, stand sein Entschluss fest: Er würde sich selbst behandeln, nach den Anweisungen dieses Buches!

***

Wie dringend nötig er eine Behandlung hatte, merkte er am nächsten Morgen. Er hatte in Luksils Kuhle geschlafen, auf die er nur ein frisches Tuch aufgezogen hatte, und erwachte unter Schmerzen, geschüttelt von Leibkrämpfen, die gar nicht mehr aufhören wollten. Als er es endlich geschafft hatte, sich ins Freie zu schleppen und auf dem Abtritt an der Hinterseite der Hütte sein Wasser abzuschlagen, sah er, dass es rötlich verfärbt war. Das hatte er schon einmal gehabt. Der Kräutermann hatte ihm damals erklärt, es sei ein Zeichen, dass seine Nieren angegriffen seien, und ihn dann Unmengen eines schrecklich bitteren Tees trinken lassen.

Geslepor erinnerte sich sogar noch, woraus dieser Tee bereitet worden war, nämlich aus der zerstoßenen Rinde des Graubaums. Als die Schmerzen nachließen, wankte er in die Hütte zurück, schlug in dem Buch nach und fand seine Erinnerung bestätigt. Der Graubaum, las er, war in Wirklichkeit gar kein Baum, vielmehr nannte man einen kaum hüfthohen Busch so, der in trockenen Hochlagen wie dieser auf sandigem Boden wuchs.

In einem Säckchen fand sich auch genug getrocknete Graubaumrinde, um seinen Bedarf fürs Erste zu decken. Geslepor entfachte ein Feuer im Herd und setzte Wasser auf. Während er darauf wartete, dass es zum Kochen kam, zerstieß er die angegebene Menge Rinde im Mörser, genau so, wie es im Buch beschrieben war.

Unter Schmerzen bereitete er den Tee. Als er endlich so weit abgekühlt war, dass er ihn trinken konnte, trank er ihn in kleinen

Schlucken, wie es das Buch verlangte und wie es ihm auch der Kräutermann einst befohlen hatte.

Es war tatsächlich der Tee von damals. Der Geschmack war unvergesslich.

Und er half. Zumindest *fühlte* er sich schon nach der ersten Tasse besser. Das gab Anlass zur Hoffnung. Er war nicht verloren, nein, im Gegenteil – er würde lernen, sich selber zu kurieren. Das Buch war der Schlüssel dazu. Das Buch und die Vorräte des Kräutermanns.

Allerdings – was die Behandlungen anbelangte, die ihm der Kräutermann bei seinen alljährlichen Kuren hatte angedeihen lassen, half ihm seine Erinnerung wenig. Er hatte nie groß darauf geachtet, zu welchen Kräutern sein Gastgeber gegriffen hatte; dazu war er auch meist in einem viel zu schlechten Zustand gewesen. Zudem hatte der Kräutermann stets ein Geheimnis darum gemacht, sich ungern über die Schulter schauen lassen. Damals hatte Geslepor sich dafür ohnehin nicht interessiert; er hatte einfach alles über sich ergehen lassen, gehorsam geschluckt oder inhaliert, was man ihm vorgesetzt hatte, sich ergeben in Einreibungen gefügt und was der Behandlungen mehr gewesen waren. In seiner Erinnerung verschmolzen sie alle zu einem endlosen Aufenthalt voll intensiver Gerüche und einem nie endenden bitteren Geschmack im Mund.

Er beschloss, es langsam anzugehen. Zunächst konzentrierte er sich ganz auf den Graubaum-Tee und darauf, das Buch noch einmal im Hinblick auf seine Beschwerden durchzugehen. Dummerweise fand die Margorschlange keinerlei Erwähnung; er war wohl tatsächlich ein sehr seltener Fall. Doch irgendwie, sagte er sich, würde er schon zurechtkommen.

Er las den ganzen Tag und bereitete nebenher noch zweimal eine stattliche Menge Tee zu, den er trank, während er Kräuternamen und Zubereitungsarten auf einem Stück Papier versammelte. Als er sich gegen Abend schon ein wenig besser fühlte, wagte er es auch, sich etwas zu essen zu kochen; einen simplen Brei aus

605

Frostmoos und einer Süßzwiebel, die noch genießbar aussah. Es schmeckte nicht besonders gut, aber zum ersten Mal konnte er sich ohne Krämpfe schlafen legen.

***

Am nächsten Morgen fühlte er sich sehr schlecht. Heiß irgendwie. Fieber, eigentlich, aber nur leicht. Vielleicht eine Reaktion seines Körpers auf die Teebehandlung am Vortag. Hatte er möglicherweise zu viel davon getrunken? Gut möglich, dass er es übertrieben hatte, doch.

Hunger hatte er! Das wiederum war bestimmt ein gutes Zeichen. Er weichte sich ein paar Flocken ein, die zwar schon etwas ranzig rochen, aber, so vermutete er zumindest, von Schaumgrassamen stammten, die ja sehr nahrhaft waren, die ideale Krankenkost, hörte man immer wieder.

Lästig war, dass seine Augen brannten und tränten. Das war nicht gerade hilfreich dabei, das größte Problem zu lösen, vor dem er stand, nämlich, herauszufinden, welche der Kräuter welche waren. Die wenigsten Büschel, Säckchen und sonstigen Behältnisse waren beschriftet, und die meisten Kräuter sahen sich im getrockneten Zustand nun mal verdammt ähnlich. Die braunen Brösel zum Beispiel, die eines der Säckchen prall füllten – war das getrockneter Blutfarn? Die getrockneten Blätter der Brennblume? Eisenranke? Oder am Ende nur schlichtes Bitterkraut? Im Buch waren all diese Pflanzen beschrieben und gezeichnet, aber eben in ihrem Naturzustand, und das half ihm nicht arg weiter. Schließlich kam er auf die Idee, ein paar der Brösel zwischen den Fingern zu zerreiben und daran zu riechen. Es roch süßlich, was auf Eisenranke hindeutete, die er brauchen würde.

Nichts zu machen kam sowieso nicht in Frage, also setzte er damit eine Tinktur an, genau nach der Anleitung im Buch. Danach musste er sich ein bisschen ausruhen, ehe er weitermachte. Er fühlte sich beunruhigend schwach. Zittrig. Fliegen hätte er jetzt nicht können. Außerdem schwitzte er bei der kleinsten Anstrengung, selbst wenn es nur darum ging, Kräuter in einem Mörser zu Pulver zu zermahlen.

Immerhin, Gari-Beeren waren unverkennbar. Er zerstieß auch sie, rührte sie mit etwas Heuextrakt an, den man ebenfalls mit nichts verwechseln konnte – *der* Tiegel war außerdem ordentlich beschriftet, ausgerechnet! –, und ließ das Ganze dann gären. Heute Abend würde er den Sud einnehmen, drei Löffel voll.

Er musste es einfach langsam angehen, so gut, wie er es eben konnte. Ein bisschen an den Mitteln arbeiten, ein bisschen ausruhen, immer abwechselnd.

Das nächste Problem waren die Wurzelstücke, die er in einem Körbchen gefunden hatte. Waren das nun wirklich Wurzeln des Langstieligen Salzbuschs? Der Beschreibung nach konnte es auch die Wurzel des Vaterkrauts sein, was in seinem Fall ein unwirksames Mittel gewesen wäre; mangelnde Zeugungsfähigkeit war nun wahrlich nicht das, was ihn beunruhigte.

Egal. Er musste es drauf ankommen lassen. Er würde den Wurzelsud ansetzen, gleich nach der nächsten Ruhepause.

***

Er war wieder zu Hause, wie kam das?

Wie schön! Dieses Licht, ja, kein Zweifel. Dieses Licht gab es nur in den Ostlanden.

Das vertraute Nest. Der vertraute Duft des Portas, der darunter floss. Alles war gut.

Und es war wieder früher Morgen. Er wartete wieder zusammen mit den anderen auf dem Spitzfelsen über dem Strand, war wieder jung und stark. Die Welt lag dunkel da, dämmergrau bis auf diesen dünnen, rosafarbenen Rand im Osten, der nun schnell breiter wurde und heller, bis sich das große Licht des Tages lodernd daraus erhob und das Meer erglühte wie wogendes Feuer, herrliche, überwältigende Augenblicke lang.

Jetzt hieß es aufsteigen, um die Wette, die Luft mit mächtigem Flügelrauschen erfüllen. Von oben sahen sie die Fischschwärme, die sich, aufgescheucht durch die anbrechende Helligkeit, bewegten, als schwämme ein gigantisches Untier dicht unter der Oberfläche des Ozeans.

Dann jauchzte Etepor, wie niemand außer ihr jauchzen konnte, und das war wie immer das Signal, zum Sturzflug anzusetzen und die Netze auszubreiten. Jetzt galt es!

»Ges!«, schrie Arpor. »Da!« Damit warf er ihm ein Ende seines Netzes zu, verstärkt durch ein rundes Holzstück, an dem schon Generationen zugepackt hatten.

Auch Geslepor packte zu. Gemeinsam rasten sie dicht über den glühenden Wellen dahin und spürten, wie sich das Netz füllte, wie es schwerer und schwerer wurde, wie es bebte und wackelte. Die Herausforderung war, es nicht zu weit zu treiben, sondern rechtzeitig hochzuziehen, ehe es zu schwer wurde.

»Raus!«, rief Geslepor, als es genug war, und dann kämpften ihre Flügel mit Luft und Last, schienen ihre Muskeln schier reißen zu wollen, keuchten sie, dass ihnen der Hals brannte, aber am Ende bekamen sie das volle Netz in die Luft, prall und schwer, die aneinandergepressten Fischleiber golden schimmernd im Morgenlicht. So schlugen sie den Rückweg ein, einmal mehr triumphierend, nicht der Beute wegen, sondern weil es so herrlich war, seine ganze Kraft in eine Sache legen zu können.

Da waren auch Etepor und Durpor mit ihrem Netz, und Osinpor und Baspor. Nur Galpor und Ifpor hatten es wieder einmal übertrieben, mussten ihr Netz loslassen und warten, bis die Fische entflohen waren, damit sie es aus dem Meer bergen konnten. Pech, denn einen zweiten Versuch gab es nicht. Sie mussten den Spott ertragen, und Geslepor lachte so laut wie die anderen …

***

Geslepor fuhr hoch, und als er begriff, dass es nur ein Traum gewesen war, kamen ihm die Tränen.

Er war nicht mehr jung. Er war nicht mehr stark. Die leuchtenden Tage der Jugend würden nie mehr wiederkehren, nicht einmal dann, wenn er ganz gesund werden sollte.

Er musste sich zusammenreißen! Gewiss, er war müde, aber erst musste der Heilungsprozess in Gang gebracht werden. Dann konnte er ausruhen. Dann *musste* er sogar ausruhen, um alle Energien der Heilung zukommen zu lassen. Aber erst musste er die Mittel einnehmen!

Zuerst den Sud aus den Gari-Beeren. Er setzte den Becher an, nahm ihn wieder weg. Wie das stank! Hatte das früher auch so gestunken? Er wusste es nicht mehr. Wahrscheinlich. Neuer Versuch – Nase zuhalten, Becher ansetzen, trinken. Immerhin, den Geschmack erkannte er wieder: so bitter, dass man das Gefühl hatte, alle Federn müssten einem ausfallen und die Fußnägel obendrein. Und es biss auf ganz typische Weise in den Schleimhäuten. Da half nur nachspülen, mit viel Wasser.

Dann saß er zitternd da und lauschte auf das Rumoren in seinem Inneren. Ihm war schon wieder danach, die Augen zu schließen, aber er verbot es sich, raffte sich stattdessen auf, den Wurzelsud anzusetzen. Ein Stück Wurzel, so lang und so dick wie sein kleiner Finger, das war die Dosis. Fein reiben, auf der Reibe aus gebrannter Keramik, die der Kräutermann schon besessen hatte, als Geslepor das erste Mal hier gewesen war.

Seine Hände zitterten. Vor Ungeduld.

Nein, das war Hunger! Er hatte seit Tagen nichts wirklich Sättigendes mehr gegessen, nur ausgeschieden, auf alle Arten, die es gab. Irgendwoher musste aber auch die Kraft kommen, die Krankheit zu bekämpfen. Ja, er musste dringend etwas essen.

Doch erst das mit der Wurzel, da durfte er nicht mittendrin aufhören. Alles verreiben, die faserige Masse in ein Schälchen, die Reibe mit ein bisschen Wasser abspülen. Noch einmal das Buch zu Rate ziehen. Was kam dazu? Ah ja, ein paar Blätter der Pommerondenblüte. Das waren diese länglichen, hellblauen Dinger in diesem Tiegel. Woher er die wohl hatte? Die wuchsen doch nur im Süden, auf den Perleninseln?

Egal. Was nun? Etwas Fett dazu. Gut verrühren, dann warm stellen und warten.

Das Feuer im Herd war am Ausgehen. Er legte einen Scheit nach, blies ein bisschen und ließ es wieder, als ihm davon schwindlig wurde. Heiß war ihm auch. Das Fieber. Zum Wilian damit!

Er stellte den Tiegel an die Seite des Herds, dann schüttete er die eingeweichten Flocken in einen Topf und kochte sie auf. Sie schmeckten wie ranziges Flügelfett, also tat er so lange Trockenhonig dazu, bis der Brei einigermaßen genießbar war.

Hinterher war er erschöpft, zum Einschlafen müde. Aber erst musste er sich mit der Tinktur aus Eisenranke einreiben, da galt keine Ausrede. Scheußliches Zeug, eine grau-schwarze Brühe. Er zog seine Kleidung aus, um sie nicht zu ruinieren; was machte es schon, wenn er nackt hier herumsaß? Sah ihn ja keiner. Er verteilte die Tinktur auf dem Bauch, verrieb sie. Lange. Daran erinnerte er sich noch: Wie der Kräutermann neben ihm gestanden und gesagt hatte, *reiben, reiben, reiben, bis alles eingezogen ist. Das dauert. Und immer im Kreis, rechts aufsteigend, links absteigend.*

Er rieb und rieb, bis keine Tinktur mehr übrig und sein ganzer Unterleib schwarz war. Dann ließ er sich in die Kuhle sinken, bedeckte sich mit den Flügeln und schlief ein.

***

Es war heiß, brütend heiß. Auf den Perleninseln zu sein war, als wäre man in einer anderen Welt. Man war versucht, sich das Gesicht auch mit der roten Lehmpaste der Einheimischen einzureiben zum Schutz gegen die Mücken und den grellen Himmel. Die Leute hier flogen wenig, gingen eher zu Fuß und hielten ihre Flügel auf eine ganz merkwürdige Weise über sich, um sich vor dem Licht zu schützen. Geslepor versuchte manchmal, diese Haltung nachzuahmen, doch nach kurzer Zeit verkrampfte sich immer alles in seinem Rücken, also legte er die Flügel lieber wieder an und erduldete die herabflutende Hitze.

Aber die Märkte! Die waren es wert! Allein die Farben und die Gerüche versetzten einen im Nu in schiere Ekstase, und dass jeder jeden zu überschreien versuchte, gab einem den Rest. Geslepor taumelte zwischen den Ständen dahin, lächelte Leute an, die ihm Töpferwaren anboten oder bunte Stoffe oder Rauchkraut, schüttelte den Kopf, wenn ihm jemand Armreifen aus geschlagenem Gold hinhielt oder geflochtene Schirme, probierte Obstschnitze und getrockneten Fisch und süßen Tee und ließ sich weitertreiben, ohne Ziel und Bestimmung, seine Mission vorübergehend vergessen.

Denn er war endlich zum Feldbruder berufen worden, war endlich eingeweiht in die geheime Kunst, den Weg durch die Graswüste zu finden. Er hatte gelernt, wie man die Signalsteine las, um aus allen Richtungen die margorfreien Punkte auszumachen, und konnte die Feste damit jederzeit verlassen und betreten.

Gratuliere, hatte Nesleik, sein Lehrer, gesagt, als sie die sieben Pfade absolviert hatten. *Es ist selten, dass ein Kandidat die Prüfung auf Anhieb besteht.*

Geslepor hatte nur gelächelt, bescheiden getan, aber innerlich gejubelt.

Seither ging es hinaus in die Welt! Seither war er einer von denen, die die Augen und Ohren offen hielten, um herauszufinden, wo die Gesetze der Ahnen nicht angemessen beachtet wurden.

Das war nicht schwer. Meistens brauchte man nur ein bisschen mit den Kindern zu reden. Wenn man sie fragte, ob sie schon mit den Großen Büchern unterwiesen wurden, was sie gelernt hatten und was sie darüber dachten, dann wusste man gleich, wie es um das Nest im Ganzen bestellt war. Später noch ein Besuch in der einen oder anderen Werkstatt, auf einen kleinen Plausch, und schon bekam man die Erfindungen gezeigt, an denen die Leute arbeiteten.

Und darüber erstattete man Bericht. Freilich, eine Erfindung verstieß nicht automatisch gegen die Gesetze. Da gab es klare Regeln, und letztlich entschied der Oberste Bruder, ob sie eingriffen und wenn ja, wie. *Behutsam, aber wirksam* lautete das Motto. Das Zweite Buch Pihr enthielt jede Menge Methoden, auf die beides zutraf.

Aber hier, in der brütenden Hitze des Südens, kam ihm eine Idee, die nicht im Buch Pihr stand.

Er würde auf Märkte gehen, als Händler! Märkte gab es überall auf der Welt, und auf Märkten wurde viel geredet und geklatscht. Auf Märkten erfuhr man Dinge, die man anderswo nicht erfuhr.

Und nicht nur das. An den Markttagen waren Männlein wie Weiblein weit weg von zu Hause, aufgekratzt und abenteuerlustig, und die Schlafhütten der Marktbäume waren nahe und zudem unübersichtlich; niemand wusste im Grunde, wer wohin gehörte. So wurde geflirtet und geschäkert, was das Zeug hielt, und wenn zwei eine Weile verschwanden, fiel das niemandem auf.

Die Idee, sich als Händler auszugeben, kam Geslepor an einem Stand, wo allerlei geschnitztes Besteck aus dunklem Palmenholz angeboten wurde. Er deutete auf die großen Holzlöffel und fragte: »Wie viele kriege ich für einen Kupfernen?«

Die Händlerin war in weißes Tuch gehüllt, trug ihre hellblonden Haare hochgebunden, hatte bemalte Hände und das Gesicht dick mit roter Paste eingerieben. Sie wiegte den Kopf und sagte: »Sechs.«

Geslepor hielt den Kupfernen hoch. »Zehn.«

Sie klimperte mit ihren langen, schwarzen Wimpern. »Acht, und das ist mein letztes Wort.«

»Also gut, acht.«

So wurden sie sich handelseinig, und von da an zog Geslepor mit acht Holzlöffeln über die Märkte. Eine Frostzeit kam und ging, ehe er den ersten davon verkaufte. Die Löffel waren leicht und einfach zu transportieren, und schön waren sie auch – Palmenholz galt nicht umsonst als das schönste Holz der Welt –, aber niemand sah die Notwendigkeit, Holzlöffel zu kaufen, denn Löffel aus Holz, die machte man besser selber. Tatsächlich war das Schnitzen eines Löffels eine beliebte Aufgabe für Junge, um den Umgang mit Werkzeug zu erlernen.

Aber Geslepor *wollte* seine Löffel ja gar nicht verkaufen.

Ach, so viele schöne Erinnerungen! So viele schöne Begegnungen! Wie hatte die zierliche Frau auf dem Fischmarkt im Schlammdelta geheißen? Halsem, richtig. Die hatte ihn richtiggehend abgeschleppt, und hinterher hatte sie mit listigem Lächeln gesagt: *Was auf dem Markt passiert, bleibt auf dem Markt.*

Und es war heiß gewesen, sehr, sehr heiß …

***

Er erwachte schweißnass, aber es war kalter Schweiß, und er fröstelte. War dies schon ein neuer Tag? Er wusste es nicht. Er zitterte am ganzen Leib. Das musste doch endlich besser werden! Das ging doch nicht so weiter!

Er kroch aus der Kuhle, zog die Hose wieder an. Dann musste er erst einmal verschnaufen. Seine Augen taten weh. Rings um ihn waberten die Schatten, die hellen Stellen flimmerten, und draußen knarrte und knackste der Wald wie ein Untier, das auf den Knochen eines unglückseligen Beutetiers kaute.

Das Hemd noch. Er musste noch den Wurzelsud einnehmen, fiel ihm wieder ein.

Wo war der überhaupt? Ach so, auf dem Herd.

Der Herd war kalt, das Feuer erloschen, die Masse im Tiegel steinhart geworden. Mist. Er konnte jetzt unmöglich das Feuer neu entfachen, nicht in diesem Zustand. Es musste ihm erst besser gehen, ein bisschen wenigstens.

Dann eben anders. Er kratzte das Zeug heraus, mit einem Eisenlöffel, und schluckte die harten Bröckchen hinab, wie sie waren.

Gleich darauf wurde ihm schlecht. *Richtig* schlecht. So schlecht, dass sich die Hütte um ihn zu drehen begann. Zugleich bahnte sich in seinem Inneren etwas Unaufhaltsames an …

Er stürzte zur Tür, stürzte hinaus, übergab sich über den Rand der Plattform, gab alles von sich, was in ihm war, in harten, schmerzhaften Zuckungen.

Dann sank er zu Boden, einen unerträglich ekligen Geschmack im Mund. Trotzdem, das musste warten, er war zu keiner weiteren Anstrengung fähig. Seine Augen wollten ihm zufallen, aber das durften sie nicht, nein. Er zwang sich, sie offen zu halten.

Sein Blick fiel auf den Käfig mit dem schlafenden Kuriervogel. Ja.

Zeit, sich einzugestehen, dass er es nicht alleine schaffen würde. Er musste Hilfe rufen. Bogoleik musste kommen. Und er *würde* kommen; Brüder ließen einander nicht im Stich!

Dieser Gedanke gab ihm neue Kraft. Er stemmte sich hoch und schleppte sich zurück in die Hütte. Drinnen tastete er in dem tiefen Fach unter dem Tisch umher, bis ihm ein kleines Stück Papier in die Finger kam, das gerade die richtige Größe für einen Kurierbrief hatte. Er hievte sich auf den Hocker, zog das Tintenfass heran, schrieb:

NOTRUF! Bin am größten der giftigen Seen im Akashir-Hochland, in der Hütte am Fuß der Felsnadel, und SCHWER KRANK – Leber, Niere, Fieber, kann nicht essen, nicht fliegen. Bitte sendet Bogoleik! Geslepor.

In einem Körbchen fand er einen brauchbaren Faden. Unglaublich eigentlich, wie viele Körbchen und Schächtelchen und Säckchen der Kräutermann angehäuft hatte; genug, um einen prächtigen Marktstand auszustatten.

Mit dem Faden und dem Briefchen wankte er hinaus auf die Plattform, wo immer noch der Transportkäfig stand. Der Vogel hatte den Körnervorrat schon leer gefressen und das hintere Ende des Käfigs verschissen, und das alles in der kurzen Zeit, die sie hier waren; nicht zu fassen.

Er fingerte den Verschluss auf und holte den Grauling heraus. Der wachte auch gleich auf, sah sich lebhaft um. Geslepor griff nach einem der Beine, um die Nachricht daran zu befestigen, aber seine Finger wollten nicht, wie er wollte, immer wieder rutschte ihm alles ab, und plötzlich wehrte sich der Kuriervogel, und ehe Geslepor reagieren konnte, riss sich das Tier los und flog davon, ohne die Nachricht.

Geslepor sank in sich zusammen, während er hilflos zusah, wie der Grauling in den Lüften entschwand.

Und jetzt? War er jetzt verloren?

Halt! Ein Vogel musste ja noch da sein! Geslepor kroch auf allen vieren wieder hinein. Der Kräutermann hatte den Schlafkäfig immer unters Dach gestellt. Wenn er mit einem neuen Vogel zu seiner jährlichen Kur gekommen war, hatte der Kräutermann es ihm überlassen, den Käfig herunterzuholen und den Vogel, der ein Jahr darin ausgeharrt hatte, freizulassen, den neuen Vogel einzusperren und alles wieder hinaufzustellen.

Gut. Gut. Und er hatte schon befürchtet …

Er quälte sich die Leiter hoch, schob die Abdeckung beiseite und streckte den Kopf hindurch. Doch da war nur ein leerer, sauberer Käfig, aber kein Vogel.

»Ach so …«, entfuhr ihm.

Natürlich war da kein Vogel mehr. Der Kräutermann hatte ihm ja eine Nachricht geschickt, zum ersten Mal in fünfundzwanzig Jahren! Die Nachricht, die die Bruderschaft dazu gebracht hatte, diesen Oris und seine Freunde zu verfolgen.

Geslepor zitterte, als er wieder unten war. Und hatte immer noch diesen ekligen Geschmack im Mund, zum Wilian damit!

Er griff nach dem Krug, aber darin war nur noch ein Bodensatz Wasser, kaum genug, den Mund einmal auszuspülen. Er wälzte die paar Tropfen hin und her, so gut er konnte, und spuckte dann alles über den Rand der Plattform, den leeren Krug in der Hand.

Kein Wasser mehr, das ging natürlich gar nicht. Also würde er jetzt erst mal Wasser holen. Eins nach dem anderen. Er musste sich konzentrieren. Er würde alle Kräfte, alle Gedanken auf das Ziel richten, diesen Krug an der Quelle zu füllen und zurückzubringen. Und dann würde man weitersehen.

Ächzend breitete er die Flügel aus, glitt hinab bis auf den Boden, kam auch sicher auf: Na also, es ging doch noch!

Mehr allerdings nicht. Den Weg bis zur Quelle würde er zu Fuß gehen, um Kräfte zu sparen.

Und das tat er, Schritt um Schritt, einen Fuß vor den anderen setzend, immer so weiter, über den leblosen, kahlen Boden, der umzingelt war von Büschen und Bäumen, die aussahen, als beobachteten sie ihn. Hier hatte der Kräutermann all seine Kräuter gefunden? Es musste wohl so sein, er hatte ja nirgends hinfliegen können. Allenfalls hatte er diejenigen, die um Rat und Hilfe zu ihm gekommen waren, darum bitten können, ihm dies und jenes mitzubringen. Doch das meiste musste er tatsächlich in jenem schmalen Streifen gesammelt haben, in dem schon etwas wuchs, aber noch kein Margor war.

Geslepor erreichte die Quelle schneller, als er befürchtet hatte. Seine Beine fühlten sich weich und schwach an, doch es hatte etwas Beglückendes, den Krug in das frische, hell plätschernde Wasser zu tauchen und zuzusehen, wie er sich füllte.

Als er wieder zurück war und vor dem Felsen stand, die umlaufende Plattform der Hütte mehr als zwei Mannslängen hoch über sich, ging ihm auf, dass er vor seinem Aufbruch besser die Strickleiter herabgelassen hätte. Daran hatte er nicht gedacht vor lauter Konzentration auf sein Ziel.

Zwei Mannslängen! Normalerweise war das ein Sprung, über den man nicht einmal nachdachte; zwei, drei kräftige Flügelschläge, und man war oben. Aber in seinem Zustand überforderte ihn das. Er versuchte es, gewiss, schlug probeweise mit den Flügeln, doch aufzusteigen war nicht drin, nicht mal, wenn er den schweren Krug abstellte.

Na großartig. Er kam nicht mehr zurück in die Hütte!

Vielleicht, wenn er sich etwas ausruhte. Der Marsch hatte ihn angestrengt. Er würde sich erst einmal ausruhen, und dann würde er es irgendwie da hinaufschaffen.

Er suchte sich eine Stelle am Fuß des Felsens, wo er sich, die Flügel weit ausgebreitet, anlehnen konnte. Den Krug mit dem Wasser stellte er neben sich. Der Krug war wichtig. Dann legte er den Kopf zurück und schloss die Augen. Nicht, um zu schlafen. Nur ein wenig ausruhen. Ein wenig verschnaufen.

***

Als er die Augen wieder öffnete, hockte Alagiar vor ihm, die Beine vor die Brust gezogen, die hellgelb-braun gemaserten Schwingen ausgebreitet, als stütze sie sich damit ab. Und sie betrachtete ihn nachdenklich.

»Wie lange bist du schon da?«, fragte er verblüfft.

»Schon immer«, sagte sie.

Sie war es. Er erkannte sie wieder. Sie war auch wieder jung und hübsch, hatte wieder dieses Leuchten in den Augen, die hellgrün waren wie die Edelsteine, die man manchmal am Strand fand, angespült von dem unendlich freigiebigen Ozean.

»Aber … aber wie kommst du hierher?«

Sie zuckte nur kurz mit den Schultern und Flügeln zugleich, wie es immer ihre Art gewesen war. »Ist das wichtig?«

War das wichtig? »Nein«, sagte er, glücklich, sie zu sehen. »Ich freu mich einfach.«

Sie sah ihn ernst an. »Du bist dabei zu gehen«, erklärte sie sanft. »Dorthin, wohin eines Menschen Flügel ihn nicht tragen. Weißt du das?«

Er sah sie an, fühlte seine Schultern herabsinken, fühlte leise Trauer.

»Ja«, sagte er dann. »Das ist wohl so.«

»Willst du mir noch etwas sagen?«

Er überlegte. Das wollte gut überlegt sein. »Etwas fragen vielleicht?«

»Nämlich?«

»Warum hast du damals mit mir Schluss gemacht?«

Alagiar nickte sinnend. »Ah ja. Damals habe ich dir tatsächlich nicht die Wahrheit gesagt. Die Wahrheit war, dass ich kein Vertrauen mehr zu dir hatte.«

»Kein Vertrauen? Wieso das?«

»Du wolltest nicht, dass ich so viel Zeit mit Basgiar verbringe. Aber du hast es nicht zugegeben. Stattdessen hast du die Lüge in die Welt gesetzt, er würde Mädchen seines eigenen Stammes nachstellen. Sich ungehörig verhalten. Gegen Kris' Gesetz verstoßen.«

Er schluckte unbehaglich. Sie hatte recht. Woher wusste sie das?

»Du warst eifersüchtig auf meinen *Nestbruder*!«, rief sie aus. »So war es doch, oder?«

»Ja«, gab er zu.

»Das hat ihn verletzt, tief verletzt. Er hat keinen anderen Ausweg gesehen, als das Nest zu verlassen. Er ist lange umhergezogen, hat sich schließlich einer Frau aus den Küstenlanden versprochen, und er ist nie wieder nach Hause gekommen.«

»Ich weiß«, sagte Geslepor.

»Und als ich erfahren habe, wie es sich wirklich verhalten hatte, konnte ich dir nicht mehr vertrauen«, fuhr sie fort. »Also musste ich Schluss machen und einen anderen Weg einschlagen als den, auf dem wir schon waren.«

Er nickte, erinnerte sich. Die Idee, ein Gerücht in die Welt zu setzen, war ihm wie eine elegante Lösung vorgekommen, um zu erreichen, was er wollte. Und hatten sie in der Bruderschaft nicht immer auf diese Weise gehandelt?

»Willst du mir noch etwas sagen?«, fragte sie noch einmal.

Geslepor nickte. Seine Zeit lief aus, er spürte es. Wenn er jetzt nicht reinen Tisch machte, würde er es nie tun können.

»Was ich getan habe, war falsch«, sagte er. »Und feige. Es tut mir leid. Ich hätte bei der Wahrheit bleiben sollen, so, wie Kris es lehrt. Bitte verzeih mir.«

Sie blickte ihn an, lächelte zum ersten Mal. Es war ein wehmütiges Lächeln. Es war ein Blick, der Abschied nahm.

»Ich verzeihe dir«, sagte sie.

Sie streckte die Hand aus, um sie ihm auf den Kopf zu legen, doch ehe sie ihn berühren konnte, wurde es dunkel.

Garwen

Nord-Leik

Garwens Blick folgte den Wellen, die aus einer Unendlichkeit von der Farbe blanken Eisens heranrollten, näher und näher, um sich ihnen schließlich vor die Füße zu werfen. Das Wasser, das verhalten gluckernd zwischen den großen, runden Steinen verplätscherte, sah kalt und klar aus. Es roch nach Salz und Algen, aber auf eine andere Weise, als er es aus den Küstenlanden kannte.

»Wieso kann man das Meer eigentlich nicht überqueren?«, hörte er Oris laut überlegen. »Man sagt immer, dass es nicht geht, weil man nirgends landen und sich ausruhen kann. Aber als Kinder haben wir doch im Wasser gespielt, in dem See oberhalb des Wentas-Falls zum Beispiel, und es war gar kein Problem, sich allein mit den Flügeln aus dem Wasser zu erheben!«

»Aber wir hatten nichts an«, erwiderte Ifnigris. »Kleidung würde nass und schwer an dir hängen. Und das Wasser in dem Becken war *warm*!«

Geröll, so weit das Auge reichte, nach links wie nach rechts. Und unablässig diese weiß gekrönten Wogen, die herankamen, mit einem verhaltenen Rauschen, das ein bisschen klang wie der Pulsschlag des Ozeans.

»Mein Vater hat viele Geschichten erzählt von Leuten, die es versucht haben«, sagte Bassaris ernst. »Keiner von denen ist zurückgekommen.«

Weiter draußen flogen schlanke weiße Vögel, die Garwen nicht kannte. Ab und zu stürzten sie sich ins Wasser und sahen dabei aus wie helle Pfeile, die ein unsichtbarer Riese auf Ziele in der Tiefe abschoss.

Und kalt war es, kalt und rau. Hier würde er jedenfalls keine Probleme mit seiner hellen, empfindlichen Haut haben.

»Tja«, hörte er Oris sagen. »Wenn wir keine Möglichkeit finden, das Meer zu überqueren, dann ist unser Weg hier zu Ende.«

Garwen musterte ihn kurz von der Seite. Oris sagte nicht, was das hieß, weil sie es sowieso alle wussten: Es hieß, umzudrehen und nach Hause zu fliegen, wo man sich bestimmt ohnehin schon Sorgen machte, weil sie so lange nichts von sich hatten hören lassen. Sie würden viel zu erzählen, aber wieder so gut wie keine Beweise dafür haben, und die meisten würden Oris, dem Sohn des Lügners, sowieso nicht glauben.

Gut, sie konnten den Schlüssel vorweisen. Falls es einer war. Doch was konnte der beweisen, außer dass sie das Grab des Ahnen Gari geschändet hatten?

Aber mal ganz ehrlich: Was machte es schon, dass der Weg hier zu Ende war? Garwen fand die Besessenheit, mit der Luchwens Cousin den Namen seines Vaters wiederherstellen wollte, befremdlich. Gewiss, es war unangenehm, wenn der eigene Vater schlecht angesehen war. Aber auch wenn Garwen sich mit seinem Vater verstand, einigermaßen jedenfalls: Falls dieser je irgendeine Dummheit machen und hinterher in schlechtem Licht dastehen sollte, dann würde er das einfach als Pech betrachten und nur als Beispiel dafür, dass man sich immer besser vorher überlegte, was passieren konnte.

Seiner Meinung nach hätte Owen das auch tun sollen: sich vorher überlegen, ob es klug war, den Leuten eine Geschichte als wahr zu verkaufen, die er nicht beweisen konnte. Erst recht, wenn sie gegen alles stand, was in den Großen Büchern zu lesen war. Eigentlich war es nicht erstaunlich, dass man angefangen hatte, seine Behauptungen anzuzweifeln; erstaunlich fand Garwen vielmehr, dass so viele Leute ihm das, was er erzählt hatte, so lange *geglaubt* hatten.

Wobei für ihn gar nicht die Frage war, ob Owen tatsächlich bis zum Himmel hinaufgeflogen war. Dass er den Himmel berührt hatte, das hielt Garwen durchaus für möglich, wenn er auch selber nie auf die Idee gekommen wäre, derlei zu versuchen. Wozu auch? Nur, um dem alten Hekwen etwas zu beweisen? Der hatte viel geredet, wenn der Tag lang gewesen war; wenn man ihm zu jedem seiner Sprüche das Gegenteil hätte beweisen wollen, hätte man viel zu tun gehabt.

Nein, ihm war es herzlich gleichgültig, dass es hier nicht weiterging.

Aber da war Ifnigris, die stolze, schöne Ifnigris, und die sagte gerade: »Eigentlich hätten wir uns denken können, dass der Ahn das Sternenschiff irgendwo verborgen hat, wo es unzugänglich ist. Wahrscheinlich hat die Bruderschaft das gewusst und den Schlüssel deswegen nicht geholt.«

Sie sagte es kühl und sachlich, aber Garwen hörte die abgrundtiefe Enttäuschung in ihrer Stimme. Ifnigris wirkte immer so vernünftig und so beherrscht, doch er wusste, dass dahinter Tiefen verborgen lagen, die er sich kaum vorzustellen vermochte. Manchmal, wenn sie zusammen waren, bekam er eine Ahnung davon, wie unerschöpflich ihre Kraft und ihr Verlangen sein konnten – und dasselbe galt für ihre Wut und ihre Enttäuschung. Und wie oft ging es ihm so, dass er, wenn er sie nur kurze Zeit nicht gesehen hatte, bei ihrem Anblick fast schmerzhaft überrascht war, wie *sehr* sie ihm gefiel? Die kraftvolle Ifnigris mit dem messerscharfen Verstand, für den er sie bewunderte. Und mit ihren Tiefen, wie gesagt. Also, man konnte wohl sagen, dass er sie liebte. Sie war die Frau, mit der er sein Leben würde verbringen können, ohne dass ihm je langweilig wurde.

Und diese Frau war nun enttäuscht, und das so sehr, dass ihr Schmerz auf ihn übersprang.

Er, Garwen, wollte nicht, dass sie derart enttäuscht war, egal warum.

Also konnte er auch nicht wollen, dass es hier endete.

Nur deshalb, nur aus diesem Grund drehte er sich zu Oris um und sagte: »Ich hätte da vielleicht eine Idee …«

***

Sein Bruder Utwen, der fünf Frostzeiten mehr gesehen hatte, so erzählte Garwen, hatte sich einer Frau von den Nord-Leik-Inseln versprochen, die Sileik hieß und mit der er seither im nördlichsten Nest der Welt lebte. Das natürlich kein Nest im Sinne des Wortes war, sondern halt eine Leik-Siedlung, auf ebener Erde.

Sileiks Vater Dorntal aber, erklärte Garwen, besaß ein Schiff und bastelte seit Jahren an Segeln, um es mit der Kraft des Windes anzutreiben. Er wollte herausfinden, wie man damit auf dem offenen Meer fahren konnte, in Gewässern, die so weit vom Festland entfernt waren, dass man es nicht mehr sah. Sein Ehrgeiz war, eines Tages einen anderen Kontinent zu erreichen.

Oris lauschte Garwens Erklärungen aufmerksam und fragte dann: »Heißt das, kurz gesagt, dass dieser Dorntal ein Schiff besitzt, mit dem man womöglich in die Eislande gelangen kann?«

»Ich habe nur davon gehört«, gestand Garwen. »Ich war selber noch nie auf den Inseln. Bei der Zeremonie des Versprechens war ich krank, meine Eltern sind ohne mich hingeflogen. Meinen Bruder habe ich das letzte Mal gesehen, als sie zur Totentrauer für Hekwen gekommen sind, und damals hatten wir andere Dinge zu reden.«

»Im Nest der Sul haben sie uns auch von solchen Versuchen erzählt, erinnerst du dich?«, sagte Ifnigris zu Oris. »Die Frau hieß Ionon. Sie hat gesagt, dass man irgendwo in den Nordlanden an Schiffen baue, die das offene Meer befahren können.«

»Ja, stimmt.« Oris nickte. »Wäre doch möglich, dass sie Dorntal gemeint hat, oder? Wo liegen die Nord-Leik-Inseln denn von hier aus?«

Garwen streckte den linken Flügel aus. »Die müssten zwei oder drei Tagesreisen von hier nach Westen liegen.«

»Worauf warten wir noch?«, meinte Ifnigris.

Oris blickte fragend in die Runde. Alle nickten, sogar, zu seiner eigenen Überraschung, Garwen.

»Na, dann los«, sagte Oris, breitete die Flügel aus und hob ab.

***

Drei Tage lang folgten sie der Nordküste nach Westen, ertrugen kalte Winde und stoßartige Böen, übernachteten in kargen Wäldern, deren dürre Bäume wenig Schutz boten, und legten sich oft hungrig schlafen. Oft musste die Erschöpfung lange gegen das Grollen im Bauch ankämpfen, ehe der Schlaf kam.

Am dritten Tag erreichten sie zwar nicht die Leik-Inseln, aber immerhin einen Nestbaum, nämlich das Nest der Nord-Lech, wie sich herausstellte. Es war ein schlichter Nestbaum, der sich in einer geschützt liegenden Bucht über dem Lechtas erhob, einem Rinnsal von Bach, doch nach dem langen, ungemütlichen Flug kam ihnen das Nest vor wie das Paradies.

Die Lech empfingen sie freundlich, ja, geradezu begeistert, denn, wie sie geradeheraus erklärten, es verirre sich viel zu selten Besuch zu ihnen. Man lud sie auf den einzigen Mahlplatz des Nestes ein, der hier im Norden auch in den warmen Jahreszeiten mit einem Windschutz versehen war, und sie bekamen endlich einmal wieder etwas »Richtiges« zu essen. Garwen sah, dass Ifnigris geradezu selig war, als man einen Teller mit Hiibu-Eintopf vor sie hinstellte, und ihm selber schmeckte es ebenfalls wie selten zuvor.

Natürlich wurden sie auch gleich ausgefragt, woher sie kämen und wohin sie wollten. Heikles Thema. Sie wechselten ein paar Blicke, und ohne viele Worte war klar, dass es Oris überlassen sein sollte zu erzählen.

Der erzählte nichts über die Bruderschaft, ihre Gefangenschaft und ihre Flucht, und auch den Einbruch in Garisruh ließ er unerwähnt. Aber er erzählte von seinem Vater, davon, wie dieser durch Verleumdungen in den Tod getrieben worden war, und sagte, dass sie nach Wegen suchten, Owens Namen wieder reinzuwaschen vor der Welt.

Man hörte ihm ernsten Gesichts zu. Ein paar der Lech erklärten, sie hätten davon gehört. Einer kannte sogar jemanden, der bis in die Küstenlande geflogen war, um Owen selber reden zu hören, und nach seiner Rückkehr gesagt hatte, er glaube ihm.

»Und wohin wollt ihr von hier aus fliegen?«, fragte der Älteste, der sich als *Orlech, der Heimgekehrte* vorgestellt hatte.

»Wir wollen zu den Nord-Leik-Inseln«, erklärte Oris. »Wir glauben, dass man uns dort weiterhelfen kann.«

Orlech, ein hochgewachsener, hagerer Mann mit langen, grauen Haaren, die er zu zwei Zöpfen zusammengeflochten trug, nickte bedächtig. »Dann seid ihr auf dem richtigen Weg. Es sind noch etwa anderthalb Tage gen Westen, bis ein Felsen kommt, der aussieht wie ein Totenschädel, der aus blinden Augen aufs Meer hinausblickt. Man nennt ihn den Totenkopffelsen, und das ist die Stelle, von der aus ihr aufs Meer hinausfliegen müsst.«

»Sieht man die Leik-Inseln von der Küste aus?«, fragte Oris.

»Wenn man in normaler Höhe fliegt und kein Nebel herrscht, ja«, sagte Orlech.

»Nebel?«, wunderte sich Luchwen. »In der Windzeit?«

Der Älteste lächelte milde. »Bei uns im hohen Norden sind die Jahreszeiten nicht ganz so klar getrennt wie anderswo. Über dem Nordmeer sind nebelfreie Tage selten.«

»Verstehe«, sagte Luchwen und wurde rot, was zusammen mit seinen roten Haaren und roten Flügeln immer wieder lustig aussah, fand Garwen.

»Es sind insgesamt fünfzehn Inseln«, fuhr Orlech fort, »von denen zwei bewohnt sind. Ich habe selbst dort gelebt, bis Jalaleik, der ich mich versprochen hatte, gestorben ist. Wenn ihr dorthin kommt, grüßt mir Zoleik, die Älteste.«

»Das werden wir gewiss tun«, sagte Oris mit feierlichem Ernst. »Wir danken euch für diese hilfreichen Auskünfte.«

Orlech schlug mit der flachen Hand auf den Tisch, eine Geste, die Garwen nicht kannte, die aber von allen anderen Lech, die um sie herum saßen, sofort auf die gleiche Weise beantwortet wurde.

»Wir sind es, die zu danken haben für die Abwechslung eures Besuchs«, erklärte der Älteste voller Freude. »Deswegen wollen wir heute Abend feiern, wie nur Lech feiern können!«

Alles sprang auf, und im Handumdrehen war ein Fest im

Gange. Aus der Küche, in der es schon die ganze Zeit geklappert und gezischt hatte, wurden weitere Köstlichkeiten aufgetragen: Frittierte Fische, gebratenes Obst, absonderlich schmeckende Gemüsegerichte, die Luchwens Augen regelrecht zum Leuchten brachten – tatsächlich sah ihn Garwen wenig später in der Küche verschwinden, fraglos, um die zugehörigen Rezepte zu erbetteln –, und allerlei süße Nachspeisen, dazu ein überaus interessant schmeckendes Bier, das die Lech, wie Garwen erfuhr, aus Algen brauten! »Was allerdings nur mit Nordmeeralgen geht«, bekam er erklärt, »die Algen der wärmeren Gewässer eignen sich dafür nicht.«

»Das ist aber schade«, meinte Garwen und nahm diese Auskunft zum Anlass, sich das Trinkhorn gleich noch einmal vollschenken zu lassen.

Währenddessen formierte sich eine Gruppe, um Musik zu machen. Im Mittelpunkt stand ein selten gewordenes Instrument: eine Harfe, auf dem eine kleine, sanft lächelnde Frau atemberaubend fingerfertig spielte. Zwei Mädchen sangen wunderschöne, nie zuvor gehörte Weisen dazu, und ein junger Mann begleitete sie auf einer Flöte, wobei sich seine Flügel unwillkürlich mit der Melodie bewegten, was ganz eigentümlich faszinierend aussah.

Die Harfenistin hatte ungewöhnlich helle Augen, mit denen sie einen so durchdringend anschauen konnte, dass man beinahe erschrak. Sie erfuhren, dass sie Mandalech hieß und dass sie all diese Stücke komponiert hatte, und je länger die Gruppe spielte, desto mehr war Garwen hingerissen. Eigentlich hatte er sich, seit sein Hunger gestillt war, nur noch nach einer Kuhle gesehnt, einer richtig gepolsterten, warmen Kuhle, nach Möglichkeit gemeinsam mit Ifnigris, aber auf jeden Fall nach tiefem, ungestörtem Schlaf.

Danach sehnte er sich immer noch, denn er war zum Umfallen müde.

Aber noch mehr wünschte er sich, dass diese Musik nie wieder aufhören möge.

***

Orlechs Wegbeschreibung war vollkommen richtig und auch vollkommen ausreichend. Zwar sah der Felsen, an dem sie sich orientierten, nicht *wirklich* aus wie ein Totenschädel, aber wenn man aus der Luft nach einem Ausschau hielt, wusste man sofort, dass nur dieser Felsen gemeint sein konnte.

Oris landete auf der Oberseite des Totenkopffelsens.

»Wir müssen uns überlegen, wie wir vorgehen«, erklärte er, als sich alle um ihn versammelt hatten. »Ich halte es für das Beste, wenn wir offiziell nur Garwens Begleitung sind. Garwen ist hier, weil er endlich die Familie seines Bruders kennenlernen will, und wir anderen sind nur zufällig dabei. Kein Wort von der Bruderschaft, kein Wort über das Sternenschiff, kein Wort über Garis Schlüssel!«

Garwen musterte ihn unwillig. »Heißt das, du *misstraust* meinem Bruder?«

Oris schüttelte den Kopf. »Weder deinem Bruder noch seiner Familie. Aber denk daran, die Leik sind einer der vier Stämme, deren Angehörige Mitglieder der Bruderschaft werden können. Gut möglich, dass sie eine Kontaktperson auf den Inseln haben.«

»Ah«, machte Garwen. Daran hatte er in der Tat nicht mehr gedacht.

»Wir dürfen die Wahrheit nur Utwens Familie erzählen – ihm, Sileik und deren Eltern«, sagte Oris. »Sonst niemandem. Und das heißt, wir müssen es hinkriegen, mit ihnen *allein* zu reden.«

Was, wie alle wussten, nicht einfach war, wenn man als Gast in ein Nest kam.

Garwen nickte. »Alles klar.«

»Gut. Dann lasst uns fliegen.«

***

Man sah die ersten Leik-Inseln tatsächlich, sobald man in eine übliche Flughöhe aufgestiegen war. Sie folgten einander im grauen, gischtenden Wasser in so bequemen Abständen, dass auch größere Kinder und Alte ohne Probleme bis an Land gelangen konnten.

Die beiden bewohnten Inseln waren nicht die größten, aber sie waren nicht zu übersehen, so ordentlich und aufgeräumt, wie die vielen halbrunden Hütten und die Gatter voll wolliger Hiibus aus der Höhe erschienen. Als sie tiefer gingen, erblickte Garwen Kinder, die zwischen den Hütten hin und her rannten und auf und ab flatterten, und die Kinder sahen sie und fingen sofort aufgeregt an zu kreischen. Er musste unwillkürlich grinsen.

Oris bedeutete ihm, als Erster zu landen. Das tat er, und während die anderen in aller Ruhe gemächliche, weite Kreise zogen, geriet er mitten in einen Tumult. Die Kinder umringten ihn sofort, flogen um ihn herum, so gut sie es konnten, und feuerten tausend Fragen ab, die größtenteils Variationen waren von: »Wer bist du? Woher kommst du? Und was willst du hier?«

»Ich heiße Garwen«, erklärte er also, höchst amüsiert über ihr lebhaftes Interesse. »Ich komme aus den Küstenlanden. Das ist ganz weit im Süden. Und ich bin hier, um meinen Bruder Utwen zu besuchen.«

Ein lockenköpfiges kleines Mädchen, das bestimmt erst drei Frostzeiten gesehen hatte, flatterte aufgeregt vom Boden auf und krähte: »Das ist mein Papa!«

Garwen nickte ihr zu. »Dann musst du Maraleik sein.« Utwen und Sileik hatten ihre Tochter nach seiner und Utwens Mutter benannt, Marawen.

»Ja!«

»Und ich bin dann dein Onkel Garwen.«

»Echt?«

»Na klar! Sag mal, kannst du mich denn zu deinem Papa bringen?«

Sie zog eine süße Schnute. »Der arbeitet. Da darf ich ihn nicht stören.«

»Du musst ihn ja auch nicht stören. *Stören* tu ich ihn dann.«

Dieser Gedanke gefiel ihr sichtlich, denn sie rief: »Au ja, komm!« Und wollte schon losfliegen, doch da kam ein Erwachsener heran, ein Mann, der damit beschäftigt gewesen war, eines der Hiibu-Gatter auszubessern. Er stellte sich als Eplech vor, und Garwen musste ihm, nach wie vor umringt und umflattert von der aufgeregten Kinderschar, noch einmal dasselbe erklären wie Maraleik, die ständig dazwischen krakeelte: »Das ist doch mein Onkel! Mein *Onkel*!«

»Ich führe dich zu ihm«, bot Eplech endlich an. »Deine Freunde sollen ruhig landen, Gäste sind uns immer willkommen. Wir haben nämlich so selten welche, hier am Ende der Welt.«

Es klang freundlich, wie er das sagte, aber irgendwie schwang auch etwas ... nun ja, *Gieriges* darin mit. Womöglich, dachte Garwen, würde es noch schwieriger werden als gedacht, mit Sileiks Eltern alleine zu sprechen.

Er gab den anderen ein Zeichen zu landen. Dann folgte er Eplech und Maraleik in Richtung auf ein stattliches, aus Steinen erbautes Gebäude zu. Sie passierten dabei eine Reihe von Hiibus, die hinter einer Barriere aus aufgehäuften und im Lauf der Zeit überwachsenen Steinen standen und ihn anstarrten, als seien auch sie begierig zu erfahren, wer da so überraschend gekommen war. Es waren die stämmigsten Tiere, die Garwen je gesehen hatte, mit einem Fell so dicht und lang und zottelig, dass man kaum glauben mochte, es wirklich mit Hiibus zu tun zu haben.

Das Gebäude war eine Werkstatt, deren Türen heute, da das Wetter freundlich und nach den Maßstäben der Nordländer wohl relativ windstill war, offen standen. Drinnen sah er Männer und Frauen an Webstühlen arbeiten, hörte das *Klack-Sirr-Klack*, mit dem die Schiffchen hin und her gestoßen wurden. Stoffe aus den Nordlanden waren überall auf der Welt begehrt, aber die Stoffe von den Nord-Leik-Inseln genossen auf den Märkten einen geradezu legendären Ruf.

An einem der Webstühle saß Utwen. Er ließ das Weberschiffchen flitzen, zog mit dem Kamm behutsam an, führte den Faden nach und sah bei alldem höchst konzentriert aus. Es war letztendlich Eplech, der es unternahm, ihn zu unterbrechen, und Utwen wollten fast die Augen aus dem Kopf fallen, als er Garwen in

629

der Tür stehen sah. Er sprang auf, eilte herbei, packte ihn an den Schultern und rief: »Gar! Bruderherz! Entschuldige – ich muss mich vergewissern, dass das kein Traum ist. Du hier? Wie kommt das?« Dann ließ er Garwen erschrocken los. »Ist zu Hause was passiert?«

»Nein, nein«, sagte Garwen schnell. »Jedenfalls nicht, dass ich wüsste. Ich … ich wollte nur endlich meinen überfälligen Besuch bei euch nachholen. Wir waren gerade in der Gegend, und da habe ich die anderen zu einem Abstecher überredet.«

»Wir?«, hakte Utwen nach. »Wer ist ›wir‹?«

»Meine Freunde und ich. Du wirst sie kennenlernen. Vorausgesetzt, eure Kinder lassen etwas von ihnen übrig.«

Utwen ging nicht auf den Scherz ein, sondern musterte ihn ausgesprochen skeptisch. »Und was heißt das, ›ihr wart gerade in der Gegend‹? *Niemand* kommt hierher, weil er ›gerade in der Gegend‹ ist. Von uns aus sind es fast zwei Tagesreisen bis zu den Lech, unseren nächsten Nachbarn an der Küste, und eine zu den Ful, aber dazu muss man die Nordberge überqueren. Und dazwischen ist praktisch nichts, das von irgendeinem Interesse wäre – nur Geröll und Felsen. Also, was zum Wilian *macht* ihr hier?«

Das war typisch Utwen. Er hatte schon immer alles *ganz genau* wissen wollen.

Garwen wollte keine auch nur annähernd plausible Antwort darauf einfallen. Schließlich sagte er hilflos: »Weißt du, das ist eine lange Geschichte.« Er zog seinen Bruder ein Stück aus dem Gebäude heraus, in dem immer mehr der Webstühle zum Stillstand kamen und sich immer mehr Ohren neugierig spitzten. Draußen zeigte er auf die anderen, die noch von den ausgelassenen und überaus wissbegierigen Kindern der Insel belagert wurden. »Siehst du den kleinen Hageren mit den schwarz-grauen Flügeln? Das ist Oris. Der muss diese Geschichte erzählen.«

Utwen nickte gnädig. »Da bin ich aber mal gespannt.«

Ich auch, dachte Garwen.

Eine grauhaarige Frau tauchte auf und brachte die Kinder mit ein paar kurzen Worten zur Räson. Ihr Name, erfuhr Garwen, war Zoleik, und sie war tatsächlich die Älteste der Inseln; eine drahtige Frau mit wasserklaren Augen, grauen Haaren und grauen Flügeln, die gleichwohl wirkte, als könne sie noch jederzeit hinfliegen, wohin sie wollte.

»Wir gehen jetzt alle erst einmal zum Mahlplatz«, hörte Garwen sie sagen, als Utwen und er sich der Gruppe näherten. »Egal, woher ihr kommt, ihr müsst Hunger haben.«

»Das ist wahr, bei allen Ahnen«, ließ sich Luchwen vernehmen.

Unterwegs sahen sie sich alle neugierig um, auch Garwen. Er sah eine wohlhabende Insel, darauf eingerichtet, jedem noch so erbitterten Sturm standzuhalten. Die Hütten bestanden aus Steinen und waren niedrige Halbkugeln, die sich an den Boden schmiegten, um auch dem wütendsten Wind keine Angriffsfläche zu bieten. Den Mahlplatz hatte man ebenfalls aus behauenen Steinen erbaut, mit Einsätzen aus dickem, welligem Glas sogar, um es bei Tage hell darin zu haben. Hinter den Öfen und Herden hingen unter einer stabilen Abdeckung Unmengen von Räucherfisch in hölzernen Gestellen: Offensichtlich wurde auf dieser Insel nichts verschwendet, nicht einmal der Rauch aus den Öfen.

Man roch auch, dass nicht Holz zum Feuern verwendet wurde, das auf allen Inseln rar war, sondern der getrocknete Dung der Hiibus. Garwen wollte gar nicht wissen, wo und wie *der* getrocknet wurde.

Andererseits stellte er fest: Es *gefiel* ihm hier! Ja, es blies ein scharfer Wind, und die kalten Jahreszeiten waren hier vermutlich *wirklich* kalt, aber trotzdem … Er fühlte sich wohl. Der Wind und die Kühle taten ihm gut. Und dass es nicht so hell war. Hier musste er keine Sorge haben, zu viel Licht abzubekommen.

Kurz bevor sie den Mahlplatz erreichten, rauschten Flügel über ihnen, und eine hübsche junge Frau landete an Utwens Seite: Sileik, die Garwen mit spürbarer Begeisterung begrüßte, ihn gar umarmte und auf die Wange küsste. »Das ist ja eine Überraschung, dass du uns besuchen kommst«, meinte sie.

631

»Hat sich so ergeben«, behauptete Garwen, obwohl er ihnen lieber einfach die Wahrheit gesagt hätte.

Als Utwen Sileik das erste Mal in die Küstenlande mitgebracht hatte, war Garwen verblüfft gewesen, wie gut die beiden zusammenpassten. Sogar ihre Flügel ähnelten sich. Utwen hatte zwar ungefähr dieselben rötlichen Haare wie er (nur etwas dunkler), jedoch Flügel von einem recht gewöhnlichen Hellbraun, wobei jede seiner tragenden Federn in einer schwarze Spitze endete. Sileiks Flügel hatten genau dieselbe Farbe, aber ein schwarzes Muster, das wie eine Antwort auf Utwens Flügel wirkte. Allerdings passten ihre Flügel farblich erheblich besser zu ihren dichten, lockigen Haaren und ihrer hellen Haut. Utwens Haut war dunkler – tatsächlich hatte er die dunkelste Tönung in der ganzen Familie –, aber bestimmt nicht zu dunkel, um hier im Norden zu leben.

Hinter dem Mahlplatz erhob sich eine Konstruktion, wie sie Garwen noch nie gesehen hatte: An der Spitze eines Gittermasts drehte sich ein Rad mit mehreren, stoffbespannten Flügeln im Wind, wobei eine hölzerne Fahne dahinter dafür sorgte, dass es dem Wind ständig zugewandt blieb, egal, aus welcher Richtung dieser blies.

»Was ist das?«, wollte er wissen.

»Das hat mein Vater gebaut«, erklärte Sileik mit unüberhörbarem Stolz. »Der Wind treibt das Rad an, und das Rad pumpt unser Wasser aus dem Brunnen hoch.«

»Vorausgesetzt, der Wind weht«, ergänzte Utwen, pingelig, wie er war.

»Was er aber praktisch immer tut«, meinte Sileik unbekümmert.

Plötzlich war Oris neben ihnen. »Beeindruckend«, sagte er, und er sagte es auf eine Weise, die es klingen ließ wie das größte Lob, das denkbar war. Garwen staunte immer wieder, wie er das machte.

Sileik strahlte. »Mein Vater ist ein großer Erfinder.«

»Ich kann es kaum erwarten, ihn kennenzulernen«, sagte Oris.

Garwen fand es auch beeindruckend. Auf Inseln war die Versorgung mit frischem Wasser genauso ein ständiges Problem wie die Versorgung mit Holz. Inseln, die groß genug waren, dass Quellen darauf existierten, waren zugleich zu groß, um sicher vor dem Margor zu sein. Inseln, auf denen sich Regen in Vertiefungen sammelte, waren ebenfalls unsicher – ein wenig bekanntes Zeichen, das Garwen unbekannt gewesen war, bis Ifnigris ihm von dem grausigen Tod ihres Stattbruders erzählt hatte.

Also blieb nur, Brunnen zu graben. Grub man auf einer Insel tief genug, stieß man oft auf trinkbares Wasser, das vom Meer her einsickerte. Bloß befand es sich eben in der Tiefe, das hieß, man musste es nach oben schaffen.

Auf kleinen Inseln begnügte man sich mit einfachen Schöpfbrunnen. Man ließ einen Eimer an einem Seil in die Tiefe und zog ihn, wenn er gefüllt war, mit einer Winde wieder herauf, was anstrengend war und seine Grenzen hatte. Auf den Leik-Inseln vor den Küstenlanden hatte man eine ähnliche Anlage erbaut wie hier, eine Eimerkette, nur wurde diese von einem Hiibu angetrieben, das an einen Balken gebunden fortwährend im Kreis gehen musste.

Ein solches Tier zu beaufsichtigen war bei den Leiks, die Garwen kannte, eine der unbeliebtesten Aufgaben. Diese Arbeit vom Wind erledigen zu lassen kam ihm vor wie eine überaus elegante Lösung.

»Elegant ist es ohne Frage«, meinte kurz darauf, als sie alle an einem langen Tisch im Mahlplatz saßen, Lualeik, Sileiks Mutter, eine Frau, an der alles irgendwie rundlich zu sein schien, sogar ihre Flügel. »Aber es ist eben nicht im Einklang mit den Gesetzen. Im Buch Kris heißt es: Die Kraft der Muskeln von Mensch und Tier dürfen wir nutzen und das Feuer zum Kochen und Backen, alles andere jedoch ist von Übel.« Dabei machte sie ein überaus sorgenvolles Gesicht.

»Und wenn wir im Gleitflug unterwegs sind, nutzen wir dann etwa nicht die Kraft des Windes?«, fragte ein drahtiger, grauhaariger Mann, der just in diesem Moment mit einem Tablett auftauchte, auf dem mehrere Schüsseln Eintopf standen. Es war niemand anders als Dorntal, Sileiks Vater, der große Erfinder höchstpersönlich. »Auch das Lastenschiff, das zwischen dem Eisenland und den Stromschnellen von Dor verkehrt, benutzt für den Rückweg ein Segel, nutzt also die Kraft des Windes, und das seit ewigen Zeiten, ohne dass es jemals beanstandet worden wäre. Nichts gegen die Weisheit der Großen Bücher – aber wir müssen sie mit Verstand und Offenheit lesen. Die Ahnen haben uns zwar die Flügel gegeben, doch sie selber besaßen keine, hatten also wenig Anlass, sich Gedanken über den Wind zu machen. Wir dürfen nicht an ihren Worten kleben, sondern müssen deren *Sinn* begreifen, sonst gehen wir ebenso fehl, als wenn wir die Großen Bücher gar nicht mehr läsen.«

Er verteilte die Schüsseln; eine Frau brachte noch mehr und wünschte guten Appetit. Luchwen probierte sofort, wie es seine Art war, bekam glänzende Augen und verkündete: »Mmmh – das ist ja mit Wildem Loisel gewürzt!«

Garwen hatte keine Ahnung, was Wilder Loisel war, aber er wusste schon jetzt, wo sie Luchwen nachher würden suchen müssen.

Trotz des ganzen Trubels bekam Garwen zwischendurch Oris zu fassen und erklärte ihm hastig, wie er sich Utwen gegenüber herausgeredet hatte und dass es ihm leidtue.

»Das ist doch kein Problem«, meinte Oris verdutzt.

»Vielleicht«, schlug Garwen vor, »kannst du ihnen ja dieselbe Geschichte wie den Lech erzählen?«

Oris nickte gelassen. »Ich mach das schon.«

Beim Essen bedrängte Utwen ihn, zu berichten, was es zu Hause Neues gebe. Garwen kam seiner Bitte nach, so gut er konnte – was nicht besonders gut war, denn Utwen hatte fünf Frostzeiten mehr gesehen und einen ganz anderen Freundeskreis gehabt als er; lauter Leute, deren Schicksale, Liebschaften und Kinder Garwen nicht sonderlich interessierten. Außerdem musste er zugeben, selber nicht auf dem Laufenden zu sein, weil er seit dem Ende der Frostzeit auf Reisen war und einige der anderen sogar seit dem Ende der Nebelzeit.

»Wieso das denn?«, wunderte sich Sileik.

»Das ist eine lange Geschichte«, winkte Garwen ab. »Und ich weiß nicht mal, ob die überhaupt so interessant ist.«

»Oh, bestimmt«, meinte sie mit demselben gierigen Funkeln in den Augen, das ihm auch schon bei Eplech aufgefallen war. »Wir hier oben im Norden *lieben* lange Geschichten!«

***

Die Neuigkeit, dass Gäste aufgetaucht waren, die eine lange Geschichte zu erzählen hatten, verbreitete sich wie ein Grasfeuer in der Trockensteppe. Die Hirten kamen von den Weiden zurück, die Fischer von ihren Fangzügen, und auch die Handwerker beendeten ihre Arbeit für den Tag, der sich ohnehin seinem Ende zuneigte. Der Mahlplatz füllte sich, und je weiter die Dämmerung voranschritt, desto mehr glasklar geputzte Fettlampen wurden angezündet. Die Leute aßen und tranken und blickten immer wieder neugierig zum Tisch der Gäste, voller Erwartung und Neugier, was sie wohl zu hören bekommen würden.

»Schau mal«, raunte Ifnigris Garwen zu und nickte in Richtung eines Tisches, an dem in lebhafter Runde ein Mädchen saß, das ihr zum Verwechseln ähnelte: Sie hatte genauso tiefschwarze Haut und dunkelgraue Flügel, nur ihre Haare waren blond und keck geschnitten. »Meine Schwester«, meinte Ifnigris belustigt.

Garwen verzog das Gesicht. »Sag nicht so was«, brummte er. Doch tatsächlich hatte er, als er das Mädchen beim Hereinkommen gesehen hatte, unwillkürlich den gleichen Gedanken gehabt.

»Ich hab heute Nacht von Meoris geträumt«, gestand Ifnigris. »Vielleicht denke ich das deshalb.«

»Verstehe.« Meoris war Ifnigris' Wahlschwester, seit Kindertagen. Und ein größerer optischer Unterschied als zwischen den beiden war kaum vorstellbar.

»Es war kein besonderer Traum. Meo hat mal wieder an einem neuen Bogen geschnitzt, Pfeile gemacht und so weiter.«

Garwen nickte nachdenklich. »Was die beiden wohl gerade tatsächlich machen?«

Ifnigris lächelte. »Auf jeden Fall hat Meoris sich *bestimmt* schon einen neuen Bogen gebaut. Ohne fühlt sie sich nämlich nackt.«

Endlich kam Oris' Auftritt. Die Teller waren abgeräumt, jeder hatte ein Algenbier, einen Eisbrand, einen Süßgrastee oder sonst ein Getränk vor sich stehen, als Zoleik ihn mit einer Geste aufforderte zu beginnen.

Oris stand auf, trat in die Mitte des Raums und wartete, während nach und nach das Flügelrascheln und Geflüster und Gelächter verstummten, die Becher abgesetzt wurden und sich aller Augen auf ihn richteten.

Garwen bewunderte ihn für seine Ruhe. Er stand selber ab und zu durchaus gern mal im Mittelpunkt, am liebsten dann, wenn ihm ein loser Witz gelungen war und alles lachte, aber sich so vor Dutzende, ja Hunderte von Leuten hinzustellen, die erwarteten, die tollste Geschichte ihres Lebens zu hören zu bekommen … Garwen wäre *gestorben* vor Nervosität!

»Die Geschichte, die ich euch zu erzählen habe«, hob Oris endlich an, »beginnt viele Frostzeiten vor meiner Geburt.«

Die Leute ringsum hoben die Augenbrauen, brummten anerkennend, nickten einander zu: Ganz offensichtlich war die mit dieser Einleitung angedeutete Länge der bevorstehenden Geschichte ganz nach ihrem Geschmack.

Dann erzählte Oris von seinem Vater und dessen Ringen darum, immer höher und höher zu steigen. Er erzählte, wie er von den Pfeilfalken gelernt und wie er es schließlich geschafft hatte, eines Tages so hoch zu fliegen, dass er den Himmel berühren konnte. Er erzählte, wie er von Eikor, Oris' Großvater, das Handwerk des Signalmachers erlernt und wie es ihm mithilfe einer selbstgebauten Rakete gelungen war, den Himmel zu durchstoßen und die Sterne für einen Augenblick mit eigenen Augen zu sehen.

Und wie er danach, am Ende seiner Kräfte, abgestürzt war. Wie er gerettet worden war, dank eines aufmerksamen Nestlosen und dank obskurer Kräuter, die Oris' Mutter in einer waghalsigen Aktion beschafft hatte.

Und wie Owen, erschüttert von dem Erlebten, erst einmal geschwiegen hatte.

Garwen, der die Geschichte ja kannte, aber trotzdem ganz fasziniert zugehört hatte, sah sich unauffällig um. Die Augen der Leute leuchteten. Bei nicht wenigen rollten die ersten Tränen. Oris konnte erzählen, das stand fest; womöglich sogar besser, als sein Vater es gekonnt hatte.

Weiter ging es mit dem Moment, in dem Owen sein Schweigen gebrochen hatte, just beim Abschied von Hekwen, dessen Worte zu widerlegen er sich einst in den Himmel geschwungen hatte. Wie das, was er zu erzählen hatte, sich verbreitete und wie Menschen ohne Zahl in die Küstenlande strömten, um es aus Owens eigenem Mund zu hören.

Und wie eines Tages die Intrigen begannen. Wie ein paar Leute aus dem Hintergrund Gerüchte, Parolen, Sprüche verbreiteten, die Stimmung gegen Owen machten. Und wie die Stimmung dann eines Tages kippte.

»Wir haben alle viel zu spät bemerkt, was da vor sich ging«, erklärte Oris. »Ich selber war zu der Zeit unglücklich verliebt und habe, das muss ich ganz offen bekennen, *überhaupt nichts* bemerkt. Wer es bemerkt hat, war meine Schwester Anaris, doch sie hat sechs Frostzeiten weniger gesehen als ich, und niemand hat ihre Warnungen ernst genommen. Es schien wie aus heiterem Himmel zu kommen, dass mein Vater eines Tages von allen als Lügner betrachtet wurde.«

Der Mahlplatz war voll bis auf den letzten Platz, zumindest kam es Garwen so vor, aber es war so still, dass man eine Nadel hätte fallen hören. Alle hingen an Oris' Lippen.

Er erzählte von der Flugschule, die Owen gegründet hatte, und von dem Versuch der Besten seiner Schüler, ebenfalls bis zum Himmel emporzufliegen. Ein Versuch, der zum Scheitern verurteilt war, weil er zur falschen Jahreszeit unternommen wurde, dem Druck der

Erwartungen und der Ungeduld der Zuhörer nachgebend, und der überdies sabotiert wurde, indem Unbekannte das Essen der Flugschüler vergifteten.

Er erzählte, wie sein Vater keinen anderen Weg gesehen hatte als den, den Flug zum Himmel selber noch einmal zu wagen. Trotz seines vorgerückten Alters. Trotz der falschen Jahreszeit.

Und wie er dabei zu Tode stürzte.

Nun schnieften die Ersten vernehmlich, wurden Taschentücher gezückt, Schluchzer halbherzig unterdrückt. Manche raunten einander zu, sie hätten von der Sache gehört oder würden Leute kennen, aus anderen Nestern, die ebenfalls in den Süden geflogen seien, um Owen von den Sternen erzählen zu hören.

»So also ist mein Vater gestorben«, schloss Oris. »Er war wahrscheinlich der beste Flieger, der je gelebt hat, doch die Welt erinnert sich an ihn nur noch als Lügner. Sagt selbst – hätte ich als sein einziger Sohn das auf sich beruhen lassen sollen? Wenn es euer Vater gewesen wäre, den ihr geliebt habt – hättet ihr es hingenommen, dass man unwahre, üble Dinge über ihn sagt und weiterträgt? Ich konnte es nicht. An seinem Leichnam habe ich den Schwur getan, nicht zu ruhen, ehe ich seinem Namen wieder Ehre verschafft habe. Es ist dieser Schwur, der mich antreibt, die Welt zu durchstreifen und zu versuchen, herauszufinden, wer die Leute waren, die meinen Vater mit ihren hinterhältigen Machenschaften in den Tod getrieben haben. Zu meinem Glück habe ich Freunde, die mich begleiten und mich unterstützen, denn alleine könnte ich es nicht. Und so folgen wir seit dem Ende der letzten Nebelzeit Spuren, die kreuz und quer über den Kontinent führen. Immer wieder finden wir Hinweise auf eine Gruppe von Leuten, die offenbar nicht wollen, dass die Menschen über die Sterne nachdenken. Im Gegenteil, sie wollen, dass wir alle *vergessen*, dass es jenseits des Himmels Sterne gibt, Sterne, um die *andere* Welten kreisen – Welten wie zum Beispiel die, von denen die Ahnen einst gekommen sind. Wir wissen nicht, warum diese Gruppe das tut, aber wir wissen, dass ihre Mitglieder sich heimtückischer Methoden bedienen. Sie schrecken nicht davor zurück, Leute auszuschalten, die andere auf Gedanken bringen, die in ihren Augen falsch sind. All die Hinweise, die wir sammeln, werden sich, so hoffe ich, eines Tages zusammensetzen lassen zu einer noch viel längeren und größeren Geschichte als der, die ich euch gerade erzählt habe.« Oris neigte den Kopf und wies mit einer weit ausholenden Geste in Garwens Richtung. »Doch als wir auf unserem Weg in eure Nähe kamen, haben wir beschlossen, eine Pause einzulegen, damit Garwen endlich *sein* Versprechen einlösen kann, nämlich, seinen Bruder zu besuchen und dessen Familie kennenzulernen. Und nun kennt ihr den Grund, aus dem wir hier sind.«

Er verneigte sich, und der Applaus wollte kein Ende nehmen.

***

»Das war eine großartige Geschichte«, meinte Sileik hinterher ganz beglückt zu Garwen.

Einer Eingebung folgend sagte Garwen: »Sie geht eigentlich noch weiter. Aber der zweite Teil ist vertraulich. Oris will ihn nur euch und deinen Eltern erzählen.«

Sileik bekam große Augen und machte: »Ah!«

Danach war es gar kein Problem, zu arrangieren, dass sie mit Dorntal und seiner Familie alleine sprechen konnten.

Die Gäste erhielten eine der Gästehütten, eine steinerne Halbkugel mit insgesamt sechs bequemen Kuhlen, mehr, als sie brauchten. Sie hatten sich kaum eingerichtet, als Utwen kam, um sie abzuholen. Er geleitete sie schweigend durch die still und dunkel daliegende Siedlung bis zur Hütte von Dorntal und Lualeik.

Auf Nestbäumen baute man die Schlafhütten so klein wie möglich, weil auch die breiten Äste eines Riesenbaums nur beschränkt Platz boten. Wollte eine Familie gemütlich zusammensitzen, tat sie das bei gutem Wetter meist vor ihrer Hütte auf dem Ast. Von den Leik-Inseln vor den Küstenlanden kannte Garwen es so ähnlich; dort standen vor jeder Hütte Bänke, auf denen man sich ausruhen konnte, sofern der Wind nicht allzu frisch blies.

Hier im Norden jedoch gab es offenbar zu wenig windstille Tage, als dass sich derartige Sitten hätten entwickeln können. Hier baute man die Hütten groß genug, dass außer den Kuhlen auch noch ein Familienraum darin Platz hatte. Auch hier war natürlich jede Hütte mit einem kleinen Ofen ausgestattet, der sogar jetzt, mitten in der Windzeit, ein wenig angefeuert wurde, weil die Nächte kühl waren. So saßen Oris und die anderen kurz darauf mit Utwens Familie bei einem Süßgrastee zusammen, und als Maraleik in der Kuhle lag und schlief, erzählte Oris endlich die *ganze* Geschichte – von der Bruderschaft, ihrer Gefangenschaft dort und ihrer Flucht. Nur dass sie den Schlüssel aus Garis Grab gestohlen hatten, unterschlug er. Er ließ es klingen, als hätten sie den Schlüssel aus der Feste mitgenommen, und als er ihn zum Schluss aus der Tasche zog und den Weiser vorzeigte, dessen Strich nach Norden zeigte, zum Versteck des Sternenschiffs, stellte ohnehin niemand weitere Fragen.

»Garwen hat uns erzählt, du hättest ein Schiff, das auf dem offenen Meer fahren kann«, schloss Oris. »Der wahre Grund, aus dem wir hier sind, ist der, dass ich dich bitten möchte, uns damit in die Eislande zu bringen.«

Garwen war, als könne er hören, wie sich an den Flügeln seines Bruders, der neben ihm saß, die Federn aufstellten. Alle waren sprachlos.

Was durchaus auch an dem Schlüssel lag, den Oris in der Hand hielt. Sie befanden sich in einem kunstvoll und fachmännisch gebauten Raum, dessen sämtliche Einzelheiten – der farbige Anstrich der Wände mit seinen abgesetzten gemusterten Bändern, die mit Schnitzereien verzierten Durchschlupfe zu den Kuhlen, der solide Ofen, auf dem ein handbemalter Teekessel simmerte, der gewebte Teppich, der den Boden behaglich bedeckte, die mit Spelz gestopften Sitzkissen, und so weiter – Wohlstand und handwerkliches Können bezeugten. Gleichwohl wäre niemand, weder ein Nord-Leik noch sonst irgendjemand auf der Welt, imstande gewesen, einen Gegenstand wie diesen Schlüssel herzustellen; nicht einmal etwas, das ihm zumindest äußerlich geähnelt hätte. Schon das Ma-

640

terial, aus dem er bestand, war offensichtlich ein völlig unbekannter Werkstoff: so glatt, so makellos, so abgerundet und doch seine Umgebung in sanften Silbertönen spiegelnd. Und erst das juwelenhaft schimmernde Rund des Weisers, auf dem unablässig dieser dünne blaue Balken leuchtete, und das seit über tausend Jahren!

»Hmm«, machte Dorntal schließlich. Sein Blick ruhte mit unverkennbarer Faszination auf dem Schlüssel. Er streckte die Hand aus. »Kann ich das mal in die Hand nehmen?«

»Gerne«, sagte Oris und gab ihm den Schlüssel.

Dorntal bewegte ihn hin und her. »Tatsächlich. Der Strich zeigt immer nach Norden. Nicht ganz genau, aber doch in Richtung der Eislande.«

»Weißt du denn, wie groß die Eislande sind?«, fragte Oris.

»Man kann sie von der äußersten Leik-Insel aus sehen«, warf Sileik ein. »Wenn kein Nebel ist. Man muss ein bisschen höher fliegen als normal, dann sieht man eine weiße Linie am Horizont.«

»Eine *sehr lange* weiße Linie«, ergänzte Dorntal. »Die Eislande sind enorm groß. Ich schätze, sie bedecken die gesamte Nordpolregion.« Er studierte die seltsamen Symbole auf dem Schlüssel, die wie in die Oberfläche eingebrannt wirkten. »Ein solcher Weiser wäre in der Tat nützlich, um sich auf dem offenen Meer zu orientieren. Bei meinen bisherigen Fahrten hatte ich oft mit Nebel zu kämpfen. Hinzu kommt, dass der Richtungssinn irgendwann nicht mehr funktioniert, wenn man nach Norden kommt. Ziemlich bald sogar.«

»Der Richtungssinn funktioniert nicht mehr?«, entfuhr es Ifnigris. »Wie ist das möglich?«

»Das weiß ich auch nicht«, gestand Dorntal und reichte Oris den Schlüssel zurück. »Ich habe alle Großen Bücher daraufhin durchgelesen, und alle Kleinen Bücher, an die ich herangekommen bin, aber ich habe nichts dazu gefunden. Ich kann euch aber sagen, dass es eine ziemlich verwirrende Erfahrung ist.«

»Was mich interessieren würde«, ließ sich Utwen vernehmen, »ist, was ihr dort in den Eislanden wollt. Ich meine, gut, ich verstehe, dass ihr das Sternenschiff der Ahnen finden wollt. Falls es noch existiert.«

»Ich glaube, davon kann man ausgehen«, meinte Oris.

»Gut, meinetwegen, gehen wir davon aus. Und nehmen wir an, ihr findet es – was dann? Was *wollt* ihr damit?«

Garwen blickte Oris an, selber neugierig, was dieser darauf antworten würde. Diese Frage hatten sie bislang nicht sonderlich tiefschürfend diskutiert, aber mit Utwen waren sie an jemanden geraten, der ihnen das nicht durchgehen lassen würde.

Doch Oris zögerte keinen Augenblick lang. »Da sind verschiedene Möglichkeiten denkbar. Der kühnste Plan ist, zu lernen, es selber zu steuern. Sicher wäre es vermessen zu denken, wir könnten damit zu anderen Welten fliegen – ich würde mich das jedenfalls nicht trauen –, aber zumindest könnten wir damit Leute über den Himmel hinaustragen und sie das, was mein Vater gesehen hat, mit eigenen Augen sehen lassen. Und wenn genügend Leute die Sterne gesehen haben, hat die Bruderschaft keine Chance mehr, uns die Erinnerung daran zu rauben. Falls das nicht geht – sei es, dass ein Sternenschiff zu steuern Fähigkeiten verlangt, die wir nicht haben, oder Kenntnisse, die uns fehlen, sei es, dass es zwar noch *da* ist, aber nicht mehr fliegen kann –, dann können wir darin wahrscheinlich zumindest ein paar der persönlichen Gegenstände Garis finden und mitbringen zum Beweis, dass wir dort waren.« Er machte eine weit ausholende Geste. »Du weißt schon – die Gerätschaften, von denen die Legenden erzählen. Sein goldener Stab, der Feuerstrahlen aussendet. Sein allwissendes Buch aus Glas. Die Statue aus Licht. All das.«

Garwen bemerkte, dass Lualeik ihrem Mann einen seltsam mahnenden Blick zuwarf, worauf dieser erschrocken blinzelte und sagte: »Nun, das ist alles sehr interessant, aber auch … wie soll ich sagen? Ziemlich überwältigend. Ihr habt sicher Verständnis, dass ich darüber erst einmal gründlich nachdenken muss.«

»Natürlich«, sagte Oris und steckte den Schlüssel wieder ein.

***

Danach brachten Utwen und Sileik sie zurück zur Gästehütte. Die beiden versprachen, sie am nächsten Morgen nicht allzu früh zum Frühstück abzuholen, man wünschte einander noch eine gute Nacht, dann verabschiedeten sie sich und verschwanden in Richtung ihrer eigenen Hütte. Maraleik würde bei den Großeltern schlafen, was sie oft und gerne tat.

Die Gästehütte wirkte, wie das bei Gästehütten eben so war, nicht ganz so behaglich und einladend wie die Hütte von Dorntal und Lualeik. Trotzdem war sie immer noch weitaus behaglicher als fast alle Nachtlager, die Garwen seit ihrer Flucht aus dem Vulkanberg … nun ja, *erlitten* hatte, ach was, im Grunde seit ihrem Aufbruch aus den Küstenlanden. Und er fühlte sich schwer und müde, schwer von den Eindrücken eines langen Tages und der Anspannung ihrer Mission, müde von dem vielen Essen und dem starken, bitter-öligen Algenbier. Zudem war das hier nicht einfach nur irgendein Ort, das hier hatte mit Familie zu tun, und Familie, das war immer beladen mit Erwartungen und alten Geschichten. Wieder einmal hatte er gemerkt, dass er sich gar nicht so gut mit seinem Bruder verstand, wie er sich gern einredete, solange Utwen weit weg war. Obwohl er natürlich froh war zu sehen, dass es ihm hier gut ging.

Kurzum, er war müde, hatte die Kuhle neben der Ifnigris', und alles, was ihn jetzt noch interessierte, war, ob sie nachher wohl noch zu ihm herüberkommen würde.

Ifnigris hingegen interessierte etwas ganz anderes.

»Ist euch klar«, fragte sie, kaum dass sie die Tür der Hütte verschlossen hatten, »welche Frage wir uns noch gar nicht gestellt haben?«

»Welche denn?«, wollte Oris wissen, der inzwischen auch deutliche Zeichen von Ermattung zeigte. Kein Wunder, hatte er doch mehr oder weniger den ganzen Abend lang mit silberner Zunge reden müssen.

Ifnigris rieb sich die Schläfen. »Das ist mir eingefallen, als du von Garis Besitztümern angefangen hast. Man kriegt von klein an

643

all diese Geschichten erzählt, über die Ahnen, was sie gemacht haben, wie sie gelebt haben und so weiter, und diese Dinge, na ja, man denkt sich, das sind halt Legenden. Garis gläsernes Buch, in dem er alles Wissen der Menschheit mit sich trägt – eine nette Vorstellung. Aber dass es dieses Buch wirklich gegeben haben muss, dass es wahrscheinlich heute immer noch irgendwo liegt, dass es so wirklich ist wie der Schlüssel in deiner Tasche – das ist mir erst vorhin klar geworden.«

»If – ich versteh kein Wort«, gestand Garwen. »Was willst du damit sagen?«

Sie legte ihre schönen, schlanken Hände zusammen und richtete sie auf ihn. »Gari hat kurz vor seinem Tod die Heimstatt der Ahnen, das Sternenschiff, an einem geheimen, sicheren Ort versteckt, ja?«

»Ja«, sagte Garwen.

»Und dieser geheime Ort liegt höchstwahrscheinlich in den Eislanden.«

»Ja.«

»Wie ist Gari hinterher zurück nach Garisruh gekommen?«

Garwen sagte nichts mehr. Sie wechselten alle verdutzte Blicke. Das hatten sie sich tatsächlich noch nie gefragt.

»Mit seinem blauen Fluganzug«, meinte Oris schließlich. »Das ist die einzige Möglichkeit.«

Ifnigris nickte. »Eben. Und wo ist der abgeblieben?«

»Im Grab war er jedenfalls nicht«, brummte Bassaris.

»Also hat ihn die Bruderschaft«, schlussfolgerte Ifnigris. »Jede Wette.« Sie machte ein ärgerliches Gesicht. »Wenn wir nicht so abrupt aufgebrochen wären … Wenn wir gründlicher über alles nachgedacht hätten … Bestimmt hätte ich im Archiv auch einen Hinweis gefunden, wo sie den Anzug aufbewahren! Wenn wir uns nur rechtzeitig die richtige Frage gestellt hätten!«

Sie ärgerte sich über sich selbst, erkannte Garwen. Mit niemandem war sie so unerbittlich wie mit sich selbst.

Oris winkte ab. »If, das spielt jetzt keine Rolle mehr. Wir haben

644

eben nicht dran gedacht. Und selbst wenn, was hätten wir gewonnen? Mit dem Anzug könnte nur *einer* von uns in die Eislande fliegen. Und angenommen, ich wäre das: Was sollte ich alleine dort? Ohne eure Hilfe, ohne eure Einfälle, ohne eure Ideen? Mal ganz davon abgesehen, dass es gar nicht sicher ist, dass wir diesen Anzug überhaupt tragen könnten, denn wir haben Flügel, und Gari hatte keine.« Er schüttelte den Kopf. »Nein, es ist mir lieber, Dorntal bringt uns alle mit seinem Schiff bis an die Küste der Eislande. Dann fetten wir uns die Flügel dick ein gegen die Kälte und fliegen die restliche Strecke, immer dem Weiser nach. Und wenn wir alle dort sind, wird uns auch etwas einfallen.«

»Denkst du denn, dass er das tun wird?«, fragte Luchwen. »Uns hinbringen?«

Oris lächelte listig. »Ich bin mir sicher. Dorntal ist ehrgeizig. Mit der Hilfe des Weisers als erster Mensch einen anderen Kontinent zu erreichen ist eine Chance, die er sich nicht entgehen lassen wird.« Er fuhr sich mit den Händen übers Gesicht. »Gehen wir schlafen. Der Tag morgen wird vielleicht nicht weniger anstrengend als der heute.«

***

Doch was Dorntals Ehrgeiz anbelangte, sollte sich am nächsten Tag zeigen, dass Oris ihn falsch eingeschätzt hatte.

Wie verabredet kam Sileik, um sie abzuholen. Auf dem Weg zum Mahlplatz – es war ein heller, windiger Morgen, und die Luft roch auf belebende Weise nach Salz und Algen – wollte sie wissen, wie lange es dauern werde, diese Expedition zu den Eislanden vorzubereiten. Oris meinte, das könne er auch nicht genau sagen, aber sicher ein paar Tage; es sei ja allerlei an Ausrüstung und Proviant nötig für die weite Fahrt.

»Gut.« Sileik wandte sich an Garwen. »Dann klappt es ja vielleicht noch, dass du Romleik kennenlernst.«

Romleik war Sileiks älterer Bruder. Er spielte insofern eine wichtige Rolle in der Geschichte der beiden, als er einst – noch vor der Zeit, als Owen von sich reden gemacht hatte – zu den Leik-Inseln vor den Küstenlanden geflogen war, um eine Tante dort zu besuchen, und Sileik überredet hatte, ihn auf dieser langen Reise zu begleiten. Ihre letzte Station vor den Inseln war das Nest Wen gewesen – tja, und bei dieser Gelegenheit hatte es zwischen Utwen und Sileik gefunkt, und zwar mächtig.

Garwen hatte das nur am Rande mitgekriegt; er hatte damals andere Dinge im Kopf gehabt als die Liebesgeschichten seines großen Bruders. Seither hatte er Romleiks Namen oft gehört, ihn selber aber noch nie zu Gesicht bekommen.

»Gern«, meinte er also. »Wieso fragst du? Wovon hängt das ab?«

Sileik hielt ihn am Arm fest, ließ die anderen vorgehen – der Mahlplatz war längst in Sicht, ja, man roch das Frühstück sogar schon – und sagte: »Er besucht gerade seinen Sohn und kommt frühestens übermorgen zurück.«

»Seinen … *Sohn*«, wiederholte Garwen. Davon hörte er das erste Mal. »Ich merke, ich bin wirklich nicht auf dem Laufenden, was euren Zweig der Familie angeht.«

»Das mit Rom ist auch keine Geschichte, über die man gerne spricht«, meinte Sileik und erzählte die Kurzfassung: Romleik hatte sich einer gewissen Nachdor versprochen, hatte drei Frostzeiten bei den Dor gesehen, und in dieser Zeit hatten sie ein Kind bekommen, einen Sohn namens Raldor. Doch es war nicht gut gelaufen zwischen den beiden. Vor der letzten Nebelzeit hatten sie sich schließlich wieder getrennt, und Romleik war auf die Inseln zurückgekehrt.

»Er verwaltet jetzt die Kasse des Nests und organisiert unseren Handel«, fügte Sileik hinzu. »Darüber sind alle froh, weil er das wirklich gut kann. Aber um seinen Sohn zu sehen, muss er halt immer bis zu den Dor fliegen, und du weißt ja, wie weit das ist.«

»Also, würde mich freuen, ihn kennenzulernen«, erklärte Garwen. »Und ich glaube kaum, dass wir übermorgen schon weg sind.«

Sie gingen frühstücken und ließen es sich schmecken – alle außer Oris, der im Nu von neugierigen Fragern umlagert war. Kaum hatte er seinen Tee und seinen Flockenbrei vor sich stehen, näherte sich schon der Erste, der noch etwas wissen wollte zu den Flügen seines Vaters, zur Beschaffenheit des Himmels, vor allem aber, wie man sie sich denn *genau* vorzustellen habe, die Sterne, die da oben zu sehen seien? Und diesem Ersten folgten viele weitere, Junge und Alte, Männer und Frauen, mal forsch, mal zögerlich auf ihn zutretend, mal behutsam, mal fast schon aufdringlich fragend. Doch Oris ging auf jeden von ihnen ein, beantwortete jede Frage mit unendlicher Geduld, und dass nebenher sein Tee kalt und sein Brei trocken wurde, schien ihn nicht zu bekümmern.

Der Einzige, der sich nicht blicken ließ, war Dorntal.

Lualeik tauchte auf, brachte die kleine Maraleik und erklärte, Dorntal frühstücke nicht, er müsse nachdenken. Dann ging sie wieder.

Sileik schien das nur zu gut zu kennen. »Wenn mein Vater nachdenkt, vergisst er alles um sich herum«, meinte sie. »Und wehe, man stört ihn!« Dann verschwand sie mit ihrer Tochter, die »dasselbe wie der Onkel« haben wollte, in die Küche.

Mit einem lebhaften kleinen Kind am Tisch war für tiefschürfende Gespräche nicht mehr die richtige Zeit. So alberten sie mit Maraleik herum, bis diese fertig gegessen hatte und zu ihren Spielkameraden wollte.

»Aber nicht wieder an die Schlucht gehen, hörst du?«, schärfte ihre Mutter ihr ein. »Das ist nichts für Kinder, die noch nicht fliegen können.«

»Ich *kann* schon fliegen!«, protestierte das Mädchen und flatterte ein Stück in die Höhe, was die Umsitzenden erschreckte, die sich unter ihren zwar noch kleinen, aber durchaus heftigen Flügelschlägen wegducken mussten.

»Mara!«, schimpfte Sileik. »Doch nicht beim Essen!«

Maraleik faltete die Flügel abrupt wieder ein und plumpste zurück auf den Boden. »Wenn du mir auch nicht glaubst!«

»Wir haben darüber gesprochen, ja?« Die Schlucht, erklärte sie nebenbei, sei ein Einschnitt in der felsigen Südküste der Hauptinsel, tief genug, um sich bei einem Absturz schwer zu verletzen. »Ich weiß, dass *du* schon fliegen kannst, aber ein paar von den anderen können es noch nicht, und auf die musst du auch aufpassen!«

Das schien der Kleinen einzuleuchten. »Wir gehen heute sowieso an den Strand«, fiel ihr plötzlich ein. »Dem Duleik sein Papa zeigt uns, wie man Algen zupft!«

»Na, dann«, meinte Sileik erleichtert. »Das wird bestimmt toll.«

Da winkte auch schon jemand – vermutlich der erwähnte Vater des erwähnten Duleik –, und Maraleik hopste aufgeregt von dannen.

Garwen sah ihr versonnen nach. Daran zu denken, dass er derlei mit Ifnigris nie haben würde, tat mehr weh, als er gedacht hätte.

Nach dem Frühstück sahen sie sich auf eigene Faust auf Nord-Leik um – alle bis auf Luchwen, der sich in der Küche als Helfer verdingte. Sie flogen die Siedlung ab, besichtigten die Gehege der Hiibus, die hier auf der Insel wesentlich weniger schreckhaft waren als auf dem Festland, versuchten herauszufinden, welche der abseits stehenden Gebäude welche Art Werkstatt beherbergten, und entdeckten schließlich, auf der anderen Seite der Insel, ein einsames Bauwerk direkt an einer Bucht: die *Schiffshütte*, erklärte ihnen ein Mann, der in der Nähe dabei war, ein Hiibu zu scheren. Hier läge Dorntals Schiff, wenn es nicht draußen auf dem Meer unterwegs sei, sagte er, sammelte die Wolle in einen Sack und wanderte davon.

Die Hütte war verschlossen, und man sah nirgends hinein. Garwen hatte unwillkürlich das Bild vor Augen, Dorntal habe sich darin verbarrikadiert, um im Schein von Fettlampen noch rasch geheime Verbesserungen an seinen Segeln vorzunehmen. Doch man hörte nichts; das Gebäude wirkte verlassen.

Sie begegneten Dorntal erst abends wieder. Als sie den Mahlplatz nach dem Abendessen verließen, stand er da, Lualeik neben ihm, und sagte zu Oris: »Ich habe über deinen Plan nachgedacht, wie versprochen. Aber leider muss ich dir sagen, dass ich mich nicht dafür erwärmen kann.«

Garwen sah, dass Oris einen Moment lang um Fassung rang. »Nicht?«

»Nein«, sagte Dorntal. »Tut mir leid.«

»Darf ich wissen, aus welchem Grund?«

Dorntals Blick wich dem seinen aus. »Da ist zum Beispiel die Sache mit dem Richtungssinn. Das ist ein wirklich gravierendes Hindernis. Er versagt, sobald man von hier aus so weit nach Norden gefahren ist, wie es etwa einem halben Tag Flug entspricht. Ich hätte beinahe mein Schiff verloren, als es uns das erste Mal passiert ist. Man kann so nicht weiterfahren. Man verliert jegliche Orientierung.« Sein Blick mied Oris immer noch, ging hinaus auf das Meer, über dem die Nacht anbrach. »Nun, und was, wenn es uns mit dem Weiser ebenso ergeht? Das ist mir zu riskant.«

»Es gibt keinen Grund zu der Annahme, dass der Weiser diesem Phänomen unterliegt«, erwiderte Oris heftig. »Er zeigt ja nur deshalb nach Norden, weil dort das Sternenschiff verborgen liegt. Läge es in der Lech-Bucht, würde er nach Osten zeigen. Das hat mit unserem Richtungssinn so wenig zu tun wie mit, was weiß ich, unserem Gleichgewichtssinn.«

»Mag sein, mag sein«, meinte Dorntal, die Flügel unwillkürlich anhebend wie zur Verteidigung. »Trotzdem wäre es immer noch eine sehr lange, sehr gefährliche Fahrt. Die Eislande sind wenigstens über zwei Flugtage weit entfernt, und mein Schiff bewegt sich ja wesentlich langsamer, als ein Mensch fliegen kann. Also wären wir viele Tage und Nächte unterwegs, in einer See, die oft unruhig ist und aufgewühlt, in der Eisschollen treiben und einem der Nebel oft jede Sicht nimmt ...«

»Ich verstehe«, sagte Oris. Er hatte wieder diesen Blick, den er immer hatte, wenn er mit Höchstgeschwindigkeit nachdachte. »Natürlich will ich nicht, dass jemand ein Risiko eingeht, das er nicht bereit ist einzugehen. Wenn du uns nicht fahren willst – wäre

649

es denkbar, dass du uns beibringst, wie man ein Segelschiff steuert, und es uns dann für die Überfahrt ausleihst?«

Was für eine tollkühne Bitte! Garwen verschlug es den Atem. Er sah zu den anderen, doch von denen zuckte keiner auch nur mit der Flügelspitze. Bassaris sowieso nicht, der würde mit Oris bis ans Ende der Welt gehen und darüber hinaus, wenn es sein musste. Ifnigris war ebenfalls unerschütterlich in ihrer Loyalität zu Oris, wenn sie ihn schon nicht so lieben durfte, wie sie es am liebsten getan hätte. Aber sogar Luchwen nickte, offenbar entschlossen, bei jedem Unternehmen seines Cousins dabei zu sein, egal wie riskant.

Dorntal war erst einmal sprachlos. Dann seufzte er und erklärte: »Offen gesagt liegt das Problem auf einer anderen Ebene. Es ist nun mal so, dass ich mich mit meinen Erfindungen in einem etwas unklaren Bereich bewege hinsichtlich der Gesetze, die uns die Ahnen gegeben haben. Meine windgetriebene Wasserpumpe zum Beispiel – die könnte ich Kris gegenüber guten Gewissens vertreten, weilte er noch unter uns. Mein Segelschiff auch, solange ich es verwende, um damit Fischgründe zu erreichen, die den Netzfischern zu abgelegen sind, oder um Güter für den Markt zu transportieren. Aber es einzusetzen, um Gegenstände aus dem Besitz der Ahnen zu erbeuten … das liegt jenseits dessen, was ich vertreten kann. *Weit* jenseits davon.«

Lualeik, die der ganzen Unterhaltung mit steinerner Miene gefolgt war, ergänzte mit einem deutlichen Grimm in der Stimme: »Hätten unsere Ahnen gewollt, dass wir diese Gegenstände besitzen, dann hätten sie sie uns *gegeben*. Das haben sie aber nicht. Für mich heißt das, dass diese Dinge nicht für uns bestimmt sind.«

Oris nickte, doch Garwen hatte den Eindruck, dass er ihre Worte gar nicht wahrgenommen hatte. »Ist das endgültig?«, fragte er Dorntal.

»Ja«, sagte der und nickte. »Wie gesagt, tut mir leid.«

Der Konkurrent

Der Abend war in bedrückter Stimmung verlaufen, und die hielt auch am Morgen noch an. Garwen haderte mit sich, überhaupt den Vorschlag gemacht zu haben hierherzukommen, und war enttäuscht, dass sein Bruder ihn nicht unterstützte, ganz im Gegenteil. Und nun? Nun wussten sie nicht, wie es weitergehen sollte.

Oris war wieder in dieses grüblerische Schweigen verfallen, in dem er schon in der Feste der Bruderschaft den größten Teil der Zeit verbracht hatte. Garwen und die anderen saßen dabei, aßen und wussten nicht viel zu reden.

Das dunkle Mädchen, das Ifnigris gestern als ihre »Schwester« bezeichnet hatte, war auch wieder da. Eigentlich war sie recht hübsch. Garwen schien sogar, als schaue sie ein paarmal zu ihm her, durchaus mit der Art Blick, den Mädchen hatten, wenn sie sich für jemanden interessierten.

Hmm.

Hatte das Schicksal ihn womöglich aus einem ganz anderen Grund hierhergeführt? Vielleicht, um ihm zu sagen: *Gib dich nicht damit zufrieden, nur ein Notbehelf zu sein?*

Er war nicht gebunden, wenn man's genau nahm. Er konnte sich ohne Weiteres einer Leik versprechen und einfach hierbleiben. Die Handwerke lernen, die man hier brauchte, und ein, zwei Flatterer in die Welt setzen. Die normalste Sache der Welt.

Und er würde nie wieder Probleme mit zu viel Hitze und Helligkeit haben.

Er warf einen verstohlenen Blick zu dem dunklen Mädchen hinüber und musste, seltsam genug, an ein Lied von Zolu denken, in dem es um Sehnsucht ging. Soweit er es verstanden hatte, sagte Zolu darin, dass die Sehnsucht, die man verspürte, nicht *irgendeiner* Frau oder *irgendeinem* Mann galt, sondern dass man vielmehr ein Bild in sich trage von dem Menschen, mit dem man sein Leben teilen wollte, und dass es die Suche nach diesem Bild sei, die einen antreibe und dieses Gefühl ausmache.

Andererseits war man sich bei Zolu nie wirklich sicher, zu verstehen, was er gemeint hatte.

Aber auf jeden Fall, sagte er sich, konnte es nicht schaden, mit diesem Mädchen mal ein bisschen ins Gespräch zu kommen.

»Gar, was geht in dir vor?«, unterbrach Ifnigris seine Gedanken.

Garwen zuckte zusammen. »Ach, nichts. Dies und das.« Er kratzte die letzten Reste seines Breis aus der Schüssel. Der, das musste man zugeben, aufwendig zubereitet war, mit Nüssen und Beeren und irgendwelchen fruchtigen Kräutern, die er nicht identifizieren konnte. »Wenn wir hier sowieso nicht mehr weiterkommen«, sagte er dann, »sollten wir vielleicht zusehen, dass wir nach Hause kommen. Nicht, dass Meoris und Galris gerade dabei sind, eine große Befreiungsaktion zu organisieren ...«

Ifnigris hob eine Augenbraue, auf ihre unnachahmliche Weise. »Das würde mich aber sehr wundern. Die beiden wissen doch überhaupt nicht, wohin die Brüder uns gebracht haben.«

Garwen stutzte, überlegte. Sie hatte recht. Natürlich hatte sie recht.

Schon seltsam, wie wenig logisch man dachte.

Ehe ihm eine Erwiderung einfiel, die ihn zumindest nicht ganz so dumm aussehen ließ, stürzte ein Junge mit zerzausten und nur halb zusammengelegten Flügeln herein und rief zu dem Tisch hinüber, an dem das andere dunkle Mädchen saß: »Ein Schwarm Sarlinge! Bei den schwarzen Felsen!«

Garwen hatte keine Ahnung, was Sarlinge waren – eine hiesige Fischart vermutlich –, aber jedenfalls schien diese Nachricht eine regelrechte Sensation zu sein. Die Leute an dem Tisch ließen alles liegen und stehen, sprangen auf und rannten hinaus, dem Jungen hinterher und unwillkürlich schon im Rennen die Flügel entfaltend, was einen Moment lang für Durcheinander an der Tür sorgte. Dann waren sie weg.

»Unsere Netzfischer«, erklärte eine Frau am Nebentisch, an Garwen gewandt. »Aber wahrscheinlich sind es gar keine Sarlinge, sondern nur Karassen. Die sehen ziemlich ähnlich aus, vor allem aus der Luft.«

»Karassen sind auch sehr lecker«, wandte der Mann neben ihr ein.

»Aber sie haben schrecklich viele Gräten.«

»Die kann man ja rausmachen.«

»Man erwischt nie alle«, mischte sich eine andere Frau ein. »Ich wäre als Kind mal fast an einer übersehenen Gräte erstickt. Seither können mir Karassen gestohlen bleiben.«

Ifnigris und Garwen sahen sich an und grinsten. Es war doch überall dasselbe. Die gleiche Unterhaltung hätte auch in den Küstenlanden stattfinden können, nur eben mit anderen Fischarten.

Irgendwie fühlte Garwen sich hier schon richtig zu Hause.

***

Nach dem Frühstück erklärte Oris, er wolle hinausfliegen zur nördlichsten der Leik-Inseln, um die Eislande von dort aus mit eigenen Augen zu sehen. So, wie er es sagte, klang es wie »*zumindest* mit eigenen Augen zu sehen«, und natürlich begleiteten sie ihn alle.

Es ging ein rauer, unruhiger Wind, aber Thermik gab es keine; sie mussten kräftig mit den Flügeln schlagen, um überhaupt vorwärtszukommen. Unterwegs sahen sie in der Ferne die Netzfischer, wie sie rings um einen dunklen Felsbrocken, der unablässig von Wellen überspült wurde, hin und her sausten und dabei ihre Netze ins Wasser tauchten. Ab und zu stieg einer von ihnen mit einem prall gefüllten Netz auf, und Garwen war, als höre man seinen jauchzenden Triumphschrei bis zu ihnen. Dreimal geschah es, dass eine der Gestalten mit einem silbrig schimmernden Netz den Rückweg einschlug, dann geriet das Treiben außer Sicht.

Bei den Leik hießen meerwärts der bewohnten Inseln gelegene Eilande immer Tran-Leik-Inseln, durchnummeriert nach der Entfernung. Die äußerste Insel, zugleich vermutlich der nördlichste Punkt des gesamten Kontinents, war demnach Tran-Leik-7, ein karger, eiförmiger Felsen, kaum zweihundert Schritte lang und nur von Flechten und ein paar widerwärtig dornigen Kriechgewächsen besiedelt. Oris landete als Erster, direkt am äußersten Ende, sah hinaus auf das graue Meer und sagte, als sie endlich alle neben ihm angekommen waren: »Da draußen ist tatsächlich nichts mehr. Keine Insel, auf der man zwischenlanden könnte.«

Margorspürer konnten so etwas fühlen, hatte er ihnen mal erklärt. Garwen gruselte es trotzdem bei dem Gedanken, wie das möglich sein sollte. Er war ein eher rationaler, wissenschaftlich orientierter Mensch, jemand, der mit den Büchern Gari, Sofi, Selime oder Jufus viel mehr anfangen konnte als mit, zum Beispiel, dem Buch Zolu. Vom Buch Ema ganz zu schweigen; mit dem konnte niemand etwas anfangen, den Garwen kannte.

Allerdings hatten auch die Ahnen, obwohl sie fast alle selber Wissenschaftler gewesen waren, das Rätsel des Margors nicht lösen können. Wozu Selime an einer Stelle geschrieben hatte: *Die Vorstellung, es sei möglich, eines Tages alles zu erklären und sich der Irrtümer damit vollständig zu entledigen, ist der größte Irrtum überhaupt.*

»Kannst du denn die Eislande spüren?«, wollte Luchwen wissen.

»Nein«, sagte Oris. »Die sind zu weit weg.« Er entfaltete seine Flügel. »Aber die Sicht ist gut, glaube ich. Schauen wir sie uns wenigstens einmal an.«

Damit erhob er sich in die Luft, und wieder folgten sie ihm alle.

Während sie sich in die Höhe schraubten, durchquerten sie mehrere Schichten, in denen der Wind aus jeweils ganz anderer Richtung blies und sich auch jeweils ganz anders anfühlte: mal hart und unwirsch, mal heftig und rücksichtslos, dann wieder sanft, fast lieblich. Schließlich erblickten sie tatsächlich jene dünne, lange, strahlend weiße Linie am Horizont, von der Sileik gesprochen hatte.

Merkwürdigerweise kam es Garwen vor, als sei sie zum Greifen nahe. Das ewige Eis dort vorn sollte über zwei Flugtage entfernt liegen? Das wollte ihm nicht in den Kopf. Sechs Stunden, hätte er geschätzt, wenn man zügig flog. Höchstens acht. Anspruchsvoll, aber machbar.

Allerdings würde er sich hüten, Oris auf Ideen zu bringen …

Vermutlich täuschte er sich sowieso. Das war in letzter Zeit ja eher die Regel als die Ausnahme.

Doch sogar Ifnigris rief: »Das sieht gar nicht so weit weg aus!«

»Das täuscht«, gab Oris zurück. »Wenn es in erreichbarer Nähe wäre, könnte ich es spüren.« Er legte die Flügel an und schraubte sich wieder hinab zur Insel.

Als sie zur Landung ansetzten, stand da schon jemand.

Das dunkle Mädchen, stellte Garwen verblüfft fest.

»Hallo«, sagte sie. »Ich bin Esleik. Mein Vater schickt mich. Ich soll dir, Oris, ausrichten, dass er ein großer Bewunderer deines Vaters ist und dich und deine Freunde zu uns in die Hütte einladen möchte. Er hat euch ein Angebot zu machen, das nicht für die Ohren der Allgemeinheit bestimmt ist.« Sie deutete auf den feuchten, flechtenverkrusteten Boden, auf dem sie standen. »Deshalb bin ich euch hierher gefolgt.«

Oris musterte sie. »Wer ist dein Vater?«

»Sein Name ist Worleik.« Sie bemerkte das leichte Stutzen, das sie damit auslöste – wie kam es, dass ein Mann eine erwachsene Tochter hatte, ohne seinen Stamm zu verlassen? –, war diese Reaktion aber wohl gewöhnt, jedenfalls fügte sie rasch hinzu: »Meine Mutter ist eine Sil. Sie heißt Eisil.«

Damit war diese Frage geklärt. Die Gebräuche der Stämme der Liebe waren andere, und die Frage, was eigentlich geschah, wenn sich zum Beispiel eine Sil und ein Sag ineinander verliebten und einander versprachen, war ein beliebtes Gesprächsthema. Obwohl die Antwort darauf einfach lautete: Was immer die beiden entschieden. Dass ein Mann *nicht* ins Nest der Frau wechselte, kam ja schließlich auch bei den übrigen Stämmen vor, aus den unterschiedlichsten Gründen.

»Wir wollen uns gern anhören, was dein Vater uns anzubieten

hat«, sagte Oris mit einer leichten Verbeugung. »Wann wäre ihm unser Besuch genehm?«

»Am besten jetzt sofort«, erwiderte Esleik. »Ich führe euch.«

***

Sie flogen gemeinsam mit Esleik zurück. Sie schlug einen weiten Bogen um die Hauptinsel und näherte sich der Siedlung im Tiefflug. Der Sinn dieses Manövers war Garwen unmittelbar klar: Esleik wollte nach Möglichkeit vermeiden, dass sie zusammen gesehen wurden.

Die Hütten der Siedlung waren alle von derselben Art, große, steinerne Halbkugeln. Bei Tageslicht sah man jedoch, dass sie sich durch allerlei Zierrat unterschieden, durch Bemalungen, in den Stein geritzte Muster und dergleichen. Die Hütte von Esleiks Eltern wies einen von ausgesucht schönen, rund geschliffenen Steinen umsäumten Vorplatz auf, auf dem sie auch landeten; zudem staken rechts und links der niedrigen Schlupftür zwei geschnitzte Stäbe aus verwittertem Holz im Boden. Die Schnitzereien zeigten unter anderem die Gestalt eines flügellosen Menschen an der Spitze, vermutlich also einen Ahnen, wenn man auch nicht erkannte, wer gemeint war. Eine davon, darauf hätte Garwen gewettet, war bestimmt Sofi, die das Große Buch über Jagd, Fischerei und Gartenbau geschrieben hatte.

Doch, eine solche Hütte könnte ihm auch gefallen.

Esleik hatte es eilig, sie ins Innere zu komplimentieren, wo ein auf kleinster Stufe knackender Ofen Behaglichkeit verbreitete und einen Kessel Tee warm hielt, aus dem sie ihnen sogleich einschenkte. »Mein Vater kommt jeden Moment«, versprach sie.

Verlegene Stille trat ein, so lange, dass es fast ein bisschen peinlich wurde.

»Und?«, fragte Ifnigris schließlich. »*Waren* es Sarlinge heute Morgen?«

»Ja«, erwiderte Esleik und lächelte dankbar. »Ehrlich gesagt hätte ich gewettet, dass es nur Karassen sind, weil Urleik die gern verwechselt, wenn er als Späher draußen ist. Aber dann waren es tatsächlich Sarlinge. Ich hab zwei Netze voll heimgebracht!« Sie schüttelte die Arme aus, zum Zeichen, wie anstrengend das gewesen war.

»Glückwunsch«, sagte Ifnigris.

Esleik musterte sie mit unübersehbarer Neugier. Schließlich gab sie sich einen Ruck und fragte: »Sag mal … nerven dich deine Eltern auch immer so mit diesem ›Geh ans Licht‹-Ding?«

Ifnigris platzte mit einem Lachen heraus, wie Garwen es bei ihr noch nie erlebt hatte. »Und wie!«, rief sie. »Seit ich denken kann, machen sie sich Sorgen deswegen. ›Du solltest später mal an die Goldküste gehen, Kind!‹ Wie oft ich das schon gehört habe!«

»Meine auch!« Esleik grinste. »Mich würden sie am liebsten gleich mit einem von den dortigen Sok verkuppeln, damit es erst gar keine Diskussion gibt, wer zu wem wechselt.«

Ifnigris lachte immer noch. »Dann hätten wir uns dort getroffen!«

Garwen räusperte sich. »Ist das nicht wirklich ein gesundheitliches Problem? Ich meine, Gari schreibt über den Zusammenhang zwischen Haut und Licht …«

»Ja, ja«, unterbrach ihn Esleik. »Entschuldige, aber ich kann den Namen Gari echt nicht mehr hören. Schau, ich arbeite fast nur als Netzfischerin. Da ist man den ganzen Tag draußen. Das reicht auch hier im Norden dicke, um genug Licht abzukriegen, selbst mit schwarzer Haut.«

»Ich denke ja manchmal, die Ahnen hatten irgendein anderes Problem mit Hautfarben«, meinte Ifnigris. »Wenn man die alten Geschichten hört, wie die anderen mit Jufus umgegangen sind, das klingt schon alles ziemlich merkwürdig.«

Esleik zuckte mit den Schultern. »Ist mir ehrlich gesagt egal. Der alte Kram hat mich nie interessiert. Die Großen Bücher – in Ordnung. Aber die ganzen Legenden, wer von den Ahnen mit wem in die Kuhle gestiegen ist oder sich gestritten hat oder was weiß ich … Pff!«

Äußerlichkeiten, ging Garwen in diesem Moment auf, waren doch nicht nur Äußerlichkeiten. Die äußerliche Ähnlichkeit zwischen Ifnigris und Esleik hatte spontan eine Verbindung zwischen den beiden geschaffen, hatte Sympathie hergestellt, im Grunde genauso, wie es ihm seinerzeit mit Luchwen gegangen war ob ihrer beider roten Flügel. Genau deswegen hatte er ja irgendwann angefangen, ihn »kleiner Bruder« zu nennen.

Was er seit der Geschichte im Eisenland allerdings vermied. Wer wollte schon eine Figur aus dem Buch Ema sein?

In diesem Moment öffnete sich die Tür, und hereingeschlüpft kam eine der schönsten Frauen, die Garwen je gesehen hatte. Es handelte sich ohne Zweifel um Esleiks Mutter, denn die Gesichter der beiden ähnelten sich so sehr, wie man es selbst bei Geschwistern selten fand. Sie war also nicht mehr ganz jung, aber überaus grazil und von ebenmäßiger Gestalt, blond wie ihre Tochter, mit Flügeln von einem so sahnigen Braun, dass man am liebsten daran geleckt hätte, und einer makellosen Haut desselben Farbtons, nur etwas heller.

»Seid gegrüßt«, sagte sie mit einem bezaubernden Lächeln und einer geradezu betörenden Stimme. »Schön, dass ihr da seid. So viel Besuch hatten wir lange nicht mehr. Ich bin übrigens Eisil. Ach, und ich habe unserer Küche etwas Besonderes abgeschwatzt«, fügte sie hinzu und förderte einen Korb mit Keksen zutage. »Pekdors Kekse. Die besten der Welt, sagen alle, die sie mal gegessen haben. Zumindest sind sie so gut, dass wir sie nicht mit auf die Märkte nehmen, sondern lieber selber essen.«

Sie stellte den Korb in die Mitte, sah sie der Reihe nach an, und Garwen fiel auf, dass sie Ifnigris besonders freundlich anlächelte.

Äußerlichkeiten waren eben doch nicht nur Äußerlichkeiten.

Da Eisil die Tür offen gelassen hatte, hörte man von draußen das Geräusch großer Schwingen und dann, wie jemand Schweres aufsetzte. Gleich darauf quetschte sich ein geradezu kolossaler Kerl herein, ein Mann mit einem mächtigen Bart, der ihm, zu drei Zöpfen geflochten, vor der Brust hing, und riesenhaften Flügeln von der Farbe verwitterten Holzes. Er trug Kleidung aus uraltem, abgeschabtem Leder, vielfach verknittert, die aber an ihm saß wie eine zweite Haut.

»Ich grüße euch«, dröhnte er mit tiefer Stimme. »Mein Name ist Worleik, und ich danke euch, dass ihr meiner Einladung gefolgt seid.«

Oris reckte sich. »Ich bin Oris.«

Worleik lachte laut auf. »Als ob das seit gestern irgendjemand *nicht* wüsste!«

Er ließ sich neben seiner Tochter auf eines der Sitzkissen sinken, die hier dicker und größer waren als in der Hütte von Lualeik und Dorntal: Nun war Garwen klar, warum. »Tochterherz«, meinte er mit gutmütigem Spott, »ich soll dir übrigens ausrichten, dass du heute den zweitbesten Fang gemacht hast.«

»Nur den *zweit*besten?«, fragte Esleik enttäuscht zurück.

»Pelleik hat ungefähr drei Sarlinge mehr gefangen als du.«

Sie verdrehte die Augen. »Typisch.«

»Irgendwann schlägst du ihn«, munterte Worleik sie auf und sah in Richtung des Ofens. »Was ist, kriege ich auch einen Tee?«

Als jeder mit Tee versorgt war und jeder von den Keksen gekostet hatte – die wirklich ausnehmend gut schmeckten, fand Garwen und griff gleich noch einmal zu –, kam Worleik zur Sache.

»Ich habe gehört«, begann er, »ihr wollt in die Eislande gelangen. Und ihr seid imstande, den Weg dorthin auf jeden Fall zu finden, selbst bei Nebel und ohne Richtungssinn.«

Oris sah ihn ausdruckslos an und ließ einige Atemzüge verstreichen, ehe er sagte: »Angenommen, es wäre so?«

»In diesem Fall«, fuhr Worleik amüsiert fort, »wärt ihr zuerst zu Dorntal gegangen. Und der hätte euch abgewiesen.«

»Nehmen wir auch das einmal an«, meinte Oris. »Und dann?«

»*Ich* kann euch fahren. Ich besitze ebenfalls ein Schiff mit Segeln.«

Oris holte vernehmlich Luft. »Sprecht weiter.«

Worleik stellte seinen Teebecher beiseite und beugte sich vor. »Dorntal ist ein großer Erfinder, ganz ohne Frage«, sagte er ernst. »Nehmt seine Windpumpe: wunderbar. Ich musste als Kind noch die Hiibus führen, die die alte Pumpe angetrieben haben, tagelang, immer im Kreis herum; ich weiß, wovon ich rede. Dorntal ist ein kluger Mann, aber er ist nicht sehr mutig. Das ist kein Vorwurf, bitte! Niemand auf der Welt hat nur Vorzüge. Wir wissen zu schätzen, was wir an ihm haben. Wir haben verfolgt, wie er mit verschiedenen Formen von Segeln experimentiert hat, unermüdlich. Viele Frostzeiten sind darüber gekommen und gegangen, bis er herausgefunden hat, wie ein Segel beschaffen sein muss, das mit verschiedensten Windstärken zurechtkommt. Er hat auch Techniken entwickelt, wie man in andere Richtungen fahren kann als in die, in die der Wind weht. Er hat sogar eine Technik entwickelt, wie man dem Wind entgegenfahren kann! Klingt unglaublich, nicht wahr? Doch es funktioniert, ich hab das selber schon gemacht. Mein Schiff hat dieselben Segel wie das Dorntals, aber natürlich nur, weil ich seine Erfindung nachgebaut habe. Selber entwickeln könnte ich so etwas nicht. Ich bin nicht so klug wie er, bei Weitem nicht. Aber«, setzte er hinzu, »ich bin *mutiger* als er.«

Oris faltete die Hände. »Habt Ihr auch gehört, was wir angeblich dort suchen? In den Eislanden?«

»Das nicht«, räumte Worleik ein. »Ihr werdet es mir vielleicht zu einem geeigneten Zeitpunkt anvertrauen wollen. Vielleicht auch nicht. Darauf kommt es mir nicht an.«

»Sondern darauf, der Erste zu sein, der einen der anderen Kontinente erreicht«, mutmaßte Oris. »Ihr seid nicht nur mutiger als Dorntal, sondern auch ehrgeiziger.«

Der kolossale Mann lächelte. »So ist es wohl.«

Oris sah sich in der Runde um. »Ich frage mich trotzdem, wie es möglich war, dass Ihr gehört habt, was Ihr gehört habt.«

Garwen sah, wie Luchwen rot wurde, fast so rot wie seine Haare.

»Ähm«, machte er, »*möglicherweise* habe ich mich im Gespräch mit den Köchen … ähm … ein wenig verplappert.«

»Einer dieser Köche hieß Pekdor, nehme ich an?«, hakte Oris nach.

Eisil lachte glockenhell auf. »So ist es. Und Pekdor wiederum hat sich einer Fischerin versprochen, die seit ewigen Zeiten mit Worleik fährt, Gantaleik.«

Oris nickte verstehend. »Nun gut. Wir bräuchten aber nicht nur ein Schiff, sondern auch eine Ausrüstung, die es uns erlaubt, ein Stück weit in die Eislande hineinzufliegen. Warme Kleidung. Flügelfett. Und diverse andere Dinge.«

»Kann ich alles besorgen«, erwiderte Worleik etwas zu großspurig für Garwens Geschmack. »Die Fischer, die mit mir fahren, haben dicke Jacken und Hosen aus Hiibu-Wolle, die sich gegen die Kälte bestens bewährt haben.«

»Gut«, sagte Oris. Er trank einen Schluck Tee, wobei Garwen den Eindruck hatte, dass er das tat, um nachdenken zu können. »Eine Frage habe ich noch. Ihr sagt, Ihr *besitzt* ein Schiff. Wie kommt das? Ein Schiff ist groß und aufwendig herzustellen. Bei uns in den Küstenlanden wäre so etwas Besitz des Nestes, nicht eines Einzelnen, selbst wenn nur ein Einzelner damit führe.«

Worleik nickte. »Das ist bei uns Leik natürlich normalerweise auch so, aber bei den Schiffen verhält es sich etwas anders. Ich habe das Schiff von meinem Vater Workor geerbt. Die Nordland-Kor leben sechs Flugtage von hier im Osten, in der Kor-Bucht, so ziemlich der einzige Ort nördlich der Berge, wo ein richtiger Wald wächst. Entsprechend sind die Kor auch die Einzigen im Norden, die Schiffe und Boote bauen. Ich meine, seht euch unsere Inseln an. Wie wollten wir hier ein Schiff bauen? Jedes Stück Holz müsste aus einer Entfernung von zwei Tagesreisen hergeschafft werden – unmöglich. Bei den Kor dagegen ist das gar kein Problem. Mein Vater hat sein Schiff fast eigenhändig gebaut, und als er sich Hinuleik versprach, meiner Mutter, ist er damit an der ganzen Küste entlanggerudert. Seither ist es hier.«

»Und Dorntals Schiff?«, fragte Luchwen neugierig.

»Stammt ebenfalls von den Kor. Sie haben es ihm geschenkt, als Gegenleistung dafür, dass er bei ihnen auch eine Windpumpe gebaut hat.« Worleik verzog das Gesicht. »Ich habe allerdings gehört, dass sie inzwischen kaputtgegangen sein soll und die Kor nicht mehr so gut auf ihn zu sprechen sind.«

Garwen wechselte einen Blick mit Ifnigris, die wohl das Gleiche dachte wie er: nämlich dass dahinter bestimmt die Bruderschaft steckte.

Bestimmt war es auch nur eine Frage der Zeit, bis die Windpumpe der Leik ebenfalls *auf rätselhafte Weise* ihren Geist aufgab.

Worleik stellte seinen Becher zur Seite, klatschte in die Hände. »Also – ihr habt mein Angebot gehört. Was sagt ihr dazu?«

Oris neigte den Kopf. »Wir nehmen es dankend an. Lass uns besprechen, wann wir aufbrechen können.«

***

Das einzige Zugeständnis, das Worleik forderte, war, das Vorhaben nicht länger geheim zu halten. Alle sollten wissen, dass Worleik es unternehmen wollte, als Erster die Eislande zu erreichen, und zwar dank Oris, der einen Trick kannte, den Weg dorthin auch zu finden, wenn Nebel aufkam und der Richtungssinn versagte. Mehr, so Worleik, brauche Oris über seine Absichten nicht zu verraten.

Oris erklärte sich einverstanden, und damit war es abgemachte Sache.

Und bis zum Mittag des darauffolgenden Tages wusste schon die ganze Insel Bescheid.

Die Sache mit dem Trick erregte das meiste Aufsehen. Erstaunlich viele Leute hatten den Verlust des Richtungssinns schon am eigenen Leib erlebt. Ja, offenbar war es, nachdem die ersten Schiffer von diesem Phänomen berichtet hatten, zu einer Art Mutprobe unter den Jungen geworden, so weit hinauszufliegen, bis man es spürte. All diese Leute waren überaus neugierig, wie dem abzuhelfen sein sollte. Ohne Richtungssinn, meinten die, die Oris beim Mittagessen belagerten, fliege man doch nur im Kreis, wenn es dumm laufe? Vor allem im Nebel?

»Wir erzählen euch, wie wir es gemacht haben, wenn wir zurück sind«, versprach Oris nur.

Nach dem Mittagessen tauchte Dorntal wieder auf. »Das geht doch nicht«, meinte er in anklagendem Tonfall. »Worleik ist ein Draufgänger, ein Abenteurer, weiter nichts. Wenn ausgerechnet er jetzt mit einem Segelschiff zu den Eislanden fährt, dann – entschuldige die harten Worte – fliegt er mit fremden Federn! *Ich* habe die Segel entwickelt, die er benutzt!« Er schlug sich wieder und wieder auf die Brust, um seine Worte zu unterstreichen. »*Ich!* Er hat sich alles bei *mir* abgeschaut! Aber ihr wisst nicht, wie gut. Was wird er machen, wenn es zu irgendeinem Zwischenfall kommt? Er hat doch überhaupt keine Ahnung von den technischen Zusammenhängen!«

»Aber er *fährt* uns«, erwiderte Oris mit einer Kühle, die Garwen peinlich war.

»Nein, nein. Sagt ihm ab. *Ich* fahre euch.« Dorntal holte tief Luft. »Wenn ihr so entschlossen seid, dann ist es besser, es bleibt in der Familie.«

Na also, dachte Garwen erleichtert, warum nicht gleich so?

Aber Oris schüttelte den Kopf. »Tut mir leid. Wir haben eine Abmachung mit Worleik. Außerdem fahre ich lieber mit jemandem, der voll dahintersteht, als mit jemandem, der vor allem Bedenken hat.«

Dorntal erstarrte förmlich. Nur seine Flügel weiteten sich, eine unwillkürliche Reaktion; wahrscheinlich bemerkte er es gar nicht. Er schien noch etwas sagen zu wollen, doch dann presste er nur die Lippen zusammen, wandte sich ab und ging ohne ein weiteres Wort.

»Das hättest du ihm auch ein bisschen freundlicher sagen können«, fuhr Garwen Oris an. »Wie stehe ich denn jetzt da vor meiner Familie?«

663

»Unser Vorhaben hat mit deiner Familie nichts zu tun«, erwiderte Oris ungerührt.

***

Später machte Worleik sie mit den *Wolkenspähern* bekannt. So nannten die Leik eine Gruppe junger Flieger, die einmal am Tag extrem hoch hinaufflogen, um heranziehende Wolken zu beobachten und abzuschätzen, wie sich das Wetter entwickeln würde. Sie waren begierig, Oris die Hand zu schütteln, und zeigten sich überaus beeindruckt von dem, was er über die Flüge seines Vaters Owen erzählt hatte.

Aber was das Wetter anbelangte, hatten sie nur Schlechtes zu berichten. Im Norden sei Nebel aufgezogen, und dahinter seien sogenannte Tiefwolken auszumachen, was fast immer bedeute, dass der Nebel von Dauer sein werde.

»Wir waren gestern früh auf der äußersten Tran-Leik-Insel«, wunderte sich Oris. »Und von dort aus haben wir die Eislande noch klar und deutlich gesehen!«

»Gestern ist lange her«, meinte eine der Wolkenspäherinnen, Kisleik, die ungewöhnlich groß war und so schlank, dass man sich unwillkürlich sorgte, ein Windstoß könne sie mit sich reißen. »Inzwischen ist da draußen dichter Nebel, und er wird mindestens zehn Tage lang bleiben.«

»Wie das? Es weht doch ein starker Wind!«

»Hier im Norden sind die Nebelfelder so groß, dass das nichts ändert.«

Diese Nachricht verstimmte Oris merklich. Garwen hingegen schöpfte insgeheim Hoffnung. In zehn Tagen konnte viel passieren. In zehn Tagen konnte es sich zum Beispiel ergeben, dass er mal mit Esleik ins Gespräch kam. Und mit etwas Glück konnte es sich bis dahin doch noch einrenken, dass sie statt mit Worleik mit Dorntal fuhren und er sich nicht mehr vor seiner Familie genieren musste.

Worleik nahm es gelassen. Tausend Jahre lang sei niemand bis zu den Eislanden gefahren, da komme es auf zehn Tage nicht an, meinte er. »Wir beginnen einfach schon mit den Vorbereitungen, damit wir startbereit sind, wenn sich der Nebel wieder auflöst.« Er rieb sich unternehmungslustig die Hände. »Jetzt zeige ich euch erst einmal mein Schiff.«

Worleiks Schiff lag auf einer der unbewohnten Nachbarinseln, nur ein paar Flügelschläge entfernt, hoch auf einem ringsum von Felsen geschützten Strand. Es war kleiner, als es sich Garwen vorgestellt hatte, ja, geradezu entsetzlich klein. Mit acht Schritten kam man ohne Weiteres vom stumpfen Ende bis zur spitz zulaufenden Vorderseite. In der Mitte ragte der Mast in die Höhe, das Segel war eng um einen waagrecht daran befestigten Holzstab zusammengerollt und sorgsam mit ihm verzurrt. Im Vorderteil gab es einen winzigen Aufbau, eine Art Schutzhütte, in der sich höchstens zwei Personen würden zusammenkauern können: Mit anderen Worten, diejenigen, die Pech hatten, mussten draußen schlafen.

Wie man auf so einem Schiff seine Notdurft verrichte, wollte Ifnigris wissen, worauf Worleik ihnen einen hölzernen Eimer zeigte, der mit einem stabilen Strick am Schiff befestigt war. Man könne das im Schutz des Aufbaus erledigen, erklärte er, und nachher spüle man den Eimer im Meer aus. Ifnigris nickte, das Gesicht zu einer fast schon komischen Grimasse des Widerwillens verzogen.

»Also, ein Spazierflug wird es jedenfalls nicht«, stellte Oris fest.

»Das schaffen wir schon«, meinte Bassaris in seiner unerschütterlichen Art.

Als sie zurückflogen, sah man im Norden den ersten Nebel am Horizont aufsteigen.

***

Am nächsten Morgen waren die Inseln wahrhaftig in dichten Nebel gehüllt. Ein heftiger Wind blies ihn in Fetzen über die Hütten und Gehege hinweg, doch der Nachschub an kaltem Grau war unerschöpflich. Das große Licht des Tages blieb ein diffuser Schimmer irgendwo im Osten.

Davon unbeeindruckt stellte Worleik derweil die Mannschaft zusammen. Er selber würde mitfahren, natürlich, außerdem seine Tochter Esleik und ein Bootsfischer, der schon oft mit ihm gefahren war, ein kräftiger junger Mann namens Mattifas.

»Mattifas ist ein etwas ungewöhnlicher Fall«, erzählte Worleik. »Er ist zu uns auf die Inseln gekommen, weil er sich einem unserer *Männer* versprochen hat, Barleik, auch ein Fischer, der bisweilen mit mir fährt. Zwei *Söhne Terias*, wie man so sagt. Aber Barleik wird dableiben, weil es gerade zu viel zu tun gibt, mit dem Sarling-Fang von vorgestern und anderem.«

Weder Esleik noch besagter Mattifas ließen sich blicken, dafür lernten sie die Fischerin Gantaleik kennen: Das war eine zähe, verwittert wirkende Frau mit blassbraunen, dünnen Haaren, die sie im Nacken zusammengebunden trug, und zerzausten Flügeln von einer grau-weiß-grünlichen Färbung, die an die Farben des aufgewühlten Meeres denken ließen. Sie war genauso alt wie Worleik und fuhr schon ihr Leben lang mit ihm, war auch schon mit ihm gefahren, als noch dessen Vater Workor das Schiff geführt hatte – aber zu den Eislanden wollte sie ihn nicht begleiten. »Ich bin doch nicht verrückt!«, erklärte sie kategorisch. An dieser Weigerung änderte sich auch nichts mehr, als Worleik sie beiseitenahm und lange auf sie einredete.

»Sie war schon immer so stur, schon als Kind«, meinte er, als er zurückkam, und seufzte entsagungsvoll. »Aber, na ja, vielleicht sind acht Personen auch genug. Ist ja doch nicht das größte Schiff.«

Als Worleik davonflog, um das mit den Wolljacken zu organisieren, wusste Luchwen zu erzählen, dass Pekdor, dem sich Gantaleik versprochen hatte, nicht mehr fliegen konnte seit einem unglücklichen Sturz während eines Sturms vor etlichen Jahren; er hatte sich die Flügel gebrochen, und sie waren nie wieder richtig verheilt. Seither arbeite er vor allem in der Küche, und er sei auch bei denen, die die Kinder unterrichteten. »Ich könnte mir vorstellen, dass sie seinetwegen kein unnötiges Risiko eingehen will«, meinte er, was alle außer Garwen nachvollziehbar fanden.

Garwen hingegen hatte noch den Vorwurf Dorntals im Ohr, wonach Worleik ein Draufgänger und Abenteurer sei. Er fragte sich insgeheim, ob Gantaleik womöglich etwas über ihn wusste, das sie *nicht* wussten.

Immerhin, sieben Tage blieben, um mehr darüber in Erfahrung zu bringen ...

Dann tauchte der kolossale Bootsfischer wieder auf. Er führte sie zu einem ungeheizten, zugigen Lagerraum, wo sie die versprochene Wollkleidung anprobieren konnten und auch Stiefel aus gefüttertem Hiibu-Leder. Das war ein ermutigendes Erlebnis. Die Kleidung war enorm warm, und sie war auf eine Weise geschnitten, die es erlaubte, sie vermittels einiger Knöpfe und Riemen so anzupassen, dass sie gut am Körper saß. Das An- und Ausziehen war umständlich, aber sie würden, meinte Worleik, die Sachen unterwegs ohnehin anbehalten.

»Flügelfett haben wir reichlich«, versicherte er, »und Vorräte für die Hin- und Rückfahrt habe ich auch schon beschaffen lassen.« Er klatschte in die gewaltigen Hände, ein Donnerschlag von einem Klatschen. »Kurzum, wir sind startklar.«

***

Am nächsten Tag war der Nebel eher noch dichter geworden. Da sie außer zu warten ohnehin nichts zu tun hatten, sonderte Garwen sich ab, um ein wenig über die Insel zu streifen.

Es war eigenartig, das zu tun, während man so gut wie nichts sah. Garwen machte Umrisse von Gebäuden aus und Bewegungen hier und da, von Leuten, die umhergingen oder die Flügel ausschlugen, weil der Nebel das Gefieder feucht werden ließ. Alles andere war dichtes, salzig schmeckendes Grau.

Aber ihm war auch nicht wichtig, die Insel zu sehen. Was er wollte, war, Esleik zu finden.

Er fragte jeden nach ihr, dem er über den Weg lief. Eine ältere Frau meinte schließlich, Esleik sei in der Fischhalle, und wies ihm den Weg zu einem niedrigen Gebäude in Ufernähe. Dort traf er Esleik tatsächlich an. Sie und ein bärtiger Mann standen nebeneinander an einem Tisch und nahmen Fische aus, mit hurtigen, geübt aussehenden Messerschnitten.

»Hallo, Garwen«, sagte Esleik, ohne in ihrer Arbeit innezuhalten. Sie nickte in Richtung des Mannes. »Das ist übrigens Barleik.«

»Hallo«, brummelte der Bärtige und rang sich ein Lächeln ab.

»Hallo«, sagte Garwen, unsicher, ob das die richtige Gelegenheit für ein näheres Kennenlernen war. »Ich wollte mir ein bisschen die Insel ansehen, aber … tja, man sieht bloß gar nichts, und dann hab ich mich auch noch verlaufen …«

»Du kannst uns ja helfen«, schlug Esleik vor.

Vielleicht keine dumme Idee. Gemeinsam zu arbeiten war schon immer ein guter Anlass gewesen, sich näherzukommen. »Warum nicht?«, sagte er also. »So flink wie ihr werde ich aber nicht sein.«

»Macht nichts.« Esleik warf den eben ausgenommenen Fisch in den Korb neben sich, bückte sich unter den Tisch und reichte ihm ein altes, abgeschliffenes Messer. »Vorsicht, scharf«, sagte sie und zeigte ihm dann, was zu tun war: Man nahm einen Fisch aus dem direkt in den Fels gehauenen Wasserbecken, wo die Tiere dicht an dicht schwammen, und betäubte ihn durch einen kräftigen Schlag mit einem hölzernen Hammer. Anschließend tötete man ihn durch einen Stich ins Herz, schlitzte ihm den Bauch auf und entfernte die inneren Organe, die über eine Wasserrinne direkt ins Meer entsorgt wurden.

»Futter für die Kupferkrabben, die in der Bucht leben«, erklärte Esleik. »Unsere Reserve für schlechte Zeiten.«

Garwen versuchte es selber. Das Messer war tatsächlich irre scharf; es glitt in den Fischleib wie in warmes Hiibufett. »Muss man die nicht schuppen?«, fragte er.

668

»Sarlinge nicht.«

»Wie praktisch.«

Barleik wuchtete den Korb mit den ausgenommenen Fischen hoch und knurrte: »Ich bring das mal in die Räucherkammer.« Damit verschwand er, und Garwen war mit Esleik alleine. *Die Gelegenheit, seinen Charme sprühen zu lassen!*

Bloß, dass da nichts sprühte. Er war eher nervös. So kannte er sich gar nicht.

»Na?«, meinte er, während er an seinem Fisch herumsäbelte. »Aufgeregt wegen der großen Fahrt nach Norden?«

»Puh ...«, machte Esleik. »Nein, irgendwie ist das noch ganz weit weg.« Sie hatte ihren zweiten Fisch fertig, seit er mit dem einen angefangen hatte. »Und du?«

»Ich find's nach wie vor tollkühn«, gestand Garwen.

Sie zuckte mit den Flügeln. »Ach, das wird schon klappen. Wenn Oris wirklich den Weg weisen kann ... warum nicht? Mein Vater ist ein ziemlich guter Bootsfischer.«

Er musste weg von diesem Thema, sagte sich Garwen. Sie dazu bringen, etwas von *sich* zu erzählen!

»Wirst du später mal sein Boot übernehmen?«, fragte er also und fügte mit einem, wie er hoffte, kecken Grinsen hinzu: »Oder gehst du doch an die Goldküste, zu den Sok?«

Sie lachte auf. »Weder noch. Ich bleib Netzfischerin, bis ich mich einem netten Mann verspreche. Dann krieg ich zwei Kinder und kümmere mich um die. Das ist der Plan.«

»Guter Plan«, meinte Garwen. Na, wenn das nicht passte!

»Vater will sein Schiff dem Nest übereignen, wenn er mal zu alt ist. Und dann wird es vermutlich Mattifas übernehmen.«

»Verstehe.«

Er musterte sie, ihr dunkles Gesicht, ihre vollen Lippen, und überlegte, wie sie wohl mit dunklen Haaren aussehen mochte ...

Ein jäher Schmerz schoss ihm durch den Körper wie ein heller Blitz: Er hatte sich in den Finger geschnitten! Es blutete, und das ziemlich heftig.

»War nur eine Frage der Zeit«, meinte Esleik ungerührt. Sie legte ihr Messer beiseite, zog ihn zu einem leeren Wassertrog und hieß ihn, die Wunde gut auszuspülen. »Sarlingsblut reizt«, erklärte sie. »Das sollte es besser nicht, vor unserer großen Fahrt.«

»Also, nicht dass du denkst, wir kennen uns in den Küstenlanden nicht mit Fischen aus …«, protestierte Garwen lahm.

»Mit Warmwasserfischen vielleicht!«, spottete sie, zog seine Hand wieder aus dem Wasser, das nun voller blutiger Schlieren war, und machte sich daran, die Wunde zu verbinden.

Garwen sah ihr zu, wie sie geschickt mit getrocknetem Wundmoos und Stoffstreifen hantierte. Der Schmerz hatte ihn aufgeschreckt, ja, ihm war, als habe er ihn aus einem seltsamen, dummen Traum aufgeweckt, denn: Was zum Wilian hatte er gerade *getan*? Er hatte Esleik mit Ifnigris *verglichen*!

Auf einmal sah er glasklar, dass das nicht sein Weg sein würde. Es konnte Ifnigris unmöglich verlassen, um sich auf die Suche nach einer anderen Frau zu machen, nach einer, die besser zu seinen Träumen und Wünschen passte, denn er würde jede andere Frau immer mit ihr vergleichen, einer *idealen* Ifnigris zudem – und keine Frau hatte es verdient, so betrachtet zu werden.

Dies war der Moment, in dem er beschloss, die Einschränkungen, die für ihre Beziehung galten, einfach zu akzeptieren und sich fortan glücklich zu schätzen für das, was ihm gegeben war. Ende der Diskussion. Ende der Suche.

Esleik zog den Knoten um den Verband fest und sagte mit einem belustigten Blick auf den einen, halb ausgenommenen Fisch: »Danke für deine Hilfe. Aber mit dem Wickel solltest du besser nicht weitermachen.«

»Alles klar«, meinte Garwen und lächelte sie an. Sein Charme sprühte auf einmal wieder, sieh an! Esleik war ein nettes Mädchen, ohne Frage. Hoffentlich fand sie einen guten Mann. Ach, bestimmt. »Danke für die Rettung.«

***

670

Bis Mittag konnte Garwen den Verband wieder abnehmen, was ihm ersparte, diesbezügliche Fragen beantworten zu müssen, und irgendwann am späten Nachmittag tauchte Sileik aus dem Nebel auf mit der Neuigkeit, dass ihr Bruder endlich angekommen sei. Sie lud Garwen für den Abend ein, mit ihnen »ein bisschen auf Familie zu machen«, wie sie es ausdrückte.

So ließ Garwen die anderen abends in der Gästehütte zurück und fand tatsächlich den Weg zu Utwens und Sileiks Hütte.

Romleik hatte dunklere Flügel als sein Vater, ähnelte ihm aber ansonsten sehr: Er war genauso hager und hatte genauso wenig die Statur eines Fischers oder Hiibu-Hirten wie dieser. Er begrüßte Garwen freundlich und schien auch etwas befangen zu sein.

Zum Aufwärmen unterhielten sie sich darüber, was für eine anspruchsvolle Aufgabe es war, den Handel der Nord-Leik zu organisieren. Alle Waren mussten zuerst mit einem der Schiffe bis zu einer Bucht transportiert werden, die fast eine halbe Tagesreise weit westlich lag, und von dort aus war es noch einmal eine halbe Tagesreise bis zum Markt. Der Markt, das war der berühmte *Nord-West-Baum*, ein Marktplatz, auf dem sich Händler aus dem gesamten Nordwesten trafen, von den Lech über die Leik bis hinab zu den Tal und den Dor ...

»Von denen komme ich grade«, unterbrach sich Romleik mit plötzlich brüchig klingender Stimme.

Garwen nickte. »Ich habe das mit deinem Sohn gehört.«

Romleik holte tief Luft, um Fassung bemüht. »Es ist schrecklich weit bis da runter. Bis Raldor fliegen kann, wird er nicht mehr wissen, wer ich überhaupt bin.«

»Es war trotzdem die richtige Entscheidung, Rom«, sagte seine Schwester entschieden. »Ihr habt einfach nicht zusammengepasst. Das kommt vor.«

»Ja, sicher«, meinte Romleik. »Aber man hat sich einander eben versprochen, und nun ...« Den Rest des Satzes ließ er offen.

Sileik beschloss offenbar, das Thema zu wechseln. In betont munterem Ton wandte sie sich an Garwen und sagte: »Jetzt mal zu dir. Hab ich das richtig gesehen, dass du mit dem dunklen Mädchen in eurer Gruppe zusammen bist? Erzähl doch mal! Wer ist das? Und wann ist mit *eurem* Versprechen zu rechnen?«

So war es an Garwen zu reden. Er hielt sich an seinem Becher Tee fest und erzählte, was es über Ifnigris zu erzählen gab. Dass sie ihren Bruder an den Margor verloren hatte – das dämpfte die Stimmung spürbar. Aber alles andere geriet ihm wohl zu einer ziemlichen Lobeshymne, jedenfalls fing Sileik irgendwann an, auf diese gewisse Weise zu lächeln, wie seiner Beobachtung nach alle Frauen lächelten, wenn sie einen Fall von wahrer Liebe witterten.

»Aber«, sagte er, um keine verfrühten Hoffnungen aufkommen zu lassen, »was das Versprechen anbelangt – daraus wird nichts. Ifnigris liebt eigentlich jemand anderen, jemanden, den sie nicht kriegen kann. Mit mir begnügt sie sich nur.«

»Aha«, sagte Utwen zu seiner Überraschung. »Also eine Ada.«

Garwen blinzelte verdutzt. »Eine Ada?«

»Die Ahnin«, erklärte sein Bruder. »Ada hat doch immer auf Wilian gehofft. Aber der wollte halt nicht. Und so hat sie sich nach Terias Tod mit Zolu begnügt.«

Garwen ließ sich den Vergleich durch den Kopf gehen. Seltsam, wie beruhigend man es fand, wenn man hörte, dass es diesem oder jenem der Ahnen schon so ähnlich ergangen war wie einem selber.

»Ja«, sagte er. »So was in der Art.«

Trotzdem blieb ein bittersüßer Schmerz. Die Hütte von Sileik und Utwen war nicht so aufwendig eingerichtet wie die anderen Hütten, die er schon gesehen hatte, dennoch war es hier auf eine ganz eigene Art behaglich. Sileik hatte scharf gewürzte Quidu-Scheiben zum Tee serviert, frisch auf dem Ofen getrocknet, ein einfacher Imbiss, auf den aber fast jeder als Kind verrückt gewesen war. Dazu das herumliegende Spielzeug ... das nur mühsam gebändigte Durcheinander, das von der Existenz eines Kindes zeugte, das energisch dabei war, die Welt zu erkunden ... Es sah hier aus, wie es nur bei jungen Familien aussah, was genau das war, was er eigentlich auch wollte. Und was er mit Ifnigris nie haben würde, weil ihre Beziehung wohl für alle Zeit im jetzigen Schwebezustand verharren würde. Bestenfalls.

Aber es war eben, wie es war. Und ein bisschen Ifnigris war immer noch besser als *gar* keine Ifnigris.

Ein munteres Gesicht aufsetzen und so tun, als sei alles in schönster Ordnung, das konnte er allerdings auch, also tat er es und sagte, an Sileik gewandt: »Wenn wir gerade dabei sind, die Stammbäume unserer Familie durchzuhecheln – wie sieht es denn mit deinen Eltern aus? Haben die noch Geschwister? Hast du Cousinen? Cousins?«

»Leider nicht«, erwiderte Sileik. »Mein Vater ist ein Einzelkind, weil seine Mutter früh gestorben ist, und Adleik, der Bruder meiner Mutter, treibt sich immer noch ungebunden in der Welt herum …«

Garwen überrieselte es kalt. »Adleik?«

»Ja. Ich weiß ehrlich gesagt gar nicht, was er eigentlich macht. Er hängt sehr an meiner Mutter und an meiner Großmutter und kommt uns oft besuchen, doch er tut immer sehr geheimnisvoll, wenn es darum geht, was er so treibt.«

»Was wahrscheinlich heißt, dass er sich als Händler versucht, aber keinen Flügel in die Luft kriegt«, meinte Utwen.

Ein Gefühl, als bilde sich um den Schaft jeder einzelnen seiner Federn gerade ein Eiskristall, beherrschte Garwen. »Sagt mal …«, fragte er. »Ist das zufällig ein eher untersetzter, kantiger Mann, der so an die fünfzig Frostzeiten gesehen hat, mit sehr großen Flügeln?«

Die beiden sahen ihn erstaunt an. »Ja, genau«, meinte Sileik. »Wieso? Kennst du ihn etwa?«

»Ich … bin mal jemandem begegnet, der Adleik hieß, ja«, sagte Garwen. *Er hat mir eine Würgemanschette aus Leder um den Hals gelegt und mich tagelang an der Leine geführt.* Das sagte er natürlich nicht. Aber er wurde auf einmal das Gefühl nicht los, dass dieser Adleik und seine Kumpane längst auf dem Weg hierher waren.

»Erzähl«, forderte Utwen ihn auf. »Wo war das? Und wann?«

»Ist eine Weile her«, sagte Garwen. *Zum Glück.* »Wird sicher interessant, falls es mal zu einem großen Familientreffen kommen sollte.«

»Wieso?« Typisch Utwen. Immer nachbohren, immer alle Details wissen wollen. »Was ist denn passiert?«

»Ach, wir hatten ein bisschen Streit. War aber nichts Persönliches, glaube ich.« Wehgetan hatte es trotzdem. Und Garwen hatte nicht die geringste Lust, so etwas noch einmal zu erleben. Ganz zu schweigen davon, dass er nicht vorhatte, sein Leben in der Festung der Bruderschaft zu beenden.

»Darunter kann ich mir jetzt aber mal so gar nichts vorstellen«, mäkelte Utwen herum.

»Ut«, sagte Garwen bedächtig, »ich ziehe schon mehr als eine Jahreszeit lang mit Oris und den anderen durch die Welt. Da begegnet man *vielen* Menschen. Und wo man vielen Menschen begegnet, da gibt's auch mal Streit. Wenn ich geahnt hätte, dass der ältere Herr mit den mächtig gebauschten Flügeln ein weitläufiger Verwandter ist, hätte ich mir natürlich jedes Wort gemerkt, das wir gewechselt haben, damit ich es dir erzählen kann. Aber Streit gekriegt hätten wir wahrscheinlich trotzdem.«

»Und worum ging der Streit?«

»Um den einzuschlagenden Weg. Wir wollten in die eine Richtung, und er und seine Freunde wollten, dass wir in eine andere Richtung fliegen.« Das war nicht mal gelogen. Oder nur ein bisschen. Vertretbar.

Utwen runzelte die Stirn. »Wieso wollte er, dass ihr in eine andere Richtung fliegt?«

Garwen hob demonstrativ Schultern und Flügel. »Da haben wir schon ein tolles Gesprächsthema für das besagte Familientreffen.«

»Ach, das war bestimmt ein Missverständnis«, meinte Sileik. »Oder es war einfach ein anderer Adleik. Ich meine, Leiks gibt's ja nun wirklich viele, und Ad ist auch nicht gerade ein seltener Anname. Weil, ich kenne meinen Onkel nun schon mein Leben lang, und einen verträglicheren Menschen gibt's nicht, glaub mir.«

»Ja, wahrscheinlich war es jemand anders«, sagte Garwen und dachte: *Ich fress das Segel von Worleiks Schiff, wenn das ein anderer war.*

Danach begann er unauffällig auffällig zu gähnen, um einen Grund zu haben, das Beisammensein so schnell wie möglich zu beenden. Langer Tag und so. Er musste Oris und die anderen warnen, und dann mussten sie von hier verschwinden, ehe die Bruderschaft auf den Inseln einfiel! Und zum Wilian mit den Eislanden und dem Sternenschiff der Ahnen; die würden ihnen ja nicht davonlaufen.

***

Die anderen schliefen alle schon, als Garwen zurück in die Gasthütte kam. Er schaffte es, Oris wachzurütteln, ohne die anderen zu wecken, und sagte: »Unser Vorhaben hat doch etwas mit meiner Familie zu tun.«

»Was?«, fragte Oris verschlafen.

»Sileiks Onkel heißt Adleik.«

Oris setzte sich auf, schüttelte erst den Kopf, dann die Flügel. »Noch mal zum Mitschreiben, bitte.«

»Sileik, der sich mein Bruder Utwen versprochen hat«, flüsterte Garwen.

»Ja.«

»Lualeik, ihre Mutter.«

»Ja.«

»Sie hat einen Bruder namens Adleik.«

»Adleik«, wiederholte Oris. »Und du meinst, das ist *unser* Adleik?«

Garwen verzog das Gesicht. »Er wird beschrieben als ein eher untersetzter, kantiger Mann, der an die fünfzig Frostzeiten gesehen und sehr große Flügel hat.«

Oris kniff die Augen zusammen. »Ist das logisch? Ein Mann der Bruderschaft hat eine Schwester, deren Mann ein Erfinder ist, der das Buch Kris nach eigenem Gutdünken auslegt – und dem nichts geschieht?«

»Ein Mann der Bruderschaft, der sehr an seiner kleinen Schwester hängt.«

»Du meinst, er beschützt sie?«

»Halte ich für vorstellbar, ja.« Garwen holte tief Luft. »Oris – wir sollten von hier verschwinden. So schnell wie möglich.«

Oris starrte nachdenklich in das Dunkel, das sie umgab. Dann sagte er: »Das werden wir auch. Wir stechen morgen früh in See. Egal, wie das Wetter ist.«

Überfahrt

Am nächsten Morgen war immer noch alles in Nebel gehüllt. Zu Garwens Überraschung war es trotzdem kein Problem, Worleik zum Aufbruch zu überreden. Im Gegenteil, der Gedanke, das waghalsige Unternehmen unter so widrigen Umständen zu beginnen, schien ihn eher zu begeistern. Er verkündete den bevorstehenden Start beim Frühstück, mit dem Erfolg, dass sich danach das gesamte Dorf um den Liegeplatz versammelte, um zuzusehen, wie das Schiff abfahrbereit gemacht wurde.

Worleiks Tochter teilte die Begeisterung ihres Vaters eindeutig nicht. Auch Mattifas bedachte den Nebel mit grimmigen Blicken. Oris und die anderen zogen ihre dicht gewebte Wollkleidung und die neuen Stiefel an und verfolgten dabei das Hin und Her der teils aufmunternden, teils spöttischen Sprüche. Man konnte spüren, dass der Spott eine tiefe Besorgnis verbergen sollte, war doch von all jenen, die zu den Nordlanden aufgebrochen waren, keiner je zurückgekehrt. Eisil hatte Tränen in den Augen, als sie ihren Mann und ihre Tochter zum Abschied küsste, und sie verfolgte alles Weitere aus der Ferne, die Arme verschränkt und die Flügel ganz eng angelegt. Barleik und Mattifas luden die Vorräte an Bord, umarmten einander kurz, aber innig, dann stapfte Barleik davon, während

676

Mattifas gemeinsam mit Worleik das Schiff über den Sand, den Kies und die Algen ins Meer schob.

Sobald das Schiff schwamm, flog Esleik hinüber und begann, das Segel loszubinden. Worleik und Mattifas folgten mit wenigen kräftigen Flügelschlägen, zuletzt Oris und die anderen. Als Garwen auf dem Schiff aufsetzte – behutsam, denn es schwankte schon ziemlich von den vielen Landungen –, zogen Esleik und Mattifas das Segel gerade in die Höhe. Der Wind fuhr hinein und blähte es auf, und sie setzten sich in Bewegung.

Genau wie alle anderen winkte auch Garwen denen, die zurückblieben. Dabei entdeckte er eine einsame Gestalt, die in einiger Entfernung auf einem vorspringenden Felsen stand, den sie passieren würden: Dorntal. Er winkte nicht, sondern hatte die Hände auf dem Rücken und die Flügel angelegt, und Garwen meinte zu sehen, dass er ihren Aufbruch mit grimmigem Gesicht verfolgte.

Warum? Aus Neid? Oder aus Sorge?

Garwen selbst jedenfalls empfand Sorge. Er konnte es irgendwie immer noch nicht fassen, dass sie nun wahrhaftig unterwegs waren, dass sie tatsächlich das wahnsinnige Wagnis eingingen, mit dieser Nussschale von einem Schiff bis in die Eislande zu fahren, die nach allem, was man wusste, so kalt und tot waren, dass dort nichts wuchs und nichts lebte. Wie groß war die Wahrscheinlichkeit, dass sie gerade ihrem Tod entgegenfuhren, genau wie all die anderen, die in den vergangenen Jahrhunderten Vergleichbares gewagt hatten? Sehr groß, sagte sich Garwen.

Natürlich, er hätte sich weigern können mitzukommen. Er hätte dableiben und auf eigene Faust von den Leik-Inseln fliehen können. Er konnte es immer noch, würde noch eine ganze Weile einfach zurück an Land fliegen können.

Theoretisch.

Aber Ifnigris hatte über die Möglichkeit, dazubleiben, nicht einmal *nachgedacht*. Wohin Oris ging, dahin ging sie auch. Ende der Diskussion.

Und die Frau, die man liebte, beschützen zu wollen – das musste einer dieser Instinkte sein, gegen die man nicht ankam, nicht einmal dann, wenn es Wahnsinn und reiner Selbstmord war.

Er winkte immer noch, weil alle winkten, während die Insel hinter vorbeihuschenden Nebelschwaden allmählich verblasste. Irgendwann hatte man das Gefühl, nur noch seine eigene Erinnerung zu sehen.

Schließlich war nichts als Grau mehr um sie herum, graues Wasser unter ihnen und grauer Nebel in jeder anderen Richtung.

»Und jetzt?«, rief Worleik vom Ruder aus. »Wohin?«

Oris trat neben ihn, zog den Weiser aus der Tasche und zeigte ihn ihm. »In die Richtung, in die der blaue Strich weist.«

Worleik lachte dröhnend. »Na, *das* ist einfach!«

Er drückte das Ruder ein Stück zur Seite, und Garwen sah, wie die helle, blaue Linie sich bewegte und schließlich auf die Spitze des Schiffes wies.

Sie waren unterwegs. Unwiderruflich. Was immer sie erwartete, sie würden es durchstehen müssen.

***

Irgendwann später saß Garwen am Bootsrand und sah zu, wie sich aus dem Nebel winzige Wassertröpfchen auf seiner Wolljacke absetzten, eine klare Perle auf der Spitze jedes Härchens, das abstand.

Mit halbem Ohr hörte er, wie Oris Worleik erklärte, was das für ein Gerät war, das sie führte. Ein sogenannter »Kompass« sei es, behauptete Oris, und ja, es stamme von den Ahnen, die keinen Richtungssinn gehabt hatten und deswegen auf solche Geräte angewiesen waren.

»Wird es versagen, wenn unser Richtungssinn schwindet?«, fragte Worleik.

»Ich glaube, nicht«, sagte Oris.

»Aber du *weisst* es nicht?«

»Nein. Wissen tu ich es nicht.«

Sie glitten durch graue Stille. Obwohl man sah, wie der Nebel vom Wind bewegt und durchgerührt wurde, spürte man nichts davon. Vielleicht, überlegte Garwen, weil sie sich selber mit dem Wind bewegten?

»Falls der Weiser versagen sollte«, begann Worleik, »müssen wir umkehren. Du musst dann zurückfliegen bis in ein Gebiet, wo er noch funktioniert, und mich dorthin leiten. Ich habe eine lange Leine dabei. Sie ist am Schiff festgebunden. Damit kannst du mir die Richtung anzeigen.«

»Die sieht ziemlich stabil aus«, hörte Garwen Oris sagen.

Worleiks grollendes Lachen. »Ist sie auch. Früher, als wir noch keine Segel hatten, haben wir die Schiffe mit solchen Leinen *gezogen*.«

»Tatsächlich?«

»Sechs bis acht kräftige Flieger. Anders hätte man die Öfen nicht auf die Insel schaffen können. Na gut, die alten Schiffe waren auch kleiner. Wir sind für jeden Markttag mehrmals gefahren.«

***

Das große Licht des Tages war kaum auszumachen, war nur ein diffuser Glanz. Luchwen meinte, das Licht käme von oben und es sei Zeit, etwas zu essen.

»Wartet lieber noch«, sagte Worleik, der wie ein Berg am Ruder saß, neben ihm Oris mit dem Weiser, den er nicht aus der Hand gab.

Luchwen fügte sich unwillig.

Esleik und Ifnigris saßen vorne im Schiff, unterhielten sich. Mattifas saß an den Leinen, die das Segel hielten, zog ab und zu daran, meist, wenn Worleik einen knappen, für Garwen unverständlichen Befehl gab (»Auf die Hälfte abschlaffen!«) (»Rechts strammer!«) (»Einschnüren!«), manchmal aber auch nur so. Unter ihnen rauschte das Wasser dahin, doch Garwen hätte nicht beschwören können, dass sie sich tatsächlich vorwärtsbewegten.

Bassaris saß einfach da und tat nichts. Garwen hatte ihn schon oft so dasitzen sehen und fragte sich dann jedes Mal, was in diesem enormen Kerl vorgehen mochte, der nicht viel redete und jedwede Strapaze klaglos hinnahm. Egal, was geschah, Bassaris wirkte immer, als genösse er es auf irgendeine seltsame Weise.

Garwen blickte wieder zu den beiden Mädchen hin. Wenn man sie so nebeneinander sitzen sah, erkannte man deutlich, wie unterschiedlich sie waren, allen äußerlichen Ähnlichkeiten zum Trotz.

Und sein eigener, innerer Weiser, das konnte Garwen ebenfalls deutlich spüren, blieb unverrückbar auf Ifnigris ausgerichtet.

Zeit verging oder auch nicht, auf jeden Fall fing Luchwen irgendwann wieder davon an, dass er Hunger habe und sie etwas essen sollten.

Und wieder meinte Worleik: »Wartet lieber noch.«

Luchwen fügte sich wieder, wenn auch noch unwilliger.

Und dann sagte Mattifas plötzlich: »Ich glaube, es geht los.«

»Stimmt«, sagte Worleik. »Gleich ist es so weit.«

»Was?«, wollte Luchwen erwartungsvoll wissen. »Was ist gleich so weit?«

Er bekam keine Antwort und bekam sie doch, denn im nächsten Moment war es Garwen, als wirble ihn etwas umher, ohne ihn zu bewegen, ein ganz und gar unerwartetes, unerklärliches Gefühl, und ein höchst unangenehmes obendrein. Unwillkürlich krallte er sich am Schiffsrand fest, hätte sich am liebsten hingelegt, aber da war die Angst, bei der kleinsten Positionsänderung ins Meer zu rutschen …

»Der Richtungssinn«, stieß er hervor. »Er ist weg.«

»Was zum Wilian …?«, ächzte Luchwen, dann stürzte er zum Bootsrand und übergab sich in die kalten Wogen.

Auch Ifnigris musste sich übergeben; sie schien es von allen am schlechtesten zu verkraften.

»Beim ersten Mal ist es am schlimmsten«, behauptete Esleik, die selber ziemlich grau im Gesicht war.

680

Sogar Bassaris ächzte. Ein bisschen.

Man durfte nur den Kopf nicht bewegen, fand Garwen. Wenn man sich nicht rührte, war es nur halb so grässlich.

Er hatte ja keine Ahnung gehabt, wie sehr man den Richtungssinn vermissen konnte! Es war fast so schlimm, als könne man auf einmal nichts mehr sehen oder hören. Na gut, nicht *ganz* so schlimm. Aber man war sich plötzlich nicht mehr sicher, wo oben und unten war, und es war diese Desorientierung, die den Magen rebellieren ließ.

Am besten nicht bewegen.

»Der Weiser funktioniert immer noch«, verkündete Oris. Garwen wagte es, den Kopf zu drehen, den richtungslosen Kopf, und erlebte, dass sich seine Augen einen Moment ziellos hin und her bewegten, ehe sie es schafften, Oris zu fixieren. Oris, dem das Ganze am allerwenigsten auszumachen schien.

Er ahnte wohl, was Garwen fragen wollte, denn er flüsterte: »Die Inseln hinter uns. Ich kann sie immer noch spüren. Das hilft.«

Seine Gabe, den Margor zu spüren, war also auch noch da.

Garwen sah, wie Ifnigris die Hand ins Meer tauchte, salziges Wasser schöpfte und sich damit den Mund ausspülte. Sich mit der nassen Hand die Stirn befeuchtete. Ihre Flügel hingen schlaff und kraftlos herab, sahen nur noch aus wie ein dicker, schwarzer Mantel, den jemand über sie gebreitet hatte.

Garwen hörte, wie Bassaris vor sich hin brabbelte, etwas wie: »Hmm, hmm, interessant.«

»Gut, dass ich vorhin nichts gegessen habe«, stöhnte Luchwen, sich immer noch an den Schiffsrand klammernd. »Wäre ja die reinste Verschwendung gewesen …« Dann sah er, was Ifnigris machte, und machte es ihr nach.

»Man gewöhnt sich daran«, behauptete Worleik mit dröhnender Zuversicht, und genau so war es. Nach einer Weile fand man sich mit dem seltsam leeren Gefühl im Kopf und in der Brust ab, nahm es hin, nicht mehr zu wissen, wie man in der Welt stand, und der Magen hörte auf zu revoltieren.

Und nach einer weiteren Weile, zeitlos und unbestimmt, kam sogar der Hunger wieder.

»Pack das Pamma aus, Matti!«, rief Worleik, worauf Mattifas den ersten Korb aufschnürte und die Portionen verteilte, nicht in Biskenblätter gewickelt, wie sie es im Süden gewohnt waren, sondern in ledrige Algenstücke.

Sie aßen alle mit großem Appetit, und Luchwen meinte: »Mmmh, Pamma mit Fisch! Ich muss unbedingt das Rezept besorgen, wenn wir zurück sind.«

Garwen musste grinsen. *Brüderchen*, dachte er, *du bist ja schon wieder ganz der Alte!*

***

Das große Licht des Tages schwand, der Nebel nicht. Sie überließen den Mädchen die Schutzhütte, vereinbarten Doppelwachen. Die beiden Fettlampen, die sie mithatten, wollten nicht brennen, und das kleine Licht der Nacht war schwach, kaum wahrnehmbar. Garwen suchte sich einen Platz, hüllte sich in seine Flügel, die er so weit bauschte, wie es ging, und hoffte, dass er nicht mitten in der Nacht würde pinkeln müssen.

Rumoren. Das Schiff schwankte immer wieder einmal, weckte ihn auf. Dazwischen träumte er, auf dem Schiff zu sein, das vom Eisenland zu den Stromschnellen von Dor fuhr, auf diesem schönen, großen Schiff, auf dem man gemütlich herumlaufen und Romleik zuwinken konnte, der am Ufer stand und traurig aussah. Warum war er traurig? Immerhin *hatte* er einen Sohn!

Dann weckte ihn jemand, Luchwen. »Deine Wache«, sagte er, und Garwen rappelte sich schlaftrunken auf, bibberte in der feuchten Nachtkälte und kroch nach hinten, zum Steuer. Der blaue Strich auf dem Weiser war unerwartet hell, so hell, dass er sehen konnte, dass der Schlüssel mit einer Schnur an Oris' Handgelenk festgebunden war. Oris selber lag daneben und schnarchte vernehmlich.

Mattifas hatte mit ihm Wache, führte das Ruder. »Kalt, hmm?«

»Ja«, sagte Garwen mühsam. »Verdammt kalt.«

»Das wird noch kälter«, prophezeite der Fischer. »Wenn der Nebel erst mal weg ist, wird es *richtig* kalt.«

»Na, großartig.«

Es war schwierig, nicht im Sitzen einzuschlafen. Sie redeten ein bisschen. Garwen fragte Mattifas, wie es gewesen war, aus dem Eisenland zu kommen und sich auf den Nord-Leik-Inseln einleben zu müssen. Anfangs sei es hart gewesen, gab Mattifas zu, aber inzwischen wolle er nicht mehr fort. Wie die Leute hier zusammenhielten, das gefiele ihm. Und dass man immer gefordert sei. »Wenn wir jetzt meine Eltern besuchen, sind mir die Wälder dort viel zu … *lieblich*, wenn du verstehst, was ich meine. Dort zu leben wäre irgendwie, als würde man zu jeder Mahlzeit nur Honig essen. Also, so kommt's mir jedenfalls vor.«

Ob er einen gewissen Efas kenne, fragte Garwen.

»Den Verrückten?« Mattifas hüstelte. »Klar. Bist du dem etwa begegnet?«

»Zum Glück nur kurz«, erwiderte Garwen, der keine Lust hatte, die Geschichte von den roten Brüdern aufzuwärmen.

»Das ist das Eisenland«, meinte Mattifas. »Manchmal denke ich, das ist das Gegenteil von uns hier. Wenn hier einer nicht alle Federn am Flügel hat, ist er irgendwann tot. Im Eisenland dagegen gewinnt er im Nu Hunderte von Anhängern.«

***

Als Garwen das nächste Mal aufwachte, war es hell, und alle waren aufgeregt. Der Nebel war verschwunden, und am Horizont leuchteten die Eislande.

»Wir sind ja bald da!«, rief Garwen aus.

Worleik schüttelte den mächtigen Kopf. »Das täuscht.«

»Man hat das Gefühl, man könnte einfach hinüberfliegen«, meinte Luchwen.

»Das täuscht«, kam es diesmal von Mattifas.

»Es würde ohnehin nichts bringen, von hier aus hinüberfliegen zu können«, sagte Oris. »Wir müssen auch an den Rückweg denken. Das Schiff muss die Eislande erreichen und irgendwo anlanden, wo wir es wiederfinden.«

Das leuchtete ihnen ein. Aber das Gefühl, dass es nicht mehr weit sein konnte, blieb.

»Vielleicht«, schlug Worleik vor, »willst du mir erklären, was ihr dort sucht?«

»Sobald wir da sind«, erwiderte Oris.

Das Schiff fuhr weiter, hielt auf die weiße Linie zu. Man hatte sich daran gewöhnt, nicht mehr zu wissen, wo Norden war, und was machte es schon? Man sah es ja.

Aber mit dem Richtungssinn schien auch das Zeitgefühl abhandengekommen zu sein. Immer wenn man nach dem großen Licht des Tages Ausschau hielt, war es nicht da, wo man es vermutete. Außerdem umgab es sich mit seltsamen Farbspielen, roten und blauen Ringen aus glitzernden Punkten, mal größer, mal kleiner.

Und die Kälte kroch allmählich selbst durch die warmen Wolljacken. Man stieß so dichte Atemwolken aus, dass man bisweilen kaum mehr hindurchsah. Garwen hätte eine Menge um wenigstens einen Kiurka-Ofen gegeben.

Dass man sich aber auch nicht bewegen konnte! Einmal hielt er es nicht mehr aus, flog ein Stück in die Höhe, einfach nur, um die Muskeln mal wieder zu benutzen und den Blutkreislauf auf Touren zu bringen. Und als er oben war, erschrak er, nicht nur, weil das Schiff da unten in diesem endlosen, kalten Meer so schrecklich winzig aussah, sondern auch, weil es auf ein riesiges Gebiet voll treibender Eisschollen in allen Größen zufuhr.

Er landete wieder, erzählte, warum er das gemacht hatte, und dann, was er gesehen hatte.

»Oha«, machte Esleik.

»Hmm«, brummte ihr Vater.

»Treibeis ist gefährlich«, erklärte Mattifas ihnen. »In der Frostzeit verirrt sich manchmal so eine Scholle bis zu uns. Eine hat uns mal ein Leck geschlagen.«

»Oha«, machte Oris.

»Ich wusste nicht, dass es von diesen Schollen so viele gibt«, fügte Mattifas hinzu.

»Und wenn wir vorausfliegen und die Eisschollen aus dem Weg schieben?«, schlug Ifnigris vor, mit Gesten andeutend, wie sie sich das vorstellte: Sich auf eine Scholle stürzen, sich festkrallen und dann mit den Flügeln schlagen, um sie zu bewegen. »Oder wie beweglich sind die Dinger?«

»Sie sind eben schwer«, sagte Worleik. »Gefrorenes Wasser. Aber man könnte es probieren.«

»Gute Idee«, sagte Bassaris.

»Vielleicht sollten wir auch die Geschwindigkeit reduzieren«, meinte Oris. »Dann bleibt mehr Zeit, eine Gasse zu schaffen.«

»Ja«, pflichtete ihm Worleik bei. »Matti – halbes Segel!«

* * *

Sie flogen los, schätzten aus der Höhe den Kurs ab, den das Schiff nehmen würde, und bestimmten die Schollen, die es aus dem Weg zu schieben galt. Schollen, die zu klein waren, um darauf zu landen, ließen sie außer Acht, und Schollen, die schon fast die Größe von Inseln hatten, ebenfalls: Um die würden sie das Schiff herumlotsen müssen.

Aber die mittelgroßen Eisbrocken, die nahmen sie sich vor. Je nach Größe allein, zu zweit oder zu dritt, wobei Bassaris für zwei Leute gut war mit seinen Kräften und seinen stattlichen Schwingen.

Sie fanden heraus, in welcher Haltung sie den meisten Druck auf die Schollen ausüben konnten. Sie fanden aber auch heraus, dass sie die Schollen nicht zu schnell verschieben durften, weil sonst ein Sog entstand, der andere Schollen dazu brachte, ihre Richtung zu ändern – hinein in genau die Fahrrinne, die sie erzeugen wollten.

Es war anstrengend. Immer wieder hieß es, aufzusteigen und

die Lage von oben einzuschätzen, um dann Korrekturen anzubringen oder zum Schiff zurückzukehren und Worleik zu instruieren, wie der Kurs zu ändern war. Dadurch, dass sie das Eis anfassen, ja, sich regelrecht hineinkrallen mussten, wurden ihre Jacken und Hosen und Fäustlinge feucht und schließlich nass, gefroren ihnen an den Händen und Knien. Ihre Finger bluteten, und der Schnitt in Garwens Hand pochte unheilvoll. An ihren Nasen bildeten sich Eiszapfen von der Kälte. Ihre Flügel wurden gefühllos, trotz des Fetts, mit dem sie sich gegenseitig einrieben.

Und der Tag dauerte ewig. Tatsächlich, erklärte Worleik, gebe es hier im Norden Zeiten, in denen das große Licht des Tages *überhaupt nicht* versinke, sondern nur entlang des Horizonts kreise. Bis dahin sei es allerdings noch eine Weile. Umgekehrt gebe es in der Frostzeit eine Periode, in der es niemals hell werde.

»Das ist im Buch Selime erklärt«, wusste Ifnigris. »Je weiter man nach Norden kommt, desto ausgeprägter wird es.«

»Umso besser«, meinte Oris. »Lange Tage können wir gerade gut gebrauchen.«

Und sie machten weiter.

Ehe das große Licht des Tages dann endlich doch versank, fanden sie eine gewaltige Scholle von fast der Größe Nord-Leiks, an der sie sich mit ein paar Haken und Leinen festmachten. Oris und die anderen legten sich hin und schliefen sofort ein, während Worleik und Mattifas abwechselnd Wache hielten und sich sorgten, eine andere Eisscholle könne diese genau an der Stelle rammen, an der sie lagen.

***

Es nahm kein Ende.

Sie froren. Rollten sich auf dem Schiff zusammen, versuchten, sich gegenseitig zu wärmen, bibberten die ganze Nacht, tagträumten von Öfen, von molligen Kuhlen, vom sonnigen Strand Mittel-Leiks vor den Küstenlanden.

Verfluchten es und waren zugleich froh, wenn es wieder hell wurde und es weitergehen konnte.

***

Aus der weißen Linie am Horizont wurde allmählich eine weiße Wand, die aussah, als sei dort die Welt zu Ende. Doch sie erreichten diese Wand einfach nicht, stattdessen wurde sie immer höher und höher.

»Schaut mal«, sagte Luchwen, als sie beim Essen waren, das kalte Pamma hinunterschlingend wie Verhungernde.

Sie blickten in die Richtung, in die er zeigte, gerade rechtzeitig, um mit anzusehen, wie ein Teil der Eiswand abbrach. Es war ein ungefähr dreieckiges Stück, das geradezu majestätisch abwärts sank und im Meer verschwand.

Doch das hinterließ keine Lücke in der Eiswand. Hinter dem abgerutschten Eisbrocken war einfach nur – noch mehr Eis. Nur, dass es sauberer schimmerte, fast bläulich.

»Seltsam«, meinte Ifnigris. »Wieso macht das gar keine Welle?«

»Hmm«, brummte Worleik. »Verstehe, wer will.«

Sie aßen weiter, schauten immer mal wieder in die Richtung, aber nichts geschah.

Irgendwann gaben sie auf, Ausschau nach einer Welle zu halten.

Und dann kam sie.

Riesengroß.

Garwen sah sie aus den Augenwinkeln, konnte erst gar nichts anfangen mit den seltsamen Bewegungen, die die Eisschollen da machten. Doch dann begriff er – und schrie!

Worleik reagierte gerade noch schnell genug. Er riss das Ruder herum, brachte das Schiff in eine Position quer zu der heranrasenden Welle, und schon wurden sie wie von der Hand eines Riesen emporgehoben und fast hintenüber gekippt. Bassaris warf sich geistesgegenwärtig nach vorn, kurz hinter die Spitze des Schiffes, und vielleicht war es das, was das Kippen verhinderte, jedenfalls, sie überstanden den Scheitelpunkt der Welle, schossen wieder hinab in die silbern-kalten Fluten, und alle Wellen, die noch folgten, waren kleiner als diese eine, gewaltige. Und die überstanden sie auch.

Luchwen und Esleik hatten sich in Panik in die Luft gerettet und kamen, als alles vorbei war, verschämt wieder herab. Worleik meinte nur, er verstehe das gut; seine erste Schiffsfahrt mit seinem Vater habe ihn dermaßen in Angst und Schrecken versetzt, dass er mehr in der Luft als an Bord gewesen sei.

***

Und irgendwann waren sie tatsächlich da. Vor der Eismauer. Segelten an ihr entlang, so nahe, dass sie hätten hinüberfliegen und sie anfassen können.

Sie hatten die Eislande erreicht!

Sie wussten nur nicht, wo sie anlegen sollten.

»Ich kann unmöglich an der Eismauer festmachen«, erklärte Worleik. »Ihr seht ja, was da für ein Wellengang herrscht. Das ist keine Scholle mehr, die sich mit dem Wasser hebt und senkt, das ist ein *Kontinent*.«

»Mal davon abgesehen, dass einem hier jederzeit ein Brocken Eis auf den Kopf fallen kann, der so groß ist wie ganz Nord-Leik«, meinte Mattifas.

Oris nickte. »Wir müssen ausschwärmen und die Küste absuchen, einen Platz suchen, an dem wir anlegen können.«

»Und wenn es so einen Platz nicht gibt?«, fragte Ifnigris.

»Darüber denken wir nach, wenn es tatsächlich so sein sollte«, sagte Oris.

Sie flogen los: Garwen flog zusammen mit Esleik und Luchwen in die Richtung, die ein funktionierender Richtungssinn wohl als Westen identifiziert hätte, Oris, Bassaris und Ifnigris schlugen den entgegengesetzten Kurs ein.

Garwen und die anderen segelten an einer Eiswand entlang, die kein Ende zu nehmen schien. Sie stiegen weit genug auf, um zu sehen, dass hinter der Wand bloß eine endlose, konturlose Ebene aus Schnee und Eis lag, auf der man nur mit Mühe einen Horizont ausmachte, in schrecklicher Ferne. Irgendwann drehten sie um und kehrten niedergeschlagen zum Schiff zurück.

Aber Oris und die anderen waren schon wieder da, und sie hatten mehr Glück gehabt: Sie hatten eine felsige Halbinsel im Osten gefunden, auf der kein Eis lag und die so flach auslief, dass das Schiff anlanden konnte.

Worleik setzte die Segel, und kurze Zeit später langten sie tatsächlich dort an. Die Halbinsel war kahl und felsig – und margorfrei, versicherte Oris. Sie zogen das Schiff mit vereinten Kräften an Land, hoch genug, dass es vor den Gezeiten sicher war, und gerade als es aussah, als würden sie alle einfach nur erschöpft zu Boden sinken, lachte Worleik triumphierend auf und rief: »Wir haben es geschafft! Wir haben die Eislande erreicht! Wir sind die Größten!«

Dann förderte er aus den Tiefen eines Proviantkorbs eine Flasche edlen Eisbrands und acht kleine Becher zutage und bestand darauf, dass sie den Erfolg gebührend feierten.

Die Heimstatt

Garwen hatte Eisbrand noch nie besonders gemocht. Er schnüffelte an dem Becher, aber seine Nase war gefroren, und er roch nichts. Er nahm einen winzigen Schluck und hätte ihn am liebsten gleich wieder ausgespuckt. Wie die anderen alle lachten! Strahlten! Sogar der ewig grüblerische und oft so verbissen dreinblickende Oris! Sogar er schien ihre Ankunft hier zu feiern, als wäre es ihm nur darum gegangen. Dabei war es das gar nicht. Es war um die *Heimstatt* gegangen, das Sternenschiff der Ahnen. *Das* hatte er finden wollen.

Wobei Garwen weniger denn je glaubte, dass das zu etwas gut sein würde. Selbst wenn sie das Sternenschiff fanden, würde sich bestenfalls *Oris* einen Namen machen, und was für einen, blieb ab-

689

zuwarten. Doch dass es ihm helfen würde, den Namen seines Vaters reinzuwaschen, daran hatte Garwen seine Zweifel.

»Ich habe noch etwas!«, rief Worleik überschwänglich. Er wühlte in den Tiefen des Korbes, in dem der Eisbrand gesteckt hatte, und holte ein Rechteck aus Metall heraus, das er ihnen stolz präsentierte. Jemand, der sich auf das kunstvolle Ritzen von Eisen verstand, hatte darauf Folgendes eingraviert:

Hier betraten im Jahre 1062 erstmals Menschen die Eislande.
Mit dem Segelschiff Worleiks kamen: Bassaris, Esleik, Garwen,
Ifnigris, Luchwen, Mattifas, Oris – und Worleik selbst.

»Was soll das sein?«, fragte Luchwen verwundert.

»Eine Gedenktafel!«, erklärte Worleik. »Wir befestigen sie hier irgendwo. Wenn eines Tages wieder einmal Menschen hierherkommen, werden sie wissen, dass sie nicht die Ersten waren!«

»Woher weißt du, welches Jahr wir nach dem Kalender der Ahnen schreiben?«, fragte Esleik verdutzt.

»Ich habe Romleik gefragt. Der weiß so etwas.«

»1062 stimmt jedenfalls«, erklärte Ifnigris. In Garwens Ohren klang es ein bisschen angeberisch. Sie wusste das auch nur von ihrer Arbeit im Archiv der Bruderschaft. Außer denen, die die Geburts- und Sterbebücher der Nester führten, benutzte kein Mensch den Kalender der Ahnen. Na gut, und eben die Bruderschaft, die über ihre Intrigen, Anschläge und sonstigen Aktionen offenbar auch ganz genau Buch führte.

Alle beteiligten sich an der Suche nach einem geeigneten Platz für die Gedenktafel. Garwen fragte sich, woher Worleik so rasch ein Eisenblech genommen hatte. Hatte er eines der Backbleche zweckentfremdet? Wenn man die Ränder abschnitt, ein bisschen schliff …

War ja auch egal. Jedenfalls hatte Worleik alles dabei, was nötig war: einen Steinbohrer, um in den aufrecht stehenden Felsen mit der glatten Vorderseite, auf den sie sich geeinigt hatten, Löcher zu bohren; Schrauben und Holzdübel – »ölgetränkt, die halten lange!«, wie er betonte – und natürlich auch einen Schraubenzieher.

Sie rackerten sich abwechselnd mit dem Bohrer ab, bis die Löcher tief genug waren. Und als die blöde Tafel endlich an ihrem Platz war, gab es eine neue Runde Eisbrand.

Sie feierten den falschen Sieg! Garwen konnte nicht anders, die Begeisterung und Ausgelassenheit der anderen kam ihm vor wie ein böses Omen.

***

Die Nacht verbrachten sie im Windschatten einiger Steine, immerhin an einem Feuer, wenn auch an einem winzigen. Worleik hatte ein bisschen Brennmaterial dabei, aber an Bord des Schiffes war es natürlich unmöglich gewesen, Feuer zu machen.

»Darüber müsste mal ein Erfinder nachdenken«, meinte Worleik, als die ersten Flammen hochschlugen und sie sich um die lang entbehrte Wärme drängten. »Wie man ein Schiff mit einem Ofen ausrüsten könnte, ohne dass das Segel Feuer fängt oder gleich das ganze Schiff. Wenn wir zurück sind, muss ich mit Dorntal darüber sprechen. Ihm erzählen, mit welchen Problemen wir zu tun hatten. Das bringt ihn bestimmt auf Ideen.«

Die Nacht war wieder sehr kurz, was Garwen aber nichts ausmachte, da er ohnehin schlecht schlief auf dem eiskalten, steinigen Boden. Am nächsten Morgen, während eines weiteren kargen, kalten Frühstücks mit Fisch-Pamma, weihte Oris Worleik, Mattifas und Esleik in ihr Geheimnis ein und erklärte ihnen, was er *wirklich* suchte. Er ging nicht allzu tief in die Details, aber er machte klar, dass sie die *Heimstatt* der Ahnen finden wollten und dass der Weiser ihnen den Weg dorthin zeigen würde.

Worleik war erst mal sprachlos.

Mattifas sagte: »Puh!«

Esleik riss die Augen auf und rief: »Ich will mitkommen!«

»Ich sehe da ein Problem«, meldete sich dann Worleik wieder

geräuschvoll zu Wort. »Du sagst, das Sternenschiff liegt irgendwo da oben in den Eislanden, und du brauchst den Kompass … den *Weiser*, um es zu finden.«

»So ist es«, sagte Oris.

»Nehmen wir an, du findest es, findest auch irgendetwas darin, das du mitnehmen kannst, und kehrst zurück. Dann ist alles gut, und wir können mithilfe des Weisers wieder nach Hause fahren. Der Strich muss dann einfach nur nach hinten zeigen anstatt nach vorn wie auf dem Herweg.«

»Genau«, sagte Oris.

»Aber angenommen«, fuhr Worleik fort, »du findest das Sternenschiff *nicht*. Angenommen, ihr fliegt los, aber ihr kommt aus irgendeinem Grund nicht mehr zurück. Was machen wir dann? Euch nachzufliegen wäre sinnlos, wir würden euch da oben im ewigen Eis nicht finden. Ab wann müssten wir euch verloren geben? Und vor allem – wie kämen wir zurück, ohne Richtungssinn und ohne Kompass?«

»Ich verstehe dein Dilemma«, sagte Oris. »Aber das Sternenschiff zu suchen war von Anfang an der *Grund* für dieses Abenteuer. Wir werden nicht umkehren, ohne zu versuchen, es zu finden. Und dazu muss ich den Weiser mitnehmen, denn ohne ihn *können* wir es nicht finden.«

»Dann liegt das Leben von uns, die wir zurückbleiben, um das Schiff zu behüten, in euren Händen«, erwiderte Worleik. »Wenn ihr ums Leben kommt, ist auch das unsere verwirkt.«

Oris beugte sich vor, seine Stimme bekam einen beschwörenden Klang. »Worleik – wir haben bereits Geschichte geschrieben, indem wir als Erste einen anderen Kontinent erreicht haben. Doch wir sind hier, um eine noch viel bedeutendere historische Tat zu vollbringen. Das mag nicht ohne Risiko sein, aber wir *müssen* es wagen!«

Worleik stierte finster vor sich hin, wühlte mit der Hand in seinem dreigeteilten Bart und bewegte den Mund, als zerkaue er Argumente. »Nun gut, das muss ich wohl akzeptieren«, sagte er zu guter Letzt. »Dann ist es umso besser, dass Esleik mit euch fliegt, denn ohne sie will ich ohnehin nicht nach Hause zurückkehren.«

»Sie ist uns eine willkommene Gefährtin«, sagte Oris.

Sie einigten sich darauf, dass Worleik ihnen Proviant für drei Tage mitgeben würde. Sollten sie nach sechs Tagen nicht zurück sein, würden Mattifas und er versuchen, allein auf sich gestellt nach Nord-Leik zurückzukehren. Wobei, meinte er, dieses Wagnis wahrscheinlich irgendwo zwischen den treibenden Eisschollen sein trauriges Ende finden würde.

»Wir werden alles tun, um rechtzeitig zurück zu sein«, versprach Oris.

Sie verstauten die Pamma-Päckchen, die Mattifas aus einem weiteren Korb verteilte, in den Taschen ihrer Wolljacken. Esleik umarmte ihren Vater noch einmal, gab auch Mattifas einen Kuss auf die Wange, dann flogen sie alle los. Garwen blickte zurück, während sie sich in die Lüfte erhoben, sah die beiden Fischer winken und dabei immer kleiner werden, zwei winzige, verlorene Gestalten auf einer felsigen Landzunge im eisigsten Meer der Welt.

Sie stiegen hoch und höher, was anstrengend war in der trockenen Kälte, die sie umgab. Dass die Halbinsel, auf der sie angelandet waren, eisfrei blieb, verdankte sie, wie es aussah, dem Umstand, dass sie im Windschatten eines großen Bergs mit einer auffällig gezackten Spitze lag. Diese Spitze mussten sie überwinden, und als sie es geschafft hatten, erstreckte sich nur noch Weiß vor ihnen, endlos, konturlos – und geräuschlos. Nichts von dem, was man für gewöhnlich hörte, wenn man über Land dahinsegelte, war zu vernehmen: Kein Bach rauschte, kein Vogel zwitscherte, kein Baumwipfel raschelte. Die Stille war so allumfassend, dass sie sich wie ein Druck in den Ohren anfühlte.

Kaum hatten sie den Berg hinter sich, ging Oris in eine Kurve und begann zu kreisen.

»Was ist los?«, rief Garwen. »Sind wir etwa schon da?«

»Nein«, erwiderte Oris. »Aber wir müssen uns alle einprägen, wie der Berg von dieser Seite aus aussieht!« Er hob den Schlüssel

693

an, den er in der Hand trug. »Den Hinweg zu finden ist kein Problem – den Rückweg zu finden schon!«

»Wieso?«, fragte Garwen.

Oris wackelte mit der Hand. »Überleg einfach mal.«

Ah, das mit dem logischen Denken! Garwen begriff. Sie würden den Rückweg nicht finden, indem sie einfach nur darauf achteten, dass der Strich des Weisers nach hinten zeigte. Das würde er nämlich in jedem Fall tun, sobald sie sich vom Ziel entfernten, egal, in welche Richtung sie dabei flogen!

Also brauchten sie Landmarken, an denen sie sich orientieren konnten.

Bloß gab es keine, abgesehen von dem leidlich auffälligen Doppelzack der Bergspitze. Ansonsten umgab sie nur dieses blendende Weiß, das in allen Richtungen bis zum Horizont reichte.

»Wir hätten Farbe mitnehmen sollen, um unseren Flugweg zu markieren«, meinte Ifnigris, die hörbar beunruhigt klang.

»Ich hab die Asche des Lagerfeuers von gestern eingepackt«, erklärte Oris. »Wir fliegen in gerader Linie, und kurz vor dem Ziel setzen wir damit irgendeine Markierung, welche Richtung wir für den Rückweg einschlagen müssen. Und dann halten wir nach diesem Berg Ausschau.«

»Meinst du, das reicht?«, rief Esleik.

»Es muss«, erwiderte Oris. »Los, weiter!« Er tat ein paar energische Flügelschläge und verließ die Kreisbahn in die Richtung, die der Weiser vorgab.

Und sie alle flogen ihm nach. Ohne dass sie es abgesprochen hätten, bildeten sie eine bewährte, kräftesparende Formation, ein V mit Oris an der Spitze, und rauschten so über das ewige Eis dahin.

Dabei war die Anstrengung des Fliegens gar nicht das Problem, im Gegenteil, es tat gut, die Muskeln in Bewegung zu halten. Das Problem war die Kälte, die einem nicht nur die Hände und Füße gefrieren ließ, sondern einen auch in die Flügel biss, einem in die Handschwingen kroch und von da in die Armschwingen, unaufhaltsam, unerbittlich. Und das, obwohl sie sich so gut eingefettet hatten, wie es nur ging. Die Kälte ließ einem zudem das Gesicht gefrieren, die Nase vor allem, die sich schon bald anfühlte, als müsse sie abbrechen und abfallen, sobald man auch nur eine Miene verzog. Die Augen tränten von der blendenden Helligkeit der Eiswüste unter ihnen, die das große Licht des Tages widerspiegelte, das tief über dem Horizont am wolkenlosen Himmel stand. Immerhin, der Schnitt in Garwens Hand tat nicht mehr weh. Wenn auch vielleicht nur, weil er eingefroren war.

Waren sie wirklich die ersten Menschen, die die Eislande erreicht hatten? Er glaubte das immer weniger. Man hatte zu allen Zeiten Segelschiffe gebaut, schon vor Jahrhunderten, und auch wenn es eine schreckliche Überfahrt gewesen war, war es keine übermäßige Entfernung, die die Nordlande von den Eislanden trennte.

Bestimmt waren irgendwann schon einmal Menschen hier geflogen. Nur, um zu sehen, dass es hier nichts Interessantes gab. Man konnte sich diese unglaublich unwirtliche Landschaft anschauen, und das war es dann. Danach würde man froh sein, ihr wieder den Rücken zuwenden und in angenehmere Gefilde zurückkehren zu können. Selbst die rauen Nordlande waren ein Paradies, verglichen hiermit!

Sie landeten einmal. Es sei unbedenklich, hatte Oris versichert, es gäbe wahrscheinlich in den gesamten Eislanden keinen Margor. Sie ruhten sich ein wenig aus, aßen etwas, schmolzen ein bisschen Schnee in den Händen und tranken das Wasser, dann ging es weiter.

Garwen graute bei der Vorstellung, die Nacht auf dem Eis zu verbringen. Sie hatten Decken dabei, würden sich darauf eng an eng zusammendrängen, die Flügel nach außen, die Federn so dick als möglich aufgeplustert … Es würde trotzdem schrecklich werden, sagte er sich.

Doch plötzlich rief Oris: »Der Strich auf dem Weiser wird kürzer! Wir nähern uns dem Ziel!«

***

Die Aussicht, das Sternenschiff womöglich heute noch zu finden, verlieh Garwen neue Kräfte, und den anderen schien es ganz ähnlich zu gehen. Auf einmal klang das Schlagen ihrer aller Flügel viel kraftvoller, viel weniger sparsam. Auch die Kälte kam einem plötzlich nicht mehr so schlimm vor. Heute noch! Was für ein Gedanke!

»Was ist das?«, fragte Esleik kurz darauf.

»Was meinst du?«, rief Oris zurück.

»Diese Wolke da. Halb rechts vorne.«

Alle blickten in die angegebene Richtung. Ja, da war eine Wolke, dicht über dem Boden, und sie schwebte da nicht und hing auch nicht fest, wie es Wolken in engen Bergtälern manchmal taten, vielmehr schien sie zu *fließen*.

Auf sie zu.

Und dann war plötzlich ein scharfer Wind aus dieser Richtung zu spüren.

»Ein Schneesturm«, sagte Bassaris, und in demselben Moment, in dem er das sagte, war allen klar, dass es nichts anderes sein konnte.

»Lasst uns höher steigen«, rief Oris. »Es ist sicher ratsam, da nicht hineinzugeraten.«

Sie legten sich ins Zeug, schlugen raumgreifend mit den Flügeln, kamen alle ins Keuchen. Oh, was sehnte sich Garwen danach, endlich mal wieder eine Thermik unter die Schwingen zu bekommen! Man nahm Thermiken so selbstverständlich, wenn man in angenehmen, halb südlichen Gegenden lebte wie zum Beispiel den Küstenlanden. Das nächste Mal, das schwor er sich, das nächste Mal, wenn er in warme, aufsteigende Luft geriet, würde er es *genießen*!

Höher und höher. Inzwischen sah man überdeutlich, dass es ein Sturm war, der da auf sie zukam. Das motivierte, alles zu geben. Einmal mehr fand Garwen es unfassbar, dass es Oris' Vater geschafft hatte, bis hinauf zum Himmel zu fliegen: Egal, wie hoch er selber flog, er hatte immer das Gefühl, dass der Himmel noch unerreichbar viel höher lag, eine milchige Kuppel, die zu berühren die Kräfte eines Menschen nicht ausreichten.

Dann war der Sturm da, und die Eislande waren nicht länger still. Ein hohles Brausen und Fauchen erfüllte die Welt, Schneeflocken stoben bis zu ihnen herauf, während sich unter ihnen etwas dahinwälzte, das aussah wie eine Lawine aus Staub, und alles unter sich begrub. Dieser Sturm brachte noch mehr Kälte mit, griff mit frostigen Fingern nach ihnen, schien die Luft bis hinauf zum Himmel gefrieren lassen zu wollen. Einmal mehr sah die Welt aus wie in Nebel gehüllt, nur dass das da kein Nebel war, sondern eine eisige Naturgewalt: nichts Geringeres als die Kraft, die die Eislande geschaffen hatte.

Sie flogen weiter, sich der brüllenden Stimme des Sturms widersetzend, die ihnen zuzurufen schien: *Verschwindet! Ihr habt hier nichts zu suchen!*

Doch, sie hatten hier etwas zu suchen. Und sie würden nicht damit aufhören, ehe sie es gefunden hatten oder – was Garwen insgeheim für weitaus wahrscheinlicher hielt – ehe sie einsehen mussten, dass es nicht zu finden war. Dass sie nach etwas jagten, das es einst vielleicht wirklich gegeben hatte, das heute aber nur noch eine Legende war.

***

Einige Zeit später – das große Licht des Tages näherte sich schon bedenklich dem Horizont – war der Sturm weitergezogen und die Stille zurückgekehrt. Zurück blieb eine makellos weiße Ebene, die nicht einmal mehr jene paar Risse oder Flecken aufwies, die ihnen bisher das Gefühl vermittelt hatten, sich überhaupt vorwärtszubewegen. Jetzt aber war die Desorientierung komplett. Unter ihnen endloses, konturloses Weiß, über ihnen das endlose, konturlose Grau des Himmels, und je dunkler es wurde, desto weniger waren beide Sphären voneinander zu unterscheiden. Garwen hatte zunehmend das Gefühl zu träumen, gefangen zu sein in einem eisigen

Traum, und ihm war, als schwänden die Chancen, je wieder daraus zu erwachen, mit jedem Flügelschlag immer weiter.

»Kreis!«, schrie Oris plötzlich und ging abrupt in den Sturzflug über.

Kreis?, dachte Garwen verwirrt und schon ein wenig schläfrig. Er sah zu, wie Oris landete, in die Tasche griff und etwas herausholte, ein schwarzes Pulver, die Asche wohl, die er erwähnt hatte, und damit einen langen Strich auf den Schnee malte, einen Pfeil, der in die Richtung wies, aus der sie gekommen waren. In der eintönigen Welt, in der sie sich befanden, stach einem das Symbol grell in die Augen.

Aber es brauchte nur noch ein Schneesturm zu kommen, um den Pfeil spurlos verschwinden zu lassen, sagte sich Garwen. Und dann waren sie endgültig verloren.

Was Oris mit seinem Ausruf gemeint hatte, verstand Garwen erst, als er, wie die anderen, bei Oris landete. Der Weiser, sahen sie, zeigte keine Linie mehr, sondern einen Kreis, nur um weniges kleiner als das Auge des Weisers selbst.

»Das kann nur heißen, dass wir am Ziel sind«, erklärte Oris aufgeregt.

»Aha?«, machte Luchwen. »Und wo ist es jetzt, das Sternenschiff?«

»Wahrscheinlich ganz und gar im Eis vergraben«, konnte sich Garwen nicht verkneifen zu unken.

»Ja, wahrscheinlich«, pflichtete Oris ihm zu seiner Überraschung bei. »Ich an Garis Stelle hätte es jedenfalls im Eis versenkt. Aber«, fuhr er fort und hob den Zeigefinger, »Gari muss danach ja irgendwie herausgekommen sein. Also muss es einen Eingang geben.«

»Stimmt«, meinte Garwen, der den Gedanken einleuchtend fand.

»Oris«, sagte Ifnigris ernst, »nach tausend Jahren mit solchen Schneestürmen wie dem vorhin ist jeder Eingang längst verschwunden.«

Garwen erschrak, als er sah, wie bestürzt Oris sie daraufhin ansah. Offensichtlich hatte er diese Möglichkeit nicht bedacht.

Ifnigris schaute sich um. »Zum Wilian«, meinte sie, »selbst wenn Gari die Heimstatt einfach nur hier irgendwo *abgestellt* hat, muss sie nach tausend Jahren solcher Stürme völlig unter Schnee und Eis begraben sein.«

Oris gab ein unwilliges Ächzen von sich. »Wir sind jedenfalls an dem Ort, auf den der Weiser seit tausend Jahre zeigt. Suchen wir die Umgebung ab!«

Das taten sie, zuerst in engen, dann in immer weiteren Kreisen. Zuerst zu Fuß, dann aus der Luft. Aber sie fanden nichts. Nicht nur nichts, das wie ein Zugang ausgesehen hätte, sondern *gar* nichts. Sie befanden sich auf einer endlosen, völlig flachen Ebene, die nur aus blankem Eis bestand, bedeckt von Schnee, der nur darauf wartete, ebenfalls zu Eis zu werden.

Oris hielt den Schlüssel in der Hand und betrachtete ihn mit sichtlicher Fassungslosigkeit. »Aber warum hat er den Schlüssel aufbewahrt, wenn er nicht wollte, dass man die Heimstatt je wiederfindet?«

»Er hat ihn sich ins *Grab* legen lassen«, wandte Ifnigris ein. »Das ist nicht dasselbe wie ›aufbewahren‹. Das ist eher das Gegenteil.«

Esleik sah sie mit großen Augen an. »Ihr habt den Schlüssel aus Garis *Grab*?«

Ifnigris nickte nur, die Lippen grimmig zusammengepresst.

Garwen trat neben Oris, betrachtete den Schlüssel ebenfalls und die Zeichnungen, die rings um den Weiser darauf angebracht waren. »In den Legenden«, fiel ihm ein, »heißt es doch manchmal, wenn einer der Ahnen eins seiner Geräte einsetzt, ›er drückte einen Knopf‹. Und damit waren nicht die Knöpfe an Hosen oder Hemden gemeint.«

»Das hat mich als Kind immer völlig verwirrt«, gestand Esleik.

»Mich auch«, sagte Luchwen. »Ich wollte eine Zeit lang keine

Hemden mit Knöpfen tragen, weil ich Angst hatte, es passiert was, wenn ich draufdrücke.«

Garwen deutete auf die Zeichnungen, kleine, einfache Symbole aus wenigen weißen Strichen. »Könnten das da nicht die Art ›Knöpfe‹ sein, von denen in den Legenden die Rede ist?« Er zeigte auf eines davon. »Das da zum Beispiel sieht für mich aus wie eine Tür, die sich öffnet. Wie die Türen, die sie in der Eisenstadt haben. Oder?«

»Hmm.« Oris legte den Finger darauf. »Aber da passiert nichts, wenn man drückt.« Er drückte fester zu, so fest, dass seine Knöchel ganz weiß wurden. »Nichts. Ich schätze, die Zeichnungen sind nur Zierde.«

Doch im selben Moment, in dem er den Finger wieder abhob, ging ein spürbarer Ruck durch den Boden, auf dem sie standen.

Sie sahen einander an.

»Was war das?«, fragte Luchwen besorgt.

»Das kam von unten«, sagte Bassaris.

Sie blickten hinab auf das Eis. Das große Licht des Tages berührte gerade den westlichen Horizont, und man sah, wie seine Kraft mit jedem Moment schwand. Doch während es rings um sie dunkler wurde, fing das Eis unter ihnen an zu leuchten, und nach einer Weile sahen sie einen orangeroten, beinahe vulkanischen Schein, der aus diffusen Tiefen langsam höher stieg.

Luchwen, der dem Phänomen am nächsten stand, flatterte auf. »Das Eis wird flüssig!«, rief er.

Sie erhoben sich alle in die Luft und verfolgten aus sicherer Entfernung, was weiter geschah. Als das Leuchten die Oberfläche erreichte, schob sich eine Röhre aus Eisen schräg durch das Eis ins Freie. Sie hielt an, als sie etwa zwei Mann hoch herausragte, dann erlosch der orangerote Schein.

Derweil war die Nacht angebrochen. Sie standen im Dunkeln und hörten, wie das Wasser wieder gefror, knackend und knirschend – oder war es die Eisenröhre, die da so krachte?

Dann, plötzlich, schob sich mit leisem Summen eine Öffnung

an der Röhre auf, und in ihrem Inneren glomm ein gelbes Licht auf, das die Umgebung in einen lieblichen Schein tauchte.

»Na also«, sagte Oris. »Worauf warten wir?«

***

»Lass mich vorausgehen«, verlangte Bassaris.

»Nein, Bas«, entschied Oris. »Diesmal nicht. Aber du kannst mir folgen.« Er wandte sich an Garwen. »Du und Luchwen, ihr könntet den Schluss bilden.« Damit würden die beiden Mädchen in der Mitte gehen, und dagegen schienen sie nichts zu haben, vor allem Esleik nicht, die im letzten Licht des Tages arg grau im Gesicht gewesen war. Jetzt, in dem blassen Goldschimmer, der über dem Eis lag, sah sie allerdings ganz normal aus.

»Machen wir«, erwiderte Garwen, der immer mehr das Gefühl hatte, alles nur zu träumen.

»Dann los«, sagte Oris und flatterte mit ein paar beherzten Flügelschlägen hinüber zu dem Rohr. Er zwängte sich durch die Öffnung, sah sich um. »Es geht weiter. Ein Gang, der in die Tiefe führt.« Er verschwand.

Bassaris folgte ihm ohne Zögern, anders als Ifnigris und Esleik. Die beiden kostete es sichtlich Überwindung, zu dem Eingang zu fliegen, der eindeutig nicht für Menschen mit Flügeln gebaut worden war.

Garwen nickte Luchwen zu, vor ihm zu gehen; er wollte als Letzter hinein.

Als er drinnen war, sah er sich um, aber er entdeckte keine Möglichkeit, die Luke von innen zu schließen. Also ließ er es, zog die Flügel enger an sich und folgte Luchwen, der den anderen schon eiligen Schrittes hinterherlief. Die Röhre, die nicht wirklich aus Eisen war, sondern aus einem der fremdartigen Metalle, die nur die Ahnen herzustellen verstanden hatten, wies tatsächlich leicht schräg abwärts. Man ging auf geriffelten Metallplatten, auf denen jeder Schritt, den man machte, widerhallte.

Die Röhre schien endlos zu sein, führte tiefer und tiefer. Immerhin, je weiter sie kamen, desto wärmer wurde es, und das war bei allen Bedenken, die man haben konnte, sehr angenehm.

Hätte einer von ihnen draußen Wache halten sollen? Hätten sie die Schiebetür mit irgendetwas blockieren sollen, damit sie sich nicht einfach schließen und sie einsperren konnte? Keiner von ihnen hatte darüber nachgedacht, nicht einmal Ifnigris, die doch sonst immer an alles dachte. Das Auftauchen der Röhre aus dem Eis, auf eine Weise, die so sehr an die alten Legenden erinnerte, hatte sie alle vollkommen überwältigt.

Außerdem – dieses Gebilde, in dem sie sich befanden, war eindeutig ein Ding, das ihren Ahnen gehört hatte, den Menschen also, von denen sie nicht nur alle abstammten, sondern die auch in äußerst vorausschauender Weise die Grundlagen der Welt geschaffen hatten, in der sie lebten. Es gab keinen Grund, sich vor den Ahnen zu fürchten, nicht einmal dann, wenn man ihre Gebote übertrat. Die Ahnen hatten es immer gut gemeint mit ihren Kindern und Kindeskindern. Man durfte getrost darauf vertrauen, dass sie alles so eingerichtet haben würden, dass ihnen nichts Schlimmes passieren konnte.

»Da ist eine Tür«, hörte Garwen Bassaris' tiefe Stimme von weiter vorne. »Aber sie geht nicht auf.«

»Lass mich mal vor.« Das war Oris. Hatte sich Bassaris also unterwegs doch irgendwie an ihm vorbeigeschoben. Typisch.

Gerade als Garwen die anderen erreichte, hinter Luchwen, Esleik und Ifnigris, hielt Oris den Schlüssel vor die Tür. Die sich daraufhin mit einem leisen Seufzer öffnete.

Dahinter kamen sie in einen Raum, der noch größer war als der Ratssaal der Eisenstadt – und weitaus heller. Entlang der Wände standen riesige, weiße Schränke. Rohrleitungen führten zu seltsamen Geräten. Hinter gläsernen Abdeckungen hingen Anzüge, die genauso aussahen, wie in den Legenden die Fluganzüge der Ahnen beschrieben wurden. Andere Fächer waren leer.

Oris zeigte ihnen den Schlüssel. Der Ring auf dem Weiser war kleiner geworden, und zusätzlich sah man nun wieder einen Strich, einen Doppelstrich sogar, der auf eine Tür auf der gegenüberliegenden Seite wies. »Der Weiser führt uns immer noch«, stellte Oris fest.

»Und wohin?«, fragte Luchwen.

»Vermutlich an den Ort, von dem aus man das Sternenschiff lenken kann«, meinte Ifnigris.

»Das denke ich auch«, pflichtete ihr Oris bei. »Und das ist genau der Ort, an den wir wollen.«

Sie gingen weiter, halb begierig, mehr zu sehen, halb zögerlich, auf der Hut vor Gefahren, die hier trotz allem lauern mochten. Hinter der nächsten Tür kam ein weiterer Gang, breiter diesmal und hoch genug, dass man sich die Flügel nicht mehr krampfhaft an den Leib pressen musste. Rechts und links kamen immer wieder offene Durchgänge, durch die sie in weitere Räume sahen, wobei jeder Raum größer war als der, den sie davor gesehen hatten – und alle waren sie *leer*!

»Bei allen Ahnen«, ächzte Ifnigris irgendwann, »ich wusste nicht, dass das Sternenschiff *so* groß ist. Hier drin könnte man alle Menschen der Welt unterbringen und hätte noch Platz übrig, jedenfalls kommt's mir grade so vor.«

Garwen brachte kein Wort heraus. Er war maßlos verblüfft, dass sie das Sternenschiff tatsächlich gefunden hatten; das hatte er bis zuletzt nicht glauben können. Und nun wanderte er darin umher! Mehr noch, ausgerechnet er hatte die entscheidende Idee gehabt, wie der Zugang zu öffnen war, und das ohne Wollen und ohne Nachdenken, sondern »im Unverstand«, wie sein Großvater es zu nennen pflegte.

Und was er sah, faszinierte ihn mehr und mehr. Die Größe von allem. Dass alles so sauber war, so glatt, so … *makellos*. Als wäre es nicht schon über tausend Jahre alt, sondern erst gestern gebaut worden.

Wobei er keinerlei Vorstellung hatte, wie man so etwas baute. Selbst ein frisch geschmiedeter und geschliffener Eisentopf glänzte nicht annähernd so makellos wie das alles hier. Man sah nicht einmal, woher eigentlich das Licht kam, es war einfach nur *hell*!

Sie gingen weiter und weiter. Durch Fenster aus unfassbar klarem Glas blickten sie hinab in Hallen voller riesiger, völlig unverständlicher Gerätschaften. Immer häufiger passierten sie Quergänge, aus denen Türen abführten oder weitere Gänge. Es war hell, aber zugleich war es vollkommen *still* – ihre Schritte, das Rascheln ihrer Flügel und ihr eigener Atem waren die einzigen Geräusche.

Und immer wieder dieser seltsam seufzende Laut, wenn sich eine weitere Tür vor Oris aufschob. In diesen Momenten sahen sie, dass das Licht im Sternenschiff *nicht* seit tausend Jahren leuchtete, denn wenn sich eine Tür öffnete, war es dahinter dunkel und wurde erst Augenblicke später hell.

Endlich erreichten sie einen kreisrunden Raum, aus dem keine weitere Tür mehr herausführte. Einen Raum, der irgendwie *besonders* wirkte.

»Wir sind da«, verkündete Oris und hielt den Schlüssel hoch, sodass ihn alle sahen: Der Weiser zeigte nur noch einen hellblau leuchtenden *Punkt*.

In der Mitte des Raumes ruhte eine riesige, dunkle Kugel, die vom Boden bis zur Decke reichte und aus schwarzem Glas zu sein schien. Darum herum standen Tische mit schrägen Platten, die aus demselben schwarzen Glas bestanden und auf denen viele helle Zeichnungen zu sehen waren, in ihrer Art den Symbolen auf dem Schlüssel ähnlich. Vor jedem Tisch warteten ein oder mehrere Sitze, die zwar gepolstert waren, aber zu breite Rückenlehnen hatten, als dass man bequem darauf hätte sitzen können: Es waren eindeutig Sitze für Menschen ohne Flügel, die zudem ein gutes Stück größer waren als sie.

Ahnen, mit einem Wort.

Ifnigris ließ sich auf die Vorderkante eines dieser Sitze sinken, so, dass zwischen ihr und der Lehne genug Platz für ihre Flügel blieb, und sagte: »Wir sind da. Das heißt, damit steuert man das Sternenschiff.« Ihr Blick glitt über die Reihen der Symbole, über die Linien und Kreise und abgegrenzten Felder. Niemand brach das Schweigen, jeder beobachtete nur, was sie tat.

Schließlich ließ sie die Schultern sinken und machte: »Puh!«

Garwen musste daran denken, was Lualeik gesagt hatte: *Hätten unsere Ahnen gewollt, dass wir diese Gegenstände besitzen, dann hätten sie sie uns gegeben.* Nicht nur das, führte er den Gedanken fort, sie hätten uns auch beigebracht, wie man damit umgeht. Es gäbe Große Bücher dazu, über die Sterne und darüber, wie man ein Sternenschiff steuert ... ja, vielleicht sogar, wie man eines *baut*!

Die eigentliche Frage war doch: Wieso *gab* es das alles nicht? Wieso hatten die Ahnen nicht gewollt, dass ihre Kinder konnten, was sie konnten? Wieso war ihnen so daran gelegen, sie von den Sternen fernzuhalten?

Ein lautes Klacken ließ ihn herumfahren. Oris hatte sich an der Lehne eines Sitzes zu schaffen gemacht, an Schrauben gedreht und Hebel verstellt, und plötzlich war ein Stück davon heruntergeklappt. Er konnte sich darauf setzen und anlehnen, weil ihm das Rückenteil nur noch bis dicht unter die Flügelansätze ging, und das tat er mit sichtlicher Befriedigung, dieses Problem gelöst zu haben.

»Also, hier sind wir«, sagte er zufrieden. »Wir haben den Schlüssel aus Garisruh geborgen, wir haben die Eislande erreicht, und wir haben das Sternenschiff gefunden.« Er blickte in die Runde. »Was machen wir jetzt damit?«

***

Erst einmal ließen sie sich von Oris zeigen, wie man die Sitze verstellte: ein Erfolgserlebnis, das ihnen in dieser Ehrfurcht gebietenden Umgebung ein wenig Zuversicht einflößte. Es war nur eine Kleinigkeit, aber sie hatten es schnell hinbekommen. Sie würden auch andere Schwierigkeiten bewältigen, die ihnen die Gerätschaften der Ahnen bereiteten.

»Das Problem ist«, fasste Ifnigris zusammen, »dass es uns nichts nutzt, das Sternenschiff gefunden zu haben, wenn wir es nicht auch *vorzeigen* können. Dann haben wir nämlich nach unserer Rückkehr nur eine Geschichte mehr zu erzählen, die uns niemand glauben wird.«

»Aber wie sollen wir das Sternenschiff *vorzeigen*?«, fragte Luchwen.

»Die einfachste Möglichkeit wäre, Leute hierherzubringen.«

»Einfach?« Esleik schüttelte heftig den Kopf. »Das wäre alles andere als einfach. Die Windzeit hat erst begonnen, die großen Stürme kommen noch. Und danach kommt die Regenzeit. Und die Frostzeit. Da geht so etwas wie unsere Fahrt *gar* nicht mehr. Wir haben so ziemlich die beste Zeit erwischt.«

»Und die war schon schlimm genug«, meinte Garwen.

»Tja«, sagte Ifnigris, »wenn wir die Leute nicht zum Sternenschiff bringen können, dann bleibt nur, das Sternenschiff zu den Leuten zu bringen.« Sie begann, an ihren Fingern die erforderlichen Maßnahmen abzuzählen. »Dazu wäre es als Erstes notwendig, das Sternenschiff aus dem Eis zu befreien. Mit Schaufel und Hacke kriegen wir das nicht hin, aber ich bin sicher, dass das Sternenschiff das selber irgendwie bewerkstelligen kann, auf die gleiche Art, wie es den Einstieg bis an die Oberfläche geschoben hat.« Zweiter Finger. »Dann müssten wir es natürlich fliegen können – und, ganz ehrlich, ich habe nicht den Hauch einer Ahnung, wie das gehen soll. Ich meine, ich selber *kann* ja fliegen. Aber ich wüsste schon mal nicht, wie ich es jemandem beibringen sollte, der es *nicht* kann. Weil man eben ganz intuitiv fliegt. Man denkt nicht drüber nach. So wenig, wie man drüber nachdenkt, wie man mit der Hand nach irgendetwas greift. Man *tut* es einfach.« Sie wies auf die schrägen Tische mit den dunklen Glasplatten. »Das ist hier so ähnlich, denke ich. Wie macht man es, dass sich dieses riesige Ding in die Luft erhebt? Für die Ahnen war das bestimmt eine Selbstverständlichkeit, über die sie nicht groß nachgedacht haben, aber für uns …? Und wenn es in der Luft ist, wie lenkt man es in irgendeine Richtung? Keine Ahnung. Und ich weiß auch nicht, wie wir

706

es lernen könnten, ohne irgendetwas kaputtzumachen. Ich meine, das wäre so, als würde man Kinder ohne Netz vom Baum springen lassen und sagen, entweder, sie kriegen das mit dem Fliegen auf Anhieb hin, oder sie sind tot! Ich wäre in dem Fall tot.«

»Und ich erst«, sagte Oris.

Ifnigris hielt die Hände vor sich, in sicherem Abstand zu der Glasplatte vor ihr. »Ich schätze, man macht es so, wie wir den Zugang geöffnet haben – man drückt auf irgendeines dieser Zeichen. ›Kris drückte einen Knopf, und die Tore der Heimstatt öffneten sich.‹ Ich weiß gerade nicht, aus welcher Legende das ist, aber Knöpfe drücken sie in jeder Geschichte, oder?«

»Jede Menge«, sagte Luchwen.

»Also geht es darum, die *richtigen* Knöpfe zu drücken. Wobei das Problem ist, dass es offenbar schrecklich viele von diesen Knöpfen gibt. Logischerweise sind die meisten Knöpfe dann die *falschen*, und wenn es dumm läuft, öffnen wir nicht die Tore der Heimstatt, sondern bringen sie zum Absturz. Oder lassen sie, was weiß ich, in Flammen aufgehen!«

»Das glaube ich eher nicht«, warf Oris sanft ein. »Mein Eindruck aus der Lektüre der Großen Bücher und aus allen Geschichten über die Ahnen ist, dass sie immer versucht haben, alles so einzurichten, dass selbst im Fall eines Irrtums oder eines Fehlers nichts Schlimmes passieren kann. Ich bin sicher, dass auch das Sternenschiff so gebaut ist, dass nichts wirklich Schlimmes passieren kann.« Er gab seinem Sessel einen kleinen Stoß, worauf dieser dichter an den Glastisch vor ihm heranfuhr. »Wir müssen natürlich vorsichtig sein. Aber wenn wir *gar* nichts ausprobieren, kommen wir auch nicht weiter. Dann könnten wir genauso gut wieder umdrehen und nach Hause fliegen und niemandem je davon erzählen.«

Die Art, wie er das sagte, erkannte Garwen, machte klar, dass dieser Weg für ihn ohnehin nicht in Frage kam.

Oris beugte sich über die Glastafel und studierte die Reihen der kleinen Zeichnungen darauf. »Hier ist ein Symbol, das aussieht wie

Lippen oder wie ein halb geöffneter Mund«, meinte er. »Was denkt ihr? Bedeutet das, dass man sich davon erklären lassen kann, was zu tun ist?«

Er sah auf, blickte in die Runde. Garwen hob ratlos die Schultern und Flügelspitzen. Luchwen nagte an seiner Unterlippe. Ifnigris furchte nachdenklich die Stirn. In Esleiks Blick flackerte so etwas wie Panik.

Bassaris dagegen nickte. »Möglich«, meinte er.

»Ich probier's mal«, entschied Oris, legte den Finger darauf und drückte.

Einen Herzschlag lang geschah gar nichts. Dann glomm an der Decke über ihnen ein grüner Ring auf, der ringsherum führte, mit der großen dunklen Kugel als Mittelpunkt, und eine seltsam körperlose Stimme sagte: »DAS SCHIFF BEFINDET SICH IM AGGREGAT-TIEFSCHLAF. DER HIBERNATIONSBEFEHL ERFOLGTE VOR 1011 PLANETAREN JAHREN UND 369 PLANETAREN TAGEN. AKTUELLE STANDARDZEIT IST 3019–09–15–10–01. SOLL DIE HIBERNATION AUFGEHOBEN WERDEN?«

Sie hatten alle erschrocken die Luft angehalten, sahen einander entsetzt an.

»Wer ist das?«, flüsterte Esleik. »Wer hat da gesprochen?«

Ifnigris schüttelte den Kopf. »Niemand. Kein Mensch jedenfalls. Das war das Sternenschiff selbst. Eine … *Maschine.*«

»Das Sternenschiff kann *sprechen*?«

»Die Ahnen hatten Gerätschaften, die das konnten. Denk an die Legenden!«

Esleik gab ein leises Ächzen von sich. »Ich hätte mich doch mehr dafür interessieren sollen …«

Erneut ertönte die fremdartige Stimme, die von überall her und von nirgendwo zu kommen schien: »SOLL DER AGGREGAT-TIEFSCHLAF AUFGEHOBEN WERDEN? BITTE ANTWORTEN SIE MIT JA ODER NEIN.«

Im selben Moment, in dem die Stimme wieder verstummte,

hörten sie Geräusche aus dem Gang, durch den sie gekommen waren.

Schritte.

»Da kommt jemand!«, hauchte Luchwen.

»Vielleicht der, der da gesprochen hat?«, wisperte Esleik.

Garwen lief eine Gänsehaut über den Rücken, über die Flügel, über den ganzen Körper. Er konnte *hören*, wie sich seine Federn aufstellten.

Er blickte zu Ifnigris hinüber, im selben Moment, in dem sie ihn ansah.

Diesmal, dachte er, würde es keine Lösung sein, das Liebespaar zu spielen!

Adleik

Die Nachricht

Adleik hatte seine Schwester immer wieder gewarnt. »Lua«, hatte er ihr eingeschärft, »du musst Dorntal bremsen! Wenn er etwas erfinden will, dann soll er besseres Werkzeug erfinden. Oder eine neue Webtechnik. Oder bessere Methoden, wie man Fische haltbar macht. Was auch immer – nur *Kraftmaschinen* soll er keine bauen! Auch nicht solche, die nur vom Wind angetrieben werden.«

Gut, bei der Windpumpe hatte er beide Augen zugedrückt. Sollten sie sie behalten, solange es ging. Nicht so tragisch.

Aber die Windpumpe, die er für die Nord-Kor gebaut hatte! Bei allen Ahnen, damit hätte sich sein Schwager beinahe selber die Federn gerupft. Zu Dorntals großem Glück hatte Feldbruder Ursambul die Maschine zwar entdeckt und still und heimlich sabotiert, jedoch versäumt, zu erkunden, wer sie gebaut hatte. Ein Anfängerfehler; es war einer der ersten Einsätze des jungen Bruders im Feld gewesen.

Und jetzt hatte Lualeik ihm diesen verdammten Brief geschickt. Dabei hatte er ihr die Kuriervögel doch nur dagelassen für den Fall, dass irgendwas mit der *Familie* war! Er hatte doch nie gewollt, dass seine eigene Schwester als Zuträgerin für die Bruderschaft arbeitete!

Dumm, dumm, dumm. Kleipor hatte ihm den Brief gebracht, wie es die Regel war, aber Adleik hatte ihm angesehen, dass er ihn schon gelesen hatte und für überaus alarmierend hielt. Keine Chance, ihn unter den Tisch fallen zu lassen. Wenn er dem Obersten Bruder nicht darüber berichtete, würde Kleipor es tun.

Abgesehen davon klang der Inhalt des Briefes *tatsächlich* alarmierend. Wenn man nicht wusste, dass Lualeik dazu neigte, Dinge zu dramatisieren.

Adleik betrachtete die Papierstücke, die am Fuß eines Kuriervogels den weiten Weg von der Nordküste bis hierher, ins Herz der Graswüste, genommen hatten. Und vom Vogelschlag aus in der Hand von Kleipor den kurzen Weg bis in die Mahlstube.

»Lua, Lua, Lua«, murmelte er besorgt. »Hat das wirklich sein müssen?«

Er ahnte schon, was passieren würde. Er würde Albul berichten, weil ihm nichts anderes übrig blieb. Der Oberste Bruder würde alle verfügbaren Feldbrüder nach Nord-Leik befehlen, um Oris und seine Kumpane wieder gefangen zu nehmen, ehe sie Dorntal womöglich doch noch überredeten, mit ihnen in die Eislande zu fahren. Und wenn sie dann alle dort waren, würde einem der Brüder die Windpumpe auffallen, sie würde in den Berichten erwähnt werden, die Berichte würden Nachfragen auslösen, vor allem die Nachfrage, wieso er, Adleik, dessen Hauptgebiet die Nordlande waren, nichts dergleichen gemeldet hatte …

Wenn es dumm lief, würde der Oberste Bruder Dorntal als höchst gefährlich einstufen und anordnen, dass man ihn aus dem Spiel nahm.

Und wenn das geschah, würde Lua im Leben kein Wort mehr mit ihm reden.

Adleik nahm den Brief zur Hand, las ihn noch einmal. Das Sternenschiff der Ahnen hofften sie zu finden. Das allwissende Buch aus Glas. Phantasten.

Aber beunruhigend, dass sie es geschafft hatten, die Graswüste zu durchqueren. Allein das war Grund genug, sie wieder einzufangen: um herauszufinden, wie ihnen das geglückt war.

Vielleicht, wenn er die Aufmerksamkeit der anderen darauf lenkte? Dann mochte es ihm gelingen, Dorntal und seine heiklen Erfindungen außen vor zu lassen.

Er musste es zumindest versuchen.

Damit nahm er den Brief und verließ die Mahlstube. Er sprang von der Rampe, breitete die Flügel aus für eine letzte, zögerliche Runde durch den Talkessel und stieg dann höher, hinauf zur Residenz des Obersten Bruders.

***

Tatsächlich berief Albul sofort eine Besprechung ein, mit allen in der Feste anwesenden Feldbrüdern.

»Das ist bedeutsam«, sagte er mehrmals, während sie darauf warteten, dass die Gerufenen eintrafen. »Höchst bedeutsam. Das könnte die wichtigste Mission werden, die unsere Bruderschaft jemals unternommen hat.«

Adleik sagte nichts, blickte nur durch das eindrucksvolle Fenster hinaus auf die schier unendlich scheinende Graswüste. Es war ein Anblick, in dem man sich verlieren konnte; es kam einem vor, als sähe man von hier oben die ganze Welt. Was faktisch natürlich nicht so war, aber trotzdem, das Gefühl blieb.

Die Graswüste, rief er sich ins Gedächtnis. Wie sie die durchqueren konnten. Darum muss es gehen. Nicht um Dorntal.

Die Residenz des Obersten Bruders roch frisch geputzt, nach gesäuertem Wasser und Duftkräutern. Irgendwo fing sich der Wind und heulte leise, immer auf- und abschwellend.

Adleik vermied es, Albul allzu oft anzusehen. Ein Mensch ohne Flügel wirkte in seinen Augen einfach irgendwie … *unvollständig*. Gewiss, die Ahnen hatten auch keine gehabt. Trotzdem. Ihm war unwohl in der Gegenwart Albuls, und das lag nicht daran, dass er der Oberste Bruder war.

Endlich kam Kleipor herein, zusammen mit Hargon und Ursambul. Hargon war gerade von einer kurzen Inspektion an der Goldküste zurück, Ursambul war im Aufbruch gewesen zu einer Mission im Nordosten.

»Und wo ist Geslepor?«, fragte der Oberste Bruder, nachdem ihm die beiden ihre Ehrerbietung erwiesen hatten.

»Überfällig«, erklärte Kleipor, kurzatmig wie so oft. »Er ist in die Küstenlande geflogen und hat sich seither nicht mehr gemeldet. Seine geplante Rückkehr wäre vor zehn Tagen gewesen.«

»Warum erfahre ich das erst jetzt?«

»Ich hätte es euch heute berichtet, Oberster Bruder«, sagte Kleipor. Zehn Tage war die übliche Toleranz für Einsätze im Feld, weil immer etwas dazwischenkommen konnte.

Albul legte die Stirn in Falten. »Was will er überhaupt in den Küstenlanden?«

Kleipor räusperte sich, klappte seine Flügel verlegen ganz nach hinten. »Er hat sich diesbezüglich etwas, ähm ... *unklar* ausgedrückt. Irgendetwas nachprüfen, hat er gesagt.«

»Hmm.« Albul klopfte, während er nachdachte, ungeduldig mit den Fingern auf der Tischplatte. »Wenn er zurück ist, will ich seinen Bericht sofort sehen.«

»Sehr wohl«, sagte Kleipor und machte sich eine Notiz.

»Und sowohl er als auch du erhaltet eine Rüge. Es geht nicht an, dass jeder einfach macht, was er will, und nach Lust und Laune in der Welt herumfliegt. Ich erwarte, dass du künftig auf klare Begründungen für jede Reise bestehst.«

»Ja, Oberster Bruder«, sagte Kleipor und machte sich noch eine Notiz.

Albul erhob sich. »Nun gut. Kommen wir zum eigentlichen Thema. Adleik hat von seiner Schwester folgende Nachricht erhalten.« Er nahm die Blätter des Kurierbriefes vom Tisch auf und las vor, was Lualeik geschrieben hatte: Dass ein gewisser Oris zusammen mit vier Gefährten, eines davon ein schwarzflügliges Mädchen, bei ihnen zu Besuch sei und erzählt habe, sie besäßen Garis Schlüssel zum Sternenschiff der Ahnen, das sie in den Eislanden vermuteten, weswegen sie wollten, dass Dorntal sie mithilfe seines Segelschiffs dorthin bringe. Ein Ansinnen, das Dorntal kategorisch abgelehnt habe.

Während Albul das alles vorlas, spürte Adleik die innere Anspannung, die ihn erfüllte, in einem solchen Maße zunehmen, dass er wieder dieses Stechen in der Herzgegend bekam, von dem Bo-

713

goleik meinte, damit sei nicht zu spaßen. Aber was sollte er machen? Diesmal ging es nicht nur darum, der Bruderschaft gerecht zu werden, sondern auch darum, Lualeik zu schützen, was unter Umständen zwei miteinander unvereinbare Ziele sein konnten.

»Dein Schwager besitzt ein Segelschiff?«, wunderte sich Hargon, als Albul zu Ende gelesen hatte.

Adleik hob, um allem Interesse an der Person Dorntals nach Möglichkeit beizeiten den Grund zu entziehen, betont gleichgültig die Schultern und sagte so ruhig, wie er konnte: »Das ist ja nun nichts Besonderes. Segelschiffe gibt es viele. Denk ans Schlammdreieck. Und Nord-Leik lebt vom Fischfang. Da hilft es, wenn man weiter raus aufs Meer kann.«

»Ich wundere mich halt, dass ein *Einzelner* ein ganzes Schiff besitzen soll.«

»Besitzverhältnisse sind Angelegenheit der Nester«, unterbrach Albul an dieser Stelle zu Adleiks Erleichterung. »Das hat uns nicht zu interessieren und ist hier und heute überdies von absolut untergeordnetem Belang.« Er klang unduldsam genug, dass Hargon das Thema nicht weiter verfolgte.

Ohnehin waren Segelschiffe ein Grenzfall. Einerseits nutzten sie genau genommen eine Energie, die nicht den Muskeln von Mensch oder Tier entstammte – andererseits hatte es sie schon immer gegeben, mal mehr, mal weniger davon. In manchen Situationen waren sie die einzige vernünftige Alternative, zum Beispiel, was den Lastenverkehr zwischen dem Eisenland und den Stromschnellen von Dor anbelangte. Zudem konnte man argumentieren, dass das Segeln im Prinzip nichts anderes war als das Nutzen von Thermik beim Fliegen. Aus all diesen Gründen war die Bruderschaft noch nie gegen Segelschiffe vorgegangen.

Adleik witterte eine gute Gelegenheit, die Richtung vorzugeben, die die Diskussion nehmen würde, und sagte rasch: »Meines Erachtens wirft der Bericht meiner Schwester hauptsächlich zwei Fragen auf: Erstens, wie es die Gefangenen geschafft haben, die Graswüste offenbar unbeschadet zu durchqueren, und zweitens, was es mit diesem angeblichen Schlüssel auf sich hat. Was ist das für ein Ding? Ist es wirklich der Schlüssel zur Heimstatt der Ahnen? Und wenn ja, woher haben sie ihn?«

»Eine dritte Frage wäre in meinen Augen«, ergänzte Albul, »ob dieser Dorntal der Versuchung, in die ihn dieser Oris führt, wird widerstehen können.«

»Oh, bestimmt«, erwiderte Adleik sofort. »Dafür wird meine Schwester schon sorgen.«

»Müssen wir diesen Dorntal bedauern?«, fragte Ursambul spöttisch. Er war noch jung, ein ungewöhnlich groß gewachsener Mann mit leicht geschlitzten Augen, einem blassen Kinnbart und hellbraun-weiß gefleckten Flügeln. Wäre er kein *Gehorsamer Sohn Pihrs* gewesen, hätte er selber gerade nach der Frau fürs Leben Ausschau gehalten.

»Man kann die Eislande an klaren Tagen von den Nord-Leik-Inseln aus sehen«, erklärte Adleik mit aller Ruhe, die er aufzubringen vermochte. »Trotzdem wäre eine Fahrt dorthin eine gefahrvolle Reise, wäre das Ziel doch ein anderer Kontinent. In den gesamten Nordlanden erzählt man viele, viele alte Geschichten von Leuten, die es versucht haben und von denen niemand je zurückgekehrt ist. Insofern braucht meine Schwester nicht viel Überredungskunst.«

»Vielleicht«, warf Hargon ein, »ist die Antwort auf beide Fragen, die Adleik aufgeworfen hat, ja dieselbe: nämlich, dass Kleipor das Mädchen im Archiv hat arbeiten lassen.«

Albul und Kleipor wechselten Blicke, aus denen man unschwer erriet, dass dieses Thema schon Anlass heftiger Streits zwischen ihnen gewesen war, seit die Gefangenen gegangen waren.

»Aus meiner eigenen Zeit als Archivar«, sagte der Oberste Bruder geradezu hoheitsvoll, »kann ich sagen, dass es im Archiv – wohlweislich! – *keinen* Plan der geheimen Wege durch die Graswüste gibt.«

»Das ist immer noch so«, setzte Kleipor ebenso bestimmt hinzu. »Dieser Plan wird seit jeher ausschließlich in der Residenz verwahrt.«

»Bleibt die Frage, woher die Entflohenen diesen angeblichen Schlüssel haben«, sagte Hargon mit sichtlichem Behagen am Unbehagen der beiden.

Nachdenkliches Schweigen setzte ein. Adleik konnte immer noch nicht recht glauben, dass die jungen Leute *wirklich* ein Artefakt der Ahnen an sich gebracht hatten; seinem Gefühl nach war es viel wahrscheinlicher, dass sie irgendein Betrugsmanöver versuchten. Wie mit dieser Geschichte von der Rakete, die den Himmel erreichen und ein Loch hineinsprengen sollte. Bloß leuchtete ihm noch nicht ein, was sie damit bezweckten. Zwar waren die Eislande zweifellos ein Ort, an dem sie sich vor der Bruderschaft sicher fühlen konnten – aber zugleich kein Ort, an dem irgendjemand hätte leben können.

»Schade, dass Adleiks Schwester nicht beschrieben hat, wie dieser Schlüssel aussieht«, meinte Kleipor schließlich.

Albul rieb sich nachdenklich das Kinn. »Ich erinnere mich dunkel«, erklärte er bedächtig. »Es ist lange her, aber ich meine, in den alten Protokollen etwas darüber gelesen zu haben. Gari war der letzte Überlebende der Ahnen. Als er seinen Tod nahen fühlte, brachte er die Heimstatt an einen geheimen Ort und kehrte zurück, um sein Leben an dem Ort zu beschließen, den man seither Garisruh nennt. Aber was mit dem Schlüssel geschah …?«

»Man müsste in den alten Aufzeichnungen nachforschen«, schlug Kleipor vor. »Es steht bestimmt irgendwo.«

»Aha«, machte Hargon. »Es gibt im Archiv also Aufzeichnungen darüber?«

Adleik sah, wie Kleipor sich auf die Lippen biss, als er merkte, dass er sich verplappert hatte. Er wollte nicht zugeben, dass das mit dem Mädchen tatsächlich ein Fehler gewesen war.

»Für langwierige Nachforschungen im Archiv haben wir keine Zeit«, unterbrach Albul entschieden. »Ich gehe davon aus, dass der Schlüssel, wenn es sich wirklich um Garis Schlüssel handeln sollte, im Archiv verwahrt gewesen ist und das Mädchen ihn zufällig gefunden hat. Unser oberstes Ziel muss jetzt sein, diesen Oris und seine Begleiter wieder in unsere Obhut zu nehmen, und zwar so schnell wie möglich. Wenn wir sie haben, haben wir auch den Schlüssel und können uns über dieses Thema weitere Gedanken machen. Aber dazu müssen wir umgehend handeln. Heute noch. Die Zeit drängt. Wenn sie bei Dorntal keinen Erfolg haben, werden sie irgendwann weiterziehen, und wer weiß, ob wir sie dann schnell genug wiederfinden. Und *wenn* sie bei Dorntal Erfolg haben … umso schlimmer.« Er wandte sich an Adleik. »Wie lange braucht man von hier bis zu den Nord-Leik-Inseln?«

Adleik wiegte den Kopf. »Wenn die Winde günstig wehen … Ich schaffe es meistens in sechs Tagen.«

»Gut«, sagte der Oberste Bruder. »Dann startet diese Mission noch heute.«

»Genaue Anweisungen?«, fragte Hargon, weil klar war, dass in der bestehenden Konstellation wieder er es sein würde, der die Mission leitete.

Der Oberste Bruder lächelte dünn. »Die Angelegenheit ist zu verworren, als dass ich euch genaue Anweisungen mitgeben könnte. Zugleich ist sie zu wichtig, als dass uns ein Fehler passieren darf. Deshalb werde ich euch begleiten.«

Das zu hören war wie ein Schlag ins Gesicht. Der Oberste Bruder hätte genauso gut anfangen können, zu singen und zu tanzen oder sonst irgendetwas völlig Absurdes zu tun.

Hargon musste husten, und als er damit fertig war, sagte er mit krächzender Stimme: »Mit allem Respekt, Oberster Bruder, aber bitte bedenkt, dass wir bei Weitem nicht genug Männer sind, um Euch in einem Tragenetz zu befördern. Und selbst wenn wir es wären, würden wir den Weg nach Nord-Leik auf diese Weise nicht in sechs Tagen schaffen.«

»Dessen bin ich mir völlig bewusst, Bruder Hargon«, sagte Albul mit einer Heiterkeit, die Adleik unerklärlich war. »Wie gesagt, wir haben es meiner Überzeugung nach mit einer außergewöhnlichen Situation zu tun. Es ist also gerechtfertigt, auch zu außergewöhnlichen Maßnahmen zu greifen. Wartet hier«, fügte er hinzu,

717

wandte sich ab und verschwand durch eine Tür, die in einen Bereich der Residenz führte, der allein dem jeweiligen Obersten Bruder vorbehalten war.

Die drei Brüder wechselten beunruhigte Blicke.

»Das ist doch alles Unsinn, oder?«, flüsterte Ursambul. »Ich meine, selbst wenn er sich da drin gerade Flügel wachsen lassen sollte – *darf* ein Oberster Bruder überhaupt mit auf eine Mission gehen?«

»Ein Oberster Bruder darf alles«, erwiderte Hargon missgelaunt. »Das ist ja der Sinn dieses Amtes.« Er atmete geräuschvoll ein und faltete seine Flügel neu. »Allerdings heißt das nicht, dass ein Oberster Bruder alles *kann*.«

Kleipor sah auch nicht so aus, als wisse er mehr als sie. Dick wie ein Kornsack saß er in seinem Sitz und starrte trübsinnig vor sich hin.

Dann öffnete sich die Tür wieder, durch die Albul verschwunden war, und er kehrte zurück. Er hatte sich keine Flügel wachsen lassen, natürlich nicht, aber er trug jetzt einen Anzug aus einem glatten, blauen Stoff, einen Anzug, der seinen gesamten Körper bedeckte, der nahtlos in Stiefel und Handschuhe überging und sogar einen Helm besaß, den er sich über den Kopf klappen konnte, wenn er wollte.

Diesen Anzug also trug Albul – und schwebte darin gute zwei Handbreit über dem Boden!

***

»Was zum Wilian ist *das*?«, fragte Hargon, der als Erster seine Sprache wiederfand.

»Das«, erwiderte der schwebende Albul lächelnd, »ist Garis Fluganzug. Der lag *tatsächlich* im Archiv.« An Kleipor gewandt, dessen Kinn immer noch fassungslos herabhing, erklärte er: »In einer der Kisten hinten in der dritten Kammer.«

Kleipor nickte schwach. Adleik hatte keinerlei Vorstellung,

wovon die beiden sprachen, aber das war wohl auch nicht wichtig.

»Ich habe ihn nach meiner Ernennung hier heraufbringen lassen«, erzählte Albul, weiterhin in zwei Handbreit Höhe schwebend. »Im Lauf der Zeit habe ich herausgefunden, wie man damit umgehen muss.« Er zeigte auf ein schwarzes Kästchen, das vorn an seinem Gürtel befestigt war und zwei Ausstülpungen aufwies, eine nach oben und eine nach vorn, wie zwei dicke Würmer. »Mit dem Hebel hier oben steuere ich, in welche Richtung ich schwebe.« Er drückte von hinten gegen die Ausstülpung und bewegte sich im selben Moment vorwärts, eine Bewegung, die sofort zum Stillstand kam, als er den Hebel wieder losließ. »Und hier vorne steuere ich meine Höhe.« Er drückte behutsam von unten dagegen und stieg eine weitere Handbreit empor.

Er zeigte auf eine Stelle an seinem Ärmel, an der der Stoff doppelt übereinanderlag und mit geflochtener Schnur umwickelt war. »Ich habe mir den Anzug anpassen müssen, denn er war mir natürlich zu groß. Die Ahnen waren ja größer als wir, und Gari war wohl der Größte unter ihnen.« Am anderen Ärmel und an beiden Beinteilen gab es ebenfalls solche Stellen.

»Und so«, verkündete der Oberste Bruder mit einem so strahlenden Lächeln, wie es Adleik noch nie an ihm gesehen hatte, »werde ich euch begleiten.«

Hargon räusperte sich. »Also, wenn es stimmt, was in den alten Legenden über die Fluganzüge der Ahnen erzählt wird, dann könntet Ihr damit noch *heute* in Nord-Leik sein!«

Albuls Lächeln erlosch. »Das mag sein«, sagte er mit jenem Ernst, den sie alle von ihm kannten, »aber die Sache ist die, dass ich das Fliegen ja nicht gewöhnt bin. Ich bin bis jetzt nur da hinten in einem der dortigen Räume geflogen, und nie höher als bis zur Decke. Die Vorstellung, in jenen Höhen zu fliegen, die ihr alle seit eurer Kindheit gewöhnt seid, bereitet mir nicht wenig Unbehagen. Ein Unbehagen, das ich im Interesse der Mission zu überwinden gewillt bin, aber ich werde eure Unterstützung und Begleitung benötigen.« Er sah in die Runde. »Hinzu kommt, dass ich ja wohl kaum allein fünf kräftige, jugendliche Friedensstörer festnehmen und hierher in die Feste bringen kann.«

Nun war es Ursambul, der das Wort erhob. »Mit allem Respekt, Oberster Bruder, aber ist die Verwendung einer solchen … *Maschine*, auch wenn es eine Maschine ist, die die Ahnen selbst einst benutzt haben, nicht trotzdem ein Verstoß gegen Kris' Regeln?«

»Ob es ein Widerspruch in sich ist, wenn ausgerechnet der Oberste Bruder eine solche Maschine benutzt?«, fragte Albul zurück. »Ja, das ist ganz gewiss ein Widerspruch in sich. Aber die Angelegenheit, mit der wir es zu tun haben, erfordert es, diesen Widerspruch auszuhalten.«

Er ließ sich bis auf den Boden herabsinken. »Ich hatte nie vor, den Fluganzug wirklich zu benutzen. Ich habe mich damit nur beschäftigt, um die Ahnen besser verstehen zu lernen. Aber nun sehe ich keinen anderen Weg, als es zu tun. Bedenkt Folgendes: Der legendäre Fluganzug Garis existiert tatsächlich, wie ihr mit eigenen Augen seht. Also existiert wahrscheinlich auch dieser Schlüssel. Ganz gewiss aber existiert die Heimstatt der Ahnen noch, und wenn wir zulassen, dass das Sternenschiff unserer Ahnen in die Hände von Fanatikern wie Owens Sohn fällt, dann wäre das ein Versagen, das tausend Jahre der Verdienste unserer Bruderschaft um den Erhalt der Ordnung an einem Tag zunichte machen würde.«

Die Verfolgung

In aller Eile trafen sie die notwendigen Vorbereitungen. Sie zogen sich um, packten Proviant ein und an Ausrüstung, was sie brauchen würden, vor allem natürlich die Würgebänder, um die Gefangenen zur Feste zurückzubringen. Albul wies Kleipor an, die Zellen herzurichten, und zwar umgehend, denn diese waren seit sehr langer Zeit nicht mehr benutzt, ja, nicht einmal betreten worden. Es galt, sicherzustellen, dass sie in brauchbarem Zustand waren, wenn die Gefangenen eintrafen. Die Freiheit, die Oris und seine Kumpane zuvor in der Feste genossen hatten, hatten sie mit ihrer Flucht jedenfalls für alle Zeiten verspielt.

Als die Feldbrüder startbereit waren, flogen sie gemeinsam mit Albul von der Residenz zum Kraterrand hinauf. Das ging gut; die Tiefe des Vulkankessels unter sich zu sehen war der Oberste Bruder, der jeden Tag von zwei Brüdern aus seinem Domizil in die Residenz und wieder zurück getragen wurde, gewöhnt.

Oben aber, mit dem Blick in die schier endlose Weite, die zudem tief unter ihnen lag, befiel Albul Panik. Sein Atem ging heftig, und Schweiß stand ihm auf der Stirn, als er hervorstieß: »Vielleicht ... vielleicht kann mich einer von euch an der Hand nehmen, wenn wir losfliegen? Nur für den Anfang?«

Worauf Hargon ihn mit einem kühlen Blick bedachte und sagte: »Das wird nicht gehen, Oberster Bruder. Es würde Euch nicht helfen, sondern in Gefahr bringen.«

»In Gefahr? Wieso das?«

»Weil die Körperbewegung beim Fliegen eine ganz andere ist als das Schweben eures Anzugs. Beim Fliegen bewegt man sich schwingend, fast wellenartig, und man fliegt vornübergebeugt, nahezu liegend. Ihr dagegen schwebt in aufrechter Position und ganz und gar gleichmäßig, wie das Wasser, das den Thoriangor hinabfließt.«

»Verstehe«, keuchte Albul. »Ich muss also darauf vertrauen, dass der Anzug nicht versagt.«

Dass die Fluganzüge der Ahnen auch versagen konnten, das wusste jeder. Es gab niemanden, der die Geschichte von Debra und Teria nicht kannte.

Hargon nickte gleichmütig. »Ich fürchte, es bleibt Euch nichts anderes übrig.«

Es war fast schmerzhaft, mit anzusehen, wie sich Albul überwand, wie er langsam aufstieg und den Fluganzug über die Abbruchkante des Kraterrands hinaus ins Offene lenkte, frei in der

Luft schwebend, immer weiter und weiter, bewundernswert unerbittlich gegen sich selbst, bis er, die Augen weit aufgerissen und mit
geradezu hechelndem Atem, im Nichts stand, hundert Mannslängen und mehr über dem Gestein des steilen Vulkankegels.

Unwillkürlich dachte Adleik an seine eigenen ersten Flugver-
suche als Kind zurück. Er sah sich wieder mit seiner Mutter oben
auf dem Stein stehen, von dem aus es alle Kinder lernen mussten.
Der Stein stand heute noch da, in einer windgeschützten Bucht an
der Südküste der Insel, in der das harte Gras dicht und hoch genug
wuchs, um Stürze abzufedern, zumindest ein bisschen. Sein Vater
hatte unten gestanden, die Arme ausgebreitet, bereit, ihn aufzufangen, was die ersten paar Male auch bitter nötig gewesen war, weil
seine Flügel alles andere machten als ihn zu tragen.

Aber dann, sein erster Gleitflug, über Vater hinweg, der ihm
nachrannte, ihn aber nicht mehr erreichte, weil er weit flog, sehr
weit, und am Ende ins Gras stürzte und sich das Knie aufschürfte.
Egal – er war *geflogen*! Er war viel zu begeistert gewesen, als dass
ihm das bisschen Blut etwas ausgemacht hätte.

Sie umkreisten den Obersten Bruder, und Adleik dachte: *So
schaffen wir das nie in sechs Tagen.*

»Es geht! Ja!«, rief Albul, die Hände so verkrampft an seinem
Steuerungskästchen, dass seine Knöchel weiß schimmerten. »Ich
denke, ich hab's begriffen!«

Wie er sich bemühte, nicht nach unten zu schauen! Dabei kam
die wahre Lust am Fliegen, das wahre Selbstvertrauen doch erst,
wenn man von oben auf die Welt hinabsah und wusste, nein, *fühlte*,
dass die eigenen Flügel imstande waren, einen zu tragen.

»Fliegt los!«, befahl der Oberste Bruder. »Ich folge euch!«

Hargon wechselte einen Blick mit ihnen, einen vielsagenden
Blick: Hatte er also doch das Kommando, wie es sich gehörte. Im
Moment zumindest.

»Ich denke, wir schaffen es heute bis Punkt 16«, rief er, und als
er ihr zustimmendes Nicken sah, kippte er aus der Umkreisung weg
und schlug die entsprechende Richtung ein.

722

Sie gingen in eine Formation, die zu weit war, um irgendeinen Nutzen zu haben, mehr aus Gewohnheit, und außerdem flogen sie langsamer, als sie normalerweise geflogen wären. Allerdings nur wenig langsamer. Anders als jemand in einem Fluganzug musste ein normaler Mensch mit einer bestimmten Mindestgeschwindigkeit fliegen, damit die Luft ihn trug. Darunter musste man ins Schwirren übergehen, und das war eher was für Kinder und kräftige junge Leute; in Adleiks Alter hielt man das nicht mehr lange durch.

Doch siehe da, der Oberste Bruder holte bald auf und flog dann, aufrecht wie ein Pfahl, zwischen ihnen, spürbar angespannt und extrem aufmerksam, aber er flog mit ihnen, und schließlich war es auch kein Problem mehr, auf normale Reisegeschwindigkeit zu gehen. Für ihn machte das keinen großen Unterschied; er musste ja nur den Hebel ein bisschen weiter nach vorn drücken.

In der Tat, Albul lernte das Fliegen – *seine* Art von Fliegen eben – erstaunlich schnell. Zum ersten Mal empfand Adleik wirklichen Respekt vor dem Obersten Bruder, einen Respekt, der über die formelle Ehrerbietung hinausging.

Als sie Rastpunkt 16 erreichten, kurz bevor das große Licht des Tages am Horizont entschwand, waren sie alle ganz schön ausgepumpt. Die direkte Nordroute war die anstrengendste, weil eine Zwischenstation fehlte. Aber hätten sie untertags Rast machen wollen, hätten sie einen ziemlichen Umweg fliegen müssen.

Albul war natürlich alles andere als ausgepumpt, im Gegenteil: Er war begeistert von der Erfahrung des Fliegens, geradezu euphorisch. Er freute sich wie ein Kind, plapperte in einem fort, wie großartig es gewesen sei und was er alles gesehen hatte und so weiter; es war fast schon peinlich.

Als Adleik sah, wie beunruhigt Ursambul den Obersten Bruder beobachtete, raunte er ihm zu: »Das gibt sich bald. Denk an deine ersten Flüge!«

Ursambul hob die Brauen. »Daran erinnere ich mich nicht mehr. Meine Mutter sagt, ich sei geflogen, ehe ich gelaufen bin, aber an meine ersten Schritte hab ich auch keine Erinnerung mehr.«

»Hauptsache, du kannst beides«, meinte Adleik leichthin und fand es interessant, das zu erfahren. Irgendwie sah man es Frühfliegern tatsächlich an; er hatte schon immer den Eindruck gehabt, dass sich Ursambul mit einer viel größeren Selbstverständlichkeit in der Luft bewegte als die meisten Leute.

Albul hatte nach einem Tag, den er stehend in der Luft verbracht hatte, noch sichtlichen Bewegungsdrang. Er schritt auf dem Rastpunkt hin und her und kam dabei dessen nur mittelbar markierten Grenzen – man musste sich eine Linie zwischen zwei Markiersteinen denken, und zwar zwischen den *richtigen* Steinen – so gefährlich nahe, dass Hargon sich irgendwann bemüßigt fühlte, den Obersten Bruder daran zu erinnern, dass erwiesenermaßen auch ein Fluganzug der Ahnen keinen Schutz gegen den Margor bot.

»Ach ja, richtig«, sagte Albul. »Teria. Stimmt.« Das ließ ihn wieder ernst werden und zur Ruhe kommen, und so konnten sie sich endlich hinsetzen und gemeinsam zu Abend essen.

Um zu verhindern, dass das Gespräch auf Dorntal kam, warf Adleik die Frage auf, wie es hatte geschehen können, dass Oris und die anderen der Graswüste entkommen waren; derlei sei seines Wissens nach noch nie jemandem geglückt.

»Ich vermute«, sagte Albul kauend, »dass einer von ihnen ein Margorspürer ist. Das würde es erklären.«

»Ein Margorspürer?«, wiederholte Adleik verblüfft, der dieses Wort noch nie gehört hatte. »Was ist das?«

»Jemand, der spüren kann, ob ein Platz den Margor hat oder nicht.« Der Oberste Bruder schluckte den Bissen hinab und fuhr fort: »Eine seltene Fähigkeit, aber sie ist gut dokumentiert. Es war auch ein Margorspürer, der damals, ehe die Feste erbaut wurde, die geheimen Pfade durch die Unüberwindliche Ebene gefunden hat. Sein Name war Selegon, wenn ich mich recht entsinne.«

»Ah, ein Gon«, meinte Hargon. »Womöglich auch aus der Donnerbucht?«

»Nein, ein Gon aus dem Schlammdelta.«

Hargon furchte die Brauen. »Im Schlammdelta gibt es keine Gon.«

»Nicht mehr«, sagte Albul mit größter Selbstverständlichkeit. »Aber die Gon waren damals einer der ersten Stämme, die dort ein Nest errichtet haben. Allerdings wurde es vor etwa siebenhundert Jahren wieder aufgegeben.« Er knüllte das leere Biskenblatt zusammen und warf es über die Grenze ins Margorgebiet. Was natürlich keinen Unterschied machte; den Margor lockte man nur mit warmem Blut. »Das wäre übrigens auf lange Sicht der größte Nutzen, den uns die Gefangennahme der fünf Flüchtigen bringen könnte: wenn ihr Margorspürer neue Rastpunkte ausfindig machen könnte. Wir haben inzwischen so viele davon an den Margor verloren, dass wir ohne eine solche Maßnahme die Feste irgendwann aufgeben müssen, weil wir sie nicht mehr erreichen können beziehungsweise dort eingeschlossen wären.«

Adleik musterte die anderen. Sie waren alle beeindruckt, sogar der sonst nicht so leicht zu beeindruckende Hargon: von Albuls Geschichtskenntnissen, von seiner Voraussicht – und von seinem Mut.

Womöglich hatte der Rat der Alten damals doch eine gute Wahl getroffen, eine bessere jedenfalls, als sie bislang gedacht hatten.

***

Am Morgen des sechsten Tages überquerten sie die Nordberge am Immerwind-Pass, und als sie kurz darauf die Nord-Leik-Inseln erreichten, fanden sie sie in dichten Nebel gehüllt vor.

Die anderen waren mächtig irritiert – Nebel mitten in der Windzeit? Für Adleik hingegen war das allumfassende Grau Grund zur Hoffnung, denn auf diese Weise würde die Windpumpe der Siedlung nicht auf den ersten Blick auffallen. Vielleicht, sagte er sich, ließ sich doch noch alles zum Guten wenden.

Mit dieser Hoffnung war zugleich die Anspannung zurück, die ihn schwerer atmen ließ und ihm den Appetit nahm.

Als die Leik ihre Ankunft endlich bemerkten, was wegen des Nebels länger dauerte als normal, gab es ein großes Hallo – und mächtiges Geraune, als Albul aus dem Nebel herabgeschwebt kam. Auch hier kannte natürlich jeder die Legende von Garis blauem Fluganzug, und da Albul zudem ein Mann ohne Flügel war, also im Grunde aussah wie einer der Ahnen, brachte man ihm unwillkürlich jene Ehrfurcht entgegen, die man allgemein für Gari empfand.

»Seid gegrüßt«, sagte Albul, als er aufgesetzt hatte. »Wir sind in einer wichtigen Angelegenheit auf der Suche nach einem gewissen Oris und seinen Freunden, und wir haben gehört, sie seien bei euch.«

Oh, da hätten sie aber Pech gehabt, erklärte man ihm wortreich. Alles redete durcheinander, um ihnen beizubringen, dass Oris und die anderen zwei Tage zuvor aufgebrochen seien, und zwar wollten sie die Eislande erreichen, mit Worleiks kleinem Segelschiff, man denke!

Während alles auf Albul und die anderen einredete, setzte sich Adleik in den Nebel ab und fand endlich Lualeik, seine Schwester.

»Ja, was machst du denn …?«, begann sie, aber Adleik unterbrach sie hastig.

»Lua, du musst dafür sorgen, dass die Windpumpe sofort abgebaut wird! Nur vorübergehend, verstehst du? Nur solange die Leute hier sind, mit denen ich gekommen bin. Andernfalls kann es Schwierigkeiten geben.«

»Wieso denn?«, wollte sie wissen.

»Frag nicht! Wenn dir an Dorntal gelegen ist, dann vertrau mir und tu, was ich dir sage.« Er küsste sie auf die Stirn. »Ich muss wieder zu den anderen. Wir reden später.«

Als er wieder zu den anderen stieß, empfing ihn Hargon mit einem unwirschen: »Wo warst du, zum Wilian?«

»Nur kurz meine Schwester begrüßen«, erwiderte Adleik so

selbstverständlich wie möglich. Den Flügel flach halten!, sagte er sich. »Und, was habt ihr rausgefunden?«

Hargon knurrte missgelaunt. »Es gab offenbar ein zweites Segelschiff. Dorntal hat sich zwar tatsächlich geweigert, unsere fünf Störenfriede in die Eislande zu bringen, aber dafür hat ein gewisser Worleik sich bereit erklärt, die Fahrt zu riskieren, und mit dem sind sie vorgestern früh aufgebrochen. Mit dabei ist Worleiks Tochter Esleik und ein gewisser Mattifas, alles Bootsfischer. Die meisten Leute hier denken, dass sie keine Chance haben, ihr Ziel zu erreichen, weil Worleiks Schiff das schlechtere von beiden ist und Worleik auch weniger Erfahrung auf der offenen See hat als Dorntal.«

»Verstehe«, sagte Adleik.

»Hast du das gewusst mit dem zweiten Schiff?«

»Nein.« Adleik schüttelte entschieden den Kopf. »Worleik kenne ich natürlich. Er hat schon immer ein Schiff besessen, aber eines zum Rudern.«

»Und auf einmal hat es ein Segel?«

»Na ja, es ist ein Jahr her, dass ich hier war«, verwahrte sich Adleik gegen den unausgesprochenen Vorwurf, eine wichtige Information unterschlagen zu haben. »Und so ein Segel ist schnell gebaut, wenn man weiß, wie's geht.«

»Ah ja«, machte Hargon. »Das Segel könnte er sich von Dorntal abgeschaut haben.«

Adleik nickte. »Die Frage ist doch, was machen wir jetzt?«

Hargon drehte sich zur Seite, sah hinüber zu der blauen Gestalt, die im Nebel umherschwebte, aufwärts, abwärts, zur Seite, umlagert von aufgekratzten Leuten, einem Gewirr von Stimmen, Gesichtern und Flügeln. Albul führte den Leik den Anzug vor. Man hörte ihn erzählen, dass er ohne Flügel geboren worden sei, was im Zusammenhang damit, dass er den legendären Fluganzug Garis trug, eigentümlich beeindruckend klang.

»Warten wir ab, was unserem Obersten Bruder einfällt«, meinte Hargon. »Hätte ich das Kommando, würde ich sagen: Wir nehmen uns diesen Dorntal vor. Er muss uns in die Eislande bringen.

Und dort müssen wir Oris und seine Kumpane einholen, ehe sie die Heimstatt finden und wer weiß was damit anrichten.«

***

Tatsächlich gab Albul genau die gleichen Befehle, die Hargon erteilt hätte, was dieser mit sichtlicher Befriedigung zur Kenntnis nahm. Und da Dorntal der Mann war, der sich Adleiks Schwester versprochen hatte, wurde dieser beauftragt, ein Treffen in die Wege zu leiten.

Das war auch kein Problem. Wenig später saßen sie in der Hütte von Dorntal und Lualeik, tranken warmen Tee und hörten zu, wie Albul Dorntal auseinandersetzte, warum er sie in die Eislande bringen müsse.

Der Oberste Bruder machte das ausgesprochen geschickt, fand Adleik. Indem er erklärte, dass sie zu einer geheimen Gruppe gehörten, die einst von den Ahnen selbst eingesetzt worden sei, um die Ordnung der Großen Bücher zu schützen – was nicht die ganze Wahrheit darstellte, aber auch nicht wirklich falsch war –, nutzte er unausgesprochen den Umstand, Garis Fluganzug zu besitzen, um seinen Worten Autorität zu verleihen. Und diese Autorität hatten sie bitter nötig, denn sie waren nur zu viert. Sie hätten keine Chance gehabt, etwa mit Gewalt gegen ein ganzes Nest vorzugehen. Ohnehin war Gewalt keine Methode, deren Einsatz in der Bruderschaft geschätzt wurde. Aber auf so elegante Weise einen persönlichen Nachteil – nicht aus eigener Kraft fliegen zu können – in einen Vorteil zu verwandeln; darauf musste man erst mal kommen!

Gari, erklärte Albul, habe die Heimstatt ja nicht aus Böswilligkeit an einem geheimen Ort verborgen, sondern weil er gewusst habe, dass sie in den Händen der Menschen Unheil bringen würde. »Alles, von dem die Ahnen wollten, dass wir es besitzen, haben sie uns gegeben«, schloss er.

»Das sage ich auch immer«, rief Lualeik aus. Sie stieß Dorntal an. »Stimmt es nicht? Das habe ich auch zu diesem Oris und seinen Freunden gesagt. Genau dasselbe.«

Dorntal wand sich unbehaglich hin und her und machte einen überaus zögerlichen Eindruck. »Ich sehe ein, was Ihr sagt«, erklärte er schließlich schwerfällig. »Aber die Eislande zu erreichen ist schwierig, schwieriger, als die meisten sich das vorstellen, und das, obwohl man es gemeinhin ohnehin für so gut wie unmöglich hält. Zu einem Teil ist es eine Frage der richtigen Ausrüstung, gewiss. Ich habe alle alten Erzählungen studiert, die von früheren Versuchen handeln, in die Eislande zu gelangen, und versucht, mein Schiff so zu bauen, dass es den Gefahren dieser Reise widerstehen kann. Doch es bleibt auf jeden Fall ein lebensgefährliches Wagnis.«

Albul nickte ernst. »Das ist uns bewusst. Wir sehen vielleicht nicht so aus, aber wir alle, die wir hier sitzen, sind *Krieger*, Krieger für die Ordnung. Wir sind bereit, jedes Risiko einzugehen, wenn die Chance besteht, dadurch unsere Bestimmung zu erfüllen.« Er legte sich die Hand bedeutungsvoll auf die goldene Brustplatte seines Anzugs. »Das gilt für uns. Doch ich vermute, dass es auf eine andere Weise auch für dich gilt. Man baut nicht ein Schiff, das imstande ist, einen anderen Kontinent zu erreichen, um es für alle Zeiten am Strand liegen zu lassen.«

»Gewiss«, sagte Dorntal, spürbar beeindruckt von den Worten des Obersten Bruders. »Eines Tages will ich es natürlich wagen. Aber ich habe das Gefühl, dass ich noch nicht bereit dafür bin. Dass der richtige Zeitpunkt noch nicht gekommen ist.«

»Ein richtigerer Zeitpunkt als jetzt wird niemals kommen«, widersprach Albul entschieden. »Sag mir, welche Bedenken dich zurückhalten! Vielleicht können wir sie gemeinsam ausräumen.«

Dorntal überlegte. »Nun, da ist zum Beispiel das Phänomen, dass man, wenn man in Richtung der Eislande fährt, ab einem bestimmten Punkt den Richtungssinn verliert.« Dorntal erklärte, was es damit auf sich hatte, in welcher Entfernung von der Küste damit zu rechnen war und wie man es erlebte: Es klang, als sei es eine

729

ziemlich dramatische körperliche Erfahrung. »Das größte Problem ist, dass sich keine Jahreszeit wirklich für eine Überfahrt eignet«, fuhr er fort. »In der Trockenzeit gibt es so gut wie keinen Nebel, sodass man die Eislande immer sehen kann – aber es bläst zu wenig Wind, um sie zu erreichen. In der jetzigen Übergangszeit gibt es genug Wind, aber zu viel Nebel, und man läuft Gefahr, sich zu verirren. Und wenn der Wind stärker wird, was bald der Fall sein wird, vertreibt er den Nebel, dafür muss man mit Stürmen rechnen, die so stark sein können, dass sie ein Segelschiff da draußen auf dem offenen Meer im Nu zerschmettern.«

Albul furchte die Brauen. »Und wie gedachte Worleik diese Probleme zu lösen?«

»Nun, Worleik ist ein Abenteurer, der über Gefahren nicht allzu viel nachdenkt«, erklärte Dorntal. »Was zweifellos eines Tages sein Verderben sein wird. Allerdings hatte dieser Oris etwas bei sich, das er einen ›Weiser‹ nannte. Dieser Weiser zeigte die Nordrichtung an, und Oris war überzeugt, dass er das auch noch tun würde, wenn der Verlust des Richtungssinnes einsetzt. Falls das stimmt, dann könnten sie es unter Umständen tatsächlich schaffen, die Eislande zu erreichen. Wenn man im Nebel nicht verlorengehen kann, ist jetzt gerade die beste Zeit für eine Überfahrt.«

»Wie sah dieser Weiser aus?«, fragte Albul.

Dorntals Hände bewegten sich, formten ein Rund. »Es war eine leicht gewölbte, kreisrunde Fläche, wie ein geschliffener, dunkler Edelstein. Darauf war ein hellblauer Strich zu sehen, der, egal, wie man den Weiser drehte, immer ungefähr nach Norden ...«

Dorntal hielt inne. Seine Augen weiteten sich.

»So wie das da«, stieß er dann hervor und zeigte auf das rechte Handgelenk des Anzugs, den Albul trug, auf ein kaum daumennagelgroßes Rund daran. »Genau so hat es ausgesehen. Ihr habt ebenfalls einen Weiser!«

Albul winkelte den Arm an. Sie betrachteten alle das kleine runde Ding, das ihnen, wenn sie überhaupt einen Gedanken daran verwendet hatten, bis zu diesem Moment nur wie ein Schmuckelement erschienen war und der blaue Strich darauf wie ein Lichteffekt gleich denen, die manche Edelsteine von Natur aus aufwiesen.

Adleik presste die Lippen zusammen. Wie peinlich, dass Dorntal ihnen das sagen musste! Was jetzt? Wie wollten sie sich da herausreden?

Einmal mehr verblüffte ihn Albuls Reaktion. »Seht ihr?«, sagte der Oberste Bruder geistesgegenwärtig. »Davon hat Gari nichts gesagt, als er uns seinen Anzug hinterließ. Weil er auch nicht wollte, dass *wir* die Heimstatt finden – wir, denen es anvertraut ist, die Ordnung zu hüten! Seht ihr nun, wie dringend es ist, dass wir Oris und seine Freunde aufhalten, ehe *sie* sie finden?«

Dorntal holte geräuschvoll Luft, sagte aber nichts.

Albul hielt ihm den Arm mit dem Weiser hin. Der blaue Strich darauf wies tatsächlich nach Norden, ungefähr jedenfalls. »Mit diesem Weiser – könnte die Überfahrt damit gelingen?«

Dorntal wog zögerlich das Haupt. »Ja. Damit … ja.«

»Dann lasst uns aufbrechen. So schnell wie möglich.«

Dorntal und Lualeik tauschten einen Blick. Als Lualeik nickte, wenn auch mit sorgenvoll zusammengepressten Lippen, sagte Dorntal: »Also gut. Ich bereite alles vor.«

»Wie lange wird es dauern?«

»Wir können noch heute aufbrechen.«

Als sie die Hütte wieder verließen, hatte sich der Nebel so weit gelichtet, dass man über die Siedlung hinaus sah. Die Segel der Windpumpe, bemerkte Adleik, waren verschwunden, und es war wieder ein Hiibu eingespannt, das ein Mann gemächlich im Kreis herumführte.

Ein gutes Zeichen, fand er.

***

Die Überfahrt war schrecklich. Auf dem Schiff war es eng, alles schwankte und schaukelte in einem fort, und trotz der warmen

Wollkleidung und der gefütterten Stiefel, die Dorntal ihnen beschafft hatte, war es kalt und klamm. Der allgegenwärtige Nebel, durch den sie glitten, kroch einem in die Federn, und über kurz oder lang hatte man das Gefühl, statt zweier Flügel zwei nasse Säcke auf dem Rücken zu tragen.

Immerhin, das Segel blähte sich, der Mast knarrte, das Schiff ächzte – man musste davon ausgehen, dass sie sich vorwärts bewegten, auch wenn man nicht diesen Eindruck hatte.

Dann der Moment, als der Richtungssinn aussetzte! Hargon und Ursambul verkrafteten es besser, aber Adleik kotzte sich die Seele aus dem Leib, hing würgend und spuckend über dem Schiffsrand, bis nichts mehr drin war.

Danach fiel er hintenüber und wollte nur noch sterben.

»Stell dich doch nicht so an, Ad«, sagte eine Stimme, und als er die Augen wieder öffnete, schaute Nissaleik spöttisch grinsend auf ihn herab.

Nissaleik war eine von Dorntals beiden Begleitern auf dieser Fahrt, eine hünenhafte Frau, etwa in Adleiks Alter, mit der er sich schon in Kindertagen nicht verstanden hatte. Es war seither nicht besser geworden. Sie hatte drei Kinder in die Welt gesetzt, alles Söhne, die alle baldmöglichst die Flucht ergriffen hatten – was Adleik nur zu gut verstehen konnte –, und danach hatte sie sich wieder der Fischerei zugewandt. Auf den ersten Blick sah sie zwar aus wie Kleipors Zwillingsschwester, doch der Eindruck täuschte: Sie flog wie ein Geschoss, und der Schlag ihrer Flügel, davon war Adleik überzeugt, konnte töten.

Der andere Begleiter hieß Usok, ein Mann, den Adleik nie zuvor gesehen hatte. Er lebte nicht einer Frau wegen auf den Inseln, sondern war ein Vagabund, der nach Lust und Laune durch die Welt zog und vor einiger Zeit hier hängengeblieben war. Er hatte einen weltentrückten Blick und auffallend schlanke Flügel, doch das Auffälligste an ihm war eine Stirntätowierung, wie man sie bei den Sok der Goldküste häufig sah. Wobei Adleik nie ganz verstanden hatte, was diese Tätowierungen zu besagen hatten.

Adleik ertrug Nissaleiks Spott und blieb liegen, bis es ihm besser ging. Warum auch nicht? Es gab ja nichts für ihn zu tun. Das Segel hochziehen, das Segel herablassen, es mal hierhin, mal dahin zu wenden – all das machten Dorntals Helfer auf seine Zurufe hin, während er selber hinten am Ruder stand und keinen Schlaf zu brauchen schien. Adleik und die anderen konnten nur abwarten und zusehen, wie ein Tag verging und danach die Nacht, und danach noch ein Tag, immer so weiter.

Irgendwann lichtete sich der Nebel, dafür kamen die Eisschollen. Sie kratzten am Rumpf entlang oder knallten dagegen, dass man dachte, jetzt zerschmettert es das Schiff, und ab und zu unternahmen Dorntal und seine beiden Helfer hektische Ausweichmanöver: ein Albtraum, der auch kein Ende nehmen wollte.

Dann tauchte ein heller Strich am Horizont auf, der zu einer hellen Wand wurde, die immer näher und näher kam und dabei immer größer und größer wurde und immer mehr aussah, als sei die Welt dort zu Ende. Doch das war sie nicht, das wussten sie. Dahinter lagen die Eislande. Nur – wo sollte man anlegen? Adleik hörte die drei Schiffer immer lauter fluchen.

Hargon plädierte dafür, einfach loszufliegen und dem Weiser zu folgen, aber Albul wies den Gedanken zurück. »Wir wollen Oris und seine Begleiter finden, nicht die Heimstatt«, sagte er.

Schließlich flogen Nissaleik und Usok los, hoben so gleichzeitig ab, dass das Schiff ins Schwanken kam, und als sie zurückkehrten, schlug Dorntal einen neuen Kurs ein. Ein Berg mit einem zweigeteilten Gipfel kam in Sicht, dann eine karge, eisfreie Halbinsel, und an dieser Halbinsel lag bereits ein Schiff, neben dem sie anlandeten.

»Worleik«, begrüßte Dorntal einen Koloss von einem Mann, der sie, die Flügel ausgebreitet und die Hände in die Hüften gestemmt, erwartete.

»Dorntal«, erwiderte der andere, der seinen Bart in drei Zöpfe geflochten trug. »Du bist zu spät gekommen. Wir waren die Ersten!«

733

»Wo sind die anderen?«, fragte Dorntal. »Oris und seine Freunde?«

»Die sind vorhin losgeflogen, kurz nachdem das große Licht des Tages erschienen ist. Keine Ahnung, wo sie jetzt sind.«

***

»Nun, dann werden wir sie eben verfolgen«, sagte Albul.

Doch er musste warten, bis Hargon, Ursambul und Adleik einander die Flügel so weit trockengeklopft hatten, dass sie sich einfetten ließen. Sie machten, so schnell es ging, aber es dauerte seine Zeit. Und das Einfetten war wichtig, um gegen die Kälte zu bestehen.

»Die Peitschen«, erinnerte sie Albul ungeduldig. Das hätte Adleik vergessen. Wie die anderen hatte auch er seine Peitsche bis jetzt unter der Kleidung getragen, lose um den Leib gewickelt. Er zog sie heraus und befestigte sie griffbereit am Gürtel.

Dann endlich flogen sie los. Albul gab mit seinem Weiser die Richtung vor, und bald waren die Halbinsel und der Berg, der sie vor dem Eis schützte, hinter ihnen verschwunden.

Über endloses Eis zu fliegen, stellte Adleik fest, war auch nicht viel anders, als durch allumfassenden Nebel zu fahren – nur eben in Weiß. Er war fast froh, als Ursambul einen Schneesturm ausmachte, der sie zu einem Umweg zwang: wenigstens eine Abwechslung.

Aber nirgends eine Spur von den Flüchtigen.

Plötzlich ging Albul tiefer und landete auf dem Eis. Sie drehten einen Kreis und gesellten sich zu ihm, verständlicherweise etwas zögerlich, doch offenbar war dem Obersten Bruder nichts geschehen. Adleik war froh, landen und verschnaufen zu können; er war redlich erschöpft von der ganzen Hetzjagd.

Albul zeigte ihnen den Weiser an seinem Handgelenk, in dem ein roter Kreis aufgetaucht war, der aufgeregt blinkte.

»Was hat das zu bedeuten?«, fragte Ursambul.

»Das weiß ich auch nicht«, gestand Albul. »Aber ich bin sicher, dass es etwas zu bedeuten *hat*. Ich könnte mir vorstellen, dass es ein Signal ist, dass sich jemand Zutritt zur Heimstatt verschafft hat.«

»Dann sind sie also schon dort«, meinte Hargon. »Wir sollten fliegen, so schnell es geht.«

»Moment«, bat Adleik, immer noch schwer atmend. »Auf fünf Atemzüge wird es nicht ankommen.« Seine Flugmuskeln fühlten sich an wie Quidu-Brei, aber das würde er für sich behalten.

Albul hob versonnen beide Arme, drehte sie hin und her und betrachtete sie dabei. »Dieser Anzug ist großartig. Ein wahres Wunderwerk. Ich friere nicht, ich schwitze nicht, und das Fliegen ist ein einziger Traum, der mich keinerlei Anstrengung kostet. Schwer zu begreifen, warum die Ahnen nicht wollten, dass wir derartige Dinge besitzen oder selber zu bauen verstehen.«

Adleik sah, wie Hargon den Obersten Bruder stirnrunzelnd musterte. Er machte sich Sorgen um ihn, und Adleik konnte nachvollziehen, warum. So klug und schlagfertig sich der Oberste Bruder in den letzten Tagen bisweilen gezeigt hatte, es häuften sich doch die Momente, in denen man den Eindruck bekam, er habe Rauschpilze gegessen.

»Von mir aus können wir weiter«, behauptete Adleik, obwohl es nicht stimmte. Er war immer noch erschöpft bis in die Knochen.

»Dann los!«, rief Albul und schoss regelrecht in die Höhe.

»Wartet nicht auf mich«, bat Adleik Hargon und Ursambul. »Ich finde euch schon irgendwie.«

Hargon warf ihm einen zweifelnden Blick zu, nickte knapp und entfaltete seine Flügel, um mit raumgreifenden Schlägen emporzusteigen. Ursambul folgte ihm in seiner eleganten, so mühelos wirkenden Art.

Adleik dagegen kam sich vor wie ein trächtiges Hiibu, als er mühsam wieder Höhe zu gewinnen suchte. Er bemühte sich erst gar nicht, mit den anderen mitzuhalten, versuchte nur, schnell genug zu fliegen, um sie nicht aus dem Blick zu verlieren. So schwer war das auch gar nicht, denn der Blick reichte weit in dieser endlosen Ebene, die von Horizont zu Horizont keine Erhebungen kannte.

Doch das große Licht des Tages war im Begriff zu entschwinden. Was würde er machen, wenn es dunkel wurde?

Da sah er, wie die anderen landeten.

Endlich.

Er beeilte sich, dieselbe Stelle zu erreichen. Als er dort ankam, war keiner von den anderen mehr zu sehen. Dafür ragte eine Eisenröhre schräg aus dem Schnee, eine Röhre mit einer Tür, die offen stand und aus der goldenes Licht fiel.

Dorthinein waren sie wohl gegangen. Adleik landete davor, zwängte sich hindurch. Dahinter ging es nur in einer Richtung weiter, also zog er die Flügel an und rannte, so gut er es nach dem langen Flug noch vermochte.

Der Gang führte in eine Halle, in noch mehr und noch größere Gänge, an noch größeren Hallen vorbei, immer weiter und weiter, eine unglaubliche Anlage. War das wahrhaftig die Heimstatt, das Sternenschiff der Ahnen? Oder war es eine andere Feste, eine Feste im Eis statt in einem erloschenen Vulkan? Jedenfalls, dass die Ahnen dies alles erbaut hatten, daran hegte Adleik keinerlei Zweifel.

Endlich hörte er irgendwo vor sich die anderen, Albul vor allem, in euphorischem Ton. »… nie gedacht, dass die Heimstatt *derart groß* sein könnte … was für ein Wunderwerk … nicht zu fassen … sagt doch, ist das zu fassen? Wieso haben sie uns das vorenthalten? Wenn sie es uns wenigstens erklärt hätten …«

»Oberster Bruder, ich bitte Euch.« Hargons Stimme. »Bedenkt, dass wir jemanden verfolgen! Man sollte uns nicht schon von Weitem *hören*!«

»Ah ja, du hast recht. Ja. Ich musste nur … ich muss nur … Ja.«

Dann war Albul still, gerade, als Adleik zu den anderen aufschloss. Ursambul nickte ihm zu, deutete in die Richtung, in die sie gingen, und bewegte die Finger dabei wie marschierende Beine.

Sie hatten die Flüchtigen also schon gehört. Aber die dachten bestimmt im Traum nicht daran, dass jemand hinter ihnen her sein könnte.

Adleik atmete durch den geöffneten Mund, um sich nicht durch Keuchen zu verraten; sein Atem ging immer noch heftig, so, wie er gerannt war. Aber nun schlichen sie einfach nur, schweigend und zielstrebig. Er tastete nach seiner Peitsche. Sie hing am Gürtel. Gut. Die Konfrontation war nur eine Frage der Zeit, und es stand vier gegen fünf. Sechs sogar, wenn es stimmte, dass Worleiks Tochter dabei war.

Jetzt hörten sie von da vorne Stimmen. Eine Diskussion. Etwas klapperte metallisch, als hantierten sie an irgendwelchen Gerätschaften herum. Eine Stimme ertönte, die seltsam anders klang als die übrigen.

»Schneller«, befahl Albul mit wohltuend nüchterner Stimme.

Sie fielen in Laufschritt. Kurz vor der offen stehenden Tür, hinter der sie die Stimmen vernahmen, hob Albul die Hand und bedeutete ihnen, Deckung zu suchen.

»SOLL DER AGGREGAT-TIEFSCHLAF AUFGEHOBEN WERDEN?«, hörten sie die seltsame Stimme erneut. »BITTE ANTWORTEN SIE MIT JA ODER NEIN.«

Einen Moment lang wurde da drinnen gewispert und geflüstert, dann hörten sie Oris laut sagen: »Ja!«

Im nächsten Moment ging ein Ruck durch den Boden, auf dem sie standen. Das Licht wurde heller. Irgendwo in den Tiefen begann etwas zu summen und zu vibrieren, auf den Flächen der Türen erschienen Schriftzeichen.

»Hargon. Ursambul.« Albuls Augen glühten vor Erregung. »Ihr beiden geht rein. Was immer die da machen, sie sollen damit aufhören.«

Der Funkspruch

Entsetztes Geschrei erscholl, als die zwei Brüder durch die offene Tür traten. Adleik hörte Peitschenknallen, Gerenne, Flügelschlagen, Keuchen, Faustschläge – die Laute eines Kampfes.

Aber warum schickte Albul nur die beiden? Er verstand es nicht.

»Sollten wir nicht auch …?«, wisperte er.

Albul schüttelte den Kopf. Seine Augen glühten immer noch. Irgendwie unheimlich.

»SIE WOLLEN EINEN KOMMUNIKATIONSKANAL ÖFFNEN«, hörte Adleik wieder die seltsam seelenlose Stimme über das Getümmel hinweg sagen. »ACHTUNG, HINWEIS! ES BESTEHT EIN BEFEHL ZUR ABSOLUTEN FUNKSTILLE SEIT 1063 PLANETAREN JAHREN und 17 PLANETAREN TAGEN. SOLL DIESER BEFEHL AUFGEHOBEN WERDEN?«

»Hört auf damit!«, hörte er Hargon brüllen. »Schaltet das aus!«

Zwei Körper, die gegeneinanderprallten. Ächzen, Stöhnen. Das Knallen eines Flügels.

»SOLL DER BEFEHL ZUR FUNKSTILLE AUFGEHOBEN WERDEN? BITTE ANTWORTEN SIE MIT JA ODER NEIN.«

»Ja!«, schrie jemand. Dieser Oris, wenn Adleik nicht alles täuschte.

»FUNKSTILLE AUFGEHOBEN. UM SIE ERNEUT WIRKSAM WERDEN ZU LASSEN, SAGEN SIE: BEFEHLE ABSOLUTE FUNKSTILLE.«

Was hatte das alles zu bedeuten? Er wandte sich an den Obersten Bruder. »Und jetzt?«

»Weißt du noch, Adleik?«, fragte der leise. »Als wir diesen Oris gefangen genommen haben, hat er mir vorgeworfen, aus Neid auf seinen Vater gehandelt zu haben.«

»Ja«, erwiderte Adleik ungeduldig. »Ich erinnere mich.«

»Ich war mir so sicher, dass das nicht stimmte. Dass das *nicht* mein Beweggrund war, Owen zum Schweigen zu bringen. Aber nun … nun bin ich es nicht mehr.« Albul schüttelte verzagt den Kopf. »Vielleicht war ich auf einer viel, viel tieferen Ebene, ohne es mir einzugestehen, schon mein Leben lang neidisch auf alle, die fliegen können. *Unendlich* neidisch.«

»Oberster Bruder, ich glaube nicht, dass jetzt der richtige Zeitpunkt für derlei Überlegungen ist.«

Drinnen rannten sie hin und her. Flügel flatterten, Körper stießen gegen Wände. Die beiden Peitschen knallten, aber niemand schrie, also trafen sie auch nicht.

Dann, ein gellender Aufschrei, eines der Mädchen. »Hilfe! Hilfe!«

»WÜNSCHEN SIE, DASS EIN NOTRUF AUSGESANDT WIRD?«, fragte die seelenlose Stimme.

Adleik, der seine Peitsche längst in der Hand hielt, zögerte. Sollte er den Befehl des Obersten Bruders missachten und den beiden anderen zu Hilfe kommen?

»Tun wir überhaupt das Richtige?«, fragte Albul mit bebender Stimme. »Adleik, das frage ich mich gerade wirklich! Wir bekämpfen die Technik der Maschinen, weil Pihr es so wollte – aber Pihr ist doch mit eben dieser Technik hierher gelangt, auf unsere Welt! Mit diesem Sternenschiff ist er gekommen, ist auf demselben Boden gewandelt, auf dem wir jetzt gerade stehen! Wieso wollte er, dass wir nicht einmal Dampfmaschinen bauen? Ich verstehe es nicht mehr …«

»Bas!«, erklang es von drinnen, ein spitzer Ruf. »Hierher! Hilf mir doch!«

Und wieder: »WÜNSCHEN SIE, DASS EIN NOTRUF AUSGESANDT WIRD?«

Und irgendjemand rief: »Ja!«

»ICH LOKALISIERE EIN DIREKT ERREICHBARES RELAIS«, verkündete die seelenlose Stimme. »ES HANDELT SICH UM DEN SCHNELLEN ERKUNDER GA-304–09–19. SOLL EINE DIREKTE GESPRÄCHSVERBINDUNG HERGESTELLT WERDEN?«

»Albul!«, herrschte Adleik den Obersten Bruder an, mit jeder Formvorschrift brechend. »Kommt zur Vernunft! Wir müssen kämpfen!«

Der Oberste Bruder blinzelte, als erwache er aus einem tiefen Traum. Er sah sich um, schien Mühe zu haben, sich zu erinnern, wo sie hier waren und wieso, dann sagte er: »Gut, Adleik – jetzt wir.«

Na endlich! Adleik entrollte seine Peitsche und trat gemeinsam mit Albul durch die Tür.

Hargon und Ursambul hatten schon ganze Arbeit geleistet. Sie hatten die beiden Rotflügligen und eines der Mädchen gefangen und jeweils an einen Sitz gefesselt. Das andere Mädchen, der große, starke Junge und Oris selber hatten sich hinter einem der Tische verschanzt und verteidigten sich mit einer Peitsche, die sie erbeutet haben mussten; es war offenbar die Peitsche Ursambuls.

»Euer Widerstand führt zu nichts!«, rief Albul mit donnernder Stimme durch den seltsam eingerichteten Raum. »Ihr habt nur die Wahl, die Heimstatt mehr oder weniger schwer verletzt zu verlassen. Und in jedem Fall werdet ihr den Rückweg an den Enden unserer Halsleinen antreten. Habt ihr das verstanden?«

»SOLL EINE DIREKTE GESPRÄCHSVERBINDUNG HERGESTELLT WERDEN?«, fragte die seelenlose Stimme dazwischen.

»Ja!«, rief Oris. »Verstehen wir nur zu gut.«

»STELLE GESPRÄCHSVERBINDUNG HER MIT GA-304–09–19.«

Hargon ließ seine Peitsche in Oris' Richtung knallen. »Hör damit auf, zum Wilian! Schalt das ab!«

»Wie denn, wenn ihr hier mit euren Peitschen herumfuchtelt?«, gab Oris zurück.

»Wie hast du das gemacht?«, wollte Albul wissen.

Oris lachte höhnisch. »Das wüsstet Ihr gern, was?«

Der Oberste Bruder wandte sich an Adleik, der neben ihm stand und immer noch auf eine Gelegenheit wartete, seine Peitsche

740

zum Einsatz zu bringen. »Was hat das zu bedeuten? Werden wir mit jemandem sprechen? Mit einem Ahnen womöglich?«

Adleik hob hilflos die Flügel. »Also, mit einem von *unseren* Ahnen sicher nicht. Die sind schon lange tot.«

»Aber vielleicht können wir mit ihren Verwandten auf den anderen Sternen sprechen?«, überlegte Albul, in dessen Stimme nun wieder jene unheilvolle Faszination mitschwang, die Adleik so gar nicht gefallen wollte. »Dort, woher sie gekommen sind? Das wäre doch interessant!«

Wie um ihn zu bestätigen, krachte es über ihnen, und eine laute, derbe Männerstimme knurrte: »HA? WAS'ES?«

Unwillkürlich hielten sie alle die Luft an. Wie erstarrt standen sie da, Feldbrüder wie Flüchtlinge, und sahen einander mit großen, erschrockenen Augen an.

Dann sagte Albul laut: »Mein Name ist Albul. Mit wem habe ich die Ehre zu sprechen?«

»HA?«, kam zurück.

»Wie ist euer Name?«, hakte der Oberste Bruder nach.

»GA DREH-O-VIEH. LOTT MANS. WAS'ES?«

Adleik verstand kein Wort. Es klang wie menschliche Sprache, aber zugleich so, als hätten sich die sonst so geschmeidigen Worte in grobe, unbehauene Felsbrocken verwandelt, die jemand achtlos aneinanderwarf.

»Oberster Bruder«, raunte er Albul zu, »ich weiß nicht, ob es eine gute Idee ist, wenn ausgerechnet wir die Maschinen der Ahnen benutzen …«

»Hilfe!«, schrie das gefangene Mädchen los. Es hatte schwarze Flügel, genau wie das andere Mädchen, das sie in der Feste gehabt hatten, aber blonde Haare. »Helfen Sie uns! Wir werden …!«

Hargon versetzte ihr eine schallende Ohrfeige, worauf sie zu heulen anfing. Er beachtete sie nicht weiter, sondern stapfte in den Raum hinein, sah sich suchend um, bis sein Blick auf einen der gläsernen Tische fiel, die mit allerlei kleinen Zeichnungen bedeckt waren. Eine dieser Zeichnungen – aus der Entfernung kam es

741

Adleik vor, als zeige sie einen halb geöffneten Mund – blinkte. Hargon hieb mit der Faust darauf, und das Blinken erlosch.

»GESPRÄCHSVERBINDUNG MIT GA-304–09–19 BEEN-DET«, verkündete die seelenlose Stimme.

Albul stand wie erstarrt da, den Blick ins Leere gerichtet. Seine Hand tastete wie von selbst zu dem Kästchen an seinem Gürtel, und er erhob sich ein Stück in die Luft, sagte aber immer noch nichts.

»Der Fluganzug«, flüsterte jemand. »Garis Fluganzug. Also doch.«

Hargon sah sich um, musterte das Schlachtfeld und sagte dann: »Ihr hattet kein Recht hierherzukommen. Ihr habt kein Recht, hier zu sein. Gari hat die Heimstatt verborgen, weil sie nicht für uns bestimmt war. Ihr habt gegen seinen Willen gehandelt, und das ist nicht weniger schlimm, als gegen die Gesetze im Buch Kris zu verstoßen.«

Er sagte es mit grimmigem Ernst, mit einem Klang in seiner Stimme, den Adleik noch nie zuvor von ihm gehört hatte und bei dem sich seine Federn sträubten bis in die äußerste Schwinge.

Auch die jungen Flüchtlinge schienen beeindruckt.

»Ihr habt die Wahl«, fuhr Hargon fort. »Wir können uns weiter prügeln, bis wir euch am Ende blutend und womöglich bewusstlos übers Eis zerren müssen. Oder ihr seht es ein und fügt euch.«

Albul wandte sich an Adleik und fragte leise: »Meinst du, wir haben *wirklich* mit jemandem gesprochen? Mit einem echten Menschen?«

»Ich weiß es nicht, Oberster Bruder«, gab Adleik flüsternd zurück.

»Er klang so … *grässlich.*«

Ja, dachte Adleik, aber er brachte es nicht über sich, es auszusprechen. Was war mit Albul los? Der Gebrauch des Fluganzugs, das Betreten des Sternenschiffs – all das schien ihn nach und nach den Verstand verlieren zu lassen.

Adleik hatte ein ganz und gar ungutes Gefühl. Gewiss, sie hatten das Ziel der Mission erfüllt. Sie hatten gewonnen. Überdies war es ihm gelungen, von Dorntals grenzwertigen Erfindungen abzulenken.

Und doch war ihm, als hätten sie einen Fehler gemacht, einen schlimmen Fehler, den sie alle noch bitter bereuen würden.

Nechful

Das Theater der Welt

»Was uns're Kunst vermag, wir haben es getan –
vergebens: Der Margor widersteht.
Ein wahres Paradies ist diese Welt,
allein, kein Mensch kann sie betreten.«

An dieser Stelle ließ die Darstellerin der Selime zuerst die ausgebreiteten Arme sinken, dann den Kopf. Einen dramatischen Augenblick lang herrschte absolute Reglosigkeit auf der Bühne.

Dann hob der Darsteller des Gari die Hand.

»So lasst uns neue Menschen schaffen!
Wir geben unser'n Kindern Flügel!
Soll der Himmel ihrer sein,
und Bäume ihr Zuhause …«

Eine Sille tauchte wie aus dem Nichts vor Nechful auf und lenkte ihn von der Theaterprobe ab. Es war ein altes Tier, fast so lang wie sein Unterarm. Mit seiner rissigen, braunen Haut sah es aus, als flöge ein vertrockneter Ast vor ihm herum.

Wie passend! In manchen von Goltwors Stücken waren Sillen Symboltiere, die immer dann auftauchten, wenn eine Figur etwas erkennen musste, aber noch nicht so weit war. *Was muss ich erkennen?*, fragte er sich halb belustigt, halb beunruhigt.

Nun, im Grunde wusste er es. Ein neuer Abschnitt seines Lebens hatte begonnen. Es war Zeit, ernst zu machen mit seinem alten Traum, selber ein Stück zu schreiben.

Die Sille schien ihn neugierig zu betrachten, mit ihren beiden Stielaugen, die aussahen wie schwarze Stacheln. Wieso eigentlich nannte man diese Insekten *Dreiflügler*, wo sie doch *sechs* Flügel hatten, drei Paare glasklarer, starrer Flügel, die sich so schnell bewegten, dass sie überhaupt nur aus der Nähe zu sehen waren?

Endlich schien das Tier zu dem Schluss zu kommen, dass hier kein Nektar zu holen war, und sauste fort, über Nechfuls Kopf hinweg und auf und davon. Er drehte sich um, sah ihm nach, bis es in der flimmernden Hitze verschwand, die über dem Schlammdelta lastete. Er betrachtete das Gewirr großer und kleiner Inseln, auf denen Menschen mit Strohhüten auf den Köpfen arbeiteten, jäteten oder ernteten oder mit mächtigen Hammerschlägen die Uferpfähle erneuerten, die verhindern sollten, dass die Wasser des Thoriangor die kostbare Erde fortspülten. Dahinter, in der Ferne, kam gerade ein neues Floß an. Seine gemächliche Reise den Strom hinab endete unter dem Nestbaum der Sem, im *Ersten Hafen* oberhalb der Inseln, dem einzigen Hafen, der groß genug war, um die riesigen schwimmenden Holzbündel aufzunehmen, die dort auch zerlegt wurden. In den schmalen Rinnsalen zwischen den Inseln verkehrten nur kleine Boote mit flachen Böden, die meist gerudert wurden; nur gelegentlich sah man schlichte, viereckige Segel.

Die Stimmen brachen ab, mitten im Vers. Nechful wandte seine Aufmerksamkeit wieder der Probe zu. Adwen, der Regisseur, hatte unterbrochen. Er flog auf die Bühne und begann zu diskutieren, sowohl mit den Darstellern über ihre Gestik – jede Bewegung, die sie machten, hatte eine seit alters her feststehende symbolische Bedeutung – wie auch mit den Sprechern, wie Alisems Text zu intonieren war, damit alles zusammenpasste.

Es störte Nechful nicht, dass er von dem Streit nur Satzfetzen mitbekam. Er kannte diese Art Diskussion, hatte im Lauf seines Lebens schon jedes Argument gehört. Die Kostüme waren dieses Jahr sehr gelungen, fiel ihm auf. Es war eine Quälerei für die Darsteller, ihre Flügel darin einzuzwängen, aber sie sahen wahrhaft aus, wie die Ahnen ehedem ausgesehen haben mussten.

Leiser Stolz erfüllte Nechful. Der Baum, vor dem er saß, war ein Gewächs, wie es kein zweites auf der Welt gab: Einst waren an dieser Stelle zwei Bäume zu einem verwachsen und hatten ungemein breit ausladende Queräste gebildet, die sich zum Delta hin öffneten, auf ein Areal voll niederer Bäume, Breitäster größtenteils, auf denen Hunderte von Menschen bequem Platz fanden. Vor rund zweihundert Regenzeiten war jemand auf die Idee gekommen, hier eine Bühne zu errichten, um die klassischen Legenden aufzuführen, und daraus war im Lauf der Zeit das größte Theater der Welt geworden. Theater spielte man vielerorts, gewiss, aber gewöhnlich nur im kleinen Kreis, in der freigeräumten Mitte eines Mahlplatzes oder dergleichen. Doch einzig hier, im *Delta-Theater*, konnte man die Stücke auf einer wirklich großen Bühne erleben, mit wechselnden Dekorationen und einem Vorhang, der zwischen den Abschnitten fiel.

Das war zu einem nicht geringen Teil Nechfuls Erfindungen zu verdanken. Er hatte die Mechaniken konstruiert, die es erlaubten, Hintergründe und andere Dekorationen rasch zu wechseln, solange der Vorhang unten war (die Mechanik hingegen, den Vorhang zu heben und zu senken, stammte noch von Turibar, einem der Begründer des Theaters). Auch die versilberten Reflektoren, die das Licht der Fettlampen bündelten, waren seine Idee gewesen. Vor allem aber hatte er das System eingeführt, Darsteller und Sprecher zu trennen: Während die Darsteller in ihren Kostümen auf der Bühne agierten und sich ganz auf ihre Bewegungen konzentrierten, saßen die Sprecher in einem abgeschlossenen Raum und lasen ihren Text passend zu dem, was auf der Bühne geschah. Ihre Stimmen wurden über eiserne Rohrleitungen und zwei Schalltrichter direkt zum Publikum geleitet, sodass jeder verstand, was gesagt wurde, auch wenn Hunderte von Zuschauern auf den Breitästern versammelt saßen.

Leiser Stolz erfüllte ihn, wenn er daran dachte – und zugleich ein Schmerz, der nicht weichen wollte. All das waren Errungenschaften aus der Zeit *vor* jenem unglücklichen Tag, an dem seine Dampfmaschine explodiert war und ihn verbrüht hatte. Vor jenem

Tag, der ihm so viel genommen hatte – sein gutes Aussehen, die Kraft seiner Flügel, die Klarheit seiner Stimme …

Und das Ansehen seines Nests.

Seine einzige Rettung war Ilikor gewesen, seine wunderbare Ilikor, die stets zu ihm gehalten hatte. Einzig ihre Liebe hatte ihn davor bewahrt, sich in den Margor zu stürzen.

Doch das Theaterspielen war für ihn vorbei. Und das, wo das Theater sein Leben war, schon immer. Die wunderbarsten Erinnerungen seines Lebens waren die, wie er auf dieser Bühne dort vorne gestanden und vor Hunderten gebannter Augenpaare den Kris gespielt hatte.

»Ich nehm' es auf mich,
die Welt in Regeln zu erschaffen,
›tu dies‹ und ›lasse jenes‹ abzuwägen,
doch wird mir Angst und bang.
Was immer ich versäume
zu bedenken wird sich rächen.
Gesetze sind ein eigentümlich' Ding …«,

murmelte er unwillkürlich vor sich hin. Sein Lieblingsmonolog, auch wenn er von Goltwor stammte, der meistens nicht an Alisem heranreichte, seiner Meinung nach zumindest.

Vorbei. Niemand wollte einen Kris auf der Bühne sehen, dessen halbes Gesicht eine Fratze war. Auch als Sprecher taugte er nicht mehr; seine Mundpartie war zu vernarbt, als dass er klar und laut genug hätte rezitieren können.

Immerhin, zuschauen konnte er noch. Und wenn etwas an den Mechaniken zu richten war, wandte man sich immer noch an ihn. Immerhin. Auch wenn er nicht mehr ganz so geschickt und nicht mehr ganz so schnell war; eine Weile zumindest würde er noch wichtig bleiben für das Theater.

Doch was ihn am Leben hielt, war Ilikors Liebe.

Wo blieb sie bloß? In letzter Zeit hatte sie furchtbar viel zu tun.

Kein Wunder, die Erntezeit fiel immer mit den Vorbereitungen für das große Theaterfest zusammen, dem Höhepunkt des Jahres, soweit es das Schlammdelta betraf. Aus aller Welt kamen die Menschen, um ihre Aufführungen zu sehen; es begann schon. Diejenigen, die wussten, was sich gehörte, brachten Geschenke mit, doch verköstigt werden mussten sie alle. Klar, da war viel zu tun …

Ein Flügelschlag, dessen Klang er kannte, ließ Nechful aufsehen. Ah! Da kam sie ja.

***

Ilikor flatterte einmal um ihn herum, schön wie immer, und landete schließlich rechts von ihm auf demselben Ast, auf dem er auch saß.

»Hallo«, sagte sie mit müdem Lächeln.

Er würde sich nie an ihr sattsehen können: Ilikor hatte Flügel von einem derart lichten Braun, dass sie fast gelb schimmerten, ein liebliches, rundes Gesicht und wasserklare Augen, die einen so durchdringend anschauen konnten, als sähen sie bis auf den Grund der Seele.

»Hallo, schöne Frau«, sagte Nechful sanft. »Du siehst ein bisschen geschafft aus.«

Sie nickte. »Kann man wohl so sagen.«

»Ich hab mich schon gefragt, wo du bleibst.«

»Es ging nicht eher.«

»Jetzt bist du ja da. Das ist die Hauptsache.«

Sie musterte ihn aufmerksam von der Seite. Von seiner guten Seite. »Wie geht's dir denn?«, wollte sie wissen.

»Gut. Doch. Ziemlich gut.« Er wies zur Bühne. »Ich hab mir die Probe angeschaut. Ich glaube, die Stücke werden alle gut.«

»Das werden sie doch immer.«

»Da hast du recht.« Er rückte ein Stück näher zu ihr, hätte am liebsten den Arm und den Flügel um sie gelegt, aber das wollte er sich noch einen Moment aufsparen. Besser, es ein bisschen spannend zu machen. »Lass uns von was anderem reden«, sagte er. »Hast du heute Abend Zeit?«

»Weiß nicht.« Sie furchte die Brauen. »Du hast doch gesagt, du hast einen dringenden Auftrag für ein Buch?«

»Ja, ein Leerband mit hundertsechzig Seiten. Jemand im Nest Sem will eine Kopie des Buchs Teria herstellen.« Nechful winkte ab. »Bin ich dran. Aber gerade hab ich das ganze Trockengestell voller Blätter, die sowieso erst trocknen müssen, ehe ich weitermachen kann.«

Sie hob aufgeregt die Hand. »Hast du übrigens gesehen? Es sind schon wieder Nestlose gekommen!«

Er hob die Schultern. »Um die Zeit kommen doch immer welche.«

»Aber die lagern im alten Jon-Nest! Hast du die nicht gesehen?«

Nechful überlegte. »Nein. Ist mir nicht aufgefallen.« Überhaupt, es waren dreißig Regenzeiten über das Land gegangen, seit die Jon ihr altes Nest aufgegeben hatten. Was war dagegen zu sagen, dass sich jemand dort niederließ?

»Du bist doch nicht blind und taub?«, regte sie sich auf. »Die hocken praktisch direkt neben deiner Werkstatt! Pass lieber auf, dass sie dir nicht das Werkzeug stehlen.«

Was hatte sie bloß? Es kamen jedes Jahr Nestlose, um das Theaterfest zu sehen. Früher waren sie ihm ein bisschen unheimlich gewesen, genau wie den meisten. Aber sie taten niemandem was, stahlen auch nicht, anders als immer behauptet wurde, oder jedenfalls nichts von Bedeutung. Sie kamen, ließen sich auf einem der unbenutzten Riesenbäume nieder, jagten ein wenig in den Wäldern, trieben kleinen Handel mit denen, die nichts gegen sie hatten, und wenn das Theaterfest begann, setzten sie sich bescheiden auf die hintersten Bäume und sahen zu, wie alle. Und am Ende glänzten ihre Augen genauso wie die aller anderen, und sie klatschten genauso begeistert Beifall. Das hatte ihn mit ihrer Anwesenheit irgendwann versöhnt: dass sie kamen, weil sie das Theater liebten.

»Ach, Ili«, meinte er, »dass Nestlose stehlen, das ist doch nur so ein altes Vorurteil.«

Ilikors Augen blitzten. »Denkst du, ja? Dann sag ich dir mal, dass letztes Jahr im Hafen zehn gute Messer verschwunden sind, und zwar am selben Tag, an dem auch die Nestlosen abgeflogen sind.«

Er sah sie an. Ihr scharfer Ton irritierte ihn. »Hör ich zum ersten Mal«, sagte er.

»Wenn du ab und zu mal drüben wärst, wüsstest du es schon lange,« versetzte sie vehement.

Das tat weh. Er blickte beiseite, atmete dreimal tief durch, so weit es seine Narben zuließen, und sagte dann leise: »Entschuldige. Mir wär's auch lieber, ich könnte immer noch problemlos in der Gegend herumfliegen.«

»Oh, zum Wilian!« Sie schlug die Hände vors Gesicht, schluchzte auf. »Vergib mir«, stieß sie dann hervor. »Nech, ich hab's nicht so gemeint. Ich … Mir macht das alles zu schaffen, weißt du? Das mit uns und … Ich weiß nicht, wie ich's sagen soll …«

»Schon gut«, sagte er rasch und war bereits wieder versöhnt. »Ich versteh das doch. Ich sag mir ja auch, dass ich loslassen muss. Ich muss akzeptieren, dass ein neuer Abschnitt meines Lebens begonnen hat. Dass jetzt eben alles anders ist als vorher.«

Sie nickte heftig. »Ja, genau. Dinge ändern sich manchmal, das ist so. Manchmal auch ganz plötzlich. Und oft nicht so, wie man es erwartet hat.«

»Das ist das Schicksal. Das muss man akzeptieren.« Womöglich, dachte er, war das die Art und Weise, wie einem das Schicksal einen kräftigen Tritt verpasste, um einem zu sagen, *nun mach endlich mal Ernst mit deinem großen Traum vom eigenen Theaterstück!*

Ilikor musterte ihn skeptisch. »Das sagst du jetzt aber nicht nur so, oder?«

»Nein, nein«, versicherte er ihr. »Gerade vorhin hab ich darüber nachgedacht. Eine Sille ist plötzlich vor meiner Nase herumgeflogen, genau wie in den Goltwor-Stücken, und da hab ich mir gesagt, siehst du, ich muss begreifen, dass jetzt eine neue Zeit ist.«

»Ja«, sagte sie und sah auf einmal ganz erleichtert aus. »Es ist einfach, wie es ist.«

Jetzt. Jetzt war der Moment, Arm und Flügel um sie zu legen. »Wieso hab ich oft das Gefühl, dass du die Einzige bist, die mich wirklich versteht?«, fragte er, sie an sich drückend.

Sie widersetzte sich. »Das ist doch Unsinn, Nech«, protestierte sie. »Alle mögen dich und unterstützen dich.« Ein freches Grinsen huschte über ihr Gesicht. »Du darfst nur keine Dampfmaschinen mehr bauen.«

Er musste lachen. »Dazu hab ich auch wirklich keine Lust mehr, glaub mir.« Gutes Stichwort, dachte er und sagte: »Aber da wir gerade bei Lust sind ... Hast du vielleicht Lust, heute Abend zu mir zu kommen?«

Sie atmete geräuschvoll ein. »Heute Abend?«

»Ich hab meine Kuhle frisch bezogen«, säuselte er. »Und ich hab mit Peschwar-Blüten parfümiertes Öl, für die kleine Lampe ...«

»Hmm ...«, machte sie.

Er gab ihr einen liebevollen Stups mit der Schulter. »Die Antwort, die du suchst, ist ›au ja‹.«

»Ich weiß noch nicht«, brummte sie. »Vielleicht.«

»Nur *vielleicht*?«

Sie machte sich los. »Jetzt bedräng mich doch nicht immer so.«

»Also gut, also gut.« Er faltete seinen Flügel wieder auf den Rücken, schob die rechte Hand in die Hosentasche. »Ich bedräng dich nicht. Aber ich würde es mir wünschen und fände es schön. Sehr schön. Nur du und ich.«

Sie wiegte den Kopf hin und her und blickte irgendwie unglücklich drein. »Nech, ich ... ich muss jetzt erst mal unter die Dusche. Und dann was essen. Ich bin heute ziemlich erledigt, weißt du? Es ist gerade alles so ... ach, ich weiß auch nicht.«

Loslassen, sagte Nechful sich und meinte: »Mach, wie du denkst. Vielleicht hast du dich ja bis heute Abend erholt und Lust zu kommen, dann kommst du einfach. Und wenn nicht, dann eben nicht.«

»Ja.« Sie seufzte abgrundtief. »Machen wir es so.«

»Heh, ihr da!«, kam es von der Bühne her. »Wenn ihr bitte eure privaten Diskussionen woanders führen könntet? Wir versuchen hier, ein Stück zu proben.«

Nechful hob bestätigend die Hand. Ilikor sagte nichts mehr, sondern schüttelte nur kurz den Kopf, breitete dann ihre fast gelben Flügel aus und flog davon.

***

Nechfuls Werkstatt saß auf einem *Zwergbaum*, wie man Riesenbäume nannte, die aufgrund einer Verletzung des Herzasts nicht zu voller Größe heranwuchsen. Neben seiner Werkstatt befanden sich noch Materiallager von zwei benachbarten Nestern, und damit war die Krone schon ausgefüllt. Er atmete auf, als er nach dem kurzen Segelflug vom Kor-Nest herüber auf der Plattform aufsetzte und der Schmerz nachließ.

Er konnte den linken Flügel einfach nicht mehr schlagen! Das war es. Dass die Federn an den verbrühten Stellen nicht mehr nachwuchsen und ihm der Auftrieb fehlte: geschenkt. Das war es nicht, was das Fliegen schwierig machte. Die verbrühte, verbrannte, vernarbte Haut *spannte*, das war das Problem. Wann immer er mit den Flügeln schlagen musste, tat es weh, und irgendwann wurde der Schmerz zu groß, um sich in der Luft zu halten.

Aber nun war er ja da. Er hatte nach dem Ende der Probe auch noch geduscht, unten am Kortas, ganz hinten, um niemanden zu erschrecken. Der Flug hinauf auf den Mahlplatz ging immer recht gut, das war nicht weit, und man war ja frisch. Doch danach, das Stück bis hier herüber …

Egal. Er hatte Wasser da, der junge Burkor brachte es ihm jeden Tag. Er wusch sich den Schweiß ab und zog sich um, dann war alles gut.

Es war noch nicht richtig spät, er hatte noch Zeit. Er war nur ungeduldig. Es war nicht gut, ungeduldig zu sein, wenn es um Frauen ging, das war ihm klar. Aber was wollte er machen? Es war eben so.

Er wanderte in seiner Werkstatt umher, räumte auf. Nur ein bisschen. Die Ordnung hatte er sowieso nicht erfunden. Wozu auch? Er hatte ein gutes Gedächtnis, fand immer alles, was er brauchte, also wozu Zeit mit Ordnung halten verschwenden? Aber manche Leute störte das Durcheinander. Ilikor zum Beispiel. Ihretwegen beseitigte er die schlimmsten Abfälle, deckte dieses zu, schob jenes unter eine Werkbank ... Das Trockengestell musste bleiben, aber das sah ja ordentlich aus. So richtig sauber wurde eine Werkstatt sowieso nie, damit musste man sich abfinden. Und nebenan, wo er seine Kuhle hatte und seine persönlichen Sachen, dort sah es ansehnlich aus.

Er holte die kleine Lampe – ein Spielzeug fast, aber sie funktionierte –, füllte das Peschwar-Öl ein. Das würde nicht nur gut duften, es würde vor allem einen romantischen goldenen Schimmer verbreiten, in dem jeder gut aussah, sogar er mit seinen Narben. Na, zumindest nicht ganz so grässlich.

Immer noch nichts zu hören. Ein ferner Flügelschlag, aber der ging an seinem Baum vorbei. Außerdem ein anderer Schlagton als der Ilikors, das hörte er.

Vielleicht die Nestlosen? Ah, bestimmt. Er trat an eins seiner Fenster, hob den schrägen Laden ein Stück weiter an, spähte hinüber zum Jon-Baum. Doch, da war Bewegung. Jetzt sah er es. Sie waren nicht laut, nicht auffällig; wenn man hämmerte und sägte, hörte man gewiss nichts. Gelächter, ja, jetzt hörte er sie. Helle Stimmen, guter Dinge. Vielleicht freuten sie sich auf das Theaterfest? Oder sie waren einfach nur guter Laune, warum auch nicht? Nestlose zogen unbeschwert durch die Welt, blieben, wo es ihnen gefiel, und zogen weiter, wenn es ihnen nicht mehr gefiel, ohne Verpflichtungen, ohne Schulden bei Nachbarn, die auf Einlösung warteten, ohne Einbindung in Abmachungen und Räte aller

Art, denen man hier im Delta praktisch nicht entkam. Hier, rings um das schlammige Mündungsgebiet des Thoriangor, in dem so viel Wasser floss, dass es weit und breit keinen Margor gab, und wo so viel gute, fruchtbare Erde angeschwemmt wurde, dass man fast das ganze Jahr säen und ernten konnte – hier lebten so viele Menschen, dass man ständig damit zu tun hatte, das Zusammenleben zu organisieren. Es gab den Rat vom rechten Ufer, den Rat vom linken Ufer, den Rat der Häfen, die Delta-Versammlung … Und nichts davon war überflüssig, auch wenn viele das glaubten. Man hatte viele Nachbarn, auf die man Rücksicht nehmen musste …

Und er hatte nun Nestlose zu Nachbarn.

Nechful zog neugierig einen Hocker heran und setzte sich ans Fenster. Hinter der geflochtenen Wand verborgen hob er den Kopf und spähte hinüber. Ein paar Mädchen saßen auf einem Ast, nähten an irgendetwas herum, an einem Kleidungsstück? Er konnte es nicht genau sehen, dazu war der Baum zu weit weg. Es schien nichts Wichtiges zu sein, in der Hauptsache redeten sie und lachten. Ein junger Mann setzte sich dazu, machte mit, aber gleich veränderte sich der Ton, wurde neckischer – das ewige Balzspiel eben. Fast ein Theaterstück, das er da verfolgte, eines ohne Text, auch wenn Stimmen zu hören waren, ganz fern, ganz leise, nicht zu verstehen. Was er sah und was ihn faszinierte, waren ihre Bewegungen, wie sie einander ansahen, sich zueinander verhielten: ein pantomimisches Stück. Früher hatte man oft solche Stücke gespielt, wenn es darum gegangen war, viele Zuschauer zu unterhalten. Seine Erfindung der Schalltrichter hatte diese Tradition ein bisschen in Vergessenheit geraten lassen.

Sein linkes Bein, das damals schrecklich viel von dem heißen Dampf abbekommen hatte, fing an, unangenehm zu kribbeln. Er musste sich anders hinsetzen, und wie er so eine andere Position suchte, stieß einer seiner Flügel gegen den versilberten Reflektor, den er am nächsten Tag montieren wollte. Das Ding fiel zu Boden, machte beim Aufschlag einen lauten, glockenartigen, ganz unwirklichen Ton, und obwohl sich Nechful sofort duckte, sah er noch, wie da drüben alle Köpfe herumfuhren und alle Augen zu ihm herüberschauten.

Peinlich. Seine Nachbarn heimlich zu beobachten, das gehörte sich ja eigentlich auch nicht. Er hob den Reflektor zurück auf den Tisch, spähte vorsichtig wieder hinaus.

Weg. Die Mädchen waren alle verschwunden und der Junge ebenfalls.

Peinlich. Nechful seufzte, stand auf, zog den Laden ein bisschen tiefer. Ging ihn wirklich nichts an, was die da drüben machten.

Er wanderte ziellos umher, prüfte die Blätter im Trockengestell – gut, morgen würde er sie herausnehmen –, befingerte allerlei angefangene Konstruktionen. Es war noch zu früh, viel zu früh, als dass mit Ilikor zu rechnen gewesen wäre, aber die Ruhe, sich an irgendeine Arbeit zu setzen, die hatte er auch nicht.

Plötzlich hörte er Flügelschlagen und gleich darauf, wie jemand auf der Plattform vor seiner Werkstatt landete. Es war nicht das feine, leichtfedrige Fluggeräusch, an dem er Ilikor jederzeit erkannt hätte, sondern ein anderes, fremdes.

Dann klopfte es.

***

Nechful erstarrte. Die Nestlosen! Bestimmt kamen sie, um sich zu beschweren, dass er sie heimlich beobachtet hatte!

Er holte tief Luft. Nun, er würde eben um Verzeihung bitten müssen. Andererseits hatte er ja nicht lange geschaut und nichts von Bedeutung gesehen … Nachschauen, woher irgendwelches Gelächter kam, dagegen konnte ja niemand etwas haben.

So zu tun, als sei er nicht da, würde ihm jedenfalls nichts helfen.

Also ging er zur Tür, öffnete sie und streckte erst einmal den Kopf hinaus.

Auf der Plattform stand ein junger Mann, schrecklich mager, mit seltsam dünnen Flügeln – und eindeutig ein Nestloser: Niemand sonst trug Kleidung mit derart vielen Taschen. Aber diese Leute schleppten ja ihren gesamten Besitzstand mit sich herum.

»Guten Abend«, sagte der Fremde höflich, nannte seinen Namen und sagte dann noch allerlei, doch nichts davon klang wie eine Beschwerde.

»Wie bitte?«, stieß Nechful irgendwann hervor. »Entschuldigt, ich ... ich war mit den Gedanken woanders ...«

»Eine Säge«, wiederholte der Fremde geduldig. »Ich hatte gefragt, ob Ihr vielleicht eine Säge habt, die Ihr mir kurz leihen könnt.«

»Eine Säge?«

»Dies ist doch eine Werkstatt, oder?«

»Ja, ja«, sagte Nechful, immer noch verblüfft von der Wendung, die das Gespräch genommen hatte. »Das ist meine Werkstatt, stimmt. Eine Säge. Ja, eine Säge habe ich.« Natürlich besaß er eine Säge, mehrere sogar, er musste sie nur erst suchen.

»Wir lagern drüben in dem aufgegebenen Nestbaum«, erzählte der Nestlose ruhig. »Der hat ein paar dicke Äste getrieben, die arg im Weg sind. Weil wir Kinder dabei haben, würde ich die Wege gerne frei machen.«

»Verstehe«, sagte Nechful. Er öffnete die Tür. »Kommt herein.«

Während sich der Nestlose behutsamen Schrittes durch die Tür schob, die Flügel eng an den Leib gezogen, sah sich Nechful suchend um. Wie war das nun mit seinem guten Gedächtnis ...?

Ah, da. Er bückte sich unter den großen Werktisch. Und da lag sie tatsächlich, die kleine Astsäge. Er reichte sie dem Fremden. »Hier. Ihr könnt euch Zeit lassen, im Moment brauche ich sie nicht.«

Der Nestlose nahm die Säge achtungsvoll entgegen, mit beiden Händen, neigte den Kopf. »Ich danke Euch. Ich bringe sie morgen wieder.«

»In Ordnung.« Nechful zögerte, dann fragte er: »Seid ihr wegen des Theaterfests gekommen?«

Der Nestlose hob die Brauen, nickte. »Ja. Ich selber habe noch nie ein Theaterstück gesehen, aber die anderen sagen, es sei großartig.«

»Das ist es«, bekräftigte Nechful. »Wir führen dieses Mal den gesamten Gründungszyklus von Alisem auf, verteilt auf acht Tage.«

»Den Gründungszyklus«, wiederholte der junge Mann. Das schien ihm nichts zu sagen, aber er lächelte wehmütig. »Ich bin jetzt schon gespannt.«

Nachdem der Fremde wieder abgeflogen war, spürte Nechful noch eine ganze Weile dem eigenartigen Gefühl von Verbundenheit nach, das er mit ihm empfunden hatte.

Es war die stille Melancholie, die von ihm ausgegangen war, erkannte er. Der Nestlose hatte gewirkt, als habe auch er viel verloren und versuche, damit klarzukommen.

Danach wartete er einfach. Ging immer wieder nach nebenan, zog die Laken über der Kuhle zurecht, drapierte die Kissen um, pflückte Holzspäne vom Boden auf. Als die Dämmerung einsetzte, schloss er alle Läden. Drüben, die Nestlosen, hatten keine Lampen; dort flackerte nur etwas rötlich, vermutlich ein Feuer in dem alten Ofen. Er sah ein paar Schatten von Leuten, die darum herumsaßen, und er hörte sie eigenartige Lieder singen.

Auf der anderen Seite ging sein Blick über das Delta hinweg, das nach und nach im Dunkeln versank. Der Fluss war schon schwarz, die Inseln grau, doch darüber leuchteten Hunderte von Lampen, freundliche Lichtpunkte in der anbrechenden Nacht, von denen manche flackerten, weil sich davor Blätter im sanften, warmen Abendwind bewegten.

Nechful zündete ebenfalls seine Lampen an. Er besaß eine Fettlampe mit einem versilberten Reflektor, die schön hell war, aber nur in einem eng abgezirkelten Kreis. Mit diesem Exemplar hatte er damals seine Idee vorgestellt. Danach hatten sie die anderen, größeren Reflektoren im Eisenland bestellt, die nun die Bühne bei den Abendvorstellungen ausleuchteten.

Und um nachher keine Zeit zu verlieren, entzündete er auch

schon die kleine Öllampe. Im Nu verbreitete sich der herrliche Duft nach Peschwar-Blüten, Ilikors Lieblingsblumen. Ein Duft, der ihn daran erinnerte, wie sie sich anfühlte.

Eine Erinnerung, die, wie er erschrocken feststellte, bereits zu verblassen begann.

Sie würde doch kommen, oder? Auf einmal war er sich nicht mehr sicher. Er trat vor die Tür, hielt von der Plattform Ausschau. Es dunkelte schon ziemlich, und die Luft war still geworden. Hatte er vorhin, beim Schließen der Läden, noch hier und da Flügelrauschen vernommen, war jetzt niemand mehr unterwegs.

Drüben im Nest freilich, da brannten die Lichter. Menschen bewegten sich über die Äste und Hängebrücken. Redeten. Lachten, dass man es bis hierher hörte. Auf dem Mahlplatz war einiges los.

Er stand noch eine ganze Weile so. Dann war der Himmel vollends schwarz, denn es war die Zeit, in der das kleine Licht der Nacht spät aufging. Ilikor würde nicht mehr kommen.

***

Nechful ging hinein, schloss die Tür und löschte die Öllampe schweren Herzens wieder.

Vielleicht klappte es ja ein andermal.

Akzeptieren! Immerzu galt es, etwas zu akzeptieren! Es mochte ja sein, dass ein neuer Abschnitt seines Lebens begonnen hatte, aber bis jetzt konnte er mit dem vorherigen jedenfalls nicht mithalten, nicht annähernd.

Nechful blieb stehen, schloss die Augen, legte die Hände vor dem Gesicht zusammen, die gesunde rechte Hand und die vernarbte linke Hand. »Das Schicksal will mir etwas sagen«, murmelte er in seine Handflächen hinein. »Es will mir sagen, Nechful, schieb es nicht länger vor dir her, sondern setz dich endlich hin und *schreib*!«

Also gut. Das war es wohl. Er stellte die Fettlampe mit dem

Reflektor so auf den Tisch, dass sie dessen Fläche gut ausleuchtete, und setzte sich. Atmete tief durch und holte ein Buch unter der Tischplatte hervor, das er einst aus uneben geratenen Blättern gebunden hatte, für den Eigenbedarf und nicht besonders gelungen.

Zehn Regenzeiten waren seither über das Land gegangen, und das Buch war kaum zur Hälfte vollgeschrieben.

Es enthielt sein Stück. Sein eigenes Theaterstück, an dem er schon viel länger überlegte, grübelte, schrieb.

Sein großer Traum. Sein größter vielleicht: ein Stück zu schreiben, das einst zum Kanon gehören würde, ein Stück, das man genauso gern sehen und aufführen würde wie die klassischen Stücke oder die Stücke von Alisem oder Goltwor.

Nechful schlug das Buch auf, suchte das Ende seiner Aufzeichnungen. Eigentlich enthielt das Buch noch kein wirkliches Stück, sondern nur Notizen, Entwürfe, alles durcheinander. Wenn er die Seiten durchlas, fand er ab und zu Stellen, die ihm gefielen, Stellen, bei denen er beinahe staunte, dass er es gewesen sein sollte, der das geschrieben hatte: Die unterstrich er. Eines Tages, so sein Gedanke, würde er aus all diesen gelungenen Stellen vielleicht, vielleicht sein eigenes Stück destillieren …

Oder vielleicht auch nicht, flüsterte eine nagende, zweifelnde Stimme in seinem Hinterkopf.

Er hatte die klassischen Stücke fast alle schon gespielt. Und noch viel öfter, als er sie dargestellt oder gesprochen hatte, hatte er sie *gelesen*. Die Stücke von Alisem hatte er sogar zum Teil *abgeschrieben*, in der Hoffnung, zu verstehen, warum sie die Worte so und nicht anderes gesetzt hatte, was sie bewogen hatte, ihre Sätze und Dialoge so zu formulieren, wie sie es getan hatte, auf diese ungeheuer beeindruckende Weise.

Aber das hatte nicht funktioniert. Was ihm mit Holz und Eisen und Glas leichtfiel, nämlich zu erfinden, zu schaffen, zu gestalten, das fiel ihm mit Worten unendlich schwer.

Manchmal dachte er, dass es daran lag, dass er Worte nicht anfassen, nicht betasten, nicht mit den Händen formen konnte. Eisen zu formen war anstrengend, aber man konnte es tun, mit Feuer und Hammer, mit Zange und Feile. Wenn man nur lange genug und sorgfältig genug und geduldig genug daran arbeitete, sah das Teil am Ende genau so aus, wie man es haben wollte.

Aber ein Dialog …? Eine Szene …? An manchen Tagen geschah es, dass er eine ganze Seite hinschrieb, erfüllt von dem Gefühl, endlich erfasst zu haben, worauf es ankam – nur, um es am nächsten Tag zu lesen und entsetzt zu sein, wie seicht alles klang, wie sentimental, wie aufgeblasen, und alles wieder durchzustreichen.

Ein Stück zu schreiben, das war ein Traum, den ihm die Explosion nicht genommen hatte, der sich aber vielleicht trotzdem nie erfüllen würde.

Hatte er überhaupt etwas zu sagen? Noch so eine Frage, auf die er keine Antwort wusste. Sein Stück sollte von der Affäre zwischen Ema und Gari handeln, von der nicht sicher war, ob es sie wirklich gegeben hatte, da keine Nachkommen daraus hervorgegangen waren. Doch die Legende hielt sich seit tausend Jahren hartnäckig, und nach allem, was man über Gari wusste, war es auch nicht unwahrscheinlich, denn er war hinter allen Frauen her gewesen, in späteren Jahren sogar hinter den Töchtern seiner Mitstreiter.

Aber was hatte Ema bewogen, sich mit ihm einzulassen, Ema, diese eigenartige Frau, die ein so versponnenes Buch voller Angstbilder und Untergangsphantasien hinterlassen hatte? Die Frau, die Wilians älteste Freundin war und von der es hieß, sie hätte ihn *inspiriert* – was immer darunter zu verstehen war? Darüber dachte er oft nach und kam und kam zu keiner Einsicht in ihre Beweggründe.

Auch aus dem Buch Ema hatte er allerhand abgeschrieben, unter anderem das berühmte *Rätsel von der Schwester*, jene letzten Zeilen ihres Buches, über deren Sinn man sich seit tausend Jahren den Kopf zerbrach:

Dies aber bewahrt, meine Kinder, auch wenn ihr's nicht versteht,
und seid genau im Weitertragen:
Teilt den großen Kreis nach Westen in acht Teile, ein weiteres Teil
zur Hälfte, nehmt von dessen Hundertstel zwei, vom Tausendstel
vier, vom Zehntausendstel fünf, vom Hunderttausendstel sechs,
vom Zehnmillionstel fünfzehn.
Teilt den kleinen Kreis nach oben in siebenundvierzig Teile,
dazu vom Zehntel des achtundvierzigsten Teil vier, von dessen
Hundertstel zwei und von dessen Tausendstel neun.
Geht vom Zentrum sechsunddreißigtausend Jahre weit und dann
noch neunhundert und noch eines.
Sucht die Schwester, wenn es an der Not ist.
Ich wünsch euch aber, dass ihr rätselt bis in alle Ewigkeit.

Er blätterte weiter zurück, las, was er geschrieben hatte, änderte hier, änderte da, doch irgendwann kam ihm das alles sinnlos vor, ziellos. Ob es so oder anders besser war, konnte er schließlich erst wissen, wenn er die großen Fragen geklärt hatte, Fragen wie: Wie sollte sein Stück beginnen? Wie sollte es enden? Was sollte darin überhaupt passieren? Er wusste es weniger denn je.

Er sank zurück, bis er die schmale Lehne seines Stuhls zwischen den Flügeln spürte, und fühlte sich so erschöpft wie nach einem langen Tag schwerer Arbeit. Wie sollte er dieses Stück schreiben, wenn er nicht verstand, was in Ema vorging?

Und wie wollte er das je verstehen, wenn er, wie ihm allmählich klar wurde, nicht einmal eine ganz normale Frau wie Ilikor verstand?

***

Am nächsten Morgen weckte ihn Burkor, der wie jeden Tag kam, um ihm einen Schlauch voll frischen Wassers zu bringen. Er kam zur Tür hereingehumpelt – er hatte von Geburt an einen Klumpfuß, war dafür aber ein umso besserer Flieger geworden, weil er nie zu Fuß ging, wenn er auch fliegen konnte –, leerte den Inhalt des Schlauchs in Nechfuls Wasserfass und fragte dann fröhlich: »Und? Reicht das, oder soll ich noch mehr bringen?«

Nechful, der über seinem Schreibtisch eingeschlafen war und sich irgendwann in dunkler Nacht in seine Kuhle hinüberge-schleppt hatte, trat schlaftrunken an das Fass, musterte den Wasserstand und brummte: »Nein. Reicht. Danke dir.«

»Immer gern!«, flötete Burkor, und weg war er wieder.

Und wie immer schien er die Werkstatt heller zurückzulassen, lichter, frischer, schien die Luft darin ein wenig zu tanzen und zu singen. Das fröhliche Wesen des Jungen hatte etwas Ansteckendes.

Erstaunlich, bei seiner Vorgeschichte. Seine Mutter, eine Tem, war bei seiner Geburt gestorben, was damals im ganzen Delta für Entsetzen gesorgt hatte. Sein Vater war so verzweifelt gewesen, dass er sich dem Alkohol ergeben hatte, und obwohl man im Nest der Tem alles versucht hatte, ihn davon loszubringen, war er irgendwann im Suff abgestürzt, weit draußen, wo ihn der Margor geholt hatte.

Und der Junge, der noch keine Regenzeit gesehen hatte, war allein zurückgeblieben.

Der Rat vom linken Ufer hatte sich des Falls angenommen. Etekor und Senlech, die sich immer Kinder gewünscht hatten, aber keine eigenen bekommen konnten, hatten den Jungen aufgenommen: So war aus Burtem Burkor geworden.

Burkor, der fröhliche Meister des Akzeptierens, dachte Nechful seufzend.

Er nahm ein wenig von dem Wasser, um sich zu waschen – den größten Teil davon würde er heute fürs Papiermachen brauchen –, dann flog er hinüber zum Mahlplatz, um zu frühstücken. Seine Hoffnung, dort Ilikor zu treffen, erfüllte sich nicht; jemand meinte, sie sei schon draußen auf den Inseln bei der Quidu-Ernte, ein anderer behauptete, sie sei zum Fischmarkt geflogen.

Beides passte zu ihr, rastlos, wie sie war, und vielleicht stimmte auch beides.

Als er zurückkam, sah er den Nestlosen schon auf der Plattform vor der Werkstatt stehen, mit seiner Astsäge in der Hand. Er wartete, bis Nechful auf der Plattform gelandet war und sich gefangen hatte, dann reichte er ihm die Säge und sagte: »Vielen Dank.«

»Hat alles geklappt?«, fragte Nechful, noch atemlos von der Anstrengung.

»Ja, ja.« Der Fremde musterte ihn. »Das Fliegen fällt Euch schwer?«

Nechful nickte. »Seit einem Unfall. Wie Zolu singt: *Eines Menschen Flügel und sein Glück zerbrechen leicht in tausend Stück.*«

»Da ist es gut, ein Nest zu haben«, meinte der Nestlose.

»Ja.« Nechful lachte traurig auf. »Bei euch könnte ich mich jedenfalls nicht mehr bewerben, was?«

»Das ist wohl so. Als Nestloser muss man viel und weit fliegen.«

Zuerst hatte Nechful das Zusammentreffen möglichst schnell hinter sich bringen wollen, doch der andere schien es nicht eilig zu haben: *Die* Gelegenheit, eine Frage loszuwerden, die ihn aus irgendeinem Grund schon lange beschäftigte. »Aber grundsätzlich kann man das, oder? Nicht ich jetzt, meine ich. Allgemein. Man kann sein Nest verlassen und sich euch anschließen?«

Der Nestlose nickte. »Ja, das ist möglich. Ich zum Beispiel bin auf diese Weise dazugekommen.«

»Und warum? Aus Freiheitsdrang? Um die Welt zu sehen?«

»Das«, sagte der andere, »und weil ich wissen wollte, was im Buch Wilian steht.«

»Ah«, machte Nechful. »Das gibt es wirklich?«

»Ja. Das gibt es wirklich.«

»Aber nur Nestlose dürfen wissen, was darin steht?«

Der andere lächelte sein rätselhaft melancholisches Lächeln. »Glaubt mir«, sagte er, »es ist besser so.« Er breitete seine schmalen, langen Flügel aus. »Einen schönen Tag wünsche ich Euch.« Damit sprang er von der Plattform und flog davon.

Die Erkundung der Welt

Es war immer wieder ein magischer Moment, das Schöpfsieb in den Bottich mit dem Faserbrei einzutauchen, herauszuheben und dann so rasch und geschickt zu schütteln, dass sich der helle, schlammig wirkende Brei gleichmäßig verteilte und eine ebene Schicht bildete, wenn das Wasser abgelaufen war. Hierauf hieß es, das feuchte Blatt behutsam herauszunehmen und auf ein dickes, saugfähiges Stück Stoff zu legen. Insgesamt einundzwanzig solcher Tücher verwendete Nechful, um jeweils zwanzig Blätter dazwischen abzulegen. Das ganze Paket kam in eine Presse, mit der er an Feuchtigkeit herausquetschte, was ging, und am Schluss legte er jedes Blatt einzeln in ein großes Trockengestell.

Papier herzustellen war ein aufwendiger Vorgang. Nechful feilte unablässig an seinen Rezepten dafür. Per Brief – natürlich stets verfasst auf selbstgeschöpftem Papier – stand er auch mit anderen Papiermachern in Verbindung. Ein gewisser Omgiar aus dem Furtwald hatte ihm vor einiger Zeit empfohlen, seinem Papierbrei, den Nechful aus Holzrinde, dem Bast des Hundertästers, alten Lumpen und Papierkraut kochte, kurz vor Schluss noch ein wenig Harz des Braunblätterbaums hinzuzufügen: Damit, so hatte Omgiar geschrieben, gelinge es leichter, die fertigen Bögen mit dem verdünnten Knochenleim zu imprägnieren. Das funktionierte gut! Das bislang auf diese Weise hergestellte Papier begeisterte Nechful regelrecht.

Mitten in der Arbeit landete jemand so schwer auf der Plattform, dass der Boden der Werkstatt erzitterte. Dann klopfte es.

»Ich kann gerade nicht!«, rief Nechful. »Kommt einfach herein!«

Er hörte, wie die Tür sehr langsam geöffnet wurde – sie quietschte nämlich, wenn man sie zu langsam bewegte –, konzentrierte sich aber ganz auf sein Sieb. Erst als es gleichmäßig gefüllt war, drehte er sich um.

In der offenen Tür stand ein untersetzter, stämmiger Mann mit derben Flügeln, den Nechful noch nie gesehen hatte.

»Womit kann ich Euch dienen?«, fragte er.

Die Flügel des Mannes zeigten ein unruhiges Muster aus roten, schwarzen und braunen Federn, und genauso unruhig wirkte er selber auch. »Guten Tag, Meister Nechful«, sagte er. »Mein Name ist Mursem. Ich war es, der das Buch bei Euch bestellt hat.«

»Ah.« Nechful hob das Schöpfsieb an, aus dem das Wasser tropfte. »Ich bin dran, wie ihr bemerkt.«

»Gut. Sehr gut.« Er räusperte sich. »Bitte seht mir meine Ungeduld nach, wenn ich zu fragen wage, wie lange es noch dauern wird …?«

Nechful hasste es, gedrängt zu werden. Aber ein Leerband dieser Dicke war ein gutes Geschäft für das Nest und ein Kompliment obendrein, denn Nechful war ja beileibe nicht der Einzige am Delta, der Papier schöpfte. Also bezähmte er seinen Unwillen und erklärte: »Ich werde heute wahrscheinlich damit fertig, das benötigte Papier zu machen. Wenn alle Blätter trocken sind, muss ich sie leimen; wenn sie geleimt sind, fange ich an, sie zum Buchblock zu vernähen; und sobald der beschnitten ist, gebe ich ihn an Palakor weiter, die am Einband arbeitet.«

»Ja, bei ihr war ich schon«, gab Mursem verlegen zu. »Wunderschön, was sie macht. Leder vom besten Stück, und dann diese Muster … Wunderschön, wie gesagt.«

»Sicher hat sie Euch auch gesagt, dass es nicht schneller geht, wenn man bei der Arbeit gestört wird.«

»Nicht in diesen Worten, aber …« Mursem hüstelte. »Ich wollte das alles nur mal sehen, offen gestanden.«

»Das ist das Schöpfsieb«, sagte Nechful, legte es ab und hob das noch schwammartige Blatt auf das Tuch hinüber. »Und so sieht Papier am Anfang aus.«

»Hochinteressant.« Mursem sah sich um. »Es gefällt mir in Eurer Werkstatt. Eine ganz besondere Atmosphäre. Man spürt förmlich die Konzentration des großen Künstlers.«

»Sagt bloß.« Obwohl es erst achtzehn Blatt waren, trug Nechful den Stapel zur Presse hinüber und begann, die Schraube zuzudre-

765

hen. Wasser tropfte herab, versickerte durch die Ritzen im Boden. Dann holte er die gepressten Tücher wieder heraus und ging damit zum Trockengestell. Behutsam schälte er die Stofflagen beiseite, hob die Blätter ab und legte sie auf die hauchdünnen Trockengitter. Wunderbar waren sie geraten, einfach wunderbar.

»Sehen gut aus«, lobte auch Mursem. »Man kriegt richtig Lust, draufloszuschreiben.«

»Geht noch nicht. Muss erst noch der Leim drauf.«

»Wisst Ihr, ich will das nicht nur machen, weil unser altes Buch Teria allmählich auseinandergeht«, erklärte ihm der untersetzte Mann. »Es hat, na, vielleicht zweihundert Regenzeiten gesehen, und Ihr wisst ja, das ist das Buch, in dem am meisten gelesen wird.«

»Sagt man so, ja.«

»Nicht nur von Frauen, glaubt nur das nicht. Aber in meinem Fall … Seht, ich will mich in Bälde einer Frau versprechen, und ich fände es wunderbar, wenn ich meine Kopie des Buches Teria noch vor der Zeremonie zustande brächte.«

»Verstehe«, sagte Nechful.

»Nicht, weil man danach erst mal zu nichts kommt«, beeilte sich Mursem hinzuzufügen und hüstelte verlegen. »Also, nicht *nur* deshalb. Nein, ich sage mir, so ein Buch *abzuschreiben*, das ist eine viel innigere Auseinandersetzung mit dem Text, als wenn man ihn nur liest. Was ich natürlich auch gemacht habe. Ich kann ganze Passagen auswendig. Aber ich glaube, die Worte mit eigener Hand zu *schreiben*, das ist noch mal was anderes. Und auf diese Weise in das Buch Teria einzutauchen, in das Buch der Liebe – das ist, denke ich, die ideale Einstimmung darauf, eine Beziehung fürs Leben einzugehen, denkt Ihr nicht?«

»Interessanter Gedanke.«

»Nur deswegen bin ich so ungeduldig.«

»Schon klar.« Nechful schloss die Gittertür des Trockengestells, wrang die Stoffbahnen aus und legte sie wieder neben den Trog. »Die Sache ist die, dass ich noch auf das große Schneidemesser warte, um den Buchblock sauber zu beschneiden. Das Floß, das es bringt, muss jeden Tag ankommen. In Eurem Hafen, denke ich.«

»Ich werde ein Auge drauf haben.« Mursem wiegte den Kopf. »Obwohl man eigentlich gar nichts wegschneiden möchte von dem schönen Papier.«

»Muss sein. Gebunden säh's so nicht mehr schön aus.« Außerdem kamen die abgeschnittenen Papierreste sofort zurück in den nächsten Brei, waren also kein Verlust.

»Schon in Ordnung. Ich bin einfach ein ungeduldiger Mensch, das ist es.« Mursem ging umher, inspizierte die Sachen in den anderen Regalen. »Das da«, fragte er und zeigte auf ein paar zerbeulte Eisenrohre, »sind das die Teile Eurer berühmten Dampfmaschine?«

Nechfuls Laune sank. »Ja«, knurrte er.

»Hmm, hmm«, machte Mursem, verkniff sich aber Bemerkungen wie *sieht ja schlimm aus* oder *muss ordentlich gerumst haben* oder was Besucher sonst schon so alles gesagt hatten. Stattdessen schien er es plötzlich eilig zu haben. »Tja, ich … ich lass Euch mal weiterarbeiten, hmm?«

»Gute Idee«, sagte Nechful.

Mursem grinste schief. Er hob noch einmal grüßend die Hand, dann verließ er die Werkstatt wieder. Der Boden zitterte erneut, als er abhob.

Nechful atmete auf. Hoffentlich kam das jetzt nicht in Mode, dass jeder, der etwas bei ihm in Auftrag gab, persönlich vorbeikam, um ihn anzutreiben! Er beugte sich über den Topf, in dem der Nachschub für den Trog köchelte. Der war noch nicht so weit; es dauerte seine Zeit, bis die Fasern weich genug waren.

Er trank im Umhergehen einen Becher Wasser, blieb vor den Trümmern seiner Dampfmaschine stehen. Die wirklich *schlimm* aussahen. Und es hatte auch wirklich *ordentlich gerumst* damals, als er die Maschine den Ältesten der umliegenden Nester vorgeführt hatte. Die Rohrleitung war urplötzlich aufgeplatzt, und der kochend heiße Dampf hatte ihn von Kopf bis Fuß verbrüht und auch noch seinen linken Flügel in Mitleidenschaft gezogen. An den verbrannten Stellen waren bis heute keine Federn nachgewachsen.

Er betastete die vernarbte Hälfte seines Gesichts nachdenklich mit der rechten, gesunden Hand. Hätte er nur auf diesen Hargon gehört! Der hatte ihn gewarnt, hatte Bedenken gehabt wegen des großen Drucks, unter dem der Dampf stehen musste, um das Schwungrad anzutreiben. »Ich kann mir nicht vorstellen, dass das wirklich beherrschbar ist«, hatte er gemeint, und, nun ja, am Ende hatte er recht behalten. Auch wenn er's nicht mehr mitbekommen hatte.

Er sah ihn noch vor sich: ein hagerer, verwittert wirkender Mann, ein gutes Stück älter als er, mit einer hässlichen Narbe auf der rechten Hälfte seines Gesichts. Aus der Donnerbucht stamme er, hatte er erzählt, aber ausgesehen hatte er wie jemand, der lange auf den Perleninseln gelebt hat oder zumindest an der Goldküste. Kurier war er gewesen, hatte sich dann hier mit einer Frau eingelassen, einer aus dem Sem-Nest übrigens, die ihm heute noch nachtrauerte, und war länger geblieben als notwendig. Aber irgendwie war nichts draus geworden, und so war er weitergezogen, nur ein paar Tage vor der fatalen Demonstration.

Nechful hob das geborstene Eisenrohr aus dem Regal, betrachtete es sinnend. Tja. Offensichtlich war Dampf unter so hohem Druck tatsächlich nicht beherrschbar.

Schade. Er hatte die Maschine einsetzen wollen, um Wasser aus dem Kortas ins Nest hochzupumpen. Jedenfalls war das der offizielle Plan gewesen, die Rechtfertigung dafür, Geld des Nestes für die nötigen Bauteile auszugeben. Insgeheim aber hatte er davon geträumt, mit seiner Dampfmaschine die drehbare Bühne zu verwirklichen, die schon Turibar hatte bauen wollen. Turibar hatte es mit komplizierten Konstruktionen aus Seilen und Hiibus in Geschirren versucht, doch das hatte nicht verlässlich funktioniert. Mit einer Maschine hingegen, die eine enorme Kraft auf Kommando zur Verfügung stellen konnte, hätte man so eine Bühne drehen können – und was für eine Sensation das geworden wäre!

Noch so ein geplatzter Traum, im wahrsten Sinne des Wortes. Er legte das Eisenrohr zurück. Sein Platz auf der Bühne, ein Gutteil seiner Flugkräfte, sein Ruf … besser, er dachte nicht so genau darüber nach, was er alles verloren hatte.

***

Nechful arbeitete bis in den Abend hinein, um die Papiere fertig zu bekommen. Es dunkelte schon, als er jemanden auf der Plattform landen hörte und es gleich darauf an der Tür klopfte.

Sicher jemand aus der Küche. Mit der hatte er nämlich eine Abmachung: Wenn er abends nicht auf den Mahlplatz kam, brachte man ihm später eine Portion herüber von dem, was übrig geblieben war. Meistens schickte man junge Leute, die es noch als Ehre empfanden, nicht als Last. Die waren oft etwas schüchtern, aber trotzdem begierig darauf, sich einmal in der berühmten Werkstatt von Nechful, dem Erfinder, umzuschauen.

»Es ist offen!«, rief er.

Der Türhebel drehte sich, und ein Gesicht erschien im Türspalt. Es war niemand aus der Küche, sondern – zu Nechfuls Überraschung – eine graufedrige alte Frau, die ein Tongefäß in Händen trug: niemand anderes als Helinkor, Ilikors Großmutter!

»Bei allen Ahnen!«, entfuhr es Nechful. Er sprang auf, um ihr das Gefäß abzunehmen. »Wie kommen sie dazu, *dich* zu schicken?«

»Ich habe mich vorgedrängt«, erwiderte Helinkor. »Ich wollte was mit dir besprechen.« Sie sah sich neugierig um. »Hier arbeitest du also?«

»Ja.« Nechful stellte den Tontopf auf den Tisch. »Meine Werkstatt. Warst du noch nie hier?«

»Einmal, mit Ili, aber an dem Tag hatte ich Kopfschmerzen, und mir war alles zu viel.« Sie betrachtete den Trog, die Presse und das Trockengestell. »Das wird das Buch für die Sem, oder?«

Helinkor saß für das Nest im Rat vom linken Ufer. Kuramur, der Älteste, hatte sie darum gebeten, weil es ihm zu anstrengend geworden war; obwohl er angesichts seines Alters noch gut zu Flug war, waren ihm die Sitzungen, die manchmal bis in die Nacht gingen, zu ermüdend. Und Helinkor vertrat das Nest gut, fanden die meisten.

»Ja, das wird das Buch«, bestätigte Nechful. »Das Papier dafür habe ich jetzt beisammen. Es muss nur noch trocknen und geleimt werden. Dann kann ich drangehen, den Buchblock herzustellen.«

»Also wird es bald fertig?« Sie hob die Augenbrauen. »Man drängt uns. Deswegen frage ich.«

»Womöglich ein gewisser Mursem? Der war heute schon hier.« Das schien sie regelrecht zu erschrecken. »Tatsächlich?«

»War halb so schlimm«, meinte Nechful. »Hat zwar gestört, aber ich glaube, er hat verstanden, dass er damit nichts beschleunigt.« Er musterte sie, fragte sich, wieso sie auf einmal so beunruhigt wirkte. »Was ist denn das für einer?«

Helinkor setzte sich auf seinen Stuhl, den einzigen, den Nechful in seiner Werkstatt hatte. »Mursem hat das Amt des Hafenmeisters übernommen, seit Ende der Regenzeit«, erzählte sie mit eigentümlich flacher Stimme. »Er sitzt damit auch im Rat vom rechten Ufer, von daher kenne ich ihn. Ich, ähm … ich kann nichts Schlechtes über ihn sagen.«

»Er will das Buch Teria abschreiben.«

»Ah«, machte sie und nickte beflissen. »Das könnte bei uns auch mal jemand machen. Es lösen sich schon die ersten Seiten.«

»Und er sagt, er will sich demnächst einer Frau versprechen und das Buch noch vor der Zeremonie fertig haben. Zur Einstimmung, sagt er.«

»So.«

Sie musterte ihn forschend, schien mit irgendeinem Problem zu ringen. Nechful überlegte, ob er sie fragen sollte, was los war, tat es dann aber doch nicht. Er mochte Helinkor sehr, vor allem, weil sie Ilikor so verblüffend ähnlich sah, genau wie deren Mutter übrigens. Er wusste anhand dieser beiden Frauen, wie Ilikor im Alter einmal aussehen würde: immer noch schön.

»Das Problem ist«, fuhr Nechful fort, »dass ich den Buchblock erst beschneiden kann, wenn das große Messer da ist, das wir bestellt haben. Vorher geht's nicht weiter.«

Helinkor zog die Brauen zusammen. »Aber du *hast* doch ein Schneidemesser?«

»Das war nicht mehr zu gebrauchen. Das hat, ich weiß nicht, hundert Regenzeiten gesehen. Wer hat das ursprünglich gekauft? Das muss noch Premdor gewesen sein, oder?« Premdor war der erste Papiermacher im Nest der Kor gewesen, lange vor seiner Zeit. »Jedenfalls, ich hab's einfach nicht mehr scharf genug gekriegt. Jetzt verwenden sie es bei der Sichelgrasernte, dafür reicht es grade noch.«

Helinkor nickte bedächtig. »Nun verstehe ich, warum Baheit dauernd von diesem Messer redet und wie viel es gekostet hat.« Baheit war der Kassenverwalter und immer in Sorge, das Nest Kor könnte bei irgendwem Schulden haben. »Wenn ich es recht verstanden habe, ist die Schuldverschreibung, die wir dem Eisenland dafür gegeben haben, nämlich schon wieder bis zu uns zurückgewandert. Nun wartet er sehnsüchtig darauf, dass das Buch fertig wird und ausgeliefert werden kann und die Sem bezahlen.«

Das war eine der Merkwürdigkeiten des Handels entlang des Thoriangor, die man anfangs schwer begriff: Das Eisenland lieferte viel an die Nester des Schlammdeltas, aber aufgrund der Entfernung konnte das Schlammdelta, das hauptsächlich Lebensmittel erzeugte und handelte, nicht im Gegenzug direkt an das Eisenland liefern. Deswegen tauschten die Händler des Eisenlands Schuldverschreibungen aus dem Delta bei den ihnen benachbarten Nestern ein, die sie wiederum auf den weiter östlich gelegenen Märkten eintauschten, und immer so weiter, bis die Schulden wieder im Delta ankamen und einzulösen waren, meistens gegenüber Nestern in den *Hazagas*.

»Ich habe Baheit gesagt, er soll eine Anzahlung verlangen«, erwiderte Nechful. »Weil es eine Weile dauern wird, das Buch herzustellen. Aber er hat gemeint, das sei ihm zu kompliziert.«

Sie stand auf, schüttelte die Flügel aus. »Nun, wir wissen beide, wie er ist. Und wir werden ihn auch nicht mehr ändern. Kein Grund, dich zu hetzen, ja?« Sie musterte ihn. »Und sonst? Wie geht's dir?«

Nechful zuckte mit den Schultern. »Na ja. Nicht mehr so gut, wie es mir schon gegangen ist, aber auch nicht so schlecht, wie es schon war. *Stabil*, wie Brandikor sagt.« Brandikor war die Heilkundige des Nests. »Aber ich hab ja Ili …«

Darauf sagte sie nichts, nur ihr Blick bekam etwas Sorgenvolles. Schließlich gab sie sich einen Ruck und meinte: »Ich glaube, es ist besser, ich lass dich in Ruhe essen. Ich weiß jetzt Bescheid, wie es steht, und …« Im Abwenden hielt sie inne und begann zu schnüffeln. »Was riecht denn da so?«

»Sag ruhig, dass es stinkt. Das ist schließlich eine Werkstatt.«

»Nein, nein, ich meine …« Sie hob die Nase erneut, ließ sich davon zu dem Regal leiten, in dem die Teile der zerstörten Dampfmaschine lagen, und nahm das geplatzte Rohr in die Hand. »Das hier.« Sie hielt es sich vor die Nase. »Das riecht explodiert.«

»Ist es ja auch. Der Dampf hat es zerrissen.«

»Dampf?« Sie roch geräuschvoll daran. »Nein. Ich kenn das. Als ich noch bei meinen Eltern gelebt habe, hat ein Junge aus der Nachbarschaft Signalmacher gelernt und mir immer alle möglichen Sprengstoffe vorgeführt. Das hat genauso gerochen. So verbrannt.«

Nechful seufzte. »Helin! Ich hab wirklich keine Lust auf irgendwelche wilden Theorien.«

»Ist doch aber seltsam, oder?«

»Die Dampfmaschine hatte einen Kessel. In dem Kessel hat ein Feuer gebrannt. Es ist *kein bisschen* seltsam, dass alle Teile verbrannt riechen.«

Sie betrachtete das geplatzte Rohr nachdenklich. »Hmm. Ja. Wer sollte so etwas auch tun?« Sie legte es zurück, sah sinnend ins Leere. »Was wohl aus ihm geworden ist? Eikor hieß er, jetzt fällt es mir wieder ein. Er ist in den Westen gegangen, aber dann hab ich nichts mehr von ihm gehört …«

772

Sie drehte sich zu Nechful um und umarmte ihn, ehe er ausweichen konnte. »Lass dich nicht unterkriegen«, flüsterte sie ihm ins Ohr. »Das Leben geht weiter. Es geht *immer* weiter, glaub mir.«

Sie packte ihn an den Schultern, drückte ihn ein Stück zurück, musterte ihn mit einem verschwörerischen Lächeln und küsste ihn dann auf die Wangen, zuerst auf die rechte Seite, dann auf die linke, taube Seite, wo er kaum noch etwas spürte. Dabei umhüllte sie seinen Kopf für einen Moment mit ihren Flügeln, als wolle sie ihn vor irgendetwas beschützen. »Und jetzt iss endlich, sonst wird alles kalt«, sagte sie, dann ging sie hinaus und flog in die Nacht davon.

Nechful aß, aber nicht gleich. Erst, nachdem er eine ganze Weile dagestanden, seine Wangen betastet und sich gefragt hatte, was denn *das* nun wieder zu bedeuten gehabt hatte!

***

Auch in dieser Nacht kam Ilikor nicht, ließ nicht einmal von sich hören. Aber es war ohnehin keine gute Nacht, sondern eine von denen, in denen die Schlamminsekten mal wieder ihren Rappel bekamen und aufstiegen, um die Menschen zu plagen. Die ganze Nacht summten und sirrten und knackten und knarzten sie um Nechful herum, sodass er schließlich die Öllampe anzünden musste, doch auch deren Dämpfe vertrieben die Plagegeister der Windzeit nicht gänzlich.

Und das ging nicht nur ihm so. Als er morgens auf den Mahlplatz kam, wirkten alle, die da über ihrem Tee und Frühstücksbrei saßen, genauso unausgeschlafen, wie er sich fühlte.

Ilikor war aber nicht da. Als er die Küchenleute nach ihr fragte, sagte ihm einer, die sei schon vor der Zeit dagewesen und früh los. Er machte eine Geste in Richtung des Deltas, woraufhin Nechful eine ganze Weile das Labyrinth glitzernder Wasserwege betrachtete und die Inseln dazwischen, auf denen Pflanzungen üppig wucherten oder Hiibus hingebungsvoll grasten. Doch natürlich sah er sie nirgends; dazu war das Delta viel zu groß und die Orte, an denen sie sein konnte, viel zu zahlreich und viel zu weit weg.

Er hatte gerade gefrühstückt, als Burkor aufgeregt angeflattert kam und rief: »Da ist ein Boot vom Hafen, Meister! Für Euch! Die haben ein Messer geladen, das *so* groß ist!« Dabei streckte er die Arme aus, so weit sie nur reichten.

Nechful sprang auf. »Warte, ich komme!«

Er wollte eilig seine Schüssel und seinen Becher abwaschen, wie es sich gehörte, aber der, der ihm das mit Ilikor gesagt hatte, nahm ihm beides ab und meinte: »Flieg nur. Ich mach das schon.«

Wie jeden Tag musste der Sprung hinüber zur Werkstatt mit einem stechenden Schmerz bezahlt werden, aber heute machte es ihm weniger aus als sonst. Auch Burkors besorgte Blicke machten ihm weniger aus. Ja, am Fuß seines Zwergbaums lag tatsächlich eines der Lieferboote vom Ersten Hafen, ein schmales Ruderboot mit flachem Boden, in dem der meiste Platz ungenutzt geblieben war, weil es nur einen einzigen Gegenstand transportierte, nämlich ein mannslanges Metallteil, dessen sanft gerundete Schneide der Schmied sorgsam in Stroh und Holz verpackt hatte, ehe es auf die lange Reise aus dem Eisenland hierher gegangen war. Dieser eine Gegenstand war schwer genug, um dem Boot einen fast schon bedenklichen Tiefgang zu verschaffen.

Gerudert wurde es von einem derben jungen Mann mit braunen, irgendwie schmutzig aussehenden Flügeln. »Bist du Nechful?«, rief er zur Begrüßung.

»Ja«, sagte Nechful und trat näher.

»Ich bin Lasem. Das da ist für dich.« Er wies auf das eingepackte Schneidemesser.

Außer ihm saß noch ein Mädchen im Boot, das schneeweiße Flügel hatte mit, wie Nechful erst jetzt entdeckte, goldenen Mustern darauf. Faszinierend! Dieses Mädchen ergänzte: »Außerdem sollen wir dir einen schönen Gruß von Mursem ausrichten.«

»Ah ja, richtig«, meinte Lasem.

»Du wüßtest schon Bescheid«, fügte das Mädchen hinzu, das auch sonst hinreißend aussah.

»Ich kann's mir denken«, sagte Nechful.

»Ich heiße übrigens Meoris«, erklärte sie.

War sie das Mädchen, dem sich Mursem versprechen wollte? Nechful spürte einen albernen Anflug von Eifersucht. »Du bist neu im Nest der Sem, oder?«

Sie lachte. »Nein, nein. Ich bin dort nur zusammen mit einem Nestbruder zu Gast. Er ist unterwegs, ähm … *krank* geworden, und ein Floß hat uns mitgenommen. Wir haben Quartier bei den Sem bekommen, aber sobald wir beide wieder fit sind, geht's zurück nach Hause.« Sie winkte ab. »Ist eine lange Geschichte.«

»Und zu Hause ist wo?«

»In den Küstenlanden.«

Nechful spitzte unwillkürlich die Lippen. Er hatte nur eine vage Vorstellung davon, wo das war – irgendwo hinter dem Akashir-Gebirge, oder? –, wusste auf jeden Fall, dass es am anderen Ende der Welt lag. »Ein weiter Weg bis hierher.«

»Hat auch lange gedauert.« Sie spähte am Stamm empor. Man sah von hier unten einen Teil der Werkstatt und die Plattform vor der Tür. »Das Teil soll da hinauf, hat er gesagt«, meinte sie mit einem Nicken in Burkors Richtung. »Ich denke, wir helfen dir besser dabei.«

»Das wird nötig sein, ja«, gab Nechful zu.

Auch zu viert war es dann schwer genug. Sie hatten Tragseile dabei, und der größte Teil des Gewichts lastete auf Burkor und Lasem. Nechful nahm eines der Seilenden, konnte aber nicht wirklich viel beitragen. Das Mädchen übernahm die Steuerung, dirigierte das riesige Paket geschickt durch die Tür, und als das Ding endlich sicher auf dem Boden der Werkstatt stand, waren sie alle verschwitzt und erleichtert.

Sie packten es gleich gemeinsam aus und halfen ihm, das Messer in das Gestell zu setzen, in dem zuvor die alte Klinge ihren Dienst getan hatte. Nechful hatte die altehrwürdige Holzkonstruktion seither ausgebessert, verlängert und verstärkt, weil das neue Messer länger war und etwas breiter, und es passte ohne den geringsten Schlupf. Das Messer hatte den Transport auch bestens überstanden; die Schneide war immer noch wunderbar scharf. Es würde nicht nötig sein, sie nachzuschleifen. Einmal mehr hatte sich bewiesen, dass Gimlech der beste Schmied des Eisenlands war.

»Tolle Werkstatt, übrigens«, meinte Meoris, als die Arbeit getan war und sie jeder einen Becher frischen Wassers tranken.

»Danke«, sagte Nechful.

»Sag mal«, fuhr sie fort, »könnte ich womöglich bei dir etwas bauen?«

»Wie meinst du das?« Er sah sie an und fühlte sich seltsam ertappt. Die Aussicht, sie wiederzusehen, gefiel ihm nämlich. Unwillkürlich überlegte er, in welcher Rolle er sie gerne sähe. Vielleicht in der Rolle von Amur, der ersten Tochter Terias, von der es hieß, sie sei ungewöhnlich schön gewesen. Dafür wäre sie die Traumbesetzung gewesen. Es gab drei Stücke, in denen Amur vorkam, und alle drei hatten sie schon lange nicht mehr gespielt.

Unsinnige Gedanken. Er hatte im Betrieb des Theaters nichts mehr zu sagen.

Meoris nahm einen tiefen Schluck aus ihrem Becher. »Es ist so – ich bin Jägerin, aber ich hab unterwegs meinen Bogen verloren. Auf dem Floß hab ich angefangen, mir einen neuen zu bauen … Man hat ja endlos viel Zeit auf dem Thoriangor, nicht wahr? Und da war ein Stück Holz, das sich richtig gut geeignet hat, das hab ich den Flößern abgeschwatzt. Aber ich bin halt noch nicht fertig. Ich hab nur gemacht, was man mit 'nem simplen Messer machen kann.«

»Wenn du weißt, was zu tun ist, gerne.« Das klang ihm so schrecklich zögerlich in den Ohren, geradezu abweisend, dass er hastig hinzufügte: »Wir jagen hier im Delta nicht besonders viel, deswegen. Wir fischen viel, das schon. Aber die Hiibus leben auf den Inseln, die müssen wir nicht jagen. Wenn wir Fleisch brauchen, wird ein Tier von den anderen separiert und mit einem raschen Schnitt getötet.«

Sie lächelte verlegen. »Ich hab auch nicht vor, hier zu jagen. Es ist eher, weil … Sagen wir, wenn ich keinen Bogen trage, fühle ich mich unvollständig bekleidet.«

Darüber, wie vollständig oder unvollständig sie bekleidet war, wollte Nechful lieber nicht nachdenken, deshalb sagte er: »Komm, wann immer du willst. Ich bin fast immer hier, und wenn nicht … also, ich hab alles an Werkzeug, was man so braucht, man muss es nur meistens erst suchen.«

***

Am nächsten Tag tauchte sie tatsächlich auf, einen Bogen in der Hand, dessen Eleganz Nechful verblüffte.

»Was ist das für ein Holz?«, fragte er, nahm ihn ihr ungefragt aus der Hand und bestaunte das weiße, fein gemaserte Stück von allen Seiten.

»In den Nordbergen nennt man es Federbaumholz«, erklärte Meoris. »Ich glaube, es wächst auch nur dort.« Sie nahm ihm den Bogen wieder ab, drückte ihn zusammen, um ihm zu zeigen, wie elastisch er war. »Wäre doch eine Verschwendung gewesen, es für etwas anderes zu verwenden, oder? Und solche geraden Stücke sind selten.«

»Erstaunlich …«

Nechful räumte ihr eine der Werkbänke frei, zeigte ihr, wo die Werkzeuge waren, die sie wahrscheinlich brauchen würde. Der Bogen hatte noch keinen Griff, das war das Erste, was sie machen wollte: eine geflochtene Schnur – die hatte sie in der Tasche – eng darum herumwickeln und festkleben, mit einem Kleber, der vom Handschweiß nicht mehr aufgelöst werden konnte.

»Der hier«, sagte Nechful sofort und stellte ihr seinen Tiegel mit Hörnerleim hin.

Und dann fehlte dem Bogen noch die Sehne.

»Gibt es hier vielleicht einen Markt?«, fragte Meoris. »Ich dachte an eine Sehne aus Wasserschlangendarm.«

»Märkte gibt es im Delta natürlich jede Menge«, sagte Nechful amüsiert, »aber ich glaube, ich hab was Besseres.« Er wühlte in den Korbkisten mit dem ganz selten gebrauchten Zeug und förderte eine Rolle Sehnendraht zutage, den er vor langer Zeit einmal besorgt hatte. Er hatte nur ein Stück davon für eine Bühnendekoration benötigt, über den Rest waren gute zehn Regenzeiten hinweggegangen – aber der Draht hatte noch kein bisschen Rost angesetzt.

»Genial!« Sie strahlte richtig. »Das ist natürlich das Allerbeste.«

Danach arbeiteten sie, jeder für sich, und es ging besser, als Nechful erwartet hatte. Er leimte seine Blätter und hängte sie an eine Leine, wo sie bei den warmen Temperaturen, die gerade herrschten, schnell trockneten: Wenn er die Leine voll hatte, konnte er die ersten Blätter schon wieder abhängen.

Meoris formte derweil die Enden des Drahtstücks, das sie sorgfältig abgemessen und abgeschnitten hatte, gewissenhaft zu Ösen, drückte dann den Bogen gegen ein Hindernis, hängte den Draht ein, probierte, justierte nach. Das war offensichtlich nichts, was sich mal eben schnell erledigen ließ.

Es herrschte eine konzentrierte, ruhige Atmosphäre, die Nechful gut gefiel. Er kannte nicht viele Frauen, mit denen man auf diese Weise im selben Raum arbeiten konnte, jeder für sich. Mit Ilikor zum Beispiel wäre es unmöglich gewesen. Ilikor wurde rasch ungeduldig, wollte immer, dass etwas los war … Sie meldete sich nur für Arbeiten, bei denen man mit anderen reden konnte, wie bei der Ernte etwa.

Als er seine Blätter fertig geleimt hatte und der Leim am Griff ihres Bogens trocknen musste, setzten sie sich mit je einem Becher Wasser auf die Plattform hinaus. Nechful setzte sich dicht an den Rand, damit sein linker Flügel, den er nicht mehr so gut bewegen konnte, frei herabhing.

Sie musterte ihn neugierig und fragte unbefangen: »Was ist dir passiert?«

Sie war direkter als die meisten Leute, aber irgendwie machte es ihm weniger aus als gewöhnlich. »Es ist etwa ein Jahr her«, erzählte er. »Ich hatte eine Dampfmaschine gebaut – eine Vorrichtung, die die Kraft des Dampfes in Bewegung umsetzen sollte –, und als ich sie anlässlich eines Fests dem Rat vorgeführt habe, ist sie explodiert. Der Dampf ist herausgeschossen und hat mich verbrüht.«

»Das muss wehgetan haben.«

»Kann man wohl sagen. Ein paar Tage lang hab ich gedacht, ich sterbe.«

»Und *wieso* ist deine Maschine explodiert?«

»Der Dampf hat einen höheren Druck entwickelt, als ich berechnet hatte. Wobei es eigentlich gar keine Methode gibt, so etwas zu berechnen.«

Sie dachte eine Weile darüber nach. »Ist das der Grund, warum Kris den Bau von Maschinen verboten hat?«

»Vielleicht. Andererseits hatten die Ahnen ja selber Maschinen, und viel, viel mächtigere.« Nechful seufzte. »Man versteht es nicht.«

Ihre Offenheit gab ihm den Mut, seinerseits neugierig zu fragen: »Und du und dein Nestbruder? Was hat euch hierher verschlagen?«

»Oje«, stieß sie hervor.

»Eine lange Geschichte. Hast du ja gesagt.«

»Ja.« Sie begann, mit den Beinen zu baumeln, während sie nachdachte. Die goldenen Federn in ihren Flügeln glänzten, als seien sie von innen her beleuchtet. »Ich hatte einen Bogen vor diesem. Aber jemand hat ihn mir weggenommen. Den Bogen und die Pfeile, die ich hatte. Einer von diesen Pfeilen hatte eine vergiftete Spitze. Und ausgerechnet dieser Pfeil hat Galris getroffen.«

»Uh«, entfuhr es Nechful. Er schluckte. »Wer macht denn so etwas?«

Sie wiegte den Kopf hin und her. »In gewisser Weise war es ein Versehen, könnte man sagen.«

Sie erzählte ihm nicht die ganze Geschichte, er spürte es. Welchen Grund sie wohl hatte, ihm Teile davon vorzuenthalten?

»Auf jeden Fall war Galris außer Gefecht«, fuhr sie fort. »Ich hatte wirklich Mühe, ihn auf dieses Floß zu schaffen. Und ich meine, weißt du, wie langsam so ein Floß ist? Wie lange es unterwegs ist?«

»Ungefähr«, sagte Nechful. »Früher war ich durchaus beweglicher.«

»Also – Galris war praktisch von den Nordbergen bis zu den Hazagas bewusstlos. Und hatte Fieber, dass man Fische auf seiner Stirn hätte braten können.«

»Oje. So lange?«

»Inzwischen geht's ihm besser, aber er muss noch an Kraft zulegen, ehe wir weiterfliegen können.« Sie grinste. »Sagt er jedenfalls. Ich hab bloß den Verdacht, dass es ihm viel zu gut gefällt, wie die Frauen im Sem-Nest um ihn herumflattern und ihn füttern …«

Nechful musste auch grinsen.

Sie trank ihren Becher aus. »Wollen wir wieder reingehen? Ich würd gern noch ein paar Pfeile machen.«

»Gift hab ich aber keines«, meinte Nechful.

Sie lachte nur.

Sie gingen wieder hinein. Nechful begann, den Buchblock zusammenzustellen und die einzelnen Lagen zu vernähen. Er hatte diese Art Arbeit schon oft gemacht, aber irgendwie, stellte er fest, war es doch etwas Besonderes, zu wissen, dass seine Arbeit für die Abschrift eines Großen Buchs gedacht war. Man gab sich unwillkürlich mehr Mühe.

Trotzdem warf er ab und zu einen Blick hinüber, um zuzuschauen, wie Meoris das für die Pfeile bestimmte Holz zuschliff und auf Geradheit prüfte, wie sie die Spitze anschärfte und über einer Flamme härtete.

Für die Befiederung zupfte sie sich Federn aus den eigenen Flügeln, just, als er hinschaute. Sie lachte verlegen. »Menschliche Federn eignen sich eigentlich nicht besonders gut«, meinte sie. »Aber ich bin so ungeduldig. Ich will nicht heute Abend mit einem Bogen zurückkommen und keine Pfeile haben.«

Nechful überlegte. »Du kannst dich mal im Delta umschauen. Auf etlichen Inseln gibt es Gehege mit Laufvögeln, und dort liegen immer jede Menge Federn herum. Wir haben ziemlich viele Brodos und Gruchelos, aber auch Breitfüßer und Klopse ...«

»Klopse? Was sind denn das für Vögel?«

»Anderswo nennt man sie, glaube ich, Uferläufer.«

Sie nickte. »Ah ja. Deren Federn sind gut. Gute Idee. Ich flieg gleich morgen mal ...«

Sie unterbrach sich, als man jemanden geräuschvoll auf der Plattform landen hörte. Gleich darauf klopfte es zaghaft.

Nechful hatte so eine Ahnung, wer das sein könnte. »Moment«, sagte er und ging zur Tür. Tatsächlich, es war wieder der Nestlose von neulich.

»Entschuldigt die abermalige Störung«, bat er. »Es ist mir peinlich, schon wieder aufzutauchen, aber ich würde gerne, wenn es möglich wäre, noch einmal etwas Werkzeug ...«

Ehe Nechful dazu kam zu antworten, hörte er Meoris hinter sich einen spitzen Schrei ausstoßen. Im nächsten Augenblick drängte sie sich neben ihn und rief: »Ist ja nicht zu fassen! Jehris – *du?*«

***

»Jehwili«, erwiderte der Nestlose ruhig. »Mein Name ist jetzt Jehwili.«

Meoris atmete geräuschvoll aus. »Dann haben sie dich also aufgenommen.«

»Ja, das haben sie.«

»Und du hast das Verfemte Buch gelesen. Das Buch Wilian.«

Der hagere Nestlose nickte vage. »Was machst *du* hier, bei allen Ahnen?«

»Oh«, sagte Meoris, »das ist eine lange Geschichte.«

Nechful sagte, nachdem er bei jedem Wortwechsel vom einen zum anderen gesehen hatte: »Ihr kennt euch also.«

Im selben Moment ärgerte er sich. Das war ja wohl offensichtlich!

Aber Meoris lachte nur, und sie hatte eine Art zu lachen, die alles Unbehagen wegschmelzen ließ. »Er ist *auch* ein Nestbruder, stell dir vor! Jehris hat sich in der letzten Nebelzeit den Nestlosen angeschlossen.«

Nebelzeit. Nechful hatte nur vage Vorstellungen von den Jahreszeiten in den nördlicheren, kühleren Regionen, aber soweit er wusste, musste das dann ungefähr in der Mitte ihrer Regenzeit passiert sein.

»Noch nicht so lange her also«, konstatierte er.

Jehwili ging nicht darauf ein; man merkte ihm auf einmal eine gewisse Ungeduld an. »Meo, ich würd gern länger mit dir reden, wenn sich's irgendwie machen lässt. Aber jetzt gerade sollte ich zurück, die anderen warten auf mich.« Er wandte sich an Nechful. »Wenn Ihr uns noch einmal mit Werkzeug aushelfen würdet? Ich bräuchte ein Stemmeisen, einen Hammer und eine Feile. Es sind drüben noch ein paar Dinge zu reparieren, mit denen die Regenzeiten ungnädig waren.«

»Ja, gern, kein Problem«, sagte Nechful, obgleich er sich gerade etwas überwältigt fühlte von allem.

»Meo«, fuhr der Nestlose fort, »wie wär's, wenn du nachher zu uns rüberkämst? Wir lagern gleich nebenan, auf dem verlassenen Nestbaum.« Er deutete in die entsprechende Richtung. »Oder, noch besser, heute Abend? Wir haben ein kleines Fest, es gibt auch was zu essen und so, und da hätten wir Zeit, in aller Ruhe zu reden?«

»Klar!«, rief Meoris. »Ich bring dann Galris mit, der ist auch hier.«

Jehwili schüttelte verwundert den Kopf. »Das wird ja immer rätselhafter. Ihr müsst mir alles erzählen, hörst du?«

»Na, und du erst!«, erwiderte sie lachend.

Jehwili wandte sich wieder an Nechful. »Ihr seid ebenfalls eingeladen, wenn Ihr mögt. Es wäre mir eine Freude, mich ein wenig für Eure Unterstützung erkenntlich zeigen zu können.«

»Ach, das war doch nichts!« Nechful zögerte. Was, wenn Ilikor heute Abend kam?

Nun, in dem Fall konnte er den Nestlosen immer noch absagen. Oder einfach nicht kommen und sich am nächsten Tag entschuldigen. »Klar«, sagte er also. »Ich komme gern.«

Dann suchte er das Werkzeug zusammen, um das ihn der Nestlose gebeten hatte.

»Das ist unglaublich, oder?«, meinte Meoris, nachdem der Nestlose mit den Sachen abgeschwirrt war. »Da verschlägt es einen ans andere Ende der Welt, wo man nichts und niemanden kennt, und dann taucht plötzlich ein Nestbruder auf! Und auch noch einer, von dem man geglaubt hat, man sieht ihn womöglich nie wieder!«

»Das Leben geht manchmal seltsame Wege«, pflichtete Nechful ihr bei. Obwohl es ihn nicht persönlich betraf, beschäftigte es ihn doch auf eigenartige Weise.

Meoris hatte es auf einmal eilig, ihre Pfeile fertig zu machen. Sie schob die schneeweißen Federn, die sie sich aus dem Gefieder gezupft hatte, in das geschlitzte Ende der Pfeile, umwickelte das äußerste Ende fest und verklebte die Schnur mit einem Tropfen Leim. Sie machte das sehr geschickt und flink; man merkte, dass sie im Leben schon viele Pfeile angefertigt hatte. Sieben Stück waren es am Schluss, die sie in einen Köcher aus einem Stoff steckte, der mit Mustern der Sem bestickt war.

»Darf ich morgen noch einmal kommen?«, bat sie. »Jetzt grade bin ich zu ungeduldig, um weiterzumachen. Ich möchte Galris alles erzählen, und ich möchte auf dem Rückweg nach Federn von Uferläufern Ausschau halten, damit ich morgen bessere Pfeile machen kann …«

»Selbstverständlich«, sagte Nechful. »Komm, so oft du magst.«

Sie strahlte. Es beglückte einen, sie so strahlen zu sehen. »Wunderbar«, jauchzte sie. »Dann sehen wir uns heute Abend drüben bei Jehris … ich meine, Jehwili. Bei allen Ahnen, wie soll ich mich bloß an seinen neuen Namen gewöhnen?«

»Bis heute Abend dann«, sagte Nechful.
Es sei denn, Ilikor taucht plötzlich auf.
Aber er wünschte sich fast, dass das *nicht* geschah.

***

Die Stille, die nach Meoris' Abflug zurückblieb, bedrückte Nechful in ganz ungewohnter Weise. Auf einmal kam ihm die Werkstatt entsetzlich leer vor, und das, obwohl sie bis auf den letzten Schritt voll stand mit Werkbänken, Material, Werkzeug und angefangenen Projekten.

Es war nicht Meoris' Schönheit, die er vermisste – obzwar sie wirklich sehr schön war, aber das war Ilikor auch –, es war ihre Ausstrahlung. Mit jedem ihrer Worte und mit jeder ihrer Bewegungen verbreitete sie Zuversicht und Lebensfreude um sich herum, und nach beidem hatte ihn mehr gedürstet, als ihm klar gewesen war.

Doch nun kam niemand mehr. In erhabener Einsamkeit vernähte er den Buchblock vollends, und in erhabener Einsamkeit kam auch der Moment, in dem er das neue Messer zum ersten Mal zum Einsatz brachte.

Er tat es mit Bedacht und höchster Konzentration, denn ein Schneidemesser dieser Güte und Größe verzieh einem keine Fehler. Zunächst klemmte er den Buchblock zwischen zwei genau bemessenen Hölzern ein, die das endgültige Format vorgaben. Die Hölzer schlossen mit der vernähten Seite des Buchblocks ab, während das Papier an den übrigen drei Seiten überstand. Was hässlich aussähe, bliebe es so. Obwohl, er hatte gehört, es gäbe vor allem im Nordosten Nester, die wenig Wert auf die Feinheiten des Buchmachens legten und nichts dabei fanden, wenn selbst ihre Abschriften der Großen Bücher so aussahen.

Nun, seine Werkstatt würde kein unbeschnittener Buchblock je verlassen. Nechful hob das Messer an und verriegelte es sorgsam in der obersten Position. Dann legte er den gebundenen Block da-

runter, richtete ihn genau aus und fixierte ihn mit drei Schraub-
zwingen.

Endlich der große Moment: Er löste die Verriegelung und führte
das Messer mit Bedacht abwärts. Der erste Schnitt der Klinge, die
schimmerte wie flüssiges Licht. Die Schneide glitt durch die ausge-
fransten Papierränder wie ein heißer Löffel durch einen Topf mit
Hiibu-Fett, und zurück blieb eine glänzende, glatte Fläche.

Diesen Arbeitsgang wiederholte er noch zweimal, dann war der
Buchblock endgültig fertig.

Wie immer mochte er sich kaum davon trennen. Er blätterte
die Seiten auf, atmete ihren Duft ein, stellte sich vor, wie es sein
würde, darauf zu schreiben …

Aber schließlich gab er sich einen Ruck, schlug den Buchblock
in ein schützendes Tuch ein, band es sich um den Leib und tat den
mühsamen Sprung hinüber ins Nest.

Palakor hockte in ihrer kleinen Werkstatt, schien auf ihn gewartet zu haben. »Du kommst genau richtig, Nechful«, sagte sie erfreut
und zeigte ihm die lederne Hülle, die sie vorbereitet hatte.

»Na, das ist doch ein gutes Vorzeichen«, meinte Nechful und
packte den Buchblock aus.

Sie legte ihn provisorisch in den Einband, begutachtete das
Ganze. »Das wird ein wunderbares Buch«, stellte sie fest. »Eines,
das dem Nest Sem zur Ehre gereichen wird.«

»Hoffen wir nur, dass Mursem sich nicht hetzen lässt beim Abschreiben«, meinte Nechful und erzählte ihr, was er über die Hintergründe gehört hatte.

Sie lachte. »Weiß er eigentlich, dass das Buch Teria von der
Liebe einer Frau zu einer *anderen* Frau handelt?«

Nechful zuckte mit den Schultern. Wer wusste das nicht? »Ich
glaube nicht, dass das wichtig ist. Liebe ist Liebe.«

Palakor nickte und legte die gefalteten Hände auf das zu bin-
dende Buch. »Da hast du auch wieder recht.«

***

Nun, da diese Arbeit getan war, bei der ihn so viele gedrängt hatten, fühlte sich Nechful befreit, geradezu erleichtert. Es schien, als übertrage sich dieses Gefühl bis in seine so wenig brauchbar gewordenen Flügel, denn auf dem Rückweg steuerte er unwillkürlich nicht die Plattform vor der Tür seiner Werkstatt an, sondern landete im Wipfel des Zwergbaums, ganz wie von selbst. Er setzte sich auf einen der Queräste, wie er es schon ewig nicht mehr getan hatte – nicht mehr seit seinem Unfall, mindestens –, und schaute über das gewaltige Bild, das ihm das Delta bot. Vielerlei Gedanken erfüllten ihn, die gedacht und durchdacht werden wollten, in aller Ruhe und mit der nötigen Sammlung.

War es zum Beispiel nicht an der Zeit, ganz *andere* Theaterstücke zu schreiben, als man bisher geschrieben hatte? Warum eigentlich mussten alle Stücke von den Ahnen und den Ereignissen in deren Leben handeln? Gewiss, die Weisheit der Ahnen war beeindruckend. Aber warum folgte man ihren Lehren? Doch in erster Linie, weil diese *funktionierten*, nicht aus Verehrung oder dergleichen, was ja wohl auch nur eine wenig tragfähige Begründung gewesen wäre. Jedenfalls, die Ahnen bestimmten ohnehin einen wesentlichen Teil ihrer aller Leben – musste man sich dazu auch noch ihre Geschichten erzählen, und das wieder und wieder? War es nicht an der Zeit, einmal von ganz normalen Menschen zu erzählen, denen Ungewöhnliches zustieß? So eine Geschichte wie die von Meoris, die ihren verloren geglaubten Nestbruder am anderen Ende der Welt wiedertraf, wo sie nie erwartet hatte, hinzugeraten – daraus ließe sich doch etwas machen!

Und vielleicht, überlegte Nechful, würden ihm die Worte auch besser gehorchen, wenn er mit einem solchen Blickwinkel an die Sache heranging. Wenn er sich freimachte von den einschüchternden Vorbildern vergangener Jahrhunderte.

Da – schon wieder eine Sille! Eine jüngere diesmal, kleiner, hellbraun und glatt, aber genauso neugierig. Goltwor hatte hier im Delta gelebt; weit mehr als hundert Regenzeiten waren seither über das Land gegangen. Das Nest der Wor hatte auch damals drüben auf der rechten Uferseite gelegen, und Goltwor hatte sein ganzes Leben dort verbracht – kein Wunder, dass ihm die Sillen aufgefallen waren!

»Na?«, fragte Nechful amüsiert. »Was willst du mir denn zeigen?«

Als hätte sie ihn gehört und in der Tat vor, ihm etwas zu zeigen, flog die Sille ein Stück fort, drehte um, kam wieder zurück, flog wieder davon, gerade so, als wollte sie ihn verlocken, ihr nachzufliegen.

»Kann ich nicht mehr«, sagte Nachful. »Tut mir leid.«

Die Sille verharrte, als müsse sie überlegen. Dann, endlich, drehte sie ab und flog davon. Sie tat es langsamer, als Dreiflügler normalerweise flogen, sodass Nechful ihr eine ganze Weile mit den Blicken folgen konnte.

Und plötzlich …

Sah er es.

Er sah plötzlich das ganze Delta vor sich liegen wie ein riesiges Theater, in dem er den Logenplatz innehatte. Er sah jede der vielen Inseln, die von dicht an dicht in den Schlamm getriebenen Pfählen umsäumt waren, als eine Bühne für sich.

Hier waren Leute dabei, Esquerias von den violetten Sträuchern zu pflücken, auf denen sie wuchsen. Sie scherzten bei der Arbeit, und man hörte ihr Lachen bis hier herauf.

Dort lag ein Feld mit reifenden Kugelfrüchten, manche so groß wie Kinderköpfe. Noch waren sie rosa und hart, aber bis das Theaterfest anfing, würden sie tiefrot und weich und wunderbar süß sein, ein Hochgenuss – und aus denen, die übrig blieben, würde man Rotbrand destillieren für die trüben Tage der Regenzeit.

Und da, am Rand einer Herde friedlich grasender Hiibus, schäkerten zwei miteinander, ein Junge und ein Mädchen, die jedes Mal die Flügel hoben, wenn sie sich küssten: Eine denkbar ungeeignete Art, zu verbergen, was sie taten.

Jemand stakte ein Boot durch die vielen Kanäle, das beladen war mit Körben voller Silfkraut. Eine dicke Klopse folgte ihm, umgeben von ihren Jungen und argwöhnisch auf Abstand bedacht.

Ein Mann mit großen, dunklen Flügeln stand über eine der Reusen gebeugt und holte Fische heraus, die er in einen Holzeimer warf. Hinter ihm kreisten die Rückenfinnen zweier Ghortiche hungrig im aufgewühlten Wasser.

Ein Schwarm Flusssegler glitt über das Delta hinweg, die spitzen Flügel weit ausgebreitet und reglos, und wie immer schien es, als hielte eine magische Kraft sie in der Luft.

Und irgendwann *sah* Nechful nur noch, während die Gedanken verschwanden. Er blickte auf diesen einzigartigen Ort und sah, dass er auf seine Art ein Paradies war, trotz aller Widrigkeiten, weil diese mit dazugehörten.

Einen wunderbaren Moment lang wusste er, dass alles so war, wie es sein sollte.

***

Abends flog er zum ehemaligen Jon-Nest hinüber. So nah es zu sein schien, es war bis dort doch ein größerer Sprung als der bis zum heimatlichen Nestbaum. Er konnte aber eine Zwischenlandung auf einem Buschbaum einlegen und kam auf diese Weise gut an, ohne Krampf im Flügel und fast nicht außer Atem.

Jehwili entdeckte ihn gleich, begrüßte ihn und stellte ihn den anderen vor. Ein paar erschraken bei seinem Anblick, aber das war er ja gewohnt. Sie fragten, was ihm geschehen sei, und er erzählte von einem Unfall mit heißem Dampf, ohne in Einzelheiten zu gehen. Er wollte heute Abend nicht über Kris' Maschinenverbot diskutieren.

Eines der Kinder fragte, ob es seine vernarbte Haut anfassen dürfe, und als Nechful es erlaubte, war er ganz ergriffen, wie achtsam ihn der Kleine berührte.

Meoris war auch da, eine Weile schon, wie es den Anschein hatte. Sie stellte ihm ihren Nestbruder Galris vor, einen blassen, abgemagert wirkenden jungen Mann mit gänzlich ergrauten Flügeln, ungewöhnlich für jemanden in seinem Alter. Nechful hätte ihn gern gefragt, ob das von dem Pfeilgift gekommen war, traute sich dann aber doch nicht.

Man merkte, dass Nestlose nur besaßen, was sie bei sich tragen konnten: Wenn sie Musik machten – was sie immer wieder taten –, dann nur auf kleinen Flöten, und ein paar trommelten dazu auf hohlen Holzstücken, die sie bestimmt irgendwo im Wald gefunden hatten. Aber sie sangen, und das sehr gut – mehrstimmig, abwechslungsreich und beeindruckend.

Bescheiden war auch das Essen. Sie hatten Früchte und Beeren gesammelt und auf großen Blättern von Biskensträuchern angerichtet, daneben lagen ein paar Vögel, die sie erjagt und im alten Ofen des Nestes gebraten hatten – für jeden nur ein Happen.

Es gab etliche Kinder, aber irgendwann fiel Nechful auf, dass sie alle ein Mindestalter hatten: Sie konnten alle schon fliegen und taten es auch nahezu unaufhörlich, jagten einander durch die Wipfel und um die Äste herum und kreischten dabei vor Vergnügen. Nechful war beeindruckt. Er selber war selbst in seinen besten Zeiten nicht so flink zu Flügel gewesen. Aber was machten sie mit kleineren Kindern? Das musste er irgendwann auch noch herausfinden.

Meoris versuchte immer wieder, Jehwili dazu zu bringen, mehr über das Buch Wilian zu verraten, was dieser jedoch beharrlich ablehnte. »Wenn du wissen willst, was drinsteht, musst du dich den Nestlosen anschließen«, sagte er nur. »Das ist nun mal die Regel.«

»Und es gibt wirklich keine Ausnahme?«, fragte Meoris und zog einen hinreißenden Schmollmund, bei dem eigentlich jeder Mann hätte schwach werden müssen.

Ausgenommen ein früherer Nestbruder. Jedenfalls sagte Jehwili nur: »So gut wie keine.«

»Aha!«, trumpfte sie auf. »Es *gibt* also eine Ausnahme!«

Der Nestlose wiegte den Kopf hin und her. »Theoretisch. *Sehr* theoretisch. Wenn bestimmte Dinge passieren sollten, sind wir sogar *verpflichtet*, allen vom Buch Wilian zu erzählen. Aber nur dann.«

»Und was sind das für Dinge?«

»Ganz unwahrscheinliche Dinge. Dinge, die nie passieren werden.«

Meoris sank in sich zusammen. »Oh, ist das gemein! Ich weiß nicht, wie ich das aushalten soll.«

Galris, der neben ihr saß, schüttelte den Kopf. Er sah müde aus. »Ich weiß nicht, was du erwartet hast. Du kennst Jeh doch!«

Ein hünenhafter Mann mit gewaltigen Flügeln kam an, mit einem uralten Eisentablett in der Hand, das bestimmt hier noch irgendwo herumgelegen und über die Regenzeiten hinweg Rost angesetzt hatte. Jemand hatte es gereinigt, und nun dufteten darauf frisch gebackene Teigtaschen aus Torgmehl und irgendwelchen Gewürzen, die köstlich schmeckten. Jemand anders brachte Becher und einen Krug Quidu-Bier, und darüber kamen sie auf Nechful zu sprechen und das Buch, das er hergestellt hatte. Meoris wollte wissen, ob es schon fertig sei, und er erzählte bereitwillig, dass es mit dem Beschneiden gut gegangen war und er es bereits zur Binderin gebracht hatte.

Er erzählte den anderen auch von den Hintergründen, von Mursem und seinem Vorhaben, das Buch Teria abzuschreiben, ehe er sich der Frau seines Herzens versprach.

»Als du das mit dem Gruß von Mursem gesagt hast, habe ich gedacht, dass du diese Frau bist«, gestand er Meoris.

Sie lachte auf. »Nein, bei allen Ahnen, Mursem wäre nun wirklich nicht mein Typ! Nein, das ist eine aus *deinem* Nest. Eine Hübsche, ich hab sie gesehen. Sie heißt, warte ...«

»Ilikor«, half Galris aus.

Der Untergang der Welt

Nechful hatte auf einmal ein seltsam taubes Gefühl im Leib, in den Ohren, im Bauch, im Herz. Vor allem im Herz. Einen Moment lang war ihm, als hätte es aufgehört zu schlagen, einfach so. Was in so einem Fall wohl geschah? Ob man noch ein paar Augenblicke weiterlebte, ahnungslos, bis einem die Sinne schwanden und man starb?

»Ilikor?«, sagte eine Stimme, die ihm seltsam krächzend vorkam, und erst dann merkte er, es war seine eigene.

»Ja«, sagte Galris. »Sie hat sehr hellbraune Flügel, fast gelb, wenn das Licht entsprechend scheint. Ungewöhnlich.«

Das taube Gefühl breitete sich immer weiter aus. Manche seiner verbrannten Stellen fühlten sich schon lange so an, so betäubt, so gefühllos, ganz fremd, wie nicht mehr zu ihm gehörend. Jetzt also auch sein Herz. Und sein Bauch. Als hätte ihm einer einen Schlag verpasst, so stark, dass alles gelähmt und empfindungslos geworden war.

Dazu ein Rauschen in den Ohren, ganz seltsam.

Ilikor. Ilikor und dieser ... Mursem?

Das war doch nicht möglich! Das *durfte* nicht wahr sein! Alles in ihm drängte danach, hinauszuschreien, dass das nicht sein konnte, aber er tat es nicht, weil er unter all dem Rauschen und all der Taubheit sehr wohl wusste, dass es stimmte.

Weil es alles erklärte, was in letzter Zeit passiert war. Weil es erklärte, warum Ilikor nie gekommen war, warum sie nie Zeit gehabt hatte.

Sie hatte die Zeit für einen anderen gebraucht.

Schwankte der Baum? Nechful war sich nicht sicher. Aber er hatte auf einmal Angst, man könnte es ihm ansehen: sein Entsetzen, seine Verzweiflung, seine Scham. Oh, was für eine Schmach! So hässlich zu sein wie er, so entstellt zu sein und dann zu glauben, ein so schönes Mädchen wie Ilikor bliebe bei ihm!

Er musste gehen. Er musste verschwinden, schnell, ehe es peinlich wurde.

Also erhob er sich, bemüht, Ruhe auszustrahlen und Gelassenheit zu mimen. Sein großer Auftritt. Noch einmal war eine Rolle zu spielen, noch einmal galt es, jemand anders zu sein, und so großartig eine Bühne war, das Theater brauchte sie nicht; überall auf der Welt wurde Theater ohne Bühne gespielt, und was auf Mahlplätzen ging, ging auch auf einem breiten Ast. Nechful entschuldigte sich, dass er schon gehen müsse, er bedaure es sehr, so ein schöner Abend, so ein wunderbares Fest; er bedankte sich für die Einladung, versicherte, wie leid es ihm täte, aber leider, leider, und dringend, ja, das komme eben vor …

Und dann sprang er und flog davon, froh, in der anbrechenden Nacht verschwinden zu können.

Doch als sie ihn verschluckt hatte, die Nacht, was weiter? Was sollte er nun tun? Was *blieb* ihm noch zu tun?

Er flog dahin, mit einem Flügel, der schmerzte, als wolle er reißen, doch er flog weiter, immer weiter. *Sollte* er doch reißen, was machte es schon für einen Unterschied?

Aber dann verweigerte ihm sein Körper den Dienst, sein verkrüppelter, entstellter Körper, und er musste auf einem der Buschbäume zwischenlanden. Wie auf dem Hinweg, als er sich noch für einen glücklichen Mann gehalten hatte, einen Mann mit einer Zukunft.

Er keuchte, bekam kaum Luft. Alles, was sich vorhin taub angefühlt hatte, tat nun weh. Tränen liefen ihm über die Wangen; gut, dass ihn niemand sah.

Er klammerte sich an den Ast, wartete, dass das Keuchen aufhörte.

Wozu überhaupt weiterfliegen? Wohin denn? In seine Werkstatt? Was sollte er dort? Alles kurz und klein schlagen? Danach war ihm, ja. Ganz schrecklich war ihm danach, alles zu packen und zu zertrümmern, die Gerätschaften und die Möbel und die angefangenen Experimente, mit denen er sich doch nur wieder lächerlich machen würde, hinaus mit allem, alles zu Trümmern und Fetzen, ein Ende mit allem, ein Ende …

Und danach? Danach würde er endgültig ein Ausgestoßener sein. Die anderen würden Angst vor ihm haben, ihn meiden, sich in Acht nehmen …

Warum kürzte er es nicht ab? Warum flog er nicht hinaus, weg aus dem Delta, raus aus dem Schlammgebiet, dorthin, wo das Land wieder dem Margor gehörte? Warum ergab er sich nicht einfach? Ein letzter Schmerz, und schon würde es vorbei sein, alles. Und schlimmer als der Schmerz, der jetzt in ihm wühlte, konnte der Margor auch nicht sein.

Und es würde ein Ende haben. Ein Ende.

So, wie auch jedes Stück ein Ende haben musste.

Nechful hob den Kopf, sah sich um, versuchte, sich zu orientieren. Das kleine Licht der Nacht lag auf dem Delta, das ein dunkles Labyrinth war. Auf der anderen Seite die warmen Punkte der Fettlampen, die in den Nestern vom rechten Ufer brannten, die meisten rund um den Ersten Hafen.

Nein, sagte sich Nechful, als er den Hafen sah und die Umrisse von zwei Flößen, die heute angekommen sein mussten, und den Schatten des Sem-Nestes darüber. Nein, er würde noch nicht aufgeben.

Nicht, ehe er sich Gewissheit verschafft hatte.

Er stieß sich ab und flog los, aber nicht weg vom Delta, sondern direkt darauf zu.

***

Wie lange war er nicht mehr hier geflogen, hier, so weit draußen? Es war nicht mehr gegangen nach seinem Unfall, aber nun ging es doch. Wenn man den reißenden Schmerz im Flügel ignorierte, ging es.

Baumwipfel, die seine Füße streiften. Egal. Weiter. Da drüben, das Nest der Sem, dorthin.

Fliegen. Gleiten. Wenn man nur hätte fliegen können, ohne den linken Flügel zu bewegen! Aber das ging eben nicht. Egal, der

Schmerz war da, aber er war nicht so arg wie der Schmerz in seinem Herzen.

Nechful flog durch die Dunkelheit, sah kaum etwas, weil seine Augen voller Wasser waren, hatte Dunkelheit um sich herum, das fahle, blass-silberne kleine Licht der Nacht über allem.

Doch irgendwann verriet ihn sein Körper wieder, zwang ihn zur Landung. Ein Baum, immerhin, auf manchen der Inseln wuchsen Bäume, und er erwischte einen davon.

Gut. Vom Boden aus zu starten, das hätte er nicht mehr gekonnt.

Flüssigkeit lief an seiner Seite herunter, die sich nicht anfühlte wie Wasser, wie Schweiß. Blut, wahrscheinlich. Er tastete seinen Flügel ab, spürte Stellen, die wund waren, aus denen vielleicht Blut kam, er sah es ja nicht.

Sein Atem, keuchend, beruhigte sich. Der allumfassende Schmerz in seinen Muskeln, in seiner Haut ließ nach.

Weiter! Er dachte an Ilikor und an seine Schmach und hielt es nicht länger aus, sprang wieder hinaus in die Nacht, breitete die Flügel aus und flog, flog, so gut er konnte, quälte sich weiter, und nie zuvor war ihm so klar gewesen, wie groß das Delta war und wie schrecklich breit der Thoriangor hier auf seinem letzten Abschnitt.

Noch eine Rast, noch ein Baum. Er klammerte sich zitternd an einen Ast, der eigentlich zu klein und schwach war, um einen Menschen zu tragen, und der unter seinem Gewicht knirschte. Sein Gewicht, und das Gewicht des Schmerzes, der ihn erfüllte. Vor seinen Augen flimmerte es. Ein dumpfer, erdiger Geruch hüllte ihn ein, der Geruch eines Gemüses, das er kannte, aber der Name fiel ihm nicht mehr ein und auch nicht, wie es aussah, nur, dass er es schon oft gerochen hatte. Und dass er es nicht mochte, schon als Kind nicht gemocht hatte. Dieser Geruch, und dazu der Geruch von Blut. Seine Hand tat weh, er hatte sich irgendwo aufgekratzt, aber er konnte sich nicht mehr erinnern, wo. Und was spielte es noch für eine Rolle?

Ilikor. Weiter. Er musste es wissen. Und er durfte nicht zu lange rasten, sonst würden ihn die Kräfte verlassen, die Kräfte und aller Mut, aller Mut und diese wahnwitzige Entschlossenheit, die ihn erfüllte und die ihn trug und ohne die er es nicht schaffen würde.

Andererseits, was machte es schon, wenn er das nächste Mal ins Wasser fiel und ertrank?

Was machte es schon?

Er strich sich die Haare aus dem Gesicht, hob den Kopf, suchte die Umgebung ab. Da, immer noch unverkennbar, das prächtige Nest der Sem. Die Sem waren ein reiches Nest, vielleicht das reichste im ganzen Delta, weil sie an der Quelle des Reichtums saßen, am Hafen. Alle Flöße mussten im Hafen ankommen, wurden hier aufgelöst und verkauft, und an allem verdienten die Sem ihren Anteil. Die Räte diskutierten diesen Anteil oft, aber die Sem verteidigten ihn zäh, bisher mit Erfolg. Von einer Frau, die sich einem Sem versprach, sagte man, sie habe eine gute Partie gemacht.

War es das? War es das, was Ilikor gezogen hatte?

Fast ein tröstlicher Gedanke, an den Nechful sich klammern wollte: dass es nicht Abscheu vor ihm gewesen war.

Er flog. Er schwitzte, und zugleich war ihm kalt, und er zitterte. Auch vor Erschöpfung. Aber das Nest kam näher. Immer größer wuchs es vor ihm auf, ein schwarzer Schatten vor dem Hintergrund der Nacht, eine undeutliche Silhouette voller kleiner, orangegelber Lichter, zum Greifen nahe und doch noch schrecklich weit weg. Aber er konnte nicht noch einmal pausieren, es ging nicht, es waren keine Bäume mehr da, auf denen er hätte landen können. Er musste es schaffen, er *musste*!

Und dann, nach einer letzten Etappe, einem schier unerträglichen Gleitflug, bei dem er das Gefühl hatte, mit dem linken Flügel über einer Messerklinge zu fliegen, die ihm immer tiefer und tiefer ins Fleisch schnitt, kam er endlich an. Landete auf einem der äußersten, dünnsten Äste, der unter ihm nachgab und schwankte. Er musste sich festhalten und verschnaufen, bekam gar nicht so viel Luft, wie ihm fehlte, klammerte sich einfach fest und wartete,

wartete, dass die Schatten der beginnenden Ohnmacht von ihm wichen.

Niemand kam, um ihn zu stören. Man hatte ihn nicht einmal bemerkt, wie es schien.

Von irgendwoher hörte er Musik, Zupfharfen und Trommeln und Gesang. Gelächter hörte er auch. Sie waren fröhlich, die Sem. Und ja, es roch nach Gebratenem, nach Bier … Oder bildete er sich das nur ein?

Egal. Nechful raffte sich auf, zog sich weiter, bis er endlich auf einen Breitast gelangte, endlich wieder festes Holz unter den Füßen hatte.

Und jetzt? Wie wollte er Ilikor finden, wenn sie mit Mursem in der Kuhle lag? Er wusste ja nicht, wo der seine Schlafhütte hatte!

Ein Problem. Nechful stand da, regungslos, und dachte nach. Wobei, nein, eigentlich *dachte es* in ihm, langsam und träge und maschinenhaft, weil er bis in die letzte Faser erschöpft war und keine Energie mehr hatte für wirkliches Nachdenken. Er musste Ilikor finden, falls sie hier war. Das war das Problem. Er wollte Gewissheit. Aber was, wenn sie *nicht* hier war? Wenn sich dieser Galris getäuscht hatte? Oder wenn er ihn belogen hatte?

Wem konnte er denn noch trauen?

Schließlich, träge aus irgendwelchen geistigen Tiefen emporsteigend wie eine Faulgasblase im Uferschlamm des Thoriangor, kam ihm der Gedanke, auf einem Mahlplatz zu fragen, wo Mursem war. Natürlich. Ganz einfach. Er setzte sich in Bewegung.

Er war noch nie hier gewesen, aber Mahlplätze waren in keinem Nest schwer zu finden. Er tappte den Breitast entlang, ging dem Gelächter nach und dem Lärm und dem Geruch und sah bald einen der Mahlplätze des Nestes, einen großen, sah Leute, die auf Bänken an Tischen saßen, ein Gewirr von Stimmen und Köpfen und Flügeln, und darüber ein Gewirr von Hängelampen, die alles beleuchteten. Er roch das brennende Fett der Lampen. Becher schlugen dumpf gegeneinander. Diskussionen gingen durcheinander. Eine Zupfharfe wurde gerade gestimmt, *pling, plong, pläng!*

Darauf also schleppte sich Nechful zu, Schritt um Schritt um Schritt, und nun bemerkten ihn die Ersten, rissen die Augen auf, stießen ihre Nachbarn an. Flügel zuckten, Augen wurden groß, geflüstert wurde, erschrocken Luft eingeholt, denn ja, er war ja noch nie hier gewesen, die Rechtsufler kannten ihn nur vom Hörensagen!

Endlich trat Nechful über den Rand des Mahlplatzes. Solide Arbeit, der Platz, das erkannte er mit einem Blick. Sauber verfugte Bretter bildeten den Boden, ordentlich eingepasst zwischen die Hauptäste des Nestbaums. Gute Arbeit.

Er hob den Kopf, sah sich um, wusste nicht, wen er fragen sollte, denn sie sahen ihn alle so seltsam an, so erschrocken, so entsetzt.

Aber es war gar nicht nötig, dass er jemanden fragte, wo Mursem zu finden war, denn wie er so umhersah, entdeckte er ihn an einem der Tische sitzend, ihn und Ilikor, tatsächlich, Seite an Seite, Wange an Wange, Flügel in Flügel.

***

Ilikor sah ihn als Erste. Sie schrie auf und zog instinktiv den freien Flügel vor sich, wie um sich dahinter zu verbergen. Im nächsten Moment, als sie merkte, wie sinnlos das war, rückte sie weg von *ihm* und rief: »Nech! Bei allen Ahnen, wie siehst du denn aus?«

Nechful starrte sie an, begriff nicht. Wie sah er denn aus? Er blickte an sich herab. Ach so. Sein Hemd war getränkt in Schweiß und Blut. An seinem linken Flügel war die verbrannte Haut aufgeplatzt, gerissen, und Blut und eine seltsame, gelbliche Flüssigkeit rannen heraus. Seine Kleidung war voller Blätter, Rindenstücke, Insekten, Baumnadeln und Schmutz, sie war überdies hier und da zerrissen, und seine Hände waren verkratzt.

Er schaute wieder auf, schaute sie an. Das war der Moment, in dem er etwas hätte sagen sollen, aber was? Unterwegs war ihm so viel durch den Kopf gegangen, so viel auf der Zunge gelegen, ganze Floßladungen an Vorwürfen, Erklärungen, Deklamationen, ein bühnenreifer Monolog reiner Anklage ... Alles weg. Er wusste nichts mehr zu sagen. Er konnte nur dastehen und sie anschauen, Ilikor, Ili, *seine* Ili, die nicht mehr die seine war, schon lange nicht mehr ...

»Nech!«, rief sie und fing an zu weinen. »Ich wollt's dir ja sagen! Ich wollt's dir *wirklich* sagen, aber ich wusste einfach nicht, *wie*!«

Nechful nickte, sagte: »Ja.«

»Bitte, glaub mir, es ist nicht deine Schuld ... Es ist einfach passiert ... Ich war erst auch ... ach, ich weiß nicht ... Wir hatten eine schöne Zeit miteinander, du und ich, die hatten wir doch? Acht Regenzeiten haben wir gemeinsam gesehen, acht! Aber irgendwie ... du weißt doch ... du und das Theater, und das war nie so meins ... da waren wir einfach völlig verschieden! Und ... und ...« Sie rang richtiggehend die Hände, würgte, als blieben ihr die Worte im Hals stecken. »Und du hast dich mir nicht versprechen wollen, nie! Ich hab immer das Gefühl gehabt, du hast dich schon deinem *Theater* versprochen!«

Er starrte sie an, nur sie. Dass noch andere da waren, dass der Mahlplatz voll besetzt war und alle gebannt zuhörten und zuschauten wie einem hochdramatischen Theaterstück, dessen war er sich vage bewusst, aber sie waren alle ausgeblendet, als gäbe es irgendwo einen Scheinwerfer, der nur ihn und Ilikor beleuchtete und alles andere in Dunkelheit tauchte.

»Und dann bin ich Mur begegnet, und er wollte *gleich* ...«, schluchzte sie, rückte heran an ihn und hakte sich bei ihm unter, in einer fast trotzigen Geste.

Das war es also. Dabei wollte Mursem auch nicht *gleich*, sondern erst noch seine Abschrift des Buches Teria anfertigen. Und was für ein Vorwurf, wo sie doch eine Kor war, eine Schlamm-Kor, und wusste, dass Theaterleute einander nicht in Zeremonien versprachen, sondern sich einfach zusammentaten und es ab dann *waren*! Weil es sich bei Zeremonien im Grunde auch nur um Theaterstücke handelte, um kleine Schauspiele, denen normale Leute eine Bedeutung beimaßen, die ihnen in Wahrheit nicht innewohnte. Man *konnte* nicht Theater spielen und zugleich an die Kraft von Zeremonien glauben, das ging einfach nicht!

Alle anderen standen immer noch da wie erstarrt. Oder kam ihm das nur so vor? Er selber stand ja auch da wie eine Statue, wie eingefroren. Es war einzig Ili, die sich bewegte. Wie in der großen Szene in Alisems Stück über Terias Tod, in der Debra wehklagend umherirrte, während alle anderen auf der Bühne reglos standen, Gespenstern gleich.

Doch jetzt rührte sich auch Mursem, begriff endlich, was los war. »*Das* ist er?«, rief er, an Ilikor gewandt, redlich entsetzt. »Das ist dein …? Bei allen Ahnen, und ich bin zu ihm …!«

Nechful sah die Blicke der anderen. Es waren mitleidige Blicke. Und wie er sie so sah, fiel ihm auch wieder ein, wie Helinkor ihn angesehen hatte: Genau so!

Sie hatten alle Bescheid gewusst, alle! Nur er und Mursem nicht!

Das zog ihm endgültig die Luft unter den Flügeln weg.

»Schon gut«, stieß er hervor und hob die Hand in einer abwehrenden Geste. »Ich wollte nicht stören. Ich wollte nur …« Ja, was hatte er eigentlich gewollt? Er hatte es vergessen. Ah, doch: »Gewissheit.«

Damit war alles gesagt. Kein Grund mehr, sich länger zum Gespött zu machen. Kein Grund, noch mehr Kinder zu erschrecken mit seinem Anblick.

Nechful drehte sich weg, und auch der Gedanke, dass dies das letzte Mal sein würde, dass er Ilikor sah, ließ ihn nicht zögern. Er hatte sie oft gesehen, in besseren Zeiten, alles an ihr, aus jeder Perspektive und in jeder denkbaren Situation. Und nun war es eben das letzte Mal.

Er ging, bahnte sich den Weg durch all die Gespenster hindurch, verließ den Mahlplatz. Draußen war es dunkel, dunkler als vorhin, denn das Licht der vielen Lampen hatte ihn geblendet. Er stolperte, stieß gegen einen Ast, den er nicht gesehen hatte, stolperte noch einmal – und fiel.

Ganz automatisch riss er die Flügel auseinander, jenem menschlichen Instinkt folgend, den man sogar schon bei einem Baby beobachten konnte, wenn es unerwartet fiel. Auch wenn es einem Baby nichts half.

Ihm half es auch nicht. Ein wilder, heißer Schmerz durchfuhr ihn, ein Schmerz, als spalte eine Axt ihm den linken Flügel vom Leib, und so, halb bewusstlos, glitt er hinaus in die Nacht, auf einer Bahn, über die er keine Kontrolle mehr hatte. Auf einmal war dunkles Wasser unter ihm, schwarz, träge gluckernd, sich so langsam bewegend wie dickflüssiges Blut, und ein modriger, fauliger Geruch umfing ihn. Er glitt darauf zu, immer tiefer und tiefer ging sein Flug. Es wäre an der Zeit gewesen, mit den Flügeln zu schlagen, er wusste es, aber er konnte es nicht. Sein ganzer Körper war gelähmt vor Schmerz.

Dann, plötzlich, unvermeidlich, fühlte er Nässe an seinen Füßen, seinen Unterschenkeln, spürte, wie seine Beine durchs Wasser schleiften. Das Wasser, das ihn gleich verschlingen und davontragen würde, durch das Labyrinth des Deltas hinaus in den endlosen Ozean. Es war keine Aussicht, die ihn schreckte, im Gegenteil. Wenn es so sein sollte, war er damit einverstanden. Nicht ohne Bedauern, das nicht. Aber was half es denn? Er konnte ja doch nichts mehr machen. Irgendwann senkte sich der Vorhang für jeden.

Da schlug ihm etwas hart gegen die Beine, dicht unterhalb der Knie, etwas, das sich anfühlte wie Holz. Sein verbliebener Schwung zog ihn darüber hinweg, und er begriff noch, dass er gegen die Uferbefestigung einer Insel geprallt war, dass seine Bereitschaft, es zu Ende sein zu lassen, verraten und vereitelt worden war. Dann schlug Gestrüpp nach ihm, peitschte ihm ins Gesicht, gegen Arme und Flügel, bis er endlich zu Boden stürzte und es auch in seinem Inneren Nacht wurde.

***

Er erwachte im schwachen, bläulichen Licht der anbrechenden Dämmerung. Ihm war kalt, schrecklich kalt. Seine Kleidung war feucht und klamm.

Und er lag auf dem Rücken. Das war ungewöhnlich. Wer schlief schon auf dem Rücken?

Er nahm alles nur verschwommen wahr. Auch durch Blinzeln wurde es nur allmählich besser. Das Erste, was er einigermaßen scharf sah, war eine Sille, die über seinem Gesicht schwebte. Schon wieder eine Sille! Es war ein ganz junges Tier, fast weiß noch und kaum fingerlang, das ihn neugierig zu begutachten schien.

»Na?«, wollte er sagen, aber er brachte nur ein Krächzen heraus.

Im nächsten Augenblick schoss die Sille davon, und ein Gesicht beugte sich über ihn, das er kannte: der Nestlose. Jehwili. Und er blickte noch melancholischer drein als bisher, geradezu sorgenvoll. Machte er sich etwa Sorgen um *ihn*?

»Hallo, Nechful«, sagte er. »Meoris hat dich gefunden.« Ein flüchtiges Lächeln. »Sie hat schon immer die schärfsten Augen gehabt. Sie ist los, um dein Nest zu verständigen, damit sie dich holen und versorgen.«

»Aber …« Er wollte sich aufrichten, doch es ging nicht; ein gnadenloser Schmerz verhinderte es.

»Bleib liegen«, sagte Jehwili. »Du hast den rechten Flügel gebrochen, womöglich auch die Unterschenkel. Sie werden dich mit einem Netz holen müssen.«

»Oje.« Nechful ließ den Kopf nach hinten sinken und schloss die Augen. Würde er ihnen allen *noch* einmal zur Last fallen. Wozu?

Daraus sollte man ein Theaterstück machen, dachte er. Eine Groteske über einen Dummkopf, der die Hilfsbereitschaft seines Nests immer aufs Neue strapazierte …

Dann kam ihm zu Bewusstsein, was er da gerade gesehen hatte, hinter Jehwilis Kopf, am Himmel, und er riss die Augen wieder auf.

»Was bei allen Ahnen ist *das*?«, rief er.

801

Jehwili nickte entsagungsvoll. »Tja …«, machte er und wandte den Blick ebenfalls zum Himmel. »Beeindruckend, nicht wahr?«

Nechful wusste nicht, was er sagen sollte. Der Himmel sah aus wie aufgerissen, gespalten – nein, wie ein Teich, der vollständig von Tausendweißblüten bedeckt war, durch die jemand mit grober Hand gefahren war, um auf einem breiten Streifen das Wasser darunter freizulegen.

Nur war hier, hinter dem ewigen Grau des Himmels, kein *Wasser* zu sehen, sondern unergründliche Schwärze. Und in dieser Schwärze funkelten zahllose Lichter, Lichter in allen Größen, schimmernd wie das legendäre Geschmeide, mit dem Gari einst den Leichnam seiner Frau Selime geschmückt hatte. Der Spalt, der den Himmel teilte, ging quer über das Firmament, von Horizont zu Horizont, in einem weiten Bogen aus dem Nordwesten kommend, von jenseits der Hazagas, und sich nach Süden hin wieder verengend.

»Das sind … *Sterne*!«, erkannte Nechful erschüttert.

»Ja«, meinte Jehwili düster. »Das sind sie wohl.«

»Aber … warum?«

Jehwili sagte nichts, musterte nur weiter den gespaltenen Himmel.

Ein Seufzer entrang sich Nechfuls schmerzender Brust, ganz von selbst. »Was für ein großartiger Anblick!«, stieß er hervor. »Sag doch, ist das nicht großartig?«

Jehwili nickte widerstrebend. »Ja. Aber leider ist es zugleich ein schlechtes Zeichen. Ein sehr, sehr schlechtes Zeichen.«

»Wieso das?«

»Weil es eines der Zeichen ist, die im Buch Wilian genannt sind. Eines der Zeichen, die es erfordern, das Buch Wilian zu offenbaren.« Jehwili seufzte. »Es ist eines der Dinge, von denen ich gestern noch geglaubt habe, dass sie nie passieren werden.«

Nechful spürte einen Schrecken, wie er nie zuvor gefühlt hatte, einen Schrecken, als lege sich ein kaltes Gewicht direkt auf seine Seele. »Was heißt das?«, fragte er und merkte, wie sein Hals zitterte dabei.

Jehwili sah ihn an. »Warten wir, bis Meoris zurückkommt. Ich habe ihr versprochen, dass sie es auch hören wird.«

***

»Wenn ihr seht, dass der Himmel gespalten ist von Horizont zu Horizont und Sterne in der Wunde funkeln, dann ist die Zeit angebrochen, in der ihr für die Freiheit der Menschen werdet kämpfen müssen. Beginnt, indem ihr allen die Wahrheit verkündet, die so lange verborgen geblieben ist. Nichts anderes ist der Inhalt des Buches Wilian – die Wahrheit über das, was geschehen ist, ehe die Zeit der Menschen auf dieser Welt begann.«

Meoris war zurückgekommen und hatte erklärt, dass sie im Nest alle starken Leute zusammentrommeln und dann mit dem großen Tragenetz kommen würden. Es brauche nur noch etwas Zeit.

Dann hatte Jehwili angefangen zu erzählen. Von den Zeichen, von denen der gespaltene Himmel nur eines war. Und dann hatte er gesagt: »Wir müssen ganz am Anfang beginnen. Nein – *vor* dem Anfang.«

Die Ahnen, die sie aus den Legenden und aus den Großen Büchern kannten, waren schon lange vor der Zeit, als sie von den Sternen auf diese Welt herabgekommen waren, befreundet gewesen. Man musste sie sich als einen verschworenen Kreis von Wissenschaftlern vorstellen, die sich nicht nur ihren Forschungen widmeten, sondern auch die Welt, in der sie lebten, aufmerksam beobachteten – aufmerksam und voller Sorge. Die Menschen hatten nämlich zwar geradezu unglaubliche Maschinen erfunden und sich mit deren Hilfe über das Weltall und viele Welten ausgebreitet, doch waren sie dabei im Begriff, »ihre Seele zu verlieren«, wie es Wilian nannte.

»Zu der Zeit, als die Ahnen noch auf ihrer Ursprungswelt lebten, waren Tugenden wie Klugheit, Gerechtigkeit, Mäßigung und Wahrheitsliebe in Verruf geraten. Wer sie anstrebte, galt als gefährlicher Querkopf, den man meiden musste, denn ein solches Streben empfand man als beleidigend, als verletzende Kritik an allen, die es nicht teilten«, rezitierte Jehwili. »Umgekehrt wurde es als klug erachtet, zu lügen, als unerlässlich, habgierig zu sein, als gesund, sich hochmütig zu geben, und als erstrebenswert, unmäßig und verschwenderisch zu leben. Es ging den Menschen materiell besser als je zuvor, doch der Neid zerfraß sie gänzlich. Die Ahnen sahen voraus, dass Verkommenheit und Unmoral den Sieg davontragen und in Gewalttätigkeit und Unterdrückung münden würden, dass sich, kurzum, eine Zukunft abzeichnete, in der zu leben ganz und gar schrecklich sein würde. So fassten sie den Plan, sich auf eine unberührte Welt zurückzuziehen, abseits von allem, um dort noch einmal von vorne zu beginnen. Sie wollten eine neue Welt erschließen und darauf eine neue Gesellschaft errichten, die von dem Wissen der Vergangenheit profitieren, aber zugleich so beschaffen sein sollte, dass die Fehler der alten vermieden würden.«

Diesen Plan in die Tat umzusetzen war indes nicht so einfach. Zwar gab es viele Sterne, um die viele Welten kreisen, doch die meisten davon waren entweder nicht bewohnbar – oder sie waren bewohnbar, aber nicht mehr unberührt.

So durchstreiften sie unter allerhand Vorwänden das All, insgeheim immer auf der Suche nach der einen, der richtigen Welt. Sie suchten insgesamt drei mal sieben Jahre, ohne fündig zu werden.

Eines Tages aber geschah es, dass Wilian und Boorla …

»Boorla?«, rief Meoris aus. »Wer ist denn das?«

»Ein Gefährte unserer Ahnen«, sagte Jehwili. »Ein Freund Wilians. Die beiden haben zwanzig Jahre lang als sogenannte Prospektoren gearbeitet, das heißt, als Sternenfahrer, die auf der Suche nach Rohstoffvorkommen das Weltall durchstreifen.«

»Boorla? Den Namen hab ich noch nie gehört!«

»Nicht der einzige Name, den du noch nie gehört hast.«

Meoris musterte Jehwili grüblerisch. »Erzähl weiter.«

»Eines Tages geschah es, dass Wilian und Boorla mit ihrem Sternenschiff die Welt fanden, auf der wir heute leben«, fuhr Jehwili fort.

Es war eine Entdeckung, die sich einem großen Zufall verdankte. Dadurch, dass diese Welt allzeit von dichten Wolken verhüllt war – das, was sie als *Himmel* kannten –, bot sie denselben Anblick wie viele heiße, unbewohnbare Welten, die man lieber mied. Doch im Sternenschiff der beiden war just eine Maschine defekt, deren Reparatur eine Landung auf der nächstgelegenen Welt erforderte, egal wie unwirtlich sie sein mochte. Also landeten sie – und staunten, als sie unter der Wolkendecke eine Welt vorfanden, die gänzlich anders war, als sie erwartet hatten.

Wilian erkannte sofort, dass sie damit die geeignete Welt für ihren großen Plan gefunden hatten. Doch Boorla war in der langen Zeit, die vergangen war, seit sie ihren Entschluss gefasst hatten, den Einflüssen des allgemeinen Niedergangs erlegen und gierig geworden. Er war nicht einverstanden damit, die Entdeckung geheim zu halten. Es war nämlich so, dass man sehr reich werden konnte, wenn man eine neue Welt entdeckte, die von Menschen bewohnt werden konnte.

»Während sie ihr Sternenschiff reparierten, stritten Wilian und Boorla unablässig. Doch gleich, welche Argumente Wilian ins Feld führte, Boorla ließ sich nicht überreden, ihrem alten Plan die Treue zu halten, denn er begehrte sehr, Reichtum zu erwerben als Entdecker einer bewohnbaren Welt«, rezitierte Jehwili. »Als sie schließlich in ihr Sternenschiff zurückkehrten, schickte sich Boorla an, über Funk Kontakt mit der Heimat aufzunehmen und die Position unserer Welt zu verraten. Da aber ging Wilian hin und würgte seinen Freund Boorla mit bloßen Händen, bis er tot war.«

Nechful war, als hiebe ihm jemand mit der Faust in den Bauch. Meoris atmete erschrocken ein. »Nein!«, hauchte sie.

Es schien auf einen Schlag kälter geworden zu sein. Die Luft verweigerte sich dem Einatmen. Ein solches Verbrechen, begangen von einem der Ahnen! Und nicht nur das, ein Verbrechen, auf dem ihrer aller Existenz *beruhte*!

»Danach begrub Wilian Boorlas Leichnam auf einer Insel draußen im Ozean, flog zurück, verständigte die anderen, und sie gin-

805

gen daran, ihren Plan in die Tat umzusetzen. Sie *stahlen* ein großes Sternenschiff und auch den größten Teil der Ausrüstung, die sie brauchten, und kamen wieder hierher.« Jehwili hob die Hand. »Es waren aber nicht die zwölf Ahnen, die uns geläufig sind, vielmehr waren es *fünfzehn*, die hier ankamen. Bedenkt, als sie landeten, wussten sie noch nichts vom Margor und dass ihm der größte Teil des Bodens gehört. Der Erste, der seinen Fuß auf unsere Welt setzte, hieß Karol, und der Margor holte ihn. Das entsetzte die anderen über alle Maßen, doch konnten sie ja nicht wieder umkehren, da sie ihr Sternenschiff gestohlen und schwere Strafen zu erwarten hatten, sollte man ihrer habhaft werden. So machten sie sich daran, den Margor zu studieren. Sie hatten allerlei Vieh dabei, warmblütige Tiere, den Hiibus ähnlich, und diese trieben sie einzeln hinaus, um zu verstehen, was geschah, wenn der Margor sie holte. Allein, sie verstanden es nicht. Nach und nach starben alle Tiere, die sie mitgebracht hatten, doch ganz gleich, was sie versuchten, sie kamen dem Margor nicht bei. Sie lernten nur, wie er zu vermeiden war – dass es in der Nähe von fließendem Wasser sicher war, an steilen Hängen und so weiter –, doch auch dieses Wissen bezahlten sie teuer, denn Karols Partnerin Liu kam dabei ums Leben und Selimes Bruder Mikl.«

»Selime hatte einen *Bruder*?«, entfuhr es Nechful.

»So sagt es Wilians Bericht.«

Das war ja unfassbar. Davon war *nirgends* die Rede, in keinem Stück, in keinem Buch, in keiner der Legenden! Das warf ein ganz neues Licht auf die Ahnin …

»Schließlich beschlossen die Ahnen, uns, ihren Kindern, Flügel zu geben, auf dass wir in den Bäumen leben konnten, an denen es auf dieser Welt keinen Mangel gibt. Und so geschah es.« Jehwili faltete die Hände. »Zwei Regeln aber waren nötig, um sicherzustellen, dass wir, ihre Kinder, für alle Zeiten in Frieden und ohne Sorge leben würden. Wir durften nicht anfangen, eigene Maschinen zu bauen, weil wir sonst unweigerlich irgendwann Funkgeräte entwickelt und damit die Abgeschiedenheit unserer Welt verraten hätten. Die Ahnen wollten aber auch nicht, dass wir in steter Angst vor einer Entdeckung leben müssen, deshalb verschwiegen sie uns den wahren Grund für das Maschinenverbot. Und sie verschwiegen uns auch, dass unsere Welt ein *Versteck* war vor jener Menschheit, vor deren Entwicklung zum Übel sie geflohen waren. Einzig Wilian widersprach dieser Geheimhaltung und schlug deswegen einen anderen Weg ein, indem er den Nestlosen die Wahrheit über unsere Herkunft anvertraute und sie lehrte, was zu tun war, sollte eines Tages der Plan der anderen Ahnen scheitern.«

Er wies zum Himmel, an dem der Riss noch deutlich zu sehen war, die Sterne darin hingegen allmählich von einem ungewohnt hellen Licht überstrahlt wurden.

»Wenn der Himmel aufreißt, dann ist dies eines der Zeichen, dass die Zeit des Friedens vorüber ist, denn einzig ein landendes Sternenschiff vermag dies zu bewirken. Und wenn ein Sternenschiff landet, bedeutet das, dass man uns *entdeckt* hat.«

»Und was heißt das?«, fragte Meoris atemlos. »Was tun wir jetzt?«

Jehwili umfasste den Griff des Messers, das er am Gürtel stecken hatte. »Wilian hat uns kämpfen gelehrt. Sein Wissen und die Fähigkeiten, die er die Ersten von uns gelehrt hat, sind über die Jahrhunderte weitergegeben worden. Nun ist der Moment gekommen, all das anzuwenden.« Er deutete zum Himmel. »Alle Nestlosen sind aufgerufen, der Spur am Himmel zu folgen bis zu dem Sternenschiff, das sie hinterlassen hat, und alle zu töten, die darin sind, ehe sie Gelegenheit haben, ihre Entdeckung weiterzusagen. Das ist unsere einzige Chance, unsere Freiheit zu bewahren.«

Der Ton, in dem er das sagte, ließ Nechful erschaudern. Dass dieser höfliche, melancholische Mann, in dem er einen Seelenverwandten zu erkennen geglaubt hatte, so hart und gnadenlos sprechen konnte!

»Dorthin also sind Jagashwili und die anderen aufgebrochen?«, vergewisserte sich Meoris.

»Ja«, sagte Jehwili. »Und ich werde ihnen folgen.«

807

Meoris packte entschlossen ihren Bogen, den sie, wie immer, bei sich trug. »Darf ich mit?«

Jehwili zuckte mit den Schultern, was sich dahingehend deuten ließ, dass er nichts dagegen hatte.

Plötzlich war Flügelrauschen zu hören, so laut, dass es das allgegenwärtige Murmeln des Thoriangor übertönte. Meoris sah auf. »Sie kommen dich holen«, sagte sie. »Wir fliegen dann los, was?«

Nechful nickte müde. »Ja. Danke für alles.«

Sie beugte sich über ihn und küsste ihn auf die verbrannte Haut an seinem Gesicht, dorthin, wo er normalerweise nichts mehr spürte, ihren Kuss aber spürte er doch. Dann sprang sie auf und breitete die Flügel aus, diese herrlich weißen Flügel mit den goldenen Mustern, und auch Jehwili breitete die Flügel aus, lang und seltsam schmal, und so erhoben sie sich mit kraftvollen Schlägen in die Lüfte.

Nechful sah ihnen nach, bis sie aus seiner Sicht verschwunden waren, und schaute dann hoch an den Himmel und zu dem Spalt, durch den blendend hell das große Licht des Tages drang. Er hörte, wie die Träger mit dem Netz in einiger Entfernung landeten und mit Schritten, die im Gestrüpp krachten, näher kamen, und schloss noch einmal die Augen.

Er hatte die Liebe seines Lebens verloren, gewiss. Aber wenn es stimmte, was der Nestlose gesagt hatte – und Nechful zweifelte nicht daran –, dann hatten sie alle noch viel mehr verloren, viel mehr, als sie ahnten.

Animur

Nach ewig langer Zeit träumte sie wieder einmal von Noharis.

Und wie immer erwachte sie am Morgen danach niedergeschlagen und schlecht gelaunt.

»Ist was?«, fragte Barsok, während sie die Kinder fürs Frühstück fertig machte.

»Nein«, sagte Animur bloß. »Alles in Ordnung.«

Dann gingen sie, wie an jedem Morgen, gemeinsam zum Mahlplatz. Wobei sie an diesem Tag einmal von ihrem Ast zum benachbarten segeln mussten, weil Temsok, der erst vier Regenzeiten gesehen hatte und gerade dabei war, das Fliegen zu lernen, es sich so sehr wünschte.

Der Traum hatte sich so *wirklich* angefühlt! Als wäre sie wieder in den Küstenlanden gewesen, die sie in Wahrheit mied, seit sie fortgeflogen war. »Wenn die Welt unterginge«, hatte Noharis in diesem Traum gefragt und sie dabei mit ihren dunklen, unergründlichen Augen angesehen, »mit wem wärst du dann am liebsten zusammen?«

Und Animur hatte ihr darauf keine Antwort geben können.

Sie konnte es immer noch nicht.

Auf dem Mahlplatz herrschte Getümmel, wie jeden Morgen. Die Kinder krakeelten, rannten herum oder flatterten, obwohl sie genau wussten, dass sie das nicht sollten. Normalerweise genoss sie den Trubel, aber heute war er ihr zu viel. Heute war ihr alles zu viel.

Sowieso schien das halbe Nest im Aufbruch begriffen. Die Händler und ihre Helfer flogen heute zum Furtwald-Markt, wo sich der größte Teil des Handels zwischen den Akashir-Regionen und der Goldküste abspielte, und Barsok würde einer von ihnen sein. Während sie frühstückten, kam ständig jemand, entweder

809

mit einem Wunsch, was sie mitbringen, oder einer Gutschrift oder einem Schuldschein, die sie einlösen sollten. Barsoks Mappe wurde immer dicker, seine Liste immer länger. »Eisblütenhonig? Was *ist* das überhaupt?«, murmelte er im Selbstgespräch, während er sich die Aufgaben notierte. »Getrocknete Waldpilze – in Ordnung. Dersel, mindestens drei, gut. Grünsteinknöpfe, wie immer. Pulverholz – wieso eigentlich findet man das bei uns nicht? Rauchkräuter … hmm.«

Gleichzeitig würde der Älteste nach Osten aufbrechen. Er flog zusammen mit den Ältesten der anderen Nester und ein paar Begleitern zu dem traditionellen Treffen mit dem Rat der Perleninseln, um … ja, wozu? Das wusste eigentlich niemand so genau. Es war eben Tradition. Insgeheim waren die meisten davon überzeugt, dass diese Treffen nur stattfanden, damit die Ältesten in Ruhe und unter sich feiern konnten. Jedenfalls hatten fleißige Helfer unter anderem auch jede Menge Alkohol zu dem alten Marktbaum am Fuß des Großen Gourrad transportiert. Offiziell trafen sich die Ältesten, um den Zusammenhalt der Südländer zu fördern.

Und deswegen saß nun Jolsok, der derzeitige Älteste, inmitten all der Leute, die ihn zumindest ein Stück weit begleiten wollten, und es war ein Kommen und Gehen und Starten und Landen, als hinge Wunder was von dieser Reise ab.

Alisok, die früh aufgesprungen war, um *ganz* wichtige Dinge mit den anderen Kindern zu besprechen, kam aufgeregt zurück und fragte, ungeduldig auf und ab hüpfend: »Mama, darf ich mit Kori und Dala zum Stra-hand?«

Animur packte sie am Arm. »Schlag nicht so mit den Flügeln, wenn Leute um dich herum sind!«

Ihre Tochter zog die Flügel erschrocken an. »Aber darf ich?«

»Und was ist mit der Schule?«

»Panatal hat gesagt, ich kann auch erst heute Nachmittag kommen.«

Animur sah zu der alten Lehrerin hinüber, die drei Tische weiter über ihrem Tee saß. Sie litt an unregelmäßiger Mauser, und zurzeit war es wieder schlimm; sie verlor Federn, wo sie ging und stand. Aber sie schien mitgekriegt zu haben, worüber Alisok mit ihrer Mutter verhandelte, denn sie nickte Animur zu und machte ein Zeichen der Zustimmung.

»Also gut«, entschied Animur. »Dann verabschiede dich noch von deinem Vater, der ist die nächsten zehn Tage fort. Und passt am Strand auf! Wenn irgendwo glibberiges Zeug herumliegt …«

» … sind es Giftquallen, ich *wei-heiß*!«, ächzte ihre Tochter und verdrehte die Augen.

Animur ließ sie los und gab ihr einen Klaps. »Also, schwirrt schon ab!«

Sie überredete Temsok, wenigstens eine Lichade zu essen, die sie ihm schälte, dann bekam auch er noch einen Abschiedskuss und ein paar mahnende Worte von seinem Vater. Anschließend brachte Animur ihn in die Kindergruppe. Wieder einmal erklärte Temsok ihr, dass *er* ja nun kein Netz mehr bräuchte, das sei nur für die Babys; er würde *selbstverständlich* zusammen mit den größeren Kindern auf den Ästen darüber spielen. »Mit den Kindern, die schon fliegen können«, fügte er hinzu.

»Ja, mein Großer«, sagte Animur, die wusste, wie gern er das von ihr hörte, und gab ihm einen Kuss. »Dann bis heute Mittag.«

Danach stieg sie mit dem halben Nest in den oberen Wipfel hinauf, um die Marktflieger zu verabschieden. Auch Dalagiar, ihre beste Freundin, flog mit zum Markt; es würden recht schweigsame zehn Tage werden.

Barsok war, genau wie alle anderen, voll bepackt mit Rucksack und Tragebeutel und vollen Taschen. Er knotete den Bauchschal fest und musste sich wie immer noch fünfmal vergewissern, dass er seine Mappe eingesteckt hatte.

»Hast du deinen Kopf auf dem Hals?«, verspottete ihn Animur, auch ein Teil ihres Rituals. »Und deine Flügel auf dem Rücken?«

Er entfaltete sie probehalber und tat, als sei er enorm erleichtert, die großen, braunen Schwingen zu sehen. »Gut, dass du mich erinnert hast«, sagte er grinsend.

»Gut auch, dass man so eine Stirntätowierung nirgends liegen lassen kann«, erwiderte sie.

Am Abend zuvor war er zu ihr in die Kuhle gekommen, wie meistens, ehe er für längere Zeit fortflog, und natürlich hatte sie ihn empfangen. Sie hatte seine Zuwendung auch genossen, wie eigentlich immer, denn Barsok war ein zärtlicher, aufmerksamer Liebhaber.

Aber wieso hatte sie hinterher von Noharis geträumt, ausgerechnet?

Das wollte ihr doch irgendetwas sagen. Wenn an dem, was im Buch Ema über Träume stand, auch nur ein Hauch Wahrheit war.

»Mach keine Dummheiten, hörst du?«, flüsterte sie Barsok ins Ohr, als er sie zum Abschied umarmte.

Er lachte nur, sein unbekümmertes, aus dem Bauch kommendes Lachen, und kniff sie in den Flügelansatz. »Das hab ich doch gar nicht nötig.«

Dann starteten sie und zogen in breiter Formation nach Westen davon.

Animur stand noch lange auf dem Ast und sah ihnen nach, bis sie zu winzigen Punkten vor dem Grau des Himmels geworden waren und endlich ganz verschwanden. Sie war früher oft mit auf die Märkte geflogen, als Trägerin meist, ein paarmal auch als Händlerin. Sie wusste, wie es dort zuging. Wenn die Beobachtung durch die anderen wegfiel, die Kontrolle durch die Gemeinschaft des Nestes, nutzten viele die Gelegenheit, sich auszutoben, Männlein wie Weiblein gleichermaßen. Die Kuhlen der Marktbäume waren bisweilen genauso belagert wie die Stände.

Aber sie machte sich tatsächlich keine Sorgen, dass Barsok sich anderweitig umtun würde. Sie hatten sich auf einem der Furtmärkte kennengelernt, doch er hatte damals nicht einmal *versucht*, sie gleich in die Kuhle zu kriegen – stattdessen hatte er sie von da an hartnäckig umworben. Und seit sie seinem Werben nachgegeben und sich ihm versprochen hatte, war er ein liebevoller und fürsorglicher Partner und hingebungsvoller Vater für ihre beiden Kinder.

Zudem war er stolz auf sie, das spürte sie. Er war überzeugt, in ihr die Traumfrau seines Lebens gefunden zu haben, und glücklich, dass sie ihn erhört hatte. Das würde er nicht riskieren, indem er mal eben irgendeiner Marktfrau die Federn zauste.

Das Traurige war, dass es ihr gar nicht sonderlich viel ausmachen würde, *wenn* er es täte.

Sie hatte sich heute eigentlich für die Küche eingetragen, aber sie fand jemanden, der mit ihr tauschte. Sie wollte heute in den Hanggärten arbeiten, wo sie allein war und so in Ruhe weiter nachdenken, ihrem rätselhaften Traum weiter nachspüren konnte.

Wenn die Welt unterginge, mit wem wärst du dann am liebsten zusammen?

Warum konnte sie darauf nicht aus vollem Herzen sagen: mit Barsok?

Sie mochte ihn, das war es nicht. Sie mochte ihn wirklich. Sie kamen auch gut miteinander aus. Nun, meistens jedenfalls. Und es gefiel ihr immer noch, wie glücklich sie ihn in der Kuhle machen konnte.

Nur dieses … dieses gewisse *Kribbeln* erlebte sie bei ihm nicht. Dieses unwillkürliche Herzklopfen in der Gegenwart einer anderen Person. Dieses Gefühl, machtlos zu sein, erfüllt zu sein von einer Kraft, die stärker war als man selbst. Dieses Gefühl hatte sie mit Barsok nie.

Das hatte sie nur mit Noharis erlebt.

Das war auch der Grund, warum sie es nicht wagte, in die Küstenlande zu fliegen: Weil sie Angst hatte, Noharis wieder zu begegnen – und Angst vor dem, was dann passieren mochte.

Sie suchte sich ein abgelegenes Geviert im Hanggarten, ging mit der Hacke auf das Unkraut los, legte ihre ganze Kraft in die Arbeit. Heute war so ein Tag, an dem sie sich ausarbeiten musste, an dem sie sich so sehr anstrengen wollte, dass sie abends müde

813

genug sein würde, um schlafen zu können. Die erste Nacht ohne Barsoks leises, zufriedenes Schnarchen aus der Kuhle nebenan war immer schwierig.

Das Firlichgras war noch zu grün für den Webstuhl, aber die ersten Torgwurzeln wurden erntereif: Man sah es daran, dass das Kraut vertrocknete. Animur flog zum Gerätelager, holte einen Korb und fing an, die reifen Wurzeln auszugraben.

Aber je tiefer sie in der Erde wühlte, desto tiefer stieg sie hinab in ihre Erinnerungen.

Warum hatte sie Noharis verlassen?

Das war die Frage, die ihr seit einiger Zeit immer wieder in den Sinn kam.

Früher hatte sie gesagt: Weil sie Kinder haben wollte. Seit jeher.

»Wo ist das Problem?«, hatte Noharis gemeint. »Wir versprechen einander, dann kannst du Kinder haben! Zwei bestimmt, vielleicht sogar drei – keins unserer Nester ist zu voll. Einen Mann, der bereit ist, stiller Vater zu werden, findest du jederzeit.«

Aber das war für sie nicht infrage gekommen. Wenn schon Kinder, hatte sie sich gesagt, dann ... dann *richtig*.

Animur hielt inne, betrachtete die Torgwurzel, die sie gerade ausgegraben hatte, und sah sie in Wahrheit gar nicht, dachte nur an das, was gewesen war.

Eigentlich, erkannte sie, hatte sie Barsoks Werben nachgegeben und Noharis für ihn verlassen, weil sie *normal* hatte sein wollen.

Bis zu dem Moment, in dem sie Noharis begegnet war, hatte sie nicht einmal *geahnt*, eine Tochter Terias zu sein. Wie alle Mädchen hatte sie in jungen Jahren mit Jungs herumgemacht, aber eher, um das alles mal auszuprobieren und weil es alle so machten, ein bisschen auch aus der einen oder anderen Schwärmerei heraus – diese Geschichten hatten immer ein besonders schnelles Ende gefunden. Die große Liebe war es nie gewesen, nicht einmal eine Ahnung davon. All das Gerede von Küstenflatterern im Bauch und schlaflosen Nächten und Sehnsucht und so weiter war ihr immer vorgekommen wie ... nun, wie Gerede eben.

Doch dann, eines Tages, war sie mit ein paar anderen zum Nest der Ris geflogen, arglos, vorahnungslos, zu einem Fest dort, und hatte Noharis getroffen. Und ihr war gewesen, als schlüge der Blitz ein und setze sie in Flammen.

Sie hatte nicht gewusst, was sie tun sollte. Sie hatte mit niemandem darüber reden können. Sie hatte sich kaum getraut, noch einmal zu den Ris zu fliegen, war bei zwei Versuchen unterwegs wieder umgekehrt, und erst beim dritten Mal angekommen. Hatte nicht gewusst, was sie zu ihr sagen sollte. Hatte gezittert, geschwitzt, Reißaus genommen … war zurückgekehrt …

Bis der erste Kuss endlich alles geklärt hatte.

Nie wieder war sie so selig gewesen wie in diesem Moment.

Und doch …

Wenn die Welt unterginge …

Heute war sie, war ihr Leben so normal, wie man nur sein konnte. Sie hatte sich einem Mann versprochen und hatte zwei Kindern das Leben geschenkt, einem Mädchen und einem Jungen, beide gesund und wohl geraten. Sie beteiligte sich in angemessener Weise an allem, was das Nest veranstaltete, an allen notwendigen Arbeiten des Alltags, und all das war so, wie es war, weil sie es *beschlossen* hatte.

Und was, dachte sie, während Ärger in ihr aufwallte, sollte daran nun schlecht sein? Sie warf die Torgwurzel wütend in den Korb zu den anderen, schüttelte ungehalten die Flügel aus, in denen sich gerade irgendwelche Insekten niederlassen wollten. Es war ein *gutes* Leben, bei allen Ahnen! Wieso sollte es so wichtig sein, was in der Vergangenheit gewesen war? Die Vergangenheit war vergangen, wie das Wort schon sagte. Vorüber. Vorbei. Sie würde nicht wiederkommen, und das, was sie hatte, aufzugeben, um einer jugendlichen Sehnsucht nachzugehen, wäre in höchstem Maße unverantwortlich gewesen. *Dumm*, mit einem Wort.

Sie erntete die reifen Wurzeln vollends, dann verriet ihr der Stand des großen Lichts des Tages, dass es an der Zeit war, in die Küche zurückzukehren. Dort waren die Wurzeln hochwillkommen. Ein Teil wurde gleich für die nächsten Mahlzeiten verplant, der Rest gereinigt und ins Trockengestell gepackt, um später Mehl daraus zu mahlen. Animur half hier und da aus, bis Solmonsok, der die Angewohnheit hatte, immer zu früh dran zu sein, die kleineren Kinder zum Mahlplatz brachte und Temsok ihr die hundert kleinen Abenteuer erzählen musste, die er heute erlebt hatte.

Dann tauchten auch Alisok, Korisok und Dalasok wieder auf, wohlbehalten, aber mit nassen Haaren und Federn, und ab da herrschte der übliche Mittagstrubel, den Animur inzwischen wieder ertrug.

Auch der Rest des Tages ging rasch vorüber, mit allerlei Arbeiten, Gesprächen, diesem und jenem. Doch als die Nacht anbrach und sie die Kinder in die Kuhlen gebracht hatte, war Animur zwar müde, aber sie konnte wieder nicht schlafen.

Diesmal lag es nicht daran, dass ihr Barsoks Schnarchen fehlte. Nein, sie lag hellwach in ihrer Kuhle und spürte in sich hinein, in ihren Unterleib und wie er sich anfühlte. Sie hatten zwei Kinder, dritte Kinder genehmigte der Rat derzeit nicht, weil das Nest ausreichend bevölkert war, also musste sie, wenn Barsok zu ihr kam, den Zeugungskanal verschlossen halten. Das war etwas, das man als Frau, sobald man es gelernt hatte, ganz automatisch machte, es sei denn, man *wollte* ein Kind zeugen. Ihr fiel ein, dass es ihr damals, als sie es geübt hatte, vorgekommen war, als presse man beim Küssen die Lippen fest zusammen. Sie hatte lange nicht mehr daran gedacht, aber jetzt, da sie in sich hineinhorchte, fand sie, dass es sich immer noch so anfühlte: wie zusammengepresste Lippen, nur eben tief in ihrem Inneren.

Man nannte es auch *Selimes Geschenk*, weil sie es gewesen war, die Gari dazu überredet hatte, die weiblichen Kinder nicht nur mit Flügeln auszustatten, sondern auch mit der Möglichkeit, die Empfängnis aus eigener Kraft zu kontrollieren. Kaum jemand dachte groß darüber nach, aber wenn das Gespräch doch einmal darauf kam, fanden es die meisten eine gute Sache, auch Animur.

Und trotzdem …

In der Zeit mit Noharis hatte sie darauf nicht zu achten brauchen. Wenn sie zusammen gewesen waren, hatte sie die Lippen nicht zusammenpressen müssen; sie hatte innerlich ganz und gar loslassen können, und obwohl es nur eine Winzigkeit war, hatte es doch einen großen Unterschied ausgemacht. Sie hatte sich *freier* gefühlt, und die Wonne, die sie erlebt hatte, war umfassender, vollkommener gewesen.

Hatte sie, fragte sie sich auf einmal voll innerer Unruhe, sich nicht im Grunde *Gewalt* angetan, als sie das für ein Leben mit einem Mann aufgegeben hatte, nur weil das als »normal« galt?

Animur wälzte sich lange hin und her. Die Nacht wollte und wollte kein Ende nehmen. Irgendwann hielt sie es nicht mehr in der Kuhle aus und stand auf. Sie zog sich an, leise, um die Kinder nicht zu wecken, und schlüpfte hinaus auf den Ast.

Sie fröstelte. Das kleine Licht der Nacht leuchtete nur schwach hinter ein paar streifigen Wolken. Man hörte die ersten Steingrillen, was normalerweise hieß, dass es nicht mehr lange sein konnte, bis die Morgendämmerung anbrach. Animur schlang die Arme um den Leib, zog die Flügel an den Rücken und ging langsam den Ast entlang, bis fast ganz ans äußere Ende, von dem aus man einen weiten Blick über den Wald, die Gouraddis-Berge und den Goldstrand hatte, der auch in der Nacht geheimnisvoll leuchtete.

Wen vermisste sie jetzt? Wirklich Noharis? Oder Barsok, der sie in seine kräftigen Arme geschlossen und zurück in ihre warme Kuhle gezogen hätte, damit sie gemeinsam mit ihm wieder einschlief?

Vielleicht, überlegte sie und schaute hinauf zum Himmel, wollten diese Träume ihr auch etwas ganz anderes sagen. Vielleicht wollten sie ihr raten, endlich abzuschließen mit der Vergangenheit. Vielleicht ging es darum, ihr nicht länger nachzutrauern, sondern sich ganz und gar einverstanden zu erklären mit dem Leben, das sie nun einmal gewählt hatte.

Seltsam, dachte sie, wie man ein und dasselbe Omen auf zwei völlig gegensätzliche Weisen interpretieren konnte.

So stand Animur aus den Küstenlanden, den Blick erhoben, als der Himmel über ihr lautlos aufriss und die Sterne sichtbar wurden.

***

Der Anblick erfüllte Animur mit Schrecken und Faszination zugleich. Mit Schrecken, weil doch auch das grässliche Buch Ema von einem Tag sprach, an dem der Himmel aufriss.

Wenn heute die Welt unterginge ...

Allerdings floss bei Ema gleich Blut vom Himmel herab: Davon konnte hier jedenfalls nicht die Rede sein.

Nein, all diese Lichter zu sehen, die in dem breiten Spalt funkelten wie Goldsand auf schwarzem Webstoff, war ein Anblick, an dem man sich kaum sattsehen mochte. So wurden in den alten Sagen die *Sterne* geschildert, um die es sich zweifellos handelte. Lockend blinzelten sie herab, als wollten sie die Menschen daran erinnern, dass jenseits des Himmels noch ein unabsehbar weiter Raum wartete.

Auch Animur blinzelte. Sie schüttelte den Kopf, den ganzen Körper, kniff sich mehrmals in den Arm – doch der Anblick ging nicht weg. Es war wohl tatsächlich keine Halluzination.

Das konnte sie unmöglich auf sich beruhen lassen. Sie musste den anderen Bescheid sagen!

Ohne weiteres Zögern sprang sie vom Ast, breitete die Flügel aus und segelte quer durch den Wipfel. Es war noch dunkel, aber sie hatte zehn Regenzeiten in diesem Nest gesehen: Nach so langer Zeit kannte man jeden Ast und jeden Zweig und fand seinen Weg blind.

Sie landete zielsicher auf dem Steilen Ast, stieg hinauf bis zur Schlafhütte von Resok und Torrileik, der stellvertretenden Ältesten, und klopfte ihnen aufs Dach.

Nichts rührte sich. Animur klopfte noch einmal, fester. In der

Hütte regte sich immer noch nichts, dafür streckte jemand den Kopf aus der Hütte daneben: die alte Bakor.

»Die hören nichts, wenn sie schlafen«, meinte sie. »Was ist denn los?«

Animur deutete zum Himmel hinauf. »Schau.«

Bakor fiel das Kinn herab. »Bei allen Ahnen ...! Warte, ich weck sie.« Sie kam heraus, angetan mit nichts als einem fadenscheinigen weißen Nachthemd von fast der gleichen Farbe wie ihre Flügel. Sie schlug den ledernen Vorhang vor dem Eingang der benachbarten Hütte beiseite, zog die Schwingen an und kroch hinein.

Animur hörte sie drinnen. »Torri? Torri! Zum Wilian, jetzt mach doch endlich die Augen auf, draußen geht die Welt unter ...«

Unleidiges Gebrummel antwortete ihr, zu undeutlich, als dass Animur etwas verstanden hätte.

»Ja, schau's dir halt an!«, war Bakor lautstark zu vernehmen.

Gleich darauf kamen beide heraus. Torrileik trug genau dasselbe weiße Nachthemd wie Bakor, nur dass sie dunkle Flügel hatte – schwarz mit einem blauen Schimmer, was man im fahlen Dämmerlicht aber noch nicht sah.

Alle drei standen sie erst einmal da und schauten staunend zum Himmel.

Schließlich räusperte sich Torrileik und meinte: »Man muss an das Buch Ema denken, in der Tat.« Sie riss sich mit sichtlicher Mühe los von dem ebenso aufregenden wie beunruhigenden Anblick, den der Himmel bot. »Was immer es ist, es sollten so viele wie möglich sehen. Geht und weckt jeden, den ihr wach kriegt!« Sie zog die Schultern hoch. »Ich geh mir erst mal was anziehen.«

Rasch füllten sich die Äste mit Leuten, die verschlafen, unwillig knurrend und brummend und träge ihre Kleider ordnend aus den Hütten krochen, emporblickten, die Augen aufrissen und schlagartig hellwach wurden. »Bei allen Ahnen ...!«, hörte man von überall her – den Ahnen mussten die Ohren klingeln in ihren Grabstätten.

»Ich glaube, ich weiß, was da passiert ist«, meldete sich jemand zu Wort, und als er den Steilen Ast hochgeklettert kam, erkannte Animur Gelosok, den Mann, dem sich ihre beste Freundin Dalagiar versprochen hatte.

»Erzähl«, sagte Torrileik.

»Also, Dala hat da neulich was erzählt, was sie auf dem Markt gehört hat …«

Dalagiar flog seit einigen Jahren auf *jeden* Markt mit, aber, so hatte sie sich Animur anvertraut, nicht, weil sie der Handel so interessierte oder sie sich so gern mit Waren abschleppte, sondern auf der Suche nach Abwechslung. Denn Gelosok werde, hatte sie beklagt, immer fauler in der Kuhle. »Von wegen Stämme der Liebe!«, hatte sie ärgerlich gezischt.

»Und zwar«, sagte Gelosok, »hat sie es von jemandem aus dem Eisenland.«

Dieser Jemand, wusste Animur, hörte auf den Namen Ulfas. Dalagiar hatte ihn schon mehrmals getroffen; man konnte durchaus von einer Affäre zwischen den beiden sprechen.

»Der hat erzählt, dass es da jemanden gibt, einen gewissen Oris, der wiederum der Sohn ist von diesem Kerl, der behauptet hat, er sei bis zum Himmel hinaufgeflogen und noch höher und habe die Sterne gesehen«, berichtete Gelosok weiter.

Allgemeines Nicken setzte ein. Davon hatte jeder schon gehört. Das war letztes Jahr um diese Zeit *das* Thema schlechthin gewesen. Einige waren sogar in die Küstenlande geflogen, um ihn selber reden zu hören, diesen Owen, der dann bei dem Versuch, zu beweisen, dass er bis zum Himmel hinauffliegen konnte, abgestürzt und gestorben war. Animur hatte Owen natürlich gekannt, vom Sehen her zumindest, war er doch der Mann von Noharis' Wahlschwester gewesen.

»Nun war dieser Owen ja Signalmacher«, fuhr Gelosok fort, »und sein Sohn Oris hat angeblich vor, eine riesige Rakete zu bauen, zehnmal größer als jede Signalrakete, und die soll bis zum Himmel hinauffliegen und dort oben explodieren. Damit will er ein

Loch in den Himmel sprengen, damit man die Sterne vom Boden aus sehen kann.«

Alle hoben den Blick wieder zum Himmel, und Animur war, als könne man hören, wie sich die Federn aller vor Schreck sträubten.

»Du meinst, er hat das tatsächlich *gemacht?*«, fragte Torrileik.

Gelosok zog die Flügel an. »Sieht so aus, oder?«

»Aber wieso ist das dann so *groß?* Der Riss da reicht ja bestimmt bis hinauf in die Graswüste! Mit einem Bogen über dem Schlammdelta, würde ich sagen.«

»Vielleicht ist etwas schiefgegangen«, mutmaßte Gelosok. »Vielleicht war die Explosion zu stark.«

»Du meinst ... er hat den Himmel *kaputtgemacht?*«

Alle erschauerten bei der Vorstellung, dass derlei möglich sein sollte.

Dann, in dem allgemeinen Aufstöhnen und Gemurmel, war plötzlich lauter Flügelschlag zu hören, und gleich darauf landeten zwei junge Leute, Ursok und die hübsche Laikal vom benachbarten Nest.

»Habt ihr es auch gesehen?«, rief Ursok aus, noch keuchend von der Anstrengung des Flugs und mit hörbarem Entsetzen in der Stimme.

»Es ist ja wohl kaum zu übersehen«, meinte Torrileik.

Ursok schüttelte den Kopf. »Das meine ich nicht. Ich meine den Kasten.«

»Welchen Kasten?«

Er holte tief Luft. »Also, wir waren am Strand ...«

Niemand fragte, was sie dort gemacht hatten. Jeder wusste, dass die beiden seit einiger Zeit ein Liebespaar waren.

»... und wir sind davon aufgewacht, dass plötzlich ein riesiger *Kasten* über uns hinweggeflogen ist.« Seine Hände zeichneten ein längliches Gebilde in die Luft, in dem Animur jedenfalls nicht unbedingt einen Kasten erkannt hätte. »Hundert Schritte lang, schätze ich. Und breit, hmm ... ihr könnt ihn euch anschauen, er ist mitten auf dem Strand gelandet!«

821

»Ein Kasten.«

Laikal mischte sich ein. »Wir *wissen* nicht, was es ist. Aber wenn ich an die alten Legenden denke, würde ich sagen, es ist ein Sternenschiff.«

***

Inzwischen waren die ersten Schreie der Küstenvögel zu hören, während das zirpende Liebeswerben der Steingrillen verstummte – wohlweislich, denn den Vögeln zu verraten, wo sie sich befanden, wäre nicht klug gewesen. Und tatsächlich wurde es allmählich heller; das große Licht des Tages würde jeden Moment den östlichen Horizont aufleuchten lassen.

»Nun«, meinte Torrileik, »das werden wir uns in der Tat anschauen. Aber erst, nachdem wir ein paar Vorsichtsmaßnahmen getroffen haben.« Sie streckte die Arme aus. »Auf jedem Ast müssen Leute zurückbleiben, die dafür sorgen, dass die Kinder in den Hütten bleiben. Sprecht euch untereinander ab. Ich will keinen Flatterer am Strand sehen!«

Blicke wurden gewechselt, Handzeichen gegeben – derlei war gewohnte Übung. Es tat gut, in diesem Moment auf etwas so Vertrautes, Alltägliches zurückgreifen zu können.

»Außerdem«, fuhr Torrileik fort, »müssen wir die anderen Nester alarmieren. Wir machen das über das Quallennetz.«

Das *Quallennetz* war ein Warnsystem, das seit ewigen Zeiten existierte. Es diente dazu, alle Nester entlang der Goldküste zu informieren, wenn irgendwo giftige Quallen angeschwemmt wurden. In aller Regel folgten diesen ersten Quallen nämlich Unmassen davon, so viele, dass der Strand für einige Tage gänzlich unzugänglich wurde. Man musste ihn so lange meiden, bis die Küstenvögel, die Quallengreifer vor allem, sich dick und satt gefressen und die Flut die Reste beseitigt hatte.

Das System funktionierte so: Wenn ein Nest Quallen entdeckte, sandte es drei Kuriere an drei benachbarte Nester aus, die wiederum jeweils drei Kuriere losschickten, und immer so weiter. Es war genau festgelegt, wer wohin zu fliegen hatte, damit es keinen überflüssigen Flug gab und dennoch die gesamte Goldküste innerhalb kürzester Zeit informiert wurde: Das war wichtig, weil man die Quallen bei Tage aus der Luft so gut wie nicht sah. Auf einer zu landen war zwar nicht so verhängnisvoll wie der Margor; es hatte aber auch schon Todesfälle gegeben. Das Gift war in keinem Fall harmlos.

So flogen also die drei Quallenkuriere los. Einer davon, Harsok, war ein Ersatzkurier, weil der hauptamtliche Kurier als Träger mit zum Markt geflogen war. Animur gab ihre Kinder in die bewährten Hände ihres alten Nachbarn Mungsok, der ohnehin nicht mehr gut bei Flügel war, und schloss sich den anderen an, die zum Strand aufbrachen. Sie flogen vorsichtig, in großer Höhe und außerdem in weiter Formation, denn in den Legenden hieß es, dass Sternenschiffe Todesblitze ausschicken konnten, und es war sicher ratsam, diesen kein allzu leichtes Ziel zu bieten.

Das Ding am Strand war in der Tat nicht zu übersehen. Es war gewaltig groß – wenn auch bei Weitem nicht so groß, wie man sich das legendäre Sternenschiff der Ahnen vorstellte. Es einen »Kasten« zu nennen war jedoch eine mehr als grobe Beschreibung. Es war länglich, klobig, lief spitz zu und wies allerlei Wölbungen und Auswüchse auf, für die es keine Worte gab. Und es war dunkel, aus einer Art Eisen offenbar, und zwar aus einer ungeheuren Menge davon.

Sie kreisten darüber und kreisten, ohne dass sich etwas tat. Das Ding lag einfach nur da. Mit ein bisschen Phantasie hätte man es auch für einen Felsbrocken halten können.

Währenddessen wurde es im Osten hell. Ein leuchtender Streifen erschien am Horizont, der schnell breiter und höher wurde und sich jeden Moment wieder zusammenziehen würde, um als großes Licht des Tages das Firmament zu erklimmen.

Doch heute verlief sogar dieser vertraute Anblick anders als sonst. Zum einen war da der Riss im Himmel, in dem die Sterne im selben Maße verblassten, in dem der Morgen kam, und überstrahlt wurden von einem eigenartig kränklichen Schimmer. Und als das große Licht des Tages emporstieg, fielen auf einmal blendend helle, scharfe Strahlen durch den Riss, die aussahen wie Messer aus Helligkeit, die vom Himmel herabstießen. Animur war zudem, als läge ein scharfer, stechender Geruch in der Luft, der ihr völlig fremd war. Wenn das der Duft der Sterne sein sollte, überlegte sie, dann rochen die Sterne ausgesprochen widerwärtig.

Auffallend war, dass der Riss am Himmel in der Verlängerung der Längsachse des seltsamen Gebildes lag. Man konnte den Eindruck haben, dass es dieses Ding gewesen war, das den Himmel durchpflügt und aufgerissen hatte, ehe es gelandet war. Wenn es denn tatsächlich geflogen war – das konnte sich Animur irgendwie nur schwer vorstellen.

Gerade, als die Ersten ungeduldig zu werden begannen und jemand vorschlug, näher heranzufliegen oder gar darauf zu landen, kam Bewegung in das Gebilde: Ein rechteckiger Teil der Seite öffnete sich, drehte sich um eine Achse am Boden nach außen und klappte herab in den Sand, eine breite, steile Rampe bildend. In der Öffnung leuchtete helles Licht.

Man hörte es eine Weile rumoren, klappern und zischen, dann kam jemand heraus: eine menschliche Gestalt, oder besser gesagt, eine menschen*ähnliche* Gestalt, denn sie war nicht nur gewaltig groß, wenigstens anderthalbmal so hoch wie der größte Mann, den Animur kannte – sie besaß auch *keine Flügel!* Dafür war sie in einen silbern schimmernden Anzug gekleidet, der jeden Fleck ihres Körpers bedeckte, sogar den Kopf, auf dem sie einen Helm trug, der an der Vorderseite aus einer verspiegelten, halbrunden Glasschale bestand.

Diese Gestalt also kam mit vorsichtigen Schritten die Rampe herab. Sie zögerte, ehe sie den Fuß in den Sand setzte, ging dann noch zwei Schritte weiter, drehte sich um und sah zu der Rampe zurück. Sie schien auf etwas zu warten.

»Steigt höher!«, rief Torrileik heiser. »Sicher ist sicher.«

Sie nahmen Luft unter ihre Schwingen, stiegen höher, kreisten weiter, ließen aber die Ereignisse am Strand nicht aus den Augen.

Worauf die Gestalt gewartet hatte, zeigte sich gleich darauf: auf eine zweite, genauso gekleidete Gestalt, die ihr mit genauso behutsamen Schritten folgte.

Beide Gestalten hielten in einer Hand jeweils einen länglichen Gegenstand, der zwei Haltegriffe aufwies und in einer Art Rohr endete; Animur hatte nicht den Hauch einer Idee, wozu er dienen mochte. Die zweite Gestalt jedoch trug noch einen zweiten Gegenstand mit sich, eine Stange nämlich, die fast so lang war wie sie selber.

Als sie neben der ersten Gestalt stand, schauten die beiden sich erstmals nach allen Seiten um. Dabei schienen sie sich nur für den Strand und den Wald zu interessieren; die Flieger über ihren Köpfen beachteten sie gar nicht. Man hatte den Eindruck, dass sie sich unterhielten, wenngleich nichts zu hören war.

Schließlich wies einer der beiden in die Richtung des Vorwalds, der oberhalb des Strands begann. An dieser Stelle wuchs über eine weite Strecke viel Gras, ehe der eigentliche Wald anfing mit seinen zahllosen Riesenbäumen, Hundertästern und Buschbäumen. Die beiden setzten sich dorthin in Bewegung. Das wirkte durchaus nicht schwerfällig, im Gegenteil, es schien ihnen leichtzufallen, durch den Sand voranzukommen. Sie bewegten sich ausgesprochen leichtfüßig, und ab und zu machte einer von ihnen einen richtigen Satz.

An der Grenze zwischen Sand und Waldboden hielten sie an. Der Zweite stellte die Stange auf den Boden, der Erste hielt ein faustgroßes Instrument dagegen, das lautstark summte und knirschte und irgendwie bewirkte, dass die Stange sich tief in den Boden schraubte. Anschließend befestigten sie etwas an ihrem Ende, ein rechteckiges Stück bunten Stoffs, das sie so an einer weiteren dünnen Stange befestigten, dass es davon in waagrechter Position gehalten wurde.

Animur fühlte sich an die Wimpel erinnert, mit denen sie an

manchen Festtagen den Nestwipfel schmückten. Ob diese beiden Wesen da unten auch etwas feierten? Sie verstand nur nicht, was.

Jetzt nahmen sie beide vor ihrer Konstruktion Aufstellung. Jeder hob seine rechte Hand an den Helm, und so standen sie eine Weile, baumgerade aufgerichtet und regungslos. Dann ließen sie die Hände wieder sinken, wandten sich ab – und gingen weiter, in Richtung Wald.

»Was bei allen Ahnen *tun* die da?«, rief Torrileik, an Animur gewandt, als sei diese dafür zuständig, die Handlungen der Fremden zu erklären.

»Vielleicht wissen sie nichts vom Margor«, rief Animur zurück. Torrileik schüttelte den Kopf. »Man müsste sie warnen. Nach allem, was man erkennen kann, sehen sie aus wie unsere Ahnen.«

»Vielleicht«, meinte Animur, »schützen ihre Anzüge sie vor dem Margor.«

»Terias Anzug hat sie auch nicht beschützt«, wandte Torrileik ein.

Daran hatte sich offenbar nichts geändert: Sie sahen zu, wie die beiden Gestalten mitten ins Margorgebiet marschierten, wie einer von ihnen nach kaum zehn Schritten abrupt stehen blieb, die Arme emporriss – und wie der Anzug gleich darauf zu Boden sank, leer und leblos.

Der andere hielt inne, wandte sich seinem Gefährten zu und machte noch einen Schritt auf ihn zu – da sank auch dieser Anzug lautlos zu einem flachen, kleinen Haufen zusammen.

»Wie bei Teria«, entfuhr es Animur.

Aber ja, genau so wurde es erzählt bis auf den heutigen Tag! Schrecklich, es mit ansehen zu müssen.

Und jetzt?

Torrileik stieß einen lauten Seufzer aus. »Kinder, ich kann nicht mehr. Mir tut jeder einzelne Flugmuskel weh … Ich flieg zurück ins Nest. Erzählt mir, was weiter passiert.«

Damit ließ sie sich abkippen und sauste im Gleitflug auf das Nest zu. Animur sah ihr besorgt nach. Sie hatte überhaupt nicht daran gedacht, wie anstrengend das Ganze für jemanden in Torrileiks Alter sein musste.

Nun, vielleicht hatte Torrileik selber nicht daran gedacht in all der Aufregung.

Aber es ging alles gut. Animur sah sie wohlbehalten im Landenetz aufkommen und im Wipfel verschwinden, mit sichtlich müden Bewegungen.

Gleich darauf tat sich bei dem Ding wieder etwas. Das womöglich tatsächlich ein kleines Sternenschiff war. Doch woher kam es? Und was wollte es hier?

Sie hatte keine Zeit, darüber nachzudenken, denn es kam eine weitere Gestalt aus der Öffnung, genauso gekleidet und ausgerüstet wie die vorigen. Dann noch eine. Und diese beiden setzten sich sofort in Bewegung, eilten ihren unglücklichen Gefährten nach.

Ursok stieß einen wilden Schrei aus. »Sind die blöde oder was?«

Animur sah, dass er Anstalten machte, in den Sturzflug zu gehen, und rief: »Ursok, nicht! Bleib hier! Wenn du versuchst, sie zu warnen, denken sie womöglich, *wir* haben ihre Gefährten getötet.«

Ohnehin wäre Ursok zu spät gekommen. Die zwei bewegten sich mit Riesensprüngen vorwärts, die Rohre der seltsamen Geräte, die sie mit beiden Händen hielten, in alle Richtungen haltend. Mit ihrem letzten Sprung setzten sie mitten im Margorgebiet auf, wo sie sofort in sich zusammensanken, als sauge der Boden allen Inhalt aus den Anzügen heraus.

Was er im Grunde ja auch tat.

Danach geschah nichts mehr. Vier silberne Anzüge lagen zerknittert im Vorwald, vier Röhrengeräte lagen daneben am Boden, und das Sternenschiff stand auf dem Goldstrand, die Rampe einladend geöffnet.

***

Was für ein seltsam unwirklicher Tag, dachte Animur. Zuerst dieses Ding, das wohl ein Sternenschiff war. Dann diese Gestalten in ihren silbernen Anzügen, die ihm entstiegen und sich in den Tod stürzten, als hätten sie ihn gesucht.

Und über all dem dieser zerrissene Himmel, durch den messerscharfe Lichtbündel herabstrahlten, viel zu grell, in den Augen schmerzend und irgendwie so, als wollten sie die Welt in Stücke schneiden.

Immerhin hatte es den Anschein, dass der Spalt sich allmählich wieder schloss, wenn auch entsetzlich langsam. Man durfte hoffen, dass es nicht für alle Zeiten so anstrengend bleiben würde, sich einfach nur umzuschauen.

Anstrengend war es auf jeden Fall, so lange zu kreisen, selbst wenn einen die Thermik über dem Goldstrand, wie meistens, gut trug. Die Ersten folgten schon Torrileiks Beispiel und flogen zum Nest zurück, nicht zuletzt, weil sich allmählich ganz banaler Hunger meldete: Keiner von ihnen hatte ja bislang gefrühstückt!

Einerseits war es beruhigend, etwas so Vertrautes wie Hunger und Durst zu spüren. Andererseits zerstob damit jede Hoffnung, die Ereignisse dieses Morgens könnten sich nur als wilder Traum entpuppen.

»Wir sollten uns abwechseln«, rief Animur den anderen zu, weil es niemand sonst tat. »Die einen fliegen zum Frühstück, die anderen halten weiter Wache und beobachten. Und dann tauschen wir.« Da auf den Alarm über das Quallennetz hin etliche Leute von anderen Nestern auftauchten, fügte sie hinzu: »Wer von weiter weg kommt, kann zu uns auf den Mahlplatz kommen, ins Nest der Sok.«

»Oder zu uns«, rief Laikal. »Nest der Kal, gleich nebenan.«

Das Hauptproblem an diesem Morgen war nicht, plötzlich so viele Leute verköstigen zu müssen – jede Nestküche, die etwas auf sich hielt, hatte ihre Reserven, um mit derartigen Ereignissen zurechtzukommen –, sondern, die Kinder zu bändigen. Die waren längst alle wach, hatten mitbekommen, dass etwas Unerhörtes los war, und waren entsprechend aufgeregt, neugierig – oder verängstigt. Sie mussten beruhigt werden. Und sobald sie beruhigt waren, musste man sie daran hindern, einfach zum Strand zu fliegen und nachzusehen, was da vor sich ging.

Animur frühstückte zusammen mit Alisok und Temsok. Sie erzählte ihnen, so gut sie konnte, was vorgefallen war, und nahm ihnen das Versprechen ab, im Nest zu bleiben, egal, was geschah.

Danach schloss sie sich einer Gruppe an, die es wagen wollte, die Stange und das Stoffstück, die die Fremden am Rand des Vorwalds angebracht hatten, näher in Augenschein zu nehmen.

Sie flogen zum Strand hinab, landeten in gebührendem Abstand von der Stange und hielten, während sie sich dem Gebilde vorsichtig näherten, die Flügel startbereit ausgebreitet. Animur kam es vor, als knirschten ihre Schritte überlaut im Sand.

Andererseits: Hinter ihnen kamen die Wellen wie eh und je aus der endlosen Ferne des Ozeans angerauscht, völlig unbeeindruckt davon, dass da plötzlich ein Berg aus Eisen auf dem schimmernden Sand stand, wo gestern noch nichts gewesen war.

Die Stange überragte sie um Armeslänge. Das daran befestigte Tuch zeigte eine Art Bild in den Farben Weiß, Gelb und Blau: einen Blätterkranz, der ein Muster aus Sternen umschloss, darüber ein Symbol, das man, wie Animur wusste, eine »Krone« nannte, wenngleich sie sich darunter nichts Konkretes vorstellen konnte. Unter dieser »Krone« kreuzten sich zwei seltsame … *Dinge*. Knochen waren es nicht, dazu sahen sie zu regelmäßig und, zumindest an einem Ende, zu eckig aus.

Am unteren Rand des Tuchs schließlich standen Worte in der ihnen vertrauten Schrift: *IMPERIVM HVMANVM*.

»Ich kann das nicht mal aussprechen«, meinte Ursok. »Was soll das bedeuten?«

Darauf wusste niemand eine Antwort.

Ursok begann, zornig auf und ab zu stapfen. »Das kann es ja wohl nicht sein, oder?«, schimpfte er. »Da kommt ein Sternenschiff von irgendwoher, von einer dieser anderen Welten, von denen wir uns seit tausend Jahren nur erzählen, von denen wir aber noch nie irgendwas gehört haben; es reißt unseren Himmel entzwei, landet – und die Leute, die an Bord sind, haben nichts Besseres zu tun, als sich dem Margor zu ergeben? Was zum Wilian *soll* das?«

»Ur«, sagte Laikal behutsam, »ich glaube nicht, dass sie das mit dem Margor gewusst haben. Auf anderen Welten …«

»Egal«, unterbrach Ursok sie und spreizte die Flügel. »Ich schau mir das Ding jetzt jedenfalls aus der Nähe an. Vielleicht treffe ich jemanden, dem ich ein paar peinliche Fragen stellen kann …«

»Ursok!«, rief Animur. »Nicht!«

Doch er ließ sich nicht mehr bremsen. Mit ein paar jugendlich-kräftigen Flügelschlägen erhob er sich in die Luft und flog auf das Sternenschiff zu, direkt zu der Öffnung, aus der immer noch grelles Licht auf den Strand herausfiel.

Breitbeinig landete er dicht vor der Rampe, stemmte die Hände in die Hüften und sah sich nach allen Seiten um. Doch just in dem Moment, in dem er den Fuß auf die eiserne Fläche setzen wollte, hob sich diese vom Boden und schloss sich, so rasch wie ein Schlag mit einer Fliegenklatsche.

»Zum Wilian mit euch!« Ursok nahm eine Handvoll Sand auf und schleuderte ihn gegen das eiserne Ding, doch das ließ sich davon nicht beeindrucken.

Als er zurückkam, schlug Animur vor: »Ein paar Leute, die gut schwirren können, könnten die Anzüge bergen. Offenbar beobachtet das Sternenschiff seine Umgebung. Wenn wir ihm die Anzüge der Toten hinlegen, reagiert es vielleicht.«

»Gute Idee«, meinte Ursok, breitete die Flügel wieder aus und sah in die Runde. »Schwirrmeister vorgetreten!«

Zwei Mädchen in etwa seinem Alter hoben die Hände. Animur kannte sie vom Sehen, aber nicht ihre Namen; sie stammten aus weiter westlich gelegenen Nestern.

»Seid vorsichtig«, sagte sie.

Die drei hoben ab, flogen in das Gebiet des Margors und ließen sich dann, mit heftig schwirrenden Flügeln auf der Stelle schwebend, behutsam hinab, bis sie den ersten der Anzüge zu fassen bekamen. Sie hoben ihn an und brachten ihn aus der Gefahrenzone heraus, schwer atmend nach der Anstrengung.

Wie sie es nicht anders erwartet hatten, war der Anzug leer – und die Helmscheibe von innen blutig verschmiert. Animur musste heftig schlucken. Bislang hatte sie den Margor nur vom Hörensagen gekannt; ihn heute gleich viermal in Aktion zu erleben war nicht gerade erhebend.

Interessant aber, dass er diese Anzüge tatsächlich übrig gelassen hatte, genau wie es die Teria-Legende beschrieb. Normale Kleidung, aus Wolle oder Pflanzenfasern, verschlang er nämlich immer mitsamt dem jeweiligen Träger.

Eines der Mädchen gab nach der Bergung des zweiten Anzugs auf, sie konnte nicht mehr. Die beiden anderen aber holten die restlichen Anzüge und auch die seltsamen Gerätschaften mit den Rohren, die die Fremden bei sich getragen hatten.

Das alles schleppten sie gemeinsam zum Sternenschiff, legten die Sachen neben die Stelle hin, an der die Rampe den Sand berührt hatte, und traten wieder zurück.

Nichts geschah.

Während sie warteten, näherte sich jemand, der schwarze Flügel hatte, und der blaue Glanz darauf verriet ihnen, dass es Torrileik sein musste, noch ehe sie landete.

Sie ließ sich berichten, was geschehen war, schaute sich ebenfalls das rätselhafte Tuch mit der rätselhaften Inschrift an, und sagte dann: »Ich habe Jaswintal losgeschickt, um die Ältesten zu verständigen. Bis die hier sind, teilen wir Wachen ein, die beobachten, was geschieht – *falls* etwas geschieht –, und die die Jugendlichen von dem Ding fernhalten.« Sie sah in die Runde. »Und wir anderen«, fügte sie hinzu, »gehen wieder an unsere ganz normale Arbeit. Die erledigt sich nämlich nicht von selbst, nur weil ein Sternenschiff am Strand steht.«

***

831

All der Aufregung zum Trotz schlief Animur in dieser Nacht tief und traumlos, zu ihrer eigenen Überraschung. Am nächsten Tag sah der Himmel schon fast wieder normal aus. Man konnte zwar noch eine Spur des Risses ausmachen – manche nannten es eine *Narbe* –, aber das scharfe Licht, das einem am Tag zuvor die Augen hatte brennen lassen, blieb aus.

Inzwischen hatte fast jeder das Ding am Strand gesehen, zumindest von Weitem, sogar einige besonders vorwitzige Kinder, die daraufhin allerdings *nicht* gut geschlafen hatten, wie man erzählte. Überhaupt drehten sich die Gespräche auf den Mahlplätzen um nichts anderes mehr. Woher kam es? Was wollte es hier? Was sollten das Tuch und die Stange?

Und vor allem: Was, wenn das Ding nun einfach da stehen blieb, wo es stand?

Das löste heftige Debatten aus. Die einen meinten, es könne doch ruhig da stehen bleiben, solange es nichts tue; die verschiedenen Felsbrocken entlang der Goldküste lägen schließlich auch seit Ewigkeiten einfach da, ohne dass sich jemand daran störe.

Ja, hielt man ihnen entgegen, aber eben das wisse man ja nicht: Ob das Ding nicht eines Tages plötzlich *doch* etwas tue!

Viele plädierten dafür, es wegzuschaffen, es vielleicht ins Meer zu ziehen und dort zu versenken. Das, so meinten sie, würde die Gefahr zumindest verringern. Obwohl, womöglich schwamm es ja? Das wusste man auch nicht.

Andere hielten es für aussichtslos, zu versuchen, es ins Wasser zu ziehen: So ein Riesending aus Eisen sei zweifelsohne enorm schwer.

Andererseits: Es war immerhin geflogen, Ursok und Laikal hatten es mit eigenen Augen gesehen, also konnte es *so* schwer auch wieder nicht sein.

Diese Diskussionen kamen natürlich zu keinem Ergebnis. Ohnehin war dies eine Angelegenheit, die der Goldküstenrat würde entscheiden müssen. Und immerhin war es ja erst einen Tag her, dass das alles passiert war. Man musste erst einmal sehen, wie sich die Sache weiter entwickelte.

Trotzdem, die Stimmung heizte sich spürbar auf. Am Nachmittag taten sich eine Handvoll junger Leute aus mehreren Nestern zusammen und versuchten, sich Zutritt zu dem Sternenschiff zu verschaffen. Sie landeten auf ihm, gingen darauf umher, suchten nach Öffnungen, um ins Innere zu sehen oder zumindest zu lauschen, was sich darin abspielen mochte, fanden aber nichts dergleichen. Es gab durchaus einige Gerätschaften auf der Außenseite, die verletzlich aussahen, doch nicht so, als könnte es ihnen einen Zugang ins Innere eröffnen, wenn sie sie kaputt machten.

Torrileik hatte, nachdem sich die jungen Leute nicht von ihrem Vorhaben hatten abbringen lassen, die Devise ausgegeben, das Sternenschiff nicht mutwillig zu beschädigen, zumindest nicht, ehe der Rat es anders beschloss. Trotzdem machten sie sich mit dem Werkzeug, das sie mitgebracht hatten, an der Klappe zu schaffen, um sie entweder dazu zu bringen, sich wieder zu öffnen, oder um sie mit Gewalt aufzubrechen. Doch was sie auch versuchten, sie rührte sich nicht.

Als das große Licht des Tages sich auf den westlichen Horizont herabsenkte, gaben sie ihre Anstrengungen enttäuscht auf, und die Wachen nahmen ihre Plätze für die Nacht wieder ein.

* * *

Am nächsten Tag, gegen Mittag, kehrten die Ältesten zurück, und nicht nur sie: Die Ältesten der Perleninseln begleiteten sie und boten wie üblich einen malerischen Anblick mit ihren rot bemalten Gesichtern, ihren farbenprächtigen Kleidern und dem vielen Schmuck, den sie trugen. All diese Ratsmitglieder ließen sich das, was ihnen die Kurierfliegerin schon berichtet hatte, vor Ort noch einmal ausführlich erzählen. Dann flogen sie gemeinsam zum Strand hinab, um das Sternenschiff zu begutachten und auch das rätselhafte Tuch an der Stange.

Was das Tuch zu bedeuten hatte und was die Inschrift besagen wollte, wussten sie auch nicht, aber einer der Leute von den Perleninseln, Hiliudhawor, wusste immerhin, was das für Gegenstände waren, die sich unter der »Krone« kreuzten: »Schlüssel. Das sind Gegenstände aus Metall, die man in ein Schloss steckt, und nur wenn die Form am Ende die richtige ist, öffnet es sich.«

»Und was«, fragte man ihn, »ist ein *Schloss*?«

»Eine Apparatur, um etwas verschlossen zu halten. Eine Tür zum Beispiel oder einen Kasten.«

In den Nestern der Goldküste kannte man weder verschlossene Türen noch verschlossene Kästen, aber man wusste, dass auf den Perleninseln vieles anders war, also nahm man diese Information mit Interesse auf. Ja, mehr noch, sie brachte Jolsok, den Ältesten des Sok-Nests, auf eine Idee.

»Das Sternenschiff«, meinte er, »*ist* jedenfalls verschlossen, das sehen wir. Nun frage ich mich Folgendes: Wenn die Fremden nicht dem Margor erlegen wären, sondern noch lebten, müssten sie, sobald sie zu ihrem Sternenschiff zurückkehrten, es ja irgendwie öffnen können. Heißt das nicht, dass sie dafür auch irgendeine Art von Schlüssel bei sich tragen müssten?«

»Ah«, machte Hiliudhawor. »Jolsok, mein Bruder, das ist ein vortrefflicher Gedanke!«

Also machten sie sich daran, die geborgenen Anzüge zu untersuchen, die noch immer dort lagen, wo sie sie hingebracht hatten. Ihnen in die Taschen zu greifen war eklig. Das Blut im Innern der Helme zersetzte sich bereits von der Hitze, und obgleich die Anzüge aussahen, als könne weder etwas in sie hinein gelangen noch etwas aus ihnen heraus, umgab sie ein Übelkeit erregender Gestank nach Verwesung und Fäulnis.

Animur ertrug das nicht lange und ging auf Abstand, doch die anderen ließen sich nicht aufhalten. Sie durchwühlten die zahlreichen Taschen und Fächer des Anzugs und fanden allerhand Gerätschaften, große wie kleine, allerdings nichts, das wie ein Schlüssel aussah.

»Der Schlüssel zu einem Sternenschiff muss nicht unbedingt so aussehen wie die Schlüssel auf dem Tuchbild«, meinte Hiliudhawor.

Es war Ursok, der unter einer kleinen Klappe am linken Handgelenk des Anzugs ein Symbol entdeckte, das aussah wie eine sich öffnende Tür.

Nur tat sich nichts, als er darauf drückte.

Animur war so enttäuscht wie alle anderen, aber dann kam ihr ein Gedanke.

»Wenn er darauf drückt«, meinte sie, »dann doch sicher mit dem Handschuhfinger der *anderen* Hand ...?«

»Ah«, machte Ursok. »Einen Versuch ist es wert.«

Er griff nach dem rechten Handschuh, verzog angeekelt das Gesicht, weil noch eine weiche Masse darin zu spüren war, packte nichtsdestotrotz das Fingerteil und presste es auf das Symbol.

Im nächsten Augenblick senkte sich die Klappe herab, und das Licht in der Öffnung dahinter flammte auf.

***

Animur hatte das Gefühl, dass ihr Herz einen erwartungsvollen Satz machte, als sie die Klappe offen sah. Das Licht darin leuchtete fast so grell wie jenes, das am Tag zuvor durch den Riss im Himmel herabgefallen war.

Das hing alles miteinander zusammen, und sie hatte es entdeckt! Sie war die Erste gewesen, die den Riss am Himmel gesehen hatte, die Alarm gegeben hatte, und nun stand hier dieses Sternenschiff, und sie ... sie konnten einfach hineingehen!

Wenn sie sich trauten.

Ursok hatte den Anzug fallen lassen und sprang auf. »Los!«, rief er. »Schauen wir es uns an!«

Die Ältesten zögerten, wie es die Aufgabe der Ältesten war. Ungestüm vorzupreschen, das war die Sache der Jugend. Das Alter musste Weisheit und Vorsicht beisteuern zu den Entscheidungen, die eine Gemeinschaft traf: So stand es im Buch Kris.

»Wir sollten vielleicht nicht alle zugleich gehen«, überlegte Hiliudhawor bedächtig. »Es ist damit zu rechnen, dass es darin ge-

835

fährlich werden kann für Eindringlinge. Oder dass es gar eine Falle ist.«

Ursok spreizte die Schwingen. »Aber wir *müssen* hinein!«, protestierte er. »Wozu sonst haben wir es geöffnet?«

»Das ist auch wieder wahr«, meinte Jolsok zu Hiliudhawor.

Schließlich kam man überein, dass Ursok vorgehen würde, und falls dieser zu dem Schluss kam, dass es ungefährlich war, das Sternenschiff zu betreten, mochte ihm folgen, wer wollte.

So trat Ursok vor die Rampe hin und setzte den Fuß darauf. Dann hielt er inne, hatte wohl doch Bedenken. Er sah zu Laikal, aber die hob nur die Hände in einer Geste, die zu sagen schien: *Du hast es so gewollt!*

Ursok holte tief Luft und tat einen weiteren Schritt, mit dem er den Sand endgültig hinter sich ließ. Obwohl er fest auftrat, machten seine Schritte kein Geräusch. »Auch nicht anders, als über eine Hängebrücke zu gehen«, kommentierte er, während er langsam weiter hinaufging.

Schließlich war er oben und trat in die Kammer hinter der Öffnung, in der er selbst mit seinen fluchtbereit angehobenen Flügeln klein wirkte.

»Es geht vier, fünf Schritte hinein, dann ist da eine Wand aus Eisen«, rief er. »Ich weiß nicht, wo es weitergeht.«

»Vielleicht ist es keine Wand, sondern eine Tür«, entgegnete Hiliudhawor. »Versuch, ob du sie öffnen kannst!«

Ursok nickte und ging in das grelle Innere der Kammer hinein. Animur hielt unwillkürlich die Luft an. Was, wenn die Rampe sich nun plötzlich wieder schloss, um sich nie wieder zu öffnen …?

Von dem hellen Licht geblendet, sahen sie nicht genau, was Ursok machte, aber auf einmal bewegte sich etwas, und eine weitere, größere Kammer wurde sichtbar.

»Ich habe auf diese Fläche hier an der Seite gedrückt, die grün geleuchtet hat«, rief Ursok. »Jetzt leuchtet sie gelb.«

»Was passiert, wenn du sie noch einmal drückst?«, wollte Jolsok wissen.

Ein schabendes Geräusch und eine erneute Bewegung, diesmal in die andere Richtung. »Jetzt hat die Wand sich wieder geschlossen, und die Fläche leuchtet wieder grün!«, erläuterte Ursok.

Er probierte es noch ein paarmal aus, und es funktionierte immer auf die gleiche Weise.

»Ich gehe jetzt in die Kammer dahinter«, informierte er sie. »Dort leuchtet auch so eine grüne Fläche.«

Er ging weiter hinein, war nur noch ein von hellem Licht überstrahlter Schemen, doch dann, plötzlich – Animur atmete erschrocken ein –, schob sich die Wand … die *Tür!* … zwischen Ursok und der Außenwelt wieder zu!

Nun hielt es Laikal nicht länger: Drei knallende Flügelschläge, und sie landete in der äußeren Kammer. Sie hieb gegen die Fläche, mit der Ursok die Tür zuvor geöffnet und geschlossen hatte, doch diese Fläche leuchtete nun *rot* – und nichts tat sich!

»Ursok!«, schrie sie und hämmerte mit der Faust gegen die eiserne Wand.

»Offenbar«, sagte Hiliudhawor derweil nachdenklich, »war es tatsächlich eine Falle.«

Animur trat vor, an den Rand der Rampe. »Was machen wir denn jetzt?«, fragte sie, an niemand Bestimmtes gerichtet.

Laikal kam wieder herunter, stürzte sich auf den leeren, stinkenden Anzug, mit dessen Hilfe Ursok das Sternenschiff vorhin dazu gebracht hatte, sich zu öffnen. Sie wühlte daran herum, suchte nach weiteren Klappen, unter denen weitere wirkungsvolle Symbole versteckt sein mochten, fand aber nichts, was weiterhalf. Sie wagte es sogar, noch einmal auf das Türöffner-Symbol zu drücken, mit dem Handschuhfinger der anderen Hand, aber es bewirkte nichts, nicht einmal, dass sich die Rampe wieder schloss.

Zwischen all den tat- und ratlosen Ältesten kam plötzlich Harsok zum Vorschein, einen großen, schweren Stein in Händen tragend. Er schleppte ihn die Rampe hoch und klemmte ihn an der Stelle, an der sich diese gegen das Sternenschiff drehte, auf eine Weise ein, dass sich die Rampe wohl nicht mehr würde schließen können.

»Wir müssen jemanden holen, der sich mit der Bearbeitung von Eisen auskennt«, meinte er dann. »Mein Onkel Asalech zum Beispiel. Bloß ist der zum Markt mitgeflogen.«

»Das ist eine gute Idee«, meinte Jolsok bekümmert. »Zumindest *ist* es eine Idee. Wir werden den Marktfliegern jemanden nachschicken … Hmm, wie wär's mit dir? Du bist doch jung und schnell!«

»Aber ich bin als Quallenkurier eingeteilt.« Quallenkuriere mussten in der Nähe des Nests bleiben und allzeit bereit sein, das war die eiserne Regel des Netzwerks.

»Gut, dann soll …«, begann Jolsok zu überlegen, unterbrach sich aber, als von der Öffnung im Sternenschiff wieder dieses schabende Geräusch zu hören war.

Die Tür hatte sich wieder geöffnet, Ursok war wieder da.

»Bei dieser Kammer«, erklärte er mit angestrengt wirkender Ruhe, »muss anscheinend immer eine der beiden Türen geschlossen sein. Wenn man die eine öffnet, schließt sich vorher die andere. Und ich meine, in einer der alten Legenden ist so etwas auch beschrieben – in *Pihrs erster Landung*, glaube ich.«

Sie sahen sich alle an. Offenbar war keiner der Ältesten sonderlich bewandert in den alten Legenden, denn man sah nur allgemeines Schulter- und Flügelzucken.

»Das verstehe ich dahingehend, dass du tiefer im Inneren des Sternenschiffs warst, oder?«, hakte Hiliudhawor neugierig nach.

»Ja«, sagte Ursok und rieb sich nervös die Außenseite der Hand. »Da sind Gänge und … und weitere Türen … und …« Er schüttelte den Kopf. »Ich hab da drinnen seltsame Geräusche gehört. Als wäre irgendwo jemand eingesperrt, der fortwährend gegen eine Wand hämmert und um Hilfe schreit.«

***

Auf einmal redeten sie alle durcheinander. Die Ältesten wanderten hin und her, spürbar überfordert von der Situation. Ein Gefangener? Das war eine gänzlich unerwartete Komplikation. Wozu sollte ein Sternenschiff einen Gefangenen beherbergen? Und um wen mochte es sich handeln?

Ohnehin hatten sie kaum Erfahrung mit Gefangenschaft. Es gab nur wenige Orte auf der Welt, wo man Leute einsperrte; eigentlich wusste Animur das nur vom Eisenland. Dort wurden Leute, die sich nicht an die Regeln hielten, in besonders gefährlichen Bergwerksstollen eingesperrt und mussten ihre Freiheit durch harte Arbeit darin zurückgewinnen. Überall sonst zeichnete und *verbannte* man Menschen, die Unverzeihliches getan hatten, so, wie es das Buch Kris vorschrieb.

Wobei die Eisenleute auf Kritik an ihrem Strafsystem meist zurückfragten, wieso man denke, dass das weniger grausam sei: Jemand, der auf sich allein gestellt war, überlebte in aller Regel nicht lange, was mit anderen Worten hieß, dass man ihn quasi zum Tode verurteilte, aber nicht dabei sein wollte, wenn es geschah.

Schließlich gelang es Jolsok, die allgemeine Aufregung so weit zu dämpfen, dass ein Gespräch möglich war.

»Hast du sonst jemanden gesehen?«, wandte er sich an Ursok.

Der schüttelte den Kopf. »Niemanden. Ich war natürlich nicht überall, nur in ein paar Gängen, aber ich glaube nicht, dass noch jemand da ist.«

»Außer dem Gefangenen.«

»Ich bin mir nicht *sicher*, dass es wirklich ein Gefangener ist. Es hat sich nur so angehört.«

»Du bist dem Geräusch nicht nachgegangen?«

Ursok biss sich kurz auf die Lippe, dann schüttelte er den Kopf. »Mir wurd's zu unheimlich.«

»Vielleicht war es nur eine Maschine«, wandte eine der Ältesten von den Perleninseln ein. Animur kannte ihren Namen nicht, bewunderte aber ihre prächtigen Ketten aus bunten Holzperlen, von denen sie Dutzende trug. »In manchen Legenden kommen *keuchende* Maschinen vor.«

Ursok wiegte zweifelnd den Kopf. »Hmm, ja, aber es klang nicht wie Keuchen. Sondern nach Schlägen und Schreien, wie gesagt.«

»Vielleicht war es eine *andere* Maschine?«, meinte Gelosok.

»Na ja. Sein kann alles.«

Erneut teilte sich die Gruppe der herumstehenden Ältesten und ließ Harsok passieren, der wieder einen Stein heranschleppte, einen noch größeren als vorher. Keuchend und außerstande, ein Wort herauszubringen, schleppte er den Felsbrocken die Rampe hoch und platzierte ihn in jener Rinne, in der sich die erste der beiden Türen bewegte. Dann, als er wieder Luft bekam, erklärte er: »Damit wir auf jeden Fall wieder herauskommen. Wenn wir reingehen. Was wir ja bestimmt werden.«

»Ausgezeichnete Idee«, lobte Hiliudhawor.

»Ich weiß nicht«, meinte Ursok. »Womöglich öffnet sich die innere Tür nicht, wenn die vordere blockiert ist.«

Harsok, immer noch etwas außer Atem, stemmte die Hände in die Hüften und spreizte sein Gefieder leicht. Es war eigentlich von gewöhnlichem Braun, schimmerte an der Innenseite aber silbern. »Probieren wir's einfach.«

Das taten sie, und tatsächlich sah es zunächst so aus, als behielte Ursok recht. Die erste Tür wollte sich schließen, krachte gegen den Stein, summte eine Weile wie ein aufgebrachter Süßmückenschwarm und fuhr wieder auf.

Doch beim dritten Mal funktionierte es: Die erste Tür drückte gegen den Stein, hörte dann aber auf zu summen, und die zweite Tür öffnete sich trotzdem. Der Spalt war breit genug, dass man hindurchpasste, wenn man die Flügel ausstreckte und eng aneinanderlegte. Bei den Frauen unter den Ältesten überwog jedoch die Sorge um ihre Kleidung und ihren Schmuck alle Neugier auf das Innere des Sternenschiffs.

Zumindest behaupteten sie das.

Animur dagegen hätte sich jetzt nicht mehr davon abhalten lassen hineinzugehen. Jolsok war der Erste, der sich hindurchquetschte – Harsok und Ursok waren ja bereits drinnen –, und Animur folgte ihm ohne Zögern. Weil es *sein musste*. Weil sie den Riss im Himmel als Erste gesehen hatte. Weil sie immer noch das Gefühl hatte, dass das alles hier irgendwie mit ihr verbunden war.

Ihr folgten noch Hiliudhawor, Gelosok und ein junger Mann aus dem Nachbarnest, von dem sie nur wusste, dass er Ensekal hieß.

»Ich muss Dala ja erzählen, was sie verpasst hat«, meinte Gelosok zu Animur.

»Ja«, erwiderte sie. »Diesmal wirst du die bessere Geschichte haben.«

Es war ein seltsames Gefühl, sich im Inneren des Sternenschiffs zu befinden. Mit jedem Schritt fühlte sich Animur unwohler, bedrückter, und das Atmen fiel ihr schwer. Die Luft war trocken und roch metallisch – nein, nicht nur, da lag auch eine scharfe Note unter allem, ein Geruch, der sie an den Urin kranker Hiibus denken ließ.

Sie berührte die Wände, die sie in jeder Richtung umgaben. Nein, Eisen war das nicht, das war etwas anderes, aber es war auch ein kaltes, glattes Material. Erst hier drinnen wurde ihr bewusst, wie sehr sie es gewohnt war, ihr Leben zum größten Teil im Freien zu führen, allzeit von Licht und Luft umgeben. Wobei, Licht leuchtete hier auch, sogar fast zu viel davon, aber aus länglichen, schmalen Streifen über ihr, die den Weg zu weisen schienen.

Sie betrachtete den Boden, der nicht glatt war, sondern ein gleichmäßiges Riffelmuster aufwies. Außerdem war er nicht weiß wie die Wände, eher grau. So ähnlich hatte sie sich immer die Stollen der Bergwerke im Eisenland vorgestellt, jedenfalls nach den Erzählungen derer, die von dort stammten. Im Nachbarnest war es vor allem Sachfas, der gern von seiner Jugend in den Minen erzählte und über einen unerschöpflichen Vorrat an wilden Geschichten verfügte. Aber er war wohl doch froh, sich Helekal versprochen zu haben und nun hier an der Goldküste zu leben.

Irgendwie wurde es etwas chaotisch. Jeder schien in eine andere Richtung zu streben. Schließlich rief Jolsok sie alle zur Ordnung: »Wir bleiben zusammen und suchen zuerst nach dem Geräusch.«

Jetzt hörte Animur es auch. Es klang tatsächlich, als wüte ir-

841

gendwo jemand, schlage gegen Wände und schreie, wobei man nicht verstand, *was* er schrie.

Es war gar nicht so leicht, den Ursprung dieses Lärms zu finden. Von dem Hauptgang, in dem sie sich bewegten, gingen seitliche Gänge ab, schmaler als dieser, und von diesen gingen *auch* wieder seitliche Gänge ab – in gewisser Weise wie bei einem Nestbaum, wo sich der Stamm in die Hauptäste verzweigte, diese in die Wohnäste und so weiter. Aber dadurch, dass es in diesen Gängen so hallte, schien der Lärm von überallher zu kommen.

Schließlich kamen sie an eine Tür, bei der es klang, als donnere immer wieder etwas – oder jemand – von der anderen Seite dagegen. Zwischendurch hörte man Schreie einer tiefen, lauten Stimme, die Animur an ein verwundetes Hiibu denken ließ.

»Wenn man wenigstens verstünde, *was* der da schreit«, meinte Gelosok irritiert.

Ursok erspähte eine schmale Öffnung in der Tür, etwa eine Armlänge über ihren Köpfen, in der eine Art Glas schimmerte. »Vielleicht kann man da sehen, was hinter der Tür los ist«, meinte er.

Sie traten alle beiseite, damit er seine Flügel ausbreiten konnte, aber der Gang erwies sich als zu schmal, um darin zu fliegen. Also machten sie es anders: Harsok stellte sich mit dem Rücken gegen die Tür und verschränkte die Hände, die Ursok als Trittstufe benutzte, um bis zu dem gläsernen Schlitz hinaufzugelangen und hindurchzuspähen.

Doch der schüttelte nur den Kopf und stieg gleich wieder ab. »Undurchsichtig«, sagte er. »Hinter dem Glas ist eine Öffnung, aber sie ist mit irgendetwas zugestopft.«

Nun trat Jolsok vor und klopfte seinerseits gegen die Tür. Er tat es mit dem dicken Eisenring an seinem Mittelfinger – in seiner Jugend waren solche Ringe Mode gewesen, und manche der Alten trugen sie immer noch –, sodass sein Klopfen laut und deutlich zu vernehmen war, das Geräusch von Metall auf Metall.

»Hallo!«, rief er. »Ist da jemand?«

Die Schreie verstummten. Es kamen auch keine Schläge gegen die Tür mehr.

Stattdessen hörten sie eine dumpfe Stimme rufen: »Auf! Macht auf!«

»Wer seid Ihr?«, rief Jolsok zurück. »Und was macht Ihr da drin?«

Einen Moment lang war Stille.

Dann hörten sie: »Auf! Hunger!«

Sie schauten einander beunruhigt an. Das klang alles äußerst unheimlich.

»Seid Ihr eingesperrt?«, fragte Jolsok.

»Ja.«

»*Warum* seid Ihr eingesperrt?«

Wieder eine Pause. Dann: »Macht auf! Hunger! *Hunger!*«

Ursok trat einen Schritt rückwärts. »Ich verstehe das nicht. Was ist hier passiert? Wieso kommen sie mit einem Gefangenen an, landen bei uns und ergeben sich dem Margor? Was *soll* das?«

»Ich denke wirklich, dass das mit dem Margor ein Unglücksfall war«, meinte Hiliudhawor.

»Ich bin mir da nicht so sicher«, wandte Animur ein. »Ich war dabei, als es passiert ist. Die zwei, die die Stange mit dem Tuch aufgestellt haben, sind in den Margor geraten – dass das ein Unglück war, kann man sich noch vorstellen. Aber wieso sind ihnen die beiden anderen sofort gefolgt? Sie müssen doch gesehen haben, dass das Gebiet gefährlich ist!«

Hiliudhawor wiegte das rot bemalte Haupt. Die Glöckchen in seinem Bart klingelten leise. »Auf jeden Fall ist das drei Tage her. Das bedeutet, dass sich seither niemand mehr um den Gefangenen gekümmert hat.«

»Und was tun wir jetzt?« Ursok wies auf die Tür. »Ich weiß nicht, wie wir sie öffnen sollen. Ich sehe keine leuchtende Fläche, die man drücken könnte.«

»Die erste Frage muss sein, ob man die Tür überhaupt öffnen *sollte*«, wandte Jolsok ein.

»Vielleicht gibt es irgendwo eine Klappe oder so etwas, durch die man Nahrung hineinreichen kann«, überlegte Harsok und folgte dem Gang ein paar Schritte, offenbar auf der Suche nach einer solchen Möglichkeit.

»Fragen wir ihn doch einfach«, schlug Hiliudhawor vor.

Jolsok klopfte erneut mit seinem Eisenring gegen die Tür und rief: »Hallo! Wir können Euch Nahrung beschaffen, aber wir wissen nicht, wie wir sie Euch zukommen lassen sollen. Gibt es irgendeine Öffnung, durch die es ginge?«

Ein langes, schabendes Geräusch war die Antwort. Es klang, als kratze ein Untier über die andere Seite der Tür.

»Macht auf!«, hörten sie dann in kläglichem Ton. »Hunger!«

»Wir wissen nicht, *wie* man die Tür aufmacht!«, rief Ursok.

Pause. Dann: »Zahlen! Die Zahlen!«

Sie musterten einander verwundert. »Was meint er damit?«, fragte Jolsok, die Brauen furchend.

Er klopfte wieder gegen die Tür. »Wir verstehen nicht, was Ihr damit meint!«

Ein dumpfer Schrei hinter dem Metall, der ganz jämmerlich klang, dann hörten sie: »Tür! Schloss! Zahlen! Schlüssel!«

Hiliudhawor fuhr sich mit den Fingern durch den Bart. »Die Tür hat ein Schloss, das ist offensichtlich. So weit verstehe ich, was er sagt. Doch dann? Meint er, dass Zahlen der Schlüssel sind? Das verstehe ich nicht.«

Animur hob den Blick, betrachtete die Tür. Links davon, über Kopfhöhe, sah man zehn Symbole von derselben Machart wie das Zeichen auf dem Anzug, das die Tür geöffnet hatte, die mit etwas Phantasie aussahen wie die Zahlen von Null bis Neun. »Das da vielleicht?«, schlug sie vor. »Könnten das die Zahlen sein, die er meint?«

Nun legten alle die Köpfe in den Nacken und kniffen die Augen zusammen.

»Null bis vier«, sagte Ursok, »und fünf bis neun. Sieht ganz so aus. Ein bisschen anders, als wir die Zahlen schreiben, aber ähnlich genug.«

»Doch was heißt das?«, fragte Hiliudhawor. »Dass die Tür aufgeht, wenn man die richtige Zahl berührt? Das scheint mir keine sehr vernünftige Sicherung zu sein. Man könnte ja der Reihe nach *jede* der Zahlen berühren.«

Jolsok bemühte wieder seinen Eisenring. »Hallo! *Welche* Zahl müssen wir berühren?«

Eine lange Pause, in der Geräusche zu hören waren, als riebe jemand den Körper gegen die andere Seite der Tür. »Weiß ... nicht ...«, kam schließlich als Antwort.

Jolsok hüstelte. »Besonders hilfreich ist er ja nicht«, meinte er und rieb sich das Kinn, wie immer, wenn er über etwas nachdachte. »Ich finde sowieso, wir sollten nichts überstürzen. Es hat ja vielleicht einen guten Grund, dass er eingesperrt ist. Wenn er die letzten Tage überstanden hat und immer noch so einen Radau veranstalten kann wie vorhin, wird es auf einen weiteren Tag nicht ankommen. Lasst uns in Ruhe überlegen, was wir ...«

»Da klebt etwas«, unterbrach ihn Harsok, reckte den Hals und zeigte zu den Zahlen hinauf. »Oben drüber. Ein Stück Papier oder so.«

»Wo?« Ursok trat neben ihn. »Ah, tatsächlich.«

Jetzt sah auch Animur, was er meinte: Oberhalb der in zwei waagrechten Reihen angeordneten Zahlen haftete etwas, das leicht silbern glänzte, so ähnlich wie die Frühjahrsblätter eines Teichlichts, nur eben rechteckig. Künstlich.

Ursok stellte sich mit dem Rücken gegen die Wand, verschränkte die Hände. »Diesmal bist du dran, Har.«

Harsok setzte den rechten Fuß in die ineinandergreifenden Hände, wippte mit den Flügeln, um wenigstens ihren Schwung auszunutzen, und stemmte sich in die Höhe. »Das ist kein Papier«, befand er, nachdem er das fragliche Objekt befühlt hatte. »Das ist irgendwas anderes. Es klebt fest. Und es stehen Zahlen drauf: 2, 3, 4, 5.«

»Ah, *mehrere* Zahlen!«, meinte Hiliudhawor anerkennend. »Das ist natürlich pfiffig.«

»Probier mal, was passiert, wenn du die Zahlen in dieser Reihenfolge berührst«, schlug Ursok vor, deutlich tiefer atmend unter dem Gewicht des anderen.

»Wartet, wartet«, sagte Jolsok. »So eilig haben wir es nicht!«

»Wahrscheinlich braucht man sowieso wieder so einen Handschuh, damit es funktioniert«, meinte Harsok, probierte es aber trotzdem.

Man brauchte keinen Handschuh: Kaum berührte sein Finger die Fünf, glitt die Tür schon zischend zur Seite.

Und sofort, mit einem gewaltigen Satz, sprang ein Mann heraus, der sie alle um mehr als eine Armlänge überragte.

Animur trat unwillkürlich ein paar Schritte rückwärts. Nicht nur, weil ihr die Erscheinung des Mannes Angst einjagte, sondern auch und vor allem, weil mit ihm ein Schwall übel riechender Luft aus dem Raum hinter der Tür kam, eine ekelerregende Mischung aus altem Schweiß, Exkrementen aller Art und anderem.

Der Gestank verlor sich, der Mann aber blieb. Er hatte keine Flügel, was an sich schon befremdlich aussah. Und er war nicht nur viel größer als sie, sondern auch viel breiter, mit Muskeln bepackt, wie sie nicht einmal ein Bergmann aus dem Eisenland besaß. Er trug eine graubraune Hose und ein sackartiges Hemd von derselben Farbe, beides zerknittert und voller Flecken. Ansonsten war er barfuß, hatte gewaltige, dicht behaarte Füße.

Am gruseligsten aber war sein stumpfsinnig wirkendes, fleischiges Gesicht. Sein Mund stand halb offen, sodass man seine Zähne sehen konnte, die spitz zugefeilt waren. Oder waren sie von Natur aus so? In einem Zahn war ein rot funkelnder Stein eingelassen, der aussah wie eine seltsame Art von Schmuck.

Sein blitzartiger Sprung in den Gang hinaus war nur zu verständlich: Er hatte draußen sein wollen für den Fall, dass sich die Tür gleich wieder schloss. Aber nun stand er reglos da und musterte sie der Reihe nach, offensichtlich verblüfft von dem Anblick, den sie ihm boten.

Dann, ganz langsam, verzog sich sein Gesicht zu einem breiten, derben Grinsen.

»AINDSCHELL!«, rief er mit einer Stimme, die hier draußen, ohne die Dämpfung durch die geschlossene Eisentür, dröhnend laut war. Zudem klang es, als hätte er Schwierigkeiten mit der Artikulation. Vielleicht ein körperlicher Defekt, überlegte Animur.

Harsok ließ sich wieder auf den Boden hinab und drückte sich neben Ursok gegen die Wand. »Ups«, machte er.

»Ja, in der Tat«, meinte Jolsok zu ihm. »Das war vorschnell, junger Mann.«

»HA!«, brüllte der Mann wieder. »AINDSCHELL!«

Sie sahen einander an. Hiliudhawor hob fragend die Hände. Was wollte der Riese ihnen damit sagen? Keiner von ihnen wusste es.

Der Riese beugte sich herunter, wandte sich Harsok zu, streckte die gewaltige Pranke aus und strich damit über dessen Flügel.

»JA! AINDSCHELL!«, dröhnte er. »JA!«

Er sah Ursok an, dann Jolsok, dann die anderen.

Schließlich fiel sein Blick auf Animur, und er erstarrte für einen Moment.

»FRAU!«, bellte er dann, und ein grauenerregend gieriger Glanz trat in seine Augen.

Animur sah sich um. Sie war tatsächlich die einzige Frau in der Gruppe.

Der Riese meinte *sie*!

Und das, wusste sie auf einmal mit absoluter Sicherheit, bedeutete nichts Gutes.

**

»FRAU!«, kam es wieder grollend aus dem Mund des Riesen. Er machte einen Schritt auf Animur zu, streckte die Hand nach ihr aus, eine riesige Hand mit spitz zugefeilten Fingernägeln, die aussahen wie Krallen.

Animur wollte weiter zurückweichen, war aber zugleich wie gelähmt vor Schreck. Das konnte alles nicht wahr sein. Das erlebte sie nicht wirklich. Das musste ein böser Traum sein …

Harsok stieß sich von der Wand ab, trat neben den Riesen hin, packte ihn am anderen Arm und sagte: »Heh! Mach mal langsam …«

Weiter kam er nicht. Der Riese fuhr herum, in einer mächtigen, explosionsartigen Bewegung, und schlug mit rücksichtsloser Gewalt nach Harsok, ein Schlag, der diesen krachend gegen die nächste Wand schleuderte, an der er mit zerknitterten Flügeln halb bewusstlos herabsank.

»WILL FRAU!«, brüllte der Riese dabei.

Ursok gab Ensekal einen Wink. »Ani!«, rief er. »Mach, dass du rauskommst!« Damit stellten die beiden sich vor den Riesen und breiteten schützend die Arme und Flügel aus.

Das brach den Bann, unter dem Animur gestanden hatte. Sie drehte sich um und begann zu rennen.

Sie rannte, so schnell sie konnte. Zu dumm, dass der Gang zu eng war, um darin zu fliegen! Überhaupt, wie schrecklich, sich auf der Flucht vor einer Gefahr nicht einfach in die Luft erheben und in Sicherheit bringen zu können!

Hinter sich hörte sie Schreie, Schläge, dumpfes Krachen, aber sie wagte nicht, sich umzusehen. Erst als sie in den Hauptgang einbog, warf sie einen kurzen Blick zurück. Einen Herzschlag lang sah sie den Riesen unter den Männern wüten, sah Hiliudhawor am Boden liegen, sah Jolsok fallen, sah Ursok tänzeln und Ensekal nach dem Riesen schlagen und eine an der Wand zusammengesunkene Gestalt, die nur Gelosok sein konnte – dann rannte sie weiter, verfolgt von dem unablässig wiederholten, gierigen Schrei: »WILL FRAU!«

Ihr Blick verschleierte sich. Erst nach einem Moment begriff sie, dass das an den Tränen lag, die ihr wie von selbst über die Wangen liefen, und dass auch das Schluchzen, das sie hörte, ihr eigenes war.

Kurz bevor sie den Ausgang erreichte, die halb offene Tür mit dem eingequetschten Stein, vernahm sie donnernde Schritte hinter sich, Schritte, die bestürzend schnell aufholten. Und wieder dieses: »WILL FRAU!«

Sie stürzte sich auf den Spalt, quetschte sich hindurch. Das würde ihn doch aufhalten, oder? So breit und groß, wie er war, würde er nicht durch diesen Spalt passen.

Endlich draußen. Aber noch durfte sie sich keinen Moment der Erleichterung erlauben. Wo waren die anderen? Die anderen *Frauen?*

Sie waren nicht mehr da. Animur sah sich hastig um. Den Ahnen sei Dank, sie standen alle weit weg, um die Stange mit dem Tuch versammelt. Sie musste sie warnen, ehe der Riese …

Ein gutturaler Schrei hinter ihr, ein riesiger Arm, der durch den Spalt nach ihr greifen wollte, ihre Federn streifte, aber nicht zu fassen bekam. Animur sprang zurück, sprang aus der Öffnung des Sternenschiffs, breitete die Flügel aus und machte, dass sie an Höhe gewann.

Dann endlich, in der Sicherheit der Lüfte, atmete sie auf.

Und dachte voller Angst an die Männer, die sich dem Riesen in den Weg gestellt und womöglich einen schlimmen Preis dafür bezahlt hatten. Was mochte ihnen zugestoßen sein?

Sie sah den Arm wieder verschwinden. Gleich darauf schob sich die Türe ganz auf, der Riese kam heraus, sah sich suchend um … und entdeckte sie.

Einen Herzschlag lang sah er grimmig zu ihr hoch, dann ging er in die Knie und – *sprang!*

Es war ein ganz unglaublicher Satz, ein Sprung, wie ihn sich Animur nie hätte vorstellen können. Als brauche er gar keine Flügel, um zu fliegen, schnellte der Riese fast so hoch, wie sie flog, und bekam ihren Knöchel zu fassen, noch ehe sie, vor Überraschung aufs Neue gelähmt, ausweichen konnte.

Im nächsten Augenblick riss er sie mit sich in die Tiefe. Sie hatte keine Chance, sein Gewicht auszugleichen. Es war, als hinge ihr ein ganzer Riesenbaum am Bein, und es ging so brutal abwärts, dass es Animur die Flügel über den Kopf nach vorn riss.

Im nächsten Moment prallte sie mit dem Rücken auf dem Sandboden auf, ein Schlag, der ihr die Luft aus den Lungen trieb, und hätte sie die Flügel nicht ohnehin so weit vorn gehabt, sie hätte sie sich beide gebrochen. Auch so wurde ihr schwarz vor Augen.

Noch ehe sie wieder zu sich kam und begriff, was mit ihr geschah, war der Riese schon über ihr, sein fleischiges Gesicht glänzend von Schweiß, ein irrer Blick in den Augen. Sie fühlte, wie seine spitzen Fingernägel über ihren Bauch kratzten, dann, wie er ihre Hose packte und mit einem Ruck entzweifetzte.

»WILL FRAU!«, keuchte er.

Animur begriff, dass etwas ganz und gar Undenkbares im Begriff war, zu geschehen – noch undenkbarer, als dass der Himmel einfach aufriss, noch undenkbarer als die Ankunft eines Sternenschiffes, noch undenkbarer als ein Mensch ohne Flügel. Dieser Mann, begriff sie, wollte die Beiwohnung mit Gewalt erzwingen!

Sie versuchte, sich wegzudrehen, versuchte, ihn wegzustoßen, doch es ging nicht. Er hielt sie fest, als habe er ein Dutzend Arme, um sie am Boden zu halten. Und er hatte noch einen weiteren Arm übrig, mit dem er nach unten griff und irgendetwas an sich selber machte. Sie hob den Kopf, folgte dieser Bewegung und sah, wie er seine Hose herabzog und sein Glied zum Vorschein kam, ein ungeheures Teil, das ihr so groß vorkam wie ein Unterarm. Und wie es aussah, war sein Gebiss nicht der einzige Teil seines Körpers, in den er Steine hatte einsetzen lassen …

Sie schrie. Nein, mehr noch, *es* schrie aus ihr heraus. Mit einer Kraft und Lautstärke, die sie an sich noch nie erlebt hatte, von der sie nicht geahnt hatte, dass derlei in ihr steckte, schrie sie: »*BARSOK!*«

Aber so laut sie auch schrie, es beeindruckte den Riesen kein bisschen. Er packte ihre Schenkel und zwang sie auseinander, und dann, während ihr Schreien in hilfloses Schluchzen überging, spürte sie, wie etwas Großes, Scharfes in sie einzudringen versuchte. Es tat weh, aber sie konnte nicht mehr schreien.

Doch auf einmal wich der Druck von ihr, löste sich der Griff des Riesen. Sie schlug die Augen auf und sah, wie der gewaltige Körper über ihr zur Seite kippte, und sie konnte sich gerade noch wegdrehen, ehe der Mann aus dem Sternenschiff mit einem dumpfen Schlag neben ihr auf dem Boden aufschlug. Aus seinem Mund hing eine breite, stinkende Zunge, und in seinem rechten Auge steckte ein Pfeil mit einer goldenen Feder am Ende.

Teil 3
VIOLETTES FEUER

Teil 3:

VIOLETTES FEUER

Meoris

Die Angst der Bogenschützin

Der Moment, in dem Darkmur den Bogen an sie weiterreichte und sagte: »Jetzt du, Meoris« – das war der Moment, in dem alles begann.

Sie standen auf einem breiten Ast. Gegenüber, im Wipfel eines absterbenden Buschbaums, hatte Darkmur eine große runde Scheibe aus geflochtenem Stroh befestigt, auf der Kreise in Kreisen aufgemalt waren und in deren Zentrum ein schwarzer Punkt prangte, den man *das Auge* nannte.

Die anderen hatten alle vor ihr geschossen. Oris' Pfeil hatte den Baum gar nicht erst erreicht, sondern war irgendwo unterwegs ins Unterholz gefallen. Bassaris hatte dafür weit über den Baum hinausgeschossen. Eteris, Galris und Jehris hatten zwar den Baum getroffen, aber die Scheibe verfehlt. Nur Ifnigris' Pfeil hatte die Scheibe erwischt; er steckte in deren äußerstem Rand, so wackelig, dass er wahrscheinlich von selber herunterfallen würde.

»Das macht nichts«, hatte Darkmur gemeint. »Das sind nur Übungspfeile. Es ist nicht schlimm, wenn wir die nicht wiederfinden.«

Nun also war die Reihe an ihr. Meoris stellte sich in Positur, wie Darkmur es ihnen erklärt hatte. Sie hielt den Bogen aufrecht, legte den Pfeil ein, schob den Schlitz an seinem hinteren Ende über die Sehne, packte beides und zog mit aller Kraft, während sie gleichzeitig zu zielen versuchte.

Und dann … *geschah* irgendetwas.

Wie sie so dastand, den Bogen vorgestreckt, die Hand mit der Sehne am Körper, wurde sie sich auf einmal der enormen Kraft gewahr, die sie gerade mit ihren Armen und mit ihrem Oberkörper aufbrachte. Sie verstand mit überwältigender Klarheit, dass all diese Kraft in den Flug des Pfeils übergehen würde, sobald sie die Sehne losließ, und dass der Pfeil einer Bahn folgen würde, die im Voraus bestimmt war, dadurch, wie sie den Bogen hielt. Ihre Aufgabe war, diese Bahn so zu bestimmen, dass sie im Auge der Zielscheibe endete.

Das alles war ihr so klar, dass alle Nervosität und Anspannung von ihr abfiel, worüber sie sich nicht einmal wunderte, denn: Wenn einem etwas völlig klar war, gab es ja gar keinen *Grund*, nervös und angespannt zu sein! Sie stand nur da, atmete ruhig und gleichmäßig, den Blick auf das Ziel gerichtet, und als der Moment kam, in dem sie ihren Pfeil im Ziel *sah*, ließ sie einfach los.

Ihr war, als könne sie spüren, wie der Pfeil sie verließ, wie er sich von *ihrer* Kraft getrieben durch die Luft bohrte und schließlich, überhaupt nicht überraschend, genau dort einschlug, wo sie ihn gesehen hatte. All das geschah mit einer so überwältigenden Unausweichlichkeit, dass sie von diesem Augenblick an dem Bogen verfallen war – auch wenn ihr das erst viel später klar werden sollte.

Darkmur war spürbar beeindruckt. »Bei allen Ahnen«, stieß er hervor, »so etwas hab ich ja noch nie gesehen.«

Ifnigris strich ihr anerkennend über die Flügel. Eteris blies die Backen auf und ließ es ploppen, wie sie es oft machte, wenn ihr etwas imponierte. »Meo hat schon immer ein scharfes Auge gehabt«, meinte Oris, und Bassaris bekräftigte: »Stimmt«, was sie am meisten freute, weil es so selten war, dass Bassaris überhaupt etwas sagte.

Doch all das war nur Blätterrauschen. Das, was *wirklich* zählte, war der Pfeil im Zentrum der Scheibe.

Meoris blickte zu dem bärtigen Gesicht des Jägers empor und bat: »Darf ich noch mal?«

Darkmur stutzte, zögerte. Dann meinte er: »Nun ja, warum nicht?«, und gab ihr noch einen Pfeil.

Diesmal, das spürte Meoris sofort, war es anders. Diesmal sahen ihr alle zu und *erwarteten* etwas von ihr, etwas Sensationelles, oder zumindest, dass sie das Wunder wiederholte. Und sie wollte es ja auch! Sie konnte spüren, wie sich alles in ihr verkrampfte, als sie den Pfeil einlegte.

Wieder stellte sie sich in Positur, wieder spannte sie den Bogen, wieder peilte sie das Ziel an. Das Ziel, in dem schon ein Pfeil steckte. Ihr Pfeil.

Doch dann, als sie sich auf die Kraft in ihren Armen und Schultern konzentrierte, wurde all das unwichtig. Sie vergaß, dass die anderen da waren. Die Welt um sie herum versank, es gab nur noch den Pfeil und das Ziel und die Kraft – *ihre* Kraft, die aus ihrem Körper über den Pfeil in das schwarze Zentrum der Scheibe floss, und all das verschmolz zu einem warmen, allumfassenden, geradezu *goldenen* Gefühl.

Wieder kam der Moment, in dem sie den Pfeil schon im Ziel sehen konnte, in dem sie *wusste*, dass sie den Pfeil und das Ziel miteinander verbunden hatte, und wieder ließ sie los.

Doch just in diesem Augenblick kam ein Windstoß vom Meer her. Er zauste an ihren Flügeln, sie spürte es, und sie sah, dass der Pfeil nicht so flog, wie er gedacht war. Immerhin, er traf die Scheibe, eine knappe Handspanne vom Zentrum entfernt. Die anderen applaudierten, aber sie waren enttäuscht, dass ihre Gefährtin ihnen kein Wunder beschert hatte, sie hörte es heraus.

Doch das machte gar nichts. Sie *wusste*, dass der Pfeil eigentlich im Ziel gewesen wäre und dass sie für den Windstoß nichts konnte. Darkmur den Bogen zurückzugeben war, als müsse sie sich eine Schwungfeder ausreißen.

Der alte Jäger musterte sie prüfend. »Ich glaube, hier haben wir eine künftige Jägerin, hmm?«

»Ja«, sagte Meoris, ohne nachzudenken. Dann erschrak sie, weil ihr einfiel, dass das ja hieß, dass sie auf Hiibus würde schießen müssen, auf diese gutmütigen, trägen, warm bepelzten Tiere, die einen aus ihren großen schwarzen Augen immer so begriffsstutzig anschauten – und so arglos! Sie würde sie *töten* müssen.

857

Aber irgendjemand musste das schließlich tun, und so bekräftigte sie: »Ja, ich glaube, ich wäre gerne Jägerin.«

Darkmur wiegte den Kopf. »Wir werden sehen. Auf jeden Fall liegt noch viel Übung vor euch. Eteris, Ifnigris und die Jungs werden mit Nakwen üben – besser als das, was ihr heute hingekriegt habt, solltet ihr schon werden. Es muss nicht jeder ein Jäger sein, aber einigermaßen mit dem Bogen umgehen sollte man doch können.«

Oris, Bassaris, Jehris und Galris nickten ergeben. Eteris spitzte die Lippen. Ifnigris dagegen furchte skeptisch die Brauen, auf eine Weise, die Meoris verriet, dass sie nicht lange dabeibleiben würde.

»Und du, Meoris«, fuhr der Jäger fort, »kannst gleich zu den Fortgeschrittenen kommen, die ich selber unterrichte. Wenn du willst.«

»Ja«, sagte sie sofort.

»Aber ein Wort der Warnung noch: Werdet nicht übermütig.« Darkmur sah sie ernst an. »Denkt immer daran, dass der Bogen eine *Waffe* ist. Ein Instrument, um zu töten. Ein Pfeil, der von eurer Sehne schnellt, kann nicht nur Vögel oder Hiibus töten, sondern, wenn ihr schlecht schießt, auch einen Menschen.«

Etwas in der Art, wie er das sagte, ließ es Meoris kalt über den Rücken laufen.

In der darauffolgenden Nacht träumte sie, dass jemand an einem ihrer Pfeile starb. Sie erwachte schreiend. Ihr Vater nahm sie in die Arme und hüllte sie in seine Flügel ein, wie früher, als sie noch ein kleines Kind gewesen war, und so beruhigte sie sich schließlich. Später versuchte sie sich an Einzelheiten ihres Traums zu erinnern, aber vergebens.

Trotzdem war sie am nächsten Tag pünktlich zur Stelle, als Darkmurs Unterricht begann.

***

Die anderen in Darkmurs Gruppe waren zum größten Teil Männer und außerdem alle viel älter als sie. Entsprechend skeptisch schauten sie drein, als Meoris bei ihnen landete. Als es ans Warmschießen ging, spürte Meoris überdeutlich, dass sie sich würde beweisen müssen, wenn sie akzeptiert sein wollte, ein Druck, der sich auf sie legte wie eine schwere Last.

Zudem waren die Scheiben, auf die sie schossen, kleiner und viel weiter weg!

»Lass dich nicht unterkriegen, Meo«, raunte ihr eine der Frauen zu, Komris. Sie war in ihrer Jugend Jägerin gewesen, hatte zwei Kinder bekommen und wollte nun, da die beiden flügge waren, wieder mit auf die Jagd.

Es tat gut zu spüren, dass jemand zu ihr hielt, es half allerdings auch nicht gegen den Druck. Doch da Meoris als Neuling zuletzt an die Reihe kam, hatte sie Gelegenheit, die anderen schießen zu sehen, und vor allem Gelegenheit, nachzudenken. Sie kam zu dem Entschluss, dass sie akzeptieren würde, wie gut oder schlecht sie schoss. Sie konnte es nicht erzwingen, eine gute Schützin zu sein, und sie *wollte* es auch gar nicht erzwingen. Sie wollte nicht so tun, als sei sie besser, als sie war, denn das konnte nur allzu leicht damit enden, dass jemand von ihrem Pfeil starb, und das wollte sie auf keinen Fall erleben. Wenn sich zeigen sollte, dass sie nicht gut genug schoss, dann würde sie klaglos zu den anderen in die Anfängergruppe wechseln, und es würde in Ordnung sein.

Dieser Entschluss gab ihr – obwohl sie das erst viel später verstehen sollte – die innere Gelassenheit zurück, und als sie den Bogen in die Hand bekam, konnte sie ihm wieder so begegnen wie beim allerersten Mal. Sie konnte wieder alles um sich herum vergessen, während sie den Pfeil einlegte und die Sehne an sich zog, konnte wieder ganz Spannung und Kraft werden, konnte wieder die Verbindung zwischen ihrem Pfeil und dem Ziel erfühlen und –

ZACK!

»Uff!«, stieß jemand hervor.

Meoris ließ den Bogen sinken, atmete aus. Ihr Pfeil steckte mitten im Schwarzen, was keiner der anderen bis dahin geschafft hatte.

Von da an schaute sie niemand mehr skeptisch an.

Doch Darkmur war ein strenger und anspruchsvoller Lehrer, und sein Unterricht war so gestaltet, dass man nicht in Versuchung kam, übermütig zu werden und seine eigenen Fähigkeiten zu überschätzen. Das Warmschießen war eine Sache, aber so einfach blieb es nicht. Sie übten, aus dem Flug zu schießen, und sie übten, bewegliche Ziele zu treffen: zum Beispiel Strohbündel, die an langen Schnüren hin und her pendelten.

Und natürlich übten sie auch, aus dem Flug bewegliche Ziele zu treffen: Das war die schwierigste Disziplin.

Nach jedem Unterricht behielt Darkmur Meoris noch da, um ihr Dinge beizubringen, die man normalerweise in der Anfängergruppe lernte und die den anderen schon geläufig waren. Zum Beispiel den Körperbau eines Hiibus aus Jägersicht: wo die verletzlichen Stellen waren, und wohin man möglichst *nicht* treffen sollte, weil ein Pfeil dort nur steckenblieb und dem Tier lange Schmerzen bereitete.

Nach diesen Unterweisungen blieb Meoris meistens noch eine Weile und übte alleine weiter, spickte die aus Stroh geflochtenen Ziele mit Pfeilen, bis ihr die Arme erlahmten. Denn, so hatte sie sich überlegt, je mehr und je gründlicher sie übte, desto treffsicherer würde sie werden und desto geringere Gefahr bestand, dass sie jemals jemanden aus Versehen traf.

***

Es dauerte nicht lange, bis Meoris zu ihrer ersten Jagd eingeteilt wurde.

Es sei ihr eigentlich zu früh, vertraute sie Ifnigris an. Sie fühle sich noch bei Weitem nicht so weit.

»Wieso denn nicht?«, wunderte sich Ifnigris, die sich tatsächlich, wie Meoris es vorausgesehen hatte, nach dem zweiten Treffen aus der Anfängergruppe verabschiedet hatte. »Du übst doch wie besessen.«

»Ja, schon«, meinte Meoris, außerstande, ihrer Wahlschwester zu erklären, was in ihr vorging. Je mehr sie übte, desto geheimnisvoller erschienen ihr der Pfeil und sein Flug. Wenn sie den Bogen hielt, wurde dieser fast zu einem Teil ihres Körpers, aber sie musste den Pfeil ja irgendwann loslassen, und wie dieser dann tatsächlich flog, das überraschte sie immer wieder aufs Neue.

Doch auch wenn sie sich noch nicht bereit fühlte, widersprach sie nicht, als Darkmur sie zur Schützin auf der nächsten Hiibu-Jagd bestimmte: Sie würde ja nicht alleine sein. Da sie neu war, würde sie als Erste schießen, aber falls ihr Schuss daneben ging, würde der zweite Schütze, Beresul, eingreifen.

Außerdem war es eine Ehre, erste Schützin zu sein, zumal als jüngste Jägerin in den Annalen der Küstenlande, und natürlich war das auch ein großes Gesprächsthema auf allen Mahlplätzen. Und so waren die Erwartungen an sie wieder da und der Druck, sie zu erfüllen – doch inzwischen hatte Meoris gelernt, sie abzuschütteln.

Am Tag der Jagd war das Wetter unruhig. Es war Windzeit, zerrissene Wolken zogen rasch und tief einher, und unberechenbare Böen schüttelten die Wipfel der Bäume. Komris nahm als Treiberin teil, zusammen mit ihrer ältesten Tochter Jolokaris, die sehr mager und sehr hochgewachsen war und enorme Flügel besaß, mit deren Schlag sie die Hiibus ganz schön auf Trab brachte. Es dauerte nicht lange, bis die Herde sich zwar widerwillig, aber doch einigermaßen zügig auf den Oberen Ristas zubewegte, einen schmalen Wasserlauf, gerade stark genug, um den Margor fernzuhalten. Die Furt war flach und eng, von beiden Seiten von dicht stehenden Pfahlbäumen und allerlei Gebüsch umschlossen, sodass die Schützen schlechte Sicht hatten. Meoris und Beresul kreisten darüber, hoch genug, um die Hiibus nicht wieder zu vertreiben, aber tief genug, um sie auch treffen zu können.

Meoris verfolgte die Handzeichen, die Darkmur gab. Diese

861

Zeichensprache war Teil des Unterrichts in der Fortgeschrittenen-
gruppe. Ganz vorne kämen jetzt die Jungtiere, signalisierte Darkmur, neun an der Zahl. Jungtiere marschierten fast immer entweder
ungeduldig vorweg, oder sie trotteten als Nachzügler hinterher. Auf
jeden Fall würde man sie verschonen.

Außerdem, zeigte Darkmur an, war die Zuordnung der Mut-
tertiere nicht gelungen. Sie gelang meistens nicht, wenn so viele
Jungtiere in der Herde waren. Also, so bedeutete er ihnen, sollten
sie sich auf die Böcke konzentrieren.

Meoris kreiste und kreiste, blickte abwechselnd zu Darkmur
hinüber und auf die Herde unter ihnen hinab. Ihren Bogen hatte
sie in der Hand, den Pfeil schussbereit eingelegt. Am liebsten wäre
sie ins Schwirren übergegangen, auch wenn es anstrengend war, um
in der idealen Schussposition bleiben zu können – aber das durfte
sie nicht, denn Schwirren machte zu viel Lärm und Bewegung und
verscheuchte die Tiere. Deswegen musste ein Schütze gleiten und
die Flügel so ruhig halten wie nur möglich.

Da kam ein Bock. Er sah jung und kräftig aus und hatte prächtig gewundene Hörner. Meoris gab Beresul ein Zeichen, dass sie
diesen Bock als Ziel auserkoren hatte. Beresul nickte und hob den
Daumen: *Gute Wahl* hieß das.

Als das Tier kurz vor dem Wasser war, glitt Meoris abwärts und
spannte den Bogen. Doch just in diesem Moment blieb der Bock
stehen und begann, unruhig nach allen Seiten zu wittern.

Sie hörte Beresul fluchen, entspannte den Bogen wieder und
ging in eine weite Kurve. Als sie außer Sicht war, schlug sie zweimal mit den Flügeln, um die Schleife enger zu machen, und kehrte
zurück. Nun stand das Tier endlich im Wasser, hatte aber den Kopf
abgewandt und bot ihr kein Schussfeld. Beresul fluchte schon wieder. Darkmur fuchtelte, sie solle ihn laufen lassen und den nächsten
nehmen.

Stattdessen rief Meoris laut hinab: »Hey!«

Das Tier schaute hoch, und noch während der Kopf in Bewegung war, schoss Meoris. Ihr Pfeil traf den Bock genau ins rechte

Auge. Sie sah ihn zusammenbrechen wie vom Blitz gefällt, dann war sie vorüber und wieder außer Sicht.

Das gab großes Hallo, und abends, als die lange blutige Arbeit des Zerlegens getan war, wurde Meoris ausgiebig gefeiert. Eine Feier stand ohnehin an, wie immer, wenn neue Schützen ihr erstes Hiibu erlegt hatten, aber nach diesem kühnen Schuss waren alle regelrecht aus dem Häuschen. Die anderen Jäger beglückwünschten sie, klopften ihr auf die Schulter oder rüttelten sie am Flügel, und sie wurden es nicht müde, einander immer wieder von diesem Schuss zu erzählen. Dass ein Schütze das Tier anrief, um es zu treffen, hatte man das schon je gehört? Sie wollten sich gar nicht darüber beruhigen. Meoris durfte sich unter viel Applaus ins Stammbuch der Jägerinnen eintragen, eine Menge Jagdlieder wurden lauthals gesungen, während der Krug mit dem Quidu-Bier herumging, und Meoris bekam den Ehrenplatz beim Abendessen, direkt neben dem Ältesten, und außerdem das edelste Stück aus dem Nackenstrang, der beim Hiibu das beste Fleisch ergab. Auch Meoris' Familie saß mit am Tisch: ihre Eltern, ihre Wahlschwester Ifnigris und ihr kleiner Bruder Daris, der seine Flügel eng an sich zog, weil ihm der ganze Trubel unheimlich war.

Meoris ließ sich feiern, bedankte sich für alle Glückwünsche, sah lächelnd zu, als ihr Pfeil von Hand zu Hand ging und jeder ihn mal anfassen wollte, da es hieß, das bringe Glück. Sie probierte auch ihren ersten Schluck Bier und schüttelte sich unter allgemeinem Gelächter, und alle, die dabei waren, hätten geschworen, dass sie es genoss, der Mittelpunkt des Festes zu sein.

Doch hinterher, auf dem Heimweg, nahm Ifnigris sie beiseite und fragte: »Was ist los?« Und auf diese Frage hin fiel alle Fröhlichkeit von Meoris ab. Ein Schluchzer drang wie von selbst aus ihrer Kehle.

»Er hat es gewittert«, flüsterte sie mit bebender Stimme. »Er hat mich angesehen und gewusst, dass ich es auf ihn abgesehen hatte. Er wollte nicht sterben – aber ich habe trotzdem geschossen. Ich hab ihn *getötet*, If! *Getötet!*«

Ifnigris sagte nichts, breitete nur die Arme und Flügel aus. Meoris ließ sich hineinfallen und konnte endlich, endlich weinen.

Als die Tränen versiegt waren, sagte sie: »Weißt du, was das Allerseltsamste ist? Was ich absolut nicht verstehe?«

»Was?«

»Als sie mir sein Fleisch vorgesetzt haben, habe ich es gegessen – und es hat mir *geschmeckt*!« Sie schüttelte den Kopf. »Wie kann das sein?«

Ifnigris musterte ihre Wahlschwester lange und nachdenklich. »Meo, ich glaube, du musst dich damit abfinden«, meinte sie schließlich. »Denn ich kann mir nicht vorstellen, dass du das Bogenschießen je lassen wirst.«

***

Das mit Ifnigris war auch so eine eigenartige Sache.

Eines Abends – Meoris sah gerade ihre neunte Frostzeit, und im Hüttenofen knackten die Kiurka-Samen und verbreiteten ihren wunderbaren Duft – führten ihre Eltern ein *wichtiges Gespräch* mit ihr. Meoris kannte das; sie machten dann immer sehr ernste Gesichter und sprachen langsam und gesetzt, besonders ihr Vater. Der Anlass war meistens, dass sie irgendwas angestellt hatte.

Doch an diesem Abend ging es um etwas ganz anderes.

»Wir wollten immer, dass du einmal ein Geschwisterchen bekommst«, eröffnete ihre Mutter ihr. »Aber in all der Zeit ist keines gekommen, und nun werden wir diesen Wunsch wohl aufgeben müssen.«

»Und was heißt das?«, fragte Meoris behutsam, die ungefähr wusste, wovon die Rede war, und eigentlich gar nicht so wild auf ein Geschwisterchen war. Sie mochte es, mit den Babys in den Netzen zu spielen, war aber auch froh, einfach davonfliegen zu können, wenn sie wieder ihre Ruhe haben wollte.

»Das heißt«, erklärte Vater, »dass wir vor dem Rat auf die Erlaubnis für ein zweites Kind verzichten werden.«

»Und wir haben uns überlegt«, ergänzte Mutter, »dir dafür eine Wahlschwester zu suchen.«

Meoris sah skeptisch von einem zum anderen. »Eine Wahlschwester?«

»Das wäre ein Mädchen, das schon ungefähr so alt ist wie du«, erklärte Vater. »Also – Babygeschrei bei Nacht fiele weg. Das ist der Vorteil. Ansonsten wäre es genauso, als ob du eine Schwester hättest. Deswegen heißt es ja so.«

»Dürfte die dann auch bei mir übernachten?«, fragte Meoris.

»Natürlich«, sagte Mutter. »Und du bei ihr. Du wirst praktisch zwei Eltern zusätzlich haben.«

Meoris war sich nicht so sicher, ob das ein Vorteil sein würde, aber andererseits ... eine *große* Schwester hätte sie schon gerne gehabt. Manchmal jedenfalls. »Und ... wer wäre das?«, fragte sie vorsichtig. Sie wusste, dass es üblicherweise die Eltern waren, die einem eine Wahlschwester aussuchten, denn sie mussten sich ja mit den Eltern des anderen Mädchens verstehen.

Mutter räusperte sich. »Also ... sie heißt Ifnigris, und sie ist ein bisschen älter als du.«

»Du kennst sie wahrscheinlich nicht«, fügte Vater hinzu. »Die Schlafhütte ihrer Eltern liegt auf der anderen Seite des Nests, und sie gehen auf den anderen Mahlplatz.«

»Sie ist sehr nett«, beeilte sich Mutter zu versichern. »Also, glaube ich jedenfalls. Sie ist ein bisschen ... *anders* als du, aber das muss ja nicht schlecht sein.«

»Anders? Wie anders?«

»Na ja ...« Mutter suchte nach Worten. »Sehr ruhig. Sehr vernünftig. Fast schon altklug, könnte man sagen ... Aber ich glaube, ihr beide würdet euch gut ergänzen.«

In Meoris' Ohren klang das alles, als hätten ihre Eltern eher Bedenken. Auch alles andere, was sie ihr erzählten, klang schrecklich kompliziert: Ifnigris war eigentlich in einem Nest an der Muschelbucht zur Welt gekommen, ihre Mutter hieß Ifbar, aber dann hatten sich ihre Eltern vor zwei Frostzeiten getrennt, und sie war zusammen mit ihrem Vater Nigtal hergekommen, als dieser sich Delris versprochen hatte, die nun ihre Stattmutter war.

»Muss ich jetzt schon sagen, ob ich das will?«, fragte Meoris. »Ich kenn die doch gar nicht!«

»Nein, musst du nicht«, sagte Vater. »Wir gehen sie demnächst besuchen, und dann seht ihr ja, ob ihr euch versteht.«

Ein paar Tage später durchquerten sie bei Eis und Schnee den Wipfel, hatten Schwierigkeiten, auf dem spiegelglatten Wohnast zu landen, und waren froh, in eine Schlafhütte schlüpfen zu dürfen, ehe ihnen die Flügel abfroren.

Und dann war da Ifnigris.

Ein *bisschen älter*? Sie wirkte schon fast erwachsen. Und wie hochnäsig sie dreinsah!

»Ich kenn dich«, sagte sie spitzlippig. »Du bist eine von denen, die immer wie die Geisteskranken durch den Wipfel zischen.«

»Wir sind die *Furchtlosen Flieger*«, gab Meoris stolz zurück.

Ihre Eltern und Ifnigris' Eltern wechselten bange Blicke.

»Komm, wir setzen uns in meine Kuhle«, sagte Ifnigris mit plötzlich ganz veränderter Stimme und griff nach Meoris' Hand. »Wie soll man sich kennenlernen, wenn alle zuschauen?«

Das taten sie, und später hätte Meoris nicht mehr sagen können, wie lange sie da gesessen und über was sie alles geredet hatten. Sie hatte Ifnigris' tiefschwarzes Federkleid bewundert, und Ifnigris wiederum hatte wissen wollen, ob es stimme, dass sie die goldene Farbe in ihren Federn einem Farbstoff aus ihrem Blut verdanke; eine Frage, über die Meoris noch nie nachgedacht und auf die sie natürlich auch keine Antwort hatte. Es stimmte absolut, dass sie beide grundverschieden waren. Eigentlich war Ifnigris sogar so ziemlich das Gegenteil von Meoris. Dennoch entstand sofort ein Band zwischen ihnen, das sich als belastbar erweisen sollte und nie in Frage stand. Und sie ergänzten sich tatsächlich: Wenn sie gemeinsam unterwegs waren, was von da an oft der Fall war, war es immer Meoris, die mühelos und selbstverständlich Kontakte zu anderen herstellte – und dann war es oft Ifnigris, die das Kommando übernahm, einfach, weil sie klüger war als die meisten. Manchmal war es gar, als könnte die eine fühlen, wie es der anderen ging, so gut verstanden sie sich auch ohne Worte.

Die Zeremonie der Schwesternwahl, bei der die beiden die Bitte an das Nest aussprachen, sie fortan und für den Rest ihres Lebens als Schwestern zu betrachten und zu behandeln, war nur noch eine Formalität. Schon als die Trockenzeit anbrach, konnte sich Meoris kaum mehr vorstellen, je ohne Schwester gelebt zu haben.

Und wie das Leben so spielte: Nur wenige Tage nach der Zeremonie stellte Meoris' Mutter Meolaparis fest, dass sie schwanger war. So konnten sie ihre Erlaubnis für ein zweites Kind doch nicht widerrufen, und Meoris bekam doch noch ein Geschwisterchen – einen Bruder, den ihre Eltern Daris nannten.

Es wurde nicht ganz so schlimm, wie sie es befürchtet hatte, aber manchmal schon *ziemlich* schlimm, und dann war Meoris froh, dass sie eine Wahlschwester hatte, zu der sie flüchten konnte.

***

Ihre erste Liebe war Uleik. Sie hatten einander lange nur verstohlen beobachtet – Uleik, weil er von Natur aus zurückhaltend war und zu schüchtern, um sich einem der anerkannt schönsten Mädchen der Küstenlande zu nähern, und Meoris … ja, warum sie? Normalerweise ging sie völlig unbefangen auf jeden zu, sagte frei heraus, was sie wollte und was nicht, und für gewöhnlich flogen ihr die Herzen nur so zu. Doch angesichts des stillen, sanften Uleik war ihr plötzlich ganz scheu zumute geworden.

Schließlich flog sie einmal alleine hinaus auf die Leik-Inseln, unter einem Vorwand. Als sie dort war, fragte sie Uleik, ob er ihr die Tran-Leik-Inseln zeigen wollte, und dort draußen küssten sie sich dann das erste Mal und redeten und küssten sich wieder.

Es war eine sehr schöne Zeit, denn Uleik war aufmerksam und zärtlich, doch irgendwann gelangte er zu der Erkenntnis, kein Fleisch mehr essen zu wollen. Ab da wurde es schwierig, denn nun machte es ihm zu schaffen, dass Meoris Jägerin war und Tiere tötete.

»Ich töte sie schnell und so schmerzlos, wie es nur geht«, erklärte Meoris. »Wenn der Margor sie holt, das tut ihnen mehr weh, würde ich sagen, so, wie sie dabei schreien.«

Darauf wusste Uleik nichts zu entgegnen, außer dass er trotzdem nicht damit zurechtkam, und wenig später trennten sie sich.

Es war so, wie Ifnigris gesagt hatte: Meoris würde das Bogenschießen nie lassen.

Der Giftpfeil

Dann kam der Tag, an dem Oris sie alle auf dem Kniefelsen zusammenrief. Als er ihnen erzählte, was Bassaris und er über die Bruderschaft herausgefunden hatten, spürte Meoris, wie sich ihre Federn aufstellten vor Empörung. Und als er vorschlug, aufzubrechen und zu versuchen, diese Bruderschaft zu finden und zu entlarven, war Meoris sofort dabei.

Allerdings eher nicht Owens Ruf wegen. Sie hatte Oris' Vater natürlich gekannt, seine Eltern und ihre hatten ihre Schlafhütte schließlich auf demselben Ast. Aber sie erinnerte sich an ihn nur als an einen großen, starken, schweigsamen Mann, der ihr immer ein bisschen unheimlich gewesen war.

Doch gemeinsam in die Welt hinauszuziehen – das roch nach Abenteuern! Sie würden in ganz fremde Gegenden kommen, in fremde Nester, würden viele neue, nette Leute kennenlernen … womöglich auch nette junge Männer …

Sie hätte ihren Bogen gern mit auf die Reise genommen, doch das erlaubte Darkmur nicht. Auch wenn es *ihr* Bogen war, gehörte dem Nest.

***

Sie brachen gegen Ende der Nebelzeit auf. Eigentlich hatte es nur ein kurzer Ausflug in die Muschelbucht werden sollen, doch dann flogen sie spontan weiter nach Norden, wo sie in die anbrechende Frostzeit gerieten, die dort oben weitaus heftiger hereinbrach, als sie es von den Küstenlanden her kannten. Mit Müh und Not retteten sie sich ins Nest der Tal, das mitten in der Einöde lag, weit abseits von allem.

Und was zuerst wie eine Notlösung aussah, wurde eine der schönsten Zeiten, die Meoris je erlebt hatte.

Das Nest der Tal war ein sehr schönes Nest. Es war liebevoll gebaut, und zudem liebten die Tal es, alles bunt zu bemalen. Meoris merkte jedoch bald, dass es stimmte, was ihr Wahlvater Nigtal oft erzählt hatte, nämlich dass Farbe in langen kalten, nebligen oder regnerischen Zeiten mehr war als nur hübscher Schmuck: Sie hob die Lebensgeister und machte einen damit widerstandsfähiger gegen die Unbilden des Wetters.

Denn die Frostzeit dort oben, die hatte es in sich, bei allen Ahnen! Meoris hatte nicht gewusst, dass es *derart* knackig kalt werden konnte, und als der erste Sturm losbrach, zu dem die Tal-Leute wirklich *Sturm* sagten, erschrak sie, mit welch unerbittlicher Wucht er gegen den Wipfel anwütete. Kein Wunder, dass sie die Billos beizeiten abgenommen hatten; der Sturm hätte die tönernen Glocken zu Staub zerschlagen.

Dann wieder fiel Schnee in derartigen Massen, dass die Äste unbenutzbar wurden. Hängebrücken gab es im Nest der Tal ohnehin keine. Wer sich durch den Wipfel bewegen wollte, musste fliegen, und wer nicht fliegen konnte, blieb die ganze Zeit über auf den Mahlplätzen, die stabil überdacht und abgeriegelt waren und auf denen das Feuer in den Öfen Tag und Nacht brannte. Für die Alten, die nicht mehr so gut bei Flügel waren, richtete man in einem Teil jedes Mahlplatzes behelfsmäßige Kuhlen ein, wo sie schlafen konnten. Auch Kleinkinder, die noch nicht fliegen konnten, aber schon zu groß waren, um noch sicher getragen zu werden, übernachteten dort mit ihren Müttern oder Vätern.

Die Gästehütten waren nicht mit Kiurka-Öfen ausgestattet und wurden manchmal geradezu grausam kalt. Meoris und Ifnigris schliefen in solchen Nächten gemeinsam in einer Kuhle, um sich gegenseitig zu wärmen, und wenn sie nicht schlafen konnten, dann redeten sie über alles Mögliche.

Trotzdem ging man bei den Tal auch im Winter auf die Jagd! Nicht auf Hiibus, denn die waren alle rechtzeitig nach Süden gezogen, aber auf Vögel, auf Fettnasen vor allem, große Wasservögel, die sich für die Frostzeit eine dicke Speckschicht anfraßen und gebraten geradezu sensationell schmeckten.

Wie es sich für Frostgäste gehörte, bot Meoris ihre Mithilfe an. Die Tal-Leute waren erst skeptisch, als sie erklärte, Jägerin und Bogenschützin zu sein – bei den Tal war derlei nicht üblich; die Jagd war hier reine Männersache –, aber man reichte ihr schließlich einen Bogen und einen Pfeil, und ein rascher Schuss, der das Ziel genau in der Mitte traf, beseitigte alle Bedenken.

Die Jagd auf Fettnasen entpuppte sich als ein äußerst ungewohntes Spektakel. Man musste die Tiere im Flug treffen, und man schoss auf sie mit vergifteten Pfeilen, deren Gift sie praktisch sofort tötete, auch wenn man nicht genau traf. Sobald so ein Vogel tot herabstürzte, waren die Fänger gefragt, die die Jagd mit großen, über runde Gestelle gespannten Netzen begleiteten. Bassaris war einer von ihnen, und es war imposant mit anzusehen, wie er im Sturzflug einer fallenden Fettnase folgte, um sie aufzufangen, ehe sie auf dem Boden auftraf.

Das war nötig, weil der Margor in der Frostzeit nämlich keineswegs etwa einfror, im Gegenteil, er war aktiver und gieriger denn je. Ein toter Vogel, der auf dem Boden aufschlug, verschwand so schnell, dass man den Eindruck haben konnte, die Schneedecke da unten sei in Wirklichkeit nur eine dicke Nebelschicht, durch die er hindurchfiel. Die ersten Male gruselte sich Meoris ziemlich, doch sie hatte es bald heraus, die Fänger im Blick zu behalten und nur zu schießen, wenn auch die Chance bestand, die Beute zu sichern.

Vor allem aber – das hatte man ihr vorher eingeschärft – durfte man nur schießen, wenn man sicher war, dass der Pfeil nicht versehentlich einen Menschen treffen konnte. Zwar reichte das Gift einer Pfeilspitze nicht aus, um einen Menschen zu töten, doch es würde ihm auf jeden Fall ernsthaft schaden.

Die erste Jagd endete damit, dass Meoris alleine fast so viele Vögel erlegte wie die übrigen Schützen zusammengenommen. Obwohl es nicht gelungen war, alle geschossenen Tiere auch zu bergen, erregte das allgemeine Bewunderung und veranlasste die Tal-Männer, die Frauen zu sticheln: Ob sie es denn nicht auch mal probieren wollten?

Auf den ersten Blick sah es nicht so aus, aber wenig später suchte ein gewisser Jugtal das Gespräch mit ihr, ein alter, glatzköpfiger Mann mit einem grau-weiß gesprenkelten Bart. Er wollte wissen, wie gut ihr der Bogen denn in der Hand gelegen hatte.

»Gut«, sagte Meoris höflich. Dann räumte sie ein: »Er war allenfalls ein bisschen zu groß.« Sie erzählte ihm, wie man es in den Küstenlanden handhabe, wo man Bogen in verschiedenen Größen und Stärken vorhielt, damit jeder einen Bogen fand, der möglichst gut zu seiner Körpergröße und Zugkraft passte.

»Verstehe«, sagte Jugtal. »Ich werd demnächst nämlich wohl doch für ein paar der Frauen Bogen machen müssen, und ich hab mir schon gedacht, dass ich da auf solche Dinge achten muss.«

Jugtal, erfuhr Meoris, war der Holzmeister des Nests. Einst hatte er sich einer Frau aus dem Eisenland versprochen und eine Zeit lang dort gelebt, aber dann hatten sie sich wieder getrennt, und er war zurückgekehrt, immerhin mit einem Bündel der besten Werkzeuge, die es gab. Eines davon trug er fast ständig bei sich, meistens ein Schnitzmesser, mit dem er an irgendwelchem Spielzeug für die Kinder herumschabte. Er hatte helle Flügel mit braunen Flecken, die aussahen wie verspritzte Farbe, und alle, die ihn von früher kannten, sagten, die Flügel seien erst im Eisenland so geworden; die Flecken seien die ursprüngliche Federfarbe, und der Rest sei ausgebleicht, warum auch immer.

Das Gespräch endete mit der Übereinkunft, dass sie gemeinsam einen Bogen für Meoris bauen würden. Er würde ihr beibringen, wie man einen Bogen und Pfeile herstellte, und indem sie den Bogen ganz auf sich anpasste, würde er herausfinden, auf welche Unterschiede er achten musste.

Eine spannende Zeit folgte. Während draußen Stürme heulten und sich dicke Eisschichten um die Äste des Nestbaums bildeten, lernte Meoris zu hobeln und zu sägen, zu schnitzen und zu polieren und überhaupt alles, was es über den Bogenbau zu wissen gab. Ihr Bogen würde aus schwarzem Federbaumholz bestehen, einem der besten Materialien dafür; nur weißes Federbaumholz war noch besser, aber in diesem Teil der Welt selten. Sie verbrachte ganze Tage damit, ihn in Form zu hobeln und zu schleifen, seine Spannkraft immer aufs Neue zu überprüfen und schließlich die Kerben für die Sehne einzuschnitzen.

Nach dem Bogen ging es an die Herstellung der Pfeile, und *das* war eine Wissenschaft für sich! Alles war wichtig – das Material, aus dem ein Pfeil bestand, seine Länge, seine Biegbarkeit, sein Gewicht und dessen Verteilung und vieles mehr. So lernte Meoris, nach welchen Kriterien man die Federn für das Pfeilende auswählte und wie man sie anbrachte: Jugtal bevorzugte die Schwanzfedern von Bachseglern, von denen er am Ende der Trockenzeit, wenn diese Vögel ihre Mauser hatten, einen ganzen Korb voll gesammelt hatte. Die schwarzen Federn seien die besten, meinte er, räumte aber ein, dass man in anderen Gegenden der Welt andere Vorlieben hegte, da es ja noch viele andere Vogelarten gebe. Zum Abschluss lernte sie, wie man die Spitze richtig zuschnitt, wie man sie härtete und scharf zuschliff.

»Und nun«, sagte Jugtal, als sie neun tadellose Pfeile gemacht hatte, »machen wir einen Giftpfeil.«

Meoris zögerte. »Ich weiß nicht …«

Jugtal stieß einen Knurrlaut aus, wie immer, wenn er sich ärgerte und keinen Widerspruch dulden wollte. »Einen wenigstens musst du machen«, beharrte er.

»Und wenn ich ihn mal verwechsle?«

»Du machst ihn aus schwarzem Holz und setzt eine weiße Feder ein. Das verwechselst du schon nicht.« Er holte ein wunderschönes Stück Schwarzholz aus einer Kiste. »Hier. Das fliegt wunderbar, du wirst sehen.«

Meoris gab sich geschlagen, und an den Tagen, die folgten, brachte er ihr alles bei, was er über Pfeilgifte wusste. Für die Jagd auf Fettnasen benutzte man das Gift der Beißbeere, eine Frucht, die Meoris nicht kannte.

»Ich zeig sie dir«, sagte Jugtal und nahm seine dicke Strickjacke vom Haken. »Frische Beeren eignen sich sowieso am besten.«

Sie flogen durch klirrend kaltes Schneegestöber bis zu einem Bach, der zugefroren war. Das Eis knackte unter ihren Füßen, als sie darauf landeten, aber es hielt, und sie sahen blasiges Wasser unter sich dahinfließen.

Die Beißranke war ein karges Bodengewächs mit dicken, graugrünen Blättern, die an Krallen denken ließen. An den Ansätzen neuer Triebe wuchsen jeweils ein Dutzend dunkelblauer Beeren, von denen manche eingeschrumpelt und verdorben aussahen: Das, erklärte Jugtal, seien die reifen Beeren, und die bräuchten sie.

Weil es nicht ratsam war, sie mit bloßen Händen anzufassen, benutzte er einen Beerenkamm, um sie in eine Holzschale zu befördern. Als sie genug hatten, klemmte er den Deckel darauf, und sie flogen zurück zum Nest. Dort zerstieß er die Beeren in einem Tiegel, tat etwas Wasser und Salz dazu und verquirlte das Ganze, bis sich eine zähe Masse gebildet hatte. In die tauchte man die Pfeilspitzen ein und ließ sie über Nacht darin, damit sie sich vollsaugen konnten.

Die Frostzeit bei den Tal war anstrengend, aber lehrreich, und trotz aller Widrigkeiten war Meoris glücklich. Auch Oris, Bassaris und Ifnigris hatten eine gute Zeit. Sie befreundeten sich mit ein paar jungen Tal, und Oris fand immer neue Zuhörer, die seinen Erzählungen vom Flug seines Vaters und von den Machenschaften der Bruderschaft lauschen wollten.

Das Einzige, was ihnen *wirklich* mit der Zeit auf die Nerven ging, war das ständige Drama, das Kalsul und Galris veranstalteten. Mal stritten sie sich, dass die Fetzen flogen, mal waren sie so verrückt aufeinander, als wollten sie einander auffressen, und mehr als einmal flüchteten Meoris und Ifnigris sich des Nachts in die Gasthütte der Jungs, weil sich das eine oder das andere davon in Kalsuls Kuhle abspielte.

***

Die Älteste des Nestes hieß Gistal, eine zerbrechlich wirkende Frau, der man immer noch ansah, dass sie einmal ausnehmend schön gewesen war. Sie hörte Oris nicht nur zu, sondern führte lange, eingehende Gespräche mit ihm. Schließlich überredete sie den Rat des Nestes, Oris' Suche nach dieser Bruderschaft zu unterstützen, denn, so meinte sie leidenschaftlich, aus derlei geheimen Machenschaften könne nichts Gutes erwachsen.

Als die Trockenzeit anbrach, ja, sogar schon als die Schmelze einsetzte, nahmen sie Abschied von den Tal und machten sich auf den Weg ins Eisenland. Zwei junge Männer begleiteten sie, Aigental und Bjotal, die üppig mit Silbernen ausgestattet waren, denn ohne Geld, hatte man ihnen erklärt, käme man im Eisenland nicht weit.

So war es auch. Ohne die beiden wären sie aufgeschmissen gewesen und hätten gar nichts erreicht. Vor allem Aigental war schon oft im Eisenland gewesen. Er kannte eine Menge Leute dort und zudem die Gepflogenheiten und Sitten dieses eigenartigen Landstrichs, wo man in Häusern wohnte anstatt auf Bäumen und wo die Luft erfüllt war vom Gestank der Schmelzöfen.

Dann überstürzten sich die Dinge. Sie bekamen mit, dass ein gewisser Garwen und ein gewisser Luchwen vor dem Eisenrat irgendwelcher Untaten angeklagt seien. Sie gingen der Sache nach, und siehe da, sie waren es tatsächlich: Oris' Cousin und Ifnigris' Liebhaber, wobei diese über dessen Auftauchen gar nicht sonderlich erfreut schien.

Die beiden schlossen sich ihnen trotzdem an. Dafür verabschiedeten sich Bjotal und Aigental wieder von ihnen, als sie das Eisenland verließen und mit einem Schiff auf dem Dortas weiterfuhren.

Dann die Männer der Bruderschaft, die plötzlich auftauchten und sie entführten. Was für eine grässliche Sache, mit einem Würgeband um den Hals fliegen zu müssen! Vor allem, wenn ein gelbgesichtiger Kinderschreck, der aussah wie kurz vor scheintot, das andere Ende der Leine hielt. Und nicht nur eine, sondern gleich zwei, nämlich auch die Leine, an der Galris hing.

Ein endloser Tag. Meoris war froh, endlich einen Ast unter sich zu haben und sich ausruhen zu können, aber da war dieses Band um den Hals ... Sie konnte nicht schlafen, trotz aller Erschöpfung, fiel nur in einen unruhigen Dämmerschlaf, aus dem sie immer wieder hochschreckte, weil jemand an ihrer Halsleine zupfte.

Und dann plötzlich Galris, der ihr ins Ohr flüsterte: »Luchwen versucht, unsere Leinen durchzubeißen ...«

Ein völlig verrückter Gedanke – aber er schaffte es tatsächlich! Auf Galris' »Jetzt!« hin ließ sie sich vom Ast gleiten, stieß sich ab, breitete die Flügel aus ... und war frei! Wie herrlich!

Glückliche, triumphierende Augenblicke, in denen sie durch die Dunkelheit davonflogen, so schnell sie konnten. Augenblicke, in denen Meoris zu Bewusstsein kam, wie selbstverständlich man seine Freiheit nahm, solange man sie hatte, und wie leicht man sie verlieren konnte. Ein bisschen Leder um den Hals und eine Leine, mehr hatte es nicht gebraucht. Wobei sie das Leder um den Hals immer noch trug; sie würden nach einem geeigneten Werkzeug suchen müssen, um es loszuwerden.

Zunächst aber mussten sie sehen, wie sie die anderen befreien konnten. Allzu weit durften sie sich nicht entfernen, denn sie wussten ja nicht, wohin die Männer der Bruderschaft sie verschleppen wollten ...

Dann hörte Meoris plötzlich Flügelschläge hinter sich.

»Die verfolgen uns!«, warnte sie Galris.

Der sagte nichts, schlug nur heftiger mit den Schwingen aus.

Und plötzlich hörte Meoris diesen vertrauten Laut – ganz, ganz leise, ganz, ganz weit weg, aber unverkennbar: das Schnalzen eines Bogens, gefolgt vom Geräusch eines Pfeils, der durch die Luft schnitt.

Es verschlug ihr den Atem. Im ersten Moment wollte sie es gar nicht glauben. Schreckten die Männer der Bruderschaft nicht einmal davor zurück, auf *Menschen* zu schießen? Aber dieses Geräusch … Was konnte es sonst sein?

Es konnte nichts anderes sein. Eine kalte Hand schien sich um ihr Herz zu krampfen. Der Pfeil verschwand in der Nacht, ging vorbei, natürlich. Wie konnte der Schütze hoffen, bei dieser Dunkelheit ein Ziel zu treffen? Man sah kaum die Horizontlinie. Unter ihnen war alles finster, und dass da Wälder sein mussten, hörte man eher am Rauschen der Blätter im nächtlichen Wind, als dass man es sah. Und auch der Himmel über ihnen war praktisch schwarz. Schoss der nach *Gehör*? Dann sollten sie vielleicht in den Segelflug gehen …

Doch ehe sie das vorschlagen konnte, hörte sie den Schrei, in dem sie Galris' Stimme zuerst gar nicht erkannte. Ein Schmerzensschrei, der nur eine Deutung zuließ: Galris war getroffen! Entweder hatte der Schütze die Nachtsicht einer Krawe oder mehr Glück als Verstand …

»Galris?«, zischte sie.

Keine Antwort. Sie hörte auch den Schlag seiner Schwingen nicht mehr, hörte nur, wie ein weiterer Pfeil in der Nacht verschwand.

Aber dann vernahm sie sein Ächzen, gar nicht weit vor ihr. Mit ein paar kräftigen Schlägen schloss sie zu ihm auf. »Gal?«, zischte sie noch einmal. »Hat er dich getroffen?«

»Ja«, kam es keuchend. »Flieg weiter. Damit es wenigstens einer von uns schafft …«

So war er schon immer gewesen. Schrecklich melodramatisch, mit einem ausgeprägten Talent, sich selber leidzutun.

Sie schloss noch dichter auf, ertastete seinen Rücken und sagte: »Red keinen Quatsch, ja?« Dann drückte sie sich an ihn und nahm ihn in den Rettungsgriff. Sie machte es genau so, wie sie es irgendwann im Unterricht gelernt hatten: Sie griff unter seinen Armen hindurch, bis sie ihn fest umschlungen hielt, und breitete dann ihre Flügel so weit wie möglich aus, um gemeinsam mit ihm in den Sinkflug zu gehen. Mehr konnte man nicht tun, wenn jemand einen Flügelkrampf bekam oder einen Schwächeanfall.

Oder von einem Pfeil getroffen wurde, bei allen Ahnen!

Sie konnte das Ding spüren. Es steckte mitten in seinem rechten Flügelansatz. Das musste margorisch wehtun.

Sie sanken eine ganze Weile, schweigend, und sie hörte auch keine Pfeile, keine Verfolger mehr. Dann landeten sie krachend in einem Wipfel, brachen durch Äste, bekamen Blätter ins Gesicht und in den Mund, aber sie landeten. Meoris konnte nicht erkennen, was für ein Baum es war – ein junger Hundertäster, schätzte sie –, aber auf alle Fälle fühlte er sich solide an. Galris umklammerte einen Ast, lag stabil genug, dass sie ihn loslassen konnte.

»Meo ... du musst es schaffen ...«

Dachte er ernsthaft, sie würde ihn so zurücklassen? Sie musste unwillkürlich grinsen. Er war schon immer ein ziemlich seltsamer Typ gewesen, schon als Kind. Andererseits war es das, was sie so an ihm mochte.

Sie legte behutsam die Hand um den Pfeil, schloss sie zur Faust und sagte: »Halt jetzt still.«

Dann zog sie das Ding mit einem Ruck heraus. Galris gab einen unterdrückten Schmerzenslaut von sich. Nicht gerade still, aber immerhin nicht bis zum Horizont zu hören. Und verständlich, es musste wehgetan haben.

Sie spürte, wie sein Blut floss, wie sein Hemd klebrig-feucht wurde und seine Federn auch.

Doch wie sie so den Pfeil in der Hand hielt, vernahm sie einen

Geruch, der ihr fatal bekannt vorkam. Ihr Herz schlug auf einmal wie eine Trommel. Sie tastete hastig nach der Feder am Pfeilende, erfühlte die groben, unverkennbaren Federäste einer *weißen* Bachsegler-Feder, sodass es keinen Zweifel mehr geben konnte: Das, was sie roch, war der Duft der Beißbeere!

»O nein«, stieß sie hervor.

War *Galris* der Mann, von dem sie einst geträumt hatte? Der Mann, der an einem ihrer Pfeile sterben würde?

Verzweiflung schlug über ihr zusammen, als sie an all die Nachmittage dachte, die sie mit Üben verbracht, an all die Vorsichtsmaßnahmen, die sie eingeübt hatte: dass all das nichts genutzt, das Unheil nicht verhindert hatte.

Die endlose Fahrt

Mit einem hässlichen Knacken zerbrach der Pfeil in ihrer Hand. Wut loderte in ihr auf, eine ungeheure, nie zuvor gekannte Wut und Entschlossenheit.

»Nein«, schwor sie sich. »*Das wird nicht passieren.* Ich lasse es nicht zu. Ich lasse es einfach nicht zu.«

Galris reagierte nicht. Er hatte das Bewusstsein verloren. Sie warf die Bruchstücke des Pfeils weg und begann, ihn zu rütteln, aber sie bekam ihn nicht wach. Sein Herz schlug noch, schlug sogar heftig. War das gut oder schlecht? Es schlug nicht *zu* heftig, befand sie. Und hatte Jugtal ihr nicht versichert, dass das Gift der Beißbeere nicht ausreiche, einen Menschen zu töten?

Galris' Wunde blutete immer noch. Meoris ließ das Blut fließen. Fließendes Blut spülte Schmutz und Gifte heraus, das war eine altbekannte Regel. Nach einer gewissen Zeit wurde es ihr aber doch unheimlich. Sie riss sich ein Stück ihres Ärmels ab, rollte den Stoff zusammen und presste das Bündel auf die Wunde, um sie zu stillen. Manche Gifte, war ihr wieder eingefallen, verdünnten das Blut auch und verhinderten, dass sich Wunden von selber schlossen. Es war ja nichts gewonnen, wenn Galris zwar nicht an dem Gift starb, aber dafür am Blutverlust.

Sie presste mit aller Kraft. Galris ächzte, gab jammernde Laute von sich, die in Meoris' Ohren in diesem Moment wie Musik klangen. Immerhin lebte er noch!

Es wurde eine lange, schreckliche Nacht. Sie döste irgendwann ein, über Galris' Rücken liegend, die Hand mit dem Stoff auf seiner Wunde im Flügelansatz, und als sie in der ersten Dämmerung aufwachte, hatte sie lauter Flaumfedern im Mund.

Aber die Wunde blutete nicht mehr. Und es war kein Hundertäster, in dem sie saßen, sondern ein besonders breiter Pfahlbaum. Was günstig war, weil man an denen am leichtesten herabklettern konnte. Und klettern, das würden sie müssen.

Sie spähte hinab. Direkt unter dem Baum floss ein Bach. Das war schon fast Glück.

Mit viel Rütteln und Zureden bekam sie Galris so weit wach, dass er mit ihrer Hilfe den Baum hinabklettern konnte. Er war nicht ganz bei sich, redete wirres Zeug, und einmal brach ein dicker Ast unter seinem Fuß einfach ab. Sie konnte Galris gerade noch festhalten, sonst wäre er genau wie der Ast in die Tiefe gestürzt.

Die untersten Äste eines Pfahlbaums begannen meistens in Kopfhöhe, doch wie um ihnen zu helfen, saßen sie bei diesem tiefer. Gut. Ein letzter Schritt brachte sie direkt in den Bach, in fließendes, sicheres Wasser. Und der Ast, der vorhin abgebrochen war, lag da, als hätte ihn jemand hingelegt, damit sie Galris darauf betten und endlich, im großen Licht des Tages, seine Wunde anschauen und verbinden konnte. Der andere Ärmel ihres Hemdes ging dabei drauf, und sie fühlte sich hinterher schmutzig, abgerissen und unausgeschlafen, aber das war ein geringer Preis dafür, dass sie es *nicht zulassen* würde, dass Galris von ihrem Pfeil starb.

Was nun? Meoris blickte an den Bäumen hoch, die sich rechts und links des Baches erhoben und vor dem fahlen Morgenlicht wie dunkle Skulpturen aussahen. Bis auf ein paar in der Ferne keckernde Vögel war alles so still, als wären über Nacht alle Menschen von der Welt verschwunden.

Sie spürte den Impuls, laut zu schreien, um Hilfe zu schreien, bis ihr die Stimme versagte, aber sie tat es nicht, weil es nichts helfen würde. Sie befanden sich in den Nordlanden, die nur dünn besiedelt waren, weil hier so wenige Riesenbäume wuchsen.

Außerdem konnte es sein, dass ihre Verfolger immer noch hinter ihnen her waren. Sie mussten sich verborgen halten.

Sie betrachtete den Bach, in dessen kaltem, leise gluckerndem Wasser sie stand. Ein Bach floss stets bergab, sagte sie sich, und mündete irgendwann in einen größeren Wasserlauf, der in einen noch größeren Wasserlauf mündete, und immer so weiter, bis das Wasser das Meer erreichte.

Hier in der Gegend hieß das, dass sie, wenn sie dem Wasser folgte, unweigerlich den Thoriangor erreichen würde, den »endlosen Strom«, wie man auch sagte, weil er durch den ganzen Kontinent bis ins Schlammdelta floss. Den Thoriangor, auf dem immer irgendwelche Flöße unterwegs waren, die Holz und Eisenwaren transportierten.

Sie betrachtete den Ast, auf dem Galris lag. Es war ein großer Ast, groß genug vielleicht, dass er auch mit Galris darauf schwamm, einigermaßen zumindest. Das hieß, sie konnte ihn entlang eines margorfreien Weges bis zum Thoriangor ziehen, und spätestens dort würde sie Hilfe finden.

Andererseits war der Bach schmal und der Ast breit, und entlang der Ufer sah sie schon von hier aus Hunderte von Steinen, Büschen und anderen Hindernissen. Gut möglich, dass es die anstrengendste Angelegenheit werden würde, die sie je in Angriff genommen hatte.

Aber was konnte sie sonst tun? Irgendwohin fliegen und Hilfe holen, ja – wenn sie gewusst hätte, *wohin*. Sie wusste weder, wo sie sich befanden, noch, in welcher Richtung die nächsten Nester lagen.

Sie wusste nur, dass sie nicht zulassen würde, dass Galris starb.

Und Entscheidungen fallen leicht, wenn man keine Alternativen hat.

Sie trat vor das abgebrochene Ende des Astes, packte es und begann zu ziehen.

***

Der Weg des Wassers mochte sicher sein vor dem Margor, aber er nahm und nahm kein Ende. Sie zerrte, sie zog, sie fluchte; sie räumte Steine zur Seite, brach hemmende Zweige ab, trat gegen Baumstrünke und riss Hakenranken ab, bis ihr die Hände bluteten, und manchmal zerrte sie den Ast auch einfach mit Gewalt weiter. Dabei hatte Meoris sich vorgenommen, das nicht zu tun, denn sie wusste, dass sie auf diesen Ast aufpassen musste: Wenn er zerbrach, war alles verloren. Aber manchmal hatte sie einfach keine Geduld mehr.

Sie hielt immer wieder inne, weil sie am Ende ihrer Kräfte war. Sie hatte nicht genug geschlafen, hatte Angst um Galris – und schon ewig nichts mehr gegessen. Sie fand ein paar Lotzels, die halb im Wasser hingen und einigermaßen reif waren. Nicht sehr süß, weil sie hier in der Tiefe des Waldes zu wenig Licht abbekamen, und auch nicht sonderlich sättigend, aber immerhin.

Nach der ersten Mündung wurde es leichter, den Ahnen sei Dank. Das Gewässer, in das der Bach einmündete, war breiter als der Ast, sodass er frei schwamm, doch dafür musste sie bis zur Hüfte im Wasser waten. Bald klapperten ihr die Zähne, ohne dass sie etwas dagegen tun konnte; ihre Füße spürte sie längst kaum noch.

Galris wurde unruhig, denn der Ast sank so tief ein, dass er halb im Wasser lag. Aber er wachte nicht auf, und kalt wurde ihm auch nicht, im Gegenteil, jedes Mal, wenn ihn Meoris prüfend anfasste, fühlte er sich noch heißer an. War das Fieber? Von dem Gift, oder von der Verletzung? Sie wusste es nicht.

Irgendwann, als es schon dunkel wurde, in einem Wasserlauf, der so breit war, dass sie sich an dessen Rand halten und aufpassen musste, nicht in Stellen zu treten, die zu tief für sie waren, kamen drei Männer auf einem enormen Bündel Bruchholz daher. Sie stakten mit großen Stangen flussabwärts, aber als sie Meoris sahen, hielten sie an und nahmen sie beide an Bord. Sie gaben ihr zu essen, das beste Pamma, das Meoris je gekostet hatte, und dazu sogar etwas Warmes zu trinken aus einer dick umwickelten Tonflasche. Einer von ihnen hieß Adkal, ein wortkarger Mann mit einem kantigen Gesicht und grau-schwarz gescheckten Flügeln; die anderen waren noch schweigsamer, und Meoris erinnerte sich später nicht mehr an ihre Namen.

Sie gaben ihr eine Decke, in die sie sich und Galris einhüllte, und dann schlief sie wie ein Stein. Und als sie am nächsten Morgen aufwachte, schwammen sie auf dem Thoriangor, der noch eindrucksvoller war, als sie ihn sich nach den Erzählungen darüber vorgestellt hatte.

Die drei Flößer besaßen allerlei Werkzeug, darunter eine gute Schere, mit der Meoris sich und Galris endlich von den Halsschlingen befreite. Derweil hielten sie auf ein anderes, weitaus größeres Floß zu, das so langsam dahinglitt, dass man bequem zu Fuß nebenher hätte gehen können. An einer hohen Stange flatterte ein bunter Wimpel im Wind.

»Das ist das Floß von Mama Lulheit«, sagte Adkal knapp. »Die wird euch helfen.«

***

Mama Lulheit war eine stämmige Frau, die den Thoriangor schon ihr Leben lang befuhr. Sie hatte die lichtgegerbte Haut einer Südländerin, obwohl sie, wie sie beteuerte, sich immer so schnell wie möglich aus dem Schlammdreieck verabschiedete und zurückflog: »Zu viele Leute dort«, sagte sie. »Das reinste Gedrängel.« Ihre Flügel waren auf eine interessante Weise braun-weiß gestreift und erstaunlich klein für jemanden, der regelmäßig so weite Strecken fliegen musste. Das schien aber kein Problem für sie zu sein.

Als die Männer vom Floß Galris zu ihr an Bord wuchteten, fragte sie natürlich, was passiert sei. Meoris versuchte es zu erklären, ohne allzu weit ausholen zu müssen, doch so genau wollte es die Floßschifferin dann gar nicht wissen.

»Alles klar«, meinte sie nur, als sie die Wunde an Galris' Flügel sah. »Da habt ihr einfach Pech gehabt. Am Rand der Graswüste treiben sich manchmal ziemlich schlechte Leute herum.«

Galris' Fieber gefiel ihr gar nicht. »Ein Glück, dass ich immer meine Kräuter dabei habe.« Sie winkte ihre beiden Töchter herbei und befahl ihnen, die Hütte auszuräumen und ein Krankenlager einzurichten, eine Anweisung, die die Mädchen murrend und mit hängenden Flügeln befolgten.

»Aber das ist *eure* Hütte«, protestierte Meoris, als sie begriff, was da vor sich ging. »Ihr müsst doch auch irgendwo bleiben?«

Lulheit winkte ab. »Zerbrech dir mal nicht meinen Kopf, Kindchen«, sagte sie und stellte ihr Zudor vor, den Mann, dem sie sich versprochen hatte, und dessen Bruder Aldor, der sie auf dieser Fahrt begleitete. Die beiden waren regelrecht begeistert über den Anlass, aus dem Material, das auf dem riesigen Floß lagerte, eine neue Hütte zu erbauen.

»Ich wollte unsere Hütte *sowieso* weiter vorne aufstellen«, meinte Zudor.

Lulheit nickte brummig. »Na, dann hast du jetzt ja deinen Willen.«

Der Umgangston der zwei verblüffte Meoris, aber nach einer Weile merkte sie, dass die beiden linker Flügel, rechter Flügel waren. Die Töchter, die Sulheit und Galaheit hießen, waren ebenfalls schwer in Ordnung.

Sie stellte auch fest, dass Flößer keineswegs so einsam und abgeschieden lebten, wie man es erzählen hörte. Im Gegenteil, sie trafen unterwegs immer wieder auf andere Flöße: Mal waren es große wie das ihre, mit denen sie dann längsseits gingen und bei einem gemeinsamen Essen Neuigkeiten austauschten (und manchmal auch, wie Mama Lulheit kichernd erzählte, Partner), mal kleine

Flöße wie das von Adkal und seinen zwei Gefährten, die ihr Holz an die großen Flöße verkauften, was auch selten ohne großes Palaver und den einen oder anderen Becher Eisbrand vonstattenging. Außerdem gab es die Märkte entlang des Flusses. Die beiden Mädchen flogen immer sofort los, sobald die erste Marktfahne am Ufer in Sicht kam, und kehrten so spät wie möglich zurück, mit den Einkäufen und dem neuesten Klatsch, denn vor allem anderen waren die Märkte Treffpunkte. Einmal flogen die Mädchen auch über Nacht fort, nachdem sie erfahren hatten, dass in einem Nest weiter im Landesinneren ein Fest stattfand.

Die meiste Zeit verbrachte Meoris damit, sich um Galris zu kümmern, der zwischen Fieberwahn und Bewusstlosigkeit taumelte, kaum je zu sich kam und wenn, dann nicht ansprechbar war. In den kurzen Momenten, in denen er aussah, als sei er wach, war er trotzdem nicht bei sich, hielt Meoris mal für seine Mutter, mal für seine Schwester, mal für Siliamur, ein Mädchen aus dem Mur-Nest, mit dem er in Kindertagen befreundet und die eines Tages plötzlich nicht mehr da gewesen war. »Der Margor hat sie geholt«, hatte es geheißen, und damals hatten sie noch nicht wirklich gewusst, was das hieß.

Das Fieber kam wahrscheinlich daher, dass er zu lange halb im kalten Wasser gelegen hatte, meinte Mama Lulheit und braute einen fast schwarzen, gallenbitteren Sud, den Galris löffelweise einzuflößen Meoris redliche Mühe hatte. Sie bemühte sich, Galris trocken, warm und sauber zu halten, machte ihm Wickel gegen das Fieber, kühlte seine Stirn und bürstete ihm die schweißnassen Flügel. Und bei all dem hoffte sie inständig, dass Jugtal recht behalten würde mit seiner Behauptung, dass ein Mensch vom Beißbeerengift nicht starb. Er wurde schwer in Mitleidenschaft gezogen, das schon – das sah sie ja –, aber er starb nicht.

Auf Lulheits Geheiß legte Zudor Angelschnüre mit speziellen Ködern und Haken aus und fing Brischen damit, bläulich schimmernde, dicke Fische, die äußerst missgelaunt dreinzublicken schienen. »Es sind nicht die schmackhaftesten Fische, die man im Tho-

riangor fangen kann«, erklärte er, »aber die nahrhaftesten.« Dann
kochte er einen breiigen Eintopf daraus, nach dem sie alle so papp-
satt waren, dass sich Meoris wunderte, warum das Floß nicht einfach unterging. Die abgeschöpfte Brühe, sozusagen das Konzentrat
davon, verfütterte sie an Galris, weil Lulheit der Überzeugung war,
dass ihn das davor bewahren würde, durch das fortgesetzte Liegen
alle Kraft zu verlieren.

Wenn Galris ruhig schlief, setzte sich Meoris bisweilen ans
vorderste Ende des Floßes und betrachtete die Landschaft, durch
die sie sich so gemächlich und träge bewegten. Ewig lange waren
es die kühlen, abweisend wirkenden Nordwälder, durch die sie
fuhren, endlose Reihen hoher, düsterer Pfahlbäume mit Blättern
von jenem Blaugrün, das die Farbe der Nordberge zu sein schien.
Scharen von Schwarzvögeln flogen von einer Seite des Flusses zur
anderen, und sogar ihr Krächzen klang hochmütig und unfreund-
lich.

Meoris musste oft darüber nachdenken, wie es den anderen
wohl gerade erging. Bestimmt hofften sie darauf, dass Galris und
sie etwas zu ihrer Rettung unternahmen. Dass Galris zwischen Tod
und Leben schwebte, konnten sie ja nicht ahnen, aber selbst wenn
es nicht so gewesen wäre: Was hätten sie denn tun sollen?

Sie horchte immer wieder in sich hinein, dachte an ihre Wahlschwester. In manchen Momenten war es, als gäbe es ein unsicht-
bares Band zwischen ihnen, eine Verbindung, die die eine spüren ließ, wie es der anderen ging, auch über weite Entfernungen
hinweg, und das war ihnen so oft passiert, dass selbst die ratio-
nale Ifnigris hatte zugeben müssen, dass es kaum mehr Zufall sein
konnte.

Verlässlich war es allerdings nicht. Meoris hatte ein Gefühl, als
ginge es Ifnigris jedenfalls nicht schlecht, aber ihr war auch klar,
dass dies eine Hoffnung war, an die sie sich klammerte, weil sie
keine Alternative hatte.

Nach einiger Zeit änderte sich die Landschaft, durch die sie
kamen. Die Wälder wichen von den Ufern zurück, der Blick wei-

tete sich: Man sah linker Hand die sanften Hügel der Burjegas, der nördlichen Vorberge, und rechter Hand, in weiter, dunstverhangener Ferne, die Kette der Vulkanberge im Herzen der Graswüste, unerreichbar und legendenumwoben.

»Kennst du die Legende vom vierunddreißigsten Stamm?«, fragte Zudor sie einmal.

Als sie verneinte, erzählte er, dass manche Leute versuchten, Wege abzukürzen, indem sie dicht an der Graswüste entlangflögen oder gar über äußere Teile davon hinweg. »Ziemlich gefährlich«, meinte er, »denn was machst du, wenn du einen Flügelkrampf kriegst und weit und breit kein Baum zu sehen ist?«

Meoris nickte, obwohl sie noch nie einen Flügelkrampf gehabt hatte; das war etwas, das vor allem ältere Leute plagte.

»Ja, und manche von denen«, fuhr Zudor fort, »erzählen, man sähe manchmal Leute, die um den Großen Kegel herumflögen. Was eigentlich nicht sein kann, weil man ja nicht hinkommt; der Name ›unüberwindliche Ebene‹ kommt schließlich nicht von ungefähr. Was heißt, entweder haben sie es sich eingebildet oder womöglich nur ausgedacht, oder es sind in Wirklichkeit einfach Pfeilfalken, die irgendwo dort nisten. Was ich persönlich glaube.« Er grinste so breit, dass man all seine Zahnlücken sah. »Aber die Legende behauptet, dass beim Großen Kegel ein unbekannter Stamm lebt, der nicht aus der Graswüste *raus*kommt, so wenig, wie wir *rein*kommen. Und weil es bekanntlich dreiunddreißig Stämme gibt, wäre das eben der vierunddreißigste Stamm.«

Meoris dachte darüber nach. »Schwer vorstellbar. Dann müssten sich seit tausend Jahren Männer und Frauen aus demselben Stamm einander versprechen und Kinder zeugen. Das würde derart gegen das Gesetz Kris' verstoßen, dass sie längst durch Inzucht ausgestorben wären.«

Zudor nickte, schien überrascht. »Stimmt. Daran habe ich noch gar nicht gedacht. Ich hab mich nur gefragt, wovon die leben wollen. Ist ja ringsum nur Grasland. Es gibt zwar Hiibus, aber keine Wasserläufe, in denen man sie erlegen könnte.«

886

»Wahrscheinlich sind es tatsächlich einfach Pfeilfalken. Irgendwo müssen die ja sein.«

»Eben.«

***

Nun, da immer mehr Flüsse in den Thoriangor mündeten und sich dessen Lauf zusehends verbreiterte, war es ab und an nötig, die Richtung zu korrigieren, in die das Floß schwamm. Dazu waren am vorderen Ende Seile befestigt, die man packte, um damit aufzufliegen und zu ziehen, bis Zudor rief: »Reicht! Reicht! Hört auf!« Auch an solchen Aktionen beteiligte sich Meoris, um sich ein bisschen nützlich zu machen.

Tag reihte sich an Tag, Meoris hatte längst aufgehört zu zählen. An manchen Tagen plagten einen Pieksmücken, an anderen kam Nebel auf, und man fröstelte und suchte sich einen Platz möglichst nah am Feuerkessel. Lulheit erzählte von ihrem Leben auf dem Fluss, von den Zwischenfällen und Abenteuern, die so eine Fahrt mit sich brachte, und aus der Art und Weise, wie sie das alles erzählte, schloss Meoris, dass ihr dieses Leben im Grunde gut gefiel.

Bei den Töchtern war davon weniger zu spüren. Die beiden vermissten ihre Freunde und Nestgeschwister. Von denen reisten manche zwar auf anderen Flößen, sodass zumindest die Chance bestand, sie unterwegs zu treffen, die meisten aber lebten im Nest der Heit, das unterhalb der Stromschnellen stand, und die sahen sie nur in den kalten Jahreszeiten. Wobei auch in der Regenzeit und in der Nebelzeit Flöße stromabwärts fuhren, doch bei deren Besatzungen waren dann keine Kinder dabei.

Die beiden hatten Abschriften aus dem Buch Jufus mit, und Meoris übte mit ihnen die Prozentrechnung, die seinerzeit im Unterricht ihre Stärke gewesen war. Immerhin, bei Galaheit schien dabei so etwas wie ein Knoten aufzugehen, denn sie sagte mehrmals: »*Jetzt* kapier ich das!«

Als die *Hazagas* näher kamen, eine von violetten Blüten übersäte Hügelkette, hinter der die Graswüste nach und nach außer Sicht geriet, ließ sich Meoris überreden, zusammen mit den beiden Mädchen zu einem Ufermarkt zu fliegen. Sie tat es mit schlechtem Gewissen, weil es hieß, Galris allein zu lassen, aber bei allen Ahnen! Tat das gut, endlich einmal wieder Luft unter die Schwingen zu kriegen, und noch dazu eine Luft, die erfüllt war von verheißungsvoll süßem Blütenduft! Tat das gut, die Welt endlich einmal wieder von oben zu sehen, den Blick in die Weite schweifen zu lassen! Sie genoss es, schlechtes Gewissen hin oder her.

Der Ufermarkt, den sie rasch erreichten, sah auch nicht viel anders aus als die Märkte, die sie bislang passiert hatten: ein Holzbau auf Stelzen, etwas luftiger gebaut vielleicht, nun, da sie allmählich in wärmere Gefilde kamen, umgeben von einer großen Plattform, auf der es sich bequem landen ließ. Hinter dem Gebäude lungerten ein paar Jugendliche herum. Sulheit, die die meisten davon zu kennen schien, gesellte sich sofort zu ihnen, und es gab ein großes Hallo und Flügelplustern.

Man kam nicht nur geflogen: Gerade legte ein Holzfloß ab, das von einem Paar gesteuert wurde; er ruderte und sie flatterte in dem gemeinsamen Bemühen, die grob zusammengezurrten Holzbündel zurück in die Mitte des Flusses zu befördern.

Drinnen fühlte sich Meoris an den Lukki-Markt erinnert, auf dem sie ein paarmal als Trägerin gewesen war. Zwar gab es hier viel weniger Verkäufer, und es ging insgesamt eher geruhsam zu als hektisch, aber die Atmosphäre war ansonsten ganz ähnlich: Alles stand voller Kisten, Säcke, Fässer und Schütten, und die Regale bogen sich unter jeder Menge Dinge. Es hingen Tiegel, Töpfe, Pfannen und Tüten mit Nägeln neben Bündeln gewebter Stoffe in allen möglichen Mustern, eine Auswahl von Angelhaken fand sich neben verkorkten Krügen voller Eisbrand, Hiibu-Trinkhörner in allen Größen neben bemalten Billo-Glöckchen. Es roch da nach Gewürzen, dort nach Seife, mal salzig wie gedörrte Algen, dann wieder fruchtig nach Frostmoos und Schattenkraut oder süßlich nach Fruchtgras, von dem dicke Bündel unter dem Dach baumelten.

Galaheit kaufte nur wenig ein: getrocknete Flachbohnen, eine Rolle grauen Stoffs und ein paar frische Quidus und dann noch dies und das. Meoris verfolgte verblüfft, wie selbstverständlich sie mit Geld hantierte. Sie bezahlte mit einem Silbernen und einer Gutschrift, die aber aus dem Jahr davor stammte und deswegen inzwischen mehr wert war; gemeinsam mit der Verkäuferin, einer gemütlichen Frau mit grünlich schillernden Flügeln, rechnete sie es aus und bekam dann noch eine neue Gutschrift ausgestellt.

»Ich hab's jetzt wirklich verstanden mit den Zinsen«, meinte Galaheit zu Meoris, als sie den Markt mit den Einkäufen wieder verließen. Sie wirkte regelrecht begeistert. »Vielleicht schaff ich's doch, später mal Holzhändlerin zu werden wie meine Mutter.«

Wie es sich lebte als Holzhändlerin, das erfuhr Meoris in den Gesprächen mit Lulheit. Die größte Sorge aller Holzflößer, erzählte ihr diese, war, dass die Seile reißen könnten, die das Holz zusammenhielten, das Floß auseinanderbrach und die Eisenladung im Fluss versank. Das war schon vielen Flößern passiert im Lauf der Zeit, und so manches Metallgerät lag noch immer auf dem Grund des Thoriangor. Nicht nur, dass man die Seile, die man verwendete, vorher sorgfältig prüfen musste, man musste auch auf der Hut sein vor bestimmten Fischen, die hier und da im Fluss lebten, klein, weiß und harmlos aussehend – und ungenießbar –, die aber nicht umsonst *Strickfresserfische* hießen. Ihretwegen tränkte man alle Seile vor ihrem Einsatz tagelang in einem speziellen Kräutersud, der, solange die Wasser des Thoriangor ihn nicht ausgewaschen hatten, die Fische davon abhielt, die Verschnürung anzunagen.

Lulheit und ihre Familie machten zwei Fahrten pro Jahr; diese war die letzte vor der Regenzeit. Für den Rückweg ins Nest der Heit brauchten sie, weil sie die Graswüste und ihre Umgebung lieber weiträumig umflogen, fünfzehn oder sechzehn Tage, falls sie unterwegs niemanden besuchten, was sie aber fast immer machten. Diesmal planten sie einen besonders großen Umweg; sie wollten nämlich die Donnerbucht besuchen, wo Lulheits Sohn Oheit seit kurzem lebte, bei der Frau, der er sich versprochen hatte.

»Muragon heißt sie, und ich frage mich immer noch, wie er die überhaupt kennengelernt hat«, sagte Lulheit und schüttelte die Flügel aus. »Ich meine – die Donnerbucht? Hallo? Wie ist er da hingeraten?«

Meoris verstand, was sie meinte. Die Donnerbucht lag im alleräußersten Nordosten des Kontinents und hieß so, sagte man, weil sich dort fast ständig gewaltige, aus der Weite des östlichen Ozeans anrollende Wellen brachen, mit entsprechendem Getöse.

»Du hast also *drei* Kinder«, stellte sie fest.

Lulheit nickte, und etwas wie ein Schatten schien auf ihr Gesicht zu fallen. »Zwei Jahre vor Sulheits Geburt hatten wir diesen schlimmen Winter. Damals sind so viele der Alten gestorben, dass uns fast das Holz ausgegangen wäre, um sie alle angemessen zu betrauern. Das muss man sich mal vorstellen! Der Rat hat die Frauen praktisch *angebettelt*, noch ein Kind zu kriegen, und, na ja, irgendwie hat es sich richtig angefühlt. Sulheit ist nach ihrem Großvater benannt, Sultem. Der war allerdings schon krank, bevor die Kälte kam; sein Tod hat niemanden überrascht.«

An den Tagen, in denen sie durch die Hazagas fuhren, machte Meoris viele Spaziergänge über das Floß, das ihr mehr und mehr vorkam wie eine ganz eigene, schwimmende Welt. Bei einem dieser Spaziergänge fiel ihr Blick auf ein längliches, helles Holzstück in einem der Bündel zu ihren Füßen, das ihre Aufmerksamkeit erregte. Sie kniete sich hin, befühlte es, betastete es, kratzte daran: Kein Zweifel, das war ein Stück weißes Federbaumholz!

Sie zögerte eine Weile, dann fragte sie Lulheit behutsam, ob sie das Holz haben könne, um sich einen Bogen daraus zu machen. Sie sei Bogenschützin, habe ihren Bogen verloren und …

»Na klar«, meinte Lulheit. »Nimm's. Das bringt eh nicht viel ein.«

»Aber das ist das beste Holz überhaupt für Bögen!«, entgegnete Meoris verwundert.

Lulheit zuckte mit den Flügeln. »Mag ja sein, aber im Delta jagen sie nicht.«

Das fand Meoris seltsam. Bislang hatte man überall gejagt, mehr oder weniger, wohin sie auch gekommen war.

Zudor half ihr, das Holzstück herauszuholen, ohne die Verschnürung zu schwächen, und lieh ihr zudem das Werkzeug, das sie brauchte. »Das ist zum Verkauf bestimmt, sobald wir im Delta sind«, erklärte er dazu. »Wär mir also recht, wenn's hinterher noch möglichst neu aussieht.«

»Ich pass drauf auf«, versprach Meoris und verbrachte dann viel Zeit damit, das Stück in Form zu hobeln und zu schleifen. Da sie keine Sehne hatte – auch in den Märkten gab es so etwas eher nicht, bestätigten ihr die Mädchen, die sämtliche Ufermärkte entlang des Thoriangor kannten –, würde der Bogen ohnehin nicht fertig werden, aber es war eine angenehme und irgendwie beruhigende Beschäftigung.

»Sag mal«, kam Zudor irgendwann später an, »brauchst du zu deinem Bogen nicht auch Pfeile?«

»Im Prinzip schon«, gab Meoris zu.

Er hielt ihr ein Bündel Holzstangen hin. »Eignen die sich?«

»Die sind sogar ideal«, stellte Meoris verblüfft fest. Es waren dünne, fertig zugerichtete Stangen aus Stachelbuschholz, einem der besten Materialien für Pfeile. »Woher hast du die?«

Er hob die Flügel. »Am Oberlauf des Thoriangor lebt so ein komischer Kauz, ein Verstoßener. Hat ein Mördermal auf der Stirn, aber uralt und verwachsen; niemand weiß, wann und wo die Untat passiert sein soll, und er selber spricht nicht darüber. Na ja, jedenfalls betreibt er so eine Art kleinen Ufermarkt dort, verkauft allerlei Waldfrüchte, Beeren vor allem, die ziemlich gut sind, und ich nehm immer noch irgendwas mit, was er so anbietet, eher aus Mitleid, nicht unbedingt, weil ich's brauch.« Er legte ihr die Stangen hin. »Da. Schenk ich dir.«

»Danke.« Meoris nahm sie auf, befühlte sie. Ideal, tatsächlich. Nur, dass sie von einem Mörder kamen, berührte sie unangenehm.

Egal. Sie packte sie weg und sagte noch einmal: »Danke, Zudor.«

***

Endlich wurden die Phasen, in denen Galris zu sich kam und ansprechbar wirkte, länger, und diesmal war er auch *wirklich* bei sich, wenngleich immer nur kurz. Sie brauchte mehrere Etappen, um ihm zu erzählen, was alles passiert war, aber immerhin, er erinnerte sich daran, wenn er das nächste Mal erwachte. Es ging eindeutig aufwärts.

Die Wunde in seinem Rücken war gut verheilt, das Fieber längst gesunken; womit sein Körper jetzt noch kämpfte, war, das Gift vollends auszuscheiden, das ihn lähmte. Und sein Körper war schwach geworden, vom Gift, vom Fieber, vom Liegen. Er hatte anfänglich Mühe, sich auch nur aufzusetzen, und wenn er saß, musste er sich bald wieder hinlegen. Meistens schlief er danach sofort wieder ein.

Aber es wurde mit jedem Tag besser. Er konnte bald selber essen und aß mit großem Appetit, sehr zu Lulheits Freude, verbrachte bald mehr Zeit im Sitzen als im Liegen, bemühte sich immer wieder aufzustehen, und bald schlurfte er, auf Meoris gestützt, über das Floß. Dadurch, wie oft er stolperte, wurde ihr erst so richtig bewusst, wie uneben und hindernisreich so ein Floß aus allen möglichen Holzstücken eigentlich war.

Nur fliegen konnte er beim besten Willen noch nicht. Kaum, dass er seine Flügel einigermaßen auseinander brachte, ohne einen Krampf im Oberkörper zu kriegen. »Oh, Meo«, ächzte er nach einem dieser missglückten Versuche. »Jetzt seh ich nicht nur aus wie ein alter Mann, jetzt *bin* ich einer!«

»Quatsch!«, erwiderte sie unwirsch. »Du hast bloß ein Gift abgekriegt, das deine Nerven lähmt, das ist alles.«

Er sah sie zweifelnd an. »Und *das* haben wir im Nest Tal gegessen? Vögel voller Nervengift?«

»*Nein*, ach was! Beißbeerengift muss ins Blut gehen, um zu wirken, und man lässt Fettnasen ausbluten, ehe man sie zubereitet. Außerdem zersetzt die Brathitze das Gift.«

»Das heißt, wenn man mich braten würde …«

Sie boxte ihn in die Seite. »So krank kannst du gar nicht mehr sein, wie du tust, Gal!«

Für Mama Lulheit war das alles gar kein Problem. »Ihr fahrt einfach mit uns bis ins Delta runter«, meinte sie. »Darauf kommt's auch nicht mehr an.«

»Und wenn ich dann immer noch nicht fliegen kann?«, fragte Galris.

»Dann kommt ihr dort irgendwo unter, macht euch keine Sorgen.« Sie grinste verschwörerisch. »Und wie sagt man so? Wo viele Nester stehen, hat's viele schöne Töchter.«

»Oh«, stieß Galris hervor und zog ein eher säuerliches Gesicht. Was Lulheit so gar nicht verstand.

An einem der folgenden Abende, als sie mal wieder vorn am Floß auf Meoris' »Nachdenkplatz« saßen, brachte Galris das Gespräch von sich aus auf Kalsul. Er überlegte, was sie wohl in der Zwischenzeit gemacht hatte, und war sich nicht sicher, ob sie überhaupt noch an ihn dachte. Er wusste nicht, ob sie ihn liebte oder je geliebt hatte, und er wusste nicht einmal, ob er *selber* sie liebte. Kurzum, er war völlig durcheinander.

»Willst du wissen, was ich darüber denke?«, fragte Meoris schließlich. »Über dich und Kalsul?«

Galris spitzte die Lippen und dachte lange nach, ehe er bat: »Ja. Will ich.«

Sie holte tief Luft. »Ich denke, es tut euch beiden nicht gut, zusammen zu sein. Es hat schräg angefangen, da auf dem Felsen auf dem Weg zum Rauk-Nest, und es ist schräg weitergegangen. Ihr beide könnt euch einander nicht mal für fünf Tage versprechen, geschweige denn für ein ganzes Leben.«

»Hmm«, machte Galris und ließ die Flügel sinken. Nach einer Weile stieß er dumpf hervor: »Aber ich versteh einfach nicht, *warum*!«

»Was gibt's da nicht zu verstehen? Du wolltest halt mal mit einem Mädchen zusammen sein, und mit ihr hat es sich ergeben. Das war es, was dich angezogen hat.«

»Und sie? Warum …?« Er beendete die Frage nicht.

Meoris seufzte. »Kalsul? Sie ist eine, die mit den Männern spielt. Ich meine …« Sie zögerte, überlegte, suchte nach Worten. »Du weißt, was man über die Stämme der Liebe sagt. Dass die's nicht so genau nehmen mit der Treue. Dass die in erster Linie auf Spaß aus sind.« Sie blies die Backen auf, ließ die Luft geräuschvoll entweichen. »Puh. Eteris würde mir die Augen auskratzen, wenn sie das hören würde! Und, ehrlich gesagt, ich weiß nicht, was da wirklich dran ist. Man sagt es halt so. Und … und es gibt das Wort *sulig*!«

Galris nickte. Das kannte er also auch.

»Wenn jemand *sulig* ist«, fuhr sie fort, immer noch danach tastend, worauf sie mit alldem eigentlich hinauswollte, »dann sagt man damit, dass der oder die nicht jemanden sucht, um sich zu versprechen, sondern nur Spaß haben will. Und irgendwie … irgendwie ist Kalsul *zu* sulig, verstehst du? Ich hatte die ganze Zeit das Gefühl, sie übertreibt es mit der Ungebundenheit und merkt gar nicht, dass sie sich selber wehtut damit. Und du … du bist zu *wenig* sulig. Bei dir ist es ernst. Wahrscheinlich hat sie deshalb immer einen Streit angefangen – um dich wieder ein Stück weit wegzustoßen, damit's nicht *zu* ernst wird. Und das Problem dabei ist, glaube ich, dass du denkst …«

»… dass ich denke, es muss mit Kalsul klappen, sonst klappt es gar nicht«, brachte Galris den Satz zu Ende. »Weil mich keine andere will.«

»Ja. Und das ist Quatsch.«

Er sah sie an. »Meinst du?«

»Ich könnte dir aus dem Kopf drei Mädchen aus *unserem* Heit-

Nest sagen, die auf dich stehen«, sagte Meoris. »Und zwei Mur-Mädchen, wenn wir schon dabei sind.«

»Wen?«

Sie zählte an den Fingern ab. »Meneheit. Hilheit. Und die Schwester von Maheit, ähm … Alsheit, genau. Und bei den Mur …«

»*Hilheit?*«, rief Galris verblüfft aus. »Bist du sicher?«

Meoris lachte auf. »Würde schon sagen, ja. Falls ich irgendeine Ahnung davon haben sollte, was in Mädchen vorgeht.«

»Vielleicht hätte ich dich eher fragen sollen.«

»Vielleicht.«

Er senkte den Blick, starrte hinab in die schmutzig-braunen Fluten, in denen sie dahintrieben. »Hmm. Aber irgendwie bin ich noch gar nicht so weit. Das mit Kalsul ist noch so … *ungeklärt.*«

»Du bist sowieso noch nicht so weit, du flügellahmer Knurr-vogel«, meinte Meoris. »Und außerdem bist du wirklich viel zu *unsulig.*«

Im Schlammdelta

Endlich erreichten sie das Schlammdelta.

Der Fluss war zuletzt schon so breit geworden, dass man kaum noch von einem Ufer zum anderen sah. Nun erweiterte er sich schlagartig in ein riesiges Gebiet hinein, das aussah wie eine von Hochwasser heimgesuchte Ebene. Nur, dass sich aus diesem Hoch-wasser Hunderte, nein, Tausende von Inseln erhoben, von langen Pfahlreihen umsäumt, Inseln, auf denen es üppig grünte und blühte und von denen ihnen verheißungsvolle Düfte entgegenwehten. Das Ganze war umgeben von einem Ringwall enormer Nestbäume, teilweise so groß, wie Meoris sie noch nie gesehen hatte, voller Hütten und Plattformen und Brücken, voller flatternder Fahnen in allen Farben und voller Billos und Windspiele aus Eisen, die die Luft mit ihren unablässigen Klängen erfüllten. Und diese Luft war voller Menschen, die von hier nach da und von da nach dort flogen wie ein gewaltiger Schwarm Küstenflatterer, die sich um angeschwemmte Purpurquallen balgten.

Auf dem Floß, das bis dahin so geruhsam mit der Strömung getrieben hatte, brach hektische Geschäftigkeit aus. Aldor, Lulheit und ihre Töchter stiegen mit den Leinen auf, flatterten in der Luft und zogen, was sie konnten, während Zudor mit einer gewaltigen Stange im schlammbraunen Fluss stocherte und sich, sobald er einen festen Punkt am Grund fand, mit aller Kraft dagegenstemmte, um das Floß in Richtung des Hafens zu lenken. Der lag am rechten Flussufer, ein enormes Areal, vom Fluss abgegrenzt durch dichte Pfahlreihen mit Laufwegen darauf. Kisten standen dort übereinandergestapelt, daneben Säcke und Fässer und anderes. Auf einer Seite des Hafens lag bereits ein Floß, oder besser gesagt, was davon noch übrig war, denn ein gutes Dutzend Leute arbeitete emsig daran, es zu zerlegen, Bündel um Bündel aufzulösen und das Holz an Land zu wuchten.

Meoris flog auf und gesellte sich zu den Mädchen, half ihnen zu ziehen, und so war ihre Kraft mit im Spiel, als das Floß anlegte, besser gesagt, als es krachend und knarrend und ächzend über die Reihen dicker, abgewetzter Pfähle schabte, viel zu schnell hier und viel zu langsam dort. Doch schließlich kam es glücklich zum Stillstand, schaukelnd und knirschend, und es war, als seufze das gewaltige Gebilde, traurig darüber, dass die wundervolle Reise nun zu Ende war.

Lulheit und Aldor flogen mit ihren Leinen auf die Laufstege und machten sie fest, damit die Strömung, die man nun, da man nicht mehr mit ihr trieb, umso stärker bemerkte, das Floß nicht wieder abtreiben konnte.

Noch während sie dabei waren, das Floß zu vertäuen, kam von dem Nestbaum, der sich gewaltig ausladend über dem Hafen erhob, ein Mann herabgeflogen.

»Mursem!«, rief Lulheit aus, als er vor ihr landete. Offensichtlich kannten die beiden sich schon lange. »Sag bloß, es stimmt, was ich gehört habe – du bist wirklich der neue Hafenmeister?«

»Mama Lulheit, sei gegrüßt«, erwiderte der Mann, der deutlich jünger war als sie, stämmig und breit und mit kräftigen Flügeln gesegnet, auf denen sich braune, schwarze und rote Federn wild mischten. »Ja, ich fürchte, du hast richtig gehört. Aber einer muss es ja machen.«

»Weißt du, worauf du dich da eingelassen hast?«

»Auf viel Arbeit, lange Nächte über den Büchern, viel Rechnerei und darauf, dass es nie enden wird, uneingelösten Schuldverschreibungen nachzufliegen.« Er holte eine Notizkladde aus der Jackentasche und begann, in den anderen Taschen nach einem Schreibstift zu suchen. »Aber beglückwünsch mich nicht zu meinem Amt, beglückwünsch mich lieber dazu, dass ich mich bald der wundervollsten Frau der Welt versprechen werde!«

»Sag bloß«, spöttelte Lulheit. »Wer ist die Unglückliche?«

Mursem fand den Stift endlich, schlug die Kladde auf. »An deiner Stelle wäre ich nicht so vorlaut, solange wir den Preis für dein Floß noch nicht ausgehandelt haben.«

»Gleich«, sagte Lulheit. »Erst muss ich dir zwei junge Menschen anvertrauen.« Sie bedeutete ihm, ihr zu folgen, und segelte hinab aufs Floß. »Das hier sind Meoris und Galris, die mir in den Nordwäldern … ähm, *angeschwemmt* worden sind. Irgendwelche Schufte haben Galris am Rand der Graswüste mit einem Giftpfeil abgeschossen …«

»Wahrscheinlich welche vom vierunddreißigsten Stamm!«, warf Aldor eifrig ein.

Mursem grinste nachsichtig. »Ja, ja, bestimmt.« Er wies auf Galris. »Kann er gehen?«

»Ja«, sagte Galris.

»Gut.« Der Hafenmeister drehte sich um, deutete auf eine Treppe, über die man vom Floß aus auf den Steg gelangte, und dann in Richtung des Nestbaums. »Da entlang. Am Ende des Hafens führt eine Treppe hoch ins Nest, dort wird man sich um euch kümmern. Fragt nach Tarsem, das ist unser Heilkundiger.«

»Ein Mann?«, wunderte sich Lulheit.

897

Mursem sah sie verständnislos an. »Wieso denn nicht?«

Lulheit hob die Flügelspitzen. »Was ist aus Dilasem geworden?«

»Hat sich einem Mann von den Perleninseln versprochen.« Mursem machte mit der Hand, die den Stift hielt, eine wischende Bewegung über sein Gesicht und grinste breit. »Du würdest sie nicht wiedererkennen.«

Lulheit nickte Meoris zu. »Also, ihr beiden. Packt eure Sachen, und dann bring unser flügellahmes Sorgenkind hier hoch zu diesem Tarsem. Schlechter als ich wird er ihn auch nicht behandeln.«

Meoris sah sie an, entsetzt, dass auf einmal alles so schnell enden sollte. »Aber ... aber ihr fliegt doch nicht etwa gleich zurück?«

»Nicht gleich, erst muss ich mir von diesem jungen Mann hier die Flügel rupfen lassen«, sagte Lulheit. »Aber falls ich hinterher noch ein paar Federn haben sollte, dann, ja, brechen wir auf. Wir wollen heute noch bis zum Nest Por kommen, das ist 'ne ganze Ecke.«

Meoris hatte keine Ahnung, wo dieses Nest Por lag, und es war ihr auch egal. »Aber wir müssen doch auch noch einen Schuldschein aufsetzen!«, rief sie aus.

»Was?«, wunderte sich Lulheit. »Wozu das denn?«

»Na, wir waren endlos lang bei euch auf dem Floß zu Gast, ihr habt uns beherbergt, verköstigt, du hast deine Heilkräuter geplündert ...«

»*Flatter-di-flapp*«, unterbrach Lulheit sie. »Ihr wart in Not, und wir haben euch nur geholfen, wie es sich gehört. Ha! Und du hast Gala die Prozentrechnung beigebracht, *endlich*! Das ist mehr als genug, glaub mir.«

Nun musste sich die Holzhändlerin doch eine kleine Träne aus den Augenwinkeln reiben.

»Geh, bring deinen Nestbruder da hinauf«, sagte sie mit rauer Stimme. »Und dann kommst du einfach noch mal runter, damit wir uns ordentlich verabschieden, ja?« Sie wandte sich Galris zu, umarmte ihn derb, gab ihm einen dicken Schmatz auf die Backe und meinte: »Und du, werd mir wieder gesund, hörst du? Nicht, dass ich meine Heilkräuter umsonst aufgebraucht habe.«

»Mach ich«, versprach Galris, etwas atemlos nach der unerwartet heftigen Zuneigungsbekundung. »Und tausend Dank für alles.«

Er verabschiedete sich auch von Zudor und Aldor, bekam zarte Küsse von den Mädchen auf die Wangen gehaucht – Galaheit wurde rot dabei! –, dann gingen sie, und die Fahrt, auf der Meoris so oft das Gefühl gehabt hatte, sie würde niemals mehr enden, war vorbei.

***

Das Nest der Sem war in jeder Hinsicht beeindruckend. Nicht nur ließ die enorme Krone, in die sie hinaufstiegen, ahnen, was es mit der berühmten Fruchtbarkeit des Schlamms auf sich hatte, das Nest war auch unübersehbar wohlhabend, prächtig ausgestattet und dabei wohl organisiert. Die Vielzahl der Hinweisschilder verriet, dass man hier oft Gäste hatte, Floßschiffer vor allem und Händler.

Zu Tarsem mussten sie sich trotzdem durchfragen. Sie landeten auf einer abgelegenen Plattform bei einem älteren, etwas humorlos wirkenden Mann mit schmalen Lippen, der seine langen hellgrauen Haare zu einem Zopf geflochten trug und Flügel von derselben Farbe hatte, nur mit schwarzen Federspitzen. Er hörte sich ihre Geschichte an, untersuchte Galris dann schweigend, fragte nur zwischendurch noch einmal nach: »Beißbeere, hast du gesagt?«, was Meoris bejahte, und meinte schließlich streng: »Die Wunde ist gut verheilt. Man hätte sie allerdings nähen sollen. So wird wohl immer ein Ziepen zu spüren sein. Egal, kann man mit leben. Was aber gar nicht geht, ist der Zustand der Muskulatur. Viel zu lang gelegen, viel zu lang nichts gemacht.«

»Er hatte *Fieber*!«, protestierte Meoris.

»Ja, aber wohl kaum mehr als ein paar Tage, oder? Man kann

sich auch zu Tode schonen. Das muss anders werden. Umgehend.«
Er zog an einer Schnur, die irgendwo im Blätterdach über ihnen
eine Glocke zum Klingen brachte. Gleich darauf kam ein Mädchen
angeflogen, das dieselben dünnen Lippen hatte wie er. »Ajasem,
meine Tochter. Aja, wir haben hier einen Krankengast und Begleitung, Galris und Meoris. Zeig ihnen ihr Quartier – Hütte zwei
müsste frei sein. Und bestell für Galris Ausleitungskost in der Küche.« Er wandte sich Meoris zu: »Ihr geht mit ihr. Richtet euch
ein. Dann soll Galris gleich wieder zu mir kommen für die ersten
Übungen.«

Die Schlafhütte war klein, aber in Ordnung. Viel einzurichten
hatten sie ohnehin nicht, und Meoris war mittlerweile zu ungeduldig, um sich groß umzusehen; sie wollte auf keinen Fall den Abschied von Lulheit und ihrer Familie verpassen. Sie stellte nur ihren
unfertigen Bogen und das Bündel mit den Stachelbuschstangen ab,
dann überließ sie Galris der Fürsorge von Ajasem.

***

Als Meoris wieder am Hafen landete, waren sich Lulheit und Mursem schon einig geworden. Lulheit band gerade ein Säckchen, in
dem allerlei Münzen klingelten, an ihrem Gürtel fest, und Zudor
faltete einen großen Schuldschein zusammen, den er in seiner Jacke
verstaute. Sie wirkten beide ausgesprochen zufrieden.

Auf der Treppe, die Galris und sie vorhin benutzt hatten,
herrschte jetzt reger Verkehr; kräftige Männer wuchteten die
Fracht, die mit dem Floß gekommen war, nach und nach auf den
Steg, wo sie von anderen abtransportiert wurde. Die Familie hatte
schon alle Habseligkeiten gepackt und am Körper verstaut, und
Meoris staunte, mit wie wenig sie zurückflogen. Aber ja, fast alles,
was sie unterwegs benutzt hatten – die Feuerstelle, die Töpfe, das
Geschirr, selbst die Decken, Kissen und Vorhänge –, würde gereinigt und dann verkauft beziehungsweise an diejenigen ausgeliefert
werden, die es bestellt hatten.

Mochten ihre Eltern zufrieden sein, die beiden Mädchen waren es nicht. Sie wären zu gern noch geblieben. »Das Theater soll so was von *toll* sein!«, jammerte Galaheit.

»Ja, ja«, meinte Lulheit unwirsch und schüttelte die Flügel aus. »Theater hab ich schon genug mit euch. Auf jetzt.«

Nun hieß es, Abschied zu nehmen. Sie umarmten Meoris der Reihe nach, und noch einmal, nur fester; ein paar Tränen rannen über Wangen herab, sogar über raue Männerwangen. Man wünschte einander alles Gute, und dann, unvermeidlich, kam der Moment, in dem sie die Schwingen ausbreiteten und abhoben. Meoris winkte und sah ihnen nach, wie sie immer kleiner und kleiner wurden, bis man zuletzt kaum noch die Bewegungen ihrer Flügel ausmachte. Sie waren nur mehr kleine Punkte, die schließlich ganz in dem hell glänzenden Dunst verschwanden, der über dem Delta lag und alles irgendwie verzauberte.

War es dieser Dunst, der viele so vom Schlammdreieck schwärmen ließ? Meoris wusste es nicht, aber sie spürte, dass dieser Ort etwas Aufregendes hatte. Wo so viele Menschen beisammen lebten, war auch viel los, und auf eine andere Weise als im Eisenland, an das sie sich als einen seltsamen Ort mit seltsamen Menschen erinnerte.

Sie hob auch ab, ließ das Floß hinter sich, das inzwischen fast zur Gänze leergeräumt war. Die ersten Hafenarbeiter schritten es schon ab, überlegten wohl, in welcher Reihenfolge sie es am besten zerlegen würden.

Mursem war in Gesprächen mit Holzkäufern, verhandelte gestenreich, machte sich Notizen. Eine davon, eine schlanke, blonde Frau mit Perlen im Haar, erkannte Meoris wieder: Sie war vor zwei Tagen an Bord gekommen, war den Flößen entgegengeflogen, um sich schon einmal einen Eindruck zu verschaffen, welche Art Holz ankam und wie viel davon. Lulheit hatte sie gekannt und auch gesagt, wie sie hieß, aber Meoris fiel der Name nicht mehr ein.

Egal. Es ging jedenfalls alles seinen Gang, so, wie das Leben hier im Delta seit Jahrhunderten ablief. Sie und Galris waren hier nur zu Gast, und sie würden es nur kurz sein. Irgendwann in naher Zukunft würden sie sich verabschieden und nach Hause fliegen, und niemand würde sonderlich viel Notiz davon nehmen oder sie gar vermissen.

Irgendwie stimmte sie dieser Gedanke gerade traurig.

***

Galris schien nicht recht zu wissen, ob er glücklich oder unglücklich sein sollte.

Am Abend hatte er Meoris die Ohren vollgejammert, wie zerschlagen er sich fühle nach all den Übungen, durch die ihn Tarsem »erbarmungslos gehetzt« habe, beim Frühstück jammerte er darüber, dauernd nur seltsame dünne Suppen zu bekommen, von denen er Durchfall kriege.

»Das muss wahrscheinlich so sein«, meinte Meoris ungerührt, die sich an einem frisch gekochten Brei gütlich tat, mit allerlei Beeren, von denen sie die meisten noch nie gesehen hatte. »Raus mit dem Gift!«

Doch dann tauchte Ajasem auf und wünschte Galris einen wunderschönen guten Morgen, worauf dieser verklärt lächelte und auf einmal ganz zufrieden war mit seiner Suppe.

Auch Mursem ließ sich blicken, tauchte zusammen mit einer bildhübschen jungen Frau auf, die wunderbar ebenmäßige, goldbraune Flügel hatte. Kaum zu übersehen, dass die beiden schwer verliebt waren.

»Ilikor, meine Zukünftige«, stellte er sie vor. »Ili, das sind Galris und Meoris. Galris hat einen Giftpfeil abbekommen, stell dir vor!«

»Oje«, hauchte sie und bedachte Galris mit einem geradezu bewundernden Blick, der diesen gleich zwei Handspannen größer werden ließ.

»Bei euch ist alles gut?«, fragte Mursem weiter. »Seid ihr gut untergebracht? Und Tarsem, kümmert er sich?«

»Und wie!«, sagte Galris heldenhaft.

»Das ist sein Trick«, meinte Mursem. »Er quält einen so sehr, dass man lieber gesund wird.«

Nach dem Frühstück musste Galris wieder zu Tarsem, um sich weiter quälen zu lassen. Meoris wurde dagegen, wie es sich gehörte, beim Ältesten vorstellig. Der hieß Urusem und war wirklich *sehr* alt. Seine Flügel zeigten sich schon fast federlos, er hatte kaum noch Zähne, und seine faltige Haut war papierdünn – aber sein Blick war klar, seine Stimme fest, und in dem, was er sagte, spürte man einen messerscharfen Verstand. Meoris fühlte sich unwillkürlich an Ifnigris erinnert.

Urusem brachte sie dazu, ihm alles zu erzählen, was geschehen war, auch das mit der Bruderschaft.

»Man hört immer wieder solche Gerüchte«, sinnierte er anschließend. »Ich denke, es wird wohl tatsächlich etwas daran sein. Aber was sollen wir machen? Schwer zu sagen. Man müsste wissen, ob sie eine Basis haben, und wenn ja, wo.«

»Könnte die sich nicht irgendwo in den Nordlandwäldern befinden?«, fragte Meoris. »Das war jedenfalls die Richtung, in die sie mit uns geflogen sind.«

Urusem nickte. »In den Nordlandwäldern, ja, höchstwahrscheinlich. Aber wo? Es kann ja irgendeine Höhle an einem Steilhang sein oder mit einem Wasserlauf, der den Margor fernhält, und solche Stellen gibt es in diesen Wäldern Tausende. Bedenke, was für ein riesiges Gebiet das ist. Es sind mindestens zwei Tagesreisen, wenn man es überfliegt.« Er faltete die Hände. »Du siehst ein, dass es unmöglich ist, aufs Geratewohl nach einem solchen Versteck zu suchen?«

»Ja«, musste Meoris zugeben. Das war wirklich aussichtslos.

»Aber deswegen bist du nicht zu mir gekommen, oder?«

Sie schüttelte den Kopf. »Nein. Ich bin gekommen, weil mein Nestbruder Galris Krankengast bei euch ist. Als seine Begleitung möchte ich darum bitten, zum Ausgleich irgendwo helfen zu dürfen.«

Urusem nickte bedächtig. »Seid willkommen. Da gestern zwei

Flöße angekommen sind, gibt es viel auszuliefern. Am besten fliegst du zum Hafen und fragst nach Lasem.«

***

Auf dem Flug zum Hafen geriet sie in eine Wolke seltsamer länglicher Insekten, die Meoris noch nie zuvor gesehen hatte. Sie ließen auch nicht mehr von ihr ab, erst, als sie – etwas unsanft – landete und anfing, sie mit wilden Bewegungen der Arme und Flügel zu verscheuchen.

»Das sind Sillen«, sagte jemand.

»Ah ja?« Meoris sah ihn an. Der Mann war nur wenig älter als sie, wirkte aber ziemlich derb. Seine Flügel waren braun mit dunklen Sprenkeln darauf, die aussahen wie Dreckspritzer. »Und was finden die an mir?«

»Keine Ahnung. Normalerweise sind die alleine unterwegs. Manche sagen, es bedeutet etwas, wenn man einer Sille begegnet, aber, na ja.«

Meoris hörte auf, mit den Flügeln zu wedeln, faltete sie wieder ein und erklärte: »Ich suche einen gewissen Lasem. Kannst du mir den zeigen?«

»Klar«, sagte der Mann und deutete mit dem Finger auf seine eigene Brust. »Hier. Das ist er.«

Meoris musste lachen. »Na, so ein Glück. Ich bin Meoris. Wir sind mit dem Floß von Mama Lulheit gekommen, mein Nestbruder ist Krankengast bei euch, und ich soll hier helfen. Beim Ausliefern, hat euer Ältester gemeint, wär viel zu tun.«

Lasem nickte und musterte sie prüfend. »Kann man so sagen. Wie stark bist du?«

»Geht so. Ich bin Bogenschützin, also, Armmuskeln sind da.«

»Gut. Dann kannst du mir tatsächlich helfen. Ich hab eine Lieferung für Nechfuls Werkstatt.« Er sagte das so, als müsse jeder wissen, wer Nechful war. Dann schien ihm einzufallen, dass sie das als Neuankömmling vermutlich nicht wusste, jedenfalls deutete er in Richtung der gegenüberliegenden Küste des Deltas und schob nach: »Nechful ist vom Theater drüben. Ich kenn ihn nicht persönlich, aber er baut da alles Mögliche. Letztes Jahr hatte er einen Unfall und kann seither nichts mehr tragen.«

Er führte sie über die Stege zu dem Ladegut, das mit Lulheits Floß gekommen war, und zeigte ihr, worum es ging: eine Holzkiste, schmal und niedrig, aber so lang wie eine Flügelspanne, in der ein sorgsam in Stroh verpacktes längliches Metallteil ruhte, ein riesiges Messer, wie es aussah.

Meoris stieß einen ächzenden Laut aus. »*Das* sollen wir zu zweit dort hinüberfliegen? Das ist nicht dein Ernst.«

Lasem gab ein belustigtes Prusten von sich. »Nein, ach was. Wir nehmen natürlich ein Boot. Wir müssen es dann nur in seine Werkstatt hinaufschaffen.«

Unter ihnen banden gerade ein paar Leute einen Teil des Holzes aus dem Floß von Lulheit zu einem kleineren Floß zusammen. Ein Mann mit einer Stakstange stand dabei und schien darauf zu warten, das Holz an seinen Bestimmungsort irgendwo im Delta befördern zu können. Beaufsichtigt wurden die Arbeiten von der blonden Holzhändlerin und von Mursem, der sicher aufpasste, dass nicht mehr als die vereinbarte Menge Holz weggenommen wurde.

Mursem kam herübergeschlendert. »Ah, ja, das Papiermesser für Nechful«, meinte er. »Das ist die dringendste Auslieferung. Passt bloß auf, dass dem Teil nichts passiert!«

»Das kriegen wir schon hin«, sagte Meoris.

Mursem lächelte. »Gut. Richtet Nechful einen schönen Gruß von mir aus.«

***

So kam es, dass sie Nechful, den Erfinder, kennenlernte und seine Werkstatt sah.

So kam es, dass sie Gelegenheit hatte, ihren Bogen zu Ende zu bauen und Pfeile aus Stachelbuschholz anzufertigen.

So kam es, dass sie Jehris wiedersah, der nun ein Nestloser war und Jehwili hieß.

Und da all dies geschehen war in der Nacht, in der der Himmel aufriss, kam es dazu, dass sie, die immer neugierig gewesen war, was wohl im Buch Wilian zu lesen sein mochte, es erfuhr.

Wilians Gebot

Jehwili flog wie ein Gehetzter; Meoris hatte Mühe, mitzuhalten. Ihre Flügel waren längst müde, ihre Brustmuskeln brannten, aber sie flog weiter, fest entschlossen, kein Hindernis zu sein.

Sicher, sie hätte sagen können, *flieg ruhig vor, ich komme einfach nach*, doch das wollte sie nicht. Sie wollte *dabei* sein. Wo immer sie ankommen würden, geschah gerade etwas von historischer Bedeutung, etwas, über das künftige Generationen – hoffentlich! – in Legenden erzählen würden. Und sie, Meoris aus den Küstenlanden, wollte Teil dieser Legende werden!

Wenn es denn künftige Generationen geben sollte. Die Welt, durch die sie flogen, war an diesem Tag wie verwandelt. Durch den Riss im Himmel fiel gleißend helles Licht herab von so scharfer Helligkeit, dass einem die Augen tränten. Es bildete regelrechte Lichtvorhänge, die den Blick in die Ferne versperrten, und je näher die Mittagszeit rückte, desto unerträglicher wurde es. Man musste vermeiden, zum Himmel hinaufzuschauen, wollte man nicht geblendet werden.

Endlich ging Jehris tiefer – nein, *Jehwili*! Würde sie sich je daran gewöhnen? – jedenfalls, er ging tiefer, tauchte hinab in die Wälder, zu einer ersten Rast auf einem Felsen, mitten in einem Bach, im Schatten der Bäume, einem Schatten, der beunruhigend anders aussah, als Meoris es kannte: Scharfe Konturen schnitten durch das Unterholz, Büsche schienen an der Oberseite zu lodern und sich an der Unterseite in Dunkelheit aufzulösen, Blätter flimmerten und gleißten und blitzten.

Sie wusste nicht genau, wo sie waren. Wenn sie sich noch recht erinnerte, nannte man diese Gegend die *Gouraddis*, eine Ansammlung sanft gerundeter Berge, die die Goldküste im Osten begrenzten und im Süden in die Perleninseln übergingen. Es war auf jeden Fall eine menschenleere Gegend, zwar bewaldet, aber sehr licht, mit vielen kleinen Bäumen, manche so klein, dass man nicht einmal darauf landen hätte können, und Riesenbäume hatte sie noch gar keine gesehen.

Sie hatten nichts zu essen dabei, tranken nur Wasser, das sie aus dem Bach schöpften, kühles, frisches Wasser, das einen Durst stillte, den Meoris in all der Aufregung bislang gar nicht wahrgenommen hatte.

»Woher weißt du, wohin du fliegen musst?«, fragte sie Jehwili.

»Wir fliegen einfach den anderen nach«, sagte er knapp.

»Und wohin fliegen die?«

»Dorthin, wo der Spalt endet.«

Er hatte keine Lust zu reden, sie spürte es. Er schöpfte unentwegt Wasser, trank, als könne er einen Vorrat davon speichern, wollte so bald wie möglich weiter. Und da Meoris entschlossen war, kein Hindernis zu sein, nickte sie nur, als er eben das vorschlug.

Ausruhen, sagte sie sich, konnten sie später immer noch.

Sie flogen schweigend, konzentrierten sich darauf, so schnell wie möglich voranzukommen. Sie flogen nicht in jenem kräfteschonenden Wechsel zwischen Segel- und Kraftflug, in dem man große Strecken am besten bewältigte, sondern mit voller Energie, und das ohne Unterlass.

Irgendwann aber ließen selbst Jehwilis' Kräfte nach, so entschlossen er auch war. Nun kam Meoris zugute, dass Frauen zäher waren und ausdauernder flogen; sie hielt immer noch gut durch, während Jehwili sich spürbar quälte.

Er gab nicht auf. Keuchend und schwitzend, manchmal torkelnd, doch immer wieder in den Takt eines zügigen Flugs findend, flog er und flog und dachte nicht ans Aufgeben.

Die Nacht brach an, aber sie flogen immer noch, unter einem

zerrissenen Himmel, an dem die Sterne leuchteten, ein schier unfassbarer Anblick: Genau so, wie die alten Legenden sie beschrieben – und doch ganz anders, ganz und gar unbeschreiblich.

Endlich rief Jehwili aus: »Ich kann nicht mehr!«, und ging im Gleitflug tiefer, bis sie in einem Buschbaum landeten, beide völlig erledigt. Sie krabbelten mit zitternden Gliedern über die Äste, suchten sich jeder einen Schlafplatz, banden sich mit letzter Kraft fest – und waren doch zu zerschlagen, um gleich schlafen zu können.

»Dein Schwarm ist woandershin geflogen, stimmt's?«, fragte Meoris in die Dunkelheit, den Blick auf das schimmernde Lichtermeer über ihnen gerichtet.

Jehwili ächzte, dann gab er zu: »Sieht so aus.«

Sie betrachtete die Ränder des Spalts eine Weile. »Der Riss bewegt sich«, stellte sie fest. »Und er schließt sich allmählich.«

Jehwili sagte darauf nichts. Es klang aber auch nicht, als schliefe er schon. Einige Zeit später meinte er: »Ich bin mir sicher, dass das Sternenschiff an der Goldküste gelandet ist. Kennst du die?«

»Nein«, sagte Meoris. »Woher denn?«

»Hätte ja sein können.«

»Und wieso die Goldküste?«

Er atmete geräuschvoll. »Wir waren eine Weile dort. Wenn man in großer Höhe ankommt, leuchtet der ganze Küstenstreifen unter einem wie poliertes Gold. Daher der Name, schätze ich. Ich glaube, wenn jemand über diese Welt hinwegfliegt und sich überlegt, wo er landen soll, dann landet er dort. Hat Wilian ja auch so gemacht.«

»Was sein Glück war. Sonst hätte ihn der Margor geholt.«

Stille kehrte ein. Meoris schloss die Augen, widerwillig, weil der Anblick der Sterne trunken machte, aber sie musste schlafen, schlafen, unbedingt schlafen, damit sie am nächsten Morgen die Flügel auseinanderbekam!

Doch der Schlaf wollte nicht kommen.

»Jehwili?«, fragte sie leise.

»Hmm?«, machte er und klang genauso wach wie sie.

»Willst du das wirklich tun? Die Leute in dem Sternenschiff *töten*, nur, weil ein altes Buch es dir befohlen hat?«

Er schwieg.

»Das kommt mir so … *verrückt* vor«, fügte sie hinzu.

Ein langer Seufzer, irgendwo im Dunkeln. »Ich *will* es nicht«, gestand er. »Aber wenn sie hier gelandet sind, dann haben sie das Geheimnis unserer Welt entdeckt. Dann haben sie *uns* entdeckt. Und hinter ihnen steht ein riesiges Reich, größer und mächtiger, als wir es uns vorstellen können. Ein Reich, von dem unsere Ahnen vor über tausend Jahren gesehen haben, dass es sich zum Bösen entwickelt.« Er seufzte noch einmal. »Sie dürfen mit diesem Wissen nicht wieder davonfliegen. Das wäre unser Ende.«

Meoris überlegte. »Meinst du nicht, dass es auch anders gehen könnte? Wenn man sie zum Beispiel einfach nur hier *festhält*?«

»Vielleicht«, sagte Jehwili zögernd. »Ich hoffe es.«

Sie sah zum Himmel empor, versuchte sich vorzustellen, dass jemand tatsächlich von einem der Sterne, die sie gerade sah, hierhergekommen war.

»Ich glaube, ich könnte das nicht«, sagte sie.

»Was?«

»Die Leute einfach töten.«

Er schwieg. Dann sagte er leise: »Ich weiß auch nicht, ob ich es *kann*. Ich weiß nur, dass ich es *soll*.«

***

Ein weiterer Tag folgte, an dem sie flogen, so schnell sie konnten.

Ein weiterer Tag, an dem sie keine Spur von den anderen Nestlosen fanden.

Der Spalt hatte sich wieder geschlossen. Am Himmel war nur noch eine eigentümliche, wulstige Linie dort zu sehen, wo er geklafft hatte.

Eine Narbe, dachte Meoris.

Gegen Mittag fanden sie immerhin ein Nest, legten in einem

Baum in der Nähe eine Rast ein, und Meoris flog mit schweren Flügeln hinüber, um etwas zu essen zu erbetteln. Sie kam mit gefüllten Teigtaschen zurück, die noch warm waren und viel zu schnell gegessen waren.

»Ich bin in diesem Jahr zur großen Bittstellerin geworden«, stellte sie hinterher fest, als sie sich die Finger abgeleckt hatte, bis wirklich kein Geschmack mehr daran war.

Als sie abends rasteten, wieder tief in der Nacht, sagte Meoris: »Weißt du was? Ich bin sauer auf die Ahnen. Richtig sauer. Warum haben sie uns von alldem nichts gesagt? Sie haben uns zwölf Große Bücher hinterlassen, in denen sie uns haarklein alles Mögliche erklären, darunter so nutzlose wie das Buch Ema, bei dem dir bloß der Kopf platzt, wenn du es liest – aber das Allerwichtigste, nämlich, dass wir in einem *Versteck* leben, das haben sie uns verschwiegen!«

»Sie wollten, dass wir unbekümmert leben«, sagte Jehwili matt. »Sorglos.«

Meoris ließ den Kopf nach hinten sinken, gegen die kratzige Rinde des Baums. Sie war *wirklich* sauer. Sie hatte im Lauf des Tages mehrmals ernsthaft erwogen, Jehwili alleine weiterfliegen zu lassen, so sauer war sie.

Aber sie war auch *neugierig* auf das Sternenschiff. Eigentlich war sie nur deshalb noch dabei.

Und sie fühlte sich so kaputt, als hätte sie jemand mit dem Fleischhammer bearbeitet.

»Wenn wir gewusst hätten, dass der Himmel uns *verborgen* halten soll«, sagte sie langsam, »dann hätte Oris' Vater nie angefangen, von den Sternen zu erzählen. Vielleicht wäre er zum Himmel hinaufgeflogen, aber er hätte es für sich behalten. Er hätte nicht angefangen, den Leuten zu erzählen, wir müssten zu den Sternen *zurückkehren*. Weil er gewusst hätte, dass uns von den Sternen *Gefahr* droht. Und wenn er das nicht erzählt hätte, wäre die Bruderschaft nicht auf ihn aufmerksam geworden, und er würde noch leben.« Sie holte tief Luft. »Doch, ich *bin* sauer.«

»Die Ahnen haben es gut gemeint«, erklärte Jehwili. »Sie haben es für das Beste gehalten, da bin ich mir ganz sicher. Aber sie waren auch nur Menschen. Sie waren nicht unfehlbar.«

»Im Ersten Buch Kris«, sagte Meoris, »geht es drei Seiten lang darum, dass und warum man immer bei der Wahrheit bleiben soll, auch wenn es unangenehm ist. Kris hätte sich ja einfach mal an seine eigene Lehre halten können! Anstatt euch aufzubürden, Leute von den Sternen zu *töten*!«

»Das war Wilian. Das dreizehnte Große Buch.«

»Von mir aus.« Die Augen fielen ihr zu, und sie ließ es geschehen. »Außerdem – wer weiß, ob ihr das überhaupt *könnt*! Wenn diese Leute von den Sternen kommen und all die Maschinen haben, die auch die Ahnen hatten, dann kann man die vielleicht gar nicht so leicht töten.«

***

Als sie am nächsten Tag weiterflogen, tat Meoris es unerholt und mit dem seltsamen Gefühl, innerlich ausgehöhlt zu sein. Lange würde sie nicht mehr so fliegen können, das stand fest. Es war Raubbau an ihren Kräften, was sie da machten!

Und immer noch war nichts von Jehwilis Schwarm zu sehen.

Um die Mittagszeit wurde ein eigentümlich goldenes Leuchten am Horizont immer stärker. Das musste die Goldküste sein, wahrhaftig! Sie schossen durch die Schluchten, segelten an den kargen Steilhängen der zerklüfteten westlichen Gouraddis entlang, gingen immer tiefer. Je weiter sie kamen, desto mehr des üppig grünen Goldwalds wurde sichtbar, dieses sagenhaft fruchtbaren Streifens, aus dem mehr Riesenbäume herausragten, als man hätte besiedeln können.

Im Näherkommen sahen sie aber auch in weiter Ferne, in der ungefähren Mitte des breiten, sanft gebogenen Strandes, ein seltsames Gebilde liegen. Es war groß, länglich, kantig an dem Ende, das dem Meer zugewandt war, sich verjüngend am anderen. Und es hatte eine hässliche, düstere Farbe, die Farbe eines Kochtopfs, der seit mindestens fünf Generationen in Benutzung war, zerkratzt und voller Stellen, an denen man den Ruß nicht mehr richtig abbekam.

Das musste das Sternenschiff sein. Meoris' Herz machte einen Extraschlag bei diesem Gedanken. Sie hatten davon geredet, hatten darüber nachgedacht, es sich vorgestellt und ausgemalt, und doch … es nun wirklich und wahrhaftig vor sich zu sehen, das war noch einmal eine ganz andere Sache. Unfassbar irgendwie.

»Das muss es sein!«, schrie Jehwili herüber.

Meoris nickte nur. Es war überwältigend, es zu sehen – aber auch enttäuschend. Nach den Legenden über die *Heimstatt* der Ahnen hatte sie sich ein Sternenschiff immer viel größer vorgestellt.

»Wo sind deine Leute?«, rief sie zu Jehwili hinüber.

»Keine Ahnung«, erwiderte der, griff im vollen Flug über den Kopf nach hinten und zog seinen Speer vom Rücken.

Er war also tatsächlich entschlossen, das Gebot Wilians zu befolgen.

Meoris trug ihren Bogen zwischen der rechten Schulter und dem Flügelansatz eingeklemmt, die Sehne über der Brust; der Köcher mit den Pfeilen hing auf dem Rücken. Sie packte den Bogen, zerrte ihn über den rechten Arm herab, nahm ihn in die Hand.

Nur für alle Fälle. Das Töten würde sie Jehwili überlassen.

Sie flogen weiter, Jehwili mit stoßbereit erhobenem Speer, Meoris ein Stück hinter ihm. Und auf einmal überstürzten sich die Ereignisse.

Meoris entdeckte Leute am Strand, bunt gekleidet manche von ihnen, doch nicht bei dem Sternenschiff, wie man es hätte annehmen können, vielmehr weiter oben, an der Grenze zum Vorwald, dort also, wo, wie einem jeder erzählte, der jemals an der Goldküste war, das margorfreie Gebiet endete. Was machten die da? Und wer war das?

Noch während sie sich wunderte, kam jemand aus einer Öffnung des Sternenschiffs, eine Frau. Sie trug einen Bauchschal, wie er bei den Leuten der Goldküste üblich war, trat aber nicht einfach ins Freie, vielmehr kam sie heraus*gestürzt*, hastig, geradezu panisch, sah aus, als *flüchte* sie vor etwas. Sie breitete die Flügel aus und stieg mit verkrampft aussehenden, hektischen Flügelschlägen in die Luft.

Fast im gleichen Moment kam hinter ihr noch jemand heraus, ein riesiger Mann *ohne* Flügel! Er stieß einen wilden Schrei aus und – *sprang* dann in die Höhe, sprang der Frau nach mit einem schier unglaublichen Satz. Nie hatte Meoris jemanden so hoch springen sehen, ohne Flügel zu benutzen. Und als sei das nicht ungeheuerlich genug, erwischte der Mann die flüchtende Frau noch am Fuß und riss sie brutal mit sich in die Tiefe, wo er sie auf den Boden warf und sich selber über sie.

Meoris war das Kinn herabgesunken. Als sie begriff, was der flügellose Riese da tat, fasste ihre Hand wie von selbst nach hinten. Zog einen Pfeil aus dem Köcher und legte ihn ein, während sie in den Sturzflug ging. Die Leute an der Grenze zum Vorwald waren jetzt auch auf das Geschehen aufmerksam geworden und kamen näher, aber langsam, *viel* zu langsam.

Meoris raste auf den Mann zu. Spannte den Bogen.

Und dann schrie sie so laut, wie sie noch nie geschrien hatte: »Hey!«

Der Gefangene

So richtig bei sich war Meoris erst lange hinterher wieder, als alles vorbei war.

Alles war durcheinandergegangen. Die Leute, die Meoris von Weitem gesehen hatte, waren herbeigeeilt und umsorgten nun die Frau, über die sich der Unhold hergemacht hatte. Die alten Frauen umarmten sie, hielten ihr den Kopf, nahmen ihren Schmerz in sich auf.

Der *Unhold*! Dieses Wort, fiel ihr ein, kannte sie nur aus dem Buch Ema, aus dieser schrecklichen Szene, in der rohe, ungeschlachte

Männer … Ach, sie erinnerte sich gar nicht mehr an Einzelheiten. Nur daran, dass sie etliche Nächte lang nicht hatte schlafen können und dass ihre Mutter gemeint hatte, das Buch Ema sei auch keine Lektüre für Kinder, die noch nicht mal acht Frostzeiten gesehen hatten.

Aber was ein *Unhold* eigentlich war, hatte sie ihr auch nicht erklärt.

Nun, das war jetzt nicht mehr nötig. Da lag er, halbnackt und tot. Eine der alten Frauen deckte seine Blöße zu, nachdem alle sie gesehen hatten und bei dem Anblick der eingepflanzten Steine zusammengezuckt waren.

Meoris begriff, dass sie einen Menschen getötet hatte, *diesen* Menschen, der von den Sternen gekommen war und keine Flügel besaß, und sie stellte fest, dass es ihr kein bisschen leidtat. Im Gegenteil, sie war froh, die Frau damit vor Schlimmerem bewahrt zu haben als dem, was der Unhold ihr bis dahin angetan hatte. Ja, sie empfand sogar ein wenig Stolz auf ihren Schuss.

»Das hätte danebengehen können«, hatte Jehwili keuchend gemeint. »Aus *der* Entfernung …?«

Aber der Schuss *war* nicht danebengegangen. Ihr Traum, ihre Sorgen, die Besessenheit, mit der sie geübt hatte – in diesem Moment kam es ihr vor, als habe sie sich ihr ganzes Leben lang nur auf diesen einen Schuss vorbereitet. Als wäre der Traum damals keine Warnung gewesen, sondern ein Weckruf: *Sei bereit! Zögere im entscheidenden Augenblick nicht!*

Sie betrachtete das gewaltige, grobschlächtige Gesicht des Riesen, der wenigstens anderthalbmal so groß war wie ein normaler Mann. Wie eigenartig, dass sich ausgerechnet die Feder dieses einen Pfeils golden verfärbt hatte! Das musste in den letzten Tagen passiert sein, auf dem Weg hierher. Sie hatte so etwas erst einmal erlebt, vor vielen Jahren. Sie war gerade mal wieder in der Mauser gewesen, hatte die Kuhle voller Federn gehabt, weiße und ein paar goldene, wie üblich. Nach dem Ausschütteln hatte sie dann doch noch eine weiße Feder gefunden, als sie sich schlafen gelegt hatte.

Sie hatte sie in den Spalt zwischen zwei Wandbrettern gesteckt und die Augen zugemacht – und am nächsten Morgen war die Feder golden gewesen. Und niemand hatte ihr erklären können, warum.

»Hallo!«, rief jemand. »Hallo, Mädchen!«

Erst mit Verspätung begriff Meoris, dass eine der alten Frauen nach ihr rief. Sie winkte ihr, mit dürren, wackligen Handbewegungen. Meoris nickte zum Zeichen, dass sie verstanden hatte, und ging zu der Gruppe hinüber, zögernd und etwas verlegen. Sie mochte es nicht, für irgendetwas überschwänglich gelobt zu werden, und darum, so sah es aus, würde es ja jetzt wohl gehen.

Die Frauen wichen beiseite. Meoris hörte eine, die etwas abseits stand, zu einer anderen sagen: »Und was machen wir jetzt? Wenn das stimmt mit den Männern … Jemand muss hinein und zumindest nach ihnen *sehen*!«

»Aber nicht wir alten Flattergreise«, erwiderte die andere. »Schick jemanden zum Nest und …«

Dann hörte Meoris nichts mehr, und sie dachte auch nicht mehr darüber nach, was das zu bedeuten haben mochte, was sie gerade gehört hatte, denn auf einmal erkannte sie die Frau wieder, die da blass und verheult und immer noch zitternd am Boden saß, die Hose zerrissen und den Bauchschal notdürftig um ihre Blöße gewickelt.

»Animur?«, entfuhr es Meoris.

Die Frau versuchte ein Lächeln. »Meoris? Du warst das?«

Meoris wusste nicht, was sie sagen sollte. Animur war mit der Wahlschwester von Oris' Mutter zusammen gewesen, daran erinnerte sie sich noch gut. Auch daran, dass die Leute viel von der Ahnin Teria und ihren Töchtern geredet hatten. Sie war noch zu jung gewesen, um zu verstehen, was das bedeutete, aber jedenfalls, man hatte erwartet, dass die beiden einander versprechen würden. Doch stattdessen hatten sie sich immer öfter gestritten, richtig erbittert, die Funken waren geflogen und manchmal mehr als das. Und eines Tages war Animur plötzlich verschwunden gewesen, und Ulkaris hatte behauptet, der Margor habe sie geholt.

Diese Streits, ja. Sie musste an Galris und Kalsul denken, im Nest Tal. Das mit der Liebe war wohl nie einfach.

Animur griff nach ihren Händen, zog Meoris zu sich herab, sah sie an. Sie war älter geworden, hatte Fältchen um die Augen, ein paar graue Haare, ein paar erste graue Federn.

»So ein Glück«, sagte Animur mit leiser, immer noch halb schluchzender Stimme. »Dass du da warst. Bogenschützin bist du geworden, ja?«

»Ja«, sagte Meoris und wunderte sich, dass Animur das nicht gewusst hatte. Ihrem Gefühl nach war sie schon immer Bogenschützin gewesen – aber nein, es stimmte: Es hatte irgendwann angefangen, und da war Animur schon nicht mehr im Nest gewesen.

Animur drückte ihre Hände, fest, beinahe *zu* fest, doch Meoris zog sie nicht fort.

»Ich war schon ewig nicht mehr in den Küstenlanden. Das verstehst du, nicht wahr? Du bist alt genug, hast schon deine eigenen Erfahrungen gemacht … Wobei, es war nicht richtig, einfach zu verschwinden. War es nicht. Manchmal geht es nicht anders. Das hab ich mir jedenfalls immer gesagt, aber ich weiß es nicht, vielleicht wäre es doch anders gegangen … Ich habe mich hier einem Mann versprochen, weißt du, einem guten Mann. Zwei Kinder haben wir, die schon recht groß sind. Da hat man viel zu tun, man kommt nicht zum Nachdenken. Aber sag mal, Meoris – du bist auch groß geworden! Eine junge Frau. Wie die Zeit vergeht … Ich muss mal wieder kommen, zu euch in die Küstenlande. Ich muss mich doch noch mal mit Noharis aussprechen … Wie geht's ihr denn?«

»Hmm«, machte Meoris, ganz erschlagen von Animurs Wortschwall. Sie überlegte, wann sie Noharis überhaupt zum letzten Mal gesehen hatte, und es fiel ihr nicht ein. Noharis wohnte auf der anderen Seite des Nests, ging auf den anderen Mahlplatz …

»Hat sie wieder jemanden?«

»Nein.« Meoris schüttelte den Kopf. »Ich glaube, nicht. Ich bin schon eine ganze Weile unterwegs, fast ein Jahr, aber soweit ich weiß, ist sie immer noch allein.«

»Ah«, machte Animur und biss sich auf die Lippen. »Das tut mir leid.« Sie hielt inne, starrte sinnend vor sich hin, als würde sie etwas betrachten, das niemand sonst sehen konnte. »Weißt du, manchmal macht man Dinge, die alles verändern, und dann gibt es kein Zurück mehr. Die Frage, ob es richtig oder falsch war, was man gemacht hat, stellt sich irgendwie gar nicht mehr, denn egal, was es war, man kann ja nicht zurück, kann es nicht ungeschehen machen. Das ist es, was so entsetzlich ist an Entscheidungen. Aber wenn es nun einmal geschehen ist, dann muss man verstehen, dass es so ist, muss es anerkennen und von da aus weitermachen. Das habe ich jetzt verstanden, und wenn es dafür gut war, dann will ich nicht klagen.«

Sie löste sich aus ihrer Trance, sah hinauf zu einer der alten Frauen und bat mit zittrig werdender Stimme: »Torrileik – meinst du, man könnte Barsok Bescheid geben, dass er zurückkommt vom Markt? Ich hätte so gern … ich hätte so gern, dass er da ist, bei mir …«

Die alte Frau, die graue Haare hatte, deren Flügel aber immer noch von einem tiefen, blau schimmernden Schwarz waren, nickte ruhig. »Ja, natürlich. Ich hab schon längst jemanden losgeschickt. Die Heilerin wird auch jeden Moment da sein und nach dir sehen. Und dann bringen wir dich …«

Sie brach ab, als plötzlich aus der Richtung des Sternenschiffes Lärm erscholl, der alle die Köpfe drehen ließ. Flügel spreizten sich mit erschrockenem Rascheln, bereit zum Abflug. Jehwili hob seinen Speer.

Aus der Öffnung im Rumpf des Sternenschiffs kamen noch mehr Leute, lauter Männer, aber diesmal normal aussehende. Einigermaßen zumindest, denn sie humpelten alle, hielten sich Gliedmaßen oder Flügel und wirkten umso lädierter, je näher sie durch den goldenen Sand auf sie zu gestapft kamen.

Die Erleichterung der Frauen war deutlich spürbar. Die Flügel wurden wieder eingefaltet, und jemand sagte: »Na, da wird Pardikal gleich alle Hände voll zu tun haben …«

Sie erzählten den Männern, was passiert war, und diese vernahmen es mit großem Entsetzen. Fassungslose Blicke wanderten zwischen dem toten Unhold und Meoris hin und her, und die verstauchten Schwingen, blauen Flecken und blutigen Striemen schienen auf einmal nicht mehr so wichtig zu sein.

»Mit *einem* Schuss?«, hörte Meoris einen der alten Männer sagen. Sie sah verlegen zur Seite und erblickte in der Ferne, über dem Goldwald, Flügel am Himmel. Eine Gruppe, die aus nördlicher Richtung kam und es sichtlich eilig hatte.

Sie nickte in Jehwilis Richtung. »Da«, sagte sie. »Deine Leute.«

Hatten sie also tatsächlich den falschen Kurs eingeschlagen.

Mit halbem Ohr hörte sie mit, wie die Männer erzählten, was im Inneren des Sternenschiffs vorgefallen war. Wie sie den Gefangenen – leichtsinnigerweise – befreit hatten.

»Das war *wirklich* leichtsinnig«, meinte die alte Frau mit den blauschwarzen Flügeln tadelnd.

Einer der Männer, der ein rot geschminktes Gesicht hatte und überaus farbenprächtige Kleidung trug und demnach von den Perleninseln kam – was ihn wohl heute hierher verschlagen hatte? –, nickte ergeben und sagte: »Du hast ja so recht, Torri. Aber das heißt, jetzt müssen wir gründlich überlegen, was wir tun. Wir haben nämlich vorhin da drinnen *noch* eine Zelle gefunden, in der *noch* ein Gefangener steckt.«

Hargon

Die Abmachung

Mitten in dem Durcheinander, das im Steuerraum der *Heimstatt* herrschte, mitten in dem ungleichen Kampf zwischen ihnen und Oris' Begleitern, mitten in all dem begann der Oberste Bruder zu reden. Und nicht nur das, er antwortete dieser lauten, ungehobelten Männerstimme, die von irgendwo über ihnen aus der Luft zu kommen schien.

»Mein Name ist Albul«, rief er. »Mit wem habe ich die Ehre?«

Hargon sah den Obersten Bruder fassungslos an. Wie kam er dazu, mit diesen ... *Maschinen* der Ahnen zu sprechen? Ausgerechnet der Oberste der *Gehorsamen Söhne Pihrs*?

»HA?«, dröhnte es.

Albul lächelte geradezu verklärt. »Wie ist Euer Name?«, fragte er.

Es krachte, dass einem schier die Federn aus den Flügeln fallen wollten, dann kamen Laute, die wie das Grunzen eines alten, missgelaunten Brodos klangen: »GA DREH-O-VIEH. LOTT MANS. WAS'ES?«

Hargon furchte die Stirn. Was bei Pihr war das für eine *Sprache*? Er schüttelte seine Peitsche aus, rollte sie auf, ließ sie wieder los. Er verstand nicht mehr, was hier eigentlich vorging. Sie hatten vorgehabt, die Flüchtigen einzufangen, und sie waren erst zur Hälfte damit fertig. Und anstatt es zu Ende zu bringen und diesen verbotenen Ort so schnell wie möglich wieder zu verlassen, fing der Oberste Bruder an ... *herumzuspielen!*

Jetzt redete Adleik auf ihn ein. Adleik war in Ordnung. Dass er seine Familie auf den Nord-Leik-Inseln schützte, vor allem seinen

Schwager Dorntal, den Erfinder, war entschuldbar. Albuls Verhalten dagegen …

Plötzlich schrie das gefangene Mädchen los. »Hilfe! Helft uns! Wir werden …!«

Hargon brachte sie mit einer Ohrfeige zum Schweigen. Sie fing an zu schluchzen. Sollte sie. Er sah sich um. Das gefiel ihm alles immer weniger. Und Albul machte nichts, stand nur da und hatte diesen fremden Glanz in den Augen. Einen Glanz, bei dem man eine Gänsehaut kriegen konnte.

Zeit, es zu beenden. Und wenn der Oberste Bruder es nicht machte, dann würde er es tun. War sowieso sinnvoll, sich von Zeit zu Zeit ein bisschen unbotmäßig zu verhalten. Verschaffte einem Respekt. Und verhinderte, dass einen der Rat der Alten in irgendwelche langweiligen Ämter wählte. Vor allem das.

Er trat vor, die Peitsche schlagbereit. Vorsicht war geboten, seit der Große – Bassaris, fiel ihm ein – Ursambuls Peitsche an sich gebracht hatte. Hatte einfach in den Schlag hineingefasst, zugegriffen und gezogen. Ganz schön peinlich für Ursambul. Zwanzig Frostzeiten würden übers Land gehen, und man würde ihm das immer noch vorhalten.

Sie rührten sich nicht, die drei. Standen hinter ihren Glastisch geduckt, kampfbereit, aber passiv. Hargon sah sich um. Diese Glastische, die waren irgendwie wichtig. Das Glas war nicht nur beeindruckend ebenmäßig, viel besser als das, was die heutigen Glasmacher hinbekamen, es war auch mit einer Menge Zeichnungen bedeckt. Und die erinnerten Hargon an die Symbole auf Albuls Anzug. Der eigentlich Garis Anzug gewesen war. In den alten Legenden hieß es oft: »Er drückte einen Knopf«, aber damit waren keine Knöpfe in dem Sinn gemeint, wie sie sie in der Feste herstellten, Knöpfe, mit denen man Hemden oder Hosen zuknöpfte, sondern das war das Wort für das, womit man eine Maschine der Ahnen steuerte.

Und auf dem Glastisch hier, vor dem dieser Oris gesessen hatte, als sie hereingekommen waren, *blinkte* eine dieser kleinen Zeichnungen. Eine Zeichnung, so groß wie sein Daumen, die aussah wie Lippen oder wie ein Mund, der halb geöffnet war.

Wie ein Mund, der gerade sprach. Kam ihm nur logisch vor, dass das etwas mit dieser unflätigen, unverständlichen Stimme zu tun hatte. Aus einem Impuls plötzlicher Wut heraus ballte Hargon die Faust und schlug auf das blinkende Zeichen ein.

Das Blinken erlosch, und eine andere, verständlichere Stimme sagte: »GESPRÄCHSVERBINDUNG MIT GA-304–09–19 BE-ENDET.«

Gut, dachte Hargon zufrieden.

Als er sich zu Albul umdrehte, schwebte dieser eine Handbreit in der Luft, mit völlig entrücktem Blick, schweigend. Hargon fühlte einen Schauder, der ihm über die Flügel lief. Fast meinte er, hören zu können, wie sich seine Federn aufrichteten.

Jemand musste handeln. Musste entscheiden. Musste die Richtung vorgeben. Und wie es aussah, würde das nicht Albul sein. Was immer mit dem Obersten Bruder war, im Moment jedenfalls war von ihm keine Führung zu erwarten.

Doch sie mussten das hier beenden, so schnell wie möglich. Und wenn der Oberste Bruder es nicht tun konnte, dann war es an ihm zu handeln. Das war schließlich die Funktion eines Feldbruders: die Ziele und Ideale der Bruderschaft in der Welt zu verfolgen und durchzusetzen. So lautete der Schwur, den er wie alle anderen Feldbrüder geleistet hatte.

Hargon sah Oris und die beiden anderen an und sagte entschlossen: »Ihr hattet kein Recht hierherzukommen. Ihr habt kein Recht, hier zu sein. Gari hat die Heimstatt verborgen, weil sie nicht für uns bestimmt war. Ihr habt also gegen seinen Willen gehandelt, und das ist nicht weniger schlimm, als gegen die Gesetze im Buch Kris zu verstoßen.«

Sein Blick bohrte sich in den Oris', und er sah mit Genugtuung, wie der Junge den Kopf einzog.

»Ihr habt die Wahl«, fuhr er fort. »Wir können uns weiter prügeln, bis wir euch am Ende blutend und womöglich bewusstlos übers Eis zerren müssen. Oder ihr seht es ein und fügt euch.« Er ließ die ganze Länge seiner Peitsche demonstrativ durch die andere Hand laufen. »Denn gewinnen werdet ihr nicht. Und noch einmal entkommen auch nicht.«

Oris schnaubte abfällig. »Das werden wir ja sehen«, sagte er und berührte ein Symbol auf der Glasplatte vor sich. Hargon konnte nicht erkennen, was für eines, aber es zeitigte jedenfalls eine beeindruckende Reaktion: Irgendwo aus den Tiefen der Heimstatt drangen auf einmal unheimliche, knirschende Geräusch empor, es knackte und krachte und rumpelte und bebte. Nach und nach begann das ganze Sternenschiff zu zittern.

Hargon trat unwillkürlich einen Schritt zurück. Was geschah da gerade? Würde sich die Heimstatt jetzt aus dem Eis erheben? Oder würde alles einstürzen?

»Hör auf damit!«, bellte er.

Oris warf ihm nur einen finsteren Blick zu, zog die Flügel enger an den Leib und sagte nichts.

Dann, plötzlich, erstarben die grauenerregenden Laute wieder, und die mechanisch klingende Stimme aus der Höhe sagte: »FUNKTION ABGEBROCHEN. UNTERE LADELUKE KANN AUFGRUND ÄUSSERER HINDERNISSE NICHT GEÖFFNET WERDEN.«

Eine Ladeluke? Hargon wusste nicht genau, was damit gemeint war, aber es klang nicht allzu gefährlich. Es war wohl so, dass Oris gar nicht wusste, was er da eigentlich tat. Er betätigte nur aufs Geratewohl irgendwelche ›Knöpfe‹, wie es in den Legenden hieß.

Hargon trat wieder vor, hob die Peitsche. »Kommt jetzt da heraus, zum Wilian!«

Er stoppte sofort, als er sah, wie der große Kerl, Bassaris, seinerseits die Peitsche hob. Wobei es nicht die Peitsche war, die ihn stoppen ließ, sondern dessen gefährlich lodernder Blick. Einmal in seinem Leben war Hargon einem Pfeilfalken begegnet, einer Pfeilfalkin, genauer gesagt. Er war damals in den Schluchten des Ruggimon unterwegs gewesen, aus irgendeinem Anlass, der ihm nicht mehr einfiel, aber unvergesslich würde ihm bleiben, wie er plötzlich diesen riesigen roten Vogel vor sich gesehen hatte. Auf einem gewaltigen Nest hatte das Tier gehockt, bereit, sein frisch geschlüpftes Junges zu verteidigen, koste es, was es wolle: In den Augen dieser Pfeilfalkin hatte er damals genau dasselbe Lodern gesehen. Er hatte sofort das Weite gesucht, war aber nicht schnell genug gewesen, um ihren wütenden Krallen ganz zu entgehen.

Das Blöde war, dass einem so etwas niemand glaubte. Deswegen hatte er irgendwann angefangen, zu behaupten, ein Ghortich habe ihm die Narbe zugefügt, beim Fischen im Schlammdelta. Obwohl er noch *nie* im Schlammdelta gefischt hatte.

Er senkte die Peitsche. »Lasst wenigstens die Finger von den Maschinen der Ahnen.«

Oris' Blick ruhte auf dem Glastisch, den er vor sich hatte. »Warum sollten wir?«

»Weil ihr damit nur Unheil anrichten werdet.«

Hargon holte tief Luft, bemühte sich um einen versöhnlicheren Tonfall. Verführerischer, wenn man so wollte. Er schlug den Ton an, mit dem er immer die Frauen herumkriegte. Vielleicht half der ja hier auch.

»Seht es doch ein«, sagte er. »Es hat keinen Zweck, euch zu wehren. Die Hälfte von euch haben wir eh schon. Und ihr müsst irgendwann schlafen ... werdet irgendwann hungrig ...«

»Ihr aber auch«, versetzte das Mädchen grimmig.

Das Mädchen. War es ein gutes Zeichen, dass ihm jetzt das Mädchen antwortete? Hoffentlich.

»Wir sind aber zu viert«, erwiderte Hargon in sanftem, schnurrendem Ton. »Und wir können uns frei bewegen. Wir können abwechselnd schlafen, wir können Wasser suchen, das es ja irgendwo geben muss, wenn die Legenden stimmen. Und was das Essen betrifft, halten wir es lange ohne aus. Länger als ihr.«

»Das klingt, als ob ihr leichtes Spiel mit uns haben werdet«, erwiderte Oris kühl. »Aber deswegen müssen wir es euch ja nicht *noch* leichter machen.«

Hargon sah ihn an und begriff auf einmal, was das Problem war. Das Problem – und die Chance, die sich damit bot, es zu lösen.

Er sah zu Albul hinüber, doch der Oberste Bruder schwebte noch immer in der Luft und starrte vor sich hin, offenbar verloren in einer anderen geistigen Welt. Adleik stand daneben, erwiderte Hargons Blick mit ratloser Verzweiflung. Und Ursambul grollte einfach, wütend auf sich selbst.

Keiner sagte etwas. Keiner kam ihm zu Hilfe, hatte irgendeinen Vorschlag, schien sich auch nur Gedanken darüber zu machen, wie es weitergehen sollte.

Alles hing an ihm, Hargon. Wie so oft.

Also würde er das Problem jetzt so lösen, wie er es für richtig hielt. Und zum Wilian mit allen Vorwürfen, die ihm die Brüder später machen würden!

»Ich weiß, was ihr fürchtet«, begann er. »Ihr fürchtet, den Rest eures Lebens in einer Zelle verbringen zu müssen. Wir haben solche Zellen, das stimmt. Zellen, tief im Stein, mit Türen aus dickem Eisen. Zellen, aus denen noch nie jemand entflohen ist. Was allerdings auch daran liegt, dass wir sie nur selten benutzt haben. Ich schätze, es sind mehr als zweihundert Frostzeiten über die Welt gegangen, seit das letzte Mal jemand für längere Zeit in einer unserer Zellen gesessen hat.«

Sie hörten ihm zu. Ganz gebannt hörten sie ihm zu. Um genau diesen Punkt ging es ihnen, das konnte man mit Händen greifen.

»Diese Zellen werden gerade hergerichtet, das stimmt auch. Irgendein Bruder fegt in diesem Moment den Staub von Jahrhunderten heraus, ölt die Scharniere und den Riegel … Euch ist klar, warum. Ihr hattet alle Freiheiten in der Feste, als ihr da wart. Wir haben euch so behandelt, wie wir alle Leute behandeln, die wir aus dem Spiel nehmen. Wir *mögen* es nämlich nicht, Leute einzusperren. Erstens ist das ein schrecklich hartes Mittel. Es fühlt sich nicht gut an, das zu tun. Zweitens ist es aufwendig. Einem Gefangenen muss man Essen bringen, muss seine Kleider waschen, seine Ausscheidungen fortbringen … Es ist viel angenehmer, es so zu machen, wie ihr es erlebt habt. Diese, sagen wir mal, *relative* Freiheit, in der Leute wie Brewor und Jukal schon über dreißig Frostzeiten gesehen haben. Denen geht es doch gut, oder? Relativ, natürlich. Das können wir so handhaben, weil uns die unüberwindliche Ebene umgibt. Die so heißt, weil sie eben unüberwindlich *ist.* Aber ihr seid entkommen. Mit anderen Worten, wenn wir euch zurückbringen und nichts ändern, dann entkommt ihr wieder.«

Hargon ließ das eine Weile sacken, dann fragte er: »Wer von euch ist der Margorspürer?«

Er hörte, wie sie heftig einatmeten. Fast alle. Aber niemand antwortete.

»Es ist klar, dass einer von euch ein Margorspürer sein *muss.* Anders hättet ihr die Graswüste nicht überlebt. Die Pfade hindurch sind streng geheim, die könnt ihr nicht gekannt haben. Selbst ein Feldbruder, der unterwiesen wird, braucht mindestens ein Jahr, ehe er sie so zuverlässig gelernt hat, dass man ihn allein losfliegen lassen kann. Viel länger also, als ihr da wart. Folglich habt ihr es anders geschafft. Einer von euch ist ein Margorspürer.«

»Und den wollt ihr einsperren?«, fragte Oris.

Hargon schüttelte den Kopf. »Ich stelle mir das anders vor. Ich schlage euch ein Geschäft vor. Der Margorspürer sucht für uns neue sichere Stellen in der Graswüste, markiert sie nach einem bestimmten Verfahren, damit Eingeweihte sie erkennen, und erschließt so neue Pfade von der Feste in die Welt und zurück. Die Pfade, die wir kennen, sind nämlich schon ziemlich alt, und von Zeit zu Zeit ändert der Margor seine Vorlieben. Das ist, ganz ehrlich, die hauptsächliche Todesursache für Feldbrüder wie mich. Wir haben immer weniger sichere Pfade, und es wird immer schwieriger, heraus- oder hereinzukommen. Ein Margorspürer, der unsere Karte wieder erweitert, wäre uns also eine echte Hilfe. Im Gegenzug würden wir immer nur einen von euch einsperren, abwechselnd, und auch immer nur ein paar Tage. Eine Art Urlaub. Besinnliche Stunden in der Tiefe des Bergs. Einfach nur, um die anderen daran zu hindern, wieder zu fliehen.«

Sie wechselten nachdenkliche Blicke. Immerhin. Hargon spürte, dass er mit seinen Worten etwas in Bewegung gebracht, einen Widerstand ermüdet hatte. Es fühlte sich gar nicht anders an als in den Momenten, in denen eine Frau dicht davor war, seinem Charme zu erliegen.

»Welche Garantien hätten wir, dass ihr euch daran haltet?«, fragte Oris.

Hargon legte die Hand auf die Brust. »Mein Wort als Gehorsamer Sohn Pihrs.«

»Und wenn die anderen gehorsamen Söhne Pihrs anderer Meinung sind?«

Hargon schüttelte den Kopf, wies auf Albul und die anderen. »Du hast hier drei Feldbrüder stehen, von denen jeder die Bruderschaft vertritt, und obendrein den Obersten Bruder. Und du hörst keinen Einwand, nicht wahr? Das heißt, mein Wort gilt.«

Oris dachte einen Moment nach, dann sagte er: »Ich schlage euch ein anderes Geschäft vor. Ihr nehmt nur den Margospürer mit, er sucht neue Pfade für euch – aber dafür lasst ihr die anderen alle fliegen.«

Hargon schüttelte entschieden den Kopf. »Das geht nicht. Ihr wisst, wo die Feste ist. Ihr wisst viele andere Dinge über uns … Nein.«

»Dann lasst wenigstens Esleik in Ruhe.« Er wies auf das blonde Mädchen, das an einen der Stühle gefesselt war und das vorhin geschrien hatte. »Sie war nie in der Feste. Sie weiß nichts. Sie hat nichts mit all dem zu tun.«

»Aber ihr könnt ihr erzählt haben, was ihr wisst.«

»Oh, wenn's nur das ist!«, platzte das Mädchen neben Oris heraus. Ifnigris, wenn er sich recht erinnerte. »Dann könnt ihr losfliegen und die halbe Bevölkerung der Nordlande in eure Feste schaffen. Wir haben *Hunderten* von Leuten erzählt, was wir über euch und die Feste wissen. Wir haben *jedem*, den wir getroffen haben, erzählt, was wir erlebt haben, haarklein. Und wir haben Kuriervögel mit Berichten über euch in alle Welt verschickt, siebenunddreißig Stück, wenn ihr's genau wissen wollt ...«

Hargon musterte sie. Wahrscheinlich log sie, aber ganz sicher war er sich nicht.

»Also gut«, sagte er. »Wir werden das Mädchen nicht mitnehmen. Mein Wort.«

Die drei sahen einander an, nickten zaghaft. Dann sagte Oris: »Ich bin der Margorspürer.«

Irgendwie hatte es sich Hargon fast gedacht. »Eine außergewöhnliche Familie, wie es scheint.« Er streckte die Hand aus. »Dann darf ich um die Peitsche bitten. Und um den *Schlüssel*.«

***

Als sich Oris und seine beiden Begleiter endlich ergeben hatten, schafften sie sie alle so schnell wie möglich heraus aus diesem Raum mit den Sitzen und den Glastischen und der eigenartigen Glaskugel in der Mitte. Die Gefahr, dass sie dort irgendwelchen Unsinn anstellten, war einfach zu groß.

Am liebsten hätte Hargon das Sternenschiff der Ahnen ebenfalls sofort verlassen, aber es hatte schon gedunkelt, als sie es erreicht hatten, und den Rückweg zu den Schiffen mitten in der Nacht anzutreten verbot sich von selbst: Wenn das kleine Licht der Nacht so hoch im Norden nicht ausreichend hell leuchtete oder hinter Wolken verschwand, hatten sie nichts mehr, an dem sie sich orientieren konnten. Von widrigen Wind- und Wetterbedingungen, die hier in den Eislanden des Nachts herrschen mochten, ganz zu schweigen.

Sie würden also die Nacht in der Heimstatt verbringen und erst am nächsten Tag zurückfliegen. Ursambul hatte in der Nähe einen abgeschlossenen Raum gefunden, in dem sie die sechs jungen Leute so lange unterbringen konnten. Der Raum war völlig leer, verfügte aber über einen Nebenraum, in dem man sich waschen und seine

Notdurft verrichten konnte. Ansonsten gab es nur eine einzige Tür, die sich leicht bewachen ließ. Ursambul übernahm gleich freiwillig die erste Wache; man merkte ihm an, dass er seinen Fehler von vorhin wiedergutmachen wollte.

Als das geregelt war, unternahm auch Hargon eine Wanderung durch die Gänge und Flure des Sternenschiffes. Sie schienen schier endlos. Immer wieder führten Treppen hinauf oder hinab, öffneten sich Türen in Räume, manche klein, manche riesig, und man musste aufpassen, sich nicht zu verlaufen.

Er betastete die Wände und fragte sich, aus was für einem Material sie bestehen mochten. Eisen war es nicht, Stein aber auch nicht – an Stein musste er denken, weil ihn der Anblick der Gänge an die Anlagen in den Tiefen der Feste erinnerte; man merkte, dass beides von der Hand der Ahnen geschaffen worden war.

Wobei, das Sternenschiff ja nicht direkt, das hatten sie den Legenden zufolge von einer Frau namens *Werft* erhalten.

Auf dem Rückweg zu den anderen geriet er in einen Raum, der leer war bis auf einen Tisch, der ihm bis zur Brust reichte und auf dem etwas lag: eine Karte der Welt, erkannte Hargon, als er sich mit ein paar kräftigen Flügelschlägen auf den Tisch gebracht hatte. Sie war auf ein seltsam glattes Material gezeichnet, viel glatter und fester als Papier, wurde von sechs Klammern am Platz gehalten und zeigte auch die unbekannten Kontinente. Die geradezu enttäuschend klein waren. Da hatten sie nichts verpasst.

Jemand hatte Markierungen darauf angebracht, von Hand, mit Farbe, während die Karte selbst mit dünnen, gleichmäßigen schwarzen Linien gezeichnet war.

Markierungen von der Hand eines Ahnen, wirklich und wahrhaftig.

Vielleicht, überlegte Hargon, von der Hand Kris'. Hier musste er gestanden haben, vor über tausend Jahren, und zu den anderen gesagt haben: »Lasst uns die Welt von hier aus besiedeln.«

Diese Szene wurde in keiner der Legenden besungen, aber sie fand sich in den Annalen der Bruderschaft. Zu Beginn hatte die Heimstatt vor der Goldküste gelegen, dem klimatisch angenehmsten Ort der Welt, wo es zudem ein großes margorfreies Gebiet gab, den golden leuchtenden Strand nämlich. Die Ahnen hatten sich dort auch ohne ihre Fluganzüge draußen bewegen können. Die meisten von ihnen hatten es geliebt, im Meer zu schwimmen.

Um zu verhindern, dass sich daraus irgendwelche Eifersüchteleien zwischen den Gebieten entwickelten, hatten die Ahnen selber dafür Sorge getragen, dass dieses historische Detail in Vergessenheit geriet. Aber die Bruderschaft wusste natürlich noch Bescheid.

Hargon kniete sich hin, befühlte die Karte und überlegte, ob er sie mitnehmen sollte, um sie irgendwie Kalsul zukommen zu lassen, für ihren Vater, den Kartenzeichner. Der sich im Leben nichts sehnlicher wünschte, als zu wissen, wie die unbekannten Kontinente aussahen.

Nein, entschied er. Er hatte gerade zu viele andere Sorgen.

Er flog zurück auf den Boden. Wie eigentümlich, das alles mit eigenen Augen zu sehen, dachte er im Weitergehen. Es war, als würde man in den Legenden spazieren gehen, die man als Kind am Kiurka-Ofen zum ersten Mal gehört hatte. Dabei hatte man ihnen durchaus *gesagt*, dass sich all das einst wirklich zugetragen hatte; dass es keine ausgedachten Geschichten waren. Anders als etwa die Geschichte vom Donner-Olef, der in der Bucht brüllte, weil ihm das so riesigen Spaß machte. Oder die Geschichte vom Nest der Winde, wo die Windriesen wohnten, wo aber so wenig Platz war, dass immer einer von ihnen unterwegs sein musste, damit die anderen in Ruhe schlafen konnten. Nein, die Legenden waren keine ausgedachten Geschichten – doch irgendwie waren sie ihm trotzdem wie welche vorgekommen, einfach, weil so vieles darin so unvorstellbar gewesen war.

Und nun wanderte er durch die Gänge, in denen einst Kris,

Gari, Teria und all die anderen gewandelt waren. Auch Pihr mochte einst genau hier gestanden haben!

Unheimlich, irgendwie.

Als er zu den anderen zurückkam, saß Ursambul vor der geschlossenen Tür, die Peitsche in Händen. Adleik hatte sich auf eine Art Sitzbank gelegt, das Gesicht zur Wand, sodass die Flügel frei herunterhängen konnten; offenbar schlief er schon.

Albul hingegen schwebte gedankenverloren langsam hin und her, hin und her.

Sein Anblick machte Hargon wütend, ohne dass er genau hätte sagen können, warum. Sowieso durfte er dieser Wut keinen Ausdruck verleihen.

Stattdessen trat er zu Albul hin und sagte leise: »Oberster Bruder – ich mache mir Sorgen.«

Albul sah verwundert, ja, geradezu amüsiert auf ihn herab. »Sorgen? Worüber?«

Hargon holte tief Luft, bemühte sich um äußerliche Ruhe. »Ihr wisst nicht, wie es um den Kraftvorrat Eures Anzugs bestellt ist, doch Ihr fliegt, wo Ihr nicht müsstet. Ich mache mir Sorgen, was wäre, sollten die Kräfte des Anzugs auf dem Rückweg zu den Schiffen erlahmen. Wie ich auch rechne, wie viel Zeit verginge, bis wir mit einer ausreichenden Zahl von Männern und Tragegurten zu Euch zurückkehrten, ich komme stets zu der Einschätzung, dass es Euer sicherer Tod wäre.«

In Wahrheit war ihm das persönliche Schicksal Albuls herzlich gleichgültig. Was ihn aufregte, war, dass ausgerechnet der *Oberste Bruder* sich so hemmungslos den Versuchungen der Maschinen hingab. Sowohl Kris als auch ihr Stammvater Pihr hatten eindringlich gewarnt – und war es nicht die ureigenste Aufgabe der Bruderschaft, zu verhindern, dass die Menschen eben diesen Versuchungen erlagen?

»Mein lieber Hargon«, sagte Albul gönnerhaft, »dieser Anzug ist über tausend Jahre alt, und er funktioniert trotzdem noch tadellos. Wieso sollte sich das plötzlich ändern?«

»Dass er funktioniert, heißt nicht, dass seine Kräfte endlos sind. Denkt an die Geschichte von Debra und Teria.«

Der irre Glanz verschwand aus Albuls Augen. Der Oberste Bruder ließ sich zurück auf den Boden sinken, schaltete aus und sagte: »Du hast recht. Wir müssen mit Bedacht handeln. Uns gut überlegen, was wir mit all dem hier machen.«

Hargon spürte, wie ihm die Kinnlade herabsinken wollte und wie sich seine Federn sträubten. »Wovon *redet* Ihr, Oberster Bruder?«

»Na, davon.« Albul breitete die Arme aus. »Das Sternenschiff. Ich überlege, was sich damit alles anfangen lässt.«

»Wieso?«, entfuhr es Hargon, ehe er sich bremsen konnte. »Nichts! Gari hat es hier verborgen, weil er nicht wollte, dass wir es benutzen. Wir sollten gar nicht *hier* sein!«

Albul lächelte, und seine Augen begannen wieder zu glänzen. »Könnte es nicht genauso gut sein, dass er uns insgeheim eine Aufgabe gestellt hat? Dass wir, wenn wir so weit sind, die Heimstatt zu finden, dann auch reif sind, sie zu benutzen?«

Hargon schüttelte den Kopf. »Das glaube ich kaum.«

»Hmm. Mir erscheint das logisch.« Albul sah sich um, bewundernd, nein: gierig! »Gari hat das Sternenschiff verborgen, gewiss. Aber er hat es nicht *zerstört*! Was er ja ohne Weiteres auch hätte tun können, nicht wahr? Wenn er *wirklich* nicht gewollt hätte, dass wir es eines Tages finden.«

Hargon musterte den Obersten Bruder und verfluchte insgeheim den Tag, an dem er Oris und seine Kumpane in die Feste gebracht hatte. Außerdem verfluchte er den Rat der Alten, die ausgerechnet Albul zum Obersten Bruder gewählt hatten und nicht Kleipor, der *bestimmt* nicht auf solche Ideen gekommen wäre, verfluchte Owen, diesen Fliegerprotz …

Dann kam ihm ein Gedanke. »Mir erscheint das überhaupt nicht logisch«, sagte er rasch. »Ihr kennt unsere Ahnen. Sie waren nicht nur unsere Schöpfer, sie waren auch unsere Lehrer. Wenn es so wäre, wie Ihr denkt, hätten wir bei unserer Ankunft hier ein *vierzehntes* Großes Buch vorgefunden, das uns erklären würde, wie man so ein Sternenschiff eigentlich gebraucht.«

»Hmm«, machte Albul. »Guter Gedanke.« Er griff wieder an seinen Gürtel, ganz automatisch schon, schaltete ein und stieg erneut in die Höhe. »Aber wer sagt, dass es nicht so war? Wir waren ja nicht die Ersten hier. Diese aufsässigen jungen Leute waren vor uns da. Womöglich haben die es gefunden und versteckt?« Er sah sich um. »Ich werde danach suchen.«

Damit schwebte er aus dem Raum und verschwand lautlos in einem der Gänge.

Hargon gab es auf. Vielleicht wurde es besser, wenn sie das Sternenschiff wieder verlassen hatten und zurückkamen in die wirkliche Welt. Er hoffte es jedenfalls.

Aber für heute Abend hatte er genug, mehr als genug. Zuerst diese grässliche Überfahrt, dann der grässliche Flug über das ewige Eis, dann der Kampf mit diesen grässlichen Aufrührern … Nein, es reichte absolut. Er suchte sich auch eine Bank, legte sich genau so hin, wie Adleik es getan hatte, ließ die Flügel schwer werden und versuchte zu schlafen.

Bloß wollte der Schlaf nicht kommen. Seine Gedanken kreisten in seinem Kopf wie aufgeschreckte Küstenschwirrer vor einem Nistfelsen, in dem jemand Eier suchte.

Er hatte in diesen Tagen ins Schlammdreieck aufbrechenwollen, um das Theaterfest zu besuchen, er hatte nur noch nach einem Vorwand dafür gesucht. Und alles hätte wunderbar glattlaufen können, hätte nicht Adleiks dämliche Schwester Alarm geschlagen.

Nicht, dass er sich sonderlich viel aus den alten Stücken machte. Obwohl man zugeben musste, dass die Aufführungen des Delta-Theaters etwas Besonderes waren. Nein, was ihn daran faszinierte, war, dass die Frauen in dieser Zeit überaus … hmm, *aufgeschlossen* waren, vor allem nach Stücken, in denen es um die Liebe zwischen Debra und Teria ging, und an solchen Stücken herrschte ja nun kein Mangel.

Er konnte nicht anders, er musste rechnen: Wenn sie morgen zurück zu den Schiffen kamen ... dann die Rückfahrt zu den Inseln ... von dort würden sie gleich zur Feste aufbrechen, auf dem kürzesten Weg ...

Doch, er konnte es noch schaffen. Wenn nichts dazwischenkam. Wenn er es hinbekam, sofort wieder aufzubrechen. Allenfalls würde er die ersten ein, zwei Tage verpassen, aber das war zu verschmerzen.

Zur Not musste er einen Vorwand erfinden. So tun, als hätte ihm ein Kuriervogel eine dringende Nachricht gebracht. Dazu musste er nur Kleipor austricksen, und das sollte zu schaffen sein.

Er musste sich nur gut überlegen, *was* für eine Nachricht ...

Seine Gedanken schweiften ab. Er dachte wieder an Küstenschwirrer vor einem Nistfelsen und an Kalsul, dieses süße Biest, wie sie Eier gesucht hatte und wie elegant er sie in die Irre geführt hatte und sie in der Folge Oris und die anderen ...

Er spürte noch, wie sich ein Grinsen auf seinem Gesicht ausbreitete, dann war er eingeschlafen.

***

Hargon brauchte nach dem Aufwachen eine Weile, ehe ihm alles wieder einfiel. Er fand es immer verwirrend, in einem geschlossenen Raum zu schlafen, erst recht in einem wie diesem, der einem *gar* keine Orientierung gab, wie spät es war. In der Feste, in den Schlafkammern, ging es ihm ähnlich. Aber dort brannte wenigstens die Fettlampe im Gang, wurde im Lauf der Nacht dunkler und verlosch schließlich, und am Morgen fiel das Licht aus dem Kessel in die Flure – das gab einem zumindest Anhaltspunkte.

Immerhin, die Luft war gut. Das war in der Feste anders. Dort erwachte man in seinem eigenen Gestank, und wenn man die Tür aufmachte, vermischte sich das alles mit dem Gestank der anderen – ekelhaft. Schon allein deswegen hielt sich Hargon so selten wie nur möglich dort auf.

Albul saß auf einem der Stühle, an denen sich normale Menschen die Flügel gedrückt hätten, und starrte vor sich hin. Es war nicht zu erkennen, ob er überhaupt geschlafen hatte; auf jeden Fall schwebte er geistig immer noch in anderen Sphären.

Das hieß, es hing wieder einmal an ihm, Hargon, alles zu organisieren.

Er ließ Adleik die sechs Störenfriede herausholen und sagte: »Hört mal her. Mit jemandem an der Leine den ganzen Tag über Eis und Schnee zu fliegen ist wahrscheinlich ziemlich unangenehm, deswegen würde ich das gerne minimieren. Zumal ihr ja schön blöd wärt, woandershin zu fliegen als zu den Schiffen, die euch wieder zurück auf den Kontinent bringen, nicht wahr?« Er hob das Halsband, das er vorbereitet hatte. »Wenn sich jemand freiwillig meldet, belasse ich es bei einem.«

Sie wechselten grüblerische Blicke. Raschelten mit den Flügeln. Zogen die Köpfe ein, als würde es etwas helfen, den Hals verschwinden zu lassen.

»Es müsste jemand anders sein als er, versteht sich«, fuhr Hargon fort und zeigte auf den Jungen, der beim ersten Mal die Leinen durchgebissen hatte. Sie hatten jetzt Leinen, in die Eisendrähte gewoben waren, damit das nicht wieder passieren konnte, aber sicher war sicher. »Ach, wisst ihr was? Wenn sich niemand meldet, nehme ich trotzdem nur eine, und zwar das blonde Mädchen da.«

Nun hob Oris die Hand. »*Ich* melde mich freiwillig«, sagte er.

War ja klar. Wenn jemand den Helden spielen musste, dann er. Warum nicht gleich so?

»Gut, dann komm mal hier herüber.« Hargon winkte ihn beiseite, um ihm das Würgeband anzulegen.

»Was ist eigentlich mit eurem Obersten Bruder los?«, fragte Oris dabei leise.

Hargon furchte die Stirn. »Was soll mit ihm sein?«, fragte er zurück, unwillig, weil er sich auf den Verschluss konzentrieren musste.

»Er wirkt so … *unzurechnungsfähig*«, meinte Oris.

934

Hargon schnürte das Würgeband vollends zu und erwiderte leise: »Behalt das lieber für dich, ja?«

Dann wand er sich das Ende der Leine um die Hand, drehte sich zu den anderen um und sagte laut: »Also – Abflug!«

***

Natürlich flogen sie erst einmal nicht, vielmehr war ein Marsch durch das ganze Sternenschiff angesagt, zurück zu der Röhre, durch die sie eingestiegen waren.

Die war immer noch an Ort und Stelle und auch noch begehbar. Es hatte über Nacht geschneit, hinter dem Einstieg lag Schnee am Boden. Draußen aber war es beißend kalt, hell und windstill. Das große Licht des Tages stand tief über dem Horizont und beleuchtete eine einförmige weiße Ebene.

Hargon sah sich fröstelnd um. Daran hatte er gar nicht gedacht: Wohin mussten sie denn jetzt fliegen?

»Dorthin«, meinte Ursambul und wies in eine Richtung, in der am Horizont undeutlich Berge auszumachen waren.

»Nein, dorthin«, sagte Adleik und zeigte in eine andere Richtung, in der man ebenfalls Berge erkennen konnte.

»Hmm«, machte Hargon unschlüssig und sah zu Albul hinüber, doch der stand nur abwartend da, verloren in Gedanken, die Hargon gar nicht wissen wollte.

»Jetzt habt ihr ein Problem, nicht wahr?«, meinte Oris.

»Der Oberste Bruder hat am Handgelenk einen Anzeiger, der in Richtung der Heimstatt weist«, erwiderte Hargon. »Wir fliegen einfach in die entgegengesetzte Richtung.«

»Ha!«, machte das Mädchen, das Kleipor ins Archiv gelassen hatte, in verächtlichem Ton.

»Das ist ein Denkfehler«, sagte Oris gelassen. »Egal, wohin ihr fliegt, der Weiser wird immer hinter euch zeigen.«

Hargon furchte unwillig die Brauen, aber wie er auch nachdachte, der Junge hatte recht.

Er sah sich um, versuchte, sich selber zu orientieren. Sie waren ungefähr von da gekommen ... oder doch eher von da ...? Er wusste es nicht. Vielleicht, wenn sie in größere Höhe stiegen, hoch genug, um die Halbinsel zu sehen, auf der die Schiffe warteten?

Er überschlug die Strecke, die sie zurückgelegt hatten, und schüttelte unwillkürlich den Kopf. Unmöglich. So hoch konnten sie gar nicht steigen. Da konnten sie leichter versuchen, den Himmel zu berühren, wie Oris' Vater es getan hatte.

Adleik schlug unruhig mit den Flügeln, wollte sie wohl warm halten. »Ich meine, ich bin aus dieser Richtung gekommen«, erklärte er. Er flog abrupt auf, entfernte sich mit ein paar Flügelschlägen und kam wieder zurückgeflogen. Seine Lippen waren ganz blass von der Kälte. »Ich bin mir nicht mehr sicher.«

»Zum Wilian«, knurrte Hargon und begann, die Umgebung des Einstiegs abzugehen. »Wir sind gelandet. Da waren jede Menge Fußspuren. Der Schnee hat sie alle zugedeckt, aber sie müssten ... hmm.«

Was nun? Zweifellos war es nicht ratsam, in eine falsche Richtung aufzubrechen. Niemand wusste, wie groß die Eislande waren oder was für Gefahren hier noch lauern mochten.

Aber *ganz* falsch würden sie ja nicht fliegen, oder? Der Einstieg ragte schräg aus dem Eis, und sie waren ungefähr ... ungefähr von da gekommen ...

»Dafür schuldet ihr mir was«, unterbrach Oris seine Überlegungen und begann, mit dem Schuh eine weiße Spur durch den Schnee zu schaben, als wolle er einen Kreis rings um den Einstieg zeichnen.

Hargon ließ ihm überrascht Leine, ließ ihn machen. Plötzlich war der Schnee, den Oris' Schuh aufwühlte, grau. Oris hielt an, bückte sich und begann, den Schnee rechts und links der Spur vorsichtig mit den Händen beiseitezuschieben. Ein grauer Streifen kam zum Vorschein, der immer länger wurde.

Oris erhob sich, schüttelte die Hände und rieb sie sich bibbernd wieder warm. »Ich habe die Richtung, aus der wir gekommen sind, mit Asche markiert«, erklärte er und wies in die Verlängerung der freigelegten Linie. »Dorthin müssen wir.«

Hargon musterte den so unscheinbar aussehenden Jungen. Gar nicht dumm. Er ärgerte sich, dass sie nicht selber an so etwas gedacht hatten; sie hatten sich ganz und gar auf Albul und die Anzeige an dessen Fluganzug verlassen. Und nicht über das Erreichen der Heimstatt hinausgedacht.

»Also gut«, sagte er, einen Seufzer unterdrückend. Er sah sich nach den anderen um. Das dunkle Mädchen musterte ihn geringschätzig. Der Leinenbeißer schaute schon wieder so leidend drein; sie mussten darauf achten, ihn rechtzeitig zu füttern. Na, auf dem Schiff hatten sie ja noch genügend Vorräte.

Ursambul blickte zweifelnd in die Richtung, in die der Junge gezeigt hatte. Adleik sah zufrieden aus; wenn es stimmte, was Owens Sohn behauptete, dann hatte er beinahe richtig gelegen.

Albul dagegen … Oh, Hargon wollte gar nicht hinschauen. Der Oberste Bruder hatte die Hand an seinem Steuergürtel, alles andere schien ihn nicht mehr zu interessieren.

Hatte Gari seinen Anzug womöglich mit einem Gift getränkt, das den Geist eines eventuellen Trägers verwirrte? Das hätte zwar nicht zu dem gepasst, was über Garis Charakter überliefert wurde, aber es hätte zumindest erklärt, was mit Albul los war.

Bloß half ihnen das im Moment sowieso nichts. Albul würde den Anzug anbehalten müssen, bis sie wieder in der Feste waren. Dort konnten sie sich dann damit befassen.

»Fliegen wir los«, sagte Hargon. »Teilt euch die Kräfte ein. Es reicht, wenn wir vor dem Abend bei den Schiffen ankommen.«

***

Das Wetter gab sich erstaunlich friedlich, schien ihnen wohlgesonnen. Nicht einmal die Luft fühlte sich so kalt an wie am Tag zuvor.

Obwohl es natürlich trotzdem noch grässlich frostig war. Sie hätten daran denken sollen, auch Flügelfett mitzunehmen, man schwitzte das ja ab mit der Zeit. Hargons Schwingen wurden schon ganz gefühllos vor Kälte; ihm war, als setzte sich unter jede seiner Federn ein Eiszapfen.

Aber den anderen ging es auch nicht besser, also behielt er das für sich. Und wenigstens hatten sie Wind im Rücken, der es leichter machte voranzukommen.

Als wollten die Eislande sie so schnell wie möglich loswerden!

Sie glitten ruhig und gleichmäßig über das endlose Weiß, in einer Formation, bei der Oris schräg vor ihm flog. Hargon ließ die Leine so locker, wie es ging, ohne die Flügel des Jungen zu behindern. Wahrscheinlich hätte er das mit dem Halsband ganz lassen sollen für den Weg zu den Schiffen, aber nun war es einmal so.

Ärger stieg in ihm auf, Ärger darüber, dass gerade alles an ihm hing. Dass sogar der Oberste Bruder auf sein Kommando hörte. Zum Wilian, das bürdete ihm alle Verantwortung auf, und das hatte er doch nie wollen!

Zugegeben, wenn er Missionen zusammen mit anderen Feldbrüdern unternahm, dann war es ihm immer wichtig, den Befehl an sich zu ziehen. Aber doch nicht, weil er die *Verantwortung* wollte! Und auch nicht, weil er glaubte, so am meisten zum Erfolg der Mission beizutragen. Ob eine Mission Erfolg hatte oder nicht, das interessierte ihn selten sonderlich. *Spaß* musste sie machen, darauf kam's an. Er übernahm das Kommando, um sicherzustellen, dass alles so lief, wie es ihm gefiel.

Und wenn eine Mission mal scheiterte … Ach, man konnte sich immer irgendwie herausreden. Der Erfolg einer Mission hing von so vielen Dingen ab, und die meisten davon hatte man ohnehin nicht im Griff.

Außerdem machte es nichts, ab und zu Misserfolge zu haben. Das hatte er früh begriffen: Dass es für das, was er wollte, wichtig war, bei den Ältesten zwar gut angesehen zu sein, aber auch hinreichend suspekt, damit sie ihn lieber nicht in irgendwelche Ämter beriefen. Denn jedes Amt lief darauf hinaus, ein Gefangener der Feste zu werden.

Nein, er wollte kein Amt. Er wollte keine Verantwortung. Was er wollte – was er *liebte* an seinem Leben als Feldbruder –, war, nach Lust und Laune durch die Welt zu ziehen, möglichst viele Frauen zu verführen und dabei hinter die Kulissen zu blicken, mehr zu wissen als andere, was wirklich ablief. Das war es. Und das hatte er.

Aber damit das so blieb, war es nötig, ein feines Gleichgewicht zu wahren zwischen Erfolg und Misserfolg. Und auch zwischen Gehorsam und Aufmüpfigkeit.

Sein Onkel Beregon, der Bruder seiner Mutter, hatte es genauso gehalten. War als angeblicher Händler durch die Welt geflogen, ohne je irgendwas zu handeln. Hatte nie Anstalten gemacht, sich einer Frau zu versprechen. Und hatte es draufgehabt, geheimnisvolle Andeutungen zu machen, aus denen man nicht schlau wurde. So hatte er ihn zur Bruderschaft angeworben.

Wobei … nein. Den letzten Schritt hatte Hargon selber getan.

Auch damals war es um Verantwortung gegangen. Eine Verantwortung, vor der er geflohen war.

***

Unterwegs sorgte sich Hargon kurz, die beiden Schiffe könnten sich ohne sie auf den Rückweg gemacht haben. Doch als sie ankamen, lagen sie noch da, und ihre Eigentümer waren sichtlich froh, sie alle zurückkommen zu sehen. Das blonde Mädchen, Esleik, war Worleiks Tochter und als Schifferin mit an Bord gewesen, erfuhr Hargon, und auch, dass der andere Rotflüglige – also *nicht* der Leinenbeißer – familiär mit Dorntal verbunden war.

Die beiden Konkurrenten schienen sich übrigens doch ganz gut zu verstehen. Gerade als sie die gezackte Spitze des Berges überquerten, hinter der die Halbinsel lag, sah Hargon, wie Dorntal seinem Widersacher half, etwas an der Konstruktion seines Segels zu verbessern.

»Ein Feuer wäre jetzt großartig«, sagte er, was die Schiffer ohne weitere Diskussion als Befehl verstanden, erfreulicherweise, denn Hargon hatte das Gefühl, demnächst zu Eis zu erstarren.

Bald brannte ein wohltuendes Feuer zwischen den Steinen, und aus den Essensvorräten wurde reichhaltig ausgepackt. Sie waren für längere Zeit berechnet, als sie nun bleiben würden; sie konnten es sich also leisten, großzügig zu sein: Es gab nicht nur Pamma, sondern auch sauer eingelegtes Hiibu-Fleisch mit allerlei Gemüse, Trockenhonig (woher sie den wohl hatten auf der kalten Insel?) und, wer mochte, einen Schluck Glohenbrand. Doch dass der Junge ein Würgeband trug und an einer Leine hing, das irritierte die Schiffer und ließ keine entspannte Stimmung aufkommen. Immerhin wirkten aber Albuls Erzählungen über die geheime Bruderschaft so weit nach, dass niemand dagegen aufzubegehren wagte, zumal Albul in Garis blauem Fluganzug zumindest körperlich anwesend war. So saßen sie alle um das Feuer herum, aßen, wärmten sich und redeten nicht viel.

Irgendwann kam Dorntal zu ihm her und wollte wissen, was sie mit dem Jungen vorhätten, dass sie ihn gefangen nähmen.

»Wir werden ihn und seine Freunde mit uns nehmen«, erklärte Hargon in einem Ton, der, wie er hoffte, jeden Gedanken an Widerspruch erstickte. »Wir werden sie an einen Ort bringen, wo sie ausreichend Gelegenheit haben, über ihre Taten nachzudenken. Was die Heimstatt anbelangt, sind wir gerade noch rechtzeitig gekommen, um das Schlimmste zu verhindern. Nun geht es darum, zu verhindern, dass so etwas noch einmal vorkommt.«

»Aha.« Dorntal nickte. »Verstehe.«

Als er wieder an seinem Platz saß, fragte der Junge leise: »Denkt ihr das wirklich? Dass ihr das Schlimmste verhindert habt?«

Hargon sah ihn an. »Was denkst du?«

Oris' Miene verdüsterte sich. »Ich denke, dass in dem ganzen

Durcheinander, das ihr ausgelöst habt, etwas Schlimmes überhaupt erst *passiert* ist.«

Hargon dachte an die Ereignisse des Vorabends zurück, ließ alles, woran er sich erinnerte, noch einmal vor seinem inneren Auge ablaufen, und fand kein Argument, um dem Jungen zu widersprechen. »Behalt's für dich«, sagte er nur und aß weiter.

***

Sie ließen das Feuer brennen, teilten Wachen ein, die Holz nachlegen mussten, und überstanden die Nacht irgendwie, obwohl ein scharfer, eiskalter, von Schnee durchsetzter Wind aufkam. Als endlich der Tag anbrach, war die Nebelwand draußen auf dem Ozean ein mächtiges Stück näher gerückt.

Noch in der ersten Dämmerung machten die Schiffer, mit steifen, unausgeschlafenen Bewegungen, ihre Schiffe klar. Da Albul weiterhin keine Neigung erkennen ließ, das Kommando wieder zu übernehmen, war es Hargon, der bestimmte, wer auf welchem Schiff fahren würde: Er und der Oberste Bruder gingen an Bord von Dorntals Schiff, zusammen mit Oris, dem dunklen Mädchen und dem großen Kerl – das waren die, die er vor allem unter Aufsicht haben wollte. Die übrigen schickte er auf Worleiks Schiff, zusammen mit Ursambul und Adleik.

»Denkt dran, den beiden rechtzeitig die Halsbänder anzulegen«, schärfte er ihnen ein. »Wenn die Inseln in Reichweite kommen, ist es zu spät. Dann hauen die euch einfach ab.«

»Die hauen uns nicht ab«, versprach Ursambul mit grimmiger Entschlossenheit.

Endlich brachen sie auf. Dorntal und Worleik schoben ihre Schiffe so zügig ins Wasser, als wollten sie ein Wettrennen veranstalten, flogen mit ein paar Flügelschlägen an Bord, dann folgten die anderen. Als sie ihre Segel hochzogen und in den Schneewind drehten, fiel die Halbinsel rasch hinter ihnen zurück, und als sie in den Nebel eintauchten, kam sie auch außer Sicht.

Auf der Herfahrt war es Hargon übel geworden, vor allem ab dem Punkt, an dem der Richtungssinn durcheinandergekommen war. Er hatte es geschafft, sich nichts anmerken zu lassen, aber angenehm war es nicht gewesen. Die Seefahrt war entschieden nichts für ihn, und die Aussicht, nun wieder viele endlose Tage lang über eiskaltes Wasser, durch klamm-feuchten Nebel und zwischen Eisschollen hindurch unterwegs zu sein, verdarb ihm schon jetzt die Laune.

Geschlafen hatte er auf der Herfahrt auch nicht, kaum einmal gedöst. Das ständige Schaukeln hatte ihn nicht eingeschläfert, sondern in einem an Panik grenzenden Alarmzustand gehalten.

Diesmal hingegen nickte er hin und wieder ein, träumte sogar. Es waren wirre, auf seltsame Weise beglückende Träume, in denen er wieder ein Kind war, zu Hause in der Donnerbucht. Er sah und hörte, wie die mächtigen Wellen, die in die Mündung gerollt kamen, brachen und gegen die glänzend weißen Felsen draußen schlugen, zu Nebel zerstoben, der schimmernd ins Tal zog, manchmal in eigenartigen Farben leuchtend. Und er spürte, wie *warm* er war! Das hatte Besucher immer am meisten verblüfft: Wie es in der alleräußersten, östlichsten Bucht der Welt so warm sein konnte.

Genau wusste es auch niemand. Es gab die Vermutung, dass das Meer irgendwo da draußen durch einen unterseeischen Vulkan aufgeheizt wurde und das Wasser deshalb so warm war, wenn es die Donnerbucht erreichte. Gefunden hatte man diesen Vulkan allerdings nie.

Er kletterte in diesen Träumen wieder durch die riesigen, saftigen, überquellend fruchtbaren Hanggärten oder wiegte sich mit den anderen in den Mittagswinden, die Flügel weit ausgebreitet und ganz still, denn wer sie als Erster bewegte, hatte verloren und musste in der Küche Kekse klauen für alle.

Aus diesen Träumen erwachte Hargon in seltsam wehmütiger Stimmung. Ob es dort wohl immer noch so aussah wie damals? Er war nicht mehr in der Donnerbucht gewesen, seit er sich der Bru-

derschaft angeschlossen hatte. Zwar war er bisweilen in den Ostlanden unterwegs, aber wenn es nötig wurde, in die Donnerbucht
zu fliegen, hatte er immer Geslepor geschickt. Nicht einmal, als
sein Vater gestorben war, hatte er sich zu einem Besuch durchringen können. Er wusste auch nicht, wie es seiner Mutter ging, nur
dass sein Bruder Balgon sich einer Frau bei den Nordland-Kor versprochen hatte, Jandlakor, mit der er zwei Töchter hatte.

Wobei es selten nötig war, einen Feldbruder in die Donnerbucht
zu schicken. Was sollte dort schon groß geschehen? Die Donner-
buchtler waren eigenartige Leute und stolz darauf, eigenartig zu
sein, und das würde immer noch so sein. Sicher verbrachten sie die
Tage immer noch damit, zu fischen oder die Muscheln aufzusam-
meln, die das Meer freigiebig anspülte. Es waren die größten, die
es irgendwo gab, richtig fette Leckerbissen, wenn man sie kurz auf
den Grill legte. Und abends tranken sie immer noch ein Algenbier,
das so bitter war, dass es niemand außer ihnen runterbekam, und
spielten wie besessen Karten – Spiele wie *Doppelflügel*, *Neunzehn
raus*, *Schlauer Jufus* oder *Mein Ahn – dein Ahn*; es gab Dutzende
davon, und um jedes Spiel herum wurden Meisterschaften veran-
staltet, über die das Nest mit nie ermüdender Begeisterung diskutieren konnte.

Es war eine andere Welt gewesen, sagte er sich, eine Welt, in die
er ohnehin nicht mehr passte.

Aber in Wahrheit flog er nicht mehr hin, weil er fürchtete, seiner Tochter zu begegnen.

Juchgon war einer seiner besten Freunde gewesen. Einer der
wenigen, denen es nichts ausgemacht hatte, die Donnerbucht hin
und wieder zu verlassen. Zu den »Kontinentlern« zu fliegen, wie
man sagte. Juchgon war immer bereitwillig auf die Märkte geflogen, erst als Träger, später als Händler, zur allseitigen Zufrieden-
heit.

Dann, eines Tages, hatte er ein Mädchen aus dem Schlammdelta mitgebracht, Murasem, ein Traum von einer Frau. Hatte das
ein Hallo gegeben! Schlank und schön war sie gewesen, mit ei-

ner Figur, an der alles am richtigen Platz war und genug davon, mit geradezu wollüstigen Lippen und mit Augen, die so verträumt schauen konnten wie ein junges Hiibu. Sie hatte langes blondes Haar gehabt und elegante Flügel, hellgraue, leicht gemaserte Federn, die im großen Licht des Tages bisweilen silbern schimmerten. Und wenn man zusah, wie sie eine rohe Kuluk-Muschel ausschlürfte, ging einem fast einer ab.

Juchgon und Murasem wollten einander versprechen, hatten es aber noch nicht getan, als es nötig wurde, dass Juchgon ins ferne Eisenland flog, um irgendetwas mit einer wichtigen Bestellung zu klären. Es ging um Ersatzteile für den großen Ofen, der schon hundert Frostzeiten gesehen hatte und langsam anfing, sich als Rost auf alles zu verteilen, was man darin buk. Jedenfalls, er würde lange unterwegs sein, und Murasem blieb im Gon-Nest zurück.

Und Hargon ritt der Wilian, einmal auszutesten, ob es stimmte, was man sagte: Dass die von den Stämmen der Liebe es mit der Treue nicht so genau nahmen, solange sie sich noch nicht versprochen hatten.

Er schäkerte mit Murasem. Machte ihr Komplimente. Umgarnte sie, ließ seinen ganzen Charme spielen – damals war er jung gewesen und hatte gut ausgesehen, hatte schon mit so manchem Mädchen aus den benachbarten Nestern das Wolkenkraut aus einem Buschbaum geschüttelt –, und schließlich kriegte er sie herum. Es passierte in der kleinen, moosgepolsterten Höhle am äußersten Ende des Ultor, des vom Nest aus gesehen linken Felsens, wo sich schon viele Paare heimlich getroffen hatten. Er sah noch vor sich, wie er mit ihr in das feuchte Halbdunkel der Höhle kroch, fühlte ein Echo seiner Erregung, als sie sich auszog und noch toller aussah, als er erwartet hatte, hörte noch, wie sie seufzte, als sie ihn mit Armen und Flügeln umfing ...

Und dann war sie auf einmal schwanger gewesen. Von ihm, hatte sie behauptet. Hatte nicht darauf geachtet zuzuhalten. Hatte verlangt, dass er sich ihr versprach. »Es ist auch dein Kind«, hatte sie gesagt. »Du hast jetzt eine Verantwortung.«

Da war er geflüchtet.

Er hatte sie nicht mehr sehen wollen, und er hätte auch Juchgon nicht in die Augen schauen können. Mitten in der Nacht war er weggeflogen aus der Donnerbucht, ohne sich noch einmal umzudrehen. Ohnehin hätte es nicht viel zu sehen gegeben, das kleine Licht der Nacht zog seine Bahn meist so, dass die Donnerbucht fast zur Gänze im Dunkeln lag.

Dann, hinter den Donnerbergen, war er den Anweisungen gefolgt, die ihm sein Onkel einst gegeben hatte für den Fall, »dass er es sich überlegte«. Aber überlegt hatte er sich das alles nicht, er hatte nur gewusst, dass er nicht bleiben konnte. Nach langer Suche war er auf einen gewissen Barleik gestoßen, der später Archivar werden sollte. Damals war er noch ein Feldbruder gewesen, wenn auch nicht mehr der Jüngste. Oh, hatte der ihm Löcher in die Flügel gefragt! Ein richtiges Verhör. Alles hatte er wissen wollen, *alles*, und irgendwann hatte ihm Hargon einfach alles erzählt, sogar das mit Murasem.

Barleik hatte nur kurz gelacht, ein trauriges Lachen allerdings, und gemeint: »Das ist nicht der schlechteste Grund.« Später hatte Hargon erfahren, dass es ihm ganz ähnlich ergangen war, nur umgekehrt: Die Frau, der er sich versprochen hatte, hatte ihn verlassen und ihre zwei Kinder mitgenommen, um einem großspurigen Kerl zu folgen, zu den Perleninseln, wo er sie ihrerseits später sitzen ließ. Doch da war Barleik schon ein *Gehorsamer Sohn Pihrs* gewesen und eine Rückkehr in sein voriges Leben ausgeschlossen.

So war Hargon zur Bruderschaft gekommen. Wie lange lag das zurück? Er wusste es nicht genau, aber zwanzig Frostzeiten mussten seither mindestens übers Land gegangen sein. Er hatte irgendwann erfahren, dass es ein Mädchen geworden war, das Muragon hieß. Murasem hatte ihre Schwangerschaft Juchgon untergejubelt, und sie hatten einander versprochen, wie es geplant gewesen war. Juchgon glaubte bestimmt, es sei seine eigene Tochter, und übrigens war er wohl auch nicht mehr so viel unterwegs; jedenfalls war ihm Hargon nie begegnet, den Ahnen sei Dank.

Murasem. Zu denken, dass seine Tochter inzwischen schon erwachsen sein musste! Womöglich hatte sie sich schon selber jemandem versprochen, womöglich selber schon Kinder …

Aber das wollte er gar nicht so genau wissen. Anfangs hatte ihm Geslepor alles haarklein erzählt, doch Hargon hatte ihn irgendwann gebeten, ihn damit zu verschonen. Der kauzige Feldbruder hatte sich seither daran gehalten. Davor jedoch hatte er ihn gefragt: »Wenn du sie so toll fandest und wenn sie wirklich wollte, dass du dich ihr versprichst – warum hast du das nicht einfach gemacht?«

Darauf hatte ihm Hargon keine Antwort geben können.

Er hatte sich Geslepor gegenüber herausgeredet, aber er hatte noch lange darüber nachdenken müssen. Zu fliehen, das war ihm damals wie der einzig logische Ausweg vorgekommen, und er konnte es immer noch nicht falsch finden, dass er das getan hatte. Erst viel später hatte er begriffen, wieso: Weil er andernfalls die Verantwortung für alles hätte übernehmen müssen. Für das Kind. Für seine Tat, dem besten Freund das Mädchen auszuspannen. Und Verantwortung, das war einfach noch nie sein Ding gewesen.

Schon als Kind hatte er immer zugesehen, anderen die Schuld in die Federn zu schieben für etwas, das er angestellt hatte. Schon als kleiner Flatterer – die Sache mit dem Keksglas! Er hatte noch kaum fliegen können, schwirren erst recht nicht, aber trotzdem versucht, das Glas mit den Mokko-Keksen von seinem Platz ganz oben im Regal zu holen. Natürlich war es ihm heruntergefallen und in Scherben gegangen, doch er hatte so lange steif und fest behauptet, Kariagon sei mit ihren Flügeln drangekommen, bis diese es selbst geglaubt und eigenflüglig auf dem Markt ein Ersatzglas beschafft hatte. Das wahrscheinlich heute noch an eben diesem Platz im Regal stand.

Nein, Verantwortung war nichts für ihn. Zudem gab es ja genug andere, die sich danach drängten, die sich am liebsten zu Ältesten berufen lassen würden, noch ehe ihnen die erste graue Feder am Flügel wuchs. Er, er wollte frei sein. Spaß haben. Tun, wonach ihm der Sinn stand. Und all das konnte man, wenn man die Arbeit eines Feldbruders verrichtete.

***

Die Rückfahrt vollzog sich in einer seltsamen Zeitlosigkeit, in der Tag und Nacht nahtlos ineinander überzugehen schienen und entsetzliche Müdigkeit sich mit entsetzlicher Übelkeit mischte. Immer wieder wurde Hargon sich eigentümlicher geistiger Zustände bewusst; in manchen Momenten fühlte er sich so, wie Albul aussah. Er sah zu, wie Dorntal Buch führte, unverdrossen bei jedem Tagesanbruch einen Strich in sein Notizbuch setzte. Erst mit Verzögerung wurde ihm klar, dass er das tat, um später zu wissen, wie lange die Überfahrt gedauert hatte, und Berechnungen anstellen zu können, wie weit vom Kontinent entfernt die Eislande lagen.

Doch das interessierte Hargon alles nicht. Er wollte nur endlich ankommen, wieder zurück sein in der ihm vertrauten Welt.

Und irgendwann war es so weit. Das schwimmende Eis wurde weniger und weniger, der Richtungssinn kehrte zurück – welche Wohltat! –, und schließlich ließ der Nebel nach. Zwar sahen sie immer noch nur Wasser, kaltes, träges, graues Meerwasser, aber man konnte sich zumindest einbilden, in der Ferne schon Land auszumachen, hauchfein, mehr Ahnung als sonst irgendetwas.

Höchste Zeit, auch den anderen beiden die Leinen anzulegen, damit sie nicht die Flatter machten.

Der Große wirkte im ersten Moment, als überlege er, auszuprobieren, was es half, Widerstand zu leisten, doch Oris warf ihm einen Blick zu, und danach ließ er es reglos geschehen.

Das Mädchen wehrte sich auch nicht, aber als er ihr das Halsband anlegte, knurrte sie: »Die Federn sollen dir aus den Flügeln fallen!«

»Na, na«, erwiderte Hargon amüsiert und zog das Band ein bisschen fester zu, als es hätte sein müssen. »Was sind denn das für hässliche Worte? Freu dich ruhig. Bald sitzt du wieder im Archiv. Dort hat's dir doch gefallen.«

Tatsächlich war er sich alles andere als schlüssig darüber, ob man es wagen durfte, sie noch einmal ins Allerheiligste der Bruderschaft zu lassen. Natürlich, sie war Kleipor eine große Hilfe gewesen, klar. Aber niemand wusste, was sich im Archiv noch alles finden ließ, mit dem sie ihnen Schwierigkeiten machen konnte.

Und außerdem mochte sie immer noch auf die Idee kommen, es einfach abzufackeln.

Doch im Moment war es taktisch klüger, sie in dem Glauben zu lassen, dass sie dorthin zurückkehren durfte. Womöglich hielt diese Aussicht sie von Verzweiflungstaten aller Art ab.

Hargon vergewisserte sich, dass Ursambul und Adleik auf dem anderen Schiff, das in Sichtweite fuhr, auch schon dabei waren, die Gefangenen zu sichern. Diesmal würde nichts schiefgehen.

Mit einem Mal schob sich Albul neben ihn, mit behutsamen Bewegungen, darauf bedacht, das Gleichgewicht zu halten. »Wir sind bald da, nicht wahr?«, fragte er.

»Ja«, sagte Hargon und sah ihn überrascht an. Der Blick des Obersten Bruders wirkte nicht länger fiebrig, nicht länger verschleiert, vielmehr sah er aus wie jemand, der gerade aufgewacht war.

Dass er sich behutsamer als die anderen bewegte, war nachvollziehbar; schließlich besaß er keine Flügel und würde im eiskalten Wasser landen, falls er aus dem Boot fiel. Zwar hatte er den Fluganzug an, aber ob der sich schnell genug steuern ließ?

Albul musterte die Leinen, die an den Halsbändern der Gefangenen befestigt waren, spähte dann zum anderen Schiff hinüber, wo die beiden Rotflügligen saßen. Man sah selbst von hier aus, dass sie ebenfalls schon angeleint waren.

»Sehr gut«, lobte er, verfiel für einen Moment wieder in geistesabwesendes Grübeln. Dann fing er sich und sagte: »Wir nehmen den kürzesten Weg. Nach dem Pass das Fultas-Tal hinab, würde ich sagen. Und das erste Nachtlager frühestens am Ufer des Thoriangor. Oder?«

Hargon beeilte sich zu nicken. »Ja, so habe ich mir das auch vorgestellt.«

»Gut, dann sind wir schon zwei«, meinte Albul, der endlich, endlich wieder klang wie ein Oberster Bruder. »Wir waren jetzt auch wirklich lange genug unterwegs. Besser, wir verlieren keine Zeit mehr.«

Dann kamen tatsächlich die ersten Inseln in Sicht. Albul befahl den Schiffern, an einer der Tran-Leik-Inseln anzulegen. Sie würden sie hier verlassen, erklärte er Dorntal und Worleik; sie könnten den Rest der Strecke dann in aller Ruhe zurücklegen und sich feiern lassen. Ja, der Oberste Bruder hielt gar eine kurze Ansprache, in der er die Leistung der beiden, mit ihren Segelschiffen einen anderen Kontinent erreicht zu haben, würdigte, sie zu ihrem Erfolg beglückwünschte und ihnen zu ihrem Mut und ihrem Erfindungsreichtum gratulierte.

»Aber«, mahnte er dann, »denkt daran, euren erfindungsreichen Geist in die richtigen Bahnen zu lenken, in die nämlich, die im Buch Kris geschrieben stehen, zu unser aller Wohlergehen. So bewundernswert eure Leistung auch ist, die Eislande erreicht zu haben, so zieht doch bitte aus dem, was wir erlebt haben, den Schluss, dass Menschen dort nichts zu suchen haben.«

Insbesondere, fuhr er fort, sollten sie der Versuchung widerstehen, um die Heimstatt der Ahnen, die im ewigen Eis ruhe, eine neue Legende zu stricken. Das Gegenteil erwarte er von ihnen, nämlich dass sie das, was sie erfahren hatten, für sich behielten und einst mitnähmen dorthin, wohin eines Menschen Flügel nicht trugen.

»Der Ahn Gari, dessen Weisheit wir aus seinem Buch kennen und schätzen, hat sich gewiss etwas dabei gedacht, als er beschloss, die Heimstatt von uns fernzuhalten, und ebenso gewiss hat er dabei unser Wohl, das Wohl all seiner Kinder im Sinn gehabt. Respekt und Dankbarkeit gebieten es, dass wir diesen seinen Beschluss achten.«

Er dankte Dorntal ganz besonders für seine Unterstützung, die

949

es möglich gemacht habe, das Schlimmste gerade noch einmal zu verhindern. »Wir übernehmen es nun, diesen jungen Leuten die Flügel so weit zu stutzen, dass sie künftig auf den rechten Bahnen fliegen und wir uns keine Sorgen mehr zu machen brauchen.«

Derweil hatte Ursambul auf Anweisung des Obersten Bruders die verbliebenen Essensvorräte gesichtet. Er nahm alles an sich, was sich leicht transportieren ließ, und verteilte es auf die übrigen Feldbrüder. Er steckte auch jedem der jungen Leute etwas Pamma in die Taschen, dem jungen Leinenbeißer vorsichtshalber sogar eine doppelte Portion.

»Aber geht mir gut mit unserem Garwen um«, verlangte Dorntal, der, so kam es Hargon vor, von dieser Fahrt noch hagerer und ausgezehrter zurückkehrte, als er bei ihrem Aufbruch gewesen war. »Er ist der Schwager meiner Tochter, gehört also zur Familie!«

Albul schaltete seinen Fluganzug ein, stieg ein paar Handbreit in die Höhe und versprach: »Es wird ihnen nichts geschehen. Unser einziges Ziel ist, zu verhindern, dass jemand eine Dummheit begeht, durch die *uns allen* etwas geschieht.«

Dann bedeutete der Oberste Bruder Hargon, das Zeichen zum Aufbruch zu geben, wohl wissend, dass er mehr Erfahrung mit dem richtigen Fliegen hatte. Auch Oris und seine Kumpane hatten inzwischen genug Erfahrung, um ohne großes Zögern aufzusteigen, als es losging, und auf diese Weise die Leinen locker zu halten. Die Schiffer winkten ihnen nach, wurden unter ihnen kleiner und kleiner und kamen bald außer Sicht.

Mit Albul in der Mitte flogen sie die Kette der Leik-Inseln entlang. Als sie die bewohnten Inseln passierten, warf Hargon einen letzten Blick hinab auf die Siedlung – und stutzte: Hatten die da etwa ein *Windrad* auf dem Brunnen installiert?

Egal, sagte er sich. Nur weg. Das hier war Adleiks Gebiet; sollte der sich darum kümmern.

Oder auch nicht.

***

Die Windzeit zeigte, warum sie so hieß, und damit durfte man im Norden nicht spaßen. Adleik, der hier aufgewachsen war, riet davon ab, die Nordberge über den Immerwindpass zu überqueren. Nicht mit Gefangenen an Leinen. Er führte sie über einen Nebenweg, eine verwinkelte, aber weitaus weniger windige Schlucht, die aus unerfindlichen Gründen *Vaterklamm* hieß, und danach wechselten sie ins Fultas-Tal. Der Abend nahte, als sie das Ful-Nest passierten, und das Ufer des oberen Thoriangor erreichten sie im glutroten Licht eines westlichen Horizonts, den das große Licht des Tages im Untergehen in Flammen zu setzen schien.

Ursambul fand einen gut geeigneten Pfahlbaum mit einer dichten Krone, die sie vor den ärgsten Nachtwinden schützen würde. Darin verteilten sie sich so, dass jeder seine Gefangenen unter sich hatte. Hargon erinnerte die Störenfriede noch einmal daran, dass die neuen Leinen mit Eisendraht verstärkt waren und es keinen Zweck mehr hatte, zu versuchen, sie durchzubeißen.

»Ja, ja«, maulte der Leinenbeißer.

Albul hatte den Ast neben Hargon gewählt. Man merkte an der Art und Weise, wie er sich festband, dass er es nicht gewohnt war, auf Bäumen zu schlafen. Daran hatten auch die Etappen auf dem Hinflug nichts geändert.

Hargon hingegen schmiegte sich wohlig gegen die weiche Rinde, legte die Flügel so in die umliegenden Äste, dass sie ihn stützten, und wäre am liebsten gleich eingeschlafen. Doch der Oberste Bruder fing ein Gespräch an, also musste er wohl oder übel wach bleiben.

»Diese Maschinen der Ahnen«, sagte Albul leise, »haben etwas Verführerisches an sich. Ich kann jetzt besser verstehen, warum es immer wieder Menschen gibt, die versuchen, den Ahnen in dieser Hinsicht nachzueifern. Was nicht bedeutet, dass ich es gutheiße. Aber ich verstehe es.«

»Das ist wohl so«, meinte Hargon leise und fragte sich, ob sich der Oberste Bruder überhaupt daran erinnerte, wie sehr ihn das

951

Sternenschiff der Ahnen in den Bann geschlagen hatte. Er redete, als erinnere er sich an all das ganz anders. Als habe er nie überlegt, was sich mit dem Sternenschiff *alles anfangen* ließe.

Albul seufzte, suchte nach einer bequemen Position. »Auf jeden Fall ist es höchste Zeit, dass ich in die Feste zurückkomme und diesen Anzug hier ausziehen kann. Natürlich ist er nützlich, keine Frage, und zu fliegen ist geradezu berauschend, wenn man es gar nicht gewöhnt ist. Aber inzwischen habe ich immer mehr das Gefühl, nicht ich selbst zu sein, wenn ich ihn trage.«

»Hmm«, machte Hargon nur, weil er nicht wusste, wie er hätte zum Ausdruck bringen sollen, dass das verdammt gut beobachtet war.

Der Oberste Bruder vertiefte das Thema nicht weiter, sondern versuchte zu schlafen, die anderen auch, und so war der Wipfel bald erfüllt von mehr oder minder leisen Schnarchlauten.

Nur Hargon war auf einmal hellwach. Und so bekam er mit, wie sich Oris und das Mädchen unter ihm leise unterhielten.

»Und wie geht's jetzt weiter?«, flüsterte sie drängend, fast panisch.

Darauf er, matt und mutlos: »Ich weiß es nicht, If.«

»Was heißt das? Hast du einen Plan oder nicht?«

»Diesmal nicht.«

»Aber die schleppen uns zurück in diesen verdammten Vulkan!«

»Ich weiß.«

»Und ein zweites Mal entkommen wir nicht! Hast du ja gehört.«

Darauf sagte Oris nichts mehr.

Hargon grinste in sich hinein und dachte befriedigt: *Genau so ist es.* Dann schlief auch er ein, die Leinen der beiden am Gürtel.

Am andern Tag flogen sie weiter. Sie folgten dem Thoriangor ein Stück, wechselten später, just über einem der Flöße, die sich stromab treiben ließen, auf einen südöstlichen Kurs und stießen in mehreren Etappen schließlich in die Graswüste vor. All das verlief ohne besondere Zwischenfälle, bis zu jenem Nachtlager in der Ebene, dem letzten, ehe sie die Feste erreichen würden.

Oris fing schon an, sich als Margorspürer zu betätigen, vielleicht aus Langeweile; auf jeden Fall brachte es ihm missbilligende Blicke des Mädchens ein. In Richtung des Vulkanbergs zeigend erklärte er, der Margor rücke von dorther näher und sei auch sehr stark, während auf der anderen Seite des Rastpunktes mehr sicherer Boden sei, als die Steinmarkierungen anzeigten. »Der freie Bereich ist dabei, sich um etwa zwanzig Schritte nach Westen zu verschieben«, behauptete er, was Albul sichtlich beeindruckte.

Wahrscheinlich, überlegte Hargon, war *das* Oris' Plan: Sich für die Bruderschaft so nützlich zu machen, dass er eine Freilassung zumindest seiner Freunde aushandeln konnte.

Nun, das würde man sehen. So etwas würde ohnehin der Oberste Bruder entscheiden müssen.

Sie legten sich schlafen, unbequem wie immer, wenn es galt, auf dem flachen, kargen Grasboden zu nächtigen. Man konnte sich nur in seine Flügel hüllen als Schutz gegen den gleichmäßigen Wind, der über die endlose Ebene strich. Doch mit der Aussicht, am nächsten Tag die Feste zu erreichen und endlich die Leinen loszuwerden – und die Verantwortung für die Gefangenen –, schlief Hargon trotzdem tief und fest.

Bis ihn am frühen Morgen ein heftiger Zug an einer der Leinen aufschreckte.

Es war das Mädchen. Als er herumfuhr, stand sie da, den Kopf in den Nacken gelegt, die Flügel gespreizt, ein Schattenriss gegen den grauen Himmel, und rief: »Was ist das? Was bei allen Ahnen *ist* das?«

Und da erst – als hätten sich seine Augen bis zu diesem Moment geweigert, das Unglaubliche wahrzunehmen – sah Hargon, was sie meinte: Der Himmel war plötzlich in zwei Hälften gespalten, und in der dunklen Wunde glitzerten zahllose Lichtpunkte, große und kleine, wie Tausende frisch geschlagener Goldener, im Begriff … herabzufallen. Hargon setzte sich auf, auf einen Schlag

953

von einer Furcht befallen, wie er sie noch nie zuvor empfunden hatte. Ja – *was war das?*

»Das«, hörte er in diesem Moment Oris sagen, »sind die Sterne.«

Die Planänderung

Die Sterne? *So* sahen die Sterne aus?

»Mein Vater hat oft davon erzählt«, fuhr Oris leise fort. »Das sind die Sterne, kein Zweifel.«

Hargon erhob sich, fast gegen seinen Willen, und wurde das Gefühl immer noch nicht los, alles nur zu träumen. Wie unheimlich die ganze Szenerie war! Nicht nur der aufgerissene Himmel mit all diesen unablässig zwinkernden, hellen Punkten, auch ihre unmittelbare Umgebung. Er hatte die Graswüste schon ungezählte Male durchquert, war schon oft aufgewacht, ehe das große Licht des Tages den Horizont erhellte, aber noch nie war ihm die Ebene ringsum so *schwarz* erschienen. Und noch nie so *still*: Eigentlich hörte man immer irgendwelche Insekten zirpen, sogar in den Frostzeiten knarrte, surrte oder brummte es irgendwo. Doch nun war alles still, selbst das Rascheln des trockenen Grases war verstummt.

Der Riss im Himmel ließ ihn an das Schälen einer Lichade denken. Wenn man deren feste Haut aufritzte und abzulösen begann, löste sich zuerst meistens auch ein länglicher, nur langsam breiter werdender Streifen, unter dem das helle, weiche und immer irgendwie verletzlich wirkende Fruchtfleisch zum Vorschein kam.

Genauso kam er sich gerade vor: Als stünde er auf einer Welt, die ihres natürlichen Schutzes beraubt worden war.

Und ihm war so kalt wie selten. Hatte das auch mit dieser Erscheinung zu tun? Wenn sie von hier aus die Sterne sahen, dann hieß das doch, sie sahen den Weltraum, oder? Kam die Kälte, die er spürte, womöglich von da oben? Strömte sie aus dem Weltraum zu ihnen herab?

954

Die Kälte ließ ihn an die Eislande denken und an das Sternenschiff der Ahnen, das dort verborgen lag. Hatten sie, indem sie es betraten, die vertraute Welt verlassen – und nicht mehr zurückgefunden?

Nach und nach wurden alle wach, standen alle auf. Keuchten. Gaben erstaunte Laute von sich. Konnten es nicht fassen.

»Oris«, sagte einer der Rotflügligen – der andere, nicht der Leinenbeißer –, »das sieht aus, als hätte da jemand deine Rakete gebaut. Und damit ein Loch in den Himmel gesprengt. Ein verdammt *großes* Loch …«

»Wer denn?«, gab Oris unwirsch zurück. »Wer sollte so etwas getan haben?«

Da sagte Albul plötzlich: »Diese Erklärung ist womöglich gar nicht so falsch.«

Alle sahen ihn an. Im grauen Schimmer der sich ankündigenden Dämmerung sah der Oberste Bruder fahl und krank aus, und irgendwie war es Hargon, als läge das nicht allein am Licht.

»Das, was wir gerade sehen«, fuhr Albul mit tonloser Stimme fort, »hat der Ahn Pihr einst beschrieben, genau so. Er hat es *das Schlimmstmögliche* genannt. Ich habe es gelesen, aber ich hätte nicht erwartet, es je zu sehen.«

»Wo?«, hörte sich Hargon fragen. »Wo steht das?«

»Im *Dritten* Buch Pihr«, sagte Albul. »Du kennst es nicht. Es ist ein schmaler Band, der nur von einem Obersten Bruder an den nächsten weitergegeben wird. Darin ist alles erklärt. Was es ist. Was es bedeutet. Und was zu tun ist.«

Hargon spürte Ärger in sich aufwallen. Da hatte er die ganze Zeit gedacht, als *Gehorsamer Sohn Pihrs* Bescheid zu wissen, mehr zu wissen als die normalen Menschen – und nun stellte sich heraus, dass er eben doch nicht Bescheid gewusst hatte! Es war ein dummer Ärger, aber er war intensiv genug, um alle Zweifel an der Wirklichkeit dessen, was sie gerade erlebten, zu vertreiben. Er war wieder ganz da, wach und nüchtern.

»Und was«, fragte er unwirsch, »*bedeutet* es?«

955

Albul legte den Kopf in den Nacken. »Ein solcher Riss im Firmament kann nur auf eine einzige Weise erzeugt werden, nämlich durch ein landendes Sternenschiff. Was wir gerade sehen, ist der Beweis dafür, dass diese Nacht ein Sternenschiff aus dem Weltraum herabgekommen und wahrscheinlich irgendwo gelandet ist. Ein *fremdes* Sternenschiff, wohlgemerkt. Und das bedeutet, wir sind *entdeckt*.«

»Entdeckt?«, echote Adleik mit bebender Stimme. »Was soll das heißen?«

»Unser Himmel, schreibt Pihr, ist eine seltene Anomalie. Er bewirkt, dass unsere Welt vom Weltraum aus betrachtet unbewohnbar wirkt, ja, sogar gefährlich. Es gibt, schreibt er, andere Welten in großer Zahl, die aussehen wie die unsere, doch auf denen kein Leben möglich ist. Im Gegenteil, es sind Welten, deren Luft nicht atembar ist, auf denen ungeheure Stürme toben und wo eine Hitze herrscht, bei der Eisen schmilzt wie ein Eiszapfen bei Anbruch der Trockenzeit. Mit anderen Worten, unser Himmel *schützt* uns davor, entdeckt zu werden, und ihm verdanken wir es, dass wir in Ruhe und Frieden leben. Umgekehrt ist es das, was Pihr als *das zu Vermeidende* bezeichnet hat: entdeckt zu werden. Denn nur, solange wir im Verborgenen leben, leben wir in Freiheit und Frieden. Das ist der eigentliche Sinn unserer Bruderschaft und der Grund, warum er sie begründet hat: Wir sollen verhindern, dass jemand eine Maschine baut, die dazu führt, dass wir entdeckt werden.«

»Aber wer sollte uns denn entdecken?«, fragte Ursambul.

»Andere Menschen«, sagte Albul.

»Das muss doch gar nicht schlimm sein, Menschen von anderen Welten kennenzulernen?«

»Doch«, erwiderte der Oberste Bruder, und seine Stimme hatte einen Klang, bei dem es Hargon die Federn aufstellte. »Das wäre schlimm. Unvorstellbar schlimm.«

Hargon faltete seine Flügel ordentlich zusammen und fragte: »Wieso erfahren wir das erst jetzt?«

Albul fuhr sich mit beiden Händen über das Gesicht. »Die Ahnen haben es so gewollt. Wir sollten unbekümmert leben. Sorglos. Ich habe selber erst davon Kenntnis erlangt, als ich Saluspors Platz eingenommen habe. Nicht einmal der Rat der Ältesten weiß darum.«

Hargon hob den Blick, als im Osten der Saum des Himmels endlich aufleuchtete. Der Tag begann. Der Tag, an dem nichts mehr so war wie zuvor.

Das Theaterfest konnte er jedenfalls vergessen, schoss ihm durch den Kopf.

Die Ränder des Spalts über ihnen begannen zu glimmen.

»Bleibt das jetzt so?«, wollte Adleik wissen.

Albul schüttelte den Kopf, als sei ihm die Frage lästig. »Nein. Der Riss schließt sich mit der Zeit wieder. Wahrscheinlich ist er schon morgen kaum mehr zu sehen. Der Riss ist nicht das Problem. Das fremde Sternenschiff ist das Problem.«

Hargon sah sich um. Die endlose Ebene war immer noch grauenerregend still. »Kann es sein«, fragte er, »dass wir in der Heimstatt mit einem fremden Sternenschiff gesprochen haben? Mir will scheinen, dass da eine Maschine in Betrieb war, die in den Legenden ›Funk‹ heißt.«

»Haben wir das?« Der Oberste Bruder sah ihn grübelnd an. »Ich erinnere mich nur ganz verschwommen, stelle ich fest.«

Also tatsächlich, dachte Hargon. »Ihr habt Euren Namen genannt«, sagte er. »Und die Stimme, die uns geantwortet hat, war so gut wie nicht zu verstehen. Mehr ein Grunzen als menschliche Sprache.«

»Und dann hat das eine Mädchen plötzlich um Hilfe gerufen«, ergänzte Ursambul. Er sah das dunkle Mädchen an, das neben Oris stand, dann fiel ihm wohl ein, dass es die andere gewesen war, die Blonde, die sie auf Nord-Leik zurückgelassen hatten, denn er schüttelte nur den Kopf und meinte: »Vielleicht hat das jemand missverstanden?«

Albul starrte vor sich hin, sah aus, als glitte er wieder zurück in jene geistige Abwesenheit, in die ihn die Begegnung mit der Heimstatt der Ahnen versetzt hatte.

»Die Frage ist, was wir jetzt machen«, stellte Hargon fest und legte alle Entschiedenheit in seine Stimme, die er aufbrachte. Wenn der Oberste Bruder nicht imstande war, Entscheidungen zu treffen, dann würde es jemand anders tun müssen.

»Wir müssen in die Feste«, sagte Albul gedankenverloren. »So schnell wie möglich. Es ist lange her, dass ich das Dritte Buch Pihr gelesen habe, und ich habe es nur überflogen. Ich muss es noch einmal genau lesen. Es enthält Anweisungen, was zu tun ist.«

Hargon sah ihn entgeistert an. »Aber dafür ist doch jetzt keine Zeit! Ihr sagt, der Riss ist ein Zeichen, dass *heute Nacht* ein fremdes Sternenschiff aus dem Weltall gekommen ist ...«

»Ja, so muss es sein.« Albul nickte heftig. »Pihr schreibt, dass sich ein solches Sternenschiff langsam herabsenken würde, auf der Hut vor verzehrender Hitze und Sturmgewalten, und dann würden sie plötzlich sehen, dass unter dem schützenden Himmel eine paradiesische Welt liegt, und ...«

»Ja, sie werden mächtig gestaunt haben. Sicher. Wie Pihr damals. Aber das heißt doch, dass sie womöglich irgendwo gelandet sind, oder?« Hargon schrie es fast.

»Das ist sogar wahrscheinlich«, sagte der Oberste Bruder. »Wenn man dem Riss folgen könnte ...« Er hob die Hand, als wolle er an dem Riss am Himmel entlangfahren, und wies schließlich nach Süden. »Dort irgendwo könnten sie sein. Auf einer der Perleninseln vielleicht. Oder im Schlammdelta. In den Gourradis-Bergen. An der Goldküste. Möglich. Aber von hier aus ist das nicht zu sagen. Man müsste dem Riss folgen. Dort, wo er aufhört, müssten sie sein.«

Erst jetzt sah Hargon, dass der Riss tatsächlich die Richtung erkennen ließ, in der er entstanden war. So ähnlich, wie man bei einem Schnitt durch einen weichen Mokko-Kuchen immer erkannte, von wo nach wo das Messer geführt worden war.

»Dann sollten wir uns aufteilen«, schlug er vor. »Ihr fliegt in die Feste – vielleicht zusammen mit Adleik –, und Ursambul und ich brechen nach Süden auf. Gleich jetzt.«

Der Oberste Bruder sah ihn streng an, wieder ganz der Alte, Herr der Lage. »Von hier aus? Wie denn? Wir haben die Südroute verloren, schon vergessen? Wesilgon? Ihr müsstet über die Ostroute und die Hazagas fliegen, was ihr genauso gut von der Feste aus machen könnt, mit frischem Proviant ausgestattet. Oder die Westroute, gut. Aber da müsstet ihr über den Furtwald, das dauert noch länger.«

»Und wie sollen wir das Sternenschiff finden, wenn sich der Riss am Himmel morgen womöglich schon wieder geschlossen hat?«

Albul hob die Brauen. »Vielleicht, indem ihr die Leute befragt? Das wird ja wohl kaum unbeobachtet vor sich gegangen sein. Davon abgesehen können Adleik und ich die Gefangenen ja nicht alleine transportieren. Da kämen drei auf einen, das ist viel zu riskant.«

Ein wilder Ärger schoss in Hargon hoch, von solcher Intensität, dass es am Rand seines Gesichtsfeldes zu flimmern begann. »Die *Gefangenen*?«, rief er impulsiv, ja, beinahe schon unbotmäßig aus. »Die sind doch jetzt *völlig unwichtig*! Mit diesem Riss über den ganzen Himmel und dem, was Ihr uns über das Dritte Buch Pihr sagt, hat sich die Situation doch von Grund auf geändert! Es ist absolut überflüssig, Owens Sohn und seine Begleiter wegzusperren, wenn die *halbe Welt* heute die Sterne sieht, von denen ihnen Owen erzählt hat! Wir müssen ...«

»Ich kann euch nach Süden führen«, unterbrach ihn Oris.

Hargon hielt inne, sah den Jungen verdutzt an. »Was?«

»Ich spüre einen sicheren Ort, etwa eine Tagesreise von hier im Süden«, erklärte Oris selbstsicher. »Und soweit ich weiß, kann es von da aus nur noch eine weitere Tagesreise kosten, die Goldwälder zu erreichen. Wir könnten übermorgen dort sein.«

Hargon starrte ihn an. »Ist das wahr?«

Oris hakte einen Finger in das Würgeband ein, das er trug. »Nehmt uns die Halsbänder ab, und ich zeige euch den Weg.«

* * *

Oris fand tatsächlich eine neue Route in den Süden. Sie flogen und flogen, und je länger sie flogen, desto größere Sorgen machte sich Hargon. Erstens wegen dieser eigentümlich scharfen Lichtstrahlen, die aus dem Spalt im Himmel herabbrachen und unter denen die Welt auf einmal ganz anders aussah; er musste immer wieder an seinen Verdacht denken, sich seit Betreten der Heimstatt in eine fremde Welt verirrt zu haben. Zweitens: Was, wenn es gar nicht stimmte, dass Oris ein Margorspürer war? Oder wenn er einer war, sich aber geirrt hatte? Sie konnten nach einem ganzen Tag Flug ja nicht einfach wieder umkehren!

Doch dann landete Oris mit einer Bestimmtheit, die verriet, dass er keinerlei Zweifel an seiner Fähigkeit hegte. Er setzte auf einem Punkt mitten in der Graswüste auf, der sich für Hargons Augen in nichts von jedem anderen Flecken unterschied, und nichts geschah. Als sie alle in seiner unmittelbaren Nähe gelandet waren, erklärte er genau, von wo bis wo der Boden sicher war, worauf Hargon ein paar Steine aufklaubte und das Areal damit auf die übliche, geheime Weise markierte.

So also waren die Fünf geflüchtet! Kein Wunder, dass die Graswüste kein Hindernis für sie gewesen war und die Feste kein Gefängnis. Im Grunde, sagte sich Hargon, hatte Oris die Bruderschaft hereingelegt: Sie hatten geglaubt, *ihr* Plan sei aufgegangen und sie hätten Oris in die Falle gelockt, dabei war in Wirklichkeit *sein* Plan geglückt. Und das hatte er bei seiner Vernehmung durch Albul sogar offen zugegeben! Nur, dass das alles dazu dienen sollte, sich Zugang zur Heimstatt zu verschaffen, das hatte er natürlich wohlweislich verschwiegen.

Mit anderen Worten: Eigentlich war es Oris, der die Verantwortung trug für das, was seither passiert war.

Ein beruhigender Gedanke, fand Hargon.

Dann stieg er noch einmal auf und orientierte sich aus der Luft an den geheimen Steinmustern – bestimmte Abfolgen von Steinen, die zu zweit oder zu dritt nebeneinandergelegt waren –, um den sicheren Platz später wiederfinden zu können. Und siehe da, sie befanden sich gar nicht so weit entfernt von Punkt 63, an dem Bruder Wesilgon in den Margor geraten war. Der sichere Punkt war einfach gewandert.

Je weiter südlich sie kamen, desto klarer wurde es, dass die Goldküste ihr Ziel war. Anfangs war Hargon überzeugt gewesen, dass sie ins Schlammdreieck würden fliegen müssen, aber das fremde Sternenschiff hatte offenbar einen großen Bogen über die Welt gezogen.

Was er gut nachvollziehen konnte. Das machte man selber schließlich auch so, wenn man in ein unbekanntes Gebiet kam, fast instinktiv: Erst einmal einen Überblick gewinnen über das Gelände, versuchen, herauszufinden, wo Gefahren drohten und wo es angenehm zu sein versprach. Nur logisch, dass man das genauso machte, wenn man mit einer Maschine flog.

Allerdings hieß das, dass jetzt die halbe Welt den Riss am Himmel sah und sich fragte, was da los war. Die Aufregung musste ungeheuer sein. Und all diejenigen, die im Jahr zuvor in die Küstenlande geflogen waren, um Owen reden zu hören, würden wieder daran zurückdenken und sich sagen, dass der Mann wohl doch recht gehabt hatte.

Ja, es sah ganz so aus, als sei Albuls Plan gründlich schiefgegangen.

Die Goldküste also. Im Verlauf des zweiten Tages, als sie nichts mehr zu essen hatten und der kleine Rotflüglige immer mal wieder deswegen jammerte – diesmal hatte er nicht einmal Lederleinen, an denen er hätte kauen können –, sahen sie, dass der Riss eine Kurve beschrieb, südöstlich an den Gourradis vorbei, schätzte Hargon, und in einem Bogen über das Südmeer und auf die Goldküste zu, bis er dann abbrach.

Vielleicht war das nur logisch. Kleipor hatte ihm einmal erzählt, dass Wilian, der ungeliebte Ahn, der diese Welt entdeckt hatte, damals auch zuerst an der Goldküste gelandet war. Wahrscheinlich sah die golden glänzende Sichel aus der Höhe einfach am einladendsten aus.

Obwohl sie inzwischen die Graswüste hinter sich hatten, war es immer noch Oris, der vorausflog. Sein riesenhafter Freund, der Hargon wie Oris' schweigsamer Schatten vorkam, wich ihm nicht von der Seite. Es sah aus, als habe Oris das Kommando übernommen, und Hargon musste wieder an den Streit zurückdenken, der ihrem Aufbruch vorausgegangen war und fast zur Machtprobe geworden wäre.

Oris hatte eisenhart auf seiner Forderung beharrt: Er würde ihnen die Südroute zeigen, aber nur, wenn sie alle freigelassen wurden. Sämtliche Drohungen, die Albul ausgesprochen hatte – sie alle fünf einzusperren, sie allen möglichen Schikanen auszusetzen, dunkle Zellen bei Wasser und Flockenkraut bis ans Ende ihres Lebens und so weiter – waren wirkungslos an Oris abgetropft. Er hatte genau gewusst, dass er in dieser Situation die größeren Flügel hatte.

Und insgeheim hatte Hargon ihm recht gegeben, auch wenn er das vor dem Obersten Bruder nicht zugeben konnte. Es war vollkommen sinnlos geworden, die fünf wegzusperren. Das würde überhaupt nichts mehr ändern, sondern ihnen nur unnötigen Ärger einbringen. Kräfte binden, die sie womöglich demnächst anderswo dringender brauchen würden.

Es war etwas anderes als zum Beispiel bei Brewor und Jukal, den ältesten Gefangenen. Die waren schon in der Feste gewesen, als Hargon zur Bruderschaft gekommen war, und irgendwann hatte er ihre Geschichte erfahren. Die zwei hatten im Nest der Ostlande-Naim gelebt, dem einzigen bekannten Nestbaum, der an der Spitze einer Landzunge wurzelte, sehr abgelegen, umtobt vom Ostmeer und demzufolge auf margorfreiem Grund. Die beiden hatten sich dort kennengelernt, nachdem sich jeder von ihnen einer Lech-Frau

962

versprochen hatte, und irgendwann hatten sie begonnen, etwas aufzubauen, was im Buch Kris als »persönliches Reich« bezeichnet und verdammt wurde.

Sie hatten das sehr geschickt angefangen, ganz unauffällig, Schritt um Schritt. Zuerst hatten sie sich so lange und so eloquent für persönlichen Geldbesitz ausgesprochen, bis der Rat einen entsprechenden Beschluss gefasst hatte. Das alleine wäre noch nicht schlimm gewesen; dass einzelne Personen Geld besaßen, war zwar unüblich, die meisten Nester hielten es nicht so, doch es war nicht verboten. In manchen Regionen, im Eisenland vor allem, aber auch im Schlammdreieck und hier und da kam es vor. Danach jedoch hatten die beiden durchgesetzt, dass es auch persönlichen Besitz am Boden geben solle: ein bis dahin unbekanntes Konzept in einer Welt, in der der weitaus größte Teil des Bodens jedem, der ihn betrat, den Tod brachte. Die Ost-Naim unterteilten daraufhin den sicheren Grund ihrer Halbinsel in einzelne Gebiete und sprachen jedem eines davon zu.

Damit begann das Unheil. Denn Brewor und Jukal fingen an, den anderen ihre Gebiete abzukaufen oder auf andere Weise abzuluchsen, und sich dann für das Recht, auf diesem Grund Nahrungsmittel anzubauen, bezahlen zu lassen. Als ein Kundschafter der Bruderschaft auf diese Machenschaften aufmerksam wurde, waren Brewor und Jukal schon die reichsten und mächtigsten Männer des Nestes. Sie hatten sich große, prunkvolle Schlafhütten im Herzen des Nestbaums errichten lassen, hielten sich persönliche Diener und bestimmten alles, was geschah, als seien sie Rat und Älteste zugleich. Die anderen Naim hatten nichts mehr zu sagen, und nicht nur das, sie wagten es auch nicht mehr, sich dagegen aufzulehnen.

Das war die Situation, als Saluspor selbst eingegriffen hatte, der in seinen jungen Jahren eine überaus beeindruckende Erscheinung gewesen sein musste. Die beiden Männer wurden aus dem Spiel genommen. Doch das alleine hätte nicht ausgereicht, die Lage zu bereinigen: Es warteten schon andere darauf, die vakanten Positionen einnehmen und das grausame Spiel fortsetzen zu können. Saluspor redete den Naim so lange ins Gewissen, bis sie ihr Bodenbuch feierlich verbrannten, die Prunkhütten abrissen und alles Geld wieder in einer Nestkasse versammelten. Dabei stellte sich heraus, dass Brewor und Jukal dem Nest eine gefälschte Ausgabe des Buches Kris untergejubelt hatten. Sie stimmte mit dem Original zwar weitgehend überein, doch sie hatten ein paar entscheidende Passagen so abgeändert, wie sie es gebraucht hatten, um ihre Änderungsvorschläge zu begründen. Und niemand hatte es bemerkt außer einer alten Frau, auf die aber niemand gehört hatte.

Nun gut – man sagte den Ost-Naim allerdings auch eine gewisse Naivität nach. Doch für Hargon stand fest, dass Brewor und Jukal, würde man sie freilassen, sofort wieder die gleiche Art Spiel beginnen würden. Er hatte selber erlebt, wie sie es sogar mit den Brüdern probiert hatten: Man spielte Karten mit ihnen, Spiele, wie sie in den Ostlanden verbreitet waren, und irgendwann schlugen sie vor, *um etwas* zu spielen. Um Trockenhonig vielleicht. Danach um Grünsteinplättchen, missglückte Stücke aus der Knopfwerkstatt. Dann versuchten sie, es einzuführen, dass es etwas *bedeutete*, wenn jemand viele davon besaß. Dass man damit untereinander handeln können sollte, zum Beispiel, um einem anderen den Nachtisch abzukaufen oder um sie gegen sonstige Gefälligkeiten einzutauschen. Dass die Grünsteinplättchen praktisch *Geld* waren.

Saluspor hatte ihnen schließlich die Zellen gezeigt und eine Zeit lang den Zugang zur Mahlstube verboten. Seither hatten sie es nicht mehr versucht.

Glaubte Hargon zumindest. Möglich, dass er es einfach nicht mitbekommen hatte, so selten, wie er sich in der Feste aufhielt.

Aber für ihn war klar, dass diese beiden nie wieder freikommen durften, weil sie unweigerlich die Sitten verderben würden, wohin sie auch kamen.

Bei Oris und seinen Freunden hingegen war er immer weniger überzeugt, dass es überhaupt je sinnvoll gewesen war, sie in die

Feste zu holen: Hatten damit nicht alle Schwierigkeiten erst angefangen, mit denen sie es jetzt zu tun hatten?

Doch in der Diskussion am Fuß des Großen Kegels, als es darum gegangen war, was sie tun sollten, hatte Albul starrsinnig an seinem Vorhaben festgehalten, Oris als Margorspürer einzusetzen und ihn die Pfade durch die Graswüste erneuern zu lassen. Um ihn anschließend wegzusperren für alle Zeit.

Schließlich war Hargon nichts anderes übriggeblieben, als sich offen auf Oris' Seite zu schlagen. Zu dem fremden Sternenschiff zu gelangen müsse oberste Priorität haben, hatte er erklärt, und dann einfach Oris und den anderen die Halsbänder abgenommen.

Der Oberste Bruder hatte keinen Einspruch erhoben. Allerdings wohl weniger, weil er Hargons Standpunkt akzeptiert hatte, sondern eher, um einen offenen Streit zu vermeiden. Ein solcher hätte leicht seine Autorität untergraben können, denn die anderen erinnerten sich noch allzu gut daran, welches Bild Albul in der Heimstatt abgegeben hatte. Damals hatte Hargon die Situation gerettet. Also war es nicht auszuschließen, dass er es nun auch gerade tat.

Ich muss aufpassen, dass sie nicht auf die Idee kommen, mich zum Obersten Bruder zu machen, hatte Hargon gedacht.

Aber die Gefahr bestand wohl gar nicht. Denn es war Oris gewesen, der, als er und seine Freunde die Würgebänder los waren, gerufen hatte: »Also, los!«

Und dann waren sie losgeflogen.

***

Am dritten Tag hatte sich der Riss am Himmel tatsächlich vollständig geschlossen. Nur eine wulstige, verwirbelte Spur war noch dort zu sehen, wo er verlaufen war. Um die Mittagszeit überquerten sie die hügeligen Berge des Goldwalds, ein üppiges, saftiges Grün, in dem die Riesenbäume dichter wuchsen als sonst wo auf der Welt.

Sie flogen über zahllose fruchtbare Hanggärten hinweg, über Bäche und Quellen, Rinnsale und kleine Seen und Wasserfälle, und immer wieder stiegen riesige Schwärme von Vögeln auf, Goldhecker und Weiße Langhälse und Paradiesvögel in hundert Farbvarianten. Es duftete süß und schwer, ohne dass man hätte sagen können, ob es der Duft von Fäulnis war oder der reifer Früchte, doch irgendwie war das egal; vielleicht war es ja auch beides.

Als dann endlich die Küste selbst in Sicht kam, dieser schier endlose, weich gebogene, schimmernde Strand, sahen sie das fremde Sternenschiff sofort: ein klobiges Ding aus grauem Metall, das mitten auf dem Sand lag und wenigstens hundert Flügelspannen lang sein mochte – wesentlich kleiner also als die Heimstatt, und schrecklich *hässlich!*

Oris wandte im Flug den Kopf und rief: »Das muss es sein!«

»Ja«, rief Hargon zurück. »Vorsicht!«

Das Ding lag nicht einsam und verlassen da, vielmehr sahen sie im Näherkommen allerlei Leute, die in der Nähe herumliefen. Kein Wunder, immerhin lag es da ja wohl schon drei Tage. Dafür waren es sogar ausgesprochen wenig Schaulustige.

In einiger Entfernung allerdings kreisten viele, die nur neugierig herüberschauten, Jugendliche vor allem. Es hatte wohl jemand eine Warnung ausgegeben, dem Ding fernzubleiben, bis man wusste, was es damit auf sich hatte.

Hargon verspürte durchaus selber den Wunsch, dem Ding fernzubleiben. Es hatte etwas Unheimliches an sich, etwas, das so gar nicht auf diese Welt passte. Ob die Heimstatt, die in den Legenden immer sehr vage als schön beschrieben wurde, in Wirklichkeit auch so hässlich war? Zum ersten Mal bedauerte er, dass sie sie nicht von außen gesehen hatten; sie war ja im Eis verborgen gewesen.

Als sie näher herankamen, sah er, dass in der Seite des länglichen, nach vorn oval zulaufenden Klotzes eine Öffnung klaffte, aus der grelles Licht auf den Sand fiel. Es kamen gerade Leute heraus, zu Fuß, und gesellten sich zu der Gruppe der anderen, die um irgendetwas herum versammelt standen.

966

»Was machen die da?«, rief er, aber niemand von den anderen ging darauf ein, auch Oris nicht.

Dabei war es doch seltsam, oder? Offenbar konnte man das fremde Sternenschiff betreten – bloß wieso? Wo waren die, die es gesteuert hatten? Jemand musste es ja wohl gesteuert haben, nach allem, was man über die Maschinen der Ahnen wusste.

Wobei – viel wusste man ja nicht. Trotzdem passte das, was Hargon von hier aus sah, irgendwie so gar nicht zu den Legenden, an die er sich erinnerte.

Nicht zuletzt deswegen hätte er lieber erst einmal ein paar Kreise gezogen, um sich die Sache in Ruhe anzuschauen. Aber Oris steuerte direkt auf die Gruppe da unten zu, von denen ihnen zwei Leute entgegenkamen, und ihm den Auftritt dort ganz alleine zu überlassen, das kam natürlich auch nicht in Frage. Also hielt Hargon sich so dicht wie möglich hinter ihm und landete neben ihm.

Und sah sich unvermittelt einem gespannten Bogen gegenüber und einem Pfeil, der genau auf sein Gesicht zielte.

»Keine Bewegung, Hargon!«, rief eine helle Stimme scharf.

Der Gefangene

Hargon erstarrte. Es war eine junge Frau, die den Bogen auf ihn gerichtet hielt, eindrucksvoll ruhig übrigens angesichts dessen, dass sie sehr aufgebracht war über seine Gegenwart.

Und er *kannte* sie! Es war das Mädchen mit den Goldmustern auf den Flügeln, dem der Leinenbeißer damals zur Flucht verholfen hatte!

»Meoris!«, hörte er Oris rufen. »Nicht.«

Meoris. Genau. So hatte sie geheißen.

Der Bogen rührte sich nicht. »Er soll die Peitsche zu mir herüberwerfen«, verlangte das Mädchen unerbittlich. »Zusammengerollt. Der andere dort auch. Und schnell, wenn er keinen Pfeil ins Auge kriegen will.«

»Meo …«, sagte Oris.

»Die Peitsche!«

»Schon gut«, sagte Hargon. Dann griff er, ganz langsam, mit der rechten Hand nach unten, löste, auch ganz langsam, die Peitsche von seinem Gürtel und warf sie ihr hin. Als Ursambul seinem Beispiel gefolgt war, senkte sie den Bogen endlich, und Hargon atmete unwillkürlich auf.

»Wo zum Wilian kommt *ihr* jetzt her?«, wollte das Mädchen mit den Goldmustern dann wissen und fügte mit einem Nicken in Richtung des jungen Nestlosen, der mit gezücktem Kurzspeer neben ihr stand, hinzu: »Wir haben gedacht, ihr seid von seinem Schwarm.«

Oris nickte dem Nestlosen zu. »Ah, hallo, Jeh. Hab dich fast nicht erkannt.«

Hargon musterte den Nestlosen, erinnerte sich aber nicht, ihn schon einmal gesehen zu haben. Woher die beiden sich wohl kannten?

»Wo wir herkommen?«, sagte Oris derweil. »Das ist eine lange Geschichte. Übrigens könnte ich euch dasselbe fragen.« Er sah sich um, fragte erschrocken: »Wo ist eigentlich Galris? Er ist doch nicht etwa …?«

»Nein«, sagte Meoris, »aber viel gefehlt hat nicht.« Sie bedachte Hargon mit einem wütenden Blick. »Einer seiner Kumpane hat ihm einen Giftpfeil in den Rücken gejagt!«

Als hätten sie sich verabredet, schauten sie ihn alle an, sogar Ursambul.

»Das war Orbul«, erklärte Hargon. »Und ich habe ihn deswegen gerügt.«

»Gerügt«, wiederholte das Mädchen in spöttischem Ton. »Na, *dann* ist ja alles gut.«

Hargon schnaubte unwillig. »Was hätte ich denn machen sollen? Es war dein Bogen. Es waren deine Pfeile. Dass es *Gift*pfeile sind, hat niemand ahnen können.«

»Es war nur *ein* Pfeil vergiftet, ein einziger!«, fauchte sie.

Hargon zuckte nur mit den Flügeln. »Das nennt man Pech.«

»Du hast noch immer nicht gesagt, wo Gal *ist*«, mischte sich Oris ein.

Das Mädchen seufzte. »Im Schlammdelta. Im Nest der Sem. Er muss das Fliegen erst wieder üben, ehe er von dort wegkommt. Falls er es überhaupt noch will; ich hab das Gefühl, er verliebt sich grade neu.«

»Und wie seid ihr im Schlammdelta gelandet? Und woher kommt Jehris?«

»Er heißt jetzt Jehwili«, sagte das Mädchen. »Und stell dir vor, das ist *auch* eine lange Geschichte!«

Oris winkte ab. »Gut, dann lassen wir das. Erzählen wir uns unsere langen Geschichten, wenn wir wieder Zeit haben.« Er wies auf das fremde Sternenschiff. »Was ist hier passiert?«

Das Mädchen und der Nestlose erzählten abwechselnd, wie sie auf einmal den Riss am Himmel gesehen hatten und wie sie aufgebrochen waren, um dessen Ende zu finden. Hargon fand es interessant, zu erfahren, dass die Überlieferungen der Nestlosen ebenfalls wussten, dass nur ein landendes Sternenschiff den Himmel so aufreißen konnte, wie es geschehen war. Und dass sie eine solche Landung ebenfalls für ein verheerendes Ereignis hielten.

Die beiden waren erst kurz vor ihnen eingetroffen. Sie hatten von den hier anwesenden Leuten erfahren, dass am Morgen nach der Landung zwei große, flügellose Menschen in silbernen Anzügen ausgestiegen waren, um geradewegs ins Margorgebiet zu marschieren. Kaum hatte der Margor sie geholt, seien ihnen zwei weitere, ähnlich große und genauso gekleidete Menschen gefolgt, um sich ebenfalls in den Margor zu stürzen. Und dann habe sich erst einmal nichts getan, lediglich die Öffnung habe sich wieder verschlossen.

Heute früh hatten sie es geschafft, das Sternenschiff erneut zu öffnen, waren vorsichtig hineingegangen und hatten darin einen Gefangenen gefunden, der enormen Radau gemacht hatte. Es war ihnen gelungen, ihn zu befreien, was er ihnen schlecht gedankt hatte: Er hatte alle Männer der Gruppe brutal niedergeschlagen und sich anschließend auf die einzige Frau gestürzt. »Sie ist ihm erst entkommen, aber hier draußen hat er sie dann doch erwischt, hat sie zu Boden geworfen und ...« Das Mädchen hielt inne, sah den Nestlosen an.

»Er wollte die Beiwohnung erzwingen«, sagte der grimmig.

Hargon verzog angewidert das Gesicht. Wer kam denn auf *so* eine abartige Idee?

»Jehwili und ich waren gerade im Anflug«, berichtete das Mädchen weiter. »Und als ich gesehen habe, was da geschieht, habe ich ihn erschossen.« Sie wies nach hinten. »Da liegt er. Der riesige Kerl da.«

Sie schauten alle in die Richtung, in die sie zeigte. Da lag tatsächlich ein Mann reglos am Boden, mindestens zwei Köpfe größer als ein normaler Mensch, und gänzlich flügellos. Seine Beine waren nackt, eine heruntergelassene Hose hing um seine Unterschenkel gewickelt, und jemand hatte ein blau-grün gemustertes Tuch über seine Blöße geworfen.

»Du kennst die Frau übrigens, der das passiert ist«, sagte das Mädchen zu Oris. »Es ist Animur.«

Oris riss die Augen auf. »*Die* Animur? Die Freundin von Noharis?«

»Ja.«

»Bei allen Ahnen.«

Nun richteten sich all ihre Blicke auf die Gruppe, die zwei Schritte hinter dem Toten stand und heftig diskutierte. Es war eine bunte Mischung, viele Alte, viele in der unverkennbaren Tracht der Perleninseln.

Das dunkle Mädchen aus Oris' Gruppe, Ifnigris, trat neben Meoris, legte den Arm um sie und drückte sie an sich. »Ich bin froh, dich heil wiederzusehen«, sagte sie leise. »Was diskutieren die da?«

»Was sie tun sollen«, erwiderte das Mädchen mit den Goldmustern. »In dem Sternenschiff gibt es nämlich *noch* einen Gefangenen.«

Der Nestlose trat vor, hob seinen Kurzspeer. »Den werde *ich* töten. Dann ist es vollbracht.«

Was daraufhin geschah, sollte Hargon noch lange beschäftigen. Nämlich im selben Moment, in dem er sich irritiert aufrichtete und »Jetzt mal langsam!« sagte, sagte Oris *genau dasselbe*, fast so, als hätten sie es einstudiert.

Danach schauten sie einander verdutzt an, und Oris grinste.

Was geschieht hier gerade?, fragte sich Hargon. *Die Welt ist nicht mehr die, die ich gekannt habe.*

***

Sie gesellten sich zu den anderen und erklärten so kurz wie möglich, wer sie waren und was sie hergeführt hatte: Der Riss im Himmel natürlich, was denn sonst? Daraufhin erfuhren sie, dass man beschlossen hatte, sich den zweiten Gefangenen zumindest einmal anzuschauen. Ein junger Mann namens Ursok, der bei dem Ausbruch des ersten Gefangenen dabei gewesen war und allerhand Schrammen davongetragen hatte, wollte eine Sichtöffnung in der anderen Tür entdeckt haben.

»Aber wir öffnen auf keinen Fall«, mahnte ein Alter von den Perleninseln, ein gewisser Hiliudhawor. »Denn offenbar waren in dem Ding nur Verrückte. Besser, er verhungert da drin, als dass noch mal einer so herumtobt. Wer weiß, was der dann anrichtet!«

»Wie es so schön im Buch Kris heißt«, pflichtete ihm ein anderer Ältester bei, der Jolsok hieß. »Dummheit ist, aus seinen Fehlern nichts zu lernen.«

»Du sagst es.«

Ein paar Leute brachten die Frau fort, über die der Gefangene hatte herfallen wollen. Dann musste ausdiskutiert werden, was mit dem Toten geschehen soile, bis man zu dem Schluss kam, dass das warten konnte; schließlich würde er ihnen nicht davonlaufen. Nach allerlei weiterem Hin und Her gingen sie endlich in das Sternenschiff hinein. Hargon bemerkte mit Interesse, dass jemand einen

Stein in die äußere Tür gelegt hatte, sodass diese nicht mehr zugehen konnte. Der Rückweg stand ihnen also auf jeden Fall offen, wenngleich das die zweite Tür zögern ließ, ehe sie sich öffnete. Aber hätte man hier nicht besser *auch* einen solchen Stein hingelegt?

Hargon behielt den Gedanken für sich und folgte den anderen, die ihrerseits Ursok folgten. Die hohen Gänge, die eigentümlichen Gerätschaften an den Wänden, all das erinnerte ihn an die Heimstatt. Doch wo das Sternenschiff der Ahnen Eleganz ausgestrahlt hatte, herrschte hier brachiale Wucht, und wo er in der *Heimstatt* Harmonie und Formgefühl gesehen hatte, sah er hier monströse, bedrückende Hässlichkeit.

Vielleicht, dachte Hargon, sah die Heimstatt von außen doch so schön aus, wie es die Legenden besangen. Zumindest schöner als dieses Monstrum von einem Sternenschiff.

Ihre Schritte hallten in den Gängen. Irgendwo summte und knisterte etwas, und es roch fremdartig, scharf, um nicht zu sagen: widerwärtig.

Endlich langten sie vor einer großen, verriegelten Tür an. Es war kein Laut aus dem Raum dahinter zu hören, was daran liegen mochte, dass die Tür so dick war, wie sie aussah. Aber sie wies tatsächlich eine verglaste Öffnung auf, etwas höher angebracht als sie alle groß waren. Man sah helles Licht darin schimmern und seltsame, sich bewegende Reflexe.

Während die anderen noch beratschlagten, wie sie zu der Luke hinaufgelangten und wer auf wessen Hände steigen konnte – denn um zu schwirren bot der Gang bei Weitem nicht genug Platz –, trat Hargon vor die Tür hin. Er packte eine schmale, strebenartige Versteifung der Tür direkt unter der Sichtöffnung mit den Fingerspitzen und zog sich in einer gleichmäßigen Bewegung hoch, bis er hindurchspähen konnte.

Er sah einen rund drei auf drei Schritte messenden Raum mit grauen Wänden, in dem es nur eine breite, flache Bank gab und eine Vorrichtung, die wohl zur Verrichtung der Notdurft gedacht war. Auf der Bank hockte ein hagerer, großer, flügelloser Mann mit wolligen Haaren und hellbrauner Haut, der ein graues Hemd und eine graue Hose trug und sonst nichts. Er saß apathisch da, starrte auf ein Rechteck an der gegenüberliegenden Wand, auf dem sich bewegende Bilder zu sehen waren, Bilder von riesigen Maschinen, die glitzerten und Rauch von sich gaben.

Als Hargons Finger anfingen, sich zu verkrampfen, ließ er sich wieder auf den Boden herab.

»Ganz schöner Kraftprotz«, kommentierte der junge Ursok halb neidisch, halb bewundernd.

»Ich bin in der Donnerbucht aufgewachsen«, erklärte Hargon und versuchte, nicht allzu heftig zu atmen. »In den Hanggärten dort lernt man das. Oder man lernt nichts mehr.« Er führte die Hand senkrecht abwärts, um zu zeigen, was man in der Donnerbucht unter ›Hang‹ verstand.

Die anderen machten es anders. Einer faltete jeweils seine Hände zusammen, ein anderer stieg daran hoch.

»Hier steht wieder die Zahlenfolge, um die Tür zu öffnen«, sagte jemand, als er oben war. »Dieselbe übrigens.«

Als alle einen Blick auf den Gefangenen geworfen hatten, meinte eine der alten Frauen: »Also, ich muss sagen, mir kommt er eigentlich ganz harmlos vor.«

Einige nickten.

»Hat der andere denn auch so ausgesehen?«, wollte sie wissen.

Ursok schüttelte den Kopf. »Das wissen wir nicht. Der andere hatte seine Sichtöffnung von innen verstopft, mit nassem Papier oder so.«

»Na, das ist doch schon mal ein deutlicher Unterschied, oder?«

Trotzdem waren sie sich unschlüssig, was nun geschehen sollte.

»Ich bin immer noch dafür, wir ziehen das Ding ins Meer und lassen es versinken«, sagte Hiliudhawor entschieden. »Und vergessen die ganze Sache.«

Hargon gluckste unwillkürlich. »Ich fürchte, so wird das nicht funktionieren.«

»Wir haben es noch nicht probiert.«

Es würde auf zwei Ebenen nicht funktionieren: Erstens hatte der alte Mann keinerlei Vorstellung davon, was eine solche Menge Metall wog, wie dieses Sternenschiff sie darstellte, und wie schwer, ja, unmöglich es war, es mit den ihnen zur Verfügung stehenden Mitteln fortzubewegen. Und zweitens würde es ihnen vermutlich nichts *helfen*, dieses Ereignis einfach zu übergehen, das besagte sowohl die Überlieferung der Nestlosen wie die der Bruderschaft.

»Wir sollten versuchen, mit ihm zu reden«, schlug Hargon vor. »Wenn sich alle, die Waffen haben, vorher in Position stellen – die junge Bogenschützin hier, der junge Mann mit seinem Speer, und mein Gefährte und ich könnten zudem noch unsere Peitschen bereithalten –, dann sollten wir ihn aufhalten können, falls er versucht, uns zu überwältigen.«

»Lustiger Versuch«, erwiderte das Mädchen mit den Goldmustern. »Aber deine Peitschen kannst du vergessen.«

»War nur ein Vorschlag«, meinte Hargon.

»Jehwili und ich machen das schon«, sagte sie und zog einen Pfeil aus ihrem Köcher. »Ansonsten bin ich dafür.«

Nach einigem Hin und Her einigten sie sich darauf, es zu versuchen. Die beiden stellten sich kampfbereit vor die Tür, das Mädchen spannte seinen Bogen. Über den Nestlosen wusste Hargon nichts, aber wenn auch nur annähernd stimmte, was Hargon vorhin von mindestens fünf Leuten über den Schuss des Mädchens auf den großen Idioten gehört hatte, aus dem Flug heraus direkt ins Auge, dann musste sie eine großartige Schützin sein. Was immer der Gefangene tun mochte, er würde schwerlich eine Chance haben.

Ursok stellte sich mit dem Rücken gegen die Wand und faltete die Hände vor dem Bauch. Ein anderer junger Mann, der, wenn Hargon es richtig verstanden hatte, Harsok hieß – ein Namensvetter also –, setzte den rechten Fuß hinein und holte tief Luft. »Soll ich wirklich? Ja, schon gut. Auf geht's.« Er stemmte sich hoch, tippte die Ziffern, die weiter oben neben der Tür angezeigt waren, in einer bestimmten Reihenfolge an, und die Tür öffnete sich zischend.

Dann schien es erst einmal, als stünde die Zeit still. Nichts war zu hören außer ihren Atemgeräuschen und dem Rascheln von Harsoks Flügeln, als er wieder herabstieg. Und der Bogen des Mädchens knisterte unter der Spannung, in der sie ihn hielt.

Der Mann saß immer noch drinnen auf der breiten Bank. Es mochte eine Art Schlafstatt sein, überlegte Hargon. Das Rechteck an der Wand, das vorhin die bewegten Bilder gezeigt hatte, war erloschen. Der Mann drehte sich ihnen zu, starrte sie an und beugte sich dabei langsam vor.

Und dann brüllte er plötzlich los: »IHR! HABT! FLÜGEL!«

Sie zuckten alle zusammen, alle außer dem Mädchen, das den Pfeil reglos auf ihn angelegt hielt. Jolsok hatte die Hände an die Ohren gelegt und jammerte nun: »Wenn Ihr bitte nicht so laut schreien würdet? Ja, wir haben Flügel. Kein Grund zur Aufregung. Wer, bitte schön, seid Ihr?«

Der Mann sah ihn lange an, schien überlegen zu müssen.

»Gefangener«, sagte er schließlich. Das Sprechen bereitete ihm offenbar Mühe.

»Ja, das haben wir gesehen«, erwiderte Jolsok. »Und weiter? Habt Ihr einen Namen?«

»Dschonn«, sagte der Mann.

Jolsok nickte. »Dschonn. Gut. Und welchem Stamm gehört Ihr an?«

»Stamm? Was ist das? Ich verstehe nicht.«

Hargon räusperte sich und sagte, an Jolsok gewandt: »Die Einteilung in Stämme ist vermutlich eine kulturelle Eigenart unserer Welt. Zwar stammt sie von den Ahnen, aber das muss nicht heißen, dass es anderswo genauso ist.«

»Hmm, ja«, machte Jolsok. »Da ist was dran. Schließlich hatten die Ahnen auch keine Stammesnamen. Gut, also, Dschonn – warum seid Ihr eingesperrt?«

Das Gesicht des Mannes verzog sich zu einem traurigen Grinsen. »Ha. Ich habe kritisiert. Gespottet. Über den Imperator. Deswegen.«

Hiliudhawor reckte den Kopf. »Aha? Und was, bitte, ist ein *Imperator*?«

Dschonn sah ihn ungläubig an. »Wisst ihr nicht?«

»In der Tat, nein. Andernfalls hätte ich nicht gefragt.«

»Imperator Aleksandr der Zweite«, sagte Dschonn mit einem bitteren Klang in der Stimme. »Herrscher über alle Menschen. Nicht über euch, wie es scheint. Ihr seid glücklich. Aber über alle anderen.«

Sie wechselten ratlose Blicke. Dann hakte Hiliudhawor nach: »Und was, wenn ich fragen darf, ist ein *Herrscher*?«

Diese Frage schien Dschonn grenzenlos zu verblüffen. »Der, dem alle gehorchen müssen. Wisst ihr nicht? Glückliche Welt. Lasst mich hierbleiben.«

»Jemand, dem alle gehorchen müssen? Was heißt das?«

Dschonn hob die Hände. Er wirkte ratlos. »Der Herrscher befiehlt: Tu dies. Du tust es. Wenn du es nicht tust, ergeht es dir schlecht. Das nennt man ›gehorchen‹.«

Jolsok wandte sich an Hiliudhawor und meinte: »Damit ist vielleicht so etwas Ähnliches wie ein Ältester gemeint, nur in einem größeren Maßstab. So, wie wenn es einen Ältesten für die ganze Welt gäbe.«

»Wozu sollte das wohl gut sein?«, erwiderte der Alte von den Perleninseln glucksend. »Ha, wenn ich alle einsperren würde, die mich kritisieren! Dann wäre niemand mehr übrig, der die Arbeit erledigt.«

»Du bist halt ein schrecklicher Ältester«, sagte Jolsok. »Sowieso ein Wunder, dass sie dich noch nicht abgesägt haben.«

»Sie finden keinen anderen Dummen, der es macht. Das Amt werde ich erst los, wenn ich dorthin gehe, wohin eines Menschen Flügel nicht tragen.«

Das Stichwort ›Flügel‹ schien sie wieder an den Gefangenen zu erinnern, der keine Flügel hatte und sich Dschonn nannte.

976

»Sagt mal«, wandte sich Jolsok abermals an ihn, »was ist eigentlich passiert? Warum ist euer Sternenschiff hier bei uns gelandet? Und warum haben die Leute, die darin waren, sich alle in den Margor gestürzt?«

Dschonn sah ihn ratlos an. »Ich weiß nicht. Wir waren unterwegs. Nach Gorgon-Sieben. Eine Strafwelt. Habitat-Transformation. Niemand kommt von dort zurück. Aber jetzt sind wir hier. Ich habe es gemerkt. Ich fühle mich ganz leicht.« Er wandte den Kopf, sah sie alle der Reihe nach an. »Und ich weiß nicht, was ein Margor ist.«

Jolsok schüttelte den Kopf. »Er weiß nicht, was ein Margor ist«, murmelte er. »Ja, ist denn das zu fassen?«

»Der Boden unserer Welt«, erklärte Hargon, »ist mit wenigen Ausnahmen tödlich. Wer ihn betritt, stirbt. Deswegen haben wir Flügel. Wir leben auf den Bäumen und in der Luft.«

Dschonn lächelte beglückt. »Das klingt schön. Ich kann es mir nicht vorstellen. Aber es klingt schön. Auch die Art, wie ihr sprecht. Ihr klingt alle schön. Lasst mich bei euch bleiben, bitte.«

Das Mädchen senkte den Bogen. »Ich glaube, von ihm droht keine Gefahr.«

»Ja«, meinte auch Jolsok und sah sich um. »Er benimmt sich ganz anders als der andere. Sagt, Dschonn – habt Ihr den anderen Gefangenen gekannt?«

Dschonn runzelte die Stirn. »Brok? Ja. Was ist mit ihm?«

»Er ist tot.«

»Oh«, machte Dschonn und holte tief Luft. »Gut. Ich bin erleichtert. Ich hatte Angst vor ihm. Angst, was geschieht, wenn wir ankommen.«

»Angst? Warum?«

»Brok hat viele Menschen getötet. Hat vielen Menschen Gewalt angetan. Deswegen war er gefangen. Ich hatte Angst, auf demselben Planeten sein zu müssen wie er.«

Sie einigten sich darauf, Dschonn freizulassen, wenn auch noch völlig unklar war, was aus ihm werden sollte. Wie sollte jemand überleben, der keine Flügel hatte und sich auf dieser Welt überhaupt nicht auskannte, nicht einmal wusste, welche Pflanzen essbar waren und welche giftig? Er würde Hilfe brauchen, viel Hilfe.

Im Sternenschiff kannte er sich aus. Er fand den Weg zum Ausgang ohne Hilfe, sie begleiteten ihn einfach nur. Aber auf der Rampe draußen blieb er ratlos stehen.

»Das ist Boden«, sagte er. »Wenn ich darauf trete, sterbe ich. Ist das so?«

»Nicht dieser Boden«, erklärte Hargon. »Der Strand ist ungefährlich. Erst dort oben, hinter dieser Linie, an der es anfängt, grün zu werden – dort ist der Margor.«

Dschonn zögerte trotzdem. »Ich verstehe das nicht. Das mit eurem Margor.«

Hargon ging an ihm vorbei und trat hinaus auf den Sand, damit er sah, dass nichts passierte. Dabei fiel sein Blick auf den Toten, und ihm kam eine Idee.

»Kommt mit mir«, sagte er und winkte ihm. »Ich zeige euch, was es mit dem Margor auf sich hat.«

Dschonn gab sich einen Ruck, verließ die Rampe und kam mit leichten Schritten über den Sand auf ihn zu. Hier draußen kam er Hargon noch größer vor als im Inneren des Sternenschiffs, ein wahrer Riese. Er ging mit ihm zu dem Toten.

»Ist er das?«, fragte er. »Dieser Brok?«

Dschonn nickte. »Brok. Ja.«

»Dann packt mit an.« Hargon trat an den Leichnam, fasste ihn bei den Handgelenken. »Nehmt ihn an den Füßen.«

Dschonn ergriff die Beine des Toten und hob sie an, was ihm ganz leichtzufallen schien. Hargon dagegen war der Körper zu schwer. Er winkte Ursambul heran, damit dieser einen der Arme übernahm, und gemeinsam schafften sie es, ihn hochzuheben.

Eine der Frauen kam nervös angeflattert, streckte zaghaft die Hand nach dem Tuch aus, das über der Leibesmitte des Toten lag, so, als wolle sie es noch schnell an sich nehmen. Aber dann überlegte sie es sich anders, winkte ab: Sie wollte es lieber doch nicht zurück.

»Jetzt tragen wir ihn bis dorthin, an die grüne Linie«, sagte Hargon.

»Gut«, meinte Dschonn. »Ist leicht. Bei euch ist alles leicht. Angenehm.«

Das fand Hargon nun nicht gerade. Der Strand war an dieser Stelle ziemlich breit, und der Tote ziemlich schwer; der Schweiß lief ihm in die Augen, als sie endlich an der Grenzlinie anlangten. Ursambul keuchte auch. Gut, dann ging es nicht nur ihm so.

»Bis hierher«, sagte er. »Nicht weitergehen. Legen wir ihn erst einmal ab.«

Als sie den Leichnam auf den Boden sinken ließen, rutschte das Tuch vollends ab und entblößte ihn. Hargon traute seinen Augen kaum, als er sah, dass dieser Brok sich mehrere daumengroße, runde Steine in sein Geschlecht hatte implantieren lassen, was diesem eher den Anblick einer Waffe verlieh als des Lustspenders, als das es gedacht war.

Ekelhaft. Aber es erleichterte ihm, zu tun, was er vorhatte.

Dschonn bedachte den Toten nur mit einem beiläufigen Blick. »Habe ich mir gedacht«, meinte er. »Brok war ein Wehtuer.«

»Ein Wehtuer«, wiederholte Hargon.

Die anderen waren ihnen in einigem Abstand gefolgt, schlossen nun auf. Er hörte, wie Hiliudhawor brummte: »Lauter Verrückte in dem Ding, hab ich doch gesagt.«

»Und jetzt?«, fragte Dschonn.

»Jetzt nehmen wir ihn wieder auf«, sagte Hargon, »schwingen ihn hin und her, und auf drei werfen wir ihn so weit wie möglich.« Er unterstrich mit Gesten, wie er sich das vorstellte, um sicherzugehen, dass Dschonn begriff, was er meinte.

Dschonn wiegte den Kopf. »Und dann?«

»Schauen wir, was passiert.« Hargon sah sich nach Oris um. Der nickte bestätigend. Das hieß wohl, dass der Margor stark war hinter der Linie, stark genug für das, was er vorhatte.

Hargon winkte auch noch Adleik heran, und der Nestlose, Jehwili, gesellte sich unaufgefordert dazu. Sie bückten sich wieder, hoben gemeinsam den Toten ein letztes Mal auf. Die übrigen traten ein Stück zurück, damit genug Platz blieb.

»Schwingen«, befahl Hargon, und sie fingen an, den Körper hin und her zu schwingen, hin und her, immer weiter ausholend, und als sie ihren Rhythmus gefunden hatten, zählte er: »Eins ... zwei ... und los!«

Dschonn legte alle Kraft in diesen letzten Schwung. Der Körper flog weit, bot so halb bekleidet, wie er war, einen bizarren, geradezu obszönen Anblick. *Pietätloser geht es nicht mehr*, schoss es Hargon durch den Kopf.

Dann schlug der Leichnam auf, blieb verkrümmt liegen, nur ein Bündel verwesendes Fleisch, das vor Kurzem noch ein Mensch gewesen war, ein Mensch von einer anderen Welt zumal.

Ein, zwei Herzschläge lang geschah nichts. Dann, plötzlich, war dieses leise, durchdringende, unverkennbare Geräusch zu hören, bei dem Hargon immer an seinen Vater denken musste, der es geliebt hatte, am Abend nach der Hiibu-Jagd das Mark aus den gekochten Beinknochen zu schlürfen.

Die Kleidung und die Haut verschwanden mit einem Schlag. Einen Moment lang sahen sie nur einen blutigen, zerfallenden Fleischklumpen – doch nicht lange, denn er schien förmlich im Boden zu versinken, und gleich darauf war nur noch ein blutiger Fleck übrig.

»Das«, sagte Hargon, »ist der Margor.«

Dschonn sank der Unterkiefer herab. Er war auf einmal deutlicher blasser.

»Oh!«, stieß er hervor. »Oh! Aber wie ...? Oh-ho!«

Hargon wartete ab. Gut für ihn, wenn es ihn beeindruckt hatte. Dann würde er vielleicht ein wenig länger am Leben bleiben.

»Hu«, machte Dschonn schließlich. »Gefährlich!«

»Ja«, sagte Hargon.

Dschonn wirkte auf einmal, als sei er jetzt erst richtig aufgewacht. Er hob den Kopf, sah sich um. Sein Blick fiel auf eine Stange, an der ein farbiges Tuch hing, das Hargon bis zu diesem Moment gar nicht aufgefallen war. »Da!«, rief Dschonn und marschierte mit ein paar großen Schritten, fast schon Sprüngen darauf zu.

Als er davorstand, berührte er das Tuch, eigenartig befangen. Es schien bedeutungsvoll für ihn zu sein.

»Das imperiale Banner«, sagte er. »Sie haben eure Welt in Besitz genommen. Für das Imperium.« Er blickte zum Sternenschiff zurück, dann auf den kargen Vorwald jenseits der Linie, entlang derer das erste Gras wuchs. »Und danach? Sind sie weitergegangen? Dorthin?«

Ein plötzlicher kühler Windstoß ließ sie alle frösteln. Jolsok zog die beiden Enden seines Halstuches vor der Brust zusammen und erklärte: »So ist es beobachtet worden.«

Dschonn starrte auf die Stelle, an der der Margor Broks Leichnam geholt hatte. »Und sind verschwunden. So.«

»Ja«, sagte Jolsok. »Das heißt, die Anzüge nicht. Nur die Menschen darin.«

Dschonn sah auf, wirkte alarmiert, als er sich umdrehte. »Die Anzüge nicht?«

»Nein«, erklärte Jolsok. »Kleidung holt der Margor nur, insoweit sie aus Naturstoffen besteht, also aus Wolle, Leder oder Pflanzenfasern. Alles andere – steinerne Knöpfe, Nadeln aus Eisen und so weiter – bleibt übrig.« Er wies zum Sternenschiff, auf einen unordentlichen, dunklen Haufen, der in dessen Nähe lag. »Dort liegen sie. Wir haben sie herausgeholt. Sie sind alle leer, weitgehend jedenfalls.« Er rümpfte die Nase.

»Die Anzüge sind übrig«, wiederholte Dschonn. Das schien ihn regelrecht zu erschüttern.

»Was ist?«, fragte Hargon.

Dschonn sah ihn an. »Ihr habt ein Problem. Ihr und eure Welt. Ein großes Problem.«

Er seufzte so abgrundtief, wie Hargon noch nie jemanden hatte seufzen hören.

»Was für ein Problem?«, bohrte er nach.

Dschonn schien nach Worten suchen zu müssen, ehe er antwortete. »Vier Soldaten des Imperiums sind getötet worden. Hier. Auf eurer Welt. Die Anzüge haben ihren Tod registriert. Sie haben es an das Schiff weitergemeldet. Das Schiff hat es an das Imperium weitergemeldet. Der Imperator nimmt das nicht hin. Andere Schiffe werden kommen. Sie werden nachsehen. Sie werden wissen wollen, was geschehen ist. Sie werden denken, ihr habt die Soldaten getötet. Sie werden Rache nehmen. Rache.« Er sah mit bedauerndem Kopfschütteln auf sie herab. »Nicht gleich. Es kann lange dauern, bis sie kommen. Aber kommen werden sie. Nichts kann das verhindern. Sie kommen immer.«

Krumur

Der Gast

Das Wichtigste beim Signalmachen war, bis zum Ende der Windzeit einen ausreichend großen Vorrat an Ratzenschoten zu sammeln, um in den kalten Jahreszeiten genug Material zu haben. In der Regenzeit wurden die Samenschoten des Ratzenstrauchs rasch weich, wenn man sie nicht rechtzeitig vorher aushöhlte und über dem Ofen trocknete. Draußen fand man dann sowieso keine mehr, weil sie anfingen zu verfaulen, sobald der erste Tropfen fiel. Das nämlich war der Sinn der Schoten: dafür zu sorgen, dass die Samen erst in den Boden gelangten, wenn dieser nass genug war. Deswegen hatte Krumur die letzten Tage in den Wäldern ringsum verbracht. Ratzenschoten zu sammeln war anstrengend. Zwar schwirrte sie für ihr Alter noch ganz gut, aber oft war zwischen den Bäumen nicht genug Platz dafür. Dann musste sie sich mit der einen Hand an irgendwelchen Ästen festhalten und mit der schweren Eisenzange nach den Schoten angeln, die schon auf dem Boden lagen. Die, die um diese Zeit des Jahres noch an den Büschen hingen, waren ohnehin unbrauchbar: zu klein, zu weich, unausgereift. Sonst wären sie ja bereits abgefallen.

Anstrengend war es, und gefährlich, weil der Margor umso gieriger wurde, je näher die Regenzeit kam. An manchen Stellen konnte es schon ausreichen, den Boden nur mit der Fingerspitze zu berühren, dass er einen holte.

Doch kein Signalmacher war je dem Margor zum Opfer gefallen, und Krumur war entschlossen, mit dieser Tradition nicht zu brechen. Sie machte regelmäßig Pausen, um nicht vor Müdigkeit unaufmerksam zu werden, und so konnte sie jeden Abend mit einem großen Sammelbeutel voller Schoten zum Kniefelsen zurückkehren. Allerdings hatte sie nach einem solchen Tag nie Lust, noch zum Essen ins Nest zu fliegen. Sie kochte sich lieber selber etwas auf dem Feuer in der Werkstatt, aus getrocknetem Fisch und diesem und jenem, das sie nebenbei im Wald gefunden oder gepflückt oder abgekratzt hatte. Auch wenn sie groß war, sie brauchte nicht viel.

Dabei war es gar nicht einmal Müdigkeit, die sie davon abhielt, oder gar Faulheit, denn faul war sie eigentlich nicht. Nein, der Grund war, dass so ein ganzer Tag in den Wäldern sie in eine Stimmung versetzte, in der sie völlig mit sich allein zufrieden war. Ein ganzer Tag, an dem sie nichts hörte außer dem Rascheln der Blätter und dem Knarren der Äste, auf denen sie landete, an dem das Schlagen ihrer eigenen Flügel oft das lauteste Geräusch weit und breit war, an dem sie niemanden traf außer ein paar Rindenpickern mit ihren drolligen roten Schnäbeln, die sie aus ihren schwarzen Augen furchtlos betrachteten und sich irgendwann mit ihrem *Nek-a-nek-nek* verabschiedeten, nach einem solchen Tag voll intensiver Gerüche und Momente verzauberten Lichts wollte sie niemanden sehen, erst recht mit niemandem reden müssen.

Zumal die meisten Leute ohnehin nichts zu sagen hatten. Der Großteil aller Gespräche drehte sich doch nur um Klatsch und Tratsch, und weder für das eine noch das andere interessierte sich Krumur, nicht zuletzt deshalb, weil sie selber schon oft genug Gegenstand davon gewesen war in ihrem Leben.

Sie hatte sich nicht um diese Stellung beworben. Sie hätte nie auch nur im Traum daran gedacht, einmal Signalmacherin zu werden. Nein, das Schicksal hatte sie hierhergeführt, ein Schicksal, das für andere traurig und schmerzhaft gewesen war. Als ihr Bruder ihr damals die Anfrage Eikors überbracht hatte, war dies in einem Moment geschehen, in dem sie sich auf fast alles eingelassen hätte, und so hatte sie zugesagt. Und je länger sie das hier nun machte, desto mehr war sie überzeugt, endlich an dem Platz im Leben angelangt zu sein, der genau richtig für sie war.

Eikor hatte sich an etwas erinnert, das ihr selber fast entfallen war: Als junges Mädchen – als sehr junges Mädchen, noch bevor dieser Riesenwuchs begonnen hatte – war sie anlässlich eines Festes einmal bei ihm in der Werkstatt gewesen und ihm ein bisschen zur Hand gegangen. Er hatte sie gelobt, dass sie sich geschickt anstelle. Offenbar hatte ihm auch gefallen, dass sie mit so großem Vergnügen an all den Ingredienzen geschnuppert hatte, an dem Salpeterstein, den getrockneten Feuerkräutern und den dicken Blättern der Schwefelblume. Er hatte gemeint, sie habe Talent für das Signalmachen.

Sie hätte nicht sagen können, ob das stimmte. Ob man dazu überhaupt Talent brauchte oder ob es nicht vielmehr genügte, einfach sorgfältig arbeiten zu können. Sie hatte sich schon immer Mühe gegeben, Dinge richtig zu machen, bei allem, was zu tun war. Und so hatte sie sich eben auch Mühe gegeben, das Handwerk des Signalmachens richtig zu erlernen, nachdem Owen so plötzlich den Tod gefunden hatte, und auf eine so unerwartete Weise: Wer hätte je gedacht, dass ein so großartiger Flieger *abstürzen* würde?

Inzwischen lief es auch gut. »Du brauchst mich nicht mehr«, hatte Eikor eines Tages gesagt, und er schien froh zu sein, nicht länger bis hier herausfliegen zu müssen. Ab und zu hatte sie ihn noch besucht und um Rat gefragt, aber das kam immer seltener vor. Außerdem hatte sie ja die alten Bücher über das Signalmachen, die Aufzeichnungen ihrer Vorgänger, in denen sie immer wieder blätterte und immer wieder interessante Hinweise fand.

Manchmal konnte sie kaum glauben, wie weit die Signalraketen, die sie hier in ihrer Werkstatt fabrizierte, in die Welt hinausgelangten: Basgiar und die anderen Händler verkauften sie an die ganze Westküste, ins Eisenland, in den Furtwald ... und wer mochte wissen, wohin sie von dort aus weiterverkauft wurden? Es gab nicht viele Signalmacher auf der Welt, eine Handvoll. Hier in den Küstenlanden verwendete man fast nur Notsignale, die roten Lichter, und manchmal die grünen, um anzuzeigen, dass Kin-

985

der, die allein unterwegs waren, sich in Sicherheit befanden. Doch anderswo wurden damit Geburten angekündigt, Feste gefeiert oder allzu gierige Vogelschwärme verscheucht. Jedenfalls, die Tafel an der Wand ihrer Werkstatt, auf der sie die Bestellungen notierte, die ihr die Händler ansagten, war von oben bis unten vollgeschrieben.

Was ihr am besten gefiel, war, dass sie sich aus allem heraushalten konnte, das ihr nichts bedeutete, und trotzdem Anerkennung genoss, weil ihre Arbeit für das Nest wichtig war. Gewiss, an den meisten Tagen sauste sie, wenn sich der Hunger meldete, rasch hinüber, holte sich ihre Portion und setzte sich damit irgendwo an den Rand des Mahlplatzes, wo sie niemandem im Weg war. Sie wechselte ein, zwei Worte mit diesem oder jenem und flog, sobald sie ihren Teller abgespült ins Trockengestell getan hatte, wieder ihrer Wege. Aber manchmal war ihr danach, einfach nur einen frischen Fisch zu braten oder ein paar Eier, die sie sich aus den Nestern in den Klippen holte, und ihre Ruhe zu haben. Sie war inzwischen recht geschickt mit der Fischharpune – keine Selbstverständlichkeit für jemanden, der im Mur-Nest aufgewachsen war, mitten im dichtesten Wald und am Rand der Hochebene.

Eines Abends schließlich leerte sie ihren Sammelsack in den Korb mit den Ratzenschoten und kam zu dem Schluss, dass es nun genug war und an der Zeit, mit dem Aushöhlen und Trocknen zu beginnen.

Just in diesem Augenblick legte sich ein Schatten über den Felsen, dunkler als von jeder Wolke, und ein eigenartiges Fauchen erfüllte die Luft, wie es Krumur noch nie zuvor vernommen hatte. Und als sie auf die Plattform hinaustrat, sah sie, wie sich ein gewaltiges Ding aus Eisen aus der Höhe herabsenkte, ein klobiges, wenigstens hundert Schritte langes Gebilde, das sacht wie eine Feder tiefer und tiefer sank und endlich auf dem Strand aufsetzte.

***

Was, bei allen Ahnen, *war* das?

Krumur hatte dergleichen noch nie gesehen. Es schien sich um eine Art riesige Maschine zu handeln. Sie fühlte sich an Geschichten erinnert, wie man sie vor allem Kindern erzählte, Geschichten über die Ahnen, wie sie einst gelebt und was sie so getrieben hatten in der Zeit des Beginns. Angeblich jedenfalls, Krumur hatte das nie wirklich alles geglaubt.

Diese Geschichten hatten oft von dem Sternenschiff erzählt, mit dem die Ahnen durch das weite, weite Weltall auf diese Welt gekommen waren. Es war ein sehr großes Sternenschiff gewesen, das man auch *Heimstatt* nannte, und so, wie von ihm erzählt wurde, sah das Ding da unten aus wie eine kleine Version davon.

Ein kleines Sternenschiff? Aber woher sollte das kommen?

Von den Sternen, schoss es ihr durch den Kopf. Von den Sternen, von denen man auch immer nur Geschichten hörte. Und sie stand hier in der Werkstatt des Mannes, der behauptet hatte, bis zum Himmel hinauf und darüber hinaus geflogen zu sein und sie mit eigenen Augen gesehen zu haben.

Interessante Situation, dachte sie.

Jetzt geschah etwas. Das Ding hatte aufgesetzt, das Fauchen war verstummt. Nun öffnete sich eine Klappe an der Seite, aus der grelles Licht auf den Sand fiel.

Krumur verspürte den Impuls, Alarm zu schlagen – aber wie? Oder sollte sie sich besser zurückziehen, anstatt hier groß und weithin sichtbar auf der Plattform stehen zu bleiben? Beides verwarf sie. Sie hatte keine Angst, nie gehabt, denn es hatte sich noch nie jemand mit ihr angelegt. Und wenn sie losflog, um das Nest zu alarmieren, würde sie nicht mitbekommen, was als Nächstes passierte.

Was als Nächstes passierte, war, dass Leute aus der Öffnung traten. Viele Leute. Sie waren zu weit weg, als dass Krumur sie erkannt hätte, aber einige der Gestalten kamen ihr trotzdem irgendwie bekannt vor. Sie hörte Stimmen, Gelächter sogar. Es sah alles eher harmlos aus und klang auch harmlos.

Die Leute standen beisammen, hatten noch etwas zu besprechen. Dann schloss sich die Klappe wieder, die groß und schwer
aussah und aus Metall zu bestehen schien, Flügel wurden ausgebreitet, und die Leute hoben ab, um in Richtung des Nests davonzufliegen.

Alle bis auf zwei, die in ihre Richtung kamen.

Und von denen einer flog, obwohl er *keine* Flügel hatte!

Es wird immer interessanter, dachte Krumur und blieb stehen,
gespannt, was nun passieren würde.

Die beiden kamen näher und näher, bis sie auf einmal einen
von ihnen erkannte, den, der normal flog. Und wenn ihre Augen
sie nicht trogen, war das niemand anders als Oris, der Sohn ihres
Vorgängers, der vor bald einem Jahr das Nest verlassen und seither
so gut wie nichts mehr von sich hatte hören lassen.

Der andere Mann, der Flügellose, trug einen silbern schimmernden Anzug, der Krumur schon wieder an die Geschichten
über die Ahnen erinnerte: Von denen hatte es nämlich auch geheißen, sie hätten solche Anzüge besessen. Nur waren sie nicht silbern
gewesen. Aber sie hatten mit ihrer Hilfe fliegen können.

Sie trat ein Stück zur Seite, damit die beiden landen konnten.
Dann, als die beiden vor ihr standen, wusste sie nichts zu sagen, so
verdutzt war sie, in dem Mann mit dem Fluganzug zum ersten Mal
in ihrem Leben einem Mann gegenüberzustehen, der größer war
als sie!

Und dieser Mann nickte ihr zu – fast eine Art Verbeugung –
und sagte: »Gruß.«

Unwillkürlich nickte sie zurück. Das war ja mal seltsam.

»Hallo, Krumur«, meinte Oris derweil mit schiefem Grinsen.
»Ich nehme an, du hast mich nicht erwartet?«

Sie räusperte sich. »Allerdings nicht. Deine Mutter wird sich
freuen, dass du endlich zurück bist.«

»Ja, zu der fliege ich nachher auch als Erstes. Aber vorher muss
ich mit dir was klären. Ich nehme an, du hast von dem Riss im
Himmel gehört?«

Krumur hob die Augenbrauen. »Ein *Riss* im Himmel?«

»Nicht?« Das schien ihn ernsthaft zu wundern. »Man hat ihn von hier aus wahrscheinlich nicht gesehen, aber so schnell, wie sich Neuigkeiten verbreiten, dachte ich, dass das eigentlich inzwischen *das* Thema auf allen Mahlplätzen sein müsste.«

Krumur schob die Hände in die Ärmel ihrer Jacke. »Ich war die letzten Tage nicht im Nest. Ich war im Wald, Samenkapseln sammeln.«

»Ah, verstehe.« Oris nickte, erinnerte sich. »Es ist ja wieder diese Zeit des Jahres.« Er räusperte sich. »Also, ganz kurz. Im Osten ist ein Phänomen aufgetreten, das zuletzt wohl zur Zeit der Ahnen beobachtet worden ist, nämlich, dass sich ein langer, breiter Riss im Himmel aufgetan hat, durch den man nachts die Sterne gesehen hat und durch den bei Tag grelles Licht herabgefallen ist. Das war in der Gegend Thoriangor – Hazagas – Schlammdreieck und Goldküste.«

»Aha«, machte Krumur.

»Nun ist es wohl so, dass so etwas nur dann passiert, wenn ein Sternenschiff aus dem Weltraum kommt und auf unserer Welt landet«, fuhr Oris fort. »In diesem Fall war es das Ding, das jetzt da unten am Strand steht. Die Leute, die an Bord waren, sind alle ums Leben gekommen, vor allem durch den Margor, von dem sie offenbar nichts gewusst haben.« Er wies auf den riesigen Mann neben sich. »Das ist der einzige Überlebende. Er heißt Dschonn und, nun ja, zum Glück weiß er, wie man mit so einem Sternenschiff umgeht. Solche Leute nennt man *Piloten*, hat er uns erklärt, und er ist einer.«

»Aha«, machte Krumur noch einmal und sah sich den Mann genauer an. Er hatte eigentümlich krause Haare, wie man sie selten sah, und lächelte verlegen, als er ihre Blicke bemerkte.

»Ja«, sagte er mit einer Stimme, die fremd klang und so, als sei sie das Sprechen wenig geübt. »Das ist wahr.«

»Das Problem ist, dass er erst mal irgendwo wohnen muss«, erklärte Oris. »Du siehst ja, er ist viel größer als wir. Den kriegen wir in keinem Nest unter. Die Schlafhütten sind ihm alle zu winzig, und auf einem Baum ist es auch zu gefährlich für ihn, weil er nicht fliegen kann ohne diesen Anzug. Tja, und da ist mir die Werkstatt meines Vaters wieder eingefallen, mit ihren riesigen Räumen.« Krumur nickte. »Ja. Klar. Kein Problem. Hier ist genug Platz.« Oris hob die Hände. »Wohlgemerkt, das ist erst mal nur eine Idee. Ein Vorschlag. Da gibt's noch keinen Beschluss des Rats und nichts. Sowieso wissen wir auch noch nicht, für wie lange es sein wird, ob sich vielleicht noch eine geeignetere Unterbringung findet und was überhaupt mit ihm wird. Jedenfalls, ich dachte mir, du könntest ja solange ins Nest ziehen.«

»Nein«, erwiderte Krumur. »Er kann einen der Räume hier haben, aber ich bleibe.«

»Hmm.« Oris sah betreten drein. »Ehrlich gesagt fände ich es besser, wenn du ...«

»Nein, wieso? Hier ist genug Platz für zwei. Und ich hab jede Menge Arbeit.« Sie wies hinter sich. »Ich habe alle Körbe voller Ratzenschoten, die ausgehöhlt und getrocknet werden müssen, ehe die Regenzeit anfängt. Wenn ich das jetzt nicht mache, verderben sie.«

Der große Mann, der Dschonn hieß, hob die Hand und sagte: »Ich will keine Probleme machen. Ich kann auch im Schiff wohnen. Das macht mir nichts aus.«

»Nein.« Oris sah ihn an und schüttelte scharf und entschieden den Kopf. »Wir haben darüber geredet. Wir wollen nicht, dass Ihr das Sternenschiff betretet, ohne dass jemand von uns dabei ist.«

Dschonn nickte eilig. »Ja. Ja. Ich will nur keine Probleme machen.«

»Wir klären das schon.« Jetzt kam Oris zu ihr, nahm sie am Arm und zog sie ein Stück ins Innere der Werkstatt, um dann leise auf sie einzureden: »Die Sache ist die, Krumur – wir wissen nicht, inwieweit wir ihm trauen können. Er sieht harmlos aus, aber er stammt von einer anderen Welt. Er denkt und fühlt vielleicht ganz anders als wir. Hinzu kommt, dass einer der Männer, die in dem Sternenschiff waren, sich einer Frau von der Goldküste gegenüber auf eine Weise benommen hat, die wir nicht gewohnt sind.«

»Was für eine Weise?«, fragte Krumur.

Es machte ihn offenbar verlegen, darüber zu sprechen. Dabei wirkte er viel erwachsener und selbstbewusster als noch vor einem Jahr! Was immer er für eine Reise hinter sich hatte, sie schien ihm gutgetan zu haben.

»Eine, hmm, gewalttätige Weise«, sagte Oris schließlich. »Er wollte sie zwingen, ihm die Beiwohnung zu gestatten.«

»Oh«, machte Krumur, drehte sich um und nahm den Mann draußen auf der Plattform noch einmal in Augenschein.

Dann schüttelte sie den Kopf. »Egal«, entschied sie. »Mir kommt er nicht bedrohlich genug vor, als dass ich deswegen bis zum Ende der Frostzeit die Produktion einstellen möchte.«

»Du bist die Signalmacherin, es ist deine Werkstatt, klar. Du musst das entscheiden. Ich kann dir nur sagen, was wir wissen.«

Sie sah auf ihn herab und lächelte. »Er macht mir keine Angst. Außerdem bin ich bekanntlich stärker als die meisten Frauen.«

Er war sichtlich hin- und hergerissen. »Vielleicht, wenn wir noch jemanden hier unterbringen, eine Art Wache?«

»Untersteh dich.« Sie winkte dem Mann, bedeutete ihm hereinzukommen. »Ich mach das schon. Flieg du endlich zu deiner Mutter. Immer, wenn sie hier war, angeblich, um nachzuschauen, ob ich zurechtkomme, hat sie von dir angefangen und dass sie nichts von dir hört.«

»Bist du sicher, dass du nicht doch lieber ins Nest …?«

»Ich bin, wie du weißt, ein großes Mädchen«, erwiderte sie. »Das größte Mädchen der Welt. Jetzt mach endlich die Flatter.« Sie gab ihm einen Schubs in Richtung Ausgang.

Im Hinausgehen raunte Oris dem Mann noch etwas zu von wegen, er solle sich bloß anständig betragen, dann breitete er die Flügel aus, sprang von der Plattform und flog davon.

***

Krumur streckte dem Fremden die Hand hin. »Hallo. Ich bin Krumur.«

Er sah ihre Hand an, schien erst nicht zu wissen, was er damit anfangen sollte, dann fiel es ihm offenbar wieder ein, denn er ergriff sie und schüttelte sie, ungeübt, ungelenk. Es sah aus, als versuche er, sich den Sitten anzupassen, aber er hatte wohl erst damit begonnen. »Dschonn«, sagte er noch einmal. »Gruß.«

Dann ließ er ihre Hand wieder los, zuckte beinahe zurück, als sei ihm die Berührung unheimlich. »Es tut mir leid«, stieß er hervor. »Ich könnte im Schiff wohnen. Aber sie haben Angst. Dass ich das Schiff nehme und wegfliege. Aber ich will nicht wegfliegen. Wohin denn? Nein, nein. Ich bleibe.«

»Ja, ja«, meinte Krumur. Seltsam, wenn jemand keine Flügel hatte. Ein ganz eigenartiger Anblick. Als hätte man es mit einer halbierten Person zu tun. Wobei er ja nichts dafür konnte. »Wir werden dich schon irgendwie unterbringen. Komm.«

Sie ging voraus in den Gang, der aus der Werkstatt nach hinten führte. Rechter Hand war die Kammer, in der sie schlief, weiter hinten befand sich der Vorratsraum. Auf der linken Seite gab es drei Räume, von denen sie nur den vordersten ab und zu benutzte, einen kleinen Raum, in dem ein Tisch und zwei Stühle standen und ein uralter Kiurka-Ofen. In die anderen beiden Räume hatte sie bisher nur einmal kurz hineingeschaut.

Aus den Notizbüchern ihrer Vorgänger hatte sie einiges über den Ausbau dieser Höhle erfahren. Der erste Signalmacher, der hier gelebt und gearbeitet hatte, war Tassafas gewesen. Er hatte den Baum mit seiner Werkstatt versehentlich in die Luft gesprengt und war daraufhin in diese Höhle gezogen. Tassafas musste ein wahrer Berserker gewesen sein, denn seinen Aufzeichnungen zufolge hatte er die vorhandenen Höhlen allein mit Hammer und Meißel begradigt und massiv erweitert; die Steine, die heute noch den Fuß des Kniefelsens säumten, stammten aus dieser Zeit. Er hatte auch das Eisenrohr eingebaut, durch das Wasser von einer Quelle in den Klippen direkt in den Wasserraum am Ende des Ganges strömte.

Seine Nachfolgerin, Hatturis, hatte allerlei Möbel hergeschafft oder gebaut, und auch fast alle Decken, Stoffe und Kissen stammten noch von ihr, aber sie hatte nie hier gewohnt: Kaum war alles eingerichtet gewesen, hatte sie sich einem Mann versprochen und von da an im Nest gelebt. Sie war nur noch zum Arbeiten hergekommen.

Der nächste Signalmacher, Golheit, hatte dann aber tatsächlich hier gelebt. Er war es auch gewesen, der den seltsam großen Spiegel im Wasserraum angebracht hatte. Krumur fragte sich immer noch, wie er den hergeschafft hatte.

Aber man sagte Signalmachern ja nach, dass sie alle eher seltsame Zeitgenossen waren. Wobei Krumur sich selber da gar nicht ausnehmen wollte.

Eikor schließlich hatte vor allem die Werkstatt ausgebaut. Er war aus dem Schlammdelta hergekommen, um sich Halris zu versprechen, hatte Golheit bis zu dessen Tod assistiert und war dann an seine Stelle getreten. Er war ein guter Signalmacher, aber er hatte mit der Zeit eine Empfindlichkeit gegen Salpeterstein und andere Ingredienzen entwickelt. Er war froh gewesen, als Owen sich seiner Tochter Eiris versprochen und die Arbeit übernommen hatte.

»Schauen wir einmal hier«, sagte Krumur und nahm das große Glas mit den Leuchtwürmern, das im Gang an einem Haken hing. Die armen Tiere leuchteten nur noch schwach, sie musste dran denken, ihnen mal wieder etwas Futter hineinzuwerfen. Dann schlug sie den Ledervorhang vor dem Durchgang in den mittleren Raum beiseite.

Dahinter hatte sich nichts verändert, seit sie vor fast einem Jahr hereingeschaut hatte. Zwei Kisten standen an der einen Wand, vor der anderen Wand lag eine dicke Flechtunterlage, eine Flügelspanne lang und eine breit, aber dazu, eine Kuhle darauf zu errichten, war Hatturis offensichtlich nicht mehr gekommen.

»Hmm«, sagte sie. »Das ist jetzt allerdings ein Problem. Ich kann dir keine Kuhle anbieten, ich hab nur meine eigene …«

993

»Keine Kuhle«, rief Dschonn sofort. »Bitte. Das ist nicht gut für mich. In einer Kuhle tut mein Rücken weh.«

Sie musterte ihn. Sagte er das jetzt nur, um höflich zu sein und weil er keine Schwierigkeiten machen wollte, oder waren die Bedürfnisse tatsächlich so anders ohne Flügel?

Dschonn zeigte auf die Flechtunterlage. »Das da ist gut. Flach. Da kann ich schlafen.«

Sie beschloss, davon auszugehen, dass es so war, wie er sagte. »Also gut«, meinte sie, »dann haben wir ja doch kein Problem. Aber es ist vielleicht trotzdem ein bisschen hart so. Und was zum Zudecken wirst du auch brauchen, oder?« Er konnte sich ja nicht mal zur Not in seine Flügel hüllen, der Ärmste. Krumur öffnete eine der Kisten, in der sie lauter Decken wusste. Eine Menge Herbblüten lagen dazwischen, uralt, die zu Staub zerfielen, als sie die Decke herausnahm. Aber immerhin, sie hatten die Stoffe einigermaßen frisch gehalten.

Sie breitete eine der Decken auf der Unterlage aus, legte eine zweite darüber, als Zudecke.

»So?«, fragte sie.

»Gut«, sagte er und klang richtig glücklich. »Sehr gut. Eben. Und viel Platz.«

»Hast du noch irgendwelche Sachen dabei?«

»Sachen? Was für Sachen?«

Krumur hob die Flügel an, bemerkte, dass ihn diese Bewegung irritierte. »Was anderes zum Anziehen oder so?«

»Nein.« Er zupfte an dem silbrigen Stoff, aus dem der Anzug zum größten Teil bestand. »Nur den Antigraff. Und was ich anhabe.«

»Hmm. Spätestens wenn die Frostzeit anfängt, wird das aber nicht mehr reichen.« Wieso er den Fluganzug wohl *Antigraff* nannte? »Gut, ich zeig dir noch den Wasserraum. Komm.«

Der Wasserraum ganz am Ende des Gangs besaß eine Tür aus Panzerholz, die sich auf kunstvoll im Gestein verankerten Scharnieren aus demselben Material bewegen ließ. Zum Glück, denn

Eisenscharniere wären bei der Feuchtigkeit, die dahinter herrschte, längst verrostet. Mitten aus der Decke ragte das Rohr, aus dem das Quellwasser auf den blanken Steinboden herabprasselte. Man konnte einen Holzbottich darunterschieben, um es aufzufangen und sich dann damit zu waschen, oder man konnte sich direkt unter den Strahl stellen, je nachdem. Und ganz hinten war das Entsorgungsloch, durch das alles letztendlich ins Meer floss.

Während sie ihm das zu erklären versuchte, gegen eine befremdliche Begriffsstutzigkeit ankämpfend – wuschen sich Menschen auf anderen Welten etwa nicht? –, hörte sie plötzlich, wie jemand ihren Namen rief.

Es waren Leute von der Küche, ein aufgeregter Haufen Flügel, die sich auf ihrer Plattform drängten und über das Ding unten am Strand diskutierten, alle durcheinander. Epris war dabei, Nakwen, Elnidor und sogar Golwodin, der Älteste. Sie hatten Tontöpfe mit Abendessen mitgebracht und Körbe mit Sachen für das Frühstück und wollten einen Blick auf den Fremden werfen. Elnidor in seiner Eigenschaft als Vorratsmeister bat Dschonn dann nach nebenan, um ihn zu vermessen: Man würde ihm Kleidung anfertigen für die kühleren Jahreszeiten, kündigte er an.

Derweil nahm Golwodin Krumur beiseite, legte die Stirn in mächtig viele Falten und erklärte: »Ich mache mir Sorgen um dich, Krumur. Man erzählt üble Dinge über die Menschen aus dem Weltraum, *sehr* üble Dinge. Und nun sagt mir Oris, du willst trotzdem hierbleiben. Bitte, überleg dir das noch einmal! Mir wäre es lieber, du würdest zu uns ins Nest ziehen, solange der Fremde da ist. Ich habe mit Kuchris gesprochen, du könntest die große Schlafhütte auf dem Mittelast bekommen!«

Krumur wusste, von welcher Hütte er sprach. In der hatte sie sogar schon einmal geschlafen. Und sich darin ihre rechte Außenschwinge fürchterlich verstaucht.

Nein, sie hatte wirklich genug von den engen Schlafhütten. Hier im Kniefelsen zu wohnen verdarb sie wahrscheinlich für alle Zeiten für das Leben in den Nestern.

»Ich danke dir«, sagte sie, »aber ich habe noch nie Angst vor Männern gehabt und werde nicht heute damit anfangen. Ich bleibe.«

Wenn, dann war ihr Problem eher, dass Männer Angst vor *ihr* hatten. Aber das sagte sie Golwodin nicht.

Der Älteste musterte sie sorgenvoll, hob hilflos die Hände, faltete seine Flügel aus und wieder ein und meinte schließlich: »Nun, ich hab's jedenfalls versucht. Versprich mir, dass du auf dich aufpasst.«

»Ja, ja«, sagte Krumur, der diese Überbesorgtheit allmählich auf die Nerven ging. Wenn sie alle so Angst um sie hatten, warum quartierten sie den Fremden nicht gleich irgendwo anders ein? Anstatt ihn hierher zu bringen und von ihr zu erwarten, den Ort zu räumen, an dem sie sich zu Hause fühlte.

Es dauerte trotzdem eine kleine Ewigkeit, bis sie endlich alle wieder abschwirrten. Krumur musste den Topf noch einmal aufs Feuer stellen. Es war nichts Besonderes, ein Gemüseeintopf mit Hiibu-Fleisch und Kräutern, aber sie hatten's richtig gut gemeint mit ihnen; es war eine Portion für drei bis vier Leute, mindestens.

Sie richtete den Tisch im kleinen Zimmer für zwei Personen her, was sich einigermaßen merkwürdig anfühlte, denn so etwas hatte sie noch nie gemacht. Dschonn stand währenddessen draußen auf der Plattform und sah zu, wie das große Licht des Tages in der Ferne über dem Ozean versank. Man konnte den Eindruck bekommen, dass er so etwas nie zuvor gesehen hatte.

Was ja wohl kaum möglich war. Krumur tat sich immer noch schwer damit, zu akzeptieren, dass dieser so riesige und zugleich so verstümmelt aussehende Mann wirklich und wahrhaftig aus dem Weltraum gekommen sein sollte. Natürlich, rein theoretisch wusste sie, dass ihre Welt nur ein winziges Kügelchen in einem unermesslichen Weltenraum voller Sterne und anderer Welten war, wie es im Buch Pihr beschrieben wurde. Aber sie wusste es eben nur von dort. Sie hatte diese *Sterne* noch nicht einmal *gesehen*, und sich vorzustellen, dass Dschonn von einem dieser Sterne kam, war ziemlich gewöhnungsbedürftig.

»Komm jetzt«, sagte sie.»Bevor das Essen noch mal kalt wird.« Draußen war es ohnehin schon so gut wie dunkel. Sie winkte ihn herein und legte die Läden vor, mit denen man die Werkstatt abschloss.

»Es ist wunderschön hier«, erklärte Dschonn mit einem geradezu blödsinnigen Lächeln im Gesicht.»Ich will gar nicht aufhören zu schauen. Ich möchte den ganzen Tag nur da stehen und schauen. Es ist so schön.«

»Ja, ja«, sagte Krumur.»Aber jetzt essen wir erst einmal.« Als sie ihm aufschöpfte, kam ihr ein Gedanke.»Sag mal, verträgst du unser Essen überhaupt?«

»Ja«, sagte er.»Ich habe zu essen bekommen, dort, wo ich zuerst war. Es war sehr gut.«

»Na, prima«, meinte Krumur und stellte ihm den vollen Teller hin.»Sag mal, wenn du aus dem Weltraum kommst, dann hast du doch aber bestimmt schon andere Welten gesehen, oder?«

»Ja, das ist so«, bestätigte er und nahm den Löffel in die Hand, ungeschickt wie ein Kind.»Aber keine, die so schön ist wie diese.« Er sah zu, wie sie sich selber auftat.»Ich bin auf Konkorran geboren. Dort leben dreiundzwanzig Milliarden Menschen. Die schweren Schlachtschiffe werden dort gebaut. Alles ist Stadt oder Werft. Man kann aus dem Fenster sehen, aber man sieht nur andere Häuser.«

»Das kann ich mir gar nicht vorstellen«, gestand Krumur.»Guten Appetit. Lass dir's schmecken.«

Ach doch, es schmeckte recht gut. Mit Feuerbeeren gewürzt, das mochte sie.

Dschonn nahm den ersten Bissen, kaute darauf herum, riss die Augen auf, kaute hingebungsvoll weiter. Nachdem er geschluckt hatte, stieß er hervor:»Das ist gut. Oh, ist das gut.« Dann löffelte er den nächsten Bissen in den Mund, ächzte und summte beim Kauen, und erklärte zwischendurch:»Ich habe noch nie so etwas gegessen. So etwas Gutes.«

»Hmm, na, das ist noch gar nichts«, brummte Krumur, die fand, dass er's allmählich übertrieb. »Wart erst mal, bis die in der Küche sich richtig in den Wind legen. Wenn Juris ihren Muschelkuchen backt oder Noharis ihre Mokko-Beeren-Creme macht. Ah, oder getrockneten Segelfisch am Spieß! *Da* lohnt sich's dann.«

Dschonn schien ihr gar nicht zuzuhören, er aß und aß wie in Trance, ganz ins Kauen und Schmecken versunken. Als sein Teller leer war, bat er: »Kann ich noch einmal bekommen?«

»Ja, klar, solange was da ist«, meinte sie und schöpfte ihm noch einmal aus. »Aber übertreib's nicht.«

Zwischendurch hatte sie Momente, in denen sie fast bedauerte, die Einladung, ins Nest umzusiedeln, nicht angenommen zu haben. Dann wieder saß sie da und sah ihm einfach nur zu, wie hingebungsvoll er diesen Eintopf aß. Sie musste an den blöden Spruch denken, den man manchmal brachte, von wegen, »das ist so gut, ich möcht am liebsten beide Flügel drin eintauchen«, aber das funktionierte bei ihm ja auch nicht.

Vielleicht war er einfach wirklich hungrig. So eine Reise von einer Welt zur anderen, die war ja bestimmt anstrengend.

Schließlich war der Topf tatsächlich leer, völlig ausgekratzt, und Dschonn satt und glücklich. Krumur holte Wasser in ihrem großen Eisentopf, erhitzte es auf dem Feuer und zeigte ihm, wie man die Teller und die Löffel reinigte und anschließend in das behelfsmäßige Trockengestell tat, das sie sich gebaut hatte. Da war er aber schon nicht mehr ganz ansprechbar. Er tat schweigend wie geheißen, dann bedankte er sich mit brummeligen, kaum zu verstehenden Worten, die wohl besagten, dass er nun schrecklich müde sei und sich hinlegen wolle. Krumur nickte, wünschte ihm eine gute Nacht und sah ihm nach, ob er den richtigen Weg fand. Dann löschte sie die Fettlampen und ging auch schlafen.

Krumurs Schlafkammer besaß ebenfalls eine Tür aus Panzerholz, fast dieselbe Konstruktion wie die Tür des Wasserraums, nur dass diese Tür mit einem Riegel ausgestattet war, um sie von innen zu verschließen. Warum auch immer Hatturis geglaubt hatte, so etwas zu benötigen. Und so fest, wie er in seiner Halterung saß, war er seit ihrer Zeit nicht mehr angefasst worden. Krumur hatte diesen Riegel noch nie benutzt. Sie hatte kaum wahrgenommen, dass es ihn überhaupt gab. Doch an diesem Abend ruckelte sie so lange daran herum, bis er sich wieder bewegte, und legte ihn dann vor.

***

Krumur schlief unruhig in dieser Nacht, wie es sonst gar nicht ihre Art war. Sie schreckte irgendwann hoch, auf schlaftrunkene Art völlig davon überzeugt, einer der Windriesen habe den Kniefelsen gepackt und quetsche und würge ihn wie eine angefaulte Ratzenschote, fest entschlossen, ihn zum Platzen zu bringen.

Dann wurde sie vollends wach und hörte *tatsächlich* Geräusche. *Ganz* seltsame Geräusche. Ein unheimliches Stöhnen und Ächzen und Schleifen, und wie das hallte! Und – *weinte* da jemand?

Krumur setzte sich auf, zog das Tuch von ihrem Leuchtglas, sah sich um. Alles war, wie es immer war, nur eben, dass vom Gang her diese gruseligen Laute zu hören waren.

Sie schlüpfte aus der Kuhle, nahm das Leuchtglas am Henkel und huschte zur Tür. Die nicht aufging. Ach so, der Riegel. Sie schob ihn auf, streckte den Kopf hinaus. Alles dunkel. Natürlich, das große Leuchtglas hatte sie ja dem Fremden in die Kammer gestellt. Sie hielt ihr kleines Leuchtglas hoch, spähte in alle Richtungen.

Die Tür zum Wasserraum stand halb offen. Von dort schien auch das Stöhnen zu kommen.

Krumur holte tief Luft, dann trat sie leise hinaus auf den Gang, auf nackten Füßen, die Flügel unwillkürlich fluchtbereit gestellt. Was natürlich unsinnig war. Sie legte sie wieder an.

Im Wasserraum plätscherte das Wasser aus dem Rohr auf den Boden, wie immer. Aber da lag das andere, das große Leuchtglas

999

am Boden, umgestoßen; die Würmer krümmten sich auf dem feuchten Boden verstreut, wurden schon dunkel von der Nässe und der Bodenkälte.

Dann sah sie, ganz hinten, neben dem Entsorgungsloch, den Fremden am Boden liegen.

Sie näherte sich ihm, das Leuchtglas hoch erhoben. Er hatte nur eine bauschige Hose an, die jetzt natürlich nass war, lag mit dem Kopf neben dem Loch und schluchzte vor sich hin. Der säuerliche Geruch von Erbrochenem ging von ihm aus.

Als sie sich über ihn beugte, schrak er zusammen.

»ES TUT MIR LEID!«, schrie er. »ES TUT MIR SO LEID! ZU VIEL GEGESSEN! ZU VIEL! ES TUT MIR LEID!«

Krumur war zusammengezuckt. »Ja, schon gut. Schrei nicht so, bitte. Ist alles draußen?«

Er stemmte sich mühsam ein Stück hoch. »JA … ja. Alles leer. Schwach. Ganz schwach.«

»Vielleicht hast du es einfach doch nicht so gut vertragen«, meinte Krumur. Seine Hose war nicht nur feucht, sie war auch verschmiert. Sie zögerte einen Moment, dann sagte sie entschlossen: »Du musst das ausziehen, fürchte ich.«

Sie half ihm aufzustehen. Er drehte sich beiseite, als er sich der Hose entledigte, aber sie sah trotzdem, dass der Mann aus dem Weltraum wie ein ganz normaler Mann gebaut war.

Abgesehen davon, dass er keine Flügel hatte. Das sah wirklich seltsam aus!

Dann zog sie ihn unter den Wasserstrahl, wo er japste und schlotterte, und als alles abgespült war, zog sie ihn wieder heraus und gab ihm eins von den großen Handtüchern. Das natürlich für normale Maße gedacht war, nicht für Riesen wie ihn, aber es reichte, dass er sich abtrocknen und verhüllen konnte.

Er zitterte, wusste nicht weiter. Sogar seine Unterlippe zitterte. »Ich bin so leicht«, flüsterte er.

Sie nahm ihn am Arm, führte ihn zurück in seine Kammer, ließ ihn sich hinlegen. Auf sein flaches Lager, aber er schien erleichtert, als er sich darauf ausstrecken konnte, flügellos, trotz seiner Größe ein bisschen armselig wirkend.

»Schlaf«, sagte Krumur. »Ich kümmere mich um alles.«

»Es tut mir leid«, murmelte er, dann fielen ihm die Augen zu.

Krumur kehrte in den Wasserraum zurück und sammelte als Erstes die armen Leuchtwürmer wieder ein. Ein Glück, dass das Glas heil geblieben war; es war ein schönes, altes Glas, für das Ersatz zu finden schwer gewesen wäre. Als sie alle Würmer beisammen hatte, trug sie das Glas nach vorn in die Werkstatt und bröselte erst einmal ein Stück Trockenhonig darüber, um sie zu beruhigen.

Eine Weile schaute sie dem Gewimmel der Würmer zu, wie sie sich durcheinander und umeinander wanden, um an den Honig zu kommen, und dabei wieder anfingen, in dem gewohnten blassen Hellgrün zu leuchten, dem *kleinen Licht der Nacht in den Hütten* wie man auch sagte. Morgen würde sie sie richtig füttern.

Sie ließ das Glas stehen, ging zurück in den Wasserraum und wusch Dschonns Hose mit Seife. Zum Schluss spülte sie sie gut durch, quetschte so viel Wasser heraus wie möglich und hängte sie in der Werkstatt zum Trocknen an den Ofen.

Sie hörte Dschonn schnarchen, als sie endlich fröstelnd zurück in ihre Schlafkammer kam. Ihr eigenes Schlafgewand war bei all dem natürlich auch feucht geworden, klebte ihr an der Haut. Sie zog ein frisches an, schlüpfte in ihre Kuhle und schlief sofort ein.

***

Als sie am nächsten Morgen aufwachte, stellte sie fest, dass sie ganz vergessen hatte, den Riegel wieder vorzulegen. Und nichts war passiert, natürlich nicht.

Es war alles still. Die Hose war trocken; sie legte sie Dschonn leise in die Kammer, hörte ihn ruhig atmen auf seinem flachen Lager.

Anschließend öffnete sie die Läden, ließ Licht in die Werkstatt und die kühle Morgenluft. Es war noch früh, das große Licht des Tages stand noch hinter den Akashir-Bergen, sodass magisches Dämmerlicht über dem Meer lag, das unruhig war und schaumig. Windzeit-Meer eben. Ein Schwarm Segelfische zog vorüber, in manchen Momenten tief liegenden Vögeln zum Verwechseln ähnlich.

Krumur setzte Wasser auf, kochte einen leichten Süßgrastee, bereitete den Tisch für das Frühstück vor, einen Mahlplatz für nur zwei Personen. Den Tee stellte sie warm und begann, schon einmal die Schoten zu sortieren, die sie heute bearbeiten würde.

Und als sie dann immer noch nichts von ihm hörte, spannte sie die erste davon ein und setzte den Bohrer an.

Sie hatte schon ein gutes Dutzend Schoten ausgehöhlt und zum Trocknen auf das Eisengitter über dem Ofen gelegt, als Dschonn endlich auftauchte. Er trug die saubere Hose, die, wie Krumur jetzt im Tageslicht sah, dunkelgrau war, und ein nicht ganz so sauberes, einfaches Hemd von hellgrauer Farbe. Es waren zwei ausgesprochen formlose und unkleidsame Stücke. In dem silbernen Fluganzug hatte er besser ausgesehen, auf jeden Fall mehr wie jemand, der tatsächlich von einer anderen Welt kam. Allerdings hatte der Anzug auch ein bisschen unbequem gewirkt. Wahrscheinlich war es für ihn angenehmer so.

Er war verlegen. »Es tut mir leid«, sagte er gleich. »Sehr leid. Danke für deine Hilfe.«

»Schon gut«, meinte Krumur und wischte sich die Ratzenkleie von den Fingern. »Wie geht's dir?«

»Gut«, sagte er rasch. »Ja. Gut. Gut geschlafen. Alles gut.«

»Na, prima. Und? Hast du Hunger?«

Er nickte zögernd. »Ja. Ich bin ganz leer.«

»Na, dann komm.« Sie wusch sich die Hände, schenkte Tee in die Becher ein. In dem Korb waren Teigtaschen mit Kräuterfüllung gewesen, eine Spezialität von Epris, und Krumur hatte sie auf den Ofen gelegt, dass sie schön durchwärmten.

»Oh«, machte Dschonn nach dem ersten Bissen. »Auch sehr gut. Aber ich esse lieber nur wenig.«

»Ja, ist vielleicht besser«, meinte Krumur, die sich ein bisschen seltsam dabei vorkam, mit einem fremden Mann zu frühstücken, einfach so.

Auch so eine blöde Erinnerung. In ihrer Jungmädchenzeit war der »Morgen danach« immer so ein Thema gewesen. Wenn man nach der ersten Nacht, die man mit einem Jungen in der Kuhle verbracht hatte, auf den Mahlplatz kam: Wie sie einen dann alle ansahen. Neugierig. Wissend. Amüsiert. Und wie manche den Jungen gleich einplanten, wissen wollten, was er als Jäger taugte oder als Sänger oder welche Gerichte er kochen konnte.

Sie hatte das nur einmal erlebt, damals mit Adsul. Adsul mit den langen Locken und den ewig unordentlichen Flügeln, ein struppiges Durcheinander von Federn, von denen er immer jede Menge in ihrer Kuhle verloren hatte. Aber es war nichts draus geworden, und später war sie immer weiter und weiter gewachsen, und kein Mann hatte sich mehr an sie herangetraut.

Was er heute wohl machte? In der Muschelbucht jedenfalls lebte er nicht mehr. Jemand hatte ihr erzählt, ihn mal auf einem Markt in den Furtwäldern getroffen zu haben, allerdings sei er als Kurier unterwegs gewesen. Das war aber auch schon wieder lange her.

Um ihre eigene Unsicherheit zu überspielen und weil es ihr unangenehm war, schweigend mit ihm am Tisch zu sitzen, fragte sie Dschonn aus, was ihn denn hierher verschlagen habe. Sie erfuhr, dass er als Gefangener unterwegs gewesen war, als *Verbrecher* eigentlich, und sie musterte unwillkürlich seine Stirn, suchte nach einem entsprechenden Mal, aber da war natürlich keines. Das wäre ihr auch am Tag zuvor schon aufgefallen.

Was er denn verbrochen habe, hakte sie beherzt nach, worauf er ihr erklärte, er habe jemanden kritisiert, einen gewissen *Imperator*. Krumur verstand nicht recht, wie es ein Verbrechen sein konnte, jemanden zu kritisieren. Nach diesem Maßstab wäre praktisch jeder, den sie kannte, ein Verbrecher gewesen; sie selber auch, denn wann waren sich die Bewohner eines Nestes schon einmal über irgendetwas einig? Und was musste sich ein Ältester oder jemand aus dem Rat alles an Kritik anhören? Ihr kam der Verdacht, dass hier ein Missverständnis vorlag; dass sie etwas aus seinen Worten heraushörte, das er in Wirklichkeit gar nicht meinte. Doch als sie weiterfragte, erfuhr sie, dass dieser Imperator ein sogenannter »Herrscher« war, und das wiederum war jemand, der allen anderen sagte, was sie zu tun und zu lassen hatten. Und mit »allen anderen« waren wahrhaftig – sie fragte mehrmals nach, weil sie das gar nicht glauben konnte – *alle* Menschen gemeint, viele, viele Milliarden davon, die auf Hunderten verschiedener Welten lebten.

Krumur fand das äußerst bizarr. Woher wollte ein einzelner Mensch denn wissen, was für so viele andere Menschen gut und richtig war? Das wussten die Menschen doch im Allgemeinen selber am besten. Sowieso konnte ja nur schwerlich für alle dasselbe gut und richtig sein: Wie schwer es war, Regeln aufzustellen, die für alle funktionierten, sah man ja, wenn man die Großen Bücher las, mit ihren vielen »Einerseits« und »Andererseits« und »Ausgenommen« und »es sei denn«, und am Ende überließen sie das meiste ja doch dem Urteilsvermögen der Einzelnen.

Aber als Dschonn es genauer erklärte, begriff sie, dass es dabei gar nicht darum ging, was für die *Menschen* gut und richtig war, sondern darum, was der *Herrscher* wollte. Und der wollte sogenannte »Streitkräfte« haben, die man auch »Militär« nannte: Dazu gehörten zum Beispiel große Sternenschiffe, die mit gewaltigen Waffen ausgestattet waren, um andere Sternenschiffe zu zerstören und Welten erobern zu können. Was wiederum nur den Sinn hatte, zu erreichen, dass auch die Menschen auf diesen eroberten Welten von da an dem Imperator zu gehorchen hatten.

Und Dschonn hatte irgendwann einmal allzu laut gesagt, dass er das völlig sinnlos fände und den Imperator für einen dummen Kerl hielte. Daraufhin war er eingesperrt und dazu verurteilt worden, den Rest seines Lebens auf einer Welt zu verbringen, die Gorgon-Sieben hieß. Dabei handelte es sich um eine schrecklich heiße Welt, auf der die Luft so giftig war, dass man sie fast nicht atmen konnte. Die Leute, die dorthin geschickt wurden, mussten riesige Pflanzungen anlegen und Maschinen aufstellen, die dazu dienten, die Welt so umzuformen, dass sie in etwa tausend Jahren bewohnbar sein würde.

»Aber ich wäre dort gestorben«, erklärte er düster, die Hände um den Becher mit dem Tee gelegt. »Die giftige Luft macht krank. Man kann ein paar Jahre lang arbeiten, mehr nicht. Dann wird man krank. Und dann stirbt man.«

Er war an Bord des kleinen Sternenschiffes gewesen, das jetzt unten am Strand lag.

»Schneller Erkunder, Kennung GA-304-09-19«, sagte Dschonn. »Ein Schiff, um Patrouille zu fliegen. Das habe ich früher auch gemacht. Oft. Man fliegt Patrouille, aber man bekommt manchmal andere Aufträge. Zusätzlich. Jemanden irgendwohin bringen. Etwas transportieren. Solche Dinge.«

»Und die hatten den Auftrag, dich nach Gorgon-Sieben zu bringen«, schlussfolgerte Krumur.

»Ja. Ich weiß nicht, welche Route. Vielleicht über Rohl-Drei und den Zakarra-Nebel? Egal. Auf jeden Fall, sie sind hier gelandet. Ich weiß nicht, warum. Sie hatten sicher nicht den Auftrag. Schnelle Erkunder suchen nicht nach neuen Welten. Das machen die großen Prospektorenschiffe.« Dschonn nippte an seinem Tee. »Sehr seltsam.«

»Und dann?«

»Sie haben gesehen: eine unbekannte Welt. Sie haben nicht danach gesucht, aber sie haben sie gefunden. Dafür gibt es einen Befehl. Zwei gehen raus und stellen das Banner des Imperiums auf. Damit nehmen sie die Welt in Besitz. Für den Imperator. Das haben sie gemacht. Dann sind sie in euren Margor geraten. Der hat sie getötet. Die beiden anderen sind ihnen zu Hilfe gekommen, aber der Margor hat sie auch getötet.«

»Und du? Du warst noch drinnen eingesperrt?«

»Ja. Zum Glück seid ihr gekommen und habt mich freigelassen. Ich weiß nicht mehr alle Namen. Hargon hieß einer. Etwas älter. Dünn. Mit einer Narbe im Gesicht. Meoris, ja. Eine Frau mit weißen Flügeln. Und Pfeil und Bogen. Sie hat auf mich gezielt. Sie hatten Angst vor mir. Und viele andere. Ich weiß die Namen nicht mehr.«

»Und warum hatten sie Angst vor dir?«

»Es war noch ein Gefangener an Bord. Brok. Ein schrecklicher Mensch. Sie haben ihn zuerst freigelassen, und er hat einer Frau gleich Gewalt angetan. Da haben sie ihn getötet. Ich war sehr froh, das zu hören.« Dschonn zog den Kopf ein. »Er hat gesagt, er tut mir auch Gewalt an, wenn wir auf Gorgon-Sieben sind. Dort hätte ihn niemand daran gehindert. Die Leute dort machen, was sie wollen.«

Krumur betrachtete ihn nachdenklich. Deshalb also die ganzen Warnungen. Nun verstand sie, was es damit auf sich hatte.

»Und dann hast du das Sternenschiff hierhergeflogen«, sagte sie. Er nickte. »Erst waren wir in einem Nest. Sehr schön, so ein Nest. Wie ein Traum. Aber nicht gut für mich. Ich hatte Angst hinabzufallen. Obwohl ich den Antigraff hatte. Zum Glück gab es einen an Bord. Und ich konnte nirgends gut schlafen. Ich bin zu groß.«

Krumur nickte und nahm einen Schluck Tee. »Ich weiß, wovon du redest«, murmelte sie in ihren Becher hinein.

»Dieser Junge, Oris, hat gesagt, hier könnte ich schlafen. Ich wollte keine Probleme machen!«

»Ja, ist schon gut. Du machst keine Probleme.«

»Also, ich bin Pilot. Ich kann alle Sternenschiffe fliegen. Man hat gesagt, ich bin ein guter Pilot. Vielleicht ist es so. Jedenfalls, ich habe den Erkunder hergeflogen. Sie haben es erlaubt. Weil niemand sonst es gekonnt hätte.« Er schmunzelte. »Ein großer roter Vogel hat uns angegriffen unterwegs. Er war sehr stark. Ein starker Schnabel. Er hätte das Schiff beschädigen können, aber ich bin ihm davongeflogen.«

»Ein großer roter Vogel?« Krumur stutzte. »Ein Pfeilfalke?«

»So haben sie ihn genannt. Ja.«

»Das sind die Vögel, von denen unsere Flügel stammen«, sagte sie. »Na, da hast du ja schon allerhand erlebt hier.«

Er nickte ernsthaft. »Ich bin trotzdem ganz vorsichtig geflogen. Sehr tief. Um euren Himmel nicht noch einmal zu beschädigen. Ihr habt einen sehr seltsamen Himmel.«

Krumur hob die Brauen. »Wieso seltsam?«

»Ihr seht nie eure Sonne. Normalerweise sieht man die Sonne. Wenn keine Wolken am Himmel sind, sieht man sie. Ihr nicht. Ihr seht nur diesen hellen Fleck. Und bei Nacht auch einen. Das ist euer Mond. Aber ihr habt gar keinen Namen dafür.«

»Du meinst das kleine Licht der Nacht.«

»Ja. Das ist ein Mond, der um eure Welt kreist. Die auch keinen Namen hat.«

»Es ist die *Welt*«, meinte Krumur schulterzuckend. »Eine andere kennen wir nicht, also, wozu sollte sie einen Namen haben?«

Dschonn wiegte den Kopf. »Sie hat jedenfalls eine Nummer. Im Sternenkatalog des Imperiums heißt sie ABL-19189/4IC. Das habe ich im Log gesehen.«

»Was heißt das?«

»ABL bezeichnet den Raumkubus. 19189 ist die Nummer eurer Sonne. Es ist ein Stern der Gelb-Klasse. Er hat zwölf Trabanten. Eure Welt ist der vierte Planet, von innen her gezählt. Dafür steht die 4. Das I steht für *inhabitabel*. Das heißt, euer Planet gilt als unbewohnbar. Das C bedeutet, dass euer Planet vollständig verhüllt ist. IC-Planeten sind normalerweise heiß und sehr gefährlich. Niemand landet auf einem IC-Planeten, wenn es nicht sein muss.«

Dschonn seufzte. »Wirklich rätselhaft, warum sie es getan haben.«

Krumur schenkte ihm Tee nach. Tee konnte ihm nur guttun, nach dieser Nacht. »Warum auch immer, es war jedenfalls Glück für dich, würde ich sagen.«

Dschonn sank ein Stück in sich zusammen. »Ja«, sagte er traurig. »Glück. Ein bisschen. Für mich. Aber Unglück für euch.«

»Wie meinst du das?«

1007

»Ich bringe euch Unglück. Viel Unglück.« Er schüttelte den Kopf, schien auf einmal den Tränen nahe. »Es wäre besser gewesen, sie hätten mich nach Gorgon-Sieben gebracht.«

Krumur richtete sich auf, spürte, wie ihr ein Schauder über die Flügel lief. »Was redest du da? Wieso wäre das besser gewesen?«

»Es sind vier Soldaten des Imperators gestorben. Das duldet er nicht. Er wird Rache nehmen an euch.«

Sie starrte ihn an. »Was? Wie denn? Er weiß doch gar nichts davon.«

»Doch. Er weiß. Das Schiff hat registriert, wie die vier gestorben sind. Und es hat Alarm gegeben. So funktioniert das.«

»Und was heißt das? Was passiert nun?«

»Andere Schiffe werden kommen. Hunderte. Es wird schrecklich. Es wird das Ende eurer Welt sein.« Er schluchzte fast.

Krumur hatte das Gefühl, einen dicken Kloß hinabwürgen zu müssen. »Und wann wird das passieren?«

Er schüttelte den Kopf. »Ich weiß es nicht. Vielleicht morgen. Vielleicht erst in vielen Jahren. Es kommt darauf an, wo die Schiffe sind. Wege sind weit im Weltraum. Aber irgendwann kommen sie. Und ihr könnt nichts dagegen tun.«

»Vielleicht erst in vielen Jahren«, wiederholte Krumur und stand ruckartig auf. »Wenn das so ist, arbeite ich jetzt erst mal weiter.«

***

Krumur verbrachte den ganzen Vormittag damit, Schoten auszubohren. Das ging schnell. Fürs Trocknen war die Wanddicke nicht so wichtig; es kam nur darauf an, das weiche, leicht feuchte Innere zu entfernen. Ohnehin änderte sich durch den Trockenvorgang die Wanddicke noch einmal. Erst später, beim Befüllen mit Signalpulver und Treibmasse, musste man die Wandstärke sorgfältig vermessen und notfalls nacharbeiten – und zu dünn gewordene Schoten aussortieren: Keinesfalls durfte eine Signalrakete schon am Boden explodieren!

Dschonn hatte nach dem Frühstück wieder seinen Fluganzug angezogen, seinen »Antigraff«, und war losgeflogen, um die Umgebung kennenzulernen. Seither hatte sie nichts mehr von ihm gehört oder gesehen. Er würde ja hoffentlich daran denken, dass er nirgends auf dem Boden landen durfte!

Irgendwann hörte sie es über sich rauschen, und als sie aufblickte, sah sie gewaltige, grau-weiß gescheckte Flügel, die ausgeschüttelt und umständlich eingefaltet wurden: ihr Bruder.

»Hallo, Schwesterherz«, sagte Darkmur. Er kam eindeutig nicht einfach aus dem Nest, sondern sah verschwitzt aus, wie nach einem langen Flug. »Ich komme grade vom Markt zurück und hab erfahren, was hier alles los war. Bist du in Ordnung?«

Sie musste lachen. »Er hat mich nicht überfallen, der Mann aus dem Weltraum, wenn du deswegen fragst.«

Ihr Bruder furchte die gewaltigen Augenbrauen. »Das will ich ihm aber auch geraten haben.« Er spähte an ihr vorbei. »Wo ist er überhaupt?«

Krumur zeigte nach oben. »Fliegt irgendwo herum, um sich die Gegend anzuschauen. Er hat einen Fluganzug, fast wie in den Geschichten vom Ahn Gari, die Mutter uns so gern erzählt hat.«

»Ich hab das immer für Märchen gehalten«, brummte Darkmur. »Sag mal, ist er *wirklich* so groß?«

»Ich geh ihm etwa bis hier«, sagte Krumur und hielt die Hand auf die Höhe ihrer Schulter.

»Puh«, machte ihr Bruder. Dann schien ihm etwas einzufallen. »Ach ja, was ich dir von Golwodin ausrichten soll – der Rat will sich heute Nachmittag zusammensetzen. Sie haben noch ein paar von den Leuten eingeladen, die Oris mitgebracht hat. Diesen Hargon, von dem ich überhaupt nicht weiß, was der für eine Rolle spielt, und noch ein paar Nestlose. Jagashwili natürlich, aber auch der Junge von Ilris und Jehnaim, der sich ihnen angeschlossen hat, und so weiter. Jedenfalls, sie wollen den Fremden dabeihaben. Golwodin meint, am besten kommst du einfach mit ihm zum Mittagessen ins Nest.«

Krumur überlegte kurz, überschlug, wie viele Schoten sie bis dahin vorbereiten konnte. Genug, um das Eisengitter über dem Ofen voll zu haben. »Ja, gut«, sagte sie. »Kann ich machen.«

»Dann seh'n wir uns da«, meinte Darkmur. »Ich muss jetzt erst mal ins Wasser.«

»Willst du hier duschen?«

Er schüttelte sich. »In deiner dunklen Höhle? Nein, danke. Da ist mir der Fluss lieber.« Er zupfte sich ein Insekt aus dem Flügel und warf es weg. »Ach ja, und von Zoris soll ich dir ausrichten, wenn du was brauchst …«

»… melde ich mich, klar«, sagte Krumur. Zoris war eine treue Seele, auf die man sich verlassen konnte. Ihr Bruder wusste gar nicht, wie gut er es getroffen hatte mit ihr.

»Also, dann«, sagte Darkmur, gab ihr wie üblich einen liebevollen Klaps mit dem Flügel und flog wieder davon.

Dschonn kehrte gerade rechtzeitig zurück, ganz euphorisch und kaum eines klaren Satzes fähig, so sehr hatte ihm der Ausflug gefallen. Aber er verstand immerhin, was sie von ihm wollte, und so flogen sie wenig später gemeinsam zum Nest der Ris.

Wenn sie vom Meer her darauf zu flog, kam ihr das Nest immer irgendwie »halb« vor, wie es da über dem Ristas stand, groß und breit und beladen mit Hütten. Alles, weil dieser eine Hauptast fehlte, den ein Blitz vor fast zwanzig Jahren getroffen hatte; seither war die natürliche Harmonie eines Riesenbaums gestört. Von dem Gewitter damals erzählten die Ris heute noch; es musste ein ähnlich traumatisches Ereignis gewesen sein wie in der Jugend ihrer Eltern der Bergrutsch über dem Mur-Nest. Das Geröll, das an jenem Tag herabgekommen und auf den Nestbaum zu gedonnert war, lag bis auf den heutigen Tag um den Fuß des Stammes herum, überwachsen und überwuchert und kaum mehr als solches zu erkennen. Aber die Älteren sahen es immer noch. Und vor allem hatten sie die Lawine vor Augen, die am Nest *vorbei*gegangen war.

Eigenartig, dachte sie, dass der Fremde, der ihr auch irgendwie »halb« vorkam, ausgerechnet hierher gelangt war.

1010

Sie landeten auf dem Mahlplatz, der groß genug war für sie beide. Einstweilen zumindest, denn es konnte nicht mehr lange dauern, bis man in Vorbereitung auf die Regenzeit das Dach anbrachte. Dann würde sie wieder den Kopf einziehen müssen, und Dschonn ... nun, das würde man sehen. Und falls er mit seinen Befürchtungen recht behielt, würden sie ohnehin ganz andere Probleme haben.

Die Kinder guckten neugierig, stießen einander an, ließen Dschonn nicht aus den Augen. Ein Mann ohne Flügel! Und noch dazu in einem silbernen Fluganzug, wie in den Legenden! Das faszinierte sie ungeheuer.

Golwodin tauchte auf und Jagashwili und Oris, der wissen wollte, wie es ihr ergangen sei. »Ganz gut«, sagte Krumur. »Wir verstehen uns prächtig. Und er quatscht mich nicht voll, sondern genießt die Landschaft.« Das ließ den Jungen die Stirn runzeln; mit Ironie hatte er es offenbar nicht so.

Die anderen begrüßten Dschonn und baten ihn, ihnen auf dem hinteren Teil des Mahlplatzes Gesellschaft zu leisten. Vermutlich um der Höflichkeit Genüge zu tun, fragte man auch Krumur, ob sie dabei sein wolle. Es schien ihnen aber ganz recht zu sein, dass sie dankend ablehnte. Das konnte sie gerade wirklich nicht gebrauchen: sämtliche Ratsmitglieder plus Gäste, die hochwichtig durcheinanderredeten – nicht ihr Fall, definitiv nicht.

Stattdessen stellte sie sich in aller Ruhe an und holte sich eine Portion. Es gab tatsächlich getrockneten Segelfisch am Spieß und dazu diese helle, kräftige Gewürzsoße, die sie so liebte! Genau das Richtige, falls das Ende der Welt womöglich schon morgen kommen sollte, fand sie.

Die Schüssel in Händen suchte sie, wie immer, nach einem Platz irgendwo ganz außen, wo sie niemandem im Wege war und ihre Flügel gemütlich über den Rand des Platzes herunterhängen lassen konnte. Wie sie sich so umsah, entdeckte sie Noharis, die einsam auf einer der Randbänke saß, einen Brief in der Hand und in Tränen aufgelöst. Krumur schob sich neben sie und sagte: »Hallo, No.«

Noharis wandte den Kopf und schaute sie an, als tauche sie gerade aus einem schlimmen Traum auf. »Oris hat einen Brief von Animur mitgebracht«, hauchte sie mit erstickter Stimme. »Stell dir vor. Nach all den Jahren. Sie schreibt, dass es ihr leidtut, wie abrupt sie damals abgeflogen ist. Ihr ist wohl was Schreckliches passiert, sie sagt nicht genau, was, aber, stell dir vor, sie schreibt, sie würde mich gern sehen!« Krumur wusste nicht, was sie sagen sollte. Doch vielleicht war das gar nicht nötig. Sie kannte Animur gut; sie hatten gemeinsam über dem Buch Jufus geschwitzt, damals, in dem Alter, in dem man sich mit den Grundlagen des Rechnens plagte. Und sie hatten beide gejubelt, als nach einem Drittel des Buches schon Schluss gewesen war, weil der Rest für die Erwachsenen gedacht war, für Händler, Kassenverwalter und Nesträte.

»Sie schreibt, sie will mich besuchen kommen, damit wir uns aussprechen«, fuhr Noharis fort. »Aber sie meint, es geht erst nach der Frostzeit ... Noch so lang!«

»Hmm«, machte Krumur und biss in den Segelfisch.

»Was meinst du? Ob *ich* hinfliegen soll? Oder wäre das zu aufdringlich? Ich meine, Ani hat jetzt zwei Kinder. Klar, dass sie angebunden ist und nicht einfach kann, wie sie will. Aber bis die Regenzeit anfängt, das sind noch ein paar Tage. Bis in den Furtwald würde ich es auf jeden Fall schaffen. Und dann ... Ich war nie an der Goldküste, und man sagt doch, das Wetter sei dort sowieso ganz anders.« Noharis faltete den Brief sorgsam zusammen, strich geistesabwesend die Falten glatt. »Ich könnte auch einfach dortbleiben. Oder irgendwo als Regengast unterkommen. Selbst wenn ich nass zurückkomme – ist doch egal, oder?«

Krumur schluckte den Bissen hinab und nickte. »Mach das.«

»Ja?«, vergewisserte sich Noharis hoffnungsvoll. »Findest du?«

Krumur deutete auf Dschonn, der im Kreis der Räte saß, die er alle überragte, zu ihnen sprach und dabei lebhaft gestikulierte. »Er sagt uns schlimme Dinge voraus«, meinte sie leise. »Er sagt, es kann jeden Tag passieren, dass Hunderte weiterer Sternenschiffe ankommen. Und er meint, das wird das Ende der Welt sein, wie wir sie kennen.«

Noharis sah sie aus weit aufgerissenen Augen an, lange, schweigsam und forschend. Noharis war nie eine gewesen, die groß nachfragte oder in Zweifel zog. Sie hatte Leute schon immer einfach angeschaut und gewusst, was los war – ob sie übertrieben, ob sie Angst hatten, ob sie etwas verschwiegen oder ob sie in Wahrheit nicht so genau wussten, was sie sagten.

»Dann fliege ich besser heute noch«, erklärte sie schließlich mit heiserer Stimme. »Jetzt gleich. Egal, was geschieht, ich will Animur unbedingt noch einmal sehen.«

Damit stand sie abrupt auf. Sie steckte den Brief ein, küsste Krumur auf die Wange und ließ sich dann hinterrücks über den Rand des Mahlplatzes in die Tiefe fallen.

∗∗∗

Die Besprechung dauerte lange. Krumur wartete nicht, sondern flog nach dem Essen alleine zurück. Sie wollte die Ruhe nutzen, um Signalpulver anzumischen, eine Arbeit, die ohnehin der Konzentration und inneren Sammlung bedurfte.

Es dunkelte schon, als Dschonn ankam.

»Du wirst viel zu tun bekommen«, sagte er. »Sie wollen ein Warnsystem einrichten. Mit Signalraketen.« Er klang äußerst unbegeistert.

»Du hältst das für keine gute Idee?«, fragte Krumur.

»Sie denken, sie können es aufhalten. Das Unheil.«

»Und das können sie nicht?«

Ein bitteres Lachen quoll aus seiner Kehle. »Nein.«

Krumur spürte, wie sich all ihre Federn sträubten. Wieso hatte sie sich von Oris überreden lassen, diesen Mann hier einzuquartieren?

Sie sah auf ihren Mörser hinab, stellte ihn beiseite. Genug für heute. Sie würde morgen weitermachen.

1013

»Ein Mann hat etwas erzählt«, sagte Dschonn und begann, seinen Fluganzug auszuziehen. »Von einer Bruderschaft. Hargon. Das war sein Name. Was ist das, diese Bruderschaft?«

Krumur schüttelte den Kopf. »Keine Ahnung. Hab ich noch nie gehört.«

»Er hat gesagt, sie schützen das Glück der Menschen.« Er streifte das Oberteil ab. »Ich weiß nicht, was er meint. Wie machen sie das?«

»Keine Ahnung.«

»Hmm.« Dschonn ließ die Schultern hängen. »Es ist alles sehr traurig. Ich weiß nicht, was ich tun kann. Ihr seid alle so freundlich zu mir. Aber ich habe euch nur Unheil gebracht.«

Damit schlurfte er davon, verschwand in dem Gang nach hinten.

Krumur machte das Abendessen warm, das sie ihr aus der Küche mitgegeben hatten – einen schlichten Quidu-Brei mit gerösteten Saueralgen –, legte auch die übrigen Teigtaschen noch einmal auf den heißen Ofen. Dann rief sie Dschonn zum Essen, und als sie am Tisch saßen, fragte sie ihn, wie sie sich das Unheil, das er kommen sah, eigentlich *genau* vorstellen müsse.

»Wenn ich richtig verstanden habe, was passiert ist, war es ja niemand von uns, der diese Leute getötet hat«, sagte sie. »Es war der Margor, der sie geholt hat, ein natürliches Phänomen also. Das ist doch etwas, das man erklären kann. Immerhin sprechen wir ja immer noch dieselbe Sprache.«

Fast jedenfalls, dachte sie.

Dschonn nickte bedächtig. »Ja. Man kann es versuchen. Wenn sie fragen, kann man es erklären. Eigentlich müssen sie fragen. Aber sie tun es nicht immer. Manchmal schießen sie gleich. Wenn sie denken, sie wissen, was passiert ist.« Er brach ein Stück der Teigtasche ab und wischte damit seine Schale aus. »Das denken sie vielleicht nicht. Weil es geheimnisvoll ist. Man weiß nicht, was der Margor ist. Stimmt das?«

Krumur nickte. »Schon die Ahnen haben sich darüber den Kopf zerbrochen. Und sie haben es nicht herausgefunden.«

»Gut. Dann werden sie fragen. Man kann erklären, was man weiß. Vielleicht werden sie akzeptieren, es war ein Unglück. Dann werden sie nicht Rache nehmen.«

»Das wär doch schon mal was«, meinte Krumur.

Dschonn wiegte den Kopf. »Ja. Das wäre gut. Der beste Fall. Trotzdem wird eure Welt Teil des Imperiums werden. Ihr werdet den Imperator verehren müssen. Ihr dürft ihn nicht kritisieren. Ihr werdet Steuern zahlen müssen. Ein Statthalter wird euch regieren. Eure Räte werden verboten sein. Man wird eure Bodenschätze ausbeuten. Man wird die Bäume fällen, viele Bäume, viele, viele. Und eure Kinder müssen dem Imperator als Soldaten dienen.«

Krumur verstand nicht alles, was er sagte, aber es klang wirklich unheilvoll.

»Was sind *Soldaten* überhaupt?«, fragte sie.

Dschonn sah sie traurig an. »Das ist ein Beruf. Ein Soldat ist jemand, der kämpft, wenn der Imperator es befiehlt. Wenn der Imperator es befiehlt, muss er andere töten.«

***

An diesem Abend blieb Krumur lange auf. Sie fegte die Werkstatt aus, räumte das Werkzeug an seinen Platz, vor allem aber dachte sie nach. Nein, eigentlich dachte sie nicht wirklich nach, jedenfalls nicht in dem Sinn, wie sie über ein technisches Problem nachdachte, über die Mischungsverhältnisse bei Signalpulvern oder über bessere Verpackungen oder dergleichen. Vielmehr ließ sie ihre Gedanken schweifen, sah sich gewissermaßen selbst dabei zu, wie sie sich in Erinnerungen verlor.

Sie war nicht mehr die Jüngste, allerhand Leben lag schon hinter ihr. Es hatte vieles gegeben, das ihr wehgetan hatte und über das sie sich beklagen konnte, und meistens waren es solche Dinge, an die sie sich erinnerte, wenn sie an früher dachte. Aber sie hatte auch schöne Dinge erlebt. An die dachte sie selten. Viel zu selten eigentlich. Man nahm so vieles als selbstverständlich hin, und oft erkannte man erst, wenn es einem genommen zu werden drohte, dass es alles andere als das war.

Wie hieß es in einem Lied von Zolu? *Beklag dich nicht schneller, als du dich freuen kannst.* Man verstand meistens nicht so richtig, was er meinte, aber vielleicht, dachte Krumur, meinte er genau das. Andere Zeilen aus dem Buch Zolu fielen ihr ein, die Melodien dazu. Sie hatte immer gern gesungen. Eine Zeit lang war sie im Mur-Chor gewesen. Tichamur hatte ihn geleitet, die sich gefreut hatte, eine so tiefe weibliche Stimme dabeizuhaben, weil eine solche Stimme selten war und eine entsprechende Männerstimme nur ein Ersatz.

Damals, die Reise mit dem Chor durch die Nordlande! Von Nest zu Nest waren sie geflogen, beginnend bei den Dor an den Stromschnellen bis zu den … Hmm, welcher Stamm lebte denn in der Donnerbucht? Die Gon? Sie wusste es nicht mehr, aber sie erinnerte sich noch gut an dieses majestätische Tal, in dem man sich vorgekommen war wie in einer anderen Welt, an die ungeheuren Wellen, die sich an den kahlen Felsen gebrochen hatten, und wie eigenartig warm der Nebel vom Meer heraufgezogen war.

Das war eine großartige Zeit gewesen. Sie hatten viel gelacht und Spaß gehabt und geflirtet und seltsame Sachen gegessen … aber danach hatte sie aufgehört. Warum eigentlich?

Die Müdigkeit wurde übermächtig. Krumur nahm die Fettlampe mit in den Wasserraum und duschte lange, ließ das Wasser über sich herablaufen, bis von der Seife nicht einmal mehr etwas zu riechen war und sie anfing zu frösteln. Sie schüttelte ihre Flügel aus, bis die Federn halb trocken waren, und stellte sich dann nackt vor den Spiegel, mit weit ausgebreiteten Schwingen, um sich im milden Licht der Lampe zu betrachten.

Sie war nicht mehr die Jüngste, gewiss. Aber wenn sie sich aufrichtete, anstatt, wie sie es viel zu oft tat, den Kopf zwischen die Schultern zu ziehen und den Rücken zu krümmen, wenn sie also aufrecht stand und niemand neben sich hatte zum Vergleich, dann fand sie sich doch einigermaßen gut aussehend. Sie fuhr die

Konturen ihres Körpers nach, wog ihre Brüste in den Händen, zog mal den einen, mal den anderen Flügel kokett vor den Leib – und fühlte tiefe Traurigkeit dabei. Trauer darüber, so abgesondert zu leben, als Einzelgängerin. Waren es wirklich nur die Männer gewesen, die es nicht gewagt hatten, sich ihr zu nähern? Hatte nicht auch sie sich von den Männern ferngehalten? Sie wusste es nicht zu sagen. Sie war nur traurig, ohne Liebe leben zu müssen. Meistens dachte sie nicht daran, aber an diesem Abend, an dem das, was der Mann aus dem Weltraum gesagt hatte, ihr alle Hoffnung nahm, tat sie es.

***

Bald flog Dschonn allein zu den Besprechungen, von denen schrecklich viele stattzufinden schienen. Es kamen offenbar auch immer mehr Leute von weit entfernten Nestern dazu; aus dem Eisenland, dem Schlammdreieck, von den Perleninseln und von einer sogenannten »Feste«, was immer das war. Dschonn nannte manchmal Namen, die Krumur noch nie gehört hatte. Sie verstand das meiste nicht, was er von diesen Gesprächen berichtete, aber er schien die Hoffnung nicht aufzugeben, dass irgendjemand eine Idee haben mochte, wie das Unheil abzuwenden war.

Krumur arbeitete derweil an ihren Raketen. Golwodin war tatsächlich zu ihr gekommen und hatte ihr erklärt, dass sie ein Alarmsystem aufbauen wollten, um sofort zu erfahren, falls irgendwo wieder ein Sternenschiff auftauchen sollte. Ob sie eine bislang unbenutzte Farbe für diese besonderen Signale herstellen könne?

»Violett«, hatte sie vorgeschlagen. »Damit hat man früher Erdbeben und Vulkanausbrüche angezeigt. Da seit vierhundert Jahren kein Vulkan mehr ausgebrochen ist, wäre diese Farbe sozusagen frei.«

»Ah, das klingt gut«, hatte Golwodin gemeint. »Meinst du, du könntest ein paar solcher Signale machen und uns vorführen?«

»Ja, klar. Aber es wird ein bisschen dauern. Ich muss erst die alte Rezeptur nachschauen und die nötigen Substanzen besorgen.«

Seither trocknete sie nicht nur Ratzenschoten, sondern auch breite Schleimalgen, aus deren Asche sie die wichtigste Zutat für das violette Signalpulver gewinnen würde.

Sie hatte also wahrlich gut zu tun. Und doch …

Es dauerte eine Weile, bis sie sich eingestand, dass sie sich freute, wenn sie Dschonn auf der Plattform landen hörte. Inzwischen war ihr Gehör auch auf das leise summende Geräusch geeicht, das sein »Antigraff« machte, sodass sie bereits seine Annäherung an den Kniefelsen bemerkte, es sei denn, Wind oder Wellen waren zu laut.

Es war schon eine eingespielte Routine: Mittags flog sie ins Nest, und wenn sie zurückflog, bekam sie einen Topf fürs Abendessen mit und einen Korb fürs Frühstück. Dschonn übernahm es, nach dem Essen die Töpfe, die Schüsseln und das Besteck zu reinigen, was ihm regelrecht zu gefallen schien. Er habe gar nicht gewusst, dass man es so machen könne, erklärte er ihr; da, wo er herkomme, habe man dafür eine Maschine, und niemand denke darüber nach, wie die funktioniere.

Ob er denn auch so etwas wie ein Nest habe, fragte sie ihn irgendwann, oder eine Frau, der er sich versprochen habe?

»Nein«, sagte er und wiegte den Kopf in einer fremdartigen Geste hin und her. »Das haben Piloten nicht. Keine Familie. Kein Nest. Man ist allein.«

»Das ist aber traurig«, meinte sie.

Er nickte. »Ja. Traurig. Aber man ist so lange unterwegs. Sehr lange. Oft Jahre. Wer will so lange warten auf jemanden? Ein Kind kommt zur Welt. Man fliegt fort. Man kommt zurück, und es ist erwachsen.«

»Fühlt man sich da nicht manchmal einsam?«

»Doch. Ja.« Er senkte den Blick, schien den Inhalt seiner Schüssel ungemein interessant zu finden. »Manchmal ist man nicht einsam. Es gibt Frauen oder Männer, zu denen man gehen kann. Für eine Nacht. Für einen Tag. Für ein paar Tage. Dort, wo die Sternenschiffe landen, gibt es das. Man bezahlt und ist eine Weile nicht einsam.«

Krumur versuchte, sich das vorzustellen, doch wie immer sie sich das ausmalte, es fühlte sich *noch* einsamer an. »Und Leute, die keine Piloten sind? Haben die Nester? Familien? Jemanden, dem sie sich versprechen?«

Er presste die Lippen zusammen, nickte. »Reiche Männer haben viele Frauen. Arme Männer haben keine.«

Reich, das hieß, das einzelne Menschen Geld besaßen. So, wie man es vom Eisenland erzählte. »Und reiche Frauen?«, fragte Krumur.

»Reiche Frauen haben auch viele Männer, aber ... anders. Genau weiß ich es nicht. Ich war nie so ein Mann.«

Es kam Krumur vor wie eine dumme Frage, aber sie wollte lieber sichergehen. »Gibt es auch Frauen, die Piloten sind?«

Dschonn zögerte. Dann seufzte er und sagte: »Ja.«

»Kommt es dann nicht vor, dass ein Pilot und eine Pilotin zusammen fliegen und zumindest auf dieser Reise nicht einsam sind?«, fragte Krumur und kam sich unanständig neugierig vor.

Er schüttelte heftig den Kopf. »Nein, nein. Auf einem Schiff gibt es immer nur einen Piloten. So viel ist da nicht zu tun. Man muss nur da sein. Man stellt den Kurs ein, und dann fliegt das Schiff.«

Krumur wollte weiterfragen, aber etwas bewog sie, zu schweigen und abzuwarten.

Und tatsächlich, nach einer Weile sagte Dschonn leise: »Ich habe eine Pilotin gekannt. Sie hieß Zu. Ich mochte sie sehr. Sie mochte mich auch. Wir waren ein paar Tage zusammen. Dann musste sie fliegen. Ich musste auch fliegen, zu einem anderen Ziel. Ich war lange unterwegs, zwei Jahre. Dann bin ich zurückgekommen und habe nach ihr gefragt.« Er holte geräuschvoll Luft. »Da war sie eine der Frauen eines reichen Mannes. Ein Mann, der Gast am Tisch des Imperators war. Ich konnte nicht einmal mehr mit ihr sprechen.«

1019

Aber es gab auch viele lustige Momente. Etwa, als Dschonn eines Tages neu eingekleidet aus dem Nest zurückkam. Er zog seinen Fluganzug aus, um ihr sein neues Hemd zu zeigen, und als er sich einmal herumdrehte, konnte Krumur sich kaum halten vor Lachen: Sie hatten ganz automatisch die üblichen Aussparungen für die Flügel in die Rückenpartie eingearbeitet und die schräg nach vorn laufenden Knopfleisten, mit denen man das Hemd zumachte, die aufwendigsten Teile an so einem Kleidungsstück – und offenbar war ihnen erst dann eingefallen, dass Dschonn ja gar keine Flügel *hatte*, und sie hatten die Öffnungen mit zusätzlichen Stücken Webstoff übernäht!

»Entschuldige«, bat sie, als sie wieder Luft bekam. »Es ist ein sehr schönes Hemd. Ein schönes Blau. Es war nur … Entschuldige.« Sie wischte sich kichernd Tränen aus den Augenwinkeln.

Dschonn sah an sich herab, warf ihr dann einen nachdenklichen Blick zu. »Wie sehe ich eigentlich für dich aus? Ohne Flügel?«

Sie legte beide Hände ans Kinn, um nicht wieder lachen zu müssen, und gestand: »Ehrlich gesagt … *seltsam*.«

Er wiegte den Kopf. »Ich habe nie viel darüber nachgedacht, wie ich aussehe. Jetzt sehe ich euch. Jeden Tag. Jeder hat Flügel. Es ist ganz normal. Nur ich habe keine.« Er seufzte. »Ich komme mir auch seltsam vor.«

Sie hatten ihn komplett ausgestattet, mit Hosen, Hemden, Schuhen und so weiter. Er fand manche der Kleidungsstücke zu dick und kratzig, doch Krumur versicherte ihm, dass bald die kalten Jahreszeiten kämen und er dann froh sein würde darum. Sie war selber gespannt, wie es dann sein würde, hier in der Höhle zu wohnen, mit nichts als dem Werkstattofen als Heizung. Es würde ja ihre erste kalte Zeit hier sein. Aber Golheit hatte jahrelang hier gelebt, warum sollte sie es dann nicht auch können?

Die Regenzeit begann, wie immer mit einem mächtigen Wolkenbruch, der alle für ein paar Tage in die Hütten trieb. Nach ein paar Tagen ließ es nach, oder man gewöhnte sich an den Regen, aber es fanden nicht mehr so viele Besprechungen statt, und Dschonn verbrachte mehr Zeit in der Höhle als im Nest. Krumur hatte Mühe, ihn aus ihrer Werkstatt fernzuhalten, weil er sich unbedingt nützlich machen wollte. »Raketenbau ist eine Wissenschaft«, erklärte sie ihm. »Da ist es nicht damit getan, jemandem mal eben ein paar Handgriffe zu zeigen.« Es würde ohnehin schwierig werden, ihren Nachfolger auszubilden, wenn die Zeit dafür kam; sie war bei Weitem kein so guter Lehrer wie Eikor.

Dschonn verlegte sich darauf, die Höhle zu putzen. Es faszinierte ihn, mit einem Besen zu hantieren, und Krumur ließ ihn gewähren, wenn er auch ihrer Meinung nach mehr Staub aufwirbelte, als er beseitigte.

Ein paar Tage später kam er mit einem sorgsam in Regentuch eingewickelten Päckchen von einem Ausflug ins Nest zurück: Er hatte von den Großen Büchern erfahren, und sie hatten ihm eines davon mitgegeben, das Erste Buch Kris, in dessen Lektüre er sich sofort vertiefte.

»Kannst du das denn lesen?«, wunderte sich Krumur.

»Es ist ein bisschen schwierig«, gab er zu. »Es ist die alte Schrift. Aber ich kann es lesen.«

Er versank förmlich in dem Buch, war kaum mehr ansprechbar. Und kaum hatte er das Erste Buch durch, holte er sich das Zweite.

»Na, da bist du jedenfalls erst einmal beschäftigt«, meinte Krumur. »Es gibt zwölf davon. Und das Buch Jufus ist so dick, dass er auch gut zwei draus hätte machen können.«

»Es ist faszinierend«, sagte Dschonn nur, ohne aufzusehen.

Es war fast wie eine Wiederholung der Unterrichtszeit. Bei jeder Mahlzeit, die sie zu zweit einnahmen, erzählte Dschonn ihr, was er gerade gelesen hatte, und Krumur fiel wieder ein, wie es gewesen war, das alles *selber* zum ersten Mal zu lesen. Später im Leben las man ja meistens nur noch sporadisch in den Großen Büchern. Man schlug vielleicht mal etwas nach oder, na gut, man las im Buch Teria, wenn einem ein bisschen schmachtend zumute war, oder die Lieder Zolus, aber die waren ohnehin ein Sonderfall.

Doch nun diskutierte sie mit Dschonn, was Kris über Moral und Recht geschrieben hatte oder über das alltägliche Leben, und all das rief nicht nur Erinnerungen wach, es war auch *interessant,* das alles noch einmal zu durchdenken!

»Eure Ahnen waren klug«, meinte Dschonn, als er mit dem Buch Pihr anfing und darin über die Geschichte des Anfangs las. »Sie sind rechtzeitig weggegangen. Das war sehr klug.«

»Rechtzeitig?«, fragte Krumur. »Was meinst du damit?«

Dschonn legte die Hand auf das Buch. »Die Zeit vor tausend Jahren. Sie heißt heute die ›verrückte Zeit‹. Sie dauerte, bis der erste Imperator kam. Dann war es vorbei mit der Verrücktheit.«

»Du meinst, die Ahnen haben Glück gehabt, dass sie sich rechtzeitig abgesetzt haben?«

»Nein. Sie haben geahnt, was passieren wird.« Er hob die Hand, legte sie erneut auf das Buch Pihr. »Das wurde vor tausend Jahren geschrieben, oder?«

»Ja.« Krumur nickte. »Vom Ahn Pihr.«

»Also. Da gab es noch kein Imperium. Er schreibt über die ›verrückte Zeit‹. Das war seine Gegenwart. Aber er schreibt anders darüber. Er nennt es ›das Zeitalter der Erleuchtung‹. So haben die Menschen damals gedacht. Dass ein goldenes Zeitalter begonnen hat. Aber er hat das nicht geglaubt. Die anderen Ahnen auch nicht. Darum sind sie gegangen. Sie haben geahnt, dass eine ›verrückte Zeit‹ kein gutes Ende nimmt.« Seine Schultern sanken herab. »Und so ist es auch gekommen.«

Am Abend dieses Tages nahm Krumur, nachdem Dschonn schlafen gegangen war, das Buch Pihr selber noch einmal zur Hand und las ein wenig darin. Eigenartig, dass nur Pihr darüber geschrieben hatte, woher sie kamen. Und relativ wenig; Dschonn las da Sachen heraus, die ihrer Meinung nach gar nicht darin standen. Wohl, weil er die Welt, aus der die Ahnen gekommen waren, kannte. Oder zumindest, was daraus geworden war.

Seltsam auch, dass sie sich Pihr von allen Ahnen am wenigsten nahe fühlte. Abgesehen von Wilian natürlich, der ja allgemein umstritten war. Pihr hatte viele Meinungsverschiedenheiten mit den anderen gehabt, das war buchstäblich legendär. Und wenn sie las, was er geschrieben hatte – und vor allem, *wie* er es geschrieben hatte –, dann ahnte sie auch, wieso: Er hatte so einen schrecklich strengen, entschiedenen Tonfall an sich, der keinen Widerspruch, keine Zweifel und kein Nachfragen zuzulassen schien.

Dabei war Pihr derjenige, dem der Schutz der Menschen dieser Welt wichtiger gewesen war als alles andere. Er hatte die ausführlichste Abhandlung über den Margor verfasst, hatte alles, was die Ahnen darüber herausgefunden hatten, in Regeln gefasst.

An einer Stelle hatte er sogar geschrieben: *Der geschlossene Himmel ist unser wichtigster Schutz.*

Krumur stutzte. Dass das niemandem aufgefallen war, damals in der Zeit, als Owen gesprochen hatte!

Aber es zeigte wohl, dass die meisten das Buch Pihr eher ungern lasen.

Einige Tage später verblüffte Dschonn sie mit der plötzlichen, ungewohnt leidenschaftlichen Feststellung: »Ihr seid alle so unglaublich *freundlich!*«

Er war gerade aus dem Nest zurückgekommen, von einer kleinen Besprechung, die nicht viel erbracht hatte, außer dass er Golwodin und den anderen noch mehr über das Imperium erzählt hatte.

»Wie bitte?«, wunderte sich Krumur.

»Ja«, rief er. »Ihr seid alle freundlich zueinander. Man glaubt, jeder ist der Freund von jedem.«

Krumur musste lachen. »Dschonn, ich fürchte, das sieht nur für dich so aus. Wir sind ganz und gar nicht immer *freundlich*.«

»Doch, doch!«, beharrte er. »Es ist ganz wunderbar.«

»Es ist schön, dass du das denkst, aber leider muss ich dir sagen, dass es auch jede Menge unfreundliche Seiten an uns gibt. Wir sagen einander hässliche Sachen. Noch schlimmer, wir sagen *über*einander hässliche Sachen. Wir streiten. Wir versprechen uns dem einen und steigen mit dem anderen in die Kuhle. Wir betrügen einander auf dem Markt. Manche sind faul und drücken sich vor den Pflichten. Andere drücken sich nicht, sind aber schlampig, und dann findest du Steinchen im Essen. Es kommt sogar vor, dass jemand einen anderen *tötet*!«

Dschonn schüttelte den Kopf. »Ja. Ja. Aber das ist alles *nichts*. Menschen töten andere Menschen, ja. Aber wie oft? Jemand erzählt, vor dreißig Frostzeiten, im Nest der Sil. Auf meiner Welt sind es *tausend am Tag*! Das ist normal. Menschen werden getötet. Menschen werden geschlagen, bis sie blind werden. Menschen werden gequält, damit sie Geheimnisse verraten. Menschen betrügen, um reich zu werden. Andere werden dafür arm. Hungern. Sterben vor Hunger. Das ist allen egal. Menschen müssen arbeiten, lange, ohne Essen. Werden krank davon. Werden geschlagen, wenn sie gehen wollen. Auch egal. Alles egal. Und es gibt den Imperator. Du musst ihn verehren. Wer ihn nicht verehrt, wird eingesperrt. Aber wofür soll ich ihn verehren? Für nichts. Niemand verehrt ihn. Nicht wirklich. Man tut so als ob. Eine schreckliche Welt, aus der ich komme.«

Krumur hatte auf einmal ein ganz taubes Gefühl im Mund. »Das klingt allerdings schrecklich«, murmelte sie.

»Eure Ahnen haben euch die Flügel gegeben«, meinte Dschonn. »So steht es geschrieben. Aber ich glaube, das ist nicht alles. Sie haben euch auch klüger gemacht. Friedlicher. Freundlicher. Deswegen habt ihr ein gutes Leben. Deswegen ist eure Welt noch schön.«

Darüber dachte Krumur lange nach. Gewiss, die Welt, die Dschonn schilderte, schien eine harte, erbarmungslose Welt zu sein, verglichen mit ihrer. Trotzdem hatten ihr die Spottworte wehgetan, mit denen man sie bedacht hatte. Krumur, die *lange Latte*. Krumur, die *Riesenbaumfrau*. *Krümelchen* hatte man sie eine Zeit lang genannt. Daran zurückzudenken tat *heute* noch weh, ganz egal, wie schlimm das Leben auf anderen Welten sein mochte.

An einem Tag, an dem es nur verhalten nieselte, testete sie die ersten violetten Signalraketen, zunächst nur für sich allein. Sie war noch nicht zufrieden. Die Mischung, die in der Steinschale so eindrucksvoll gebrannt hatte, kam am Himmel nicht klar genug heraus. Sie würde weiter experimentieren müssen, ehe es so wurde, wie sie es sich vorstellte.

Kurz darauf kam Dschonn abends vom Nest zurück und war so aufgeregt, wie sie ihn schon lange nicht mehr erlebt hatte. »Es gibt ein *großes* Schiff«, erklärte er hektisch. »Im Norden. Im Eisgebiet. Sie haben es mir erzählt. Das Schiff, mit dem eure Ahnen gekommen sind. Wir fliegen hin. Morgen.«

»Aha?«, wunderte sich Krumur. »Und wozu das?«

»Ich werde die Datenbank durchsehen. Jedes Schiff hat eine Datenbank. Ein Log. Ich kann damit umgehen. Jeder Pilot kann das. Vielleicht finden wir etwas, das eure Welt beschützt. Das Unheil abwendet. Vielleicht.« Seine Augen glänzten. »Hoffentlich!«

***

Am nächsten Tag mischte sich schon erster Nebel in den Sprühregen, der die Luft erfüllte und sich weigerte, zu Boden zu sinken. Graue Wellen manschten träge gegen den Strand. Man sah die verschwommenen Umrisse von Vögeln, die reglos in der Luft segelten und aufmerksam zu beobachten schienen, wie eine große Gruppe von Leuten aus Richtung des Nestes geflogen kam und bei dem Sternenschiff landete, alle hoch bepackt.

Krumur beobachtete das Geschehen von ihrer Plattform aus. Sie erkannte Oris und seinen Freund Bassaris, auch die beiden Wahlschwestern Ifnigris und Meoris. Dann sah sie noch die beiden rotflügligen Wen, deren Namen sie sich nie merken konnte. War der Kleinere der beiden nicht sogar ein Cousin von Oris? Ihr war so.

Diesen hageren, etwas verdörrt wirkenden Mann da hatte sie schon öfter auf dem Mahlplatz gesehen. Hargon hieß er, wenn sie recht mitbekommen hatte. Zwei Nestlose standen auch da. Die anderen kannte sie nicht.

Dschonn kam heraus, schloss den Gürtel seines Fluganzugs. Er lächelte ihr unsicher zu, schien es ein bisschen hinauszögern zu wollen, obwohl die da unten im Regen warteten und schon ungeduldig hochsahen.

»Viel Glück«, sagte Krumur.

Dschonn nickte. »Ja. Ich hoffe, wir haben Glück.«

Er griff an den Kasten vor seinem Bauch, mit dem er seinen Flug steuerte, schwebte ein Stück empor und flog dann in gerader Linie zu den wartenden Leuten hinab.

Krumur sah zu, wie sie das Sternenschiff bestiegen. Jeder schüttelte, sobald er auf der Rampe stand, seine Flügel kräftig aus und ging dann schnell hinein, und als sie alle drinnen waren, schloss sich die Klappe wieder.

Eine Weile geschah nichts, dann leuchtete etwas unter dem Sternenschiff auf. Ein surrendes Geräusch war zu hören, das ganz ähnlich klang wie Dschonns Fluganzug, aber rasch immer lauter und lauter wurde. Ein Fauchen kam hinzu, das an das Schnauben eines wütenden alten Hiibus erinnerte. Sand wurde aufgewirbelt, gleich darauf spürte Krumur einen heißen Luftstoß. Das klobige Ding hob sich langsam empor und wirkte dabei leicht wie eine Feder. Etwa auf der Höhe der Werkstatt drehte es die spitz zulaufende Seite zum Meer und glitt dann in diese Richtung davon, nach Nordwesten.

Und gleich darauf war es im nebligen Regen verschwunden.

Krumur räusperte sich, schüttelte ebenfalls die Nässe von den Flügeln und ging wieder hinein, um zu arbeiten, endlich wieder in aller Ruhe und ungestört. Sie würde erst mal nicht mehr die Ohren spitzen müssen, ob er angesummt kam, sondern konnte sich ganz auf das konzentrieren, was sie machen wollte. Sie kehrte, kurz gesagt, zu dem Tagesablauf zurück, den sie vor Dschonns Ankunft gehabt hatte.

Doch es war irgendwie nicht mehr dasselbe.

Zum Beispiel war ihr früher nie aufgefallen, wie *still* es hier draußen am Strand war. Man hörte das verhaltene Rauschen der

Wellen, dazu das Platschen von Tropfen, die vom Felsüberhang auf das Holz der Plattform fielen, ansonsten war es ruhig. Doch wenn sie nun den Bohrer ansetzte, schien er lauter zu knirschen als früher. Wenn sie etwas im Mörser zerstieß, dröhnte es ihr in den Ohren. Wenn sie das Eisengitter über dem Ofen verstellte, schepperte es geradezu.

Schließlich gestand sie sich ein, dass sie Dschonn vermisste. Dabei hatte er ihr doch vor allem Schwierigkeiten bereitet! Die ganze Zeit hatte sie ihn umsorgen, ihm die elementarsten Dinge erklären, sich nach ihm richten müssen …

Albern, sagte sie sich. Das hatte nichts zu bedeuten. Das war nur die Umgewöhnung.

Um sich abzulenken, flog sie öfter ins Nest, an manchen Tagen zu allen drei Mahlzeiten. Es war ja einfacher so. Weniger Arbeit, und das, was man zu essen bekam, war frisch zubereitet.

Sie blieb auch länger sitzen, ein bisschen zumindest, ging ein bisschen mehr auf die Leute ein, die mit ihr redeten. Und erstaunlich, sie waren gar nicht so abweisend, wie Krumur erwartet hatte. Die meisten waren sogar ausgesprochen freundlich.

Manchmal kam ihr der Verdacht, dass sie das womöglich schon immer gewesen waren, und sie hatte es nur nicht bemerkt.

Einmal traf sie Eteris, die ihr glücklich anvertraute, dass sie ein Kind trug. Man sah es ihr an, sie war strahlend schön.

Sie redete lange mit Jehnaim, der sich Gedanken über seinen Sohn machte und wie selbstbewusst er geworden war in dem knappen Jahr bei den Nestlosen. Vielleicht, meinte er, seien die Nestlosen doch nicht so schlecht wie ihr Ruf. »Es ist natürlich nicht das, was ich mir für ihn vorgestellt habe«, sagte er nachdenklich, »aber was hat man dabei schon zu sagen? Die Kinder müssen ihren eigenen Weg gehen. Und Söhne gehen ja meistens sowieso irgendwann.«

Sie traf Eiris und ihre Tochter Anaris. Seit Owens Tod umwehte Eiris eine Schwermut, die man in ihrer Nähe beinahe körperlich spürte. Anaris jedoch schien sich davon nicht beeindrucken zu lassen; sie wirkte mehr denn je größer und älter, als sie tatsächlich war, und schaute aus hellwachen, blitzgescheiten Augen in die Welt. Wie es so *sei* mit dem Fremden, wollte sie wissen, erfrischend neugierig, wie nur jemand sein konnte, der kaum vierzehn Frostzeiten gesehen hatte.

»Wir kommen ganz gut zurecht«, meinte Krumur. »Es ist ja genug Platz für zwei in der alten Höhle.«

»Erzählt er auch was über die andere Welt, von der er kommt?« Krumur nickte. »O ja. Aber nichts, was einem Lust machen würde hinzufliegen.«

Da sie nun öfter im Nest war, entging ihr nicht, dass immer mehr Besucher kamen. Oft waren es Leute, die schon im Jahr zuvor gekommen waren, um Owen sprechen zu hören. Nun hatten sie den Spalt am Himmel gesehen oder zumindest davon gehört und wollten wissen, was das zu bedeuten hatte. Es kursierten offenbar die seltsamsten Gerüchte, unter anderem das, Oris sei der neue Signalmacher und habe eine Riesenrakete gebaut, mit der er den Himmel aufgerissen habe.

»Das ist wirklich nur ein Gerücht«, versicherte Krumur ein paar Leuten aus dem Eisenwald. »*Ich* bin nämlich die neue Signalmacherin.«

Manchmal tauchte Golwodin auf und erklärte den Besuchern, dass seit diesem Spalt am Himmel womöglich tatsächlich eine Gefahr von den Sternen drohe, aber man wisse noch nicht genau, welcher Art, und auch nicht, was man dagegen tun könne. Krumur saß bei solchen Gelegenheit stumm dabei und hütete sich, etwas zu sagen. Sie würde den Wilian tun und die Leute kopfscheu machen!

Mit jedem Morgen, der anbrach, ließ der Regen nach und wurde der Nebel dichter. Dies waren die Tage, an denen man nur die nächsten Wipfel sah und sich auf seinen Richtungssinn verlassen musste, um auch nur den Weg zum Strand zu finden. Dies waren die Tage, an denen man die Läden vor der Werkstatt geschlossen hielt und drinnen die Fettlampen anzündete, weil sonst das feuchte Grau hereingedrückt hätte. Dies waren die Tage, an denen die Brandung so hohl und düster klang wie eine Totenklage.

In diesen Tagen kehrte das Sternenschiff zurück.

***

Es war spät am Abend. Krumur saß mit einem Becher Tee beim Kiurka-Ofen, schaute dem Glühen der Samenkörner zu, lauschte dem leisen Knacken, das sie von sich gaben, und hing ansonsten ihren Gedanken nach. Sie hatte heute die erste Lieferung violetter Signalraketen an Basgiar übergeben, der sich um die weitere Verbreitung kümmern würde, und nun wartete sie nur noch, bis sie müde genug war, um schlafen zu gehen.

Sie merkte auf, als plötzlich ein Laut zu vernehmen war, der nicht in die gewöhnlichen Töne dieser Jahreszeit passte, nicht Wellenschlag, Wind oder Vogellaut war. Es war ein Geräusch, das fremd klang und doch vertraut, ein tiefes Surren und Fauchen, das immer näher kam und immer lauter wurde und schließlich alles übertönte, für einen Moment alles erzittern ließ.

Das Sternenschiff, sagte sie sich. Sie kamen zurück.

Sie stand auf, klopfte sich ärgerlich etwas Ratzenkleie aus den Außenschwingen – es passierte ihr immer wieder, dass sie ihre Flügel am Boden schleifen ließ, wie es alte Leute taten; zu peinlich! –, setzte das Windglas auf die Fettlampe, öffnete die Tür zur Plattform und trat hinaus.

Sie sah nichts. Schon den Tag über hatte der Nebel so dicht auf dem Strand gelegen, dass man nicht einmal bis zum Schulterstein gesehen hatte, und nun war es Nacht. Halt – jetzt glomm in der Tiefe ein diffuses Licht auf, hell, aber undeutlich. Das Licht in der Tür des Sternenschiffs, sagte sich Krumur. Sie hörte ferne Stimmen, durcheinanderredend, aufgekratzt, laut.

Dann erlosch das Licht wieder. Vielfaches Flügelschlagen war zu hören. Sie würden es schwer haben, bei diesem Nebel und in der

Dunkelheit den Weg zurück zum Nest zu finden. Sie würden *dem Duft der Töpfe* folgen müssen, wie man so sagte. Dann wurde es wieder still. Krumur hob die Lampe höher. Würde Dschonn überhaupt hierher zurückkommen? Oder hatten sie etwas Wichtiges herausgefunden, etwas, das seine Anwesenheit im Nest, seine Teilnahme an Besprechungen erforderte? Sie wartete weiter. Nach einer Weile vernahm sie das Surren des Fluganzugs, und wenig später tauchte er aus der Dunkelheit und dem Nebel auf. Als er auf der Plattform aufsetzte, stand Krumur an fast genau derselben Stelle, an der sie gestanden hatte, als er aufgebrochen war.

Er sah müde aus, erschöpft, und er war feucht im Gesicht. Seine wolligen Haare glitzerten von der Nässe, die der Nebel darauf abgesetzt hatte.

»Hallo«, sagte er auf seine spröde, unbeholfene Art, und ihr wurde bewusst, dass sie auch seine Stimme vermisst hatte. »Hallo, Krumur.«

»Hallo, Dschonn«, sagte sie.

Er sah sie abwartend an und sagte: »Ich bin wieder da.«

»Ja.«

»Darf ich wieder hier schlafen?«

Krumur lächelte. »Dumme Frage. Klar.«

»Viel Nebel«, sagte er verlegen. »Es war schwierig herzufinden. Zum Schluss habe ich dein Licht gesehen.«

»Das hab ich mir fast gedacht.« Sie nickte in Richtung der Tür. »Komm endlich rein. Ich hab noch etwas Tee warmgestellt, willst du einen Becher?«

»Ja, Tee wäre gut«, sagte er inbrünstig. »Ich bin ganz ausgetrocknet.«

Sie gingen hinein. Krumur zog die Tür hinter ihm zu und fragte: »Hast du auch Hunger?«

Er schüttelte heftig den Kopf. »Nein, nein.«

Während sie ihm den Rest des Tees in einen Becher schüttete, sah er sich um, als müsse er sich vergewissern, dass alles noch da

war. Sie stellte ihm den Tee hin, setzte sich und meinte:»Also, erzähl. Wie war's? Was habt ihr getrieben da oben in den Eislanden?«
Er setzte sich auf den anderen Stuhl, lehnte sich behutsam zurück. Die schmale Rückenlehne, gemacht für Menschen mit Flügeln, war ihm unbequem.

»Wir waren im Sternenschiff deiner Ahnen«, erzählte er und nahm einen Schluck.»Es liegt im Eis verborgen. Nicht weit von der Küste. Lauter Eis und Schnee. Ich habe so etwas noch nie gesehen.« Er sah sie unsicher an.»Schade, dass du nicht dabei warst.«

Krumur hob die Flügel.»Na, was hätte ich denn dort sollen? Ich hatte hier genug zu tun.«

Er senkte den Blick.»Ja. Ich weiß. Und nun bin ich auch noch da.«

Es war ganz eigenartig, ihn wieder da sitzen zu sehen. Krumur hätte ihn am liebsten bekocht, ihn vollgestopft mit allen möglichen Leckereien, aber wenn er keinen Hunger hatte? Außerdem hatte sie nur wenig da, es würde nicht einmal mal für ein Frühstück reichen.

»Erzähl weiter!«, sagte sie.»Was habt ihr denn herausgefunden?«

»Oh«, machte Dschonn. Sein Blick ging hierhin und dorthin. »Es ist ein großes Schiff. Sehr groß. Ein Transporter der *Transgalaxis*-Klasse. Solche Schiffe werden schon ewig nicht mehr gebaut.« Er hielt inne, schüttelte dann den Kopf.»Wir haben viel erfahren. Aber es geht gerade alles durcheinander in meinem Gehirn. Besser, ich erzähle es dir morgen. Wenn du Zeit hast.«

Krumur nickte, musterte ihn prüfend.»Du siehst müde aus.«

Er nickte.»Der Flug war anstrengend. Überall Nebel. Der Himmel ist sehr tief. Ich habe auch wenig geschlafen in den letzten Tagen.«

»Ich wollte sowieso grade schlafen gehen, als du gekommen bist. Ich lass dich mal zuerst in den Wasserraum, hmm?«

»Ja«, sagte er auf eine ganz eigenartige Weise, ohne sich zu rühren.

Sie sah ihn an.»Was ist?«

Er seufzte. »Ich weiß nicht. Wie soll ich es sagen? Ich habe etwas mitgebracht.«

»Was denn?«, wunderte sie sich.

Er griff in eine der Taschen seines Fluganzugs. »Wir haben im großen Schiff geschlafen. In den Kabinen des Kommandostabs. Seit tausend Jahren unberührt. In meiner Kabine habe ich etwas gefunden. Das hier.« Er zog eine matt glänzende Kette hervor, mit einem Anhänger, der aus drei unwirklich leuchtenden, blutroten Steinen bestand, die eine Art Blüte bildeten. Die Kette ausbreitend stand er auf und trat vor sie hin. »Ich will es dir schenken.«

Krumur sah ihn fassungslos an, ließ es wie gelähmt geschehen, als er sich vorbeugte, ihr die Kette um den Hals legte und in ihrem Nacken verschloss. Dann trat er zurück, sah sie an und lächelte scheu. »Es sieht sehr schön aus an dir. Wie ich es mir gedacht habe.«

Sie nahm den Anhänger in die Hand, betrachtete ihn fassungslos. »Bei allen Ahnen«, entfuhr es ihr. »Weißt du, was das ist? Das ist die Halskette der Ahnin Ada! Das ist die berühmte Blutblume aus den Legenden!«

Dschonn neigte den Kopf, offensichtlich unbeeindruckt. »Das kann sein. An den Kabinen standen keine Namen.«

Krumur keuchte. »Du kannst mir doch nicht einfach ein Schmuckstück der *Ahnen* schenken!«

»Wieso nicht?«, fragte er verwundert. »Ada ist tot. Sie braucht die Kette nicht mehr. Aber du lebst. Du bist freundlich zu mir, obwohl ich seltsam bin. Und wenn ich bei dir bin, bin ich nicht einsam.«

Krumur spürte ein sonderbares Jucken in den Augen. Sie musste blinzeln. »Sag doch nicht so was …«

Er sah sie besorgt an. »War das falsch? Habe ich etwas Ungehöriges getan?«

Sie blickte beiseite, wusste nicht, was sie denken oder sagen sollte.

»Ich wollte nichts Ungehöriges tun. Ich wollte dich erfreuen.

Ich kann es wieder zurückbringen. Wir fliegen bestimmt noch oft zum Sternenschiff deiner Ahnen.«

»Ach was«, platzte Krumur heraus, wedelte mit der Hand in Richtung der hinteren Räume. »Jetzt geh endlich ins Bett. Wir reden morgen drüber.«

»Gut. Ja.« Er ging zwei Schritte rückwärts, blieb noch einmal stehen. »Du musst kein Schmuckstück tragen. Du bist auch so schön.«

»Hör auf, ja? Geh.«

Endlich ging er, und es war wieder still bis auf das Knacken der letzten beiden noch glühenden Samenkörner.

***

Krumur blieb sitzen, solange sie ihn hinten rumoren hörte. Die Tür des Wasserraums ging. Dann noch einmal. Leise Schritte. Das verhaltene Schlagen des Ledervorhangs. Das Knirschen der flachen Unterlage.

Dann war nichts mehr zu hören.

In der ganzen Zeit hatten ihre Gedanken nicht stillgestanden, im Gegenteil, sie rasten wie wild im Kreis, so schnell, dass sie kaum einen zu fassen bekam. Während der Ofen erkaltete, wurde ihr Kopf warm und wärmer, war ihr Körper erfüllt von etwas, für das sie keine Worte hatte.

Immer wieder berührte sie den Anhänger, den er ihr umgehängt hatte. *Wenn ich bei dir bin, bin ich nicht einsam.* Das hätte sie genauso gut zu ihm sagen können. Es war die Wahrheit. Eine Wahrheit, die zuzugeben ihr widerstrebte.

Mehr als einmal setzte sie an, die Kette abzulegen, und ließ es jedes Mal. Es kam ihr vor wie die wichtigste Frage der Welt, ob sie sie anlassen sollte oder nicht. Zugleich war ihr undeutlich klar, dass sie nur für eine ganze andere, ungleich größere Frage stand. Weil sie an diesem Abend, der so gewöhnlich angefangen hatte, an eine Weggabelung ihres Lebens gekommen war, an einen Punkt, an dem sie sich entscheiden musste.

Dabei wusste sie nicht einmal genau, zwischen welchen *Wegen* sie sich entscheiden musste.

Aber wusste man das je? Und wäre es überhaupt noch eine Entscheidung, wenn man es wüsste?

Die warnenden Stimmen in ihrem Inneren waren ein ganzer Chor. Sie spürte Knoten im Bauch und Knoten in den Flügeln – Ängste, natürlich. Aber wovor?

Davor, sich allzu große Hoffnungen zu machen. Ihre großen Hoffnungen waren bis jetzt immer enttäuscht worden, bitter enttäuscht.

Endlich stand sie auf. Der Ofen war kalt und dunkel, der fruchtig-rauchige Duft der Kiurka erfüllte den Raum. Sie löschte die Fettlampe und ging im fahlen Schein der Leuchtwürmer nach hinten, wusch sich lange, ohne dass ihre innere Anspannung nachlassen wollte, ging endlich in ihre Kammer und zog ihr Schlafhemd an.

Dann, als sie vor ihrer Kuhle stand, ihrer leeren, einsamen Kuhle, hielt sie inne.

Ihre Gedanken hatten sich inzwischen in ein totales Durcheinander aufgelöst. Sie wusste nichts mehr. Nur, dass diese Kuhle gerade wie der ganz falsche Ort aussah. Dass sie sich nicht überwinden konnte, den Fuß über den Rand zu setzen. Dass ihr die Vorstellung, sich jetzt dort unter der Decke einzurollen, auf einmal vollkommen verkehrt vorkam.

Es war gar nicht so, dass sie eine Entscheidung traf. Sie hörte nur auf, Widerstand zu leisten gegen das, was geschehen wollte.

Dann drehte sie sich um, ganz leicht, ganz selbstverständlich, und verließ ihre Kammer. Sie überquerte den Gang, schlug den ledernen Vorhang vor Dschonns Kammer beiseite, was ein halbblaues, klatschendes Geräusch machte.

Dahinter herrschte dasselbe grünliche Licht wie draußen, nur schwächer, weil Dschonns Leuchtwurmglas das kleinere war. Aber es reichte aus, um zu sehen, wie er auffuhr und aufrecht auf seinem flachen Lager saß und dass er nur noch die dünne Hose anhatte, in der er auf diese Welt gekommen war.

»Krumur?«, flüsterte er. »Was ist los?«

Sie hockte sich neben ihn auf das Lager und fragte: »Warst du schon einmal mit einer geflügelten Frau in der Kuhle?«

»Nein«, sagte er und wusste, was los war. Sie hörte es seiner Stimme an. »In einer Kuhle sowieso nicht.«

»Dann wird es Zeit«, sagte Krumur, gab ihm einen Stoß, der ihn rücklings zurück auf sein Lager fallen ließ, und zog ihr Schlafgewand aus.

Der Liebhaber

Hinterher lag sie mit dem Kopf auf seiner Brust, was Dschonn überhaupt nichts ausmachte, weil er auf dem Rücken liegen konnte, solange er wollte und ohne dass ihm Flügel dabei einschliefen. Dafür bedeckte sie ihn und sich mit ihren ausgebreiteten Flügeln, und er streichelte verträumt den Ansatz ihrer rechten Schwinge, genau da, wo sie am liebsten gekrault wurde, was aber niemand mehr gemacht hatte, seit es ihre Mutter nicht mehr tat …

Sie genoss es, auf seiner warmen, leicht verschwitzten Haut zu liegen und sein Herz schlagen zu hören. Zumindest, wenn Dschonn einmal einen Moment lang ruhig war, denn er plapperte in einem fort, als hätte man ihm einen Stöpsel gezogen.

Sie bemühte sich, zuzuhören, ganz bestimmt. Aber es fiel ihr schwer, denn sie war so glücklich wie schon lange nicht mehr, glücklich genug, um sich keine Sorgen zu machen darüber, ob es richtig war, was sie getan hatte, oder wie es andere finden würden, wenn sie davon erfuhren. Es war ihr egal, alles, herrlich egal.

Dschonn erzählte, wie sie die *Heimstatt* erkundet hatten. Er erzählte allerhand über ihre Maschinen und ihre Ausstattung, von dem sie kaum ein Wort verstand, nur, dass es wohl ein ziemlich gutes Sternenschiff sein musste. Besonders zu beeindrucken schien ihn, dass nach über tausend Jahren alles noch funktionierte; offenbar war das bei den Maschinen, die er kannte, nicht so.

Sie hatten auch mehr über die Geschichte der Ahnen erfahren, als man bisher gewusst hatte. Und zwar gab es eine sogenannte *Logdatei*, eine Art großes, endloses Buch, wenn sie ihn recht verstand, in dem alles aufgeschrieben war, was die Ahnen je gemacht hatten. Darin hatten sie gelesen, dass *Werft* nicht der Name einer Frau war, die den Ahnen das Sternenschiff geschenkt hatte, vielmehr war *Werft* das Wort für eine Werkstatt, in der man Sternenschiffe erbaute. Und tatsächlich war es so gewesen, dass die Ahnen die *Heimstatt* gestohlen hatten!

»Gestohlen?«, stieß sie ungläubig lachend aus. »Der Ahn Kris hat ein Sternenschiff *gestohlen*?«

»Es ging nicht anders«, sagte Dschonn. »Sternenschiffe sind außerordentlich teuer. Sie hätten es niemals bezahlen können.«

Sie hatten es also gestohlen, genauso wie die Ausrüstung, die sie brauchten, um eine neue Welt zu erschließen. Man hatte sie verfolgt, aber sie waren entkommen, dank eines sogenannten *Tarnschirms*, unter dem sich Krumur wieder nichts Genaues vorstellen konnte: eine Maschine eben, die verhinderte, dass man das Sternenschiff entdeckte.

»Ich weiß jetzt auch, woher die Namen eurer Stämme kommen«, verkündete Dschonn.

»Sag bloß«, murmelte Krumur.

»Es sind Kennnummern. Die Kennnummern der Versuche, die funktioniert haben. Die Ersten von euch sind nicht gezeugt worden, sondern im Reagenzglas entstanden. Sie haben …«

»Was ist ein Reagenzglas?«

Er hielt inne. »Eine Art Becher. Nur schmal und aus Glas.«

»Ah. Verstehe.«

»Sie haben Eizellen und Samenzellen zusammengeführt. Immer eins und eins. Jede Kombination hat eine Nummer bekommen. Konsonant, Vokal, Konsonant. Zwei Vokale für Variationen. Sie wollten es aussprechen können. Dann haben sie die Gene der Pfeilfalken eingefügt. Dann haben sie das ganze Genom analysiert. Ein spezielles Programm hat ausgerechnet, welche Kombinationen die besten Überlebenschancen haben. Die haben die Frauen ausgetragen. Immer Zwillinge. Immer ein Mädchen und ein Junge.«

»Mmh. Amur und Umur.«

»Ja. So haben die ersten Kinder geheißen. Es war sehr anstrengend für die Frauen. Irgendwann haben sie gesagt: Genug. Obwohl es noch mehr Kombinationen gab. Sie sind immer noch da. Eingefroren.«

Krumur versuchte, sich das vorzustellen, und konnte nicht anders, als es sich unangenehm vorzustellen. Und trotzdem hatten es die Ahninnen auf sich genommen.

»Mein Vater ist ein Sag«, fiel ihr ein. »Er hat mir einmal erklärt, dass es gar nicht stimme, dass die Sag aus einer Affäre zwischen Sofi und Jufus entstanden seien. Dass das mit den ›Stämmen der Liebe‹ überhaupt ein großer Irrtum sei.«

»Das ist so. Das S steht für ›Sonderreihe‹. Die Ahnen waren Paare. Pihr und Sofi, Kris und Debra …«

»Ja, ja, ich weiß.«

»In der normalen Reihe haben sie Eizellen und Samenzellen eines Paares genommen. In der Sonderreihe haben sie Eizellen und Samenzellen zwischen den Paaren gemischt.«

»Wie unromantisch.«

»Ja.«

Dann schwiegen sie beide, wie auf Verabredung.

Krumur hob, einem Impuls folgend, den Kopf und sah zu ihm hoch. Er blickte sie an, tat es wohl schon die ganze Zeit.

»Du hast mir vom ersten Moment an gefallen«, sagte er mit gänzlich veränderter Stimme.

Sie musste lachen. »Ich bin ein bisschen langsam in solchen Dingen.«

Sie spürte etwas, einen leichten Druck auf ihren Flügel. Als sie ihn anhob, sah sie, dass er bereit war, es noch einmal zu tun.

Sie war es auch.

***

Aber der nächste Morgen war dann eben wieder ein »Morgen danach«. Krumur war verlegen wie ein junges Mädchen, als sie beide zum Nest und zum Mahlplatz flogen, und verwünschte sich, nicht genug für ein gemeinsames Frühstück in der Werkstatt besorgt zu haben. Aber wie hätte sie wissen können, dass er zurückkam? Und wie hätte sie alles andere wissen können?

Doch dann war es halb so wild. Anders als Jungs, die sich nur zu gern mit ihren »Eroberungen« brüsteten, enthielt sich Dschonn aller Zärtlichkeiten vor den Augen der anderen, benahm sich im Gegenteil ganz diskret. Und die Kette mit dem Anhänger, den jeder sofort erkannt hätte, hatte Krumur natürlich in ihrer Kammer gelassen. So achtete niemand besonders auf sie, jedenfalls nicht mehr, als es auch bislang der Fall gewesen war, ihrer auffallenden Größen wegen.

Nur Eiris bedachte sie mit einem wissenden oder zumindest ahnenden Blick, quer über den Mahlplatz hinweg, gefolgt von einem wohlwollenden Lächeln.

Krumurs Bruder dagegen, der derbe Holzklotz, der er nun mal war, meinte, als sie ihm beim Nachschlag in der Küche über den Weg lief: »Na? Hast du ihn wieder am Hals?«

»Ja«, sagte Krumur nur. »Ist aber schon in Ordnung.«

»Sie sagen, er wisse ziemlich viel über die *Heimstatt*«, fuhr Darkmur fort.

»Er ist Pilot für Sternenschiffe«, meinte sie. »Ich nehme an, es ist sein Beruf, darüber Bescheid zu wissen.«

So diskret Dschonn sich vor anderen benahm, so hemmungslos wurde er, wenn sie allein waren. Er küsste sie bei jeder sich bietenden Gelegenheit, und sie küsste ihn, und das wieder und wieder. Sie knutschten so endlos wie frisch verliebte Jugendliche, und genau so fühlte sich Krumur auch.

Besonders faszinierten ihn ihre Flügel. Er kraulte ihr hingebungsvoll die Federn, was an sich schon ein Hochgenuss war, und manchmal nicht nur die Federn. Sie schmolz dahin unter seinen Händen.

1038

Sie taten es jeden Abend. Tagsüber nicht, obwohl sie oft Lust dazu hatten, aber da konnte schließlich jederzeit jemand kommen. Obwohl, nein, ab und zu taten sie es auch tagsüber, wenn auch nur selten. Es hatte seinen ganz eigenen Reiz, fürchten zu müssen, dabei überrascht zu werden.

Krumur kam nicht mehr viel zum Arbeiten, aber das war ihr gleichgültig. Sie hatte schon genug weggeschafft, und ihr Vorrat an Schoten, aus denen sie Signalraketen machen konnte, war sowieso begrenzt und vor der nächsten Trockenzeit nicht aufstockbar. Sollten die anderen Signalmacher sich eben auch ins Zeug legen!

Stattdessen verwendete sie viel Zeit darauf, eine Art *halbe* Kuhle an Dschonns Liege anzubauen, damit sie bei ihm schlafen konnte, ohne am Morgen verkrampft und verspannt aufzuwachen. Wie er auf so einer flachen Unterlage schlafen konnte!

Es war die Zeit der Blutabende, die die nahende Frostzeit ankündigten. Sie saßen abends draußen auf der Plattform, dick eingepackt, jeder mit einem großen Becher heißen Tees ausgerüstet, und sahen dem Schauspiel zu, wie eine Farbwelle nach der anderen über den Himmel lief, bis alles in tiefes, unheimliches Rot getaucht war.

»Eure Welt ist außergewöhnlich«, sagte Dschonn.

»Finde ich auch«, meinte Krumur schmunzelnd, gespannt darauf, auf welchen verschlungenen Wegen er davon zu dem Vorschlag überleiten würde, wieder hinein und in ihre *halbe Kuhle* zu gehen.

»Ich meine das astronomisch«, erklärte er. »Wenn eure Welt anders wäre, als sie ist, könntet ihr nicht fliegen.«

Sie nippte an ihrem Tee, wärmte ihre Nase in dem aufsteigenden Dampf und musterte den leidenschaftlichen, seltsamen Mann aus dem Weltraum, der keine Flügel besaß und dessen Anblick sie deswegen immer noch befremdete. »Das musst du mir erklären«, sagte sie.

Das tat er dann tatsächlich. Er erklärte ihr, dass es grundsätzliche physikalische Grenzen gab für die Größen von Lebewesen, die fliegen konnten. Auf der Welt zum Beispiel, auf der er geboren war, waren die größten Vögel nur etwa so groß und schwer wie ein Kleinkind. Mehr wäre nicht möglich gewesen, weil der Organismus dann die zum Fliegen notwendige Energie nicht hätte aufbringen können, ohne zu überhitzen.

»Wir haben solche Sachen lernen müssen«, meinte er, fast entschuldigend. »Alles, was mit Fliegen zu tun hat.«

»Aber wir können nun mal fliegen«, wandte sie ein. »Wie erklärt sich das?«

»Das ist, weil eure Welt kleiner ist. Die Schwerkraft ist geringer. Deswegen geht es.« Die größten Vögel, die es gab, waren die Pfeilfalken, die tatsächlich ungefähr so groß und schwer waren wie Menschen, sogar noch ein bisschen größer und ein bisschen schwerer. Ein ausgewachsener Pfeilfalke, erklärte Dschonn, verkörperte das Maximum dessen, was biologisch und physikalisch auf dieser Welt möglich war. »Das Problem ist«, fügte er hinzu, »dass eine Welt mit einer so geringen Schwerkraft normalerweise gar keine Atmosphäre halten kann.«

»Oh«, entfuhr es Krumur, während sie versuchte, sich wieder ins Gedächtnis zu rufen, was im Buch Selime über all diese Dinge geschrieben stand. »Und warum nicht?«

»Sauerstoff und Stickstoff sind zu leicht. Sie würden nach und nach in den Weltraum entweichen.«

Sie musterte ihn. Er meinte es völlig ernst. »Bist du sicher, dass das alles stimmt, was du gelernt hast?«

»Eure Atmosphäre entweicht nicht, weil etwas sie festhält«, erklärte Dschonn und wies nach oben. »Der Himmel.«

»Der *Himmel*?«

»Eure Welt ist ein sehr seltener Fall. Eine Welt mit einer sogenannten *Trennschichtatmosphäre*.« Er hob die Hände übereinander, um zu veranschaulichen, was er meinte. »Es gibt eine obere Atmosphäre aus einem schweren Gas. Das Gas ist schwer genug, die Schwerkraft eurer Welt hält es. Und es gibt eine untere Atmosphäre. Die, die wir atmen. Sie ist leicht und würde entweichen, aber die obere Atmosphäre hält sie fest.«

Krumur versuchte, sich das vorzustellen.»Und was ist das für ein Gas?«

»Ich weiß es nicht. In Chemie war ich schlecht. Wenn ich gut gewesen wäre, wäre ich nicht Pilot geworden. Aber das schwere Gas reagiert ständig mit der unteren Atmosphäre. Das ist der Himmel, den du siehst. Der die ganze Welt einhüllt. Das ist die Trennschicht zwischen der oberen und der unteren Atmosphäre.«

»Aber müsste sich das nicht irgendwann … *vermischen*?«

Dschonn nickte nachdenklich.»Ja. Eigentlich schon. Man weiß nicht, warum das nicht geschieht.«

»Man *weiß* es nicht?«

»Diese Art Atmosphäre ist selten. Sehr selten. Nur ein Planet unter hunderttausend hat so eine. Ein kaum erforschtes Phänomen. Einfach, weil man es selten studieren kann.« Er räusperte sich. »Auch deine Ahnen haben es erforscht. Aber sie haben auch nicht herausgefunden, warum es stabil ist.«

Krumur blickte sich nachdenklich um.»Und es muss schon lange stabil sein, sonst hätte sich kein Leben entwickeln können.«

»Hoffentlich ist es stabil *genug*«, sagte Dschonn.

»Wie meinst du das?«

»Wenn *ein* Sternenschiff durch den Himmel herabkommt, reißt er ihn für ein oder zwei Tage auf, so groß und weit, dass man es auf dem halben Kontinent sehen kann. Was wird geschehen, wenn *viele* Sternenschiffe kommen? Vielleicht werden sie die Atmosphären so miteinander verwirbeln, dass alles Leben auf dieser Welt abstirbt.«

Krumur stockte der Atem.»Bei allen Ahnen …«

Eine Weile saßen sie nur stumm da und schauten zu, wie die Küste und das Meer in immer dunkler werdendem Rotbraun versanken.

»Das erinnert mich an das Buch Ema«, fiel Krumur plötzlich ein.»Hast du das schon gelesen? Da gibt es auch so Visionen, wie der Himmel aufreißt, Blut herabfließt und so weiter … Ob das Träume waren, die sie hatte, nachdem sie über diese Atmosphäre geforscht hatten?«

Dschonn wiegte den Kopf. »Hmm. Das Buch Ema. Ich hatte es schon einmal in der Hand. Ich habe hineingeschaut. Aber ich habe nichts verstanden.«

»Da bist du nicht alleine«, meinte Krumur, hob den Kopf und dehnte die Flügel. Dann streckte sie die Hand aus und griff nach der seinen. »Lass uns reingehen und das alles vergessen, hmm?« Am nächsten Tag holte er das Buch Ema aus dem Nest und begann es zu lesen, ihr zuliebe.

***

Die Frostzeit kam mit Macht. Der Nebel schien sich übergangslos in Schnee zu verwandeln, der fiel und fiel und fiel. Das Moos und das Gras, das in den Ritzen des Kniefelsens wuchs, alles erstarrte zu Silber. Eis trieb auf dem trägen, grau-weißen Meer, das sich kaum noch bewegte, und bald hörte man die Wälder über dem Steilhang klirren, weil dort die Lianen gefroren und im leisesten Wind zu Glockenspielen wurden.

Krumur und Dschonn flogen wieder nur mittags ins Nest und ließen sich Abendessen und Frühstück mitgeben, das genügte an Kälte für einen Tag. In der Höhle verhängte Krumur den Gang nach hinten mit einem Doppelvorhang, heizte den Ofen voll ein und wünschte sich einmal mehr, auch in der Werkstatt Glasfenster zu haben anstatt der Läden, die sie nun geschlossen halten musste. Aber Glasfenster wären zu teuer gewesen, selbst wenn man sie nur von der Muschelbucht hätte hertransportieren müssen.

Einzig der kleine Raum besaß ein Fenster, wenn man es so nennen wollte: ein simpler Durchbruch durch den Fels, den noch Tassafas selber herausgeschlagen hatte. Er hatte ihn mit winzigen, uralten, schlierigen Glassteinen verschlossen – aber es war Tageslicht, das durch sie hereinfiel, genug, um an dem Tisch davor lesen zu können.

Denn damit vertrieb sich Dschonn die Zeit: indem er sich durch das Buch Ema quälte.

»Ein sehr seltsames Buch«, konstatierte er ab und zu.

»Das sagen alle«, meinte Krumur.

Er kam nicht darüber hinweg, dass jedes, wirklich *jedes* Nest eine Abschrift dieses Buches besaß. »Wozu? Was lernt ihr daraus? Bei den anderen verstehe ich es. Kris lehrt das Zusammenleben. Gari lehrt die Heilkunst. Selime erklärt die Natur. Jufus lehrt das Rechnen und den Handel. Aber Ema? Das sind nur ihre Albträume! Wieso bewahrt ihr sie auf?«

»Weil sie eine unserer Ahninnen ist«, sagte Krumur. »Die Mutter der Stämme Fas, Giar, Kal, Res und Wen. Und des Stammes Sil, nicht zu vergessen.«

»Ich weiß nicht, ob das ein guter Grund ist«, grummelte er und las weiter.

Krumur schickte ihn, eimerweise Wasser zu holen, das sie auf dem Ofen anwärmte, zum Waschen. Hinten im Wasserraum war es jetzt viel zu kalt dafür. Sie wuschen sich gemeinsam, und meistens blieb es nicht beim Waschen. Sie überlegten, ihr Nachtlager auch im kleinen Raum aufzuschlagen, waren aber dann doch zu faul dazu; schließlich gab es die halbe Kuhle schon, und wenn sie aneinandergekuschelt schliefen, mit sämtlichen Decken über sich, war es warm und gemütlich genug.

»Was soll das hier heißen?«, fragte Dschonn wieder einmal, als er das Buch schon fast geschafft hatte, und las vor: »*Teilt den großen Kreis nach Westen in acht Teile, ein weiteres Teil zur Hälfte, nehmt von dessen Hundertstel zwei –*«

»Ah«, machte Krumur. »Das *Rätsel von der Schwester.*« Sie lachte auf. »Ich hab nicht den Hauch einer Ahnung. Nicht den leisesten.«

Er las es immer wieder, schüttelte den Kopf. »Das ist seltsam«, erklärte er. »Noch seltsamer als der Rest des Buchs.«

Krumur musste lachen. »Da widerspreche ich dir nicht.«

»Hast du etwas zum Schreiben?«, bat er.

»Ja, warte.« Sie holte ihr Klemmbrett, auf dem ein paar Papierblätter befestigt waren, und einen Stift.

Er schrieb die ganze Passage ab, ehe er das Buch am nächsten

Tag zurückbrachte, sorgsam eingewickelt in sein dunkelgrünes Schutztuch. Als sie nach dem Mittagessen wieder in der Höhle waren, las er alles noch einmal langsam vor und behauptete dann: »Das ist ein Code. Eine geheime Botschaft. Sie hat irgendetwas darin verschlüsselt.« Das beschäftigte ihn sehr, nahm in regelrecht geistig in Beschlag. In der Zeit, die folgte, saß er halbe Tage nur da und kritzelte jedes Blatt Papier, das er kriegen konnte, bis auf den letzten Fleck mit Berechnungen voll, mit Buchstabenreihen, in denen er irgendetwas abzählte, ehe er alles wieder ausstrich und verwarf und den Stift hinwarf und das Gesicht stöhnend in Händen barg. Manchmal wirkte er wie jemand, der Fieber hatte, manchmal wie besessen, und es fiel Krumur zunehmend schwer, ihn auf andere Gedanken zu bringen.

Eines Tages spülten sie nach dem Mittagessen gemeinsam. Er redete wieder nur von seinen Überlegungen, mit welchem »Schlüssel« sich das *Rätsel von der Schwester* lösen ließe, und Krumur verstand wieder kein Wort von dem, was er da redete. Inzwischen ging ihr das Ganze auf die Nerven. Was hatte sie dieses Katastrophenbuch auch erwähnen müssen?

Nachher trug sie, wie immer, das schmutzige Spülwasser hinaus auf die Plattform. Sie schüttete es hinab, wobei es sich größtenteils in eine dampfende Wolke auflöste, die der Wind davontrug.

»Schau mal«, sagte sie zu Dschonn. »Wie klar es ist!«

Dschonn kam auch heraus, stellte sich fröstelnd neben sie und schaute sich gehorsam um. Einer dieser Momente, in denen er selber versuchte, sich aus dem Strudel seiner Gedanken zu lösen. »Ja«, sagte er. »Sehr klar.« Er kniff die Augen zusammen, deutete auf einen Schatten am Horizont. »Das da. Sind das diese Leik-Inseln?«

»Die Jo-Leik-Inseln«, erklärte Krumur. »Eine Zwischenstation, weil der Weg bis ganz raus zu weit ist für die meisten.«

»Aha.« Er holte tief Luft. »Sehr kalt. Deswegen sieht man alles so scharf. Sogar der Himmel ist klar.«

Etwas fiel ihr ein, das sie ihn schon immer einmal hatte fragen wollen. »Sag mal, angenommen, der Himmel wäre durchsichtig – könnte man dann die Welt, von der du kommst, von hier aus sehen?«

»Hmm. Schwer zu sagen. Ich müsste ...« Er hielt inne, schien zu erstarren. Sein Gesicht nahm einen ausgesprochen dämlichen Ausdruck an. Etwa so, als hätte ihn gerade ein Blitz getroffen und ihm das Gehirn ausgebrannt.

»Dschonn?«, fragte Krumur besorgt. »Alles in Ordnung?« Er drehte sich zu ihr um, sah sie aus geweiteten Augen an. »Das ist es! Krumur! Das *ist* es!«

Damit stürmte er hinein, und als sie ihm folgte und die Tür wieder verriegelt hatte, saß er aufs Neue über seinen verdammten Berechnungen.

»Erklär mir wenigstens, auf welche großartige Idee ich dich gerade gebracht habe«, verlangte sie.

Er setzte den Stift ab. »Früher war eine andere Methode gebräuchlich, Sterne zu kartografieren. Nullpunkt war das Zentrum der Galaxis. Es gab einen Kreis in der Ebene. Einen Winkel zu einer Nulllinie. Dann einen Kreis darauf, nach oben oder nach unten. Zuletzt die Entfernung vom Nullpunkt. Damit kann man jeden beliebigen Punkt bestimmen.«

»Hast du das auch gelernt in deiner Ausbildung zum Piloten?«

»Ja, natürlich. Polarkoordinaten. Kartesische Koordinaten. Sphärische Koordinaten. Imperiale Koordinaten. Alles.«

»Und was sagt dir das?«

»Hier.« Er tippte auf das Blatt mit der Abschrift des Textes. »*Teilt den großen Kreis nach Westen in acht Teile.* Der Kreis nach Westen, das ist der Grundkreis. Ich teile also 360 Grad durch acht ...«

»Wieso 360 Grad?«

»Weiß ich auch nicht. Das ist eine uralte Tradition, Kreise so zu unterteilen. *Ein weiteres Teil zur Hälfte* – also nehme ich nicht acht Teile, sondern achteinhalb ...« Er versank wieder in seine Berechnungen, murmelte Begriffe vor sich hin, die sie nicht verstand.

1045

Krumur beugte sich über den Text. »Und was sind diese *Jahre*, von denen sie hier spricht?«

»Lichtjahre. Eine alte Entfernungseinheit, die zur Zeit deiner Ahnen noch üblich war.«

Er rechnete fieberhaft und schrieb schließlich drei Zahlen untereinander.

42,230911
7,5902
36.901

»Das«, sagte er, »bezeichnet eine ganz bestimmte Position in der Galaxis.«

»Und jetzt?«, fragte Krumur.

»Jetzt müssen wir das in imperiale Koordinaten umrechnen und in den Sternkarten des Schiffs nachschauen, ob sich an dieser Position ein Stern befindet.«

***

Sie flogen zum Nest und kehrten gemeinsam mit Oris zurück, der die Schlüssel für die beiden Sternenschiffe nie aus der Hand gab, und mit Bassaris, der wiederum Oris nie aus den Augen ließ.

»Ich bin wirklich gespannt, was ihr da finden wollt«, meinte er fröstelnd, als sie auf dem Strand aufsetzten, direkt vor dem kleinen Sternenschiff, das Krumur eigentlich ziemlich groß vorkam.

Er hob das Gerät, mit dem er es öffnen konnte, die Klappe senkte sich herab und wurde zu einer Rampe, und dann kam Krumur zum ersten Mal dazu, das Innere der Flugmaschine zu betreten.

Sie fand es etwas beengend, wenn man Flügel hatte; die Durchgänge und Flure waren eindeutig für Menschen wie Dschonn gebaut. Er zeigte ihr die Zelle, in der er gesessen hatte, und versuchte ihr klarzumachen, wie lange, aber sie verstand seine Zeitmaße immer noch nicht richtig. Schrecklich lange jedenfalls, so viel war klar.

Dann gingen sie in einen weit vorn und erhöht gelegenen Raum voller Hebel und dunkler Glasscheiben in beweglichen Halterungen. Vor einem ausladenden Sichtfenster standen zwei gepolsterte Sitze mit Rückenlehnen, die zu breit waren, um darauf sitzen zu können, wenn man Flügel hatte. Dschonn saß natürlich bequem darin. Im Hintergrund gab es einen dritten Sitz, der keine Fenster vor sich hatte, nur Glasscheiben und Hebel.

Dschonn zog eine der Glasscheiben zu sich heran, ließ sie hell werden und hielt sie Krumur hin. Ein farbiges, beeindruckend genaues Bild leuchtete auf, das etwas zeigte, das Krumur zunächst wie eine öde Schluchtenlandschaft vorkam. Dann fiel ihr auf, dass die Felsen dafür zu regelmäßig waren; außerdem waren sie mit gleichmäßigen Reihen rechteckiger Löcher bedeckt, und hinter manchen dieser Löcher sah man, ganz klein, flügellose Menschen wie Dschonn.

»Das ist Eksuur, die Stadt, aus der ich komme«, sagte er. »In dieser Siedlung hat meine Mutter gelebt. Aber auf der anderen Seite.«

»Sind wir deswegen hier?«, fragte Oris mit spürbarer Ungeduld. »Um Bilder anzuschauen?«

»Nein, nein«, sagte Dschonn schnell, ließ die Glasscheibe wieder dunkel werden und schob sie von sich weg. Er griff nach einer anderen, zog sie zu sich heran und drückte auf ein Symbol, das sie hell werden ließ. »Ich muss mich jetzt konzentrieren. Umrechnung von Polarkoordinaten in Imperiale Koordinaten. Das ist nicht einfach.«

Reihen von Symbolen tauchten auf der Glasscheibe auf, die er in wilder Folge antippte und so schnell, dass man nicht mehr mitkam. Auf der oberen Hälfte der Scheibe erschien ein Text, außerdem ab und zu ein Bild aus ineinander verwobenen Kreisen. »Longitudo zweiundvierzig Komma zwei drei null neun eins eins«, murmelte er dabei vor sich hin. »Latitudo sieben Komma fünf neun null zwei. Ablegatio sechsunddreißigtausend neunhundert und eins.«

1047

Ein Bild erschien, ein grünlich-weiß leuchtender Feuerball, der den Mittelpunkt mehrerer konzentrischer Kreise bildete.

»Es ist, wie ich gedacht habe«, sagte Dschonn triumphierend und sah auf. »Eure Ahnin Ema hat die Position einer anderen Welt in ihrem Text verschlüsselt. Ihre Angaben zeigen auf diese Sonne hier, SJL-771. Das ist weit, weit außerhalb des Imperiums. Es gibt kaum Daten darüber. Das heißt, irgendwann ist ein Roboter daran vorbeigeflogen und hat aus der Ferne vermessen. Mehr nicht. Der dritte Planet ist als IH klassifiziert, unbewohnbar und halb verhüllt.«

»Und was heißt das?«, wollte Oris wissen, die Brauen argwöhnisch gefurcht.

Dschonn neigte den Kopf. »Ich glaube, es ist ein Plan für den Notfall. Die Regeln von Kris für die Fortpflanzung haben bewirkt, dass es nicht mehr von euch gibt, als in das große Sternenschiff passen. Ema hat die Koordinaten einer anderen Welt angegeben. Sie nennt sie *die Schwester*, und ihr sollt sie im Notfall suchen. Also wird es eine Welt sein, die ungefähr so beschaffen ist wie diese hier.«

Oris sah ihn ungläubig an. »Du willst nicht etwa vorschlagen …?«

»Nicht ich. Eure Ahnin. Das ist, was ich glaube.«

Der andere, Bassaris, der selbst neben Dschonn noch groß aussah und normalerweise nie viel sagte, meinte: »Es sähe ihnen ähnlich.«

»Hmm«, machte Oris. »Ja, schon. Sie haben immer versucht, an alles zu denken. Sagt man jedenfalls.« Er räusperte sich, wies auf die Glasplatte mit dem grünlich-weißen Feuerball. »Wir sollten auch versuchen, an alles zu denken. Könnte das nicht einfach Zufall sein?«

Dschonn schüttelte entschieden den Kopf. »Solche Zufälle gibt es nicht. Die Sterndichte ist unglaublich gering. Ändere an diesen Zahlen irgendetwas, und du landest im Nichts.«

»Können wir das mal ausprobieren?«

1048

Sie probierten es zehnmal aus: Oris änderte eine der Ziffern, Dschonn rechnete die neuen Werte um – und kein einziges Mal stießen sie in den Karten auf einen Stern.

»Also gut, es ist wohl kein Zufall«, räumte Oris schließlich ein. »Trotzdem – es will mir nicht in den Kopf, dass das die einzige Lösung sein soll.«

Dschonn richtete sich auf und sagte mit einem Ernst, den Krumur gar nicht von ihm kannte: »Der Imperator vergisst nicht, und er verzeiht nicht. Seine Soldaten werden irgendwann kommen. Wenn ihr nicht von da an unter seinem Diktat leben wollt, müsst ihr diese Welt verlassen.«

Jetzt erst, als er es aussprach, begriff Krumur, wovon eigentlich die Rede war. Ihr lief es kalt über den Rücken. Flüchten? Konnte das wirklich nötig werden?

»Eine glückliche Fügung hat mich zu euch gebracht«, fuhr Dschonn in versöhnlicherem Ton fort. »Ich kann das große Sternenschiff zu dieser neuen Welt fliegen. Ich werde es gern tun, denn ich möchte bei euch bleiben. Am liebsten würde ich mich ... wie sagt ihr? ... ich möchte mich Krumur versprechen. Ich bin nur ein Mensch ohne Flügel, ja. Aber ich habe gehört, die gibt es bei euch auch. Das Buch Kris verbietet nicht, dass sich solche Menschen anderen versprechen.«

Er drehte sich zu Krumur um.

»Allerdings weiß ich nicht, ob sie sich *mir* versprechen will ...?«

Schon wieder dieser Juckreiz in ihren Augen. Krumur versetzte ihm einen Faustschlag auf den Oberarm und rief: »Du Dummkopf! Das weißt du *ganz genau*!«

Maheit

Frostpilze zu finden war eine Kunst für sich. Die im Ris-Nest niemand beherrschte, was Maheit mehr als erstaunlich fand. Schließlich war er ja nun wahrhaftig nicht der erste Heit, der sich einer Ris-Frau versprochen hatte. Dabei lohnte sich die Mühe, und das würde er dem Nest beweisen!

Deswegen segelte er heute über den eisigen Wipfeln am Oberlauf des Ristas dahin. Er schlug ruhig und gleichmäßig mit den Flügeln und steuerte nur mit winzigen Veränderungen der Handstellungen. Es ging darum, Verfärbungen an den Stämmen zu erkennen, was man nicht konnte, wenn man mit seinen Schwingen den auf den Blättern liegenden Schnee aufwirbelte.

Das große Licht des Tages stand hoch an einem geradezu klirrend hellen Himmel, in dem immer wieder bunte Schlieren aufschimmerten, ein Zeichen, dass ein Nachtfrost bevorstand. Umso dringender, dass er die Pilze heute fand!

Mit jähem Geschrei flatterten zwei dunkle, langhalsige Vögel aus einem Pfahlbaum empor und schlugen den Weg zur Küste ein. Kolwaane? Was machten die denn so weit im Landesinneren? Verrückte Biester.

Maheit ging in eine Kurve, wartete, bis der Schnee gefallen war, den die Vögel aufgewirbelt hatten. Na, das sah doch gut aus – der Stamm dieses Pfahlbaums dort wies genau jenen roten Schimmer auf, nach dem er Ausschau gehalten hatte.

Er ging tiefer, landete im Geäst des Baums, zog die Flügel eng an sich und über sich und wartete, bis sich das Schneegestöber wieder gelegt hatte. Dann kletterte er behutsam abwärts.

Sein Spürsinn hatte ihn nicht getrogen: Weiter unten am

Stamm saß ein Nest von fünf prächtigen Frostpilzen, jeder mindestens so groß wie eine halbe Handfläche.

»Das wird ein Fest«, murmelte er leise, zog seinen Sammelbeutel hervor und die Holzzange, mit der man Frostpilze brach.

Frostpilze hießen so, weil sie während der Frostzeit wuchsen, aufgrund eines Befalls, der sich zwar schon in der Windzeit ereignete, aber erst durch Regen- und Nebelzeit aktiv wurde. Die Pilze hatten einen sehr intensiven, unverkennbaren Geschmack; man verwendete nur winzige Mengen davon, die man am besten mit einem dünnen Hobel abnahm. Diese fünf Pilze würden lange reichen.

Die Kunst bestand darin, den richtigen Zeitpunkt für die Suche zu erwischen. Trotz der Kälte wuchsen die Pilze sehr schnell. Vor ein paar Tagen waren die hier sicher noch nicht zu sehen gewesen, und wenn er sie heute nicht brach, würden sie in ein paar Tagen vertrocknen, abfallen und zu Staub werden, der am Boden auf die nächste Windzeit wartete, um erneut an die Rinde von Bäumen geweht zu werden.

Er hatte den idealen Zeitpunkt erwischt, alle fünf Pilze ließen sich sauber brechen.

Ha! Er würde den Ris schon noch beibringen, wie man richtig Pilze sammelte.

Mit seiner Beute am Gürtel flog er weiter, aber irgendwie war die Luft raus, die nötige Anspannung verflogen, die man brauchte für richtiges Jagdfieber. Fünf große Frostpilze, das reichte auch erst einmal, und so beschloss er nach einer Weile, es für heute gut sein zu lassen.

Er flog zurück zum Nest, an dessen ungewohnt asymmetrische Gestalt er sich mittlerweile gewöhnt hatte. Sie bewohnten eine Schlafhütte ganz außen auf einem der Hauptäste, die dem in einem Sturm verloren gegangenen Ast benachbart lagen, also sozusagen mit Blick auf die *Wunde*, wie manche der Älteren diese Stelle nannten. Von seinem Elternnest her gewöhnt, in heimeliger Stammnähe zu leben, hatte ihm das erst nicht so zugesagt, aber Eteris war es sehr wichtig gewesen, also hatte er nachgegeben. Und mittlerweile gefiel es ihm auch. Erstens hatten sie eine phantastische freie Aussicht aufs Meer – und zweitens hörte dort nicht das halbe Nest mit, was sie in der Kuhle trieben ...

Ein dritter Vorzug war, dass er, wenn er von draußen angeflogen kam, erst mal zu Hause vorbeischauen konnte, ehe er weiterging, um seine Beute abzuliefern oder was sonst zu tun war. Gerade jetzt, da Eteris in Erwartung war, war das ein großer Vorzug, denn inzwischen blieb sie viel in der Hütte, streichelte nur noch ihren immer dicker werdenden Bauch und sah den Kiurka-Samen beim Glimmen zu.

Er segelte also schwungvoll einmal im Halbkreis, setzte gekonnt direkt vor ihrer Hütte auf und schob den ledernen Vorhang beiseite. Wärme kam ihm entgegen. »Ete?«, rief er. »Bist du da?«

Es kam keine Antwort, aber irgendwie wusste er trotzdem, dass sie da war. Vielleicht schlief sie. Er schlüpfte vollends hinein, schloss den Vorhang wieder sorgfältig und spähte dann in ihre Kuhle.

Sie war da. Aber sie schlief nicht, sondern saß aufrecht da, hatte sich vollständig in ihre Schwingen gehüllt und gab leise, schluchzende Geräusche von sich.

»Ete?«, fragte Maheit behutsam. »Ich bin's. Was ist los?«

Schwangere Frauen, das hatte ihm inzwischen so ungefähr jeder erklärt, durchlebten nicht nur körperlich, sondern auch seelisch schwierige Zeiten, und man musste jederzeit auf alles gefasst sein. Tatsächlich hatte Eteris, seit sie in Erwartung war, so einige Hochs und Tiefs gehabt ... aber vor allem Hochs.

Das nun sah allerdings eher aus wie ein Tief.

Er setzte sich auf den Rand der Kuhle, legte seine Hand behutsam an ihre Flügel. Strich daran herab. Er mochte es ungemein, wie ihre Federn sich anfühlten.

Sie öffnete ihre Schwingen, sah ihn aus verheulten Augen an. »Hast du's schon gehört?«, schluchzte sie.

Er hob die Augenbrauen. »Gehört? Was denn?«

»Was sie vorhaben.«

»Nein. Was haben sie vor? Und wer überhaupt?«

»Sie wollen, dass wir gehen, Ma«, stieß sie hervor. »Sie wollen, dass wir unsere Welt *verlassen*!«

* * *

Der Weg zum Mahlplatz führte über Äste, die jetzt vielerorts vereist waren, deswegen flog Maheit lieber. Aber jeder Flügelschlag war mühevoll, und er fühlte sich viel schwerer als normal: Das kam von den Sorgen, die er sich um Eteris machte.

Was sie ihm erzählt hatte, klang völlig verrückt. Das war schon mehr als einfach nur eine Stimmungsschwankung. Er musste eine der erfahreneren Frauen befragen und herausfinden, ob etwas mit Eteris nicht stimmte. Ob sie krank war.

Erst rasch die Pilze loswerden, entschied er. In der Küche traf er Nakwen an, der ihn erwartungsvoll fragte:»Na? Welche gefunden von deinen sagenhaften …?«

»Ja«, sagte Maheit knapp. Nichts war mehr übrig von dem Triumphgefühl, mit dem er zurückgekehrt war.

Während er die Pilze auspackte, kam Meolaparis dazu. Sie nahm einen neugierig in die Hand, befühlte ihn. »Der ist aber fest. Fühlt sich fast wie *Holz* an! Kann man das wirklich essen?«

»Frostpilze sind eher eine Art Gewürz«, erklärte Maheit und spähte hinüber zu den Tischen. War das Halris, die da saß? Die würde er fragen.

»Eine Art Gewürz, aha. Und was macht man damit?«

In einer der großen Pfannen schmorte *Bauchwärmer* vor sich hin, wie man die Mischung aus Eiern, einer bestimmten Algenart und gedämpftem Frostmoos nannte. Maheit nahm einen Teller, häufte einen Löffel voll darauf, griff dann nach dem feinsten Hobel im Regal und rieb etwas von dem Frostpilz darüber. Nicht zu viel – aber auch nicht zu wenig.

»Probiert«, sagte er und reichte den Teller an Meolaparis.

Sie kostete, riss die Augen auf, machte: »Mmmh!«

1053

Nakwen nahm ebenfalls einen Bissen, wälzte ihn im Mund hin und her und meinte dann: »Sensationell.«

Meolaparis schüttelte missmutig den Kopf. »Und so etwas Köstliches lernen wir erst *jetzt* kennen, wo wir diese Welt verlassen sollen? Das Schicksal ist ein Schuft, ich sag's euch.«

Maheit zuckte zusammen, als sei er von einer Ratze gebissen worden. »Was?«, stieß er hervor. »Was war das? Die Welt verlassen?«

»Der neueste Plan, falls dieses *Imperium* kommt«, erklärte Nakwen und deutete zum hinteren Teil des Mahlplatzes. »Sie diskutieren gerade, wie das vor sich gehen soll.«

***

Maheit gab den beiden die Pilze, die er gefunden hatte, und erklärte ihnen hastig, was er über den Umgang damit wusste. Aber bis er nach hinten kam, löste sich die Runde gerade auf, und alle flogen davon, auch Oris, den er eigentlich hatte ausfragen wollen.

Dafür bekam er Anaris zu fassen, Oris' Schwester, die ebenfalls an der Besprechung teilgenommen hatte. Sie war noch jung, und viele Leute nahmen sie deshalb nicht ernst. Maheit aber hatte in der Zeit, in der er nun schon im Nest der Ris lebte, gemerkt, dass Anaris ganz im Gegenteil klüger war als die meisten, auch klüger als die meisten Erwachsenen. Sie war sogar klug genug, sich aus einer Menge Dinge einfach herauszuhalten.

Von ihr erfuhr er, was los war, nämlich dass der Fremde von den Sternen, dieser riesige Mann ohne Flügel mit dem seltsamen Namen *Dschonn*, das *Rätsel von der Schwester* im Buch Ema gelöst hatte. Die geheimnisvollen Angaben, mit denen der Text schloss, bezeichneten, so behauptete er – und es gab wohl gute Gründe, anzunehmen, dass er damit recht hatte –, die Position eines sehr, sehr fernen Sterns, weit außerhalb jenes *Imperiums*, vor dem man sich angeblich fürchten musste. Die Theorie war nun, dass Ema dieses Rätsel ihrem Buch deswegen angefügt hatte, weil ihr Plan für den Notfall gewesen sei, alle Menschen mithilfe des alten Sternenschiffs auf die dort befindliche andere Welt zu bringen.

Es erleichterte Maheit, das zu hören, hieß es doch, dass er sich zumindest keine Sorgen um Eteris machen musste. Auf der anderen Seite war es natürlich trotzdem ein überaus beunruhigendes Vorhaben.

»Aber«, wandte er ein, »es hieß doch die ganze Zeit, die Nestlosen würden uns gegen das Imperium verteidigen? Also, zumindest haben sie das gesagt. Dass Wilian sie deshalb angehalten hat, das Kämpfen zu lernen und zu üben.«

Anaris zog die Flügel dichter an den Rücken und schüttelte den Kopf. »Ja, das haben sie immer gesagt. Aber tatsächlich können sie uns nicht verteidigen. Da hat sich Wilian geirrt.«

»Wer sagt das?«

»Dschonn.«

Maheit holte geräuschvoll Luft. »Also, ganz ehrlich … Wir können uns doch nicht von einem Mann, den es von einem anderen Stern zu uns verschlagen hat, vorschreiben lassen, was wir tun und was nicht, oder?«

»So ist es ja nicht«, erwiderte Anaris. »Der *Plan* ist ja von der Ahnin Ema. Dschonn hat ihn nur entdeckt.«

»Hmm«, machte Maheit. »Hast du das Buch Ema schon mal gelesen?«

Anaris nickte. »Ich weiß, was du meinst.«

»Alle Menschen in ein einziges Sternenschiff zu packen … *alle* Menschen, die es auf der ganzen Welt gibt! … und dann zu einer anderen Welt zu fliegen, über die wir nichts wissen außer, wo sie zu finden ist … Das ist doch ein völlig absurdes Vorhaben!«

Sie lächelte schwach. »Da widerspreche ich dir nicht.«

***

In den darauffolgenden Tagen wurde viel über Emas Plan geredet, auf den Mahlplätzen, auf den Ästen, in den Hütten; es gab kaum noch ein anderes Thema. Und je mehr Zeit verging, desto öfter sprach man nicht mehr von *Emas Plan*, sondern von *Oris' Plan*.

Eteris und Maheit hätten sich eigentlich lieber auf die bevorstehende Geburt ihres Kindes konzentriert. Aber auch sie redeten viel über diesen Plan. Eines Abends, als sie wieder einmal in der Kuhle beisammenlagen und die lebhaften Bewegungen verfolgten, die das Kind im Mutterleib veranstaltete, sagte Eteris plötzlich: »Weißt du was? Ich merke, dass ich eine wahnsinnige Wut habe.« »Wut?«, wiederholte Maheit überrascht. »Worauf?« »Auf Oris und seinen Vater.« Sie lehnte sich zurück, in seine Arme, atmete auf einmal heftiger. »Warum, zum Wilian, musste Owen unbedingt bis zum Himmel hinauffliegen? Wozu? Wieso musste er unbedingt diese blöden Sterne sehen? Millionen von Menschen haben ihr Leben verbracht, ohne Sterne zu sehen, und waren auch zufrieden. Aber nein, Owen aus den Küstenlanden muss den Himmel nicht nur *erreichen*, er muss ihn auch noch *durchstoßen*. Und hinterher Wunder was für Geschichten erzählen. Die halbe Welt damit verrückt machen. So war es doch, wenn du mal ehrlich bist. Das Ganze war zu nichts gut, zu gar nichts.«

»Hmm«, machte Maheit. »Ja, eigentlich nicht.«

»Und dann, nachdem er sich in den Tod gestürzt hat, muss sein Sohn an seinem Totenlager diesen Schwur tun. Wozu? Lass zwanzig Frostzeiten übers Land gehen, und alles wäre ohnehin vergessen gewesen. Oder zu einer weiteren Legende geworden, die man des Winters am Kiurka-Ofen erzählt.«

Maheit sagte nichts, hielt sie nur fest, legte seine Wange gegen ihren linken Flügel.

»Also, Oris tut seinen Schwur, und dann zieht er los …« Eteris wandte den Kopf, sah zu ihm hoch. »Man erfährt gar nicht, was eigentlich genau passiert ist, ist dir das schon aufgefallen? Oris, Bas, If … Egal, wen du fragst, sie sind ganz einsilbig, wenn es um das Sternenschiff der Ahnen geht. Was da vorgefallen ist.«

»Stimmt«, sagte Maheit, verdutzt, dass ihm das erst jetzt auffiel.

»Und trotzdem *bewundert* alle Welt sie! Owen, den Himmelsflieger. Oris, den Entdecker der *Heimstatt*. Alle sind ganz begeistert, weil so epochale Dinge passieren wie der Riss im Himmel und die Ankunft des Sternenschiffs und so weiter. Achte mal drauf. Sie behaupten alle, dass sie sich Wunder was für Sorgen machen wegen dieses Imperiums, aber in Wirklichkeit sind sie entzückt, dass endlich mal was los ist.«

»Da ist was dran«, meinte Maheit. Denselben Eindruck hatte er schon eine ganze Weile. Die Ris waren mächtig stolz, wieder so etwas wie der Dreh- und Angelpunkt der Welt zu sein, weil der Fremde hier lebte und alles, was mit der Gefahr zu tun hatte, die angeblich von den Sternen drohte, hier im Nest verhandelt wurde.

»Und deswegen soll *ich* alles aufgeben?«, rief Eteris mit einer Stimme, die kurz davor stand, ins Schluchzen zu kippen. »Deswegen soll ich meinen Garten aufgeben? Mein Nest? Das ganze Leben, das ich kenne und liebe? Die Welt, in der ich meine Kinder aufwachsen sehen wollte – die soll ich jetzt verlassen, nur weil Oris und sein Vater so *tolle* Dinge gemacht haben?«

***

Oris war ja immerhin ein alter Freund von Eteris, und irgendwann erwischte Maheit ihn doch einmal. Bei einem Becher Süßgrastee erzählte er ein bisschen mehr darüber, was sie erlebt hatten, und meinte schließlich:»Es ist schwer zu sagen, wer an dieser Entwicklung der Dinge schuld ist, oder ob überhaupt jemand schuld ist. Ich denke, man muss eher von einer unglücklichen Verkettung von Umständen sprechen. Und grundsätzlich ist es so, dass wir auch ohne all das jeden Tag hätten entdeckt werden können. Durch Zufall. Genauso, wie Wilian diese Welt entdeckt hat; das war ja auch Zufall. Tatsächlich ist es sogar immer wahrscheinlicher geworden, einfach, weil das von Menschen bewohnte Gebiet im Sternenraum viel größer geworden ist seit der Zeit, in der die Ahnen aufgebrochen und hierhergekommen sind.«

»Aber es ist doch so, dass wir überhaupt nichts über dieses Imperium wissen«, wandte Maheit ein. »Und nur, weil da etwas passieren *könnte*, alles aufzugeben …?«

»Natürlich wäre es dumm, wenn wir uns in dieser Angelegenheit nur auf Dschonns Wort verlassen würden«, pflichtete ihm Oris bei. »Das machen wir ganz bestimmt nicht.«

»Nicht? Aber was ich höre, klingt so.«

»Nein. Wir bereiten uns nur vor. Wir werden das Sternenschiff aus dem Eis holen und hierherbringen. Wir werden Vorräte anlegen, die für die Reise zu der neuen Welt ausreichen, wir werden einen genauen Plan ausarbeiten, wie wir alle Menschen so schnell wie möglich an Bord nehmen und so weiter. Und wenn das Imperium eines Tages tatsächlich auftauchen sollte, werden wir diesen Plan umsetzen. Aber nicht vorher.«

***

Eteris nahm immer mehr an Umfang zu. Man mochte kaum glauben, dass die Niederkunft erst zu Beginn der Trockenzeit erfolgen sollte. Sie blieb so viel wie möglich in der Schlafhütte, und Maheit holte das Essen aus der Küche her.

»Was wäre eigentlich so schlimm daran, wenn dieses *Imperium* kommt?«, fragte Eteris einmal. Es gab Flockenkrautbrei mit eingesalzenem Hiibu-Speck, ein typisches Frostzeitessen, wenn die Vorräte allmählich zur Neige gingen.

»Das weiß ich auch nicht«, sagte Maheit. »Sie sagen halt alle, dass es schlimm wäre.«

Eteris sah sinnend vor sich hin. »Es sind doch Menschen wie wir. Menschen ohne Flügel, na gut. Aber was ist daran schlimm? Die Ahnen hatten auch keine Flügel. Wir haben sie, weil es den Margor gibt, sonst hätten wir auch keine.«

»Was schade wäre.«

»Na ja. Wir sind es halt gewöhnt.« Sie sah ihn listig an. »Würde ich dir ohne Flügel eigentlich auch gefallen?«

Maheit nahm ein Stück Knorpel aus dem Mund und legte ihn beiseite. »Ich mag deine Flügel sehr.«

»Das war nicht die Frage.«

»Hmm.« Er kniff ein Auge zu. »Leg sie mal ganz nach hinten, damit ich mir das vorstellen kann.«

Sie verbarg ihre Flügel, so gut es ging. Also nicht sehr gut, Flügel waren schließlich ziemlich groß. »So?«

Er ließ sich absichtlich Zeit, ließ sie zappeln. »Ich weiß nicht«, meinte er endlich. »Ein Mensch ohne Flügel kommt mir so ... *halb* vor.«

»Das ist immer noch keine Antwort.«

Er verdrehte die Augen. »Ja. Natürlich würdest du mir auch ohne Flügel gefallen.«

»Das will ich doch hoffen.«

»Aber nur halb so gut, natürlich«, ergänzte er grinsend.

»Du bist ein Schuft«, schnaubte Eteris. »Ich hab's von Anfang an gewusst!«

Er stellte seine Schüssel beiseite, schnappte ihr die ihre aus der Hand und sagte: »Aber du hast mich trotzdem genommen.«

Dann küsste er sie, lange und innig, um sie alle weiteren Vorwürfe vergessen zu lassen.

Hinterher saßen sie nebeneinander, kratzten die kalt gewordenen Reste aus den Schüsseln und fühlten sich wohl.

»Dieser Dschonn ... dieser halbe Mensch ...«, begann Eteris wieder.

»Sagen wir, drei Viertel«, wandte Maheit ein. »Er ist immerhin zwei Köpfe größer als ich.«

»Gut. Drei Viertel. Aber Tatsache ist, er hat irgendetwas verbrochen. Deswegen war er eingesperrt in dem Sternenschiff.«

»Ja. Weil er den, ähm, *Imperator* kritisiert hat. Sagt er zumindest.«

Eteris machte eine wegwerfende Geste. »Warum auch immer. Jedenfalls ist doch klar, dass er Angst davor hat, dass das Imperium kommt. Weil sie ihn dann wieder einsperren. Aber wir ... Wir haben ja nichts getan. Was soll uns geschehen?«

»Sie sagen, wir könnten nicht mehr so weiterleben, wie wir es gewohnt sind. Wir müssten dem Imperator gehorchen.«

Sie sah ihn an. »Glaubst du das?«

»Ich weiß es nicht.« Maheit nagte ein Stück Schwarte ab. »Aber die anderen sind fest entschlossen, das durchzuziehen. Nicht sofort, immerhin. Aber sollte das Imperium tatsächlich kommen, wollen sie alle gehen.«

Eteris beugte sich vor und sagte leise: »Maheit ... und wenn wir einfach *bleiben*?«

Er hörte auf zu nagen. »Wie meinst du das?«

»Wie ich es sage. Wir bleiben einfach. Hier. Im Nest Ris.«

»Du meinst ... alleine? Ete – wie soll das gehen?« Er legte die Schwarte zurück in die Schüssel, stellte sie weg. »Sollen wir von Pilzen leben? Ich könnte nicht mal ein Hiibu erlegen, geschweige denn ausnehmen und alles andere.«

»Wir wären nicht die Einzigen. Bestimmt nicht. Man müsste sich nur rechtzeitig finden. Alle, die bleiben wollen, müssten sich vorher verabreden. Und wenn die anderen gehen, bleiben wir einfach und gründen einen ganz neuen Stamm.«

»Hmm. Ich weiß nicht.«

»Kris sagt, man hat immer das Recht, zu gehen«, erklärte Eteris. »Aber umgekehrt – wenn alle gehen – dann muss man doch auch das Recht haben, zu *bleiben*!«

***

Allmählich schwand der Frost, und die Trockenzeit begann. Es war morgens nicht mehr so kalt, tagsüber rutschten die letzten Eisbröckchen nach und nach von den Riesenblättern, vorzugsweise, um in Hemdkragen zu landen und Schreie auszulösen, und des Nachts hörte man es in den Wäldern ringsum unablässig tropfen: *tropf, tropf, tropf ...*

Und damit stand schon der erste Markt nach der Frostzeit an.

Basgiar fragte Maheit, wie es aussähe, ob er wieder mitkäme als

Träger? Maheit zögerte. Immerhin konnte Eteris jeden Tag niederkommen.

»Doch, du fliegst mit«, drängte Eteris.»Natürlich fliegst du mit! Auf dem Markt triffst du Leute von anderen Nestern, da kannst du dich umhören, was die über Oris' Plan denken.«

»Und du?«

»Ach was.« Sie winkte ungeduldig ab.»Anaris schaut nach mir. Mach dir keine Sorgen.«

Also flog Maheit mit. Und wie immer, wenn sie auf dem Luuki-Baum ankamen und in das Gewimmel und Gewühl dort eintauchten, war es, als seien sie erst gestern dagewesen. Maheit hatte es immer gemocht, auf den Markt zu fliegen, und dass er nur als Träger mitkam, war ihm gerade recht: So hatte er weniger Verantwortung, musste nicht handeln und feilschen, sondern nur ein paar Sachen besorgen, eine kurze Liste meist, und hatte viel Zeit, mit den Leuten zu reden.

Diesmal war es freilich nicht ganz so spaßig wie sonst, dazu musste er zu viel an Eteris denken und wie es ihr wohl ergehen mochte. Womöglich war das Kind schon da, wenn er zurückkam! Es wäre schade gewesen, die Geburt zu verpassen.

Vor allem aber musste er immer wieder daran denken, dass ernsthaft im Raum stand, diese Welt zu verlassen, und dass dies der letzte Markt sein konnte, der stattfand. Und selbst wenn es der vorletzte sein sollte – man wusste ja nicht, wann das große Unheil über sie hereinbrechen würde –, der Gedanke, dass sie nur noch auf Abruf hier waren, war niederdrückend. Gewiss, auch die Schuldscheine, die sie jetzt zeichneten, würden dann nie eingefordert werden, aber das war ganz und gar kein Trost.

Er hörte sich um, wie Eteris es ihm aufgetragen hatte. Das war nicht weiter schwer, denn über nichts wurde so viel geredet wie über den Plan. Oris und die Leute um ihn herum hatten ja sogar schon mit den ersten Vorbereitungen begonnen, eigens violette Signalraketen entwickeln lassen, die jetzt auf die Märkte kamen, und dergleichen mehr.

Niemand, mit dem Maheit sprach, hatte wirklich Lust fortzugehen; das Risiko, ins Unbekannte aufzubrechen, fanden die meisten unvertretbar. Und wenn man bliebe?, ließ Maheit einfließen. Ja, darüber dachten tatsächlich auch andere nach, aber sonderlich fundiert klang das alles nicht. Die einen tönten so, die anderen so, und Maheit war sich nicht sicher, auf wen im Ernstfall Verlass sein würde. Zurückbleiben, wenn alle anderen einstiegen? Das bedurfte schon einer Sturköpfigkeit, von der Maheit nicht einmal wusste, ob er sie selber besaß.

Viele zeigten sich bei diesen Gesprächen auch ziemlich verstört und zitierten immer wieder aus dem Buch Ema, in dem es an verstörenden Visionen ja nicht gerade mangelte. »Wenn es *so* kommt«, sagten sie, »dann *kann* man doch nicht bleiben! Das wäre doch der Untergang!«

»Es ist überhaupt nicht gesagt, dass es so kommt«, hielt man ihnen entgegen. Es ginge um dieses angeblich so schreckliche *Imperium*, das sei etwas ganz anderes.

»Du hast den Riss im Himmel nicht gesehen«, entgegnete eine Frau, die aus dem östlichen Furtwald kam, eine Wanderhändlerin, die mit ihrer Ware, einer Flügelsalbe aus einem Dutzend Kräutern, von einem Markt zum nächsten zog. »Ich schon. Und ich sag dir, das war genau so, wie Ema es beschreibt. Ganz genau so!«

Doch zu einer *anderen Welt* zu fliegen, mit dem uralten Sternenschiff der Ahnen? Das war für die meisten völlig unvorstellbar.

»Womöglich«, gab einer zu bedenken, »können wir auf dieser anderen Welt nicht einmal mehr fliegen! Das hängt nämlich von der Schwerkraft und dem Luftdruck ab, und die können auf einer anderen Welt ganz anders sein.«

Wie man leben sollte, ohne zu fliegen, das konnte sich auch niemand wirklich vorstellen. Allein die Entfernungen, die man dann zu Fuß zurücklegen müsste! Und wie wollte man überhaupt mit dem Margor zurechtkommen?

Vielleicht, meinte jemand, gab es auf der neuen Welt ja keinen Margor?

»Das wäre schön«, sagte eine ältere Händlerin aus dem Mur-Nest seufzend. »Kein Margor – dann würde meine Siliamur noch leben ...« Sie sah Maheit an, hatte eine Träne im Augenwinkel. »Sie wäre heute so alt wie du. Und ich weiß nicht mal, wo es passiert ist ...«

***

Als die Marktleute ins Nest zurückkamen, war Eteris immer noch in Erwartung und überdies guter Dinge. Maheit erzählte ihr, was er in Erfahrung gebracht hatte, und obwohl er keine konkreten Namen und Zusagen gewonnen hatte, stimmte sein Bericht sie dennoch zuversichtlich. »Es werden sich schon genug finden«, meinte sie.

Aber wie viele waren denn *genug?* Um diese Frage zu klären, begab sich Maheit anderntags ins Baumherz, zum Ratsplatz, wo sich die Bibliothek des Nestes befand, und las im Ersten Buch Kris nach.

Die Passage, die die meisten kannten und die oft zitiert wurde, war diese: *Unser Reichtum sind die Bäume und die Flüsse, die Pflanzen und die Tiere. Diesen Reichtum müssen wir uns alle teilen. Also gilt es, unsere Zahl so zu halten, dass für jeden genug da ist, um ein gutes Leben zu haben.*

Das war die Obergrenze. Aber Maheit meinte sich zu erinnern, dass Kris auch etwas über eine Untergrenze gesagt hatte.

Die Ausgabe, die das Nest Ris besaß, war schwer zu lesen. Der Ahn hatte nämlich im Lauf seines Lebens viele Stellen in seinem Buch abgeändert und auch viele gestrichen. Die meisten Nester – so auch das Nest Heit – besaßen Bücher, die nur die gültigen Stellen enthielten und allenfalls Anmerkungen, wo etwas geändert worden war. Doch derjenige, der einst dieses Buch Kris abgeschrieben hatte, hatte auch die Änderungen kopiert und sogar die Streichungen. Das mochte interessant sein, wenn man Kris' Gedankengänge nachvollziehen wollte, machte die Lektüre aber umständlich.

Doch schließlich fand Maheit die Stelle, die er gesucht hatte.

Ein Mensch alleine vermag nicht zu überleben, erst recht kann er kein gutes Leben führen, denn niemand beherrscht alle Fähigkeiten, die dafür nötig wären. Der gute Jäger muss kein guter Handwerker sein, und umgekehrt, und das gilt für alle Tätigkeiten. So beruht das Leben der Menschen seit Urzeiten darauf, zusammenzuarbeiten, indem jeder vorwiegend das tut, was er am besten kann, und dies nicht nur für sich, sondern auch für andere. Unsere natürliche Vielfalt ist unser wichtigster Vorteil, wenn wir sie klug nutzen. Wir haben die Zahl der Stämme auf die Zahl von 33 getrieben, nicht nur, um genetische Variation zu sichern, sondern auch, um von Anfang an eine Bevölkerungszahl zu haben, die den Aufbau einer funktionierenden Gesellschaft erlaubt.

Was hieß das? 33 Stämme, damit waren die 66 ersten Kinder der Ahnen gemeint, allesamt Zwillinge, jeweils ein Junge und ein Mädchen. Aheit und Uheit zum Beispiel, die Stammeltern der Heit. Anfangs war es eine strenge Regel gewesen, dass man sich nur jemandem mit anderen Eltern versprechen durfte; Aheit etwa hatte sich Uwor versprochen und Uheit der schönen Abul und so fort. Als der letzte der Ahnen gestorben war, Gari, hatte die Zahl der Menschen weit über zweihundert betragen.

Maheit schloss das Buch Kris, wickelte es wieder in das Tuch, in dem es aufbewahrt wurde, verneigte sich, wie es Sitte war, und legte es zurück in die Truhe. Zweihundert also. Wenn sie so viele zusammenbrachten, die blieben, dann konnte das Leben weitergehen.

Das sollte kein Problem sein.

***

Kurz darauf wurde bekannt, dass Oris, Dschonn und einige andere einmal mehr mit dem kleinen Sternenschiff in die Eislande geflogen waren. Diesmal ging es nicht darum, die *Heimstatt* zu erkunden, sondern darum, um nach Wegen zu suchen, sie aus dem Eis zu befreien. Man wollte sie in die Küstenlande bringen, damit man sie vorbereiten konnte für den Tag, an dem es notwendig werden mochte, vor dem Imperium zu fliehen.

Niemand konnte vorhersagen, wie lange das Unterfangen dauern würde, aber man hörte die wunderlichsten Geschichten über das Sternenschiff der Ahnen. Nicht nur, dass es gewaltig groß war – das wusste man schon aus den Legenden, die man als Kind am Ofen gehört hatte –, sondern auch, dass es ein Tarnfeld besaß, das es so gut wie unsichtbar machte. Man würde, so hatte Dschonn behauptet, die *Heimstatt* erst sehen, kurz bevor sie landete, aber nicht, solange sie noch in der Luft flog.

»Das wird ja immer schräger«, mäkelte Eteris. »Sollen die Leute etwa in ein Sternenschiff einsteigen, von dem sie nicht mal wissen, wie es *aussieht*?«

Trotzdem warteten Eteris und Maheit so gespannt wie alle anderen, was wohl passieren würde.

Am siebten Tag endlich, einem hellen, milden Tag, an dem man glauben konnte, dass der Frost nicht wiederkehren würde, war kurz nach der Mittagszeit auf einmal ein fernes, tiefes Brummen zu hören. Es war ein ungemein fremdartiges Geräusch, das immer lauter und lauter wurde, bis man meinte, es im Bauch und im Gefieder zu spüren. Doch es wurde immer noch lauter und unheimlicher, bis es die ganze Welt zu erfüllen schien.

Alle ließen liegen und stehen, was sie gerade taten, und kamen heraus auf die Äste, um Ausschau zu halten, was das war. Einige flogen gar auf, um weitere Sicht zu haben, kehrten aber bald kopfschüttelnd zurück: Es war nicht zu sehen, woher der ungeheure Ton kam.

Dann streckte eine der Nestlosen, die seit der Sache mit dem Fremden und dem Himmelsriss im Nest zu Gast war, die Hand aus und rief: »Da!«

Tatsächlich, es kam ein Schatten vom Meer her, der an eine Nebelbank denken ließ, nur, dass es keine war, eher ein graues Flimmern in der Luft, als stiege dort vorne enorme Hitze auf …

Und dann, noch ehe sie Zeit hatten, Mutmaßungen anzustellen, verwandelte sich das graue Flimmern in ein gewaltiges Gebilde, das über dem Meer schwebte wie ein Gebirge und langsam, aber unaufhaltsam auf die Küste zukam. Sie sahen ein abgeflachtes, längliches Rund, das weiß-golden schimmerte, ganz und gar unwirklich aussehend, fremdartig und vertraut zugleich: die *Heimstatt*, kein Zweifel.

»*Die Ahnen aber, die keine Flügel hatten, lebten unter dem Himmel in der Heimstatt, die so prächtig erstrahlte wie eine Perle von der Größe eines Sees*«, hörte Maheit jemanden in andächtigem Ton aus einer der Legenden zitieren.

Ja, dachte Maheit. Treffender kann man es nicht beschreiben.

Er sah Eteris an, die geradezu verzückt auf das riesige Sternenschiff starrte. »Bei allen Ahnen ...«, flüsterte sie.

Dann krümmte sie sich zusammen und stöhnte auf.

»Ma«, keuchte sie. »Ich glaub, es geht los.«

***

Die Frauen des Nests hatten nur auf diesen Moment gewartet. Sie reagierten schneller, als Maheit um Hilfe rufen konnte. Von überallher kamen sie angeflogen. Plötzlich war die Luft voller Flügel, und gleich darauf nahmen sie ihm Eteris aus den Händen, brachten sie fort zu dem seit Tagen vorbereiteten Lager.

Niemand achtete mehr auf das Sternenschiff, das sich da draußen über dem Meer aufs Wasser herabsenkte. Sobald die Frauen verschwunden waren, kamen die Männer, packten Maheit am Arm, legten ihm die Hände auf die Schultern und sagten Dinge wie: »Das wird schon« oder »Jetzt heißt es warten«. Sie geleiteten ihn zum Mahlplatz, setzten ihn an einen der Tische, und von irgendwoher tauchte eine Flasche Eisbrand auf, »zur Entspannung«, wie man ihm erklärte, und Maheit trank gehorsam, was sie ihm einschenkten.

Dann hockten sie sich um ihn herum und bemühten sich, Zuversicht zu verbreiten. Versicherten ihm immer wieder, dass so eine

Geburt die natürlichste Sache der Welt sei und dass die Frauen das schon machen würden. Erzählten ihm, wie es gewesen war, als ihre eigenen Kinder zur Welt gekommen waren.

»Bei Eteris hat es lange gedauert«, verriet Temris, ihr Vater. »Das Ziehen hat abends angefangen, grade, als das große Licht des Tages versunken ist. Und sie war da, als sich am Morgen der Himmel gerade rötlich gefärbt hat.« Er rieb sich eine Träne aus dem Augenwinkel. »Ich muss fast jeden Morgen daran denken. Und jetzt macht sie mich zum Großvater!«

Elnidor, der Vorratsmeister, packte die Eisbrandflasche wieder weg, damit das Warten der Männer nicht in ein Besäufnis ausartete; das galt nämlich als schlechtes Vorzeichen. »Bei Galris ging es schnell«, meinte er. »Sie hatten mir gerade den Eisbrand eingeschenkt, aber ich hatte noch keinen Schluck getrunken, da haben sie mich schon gerufen, weil er da war.« Er lachte in sich hinein. »Und das Erste, was er gemacht hat, war, mich anzupinkeln!«

Herzliches Gelächter ringsumher, obwohl er diese Geschichte bestimmt schon oft erzählt hatte. Wahrscheinlich bei jedem Warten der Männer seither.

»Ich versteh nicht, warum der Vater nicht dabei sein darf«, sagte Maheit, dem nicht nach Lachen zumute war. Daran hatte auch der Alkohol nichts geändert.

»Na, das ist eben Frauensache«, meinte jemand. »War es schon immer.«

»Auf den Perleninseln nicht«, wandte ein anderer ein. »Also – hab ich jedenfalls gehört.«

»Über die Perleninseln wird viel erzählt, wenn der Tag lang ist.«

Natanwili, einer der Nestlosen, die seit den Tagen des Himmelsrisses im Nest zu Gast waren, räusperte sich. »Bei uns«, sagte er dann leise, »sind immer alle dabei, wenn ein Kind zur Welt kommt.«

Einen Moment lang herrschte verdutztes Schweigen ringsum. Ein paar hüstelten verlegen.

»Hmm«, meinte dann jemand. »Ihr macht ja sowieso alles ganz anders ...«

Die Zeit verging, und gleichzeitig verging sie auch nicht. Die Leute kamen an, die die *Heimstatt* hergeflogen hatten, Oris und die anderen, sagten: »Aha?« Und: »Ist es so weit?« Und: »Na, so ein Zufall!« Und verschwanden wieder. Es wurde dunkler und dunkler, und manchmal hörte man einen Schrei aus der Ferne oder ein Stöhnen. Maheit zuckte jedes Mal zusammen dabei.

Immer wieder kam eine der Frauen angeflogen, um warmes Wasser aus dem Topf zu holen, der auf dem Herd vor sich hin blubberte. Meist bedachte sie Maheit dann mit einem aufmunternden Lächeln und sagte irgendwas wie »Alles gut« oder »Es dauert noch«, ehe sie wieder davonflog.

Irgendwann gingen Nakwen und ein paar andere Männer in die Küche, um etwas zu essen zu machen. Maheit hatte keinen Appetit, sein Bauch fühlte sich an wie verknotet, aber er zwang sich trotzdem zwei, drei Bissen hinein von dem, was sie ihm vorsetzten. Er merkte kaum, was er aß.

»Wenn's so lange dauert, dann dauert's die ganze Nacht«, meinte Temris schließlich, worauf der alte Nohfas brummte: »Lieber langsam, aber gut. Es hat drei Jahreszeiten gedauert, da kommt's auf eine Nacht auch nicht mehr an.«

Es wurde später und später. Irgendwie redeten alle über irgendetwas, doch Maheit bekam gar nicht mit, was. Männer kamen und gingen, und er sollte erst viel später begreifen, dass sich manche kurz hinlegten, um dann wiederzukommen, damit andere gehen konnten. Andere hatten kleine Kinder, um die sie sich kümmern mussten. Viele der Kinder, die zum Abendessen auf den Mahlplatz kamen, waren auch ganz aufgeregt, angesteckt von der allgemeinen Aufregung einer Geburt, und hatten Schwierigkeiten, einzuschlafen: Noch spät in der Nacht tauchte immer wieder so ein süßer Flatterer auf und klagte, sich die müden Augen reibend, er oder sie könne nicht schlafen.

Später, als das kleine Licht der Nacht den Himmel beherrschte und die Kinder schließlich doch schliefen, wurde die Stimmung ruhiger. Der Mahlplatz war erfüllt vom Duft des Süßgrastees, den sie ohne Unterlass brühten und tranken; dazu knabberten sie frisch geröstete Quidu-Scheiben, Unmengen davon. Irgendwie schien ständig jemand in der Küche damit beschäftigt zu sein, Quidus hauchdünn zu schneiden und ein Blech voll in den Ofen zu schieben.

In dem Bemühen, Maheit abzulenken, verwickelten sie ihn in Gespräche über alle möglichen Themen. Worauf es beim Pilzsammeln eigentlich ankäme? Wie sie im Heit-Nest auf die Idee gekommen seien, diese praktische Wasserleitung von der Quelle am Hang herüber zum Nestbaum zu bauen? Was er von Dalrauks Liedern hielte?

Und dann, zu aller Überraschung, tauchte auf einmal Dschonn auf, der Flügellose, der riesenhafte Mann von den Sternen. In seinem silbernen Fluganzug sah er aus wie eine leibhaftige Gestalt direkt aus den Legenden.

Man machte ihm bereitwillig Platz, und er dankte höflich nach allen Seiten, auf seine seltsame, kurzatmige Weise. Er bedankte sich für den Becher Tee, den man ihm anbot und der in seinen Händen winzig aussah; er bedankte sich, als man ihm eine der Schalen mit den gerösteten Quidu-Scheiben hinschob, und irgendwie kam es, dass er schließlich neben Maheit zu sitzen kam.

»Maheit«, sagte er und holte eine Tafel aus dunklem Glas aus einer Tasche seines Fluganzugs. »Entschuldige. Ich möchte dir etwas zeigen.«

***

Irgendwann rief man ihn. Maheit musste geschlafen haben, im Sitzen, denn er schreckte hoch, als er seinen Namen hörte, und ja, er erinnerte sich an Träume. An *schlimme* Träume.

Es war taghell. Er war nicht der Einzige, der geschlafen hatte; überall saßen Männer, in sich zusammengesunken oder gegen einen

Ast gelehnt, oder sie lagen gleich auf einer Bank und schnarchten. Andere Männer waren schon in der Küche zugange, rührten Frühstücksbrei, denn, wie jemand irgendwann in der Nacht gesagt hatte, »wenn alles vorbei ist, werden die Frauen einfallen und hungrig sein wie Kolwaane, die vom Brüten aus dem Süden zurückkommen«.

»Maheit!« Jetzt sah er, wer ihn rief: Etesul, Eteris' Mutter. »Komm!«, rief sie. »Komm deine Tochter begrüßen!«

»Ja. Ich komm schon.« Er stand auf, war ganz durcheinander. Da waren noch mehr Frauen: Delris und Panaris und Ilris. Sie nahmen ihn bei der Hand und führten ihn, über die Äste im morgendlichen Licht, unter schimmernden Blättern und duftenden Ranken, alles war so seltsam, so anders als sonst. Und es war gut, dass sie ihn führten, denn er hätte den Weg nicht gefunden, wäre auch außerstande gewesen, jetzt zu fliegen …

Und dann, endlich, war da Eteris, die so erschöpft aussah, wie er sie noch nie gesehen hatte, und die doch strahlte, strahlte wie der helle Morgen draußen. Eteris und in ihren Armen ein winziges, wunderschönes Geschöpf, in ein Kollpok-Tuch gewickelt, mit bräunlicher Haut und einem ebenso bräunlichen Buckel, der Eihülle, und riesigen Augen, die umherirrten und sich endlich auf ihn richteten, ihn neugierig ansahen, das hätte Maheit beschwören können!

»Hallo«, hauchte er. »Hallo, ihr beiden …«

»Hallo, Maheit«, sagte Eteris matt. Dann sah sie auf das Kind hinab und sagte: »Maris, schau – das ist dein Papa!«

»Maris«, wiederholte Maheit.

»Sie sieht aus wie eine Maris, findest du nicht?«

»Ja. Jetzt, wo du es sagst … Aber ich hoffe doch, sie kommt eher nach dir!« Er nahm sie, als Eteris sie ihm reichte, nahm sie unendlich behutsam und vorsichtig, und hielt sie, während ihn Gefühle überwältigten, die er nie erwartet hätte. Als er Eteris kennengelernt hatte, war es Liebe auf den ersten Blick gewesen, und er hatte gedacht, dass es intensiver nicht ginge.

Doch nun verliebte er sich unsterblich in dieses zerknitterte, gähnende Wesen, das so leicht in seinen Armen lag, verlor sein Herz daran auf eine ganz neue, nie gekannte Weise.

Nachdem die Frauen sich vergewissert hatten, dass alles in Ordnung war, ließen sie sie alleine. Jemand brachte ihnen noch zwei große Schüsseln mit Frühstücksbrei und eine Kanne Tee, dann waren sie endlich für sich, saßen nebeneinander, aßen und betrachteten das kleine Wunder, dem von nun an ihre gemeinsame Liebe gelten würde.

»Ma?«, sagte Eteris nach einer Weile, in der sie einfach nur geschwiegen hatten, einträchtig und glücklich. »Ich hab noch mal drüber nachgedacht.«

»Worüber?«

»Na, das alles, mit dem Fortgehen und dem Dableiben ...«

»Ah ja?«

Sie holte tief Luft. »Weißt du, letzte Nacht ... das war schon ziemlich ... wie soll ich sagen? Ich weiß nicht, was ich ohne die anderen Frauen gemacht hätte. Ich war so froh, dass sie alle da waren ... und ich war auch so froh, dass es Frauen waren, die ich gut *kenne*, verstehst du?«

»Ja«, sagte Maheit und dachte an die Männer, die mit ihm gewacht hatten. Auch wenn er die noch nicht so lange kannte, sie waren trotzdem für ihn da gewesen, hatten ihm beigestanden. »Ich glaube, ich weiß, was du meinst.«

»Vielleicht ...«, begann sie, seufzte und fuhr fort: »Vielleicht ist es doch keine so gute Idee hierzubleiben, wenn sie alle gehen.«

Maheit befühlte die Tasche, in der die Tafel aus dunklem Glas steckte, und sagte: »Ja. Vielleicht nicht.«

»Ich denke auch an Maris. Mir war das vorher nicht so klar, aber jetzt, wo sie da ist, merke ich, dass ich doch will, dass sie mit vertrauten Menschen aufwächst. So ein Nest, das ist nicht einfach ein Baum mit einer bestimmten Anzahl von Leuten. Ein Nest, das sind auch die Beziehungen, die man hat. Das sind ganz, ganz viele Geschichten, die man mit den anderen erlebt hat, Dinge, die man gemeinsam hat, Streits, die man ausgefochten und nach denen man sich wieder versöhnt hat. Und vieles, vieles mehr.« Sie strich der dösenden Maris sanft über den von feinem Flaum bedeckten Kopf. »Ich glaube, wenn wir wählen müssen zwischen unserer Welt und unserem Nest, ist es besser, wir wählen unser Nest. Also, mir geht es jedenfalls so.«

Maheit stellte die Schüssel beiseite. »Darüber wollte ich auch mit dir sprechen«, sagte er und holte die Tafel aus dunklem Glas hervor.

Eteris hob verwundert die Augenbrauen. »Was hast du da?«

»Das hat mir Dschonn gegeben.«

»Dschonn?«

»Wenn ich ihn richtig verstanden habe, hat Anaris ihm erzählt, dass wir überlegen hierzubleiben.«

»Oh«, machte Eteris und räusperte sich verlegen. »Ja. Ich hab mit ihr darüber gesprochen, während du auf dem Markt warst. Aber nur so ... *allgemein.*«

Maheit musste lachen. »Also, dass du vor Anaris nichts geheim halten kannst, hättest du eigentlich wissen müssen. Das weiß ja sogar ich inzwischen!«

»Ja. Stimmt.« Sie sah die dunkle Tafel in seiner Hand an. »Und was hat das damit zu tun?«

»Das stammt aus dem kleinen Sternenschiff. Dschonn hat mir darauf Bilder gezeigt, die von anderen Welten des *Imperiums* stammen. Also – nicht gemalte Bilder, wie wir sie kennen, sondern Bilder, die mit einer Maschine gemacht worden sind. Wie in den Legenden.«

»Selime, die durch die Furt-Sümpfe fährt und Bilder von Pflanzen und Tieren macht.«

»Ja, zum Beispiel.« Maheit suchte den Knubbel, mit dem man die Bilder aufleuchten lassen konnte, zögerte dann aber.

»Nun zeig schon«, verlangte Eteris.

»Das sind alles Bilder von Dingen, die es wirklich gibt«, sagte Maheit warnend. »Und manche von ihnen sind ziemlich ... *schreck-lich.*«

Sie sah ihn an und war so schön wie noch nie, und er wusste, dass er sie immer lieben würde. Dann sagte sie:»Umso wichtiger, dass wir sie sehen.«

**

Maris ließ das Leben gemächlich angehen. Sie quäkte, wenn sie Hunger hatte oder nass war oder sonst etwas nicht stimmte, hatte aber viel Geduld mit ihren Eltern, wenn diese nicht gleich verstanden, was los war. Sie ließ sich auch ungewöhnliche sechs Tag Zeit, ehe endlich ihre Eihaut aufging und die Flügelchen freigab, an denen winzige, dunkelbraune Federchen hingen, die sich im Trockenwerden langsam entfalteten und seidig schimmerten. Es ließ sich trefflich darüber streiten, ob sie im Farbton eher nach Eteris oder eher nach Maheit kamen, und natürlich hatte jeder, der kam, eine dezidierte Meinung dazu.

Angenehm warme Tage brachen an. Am Abend eines dieser Tage saß die junge Familie auf dem Ast vor der Hütte, um zuzuschauen, wie die Dämmerung anbrach, was sie sehr geruhsam tat, geradezu majestätisch. Eteris gab Maris die Brust. Das dauerte immer, denn die Kleine war eindeutig eine Genießerin, so das Urteil der erfahreneren Frauen.

Man konnte nicht hier sitzen, ohne auch auf die Überreste des abgebrochenen Astes zu blicken und über die Vergänglichkeit aller Dinge nachzusinnen, und so überraschte es Maheit nicht, als Eteris plötzlich sagte:»Ich muss immer noch an die Bilder denken.«

Er nickte und gestand:»Ich auch.« Er hatte Dschonn die Tafel zurückgebracht, und es war ihm vorgekommen, als sei sie so schwer gewesen wie ein Klotz Eisen.

»Mir tun die Menschen leid, die so leben müssen. Ich will nicht, dass meine Tochter so leben muss. Und ich selber will es auch nicht.« Eteris blickte hinauf zu den Wolken, die das über dem Meer vergehende große Licht des Tages golden widerspiegelten. »Inzwischen denke ich nur noch, hoffentlich schaffen wir es. Am liebsten würde ich morgen schon einsteigen und uns in Sicherheit bringen.«

»Ich fand das alles so *sinnlos*«, meinte Maheit. »Die Bilder mit diesen ... *Soldaten*. Die Toten in den Ruinen. Die Lager. Die Blicke der Besiegten. Wofür das alles? Nur, um die Fahne des Imperators irgendwo aufstellen zu können? Und noch mehr Soldaten für ihn zu haben? Ich begreife nicht, was das soll.«

Sie schwiegen, sahen zu, wie das große Licht endgültig zu einer langen, glühenden Linie am Horizont wurde. Maris gab die Brust der Mutter mit einem zufriedenen Schmatzen frei, und Maheit nahm sie auf die Schulter, damit sie leichter aufstoßen konnte. Er strich ihr zärtlich über die Flügelchen, die wohlig erzitterten, als der befreiende Rülpser endlich kam.

»Das Leben ist so schön«, meinte Eteris versonnen. »Wieso vergisst man das immer? Man nimmt alles für selbstverständlich, obwohl es das gar nicht ist. *Nichts* ist selbstverständlich. Wir bilden es uns nur ein. Selbst wenn es überhaupt kein Imperium gäbe – einmal ungeschickt gelandet, und der Margor holt dich. Und dann ist es vorbei.«

»Das ist wahr«, sagte Maheit.

»Und wenn man alles für selbstverständlich nimmt, bringt man das Schöne im Leben zum Verschwinden. Echt dumm.«

1074

Markosul

Die Karte der Welt

Markosul rührte geduldig mit dem Pinsel in der roten Farbe auf seiner Palette, bis sie sich ganz glatt anfühlte. Wie oft hatte er das schon gemacht? Unmöglich zu zählen. Die rote Farbe war die störrischste.

Als er die getränkte Pinselspitze abhob, stieg ihm der vertraute Duft des feinen Fischöls in die Nase. Das Aroma seines Lebens.

Er beugte sich vor, streckte den Arm aus, um einen roten Punkt für das Nest der Ost-Naim einzuzeichnen – da ließ ihn ein plötzliches Erbeben seiner Hand verrutschen.

Er hob den Pinsel rasch ab, holte tief Luft und lehnte sich zurück. Dann legte er den Pinsel beiseite, faltete die Hände im Schoß und bemühte sich, ruhig zu atmen, während er den hässlichen roten Strich auf der Leinwand ansah.

Es war nur Ungeduld, sagte er sich. Seine neue Karte war so gut wie fertig, und er konnte es kaum erwarten, sie vorzuzeigen. Daran lag es. Bestimmt.

Auf jeden Fall war Hektik jetzt genau das Falsche. Er hob seine Hand, hielt sie vors Gesicht, betrachtete sie. Sie war wieder ganz ruhig. Alles gut. Er griff nach dem feinen Messer und kratzte den falschen Strich ab, stellte den Hintergrund wieder her – das Wasser, das Land – und setzte den roten Punkt endlich an die Stelle, an die er gehörte.

Dann nahm er den Stift zur Hand und schrieb den Namen des Nestes daneben: *Naim.* Der weltweit einzige Nestbaum, der auf der Spitze einer Halbinsel wurzelte, in einem margorfreien Gebiet. Die Naim-Halbinsel war berühmt für ihre *flachen Gärten*, wie man sie allenfalls noch im Schlammdreieck vorfand – aber nicht so. Dort waren es künstlich befestigte Schlammablagerungen, auf denen völlig andere Bedingungen herrschten.

Es war eine gute Idee gewesen, noch einmal ganz von vorne anzufangen. Markosul rutschte mit seinem Hocker ein Stück zurück, betrachtete die Leinwand in ihrer Gesamtheit. Es kam ihm vor, als sei es noch gar nicht so lange her, dass er sie hier aufgespannt hatte. Tatsächlich aber waren seit damals drei Frostzeiten über das Land gegangen.

Und nun war auch diese Karte so gut wie fertig.

Fast tat es ihm leid. Vor allem, weil er wusste, dass er nie wieder eine bessere Karte der Welt malen würde.

Doch er war froh, es vollbracht zu haben. Es hatte ihn sein Leben lang beglückt, Karten zu zeichnen und auszumalen, aber es war zugleich auch immer eine große Anstrengung gewesen. Wie viele Tage hatte er hier gesessen und gemalt, Tage, die wie im Fluge vergangen waren? Wie oft hatte er frische Farben angerührt? Wie oft falsch geratene Linien abgekratzt? An manchen Tagen, er erinnerte sich, hatte er das Vorhaben verflucht, hatte alles zum Wilian gewünscht, die Farben, die Leinwand, die bloße Idee einer Karte, die die Welt wiedergeben sollte, wie sie war.

Er griff nach dem Pinsel und spürte im gleichen Moment das Zittern wieder, ganz schwach noch, weit entfernt, aber bereit, zuzuschlagen.

Besser nicht. Er legte den Pinsel wieder ab. Für heute hatte er genug getan. Unnötig, sich zu verkrampfen. Besser, er entspannte sich, atmete einmal in aller Ruhe durch. Und war es nicht sowieso an der Zeit, zu Abend zu essen?

Er stand auf, reckte sich, kreiste mit den Schultern, streckte die Flügel aus, spürte die Verspannungen, die ein langer Tag vor der Leinwand mit sich brachte. Beinahe freute er sich auf den Küchendienst, zu dem er heute eingeteilt war. Töpfe zu spülen, Pfannen abzukratzen – das würde eine gute Abwechslung sein, etwas, das ihn auf den Boden zurückbrachte.

Er spähte durch das Blätterdach, hielt Ausschau nach dem Stand des großen Lichts des Tages. Hmm, war wohl doch nicht so spät. Stimmt, man roch auch noch nichts. Normalerweise waren es die Düfte aus der Küche, die ihn zur Besinnung brachten; die zogen meistens direkt über seine schmale Plattform.

Er beschloss, es trotzdem für heute gut sein zu lassen, trat auf den Ast hinaus und ging auf einem Nebenweg hinab zur Angelstelle. Dort war um diese Zeit niemand, und man hatte einen schönen Blick über die Muschelbucht. Von der er manchmal, wenn Besucher kamen, behauptete, es sei der schönste Fleck der Welt. Dem widersprach selten jemand, doch in Wahrheit fehlte ihm jeder Vergleich. Er hatte zwar sein Leben lang an seinen Karten der Welt gearbeitet, er selber aber war nie irgendwo anders gewesen.

Er setzte sich, lehnte sich gegen einen schrägen Ast, ließ seine Flügel rechts und links davon herabhängen. Am Steg des Non-Nestes lag ein Schiff vertäut, doch es war niemand zu sehen. Auf einem tiefen Ast des Non-Baums spielten ein paar kleine Kinder, die noch nicht fliegen konnten; sie sprangen ins Wasser und versuchten dabei, so weit wie möglich zu segeln. Es waren vier oder fünf Knirpse, die Radau machten für zwanzig. Ein lieblicher Lärm; helle Schreie, die von Lebendigkeit und Kraft zeugten, von Zuversicht und Unbekümmertheit. Nur Kinder, die das ganze Leben noch vor sich hatten und nichts ahnten von den Schmerzen und Enttäuschungen, die es für sie bereithielt, konnten so unbekümmert lachen und schreien.

Unmöglich, das zu hören und die eigene Trauer nicht zu spüren. Sie hob sich vor diesem Hintergrund geradezu schmerzhaft scharf ab: die Trauer, sein eigenes Leben verpasst zu haben. Seine Neugier auf die Welt nur aus zweiter Hand befriedigt zu haben.

Er hatte es immer auf seine angeborene Flügelschwäche geschoben. Die eine Tatsache war; schon ein simpler Flug quer über die Bucht bis zum Nest der Bar hatte ihn bisweilen ins Schwitzen gebracht. Kurz vor seiner sechzehnten Frostzeit hatte er versucht, als Träger mit auf den Markt zu fliegen, hatte aber unterwegs abbrechen müssen. Was hatte er sich damit zum Gespött gemacht!

Trotzdem war es ein Vorwand gewesen. Es gab alte Leute, die nicht halb so gut flogen wie er und die dennoch weite Reisen unternahmen. Seine eigene Großmutter, Kalheit, war in der Windzeit vor ihrem Tod noch bis zu den Perleninseln geflogen – und damals hätte man für sie das Wort ›gebrechlich‹ *erfinden* müssen, wenn es das nicht bereits gegeben hätte! Sie hatte sich von Nest zu Nest gekämpft, hatte sich überall feiern lassen für ihren Wagemut, und als sie drei Tage vor dem Anbruch der Regenzeit zurückgekehrt war, hatte sie gesagt:»So, jetzt kann ich dorthin, wohin keines Menschen Flügel tragen.« Und so hatte sie es dann auch gemacht.

Er jedoch hatte immer Angst gehabt. Angst vor der Weite. Angst vor dem Unbekannten. Angst, dass Schwierigkeiten auftreten könnten, denen er nicht gewachsen war. Und von all diesen Ängsten hatte er sich zurückhalten lassen.

Das war ihm lange gar nicht klar gewesen. Er war geradezu ein Meister darin gewesen, Gründe und Ausflüchte zu erfinden.»Nicht, solange Kalsul noch so klein ist!« Das hatte er damals gesagt und es selber geglaubt. Dann, als seine Tochter längst nicht mehr zu halten war, sondern die Küstenlande rauf und runter flog und überall die Jungs verrückt machte, hatte er stattdessen»Eines Tages ...« gesagt.

Bis dann der Riss im Himmel aufgetaucht war. Den er *auch* nicht gesehen hatte. Aber die allgemeine Panik war natürlich bis in die Muschelbucht geschwappt, das Gerede von einer drohenden Gefahr für die Welt hatte auch sie hier erreicht, und wenig später, kurz vor Anbruch einer der härtesten Frostzeiten, an die er sich erinnerte, war der Plan aufgekommen, diese Welt zu *verlassen!* Alle Menschen zusammenzurufen, auf dass sie an Bord der *Heimstatt* gingen, und dann fortzufliegen, weit über den Himmel hinauf, hinaus in den Weltraum, zu einer fernen, fernen, anderen Welt, wo ihnen keine Gefahr mehr drohen würde.

Als er das gehört hatte, hatte er sich gesagt:»Jetzt aber!« Er hatte endlich angefangen, Pläne zu schmieden, zusammen mit Reshbar, die zwar schon ein wenig herumgekommen war, aber vieles auch noch nicht gesehen hatte. Sie waren entschlossen gewesen, sich die Welt anzusehen, solange es noch ging. Und dann hatte er seinen ersten Flügelkrampf gehabt. Natürlich hatte er es erst nicht ernst genommen. Bei Gari, wer nahm denn einen Flügelkrampf ernst? Er hatte es auf seine Verspannungen geschoben. Auf Nervosität. Auf Überanstrengung. Auf die Kälte – es war ja Frostzeit, und *was* für eine frostige! Im Erfinden von Ausflüchten war er schließlich geübt.

Aber die Krämpfe kamen wieder und wurden stärker, und irgendwann gab es keinen Zweifel mehr, dass er an fortschreitender Flügellähmung litt. Dass das eine seltene Krankheit war, half einem nichts, wenn man sie trotzdem hatte. Das Problem war, dass es nicht dabei bleiben würde, dass man eines Tages nicht mehr fliegen konnte und einem die Flügel nur noch unnütz und schlaff vom Rücken herabhingen wie zwei gefederte Hautlappen. Das Problem war, dass die Lähmung immer weiter ging und erst endete, wenn man nicht mehr atmen konnte und qualvoll erstickte.

Jemand hatte ihnen den Tipp gegeben, dass ein Kräutermann bei den giftigen Seen auf der Hochebene lebe, der sich mit seltenen Krankheiten besser auskenne als jeder andere. Ah, richtig, der Tipp war sogar von Reshbars Mutter gekommen. Sie hatte den Weg dorthin beschrieben, auf eine seltsame Art, als ob es etwas Anrüchiges sei, sich an diesen Mann um Hilfe zu wenden. Egal, jedenfalls hatte sich Reshbar noch am selben Tag in die Lüfte geschwungen, und das, obwohl die Frostzeit noch nicht ganz vorüber gewesen war, die meisten Baumwipfel noch weiß schimmerten vom Eis und der kalte Nordwind einem in die Nase schnitt wie ein Messer. Aber Reshbar hatte nur gemeint, sie sei schließlich Muschelsucherin; ihr mache Kälte nichts aus.

Fünf Tage später war sie durchfroren und bibbernd zurückgekommen. Sie hatte den Felsen gefunden und auch die Hütte an dessen Fuß, aber keinen Kräutermann, den man hätte um Rat fragen können, sondern nur einen Toten unterhalb der Hütte, den die Vögel schon halb aufgefressen hatten. Das war alles, wozu ihr Ausflug gut gewesen war: dass Markosul die Position der giftigen Seen in seine Karte einzeichnen konnte.

Daraufhin hatte er sich Bassanon anvertraut, der sich in jungen Jahren einer Frau aus den Hazagas versprochen, lange dort gelebt und viel über die dortige Heilkunst gelernt hatte. Bis dahin hatte ihm Markosul vor allem Informationen über besagte Bergregion und den Unterlauf des Thoriangor zu verdanken gehabt. Nun bat er ihn um Hilfe. Bassanon versuchte allerlei, das nichts half, und besorgte ihm schließlich Schlafbeeren. Diese Beeren stärkten die Muskulatur, vor allem aber dämpften sie die Schmerzen, die mit der Krankheit einhergingen.

Er überreichte sie Markosul mit der Ermahnung, nicht zu viel davon zu nehmen, und Markosul versprach es. Doch natürlich wussten sie beide, dass auch die Beeren nicht ewig helfen würden.

Immerhin, drei Frostzeiten hatte er seither gesehen und überstanden. Und eine neue Karte der Welt hatte er so gut wie vollendet. Seine beste. Sein Meisterstück.

Vielleicht, dachte er, hat jedes Meisterstück einen Preis.

***

Plötzlich hörte er ein sanftes Rauschen hinter sich, gefolgt von einer Erschütterung des Astes, als jemand landete. Er wandte den Kopf und sah Ionon, die gerade die Flügel einfaltete.

»Kalsul ist zurück«, sagte sie trocken.

»Schon?«, wunderte sich Markosul.

»Allein.«

»Oh. Und Morauk?«

»Kein Morauk.«

Markosul rappelte sich mühsam auf, darauf bedacht, nicht vom Ast zu fallen. Es war nicht mehr wie früher. »Dann geh ich mal besser nach ihr sehen.«

»Sie ist auf dem Mahlplatz«, sagte Ionon, schob sich ein Stück Harzrinde in den Mund und setzte sich. »Starrt Löcher in deine alte Karte.«

Kalsul war schon einmal alleine zurückgekommen von einer Reise, die sie nicht alleine angetreten hatte. Das war ein gutes Jahr vor seinem ersten Flügelkrampf gewesen. Sie war zusammen mit Oris, dem Sohn des damaligen Signalmachers, und dessen Freunden nach Norden aufgebrochen, ohne Bescheid zu sagen und kurz vor Anbruch der Frostzeit – ein total undurchdachtes Unternehmen, wie es nur Jugendlichen einfallen konnte. Das Nächste, was sie von ihr gehört hatten, war, dass sie als Frostgast im Nest der Tal überwinterte. Doch dann, kurz nach Beginn der Trockenzeit, war sie ganz überraschend heimgekehrt, verheult und völlig durch den Wind. Hatte eine wilde Geschichte erzählt, wonach sie im Eisenland gewesen und die anderen dort von Männern einer geheimen Bruderschaft entführt worden seien. Nur sie habe man fliegen lassen, und ab da hatten sie ihr nicht mehr folgen können. Sie schien mit einem gewissen Galris zusammengewesen zu sein, hatte aber nicht gewusst, ob sie froh sein sollte, ihn los zu sein, oder todunglücklich deswegen.

Danach hatte sie erst mal lange Zeit niedergeschlagen herumgehangen und sich leidgetan. Nichts, was irgendjemand versuchte, hatte etwas daran ändern können. Das ganze Nest hatte darunter gelitten – bis eines Tages Kuriere gekommen waren, wie immer welche kamen, um Briefe zu bringen und, vor allem, Abrechnungen aus dem Eisenland für das Nest Non. Kalsul sah die beiden jungen Männer, fragte kurz entschlossen, ob sie mitkommen dürfe, die beiden hatten nichts dagegen, und *flapp*, war sie wieder fort gewesen.

Als sie das nächste Mal aufgetaucht war, hatte sie das als ordnungsgemäßes Mitglied der Kuriere getan, mit Armbinde und Ausbildung und allem. Sie war ihm erfreulich erwachsen vorgekommen, und er war stolz auf sie gewesen, seine schöne Tochter.

Sie war zusammen mit einem anderen Kurier gereist, wie es die

Regel vorschrieb. Morauk hatte er geheißen, ein gut aussehender junger Mann aus dem Schlammdreieck mit aschefarbener Haut und schnittigen, schwarz-grauen Flügeln. Immer wieder waren sie gemeinsam aufgetaucht. Alle hatten darauf gewartet, zu hören, dass die beiden einander versprechen und sich im Schlammdelta niederlassen würden.

Doch dann war diese Geschichte mit dem Riss im Himmel passiert. Kalsul und Morauk waren zurückgekehrt, um sich der Gruppe um Oris anzuschließen. Seither reisten die beiden nicht mehr als Kuriere, sondern als Botschafter und Instruktoren, um überall die Leute dazu zu bringen, alle notwendigen Vorbereitungen für den Notfall zu treffen.

Er war stolz auf sie gewesen. Zum ersten Mal in ihrem Leben – und sogar freiwillig! – tat sie etwas, das nicht selbstsüchtig und eigennützig war. Darüber hinaus schien ihre Suche nach einem Mann, dem sie sich versprechen wollte, endlich, endlich ein Ende gefunden zu haben.

Ihre Mutter war skeptisch geblieben. »Ich glaub's erst, wenn die Zeremonie vorbei ist«, meinte sie. »Bis dahin ist sie eine Sul.«

Irgendwie wurde er den Verdacht nicht los, dass sie recht behalten würde.

***

Der Mahlplatz war noch weitgehend leer. Aus der Küche hörte man Geklapper und halblaute Gespräche. In einer Ecke saß die junge Zaraheit mit dem Rücken gegen einen Ast, ihr Neugeborenes an der Brust. Sie schien zu schlafen, und das Baby bewegte beim Saugen träge seine süßen Flügelstummel.

Und in der Mitte des Platzes, mit Blick auf die Weltkarte, saß Kalsul an einem Tisch, einen Becher vor sich und eine große, dunkle Wolke um sich herum.

Sie sieht weniger denn je aus wie ein Kind, schoss es Markosul durch den Kopf.

Dann setzte er sich ihr gegenüber und sagte: »Hallo, Tochter. Wie geht's?«

Sie verzog kurz das Gesicht. »Frag nicht.«

»Klingt ja nicht gut.«

Sie sah ihn an. »Und dir? Was machen die Flügel?«

Er breitete sie aus, vorsichtig, weil sich das auf einem Mahlplatz eigentlich nicht gehörte. »Ich halte mich wacker. Also – wo ist Morauk?«

Kalsul seufzte, legte den Kopf nach hinten. »Morauk ist ... weg.« Sie richtete sich wieder auf, wirkte auf einmal sehr müde. »Es geht ihm, wie es immer mehr Leuten geht – er glaubt nicht mehr an die Gefahr aus dem Weltraum. Er sagt, es sind über drei Jahre vergangen, ohne dass etwas passiert ist, ohne dass es neue Risse im Himmel gegeben hat, ohne dass noch mehr Sternenschiffe gekommen sind. Wenn sie bis jetzt nicht gekommen sind, dann kommen sie wahrscheinlich nie. Meint er. Und nicht nur er. Das ist das Problem.«

»Ist es so schlimm?«

Kalsul zählte an den Fingern ab. »In den Nordlanden haben sie uns in ein paar Nestern *verjagt*. In Garisruh haben sie die violetten Alarmraketen in einem Festfeuerwerk verschossen. Und die Hälfte aller Nester im Schlammdreieck weigert sich, noch mehr Lebensmittel für die Reise zu liefern.«

Auf die gleiche Weise, wie er die Welt über die Berichte anderer Reisender erkundet hatte, hatte er über Kalsuls Erzählungen aus der Ferne miterlebt, was sich alles getan hatte. Wie sie die *Heimstatt*, das legendäre Sternenschiff der Ahnen, aus den Eislanden geborgen und nach Süden gebracht hatten, wo es nun vor den Küstenlanden auf dem Meeresgrund lag und auf den Exodus wartete. Von Kalsul wusste er, dass es ein *Tarnfeld* besaß, was auch immer das war. Aber sie und die anderen schienen bedeutsame Hoffnungen damit zu verbinden. Er hatte mitbekommen, wie sie Pläne für den großen Auszug der Menschen aus dieser Welt geschmiedet hatten, und auch, was für Pläne das waren. Er wusste, dass überall auf der Welt Treffpunkte definiert worden waren, zu denen alle fliegen sollten, sobald der violette Alarm gegeben wurde, damit das Schiff kommen und sie aufnehmen konnte. Er wusste, dass der Flug durch den Weltraum bis zu der anderen Welt lange dauern würde, viele Jahre lang. Es gab in der *Heimstatt* genug Platz, um alle aufzunehmen, dennoch würde es beengt zugehen. Und es war nötig, Lebensmittel einzulagern, so viele wie nur möglich. Das Sternenschiff verfügte über Maschinen, die alles beliebig lange frisch und essbar erhalten konnten, aber wenn man berechnete, wie viel Nahrungsmittel man für den Flug brauchen würde, kam man schon auf erschreckend hohe Zahlen. Je mehr Zeit man für die Vorbereitung hatte, desto besser, hatten sie immer gesagt.

Aber nun sah es fast so aus, als ob das auch Nachteile mit sich brächte.

Tatsächlich hatte sich Markosul insgeheim auch schon gefragt, ob »es« wirklich passieren würde. Er hatte auch eigentlich nicht verstanden, welcher Art die Gefahr denn war, die ihnen drohte – irgendetwas mit *Soldaten, Steuern,* einem *Imperium,* lauter Wörter, die ihm gar nichts sagten. Auf jeden Fall kam es ihm eigenartig vor, dass so etwas wie eine Racheaktion mit vielen Jahren Verspätung stattfinden sollte. Zudem wusste niemand, wie viel Verlass auf das war, was dieser Fremde aus dem Weltraum erzählte, der ja nach allem, was man so hörte, ein ziemlich seltsamer Mensch sein musste.

»Du denkst das nicht?«, fragte Markosul trotzdem. »Dass vielleicht alles nur falscher Alarm ist?«

Kalsul schüttelte den Kopf. »Der große Fremde sagt, es sei unmöglich, dass *nichts* geschieht. Sie werden kommen, aber es ist eben nicht vordringlich. Hier bei uns sind vier Leute getötet worden – wenn anderswo vierzig Leute getötet worden sind, hat das Vorrang. Doch auf keinen Fall, sagt er, wird es in Vergessenheit geraten. Irgendwann kommen sie.«

»Und dann?«

»Müssen wir fliehen.«

»Und woher wissen wir, dass die Flucht nicht schlimmer ist als das, was uns droht?«

Kalsul sah ihn finster an. »Willst du, dass ich meinen Vortrag wiederhole? Dir die Bilder noch einmal zeige, die uns Dschonn gegeben hat? Die von den Schluchten aus Stein, die sie *Städte* nennen, von den riesigen Maschinen, die ganze Berge wegschaufeln?«

Markosul hob abwehrend die Hände. »Schon gut. Bloß – Morauk hat diese Bilder doch auch gesehen, oder? Er hat auch mit dem Fremden gesprochen. Er hat dieselben Vorträge gehalten wie du.«

Kalsul legte die Hände um ihren Becher. »Ja.«

»Und auf einmal glaubt er es nicht mehr.«

Seine Tochter starrte auf die alte, vielfach gescheuerte Holzplatte zwischen ihnen, grübelte.

»Wenn wir *keinerlei* Zweifel hätten«, sagte sie schließlich langsam, »würden wir nicht warten. Wir würden die *Heimstatt* mit Lebensmitteln füllen, einsteigen und losfliegen. Aber würdest du das tun? Jetzt? Heute? Die Muschelbucht verlassen und in eine riesige Maschine gehen, um zu einer anderen Welt zu fliegen, von der du nicht einmal weißt, wie sie aussieht? Ohne die Chance, zurückzukommen, falls es dir dort nicht gefällt?«

»Nein«, sagte Markosul.

»Niemand würde das. Ich auch nicht. Aber angenommen, es kommt so, wie es das Buch Ema beschreibt – Maschinen reißen Löcher in den Himmel, Dunkelheit strömt herab und verschlingt alles Leben, das Meer beginnt zu kochen, Feuerstürme toben über das Land, die Nestbäume zerspringen, Ströme von Blut und Feuer ergießen sich über uns … Würdest du *dann* einsteigen?«

»Ich verstehe, was du meinst«, sagte er bedächtig.

»Wir *müssen* warten, bis es wirklich geschieht«, erklärte Kalsul. »Alles andere wäre blinde Unvernunft. Aber wir müssen darauf *gefasst* sein, dass es geschieht, und vorbereitet.« Sie hob die Hände, ließ sie wieder fallen. »Ich weiß nicht, wie wir es sonst machen sollten.«

Markosul überlegte. »Selbst wenn es geschieht, werden vielleicht manche nicht mitgehen wollen.«

»Sicher. Wir können niemanden zwingen.« Sie betrachtete ihre Fingernägel, die, wie er erst jetzt bemerkte, in der Art der Perleninseln lackiert waren. »Wir fragen immer herum, wer mitgehen würde. Momentan sagt noch die Hälfte ja. Oris meint, mit ein paar Rissen im Himmel werden es zwei Drittel sein.«

Markosul seufzte. »Kal, das mit Morauk tut mir leid. Ich konnte ihn gut leiden. Ich hätte ihn gern in der Familie gehabt.«

»Ja, ich auch«, sagte Kalsul tonlos. »Aber jetzt habe ich den Entschluss gefasst, allein zu bleiben. Es soll wohl so sein.« Sie atmete geräuschvoll ein. »Ich hab übrigens Galris getroffen, im Delta. Das war vielleicht merkwürdig. Er ist ganz anders als früher. Die Frauen dort sind verrückt nach ihm, und er kann sich gar nicht entscheiden … Na, warum auch? Aber wir haben uns noch einmal ausgesprochen. Das war gut. Ein guter Abschluss. Und er hat mir versprochen, einzusteigen, wenn es so weit ist. Er ist in Ordnung, weißt du, Vater? Er war nur nicht der Richtige für mich. Weil, den gibt's nicht. Und wenn ich mir das sage, dann …« Sie dachte nach, lächelte schließlich. »Das hat irgendwie was Leichtes. Da kann das Ende der Welt von mir aus kommen.«

***

Kalsul wollte zwei Tage bleiben und dann ins Nest der Ris weiterfliegen, von wo aus alles organisiert wurde. Sie schlief wieder bei ihnen in der Hütte, sie aßen gemeinsam und waren fast wieder die Familie von früher. Zwischendurch musste Kalsul weg, sich mit Freunden und Freundinnen treffen, bei den Bar und den Non, sodass Markosul genug Zeit blieb, seine Karte zu vollenden. Er arbeitete letzte Einzelheiten ein, korrigierte letzte Ungenauigkeiten, und am Abend, bevor Kalsul wieder aufbrechen wollte, war er fertig.

Er stand da, betrachtete sein Werk. Es war wie immer in solchen Momenten: Auch jetzt mischte sich tiefe Befriedigung über das Erreichte mit einer ebenso tiefen Trauer, dass die Arbeit daran vorbei war.

Aber die Befriedigung überwog, und so begab er sich gut gelaunt auf den Mahlplatz, wo er mit Reshbar und Kalsul verabredet war. Die beiden saßen schon am gewohnten Platz, Mutter und Tochter, in ein gestenreiches Gespräch vertieft. Sie hatten jede eine Schüssel mit grün gewürztem Stampfquidu vor sich stehen, aßen aber nicht, sondern redeten nur.

»... ist nicht so«, sagte Kalsul gerade. »Der Grund, warum wir nicht mehr mit dem kleinen Sternenschiff unterwegs sind, ist vor allem der, dass immer mehr Pfeilfalken auftauchen, und die reagieren nervös auf die Maschine.«

»Pfeilfalken?«, wiederholte Reshbar verwundert. »Wirklich? Ich hab ewig keine mehr gesehen. Früher, als wir Kinder waren, gab's viele auf der Hochebene, aber irgendwann waren die weg.«

»Die sind jetzt überall«, behauptete Kalsul. »Tausende. Du machst dir kein Bild.«

»Es heißt«, mischte sich Markosul ein, »sie seien auf den unbekannten Kontinenten gewesen.« Die er nie zeichnen würde. Ein bitterer Tropfen im süßen Mokko-Brand, das Werk vollbracht zu haben. »Sagt mal, habt ihr etwa auf mich gewartet? Euer Essen wird doch kalt!«

»Mein liebster Marko, das ist Grünlings-Stampf, der *ist* kalt«, beschied ihn seine Herzallerliebste gönnerhaft. »Wir warten auf das gegrillte Fleisch dazu, das war noch nicht so weit.«

Markosul hob die Hände. »Bleibt sitzen.«

Er ging in die Küche, holte sich auch eine Schüssel Stampf und ließ sich einen Teller mit Grillfleisch geben, »für Resh und unsere Tochter«, worauf die Frau am Grill, Anabar, ihm verschwörerisch zublinzelte und ein paar der besten Stücke auftat. Als sie wegsah, mopste er ihr noch rasch eine der eisernen Greifzangen und kehrte mit all dem zurück an den Tisch.

»... war das am Anfang *die* Sensation, mit dem Ding irgendwo zu landen«, erzählte Kalsul gerade. »Aber inzwischen haben's alle gesehen, das holt niemanden mehr aus der Kuhle. Es fliegt schließlich auch nur.«

»So, die Damen«, sagte Markosul und verteilte die Stücke elegant mit der Zange auf die Schüsseln.

Bis Kalsul plötzlich aufschrie. »Papa! Was ist mit deiner Hand?« Er sah sie verwundert an. »Wieso? Was soll mit meiner ...?«

Da war sie schon aufgesprungen, riss ihm die Zange aus der Hand und ließ sie mit einem Schrei fallen. »Die ist *glühend heiß*!«, rief sie.

Jetzt guckten alle her, standen auf, versammelten sich um sie herum. »Ruft Bassa«, hörte er jemanden sagen. Er sah die Zange an, wie sie da auf der Tischplatte lag, inmitten von Fettspritzern, dann seine rechte Hand, über die dicke, rote Striemen liefen, aus denen Blut und klare Lymphe tropfte und die *verbrannt rochen*!

Er hatte die Zange direkt vom Grill genommen, wo sie sicher schon eine ganze Weile gelegen hatte – *natürlich* war sie glühend heiß gewesen! Es hatte ja einen Grund, warum Anabar dicke Handschuhe trug.

Doch er hatte es nicht einmal bemerkt.

»Kein Schmerzempfinden mehr«, sagte Bassanon, als er ihn verband. »Das heißt, du hast es mit den Schlafbeeren übertrieben.«

Markosul nickte. »Aber meine Karte ist fertig«, erwiderte er, fast trotzig.

Der Abschied

Am nächsten Morgen bestand er darauf, Kalsul noch einmal auf seine Arbeitsplattform zu führen, ehe sie losflog. Er hatte ihr und ihrer Mutter das fertige Werk schon am Abend zuvor gezeigt, aber wegen seines Missgeschicks auf dem Mahlplatz war es bereits halb dunkel gewesen.

»Großartig, Papa«, sagte sie. »Wirklich großartig.«

Sie sagte es nicht einfach so, sie schien beinahe in Bann geschlagen zu sein von dem, was sie sah. Sie ging davor hin und her, studierte die Details, als wolle sie sie mit den Augen verschlingen. Markosul sah amüsiert, wie ihre Flügel hin und wieder zuckten, als stelle sie sich vor, über der Landschaft zu fliegen, die er gemalt hatte. Liebe für seine schöne, wilde, schwierige Tochter erfüllte ihn, um nichts weniger stark als damals, als sie noch klein und frisch und hilflos in seinen Armen gelegen und mit ihren Flügelchen gewackelt hatte.

»Du bist inzwischen fast überall auf der Welt gewesen«, sagte er. »Findest du die Karte einigermaßen korrekt?«

»Korrekt?« Kalsul schüttelte den Kopf. »Das ist gar nicht die Frage. Ja, ich *war* schon fast überall – gerade deswegen bin ich so beeindruckt, wie gut man sieht, wie es an den jeweiligen Orten *ist*.«

Sie sah ihn an, mit einem beinahe bewundernden Blick. »Ich verstehe weniger denn je, wie du das hinkriegst. Eine Karte zu zeichnen, nur aus den Erzählungen anderer. Es ist, als könntest du im Geiste reisen!«

Markosul lächelte. Vielleicht war es so. Er verstand selber nicht, wie es funktionierte. Immer, wenn er eine bestimmte Landschaft, einen bestimmten Ort, ein bestimmtes Gebiet gezeichnet hatte, hatte er die ersten Skizzen wieder und wieder verbessert, einfach, weil sie sich *falsch* angefühlt hatten, so lange, bis sich dieses Gefühl verflüchtigt hatte.

»Es freut mich, dass du das sagst«, erklärte er und griff nach dem scharfen Messer, das in dem Korb mit seinen Arbeitsmaterialien bereit lag. »Denn ich hab eine Bitte an dich.«

»Eine Bitte?«, fragte sie, verwundert, argwöhnisch, beunruhigt.

»Ich will, dass du diese Karte ins Sternenschiff der Ahnen bringst.« Er begann, die Leinwand aus ihren Halterungen loszuschneiden. »Ich will, dass ihr sie mitnehmt zu der neuen Welt, als Erinnerung an die alte.«

»Aber …«

»Ich weiß, das wird eine ziemliche Last für deinen Flug in die Küstenlande hinab. Tut mir leid. Aber es ist mir ein großes Anliegen, zu wissen, dass meine Karte mit euch gehen wird.«

Sie trat neben ihn, in einer heftigen Bewegung, packte ihn am Arm, als wolle sie ihn hindern, weiterzumachen. »Papa! Was soll das heißen? Willst du etwa *nicht* mitkommen?«

Er sah sie zärtlich an. »Nein, Kalsul. Ich werde hierbleiben.« Er hob die bandagierte rechte Hand. »Für mich ist es zu spät. Ich würde die neue Welt gar nicht mehr zu sehen bekommen.«

»Papa …«

»Und vielleicht ist das auch gar nicht nötig. Ich habe diese Welt gesehen, das reicht.«

Sie ließ ihn los, hatte Tränen in den Augen. Reglos sah sie zu, wie er die Leinwand vollends abschnitt, sorgsam zusammenrollte und in einer Tragröhre aus dichtem Stoff verstaute.

»Vom Ris-Nest aus«, sagte sie tonlos, »werden wir noch einmal zu einer großen Rundreise aufbrechen. Ich werde lange unterwegs sein.«

Er reichte ihr die Röhre. »Dann ist das der Abschied.«

Sie drückte die Karte an sich, schluchzte. »Ich will nicht, dass das der Abschied ist!«

»Kalsul.« Er nahm ihr Gesicht in die Hände, sah sie an, versuchte, sich ihren Anblick für immer einzuprägen. »Wenn ihr fortgeht … Wenn ihr wirklich fortgehen müsst, wirst du von noch viel mehr Abschied nehmen müssen. Von diesem Nest, in dem du geboren und aufgewachsen bist. Von der Muschelbucht, in der du schwimmen und tauchen gelernt hast. Vom Schattenriss des Akashirs im Osten. Von *allem*, was du gekannt hast. Vielleicht ist es ganz gut, das Abschiednehmen schon einmal zu üben.«

Sie legte den Kopf heulend gegen seine Schulter, fast so, wie sie es früher getan hatte, die ersten Male, als sie unglücklich verliebt gewesen war.

»Versprich mir, dass *du* mitgehst«, sagte er leise.

»Ja«, erwiderte sie. »Das werde ich.«

Sie sagte es schniefend, aber mit einem trotzigen Groll in der Stimme. Da wusste er, dass sie sich durch nichts aufhalten lassen würde, und war zufrieden.

***

Nun, da die Karte vollendet war und er nichts mehr zu tun, nichts mehr vorhatte, spürte er den Verfall von Tag zu Tag mehr. Er hatte es schon lange nicht mehr gewagt zu fliegen, nicht einmal innerhalb des Wipfels, von einem Ast auf den nächsten, doch inzwischen konnte er es auch nicht mehr. Das Nest zu verlassen wäre unmöglich gewesen. Als seine Flügel anfingen, herunterzuhängen und auf dem Boden zu schleifen, half Reshbar ihm, sie hochzubinden, mit unauffälligen braunen Bändern, die farblich mit seinen Federn verschmolzen. Er konnte immer noch bei den anderen auf dem Mahlplatz sitzen, essen und trinken und reden und lachen, und solange er all das konnte, wollte er nicht klagen.

Schlimm war es nur in manchen Nächten, wenn er nicht wusste, wie er liegen sollte, um genug Luft zu bekommen, und wenn er, endlich eingeschlafen, plötzlich wieder hochschreckte, jiepernd und giemend, keuchend und schwindelig vor Atemnot. Irgendwann musste er dann doch wieder eine Schlafbeere nehmen, und meistens war es dann wieder eine Weile gut.

So verging die Zeit, ein Tag nach dem anderen, mitunter in einem Gleichmaß, dass man kaum glauben mochte, dass sich je etwas daran ändern würde.

Eines Tages kam ein Kurier, Adwor, den er schon ewig kannte. Beim Essen erzählte er, wie man vor Kurzem entdeckt hatte, dass die Wasserlöcher westlich der Hazagas miteinander in Verbindung standen: Jemandem war ein Eimer Tausendgelb in eines der Löcher gefallen, eine Farbe, die auch in extremer Verdünnung noch sichtbar war – und an den folgenden Tagen war auch das Wasser in den nächstgelegenen Löchern gelb geworden, in einer der großen, kreisrunden und unheimlich tiefen Wasserstellen nach der anderen. Nun vermutete man, es mit einem unterirdischen Fluss zu tun zu haben, der womöglich die Bergkette unterquerte und am Ende auch in den Thoriangor mündete. Sein könne es ja, meinte der Kurier, das Gebiet sei schließlich von altem Vulkanismus geprägt.

»Allerhand«, sagte Markosul.

»Tausend Jahre sind wir auf dieser Welt«, meinte Adwor, »und immer noch ist sie voller Rätsel.«

»Ja«, sagte Markosul und stellte mit leisem Erschrecken fest, *dass ihn das nicht mehr interessierte.*

An diesem Abend sagte er zu der Frau, der er einst versprochen hatte, sein Leben mit ihr zu teilen, die guten Tage und die schlechten gleichermaßen: »Resh, Liebes – ich glaube, es ist so weit.«

Sie sah ihn entsetzt an. Sie wusste genau, was er meinte, trotzdem fragte sie: »Wovon redest du?«

Markosul seufzte, griff nach ihrer Hand. »Wenn ich mir unseren großen Feind zum Freund machen will, dann muss ich es tun, solange ich noch dazu imstande bin.«

Die starke Frau, die furchtlose Muschelsucherin, die sich unter Wasser genauso sicher bewegte wie in der Luft, begann zu weinen. »Aber warum denn jetzt schon? Es ging dir doch die letzten Tage gut! Du bist stabil. Du …«

»Ich spüre, dass die Zeit gekommen ist«, sagte er traurig.

»Warte noch«, bat sie. »Nur noch ein bisschen. Ein paar Tage. Vielleicht geht es dir dann besser!«

»Nein, Resh. Wenn ich es jetzt nicht tue, bringe ich vielleicht die Kraft nicht mehr auf. Und ich kann von niemandem verlangen, für mich zu tun, was zu tun ist.«

Reshbar barg das Gesicht in Händen und schluchzte bitterlich. Ihre Flügel zuckten.

»Das ist so schrecklich«, stieß sie hervor.

»Nicht so schrecklich wie das, was mich andernfalls erwartet. Und was du mit ansehen müsstest.« Er legte die Arme um sie. »Resh, ich danke dir für ein wunderbares Leben an deiner Seite.

Ich danke dir für unsere schöne Tochter. Wenn ich glücklich war in meinem Leben, dann verdanke ich es dir.«

»Oh, Marko«, heulte sie und klammerte sich an ihn, wie sich eine Muschel um ihr Inneres schloss.

»Versprich mir, dass du mit in das Sternenschiff gehst, falls es so schlimm kommt, wie Kalsul sagt«, bat er.

Sie schluchzte auf. »Was soll ich denn auf einer *anderen* Welt … *allein*?«

»Du wirst nicht allein sein. Unsere Tochter wird da sein. Die anderen werden da sein.« Er biss ihr liebevoll ins Ohr. »Versprich es mir. Bitte.«

»Also gut«, stieß sie hervor. »Ich verspreche es.«

Sie liebten sich noch einmal, ein langes, schreckliches, wunderbares Mal, und weinten hinterher gemeinsam, bis sie einschliefen.

Am nächsten Morgen nahm Markosul alle Schlafbeeren, die er noch hatte. Er wartete, bis ihre Wirkung einsetzte, dann küsste er Reshbar zum Abschied und ging.

***

Er stieg so weit hinauf wie möglich. Der oberste Ast war kein offizieller Absprungpunkt, aber natürlich konnte man von jedem Ast aus starten, wenn man wollte.

Er setzte sich in eine Astgabel, um zu verschnaufen. Die Schlafbeeren begannen zu wirken. Sein Atem ging wieder leichter. Er fühlte sich so kräftig wie schon lange nicht mehr, erfüllt von einer Energie, die ihm wie ein Feuer aus reiner Zündwolle vorkam: auflodernd, flirrend, aber nicht von Dauer. Ganz und gar nicht von Dauer.

Er richtete den Blick hinaus in die Welt, die er so oft gemalt hatte. Von dieser Stelle aus überblickte er den Lauf des Sultas, der aus dem Eisenland in die Muschelbucht floss. Zu beiden Seiten des Flusses erstreckte sich reines Grasland. Nach Osten die Schmale

Ebene, die irgendwo jenseits des Horizonts in den Furtwald überging. Nach Westen das Bitterkrautland bis zum Einsamen See, der aus einer unterirdischen Quelle gespeist wurde und dessen Wasser sich über einen ebenso einsamen Wasserlauf, den Ontas, ins Westmeer ergossen, ohne irgendeinem Nest von Nutzen zu sein.

Aber all das war jetzt nicht mehr von Bedeutung.

Markosul löste die Bänder, die seine Flügel hielten, stand auf und breitete sie aus, so weit er konnte. Es war ein gutes Gefühl, so dazustehen und den Wind zu spüren.

Es ging, aber es würde nicht *lange* gehen. Das spürte er.

Er zog den Dorn aus der Tasche, den er schon geraume Zeit bei sich trug, und drückte ihn mit der rechten Hand in seinen linken Unterarm, bis Blut hervorquoll.

Er spürte nichts. Keinen Schmerz. Die Schlafbeeren hatten ihm allen Schmerz genommen.

Jetzt durfte er nicht zögern. Seine Ängste mochten ihm ein Leben lang die Flügel gebunden haben, doch diesmal durften sie ihn nicht zurückhalten. Markosul holte tief Luft, ging federnd in die Knie, wie man es als Kind beigebracht bekam, und sprang.

Er hätte gern mit den Flügeln geschlagen, wäre gern weiter hinaus geflogen, bis jenseits des Horizonts, aber das konnte er nicht mehr. Immerhin, er segelte aus eigener Kraft. Ein letztes Mal. Damit wollte er zufrieden sein.

Er blieb auf der Westseite des Sultas, über dem Bitterkrautland, einer kargen, sandigen Ebene, auf der vereinzelte Grasbüschel wuchsen und viel trockenes, niedriges Gestrüpp. Margorland.

Markosul segelte flach und gleichmäßig, wollte so weit kommen wie irgend möglich. Sein Herz schlug wild, fast panisch, aber auf eine eigenartige Weise war er zugleich ganz ruhig. Es ging stetig abwärts, das wusste er, und auch, dass sein Kurs unaufhaltsam war. Er war nicht mehr imstande, etwas daran zu ändern.

Ein Lichtblitz ließ ihn aufmerken. Was war das? Da, am Horizont? Über dem Eisenland erblühten violette Feuerblumen!

Der violette Alarm. Es begann also doch. Ausgerechnet jetzt!

Sie werden alle gehen, schoss es Markosul durch den Kopf. *Nur ich nicht. Ich werde bleiben.* Dann berührten seine Füße den Boden. Wie er für immer Teil der Welt wurde, die er so oft gemalt hatte, spürte er nicht mehr.

Efas

Die Erweckung

»Ef, ich finde das keine gute Idee.«

»Wieso?«, meinte Efas. »Die anderen Jungs in meinem Alter machen das auch alle, Schwesterherz.«

Chalfas warf die Hände in die Luft, wie immer, wenn sie sich aufregte. »Die anderen Jungs!«, rief sie. »Ja, weiß ich. Aber hast du sie dir schon mal genauer angeschaut, diese anderen Jungs? Was die für Muskeln haben, zum Beispiel? Dass die mit einem Steinhammer auf den Fels losgehen können, glaube ich. Aber du, du kriegst so ein Ding doch nicht mal *angehoben*!«

Das Nest Fas war eines der Nester am Fuß des Jufus-Steins, lag also ein ziemliches Stück weit weg vom eigentlichen Eisenland. Dennoch gehörte es dazu, dank einer uralten Abmachung: Das Nest lieferte über den Lauf des Fastas regelmäßig eine bestimmte Menge Holz aus den Fas-Wäldern – und schickte ebenso regelmäßig eine bestimmte Anzahl junger Leute, die zwei Jahre in den Minen arbeiteten. Das waren zumeist Männer; auch dieses Jahr würde nur ein Mädchen gehen, die stämmige Malafas nämlich, die nicht nur riesige Flügel hatte, sondern auch Oberarme, die dicker waren als Efas' Schenkel.

»In so einer Mine gibt es viel zu tun«, belehrte Efas seine Schwester. »Mit Hämmern auf Felsen schlagen ist nur eine von vielen Arbeiten. Und mit der Zeit werden die Muskeln schon kommen.« Das war in der Tat seine große Hoffnung, denn mehr Chancen, endlich wie ein richtiger Mann auszusehen, würde ihm das Leben nicht mehr bieten. »Außerdem habe ich mich jetzt schon eingetragen, und dabei bleibt es.«

»Nerfas geht nicht«, sagte sie. »Weiß ich zufällig.«

Er schnaubte unwillig. »Danke, dass du mich mit dem vergleichst. Mit diesem Küken.«

Aus Richtung des Nachbarnests vernahm er ein Flügelgeräusch, das er aus Hunderten herausgehört hätte, und sah aus den Augenwinkeln Flügel von einem hellen Samtbraun. Sein Herz schlug schneller.

»Sind ja nur zwei Jahre«, fuhr er rasch fort und versuchte das Gefühl zu verdrängen, dass er sich nur selber beruhigen wollte. »Und dann bin ich ein Eisenmann.«

»Zwei Jahre können ganz schön lang sein, wenn man ...« Chalfas sah auf. »Oh, da kommt Giladin.«

Weiß ich längst, dachte Efas, sagte es aber nicht, sondern sah nur zu, wie die Freundin seiner Schwester angeschwebt kam und bei ihnen landete. Giladin, mit ihren dunkelbraunen, langen, weich fallenden Haaren und den rätselhaftesten grünen Augen, die Efas je gesehen hatte. Giladin, die der Traum seiner schlaflosen Nächte war und manchmal auch der Traum seiner weniger schlaflosen Nächte.

Dummerweise hatte sie für ihn kaum je mehr als einen Blick übrig. Was wiederum egal war, weil ihre Gegenwart ihn sowieso immer völlig lähmte.

»Hallo«, sagte sie in ungefähr seine Richtung, und er konnte es sich aussuchen, ob sie ihn damit meinte oder Durfas, diesen angeberischen Kraftprotz, der schräg hinter ihm auf einem anderen Ast saß und an irgendetwas schnitzte. Durfas, der schon die Spange eines Eisenmanns am Kragen trug und nach dem Giladin immer wieder Ausschau hielt, obwohl er sie gar nicht beachtete.

Dann sagte Giladin zu Chalfas: »Und? Wollen wir?«

»Ja, ja und ja«, sagte Chalfas, wie es gerade Mode war, band sich rasch ihre Bauchtasche um, und dann flogen die beiden davon.

Man konnte viel über Efas sagen, aber nicht, dass er zu Wankelmut neigte oder nicht zu seinem Wort stand. Er hatte sich eingetragen, also würde er es auch durchziehen, bei allen Ahnen!

Was nicht hieß, dass ihm seine Entscheidung nicht mächtig

Sorgen machte, je näher der Tag des Aufbruchs rückte. Im Gegenteil, er machte sich große Sorgen – darüber, wie er die Arbeit wohl bewältigen würde, wie oft und wie arg er sich verletzen würde dabei und wie er mit den anderen zurechtkommen würde, die keine so dürren, schlaksigen Gerippe waren wie er.

Da er seit jeher leicht nervös oder gar hektisch wurde, machte er sich nicht nur Sorgen, sondern konnte des Nachts auch noch schlechter schlafen als gewöhnlich. Das war etwas, über das er keine Kontrolle hatte: Waren seine Gedanken erst einmal in Bewegung, gerieten sie allzu leicht ins Rasen und drehten und drehten in seinem Kopf wilde Kreise, bis er das Gefühl hatte, aus den Augen zu glühen.

Das bewog ihn, unauffällig in die Bibliothek zu gehen und wieder einmal im Buch Gari die Passagen über die Kunst der Versenkung nachzulesen. Wie man, indem man seinen Atem unter Kontrolle brachte, auch seine Gedanken unter Kontrolle bringen und so innere Unruhe im Zaum halten konnte.

Efas folgte den Anweisungen des Großen Buches bis aufs Wort: Er setzte sich hin, schloss die Augen, ließ den Atem kommen und gehen, zählte bei jedem Einatmen mit, von eins bis zehn, dann wieder rückwärts von zehn nach eins …

Doch seine Gedanken erwiesen sich als stärker als alle Kunst, die der Urahn lehrte, und als zu wild, um sich zähmen zu lassen.

So oder so aber hatte das Warten irgendwann ein Ende und der Tag kam, an dem sie alle zusammen ins Eisenland aufbrachen, die Neulinge des Nestes Fas gemeinsam mit denen vom Nest Res.

Natürlich war Efas schon einmal im Eisenland gewesen, öfter sogar. Doch nun, da er wusste, dass er die nächsten zwei Jahre hier leben und arbeiten würde, wirkte alles noch viel Ehrfurcht gebietender: die qualmenden Schmelzöfen, der faulige Gestank, den sie verbreiteten, das Gewirr der tausend flachen Inseln, die kaum aus den Wassern ragten, und die Gebäude der Eisenstadt in dunstiger Ferne. Bald würde auch er einer von diesen vielen nackten und halbnackten Menschen sein, die sich in den Wasserläufen wuschen – und einer von denen, die in den Löchern in den Steilwänden ringsum ein und aus flogen.

Und da waren nicht nur *Löcher* in den Steilwänden, o nein! Ganze Siedlungen hingen an manchen Felswänden herab, Gewirre aneinander, übereinander und nebeneinander gebauter Holznester, kaum weniger eindrucksvoll als die Eisenstadt selbst: kastenartige Gebilde, aus Holz gezimmert, teils uralt und verwittert, teils neu, manche farbig angestrichen, wobei die Farbe stets mehr oder weniger überdeckt wurde von Staub und den Ablagerungen des allgegenwärtigen Rauchs. Treppen und Leitern führten von einem Dach zum nächsten, Hängebrücken hingen über leeren Zwischenräumen, und überall sah man Leute, war Bewegung, war Leben: Alte, die aus Öffnungen spähten, Kinder auf umzäunten Dächern, die einander laut krakeelend jagten, Männer und Frauen, die miteinander redeten, auf Bänken beim Essen saßen oder irgendetwas reparierten.

Und zu reparieren gab es an diesen künstlichen Nestern ständig etwas. Wenn man, wie die Neulinge, in der untersten Etage untergebracht wurde, sah man durch die Ritzen zwischen den ausgetrockneten Holzbalken in die Tiefe, und an stürmischen Tagen pfiff der Wind herein und brachte nicht nur den Gestank der Schmelzöfen mit – den hatte man ohnehin dauernd in der Nase –, sondern auch genug Asche, um die Kuhlen schmutzig zu machen.

Doch all das sollte Efas erst noch herausfinden. Einstweilen war ihr Ziel eines der Holznester, wo sie von einem gewissen Tochres empfangen wurden, einem narbenübersäten, glatzköpfigen Muskelberg, der nur eine Hose und Stiefel trug und dessen Flügel ganz staubig waren.

Dieser Mann brauchte keine Spange am Kragen, um als Eisenmann durchzugehen, das stand mal fest.

»Willkommen in der Südmine«, sagte er, ließ sich die Namenslisten geben, rief erst mal jeden auf, hakte den Namen ab und machte manchmal »Hmm-hmm« dazu. Dann zeigte er ihnen die Quartiere, die für Männer und Frauen getrennt angelegt waren, erklärte ihnen den Weg zur Mahlstube und händigte jedem eine Kette mit Eisenstücken daran aus. »Das sind Eiserne, das bei uns übliche Geld«, erklärte er. »Weil ihr das alle nicht kennt, Geld für euch alleine zu haben, sag ich euch gleich, dass das nicht so viel ist, wie es euch vielleicht gerade vorkommt. Ihr müsst nämlich für Essen und Trinken zahlen, und da reicht das, was ich euch gegeben habe, grade mal, bis ihr in zehn Tagen die nächste Kette kriegt, klar?«

Jemand wollte wissen, was für einen Sinn das habe, jedem Geld zu geben, wenn man im Endeffekt damit auch nur essen und trinken könne, wie man es zu Hause ohne das tat.

»Ja, ist vielleicht nicht so schrecklich sinnvoll«, räumte Tochres ein, »aber es ist halt so Sitte hier im Eisenland. Ich meine, da erzähl ich euch ja wohl nichts Neues, oder? Ihr kommt schließlich aus verbundenen Nestern.«

Dann hieß es, sich umziehen. Jeder bekam Schutzkleidung aus Leder, mit eisenverstärkten Stiefeln, schwerem, engem Flügelschutz und einem Helm, von dem ein lederner Schutz in den Nacken herabhing.

Nichts davon war neu, im Gegenteil, man merkte, dass schon Generationen vor ihnen diese Stücke getragen hatten; sie waren vielfach geflickt und rochen nach fremdem Schweiß.

»Da gewöhnt ihr euch schnell dran«, meinte Tochres. »Am besten geht es, indem ihr die Dinger mit eurem eigenen Schweiß tränkt.«

Auf der Innenseite standen sogar die Namen derer, die vorher damit gearbeitet hatten, eine ellenlange Liste. Die erste Aufgabe war, ihren eigenen Namen darunter zu schreiben, denn das würde ihre Arbeitskleidung für die nächsten zwei Jahre sein.

So gewandet führte Tochres sie in einen Stollen, der offenbar nur der Einweisung von Neulingen diente. Er nahm einen riesigen Hammer auf – was bei ihm trügerisch leicht aussah – und schlug mit atemberaubender Wucht auf eine der Felswände ein. Das beeindruckte die Felswand bei Weitem nicht so sehr, wie es Efas beeindruckte, der das Gefühl hatte, der ganze Berg habe gewackelt. Tatsächlich rieselten nur ein paar Steinsplitter auf den Boden herab, die Tochres aufhob, um ihnen die Unterschiede zwischen taubem Gestein und erzhaltigem Gestein zu erklären.

Das erzhaltige Gestein kam in Körbe, die man, wenn sie voll waren, mittels eines Geschirrs hinaus bis an die Steilwand zog. Dort wurden sie in hölzerne Rinnen entleert, durch die das Erz bis hinab zu den Schmelzöfen rumpelte.

Dann holte er einen Käfig mit einem Paar Stollenvögeln. Das waren graue Tiere mit einem grünen Fleck am Hals und rötlich gefärbten Schwänzen, die Seite an Seite auf einer Querstange saßen und sehr gelangweilt dreinsahen, auch, als Tochres neben ihnen mit dem Hammer die Wand malträtierte.

»Ihr seht, das imponiert denen kein bisschen«, erklärte er hinterher, doch etwas außer Atem. »Das Einzige, was sie aufregt, ist, wenn sie wittern, dass ein Stollen einstürzen wird. Dann schreien sie. Und wenn sie schreien, was macht ihr dann?«

»Wir verlassen den Stollen«, sagte jemand.

Tochres nickte bedächtig. »Ja. Richtig. Aber ihr *verlasst* ihn nicht einfach – ihr *rennt*, so schnell euch eure Beine tragen! Ihr lasst alles liegen und stehen und rennt.« Er sah in die Runde. »Und was macht ihr mit den Vögeln?«

»Die nehmen wir mit«, meinte Malafas entschieden, die kein Tier leiden sehen konnte.

»Richtig«, sagte Tochres. »Die nehmt ihr mit, und ihr rennt, so lange die Vögel schreien. Erst, wenn sie aufhören, dürft ihr stehen bleiben.«

Anschließend teilte er die Neulinge auf die verschiedenen Trupps und Arbeiten ein. Efas wurde Korbzieher im Trupp 17.

Offenbar war ihm seine Enttäuschung anzumerken, denn Tochres klopfte ihm wohlwollend auf die Schulter – ein Schlag, unter dem Efas beinahe zu Boden ging – und meinte: »Mit der Zeit werden die Muskeln schon kommen. Sobald du einen Hammer halten kannst, kriegst du einen, versprochen.«

Am nächsten Morgen begann der Ernst ihres neuen Lebens. Ein Eisengong weckte sie schrecklich früh, sie legten hastig und ungeschickt die stinkenden Lederteile an und eilten zum Frühstück, das sie ziemlich gehetzt zu sich nehmen mussten, weil sie spät dran waren. Dann ging es ab in die Stollen.

»Trupp 17, hier«, hieß es, und Efas bog gehorsam in einen düsteren Höhlengang ein, der in weiten Teilen durch massive Holzbalken abgestützt wurde, an denen Gläser mit müden Leuchtwürmern hingen. Erst hinten, da, wo gearbeitet wurde, benutzte man Fettlampen mit Abdeckungen aus dickem Glas. Efas bekam die Aufgabe übertragen, künftig morgens als Erster hier zu sein und sie alle anzuzünden und am Abend als Letzter zu gehen, nachdem er sie alle gelöscht hatte.

»Und jetzt zeigt, was ihr drauf habt«, sagte der Vorarbeiter, ein hagerer Mann namens Erwen. Die Hämmer dröhnten los, bearbeiteten den Fels, als gelte es, sich bis zum Abend unter dem Akashir durchzugraben. Gestein barst, fiel krachend herab, Splitter flogen durch die Gegend, und wer bisher noch nicht verstanden hatte, wozu sie die Schutzkleidung brauchten, der verstand es jetzt.

Efas sammelte das Gestein, das ihm erzhaltig vorkam, in seinen Korb. Es dauerte schrecklich lange, bis er voll war, und als es darum ging, ihn ins Freie zu zerren, bekam er das Ding kaum von der Stelle. Die anderen Korbzieher waren fast alles Frauen, und was für eine Schmach, wie die an ihm vorbeizogen! Aber endlich erreichte auch er das Tageslicht, kippte den Korb in die Holzrinne aus – und war fix und fertig, schon von diesem einen Mal!

Später erinnerte er sich nicht mehr, wie er den ersten Tag überstanden hatte. Er wusste noch, dass er abends irgendeinen Brei in sich hineingeschaufelt und sich neben seiner Kuhle ausgezogen hatte, dann war er hineingerollt und hatte geschlafen wie tot.

Doch er brachte diesen ersten Tag hinter sich und auch den zweiten, und auch die, die folgten, wenngleich in einer Art Trance. Er wurde nie richtig wach, und alles tat ihm weh, der ganze Körper vom Scheitel bis zur Sohle und bis in die Flügelspitzen. Manchmal meinte er, aus der Kakophonie der Hammerschläge die Stimme seiner Schwester herauszuhören, wie sie sagte: »Ef, ich finde das keine gute Idee.«

Aber er hatte sich nun einmal dafür eingetragen, also würde er es auch durchstehen. Zwei Jahre, das waren 806 Tage – und sechs davon hatte er schon! So zwängte er auch am siebten Tag seine Flügel wieder in die klobigen, steifen Schutzhüllen, die ihm um ein Weniges zu eng waren, zurrte das Wams fest, das nach einer Horde ungewaschener Männer stank, und stieg in die Stiefel, die schwer waren wie Stein.

Ab und an bekamen sie einen Tag Pause zugeteilt, den Efas jeweils komplett verschlief. Die Pausen waren gerecht verteilt, aber ungleichmäßig, damit die Arbeit immer weiterging.

Als Efas das erste Mal länger frei hatte, wagte er es und flog nach Hause. Auch wenn sein ganzer Körper schmerzte, tat es doch gut, die Flügel wieder einmal so zu bewegen, wie sie gedacht waren, und die armen, verschwitzten Federn gründlich auszulüften.

Und als er zu Hause war, meinte Chalfas: »Du siehst schlecht aus, aber du kriegst tatsächlich schon Muskeln.«

Diese Meinung schien Erwen, der Vorarbeiter seines Trupps, zu teilen, denn er gab Efas endlich einen Hammer, wenn auch einen kleinen, und schickte jemand anders an den Korb.

Es kam Efas vor wie eine Beförderung, doch dann erklärte ihm ein Altgedienter, dass es üblich war, die Arbeiten immer wieder zu tauschen. Die Mine war produktiver, wenn niemand die ganze Zeit dasselbe machte.

An der Stelle, die man Efas zuwies, ragte ein seltsamer rotbrauner Brocken aus der Wand, der bis dahin allen Mühen, ihn zu zerkleinern, widerstanden hatte. Einer der stärksten Arbeiter hatte einen halben Tag lang mit dem größten Hammer wütend darauf eingedroschen, wieder und wieder, und am Ende aufgegeben. Niemand rechnete damit, dass Efas mit einem wesentlich kleineren Hammer mehr Erfolg haben würde.

Doch zumindest konnte er sich endlich mal wie ein *richtiger*

Eisenmann fühlen! Also rackerte er sich redlich ab, schlug und schlug, bekam aber nicht mehr ab als ein paar Splitter, die kaum der Rede wert waren.

»Probier es weiter«, rief ihm Erwen zu. »Da könnte Kupfer drin sein. Ich hab so ein Gefühl.«

Efas hämmerte sich in einen wahren Rausch hinein. Ausholen, zuschlagen – *PING*: Der Hammer flog zurück, hinterließ nicht einmal einen Kratzer. Egal. Immer weiter, immer weiter, immer auf die gleiche Stelle. Am Ende musste jeder Stein einmal nachgeben, sagte Efas sich.

Irgendwann – er wusste nicht, wie viel Zeit vergangen war, ob nur wenige Augenblicke oder ein halber Tag – durchströmte ihn auf einmal eine Energie, wie er sie noch nie verspürt hatte, eine Woge reiner Kraft, die unmöglich aus ihm selbst kommen konnte. Er holte aus und schlug mit dieser Kraft zu, und da geschah es: Die ganze Vorderseite des Steins zerfiel auf einen Schlag, zerbröselte in Hunderte von Bruchstücken ...

Und enthüllte Unglaubliches.

Efas sah das Antlitz der Ahnin Ema, in feinen, goldbraunen Linien auf blassen Fels gezeichnet, genau so, wie es auf dem Gedenkstein über dem Kaltas verewigt war! Das war Ema, klar und deutlich. Ihr Antlitz, ihr Abbild war in diesem Stein gewesen und hatte darauf gewartet, von ihm freigelegt zu werden.

»Erwen!«, schrie er.

Sie kamen alle. Dass jemand den widerspenstigen Stein geknackt hatte, ein magerer Neuling gar, machte sie neugierig.

»Kupfer«, sagte Erwen nüchtern, als er neben ihm ankam. »Hab ich's nicht gesagt?«

»Erwen!«, rief Efas aus. »Siehst du es nicht? Das ist das Antlitz Emas!«

»Emas?«, wiederholte der Vorarbeiter begriffsstutzig.

»Der Ahnin!«, drängte Efas.

Er hörte jemanden sagen: »Ja, tatsächlich.«

Ein anderer meinte: »Das ist sie.«

Und ein dritter murmelte:»Bei allen Ahnen – wie kann so etwas sein …?«

Erwen sog geräuschvoll die Luft ein.»Meinst du? Also – ich seh da nichts. Ich seh da nur Kupfer.«

In diesem Augenblick schrien die Stollenvögel los. Es war ein durchdringender Schrei, der klang, als ziehe ein Riese einen gewaltigen Eisennagel über eine ebenso gewaltige Steinplatte, ein Laut, der einem die Zähne schmerzen ließ.

Die Arbeiter reagierten sofort. Erwen packte den Käfig und rief:»Raus! Alle raus! Schnell!«, obwohl jeder schon rannte.

Nur Efas nicht. Der stand immer noch wie gelähmt vor dem Felsen und rief:»Seht ihr es denn auch? Sagt mir, dass ihr es auch seht …!«

Doch das tat niemand. Stattdessen versetzte ihm Erwen einen derben Stoß und schrie:»Renn, zum Wilian!«

Efas stolperte mehr, als dass er rannte, aber er folgte den anderen, so schnell er es vermochte. Er war nicht sonderlich besorgt. Aus den Gesprächen in der Mahlstube wusste er, dass meistens gar nichts passierte, wenn die Stollenvögel Alarm gaben. Für gewöhnlich war die Folge nur die, dass die Leute vom Ausbau kommen und die Decke zusätzlich abstützen mussten, indem sie sich langsam bis ans Ende durcharbeiteten, bis alles wieder gut war und die Vögel still blieben, wenn man sie nach hinten brachte.

Doch diesmal war es anders. Diesmal stürzte der Stollen tatsächlich ein.

Efas rannte noch, als es sich plötzlich anfühlte, als habe der Boden Schluckauf, und gleich darauf krachte und donnerte es hinter ihnen, als ginge die Welt unter. Ein derber Windstoß traf ihn in den Rücken, der ihn beinahe zu Boden schickte. Auf einmal war er von Staub umgeben, hatte den Geschmack von Stein im Mund und das Gefühl, taub zu sein.

Später sagten die erfahrenen Arbeiter, der Stollen sei gründlicher eingestürzt als je zuvor ein Stollen. Das Antlitz Emas war erschienen, um gleich wieder zu verschwinden, aber ein gutes Dutzend Leute versicherten Efas, sie hätten es auch gesehen und die Ahnin zweifelsfrei erkannt.

Und die meisten von ihnen stimmten mit Efas überein, dass es nur ein Wunder gewesen sein konnte.

***

In dieser Nacht träumte Efas. Es war das erste Mal, dass er nachts träumte, seit er in der Mine arbeitete, und natürlich träumte er von Ema. Er sah ihr Antlitz wieder, sah es bedeutungsvoll leuchten und sah, wie ihn ihre Augen mahnten, ihn riefen: Die Ahnin *wollte* etwas von ihm!

Aber was?

Am nächsten Morgen bat er um einen Pausentag, der ihm auch gewährt wurde; der Einsturz hatte ohnehin alle Arbeitspläne durcheinandergebracht. Efas flog in die Eisenstadt und fragte sich zu der Bibliothek durch, die es dort zweifellos geben musste.

Er fand sie rasch. Hier verstand man keine schmucke Holzkiste darunter, sondern einen eigenen Raum, in dem die Großen Bücher aufbewahrt wurden und eine komplette Sammlung der Kleinen Bücher noch dazu: eindrucksvoll.

»Welches Buch interessiert dich?«, wollte der weißhaarige Mann wissen, der die Bibliothek beaufsichtigte. Er hatte einen Buckel und trug das *Zeichen des vollen Lebens* auf der Stirn, das Zeichen der Zoluji, einer alten Bewegung auf den Perleninseln, die vor allem den Ahn Zolu verehrte. Wobei es Efas schwerfiel, sich vorzustellen, dass dieser Mann je aus vollem Herzen gesungen und getanzt hatte oder auch nur getrunken.

Nun, vielleicht, als er noch jung gewesen war. Seither war er jedenfalls zu einem pingeligen Bücherwurm geworden.

»Das Buch Ema«, sagte Efas.

»Ah ja?«, entfuhr dem Mann, ein Laut, aus dem Geringschätzung sprach. Er nahm eines der in Tücher gewickelten Bücher aus dem Regal, wickelte es aus und legte es ihm hin. »Bitte.«

Efas konnte spüren, dass der Mann dachte wie die meisten: dass das Buch Ema ein bedeutungsloses Buch war, das Werk einer Verrückten. Dabei hatte Ema Wahrträume gehabt, denen die Menschen viel verdankten, sowohl, dass sie Eisen und andere Metalle abbauen konnten, als auch, dass sie wussten, wie mit dem Margor umzugehen war. Trotzdem war die Auffassung verbreitet, dass diese Frau zum Ende ihres Lebens hin einfach wahnsinnig geworden war und ihren Wahnsinn in einem Buch niedergelegt hatte, das kaum jemand las und niemand ernst nahm.

Auch Efas hatte bisher so gedacht. Er hatte einmal in das Buch hineingeschaut – im Unterricht war es nur erwähnt, aber nicht behandelt worden, und er war einfach neugierig gewesen, was darin stehen mochte –, doch nach kurzer Lektüre hatte er nur die Stirn gerunzelt, es wieder zugeklappt und weggeräumt.

An diesem Tag hingegen las er das schmale Buch zum ersten Mal ganz, von vorne bis hinten. Und er war erschüttert. Da sagte die Frau, die erwiesenermaßen Wahrträume gehabt hatte, ein so ungeheures, gewaltiges Unheil voraus – und niemand hörte auf sie!

War es denn nicht ein Zeichen, dass ihr Antlitz in eben dem Berg erschienen war, in dem sie Erz gesehen hatte und auch, dass man es abbauen konnte, ohne den Margor fürchten zu müssen? Und war es nicht auch ein Zeichen, dass dieses Antlitz gleich darauf in einer Katastrophe ohne Beispiel wieder verschwunden war?

Und war es womöglich auch ein Zeichen, dass er, Efas, Sohn der Nirifas und des Osmuker, es gewesen war, der dieses Antlitz freigelegt hatte? Noch dazu auf eine geradezu wundersame Weise, mit einer Kraft nämlich, die ihm nicht eigen, sondern die ihm zugeflossen war, von woher auch immer?

***

Dass Efas zu predigen begann, war nicht seine Entscheidung, vielmehr geschah es wie von selbst. Es war eine Rolle, die ihm, so sagte er später, schicksalhaft zugewachsen war. Zuerst sprach er nur mit jenen, die das Antlitz ebenfalls gesehen und Ema darin erkannt hatten. Er fragte sie, ob sie wüssten, was Ema prophezeit habe. Die meisten wussten es nicht oder nur undeutlich. Zwar genoss die Ahnin im Eisenland und seiner Umgebung grundsätzlich Verehrung, da ihre Ahnungen den Wohlstand begründet hatten, den das Eisenland genoss, und man wusste natürlich, dass sie eines der Großen Bücher geschrieben hatte. Aber gelesen – gelesen hatte es keiner.

Also erzählte Efas ihnen, was darin stand: von dem zerreißenden Himmel und den Strömen von Blut und Feuer, die daraus herabfließen würden, davon, dass Vögel tot vom Himmel fallen, Berge explodieren und Fische zu Tausenden tot in den Flüssen treiben würden und vieles mehr. Die meisten zuckten nur mit den Flügeln und interessierten sich nicht groß dafür. Einigen aber gab er damit zu denken, und diese sagten es weiter und machten andere neugierig, sodass sie kamen und sich in der Mahlstube an Efas' Tisch setzten und hören wollten, was er erzählte. Sie hatten von dem Wunder gehört, und zwar von Leuten, denen sie vertrauten, und waren begierig, mehr zu erfahren.

Efas aber wurde nicht müde, vom Buch Ema zu erzählen, und je öfter er davon sprach, desto mehr Feuer fühlte er auf seiner Zunge brennen und desto mehr schlug er seine Zuhörer in Bann. Er erklärte ihnen auch, dass es bedeutungsvoll sein müsse, dass Emas Antlitz ausgerechnet jetzt erschienen sei und dass das nur bedeuten könne, dass das Unheil dicht bevorstünde und sie alle wachsam sein müssten. Denn es würde Zeichen geben, die dem Unheil vorausgingen, und eines der Zeichen würde sein, dass man zwei rote Brüder sehen würde, die mit den Pfeilfalken flogen.

In dieser Zeit, in der er ohnehin kaum zum Essen kam, sparte sich Efas einige Eiserne von seinem Essensgeld ab und kaufte sich in der Eisenstadt ein Notizbuch, das billigste, das er fand. Dann besuchte er an seinen freien Tagen wieder die Bibliothek, deren weißhaariger Hüter, wie er erfuhr, Gamlech hieß, und begann, das Buch Ema sorgfältig abzuschreiben, um es auf diese Weise selber zu besitzen.

Er wurde sich aber dessen gewahr, dass er es, indem er es von eigener Hand abschrieb, auf eine ganz besondere Weise zu seinem Besitz machte. Durch das sorgsame Lesen und Schreiben vertiefte er sich nämlich weitaus mehr in die Worte Emas, als er es beim bloßen Lesen getan hatte, und obgleich er in der kurzen Zeit, die ihm jeweils blieb, immer nur ein Weniges des Buches kopierte, gewann er doch jedes Mal tiefe Einsichten, die er am nächsten Tag bereitwillig teilte mit allen, die ihm zuhörten.

Bald aber reichte der Platz am Tisch in der Mahlstube nicht mehr aus. Efas musste seine Zuhörer im Vorraum um sich scharen, was den Unwillen derer erregte, die sich den Worten Emas verweigerten und ihre Arbeit wichtiger nahmen als das nahende Unheil.

Inzwischen sprach Efas von nichts anderem mehr als vom Buch Ema. Im Schlafsaal, beim Essen, bei der Arbeit – er kannte kein anderes Thema mehr, zu tief und weitreichend waren die Erkenntnisse, die er gewann und die zu teilen es ihn drängte. Wie hätte er schweigen können? Wäre es nicht *Verrat* gewesen an seinen Mitmenschen, all dies zu wissen und es für sich zu behalten? Es war nicht einfach so, dass nur seine Gedanken mal wieder um etwas kreisten, um das Buch Ema eben, dass sich seine Gedanken wieder, wie früher, zu einem Wirbelsturm aufschaukelten, dem er nicht mehr entkam – nein! Denn darunter hatte er immer *gelitten*. Doch nun litt er ja nicht, im Gegenteil, er fühlte sich beflügelt, beseelt, ja, geradezu *beauftragt*, zu tun, was er tat: Ema wieder zu dem Ansehen zu verhelfen, das ihr zustand. Ihre Botschaft zu verbreiten. Und vor dem großen Unheil zu warnen – das vor allem!

Der Minenrat verwarnte ihn. Er solle aufhören, in der Mine und während der Arbeit zu predigen, das störe die anderen und verhindere, dass sie sich so auf ihre anspruchsvolle Arbeit konzentrierten, wie es den damit verbundenen Gefahren angemessen war.

Efas weigerte sich. Was er zu sagen hatte, war wichtiger! Ja, gewiss, die Arbeit in der Mine war gefährlich – doch das Unheil, vor dem er zu warnen hatte, war ungleich gefährlicher! Die Aufforderung, seine Predigten auf seine Freizeit und den Bereich außerhalb der Mine zu beschränken, empfand er als Verhöhnung der Ahnin.

Es folgte eine zweite Verwarnung, die Efas ebenso in den Wind schlug. Schließlich wurde er vor den Minenrat zitiert. In einer staubigen, unscheinbaren Felskammer musste er vor einem langen, grob gezimmerten Tisch stehen, hinter dem altgediente, erfahrene Minenleute saßen und ihm erklärten:»Da du nicht gewillt bist, dich in die Arbeitsdisziplin einer Mine einzufügen, entlassen wir dich aus deinem Dienst.«

Efas reckte das Kinn.»Aber ich habe noch nicht einmal eine Jahreszeit hinter mir!«

»Das wissen wir, Efas«, sagte der Mann in der Mitte, der aussah wie eine eingeschrumpelte Lotzelfrucht.»Doch so geht es nicht weiter.«

Da erhob sich Efas zu ganzer Größe, breitete die Flügel aus und rief mit jener donnernden Stimme, die ihm inzwischen zugewachsen war:»Das könnt ihr nicht machen! Der Minendienst der Jungen aus den verbundenen Nestern ist eine beidseitige Verpflichtung. Ich bin gekommen, um mir die Spange eines Eisenmannes zu verdienen, und das lasse ich mir nicht nehmen.«

Daraufhin berieten sich die Leute hinter dem Tisch. Eine alte Frau, so grau, dass man sie vor der Felswand kaum sah, flüsterte dem Mann in der Mitte eine ganze Weile ins Ohr, und dieser verkündete schließlich:»Du bekommst deine Spange. Aber du musst gehen.«

Damit erklärte sich Efas einverstanden. So geschah es, dass er noch vor Anbruch der Regenzeit wieder zu Hause im Nest ankam, mit einer Urkunde über seine ordentliche Entlassung und der Spange eines Eisenmanns am Kragen.

Als Chalfas hörte, wie es dazu gekommen war, kriegte sie sich kaum ein vor Lachen. »Bruderherz«, meinte sie, »das hast du wirklich *raffiniert* angestellt!«

Die Verkündung

Nun, da er nicht mehr in der Mine arbeitete, hörte Efas erst recht nicht auf zu warnen. Er hatte eine Mission. Und er träumte immer noch vom Antlitz Emas, die ihn in diesen Träumen mit feurigen Augen streng ansah, als wolle sie fragen: *Tust du auch wirklich alles, was du tun kannst?*

Nun, da er mehr Zeit hatte, als ihm in der Mine geblieben war, schrieb er das Buch Ema weiter ab, diesmal aus dem Exemplar im Besitz des Nestes. Je mehr er davon abschrieb, desto besser verstand er das ganze Ausmaß der drohenden Gefahr, und das entsetzte ihn in einem Maße, für das ihm die Worte fehlten. An manchen Tagen war er so vollkommen ergriffen von dem Text, dass ihm war, als seien Emas Visionen auf ihn übergegangen, und daran, wie sie ihn quälten, konnte er ermessen, wie sie auch die Ahnin gequält haben mussten.

»Du glaubst das wirklich, oder?«, stellte Chalfas irgendwann fest.

»Ich glaube nicht, ich weiß«, erwiderte Efas. »Die Ahnin hat mich auserwählt. Es ist *ihr* Dienst, in dem ich stehe.«

Seine Schwester schüttelte besorgt den Kopf. »Du hast echt 'nen Flügel ab, weißt du das?«

Derlei brachte Efas schon lange nicht mehr aus der Ruhe. »Wir werden sehen«, sagte er nur, küsste sie auf die Stirn und ging seiner Wege.

Zum Zeichen, in wessen Diensten er stand, ließ er sich auf beide Flügel den Namen *Ema* schreiben, mit Flügelfarbe von den

Perleninseln, die lange hielt und erst mit den so bemalten Federn wieder abging. Es würde ein Leichtes sein, den Schriftzug für alle Zeiten beizubehalten.

Die Sprachlosigkeit, die ihn bei der Lektüre des Großen Buches bisweilen befiel, spornte ihn umso mehr an, seine Worte noch besser zu wählen, sich noch mehr zu bemühen, das Unsagbare auszusprechen. Tatsächlich vermochte er mittlerweile die Menschen regelrecht in den Bann zu schlagen, wenn er redete. Sein Ruf verbreitete sich, von Nest zu Nest, wie ein Feuer in den Ebenen von Grasbüschel zu Grasbüschel sprang. Hier, in der Nachbarschaft des Eisenlands, kannte jeder jemanden, der jemanden kannte, und so weiter, der das Antlitz Emas im Stein mit eigenen Augen gesehen hatte. Und auch dieser große Einsturz war ja wirklich geschehen. Was, wenn es doch ein Zeichen gewesen war? Es sprach viel dafür, dass an dem, was Efas verkündete, etwas dran sein musste.

Seine Eltern waren erst skeptisch, genau wie Chalfas. Aber schließlich bekannten sie sich zu ihm. Sie waren auch die Ersten, die sich vor der versammelten Gemeinde offenbarten: »*Wir sind die, die hören!*« – ein Satz, der alsbald aufgegriffen und zu so etwas wie dem Wahlspruch seiner Anhänger wurde.

Der Rat des Nestes Fas berief ihn trotz seiner Jugend in seine Mitte und wollte wissen, was man denn tun solle, um das Unheil abzuwenden.

»Das weiß ich nicht, aber ich bin zuversichtlich, dass es sich mir noch offenbaren wird«, erklärte Efas und mahnte, dass sie vor allem wachsam sein müssten; das sei jetzt die erste Pflicht aller.

Eine Reihe weiterer Träume bewog ihn, sich das Haupthaar abzurasieren bis auf einen Kreis am Hinterkopf und das dort verbliebene Haar zu einem Zopf zu flechten. Vor der Versammlung legte er das Gelübde ab, sein Haar erst wieder wachsen zu lassen, wenn die Gefahr abgewendet sei.

Die Ahnin wollte auch, dass er seine Fingernägel bemalte in der Art, wie es die Leute von den Perleninseln taten, nur jeden Finger in einer anderen Farbe, nicht alle gleich, wie es dort der

Brauch war. Und da er nun ohnehin so viel Farbe besaß, ging er dazu über, sich vor jedem Auftritt einige farbige Streifen ins Gesicht zu malen, um ein Zeichen zu setzen gegen die drohende Dunkelheit.

Die Leute kamen von immer weiter her, um ihm zuzuhören. Allenthalben begann man, gemeinsam im Buch Ema zu lesen, auch wenn man es so dunkelsinnig, unheimlich und rätselhaft wie eh und je fand. Doch Efas war ja da, um für sie die Geheimnisse der Visionen zu durchdringen, war ihnen ein leuchtender Wegweiser durch das Dickicht der Bilder.

Dann erzählte jemand, er habe wieder Pfeilfalken auf dem Hochland gesehen, wo sie zuletzt vor Jahrzehnten ihre Kreise gezogen hatten.

Erst war es nur ein Gerücht, und man diskutierte, ob etwas daran sei, doch Efas meinte von Anfang an, das sei ein Zeichen, dass die gefahrvollen Zeiten nahten. Und dann, wenig später, sahen sie es alle: Ein Paar nistete direkt auf dem Jufusstein!

Noch nie hatte das »*Wir sind die, die hören!*«, mit dem sie Efas zu Beginn einer Versammlung begrüßten, so laut gedonnert wie an diesem Abend.

Die für ihn weitaus größere Sensation aber war, dass ihm in der Folge das Herz der schönen Giladin zuflog.

Er hatte bemerkt, dass sie immer öfter in der Menge saß, die ihm zuhörte, und auch, dass sie immer wieder ein Stück weiter nach vorne rückte. Es entging ihm auch nicht, dass sie förmlich an seinen Lippen hing, ihn mit großen, leuchtenden Augen voller Bewunderung ansah, und so kam irgendwann der magische Moment, in dem er nur noch die Hand ausstrecken, die ihre ergreifen und sagen musste: »Sei mein, Giladin« – und sie war es. Ihr Haar duftete, ihre Flügel waren weich und voll, ihre Küsse heiß und süß, und sie selber ganz und gar Hingabe.

Bald darauf versprachen sie einander, und Efas wechselte ins Nest Din, das sich höchst geehrt fühlte und ihnen die schönste freie Hütte gab, die sie hatten.

»Gratuliere, Bruderherz«, flüsterte Chalfas ihm nach der Zeremonie ins Ohr, »jetzt hast du ja, was du immer wolltest. Ganz schön raffiniert!«

Chalfas verstand nicht, dass das mit Raffinesse nichts zu tun hatte. Es war Schicksal, nicht mehr und nicht weniger.

Giladin, zum Glück, sah das genauso wie er. »Ich habe immer gewusst, dass du mein Schicksal bist«, vertraute sie ihm in der Nacht nach der Zeremonie an. »Ich *wollte* das nur nicht! Ich hab mich dagegen gewehrt. Nur deshalb war ich immer so abweisend zu dir.«

»Ich habe es auch gewusst«, erwiderte Efas und strich ihr über die Wange. »Du warst für mich bestimmt. Ich war verzweifelt, dass du mich ignoriert hast, weil ich mir keine andere an meiner Seite vorstellen konnte. Aber ich war noch nicht so weit, daran lag es. Ich musste erst meine Mission finden.«

Bald darauf trug Giladin ihr gemeinsames Kind, und Efas war der glücklichste Mann der Welt, mochte an Unheil drohen, was wollte. Doch er wusste wohl, dass er all das Ema verdankte, und er wusste auch, dass er ihr dienen würde für den Rest seines Lebens. Denn man konnte viel über ihn sagen, aber nicht, dass er zu Wankelmut neigte oder nicht zu seinem Wort stand.

Als Giladin niederkam, war es eine Tochter, die sie zur Welt brachte, und sie nannten sie Emadin – wie sonst?

Efas' Ruf aber verbreitete sich weiter, weil das Schicksal es so wollte. Alles geschah, wie es geschehen musste, und der Geist Emas leitete ihn. Sie sprach aus dem Großen Buch zu ihm, sie sprach aus seinen Träumen zu ihm, und er gehorchte. Man nannte ihn inzwischen *Efas, den Verkünder*, weil er Emas Warnungen verkündete an jeden, der bereit war zu hören. Wenn ihn ein Nest einlud, zu kommen und zu ihnen zu sprechen, dann tat er es, stets begleitet von treuen Anhängern, die ihm halfen, die Geschenke nach Hause zu bringen, die er bekam und die selbstverständlich dem Nest Din zufielen.

Das Nest Din war es wiederum, das ihm ein eigenes Exemplar des Buches Ema schenkte, in kostbares Leder gebunden und von kunstfertiger Hand auf Papier von Kaldor geschrieben, dem berühmten Papiermacher aus den Nordwäldern. Efas nahm es dankend an, schrieb es aber weiterhin ab, zum zweiten Mal schon, in ein anderes, neues, besseres Notizbuch. Satz für Satz las er, durchdachte er, schrieb er, um anschließend darüber zu sinnieren. Er hatte es nicht eilig, im Gegenteil. Dies war seine Versenkung, seine ganz spezielle Technik, um zur inneren Ruhe zu gelangen – die einzige, die bei ihm funktionierte.

Er war, abgesehen von gelegentlichen Küchendiensten, längst von allen Arbeiten freigestellt. Er sollte all seine Kraft darauf verwenden können, das Buch Ema zu erforschen und alle, die kamen, um zu hören, an seinen Einsichten teilhaben zu lassen. Und es kamen immer mehr, von nah und fern. Sie belegten nicht mehr nur das Nest, sondern auch die Wipfel der umliegenden Buschbäume, und lauschten andächtig, wenn Efas einen Abschnitt des Großen Buchs vorlas, langsam, dramatisch, eindrucksvoll, und anschließend erklärte, was das Gehörte zu bedeuten hatte und welche Schlussfolgerungen daraus zu ziehen waren, Schlussfolgerungen, die nicht selten überraschender Art waren.

Die Menschen fieberten mit, erzitterten bisweilen oder brachen in Tränen aus bei der Vorstellung, die Welt, in der sie lebten, könnte enden, und noch dazu so schrecklich. Sie verließen die Versammlung nicht selten erschöpft und mitgenommen, aber erleuchtet. Gut, manche wirkten auch eher verwirrt von dem, was sie vernommen hatten; bei diesen würde die Erleuchtung eben später kommen.

Und dann, eines Tages, begann es. Nach einer langen Frostzeit hatte gerade die Trockenzeit begonnen, und Giladin trug zum zweiten Mal ein Kind, als die Nachricht kam, dass Waldarbeiter vom Nest Res die roten Brüder gesehen hatten, die mit den Pfeilfalken flogen, *genau wie es im Buch Ema beschrieben war!*

***

Efas saß gerade vor einem Becher Tee und erwog, wieder zurück in die Kuhle zu kriechen und den Tag abzuschreiben. Ihn fröstelte, was nicht am Wetter lag. Zwar war die Trockenzeit angebrochen, aber man hatte das Regendach über dem Mahlplatz noch nicht entfernt und auch den größten Teil des Windschutzes noch nicht: Hier in der Gegend kam in manchen Jahren gern ein plötzlicher, kalter Regenschauer nach, der »Abschiedsgruß der Frostzeit«, wie man sagte.

Nein, Efas fühlte sich an diesem Tag einfach nicht gut. Seit Tagen kämpfte er mit einer Magenverstimmung, die nicht besser werden wollte.

»Sie sollen dir einen Graugrastee machen«, meine Giladin. Sie saß neben ihm und bemühte sich, ihre Tochter dazu zu bewegen, ihren Frühstücksbrei zu essen. Emadin hatte die Angewohnheit entwickelt, morgens »keinen Hunger« zu haben, kurze Zeit später aber unleidig zu werden und in der Küche um Essen zu betteln.

»Hmm«, machte Efas und war sich nicht sicher, dass es wirklich schlimm genug war, sich das anzutun.

In diesem Moment hörte man es draußen im Wipfel krachen, ein Geräusch, das sehr danach klang, als bräche jemand durchs Blätterdach herab, und zwar in höchster Eile, wie man es tat, wenn etwas passiert war. Und tatsächlich, gleich darauf kamen zwei Waldarbeiter der am Nachbarfluss siedelnden Giar auf den Mahlplatz gestapft, sahen sich um, entdeckten Efas und eilten mit großen Schritten auf ihn zu.

»Efas!«, rief einer der beiden. »Die Boten des Unheils sind da!«

Bitte nicht, dachte Efas und wünschte sich ganz, ganz weit weg. *Bitte nicht ausgerechnet heute!*

Dann fragte er: »Was sagt ihr da?«

»Die roten Brüder, die mit den Pfeilfalken fliegen«, erklärte der andere so aufgeregt, dass sein Kehlkopf hüpfte. »Wir haben sie gesehen!«

Efas hob die Hände. »Langsam. Bewahrt Ruhe. Was ist *genau* geschehen?«

Das mit der Ruhe wollte nicht so richtig funktionieren, aber immerhin erzählten sie. Sie waren im Wald gewesen für einen Morgenschlag, eine Lieferung Faulholz, die bis zum Abend im Eisenland erwartet wurde, als sie plötzlich zwei Männer vom Himmel hatten herabkommen sehen. Sie waren mit voller Geschwindigkeit geflogen, begleitet von einem Pfeilfalken. Es habe so ausgesehen, als kämen sie vom Jufusstein, meinte der eine, aber da seien sie sich nicht sicher.

»Hat der Pfeilfalke sie verfolgt?«, hakte Efas nach. Flügelzucken. Unsichere Blicke. »Jedenfalls waren beide rot!«, sagte der andere. »Rote Haare, rote Flügel ...«

»Und dann?«, fragte Efas, den ein unheilvolles Gefühl beschlichen hatte. Er wusste nicht, ob es sein Magen war, der sich meldete, oder das Schicksal. Fast fürchtete er, Letzteres.

»Sie sind in einem Baum gelandet, und der Pfeilfalke ist weitergeflogen«, sagte der eine.

»Wir haben sie dann verjagt«, ergänzte der andere.

»Aber wir glauben, dass sie ins Eisenland wollen.«

»Altares und die anderen sind ihnen jedenfalls nach.«

Efas hob die Hand, um sie zu stoppen. Er fühlte sich wie betäubt, wurde ein Gefühl von Unwirklichkeit nicht los. Da hatte er so oft über die Visionen Emas gesprochen, hatte so viele Menschen gewarnt und ermahnt, wachsam zu sein, hatte ihnen wieder und wieder eingeschärft, dass die roten Brüder, die mit den Pfeilfalken flogen, eines der Zeichen waren, die dem Unheil vorausgingen ...

Aber irgendwie hatte er nie darüber nachgedacht, wie es sein würde, wenn all das *wirklich* geschah. Vor allem hatte er sich nie vorgestellt, dass es *so* sein würde!

»Es ist nicht gut, wenn sie ins Eisenland fliegen«, hörte er sich sagen. Er hatte sich das nicht überlegt, die Worte kamen wie von selbst – er wurde geleitet, erkannte er, und ließ es geschehen. »Es sind die Boten des Unheils, und das Eisenland ist das Land der Ahnin Ema. Dort hat sie gewirkt am Anfang, und dort ist sie uns erschienen. Sie sollen die roten Brüder verjagen!«

Die beiden sahen ihn aus großen Augen an. Efas stand; er hatte
gar nicht mitgekriegt, wie er sich erhoben hatte.

»Fliegt«, befahl er. »Und sagt Altares, was ich euch gesagt
habe.«

»Ich glaube, das hat er selber schon vor«, sagte der eine. Er hatte
den Kopf zwischen die Flügel gezogen. »Sie zu verjagen, meine
ich.«

Efas sah ihm in die Augen. »Ist Altares einer, der hört?«

»Ja.« Heftiges Nicken.

»Gut. Dann hat er gut aufgepasst.« Er entließ sie mit einer
Handbewegung. »Fliegt, und seht zu, dass ihr mich auf dem Laufenden haltet.«

Sie gingen. Efas ließ sich wieder auf die Sitzbank fallen, fühlte
sich auf einmal aufgekratzt und erschöpft gleichzeitig.

»Du wirst ins Eisenland fliegen müssen«, meinte Giladin mit
jenem Unterton der Bewunderung in der Stimme, den er so gern
von ihr hörte.

»Ja«, sagte Efas und betastete seinen schmerzenden Bauch.
»Aber erst brauche ich einen Graugrastee.«

Joladin hatte Küchenaufsicht. Sie machte das Fach mit den
Heilkräutern auf und bereitete ihm einen Tee, viel davon und stark.
Damit saß Efas dann am Tisch, haderte mit seinen Unzulänglich-
keiten und zwang sich immer aufs Neue, das Gebräu zu trinken.
Schluckweise, ja. Als wäre es anders gegangen!

Später, als er beim letzten Becher des Gebräus angelangt war,
kamen zwei andere Boten und berichteten, sie hätten die roten
Brüder am Eingang des Eisenlandes gestellt. Sie hätten sie vertreiben wollen, doch einer von ihnen hätte sich auf das Buch Kris
berufen und verlangt, vor den Rat gebracht zu werden. Daraufhin
hätten sie die beiden in die Eisenstadt geleitet, und nun säßen sie in
einem Gästenest – auf Kosten der Giar! –, und morgen früh sei die
Verhandlung vor dem Eisenrat angesetzt.

Raffiniert, dachte Efas. Man würde aufpassen müssen, gut aufpassen. Diese Boten des Unheils waren keine leichten Gegner!

Wenn es ihm nur nicht so schlecht gegangen wäre!

»Fliegt los und verständigt alle, die hören!«, sagte er zu den beiden. »Wir versammeln uns morgen früh im Ratsgebäude, damit alle sehen, dass es sich um eine wichtige Entscheidung handelt. Ich werde auch da sein.«

»Ja, Verkünder«, erwiderte einer von ihnen ehrerbietig. »Das werden wir tun.«

Als sie wieder fort waren, tauchte seine Schwester auf, die gehört hatte, was passiert war, und nun neugierig war, was er zu tun gedachte.

»Wir werden sie aus dem Eisenland verjagen«, erklärte Efas ihr missgelaunt.

Chalfas musterte ihn, skeptisch wie immer. »Und was ändert das daran, dass sie *erschienen* sind?«

»Nichts«, musste Efas zugeben. »Aber falls sie irgendwelche finsteren Pläne mit dem Eisenland haben, werden wir sie damit durchkreuzen.«

»Was für Pläne sollten sie denn haben?«

Efas leerte den Becher vollends, mit einem heroischen Schluck, bei dem sich ihm alle Federn aufstellten. Dann stand er auf und sagte: »Das werden wir morgen sehen. Ich jedenfalls gehe jetzt in Versenkung, auf dass der Geist Emas mich erleuchten möge.«

Er ignorierte ihr spöttisches Grinsen und ging, schleppte sich über die Äste bis zur Schlafhütte, schloss den Eingang hinter sich und rollte sich stöhnend in seiner Kuhle zusammen.

***

Am nächsten Tag hatte er zwar immer noch keine Erleuchtung durch den Geist Emas erfahren, aber es ging ihm wenigstens körperlich besser. Er ließ sich von Giladin den Namenszug der Ahnin auf seinen Flügeln erneuern und verwendete viel Nachdenken darauf, die Farben auszuwählen, die sein Zeichen gegen die Dunkelheit auf seinem Gesicht haben sollte. Schließlich bemalte er sich alle Fingernägel rot, die es noch nicht waren – rot wie die Pfeilfalken und wie die roten Brüder. Außerdem packte er sein kostbares Buch Ema in seinen Tragebeutel. So fühlte er sich vorbereitet und gewappnet, dem Unheil die Stirn zu bieten.

Er küsste Giladin, die ihm viel Kraft und viel Erfolg wünschte, und flog los, begleitet von vielen derer, die hörten. Sie erreichten die Eisenstadt beizeiten und trafen im Ratsgebäude auf viele, viele andere derer, die hörten. Efas wurde ganz warm ums Herz, als er das Ausmaß der Unterstützung sah, warm und zuversichtlich. Er verlangte, die roten Brüder zu sehen.

Der Protokollmeister, niemand anders als Gamlech, der auch die Bibliothek hütete, verweigerte das geradeheraus. So warteten sie, vereint in ihrer Sorge und Furcht. Als die beiden Gefangenen gebracht wurden, ergab sich doch noch eine Gelegenheit für Efas, ihnen entgegenzutreten und sie mit Donnerstimme anzusprechen, ihnen zu zeigen, dass sie durchschaut waren! Natürlich griff Gamlech gleich wieder ein, aber immerhin wussten die beiden nun, dass sie sich keine Hoffnungen zu machen brauchten, unentdeckt handeln zu können. Gamlech ließ sie wegbringen, ausgerechnet in die Bibliothek, doch das machte nichts, die Stimmung der Gruppe war nach dieser Begegnung gut. Voller Zuversicht rezitierten sie Passagen aus dem Buch Ema, immer wieder unterbrochen von dem gemeinschaftlichen Ausruf »*Wir sind die, die hören!*«, und sie fühlten sich in großartiger Weise zusammengehörig.

Die Verhandlung vor dem Eisenrat lief dann allerdings weniger großartig, obwohl Efas sich alle Mühe gab und geradezu mit geflügelter Zunge redete. Doch er hatte keine Anhänger unter den Räten, niemand von ihnen *hörte*, vielmehr schlugen sie sich auf die Seite der roten Brüder, die glattzüngig darauf herumritten, eben *keine* Brüder im Sinne des Wortes zu sein. Als ob das der entscheidende Punkt gewesen wäre! Doch die Räte ließen sich übertölpeln und entschieden, dass die beiden freizulassen seien. Und nicht nur das, hinterher scheuchten Wachleute mit Peitschenschnüren ihn und seine Anhänger aus dem Ratsgebäude! Nur, damit die roten

Brüder unbehelligt abziehen konnten, zusammen mit jenem Zeugen, dessen Wort den Ausschlag gegeben hatte. Efas ließ Erkundigung über diesen Zeugen einholen, und siehe da, es handelte sich um einen gewissen Oris, der im Eisenland genauso fremd war und – war das zu fassen? – mit dem Plan hausieren ging, eine Rakete zu bauen, die groß genug sein sollte, um bis zum Himmel hinaufzusteigen und ein Loch hinein zu sprengen!

»Seht ihr nun, dass das Unheil naht?«, rief Efas seinen Anhängern zu, als sie sich auf einer der unbenutzten, schlammigen Inseln des Eisenlandes versammelten. »Seht ihr nun, dass die roten Brüder nicht einfach nur *Vorzeichen* sind, sondern dass sie einen finsteren Plan verfolgen, genau, wie ich es gesagt habe?«

Viele nickten, manche bestürzt, manche mit zornig blitzenden Augen.

»Wahrhaftig, ich sage euch, wir müssen achtsamer und entschlossener sein denn je«, fuhr Efas fort. »Lasst uns die roten Brüder und diesen Oris im Auge behalten! Sie dürfen keine Gelegenheit bekommen, ihren wahnsinnigen Plan in die Tat umzusetzen! Ema hat uns vor den Boten des Unheils gewarnt. Der Himmel ist unser ewiger Schutz; wer ihn aufreißen will, will nichts weniger als unseren Untergang!«

Die, die hörten, waren wachsam und unternahmen, was immer sie konnten. Sie störten die Zusammenkünfte, die Oris, die roten Brüder und ihre Freunde veranstalteten. Sie protestierten, wo immer sich die Gelegenheit dazu bot. Und schließlich ergriffen die roten Brüder mit ihren Helfershelfern die Flucht: Sie bestiegen das Schiff nach Dor und waren von da an nicht mehr gesehen.

***

Efas ließ sich von seinen Anhängern feiern, die geradezu trunken waren vor Stolz auf diesen Sieg. Allein, er konnte sich nicht freuen und war auch nicht stolz, denn insgeheim ahnte er, dass es gar kein Sieg gewesen war. Es stimmte ja, was Chalfas sagte: Was war schon damit erreicht, die roten Brüder vertrieben zu haben? Die Welt war groß, und wenn sie ihren finsteren Plan hier nicht verwirklichen konnten, dann würden sie es eben woanders tun.

Doch die dramatischen Tage im Eisenland trugen seinen Ruf weiter hinaus in die Welt. Es sprach sich herum, dass die roten Brüder wahrhaftig aufgetaucht waren, genau, wie Ema es prophezeit und wie Efas es verkündet hatte. Und er erhielt immer mehr Einladungen, von immer weiter entfernten Nestern.

So unternahm Efas immer weitere Reisen, begleitet von seinen treuesten Anhängern, um das Buch Ema zu erklären und Wachsamkeit zu predigen, denn das Unheil war nahe, wie sie alle nun wussten. Giladin wäre gerne mit ihm gereist, wie sie es zu Anfang getan hatte, doch sie musste sich ja um Emadin kümmern und war zudem wieder in Erwartung, also blieb sie zu Hause. Er musste ihr immer ganz genau erzählen, wie es gewesen war, wenn er zurückkam.

Wobei es im Grunde immer dasselbe war: Er kam an, redete mit den Leuten, die ihn eingeladen hatten, und suchte die Misstrauischen und Skeptiker zu besänftigen. Dann der eigentliche Vortrag, auf einem Mahlplatz oder im freien Wipfel, je nachdem, was das Wetter erlaubte – in den nördlichen Wäldern erlebte man da so manche Überraschung, sogar in den warmen Jahreszeiten. Hinterher ein Abendessen, bei dem noch Fragen zu beantworten waren. Und schließlich die wohlverdiente Nachtruhe in einer Gästehütte, in einer ungewohnten Kuhle, die ungewohnt roch und sich ungewohnt anfühlte. Und am nächsten Tag ging es weiter oder wieder nach Hause, je nachdem.

Einmal, im Nest der Nordland-Tem, wich ein hübsches Mädchen nicht von seiner Seite. Sie war offenbar dazu eingeteilt, sich um ihn zu kümmern, aber sie himmelte ihn auch ziemlich an, das merkte er bald. Womöglich hatte sie sich selbst eingeteilt? Jedenfalls, sie sorgte dafür, dass er zu essen bekam und noch eine Weile seine Ruhe hatte, ehe der Vortrag begann, umsorgte ihn mit Tee und allem, was er brauchte. Spät am Abend, als es schon dunkel war, geleitete sie ihn zu der abseits gelegenen, ungewöhnlich großen und komfortablen Gästehütte. Sie schlüpfte mit ihm hinein und erklärte ihm alles ganz genau: Wo er noch ein zweites Glas mit Leuchtwürmern fand, falls ihm eines nicht reichte, oder zusätzliche Decken, Handtücher und dergleichen mehr.

»Danke«, sagte Efas, angetan von so viel Aufmerksamkeit.

»Kann ich sonst noch irgendetwas für Euch tun?«, fragte sie dann, das Wort *irgendetwas* eigentümlich betonend.

Efas sah sie verwundert an. Sie hieß Nisitem, hatte rötlich schimmernde, lange Haare, aparte Sprießflecken auf der kecken Nase und helle, ebenfalls braun gescheckte Flügel. »Hmm«, machte er.

»Was auch immer Euer Begehr ist«, hauchte sie und knöpfte ihr Hemd ein Stück weit auf. Ein *großes* Stück weit. »Ich möchte so gern alles tun, was ich kann, um Euch Euren Besuch in unserem Nest unvergesslich zu machen.« Sie lächelte vielsagend. »Und ich bin sehr verschwiegen ...«

Efas begriff, worauf sie aus war. Und in der Tat, sie war kein Mädchen, das man vom Ast stieß ...

»Ihr nehmt so große Strapazen auf Euch, um uns zu warnen und zu belehren«, fuhr sie fort, ihre ansehnliche Oberweite herausstreckend, die Flügel in weicher, verlockender Bewegung. »Ihr opfert Euch auf für uns. Da habt Ihr jede Annehmlichkeit verdient, die ich Euch zu geben imstande bin ...«

Warum eigentlich nicht?, dachte Efas. Sie hatte ja recht. Auch wenn er der Verkünder war, so war er doch auch ein Mann und hatte seine Bedürfnisse.

»In der Tat wäre mir nach diesem Tag noch ein wenig, hmm ... *Gesellschaft* äußerst angenehm«, sagte Efas und lächelte. Dann streckte er die Hand aus und öffnete einen weiteren Knopf ihres Hemdes.

Nisitem lächelte zurück und ließ es geschehen.

Davon, sagte sich Efas, durfte er Giladin natürlich nichts erzählen.

Die Errettung

Später im Jahr, mitten in der Windzeit, in der das Reisen je nach Windrichtung mal leichter, mal anstrengender war, begab es sich aber, dass Efas, der Verkünder, in Garisruh weilte, auf Einladung der Nestältesten Varamuk höchstpersönlich.

Er wurde mit allen Ehren empfangen. Man zeigte ihm das Grabmal Garis inmitten der Tausend Wasserfälle, und es war eindrucksvoll, vor dem alten, seit tausend Jahren unberührten Sarkophag zu stehen, die verwitterten Steine zu berühren und zu *spüren*, was das hieß: tausend Jahre.

Am Abend sprach er dann auf dem großen Mahlplatz der Muk. Das war ein Schmuckstück von einem Mahlplatz, mit mehreren Ebenen, verzierten Tragsäulen und einem ganzjährigen, geschwungenen Regendach mit geschnitztem Trauf. Efas sprach von der Ahnin Ema, erzählte, wie ihm ihr Antlitz im Stein erschienen war und wie ihn das angeregt hatte, ihr Buch noch einmal gründlich zu studieren, gründlicher, als man das für gewöhnlich tat. Denen, die es einst selber gelesen hatten, rief er in Erinnerung, was darin geschrieben stand, und denen, die davor kapituliert hatten, tat er es kund und zu wissen.

Doch gerade, als er erzählte, wie die prophezeiten roten Brüder, die mit den Pfeilfalken flogen, vor noch gar nicht langer Zeit, nämlich kurz nach der Frostzeit, *tatsächlich* aufgetaucht waren, erkannte er im Publikum ein Gesicht wieder: Und zwar saß da niemand anders als eben jene Eisenrätin, die sich auf die Seite der roten Brüder geschlagen hatte! Eben jene, die in diesem Oris einen Zeugen präsentiert hatte, dessen fragwürdige Aussage die übrigen Räte bewogen hatte, Efas' Ansinnen abzuschmettern und die zwei Boten des Unheils fliegen zu lassen, wohin sie wollten!

Er unterbrach seinen Vortrag und sprach sie an. Sie hieß Olmuk, erfuhr er, und stammte aus Garisruh. In jungen Jahren hatte sie sich einem Köhler aus dem Eisenland versprochen und war zu ihm gezogen, da der Mann sein Handwerk ja nirgendwo anders ausüben konnte als eben dort. Sie hatte zwei erwachsene Söhne, die beim Vater das Köhlerhandwerk lernten, und war irgendwann in den Rat berufen worden, nach den komplizierten Regeln, die sich das Eisenland gegeben hatte.

Das alles sagte sie ihm, worauf Efas ausführlich erzählte, wie die Verhandlung vor dem Eisenrat verlaufen war. Er klagte sie an, falsch entschieden zu haben.

Das aber wollte die Eisenrätin nicht gelten lassen. »Nun«, erwiderte sie spitzzüngig, »dann sag mir doch, was anders geworden wäre, hätten wir anders entschieden. Es waren in der Tat zwei junge Männer mit roten Flügeln und roten Haaren, die wie Brüder aussahen und die mit einem Pfeilfalken geflogen sind, wenn sie auch behaupteten, sie seien vor ihm geflohen – doch hätten wir das *ungeschehen* machen können mit einer anderen Entscheidung?«

»Das nicht, aber …«, begann Efas.

Sie unterbrach ihn: »Und wenn wir schon dabei sind, dann sag uns doch auch, *wozu* Ema das alles aufgeschrieben hat! Ich habe das Buch Ema gelesen und nicht verstanden, wie die meisten. Sie erzählt darin von grauenhaften Dingen, die sie über die Welt hereinbrechen sieht – aber sie sagt nicht, was wir *tun* sollen, um es zu verhindern! Oder? Ich erinnere mich an keine konkrete Anweisung. Nicht eine einzige. Und das eben verstehe ich nicht. Wenn das, was sie schildert, unser unabwendbares Schicksal ist, was nutzt es uns dann, davon zu wissen?«

Damit aber hatte sie Efas an seinem wundesten Punkt getroffen, denn genau das fragte er sich seit Langem ebenfalls, ja, er verzweifelte an manchen Tagen fast daran. So sehr er sich auch in das Große Buch vertiefte, so sehr er die Erleuchtung erflehte, er war bis zu diesem Tag ohne Antwort geblieben.

So hatte er nichts, was er der Eisenrätin hätte erwidern können. Die anderen spürten, dass er ihr auswich, als er, um überhaupt etwas zu entgegnen, davon begann, dass die Großen Bücher als eine Einheit zu verstehen seien, als Grundlage ihrer Kultur, und dass die anderen Bücher ja zum größten Teil *voller* Anweisungen seien …

»Ja, aber die *befolgen* wir doch auch alle!«, rief Olmuk. »Im Großen und Ganzen jedenfalls. Bis auf ein paar Punkte, die sich nicht
bewährt haben. Oder die nicht für jede Gegend taugen. Die Ahnen waren weise, aber unfehlbar waren sie nicht. Und ich weigere
mich, zu glauben, das Schicksal unserer Welt könnte davon abhängen, dass wir Erkältungen nicht mehr so behandeln, wie Gari es
empfohlen hat, sondern auf eine Weise, die erst fünfhundert Jahre
nach seinem Tod entwickelt wurde und viel besser funktioniert.
Oder dass wir auf Feuerbeeren im Essen verzichten, nur weil Ada
sie noch nicht gekannt und nicht erwähnt hat.«

Efas spürte, wie sich die allgemeine Stimmung gegen ihn
wandte. Unruhe breitete sich aus, zaghaft und leise, aber das musste
nicht so bleiben. Er fühlte sich von der Eisenrätin in die Enge getrieben – und vielleicht war es das, was ihm zur Erkenntnis noch
gefehlt hatte, denn dieser unerwartete Druck, diese Panik, die er
verspürte, gab ihm die Idee ein, zu erwidern: »Die Ahnen haben
sich in einigen Dingen geirrt, das ist richtig. Aber das sind alles nur
Kleinigkeiten. Dass hingegen ein komplettes *Buch* aus dem Kanon
der Großen Bücher ein Irrtum sein soll – das weigere *ich* mich zu
glauben.«

Wie weiter? Er hatte wieder ihre Aufmerksamkeit. Sie hingen
an seinen Lippen, warteten, was er nun sagen würde. Doch was
sollte er sagen?

»Das Buch Ema«, begann er langsam, mit dem Gefühl, als kämen die Worte, die er sagen wollte, eines nach dem anderen zu ihm,
und als müsse er darauf *vertrauen*, dass sie am Ende Sinn ergeben würden, »ist ein Rätsel. Das ist wahr. Doch was soll ein Rätsel
bewirken? Es soll uns herausfordern. Das Buch Ema fordert uns
heraus – wozu? Dazu, es zu erforschen. Tiefer zu gehen. Und nicht
nur das Buch Ema tiefer zu ergründen, sondern die Großen Bücher
in ihrer Gesamtheit. Das Buch Ema ermahnt uns, uns nicht zufrie-
denzugeben, die Bücher alle gelesen zu haben, die Regeln alle zu
befolgen und ansonsten nicht mehr weiter darüber nachzudenken.
Das Buch Ema in seiner Rätselhaftigkeit hält uns davon ab. Es lässt

uns nicht in Ruhe. Es sagt uns immerzu: Geht tiefer! Gebt euch nicht zufrieden! Es gibt immer noch mehr zu entdecken, zu begreifen, zu verstehen als das, was wir schon entdeckt und begriffen und verstanden haben.«

Jetzt war er wieder im Fluss. Erstaunlich, wohin einen ein Gedanke führen konnte, wenn man ihm nur Schritt um Schritt folgte. »Emas Antlitz ist im Stein erschienen«, sprach er weiter. »Das ist eine Tatsache. Es gibt zahlreiche Zeugen dafür, nicht nur mich, der ich es freigelegt habe. Und der Erscheinung folgte unmittelbar die Vernichtung – der Einsturz eines kompletten Schachtes, so umfassend, wie es das Eisenland seit Menschengedenken nicht mehr erlebt hat. War das auch ein Zeichen? Ich denke schon. Und tatsächlich sind wenig später die zwei roten Brüder aufgetaucht ...«

»Die keine Brüder waren!«, rief Olmuk dazwischen.

»Mag sein, aber das ist ohne Belang«, entgegnete Efas. »Sie sahen eben so aus! *Jeder* hielt sie für Brüder! Und wenn Emas Geist auf irgendeine Weise unter uns weilte, dann war es kein Wunder, dass sie die beiden ebenfalls für Brüder hielt.«

Er fühlte, wie Aufregung ihn erfasste. Das war ein wichtiger Gedanke! Er spürte es. Ein Gedanke, den es zu verfolgen galt!

»Emas Visionen sind ja nicht entstanden, weil sie einmal etwas Schlechtes gegessen hat«, fuhr er energisch fort. »Vergessen wir nicht, dass ihr Geist die Erze in den Tiefen des Eisenlandes gesehen hat und auch, dass uns dort kein Margor droht. Ohne Emas Visionen besäßen wir heute keine Pfannen, keine Nägel, keine Kiurka-Öfen und vieles andere auch nicht, das aus Metall ist.«

Hier und da nickte jemand. Dieses Argument machte sogar die Eisenrätin nachdenklich.

»Und so, wie ihr Geist damals in die Tiefen des Eisenlands vordrang, so ist er vielleicht auch in die Zukunft gereist, und das, was sie dabei gesehen hat, hat sie aufgeschrieben.« Efas sah sich um. »Ist euch klar, was das heißt? Das heißt, dass der Geist Emas *jetzt gerade* mit uns sein kann! Über die Abgründe der Zeit hinweg –

denn was wissen wir schon über deren Beschaffenheit? *Die Zeit ist ein vollkommenes Rätsel*, steht es im Buch Selime geschrieben.«

Er hatte aufgehört, nachzudenken, was er als Nächstes sagen konnte. Er ließ es einfach laufen, ließ sich selber überraschen, wohin ihn seine eigenen Worte führten. Und das, was ihm nun über die Lippen kam, war die größte Überraschung von allen.

»Lasst uns alle, jeder für sich, in Versenkung gehen, wie Gari sie lehrte«, erklärte Efas und stand in Gedanken wieder in dem alten, engen Grabmal. »Seien wir offen für alles, was sich daraus ergibt. Sei es, dass wir Ema aus unserem ruhigen Geist heraus Kraft geben können, sei es, dass uns Erleuchtung von ihr zufließt, wenn unser Geist nur ruhig genug ist, sie zu empfangen. Was immer geschehen mag, was immer die Zukunft für uns bereithält, aus dem ruhigen Geist heraus werden wir richtig handeln.«

Das war ein guter Schluss. Das gab allen zu denken, und nicht einmal Olmuk widersprach ihm. Es war ein Gedanke, der den Abend rettete, und noch dazu auf eine gänzlich unerwartete Weise.

Und es war mehr als eine Notlösung gewesen, mehr als nur die Befreiung aus einer heiklen Situation. Nein, er war da auf eine wichtige Erkenntnis gestoßen! Vielleicht sogar auf genau die Erkenntnis, die er die ganze Zeit gesucht hatte!

So übte Efas, der Verkünder, als er an diesem Abend endlich in seiner Gästehütte allein war, zum ersten Mal nach langer, langer Zeit wieder die Versenkung, wie Gari sie gelehrt hatte – und zum ersten Mal in seinem Leben funktionierte sie! Zum ersten Mal überkam ihn Ruhe, eine Ruhe so tief, wie er sie nie zuvor erfahren hatte. Er nahm diese Ruhe mit in den Schlaf, schlief wunderbar ruhig und fest, bis ihn jemand an der Schulter rüttelte und rief: »Verkünder! Wacht auf!«

Efas bekam die Augen nur mit Mühe auf. Noch blinzelnd sah er, dass da ein Junge stand, der ihm vage bekannt vorkam. Dalmuk oder so ähnlich; er war bei der Besichtigung des Grabmals dabei gewesen, hatte die Fettlampe gehalten.

»Was ist denn?«, fragte er.

»Der Himmel ist aufgerissen«, sagte der Junge, und in seinen Augen stand Entsetzen. »Genau, wie Ema es prophezeit hat!«

***

Efas war mit einem Schlag wach. »Zeig es mir«, verlangte er und folgte dem Jungen hinaus, ohne Rücksicht darauf, nur mit seinem Schlafgewand bekleidet zu sein.

Die anderen, die sie trafen, als sie einen Steilast hinaufkletterten, waren auch nicht vornehmer angezogen. Sie stiegen bis zu einer Stelle, an der der Wipfel offen war und noch mehr Leute standen, die ihm bereitwillig Platz machten.

Dann sah er es: Der nächtliche Himmel über ihnen klaffte auf, als habe ihn jemand mit einer ungeheuren Axt gespalten. Der Riss zog sich weit hin, ging in Richtung des Thoriangor und der Graswüste, bis zum Horizont und, so stand zu vermuten, weit darüber hinaus. Ein Riss, der um die halbe Welt ging.

Atemberaubend.

Und in dem Riss glitzerten und funkelten winzige Lichter, unglaublich viele davon. Das mussten die Sterne sein, von denen es doch hieß, sie seien unerreichbar jenseits des Himmels.

Efas stand nur da und schaute, unempfindlich gegen die frühmorgendliche Kühle, stand und schaute, und eine Ehrfurcht erfüllte ihn, die ihn überwältigte. Er war Teil von etwas Großem, von etwas, das noch weit größer war, als er gedacht hatte, was umgekehrt hieß, dass er auch viel kleiner war, als er geglaubt hatte.

Seltsam, aber ausgerechnet jetzt fiel ihm die kleine Affäre mit dieser Nisitem wieder ein. In dieser Nacht hatte er sich groß und wichtig und bedeutsam gefühlt, so groß und wichtig, dass er geglaubt hatte, die Regeln der Ahnen gälten für ihn nicht mehr.

Hier und jetzt aber, im Angesicht dieses unfassbaren Schauspiels am Himmel, schämte er sich dafür, so gedacht und empfunden zu haben. Und vor allem schämte er sich, sein Versprechen Giladin gegenüber gebrochen zu haben.

Olmuk trat an seine Seite. Sie trug ein Nachthemd mit aufgestickten roten Vögeln, die an Pfeilfalken denken ließen, ausgerechnet.

»Es waren damals wohl tatsächlich die zwei roten Brüder, die Ema gesehen hat«, meinte sie, die Hand beklommen vor der Brust, die Flügel eng an den Leib gezogen. Efas nickte.»Ja. Das waren sie wohl.«

»Aber wenn wir sie verbannt hätten – hätten wir damit *das hier* verhindert?«

Efas hob zweifelnd die Flügel.»Wer weiß das schon?«

***

Der Riss im Himmel schloss sich langsam wieder, nach einem Tag voll des seltsamsten, die Augen quälenden Lichts. Als Efas und seine Begleiter Garisruh verließen, um nach Hause zurückzukehren, war der widernatürliche Spalt schon kaum mehr zu sehen.

Vom Nest Din aus hatte man den Riss ohnehin nicht sehen können, doch Erzählungen davon erreichten es, noch ehe Efas zurück war. Und nicht nur Berichte über den Riss machten die Runde, sondern auch allerhand andere Geschichten. Zum Beispiel hieß es, ein Sternenschiff aus dem Weltall habe den Riss verursacht und sei an der Goldküste gelandet. Flügellose Menschen seien darin gewesen, aber dem Margor zum Opfer gefallen, erzählte man, und mancherlei Unglaublichkeiten mehr.

Giladin war über die Maßen aufgeregt, als Efas landete.»Du hast recht behalten, Efas!«, rief sie mit leuchtenden Augen.»Alles, was du prophezeit hast, bewahrheitet sich!«

Sogar seine Schwester war beeindruckt.»Tatsächlich, genau wie du es gesagt hast«, meinte Chalfas.»Ich hätt's ja wirklich gern gesehen.«

»Du wirst es noch sehen«, erwiderte Efas düster.»Öfter, als dir lieb sein wird.«

Daraufhin sah ihn Chalfas erschrocken an und verstummte.

Efas aber nahm Giladin in die Arme, schloss die Flügel um sie beide, küsste sie inniglich und dachte bei sich, dass er eine Frau wie Giladin überhaupt nicht verdient hatte. »Ich bleibe von nun an hier«, wisperte er ihr ins Ohr. »Bis du niederkommst und darüber hinaus.«

Als sie das hörte, weinte Giladin in seinen Armen. Efas hielt sie und ließ sie weinen, bis sie sich beruhigt hatte und, wenn auch mit bebender Stimme, sagen konnte: »Ich habe Angst, Efas. Wie können wir ein Kind in eine Welt setzen, die dem Untergang geweiht ist?«

»So ist es nicht«, erwiderte Efas ruhig. »Ich habe jetzt verstanden, warum Ema das alles aufgeschrieben hat. Sie hat es getan, damit uns nicht die Furcht überwältigt, wenn das Unausweichliche geschieht, sondern wir innerlich vorbereitet sind.«

»Wie sollen wir uns denn auf so etwas *vorbereiten*?«, fragte Giladin entgeistert.

»Indem wir die Versenkung üben.«

»Die Versenkung?«

Efas nickte. »Was wir jetzt am meisten fürchten müssen, sind Angst und Panik. Was wir jetzt am meisten brauchen, ist ein ruhiger Geist. Diesen zu erlangen und zu bewahren ist von nun an unsere Aufgabe.«

Und das lehrte er von diesem Tage an. Man redete ihm zu, dass es doch nun Wichtigeres zu tun gäbe, drängte ihn, sogleich zur Goldküste zu fliegen, um auch dort zu predigen und überhaupt nach dem Rechten zu sehen, aber davon wollte Efas nichts wissen. Seine Aufgabe sei hier, erklärte er und versammelte seine Anhänger um sich, um gemeinsam mit ihnen die Versenkung zu üben.

Das gefiel nicht allen. Viele waren seine Anhänger geworden, weil ihnen die gruseligen Geschichten gefallen hatten, die Efas erzählt hatte, und vor allem, *wie* er sie erzählt hatte. Die hatte man genießen können, ohne etwas tun oder sich ändern zu müssen. Überdies hatte man stolz darauf sein können, zu einer Gruppe Auserwählter zu gehören, die mehr als andere über die Welt und die Zukunft wussten, und alles, was man zu tun hatte, war, ab und zu auszurufen: *Wir sind die, die hören!*

Doch diese Leute hörten nun nicht mehr auf Efas. Dazusitzen, zu atmen, zu zählen und seinen Gedanken zuzuschauen, wie es im Buch Gari beschrieben war, das wurde ihnen rasch langweilig. Als die Ersten wegblieben, folgten ihnen rasch andere, die sich bis dahin nur nicht getraut hatten, und der Kreis derer, die *wirklich* noch auf Efas hörten, schrumpfte beträchtlich.

Es kamen auch keine Einladungen mehr. Niemand redete mehr von Efas, alles redete jetzt von dem Mann ohne Flügel, den man in dem gelandeten Sternenschiff gefunden hatte. Dieser Mann lebte nun in den Küstenlanden, beim Nest Ris, und ein gewisser Oris, ein junger Mann von dort, war irgendwie der Mittelpunkt von allem, was gerade geschah.

Die andere Neuigkeit war die, dass die Nestlosen, die immer so ein Geheimnis um ihr Buch Wilian gemacht hatten, auf einmal von Nest zu Nest reisten und jedem, der es wissen wollte, erzählten, was darin stand. Und das war, dass die Ahnen sich auf dieser Welt *versteckt* hatten und die Angst, entdeckt zu werden, ihre größte Sorge gewesen war. Sie hatten dies jedoch vor ihren Kindern verborgen, um diese nicht zu beunruhigen, sondern sie unbeschwert aufwachsen und leben zu lassen. Die Nestlosen waren eine Bewegung, die noch zu Lebzeiten der Ahnen entstanden war, und Wilian hatte einzig ihnen die Wahrheit anvertraut, nachdem sie sich bereit erklärt hatten, sie zu bewahren, bis es nötig werden würde, sie zu enthüllen.

Und diese Zeit war nun gekommen. Ein sogenanntes *Imperium*, hieß es, sei auf ihre Welt aufmerksam geworden und würde irgendwann in den kommenden Jahren weitere Sternenschiffe schicken, um ihre Welt in Besitz zu nehmen.

Dennoch ging das Leben einstweilen seinen gewohnten Gang, und das war ja auch gut so. Das Nest Din gab Efas zu verstehen, dass man es nun, da er nicht mehr als Verkünder die Welt bereiste, begrüßen würde, wenn er sich wieder an den allgemeinen Arbeiten beteiligte, wie es der Brauch war. Es war eine Umstellung, sich wie gehabt in die Gemeinschaft einzubringen, aber keine allzu große.

Bald flog Efas als Treiber mit auf die Jagd, sammelte Frostmoos oder arbeitete in den Gärten, wobei ihm der Inselgarten im Oberlauf des Dintas lieber war als der schmale, sehr steile Hanggarten, den das Nest bebaute. Als die Regenzeit begann, ging er bei Harafas in die Lehre, um mehr über das Arbeiten mit Holz zu lernen. Harafas stammte nicht nur aus demselben Nest wie Efas, er war der ältere Bruder seiner Mutter und also sein Onkel und ein guter Lehrmeister obendrein. Als die Frostzeit anbrach, konnte Efas schon hölzerne Schüsseln und Becher herstellen und mit den traditionellen Schnitzmustern der Din versehen.

All diese anstrengenden, schmutzigen Arbeiten bewogen Efas, seine Fingernägel nicht länger anzumalen. Auch malte er sich keine farbigen Zeichen mehr ins Gesicht, wenn er gemeinsam mit denen, die ihm noch zuhörten, die Versenkung übte. Immerhin, von denen, die geblieben waren, ging keiner mehr. Manche sagten gar, die gemeinsame Versenkung bringe ihnen mehr als alles, was davor gewesen war. Und sie verehrten ihn immer noch. Altares etwa, der die roten Brüder vor den Eisenrat gebracht hatte, war ihm nach wie vor treu. Er bat ihn, Altagiar zu segnen, seinen erstgeborenen Sohn, und Efas tat es gerne.

Immer wieder wurde Efas gefragt, ob es denn nicht so sein müsse, dass Ema einen Plan für den schlimmsten Fall vorgesehen hatte? Schließlich waren die Ahnen doch äußerst vorausschauende Menschen gewesen.

»Das frage ich mich auch oft«, gestand Efas geradeheraus, denn er fühlte sich nicht länger unter dem Druck, immer eine Antwort haben zu müssen. »Vielleicht, sage ich mir, war es nicht möglich, einen solchen Plan vorzubereiten, und uns mittels des Buches zu warnen *war* schon der Plan. Aber vielleicht hat sie auch einen vorbereitet. Dann, denke ich, werden wir rechtzeitig davon erfahren.«

Tatsächlich machten kurz nach Ende der Frostzeit neue Gerüchte die Runde, und zwar, dass es in der Tat einen Plan gäbe, dass er in der Tat von Ema stamme, und dass er im berühmten *Rätsel von der Schwester* versteckt gewesen sei. Und der flügellose Mann aus dem Weltraum hatte dieses Rätsel gelöst.

»Wieso warst das nicht du, Bruder?«, wollte Chalfas wissen.

Efas schüttelte milde den Kopf. »Wer hätte denn auf *mich* gehört?«

Denn dies war Emas Plan: Falls sie entdeckt wurden, sollten sie alle auf eine andere, weit entfernte Welt fliehen, und zwar mithilfe der *Heimstatt*, des Sternenschiffs der Ahnen.

Allerdings erfuhr Efas wenig später auch, dass dieser Plan Emas nicht zur Gänze vorbereitet worden war. Die Leute um diesen Oris herum hatten die von Gari verborgene Heimstatt entdeckt – gerade rechtzeitig, wie es aussah – und den dort befindlichen alten Aufzeichnungen der Ahnen entnommen, dass es um diesen Plan heftigen Streit gegeben hatte. Einzig Ema und Wilian, Freunde seit Kindheitstagen, waren dafür gewesen, die anderen jedoch dagegen. Daraufhin hatten Ema und Wilian insgeheim vereinbart, dass Wilian ein Buch schreiben solle, wie ein Sternenschiff zu steuern sei, doch er war gestorben, ehe er das hatte tun können.

So wären sie verloren gewesen, hätte nicht eine Fügung den flügellosen Mann aus dem Weltall zu ihnen gebracht. Nicht nur hatte er das Rätsel gelöst, sondern war überdies in der Lage und willens, das Sternenschiff zu steuern.

Allerdings war niemand wirklich glücklich über diese Gunst des Schicksals, verlangte Emas Plan doch nichts weniger von ihnen, als ihre Heimat aufzugeben, ihren Nestern Lebewohl zu sagen, Abschied zu nehmen von den vertrauten Wäldern und Flüssen, den Bergen und Tälern, Pflanzen und Tieren, um ins Unbekannte aufzubrechen, zu einer anderen Welt, über die sie nichts wussten und auf der sie ganz von vorne würden anfangen müssen. Eine Welt, auf der ihnen die Bücher Selime, Ada und Gari nichts mehr nutzen würden, weil die Ahnen darin ja *diese* Welt hier beschrieben hatten.

Niemand, den Efas kannte, wäre dazu bereit gewesen, und er selber war es auch nicht.

Zudem wollte Efas nicht einleuchten, was so schrecklich daran sein sollte, von anderen Menschen entdeckt zu werden. Es wurden allerhand üble Geschichten über dieses *Imperium* kolportiert – etwa, dass die Menschen dort zu Tausenden, ach was, *Millionen* in winzigen steinernen Höhlen in künstlichen Schluchten lebten, in denen nichts wuchs, schlimmer zusammengepfercht als die Hiibus auf den Inseln der Leik; dass es einen sogenannten *Herrscher* gab, der allen befahl, was sie tun sollten, und der jeden, der ihm widersprach, verbannte; dass schon Kinder das Töten lernen mussten; und vieles mehr. Doch in Efas' Ohren klang das alles ziemlich weit hergeholt.

»Emas Plan kann nicht der einzige gewesen sein, den die Ahnen vorbereitet haben«, legte Efas denen, die noch auf ihn hörten, seine Gedanken dar, nachdem er diese Frage lange durchdacht hatte. »Angenommen, es stimmt, was von Wilian überliefert ist, und die Ahnen haben sich tatsächlich auf dieser Welt hier versteckt. Dann müssen sie tatsächlich Angst gehabt haben, entdeckt zu werden. Und dann muss diese Gefahr doch *alle* beschäftigt haben, auch die anderen! Wie konnten sie dann den Plan von Ema und Wilian *ablehnen?*«

Er sah in die Runde, sah jeden an, der auf ihn hörte. Endlich fuhr er fort: »Die einzige Erklärung, die mir einleuchten will, ist die, dass sie es taten, weil sie schon einen *anderen* Plan hatten! Und zwar einen *besseren!*«

»Und was für einen?«, fragte jemand.

Efas hob die Hände. »Habt Vertrauen. Wir werden es rechtzeitig erfahren.«

***

Zunächst aber lief das Leben weiter, wie es immer gelaufen war, bis sich um die Mitte der Trockenzeit eines Tages große Aufregung in den Wäldern um das Nest Din verbreitete. Kinder flogen schreiend umher, da sei etwas, da sei etwas, da, am Himmel. Ihnen folgten beunruhigte Waldarbeiter, die von einer fliegenden Maschine berichteten, die sich von Westen her nähere. Jeder, der nicht gerade krank und lahm war, ließ alles stehen und liegen und flatterte auf, und dann sahen sie mit eigenen Augen, dass wahrhaftig ein enormes Gebilde angeflogen kam.

Einige aber, die familiäre Beziehungen zur Goldküste hatten und mehr wussten über das, was dort am Tag des Himmelsrisses geschehen war, erklärten, dass dies das Sternenschiff war, das man an jenem Tag dort gelandet vorgefunden hatte.

Es kam immer näher und flog dabei so leicht, als wöge es nichts. Man hörte nur hin und wieder ein Zischen oder Fauchen, meistens, wenn es seine Flugrichtung änderte. Endlich landete es an der Stelle, wo der Dintas in den Restas mündete, setzte mit Füßen aus Eisen auf, und das so sanft, dass das Wasser kaum spritzte.

Gleich darauf klappte an der Seite ein Stück der eisernen Hülle auf, und vier junge Leute kamen heraus, die ganz normal aussahen, in Kleidung, wie sie in den Küstenlanden üblich war. Einer von ihnen, ein eher unscheinbarer, schmächtiger junger Mann mit schwarz-grauen Schwingen, flog mit ein paar kurzen Flügelschlägen auf die Oberseite des Sternenschiffs, und dann erschraken alle, denn er sprach mit ungeheuer lauter Stimme zu ihnen und sagte: »Seid gegrüßt, Menschen der Eisenwälder!«

Er hielt etwas hoch, einen kleinen Kasten. »Das hier ist eine Maschine, die meine Stimme laut macht. Ich benutze sie, damit ihr mich alle verstehen könnt, denn was ich euch zu sagen habe, ist sehr wichtig. Mein Name ist Oris. Ich habe gelernt, dieses Sternenschiff zu steuern. Wir sind gekommen, um euch vom *Plan Violett* zu erzählen.«

Doch erst einmal erzählte er von dem *Imperium*, von dem ihnen allen Gefahr drohe. Er ließ dazu gewaltige Bilder in der Luft hinter sich erscheinen, Bilder von endlosen, hässlichen Städten, von riesigen Maschinen, die ganze Wälder fraßen und dabei ungeheure Wolken schwarzen Rauchs in den Himmel bliesen, schlimmer als tausend Schmelzöfen auf einmal, von Menschen in seltsamen Anzügen, die mit länglichen Maschinen Feuerblitze auf andere warfen, von flügellosen Menschen, die arm und krank aussahen, halb verhungert fast, und vieles mehr. Dieses *Imperium*, erfuhren sie, war etwas ganz und gar Grauenhaftes, dem zu entgehen jede Mühe wert war.

Nun gesellten sich die drei anderen zu ihm, stellten sich vor. Der andere junge Mann, der neben Oris wie ein Koloss wirkte, hieß Bassaris. Die zwei jungen Frauen trugen beide ihre Haare zu vielen dünnen Zöpfen geflochten, aber die eine, namens Kalsul, war blond und rundlich und ziemlich attraktiv, die andere, namens Darwilia, war eine drahtige Nestlose mit dunkelbraunen Haaren.

Diese vier erklärten ihnen nun den *Plan Violett*.

»Wir werden diese Welt, unsere geliebte Heimat, natürlich nicht auf einen bloßen Verdacht hin aufgeben«, begann Kalsul. »Auch wenn Dschonn, der Mann von den Sternen, sagt, dass weitere Sternenschiffe kommen werden, Sternenschiffe wie dieses hier, ist trotzdem alles, was wir haben, sein Wort, und das ist ein bisschen wenig. Also wollen wir erst gehen, wenn das Imperium *wirklich* kommen sollte.«

Das gab Beifall. Viele von denen, die sonst immer über alles geschimpft und mit allem gehadert hatten, waren in der letzten Zeit auffallend still geworden, wohl weil sie gemerkt hatten, dass ihnen die Welt, wie sie war, im Grunde doch gefiel, zumindest gut genug, um sie nicht leichten Herzens hinter sich lassen zu wollen.

»*Wenn* das Imperium aber kommt, muss alles schnell gehen«, fuhr Oris fort. »Und damit das gelingt, müssen wir Vorbereitungen treffen.«

Diese Vorbereitungen erläuterten sie nun.

Zunächst galt es, ein Alarmsystem einzurichten, das am Tag der Tage alle erreichen würde. Hierzu, erklärte Oris, der der Sohn des Signalmachers der Küstenlande war, habe die Nachfolgerin seines Vaters eine Rakete mit einer neuen, nie zuvor benutzten Farbe entwickelt, nämlich Violett.

Er zeigte ein Bild einer über dem Meer explodierenden Rakete, damit alle wussten, wie das Signal aussah. »Wenn ihr dieses Signal am Horizont seht, egal aus welcher Himmelsrichtung, dann muss einer von euch eure violetten Signale abfeuern, um den Alarm weiterzugeben«, erklärte er. »Und anschließend müsst ihr euch alle zum Treffpunkt begeben.«

Und der Treffpunkt für ihre Nester – für die Din, die Res und so weiter, alle Nester des Umkreises – würde der Ort sein, an dem sie sich gerade befanden, die Dintas-Mündung. Hier gab es eine große Kiesbank und darum herum viele Buschbäume, genug Platz, um auf die *Heimstatt* zu warten.

»Und ihr *müsst* warten«, schärfte ihnen die Nestlose ein. »Die *Heimstatt* besitzt einen sogenannten Tarnschirm, das heißt, ihr werdet sie am Himmel nicht sehen, sondern erst, wenn sie landet. Erschreckt nicht – sie ist wirklich *groß*. Viel, viel größer als dieses Sternenschiff hier. Sie wird eigentlich auch nicht landen, sondern sich nur so weit wie möglich herabsenken und ein Tor öffnen, und ihr müsst dann zu ihr hinauffliegen.«

»Wir werden viele derartige Treffpunkte ausmachen, überall auf der Welt«, fügte Oris hinzu. »Die *Heimstatt* wird sie der Reihe nach anfliegen, so schnell wie möglich. Seid deshalb auch so schnell wie möglich am Treffpunkt! Packt einen Rucksack mit allem, was ihr auf die neue Welt mitnehmen wollt, und legt ihn bereit, sodass ihr, wenn der violette Alarm kommt, nur danach zu greifen braucht und losfliegen könnt.«

»Die Reise zu der neuen Welt«, erläuterte Kalsul dann, »wird mehrere Jahre dauern! Die *Heimstatt* ist groß genug, um alle mitzunehmen, trotzdem wird es beengt zugehen. Und – wir müssen Lebensmittelvorräte anlegen dafür.«

Sie erklärte, dass es zwar Nahrung im Sternenschiff der Ahnen gebe, doch nicht genügend für alle. Deswegen würden sie die nächste Zeit nutzen, um so viele Lebensmittel, Kleider und andere Dinge des täglichen Bedarfs wie nur möglich einzulagern, für den Fall, dass sie tatsächlich aufbrechen mussten. Sollte *der befürchtete Notfall nicht eintreten*, so sei nichts verloren; die in der *Heimstatt* eingelagerten Nahrungsmittel seien dort sehr, sehr lange haltbar und könnten noch für viele Jahre als Notvorrat dienen.

»Das klingt alles vernünftig«, meinte Giladin.

»Ja«, sagte Efas. »Das ist es.«

Das sollte später an diesem Tag auch der Rat des Nestes befinden. Ebenso wie die anderen Nester entschieden auch die Din, sich an den Lieferungen zu beteiligen.

Ehe das kleine Sternenschiff weiterflog, durfte es, wer wollte, besichtigen – ein Angebot, das auf rege Nachfrage stieß, denn fast alle waren neugierig, wie eine solche Maschine von innen aussah.

Efas hingegen wollte nicht. Er konnte nicht darüber hinwegsehen, dass mit diesem Sternenschiff eine Maschine des Imperiums dazu beitragen sollte, sie alle zu retten, und das kam ihm schrecklich falsch vor.

***

Der Trockenzeit folgte die Windzeit, dieser die Regenzeit, dann kamen der Nebel und der Frost, und so ging es immer weiter. Jahr um Jahr verging, und wäre nicht regelmäßig das »kleine« Sternenschiff, das eigentlich ziemlich groß war, an den Treffpunkten aufgetaucht, um Vorräte aufzunehmen, man hätte die Sache mit dem bösen Imperium, das ihre Welt angeblich bedrohte, längst vergessen.

Das Leben ging weiter. Die kleine Emadin wuchs heran, lernte das Fliegen und entwickelte sich zu einer vorwitzigen Göre. Ihr Bruder Uldin entpuppte sich gar als Frühflieger; er war von Geburt an sehr kräftig und flog schon, ehe er seine ersten Schritte tat. Chalfas war eine Weile mit einem Eisengießer vom Stamm der Ful zusammen, konnte sich aber nicht dazu durchringen, ins Eisenland zu ziehen, und so ging es schließlich auseinander. Efas hingegen fuhr unbeirrt fort, die Versenkung zu üben mit denen, die hörten, und derer wurden es langsam wieder mehr, und sie kamen auch wieder von weiter her, um es von ihm zu lernen.

Dabei fiel ihm auf, dass er immer öfter davon hörte, irgendwo seien Pfeilfalken aufgetaucht. Zuerst hieß es, in den Nordwäldern niste ein Paar. Dann erzählte jemand, eine Gruppe von Pfeilfalken lebe am Ufer des Thoriangor. Ein anderer wollte einen ganzen Schwarm auf der Hochebene gesehen haben. Sogar aus den Furtwäldern wurde von Pfeilfalken berichtet oder aus den Westlanden jenseits der Eisenstadt: Über dem Rauktasfall kreisten sie auch, hieß es. Händler, die viel herumkamen, behaupteten: »Die sitzen inzwischen *überall*!«

Und manche fügten hinzu, man habe den Eindruck, die Tiere *warteten* auf etwas. Andere meinten, die Pfeilfalken *lauerten* geradezu; man wisse zwar nicht, worauf, aber man grusele sich, wenn man sie sehe.

Die meisten taten das als Schauergeschichten ab. Es sei normal, sagten sie, dass Pfeilfalken gehäuft auftauchten, denn sie zögen nun mal in Zyklen von zwanzig bis fünfundzwanzig Jahren um die Welt, auch durch den Teil davon, den man nicht kenne.

Andererseits hatten manche der Alten in ihrem Leben schon zwei solcher Zyklen miterlebt, und die sagten, so sei es noch nie gewesen.

»Das hat etwas zu bedeuten«, meinte Efas schließlich zu Giladin und zog den alten Reisekittel wieder an. »Ich fliege auf die Hochebene und mache mir selbst ein Bild.«

Es war das erste Mal seit Jahren, dass Efas alleine reiste, nur mit etwas Pamma im Gepäck, einer Nachtdecke und einer Schlafschnur. Als er losflog, saßen oben auf dem Jufusstein reglos zwei Pfeilfalken und spähten über das Land, als hielten sie Wache. Efas schlug einen großen Bogen um den Felsen und flog weiter in den Furtwald, wo er das erste Mal übernachtete, in einem üppigen Pfahlbaum. Er beobachtete Pfeilfalken, die in den Wipfeln von Buschbäumen saßen und deren *Blätter* fraßen – ein absolut ungewöhnliches Verhalten für diese Tiere, die, wie man wusste, eigentlich kleinere Vögel jagten.

Am nächsten Morgen, als er weiterflog, sah er Pfeilfalken, die unablässig um die Wipfel des Akashirs kreisten, geradezu ein Bild von Wachsamkeit. Als er die Hochebene erreichte und überflog, sah er Pfeilfalken, die Nester bauten, wie ihre Art war, durchaus. Aber er sah auch viele, die nichts dergleichen taten, sondern einfach nur auf hohen Ästen hockten: riesenhafte Tiere, so groß wie ausgewachsene Menschen, die sich unablässig umsahen und ja, *tatsächlich* so wirkten, als warteten sie auf etwas.

Und schließlich beobachtete er, wie Pfeilfalken an den Hängen des Hochgebirges hockten und ihre gewaltigen Schnäbel am Fels wetzten, wie um sie zu schärfen. Es waren viele, die das taten, und mit geradezu erbitterter Ausdauer.

»Ich glaube nicht, dass wir einen normalen Zyklus erleben«, erklärte Efas, als er zurückkam. »Mein Gefühl ist, dass die Pfeilfalken sich versammeln, um uns zu *beschützen*!«

***

Was Efas über die Pfeilfalken sagte, befremdete viele. Sogar Giladin tadelte ihn: »Wie kannst du so einen Unsinn von dir geben?«

Worauf Efas sie küsste und friedfertig meinte: »Wir werden sehen, ob es Unsinn ist. Ich bin selber gespannt.«

Manche von denen, die einst zu seinen Füßen gesessen hatten, schüttelten nun den Kopf und sagten hinter seinem Rücken, er sei endgültig übergeschnappt. Doch Efas sprach zu denen, die hörten, und sagte: »Wir wissen, dass jeder der Ahnen damals eine wichtige Rolle innehatte, aber wir wissen auch, dass unter ihnen Garis Stimme das meiste Gewicht hatte. Als es darum ging, wie man uns, die Kinder und Kindeskinder der Ahnen, vor dem Margor bewahren könne, war es Gari, der auf die Lösung verfiel, uns Flügel zu geben, die Flügel der Pfeilfalken. Er war auch derjenige, der imstande war, dies zu vollbringen. Wenn er sich zusammen mit den anderen gegen den Plan von Ema und Wilian ausgesprochen hat – ist es da so unvorstellbar, dass er es auch war, der einen anderen Plan hatte? Und wenn es so war, liegt es nicht nahe, dass dieser Plan die Pfeilfalken einschloss? Er hat die Gene für unsere Flügel von den Pfeilfalken *genommen* – was, wenn er ihnen auch Gene *gegeben* hat? Gene, die bewirken, dass sie uns beschützen, sollte eine Gefahr auftauchen, mit der wir auf uns alleine gestellt nicht fertig würden? Wir alle haben die Großen Bücher gelesen, wir alle kennen die Legenden, die uns erzählen, wie die Ahnen waren, was sie getan und wie sie gelebt haben. Wir *kennen* die Ahnen und wissen, wie sie Probleme gelöst haben. Sagt selbst: Würde ein solcher Plan nicht zu ihnen passen? Wahrlich, ich sage euch, das ist sogar genau die Art Plan, die sich Gari ausgedacht haben würde.«

»Heißt das, Verkünder«, fragte jemand aus dem Publikum, »dass wir, wenn der violette Alarm gegeben wird, *nicht* zu den Treffpunkten fliegen sollen?« Dem Klang seiner Stimme war anzumerken, dass ihm dieser Gedanke unheimlich war.

Efas schüttelte entschieden den Kopf. »Sei nicht töricht. Was ich euch gerade dargelegt habe, ist nur eine Vermutung. Es ist eine gut begründete, glaubhafte Vermutung, aber der *Beweis* dafür steht aus. Ich habe euch nur erklärt, was ich mir vorstelle, damit ihr offen seid für diese Möglichkeit. Denkt daran, was ich euch einst über das Buch Ema und seine Rätselhaftigkeit gesagt habe: Es stellt die stete Ermahnung dar, tiefer zu gehen, gründlicher nachzudenken und nie aufzuhören, nach der Wahrheit zu suchen. Und was die Wahrheit in diesem Fall ist, werden wir an dem Tag erfahren, an dem violetter Alarm gegeben wird – falls dieser Tag je kommen sollte. Wenn uns die Pfeilfalken an diesem Tag vor dem Imperium beschützen – dann habe ich recht gehabt. Wenn nicht – dann habe ich mich geirrt, und wir folgen stattdessen dem Plan Emas. Zwei Möglichkeiten der Rettung zu haben ist besser, als nur eine zu haben.«

Das leuchtete denen, die hörten, ein, und sie trugen Efas' Worte weiter. Diese fanden vielerorts um das Eisenland herum und in den Nordlanden Gehör und Zustimmung, denn viele Menschen hatten zwar Angst vor dem Imperium, wünschten sich aber dennoch, diese Welt nicht verlassen zu müssen. Efas' Gedanken gaben ihnen Hoffnung, und hatte er nicht recht damit, dass sie doch keinerlei Risiko eingingen? Sie würden ja sehen, ob die Pfeilfalken sie beschützten, und wenn das geschah, würden sie bleiben können!

Falls das Imperium überhaupt je kam.

Doch es kam. Eines Morgens – die Windzeit hatte schon begonnen – schallten aufgeregte Rufe durch die Wipfel der Nester, und wer den Kopf aus der Hütte streckte, erblickte in der Richtung, in der das Eisenland lag, ein violettes Signal am Himmel.

***

»Violetter Alarm! Violetter Alarm!«

Während alle noch wie gelähmt auf die violette Feuerblume starrten, schoss Adgiar, der für die Signale zuständig war, zwischen den Ästen hindurch und landete bei dem Kasten mit den Signalen. Er holte drei Raketen heraus und flog weiter zum Mahlplatz, um sich das Feuer, sie anzuzünden, kurzerhand aus dem Herd zu holen.

Gleich darauf zischte die erste Rakete in die Höhe. Sie explodierte mit einem dumpfen, weit tragenden Donnerschlag und ließ einen tiefvioletten Feuerball entstehen, der weithin sichtbar war.

Sie warteten, waren alle wie betäubt. Nach einer Weile gab Adgiar das zweite Signal. Dann endlich sah man in der vom Eisenland abgewandten Richtung das nächste Signal aufsteigen, was hieß, dass der Alarm weitergetragen wurde.

Der violette Alarm!

Also war es so weit. Das böse Imperium kam. Nun würde es sich zeigen, ob die Ahnen sie nach wie vor beschützten.

Doch noch ehe sie den ersten Schreck abgeschüttelt hatten, sahen sie, wie sich der Himmel über ihnen teilte.

»Bei allen Ahnen!«, stieß Giladin hervor, als sie der Sterne ansichtig wurde. Zwar übertönte helles Licht sie, und sie waren auch verschwommener zu sehen, als sie Efas damals, vor drei Jahren, erblickt hatte, aber immer noch ungemein eindrucksvoll.

Eine Weile standen alle nur und schauten. Der Riss zog sich

über den nördlichen Himmel, über dem Thoriangor beginnend in Richtung der Westlande, und seine Ränder loderten wie Feuer.

»Violetter Alarm!«, keifte die alte Murdin, die Älteste, da. »Packt endlich eure Sachen, zum Wilian, und macht, dass ihr zum Treffpunkt kommt!«

Da erst begriffen sie, was geschah. Dass es jetzt *wahrhaftig* passierte, das Entsetzliche, von dem sie bislang nur gesprochen hatten wie von etwas, mit dem nicht im Ernst zu rechnen war. Doch nun war es Wirklichkeit geworden.

Sie löschten das Feuer im Herd, einfach, weil sie das Nest ordentlich zurücklassen wollten. Sie holten die vorbereiteten Rucksäcke hervor mit all den Dingen, von denen sie sich einst überlegt hatten, sie mitzunehmen auf die andere, die neue Welt. Doch sie taten es mit Tränen in den Augen, waren sich auf einmal nicht mehr sicher, das Richtige eingepackt zu haben, heulten und konnten sich nicht losreißen. Hier und da waren Ohrfeigen und Klapse und grobe Worte nötig, damit die Leute endlich ihre Flügel ausbreiteten und zum Treffpunkt losflogen.

Auch Efas und Giladin brachen auf. »Nun werden wir es sehen«, meinte Efas.

Uldin protestierte, als er ihn in einen Tragebeutel nahm. Er könne doch schon fliegen, schon lange! »Aber keine so weite Strecke«, beharrte Efas. Emadin hingegen schaffte es alleine, zum Glück.

Fünf junge Burschen transportierten die alte Murdin im Tragenetz. Die Älteste war seit Ende der Frostzeit zu schwach, um zu laufen. Geistig war sie jedoch noch voll da. »Ich werde die neue Welt nicht mehr sehen«, hatte sie gemeint, »aber wenigstens unsere *alte* Welt einmal von außen.«

Aus der ganzen Umgebung kamen sie zum Treffpunkt geflogen, der schon längst umlagert war von Menschen. Überall hockten sie: Auf der Kiesbank im Fluss, auf den Bäumen ringsum, so viele! Efas fand eine freie Stelle auf dem obersten Ast eines Buschbaums, aber nur, weil man ihn erkannte und ihm, Giladin und Emadin respektvoll Platz machte.

Die Kinder waren aufgeregt. Noch überwog die Begeisterung, dass etwas los war, aber wer wusste, wann ihre Stimmung umschlagen würde? Efas sah sich um, verspürte selber eine innere Anspannung, die weit hinausging über die Frage, ob er recht behalten würde. Dies war existenziell. Heute entschied sich, ob das Leben, wie sie es kannten, enden würde.

So viele Menschen! Und das waren nur die aus den Nestern der unmittelbaren Umgebung. Wie lange würde es dauern, bis all diese Leute im Inneren des großen Sternenschiffs untergebracht waren? Und die *Heimstatt* würde die ganze Welt abfliegen müssen, einen Treffpunkt nach dem anderen, Hunderte von Punkten wie diesem!

Efas sah viele verheulte Gesichter, zitternde Flügel, bleiche, erschütterte Mienen am Rande der Panik. Aber er erkannte auch einige von denen, die mit ihm die Versenkung geübt hatten, und er sah nicht ohne einen gewissen Stolz, dass sie alle gefasst waren. Ruhig und konzentriert bemühten sie sich um andere, die vor Entsetzen wie gelähmt waren oder dicht davor, in Verzweiflung auszubrechen.

»Da!«, schrie jemand und zeigte zum Himmel hinauf.

Alle Gesichter wandten sich nach oben, auch das Efas'.

In großer Höhe sah man einen dunklen Punkt, ein eckiges Gebilde, ein bisschen wie das kleine Sternenschiff, das sie kannten, aber von ganz anderer Farbe. Und das Sternenschiff der Ahnen konnte es auch nicht sein, denn das würden sie *gar nicht* sehen, solange es in der Luft war, sondern erst, wenn es landete.

Also musste das da oben ein Eindringling sein. Eine Maschine aus dem Weltall, gekommen, um ihre Welt zu unterwerfen.

Die Maschine bewegte sich langsam, irgendwie suchend. Selbst aus dieser Entfernung wirkte sie unheimlich. Efas sträubten sich die Federn bei ihrem Anblick.

Dann erregte etwas anderes am Himmel seine Aufmerksamkeit, eine Gruppe kleinerer Punkte: ein Schwarm Pfeilfalken, die mithilfe ihres charakteristischen Schwungfluges an Höhe gewannen, weit über ihre normale Flughöhe hinaus.

Und sie hielten auf das fremde Gebilde zu. Eindeutig. Nun hatten sie dessen Höhe erreicht. Efas hielt den Atem an, als er sah, wie sie sich sammelten. Dann stürzten sie sich auf die Maschine, alle auf einmal.

***

»Pfeilfalken!«, schrie Efas und wies zum Himmel. »Da sind Pfeilfalken! Und sie greifen die Maschine an!«

»Genau wie du es gesagt hast, Verkünder«, sagte einer der Männer, die neben ihm auf dem Ast warteten, voller Bewunderung.

Efas nickte knapp. »Schauen wir, was daraus wird.«

Jetzt, da er es mit eigenen Augen sah, kamen ihm die Pfeilfalken, so groß und eindrucksvoll diese Tiere sonst waren, schrecklich klein vor im Vergleich mit der Maschine des Imperiums. Er wandte den Blick nicht einen Moment ab von dem atemberaubenden Schauspiel da am Himmel über ihnen. Er sah sie von der Maschine wegfliegen und erneut angreifen, wieder und wieder. Er sah Bewegungen, die nach Hacken und Beißen aussahen, Bewegungen, die jeden, der schon einmal den mächtigen Schnabel eines Pfeilfalken aus der Nähe gesehen hatte, erschaudern lassen mussten.

Plötzlich blitzte etwas auf. Einer der Punkte löste sich von der Maschine, stürzte taumelnd in die Tiefe. Immer tiefer und tiefer fiel er, immer schneller, und nun sahen sie, dass es ein Pfeilfalke war, ein gewaltiges Tier, aber tot, am halben Leib schwarz verkohlt, und es fiel und fiel und schlug irgendwo in der Nähe im Wald ein, mit einem Krachen, das man weithin hörte.

Ein Stöhnen ging durch die versammelten Menschen. Einen Pfeilfalken zu töten! Niemand hatte dergleichen je getan, und wahrscheinlich hatte sogar niemand je daran *gedacht*, so etwas zu tun.

Efas hielt den Atem an. Er spürte sein Herz wild schlagen, hatte die Worte Emas im Sinn: *Und unter dem zerrissenen Himmel sah ich Vögel tot herabfallen ohne Zahl, schwarz verbrannt vom Himmelsfeuer.*

Die übrigen Tiere attackierten den Eindringling umso heftiger.

Bald war es die Maschine, die ins Taumeln kam. Immer tiefer und tiefer torkelte sie, derweil die riesigen Vögel sich in sie verbissen, in Stangen, Öffnungen, irgendwelchen Geräten, oder sich festhielten und auf die Maschine einhackten, Teile abrissen, Glasscheiben zertrümmerten.

Das sah allmählich gefährlich aus. Ringsum spreizten sich Flügel, machten sich Leute bereit aufzufliegen. Auch Efas legte den Arm um seinen Sohn, zog ihn näher an den Leib. Giladin ermahnte ihre Tochter, an ihrer Hand zu bleiben und auf ihr Zeichen loszufliegen. Der Kurs der Maschine war unvorhersagbar; falls sie in allzu großer Nähe aufschlug, war es zweifellos besser, rechtzeitig das Weite zu suchen.

Doch da, schon bedenklich tief, fing sich die Maschine wieder. Gleißendes Licht flammte auf. Ein donnergleiches Krachen brauste über ihre Köpfe hinweg, während das Sternenschiff in die Höhe schoss und gleich darauf den Himmel durchstieß, ein kreisrundes Loch hinterlassend und mit der blendenden Helligkeit darin verschmelzend, bis sie verschwunden war.

Die Pfeilfalken hatten sie in die Flucht geschlagen!

Efas breitete die Arme aus und rief triumphierend: »Das war der Plan Garis! Die Pfeilfalken sind gekommen, um uns zu beschützen! Und auf der Hochebene warten noch Tausende von ihnen! Ich war dort; ich habe sie gesehen!«

Die Ersten jubelten. Man konnte die Erleichterung spüren, die sich ausbreitete wie eine warme Welle.

»Wir müssen unsere Welt nicht verlassen«, fuhr Efas mit weithin tragender Stimme fort. »Ihr seht es selbst. Die Pfeilfalken haben den Eindringling vertrieben, und sie werden auch alle vertreiben, die noch kommen. Wir sind sicher! Die Ahnen haben vorgesorgt, wie ich es euch gesagt habe.«

»Efas!«, schrie jemand von unten, von der Kiesbank. »Wir sind die, die hören!«

Nun waren alle Augen auf ihn gerichtet. Alle sahen wieder zu ihm auf, hörten wieder auf ihn.

»Alles ist gut«, verkündete Efas. »Lasst uns in unsere Nester zurückkehren und Entwarnung geben. Schießt die grünen Signale in den Himmel, alle, die wir haben. Und sagt es weiter an alle, die Ohren haben zu hören: Alles ist gut! Die Ahnen beschützen uns weiterhin!«

Und so geschah es. Nach und nach stiegen sie auf und kehrten in ihre Nester zurück, flogen zurück zu dem Ort, an dem sie zu Hause waren und immer sein würden. Ihre erste Handlung war, die grünen Signale herauszuholen und in die Luft steigen zu lassen, das Signal, dass alles in Ordnung war und die Gefahr gebannt.

Dann entzündeten sie das Feuer in ihren Herden neu und feierten die Rettung ihrer Welt.

Alles war gut.

Darwilia

***

Gewalt, lehrte das Buch Wilian, *beginnt, indem jemand den Willen eines anderen missachtet. Wenn einer will, dass ein anderer etwas Bestimmtes tut oder lässt, sich aber nicht damit begnügt, den anderen zu überzeugen zu suchen, sondern vielmehr entschlossen ist, ihm seinen Willen aufzuzwingen, dann beginnt Gewalt: Derjenige fügt dem anderen Schmerz zu und droht, ihm noch mehr und noch schlimmeren Schmerz zuzufügen, und zwar so lange, bis er sich seinem Willen beugt. Sich zu verteidigen heißt, einen solchen Versuch zu vereiteln.*

Jehwili hatte noch Jehris geheißen und das Buch Wilian noch nicht gekannt, als sie auf dem Atoll der Vögel gewesen waren, wo er lernen sollte zu kämpfen. Darwilia würde nie sein Gesicht vergessen in dem Moment, in dem er verstand, dass er gegen *sie* antrat!

»Das kann ich nicht«, hatte er gesagt. »Ich kann doch kein *Mädchen* schlagen!«

Der Witz war: Er konnte es *tatsächlich* nicht. Nach ein paar Schlägen, die sie ihm locker tänzelnd verpasste, versuchte er es zwar, aber dort, wo er hinschlug, war sie immer schon lange nicht mehr.

Natürlich kämpfte er im Grunde auch nicht wirklich. Er wollte nur irgendwie aus der *Situation* entkommen, in die er geraten war.

Er war verwirrt. Klar, denn so etwas hatte er noch nie erlebt. Nichts, was über ein bisschen Spott und Hänseleien und vielleicht ein paar Raufhändel unter Kindern hinausgegangen wäre. Die Nestler kannten keine Gewalt, zumindest untereinander nicht. Im täglichen Leben regelte sich alles über Freiwilligkeit, Sitten und

Gebräuche und vor allem darüber, dass jeder jeden kannte und keiner die Anerkennung der anderen verlieren wollte. Denn wenn jemand etwas so Schlimmes tat, dass sie ihn nicht mehr unter sich ertrugen, dann verbannten sie ihn, so, wie es das Buch Kris vorschrieb. Wobei Verbannungen selten vorkamen, und wenn, stellten sich die Nestler dabei fast immer ungeschickt an und redeten hinterher noch jahrelang davon.

Wehe aber, sie fühlten sich mal von Nestlosen bedroht. Da konnten auch Nestler hässlich werden.

Allerdings richten sie auch dann selten viel Schaden an, mangels Übung.

Und genau darum ging es auf dem feinen weißen Sand, zwischen Rußköpfen, Weißhälsen und Panzerkröten: um Übung.

Die Bereitschaft, uns zu verteidigen, ist in uns angelegt, hieß es im Buch Wilian. *Sie schläft nur, und glücklich, wer sie nicht zu wecken braucht.*

Darwilia schaffte es schließlich, sie bei ihm zu wecken. Ihn an den Punkt zu treiben, an dem sie erwachte. An dem er Ernst machte. An dem er endlich den braven, vernünftigen, freundlichen Jehris vergaß und sich den uralten Instinkten überließ, wütend wurde, zurückschlug, *endlich!*

Und wie entschlossen und zielgerichtet er das tat! In dem sanften Kerl, merkte sie, war ein mächtiger Krieger versteckt, der in diesem Moment zum Vorschein kam, zum ersten Mal in seinem Leben vermutlich.

Als sie unter ihm lag, besiegt, auf flachgedrückten Flügeln, sein Knie auf ihrer Brust lastend – da hatte sie sich endgültig in ihn verliebt.

***

Und nun saß sie hier, vor einem Pult im Steuerraum der *Heimstatt.* Auf einem Sessel, auf dem einst einer der Ahnen gesessen hatte, man stelle sich vor! Allerdings hatte Darwilia sich die Rückenlehne weit genug heruntergestellt, dass sie sich anlehnen konnte, ohne die Flügel einzuklemmen.

Es war ein Waffenpult. Zwei davon gab es. Am anderen saß, ihr gegenüber, Natanwili. Man hatte von Anfang an entschieden, nur Nestlose an den Waffen des Sternenschiffs auszubilden, weil sie den nötigen Kampfgeist mit Sicherheit besaßen. Nicht, dass damit zu rechnen war, dass sie kämpfen mussten. Nicht, wenn es annähernd so lief wie geplant. Im Moment bewegten sich sechs kleine Sternenschiffe des Imperiums, sogenannte *Erkunder*, über der Welt, aber sie konnten die *Heimstatt* nicht sehen, dank des Tarnschirms, den die alten Schiffe noch gehabt hatten und den es heute nicht mehr gab, weil die entsprechende Technik in den Wirren einer Revolution verloren gegangen war.

Wobei es Darwilia durchaus in den Fingern gejuckt hatte, vorhin, als einer der *Erkunder* kurz in der großen Bildkugel in der Mitte des Raumes zu sehen gewesen war. Wozu hatte sie denn so viele Tage damit verbracht, unter Dschonns Anleitung den Umgang mit dieser eigenartigen Maschine zu lernen? Die Kunst, zu kämpfen, ohne dass man Kraft aufzuwenden brauchte, nur, indem man Symbole antippte und auf der Glasplatte verschob? Natürlich war das alles rein theoretisch vor sich gegangen; sie hatte keinen einzigen wirklichen Schuss abgefeuert. Sie hatte mit der Hilfe von etwas, das Dschonn»Übungsprogramm«nannte, das Zielen gelernt und hin und her gleitende Punkte auf dem Glas»abgeschossen«, und das so lange, bis Dschonn zufrieden gewesen war. Er hatte ihr versichert, dass es im Ernstfall funktionieren würde und dass die Waffen der *Heimstatt* sehr mächtig waren.

Trotzdem durften sie die Sternenschiffe des Imperiums nicht angreifen. Sie durften nicht einmal *versuchen*, sie zu vertreiben. Die *Erkunder* durften nicht auf die Idee kommen, dass es auf dieser Welt ein großes Sternenschiff gab, denn dann würden sie keine Chance mehr haben, dem Imperium zu entkommen.

Alles hing an diesem Tarnschirm. Wie er wirkte, hatte Darwilia erlebt, damals, als die *Heimstatt* aus den Eislanden gekommen war, um im Ozean vor den Küstenlanden ihr neues Versteck zu beziehen. Sie hatten sie *gehört*, ja, aber *gesehen* hatten sie nur das weite Meer und den Himmel. Und dann waren von einem Moment zum anderen die Konturen einer ungeheuren Maschine aufgetaucht! Das war ein atemberaubender Anblick gewesen, fast Zauberei.

Gesteuert wurde der Tarnschirm über ein eigenes, etwas kleineres Glaspult, hinter dem dieser kolossale, schweigsame Muskelprotz saß, Bassaris, aus dem sie in all den Jahren im Nest der Ris nicht schlau geworden war: Manchmal kam er ihr vor wie ein Dummkopf, dann wieder hatte sie den Verdacht, dass er womöglich so weise war, nur so zu tun, als sei er einer. Auf jeden Fall aber strahlte er aus, dass er eher sterben würde als einen Freund im Stich zu lassen, und insofern war er wahrscheinlich genau der Richtige für diesen Posten.

An dem Pult neben ihm saß dieses Mädchen mit den Goldmustern in den Flügeln, Meoris. Ihre Aufgabe war die sogenannte »Raumüberwachung«, und die nahm sie sehr ernst. Ihr Blick blieb konzentriert auf ihr eigenes Pult gerichtet, und ihre Hände bewegten sich unablässig über die dunkle Glasplatte. Sie hatte ein scharfes Auge; sie würde es rechtzeitig sehen, falls einer der Erkunder ihnen zu nahe kam, und die *Heimstatt* war schnell genug, um einer Begegnung auszuweichen, wenn es nicht ganz dumm kam.

An dem Pult neben Darwilia saß das Mädchen, der es zu verdanken war, dass man die *Heimstatt* überhaupt gefunden hatte, Ifnigris. Sie überwachte die alten Maschinen und sagte ab und zu so rätselhafte Sätze wie: »Flussrate 15« oder: »Zweites Feld aktiv.« Worauf Dschonn, der Mann aus dem Weltraum, der Mann ohne Flügel, jeweils zufrieden nickte, allenfalls einen Brummlaut von sich gab.

Dschonn saß in der Mitte des Raumes, am Hauptpult, dem größten der Pulte. Von hier aus wurde der Flug der *Heimstatt* gesteuert. Auch er konzentrierte sich total auf das, was er tat. Seine Hände fuhren rasch und zielsicher über die Symbole, von denen es Hunderte gab, und jede Bewegung verursachte ein kleines Geräusch: *Piep. SURR. Knack. Boink. Kläng.*

Zu seiner Rechten saß Jagashwili, der Dschonn in Zweifelsfällen dirigieren würde, weil er die Landschaften besser kannte als der Mann aus dem Weltraum. Jagashwilis Gesicht war eine steinerne Maske. Seine Gefährtin, Geliwilia, hatte das Leben im Nest nicht mehr ertragen; sie zog jetzt gerade irgendwo da draußen mit einem anderen Schwarm herum.

Der Sessel links von Dschonn schließlich war leer.

Später, hatte Dschonn erklärt, würde all das nicht mehr nötig sein. Wenn sie erst einmal alle an Bord hatten und im Weltraum waren und unterwegs zu ihrem Ziel, dann würde es vollauf genügen, wenn einmal am Tag jemand im Steuerraum nach dem Rechten sah.

Wenn sie erst einmal alle an Bord hatten ...

Wenn sie erst einmal im Weltraum waren ...

Wenn sie erst einmal unterwegs waren ...

War das wirklich nur Konzentration in Dschonns Gesicht? Oder war es schon Besorgnis? Er hielt seinen Blick auf die mächtige Kugel im Mittelpunkt des Steuerraums gerichtet, die Darwilia bislang immer nur als riesige, leere Kugel aus Glas gesehen hatte. Nun aber war sie voller Bilder, ja, es kam einem vor, als sähe man durch die Kugel hindurch direkt aus dem Sternenschiff hinaus – auf die Wellen des Meeres unter ihnen und auf das liebliche Halbrund der Muschelbucht, das immer näher kam.

Was für ein eigenartiges Gefühl, zu fliegen und dabei zu *sitzen*! Immer, wenn Darwilia auf die Kugel schaute, juckte es sie in den Flügeln, und sie spürte den Impuls, sie auszubreiten.

Es war alles so schnell gegangen, Flügel über Kopf. Und das, nachdem sie jahrelang gewartet und sich gefragt hatten, ob *überhaupt* je etwas passieren würde. Noch vor ein paar Tagen hatten sie diskutiert, ob es wirklich *zwei* Leute sein mussten, die Tag und Nacht in der untergetauchten *Heimstatt* saßen, an eben jenen Instrumenten, mit denen man sehen konnte, was irgendwo auf der Welt am Himmel geschah. Um zu warten, dass das Imperium kam, reichte da nicht auch eine Person?

Und heute früh dann der violette Alarm. Sechs *Erkunder*. Man hatte Dschonn eilig geweckt, hinzugeholt, und er hatte es bestätigt. Noch während er die *Heimstatt* aus dem Meer hob, war das ganze Nest Ris aufgeflattert und im Nu an Bord gegangen. Von hier oben aus hatten sie zusehen können, wie sich die violetten Signale nach Norden ausbreiteten, derweil sie mit dem Sternenschiff der Ahnen bereits den ersten Bogen abflogen: das Nest Wen, das Nest Mur, dann Kurve nach Süden zum Nest Heit, von dort hinaus aufs Meer zu den Leik-Inseln …

Und nun waren sie schon im Anflug auf die Muschelbucht.

Darwilia verschlug es den Atem. Bei allen Ahnen, es geschah wirklich! Es hatte begonnen, und es war nicht mehr rückgängig zu machen: Sie verließen ihre Welt!

Warum wühlte sie das so auf? Sie war eine Nestlose, bei allen Ahnen! Sie war das Abschiednehmen doch gewöhnt, war nie irgendwo zu Hause gewesen, hatte ihr Leben lang Abschied genommen, wieder und wieder …

Sie fuhr mit den Händen über die Lehnen ihres Sitzes. Ihre Handflächen waren feucht vom Schweiß. Aber die Lehnen boten keinen Halt, waren sie doch Teil des Sternenschiffes, das im Begriff stand, sie von hier fortzubringen. O nein, sie durfte gar nicht darüber nachdenken!

***

Die Muschelbucht. Wie viele Frostzeiten hatte sie gesehen, als sie das erste Mal mit dem Schwarm dort gewesen war? Sechs? Sieben? Sie wusste es nicht mehr. Auf jeden Fall war es ihr erster Flug mit dem Schwarm gewesen, und Mutter hatte sich die ganze Zeit Sorgen gemacht wegen des Margors. Darwilia hatte ihre Kindheit auf den Perleninseln verbracht, wo es fast keinen gab und man nicht so richtig lernte, sich davor zu hüten. Kein Wunder, dass die Leute von den Perleninseln dem Margor am häufigsten zum Opfer fielen.

Der Schwarm lagerte am Strand und in ein paar Buschbäumen in der Nähe, und sie tauchten nach Muscheln. Das gab Streit mit den Nestlern, die sie verdächtigten, auch Muscheln zu ernten, die noch zu jung waren. »Euch kann's doch egal sein«, hatte einer der Nestler sie angebrüllt, »ihr zieht ja einfach weiter!«

Dabei stimmte das gar nicht, im Gegenteil. Man lernte schon als Kind, wie groß welche Muschelart sein musste, damit man sie essen durfte, und Darwilia hatte auch gewusst, dass es das Buch Selime war, in dem das alles stand. Aber sie konnten noch nicht weiterziehen, denn der alte Browili hatte sich am Flügel verletzt, und der Riss musste erst ausheilen. Darwilia mochte ihn nicht besonders gut leiden; er nuschelte schrecklich und schmatzte beim Essen, aber es war eben, wie es war, und so blieben sie und versuchten, den Nestlern aus dem Weg zu gehen.

Einen Tag, bevor sie schließlich aufbrechen wollten, lernte Darwilia an dem Strand, an dem sie bis dahin immer allein gespielt hatte, ein Mädchen kennen. Sie hieß Halibar und hatte ganz sauber gebürstete Flügel, völlig frei von Flaum zwischen den Deckfedern. Sie trug ein wunderbar besticktes Jäckchen und ihre Haare zu lauter kleinen Zöpfen geflochten, mit winzigen, schimmernden Muscheln darin.

Während sie gemeinsam Sandkuchen buken, redeten sie ein bisschen miteinander. Halibar wollte wissen, woher sie kamen und ob das stimmte, dass sie *wirklich* kein Nest hatten? Darwilia erzählte ihr, dass sie mit ihrer Mutter auf den Perleninseln gelebt hatte, solange sie noch nicht richtig gut hatte fliegen können, aber seither, ja, da lebten sie ohne Nest.

Dann gestand sie Halibar, dass sie ihre Zöpfe toll fand.

»Ich kann dir deine auch so machen, wenn du willst«, sagte sie.

»Au ja«, sagte Darwilia.

»Warte, da muss ich erst ein paar Sachen holen.« Halibar entfaltete ihre sauber gebürsteten Schwingen und flog davon, in Richtung des nächstgelegenen Nestes.

Darwilia sah ihr nach, bis sie im dichten Grün des Riesenbaums verschwunden war. Eine Weile passierte nichts, und sie überlegte, ob das Mädchen vielleicht nur einen Vorwand gesucht hatte, um wegzufliegen und nicht mehr wiederkommen würde. Doch irgendwie glaubte sie das nicht und wartete weiter, und Halibar kam tatsächlich zurück, mit einer Tasche, in der sie einen feinen Holzkamm hatte, farbige Schnüre und perlmuttglänzende kleine Muscheln, jede Menge davon.

Es dauerte den Rest des Nachmittags, ihr diese Frisur zu machen. Darwilia saß da, spürte, wie der Kamm durch ihre Haare ging, wieder und wieder, und wie Halibar ihr die Zöpfe flocht. Am Schluss betrachtete sie sich in einer Wasserpfütze und fand es grandios, wie sie jetzt aussah.

»Toll«, entfuhr es ihr. »Ich will die Haare nie wieder anders tragen. Danke!«

»Hab ich gern gemacht«, sagte Halibar.

Darwilia hielt inne, weil ihr wieder einfiel, dass es ja ihr letzter Tag hier war. »Wir fliegen morgen weiter«, sagte sie. »Aber ich möchte, dass wir von jetzt an Freundinnen sind. Wenn mein Schwarm wieder einmal hierherkommt, dann besuche ich dich.«

»Ja«, sagte Halibar. »Das wäre schön.«

»Und ich möchte dir auch was geben.« Darwilia nahm eine vergoldete Spange ab, die sie am Hemdkragen trug – eine Erinnerung an die Perleninseln –, und hielt sie Halibar hin. »Das hier. Damit du an mich denkst.«

»Ui!«, machte Halibar und betrachtete die Spange, fasste sie aber nicht an. »Das ist doch bestimmt sehr wertvoll! Darfst du so etwas herschenken?«

»Ja«, erklärte Darwilia entschieden. »Darf ich. Weil's mir gehört. Und wenn einem was gehört, darf man's auch herschenken.«

Jetzt endlich nahm Halibar die Spange und befestigte sie an ihrer Jacke, zu der sie wunderbar passte und an der sie noch viel wertvoller aussah als an Darwilias einfachem grauem Hemd. »Stimmt es eigentlich, dass Nestlose alles dürfen?«, fragte sie dabei.

»Nein«, sagte Darwilia. »Aber 'ne Menge.«

Ihre Mutter war nicht begeistert, als sie ohne ihre Spange, dafür aber mit gänzlich veränderten Haaren zurückkam. Doch die eigene Haartracht gehörte bei den Nestlosen eindeutig zu den Dingen, die jeder so machen durfte, wie es ihm gefiel, auch Kinder, also beließ sie es bei Gegrummele, und im Lauf der Zeit gewöhnte sie sich daran. Und immer, wenn der Schwarm wieder in die Nähe der Muschelbucht kam, besuchte Darwilia Halibar, und jedes Mal war es, als sei keine Zeit vergangen. Sie lernte mehrere ihrer Freunde kennen und schließlich Ochmur, den Mann, dem sie sich versprach. Als sie das nächste Mal auftauchte, war ihr erstes Kind gerade ein paar Tage auf der Welt, ein Junge namens Nolbar.

Darwilia tauchte immer überraschend auf, doch jedes Mal trug Halibar ihre Spange. »Sie erinnert mich an dich«, sagte sie, als Darwilia sie einmal darauf ansprach.

***

Halibar muss jetzt auch an Bord sein!, durchzuckte es Darwilia, als sie die Muschelbucht hinter sich ließen, die nun entvölkert war und so menschenleer wie vor der Ankunft der Ahnen. *Wenn das alles hier vorbei ist, werde ich sie suchen gehen.*

Wenn es nur erst vorbei war …

Darwilia spürte dem dumpfen Schmerz nach, den sie fühlte, aber nicht verstand. Hätte sie nicht erleichtert sein müssen, endlich wieder aufzubrechen, nachdem sie drei Jahre lang in einem Nest gelebt hatte? Sie hatte es Jehwili zuliebe getan und um mitzuhelfen bei den Vorbereitungen für das, was jetzt gerade geschah.

Es war Jagashwili ein Anliegen gewesen, dabei zu sein. Und sie hatten auch nicht die *ganze* Zeit im Nest gelebt, sondern waren viel durch die Welt gereist. Sie hatten die anderen Schwärme aufgestöbert und ihnen erklärt, was vor sich ging, womit zu rechnen war und was sie vorhatten zu tun.

Die meisten hatten schon Bescheid gewusst. Das größte Problem war gewesen, sie zu überzeugen, dass es aussichtslos war, gegen das Imperium kämpfen zu wollen. Dass sich Wilian geirrt hatte, was ihre Chancen anging, sich zu verteidigen. Ein Glück, dass er auch diesen Satz hinterlassen hatte: *Kämpfe keinen Kampf, von dem du weißt, dass du ihn nicht gewinnen kannst.* Die Schwärme wussten jedenfalls alle, was ein violetter Alarm war und wo sich die Treffpunkte befanden.

Manche der Nestlosen würden wohl trotzdem dableiben. Viele hatten es von vornherein erklärt, und andere würden erst in diesem Augenblick entscheiden, was sie tun würden.

Darwilia fragte sich, wie *sie* sich entschieden hätte, wenn sie nicht zufällig in die ganze Sache einbezogen gewesen wäre.

Im Grunde, sagte sie sich, konnte sie es sich *immer noch* überlegen. Das Sternenschiff würde sich noch viele Male auf die Wälder herabsenken, und durch die große Luke kam man nicht nur *herein* – sondern auch *hinaus* …

Der nächste Treffpunkt geriet in Sicht, eine Lichtung im Furtwald. Oris und die anderen hatten viel Mühe darauf verwendet, die Treffpunkte zu planen und die Route, die sie mit der *Heimstatt* nehmen würden. Da die Evakuierung in den Küstenlanden anlaufen würde, unmittelbar nach Beginn des violetten Alarms, hatten sie hier vorgesehen, jedes Nest einzeln anzufliegen. Aber schon bis sie in den Furtwald kamen, würde genug Zeit vergangen sein, dass sich mehrere Nester an einem einzelnen, zentral gelegenen Punkt treffen konnten, um von da aus an Bord zu gelangen. Von dort würde es zur Goldküste weitergehen, dann zu den Perleninseln, zum Schlammdreieck, von dort aus die Ostlande hoch … Die Nordlande würden sie, selbst wenn alles klappte, erst morgen früh erreichen, und das Eisenland war ganz am Schluss dran: Der Eisenrat hatte in den Besprechungen darum gebeten, weil man so viel einzupacken haben würde; allein sämtliche

Kleinen Bücher und die Archive zu verpacken war eine enorme Aufgabe.

Ab und zu berührte Dschonn ein Symbol, das bewirkte, dass die Ansicht in der Kugel wechselte: Dann erschien ein künstliches Bild, das allerhand Punkte und Linien zeigte, alle mit Buchstaben und Ziffern bezeichnet, die Darwilia nichts sagten, deren Anblick Dschonn aber immer ein »Hmm, hmm« entlockte.

Die Türflügel des Steuerraums öffneten sich. Oris kam herein und setzte sich auf den freien Sessel neben Dschonn.

»Bis jetzt läuft alles gut«, hörte Darwilia ihn sagen. »Ionon und Kalsul haben an der Ladeluke übernommen. Luchwen wirbelt mit den anderen in der Küche, um die Leute, die schon an Bord sind, heute Mittag satt zu kriegen.«

Ein Mittagessen für Tausende! Erneut erschauerte Darwilia angesichts der Dimensionen, um die es hier ging. Sie blickte auf ihre Hände hinab, die so sauber und gepflegt waren wie selten zuvor in ihrem Leben. Weil sie die letzten drei Frostzeiten als Gast im Nest der Ris gesehen hatte.

Es stimmt gar nicht, dass mir Abschiede immer leichtgefallen sind, erkannte sie. *Und es stimmt auch nicht, dass ich nirgendwo zu Hause war.*

Sie war auf der *ganzen Welt* zu Hause gewesen. *Deshalb* hatte sie sich leichten Herzens von Orten und Menschen getrennt: Weil sie sich immer hatte sagen können, dass sie zurückkommen konnte und irgendwann wahrscheinlich auch würde.

Aber sich von der ganzen Welt verabschieden zu müssen … das war fast wie zu sterben.

Und wir fliegen ja tatsächlich dahin, wohin eines Menschen Flügel uns nicht tragen könnten, erkannte sie. *Sondern nur ein Sternenschiff!*

***

»Da ist etwas Seltsames.«

Dschonn sagte das, auf eine Weise, die alle aufhorchen ließ. Sie schauten zu ihm hinüber, sahen zu, wie seine Finger noch rascher als bisher über das Steuerpult huschten. In der Kugel sah man Wälder und Ebenen voller dunkler Punkte – Hiibu-Herden –, über die sie hinwegglitten.

»Was ist los?«, fragte Oris.

»Die Erkunder«, sagte Dschonn. »Sie senden Notrufe.« Er berührte ein weit außen liegendes Symbol, worauf über ihnen ein seltsames Geräusch ertönte, eine Abfolge von Pfeiftönen und Knacken.

»Das ist ein Notruf?«

»Ja.« Dschonn hob den Finger. »Neun. Eins. Fünf. Und wieder. Das ist ein imperialer Code. Er besagt, sie werden angegriffen.«

Alle starrten ihn an. Darwilia starrte ihn an. Bassaris. Natanwili. Meoris. Jagashwili. Ifnigris. Und Oris.

»Wer«, fragte dieser verdutzt, »sollte sie *angreifen?*«

Dschonn machte eine fremdartig wirkende Geste. »Ich weiß es nicht. Vielleicht findet Meoris ein Bild?«

»Meo?«, fragte Oris.

»Ich bin schon dabei«, sagte das Mädchen mit den schneeweißen Flügeln, die sie unwillkürlich anhob, während sie mit den Kontrollen der Raumüberwachung hantierte.

Ungeachtet dessen senkte sich das Sternenschiff auf den nächsten Treffpunkt herab. Alle Blicke galten wieder der Kugel, in der Baumwipfel voller Leute in Sicht kamen. Man erkannte den Moment, in dem die *Heimstatt* für die Wartenden sichtbar wurde, denn sie flatterten sofort auf, wurden zu einer Wolke aus sich bewegenden Flügeln, die in die Höhe quoll, auf sie zu. Ein Ton erklang, ähnlich dem einer Holzglocke, der anzeigte, dass die Ersten die Luke erreicht hatten, unten am riesigen Leib des Sternenschiffs. Dort wurden sie in Empfang genommen und so rasch wie möglich ins Innere weitergeschickt, wo andere sie auf die freien Räume verteilten und ihnen immer wieder versicherten, dass es, ja, eng werden würde, aber dass es genug Platz für alle gab, man hatte es genau ausgerechnet.

»Ich hab was«, sagte Meoris, und das Bild in der Kugel veränderte sich.

Sie sahen wieder den Himmel, in dem Risse mit unheimlich glosenden Rändern klafften, wie Glut in einem Lagerfeuer, Öffnungen, durch die man Sterne sah. Dann kam eines der kleinen Sternenschiffe in Sicht, einer der *Erkunder*. Die Maschine bewegte sich, aber sie verharrte trotzdem in der Mitte der Bildkugel, nur die Wolken zogen an ihr vorüber.

Nun sah man, dass seltsam flatternde Schatten sie umgaben.

»Das sind *Pfeilfalken*!«, rief Oris aus.

»Ja«, sagte Dschonn. »Viele.«

»Können die einem Sternenschiff denn gefährlich werden?«, wunderte sich Jagashwili.

Dschonn wiegte den Kopf. »Möglich. Ein Erkunder hat außen Instrumente. Leitungen. Ja, es ist möglich. Uns haben sie auch angegriffen. Damals. Ich habe unseren Erkunder in die Küstenlande geflogen. Da kamen Vögel. Nur zwei. Aber große. Sie waren feindselig. Ich hatte Sorge. Ich bin ihnen lieber ausgewichen.« Er hob die Schultern. »Ich verstehe nicht. Warum *tun* sie das?«

Oris zuckte ratlos mit den Flügeln. »Was ist mit uns? Könnten sie die *Heimstatt* beschädigen?«

Dschonn schüttelte den Kopf. »Sie sehen uns nicht.«

Meoris schaltete ein zweites Bild dazu, ein Diagramm, das nur einen kleinen Teil der Kugel einnahm. Man sah einen Kreis, der für die Welt stand, und sechs leuchtende Punkte, die die Positionen der Erkunder anzeigten.

Alle sechs Punkte wackelten seltsam.

Und das Pfeifen und Knacken – der Notruf – war immer noch zu hören.

Im großen Bild blitzte etwas auf. Eine Waffe wohl, gegen die Pfeilfalken eingesetzt. Eines der Tiere stürzte in die Tiefe, leblos, sicher tot. Aber die anderen attackierten das Sternenschiff umso wütender.

Darwilia ballte unwillkürlich die Hände zu Fäusten. Bestimmt würden sie diese Waffe gleich noch einmal …

Nein! Jetzt war es der Erkunder, der zu taumeln begann. An

einer Stelle trat ein silberner Nebel aus, vertrieb eines der Tiere: Hatte es eine wichtige Leitung zerstört?

»Stürzt er ab?«, fragte Natanwili.

Dschonn wiegte den Kopf. »Möglich. Ein stabiler Flug ist das nicht.«

Darwilia wusste nicht, woher die Bilder in der Kugel kamen. Auf jeden Fall passierte irgendetwas, das die Maschine kurz außer Sicht brachte. Als sie den Erkunder gleich darauf wieder sahen, arbeiteten seine Triebwerke auf Vollschub und trugen ihn aufwärts, fort aus der Reichweite der zornigen Vögel.

»Sie flüchten«, stellte Meoris staunend fest. »Sie flüchten *alle*.«

Sie konnten es in der Bildkugel verfolgen. Der eine Erkunder schoss mit flammenden Triebwerken zum Himmel empor, riss ein gewaltiges Loch hinein und verschwand dahinter im Licht. Und die Punkte in dem Diagramm, die für die anderen Erkunder standen, entfernten sich ebenfalls rasch nach oben.

Die Eindringlinge waren fort! Vertrieben von den Pfeilfalken!

Darwilia atmete zitternd ein. Was hieß das? War es damit vorbei? Hieß das, dass sie nicht weiterzumachen brauchten mit der Evakuierung? Hieß das, dass sie *bleiben* konnten?

Bei allen Ahnen, wie *gern* würde sie bleiben!

»Wie muss ich das verstehen?«, fragte nun auch Oris behutsam. »Haben die Pfeilfalken die Sternenschiffe vertrieben?«

»Ja«, sagte Dschonn und wiegte den Kopf ganz seltsam hin und her, wie er es manchmal tat. »Aber das bedeutet nichts. Sie kommen wieder. Nur mehr von ihnen.«

»Die Gefahr ist also nicht vorbei?«

»Nein.« Dschonn gab ein kurzes, trauriges Lachen von sich. »Nein. Nicht einmal, wenn die Pfeilfalken sie zum Absturz gebracht hätten. Dann würden andere kommen. Und dann noch einmal andere. Immer weiter. Das Imperium hat unendliche Reserven. Die Gefahr wird *nie* vorbei sein.«

Darwilia sank enttäuscht in sich zusammen. Also würde sich ihre jähe, schmerzhafte Hoffnung nicht erfüllen.

»Dann machen wir weiter wie geplant«, sagte Oris. »Bis zum Mittag müssen wir es bis zu den Perleninseln geschafft haben.«

***

Die Perleninseln! Sie würde die Perleninseln noch einmal sehen, ein letztes Mal – und dann *nie wieder* …!
Darwilia fuhr sich mit der Hand über die Wange und merkte erst jetzt, dass ihr die Tränen herabliefen.
Die Perleninseln, das war ihre Kindheit. Das waren Schwärme von Vögeln, bunt und schimmernd wie Edelsteine, Vögel, die furchtlos neben einem flogen, so nahe manchmal, dass man meinte, sie anfassen zu können. Was man natürlich nicht konnte; die Vögel lachten nur, wenn man es versuchte. Die Perleninseln, das war klares Wasser vor weißen Stränden, in dem man endlos viel Zeit verbrachte, splitternackt meist, nur am ganzen Leib mit roter Farbe bedeckt. Das war warmes, salziges Wasser, in dem man schwamm und tauchte und aus dem man sich am Abend mühsam wieder erhob, mit weichen Knien und nassen, schweren Flügeln, müde bis auf die Knochen, sodass man schlief wie ein Stein. Die Perleninseln, das war der Geruch von Fischen, die über offenem Feuer gebraten wurden, der Geschmack von sauren Blasenfrüchten und gerösteten Gembinen und dem bittersüßen Honig, den die Eisenvögel in Baumlöchern sammelten. Das war grünes, wucherndes Dickicht mit hohen Wedeln voller Samen, die sich explosionsartig verteilten, wenn man dagegen schlug, und einem in den Haaren, den Federn und den Kleidern kleben blieben.
»Denk dran, wir sind hier nur zu Gast«, hatte Mutter ihr immer wieder zugeflüstert. Ihre Mutter Therawilia, die sich hartnäckig weigerte, sich das Gesicht rot zu bemalen, und lieber rot von der Hitze wurde. Die den Geruch des Baumöls nicht mochte, das man brauchte, um die Farbe abzukriegen.
»Ja, ja«, hatte Darwilia immer geantwortet, obwohl sie gar nicht gewusst hatte, was das eigentlich war: ein Gast.

Sie war mit den anderen Kindern umhergezogen – Mendekaliwor, Sulmaklahet, Rennetiasag und wie sie alle geheißen hatten. Sie hatten graue Ratzen gejagt, waren um die Wette geflogen oder hatten nach Perlen getaucht. Eine einzige hatte sie gefunden, nicht ganz rund, eher ein Knubbel als eine Perle, aber echt. Gandalawor, bei der sie zu Gast waren, hatte ihr ein Loch hineingebohrt und sie ihr auf den Hemdkragen genäht.

»Warum ausgerechnet dorthin?«, hatte sie zweifelnd gefragt.

»Darum«, hatte Darwilia gesagt, obwohl sie ihr Hemd so gut wie nie trug und nicht hätte sagen können, warum das der richtige Platz war. Vom Brauch der Nestlosen, den Hemdkragen als Platz für Erinnerungsstücke zu nutzen, hörte sie erst später, aber sie musste es, so klein sie auch war, schon vorher aufgeschnappt haben.

Und immer wieder die Ermahnungen wegen des Margors! Anderswo dürfe man den Boden nicht berühren, nur hier auf den Inseln, ausnahmsweise, und auch nicht auf allen. Anderswo starb man einen ganz, ganz schrecklichen Tod, wenn einen der Margor holte.

»Dann gehen wir da halt nicht hin«, hatte Darwilia gemeint und mit den Flügeln gezuckt. »Sondern bleiben einfach hier.«

Aber so war es nicht gekommen. Zwar hörte sie ihre Mutter ab und zu grummeln: »Die haben uns vergessen. Die haben uns glatt *vergessen*!« Bis sie eines Tages doch auftauchten, der ganze Schwarm, und es hieß, Abschied zu nehmen.

Was war Darwilia wütend gewesen! Auf einmal sollte sie tagelang fliegen, fliegen, fliegen. Auf einmal gab es komische Sachen zu essen oder manchmal auch nichts. Auf einmal musste sie an Stränden auf Sand schlafen, oder an Äste gebunden, oder auf dem flachen Boden von Inseln, und das zusammen mit lauter Leuten, die sie gar nicht kannte.

Mutter dagegen kannte sie alle und war so glücklich, wie Darwilia sie noch nie erlebt hatte. Immerhin waren alle freundlich zu ihr, behaupteten, sie als Baby gekannt zu haben. »Ihr wart dort nur zu Gast«, sagte man ihr immer wieder.

»Wenn du alt genug bist«, erklärte ihr Mutter schließlich, »dann kannst du zurückkommen, dich einem Mann versprechen, der dir gefällt und dem du auch gefällst, und für immer auf den Perleninseln bleiben.«

»Ist das wahr?«, fragte Darwilia misstrauisch.

»Bei Wilian, es ist die reine Wahrheit«, sagte Mutter.

Das beruhigte Darwilia, und sie nahm sich vor, genau das zu tun.

Aber später, als die Zeit gekommen war zu wählen, wollte sie es schließlich doch nicht. Stattdessen entschied sie sich für die Initiation und lernte zu kämpfen.

***

»Was zum Wilian ist *das* ...?«, entfuhr es Meoris. Dann fiel ihr wohl wieder ein, dass Nestlose diese Art Verwünschung gar nicht gut fanden, und meinte verlegen: »Entschuldigung. Aber das ... das müsst ihr euch ansehen.«

Sie blendete ein Bild in die Kugel ein, das eine weite, bewaldete Landschaft zeigte, die Wälder rings um das Eisenland, wenn sie sich nicht irrte.

Und über diesen Wäldern stiegen Signalraketen auf.

Grüne Signalraketen!

Viele. Und immer mehr davon.

»Was *machen* die da?«, hauchte Oris entgeistert. »Wieso um alles in der Welt geben die *Entwarnung?*«

Sie starrten auf die Bildkugel, fassungslos. Genau, wie sie heute früh den violetten Alarm sich hatten ausbreiten sehen, sahen sie nun, wie Entwarnung gegeben wurde, eine Entwarnung, die womöglich im Lauf des Tages die ganze Welt erreichen würde.

»Wie können die das *glauben?*«, stieß Ifnigris hervor. »Der Himmel ist voller Risse und Löcher, und da rennen die zu ihren Signalkisten und geben *Entwarnung?*«

»Weil sie es glauben *wollen*«, hörte sich Darwilia sagen, ohne nachzudenken. »Sie wollen nicht gehen. Sie wollen alle lieber hierbleiben.«

Betretene Stille. Stille, und die grünen Signale, die da über den Wäldern aufleuchteten wie Freudenfeuer.

»Man *kann* bleiben«, wiederholte Dschonn schließlich leise, was er schon oft erklärt hatte in den Jahren, die hinter ihnen lagen. »Es bedeutet nicht, zu sterben. Man muss nur unter der Herrschaft des Imperiums leben. Das ist sicher. Ich will lieber gehen. Aber ich bin ein Verurteilter. Auf mich wartet ein Strafplanet und der Tod. Auf euch nicht.«

»Geben wir einfach *noch* einen violetten Alarm!«, schlug Natanwili vor.

Oris schüttelte den Kopf. »Das wird nicht funktionieren. Ich müsste Krumur fragen, aber ich schätze, nach dem Alarm heute früh werden in den meisten Nestern nicht mehr genug Signale übrig sein.«

»Und was machen wir dann?«, fragte Dschonn.

»Wir machen weiter«, sagte Oris düster. »Und hoffen, dass das jetzt nicht alles durcheinanderbringt.«

***

Auf dem Weg zur Goldküste war die Staffel der grünen Signale schneller als das Sternenschiff, überholte sie. Trotzdem waren immer Leute an den Treffpunkten, viele Leute, und sie nahmen alle auf, die mitwollten – was sonst hätten sie tun sollen?

An der Goldküste schien die Welle der falschen Entwarnung zu verenden. Der lange, geschwungene Strand, den man verheißungsvoll glänzend kannte, war dunkel vor Leuten, die auf die *Heimstatt* warteten, und nirgendwo stiegen weitere grüne Signalraketen in den Himmel.

»Den Ahnen sei Dank«, sagte Oris. »Wenigstens hier sind sie vernünftig.«

Darwilia hielt es nicht mehr auf ihrem Sitz. Sie musste aufstehen, die Arme ausstrecken, mit den Schultern kreisen, die Flügel einmal ganz ausbreiten und ausschütteln, um ein bisschen von der Anspannung loszuwerden, die ihr in den Gliedern saß.

»O ja«, meinte Ifnigris halblaut und nickte in Richtung der Bildkugel. »Man möchte sich hinausstürzen und einfach losfliegen, nicht wahr?«

»So gar nichts *tun* zu können.« Darwilia konnte sich noch nicht überwinden, sich wieder zu setzen. »Man sitzt nur da, schaut auf Bilder und Symbole und Zahlen …«

Das Bild zeigte Leute, *so viele* Leute! Sie hatte sich nie klar gemacht, wie viele Menschen es gab. Dass die alle in die *Heimstatt* passen sollten, war ihr unbegreiflich, auch wenn das Sternenschiff der Ahnen eine wirklich große Maschine war. Doch sie hatten es ausgerechnet, wieder und wieder, den Platzbedarf, die notwendigen Vorräte, alles. Unvorstellbar.

Jagashwili reckte den Kopf. »Ha!«, machte er und deutete auf eine kleine Gruppe am westlichen Rand. »Ich glaube, das ist der Schwarm von Lorodwili!«

Darwilia sah, was er meinte: Diese silbern schimmernden Schwingen, die man von Weitem glänzen sah, konnten niemand anderem gehören als Achadwilia, die seit ewigen Zeiten mit Lorodwili zusammen war. Achadwilia mit der großen Klappe, über die jeder, den Darwilia kannte, eine Geschichte zu erzählen hatte.

Darwilias Geschichte war die, wie Achadwilia Therowili damals geradeheraus gesagt hatte, er sähe sterbenskrank aus …

***

Therowili war, soweit man das in einem Schwarm Nestloser sagen konnte, der Vater ihrer Mutter gewesen und damit Darwilias Großvater. Und er war ein Margorspürer gewesen, ein Talent, das er ihnen leider nicht vererbt hatte.

Als es mit ihm zu Ende gegangen war, hatte er gemeint: »Lasst uns einen guten Platz für den Abschied suchen.«

Das war noch gar nicht so lange her, ein paar Frostzeiten erst waren seither übers Land gegangen. Als Therowili sein Ende nahen spürte – und Achadwilia ihm beim Treffen mit den anderen Schwärmen in ihrer direkten Art darauf angesprochen hatte –, waren sie gerade in der Nähe des Schlammdreiecks gewesen. Sie hatten die Flüsse, Wälder und Täler darum herum erkundet, um die sich die Schlammleute kaum kümmerten, weil sie im Delta alles hatten, was sie brauchten. Von dort aus war es nicht weit bis zum Ruggimon, jenem kargen Gebirgszug, der die Perleninseln von den Ostlanden trennte und in dessen hohen Tälern man kaum je einen Menschen traf, weil dort nur trockenes Gras und zähes Gebüsch wuchs, aber nur selten ein Baum.

Doch mitten darin hatte Therowili schon vor langer Zeit ein liebliches Tal erspürt, das frei war vom Margor. Mehrere Quellen speisten schmale Bäche, die sich in einem See vereinten, der schier überquoll von Fischen. Man konnte sie leicht fangen, wenn sie nach den Insekten schnappten, die über dem dunklen Wasser hin und her flitzten. In den Büschen wuchsen vielerlei Beeren, und es gab schmackhafte wilde Knollen, die man nur ausgraben musste. Zudem kletterten irgendwo immer ein paar Hiibus herum, eine kleine, wollige Abart, die besonders trittsicher war und die man, arglos, wie die Tiere hier oben waren, leicht mit einem Speer erlegen konnte. Dort hatte Darwilia einst gelernt, wie man rauchloses Feuer machte, und dorthin nun zogen sie mit Therowili, um Abschied zu nehmen.

Es ging nicht schnell. Es war genug Zeit, um zu jagen und zu essen, zu singen, zu musizieren und zu erzählen, was sie alles mit Therowili erlebt hatten. Und es gab viel zu erzählen, denn der Margorspürer hatte viele Frostzeiten gesehen.

Und wie sie so warteten, breitete sich nach und nach eine Ruhe aus, wie Darwilia sie noch nie zuvor erfahren hatte. Irgendwann war es, als stünde die Zeit selber still, als sei der Rest der Welt verschwunden und als gäbe es nur noch sie und dieses Tal. Eigentlich *warteten* sie auch nicht mehr, sie waren einfach nur noch da, von einem tiefen, unwirklich scheinenden Frieden erfüllt.

In diesen Tagen ließ Therowili, dem sie ein Lager unter einem schützenden Busch bereitet hatten, Darwilia ein letztes Mal zu sich rufen.

»Dar«, sagte er zu ihr, »du bist mutig, mutiger, als du selber weißt. Ich will dir noch sagen, dass du, wenn ein Abenteuer dich ruft, ihm folgen sollst. Versprich mir das!«

»Ja, Großvater«, hatte sie erwidert.

»Gut.« Ihre Hand in seiner. Seine Hand, die über ihre strich. »Ich bin froh, wie du geraten bist. Da kann ich unbeschwert gehen, wohin eines Menschen Flügel ihn nicht tragen ...«

Darwilia hatte unwillkürlich schluchzen müssen bei diesen Worten.

»Na, na, na«, hatte er sie getadelt. »Es ist nicht schlimm, wenn man so lange gelebt hat wie ich, weißt du? Ich habe die ganze Welt gesehen. Und auf Dauer, Dar, ist *eine* Welt für einen Nestlosen nicht genug ...«

Darwilia lächelte bei dieser Erinnerung. Es war, als sei er in diesem Moment bei ihr und flüstere ihr ins Ohr, um sie daran zu erinnern.

Sie würden eine ganz neue Welt sehen, ja. Wenn das kein Abenteuer war!

Therowili wäre begeistert gewesen.

***

Diesmal dauerte es lange, bis die Glocke endlich wieder zweimal schlug zum Zeichen, dass alle an Bord und die Luken verschlossen und verriegelt waren, sodass es weitergehen konnte zum nächsten Treffpunkt. Die *Heimstatt* hob ab, und die goldene Sichel glänzte wieder makellos unter ihnen, während sie hinaus aufs Meer schwebten.

Ihre Blicke waren auf die Bildkugel gerichtet, als wollten sie alle diesen Anblick noch einmal in sich aufnehmen: die Goldküste, die sie nie wieder im Leben zu sehen bekommen würden.

In diesem Moment geschah es, dass der Himmel jäh in tausend Fetzen zerriss.

Bis gerade eben war das graue Firmament nur aufgewühlt gewesen vom Eindringen der sechs Erkunder heute Morgen. Hier und da hatten Furchen mit wulstigen Rändern geklafft, in denen Sterne blitzten, aber diese Öffnungen waren schon wieder dabei gewesen, sich zu schließen.

Doch nun bildeten sich schlagartig gewaltige dunkle Risse von Ost nach West, von Nord nach Süd, von überall nach überall. Der Himmel schien in tausend Teile zu zerplatzen.

»Sie kommen zurück!«, schrie Meoris. »Und es sind viele! Hunderte!«

Der Anblick der Bildkugel ließ ihnen allen das Blut im Leib gefrieren.

Denn diesmal blieb es nicht dabei, dass Risse über den Himmel gingen, durch die man die Sterne sah. Diesmal kam *etwas* durch die Risse herab – etwas Dunkles, Unheimliches, etwas, das aussah wie geronnenes Blut! Überall da, wo es bis auf den Boden hinabreichte, brach Feuer aus, stiegen gewaltige Flammen auf und Rauch so schwarz, wie man ihn noch nie erlebt hatte, nicht einmal in den trockensten Jahren, wenn die kahlen Steppen in Bränden regelrecht verkohlten.

»Das ist der Tag, den Ema gesehen hat«, hauchte Oris. »Der Tag, an dem der Himmel aufreißt.«

»*Da waren Maschinen, die Löcher in den Himmel rissen, und Ströme von Blut und Feuer flossen über das Land*«, zitierte Ifnigris mit bebender Stimme. »*Zuerst fielen die Vögel tot vom Himmel, der schwarz war von Rauch, dann zersprangen die Nestbäume von der Hitze, und das Meer begann zu kochen, bis alle Fische tot darin trieben und das Wasser sich rot färbte von ihrem Blut. Doch wehe, wehe, die Soldaten des gnadenlosen Herrschers marschierten weiter, während Berge explodierten ...*« Sie hielt inne. »Weiter weiß ich es nicht mehr.«

»Es sind zu viele Flugmaschinen«, sagte Dschonn mit befremdlicher Nüchternheit. »Sie zerstören die Trennschicht der Atmosphäre. Die beiden Gase vermischen sich. Das ist es, was wir sehen.«

»Und was heißt das?«, fragte Jagashwili. »Was wird passieren?«
Dschonn neigte den Kopf. »Das weiß niemand. Trennschichtatmosphären sind so gut wie unerforscht. Alles ist möglich. Auch das Schlimmste.«

Er legte die Hände auf den unteren Rand seines Pults, dorthin, wo keine Steuersymbole waren. In der Bildkugel entschwand die Goldküste immer weiter in der Ferne. Das Meer kochte noch nicht, aber der Rauch der Feuer begann, die Sicht zu trüben.

»Wir müssen«, fuhr Dschonn fort, »überlegen, was wir jetzt tun. Und das schnell.«

Darwilia durchzuckte ein heißer Schreck, als sie begriff, vor welcher Entscheidung sie standen.

Sie konnten beschließen, sofort in den Weltraum zu fliehen, mit denen, die schon an Bord waren – doch dann würden sie die anderen zurücklassen auf einer Welt, die dem Tod geweiht sein mochte.

Oder sie konnten weitermachen und Menschen einsammeln, solange es irgend ging, und damit riskieren, dass sie es alle nicht mehr schafften, dem Imperium zu entkommen – oder dem Untergang.

Bassaris

Das Versprechen

Das Leben war einfach, fand Bassaris. Die Dinge waren, wie sie waren. Manche waren angenehm, an denen erfreute man sich. Andere waren unangenehm, denen ging man aus dem Weg, wenn man konnte. Wenn nicht, dann ertrug man sie halt. Dann gab es noch Dinge, die zu tun waren und die man deswegen eben tat.

Und es gab Freunde. Freunde waren diejenigen, zu denen man hielt, egal was kam.

Seinen ersten Freund fand er, als er noch ein Kind war. Er hatte gerade das Fliegen gelernt und flatterte von Ast zu Ast, immer im Kreis um das ganze Nest herum, als er sah, wie drei Ältere den Nachbarjungen ärgerten, der schon fünf Frostzeiten gesehen hatte und noch immer nicht fliegen konnte, kein bisschen. Sie standen um ihn herum, schubsten ihn immer wieder an, als wollten sie ihn vom Ast in die Tiefe stoßen, nannten ihn »Krawenbaby« und »Schwachflatterer«, und einer rief: »Der Margor holt dich eh!«

Es war nicht richtig, was sie da taten. Zwar waren sie größer als Bassaris und zu dritt, trotzdem konnte er es nicht dulden. Er konnte es einfach nicht.

Also flog er hin, landete mitten zwischen ihnen, haute zwei von ihnen mit kräftigen Flügelschlägen vom Ast, den einen mit der linken Schwinge, den anderen mit der rechten, und den dritten packte er am Hemdkragen und knurrte: »Ihr lasst ihn in Ruhe. Sonst werd ich *richtig* sauer!«

Dann warf er ihn auch vom Ast, und der Kerl, der mindestens drei Frostzeiten mehr gesehen hatte als Bassaris, brauchte fast die halbe Baumhöhe, ehe er sich fing. Doch er kam nicht zurück, sondern flog davon und außer Sicht.

Der Junge, von dem Bassaris nur wusste, dass er der Sohn des Signalmachers war und ein bisschen älter als er, stand da und starrte ihn an. Er war klein, ein mageres, blasses Bürschchen mit schwarzgrauen Flügeln, die an ihm herunterhingen, als wären sie nur angeklebt. Obwohl Bassaris mit seinen Eltern in der Hütte nebenan lebte, war es das erste Mal, dass er mit dem Jungen sprach, denn der hatte sich bis dahin immer irgendwo verkrochen.

»Wie heißt du eigentlich?«, fragte er ihn.

»Oris«, sagte der Junge.»Und du?«

»Bassaris.« Er überlegte und fragte dann:»Wollen wir Freunde sein? Ich pass auch immer auf dich auf.«

Oris dachte einen Moment nach, nickte und sagte:»In Ordnung.«

Sie reichten sich die Hand, wie es sich gehörte und wie es die Ahnen in den Legenden taten, dann meinte Oris:»Weißt du, dass an manchen Stellen in der Rinde Insekten krabbeln?«

»Was?«, staunte Bassaris.

»Komm, ich zeig's dir«, sagte Oris.

Und dann führte er ihn auf einen der untersten Äste, an dem nur ein paar Lagerhütten hingen und weiter draußen nichts mehr. Dort hockten sie sich hin, und Oris zeigte ihm längliche Insekten mit bunt schillernden Rückenpanzern, die in den Vertiefungen der Borke krabbelten, als dächten sie, das seien für sie gemachte Gänge. Sie holten ein bisschen Moos und zermanschten es zu einer braun-grünen Paste, die sie in die Borkengänge hineinpressten, sodass sie den Insekten den Weg versperrte. Das war interessant: Es machte die Tiere völlig ratlos; auf die Idee, über das Hindernis hinwegzukrabbeln, kamen sie irgendwie nicht. Stattdessen drehten sie mühsam um und suchten einen anderen Weg durch die Borke.

Nach einer Weile erkannte Bassaris, was das für Insekten waren: Rindenkäfer! Seine Mutter röstete manchmal welche im

Kiurka-Ofen; die knackten dann lecker und schmeckten ein wenig süß.

Von da an zogen sie gemeinsam umher und erforschten den Nestbaum auf eine Weise, die Bassaris selber nie eingefallen wäre. Oris konnte zwar nicht fliegen, aber er wusste eine Menge Dinge, und er hatte auch immer Ideen, was man anstellen konnte. Bassaris bewunderte ihn dafür ein bisschen, doch das war nicht der Grund, warum er zu ihm hielt. Der Grund war, dass sie abgemacht hatten, Freunde zu sein. Und in einem von Zolus Liedern hieß es: *Mit den Versprechen, die wir halten, halten wir die Welt zusammen.*

Bassaris verstand die meisten von Zolus Liedern nicht, aber dieser Satz gefiel ihm. Irgendwie wurde ihm immer ein bisschen warm, wenn er ihn hörte oder daran dachte.

***

Später befreundeten sie sich mit Meoris, einem Mädchen, das auf demselben Ast wohnte. Wobei es Meoris war, die sich ihnen eines Tages anschloss, erstaunlicherweise, denn sie war ziemlich beliebt und hatte schon eine Menge Freunde überall im Nest. Sie war auch recht hübsch und hatte, was selten vorkam, golden schimmernde Federn in ihren Flügeln, aber was Bassaris an ihr imponierte, war, dass sie immer genau zu wissen schien, was sie wollte und was nicht. Das beeindruckte ihn vor allem deshalb, weil er so etwas nicht wusste. Meistens fand er es auch nicht so wichtig – die Dinge waren eben, wie sie waren, und es war ja nun nicht so, dass nichts passierte und man sich gelangweilt hätte. Im Grunde brachte jeder Tag irgendwelche Überraschungen mit sich.

Was ihn an Meoris aber noch mehr faszinierte, war ihre Treffsicherheit. Wenn sie einen Stein oder einen Zapfen nach etwas warf, dann traf sie fast immer. Es war beeindruckend, ihr zuzusehen, wie sie ausholte, das Ziel anvisierte, ein Auge dabei zukniff, sich ganz und gar konzentrierte … wie sie alles um sich herum vergaß, wenn sie warf.

Dass sie später Bogenschützin wurde, wunderte niemanden, der sie kannte.

Eines Tages bekam Meoris eine Wahlschwester, ein Mädchen namens Ifnigris, das auf der anderen Seite des Nests lebte und bald ganz selbstverständlich dazugehörte. Sie hatte eine Frostzeit mehr gesehen als sie und war auch eindeutig die Klügste von ihnen, klüger sogar als Oris, dabei war der schon ziemlich klug.

Ifnigris wirkte auf den ersten Blick stark und so, als brauche sie niemanden, aber nach einer Weile merkte Bassaris, dass sie nur so tat. Sie brauchte Freunde genauso wie jeder andere, und sie brauchte jemanden, der sie beschützte, mehr noch als ihre Schwester Meoris, die ganz gut auf sich selber achtgeben konnte. Und so schloss Bassaris sie stillschweigend mit ein in den Kreis derer, auf die er aufpasste. Nicht, dass er ihr das auf die Flügel gebunden hätte, aber manchmal spürte er, dass sie, wenn sie ankam, schrecklich angespannt war, und wie sie nach einer Weile, die sie neben ihm saß, ruhiger wurde. Und es gab so Momente, da legte sie ihre Hand auf seinen Unterarm und lächelte ihn an, ganz kurz nur, und er wusste nicht wirklich, was sie dabei dachte, doch es war wie ein Band zwischen ihnen, das man nicht groß erklären musste.

Er wusste auch nicht, warum sie oft so angespannt war. Er wusste aber, dass es klugen Leuten oft so ging. Außerdem fühlte sich Ifnigris fremd im Nest, denn sie war mit ihrem Vater von einem anderen Nest hergekommen, vom Nest der Bar in der Muschelbucht, was damals für sie alle ein Ort war, der in ihrer Vorstellung unendlich weit entfernt lag.

Sie hatte mit ihrer neuen Familie auch einen Stattbruder bekommen, Ulkaris. Der war ziemlich schwierig, und er konnte Bassaris aus irgendeinem Grund nicht leiden. Sie nahmen ihn trotzdem auf, Ifnigris zuliebe, aber Bassaris wäre es lieber gewesen, sie hätten es nicht getan. Zum Beispiel schien Ulkaris immer das Gefühl zu haben, jemanden übertrumpfen zu müssen, meistens Oris oder seine Schwester, und er begriff nicht, dass es darum überhaupt nicht ging. Manchmal legte er sich auch mit Bassaris an, obwohl das von vornherein aussichtslos war, denn Bassaris war stärker und schneller als alle anderen. Es endete immer damit, dass Ulkaris schlechte Laune bekam, die er dann an jemand anderem auszulassen versuchte.

Man hätte ihn auch beschützen müssen, vor allem vor sich selbst. Bloß reagierte Ulkaris allergisch auf solche Versuche.

Nun, und es endete tragisch.

Aber die Dinge waren, wie sie waren. Da konnte man nichts machen.

***

Oris und er waren unzertrennlich bis zu der Zeit, in der Oris' Vater anfing, von seinem Flug bis zum Himmel hinauf zu erzählen und von den Sternen, die er gesehen hatte. Leute kamen aus aller Welt, um ihm zuzuhören und ihn auszufragen, und irgendwie konnten sie gar nicht genug davon bekommen, dasselbe wieder und wieder zu hören.

Es war jedenfalls auf einmal mächtig was los in den Küstenlanden.

Und das brachte es mit sich, dass sich Oris absonderte und Bassaris ihn nicht mehr so oft sah.

Zuerst dachte er, es sei, weil er seinem Vater irgendwie helfen müsse. Irgendwann aber bekam er mit, dass Oris einfach hinter den fremden Mädchen her war, vor allem hinter einer, die Kalsul hieß und sich ziemlich aufreizend gab; alle Jungs machte sie nach sich verrückt, und Oris jedenfalls war schwer verliebt.

Was Bassaris an sich in Ordnung fand. Die Dinge waren, wie sie waren, und manchmal verliebten sich Leute. Er sah es bei seinen Eltern, die sich oft zankten und einander grollten, und nach einer Weile versöhnten sie sich wieder und waren sich wieder gut. Wobei die Streits wohl etwas damit zu tun hatten, dass sein Vater viel als Händler auf Reisen war und sich unterwegs ab und zu in andere Frauen verliebte.

Zudem war das Mädchen eine Sul, was hieß, dass sie, falls die Sache so enden sollte, dass Oris und sie einander versprachen, ohnehin ins Nest der Ris kommen würde. Oris und er würden also auf jeden Fall Freunde bleiben können. Aber das passierte dann gar nicht, denn Kalsul suchte nichts Festes, sondern wollte nur ihren Spaß haben. Oris war schwer enttäuscht und verkroch sich wieder, genau wie früher, als er noch nicht hatte fliegen können, nur noch unauffindbarer.

Doch auch Bassaris lernte in dieser Zeit ein Mädchen kennen. Sie hieß Jilnaim und war mit einer Gruppe Freunden von der Ostküste herübergekommen. Sie war ein ganz zartes Geschöpf – auch so jemand, auf den Bassaris gern aufgepasst hätte –, mit dünnen Flügeln, hellen, fast weißen Haaren und einem lieblichen Gesicht. Sie unterhielten sich lange, und Bassaris fand sie sehr nett und sagte ihr das schließlich auch.

»Obwohl ich eine Naim aus den Ostlanden bin?«, fragte sie daraufhin ganz verwundert.

»Was hat das denn damit zu tun?«, wunderte sich seinerseits Bassaris.

»Na, wir sind ziemlich in Verruf geraten … Weißt du das nicht?«

»Nein«, bekannte er.

Daraufhin erzählte sie ihm, dass ihr Nest einmal eine Zeit lang die Großen Bücher missachtet hatte und wie schlimm das gewesen war. »Ich war noch ein Kind«, meinte sie zum Schluss, »aber ich weiß noch, wie ich die ganze Zeit gedacht habe, *das kann doch nicht wahr sein, dass das unser Leben sein soll.*«

»Davon hab ich noch nie gehört«, sagte Bassaris.

»Ist ja auch weit weg von euch.«

»Ja, wahrscheinlich deswegen. Und wie ist es heute?«

»Heute liegt das Erste Buch Kris immer aufgeschlagen da. Aber so etwas hängt einem trotzdem lange nach. Viele wollen nichts mit uns zu tun haben.«

Bassaris dachte nach, dann erklärte er: »Mir ist das egal. Du bist, wie du bist.«

Sie war ein zartes Geschöpf, und sie küsste auch ganz zart. Mit ihr erlebte Bassaris, wie das so war mit Mädchen, und er fand es überaus angenehm. Außerdem konnte er sie wirklich gut leiden, und so erreichte die Sache rasch den Punkt, an dem es angebracht gewesen wäre, sich einander zu versprechen. Darüber dachte Bassaris ziemlich lange nach, vor allem darüber, dass das für ihn geheißen hätte, zu den Naim an die Ostküste zu ziehen. Das, musste er ihr schließlich erklären, konnte er nicht tun, weil er hier einen Freund hatte, auf den jemand aufpassen musste, und er versprochen hatte, das zu tun.

»Aber du könntest doch auch auf mich aufpassen?«, meinte sie erschrocken.

»Ja«, sagte Bassaris, »und das würde ich auch, wenn ich dich eher getroffen hätte.«

Ihre schönen Augen glänzten auf einmal sehr, sehr traurig. »Schade.«

Sie weinte lange an seiner Brust, und er hielt sie und ließ sie weinen. Dann küsste sie ihn zum Abschied und flog davon, zusammen mit ihren Freunden, die nach Hause wollten, und danach hatte er sie nie wiedergesehen.

Und nun war er hier, in dem uralten Sternenschiff der Ahnen, das sich auf dem Weg nach Osten befand. Wenn sie die Ostküste erreichten, würde wohl auch Jilnaim an Bord kommen.

Das hieß, wenn nicht vorher die Welt unterging. Und danach sah es gerade aus.

Die Ablenkung

Der zerbrechende Himmel, der in der Bildkugel zu sehen war, tauchte den ganzen Steuerraum in ein unheimliches rot-weißes Licht. Man konnte kaum hinschauen.

Meoris an ihrem Pult zitterte richtiggehend. »Es sind viele«, stieß sie hervor. »Schrecklich viele!« Sie versuchte, die Punkte auf ihrem Schirm zu zählen, aber sie musste immer wieder von vorne anfangen.

»Nimm die Zählfunktion«, raunte Bassaris ihr zu.

»Ach so, ja.« Sie berührte das entsprechende Symbol, und eine Zahl erschien. »Sechshundert!«, rief Meoris aus.

»Imperiale Standardprozedur«, erklärte Dschonn. »Drei Punkte, die euren Mond umkreisen. Das sind Trägerschiffe. Ein Trägerschiff befördert zweihundert Erkunder.«

Der Mond, das war der Himmelskörper, den sie als *kleines Licht der Nacht* kannten.

Oris saß da wie erstarrt. »Sechshundert Sternenschiffe! Was bei allen Ahnen wollen die hier *machen*?«

»Nach dem verschollenen Erkunder suchen«, sagte Dschonn. »Und nach den Piloten.«

Er meinte den Erkunder, mit dem sie die letzten Jahre kreuz und quer durch die Welt geflogen waren und der jetzt in einem Lagerraum an Bord der *Heimstatt* stand.

»Die Piloten werden sie aber nicht finden«, meinte Oris. »Keine Spur davon.«

Dschonn nickte. »Ja. Und das ist schlecht. Denn sie müssen so lange suchen, bis sie eine Spur gefunden haben. Das ist ihre Pflicht.«

Einen Moment lang war es still, so still, dass man meinte, die Maschinen im Bauch der *Heimstatt* arbeiten zu hören und die Schritte derer zu spüren, die schon an Bord waren.

»Jedenfalls«, sagte Oris schließlich, »brauchen wir keinen zweiten violetten Alarm mehr. Jeder kann jetzt sehen, dass Gefahr droht. Was wir brauchen, ist *Zeit*.«

Er stand auf. Er war immer noch so schmächtig, wie er es stets gewesen war, eher unscheinbar. Trotzdem ging etwas von ihm aus, eine Kraft, die ganz anderer Art war. Bassaris hatte viele sagen hören, Oris habe sich verändert, aber das stimmte nicht, das wusste er. Das, was sie jetzt an Oris sahen, hatte alles auch schon in ihm gesteckt, als er noch ein Kind gewesen war. Es war nur wach geworden, und zwar in dem Moment, in dem er bei der Totentrauer um seinen Vater vorgetreten war und seinen Schwur getan hatte.

»Eins ist klar«, sagte Oris. »Wir können *unmöglich* jetzt schon flüchten. Wir haben versprochen, alle mitzunehmen, die mitwollen. Dieses Versprechen nicht zu halten würden wir nicht verkraften. Wir *müssen* jeden Treffpunkt anfliegen, egal, was es kostet.«

Er sah sich um und fuhr fort: »Oder besser gesagt – *ihr* müsst das tun. Ich werde mit unserem Erkunder losfliegen und versuchen, sie abzulenken, so lange es irgend geht. Da sie nichts von der *Heimstatt* wissen, werden sie sich auf mich konzentrieren. Und ihr nehmt die Leute auf, so schnell ihr könnt, und fliegt dann los.«

»Und du?«, rief Ifnigris entgeistert aus.

Oris neigte den Kopf. »Ich versuche, rechtzeitig zu euch zurückzukommen. Aber falls das nicht klappt, dürft ihr keine Rücksicht auf mich nehmen. Ich bin nur einer, und …« Er holte tief Luft. »Und wenn man es recht bedenkt, würde das alles ohne mich wahrscheinlich gar nicht passieren.«

»Ich komme mit«, sagte Bassaris.

Oris nickte ihm dankbar zu.

»Ich auch«, sagte Ifnigris.

»Nein.« Oris schüttelte den Kopf. »Diesmal nicht, If.«

Bassaris kannte diese Art Kopfschütteln bei ihm. Sie hieß, dass sein Entschluss unumstößlich war.

Ifnigris wusste das auch, trotzdem begann sie: »Aber …«

»Du wirst hier gebraucht«, sagte Oris.

»Am Maschinenpult?« Sie sprang auf. »Ach was. Das kann Maheit übernehmen oder …«

»Ich rede nicht vom Maschinenpult.«

Eigentlich ging alles ganz schnell. Trotzdem schien der Moment, in dem die beiden sich ansahen – sich einfach nur ansahen –, eine kleine Ewigkeit zu dauern. Bassaris spürte, wie sich sein Gefieder aufstellte, als er die zwei so sah, weil man irgendwie das Gefühl bekam, es müsse gleich ein Blitz von einem zum anderen überschlagen.

»Ich liebe dich, Oris«, sagte Ifnigris mit gänzlich veränderter Stimme.

Oris holte tief Luft. »Ich weiß. Aber es geht nicht. Das weißt du. Und du weißt, dass Garwen dich liebt. Er liebt dich, wie kein anderer es je tun wird. Es hat mir immer wehgetan zu sehen, wie du ihn auf Abstand hältst.«

Darauf sagte Ifnigris nichts mehr. Sie sank in sich zusammen. Tränen liefen ihr die Wangen hinab und sahen aus wie dunkle Perlen. Normalerweise war sie größer als Oris, aber nun stand sie so geknickt da, dass er ihr Gesicht in seine Hände nehmen und sie auf die Stirn küssen konnte. Er flüsterte ihr etwas zu, das Bassaris nicht hören konnte, dann ließ er sie los, nickte ihm zu und sagte: »Gehen wir.«

Da erhob sich Jagashwili mit einer abrupten Bewegung, wie einer, der einem urplötzlichen Entschluss folgt. »Du wirst jemanden an den Waffen brauchen. Ich komme auch mit.«

»Gut«, sagte Oris.

Darwilia aber rief entsetzt aus: »Jagash!«

Jagashwili sah sie an und Natanwili auch und sagte: »Ich tue es für Geliwilia, die jetzt irgendwo da draußen ist. Sagt das den anderen.«

»Macht weiter wie geplant, sobald wir draußen sind«, sagte Oris zu Dschonn. »Und macht so schnell wie möglich!«

Als sie gingen, blickte Bassaris noch einmal zurück. Er sah, wie Ifnigris vollends in Tränen ausbrach und dass Meoris bei ihr war und sie in die Arme nahm, und er dachte bei sich, dass das sicher gut so war, jetzt, da er sie nicht mehr beschützen konnte.

»Euch ist klar, dass wir wahrscheinlich nicht zurückkommen?«, fragte Oris, während sie strammen Schrittes in Richtung des Lagerraums marschierten, in dem der Erkunder stand.

»Ja«, sagte Jagashwili.

»Es ist, wie es ist«, sagte Bassaris.

***

Bassaris war dabei gewesen, als sie die *Heimstatt* aus den Eislanden geholt hatten. Damals hatten sie das kleine Sternenschiff, den Erkunder, nach dem das Imperium jetzt suchte, zum ersten Mal in diesem Raum abgestellt, der eine große Luke an der Decke besaß und dessen Boden angeschwärzt war, weil hier wohl einmal so ähnliche Maschinen der Ahnen gestanden hatten. Wo die abgeblieben waren, wusste freilich niemand mehr.

Sie passierten die Schleuse des Erkunders ungeduldig, rannten in den Steuerraum. Oris schlüpfte auf den Sitz des Piloten, Bassaris auf den Sitz daneben, von wo aus auch er das Sternenschiff hätte steuern können. Was er aber nicht tun würde, weil das Oris' Sache war. Er würde den Antrieb kontrollieren, und er würde im Auge behalten, wo sich die Erkunder des Imperiums befanden, so ähnlich, wie das Meoris im großen Schiff machte.

Jagashwili nahm schräg hinter ihnen Platz, an der Waffenkontrolle. Der Erkunder besaß allerlei Maschinen, die Blitze schleudern konnten, wie es die Legenden von den Ahnen erzählten. Dschonn hatte ihnen beigebracht, wie man diese Waffen steuerte, aber sie hatten sie noch nie tatsächlich benutzt. Zu gefährlich, hatte er gemeint. Erstens, weil diese Blitze wirklich große Zerstörungen anrichten konnten, und zweitens, weil man sie noch aus sehr, sehr weiter Entfernung wahrnehmen konnte. Damit hätte die Gefahr bestanden, das Imperium zu alarmieren. Das war zwar schon alarmiert, aber es war trotzdem besser, es nicht *noch* mehr zu alarmieren. Je später es kam, desto besser, hatten sie sich gesagt.

Oris schaltete die Maschinen ein. Hinter und unter ihnen begann es zu summen, zu krachen und zu knacken. Es klang alles so ähnlich wie in der *Heimstatt*, nur viel gröber und immer ein bisschen beunruhigend, so, als sei etwas kaputt. Aber das liege nur daran, dass die Erkunder des Imperiums einfacher konstruiert seien, hatte Dschonn ihnen versichert, ansonsten funktionierten sie ganz genau so wie das alte Sternenschiff der Ahnen. Und sie waren ja auch schon oft mit dem Erkunder umhergeflogen, und da war immer alles gutgegangen.

Als alle roten Lichter auf der Tafel vor ihm grün geworden waren, drückte Oris die Taste, die es erlaubte, direkt mit dem Steuerraum zu sprechen. »Dschonn«, sagte er, »wir sind startbereit. Lass uns raus.«

»Ja«, sagte Dschonn. »Alles Gute.«

»Danke, euch auch.« Oris ließ die Taste wieder los.

Über ihnen schob sich die Luke auf. Der Himmel wurde sichtbar, der Himmel, der Bassaris' ganzes Leben lang eine sanft schimmernde, perlmuttfarbene Kuppel über der Welt gewesen war und der nun ein Bild der Zerstörung bot, grauenhaft, geschunden und zerrissen und immer weiter zerreißend. Was Bassaris da am Himmel sah, ließ ihn an einen Topf aus Grauton denken, der ganz langsam, aber unaufhaltsam in tausend Stücke zersprang, ein Topf, der mit einer roten und schwarzen Flüssigkeit gefüllt war, die durch die Risse quoll und spritzte, und das alles so behäbig, dass man dabei zuschauen konnte. Direkt über ihnen kam etwas herunter, das aussah wie eine riesige schwarze Zunge, die nach ihnen leckte!

Oris zog unbeeindruckt den Hebel zu sich heran, und sie stiegen empor, dem lodernden Unheil entgegen.

Bassaris sah lieber hinab. Er warf einen letzten Blick auf die *Heimstatt*, die von oben ein grandioser Anblick war, ein riesiges, flaches, kostbar schimmerndes Oval aus mehr Metall, als das Eisenland in tausend Jahren erschmolzen hatte.

Doch der Anblick blieb ihm nicht lange. Die Luke war noch dabei, sich unter ihnen zu schließen, als sie schon den Tarnschirm passierten. Die Umrisse des Sternenschiffs verschwammen für einen Moment wie hinter aufsteigender Hitze, dann war es ganz weg, und alles, was man noch sah, waren die Wogen des aufgewühlten Ozeans.

Oris schob den Hebel nach vorn, und sie schossen auf das Land zu. »Ich fliege über die Gebiete, wo niemand mehr ist«, erklärte er. »Über die Goldküste, den Furtwald und die Graswüste.«

Der Erkunder flog schnell, unglaublich viel schneller, als man selber hätte fliegen können. Bassaris hatte, seit sie gelernt hatten, damit umzugehen, immer gemocht, während des Fluges hinauszusehen. Aber da waren sie vorsichtig geflogen, weitaus langsamer, als es möglich war, und die Welt war noch unversehrt gewesen, weit und schön. Jetzt dagegen flog Oris nicht mehr vorsichtig, sondern so schnell, wie es ging. Sie rasten durch Vorhänge aus metallisch grellem Licht und durch Rauch und Feuer – und es war nicht mehr schön hinauszusehen.

Oris schaltete das große Funkgerät ein, zunächst nur auf Empfang. Über den Sprechknopf war seit Jahren eine halbierte Nussschale geklebt, damit man ihn nicht versehentlich betätigte, denn das hätte das Imperium *sofort* alarmiert. Sie hörten Lautfolgen, die klangen, als schlüge jemand rasend schnell mit einer Handvoll Löffel auf einen Kochtopf ein, und das sehr unregelmäßig: So klangen verschlüsselte Funksprüche der imperialen Sternenschiffe, hatte ihnen Dschonn erklärt.

Als sie die Goldküste überflogen, ließ Oris den Erkunder langsamer werden, änderte die Flugrichtung ein bisschen, pulte die Nussschale herunter und schaltete den Sprechfunk ein. Dann sagte er laut: »Hier spricht Oris von den Küstenlanden. Ich rufe die fremden Sternenschiffe, die unseren Himmel zerreißen. Zieht euch zurück und lasst uns in Ruhe! Diese Welt wünscht eure Anwesenheit nicht!«

Damit ließ er den Sprechknopf wieder los.

»Du glaubst doch nicht wirklich, dass das was bringt?«, fragte Bassaris.

Oris zuckte mit den Flügeln. »Wir müssen sie ja nur eine Weile ablenken. Nur ein bisschen Zeit gewinnen.«

Er hatte noch nicht ausgesprochen, als ein krachend lauter Funkspruch über ihnen ertönte. »Ob Pawoll an GA-304–09–19«, bellte eine herrische Stimme. »Sie sind nicht befugt, dieses Schiff zu fliegen. Landen Sie sofort und übergeben Sie es uns, sonst schießen wir Sie ab!«

Hinter ihnen lachte Jagashwili auf eine Art, die klang, als huste er. »Na, so *richtig* viel Zeit haben wir damit nicht gerade gewonnen ...«

Bassaris sah, wie Oris überlegte, auf diese schnelle Art, die bei ihm immer so leicht aussah. Ein winziges Lächeln huschte über sein Gesicht, dann drückte Oris wieder die Sprechtaste.

»Hört, Ob Pawoll«, sagte er und klang auf einmal ganz anders. »Die Sache ist die ... der eigentliche Pilot ist tot. Ich kann das Ding halbwegs in der Luft halten, aber ich weiß nicht, wie man es landet!«

Einen Moment lang war es still. Es klang, als sei dieser Ob Pawoll verblüfft und müsse seinerseits erst mal nachdenken.

»Wer sind Sie eigentlich?«, kam schließlich seine schnarrende Frage.

»Mein Name ist Oris von den Küstenlanden«, erwiderte Oris. »Ich bin ein Bewohner dieser Welt.«

»Und was machen Sie an Bord der GA-304–09–19?«

Oris beugte sich vor, musste ein Stück seines rechten Flügels herausziehen, der sich hinter ihm im Sitz verklemmt hatte. »Oje. Das ist eine lange Geschichte. Wenn Ihr mir erklärt, wie ich lande, dann kriegt Ihr das Ding zurück und ich erzähle Euch alles.«

Man hörte, wie Ob Pawoll zu jemandem sagte: »Lut! Übernehmen Sie das!«

Es raschelte, dann war eine andere, hellere Stimme zu hören. »Hier ist Lut Wann. Haben Sie das Hauptsteuerruder in der Hand?«

»Öhm«, machte Oris. »Was ist das?«

»Eine Art Stange, die am Boden befestigt ist. Man kann sie hin und her bewegen. Am oberen Ende ist ein Griff.«

»Ah ja. Vor der sitze ich, ja. Hab den Griff in der Hand.«

Inzwischen flogen sie die Goldküste entlang, ließen das Akashir-Gebirge hinter sich.

»Gut«, sagte der Mann, der Lut Wann hieß. »Das Prinzip ist ganz einfach. Sie müssen langsamer werden, tiefer gehen und die

Landeautomatik einschalten. Dann landet das Schiff von selber. Haben Sie das verstanden?«

Oris grinste Bassaris an, sagte aber nichts.

»Hallo?«, rief Lut Wann. »Oris?«

»Ja«, sagte Oris. »Ich hab's verstanden. Und wie mach ich das?«

»Ganz oben an dem Griff ist eine, ähm, blaue Rändelschraube. Drehen Sie die mit dem Daumen nach links.«

Oris schlug sie mit einem kräftigen Daumenschlag nach rechts, was den Erkunder einen mächtigen Satz nach oben machen ließ.

»Ups!«, rief Oris. »Nach der anderen Seite, oder?«

»Ja«, stieß Lut Wann hervor. Er klang angespannt. »Nach der anderen Seite.«

Oris steuerte den Erkunder tiefer hinab, schwenkte das Steuer aber zugleich hin und her, was sie in wild schwankende Bewegungen versetzte.

»Was ist das jetzt?«, schrie er dabei. »Hilfe!«

»Hochziehen!«, rief Lut Wann. »Ruhig halten, verflucht! Ruhig!«

In dieser Art ging es weiter. Oris spielte den totalen Anfänger und Dummkopf, kam ständig vom Kurs ab, stieg hinauf und hinab, ließ es aussehen, als stürzten sie um ein Haar ab, und flog wilde Manöver. Dass das alles nicht so recht zu dem ersten Funkspruch passte, mit dem er sich gemeldet hatte, schien niemandem aufzufallen. Bald waren es zwei oder drei Leute, die über Funk Anweisungen brüllten, und immer mehr Erkunder folgten ihnen, allerdings in sicherem Abstand, und Dutzende, ja bald über hundert von ihnen umkreisten sie in weitem Bogen.

Inzwischen flogen sie über der Graswüste dahin. Die Brände, die in den Bergen der Gourradis tobten, hatten die unüberwindliche Ebene bislang nicht erreicht.

»Ich glaube, ich hab's jetzt kapiert«, rief Oris den Leuten des Imperiums über Funk zu. »Ich versuch mal, hier irgendwo zu landen. Hier ist alles Einöde, nirgends Hindernisse, da sollte nichts schiefgehen.«

»Ja«, stöhnte Lut Wann. »Machen Sie das.« Er seufzte, und es war fast, als könne man hören, wie er sich den Schweiß von der Stirn wischte.

Oris ging hinab, wackelte ab und zu absichtlich hin und her, schaute angestrengt hinaus ... und setzte schließlich ernsthaft zur Landung an. Er lenkte den Erkunder so tief, dass die Automatik nichts mehr groß zu tun hatte, sondern die Maschine einfach nur aufsetzte.

»Hier noch mal Oris!«, rief er. »Wir haben's geschafft. Wir kommen gleich raus und warten draußen auf Euch!«

Noch ehe jemand antwortete, schaltete er ab und kletterte aus dem Pilotensitz. Er schüttelte die Flügel aus, die wie üblich ganz zerdrückt waren von den ungeeigneten Rückenlehnen.

»Also«, meinte er. »Raus mit uns.«

»Verstehe«, sagte Jagashwili und erhob sich ebenfalls.

Sie beeilten sich, zur Schleuse zu kommen, und traten dann hinaus auf die unendlich scheinende Ebene der Graswüste, das unüberwindliche Herz des Kontinents. In weiter Ferne, hinter Rauchschleiern, ragte die Silhouette des Vulkanbergs empor, ansonsten war alles ringsum flach. Es gab nur trockenes Gras und knöchelhohe dürre Sträucher und darüber das bizarre, Furcht einflößende Schauspiel des brennenden Himmels. Wer sich hier nicht einsam und verloren fühlte, der war nicht bei Trost, fand Bassaris.

Oris ging voraus, tat zehn, zwanzig Schritte und blieb dann stehen. Jagashwili und Bassaris taten es ihm gleich, und als ihre Verfolger sich in der Luft über ihnen sammelten, eine Wolke von Sternenschiffen wie das ihre, hoben sie die Hände zum Zeichen der Wehrlosigkeit.

Wie das brauste und kreischte da oben! Bassaris fragte sich, ob das überhaupt die Erkunder waren oder der Himmel selbst, der da so dröhnte. Ein einzelner Erkunder machte Geräusche, gewiss, deutlich vernehmbare sogar, aber dass Hunderte davon so laut waren ...

Wieder und wieder kreisten sie um sie herum, Raubvögeln

gleich, die sich nicht entschließen konnten zuzustoßen. Dann endlich formierten sie sich zu einem riesigen Ring, der sich in aller Ruhe herabsenkte, mit ihnen als Mittelpunkt.

Bassaris hörte, wie Oris geräuschvoll einatmete, und spürte, wie angespannt sein Freund war.

Die Schiffe landeten, bestimmt an die hundert von ihnen, alle im gleichen Moment. An jedem einzelnen Schiff öffnete sich die Schleusenluke, auch fast im gleichen Moment, und Leute in silbernen Anzügen kamen heraus. Sie hielten ihre Waffen im Anschlag, während sie auf sie zukamen, ein Ring aus mehreren hundert silbernen Gestalten, der sich von allen Seiten um sie herum zuzog.

Mehrere hundert silberne Gestalten, die plötzlich allesamt haltlos in sich zusammensanken.

***

Oris atmete erleichtert aus und ließ die Arme sinken. Es war auf einmal gruselig still, obwohl hoch über ihnen immer noch eine Menge Erkunder kreisten.

»Ganz schön hinterhältig«, meinte Jagashwili anerkennend.

»Ich hab sie gewarnt«, erwiderte Oris kühl. »Ich hab ihnen gesagt, diese Welt wünscht ihre Anwesenheit nicht.« Er hob die Hand in Richtung der Fremden, die der Margor geholt hatte. »Wie man sieht.«

Er zog etwas aus der Tasche, von dem Bassaris erst jetzt bemerkte, dass es der tragbare Teil des Funkgeräts war, und setzte es an die Lippen. »Hallo?«, sagte er und tat dabei genauso ahnungslos wie vorher beim Fliegen. »Lut Wann? Ob Pawoll? Euren Leuten scheint es nicht gut zu gehen. Wollt ihr nicht mal nach ihnen sehen?«

Eine verzerrte, kaum zu verstehende Stimme krachte aus dem kleinen Gerät. »Was ist da los, verflucht? Lut Mila! Machen Sie Meldung! Sie haben Befehl, die Diebe festzunehmen und …«

Schlagartig wechselte die Stimme wieder in dieses Kochtopfgetrommel.

Sie sahen zu, wie weitere Erkunder aufsetzten. Noch mehr Leute kamen heraus, flogen mit ihren silbernen Anzügen ein Stück, landeten bei den Anzügen derer, die der Margor geholt hatte – und fielen ebenfalls in sich zusammen. Der Margor war heute unersättlich, in einem Blutrausch, und Oris hatte das natürlich gespürt.

»Langsam sollten sie's doch kapieren«, meinte Bassaris, den es trotz allem gruselte zu sehen, wie jemand vom Margor geholt wurde.

Oris legte den Kopf in den Nacken, sah hinauf zum Himmel.

»Ich glaube, sie kapieren's gerade.«

Die Sternenschiffe über ihnen stiegen höher und richteten ihre Blitzwerfer auf sie.

»Schnell«, drängte Oris und wandte sich um. »Zurück in den Erkunder!«

Es waren nur zwanzig Schritte, aber der erste Blitz, der herabzuckte, ließ gleich den Boden neben Jagashwili explodieren, und ein heißer Steinsplitter traf ihn am rechten Flügel.

Jagashwili fuhr schreiend herum, kam ins Stolpern. Oris packte ihn am Arm, zog ihn zurück. »Vorsicht!«, rief er. »Der Margor ist hier ganz nah …«

Im nächsten Moment hatte Bassaris ihn, und sie zogen ihn gemeinsam in die Schleuse, hämmerten auf die Taste, die die Rampe hochfahren und die Luke sich schließen ließ.

»Geht schon«, keuchte Jagashwili, die linke Hand am blutenden Flügel. Auf seiner Stirn standen Schweißtropfen. »War nur der Schreck.« Er verzog den Mund grimmig. »Und ich werd keine Flügel brauchen, um zurückzuschießen.«

Bassaris erschrak, als er die Wut in Jagashwilis Augen sah. Diese Nestlosen waren einfach doch irgendwie anders als normale Leute, da konnte man sagen, was man wollte!

Sie wurden zweimal getroffen, ehe sie zurück im Steuerraum waren, und der Erkunder wackelte jedes Mal ziemlich. Aber die

Lampen, die grün sein mussten, waren es alle noch, und so warf sich Oris sofort in den Pilotensitz, riss den Hebel zu sich heran und ließ das kleine Sternenschiff förmlich in die Höhe springen.

Bassaris sah hinab auf den weiten Ring aus gelandeten Erkundern und leeren, silbernen Anzügen, der ihre Landestelle umgab. Die Erkunder sahen aus, als seien sie kaputt und verlassen, und die Anzüge ... Er musste an Ulkaris denken, und ihn schauderte erneut.

Oris drückte den Hebel wieder nach vorn, und sie rasten davon, in einem wilden Zickzackkurs. »Mal sehen, wie sie mit einem *Furchtlosen Flieger* fertig werden!«, rief er Bassaris zu.

Es klang zuversichtlich, aber in Wahrheit hatte Oris Angst, das spürte Bassaris. Und mit gutem Grund: Die *Heimstatt* würde noch den ganzen Tag und bis in die Nacht hinein brauchen, bis sie alle Treffpunkte abgeflogen hatte, selbst wenn sie so schnell machte, wie es nur ging. So lange würden sie die Verfolger ablenken und hinhalten müssen – und es durfte ihnen dabei *kein Fehler* passieren!

Bassaris schluckte schwer. Wie sollte das gehen?

Hinter ihnen entriegelte Jagashwili derweil die Waffen, knurrend und ächzend, und begann, mit Blitzen um sich zu werfen, dass es nur so eine Art hatte. Der Erkunder erbebte jedes Mal, wenn der Blitzwerfer losging – und meistens traf Jagashwili auch! Der Nestlose war schon immer ein guter Schütze gewesen, jemand wie Meoris und wie sie imstande, sogar Tauchschwirrer mit Pfeil und Bogen zu erlegen – nur hätte Meoris wohl Hemmungen gehabt, auf die Erkunder zu schießen, in denen ja Leute saßen, Jagashwili aber hatte keine.

Und Oris hatte nicht gezögert, die Leute des Imperiums an den Margor auszuliefern. Bassaris betrachtete den Freund verstohlen von der Seite. Irgendwie kannte man die Menschen, mit denen man lebte, doch nie ganz.

Ein neuer Treffer ließ den Erkunder wackeln. Diesmal war es nicht Oris, der so tat, als ob, vielmehr musste er alle Geschicklichkeit eines *Furchtlosen Fliegers* daransetzen, den Flug wieder zu stabilisieren.

»Wir sollten versuchen, uns irgendwo zu verstecken!«, rief Jagashwili. »Diese Ratz-und-Käfer-Jagd halten wir auf Dauer nicht durch!«

»Ja, schon klar«, gab Oris zurück und legte den Erkunder hart auf die Seite. »Aber wo?«

Das Problem, erkannte Bassaris, war, dass man die Blitze nicht kommen sah. Das war anders als bei Pfeilen oder geworfenen Steinen. In dem Moment, in dem man einen Blitz wahrnahm, schlug er auch schon ein. Man konnte bloß auf gut Glück ausweichen, und Glück, das wusste man ja, hielt nie auf Dauer an.

»Wir sollten zurück an die Goldküste fliegen«, meinte Jagashwili, nachdem er einen Erkunder, der ihnen besonders nahe gekommen war, mit zwei Blitzschlägen zum Abdrehen gezwungen hatte. »Irgendwohin, wo es viel Rauch gibt. Vielleicht hilft uns der.«

»Ich versuch's«, meinte Oris.

Bassaris schüttelte stumm den Kopf. Das würde nicht funktionieren. Sie sahen die Erkunder des Imperiums ja auf ihren Schirmen, als kleine leuchtende Punkte, neben denen Buchstaben und Zahlen standen. Genau so sahen die Imperiumsleute sie, egal, ob die Luft voller Qualm war oder ob freie Sicht herrschte.

»Pass lieber auf«, sagte Bassaris. »Die kreisen uns ein.«

»Was?«, entfuhr es Oris. »Zum …« Er wollte *zum Wilian!* sagen, verkniff es sich aber im letzten Moment. Er warf einen Blick auf den Schirm mit den Punkten, stöhnte auf. »Du hast recht.«

Das sah nicht gut aus. Inzwischen war die *Heimstatt* höchstens bis zu den Perleninseln gelangt, und sie waren schon dabei, dem Imperium in die Falle zu fliegen. Man sah es ganz deutlich. Die Erkunder bildeten weite Ringe um sie, und nicht einfach nur Ringe – sie umgaben sie von allen Seiten, auch in der Höhe. Egal, wohin sie flogen, es wartete schon eine der Maschinen auf sie.

Das große Lichtsignal am Funkgerät, das anzeigte, dass jemand sie sprechen wollte, leuchtete hell auf.

Sie sahen beide gleichzeitig hin.

»Bestimmt dieser Ob Pawoll«, meinte Oris.

»Wahrscheinlich«, sagte Bassaris.

Oris schnaubte ärgerlich. »Zu schade, dass ich grade so beschäftigt bin ...«

Damit drückte er den Erkunder tiefer, raste so steil hinab wie früher, als sie die Leute im Nest mit ihren Sturzflügen erschreckt hatten. Dicht über dem Boden fing er das Sternenschiff ab und lenkte es so abrupt zur Seite, dass sie fast aus den Sitzen fielen und Bassaris sich wieder mal den Flügel einklemmte an dem blöden Rückenteil.

Aber das war gut geraten: Auf der Linie, die sie ohne den Schwenk geflogen wären, schlugen gleich drei Blitze ein!

Und das Lichtsignal erlosch wieder.

»Oris!«, rief Jagashwili von hinten. »Ich hab den Eindruck, die trauen sich nicht, so tief zu fliegen wie du. Vielleicht ist *das* eine Chance?«

»Ich tu, was ich kann«, gab Oris zurück.

Bassaris entging nicht, dass seine Stimme gepresst klang, seine Stirn glänzte und sich die Federn am Ansatz seiner Flügel sträubten – untrügliche Zeichen, unter welchem Druck Oris sich fühlte.

Das würde alles nicht viel nutzen. Bassaris verfolgte die Manöver des Imperiums. Der enge Ring um sie herum löste sich gerade auf, aber er bildete sich größer und weiter neu.

Sie würden ihnen nicht entkommen.

Das Lichtsignal am Funkgerät leuchtete wieder auf.

Oris seufzte. »Mit Fliegen alleine schaffen wir es nicht«, meinte er. »Ich muss ihnen irgendeine Geschichte erzählen, um sie abzulenken ...«

»Und was für eine?«, fragte Bassaris.

»Wenn ich das wüsste«, sagte Oris.

Dann schaltete er das Funkgerät ein und drückte die Sprechtaste.

»Hier ist Oris. Ich ...«

Eine ganz andere, hastige Stimme unterbrach ihn. »Hier spricht Albul, Oberster Bruder. Oris! Wir sind in der Feste und sehen euch! Kommt zu uns! Hier oben können wir uns verteidigen!«

***

Oris und Bassaris wechselten völlig verblüffte Blicke.

»Was bei allen Ahnen *machen* die da oben noch …?«, stieß Oris hervor.

Ausgemacht gewesen war, dass die Brüder sich bei einem violetten Alarm zu einem von zwei Treffpunkten in den Hazagas begaben, um aufgenommen zu werden. Das hatte man so vereinbart, weil erstens genug Zeit dafür sein würde, und zweitens, weil in der Feste zu wenig Leute lebten, als dass es sich gelohnt hätte, sie direkt anzufliegen. Den kostbarsten Besitz der Bruderschaft, ihr Archiv, hatten sie schon vor zwei Frostzeiten an Bord der *Heimstatt* geschafft, wo es in einem verschlossenen Raum lagerte, zu dem nur der unsympathische Hargon den Schlüssel hatte. Der deshalb seither im Nest Ris gelebt hatte. Bassaris hatte seinerzeit selber mit angepackt, als sie die Kisten mit den uralten Unterlagen transportiert hatten. Fünf Flüge mit dem kleinen Sternenschiff waren notwendig gewesen. Die Idee des Ganzen war gewesen, dass das Archiv unberührt bleiben würde und man es, sollte sich irgendwann herausstellen, dass das Imperium doch nicht kam, wieder zurück in die Feste schaffen konnte.

Nun, das hatte sich ja inzwischen erledigt.

Wie auch immer, Oris kam nicht einmal dazu, auf diesen Anruf zu antworten. Ein Treffer ließ den Erkunder bedenklich wackeln, und nicht nur das, von irgendwo weiter hinten war plötzlich ein eigenartiges Geräusch zu hören, das Bassaris so noch nie vernommen hatte. Es klang, als sei etwas kaputtgegangen, und das war eine ganz und gar schlechte Nachricht.

Oris hatte die Maschine erschrocken in eine neue Richtung gelenkt, doch das würde nicht viel bringen, denn von dort kamen gleich fünf Sternenschiffe auf sie zu. Bassaris schrie auf, Oris wechselte den Kurs erneut … aber da waren wieder andere!

»Ihr Ahnen!«, brüllte Oris und versuchte, den Erkunder in die Kurve zu legen.

Doch die Maschine sträubte sich.

Und das hässliche Geräusch von hinten wurde lauter.

»Das sieht nicht gut aus«, murmelte Bassaris. »Das sieht *gar* nicht gut aus …«

Er hörte Jagashwili bei jedem Schuss ächzen, den er abfeuerte. Aber irgendwie bewirkte das alles nichts.

Bassaris hob den Kopf, holte tief Luft. Der Flug wurde unruhig, richtiggehend wackelig. Er spürte den Impuls, die Flügel auszubreiten, um abzuheben und sich zu retten.

Was natürlich nicht ging, denn er war ja hier drinnen eingeschlossen. Und jeden Moment musste der Treffer kommen, nach dem alles vorbei sein würde.

Schade. Viel Zeit hatten sie den anderen wirklich nicht verschafft.

In diesem Moment explodierte einer der Erkunder, die direkt auf sie zu rasten.

Gleich darauf noch einer. Die übrigen drehten scharf ab.

Oris hob hektisch den Kopf. »Was ist *da* los?«

»Das waren Schüsse vom Vulkanberg aus!«, rief Jagashwili von hinten. Bassaris wandte sich zu ihm um und sah, dass sich unter dem rechten Flügel des Nestlosen schon eine richtige Blutlache angesammelt hatte.

»Jagash, soll ich …?«, begann er, doch der schüttelte unwillig den Kopf. »Nicht jetzt. So viel Blut ist das nicht. Nur 'n paar Tropfen.«

Oris hatte endlich Gelegenheit, die Sprechtaste zu drücken. »Albul!«, rief er. »Wart Ihr das?«

»Ja!«, schrie die verzerrte Stimme des Obersten Bruders. »Keine Zeit für Erklärungen. Rettet euch in die Feste, schnell. Alles Weitere …«

BRCHRCHRCH! Ein brüllendes Brausen ertönte, das alles überlagerte. So klang das also, wenn die Imperiumsleute den Funk störten. Dschonn hatte sie gewarnt, dass so etwas passieren konnte. »Na gut«, meinte Oris und schlug kurz entschlossen die Richtung auf den Vulkanberg ein. »Warum nicht in die Feste? Ist so gut oder schlecht als Versteck wie jedes andere.«

Bassaris starrte auf den Bildschirm, auf dem sich die Punkte bewegten, von denen jeder für einen Erkunder stand. »Wie haben die Brüder das gemacht?«, fragte er. »Die haben nie ein Wort davon gesagt, dass sie auch einen Blitzwerfer haben.«

»Die sind halt einfach komisch mit ihren Geheimnissen.«

Er klang seltsam, wie er das sagte. Bassaris schaute zu ihm hinüber. »Was ist?«

Oris schüttelte den Kopf. »Es fliegt sich auf einmal ganz merkwürdig«, gestand er beunruhigt. »Ich hoffe, wir schaffen das überhaupt ...«

Im selben Moment wurde die erste der vielen grünen Lampen gelb und gleich darauf rot.

»Nicht gut«, murmelte Bassaris. An seinem Pult sah er eine der Anzeigen, die sich nicht hätte bewegen dürfen, langsam ansteigen. Was das genau bedeutete, wusste er nicht, nur, dass es nicht hätte sein dürfen.

Immerhin, die Imperiumsleute schienen sie in Ruhe zu lassen und erst mal abzuwarten, was aus ihnen wurde. Die Erkunder, die in der Luft waren, gingen auf Distanz und formierten sich zu einem neuen, größeren Kreis über der Graswüste, einem Kreis, der den Vulkanberg mit umschloss.

Vielleicht warteten sie auch einfach nur darauf, dass sie notlanden mussten. Denn als Bassaris sich umdrehte, sah er eine hässliche schwarze Qualmwolke, die sie hinter sich her schleppten und die irgendwo an ihrer Maschine entstand.

Das kleine Sternenschiff knarrte und jammerte, als Oris es höher zog, in Richtung auf die Krateröffnung, und ein paar weitere Lampen wurden rot.

»Los«, murmelte Oris. »Nur noch ein bisschen …«

Er redete mit der Maschine! Bassaris holte tief Luft. Ganz schön spannend. Je näher der Kraterrand kam, desto mehr Lichter wurden rot und desto mehr Anzeigen begannen zu steigen oder zu fallen, die nicht hätten steigen oder fallen dürfen.

»Wahrscheinlich hört die Maschine auf zu arbeiten, kurz bevor wir den Krater erreicht haben«, unkte Jagashwili.

Aber das passierte dann doch nicht. Sie erreichten den Gipfel des Vulkanbergs, wenn auch mit Ach und Krach, und Oris verzichtete darauf, in den Krater hineinzufliegen und unten zu landen wie damals, als sie das Archiv geholt hatten. Er setzte das Sternenschiff auf dem breiten Rand auf, da, wo sie in der Zeit ihrer Gefangenschaft manchmal gesessen und Pläne geschmiedet hatten.

»Den Rest fliegen wir«, rief Oris, schaltete alles ab und sprang auf. Dann sah er das Blut unter Jagashwilis Sitz. »Oh! Geht das überhaupt?«

»Abwärts auf jeden Fall leichter als aufwärts«, erwiderte Jagashwili, während er sich behutsam erhob und darauf achtete, nicht in sein eigenes Blut zu treten.

»Wir müssen dich verbinden«, meinte Bassaris.

»Nachher. Wenn wir da sind.«

»Ich schätze, Albul ist in der Residenz«, sagte Oris. »Das ist nicht weit.«

Sie verließen den Steuerraum. Als sie aus der Schleuse traten, umfing sie ein Gestank nach Rauch und Feuer, fast so, als stünde der uralte Vulkan vor einem neuen Ausbruch. Der zerrissene Himmel über ihnen war von einem hohlen Dröhnen erfüllt: all die Erkunder, die sie lauernd umkreisten. In der Ferne loderten Feuer, rieselte es schwarz vom Firmament oder stachen übernatürlich helle Lichtmesser auf die Erde herab.

»Grauenhaft«, sagte Oris.

Dann rannten sie zur inneren Kante des Kraters, breiteten die Flügel aus und sprangen hinab.

In der Feste

Albul war tatsächlich in der Residenz. Er erwartete sie sogar. Als sie auf der Rampe davor landeten, fanden sie sie leer und ungewöhnlich schmutzig vor, von Asche verschmiert und voller Fußabdrücke. Steine lagen herum, die von oben herabgefallen sein mussten. Der Vorraum, einst das Reich Kleipors, lag verlassen da, die Tür zum Arbeitszimmer des Obersten Bruders stand weit offen – und von dort kam er ihnen entgegen, aufgeregt und atemlos.

»Ihr habt es geschafft«, rief er aus. »Gut. Gut. Kommt, das müsst ihr euch ansehen …«

Bassaris hatte in den zurückliegenden Jahren viel mit Dschonn zu tun gehabt und sich daran gewöhnt, dass es Menschen ohne Flügel gab, sodass auch der Oberste Bruder kein ganz so befremdlicher Anblick mehr für ihn war. Außerdem benahm sich Albul nicht mehr so herrisch und herablassend wie damals, als sie ihm das erste Mal gegenübergestanden hatten; das machte ebenfalls einen Unterschied. Er hatte wohl selber das Gefühl, dass da in den Eislanden etwas falsch gelaufen war.

»Wir hatten ausgemacht, dass Ihr …«, begann Oris, doch Albul unterbrach ihn: »Ja. Ja, natürlich. Aber dann … Ach, kommt einfach.«

Er führte sie durch eine Tür in einen Nebenraum, den einst nur der jeweilige Oberste Bruder hatte betreten dürfen. Auch in den letzten Jahren war das, wenn sie mit der Bruderschaft zu tun gehabt hatten, noch so gewesen; sie sahen also zum ersten Mal, was hinter dieser Tür lag: ein Saal, direkt aus dem Fels geschnitten wie die anderen Räume der Feste auch, beleuchtet von einem ewigen Licht an der Decke. In einem uralt aussehenden Schrank hing Garis blauer Fluganzug, in den Schrankfächern daneben lagen andere Dinge, von denen Bassaris nicht hätte sagen können, worum es sich dabei handelte. Vermutlich auch um irgendwelche Gerätschaften der Ahnen.

Und neben den Schränken klaffte eine Öffnung, hinter der ein schmaler Gang weiterführte.

»Da«, sagte Albul aufgeregt. »Da war immer eine Wand. Immer! Eine Wand aus massivem Fels. Stabil. Nie im Leben hätte ich vermutet, dass sich etwas dahinter verbirgt. Aber als heute früh die ersten der fremden Sternenschiffe gekommen sind – noch ehe uns der violette Alarm erreicht hat –, da hat sich die Wand geöffnet!«

Oris musterte den Obersten Bruder zweifelnd. »Einfach so?«

Albul schüttelte den Kopf. »Nicht einfach so. Wir hatten unseren eigenen Alarm. Ein durchdringendes Pfeifen, das hier aus diesem Raum kam und das im ganzen Kessel zu hören war. Wir wussten nicht, was los war. Man hat mich abgeholt, wir sind dem Ton nach … und dann standen wir vor dieser Öffnung.«

»Und was ist dahinter?«

»Kommt.«

Albul ging voraus, und sie folgten ihm neugierig. Bald darauf hörten sie Stimmen, sahen Licht vor sich, und endlich gelangten sie in einen noch größeren Raum im Fels, von dem ein weiterer Gang abführte und in dem lauter klobige Maschinenpulte standen, ähnlich der Anlagen in einem Erkunder.

Und an einigen dieser Pulte saßen Brüder, die sie kannten: Kleipor. Bogoleik. Ursambul.

»Das hier«, erklärte Albul hastig, »ist ein Verteidigungssystem, das noch Pihr selbst eingerichtet hat. Er hat die Erkunder der *Heimstatt* zerlegt, um ihre Maschinen und Waffen in den Vulkanberg einzubauen.« Er ging zu einer Nische in der Felswand, in der ein dünnes Buch lag, hob es hoch. »Das ist sozusagen das Vierte Buch Pihr. Darin erklärt er alles – wie er die Anlage gebaut hat und wie sie zu bedienen ist. Nicht viel Text, aber wir haben trotzdem bis vorhin gebraucht, um die Kontrolle über die Maschinen zu erlangen. Nach über tausend Jahren funktioniert auch nicht mehr jede Waffe, leider. Jedenfalls, wir haben es gerade rechtzeitig geschafft, euch zu Hilfe zu kommen. Der Schuss auf das Imperiumsschiff, das euch angreifen wollte, war der erste Schuss überhaupt. Ursambul hat ihn abgefeuert.«

Er wies auf den groß gewachsenen jungen Mann mit dem Kinnbart und den verhangenen Augen, der an einem der Pulte saß.

»Gern geschehen«, meinte Ursambul und grinste schief. Man sah ihm an, dass er sich mit diesen Dingen eigentlich nicht auskannte; zweifellos war es in Wahrheit die Maschine gewesen, die so präzise getroffen hatte, nicht er.

»Als ich verstanden habe, dass wir uns hier gegen die Eindringlinge verteidigen können, ja, nach dem Willen Pihrs verteidigen *sollen*«, fuhr Albul fort, »habe ich es meinen Brüdern freigestellt, wie besprochen in die Hazagas zu gehen oder zu bleiben und zu kämpfen – und ich bin stolz, dass die meisten von ihnen geblieben sind. Wir werden es zwar nicht schaffen, das Imperium zu vertreiben, aber wir werden es schaffen, seine ganze Aufmerksamkeit auf uns zu ziehen. Und wir sind entschlossen, lange genug standzuhalten, um den anderen das sichere Entkommen zu ermöglichen.«

Er sah sie an, hoch aufgerichtet, ja, stolz, und zum ersten Mal, seit er ihn kannte, kam er Bassaris wie ein richtiger Mann vor.

»So, wie die Dinge stehen«, erklärte Albul, »ist das die Aufgabe, vor die uns das Schicksal gestellt hat.«

Oris nickte bedächtig. »Ja«, sagte er dann. »Das denke ich auch. Und das hier ist mehr, als ich zu hoffen gewagt habe, als ich von der *Heimstatt* gestartet bin.« Er sah sich um. »Jetzt habe ich wieder Hoffnung.«

Bassaris wurde ganz feierlich zumute, wie sie da standen und dem Schicksal mutig ins Auge blickten, doch gerade in diesem Moment erhob sich Bogoleik, deutete auf Jagashwili und fragte: »Was bei Pihr ist mit dem Mann da los?«

Alle Blicke richteten sich auf den Nestlosen, der dastand und ein nicht besonders sauber aussehendes Tuch auf seine Flügelwunde presste. Trotzdem hatte er, wie sie jetzt sahen, eine deutliche Blutspur auf dem weißen Felsboden hinterlassen.

»Das ist nichts«, meinte er unwillig. »Nur ein Riss in der Schulterschwinge.«

»Ein Riss, der immer noch blutet«, stellte Bogoleik fest, der

Heilkundige unter den Brüdern. »Wir wollen heute mutig sein – aber nicht *leichtsinnig*.« Damit griff er nach einem Korb mit Verbandszeug, den er neben sich stehen hatte, und bedeutete Jagashwili, mit ihm zu kommen.

Während der Nestlose verbunden wurde, wollte Albul ihnen erklären, wie die Verteidigungsanlage der Feste aufgebaut war. Doch er hatte kaum begonnen, als Kleipor sich räusperte und sagte: »Oberster Bruder – da ist etwas, das Ihr Euch ansehen solltet ...«

Albul trat zu ihm, und Oris und Bassaris folgten neugierig.

Auf der Bildfläche vor Kleipor sah man die Graswüste westlich des Vulkanbergs, die Erkunder, die darüber ihre Kreise zogen – und seltsame, flatternde Schatten, die sie umgaben.

»Was ist das?«, wollte Albul wissen.

»Ich weiß es nicht«, beteuerte Kleipor.

Oris griff über seine Schulter hinweg und berührte das Symbol, mit dem man das Bild vergrößern konnte. Das kannte Kleipor offenbar nicht, denn er stieß ein erstauntes »Ah!« aus, als man die Sternenschiffe plötzlich ganz groß sah – und die Vögel, die sie in Schwärmen umgaben.

»Pfeilfalken«, stellte Oris fest. »Das haben wir heute schon einmal gesehen.«

Albul riss die Augen auf. »Greifen die die Sternenschiffe etwa *an*?«

»Ja. Die ersten sechs Erkunder, die heute früh den violetten Alarm ausgelöst haben, sind auch von Pfeilfalken angegriffen worden. Und haben schließlich die Flucht ergriffen.«

»Leider nicht für immer«, ergänzte Bassaris.

»Das sind ja unerwartete Verbündete«, meinte Albul erfreut. Er beugte sich über den Bildschirm, suchte die Leiste der Symbole ab. »Wie kriegt man denn wieder die Übersicht? Ah, hier. Ha! Schaut euch das an. Großartig. Das sind ... *viele*. Tausende, möchte ich sagen. Ach was, Zehntausende!«

»Wo kommen die bloß alle her?«, wunderte sich Oris.

In diesem Moment ruckten die Erkunder nach unten, als fielen sie. Sie fingen sich gleich wieder, hatten den größten Teil der Pfeilfalken aber erst einmal abgeschüttelt.

Dann setzten sie sich in Richtung Vulkanberg in Bewegung, alle zugleich.

»Sie kommen«, sagte Kleipor mit banger Stimme.

»Also geht es los«, erklärte Albul. »An die Waffen!«

***

Sie kämpften den Rest des Tages und die ganze Nacht hindurch. Sie schossen. Sie trafen und jubelten. Sie verfehlten und fluchten. Sie rannten den Gang entlang, der im Hauptraum begann und im Fels des Vulkankegels einmal um den gesamten Krater herum führte. Alle paar hundert Schritte standen alte Maschinen in ausgeschlagenen Nischen, Blitzwerfer und andere Waffen. Tausend Jahre lang waren sie unter Gestein verborgen gewesen, doch nun war die Steinschicht abgesprengt, die sie getarnt hatte, ragten die Rohre ins Freie, konnten nach oben und unten und zur Seite geschwenkt werden, um das jeweilige Ziel zu erfassen. Man dirigierte sie mit klobigen Hebeln, zielte über winzige, staubige Bildflächen, löste mit einem Daumendruck aus und zuckte bei dem ohrenbetäubenden Donnerschlag der Waffe zusammen. Nach jedem Schuss stank die Maschine, dass einem schlecht wurde, außerdem pfiff der Wind durch die Öffnungen und trug den Brandgeruch von draußen herein.

Die Pfeilfalken aber, die über die Erkunder herfielen, wurden immer mehr. In manchen Augenblicken schienen sie den Himmel zu verdunkeln mit ihren gewaltigen Schwingen ohne Zahl. Immer wieder musste Bassaris in den Nischen anhalten und hinausspähen, weil er sich nicht sattsehen konnte an diesem Schauspiel, und es zuckte ihn dabei in den Flügeln, als erinnerten sich diese, woher sie stammten.

So viele! Es kam einem vor, als wären es Millionen, die die Imperiumsleute angriffen!

Und die Erkunder wussten nicht recht, wie sie sich wehren sollten. Sie konnten ja schlecht *aufeinander* schießen!

Albul und Kleipor, die im Hauptraum die Übersicht hatten, dirigierten die Verteidigung. »Angriff von West-Süd-West«, dröhnten ihre verstärkten Stimmen durch den Festungsgang. »Firbul! Deneleik! An die 8!« Oder: »Zwei Erkunder Nord-Ost. Oris, Bassaris! Die 17!«

Die Feste verfügte aufgrund der Vorkehrungen, die Pihr getroffen hatte, sogar über einen Magnetschirm, in den Albul und die Brüder große Hoffnungen setzten. Oris und Bassaris wechselten nur einen kurzen Blick, als sie davon erfuhren, und waren sich ohne ein Wort einig, dazu nichts zu sagen. Von Dschonn wussten sie, dass ein Magnetschirm den Zweck hatte, ein Sternenschiff vor Strahlung zu schützen, wenn es von einem Stern zu einem anderen flog. Er hatte ihnen auch erzählt, dass viele Leute glaubten, mit einem solchen Schirm Waffenblitze ablenken zu können, dass er aber dagegen in Wahrheit nicht half – fast nicht jedenfalls.

Doch der Magnetschirm über dem Vulkanberg, der, wenn man hinaussah, in manchen Moment aussah wie eine gewaltige Seifenblase, gab den Männern Hoffnung, und das war Grund genug, zu schweigen.

Fast alle waren sie noch da, rannten, schossen: Baliargon, der Meister der Grünstein-Mine. Soleik, der Koch. Sogar Brewor und Jukal, die beiden Langzeitgefangenen, waren geblieben, dirigierten gemeinsam eine Waffe und johlten über jeden Treffer, auch wenn er das Ziel nur streifte.

Obwohl die riesigen roten Vögel sie mächtig behinderten, rannten die Sternenschiffe des Imperiums immer wieder gegen die Feste an. Mal kamen sie von allen Seiten, mal kamen sie geballt aus nur einer Richtung, mal schossen sie von überallher, mal gezielt auf einen Punkt.

Und sie trafen auch.

Meistens den Berg. Der Fels erzitterte alle Augenblicke. Doch er hielt stand.

Manchmal jaulte die Maschine, die den Magnetschirm erzeugte, und man sah es draußen flimmern und flackern, als lodere eine himmelhohe Flamme empor.

Doch ab und zu trafen sie auch eine der Waffen. Und wenn sie *richtig* trafen, dann explodierte der Blitzwerfer dem Mann, der ihn bediente, unter den Händen und ließ nur blutige Trümmer übrig.

Ursambul war der Erste, der so starb.

Der Widerhall der Explosion, der durch den Festungsgang raste, war so laut, dass sie meinten, taub zu werden.

Doch dann hörten sie, wie Albul schrie, immer wieder: »Wir kämpfen weiter! Für Ursambul!«

»Für Ursambul!«, brüllten sie im Chor und rannten zum nächsten Werfer.

Doch egal, wie viele der Angreifer sie abschossen, ihre Zahl schien nicht abzunehmen.

Und sie schienen eine Methode zu entwickeln, sich der Pfeilfalken zu erwehren. Man sah nicht genau, wie es funktionierte, aber immer wieder geschah es, dass einer der Erkunder über und über bedeckt war von den flatternden Leibern der Raubvögel, und dann blitzte etwas ganz ungeheuer auf, und die Tiere stürzten haltlos in die Tiefe und waren tot.

Immer neue Angriffe. Manchmal bebte der Boden so arg, dass man ausrutschte und hinfiel.

Immer wieder Explosionen.

Baliargon starb, als er brüllend vor Wut weiter auf einen anfliegenden Erkunder schoss, obwohl Kleipor schrie: »Weg von der 9! Weg von der 9!«

Soleik starb, als das große Licht des Tages, tausendfach gebrochen und zersplittert in den Trümmern des Himmels, gerade im Westen unterging und ihn blendete, sodass er einen Angreifer nicht rechtzeitig sah.

Brewor wurde verletzt, als er an einem Loch im Festungsgang vorbeirannte, ließ sich von Bogoleik verarzten, kämpfte weiter und starb wenig später, als ihn ein anderer Blitz an fast derselben Stelle traf.

Ogon und Kastaleik starben, weil das Geschütz, das sie bedienten, überhitzte und explodierte.

Jukal starb, als ein Treffer ein Stück des Festungsgangs einstürzen ließ und die zu Tal stürzenden Felsen ihn mit sich in die Tiefe rissen.

Immer öfter flogen gefährliche Steinsplitter durch die Gänge. Einer sauste mit solcher Wucht einher, dass er, mehrfach an den Wänden abprallend, bis in den Hauptraum gelangte und Kleipor am Kopf traf.

»Das Archiv!«, keuchte er, als sie sich über ihn beugten, um nach ihm zu sehen. »Ist das Archiv in Sicherheit?«

»Wir arbeiten daran«, erklärte ihm Bogoleik und stillte die Blutung an seinem Kopf.

Die Nacht brachte keine Erleichterung. Die Angriffe gingen weiter, nur, dass es keine grauen Maschinen mehr waren, die angeflogen kamen, sondern lodernde Lichter.

Mehrmals trafen irgendwelche Geschosse in den Kraterkessel. Dann donnerte es gewaltig in der Tiefe, und meistens brach ein Feuer aus, das nach einiger Zeit wieder erlosch.

Lazaleik entkam, ehe sein Werfer getroffen wurde. Doch als er sich um den halben Berg herum zurückkämpfte, waren unterwegs zu viele Feuer; er verlor in den giftigen Dämpfen, die sich an einer Stelle ausbreiteten, das Bewusstsein und verbrannte.

Irgendwann stellte sich Albul eigenhändig an einen der Werfer und schoss zwei Erkunder ab, ehe er selber getroffen wurde und starb.

Jagashwili war derjenige, der die meisten Erkunder abschoss. Er schaffte es zweimal, rechtzeitig zu flüchten, ehe sein Werfer getroffen wurde.

Beim dritten Mal war er nicht schnell genug. Als die Waffe, vor der er davonrannte, explodierte, traf ihn ein großes, wild gezacktes Metallteil, das so scharf war, dass es ihm den rechten Flügel glatt abtrennte, fast genau an der Stelle, an der Bogoleik ihn verbunden hatte.

Sie bargen ihn, so schnell sie konnten, banden hastig den Stumpf seines Flügels ab, aus dem das Blut wie ein Sturzbach schoss, und schleppten ihn davon in Richtung des Hauptraums.

»Lasst mich …«, stöhnte er. »Das hat … keinen Zweck mehr …«

»Jagashwili!«, beschwor Oris ihn. »Halt durch! Du bist doch ein *Held*!«

Der Nestlose schüttelte keuchend den Kopf. »Nein, Oris. Ich bin nicht hier, weil ich ein *Held* bin … Ich bin hier, weil ich es nicht geschafft habe, diese Welt zu verlassen!«

Doch noch ehe sie ihn zu Bogoleik gebracht hatten, *hatte* er es geschafft.

***

Zwei Bildschirme funktionierten noch. Der eine zeigte das Innere des Vulkankegels, der erfüllt war von Qualm und Rauch. Auf dem anderen sah man, wie draußen der Tag anbrach. Die Graswüste brannte, so weit das Auge reichte. Der Himmel war zerwühlt und durchlöchert. Man sah keinen einzigen Pfeilfalken mehr, aber immer noch viele, viele Erkunder. Man konnte fast glauben, sie hätten keinen einzigen abgeschossen.

Bassaris musste an Dschonn denken. *Das Imperium hat unendliche Reserven.* Das hatte er oft gesagt, und offenbar stimmte es.

Er hockte neben einem der Pulte, den Rücken gegen die Wand gelehnt. Einer seiner Flügel war eingeklemmt, aber das war jetzt nicht mehr wichtig; er spürte ihn ohnehin kaum mehr. Wichtig war, dass er das gebrochene Bein ausgestreckt lassen konnte. Auf diese Weise blieben die Schmerzen erträglich.

Oris' Kopf lag in seinem Schoß, seit Stunden schon. Dessen Flügel waren mehrfach gebrochen und schwer von seinem Blut, sein Unterleib blutig und aufgedunsen unter den Resten seiner zerfetzten und verbrannten Kleidung. Aber er atmete noch.

Gerade als die Maschinen des Imperiums sich in Richtung auf die Feste in Bewegung setzten, kam Oris noch einmal zu sich. Schlug die Augen auf, sah zu ihm hoch und lächelte.

»Bas«, hauchte er.

Bassaris nickte ihm zu. »Ich bin hier.«

»Wir gehen nicht auf die neue Welt, hmm?«, flüsterte Oris mühsam. »Wir gehen dorthin, wohin eines Menschen Flügel ihn nicht tragen.«

»Ja«, sagte Bassaris.

Oris seufzte. »Schade. Ich hätte so gern gesehen, wie sie aussieht, die neue Welt … Was meinst du, hat es gereicht für die anderen? Ob sie entkommen sind?«

Bassaris horchte in sich hinein. »Ich glaube schon.«

Oris' Augen fielen zu, und er hatte Mühe, sie wieder aufzustemmen. »Ich bin froh, dass du bei mir bist, Bas. Du warst mein Leben lang bei mir … Danke, Bas. Das war wirklich das Beste.«

»Ja«, sagte Bassaris.

Sein Atem ging schneller. »Es gibt nichts zu bedauern«, keuchte Oris. »Es war ein gutes Leben. Ein gutes Leben. Das war es doch, oder, Bas?«

Bassaris nickte. »Ja. Das war es.«

Oris lächelte noch, dann brach sein Blick, und er hörte auf zu atmen.

Bassaris schloss ihm die Augen, ließ ihn aber liegen, wie er lag. Er lehnte sich zurück und behielt die beiden Bildschirme im Blick. Nun war er der letzte, der noch lebte von den Verteidigern der Feste.

Er sah zu, wie sich die Erkunder dem Vulkanberg näherten, langsam, sehr langsam und sehr vorsichtig. Er verfolgte, wie sie auf dem Kraterrand landeten. Wie jemand aussteigen musste, ein flügelloser Mann in einem silbernen Anzug, der entsetzlich zitterte und sehr erleichtert war, als ihm nichts passierte.

Dann flogen die ersten Maschinen in den Kessel hinab. Unten setzten sie mitten in dem auf, was einst die Gärten der Bruderschaft gewesen waren. Und dann kamen immer mehr von ihnen, nahmen den Vulkankegel in Besitz, landeten in seinem Inneren und auf dem Kraterrand, und immer mehr Leute stiegen aus.

Zeit, die Sache zu beenden.

Bassaris hob die Hand und legte sie auf den Schalter, den noch Pihr selbst eingebaut hatte und mit dem sich die gesamte Feste in die Luft sprengen ließ. Er hielt inne, horchte in sich hinein, aber er verspürte kein Bedauern. Es war, wie es war. Und wie Oris gesagt hatte: Es war ein gutes Leben gewesen.

Was konnte man mehr wollen als das?

Damit legte er den Schalter um.

Ionon

***

Wie war sie überhaupt in diese ganze Sache hineingeraten?

Wobei, natürlich waren sie alle irgendwie hineingeraten. Das hatte man sich nicht aussuchen können. Aber sie war es, die nun hier stand, im Bauch des riesigen Sternenschiffs, den Blick auf ein Bildfeld gerichtet, auf dem sie verfolgen konnte, wie es draußen aussah, die Hand an dem Hebel, mit dem sie die Luke öffnen konnte, um die Wartenden aufzunehmen. Und Kalsul stand neben ihr.

Kalsul. Die war der Anlass gewesen. Kalsul, ihr Sorgenkind. Dieses hübsche Mädchen mit dem unvergleichlichen Talent, sich in Schwierigkeiten zu bringen. Eine ganze Frostzeit lang war sie verschwunden, Frostgast im Nest der Tal. Bei allen Ahnen, weiter in den Norden hatte sie nicht fliegen können, so kurz vor Kälteeinbruch?

Ihre Eltern hatten sich keine großen Sorgen gemacht. Die waren das gewöhnt, und, mal ganz ehrlich, ihr Vater – Markosul, der *berühmte* Kartenzeichner, ja, ja –, der war ohnehin ein ziemlich schräger Vogel gewesen. Von irgendjemandem musste das Mädchen es ja haben.

Jedenfalls, als es endlich getaut hatte, war Kalsul auch nicht gleich zurückgekommen. O nein. Erst mit dem zweiten Eisenschiff, das den Sultas genommen hatte, war sie angekommen, dafür aber völlig aufgelöst. Wildeste Geschichten hatte sie erzählt, vom Buch Ema und den roten Brüdern und einer geheimen Bruderschaft …

Ionon hatte ihr kein Wort geglaubt.

Die anderen hatten ihr nicht mal richtig zugehört.

Und irgendwann hatte sich herausgestellt, dass alles die reine Wahrheit gewesen war.

Wer hätte denn *damit* rechnen sollen?

Letztlich aus diesem Grund hatte sie, Ionon, sich an den Vorbereitungen für den Exodus mehr beteiligt als die meisten. Um ihr Misstrauen Kalsul gegenüber wiedergutzumachen. Deswegen stand sie nun hier und wartete, dass sie den nächsten Treffpunkt erreichten.

Wobei ... ein bisschen hatte auch eine Rolle gespielt, dass sie hatte wegwollen aus der Muschelbucht. Oh, gewiss, die Muschelbucht. Ganz reizender Ort. Drei Nester auf einmal, wo gab es das sonst? Ja, ja. Wer könnte schon wegwollen von hier?

Es lag nicht wirklich an der Bucht. Natürlich nicht.

Es lag an Berksul.

Damals, als sie Berksul kennengelernt hatte und mit ihm gegangen war – ganz ehrlich? Sie hatte sich fast mehr in die Muschelbucht verliebt als in ihn und sich ihm deshalb versprochen. Dem untreuen Vogel. Wahrscheinlich konnte das Schicksal so etwas nicht ungestraft lassen.

Eine Weile hatte sie die Augen zugemacht. Hatte sich gesagt, *die Sul halt! Kinder der Liebe!* Aber irgendwann hatte sie einfach genug gehabt von seinen Spielchen, seinen Affären mit den anschließenden Liebesbeteuerungen, und ihn aus der Hütte geworfen. Dass er daraufhin gleich ganz verschwunden war, umso besser, das hatte den Alltag erträglicher gemacht. Doch die Muschelbucht und das Nest Sul, beides war danach nicht mehr dasselbe gewesen.

Wenn sie es wenigstens selber zu Kindern gebracht hätten. Aber das hatte auch nicht geklappt. Wie nichts geklappt hatte mit Berksul.

Ach, sie war so naiv gewesen. Vielleicht musste man so werden, wenn man im Nest der Non vom Furtwald aufwuchs, im hintersten Tal, das so eng war, dass man sich kaum vorstellen konnte, dass es außerhalb davon eine ganze Welt gab. Ein Tal, in dem so wenig los war, dass einem nichts anderes übrig blieb, als die Großen Bücher von vorne bis hinten zu lesen und dann noch einmal von hinten nach vorne, wieder und wieder.

Dank dessen war es so gekommen, dass man sie gebeten hatte, den Unterricht im Nest Sul zu übernehmen. Sie hatte nicht Nein gesagt. Unterrichten war angenehmer als nach Muscheln zu tauchen oder Frostmoos zu kratzen.

Dass Kalsul mal schwierig werden würde, das hatte man schon gemerkt, als sie noch ganz klein gewesen war, klein und drollig. Und trotzdem schon rebellisch.

Seltsam, wie das Leben so spielte.

Denn nun war sie dabei, nicht nur die Muschelbucht hinter sich zu lassen, sondern gleich die ganze Welt!

Darüber wollte sie lieber gar nicht so genau nachdenken.

***

Das Sternenschiff ging tiefer. Der Wald kam näher. Hunderte von Leuten in den Bäumen, die Gesichter nach oben gerichtet. Weil sie etwas hörten, aber noch nichts sahen. Aber jetzt! Jetzt zuckten sie zusammen, erblickten die *Heimstatt*. Flogen auf.

»Und los«, sagte Ionon und drückte den Hebel.

Die riesige Luke ging auf, als sei sie das Maul eines ungeheuren Fischs, und es klang jedes Mal, als donnere es hier drinnen. Die Eisentore fuhren auf und waren noch nicht ganz offen, als sie schon angeflogen kamen, ein Gewirr flatternder Flügel, aufgeregter Gesichter und weinender Kinder, die nicht verstanden, was los war, nur, dass ihre Eltern Angst hatten.

Und sie hatten allen Grund, Angst zu haben. Ionon hatte auch Angst. So viel konnte schiefgehen. So viel *ging* schon schief!

Wie der Himmel draußen aussah, zum Beispiel. Ein ganz und gar schrecklicher Anblick, seit die Sternenschiffe des Imperiums zurück waren. Hunderte von Rissen zogen sich kreuz und quer darüber, loderten wie Feuer an ihren Rändern, und dieses schwarze, geisterhafte Zeug, was da herabrieselte …! Niemand konnte ihr erklären, was das war, oder falls es jemand konnte, hatte er nicht die Zeit dazu.

Sie mussten eben weitermachen. Einfach stur weitermachen.

»Weitergehen«, sagte Ionon immer wieder und scheuchte alle Leute, die gehen oder fliegen konnten, nach hinten, wo Kalsul stand und ihnen versicherte, dass genug Platz da war für alle, und sie weiterlotste in die Gänge. Das größte Problem waren die Tragenetze mit Alten und Kranken; diese Leute musste man so zügig wie möglich nach hinten schaffen, damit es vorne nicht zu einem Stau kam.

»Schneller!«, rief Ionon, winkte weit ausholend. »Nach hinten durchgehen! Hinten ist genug Platz! Schneller, bitte!«

Sie waren konfus. Klar. Wer wäre das nicht gewesen an ihrer Stelle? Da hatte man jahrelang über den violetten Alarm geredet, hatte allmählich angefangen, Witze darüber zu reißen – und nun war er tatsächlich gekommen, einfach so, und auch noch früh am Morgen. Sie hatten in aller Eile alles abbrechen, ihr ganzes Leben hinter sich lassen müssen, waren nur mit dem Nötigsten zu einem Treffpunkt geflogen, der schon überfüllt gewesen war, als sie angekommen waren, hatten dann warten müssen, warten und warten, bis endlich dieser Koloss von einem Sternenschiff über ihnen aufgetaucht war, die *Heimstatt*, von der man eigentlich gedacht hatte, sie sei nur eine Erfindung von Legendenerzählern. Aber nein, es gab sie tatsächlich, und sie tauchte über einem auf wie aus dem Nichts, vor einem Himmel, der gerade in Scherben zerbrach … Das immerhin half. Wenn man sah, dass die Welt unterging, tat man sich leichter zu fliehen.

Immer wieder hatte jemand etwas Wichtiges vergessen und wollte noch einmal zurück. Meistens Männer. »Ich hab ein Buch liegen lassen. Das Kleine Buch Anital, über die Kunst des Bierbrauens!«

Da hieß es, hart zu sein. Sie würden alle Kleinen Bücher an

Bord nehmen, wenn sie im Eisenland waren. »Nein, ganz ausgeschlossen, noch einmal zurückzufliegen. Wenn du mitwillst, musst du an Bord bleiben.«

Manche weinten sogar ihren Großen Büchern nach. Dabei hatten sie die schon seit Jahren an Bord.

Dann wieder einmal eine Frau, die auf Ionon zustürzte, sich an sie klammerte und heulte: »Mein Perelmur! Er ist grade im Norden unterwegs, was wird aus ihm?«

»Wir nehmen alle auf«, versicherte Ionon ihr. »Und in den Norden kommen wir noch.«

»Aber woher weiß er, wohin er muss?«

»Er muss einfach nur den anderen nachfliegen. Es wird schon gutgehen. Geh nach hinten, such euch schon mal einen Platz.«

Doch je öfter so etwas vorkam, desto klarer wurde Ionon, dass sie nicht alle Leute an Bord kriegen würden. Egal, wie sehr sie sich anstrengten, ein paar würde es geben, die es nicht rechtzeitig zu einem Treffpunkt schaffen und zurückbleiben würden, alleine auf einer sterbenden Welt.

Entsetzlich.

Schließlich aufatmen, wenn für den Moment alle an Bord waren und sie die Luke wieder schließen konnten. Und sei es nur, um diesen Anblick nicht länger ertragen zu müssen, den zerrissenen Himmel, aus dem es rot und schwarz herabfloss, rot wie Blut und schwarz wie flüssige Nacht. Nicht länger sehen zu müssen, wie Wälder bleich wurden und wie Stämme von Riesenbäumen zerplatzten, sobald eine dieser unheimlichen Zungen sie berührte, und in Flammen aufgingen.

Ionon hatte das Buch Ema immer gehasst. Mit ansehen zu müssen, wie Emas Visionen Wirklichkeit wurden, kam ihr vor wie der reinste Hohn.

***

Die *Heimstatt* gewann wieder an Höhe. Jetzt galt es, die Halle leer zu bekommen, bevor sie den nächsten Treffpunkt erreichten, und möglichst auch die Gänge, die nach hinten und weiter oben führten. Sie hatten an alle Wände Hinweispfeile gezeichnet, welcher Stamm wohin musste, aber sie hatten nicht damit gerechnet, wie sehr der Anblick des Sternenschiffes die Leute beeindrucken, faszinieren und, ja, *lähmen* würde.

»Das ist es wirklich ... das Sternenschiff der Ahnen ... ich hab immer gedacht, dass ist nur eine Legende ... nur eine Geschichte, die man Kindern erzählt ...«

So oder ähnlich murmelte es von überallher. Wenn die Zeit gewesen wäre, hätten sie *Führungen* veranstalten können. Aber die Zeit war nicht. Später. Damit vertrösteten sie sie. »Wir werden *Jahre* unterwegs sein. Ihr werdet jeden Winkel des Sternenschiffs sehen, versprochen.«

Es war wirklich, als stünden sie in einem Sturm, einem Sturm aus Menschen, die angeflogen kamen, einem Sturm, der kein Ende nehmen wollte. Luke auf, Ansturm, Luke zu, nach hinten verteilen, mit Gesten, mit guten Worten, mit lauten Kommandos. Erst mal weg aus der Halle, weg aus den Fluren, alles Weitere würde sich finden!

Sie hatten eine Karte an der Wand hängen, eine Skizze des Kontinents, auf dem sämtliche Treffpunkte eingezeichnet waren und der Kurs, den die *Heimstatt* nehmen würde. Trotzdem verlor Ionon zwischendurch die Orientierung, vor allem, als sie die Perleninseln abklapperten. Da kamen nicht nur rotgesichtige Leute ins Schiff, sondern auch eine irre Hitze, die berüchtigte Mittagshitze der Inseln.

Ionon hatte noch nie verstanden, wie man hier überhaupt leben konnte.

Rot bemalte Gesichter, bunt bestickte Kleider, Sonnenschirme und fremdartige Gerüche. Weiter, weiter, weiter nach hinten! Die Halle frei machen, damit die Nächsten Platz haben! Schneller, bitte!

Dann erblickte Ionon eine Landschaft auf dem Bildfeld, die so ganz anders aussah, und fragte: »Welche Insel ist *das* jetzt?«

Worauf Kalsul lachte und sagte: »Gar keine. Das ist das Schlammdelta.«

Das Schlammdelta? Schon?

Umso besser. Und nur zwei Treffpunkte, einer links des Thoriangor, einer rechts davon. Dafür kamen Unmassen von Leuten; es nahm gar kein Ende. Natürlich, dass das Schlammdreieck die am dichtesten besiedelte Region der Welt war, das hatte Ionon gewusst. Das wusste jeder. Aber mal zu *sehen*, was das bedeutete – das war wieder etwas ganz anderes.

Und irgendwann war auch das Schlammdelta geschafft, waren alle an Bord.

Und Kalsul den Tränen nahe.

»Was ist denn, Kind?«, fragte Ionon, unwillkürlich in die alte Rolle der Lehrerin zurückfallend.

»Galris!«, heulte Kalsul. »Da war Galris. Mit Frau und Kind!«

»Ich dachte, ihr hättet euch ausgesprochen und alles geklärt?«

Kalsul nickte schluchzend und schniefend. »Dachte ich auch …«

Keine Zeit, keine Zeit. Es musste weitergehen. Während die *Heimstatt* nach Osten weiterflog, kamen neue Helfer dazu: zuerst eine junge Frau mit Fußfedern, die Eteris hieß und erklärte, sie wolle tun, was sie könne, damit alles gutgehe. Dann tauchten ein gewisser Mursem und ein Burkor auf, zwei tatkräftige junge Männer, und eine Ajasem, die Tochter eines Heilkundigen. Mursem kam mit der Neuigkeit an, dass über der Graswüste gekämpft werde. Sie stellten die Bildfläche so ein, dass sie nach Westen schauen konnten, und sahen tatsächlich, wie die fremden Sternenschiffe den Großen Kegel umkreisten und immer wieder Blitze darauf schleuderten; ein unheimlicher Anblick.

»Was da wohl ist mit dem Berg?«, wunderte sich Burkor.

»Kann uns egal sein«, meinte Ionon. »Solange sie den Vulkan umkreisen und nicht uns …«

Dann hatten sie das Ruggimon-Gebirge passiert und erreichten die Naim-Halbinsel: ein Klacks, verglichen mit dem Delta. Von da aus ging es nordwärts. Als sie die Ostküste zur Hälfte geschafft hatten, konnte Ionon nicht mehr. »Ich muss mich mal hinlegen«, sagte sie und hatte das Gefühl, schon zu lallen. »Weckt mich, wenn wir die Nordberge erreichen.« Nur ein paar Schritte von der Halle entfernt gab es eine Kammer mit einer behelfsmäßigen Kuhle. Ionon erreichte sie mehr taumelnd als gehend, ließ sich hineinsinken und war sofort weg.

***

Da war Berksul, der sie küssen wollte, ihr Berksul, der so gut aussah mit seinen dunklen Augen und den breiten Flügeln und den lockigen Haaren. Sie wollte ihn auch küssen, aber jemand hinderte sie daran, zog sie immer wieder von ihm weg …

Dann war Ionon wach, halbwegs zumindest, und sah Ajasem über sich, die sie wachgerüttelt hatte.

»Ah«, stieß sie hervor. »Du bist es.«

»Ionon«, sagte das Mädchen, »wir sind in den Nordlanden.«

»Gut. Danke.«

Ionon rappelte sich auf. Bei allen Ahnen, war sie weit weg gewesen! Und dass sie von Berksul geträumt hatte, ausgerechnet!

»Wir haben die Ostlande aufgenommen«, berichtete Ajasem hastig, »die Hazagas, die Donnerbucht und die Burjegas. Jetzt sind die Nordlande dran.«

»Schön.« Ionon setzte sich auf den Rand der Kuhle. Nur einen Moment.

»Aber da ist etwas seltsam …«

Es klang eigenartig, wie sie das sagte. Ionon sah das Mädchen an, sah, welche Unruhe sie erfüllte.

»Was ist los?«, fragte sie.

»Die Leute wollen nicht mitkommen.«

»Was?«

»Also, ein paar schon. Die haben es uns erzählt. Dass die meisten dableiben.«

Ionon kniff die Augen zusammen, schüttelte den Kopf, um sich zu vergewissern, nicht doch noch schlecht zu träumen, rüttelte die Flügel zurecht. »*Wie* bitte? Draußen geht die Welt unter, und es wollen welche *dableiben*?«

»Sie sagen, die Pfeilfalken werden die Angreifer vertreiben.«

»Welche Pfeilfalken?«

»Wir haben nachgeschaut. Der Steuerraum hat das bestätigt. Da sind tatsächlich Pfeilfalken, die die Sternenschiffe angreifen. Viele! Und die Nordländer meinen, die werden die Eindringlinge wieder vertreiben. Dass die Ahnen das so eingerichtet haben. Als Schutzmaßnahme für uns.« Das Mädchen holte tief Luft, setzte hoffnungsvoll hinzu: »Könnte das nicht sogar stimmen? Ich meine – dann müssten wir gar nicht fliehen …«

Ionon stand abrupt auf. »Das will ich sehen. Komm.«

Sie hatte es schon immer erstaunlich gefunden, was man den Ahnen alles zutraute. Als seien es halbe Götter gewesen. Und das, obwohl jeder *wusste*, dass es nur Menschen gewesen waren – die Vorfahren von jedem Einzelnen, der heute am Leben war, zum Wilian!

In der Halle klaffte die Luke immer noch auf. Draußen war es dunkel, wobei der Himmel loderte wie ein zerbrochener Tontopf, der in ein Feuer gefallen war. Überall standen Leute, die heftig diskutierten, doch es waren nur wenig Leute, viel zu wenige.

Ionon ließ den Blick schweifen, suchte Kalsul, fand sie aber nirgends. Sie hatte sich wahrscheinlich auch hingelegt.

Sie ging zur Bildfläche. Mursem stand davor, starrte darauf und machte dabei seltsame Kaubewegungen. Man sah tatsächlich, wie gewaltige Schwärme von Pfeilfalken über die fremden Sternenschiffe herfielen. Die Tiere krallten sich an äußere Aufbauten, hackten auf Instrumente und Leitungen ein, verdeckten Sichtscheiben oder rissen mit ihren scharfen Schnäbeln Teile ab.

»Ich habe in der Steuerzentrale nachgefragt«, erklärte Mursem.

»Sie sagen, es stimmt. Da sind Pfeilfalken, und sie greifen die Fremden an. Aber dieser Dschonn meint, sie hätten auf Dauer keine Chance. Er meinte, wenn es sein muss, schickt sein famoses Imperium hundertmal so viele Sternenschiffe oder tausendmal, da gibt's keine Grenze.«

»Woher kommen so viele Pfeilfalken?«, wunderte sich Ionon. »Ich habe noch nie gehört, dass mehr als zwanzig an ein und demselben Ort gelebt hätten. Früher. Mein Großvater hat mir davon erzählt. Zwanzig. Das war schon viel. Und das da sind *Tausende*!«

»Reicht gar nicht«, meinte Mursem. »In der Steuerzentrale haben sie über dreißigtausend gezählt.«

Ionon wandte sich ab, ging auf den Nächstbesten zu, einen bärtigen Mann mit ungepflegten Flügeln, der grimmig dreinschaute. Als sie ihn fragte, was eigentlich vor sich gehe, schnaubte er und schimpfte los: »Das ist dieser übergeschnappte Kerl, dieser Efas, den sie den *Verkünder* nennen! Erst hat er alle verrückt gemacht mit seinem Gerede vom Buch Ema und dass die roten Brüder gekommen sind und was weiß ich, und jetzt, als es tatsächlich so weit ist, erzählt er auf einmal, die Pfeilfalken werden uns retten!« Er schluckte mächtig. »Meine Tochter ist auch geblieben. Ich weiß nicht ... was hätte ich denn tun sollen? Auch bleiben?« Sein Blick ging zu der immer noch offen stehenden Luke, als überlege er, wieder zurückzufliegen.

Eine Frau mischte sich ein. »Erst hat es Entwarnung gegeben, und wir haben gedacht, alles ist gut, aber dann ist der Himmel zerbrochen, genau wie Ema es beschrieben hat«, sprudelte sie los. »Und da hab ich mir gesagt, es ist wohl doch ernst. Aber es sind Leute gekommen, junge Leute, die Efas geschickt hat, und die haben überall herumerzählt, wir sollen Ruhe bewahren, es wird alles gut ausgehen, die Ahnen beschützen uns; sie haben die Pfeilfalken so verändert, dass sie alle Feinde vertreiben ...« Sie knallte in einer Geste der Entrüstung mit ihren Flügeln. »Das ist doch Unsinn, oder? Ich meine, woher will dieser Efas das denn wissen? Der war ja auch nicht dabei. Jedenfalls, ich hab zu meinem Garhet gesagt, wir fliegen trotzdem zum Treffpunkt. Wir steigen ein. Zurückkommen können wir immer noch.«

Nun, was das betraf, irrte sie sich, wie Ionon wusste, denn einmal unterwegs zur neuen Welt würden sie nicht mehr umkehren können, das hatte ihnen Dschonn ganz deutlich gesagt. Aber sie verzichtete darauf, ihr das zu erklären, dankte ihr nur und eilte dann zu dem Apparat, von dem aus man mit der Steuerzentrale reden konnte.

Dort waren sie schon ganz aufgeregt, weil es nicht voranging. Sie bekam Ifnigris zu sprechen, erklärte ihr rasch, was los war, und fragte, was sie jetzt tun sollten.

»Bei allen Ahnen …« Sie hörte sie abgrundtief seufzen. »Also, mal andersherum gefragt: Was *könntet* ihr denn tun? Wollt ihr zu den einzelnen Nestern runterfliegen und anfangen zu diskutieren? Dann wären wir noch unterwegs, wenn die Regenzeit anfängt. Oder der Himmel endgültig einstürzt. Das geht nicht. Dann können wir es auch lassen.«

»Gut, das wollte ich nur klären«, erwiderte Ionon. »Wir zwingen also niemanden. Wir nehmen die auf, die mitkommen wollen. Und wer bleiben will, soll bleiben. In Ordnung?«

»Hier nicken alle«, sagte Ifnigris. »Schließt die Luken.«

***

Sie machten einfach weiter. Der Rhythmus blieb derselbe: Treffpunkt anfliegen, Luken öffnen, die Leute, die kamen, in Empfang nehmen und weiterschicken. Luken wieder schließen und das Signal geben weiterzufliegen.

Nur dass es jetzt Nacht war und sie vorher kaum mehr sahen, wie viele Leute an den Sammelplätzen auf sie warteten. Zwar war das Bild, das die Fläche zeigte, erstaunlich deutlich dafür, wie dunkel es draußen war, aber man sah trotzdem nur Umrisse. Wenn sie die Luken öffneten und das Licht aus der so hell wie möglich beleuchteten Halle hinausfiel, war es jetzt jedes Mal eine Überraschung, wie viele Leute aufgeflogen kamen.

Oder wie wenige. Je weiter sie nach Westen gelangten, je mehr sie sich den Wäldern um das Eisenland näherten, desto weniger Leute warteten an den Treffpunkten.

An einem Treffpunkt für ein halbes Dutzend Nester, an dem sie mit Hunderten gerechnet hatten, kamen nur *drei* – ein Mann und zwei Frauen. Verstört und tränenüberströmt.

»Sie sind alle verrückt geworden«, heulte eine der Frauen. »Efas hat sie alle verrückt gemacht.«

»Oder wir sind es, die verrückt sind«, meinte der Mann, der einen ganz glasigen Blick hatte. »Ich weiß wirklich nicht mehr, was stimmt und was nicht.«

Vorkommnisse wie diese ließen Ionon ahnen, was sich für Dramen da unten in den Wäldern abspielen mochten. Wobei sie es gar nicht genauer wissen wollte. Nicht jetzt. Nicht, wenn sie ohnehin nichts ändern konnte.

Irgendwann tauchte Kalsul wieder auf, und seltsam: Sie strahlte richtiggehend!

»Was ist denn mit dir los?«, fragte Ionon verblüfft.

Kalsuls Augen glänzten verträumt. »Hargon hat gesagt, er möchte sich mir versprechen. So *ganz richtig*!«

»Hargon?«, wiederholte Ionon, die für einen Moment an ihren Ohren zweifelte. »Dieser alte Knochen?«

»Ja«, seufzte Kalsul. »Genau der.«

»Den du nie wieder sehen und mit dem du nie wieder etwas zu tun haben wolltest?«

»Ja.«

Sie war offensichtlich schwer verliebt.

»Und du hast womöglich Ja gesagt.«

Kalsul nickte heftig. »Meinst du, man kann auch in einem Sternenschiff eine Zeremonie des Versprechens abhalten?«

Nun war es Ionon, die seufzte. »Na klar. Aber später, ja? Wenn die Reise begonnen hat.«

Vielleicht, dachte sie, war es gar nicht so schlecht, eine solche Zeremonie abzuhalten. Es würde allen zeigen, dass das Leben weiterging.

Zunächst aber ging die Aufnahme weiter. Dass so viele blieben, hatte immerhin den nützlichen Effekt, dass sie schneller vorankamen als gedacht. So erreichten sie das Eisenland, den letzten Treffpunkt, gerade als im Osten das große Licht des Tages aufging und den zertrümmerten Himmel feuerrot aufleuchten ließ.

Die Eisenländer waren, wie sie schon immer gewesen waren: barsch, kurz angebunden, staubig und nach Rauch und Schwefel stinkend – aber bestens organisiert. Allen voran brachten an die zwanzig kräftige junge Männer die berühmte Bibliothek der Eisenstadt an, die vorab in der *Heimstatt* zu deponieren sich die Eisenländer starrsinnig geweigert hatten. Erstens bräuchten sie die Bücher ständig, hatten sie gemeint, und zweitens würde es ja wohl reichen, wenn es eines Tages tatsächlich losging.

Und nun hatte es tatsächlich gereicht. Was die Eisenleute nicht mal bemerkenswert zu finden schienen.

Offensichtlich ließen sie sich auch von irgendwelchen Verkündern nicht so leicht beeindrucken. Ja, hieß es, ein paar würden wohl dableiben, aber wenige. Was offenbar niemanden groß kratzte. Solange ein Eisenländer seine Zusagen einhielt und die Gesetze, konnte er schließlich tun und lassen, was er wollte.

Immerhin, sie passierten die Halle so zügig und komplikationslos wie kaum eine andere Gruppe vor ihnen. Sie konnten einem auf die Nerven gehen, diese Eisenländer, aber ihre Art hatte auch etwas für sich.

Ja, und dann war es vollbracht. Sie hatten alle Treffpunkte abgeflogen, hatten alle an Bord genommen, die mitwollten, und weiter gab es nichts mehr zu tun. Und dass nicht alle an Bord waren … Nun, vielleicht war auch das zu etwas gut. Wie es in einem der Lieder Zolus hieß: *Du kennst die Zukunft nicht, sie verbirgt sich vor deinem Angesicht.* Immerhin würde es ein Vorteil sein, dass nicht nur ein paar Versprengte, Unglückliche zurückblieben, die auf sich allein gestellt waren, sondern genügend viele, um einander beizustehen.

Eine Durchsage hallte durch alle Räume des Sternenschiffs. Es war wieder Ifnigris, die sprach, was Ionon seltsam fand; sie hatte erwartet, dass sich in einem Moment wie diesem entweder Oris oder Jagashwili an die Menschen wenden würden.

»Es hat uns große Opfer abverlangt«, sagte Ifnigris ernst, »aber wir haben es geschafft. Wir haben alle Treffpunkte erreicht, es sind alle an Bord, die mitkommen wollen auf die neue Welt. Die Reise, die vor uns liegt, wird lange dauern und ihre eigenen Schwierigkeiten mit sich bringen, doch auch die werden wir bewältigen.«

Während sie sprach, stieg die *Heimstatt* höher und höher, und auf den Schirmen sahen sie alle ein Bild ihrer alten Welt aus einer Höhe, wie sie niemand je erreicht hatte – außer Owen vielleicht, der den Himmel berührt hatte –, eine Aussicht, wie keiner von ihnen sie kannte: Da glänzte der sich windende Lauf des Thoriangor, da dräute die Kette der Nordberge, da lag das Eisenland noch ganz überschattet, da erstreckte sich die unüberwindliche Ebene der Graswüste …

»Die größte Herausforderung jedenfalls liegt hinter uns«, schloss Ifnigris. »Und die Reise zur neuen Welt beginnt – jetzt!«

Fast genau in dem Moment, in dem sie das sagte, sahen sie alle, wie es da unten den Vulkanberg, den geheimnisvollen Mittelpunkt der Graswüste, in einer gewaltigen Stichflamme zerriss. Das Feuer griff nach dem roten und schwarzen Zeug, das aus dem Himmel herabbrann, und loderte in der Reaktion damit ungeheuer auf, verschlang die Sternenschiffe, die den Großen Kegel umkreist hatten.

Dann verschwand alles unter Rauch und Feuer, und man sah nicht mehr, was weiter geschah.

»War er also doch nicht so erloschen, wie man immer gesagt hat«, meinte jemand.

Ionon hörte kaum hin. Sie beobachtete seltsam fasziniert die jungen Eisenländer, die die Kisten mit den Büchern nach und nach abtransportierten. Die Großen und die Kleinen Bücher, ja. Auf der neuen Welt würden die ihnen nur noch begrenzt von Nutzen sein. Gewiss, die Bücher Kris mit ihren moralischen und praktischen Regeln, die würden weiterhin wichtig sein. Das Buch Jufus sowieso. Man würde weiterhin voller Sehnsucht das Buch Teria lesen, und man würde wohl auch weiterhin Zolus Lieder singen … Aber die anderen Bücher würden sie selber neu schreiben müssen. Es würden neue Kochrezepte entstehen und neue Heilmethoden gefunden werden, für Krankheiten womöglich, die sie erst auf der neuen Welt befallen würden. Und jemand würde aufschreiben müssen, wie es zu diesem Exodus gekommen und wie er verlaufen war.

Sie verloren an diesem Tag, überlegte Ionon, mehr als nur eine Welt. Sie verloren auch ein Stück der Geborgenheit, die ihnen die Ahnen gegeben hatten.

Vielleicht würden sie erwachsen werden müssen in einem Sinne, den sie bislang gar nicht gekannt hatten.

***

Schließlich durchstießen sie den Himmel, und die Welt verschwand. Ein unheimlicher Moment, zumal nun in den Tiefen der *Heimstatt* Maschinen zu dröhnen begannen, die sie noch nie zuvor gehört hatten. Ionon sah sich beklommen um, fand die Aussicht, die kommenden *Jahre* im Inneren dieses metallenen Gebildes verbringen zu müssen, auf einmal entsetzlich.

Höher und höher stiegen sie und sahen ihre alte Welt schließlich zum ersten Mal von außen. Ionon hatte nie zuvor darüber nachgedacht, wie die Welt von außen aussehen mochte, ja, sie hatte sich nicht einmal richtig klargemacht, dass es so ein »Außen« überhaupt *gab*. Nun erblickte sie auf der Bildfläche eine Kugel von der Farbe schmutzigen Schnees, von einem Weiß, das löchrig wirkte, aber bei Weitem weniger schlimm, als es von unten ausgesehen hatte.

Irgendwo mussten die großen Sternenschiffe des Imperiums sein, doch man sah sie nicht. Das war auch nicht zu erwarten gewesen, das hatte man ihnen vorher erklärt. Diese Schiffe waren zwar sehr groß, weitaus größer noch als die *Heimstatt*, verglichen mit der Welt aber trotzdem zu winzig, als dass man sie mit bloßem Auge hätte ausmachen können.

Eine Bewegung in den Augenwinkeln ließ Ionon den Kopf wenden. Sie sah Kalsul und Hargon in einem der Ausgänge stehen. Der hagere, seltsam vertrocknet wirkende Mann stand ihr zugewandt, hatte einen seiner Flügel leicht angewinkelt, als wolle er Kalsul vor etwas schützen oder verbergen, und so hatten sie irgendwas zu bereden.

Ihre Erfahrungen mit Berksul hatten sie viel über die Sprache des Körpers gelehrt, und seltsam, irgendwie glaubte sie in diesem Moment, dass Hargon es tatsächlich ehrlich meinte mit Kalsul. Zugleich sah sie, dass die beiden es nicht leicht miteinander haben würden, ganz bestimmt nicht. Aber vielleicht war das auch gar nicht das, worauf es ankam. Jedenfalls schienen sie ihr, so unvernünftig der Gedanke war, gut zusammenzupassen.

Er ging irgendwann, und Kalsul kam angeschlendert, eine Fraulichkeit ausstrahlend, die neu an ihr war.

»Na?«, fragte Ionon. »Hast du schon mal nachgeschaut, wo die Gon untergebracht sind?«

Kalsul schüttelte den Kopf. »Er wird zu uns kommen. Der Mann gehört ins Nest der Frau, meint er, und dass die Stämme der Liebe das falsch machen.«

»Na, dann …« Ein Moment des Schweigens entstand, bei dem es Ionon unbehaglich wurde. Sie deutete auf die Bildfläche. »Seltsam, die Welt so zu sehen, oder?«

»Ja«, sagte Kalsul. »Total ungewohnt.«

»Das habe ich mir noch nie überlegt, aber wir haben unserer Welt nie einen Namen gegeben.«

1223

»Mein Vater hat sie immer *Margora* genannt.«

Ionon betrachtete die schmutzigweiße Kugel, die kleiner und kleiner wurde. »Hmm, ich weiß nicht. Das ist ein schrecklicher Name.«

»Eigentlich schon.«

Viele Jahre später

Emadin

»Ihr müsst euch das so vorstellen«, sagt Emadin und greift nach einem großen Glas. Ein Dutzend Kinderaugen sind auf sie gerichtet, während sie etwa bis zur Hälfte gezuckertes Wasser hineingießt. Dann nimmt sie den Karton mit dem hellroten *Hochgenuss-Saft superleicht* und gießt ihn so vorsichtig darüber, dass sie am Schluss zwei Schichten im Glas hat, unten eine durchsichtige und oben eine rote.

»So sieht die Atmosphäre unserer Welt aus«, erklärt sie den Kindern dann. »Es ist eine ganz besondere Welt, die auch eine ganz besondere Atmosphäre hat. Trennschichtatmosphäre nennt man das – aber das müsst ihr euch noch nicht merken.« Sie zeigt auf den unteren, klaren Teil. »Das ist die Luft, die wir atmen. Hier leben wir, hier fliegen wir, hier wachsen die Riesenbäume und so weiter. Das darüber« – sie deutet auf den roten Saft – »ist ein anderes Gas. Es hat einen sehr komplizierten Namen, aber wir sagen einfach DME dazu. DME, das könnt ihr euch merken. DME ist in Wirklichkeit nicht rot. Vor allem kann man es nicht atmen. Es ist *schwer*, und es *drückt* auf unsere Luft herab und hält sie fest, damit sie nicht in den Weltraum verschwindet. Denn wenn unsere Luft verschwinden würde, das wäre schlecht, nicht wahr? Dann könnten wir ja nicht mehr atmen.«

»Und nicht mehr fliegen«, wirft der kleine Bordin ein, vorwitzig wie immer.

»Und nicht mehr fliegen, genau.« Emadin senkt den Kopf bis hinab auf die Tischplatte, was die Kinder animiert, es ihr gleichzutun. Dann deutet sie auf die Trennschicht in der Mitte des Glases, die von unten und aus diesem Winkel fast genauso perlmuttfarben schimmert wie der Himmel. »Seht ihr? Das, was wir als Himmel sehen, ist die Grenze zwischen beiden Gasen. Unten ist unsere Luft, darüber das DME. Und so war das viele, viele tausend Jahre lang. Bis eines Tages etwas Schlimmes passiert ist.«

Sie hebt den Kopf, sieht sich um. Über dem Mahlplatz bewegen sich die Blätter in der Brise, die durch den Wipfel streicht und die Hitze fortträgt; ihre Unterseiten schimmern silbern. Ein Pfeilfalke gleitet dahin, weit oben, so hoch, dass man meint, er berührt den Himmel. Irgendwo sägt jemand an einem Stück Holz, ausdauernd.

Keine Spur von Hiladin. Sie hat Dienst in der Küche, aber sie ist nicht da. Kein gutes Zeichen. *Gar* kein gutes Zeichen.

»Eines Tages«, fährt Emadin seufzend fort, »ist nämlich ein Sternenschiff aus dem Weltraum gekommen.« Sie nimmt den dünnen hölzernen Rührstab, hebt ihn über das Glas und sticht dann damit langsam in die geschichtete Flüssigkeit. Als seine Spitze die Trennschicht durchstößt, treibt er einen dicken roten Tropfen vor sich her, der in der klaren Flüssigkeit schweben bleibt, als sie den Stab wieder zurückzieht. »Das war ein Sternenschiff des Imperiums! Und es ist hier abgestürzt! Und natürlich hat man es im Imperium irgendwann vermisst und andere Sternenschiffe geschickt, die es suchen sollten. Und die sind auch gekommen.«

Sie stößt den Stab weitere sechs Mal hinein, und nun beginnt das Ganze schon ziemlich wild auszusehen. »Damals waren die Pfeilfalken aber noch keine Sternenschiffe gewöhnt. Sie haben sie *angegriffen* und wieder vertrieben.«

Die Betonungen veranlassen die Kinder, wilde Bewegungen zu machen. Manche von ihnen wissen, wie es aussieht, wenn ein Pfeilfalke Beute schlägt: höchst beeindruckend nämlich.

Als sie sich wieder beruhigt haben, macht Emadin weiter. »Aber da hatten sie immer noch nicht herausgefunden, was mit dem ersten Sternenschiff passiert war. Der Imperator hat gesagt: So geht das nicht! Ihr müsst es finden! Also sind sie ein drittes Mal gekommen – diesmal mit *sechshundert* Sternenschiffen!«

»Boah!«, macht Etedin, die Kleinste in der Runde, die sich unter dieser Zahl bestimmt noch nichts vorstellen kann.

»Das hätten sie natürlich nicht gemacht, wenn sie gewusst hätten, wie empfindlich unsere Atmosphäre ist. Aber das haben sie da ja noch nicht wissen können. Und so ist es passiert – sie sind alle auf einmal gekommen und haben alles durcheinandergebracht!« Emadin stößt mit dem Stab wild hinein, nicht unbedingt sechshundert Mal, aber genügend oft, um beide Flüssigkeiten miteinander zu verrühren, bis das ganze Glas voller rot-weißer Schlieren ist. »Und wisst ihr, wie man diese Zeit nennt?«

Die Kinder schauen einander an, ihre Münder bewegen sich, sie suchen das richtige Wort. »Die Tage des Feuers«, weiß Iladin schließlich, die Klügste von allen.

»Genau. Die Tage des Feuers. Denn wenn man DME und Luft miteinander verwirbelt, dann kann das gewaltige Brände auslösen, und so war das damals auch. Oh, wir haben alle viel Angst gehabt, das könnt ihr mir glauben! Ich war zu der Zeit so alt wie ihr, und ich hatte *große* Angst.« Emadin sieht in die Runde. »Und wisst ihr, was *dann* passiert ist?«

»Dann sind ganz viele Leute weggegangen«, sagt Iladin altklug.

»Ja, genau. Ganz viele Leute haben damals auf die Einflüsterungen von Dschonn dem Verräter gehört, der ihnen gesagt hat: *Ihr müsst fliehen, ihr müsst fliehen – und ich werde euch zeigen, wohin!* Da sind sie vor lauter Angst zu ihm in sein ur-ur-uraltes Sternenschiff gestiegen, und er ist mit ihnen davongeflogen, hinaus ins Weltall – und dort sind sie alle in die Sonne gestürzt und waren tot!«

Emadin nickt ernst.

»Nur die, die ihre Angst besiegt haben – nur die, die auf Efas, den Verkünder, gehört und auf die Ahnen vertraut haben –, nur die haben überlebt. Denn es waren nur *Tage* des Feuers, nicht *Jahre*. Die Soldaten des Imperators waren nämlich nicht dumm. Sie haben gesehen, was ihre Sternenschiffe unserer Atmosphäre antun,

1227

und als sie verstanden haben, was da vor sich ging, haben sie sich ganz vorsichtig zurückgezogen … und nach einer Weile hat sich alles wieder beruhigt.«

Sie schiebt das Glas zurück in die Mitte, in dem die beiden Flüssigkeiten anfangen, sich wieder zu entmischen.

In Wirklichkeit ist es natürlich viel komplizierter. Emadin hat die chemischen Vorgänge nie restlos verstanden, aber jedenfalls ist DME normalerweise kalt, und als es sich im Kontakt mit der Luft erwärmte, wurde es leicht und stieg auf. Außerdem ist am zweiten Tag des Feuers der große Vulkan im Herzen der Graswüste ausgebrochen, was die Welt womöglich vor Schlimmerem bewahrt hat, denn die frei werdenden Gase haben mit dem DME in der Luft reagiert und es auf diese Weise rasch daraus vertrieben. Und als das DME wieder kalt und schwer wurde und nach unten sinken wollte, wurde es wie zuvor durch die besondere Trennschicht des Himmels, der ebenfalls eine chemische Reaktion zwischen Luft und DME darstellt, daran gehindert. Und so kehrte der alte Zustand allmählich wieder zurück.

Aber dafür sind die Kinder noch zu jung. Und sie ist schon zu alt.

»Dann, als alles wieder gut war, sind die Soldaten des Imperiums *ganz vorsichtig* gelandet. Sie haben festgestellt, dass das allererste Sternenschiff nur deswegen verloren gegangen ist, weil es damals noch unseren allerältesten Feind gab, den Margor. Den haben die Ahnen nicht besiegen können. Das Imperium aber hat ihn besiegt, weil es jeden Feind besiegt. Man hat nämlich herausgefunden, dass der Margor hauptsächlich von den Hiibus und den Ratzen lebt, und so haben die Soldaten des Imperiums Roboter losgeschickt, die *jedes einzelne* Hiibu und *jede einzelne* Ratze aufgespürt und getötet haben. Und als es diese Tiere nicht mehr gab, gab es bald auch keinen Margor mehr.«

Die Kinder sehen gebannt zu, wie sich der rote Saft oberhalb des gezuckerten Wassers sammelt und die untere Schicht wieder klar wird.

»Es war hinterher natürlich allerhand zerstört. Ganze Wälder sind abgebrannt. Der Ort, dem am wenigsten passiert ist, das waren die Küstenlande, die Leik-Inseln draußen und die Muschelbucht, und deshalb sind alle, die nach den Tagen des Feuers noch da waren, hierhergezogen. Und erst allmählich fangen wir wieder an, in andere Gebiete …«

Das Radiogerät unterbricht sie mit jenem Tonsignal, das sie alle kennen: das Signal, dass ein Schwebeboot mit Besuchern kommt, die sehen wollen, wie sie leben.

Die Kinder springen auf, flattern empor, vergessen ganz, dass man das auf einem Mahlplatz nicht soll. Doch das spielt jetzt keine Rolle.

»Ja, fliegt los«, ruft Emadin. »Zeigt unseren Freunden vom Imperium, wie viel Spaß es macht zu fliegen!«

Und die Kinder flattern los, wirbelnde Bündel aus Federn und kindlichem Überschwang. Natürlich beeilen sie sich nicht, um ihre Flugkünste vorzuführen, sondern um die Bonbons zu ergattern, die einige Besucher vom Schwebeboot aus verteilen, während die anderen wie wild Aufnahmen machen.

***

Das große Licht des Tages versinkt schon, als Hiladin endlich aus dem dunkelnden Himmel herabschwebt und elegant vor dem Mahlplatz aufsetzt.

»Entschuldigung«, sagt sie zu den Leuten in der Küche. »Mir ist was dazwischengekommen.«

»*Etwas?*«, fragt Emadin. »Oder *jemand?*«

Ihre Enkelin zögert, aber darauf kommt es auch nicht mehr an, denn man riecht an ihr ganz deutlich die Art künstlichen Dufts, wie ihn sich Imperiumsleute auf die Haut auftragen.

»Du warst wieder bei diesem schmierigen Dschoordsch«, stellt Emadin fest.

»Er ist nicht *schmierig*. Er ist ein *Geschäftsmann*.«

»Wir sagen *Händler* dazu. Allerdings haben wir kein Wort für Händler, die junge Mädchen verkaufen.«

Dschoordsch ist ein Mann aus dem Imperium, der auf der Hochebene ein großes Nest besitzt, in der Nähe der Gästenester für die Besucher aus dem Weltraum. Wobei ›Nest‹ nicht das richtige Wort ist; es handelt sich um auf dem Boden errichtete Gebäude, wie es sie weiland in der alten Eisenstadt gegeben hat.

»Er *verkauft* keine jungen Mädchen«, erklärt Hiladin allen Ernstes. »Er stellt nur *Kontakte* her.«

»So kann man es zweifellos auch nennen«, erwidert Emadin eisig. »Aber letzten Endes läuft es darauf hinaus, für Geld mit jemandem in die Kuhle zu gehen. Oder etwa nicht?« Sie seufzt abgrundtief. »Dein Urgroßvater wäre entsetzt.«

»Oma«, sagt Hiladin spöttisch, »lass dir sagen: Die Flachrücken fangen mit einer Kuhle nichts an. Aber mal so *gar* nichts.«

»Das ist eine Ausrede, und das weißt du.«

Sie hält ihr eine Münze hin. »Und das ist ein Goldener, und das weißt *du*.«

»Ah ja?«, erwidert Emadin und versucht, unbeeindruckt zu wirken, was ziemlich schwer ist, denn tatsächlich *ist* sie beeindruckt. »Und für wie viele Goldene willst du den Rest deines Lebens verkaufen?«

»Darum geht's doch gar nicht.« Ihre Enkelin ist sichtlich genervt von so viel großmütterlichem Unverstand. »Ich hab auf diese Weise einen Mann kennengelernt, der total nett ist. Und völlig in mich verliebt! Er will mich unbedingt wiedersehen. Er sagt, er kann mich an den Hof des Imperators bringen. Er meint, dort wäre ich *die* Sensation, mit meinen Flügeln und allem.«

»Hiladin! Es haben schon viele Mädchen solche Lügen geglaubt, und ich weiß von keinem Fall, in dem es gut geendet hätte!«

Ihre Enkelin tritt vor sie hin, von den Flügelspitzen bis zu den Zehen eine Verkörperung der Jugend in ihrer vollen Blüte, eine Verkörperung nicht nur jugendlicher Schönheit und Kraft, sondern auch jugendlicher Selbstgewissheit und Unbeirrbarkeit. »Oma, sei mir nicht böse«, sagt sie, »aber was *du* weißt, hat nichts mehr zu bedeuten. Du stammst noch aus der alten Zeit, der Zeit der Großen Bücher und der Ahnenverehrung und all dem. Aber diese Zeit ist vorbei. Schon lange. Jetzt ist eine neue Zeit, und es gelten neue Regeln.«

Damit lässt sie sie stehen und stolziert, langbeinig, die Flügel elegant geschwungen, in die Küche, um einen Ersatz für den ausgefallenen Dienst auszuhandeln.

***

Später am Abend, als Emadin endlich in ihrer Schlafhütte und allein ist, massiert sie sich erst einmal ausgiebig die Stirn und die Wangen und die Nase. Sie tut es so lange, bis sich das Gefühl einstellt, das ständige falsche Grinsen weggeknetet und ihr Gesicht wieder für sich zu haben.

In Wahrheit glaubt sie nämlich nicht, dass die Leute vom Imperium Freunde sind. Man muss das nur sagen, sonst kann man Schwierigkeiten bekommen, selbst hier in den alten Küstenlanden, in denen alles noch so ist wie früher und das Imperium weit weg zu sein scheint. In Wahrheit ist das Imperium aber nirgendwo weit weg, und es hat Spione, die kleiner sind als eine Süßmücke. Ihr Bruder Uldin hat das schmerzlich erfahren müssen. Die Jahre in der Anstalt, in der man ihm beigebracht hat, den Imperator zu verehren, haben zweifellos zu seinem frühen Tod beigetragen.

Was soll sie nur tun? Es stimmt ja, sie gehört noch der alten Zeit an. Einer Zeit, in der die Jungen um die Wette geflogen sind und stolz auf das waren, was sie konnten.

Heute träumen die Jungen von einem eigenen Gleiter und sind stolz auf das, was sie *besitzen*. Und ist das wirklich falsch? Es stimmt ja, dass eine neue Zeit begonnen hat in den Tagen des Feuers, und in dieser Zeit leben die Jungen heute, gehen ihre eigenen neuen Wege und müssen ihre eigenen neuen Erfahrungen machen.

Ihre Flügel betrachten sie im Grunde auch nicht mehr als überlebenswichtige Organe, sondern nur noch als eine Art Schmuck, der sie von den anderen Menschen des Imperiums abhebt. Menschen haben schon immer davon geträumt, aus eigener Kraft fliegen zu können, zu allen Zeiten – und *sie* können es tatsächlich!

Und das versuchen sie zu ihrem Vorteil zu verwenden.

Wie immer, wenn Emadin ratlos ist, geht sie in die Versenkung, die der Ahn Gari vor über tausend Jahren gelehrt hat. Ihr Vater hat sie ihr beigebracht, als sie noch ein Kind war, und er hat ihr auch erklärt, dass Gari diese Technik ebenfalls übernommen hat, von viel älteren weisen Lehrern. Sie schiebt alle Gedanken beiseite, schließt die Augen, achtet nur noch auf den Atem, zählt die Atemzüge, von eins bis zehn, von zehn bis eins, und immer so weiter …

Nach einer Weile ist sie wieder ganz bei sich. Sie öffnet die Augen und spürt, wie sehr sie ihren Vater vermisst. Er ist kurz nach den Tagen des Feuers gestorben, an einem Umwurf, der wie aus heiterem Himmel über ihn gekommen ist. »Meine Mission ist erfüllt«, das waren seine letzten Worte, ehe er dorthin gegangen ist, wohin eines Menschen Flügel ihn nicht tragen. Sie haben seinen Leib vor dem Gedenkstein verbrannt, der das Antlitz der Ahnin Ema trägt, und der Kaltas hat seine Asche davongetragen.

Sie wüsste gern, was ihr Vater zu der Welt sagen würde, die sich heute entwickelt.

Einem Impuls folgend, öffnet sie die Kiste, in der sie das alte Buch Ema verwahrt, das ihr Vater noch von eigener Hand abgeschrieben hat. Sie holt es heraus, streicht über den Einband aus Hiibu-Leder, schlägt es auf. Es ist ein einfaches Notizbuch, doch es ist das letzte *vollständige* Exemplar des Buches Ema, das existiert.

Damals, in der Vorbereitung des Exodus, sind die Leute von Dschonn dem Verräter durch die ganze Welt gezogen und haben aus jedem Buch Ema, jedem einzelnen Exemplar, die letzte Seite entfernt. Die letzte Seite, die mit dem *Rätsel von der Schwester* endete, das angeblich irgendwie verriet, wohin sie zu fliegen vorhatten. Sie wollten nicht riskieren, verfolgt zu werden, falls eines der Bücher zurückblieb. Und es sind ja viele Bücher zurückgeblieben, weil viele Menschen auf ihren Vater gehört und den Ahnen vertraut haben.

Doch dieses Buch, das Buch ihres Vaters, das Buch von Efas, dem Verkünder, haben sie nicht verstümmelt. Vielleicht, weil sie es nicht wagten. Vielleicht, weil sie nichts von seiner Existenz wussten. Ihr Vater hat noch eine andere, eine schönere Ausgabe des Buches Ema besessen, ein Geschenk seines Nestes. Die gibt es auch noch, aber auch in dieser fehlt die letzte Seite.

Wahrscheinlich haben sie geglaubt, dass es damit getan sei. Sie wussten nichts von diesem Buch, das ihrem Vater das liebste gewesen ist.

Sie liest den Text, den sie schon so oft gelesen hat. *Dies aber bewahrt, meine Kinder, auch wenn ihr's nicht versteht, und seid genau im Weitertragen: Teilt den großen Kreis nach Westen in acht Teile, ein weiteres Teil zur Hälfte, nehmt von dessen Hundertstel zwei ...*

Sie hat viel darüber nachgedacht, was das zu bedeuten hat, aber ohne Erfolg. Es ist ihr tatsächlich ein vollkommenes Rätsel, wie man daraus erraten könnte, wohin die anderen fliegen wollten.

Emadin packt das alte Buch wieder weg. Sollen die, die nach ihr kommen, entscheiden, was sie damit machen.

Sie ist immer noch ratlos, aber vielleicht ist das nur angemessen für jemanden wie sie, der so alt ist, dass er noch in der alten Zeit geboren wurde. Sie kann den Jungen erzählen, was damals passiert ist – aber wohin die Reise geht, das müssen sie selber herausfinden. Für sie geht die Reise dorthin, wohin eines Menschen Flügel nicht tragen, und alles, was sie zu tun braucht, ist abzuwarten, bis diese Reise beginnt.

Raldor

»Das Wort hat der Gesandte Raldor Vogel von Garia, Sprecher der geflügelten Menschen.«

Der Saal des imperialen Rats ist, um von vornherein keine Illusionen hinsichtlich seiner Bedeutung im Machtgefüge aufkommen zu lassen, im Seitenflügel eines Seitenflügels des Imperialen Palastes untergebracht. Zudem ist er schon seit Jahrhunderten viel zu klein. Die Gesandten sitzen dicht an dicht auf schmalen, unbequemen Bänken, mehr oder weniger nach Körpergröße geordnet: Raldor sitzt auf der Seite der kleinwüchsigen Menschen, zwischen dem Gesandten der Kamparer und der Gesandten der Ewwleki, dem kleinsten Menschenvolk im Reich. Auf der anderen Seite schließt die Reihe mit Shoo, dem Gesandten der Ghuri, der locker doppelt so groß ist wie er. Shoo trägt eine Robe mit traditionellen Mustern und geht gebückt, weil das Gebäude nicht überall hoch genug gebaut ist für Menschen seines Schlages. Trotz seiner Vorsicht sieht man ihn oft mit einem Pflaster am Kopf, der haarlos ist wie bei allen Ghuri. Einmal hat er sich sogar den über dem Ohr implantierten Kommunikator an einem Torbogen zertrümmert.

Die Ewwleki vom Planeten Horrew sind an hohe Schwerkraft und eine nahe rote Sonne angepasst. Sie sind stämmig und haben grünlich schimmernde Haut, was einem nicht verborgen bleiben kann, da sie normalerweise nackt gehen. Die Gesandte, die Ka Pau Par heißt, zumindest offiziell – ihr vollständiger Name ist dreißig Silben lang –, trägt aus Rücksicht auf die Würde des Hohen Hauses einen Lendenschurz und aus Rücksicht auf ihre Augen eine dichte Sonnenbrille, aber ihre gewaltigen Brüste bleiben unbedeckt, was Raldor irritierend findet, obwohl er das natürlich nie zugeben würde. An manchen Tagen bemalt sie sich, kulturellen Regeln folgend, die sich ihm noch nicht erschlossen haben, und dann geht immer ein intensiver Geruch von ihr aus, der ihn an das Süßgras seiner Heimat erinnert, nur viel schwerer, geradezu betäubend.

Der Kamparer zu seiner Rechten hingegen ist eine erfreulich gewöhnliche Erscheinung; ein flügelloser Mensch eben, der nur in etwa dieselbe Größe hat wie er. Er heißt Jech'hau al Focho, und die einzige Besonderheit, die an ihm auffällt, ist die, dass er, wie die meisten Kamparer, sein Haupthaar zu langen Zöpfen flicht, anstatt es zu schneiden. Er ist derjenige unter den Gesandten, mit dem sich Raldor am besten versteht und der ihm, als er sich auf den Ruf des Vorsitzenden hin erhebt, zuflüstert: »Sagen Sie's denen!«

Ka Pau Par ist hinsichtlich ihrer Bekleidung kein Sonderfall. Halbnackt oder nackt zu sein ist auf vielen heißen Welten des Imperiums üblich, und die meisten Gesandten glauben, sie müssten hier im Rat ihre lokale Kultur repräsentieren. Als ob das irgendjemanden interessieren würde!

Raldor versucht nichts dergleichen. Er trägt eine moderne Frisur und einen Anzug nach neuester imperialer Mode, maßgeschneidert und in der Rückenpartie an seine Flügel angepasst. Es hat ihn viel Mühe gekostet, in der Hauptstadt einen Schneider aufzutun, der so etwas kann und macht, aber er hat einen gefunden, der derartige Arbeiten sogar mit merklicher Begeisterung ausführt.

Er ist also weder der kleinste Gesandte noch die exotischste Erscheinung im Rat. Trotzdem begleiten ihn, wie immer, wenn er das Wort erhält – was nicht allzu oft geschieht –, Hohn und Spott auf seinem langen Weg durch die schmalen Gänge bis zum Rednerpult.

»Unser Vögelchen will uns was zwitschern!«, ruft jemand, und ein anderer erwidert: »Wenn er nur erst wieder die Flatter machen würde!«

Eine helle Stimme, vermutlich von einer Frau, wirft belustigt ein: »Seid ruhig, Leute, sonst fliegt er über euch drüber und macht euch auf den Kopf!«

Raldor bleibt ungerührt; er hat das alles schon zu oft gehört. Heute ist es ihm sogar ganz recht; er hat auf diesen Spott gehofft, weil er in seiner Rede darauf Bezug nehmen will. Den Nachnamen Vogel hat er annehmen müssen, weil die imperiale Verwaltung mindestens zwei Namen für eine Person braucht, einen Familiennamen und einen individuellen Namen. Deswegen hat man dort nach der Aufnahme seiner Heimatwelt ins Imperium kurzerhand beschlossen, dass geflügelte Menschen alle den Familiennamen Vogel tragen sollen – und sie damit auf allen Welten außer ihrer eigenen gnadenlosem Spott ausgeliefert.

Er erklimmt die Treppe zum Rednerpult und verbeugt sich oben vor dem Vorsitzenden, einem hageren, hakennasigen Mann aus dem Lamrach-System. Der Imperator selber nimmt so gut wie nie an den Sitzungen des Rates teil, weil er fast immer, wie es offiziell heißt, »durch wichtige Staatsangelegenheiten verhindert« ist. Er lässt sich dann von diesem Mann vertreten, der Kjechlüjichau heißt und den Titel »Ohr des Imperators« trägt, denn er wird dem *Herrscher über alle Menschen* später berichten, was im Rat besprochen wurde. Er lässt die Gesandten zu Beginn jeder Sitzung wissen, welche Fragen den Imperator gerade so sehr beschäftigen, dass er Gedanken des Rats dazu zur Kenntnis zu nehmen bereit ist.

Raldor wendet sich dem Pult zu und beginnt.

»Hochwürdigstes Ohr unseres geliebten Imperators, hochverehrte Gesandte.«

Die traditionellen Eröffnungsworte jeder Ansprache. Es steht nirgends geschrieben, dass man so anfangen muss, aber ein Gesandter, der es nicht tut, wird das letzten Mal das Wort erhalten haben.

»Unser geliebter Imperator hat uns die Frage gestellt, wo im Imperium Verschwendung betrieben wird«, ruft Raldor in Erinnerung. »Das ist eine sehr wichtige Frage angesichts dessen, dass das Reich der Menschen wachsen soll, um eines Tages das gesamte Universum zu umfassen.«

Ein völlig idiotisches Ziel, wie jedem klar ist, der auch nur einen Hauch Ahnung von Astronomie hat, aber es ist tatsächlich das offizielle Ziel des Reichs. Folglich empfiehlt es sich, es zumindest verbal zu unterstützen.

»Um dieses hohe Ziel zu erreichen, werden gewaltige Anstrengungen nötig sein. Die sinnvollste Strategie kann also nur sein, die gegebenen Mittel und Kräfte optimal einzusetzen. Verschwendung jeglicher Art läuft dem zuwider, weswegen es uns allen ein Anliegen sein muss, derlei zu erkennen und auszumerzen. So verstehe ich die Frage des Imperators.«

Raldor macht eine Kunstpause, um allen, die ihm zuhören wollen, zu signalisieren, dass jetzt die eigentliche Rede beginnt. Alles bis dahin war Eröffnungsgeplänkel: Wer die Fragestellung des Imperators nicht lobt, braucht nicht darauf zu hoffen, dass das Ohr auch nur ein einziges Wort von dem, was er zu sagen hat, an den Herrscher weiterträgt.

»Lassen Sie mich von meiner Heimatwelt erzählen, von Garia, im Sternkatalog verzeichnet als ABL-19189/4IC«, sagt Raldor. »Garia ist vor allem dafür bekannt, ein bewohnter Planet mit einer Trennschichtatmosphäre zu sein. Er ist aus diesem Grund Objekt wissenschaftlicher Forschung. Garia ist aber auch eine *schöne* Welt, eine der schönsten, die der Imperator sein Eigen nennt. Man findet dort grandiose Küstengebiete, atemberaubende Berge und einen der längsten Flüsse überhaupt, zudem eine reiche Flora und Fauna. Die Schönheit Garias ist allgemein anerkannt, denn meine Heimatwelt ist bekanntlich auch ein überaus beliebtes Urlaubsziel.«

Er holt tief Luft. Obwohl er schon lange in der Hauptstadt lebt, macht ihm die höhere Schwerkraft hier immer noch zu schaffen. Die meisten hier hegen die Vorstellung, er könne jederzeit fliegen und tue es nur aus Rücksicht auf seine Umgebung nicht. Das ist völlig irrig: Allenfalls könnte er sich, wenn es sein müsste, aus dem dritten oder vierten Stock eines brennenden Gebäudes im Gleitflug auf den Boden retten, mehr nicht.

»Aber«, fährt er fort, »diese Urlaubsreisen spielen sich fast ausschließlich in den Küstenlanden ab, einer kleinen, durch eine langgezogene Gebirgskette abgeschirmten Region im äußersten Westen des Hauptkontinents, wo die alte Idylle weitgehend erhalten geblieben ist. Überall sonst hat man begonnen, Bergbau zu betreiben, und das auf eine Art, die unersetzliche Landschaften und Ökosysteme unwiderruflich zerstören wird. Hierfür hat man auch den Margor ausgerottet, der gewiss eine Gefahr darstellte, aber eine, mit der mein Volk seit tausend Jahren ohne Probleme gelebt hat – und dessen Fehlen bereits heute, wenige Jahrzehnte danach, negative Auswirkungen auf die übrige Natur des Planeten hat.«

Er spürt ein gewisses Interesse bei diesem Stichwort. Damals, in den ersten Jahren nach dem Anschluss ans Imperium, ist der Margor eine Zeit lang ein viel diskutiertes Thema gewesen, nicht zuletzt, weil ihm etliche Hundert Soldaten zum Opfer gefallen sind.

»Der Margor war die nanobiologische Komponente eines symbiotischen Systems, das außer ihm die einzigen zwei warmblütigen Landlebewesen des Planeten umfasste, die Hiibus und die Ratzen. Die Hiibus waren ein wichtiger Teil unserer Ernährung, die Ratzen hingegen … Nun, wir haben sie nicht gebraucht, aber sie haben viele Schädlinge in Schach gehalten, die sich nun ungehindert ausbreiten und chemisch bekämpft werden müssen. Die Hiibus wiederum haben das Gras der Savannen gefressen, eine Pflanze, die von *unten* her wächst, nicht von oben wie die meisten, und die verdorrt, wenn sie nicht abgefressen wird. Man müsste die Savannen nun *mähen* – aber das wäre eine ungeheure Aufgabe, denn allein die große Ebene im Herzen unseres Kontinents hat einen Durchmesser, der fast einem Sechstel des Planetenumfangs entspricht!«

Er spürt, dass das Interesse wieder nachlässt. Vor allem aber hört er Kjechlüjichau hinter sich mit den Fingern knacken, was immer ein Zeichen ist, dass er sich zu langweilen beginnt.

»Nun frage ich: Wozu das alles? All der Aufwand wird betrieben für den Abbau von Erzen, die weder besonders wertvoll noch besonders selten sind. Er lohnt sich praktisch überhaupt nicht. Es gibt auf anderen, unbewohnten Planeten unseres Sonnensystems dieselben Vorkommen, zudem viel reichhaltiger und viel leichter zugänglich. Es ist die reine Verschwendung, sie auf meiner Heimatwelt abzubauen und eine wunderschöne Welt dafür zu ruinieren, die noch vielen, vielen Bürgern des Imperiums Freude und Entspannung bieten könnte.«

Ein paar Gesandte nicken beifällig. Andere gähnen unverhohlen oder beschäftigen sich mit ihren Kommunikatoren.

Zeit, einen schärferen Ton anzuschlagen. Ehe die Ersten einschlafen.

»Warum tut man das? Ich behaupte, man tut es aus irrationalen

Vorbehalten gegenüber geflügelten Menschen. Sie haben alle gehört, welch ein Spott mich auf dem Weg zum Rednerpult begleitet hat. Und so geht es allen meines Volkes. Sobald wir unsere Heimatwelt verlassen, stoßen wir auf Ressentiments und Vorurteile. Man verweigert uns in den Städten des Imperators Unterkünfte mit dem Argument: ›Schlaft doch in den Bäumen!‹ Man verweigert uns die Mitnahme in Zügen oder Flugzeugen, denn: ›Ihr könnt doch fliegen!‹ Unsere Söhne und Töchter, die den Militärdienst ableisten, sind fortwährend Erniedrigungen aller Art ausgesetzt. Erst neulich – Sie haben es vielleicht gehört – wurde in der 1024sten Raumlandedivision ein Rekrut von seinen Kameraden betrunken gemacht, die daraufhin seine Flügel mit einem schmerzstillenden Spray behandelt und ihm alle Federn ausgerupft haben. Und das finden Leute *witzig*!«

»Ist es doch auch!«, grölt jemand dazwischen.

Raldor ignoriert ihn. »Unsere Aufstiegschancen in den großen Organisationen«, donnert er weiter, »sind praktisch null. Sie finden in den leitenden Positionen buchstäblich *niemanden* mit Flügeln. Wir haben es, meine Damen und Herren, hier mit einer *doppelten* Verschwendung zu tun: Nicht nur, dass eine der schönsten Naturlandschaften des Imperiums für nichts und wieder nichts zerstört wird, es wird auch das Talent eines ganzen Volkes ignoriert, eines Volkes, das den Zielen unseres geliebten Imperators dienen könnte und will, es aber nicht darf!«

Zögerlicher Applaus, der ein klein bisschen lauter ist als das höhnische Gelächter.

Wahrscheinlich, denkt Raldor, sind sie einfach nur *neidisch*. Weil wir fliegen können und sie nicht.

Er weiß nicht, ob das stimmt. Aber es ist ein befriedigender Gedanke.

»Im Namen des Imperators danke ich Ihnen für Ihren Beitrag, Gesandter Raldor Vogel«, sagt Kjechlüjichau zum Zeichen, dass seine Redezeit abgelaufen ist.

Raldor verneigt sich und macht sich auf den Rückweg. Er ist

schon zu lange in diesem Amt, um sich noch Illusionen zu machen hinsichtlich dessen, was er erreichen kann. Aber immerhin hat er einmal mehr gesagt, was er zu sagen hat, und die Hoffnung bleibt, dass *ein steter Schlag der Flügel einst ans Ziel bringt*, wie Zolu gesungen hat.

Altagiar

Es regnet, was Altagiar überaus passend findet. Die graugrünen Wolken hängen so tief über Darruut, dass die Spitzen der höchsten Hochhäuser darin verschwinden. Nur am Ausgang des Tals ist ein Stück des dünnen, gelben Himmels zu sehen. Ein paar Sterne sind zu erspähen und ein Teil einer riesigen silbernen Scheibe samt des weißen Rings, der sie umgibt. Kampar ist ein Mond, der einen Gasriesen umkreist, den man *Bor den Hellen* nennt und der dafür sorgt, dass es praktisch keine ganz dunklen Nächte gibt.

Als der automatische Wagen in eine Villengegend abbiegt, hält Altagiar lieber nach den Hausnummern Ausschau. Alle Häuser hier künden von Wohlstand. Die Straße ist gesäumt von klobigen, dickblättrigen Bäumen, die Murranti heißen und angeblich die Luft säubern.

»Da«, sagt Jalfas und drückt die Kleine an sich.

Hausnummer 20. Da also ist es.

»Ja«, sagt Altagiar.

Sie lassen den Wagen noch ein Stück weiterfahren, bis zum Verehrungszentrum, dann steigen sie aus. Altagiar rechnet die Fahrt ab, ehe sie vor die Statue des Imperators treten, der gnädig auf sie herabblickt, die Hände segnend ausgebreitet.

Jalfas hat genug damit zu tun, das schlafende Kind unter ihrer Jacke vor dem feinen Regen zu schützen. Altagiar übernimmt es, eine Dankestafel zu Füßen der Statue niederzulegen. Sie stehen eine Weile da und bemühen sich, dankbar und verehrungsvoll auszusehen, denn sie wissen, dass sie beobachtet werden.

Altagiar hasst es zu heucheln. Das Problem dabei, so zu tun, als ob, ist, dass es nicht folgenlos an einem vorübergeht. Wenn man es zu oft tut, verändert es einen. Er hat dem Imperator schon genug geopfert; seine Gefühlswelt soll er nicht auch noch kriegen.

»Gehen wir«, sagt er schließlich.

Sie verbeugen sich ein letztes Mal und wandern anschließend den Weg zurück, den der Wagen sie gebracht hat. Die Kleine schläft tief und fest in dem Tuch, in dem ihre Mutter sie trägt.

Sie gehen schweigend. Nicht nur, dass es riskant wäre, auf der Straße über bestimmte Dinge zu reden, es gibt auch nichts zu sagen. Sie haben alles viele Male durchgesprochen, von allen Seiten bedacht und sich schließlich entschieden.

Ziemlich genau zur vereinbarten Zeit erreichen sie die Villa und klingeln. Ein älterer Mann im blauen Anzug eines Heilers öffnet. Ein Signet verrät, dass er nicht nur ein Heiler ist, sondern auch ein Meister des Messers. Das ist wichtig.

»Wir sind angekündigt«, sagt Altagiar.

Keine Namen. Wie es ausgemacht war.

»Ja«, erwidert der Mann, dem gewaltige Zöpfe grauen Haares über den Rücken hängen. »Kommen Sie herein.«

Sie folgen ihm ins Innere des Hauses, in Blau gekachelte Behandlungsräume im hinteren Teil des Hauses, die groß und sauber sind und geradezu auffallend nach nichts riechen.

»Es schläft?«, fragt der Mann.

»Ja«, sagt Altagiar.

»Wann haben Sie ihm das Mittel gegeben?«

»Um den Mittagsschlag herum. Wie Sie es gesagt haben.«

»Gut.« Der Heiler weist auf einen hüfthohen Tisch in der Mitte des Raumes, der mit einer glatten blauen Folie überzogen ist. »Legen Sie es hierher, bitte. Auf den Bauch.«

Jalfas wickelt die kleine Nifas aus dem Tuch, legt sie behutsam auf den Tisch und hält sie fest, während der Heiler seine Zöpfe unter einem weißen Schutznetz verstaut und sich dann gründlich die Hände wäscht. Unterdessen kommt leise ein junger Mann herein, dem die Flechten erst bis auf die Schultern reichen und der das grüne Tuch des Adepten trägt. Er nickt ihnen stumm zu und bleibt abwartend stehen.

Der Heiler tritt an den Tisch, bedeutet Jalfas, ihrer Tochter das Oberteil auszuziehen. Das Kind erschaudert einmal kurz unter der plötzlichen Kühle, wacht aber nicht auf. Seine kleinen Flügel jedoch bewegen sich schläfrig, jede Schwinge gerade mal eine gute Handspanne lang, schon voller winziger Federchen.

Altagiar mustert Jalfas. Ihre Miene ist reglos. Unmöglich, zu erraten, was in ihr vorgeht.

Der Heiler holt ein Handgerät hervor, mit dessen Hilfe er ein dreidimensionales Bild der Knochen erzeugt, das am Ende grünlichweiß zwischen ihnen in der Luft schwebt. »Gut«, sagt er, nachdem er es studiert hat. »Da sind keine Komplikationen zu erwarten.«

Er gibt seinem Assistenten halblaut ein paar Anweisungen, die Altagiar nichts sagen, und der junge Mann verschwindet in den Nebenraum.

»Wo haben Sie Ihre Eingriffe machen lassen, wenn ich fragen darf?«, wendet sich der Heiler dann wieder an sie.

Altagiar räuspert sich. »Auf Penter Alpha.« Er fühlt sich bemüßigt hinzuzufügen: »Damals war es noch schwierig, jemanden zu finden.«

»Verstehe«, sagt der Heiler. »Nun, mittlerweile ist es kein seltener Eingriff mehr. Viele Ihres Volkes kommen nach Kampar. Der Wunsch, Vorurteilen zu entgehen und sich einzugliedern, ist für mich absolut nachvollziehbar. Weitaus mehr jedenfalls als das offizielle Verbot dieser Operation.« Er räuspert sich. »Zumal ihrer Tochter Flügel unter der hiesigen Schwerkraft ohnehin nichts nutzen würden, wenn ich es recht weiß.«

»Ja«, sagt Altagiar. »So ist es.«

Es geht los. Der Tisch hat Rollen; der Heiler nimmt ihn mitsamt ihrer Tochter durch eine Schiebetür mit nach nebenan, wo allerhand Geräte summen, ticken und knacken und alles in bläuliches Licht getaucht ist.

1242

Altagiar und Jalfas gehen zurück nach vorne. Altagiar erledigt bei einem anderen, sehr schweigsamen jungen Mann die Bezahlung, mit anonymem Geld, wie es ausgemacht war, dann warten sie stumm in einem leeren Zimmer voller Stühle. Ein Zimmerspringbrunnen erfüllt den Raum mit seinem leisen Plätschern und einem Geruch nach Algen und feuchtem Gras, der Altagiar an seine Kindheit in den Eisenwäldern erinnert. Dunkle Erinnerungen, wie er über dem Restas schwebt, bei den Giarschnellen, wo das Wasser hell über die Steine sprudelt und Fische herausspringen, um nach Insekten zu schnappen …

Das kommt ihm vor wie Erinnerungen von jemand ganz anders. Was hat er noch gemein mit dem Jungen von damals? So viel ist passiert seither. Die schreckliche Zeit beim Militär, zur Ehre des Imperiums. Der Albtraum des Kriegs im östlichen Spiralarm. Seine Versuche, an eine Universität der Hauptstadt zu gelangen, wo man sich über seine guten Noten richtiggehend ärgerte und ihm jeden Stein in den Weg legte, den man fand, bis er schließlich aufgab. Seine Odyssee von einer Welt zur anderen, eine endlose Reihe von Jobs, die immer mieser wurden, leere Jahre zwischen Drogen, Alkohol und Einsamkeit, grauenhafte Nächte, in denen er sich als Stricher verdingte, weil ihm nichts anderes blieb …

An die *Tage des Feuers* erinnert er sich nur verschwommen. Er ist damals krank gewesen, und alles, was er noch weiß, ist, wie seine Mutter ihm über die heiße Stirn streicht und sagt: »Wir hören auf den Verkünder. Die Ahnen retten uns. Die Pfeilfalken beweisen es.«

Zum Efas mit den Ahnen!

Dann hat er Jalfas getroffen, ausgerechnet eine Fas! Sie waren zwei verlorene Seelen, die sich aneinander klammerten – aber seither wird es besser. Seit sie den Tipp mit Penter Alpha und Kampar bekommen haben. Sie haben hier neue Namen angenommen, falsche Namen, doch auf Kampar sieht man das alles nicht so eng; hier können sie sich ein neues Leben aufbauen.

Ihre Nifas ist eine Manifestation dieses neuen Lebens, eine Be-

stätigung, dass sie auf dem richtigen Weg sind. Sie soll es von Anfang an besser haben.

Nach einer kleinen Ewigkeit dürfen sie ihr Kind abholen. Es
schläft immer noch, scheint von der Mutterbrust zu träumen, den
süßen Bewegungen der winzigen Lippen nach zu urteilen. Ansonsten hat es nur zwei Pflaster auf dem Rücken und einen Depotkle-
ber im Nacken.

»Den machen Sie bitte morgen Mittag ab«, erklärt der Heiler.
»Es sei denn, er verfärbt sich rot. Dann müssten Sie sofort anrufen
und vorbeikommen.«

»Verstehe«, sagt Altagiar.

»Aber ich glaube nicht, dass das passieren wird«, fährt der Heiler fort. »Der Eingriff ist sehr gut verlaufen. In diesem Alter ist es
leicht zu korrigieren.«

»Und die Pflaster?«, fragt Jalfas.

»Die fallen von selber ab, in zwei, drei Tagen. Die Narben darunter verschwinden im Lauf des Jahres. Ach ja …« Der Heiler
bringt eine Plastiktüte zum Vorschein, in der, sauber und ergreifend
winzig, die beiden amputierten Flügelchen liegen. »Das wird meistens gewünscht. Auf jeden Fall, ich darf sie nicht entsorgen. So sind
die Regeln.«

Altagiar sieht, wie im Blick Jalfas' etwas bricht, unwiederbring-
lich.

»Danke«, sagt er, packt die Tüte, steckt sie in die Manteltasche
und will so schnell wie möglich weg.

»Mein Sekretär ruft Ihnen einen Wagen, vorn an die Ecke beim
Markt.«

Letztes Händeschütteln, dann gehen sie. Kaum sind sie draußen, bricht Jalfas in Tränen aus. Heult und heult und kann sich gar
nicht mehr beruhigen. Sie bebt derart, dass Altagiar ihr die kleine
Nifas abnimmt, vorsichtshalber.

»Es war ein Fehler«, schluchzt sie. »Bei allen Ahnen, was haben
wir getan? Das können wir nie wiedergutmachen. Wir sind einfach
keine Kampaner, werden nie welche sein …«

»Doch«, unterbricht Altagiar sie entschieden. »Nifas *wird* eine Kampanerin sein. Du wirst sehen.«

Dann sind sie endlich am Markt, zwischen Leuten, die kommen und gehen und an den Ständen verhandeln, reden, lachen oder schimpfen. Es riecht nach Früchten und Gemüse. Und da wartet auch schon ihr Wagen.

Maraleik

Es ist ein sonniger Tag. Ein paar zerrissene blaue Wolken ziehen dicht über dem Horizont dahin, ansonsten ist der Himmel von makellos dunklem Grün, und es ist angenehm warm.

Ein idealer Tag für einen Ausflug, denkt Maraleik zufrieden. *Nur, dass wir nicht fliegen, sondern fahren!*

Nechwens dampfbetriebener Wagen trägt sie alle, rumpelt mit lustigem Zischen und Ächzen über den schmalen Weg durch die Wiesen in Richtung Küste. Natürlich wären sie zu Flügel schneller, aber so ist es bequemer. Mal ganz abgesehen von all den Sachen, die sie transportieren. Und von dem Baby.

»*Die* Ifnigris, die im Rat war?«, vergewissert sich Nechwen noch einmal. Seit er gehört hat, wen sie besuchen, ist er spürbar nervöser, als er ohnehin ist, sobald man ihn aus seiner Werkstatt zerrt.

»Genau die«, bestätigt Maraleik schmunzelnd, die neben ihm sitzt und aufmerksam zusieht, wie er seinen Wagen bedient. Allzu schwierig sieht es nicht aus; sie ist sicher, dass sie das auch lernen könnte.

»Ich wusste nicht, dass du die kennst«, sagt er.

»Was heißt kennen? Sie und mein Onkel Garwen haben sich einander versprochen, noch während der Großen Reise. Sie gehört also zur Familie.«

»Sogar!«, ächzt er und schiebt einen Hebel vor, dessen Funktion sich Maraleik bislang nicht erschlossen hat.

»Ist es eigentlich nicht arg unpraktisch, so weit außerhalb der

Stadt zu leben?«, lässt sich Siolwen vom Rücksitz vernehmen, Nechwens Schwester und die Frau, der sich ihr Sohn Utleik versprochen hat. »Ich meine, sie ist ja nicht mehr die Jüngste. Und die anderen Frauen auch nicht, wenn ich's recht weiß.«

Maraleik hebt die Flügel an und lässt sie wieder fallen. »Tja. Weißt du, die sind alle noch auf Bäumen aufgewachsen. Die haben's nicht so mit Städten.«

»Auf … *Bäumen*«, wiederholt Siolwen in jenem speziellen Ton junger Leute, die zwar *gehört* haben, dass man früher auf riesigen Nestbäumen gelebt hat, es sich aber beim besten Willen nicht mehr *vorstellen* können. Für sie ist ein Nest ein Gebäude.

»Ja, und soweit ich weiß, fliegen sie auch noch gern, und das geht in der Küstenthermik nun mal am leichtesten«, fügt Maraleik genüsslich hinzu.

Sie muss sich gar nicht umdrehen, um zu wissen, welche Art Blicke Siolwen und Utleik einander gerade zuwerfen. Die beiden sind keine großen Flieger, besonders Utleik nicht, der etwas zu kleine Flügel und eine zu schwache Brustmuskulatur hat; auf der alten Welt wäre er zurechtgekommen, aber gäbe es hier noch den Margor, er wäre Futter für ihn gewesen. Und Siolwen ist eine, die jede Treppe zu Fuß hinabsteigt, weil sie das *bequemer* findet als mal eben die Flügel auszubreiten.

In Wahrheit will sie nicht, dass ihre Federn hinterher durcheinander sind und das ganze aufwendige Bürsten der Schwingen am Morgen für die Ratz war. In der Stadt hält man das für wichtiger.

Und was Ratzen sind, wissen die jungen Leute ohnehin auch nicht mehr.

Sie passieren die schmale Brücke über den Zolutas, einen kleinen, steil ins Meer hinabfließenden Bach, der so heißt, weil er immer lustig murmelt und gluckert und man an manchen Stellen den Eindruck hat, Gesang herauszuhören. Dahinter steigt der Weg wieder leicht an, und an dieser Stelle kommt der Dampfmotor auf einmal mächtig ins Schnaufen. Es surrt und rattert und kracht, dann bleibt der Wagen abrupt stehen.

Nechwen seufzt abgrundtief. »Tut mir leid. Aber ich hab's euch gleich gesagt, ich bin noch nicht so weit!«

»Das ist doch halb so schlimm«, sagt Maraleik so unbeschwert, wie sie es hinbekommt. »Bis jetzt war es jedenfalls eine tolle Fahrt. Dein Großvater wäre stolz auf dich.«

Der falsche Vergleich? Sein Großvater Nechful ist früh gestorben, an gesundheitlichen Komplikationen, die ihm eine explodierende Dampfmaschine beschert hat. Nechwen schaut auf alle Fälle recht bedrückt drein, öffnet die Tür auf seiner Seite und sagt: »Ich schau mal, ob ich's hinkriege.« Dann steigt er aus, geht nach hinten, hebt die Haube über dem Motor ab und verschwindet dahinter.

Es beginnt, intensiv nach Eisbrand zu riechen oder nach so etwas Ähnlichem; der Motor wird mit Alkohol betrieben.

Und das Baby fängt an zu greinen.

»Ut«, sagt Maraleik, »du könntest deinem Schwager eigentlich zur Hand gehen.« Utleik arbeitet bei den Instandhaltern der Stadt und hat jedenfalls öfter Werkzeug in der Hand als sie oder Siolwen.

»Ich kann's ja mal probieren«, meint er skeptisch und steigt auch aus.

Siolwen versucht derweil, das Baby zu beruhigen, indem sie ihm die Brust gibt, aber Hunger scheint nicht der Grund für das Ungemach zu sein. Maraleik betrachtet den kleinen Wurm, dessen Flügelchen vor Empörung regelrecht beben, und ist genauso ratlos.

»Was meinst du«, fragt Siolwen plötzlich, »wenn wir einfach schon mal vorausfliegen? Ist ja nicht mehr weit, und die beiden können mit dem Wagen und den Sachen nachkommen.«

Maraleik ist verblüfft, dass so ein Vorschlag ausgerechnet von ihrer Schwiegertochter kommt. »Ja, gute Idee«, sagt sie sofort. »Meinst du denn, das beruhigt ihn?«

»Wahrscheinlich. Ich mach das manchmal, wenn alles andere versagt. Flieg mit ihm ein bisschen über die Gärten hinter unserem Nest. Meistens wird er still, sobald er die Welt von oben sieht.«

Maraleik leistet ihrer Schwiegertochter insgeheim Abbitte. Offenbar hat sie sie doch falsch eingeschätzt. »Na, dann los«, sagt sie und stößt die Tür auf.

Sie sagen den beiden Bescheid, und Utleik meint: »Ja, gut. Wir kommen nach.«

»Wenn wir's hinkriegen«, schränkt Nechwen düsteren Blicks ein.

»Daran hab ich keinen Zweifel«, sagt Maraleik, um ihn zu ermutigen. Er braucht es, ermutigt zu werden.

Dann breiten Siolwen und sie die Flügel aus und erheben sich in die Luft. Tatsächlich – das Greinen verstummt fast sofort. Und es ist herzerwärmend zu sehen, wie der Kleine im Tragetuch vor dem Bauch seiner Mutter hängt, mit riesigen Augen auf die Landschaft unter ihnen hinabschaut und instinktiv die Ärmchen ausbreitet, als müsse er mithelfen, zu steuern.

Es ist das erste Mal, dass Maraleik mit ihrer Schwiegertochter gemeinsam fliegt. Siolwen hat große Schwingen von sattem Braun, mit ein paar schwarzen Tupfen, und sie fliegt beeindruckend kraftvoll; Maraleik muss sich anstrengen, mit ihr mitzuhalten.

Bald kommt das Meer in Sicht, endlos scheinend, silbern-grün und von zahllosen weißen Schaumkronen gekrönt. Das Meer zu sehen löst bei Maraleik immer Erinnerungen an ihre Kindheit aus, an die Nordlande, wo das halbe Jahr Nebel oder Frost geherrscht hat oder beides und alles nach Fisch und Algen gerochen hat. Ihre Kindheit, als das Fliegen noch so leicht ging wie das Singen oder Tanzen.

Das ist nicht mehr so. Fliegen ist anstrengend geworden – weil sie älter ist und weil sie jetzt auf einer Welt mit höherer Schwerkraft und dünnerer Luft leben, und sie weiß nicht, was davon der stärkere Einfluss ist. Jedenfalls fliegen viele nicht mehr, wenn es sich vermeiden lässt, stattdessen werden Fahrzeuge immer beliebter. Bisher werden die meisten elektrisch betrieben, aber Nechwens Alkoholmotor wird bestimmt auch ein Erfolg, wenn er erst einmal zuverlässig genug funktioniert.

Das *kleine Nest* der drei Frauen kommt in Sicht. Es ist nichts

Großartiges – ein gemütlich aussehendes strohgedecktes Haus, umgeben von Wiesen, einem Garten und einem Gehege, in dem ein paar wollige Miegen grasen. Vor dem Haus ein Brunnen mit einer Kurbel, mit der man einen Eimer tief hinablassen kann, daneben zwei uralte Kargbäume, windschief vom ewigen Meereswind: Die haben da schon gestanden, ehe das Haus gebaut wurde, und sind viele hundert Jahre alt.

Maraleik erinnert sich nur undeutlich an die Bäume der alten Welt; die Insel ihrer Kindheit war kahl. Aber einmal hat sie mit ihren Eltern jemandem im Nest der Nord-Lech besucht, und sie hat noch Bilder von einem ungeheuer großen Baum im Kopf, mit Ästen so breit wie Straßen, von endlos vielen Schlafhütten und eleganten Hängebrücken und Ketten von Fettlampen, die einen Wipfel ausleuchten, der bis an den Himmel zu reichen scheint. Solche Bäume gibt es in der neuen Welt nicht. Es gibt überhaupt nur drei, vier verschiedene Arten, und Kargbäume sind die zweitgrößten davon – Zwerge im Vergleich zu den Riesenbäumen der alten Welt.

Doch unter diesen Bäumen ist ein Tisch aufgebaut und schon gedeckt, und das sieht von hier oben so einladend aus, dass Maraleik das Herz aufgeht.

Sie landen. Siolwen setzt heftiger auf, als sie müsste, aber der Kleine ist tatsächlich eingeschlafen. Seine Mutter schüttelt die Flügel aus, legt sie zusammen und meint, immer noch etwas außer Atem: »Das macht man viel zu selten.« Dann schaut sie sich um. »Ist gar niemand da?«

»Doch, doch«, sagt eine Stimme aus dem Dunkel des Hauseingangs.

Dann kommt Anaris zum Vorschein, mit ihren wallenden, dunkelbraunen Haaren und ihren ebenmäßigen Gesichtszügen. Sie ist nicht mehr ganz jung, man sieht es an den grauen Federn, die sich in das Hellbraun ihrer Flügel mischen, aber sie ist immer noch eine sehr schöne Frau.

Sie trägt einen Krug Grünbeerensaft, stellt ihn mitten auf den Tisch und wendet sich dann den beiden Frauen zu. »Die andern drehen gerade noch eine Runde«, sagt sie. »Sie müssen jeden Moment zurückkommen.« Sie beugt sich vor, um das Baby näher in Augenschein zu nehmen. »Das ist er also, der Neuankömmling.«

»Ganz so neu auch nicht mehr«, meint Siolwen. »Aber wir haben es nicht eher geschafft.«

»Macht ja nichts.« Anaris lächelt sanft. Wenn man sie so sieht, mag man kaum glauben, was über sie erzählt wird: dass sie früher eine absolut halsbrecherische Fliegerin war. »Hier draußen bei uns vergeht die Zeit ohnehin langsamer.«

Auf einmal sind da zwei Schatten am Himmel, die rasch näher kommen, man hört das Rauschen großer Flügel, dann landen sie: eine hochgewachsene, hagere Gestalt, ganz in Schwarz – schwarze Flügel, schwarze Haut, schwarze Kleidung –, und eine eher rundliche Frau mit grauen Flügeln und hellen, fast weißen Haaren.

»Da seid ihr ja schon«, sagt Ifnigris, faltet ihre gewaltigen Flügel ein und umarmt zuerst Maraleik, dann Siolwen.

Dann lächelt sie das Baby an, das gerade wieder aufwacht und die große, dunkle Frau so nachdenklich zu betrachten scheint, als überlege es, woher es sie kenne.

»Und er heißt tatsächlich Owen?«, vergewissert sich Ifnigris.

»Ja«, sagt die junge Mutter. »Nach meinem Vater, Otem. Irgendwie hatten wir das Gefühl, das ist der richtige Name.«

Ifnigris und der Kleine messen sich weiterhin mit Blicken. »Na, wenigstens muss er hier nicht bis zum Himmel hinauffliegen, um die Sterne zu sehen«, meint sie und fügt gurrend hinzu: »Hallo, Owen!«

Owen gibt ein glucksendes Geräusch von sich. Es sieht aus, als lache er. Und seine Flügelchen zucken ganz wild, fast, als wolle er seiner Mutter aus dem Tragetuch davonfliegen.

Maraleik begrüßt unterdessen Kalsul, umarmt sie und wundert sich einmal mehr, wie eine so beleibte Frau überhaupt fliegen kann. »Mein Sohn und Siolwens Bruder kommen nach«, erklärt sie. »Wir sind mit Nechwens Motorwagen gekommen, und der hat eine Panne gehabt, gerade als wir über die Brücke waren.«

»Die Brücke«, sagt Kalsul amüsiert. »Ich hab ja nicht verstanden, warum sie die überhaupt gebaut haben. Ich meine – wir können *fliegen*! Wozu brauchen wir *Brücken*?«

»Na, für Motorwagen zum Beispiel.«

»Und wozu brauchen wir Motorwagen?«

Maraleik lacht nur. Sie kann Kalsul gut leiden. Kalsul sieht zwar verlebt aus, aber auf eine Weise, die sie beeindruckt. Wenn sie mit ihr zusammen ist, hat sie nach einer Weile immer das Gefühl, dass es völlig in Ordnung ist, das Leben in vollem Flug zu genießen. Und es tut ihr gut, dieses Gefühl zu haben.

Sie setzen sich an den Tisch, trinken schon mal von dem Saft, und auch der kleine Owen ist zu dem Schluss gekommen, dass etwas zu trinken jetzt genau das Richtige wäre.

»Schön, dass ihr da seid«, sagt Ifnigris mit einem Hauch von Wehmut in der Stimme. »Meine Kinder lassen sich ja fast gar nicht mehr blicken. Taris will demnächst mit ihrer Familie auf den Südkontinent übersiedeln, nach Bassa. Dann seh ich meine Enkel wahrscheinlich überhaupt nicht mehr.«

»So ist das Leben, If«, meint Kalsul. »Wir gehören jetzt zu den Federn, die in der Kuhle hängenbleiben. Irgendwann werden die einfach weggekehrt.«

»Manchmal hast du so etwas Ermutigendes«, erwidert Ifnigris. »Aber jetzt gerade eher nicht.«

In der Ferne wird ein Maschinengeräusch hörbar. Der Motorwagen. Als sie sich umdrehen, sehen sie ihn schon kommen, die unebenen Spuren entlangholpernd, die, fast gänzlich überwachsen, noch übrig sind aus der Zeit, als das Baumaterial für das Haus herantransportiert worden ist.

Sie stehen alle auf, um die beiden jungen Männer willkommen zu heißen, außer Siolwen, die mit ihrem Sohn zu tun hat. Nechwen ist ganz verlegen, als sie sein Fahrzeug begutachten und loben; Kalsul schwärmt insbesondere von dem Geruch, den es verbreitet. »Riecht fast genau wie der Muschelbrand, den Hargon so gern getrunken hat«, meint sie.

»Ist aber ganz ordinärer Alkohol aus Algen«, erwidert er.

Kalsul verzieht das Gesicht. »Führt mich das auf die Spur eines Geheimnisses, das der teure Verblichene mir verheimlicht hat? Das will ich, glaube ich, gar nicht so genau wissen.«

Maraleik geht zum Gepäckfach des Wagens und holt den Obstkuchen, den ihr Adnaim gebacken hatte, eigens für diesen Besuch. »Ich soll euch übrigens von Adnaim grüßen«, sagt sie, als sie ihn auf den Tisch stellt. »Und es tut ihm leid, dass er nicht mitkommen konnte.«

»Wie geht's ihm denn?«, will Ifnigris wissen. »Ist er immer noch in der Gruppe, die die gläsernen Bücher auswertet?«

»Ja, ja, und wie! Die arbeiten, als würden die Dinger nächstes Jahr verschwinden. Ich seh ihn kaum noch.«

Inzwischen ist der Tee fertig, den Anaris aufgesetzt hat, und sie schneiden den Kuchen an. Während sie alle essen und den Kuchen loben, fällt Utleik ein zu fragen, wie sie das überhaupt machen würden mit Einkäufen und so; es sei ja doch ein ziemliches Stück bis in die Stadt, und so ganz ohne Wagen …?

»Och, so weit ist das nicht«, erwidert Kalsul schmunzelnd. »Wir fliegen ja Luftlinie. Nicht diesen« – sie malt mit der Gabel wilde Schlangenlinien in die Luft – »*Küstenweg*, den ihr gekommen seid.«

»Echt?«, staunt Utleik. »Ihr *fliegt*? Auch für Besorgungen?«

Ifnigris nickt. »Klar. Rucksack auf den Rücken und los geht's. Wie in den alten Zeiten.«

»Damals war der Luuki-Markt fast eine Tagesreise weit weg«, erinnert sich Anaris. »Und die haben *Kiurka-Öfen* über diese Entfernung geschleppt! Aus massivem Eisen! Ist mir heute noch ein Rätsel, wie das ging.«

»So viel brauchen wir außerdem gar nicht«, meint Kalsul. »Wir haben den Garten, dazu die Milch von den Miegen … und ab und zu fängt If ja doch noch einen Fisch …«

»Du musst gerade reden, du Schrecken aller eierlegenden Küstenvögel.«

»… also fliegen wir eigentlich nur in die Stadt, um ein bisschen Abwechslung zu haben.«

»Ein bisschen Tee mit Eisbrand, meinst du.«

»Und Leute gucken. Tee mit Eisbrand können wir zu Hause auch haben.«

»Haben wir ja auch.«

»Aber die Konzerte in der Mandalech-Halle sind immer sehr schön. Das musst du zugeben.«

»Ja. Obwohl ich immer nostalgisch werde, wenn ich eine Harfe höre.«

Es wird ein gemütlicher Nachmittag. Sie hecheln die ganze Verwandtschaft durch: Anaris' Mutter Eiris geht es immer noch gut, aber sie verlässt das Nest kaum noch, kümmert sich meistens um die Kleinkinder und klagt oft, dass sie schlecht träume, will jedoch nicht darüber reden. »Und sie hat sich endlich damit abgefunden, dass ich keine Kinder bekommen habe«, meint Anaris, die sich nie einem Mann versprochen hat.

Die Wahlschwester ihrer Mutter, Noharis, lebt immer noch mit Animur und Barsok zusammen. Es geht allen dreien gut, obwohl Barsok inzwischen an übermäßiger Mauser leidet.

Kalsuls Mutter, die auch nicht mehr die Jüngste ist, hat sich noch einmal einem Mann versprochen, Kalajon, und die beiden tauchen sogar noch nach Muscheln. »Sie kann es einfach nicht lassen«, meint Kalsul kopfschüttelnd. »Und mit dem gleichen Flügelschlag erzählt sie dir dann, dass die Muscheln hier natürlich *überhaupt nicht zu vergleichen sind* mit denen der alten Welt.«

Ifnigris berichtet, ihre Wahlschwester Meoris habe sich nach viel Hin und Her nun doch von Harsem getrennt; die Tochter habe sich entschieden, mit dem Vater zu ziehen, nach Jagash. Der Sohn sei schon flügge und wolle sich demnächst einer Gon versprechen, einer hübschen, meint sie. »Sie war vor Kurzem mal da«, fährt Ifnigris fort, »also – Meoris, meine ich. Sie gibt immer noch Unterricht im Bogenschießen, und sie will noch einmal mit auf Expedition.« Anders als auf der alten Welt gibt es auf der neuen sehr viele verschiedene Landtiere, von denen auch viele essbar sind; die Expeditionen dienen nicht nur der wissenschaftlichen Neugier, sondern auch dazu, herauszufinden, wie man sie korrekt bejagt, das heißt, ohne sie zu quälen und ohne ihren Bestand zu gefährden.

Kalsul hat zu berichten, dass sie zu einer neuen Heilerin in der Stadt gegangen ist, verschiedener Zipperlein wegen, und es habe sich herausgestellt, dass es die älteste Tochter von Galris ist. »Sie hat erzählt, dass ihre Eltern einen Mahlplatz im Tal der hundert Seen betreiben und dass es ihnen gut geht. Aber Galris fliegt nicht mehr. Die alte Wunde. Jetzt im Alter macht sie Probleme.«

Der kleine Owen ist die ganze Zeit bewundernswert friedlich. Er schaut interessiert in die Runde, kaut lange an einem Stück Raanenschale herum und beschäftigt sich intensiv mit einer der bestickten Servietten. Zwischendurch taucht ein Buntling auf, groß wie eine flache Hand und mit prächtigem Farbenspiel. Wie die meisten Buntlinge fühlt auch er sich zu kleinen Kindern hingezogen und spielt mit Owen Fangen; setzt sich dicht vor ihn hin oder gar auf seinen Arm, lässt sich bestaunen und fliegt immer rechtzeitig auf, ehe Owens Patschhände ihn greifen können.

Irgendwann wird der Kleine aber müde und wehleidig, die Sonne steht auch schon tief, und es wird Zeit zurückzufahren.

Maraleik, die über Nacht dableiben und am nächsten Tag allein zurückfliegen wird, holt das Abendessen und ihren Reiserucksack aus dem Wagen. Sie bedankt sich bei Nechwen für den Ausflug und küsst ihren Sohn und ihre Schwiegertochter zum Abschied. »Ihr findet den Weg zurück, oder?«

Nechwen hebt konsterniert die Augenbrauen. »Zwangsläufig«, meint er. »Es gibt ja keine Abzweigung. Jedenfalls hab ich keine gesehen.«

Sie winken den jungen Leuten nach, bis das dampfende und zischende Gefährt außer Sicht ist, dann kehren sie an den Tisch zurück. Maraleik knotet das Tuch auf, in dem sie eine selbst gemachte Pastete mitgebracht hat und ein frisches Quidu-Brot. Quidus wachsen auf der neuen Welt erstaunlich gut, besser als auf der alten.

»Ein Ende der Pastete ist ohne Fleisch und etwas schärfer gewürzt, mit Griebeln und Sochkraut«, sagt sie zu Anaris, die immer noch ungern Fleisch isst.

»Du bist ein Schatz«, sagt Anaris.

Ifnigris holt einen Kräutersalat, den sie vorbereitet hat, mit weißer Soße, und sie essen gemütlich weiter.

»Und?«, will Ifnigris von Maraleik wissen. »Wie fühlst du dich jetzt, so als Großmutter?«

Maraleik muss überlegen. »Hmm. Eigentlich auch nicht anders als vorher. Andererseits ist das alles vielleicht noch zu frisch, als dass ich es beurteilen könnte.«

»Damals, als Taris ihr erstes Kind gekriegt hat, fand ich es *entsetzlich*«, gesteht Ifnigris. »Garwen war natürlich selig, aber ich hab die ganze Zeit nur gedacht: Jetzt bin ich alt!«

»Dabei alterst du praktisch überhaupt nicht«, wirft Kalsul ein. »Du hast noch nicht *eine* graue Feder im Gefieder! Und nun schau mich an. Und wir sind fast gleich alt.«

»Ja, ja. Du hast früher allen Männern den Kopf verdreht. Manche von denen haben heute noch ein Schleudertrauma. Es muss auch mal gut sein.«

»Find ich nicht.«

»Ist mir klar.« Ifnigris hebt den Arm, streift den Ärmel ihres Hemdes zurück und betrachtet ihren Unterarm. »Übrigens sieht man das bloß nicht so. Schwarz versteckt die Falten gnädig.«

Maraleik muss lachen. Ob die beiden sich den ganzen Tag so kabbeln? »Ich weiß noch, wie Garwen nach Utleiks Geburt gekommen ist«, fällt ihr ein. »Ich glaube, er war aufgeregter als mein eigener Vater.«

Ifnigris seufzt wehmütig. »Ja, Kinder waren für ihn das Größte. Schade, dass er nicht mehr erlebt hat, wie du Großmutter wirst.«

Allmählich wird es dunkel. Der Nachthimmel sieht prächtig aus hier draußen, weit weg von den elektrischen Lichtern der Stadt und ihrer Nester. Kalsul zündet ein paar Kerzen aus duftendem Strauchwachs an und fragt, ob jemand eine Decke will, aber so kühl wird es gar nicht; sie hüllen sich in ihre Flügel, das ist warm genug. Anaris kocht einen frischen Tee aus Goldrispen, der in der Dunkelheit zu leuchten scheint.

Ob man denn nun eigentlich irgendwann mit dem *Buch Ifnigris* rechnen dürfe, ringt sich Maraleik durch zu fragen.

»Nein«, sagt Ifnigris kategorisch. »Wird es nicht geben.«

»Sie hat's versucht«, wirft Kalsul ein. »Wir können es bezeugen.«

»Stimmt.« Anaris lacht glucksend. »Was *ist* sie uns auf die Nerven gegangen in der Zeit!«

Ifnigris verteilt böse Blicke in die Runde und meint dann: »Ich hab nichts zu sagen. Das ist der Punkt. Dass dich alle für weise halten, heißt nicht, dass du es tatsächlich bist.«

»Aber im Rat hast du …«, wendet Maraleik ein.

Ifnigris hebt die Hand, unterbricht sie. »Das ist Vergangenheit. Ich hab's gemacht, so gut ich konnte. Jetzt sind andere im Rat, die machen es auch gut. Die heutigen Probleme sind andere als zu meiner Zeit, das ist alles.«

Ein wenig später sprechen sie doch noch über eines der heutigen Probleme, nämlich, dass es immer mehr sogenannte »Krumur-Kinder« gibt, Kinder nämlich, die mit nur rudimentären Flügeln geboren werden oder gar ganz ohne.

»Und die größtenteils überhaupt nicht von Krumur und Dschonn abstammen, ja, ich weiß«, ergänzt Ifnigris.

Sie denkt eine Weile nach, den Blick auf eine der Kerzen gerichtet, die in dem leisen Wind vom Meer her flackern.

»Der Punkt ist«, sagt sie schließlich, »dass wir zwar fliegen *können*, es aber nicht mehr *müssen*. Auf der alten Welt waren wir dazu gezwungen, weil der größte Teil des Bodens dem Margor gehört hat. Hier gehört der Boden uns. Wir können überallhin laufen. Oder fahren. Wem das Fliegen zu schwer fällt, der hat die Wahl – er kann so lange üben, bis seine Flugmuskeln stark genug sind, dass ihm das Fliegen wieder leichtfällt, oder er kann es lassen. Außer dem Spaß, zu fliegen, wird ihm nichts fehlen. Und wenn dir das

Fliegen schwerfällt, macht es dir ohnehin keinen Spaß. Tja, und so, wie wir Menschen nun mal sind, gewinnt auf lange Sicht immer die Bequemlichkeit. Wenn du mich fragst, wohin das alles führen wird, dann schätze ich: dahin, dass wir eines Tages gar keine Flügel mehr haben werden.«

Schweigen am Tisch. Über ihnen, im Geäst des Kargbaums, raschelt es, wahrscheinlich ein Nachtvogel.

»Keine schöne Vorstellung«, meint Maraleik schließlich.

»Nein«, räumt Ifnigris ein. »Aber vielleicht haben wir unsere Flügel von den Pfeilfalken ja nur *geliehen*.« Sie hebt ihre Teetasse. »Auf das Opfer der Pfeilfalken. Euch verdanken wir, dass wir hier sind.«

Wie verabredet heben sie alle die Köpfe und schauen hinauf in den Nachthimmel, hinauf zu den Sternen, von denen sie einst gekommen sind. Ihr Blick sucht den einen Stern, um den die Welt kreist, die sie verloren haben, obwohl sie wissen, dass dieser Stern zu weit entfernt ist und zu klein, als dass man ihn mit bloßem Auge sehen könnte.

– ENDE –

Was wäre, wenn es im Dritten Reich bereits Computer gegeben hätte?

Andreas Eschbach
NSA - NATIONALES
SICHERHEITS-AMT
Roman
DEU
800 Seiten
ISBN 978-3-404-17900-8

Weimar 1942: Die Programmiererin Helene arbeitet im NSA, dem Nationalen Sicherheits-Amt, und entwickelt dort Komputer-Programme, mit deren Hilfe alle Bürger des Reichs überwacht werden. Erst als die Liebe ihres Lebens Fahnenflucht begeht und untertauchen muss, regen sich Zweifel in ihr. Mit ihren Versuchen, ihm zu helfen, gerät sie nicht nur in Konflikt mit dem Regime, sondern wird auch in die Machtspiele ihres Vorgesetzten Lettke verwickelt, der die perfekte Überwachungstechnik des Staates für ganz eigene Zwecke benutzt und dabei zunehmend jede Grenze überschreitet ...

Lübbe

Gibt es ein Video von Jesus Christus?

Andreas Eschbach
DAS JESUS-VIDEO
Thriller
DEU
704 Seiten
ISBN 978-3-404-17035-7

Bei archäologischen Ausgrabungen in Israel findet der Student Stephen Foxx in einem 2000 Jahre alten Grab die Bedienungsanleitung einer Videokamera, die erst in einigen Jahren auf den Markt kommen soll. Es gibt nur eine Erklärung: Jemand muss versucht haben, Aufnahmen von Jesus Christus zu machen! Der Tote im Grab wäre demnach ein Mann aus der Zukunft, der in die Vergangenheit reiste – und irgendwo in Israel wartet das Jesus-Video darauf, gefunden zu werden. Oder ist alles nur ein großangelegter Schwindel? Eine atemberaubende Jagd zwischen Archäologen, Vatikan, den Medien und Geheimdiensten beginnt ...

Lübbe

Charlotte fuhr herum und sah, wie hinter ihr ein gewaltiger Fangarm aus dem Eis ragte, wie der Stachel eines Skorpions ...

Andreas Eschbach
HERR ALLER DINGE
Roman
DEU
688 Seiten
ISBN 978-3-404-17794-3

Als Kinder begegnen sie sich zum ersten Mal: Charlotte, die Tochter des französischen Botschafters, und Hiroshi, der Sohn einer Hausangestellten. Von Anfang an steht der soziale Unterschied spürbar zwischen ihnen. Doch Hiroshi hat eine Idee. Eine Idee, wie er den Unterschied zwischen Arm und Reich aus der Welt schaffen könnte. Um Charlottes Liebe zu gewinnen, tritt er an, seine Idee in die Tat umzusetzen – und die Welt für immer zu verändern. Was mit einer bahnbrechenden Erfindung beginnt, führt ihn allerdings bald auf die Spur eines uralten Geheimnisses – und des schrecklichsten aller Verbrechen ...

Lübbe

NORDLEIK-
INSELN

TOTENKOPF-
FELSEN

NORDLAND-
GEBIRGE

RAUKTAS

RAUK

IMMERWINDPASS

FUL

KOR

LECH

TE

NON

HEIT

NORDLAND-
GEBIRGE

TALTAS

TAL

SAG

DOR

DORTAS

EISEN-
WÄLDER

WOR

NORDWÄLDER

EISENLAND

FUL

ZWÖLFBOGEN-FLUSS

JON

KAL

RES

POR

DIN

FAS

RES

SIL

EINSAMER
SEE

ONTAS

BITTERKRAUTLAND

SULTAS

JUFUS-
STEIN

GIAR

GRAS-
WÜSTE

SUL

SELIMES
GARTEN

FURTWALD

NON

BAR

MUSCHELBUCHT

SCHMALE
EBENE

GIFTSEEN

KOLGA-
PASS

WEN

RIS

MUR

WESTLEIK-
INSELN

HEIT

GIAR

TEM

HET

ÖSTLICHER FURTWALD

NON

AKASHIR

DIE KAHLE KÜSTE

AKANGOR

DOR

MESSERGRAT

DIE FARBIGE WÜSTE

KRIS'
REFUGIUM

BRUTINSELN

SCHWIMMENDE
WÄLDER

© Markus Weber, Guter Punkt München